作品名から引ける
世界文学全集案内
第Ⅲ期

日外アソシエーツ

Title Index to the Contents
of
The Collections of
Contemporary World Literature

III

Compiled by

Nichigai Associates, Inc.

©2018 by Nichigai Associates, Inc.

Printed in Japan

本書はディジタルデータでご利用いただくことが
できます。詳細はお問い合わせください。

●編集担当● 荒井 理恵

刊行にあたって

　古今の代表作家・代表作品が集められた文学全集は、文学作品に親しむ時の基本資料として、図書館、家庭で広く利用されてきた。近年では、数十巻におよぶ総合的な文学全集は少なくなり、時代や地域あるいはテーマ別に編集した全集・アンソロジーが多くなった。文庫サイズや軽装版で刊行されるシリーズも多い。これらの全集類は、多彩な文学作品を手軽に読むことができる一方、特定の作品を読もうとした時、どの全集のどの巻に収録されているかを網羅的に調べるのはインターネットが普及した現在でも容易ではない。

　小社では、多種多様な文学全集の内容を通覧し、また作品名や作家名から収載全集を調べられるツールとして「現代日本文学綜覧」「世界文学綜覧」の各シリーズを刊行してきた。また、コンパクトな1冊にまとめたツール「作品名から引ける日本文学全集案内」（1984年刊）、「同　第Ⅱ期」（2003年刊）、「同　第Ⅲ期」（2018年刊）、「作品名から引ける世界文学全集案内」（1992年刊）、「同　第Ⅱ期」（2003年刊）は、作家研究の基本資料・定本として図書館や文学研究者などに好評をいただいている。

　本書は「作品名から引ける世界文学全集案内」の第Ⅲ期にあたる。1997～2016年の20年間に刊行された日本文学全集・アンソロジーを収録対象とした。

　ある作品がどの全集・アンソロジーに収載されているか一目でわかるガイドとして、本書が前版と、また、「作品名から引ける日本文学全集案内」とあわせて、広く利用されることを願っている。

　　2018年6月

　　　　　　　　　　　　　　　　　日外アソシエーツ

凡　　例

1.　本書の内容

　　本書は、国内で刊行された世界文学に関する全集・アンソロジーの収載作品を、作品名から引ける索引である。

2.　収録対象

　（1）1997（平成9）年～2017（平成29）年に刊行が完結した全集、および刊行中のもので全巻構成が判明している全集、小説・戯曲のアンソロジーに収載された作品を収録した。

　（2）固有題名のない作品、解説・解題・年譜・参考文献等は収録しなかった。

　（3）収録点数は、全集・アンソロジー627種1,453冊の収載作品のべ9,729点である。

3.　記載事項

　（1）記載形式

　　1）全集名・作家名・作品名などの表記は原則として原本の表記を採用した。

　　2）頭書・角書・冠称等のほか、原本のルビ等は、小さな文字で表示した。

　（2）記載項目

　作品名／（作家名）

　◇「収載図書名・巻次または巻名」／出版者／出版年／（叢書名）／原本記載（開始）頁

　※巻名は巻次がないものに限り表示した。

4. 排　列

　（1）現代仮名遣いにより、作品名の読みの五十音順に排列した。濁音・
　　　半濁音は清音扱い、ヂ→シ、ヅ→スとみなした。拗促音は直音扱いと
　　　し、音引きは無視した。欧文で始まるものや記号類で始まるものは、
　　　五十音順の末尾に各々まとめた。

　（2）原本にルビがある作品の読みはそのルビに拠った。また、頭書・
　　　角書・冠称等は排列上無視した。同一表記で異なる読みがある場合は
　　　適宜参照を立てた。

　（3）作品名が同じ場合は、作家名の五十音順に排列した。

　（4）同一作品の収載全集・アンソロジーが複数ある場合は、出版年の
　　　古い順に排列した。

5. 収録全集・アンソロジー一覧（巻頭）

　　本書に収録した全集・アンソロジーを書名の五十音順に排列し、書誌
　　事項を示した。

収録全集・アンソロジー一覧

【あ】

「愛が燃える砂漠―サマー・シズラー2011」 ハーレクイン 2011
「愛書狂」 生田耕作編訳 平凡社（平凡社ライブラリー） 2014
「愛と絆の季節―クリスマス・ストーリー2008」 ハーレクイン 2008
「愛と狂熱のサマー・ラブ」 ハーレクイン（サマーシズラーVB） 2014
「愛と祝福の魔法―クリスマス・ストーリー2016」 ハーパーコリンズ・ジャパン 2016
「愛の殺人」 オットー・ペンズラー編 早川書房（ハヤカワ・ミステリ文庫） 1997
「愛は永遠に―ウエディング・ストーリー」 ’98 ハーレクイン, 洋販（発売） 1998
「愛は永遠に―ウエディング・ストーリー」 ’99 ハーレクイン 1999
「愛は永遠に―ウエディング・ストーリー」 2000 ハーレクイン 2000
「愛は永遠に―ウエディング・ストーリー」 2001 ハーレクイン 2001
「愛は永遠に―ウエディング・ストーリー」 2002 ハーレクイン 2002
「愛は永遠に―ウエディング・ストーリー」 2003 ハーレクイン 2003
「愛は永遠に―ウエディング・ストーリー」 2004 ハーレクイン 2004
「愛は永遠に―ウエディング・ストーリー」 2005 ハーレクイン 2005
「愛は永遠に―ウエディング・ストーリー」 2006 ハーレクイン 2006
「愛は永遠に―ウエディング・ストーリー」 2007 ハーレクイン 2007
「愛は永遠に―ウエディング・ストーリー」 2008 ハーレクイン 2008
「愛は永遠に―ウエディング・ストーリー」 2009 ハーレクイン 2009
「愛は永遠に―ウエディング・ストーリー」 2010 ハーレクイン 2010
「愛は永遠に―ウエディング・ストーリー」 2011 ハーレクイン 2011
「愛は永遠に―ウエディング・ストーリー」 2012 ハーレクイン 2012
「愛は永遠に―ウエディング・ストーリー」 2013 ハーレクイン 2013
「愛は永遠に―ウエディング・ストーリー」 2014 ハーレクイン 2014
「愛は永遠に―ウエディング・ストーリー」 2015 ハーレクイン 2015
「赤ずきんの手には拳銃」 エド・ゴーマン, マーティン・H.グリーンバーグ編 原書房 1999
「アジア本格リーグ」 全6巻 島田荘司選 講談社 2009〜2010
「アダムとイヴ／至福郷」 ミハイル・ブルガーコフ著, 石原公道訳 群像社（群像社ライブラリー）
　2011
「新しいアメリカの小説」 全14巻 白水社 1995〜1996
「新しいイギリスの小説」 全11巻 白水社 1991〜1995
「新しい〈世界文学〉シリーズ」 全11巻 平凡社 1997〜1998
「新しい台湾の文学」 全12巻 藤井省三, 山口守, 黄英哲編 国書刊行会 1999〜2008

収録全集・アンソロジー一覧

「『新しいドイツの文学』シリーズ」 9〜14 同学社 1988〜2004

「新しいフランスの小説」 全8巻 白水社 1994〜1995

「アップ・ザ・ラダー／レイディアンス」 ロジャー・ベネット, ルイス・ナウラ著, 佐和田敬司訳 オセアニア出版社(オーストラリア演劇叢書) 2003

「あの犬この犬そんな犬─11の物語」 務台夏子訳 東京創元社 1998

「あの夏の恋のきらめき─サマー・シズラー2016」 ハーパーコリンズ・ジャパン 2016

「アフリカ文学叢書」 全11巻, 別巻1巻 福島富士男編 スリーエーネットワーク 1994〜1999

「甘やかな祝祭─恋愛小説アンソロジー」 小池真理子, 藤田宜永選, 日本ペンクラブ編 光文社 (光文社文庫) 2004

「アメリカ新進作家傑作選」 2003 ジョイス・キャロル・オーツ編 DHC 2004

「アメリカ新進作家傑作選」 2004 ジョン・ケイシー編 DHC 2005

「アメリカ新進作家傑作選」 2005 フランシン・プローズ編 DHC 2006

「アメリカ新進作家傑作選」 2006 ジェーン・スマイリー編, ジョン・クルカ, ナタリー・ダンフォード シリーズ・エディター DHC 2007

「アメリカ新進作家傑作選」 2007 スウ・ミラー編, ジョン・クルカ, ナタリー・ダンフォード シリーズ・エディター DHC 2008

「アメリカ新進作家傑作選」 2008 リチャード・ボーシュ, ジョン・クルカ, ナタリー・ダンフォード編 DHC 2009

「アメリカ短編小説傑作選」 2001 エィミ・タン, カタリナ・ケニソン編 DHC(アメリカ文芸「年間」傑作選) 2001

「アメリカ短編ベスト10」 平石貴樹編訳 松柏社 2016

「アメリカ文学ライブラリー」 全8巻 本の友社 1997〜1998

「アメリカミステリ傑作選」 2001 エド・マクベイン, オットー・ペンズラー編 DHC(アメリカ文芸「年間」傑作選) 2001

「アメリカミステリ傑作選」 2002 ドナルド・E.ウェストレイク, オットー・ペンズラー編 DHC (アメリカ文芸「年間」傑作選) 2002

「アメリカミステリ傑作選」 2003 ローレンス・ブロック, オットー・ペンズラー編 DHC(アメリカ文芸「年間」傑作選) 2003

「アメリカン・マスターピース」 古典篇 柴田元幸編訳 スイッチ・パブリッシング(SWITCH LIBRARY) 2013

「綾辻行人と有栖川有栖のミステリ・ジョッキー」 1〜3 講談社 2008〜2012

「洗い屋稼業」 モーリス・パニッチ著, 吉原豊司訳 彩流社(カナダ現代戯曲選) 2011

「有栖川有栖の鉄道ミステリ・ライブラリー」 有栖川有栖編 角川書店(角川文庫) 2004

「有栖川有栖の本格ミステリ・ライブラリー」 有栖川有栖編 角川書店(角川文庫) 2001

「アレクサンドル・プーシキン／バトゥーム」 ミハイル・ブルガーコフ著, 石原公道訳 群像社 (群像社ライブラリー) 2009

「アンデスの風叢書」 全12巻 桑名一博, 篠田一士, 清水徹, 鼓直編 書肆風の薔薇, 水声社 1982〜1994

「怒りと響き」 今福龍太, 沼野充義, 四方田犬彦編 岩波書店(世界文学のフロンティア) 1997

「イギリス恐怖小説傑作選」 南條竹則編訳 筑摩書房(ちくま文庫) 2005

「イギリス名作短編集」 平戸喜文訳 近代文芸社 2003

収録全集・アンソロジー一覧

「イギリス・ルネサンス演劇集」 全2巻 大井邦雄監修 早稲田大学出版部 2002

「生ける屍／闇の力」 トルストイ著, 宮原晃一郎訳 ゆまに書房（昭和初期世界名作翻訳全集）
　　2006

「居心地の悪い部屋」 岸本佐知子編訳 角川書店 2012

「居心地の悪い部屋」 岸本佐知子編訳 河出書房新社（河出文庫） 2015

「異色作家短篇集」 全20巻 早川書房 2005〜2007

「いずれは死ぬ身」 柴田元幸編訳 河出書房新社 2009

「イタリア叢書」 全9巻 松籟社 1981〜1992

「五つの愛の物語—クリスマス・ストーリー2015」 ハーパーコリンズ・ジャパン 2015

「五つの小さな物語—フランス短篇集」 あやこの図書館編訳 彩流社 2011

「いまどきの老人」 柴田元幸編 朝日新聞社 1998

「いま、私たちの隣りに誰がいるのか—Korean short stories」 安宇植編訳 作品社 2007

「厭な物語」 文藝春秋（文春文庫） 2013

「インスマス年代記」 上, 下 スティーヴァン・ジョーンズ編, 大瀧啓裕訳 学習研究社（学研M文
　　庫） 2001

「ヴィクトリア朝幽霊物語—短篇集」 松岡光治編訳 アティーナ・プレス 2013

「ウイルヘルム・テル」 シラー著, 秦豊吉訳 ゆまに書房（昭和初期世界名作翻訳全集） 2007

「ヴィンテージ・ミステリ」 全2巻 加瀬義雄、小林晋、塚田善人、土屋政一監修 ハッピー・
　　フュー・プレス 1992〜1993

「ヴァンパイア・コレクション」 ピーター・ヘイニング編 角川書店（角川文庫） 1999

「ウェスト・サイド・ストーリー—ジェローム・ロビンズの原案に基づく」 アーサー・ローレン
　　ツ台本, 勝田安彦訳 カモミール社（勝田安彦ドラマシアターシリーズ） 2006

「美しい恋の物語」 筑摩書房（ちくま文学の森） 2010

「美しい子ども」 松家仁之編 新潮社（CREST BOOKS） 2013

「ウーマンズ・ケース」 上, 下 サラ・パレツキー編 早川書房（ハヤカワ・ミステリ文庫） 1998

「エドガー賞全集—1990〜2007」 早川書房（ハヤカワ・ミステリ文庫） 2008

「エドワード・ゴーリーが愛する12の怪談—憑かれた鏡」 E.ゴーリー編, 柴田元幸他訳 河出書房
　　新社（河出文庫） 2012

「エラリー・クイーンの災難」 論創社（論創海外ミステリ） 2012

「エリザベス朝悲劇・四拍子による新訳三編—タムバレイン大王、マクベス、白い悪魔」 川﨑淳
　　之助訳 英光社 2010

「王陵と駐屯軍—朝鮮戦争と韓国の戦後派文学」 朴暾恩, 真野保久編訳 凱風社 2014

「狼女物語—美しくも妖しい短編傑作選」 ウェルズ恵子編・解説, 大貫昌子訳 工作舎 2011

「おかしい話」 筑摩書房（ちくま文学の森） 2010

「贈る物語Terror」 宮部みゆき編 光文社 2002

「贈る物語Mystery」 綾辻行人編 光文社 2002

「贈る物語Wonder」 瀬名秀明編 光文社 2002

「教えたくなる名短篇」 筑摩書房（ちくま文庫） 2014

「恐ろしい話」 筑摩書房（ちくま文学の森） 2011

「思いがけない話」 筑摩書房（ちくま文学の森） 2010

「思ひ出」 マイヤーヘルステル著, 木村謹治訳 ゆまに書房（昭和初期世界名作翻訳全集） 2008

収録全集・アンソロジー一覧

【 か 】

「海外戯曲アンソロジー―海外現代戯曲翻訳集〈国際演劇交流セミナー記録〉」 全3巻 日本演出者協会編 日本
　演出者協会, れんが書房新社（発売）2007～2009
「海外ミステリ Gem Collection」 全16巻 長崎出版 2006～2010
「海外ライブラリー」 全4巻 王国社 1996～1998
「怪奇・幻想・綺想文学集―種村季弘翻訳集成」 種村季弘訳 国書刊行会 2012
「怪奇小説傑作集新版」 全5巻 東京創元社（創元推理文庫）2006
「怪奇小説精華」 東雅夫編 筑摩書房（ちくま文庫）2012
「怪奇小説日和―黄金時代傑作選」 西崎憲訳 筑摩書房（ちくま文庫）2013
「怪奇文学大山脈―西洋近代名作選」 全3巻 荒俣宏編纂 東京創元社 2014
「怪奇礼讃」 中野善夫, 吉村満美子編訳 東京創元社（創元推理文庫）2004
「怪獣文学大全」 東雅夫編 河出書房新社（河出文庫）1998
「怪樹の腕―〈ウィアード・テールズ〉戦前邦訳傑作選」 会津信吾, 藤元直樹編 東京創元社 2013
「輝きのとき―ウエディング・ストーリー」 2016 ハーパーコリンズ・ジャパン 2016
「革命婦人」 ワイルド著, 内田魯庵訳 ゆまに書房（昭和初期世界名作翻訳全集）2004
「影が行く―ホラーSF傑作選」 中村融編訳 東京創元社（創元SF文庫）2000
「賭けと人生」 筑摩書房（ちくま文学の森）2011
「火星ノンストップ」 山本弘編 早川書房（ヴィンテージSFセレクション）2005
「郭公の故郷―韓国現代短編小説集」 加藤建二訳 風媒社 2003
「かもめ／伯父ワーニャ」 チエホフ著, 中村白葉訳 ゆまに書房（昭和初期世界名作翻訳全集）
　2008
「かもめ―四幕の喜劇」 チェーホフ著, 堀江新二訳 群像社（ロシア名作ライブラリー）2002
「から騒ぎ」 シェークスピヤ著, 坪内逍遥訳 ゆまに書房（昭和初期世界名作翻訳全集）2004
「硝子の家」 鮎川哲也編 光文社（光文社文庫）1997
「韓国近現代戯曲選―1930-1960年代」 柳致眞, 咸世徳, 呉泳鎮, 車凡錫, 李根三著, 明眞淑, 朴泰
　圭, 石川樹里訳 論創社 2011
「韓国現代戯曲集」 1～4 日韓演劇交流センター編 日韓演劇交流センター 2002～2009
「韓国古典文学の愉しみ」 全2巻 仲村修編, オリニ翻訳会訳 白水社 2010
「韓国女性作家短編選」 朴杓禮訳 穂高書店（アジア文化叢書）2004
「韓国文学名作選」 全4巻 講談社 1999
「感じて。息づかいを。―恋愛小説アンソロジー」 川上弘美選, 日本ペンクラブ編 光文社（光文
　社文庫）2005
「記憶に残っていること―新潮クレスト・ブックス短篇小説ベスト・コレクション」 堀江敏幸編
　新潮社（Crest books）2008
「機械破壊者」 エルンスト・トラア著, 田村俊夫訳 ゆまに書房（昭和初期世界名作翻訳全集）
　2006
「キス・キス・キス―サプライズパーティの夜に」 ヴィレッジブックス（ヴィレッジブックス）
　2008

作品名から引ける世界文学全集案内　第III期　（9）

収録全集・アンソロジー一覧

「キス・キス・キス―素直になれなくて」 ヴィレッジブックス（ヴィレッジブックス） 2008
「キス・キス・キス―聖夜に、あと一度だけ」 ヴィレッジブックス（ヴィレッジブックス） 2007
「キス・キス・キス―抱きしめるほどせつなくて」 ヴィレッジブックス（ヴィレッジブックス）
　　2009
「キス・キス・キス―チェリーな気持ちで」 ヴィレッジブックス（ヴィレッジブックス） 2009
「キス・キス・キス―土曜日はタキシードに恋して」 ヴィレッジブックス（ヴィレッジブックス）
　　2008
「奇想コレクション」 全20巻 河出書房新社 2003〜2013
「北村薫の本格ミステリ・ライブラリー」 北村薫編 角川書店（角川文庫） 2001
「北村薫のミステリー館」 北村薫編 新潮社（新潮文庫） 2005
「キャバレー―ジョン・ヴァン・ドルーテンの戯曲とクリストファー・イシャーウッドの短編集に
　　基づく」 ジョー・マスタロフ台本, 勝田安彦訳 カモミール社（勝田安彦ドラマシアターシリー
　　ズ） 2006
「吸血鬼伝説―ドラキュラの末裔たち」 仁賀克雄編 原書房 1997
「吸血妖鬼譚―ゴシック名訳集成」 学習研究社（学研M文庫） 2008
「90年代SF傑作選」 上, 下 山岸真編 早川書房（ハヤカワ文庫） 2002
「9人の隣人たちの声―中国新鋭作家短編小説選」 桑島道夫編 勉誠出版 2012
「教科書に載った小説」 ポプラ社 2008
「教科書に載った小説」 ポプラ社（ポプラ文庫） 2012
「教科書名短篇 少年時代」 中央公論新社（中公文庫） 2016
「きょうも上天気―SF短編傑作選」 角川書店（角川文庫） 2010
「恐竜文学大全」 東雅夫編 河出書房新社（河出文庫） 1998
「極短小説」 スティーヴ・モス, ジョン・M.ダニエル編, 浅倉久志選訳 新潮社（新潮文庫） 2004
「巨匠の選択」 ローレンス・ブロック編 早川書房（ハヤカワ・ミステリ） 2001
「ギョッツ」 ゲーテ著, 森鴎外訳 ゆまに書房（昭和初期世界名作翻訳全集） 2004
「ギリシア喜劇全集」 全9巻, 別巻1巻 久保田忠利, 中務哲郎編 岩波書店 2008〜2012
「クィア短編小説集―名づけえぬ欲望の物語」 大橋洋一監訳 平凡社（平凡社ライブラリー） 2016
「クトゥルー」 10〜13 大瀧啓裕編 青心社（暗黒神話大系シリーズ） 1997〜2005
「クトゥルフ神話への招待―遊星からの物体X」 扶桑社（扶桑社ミステリー） 2012
「グラックの卵」 浅倉久志編訳 国書刊行会（未来の文学） 2006
「グラン＝ギニョル傑作選―ベル・エポックの恐怖演劇」 真野倫平編・訳 水声社 2010
「黒い破壊者―宇宙生命SF傑作選」 中村融編 東京創元社（創元SF文庫） 2014
「黒いユーモア選集」 全2巻 アンドレ・ブルトン著 河出書房新社（河出文庫） 2007
「黒髪に恨みは深く―髪の毛ホラー傑作選」 東雅夫編 角川書店（角川ホラー文庫） 2006
「ゲイ短編小説集」 大橋洋一監訳 平凡社（平凡社ライブラリー） 1999
「啓蒙のユートピア」 2〜3 野沢協, 植田祐次監修 法政大学出版局 1997〜2008
「月光浴―ハイチ短篇集」 立花英裕, 星埜守之編 国書刊行会（Contemporary writers） 2003
「結婚、結婚、結婚！―1幕戯曲選」 チェーホフ著, 牧原純, 福田善之共訳 群像社（ロシア名作ラ
　　イブラリー） 2006
「ゲノヴェーヴァ」 ヘッベル著, 吹田順助訳 ゆまに書房（昭和初期世界名作翻訳全集） 2008
「検察官」 ゴーゴリー著, 熊澤復六訳 ゆまに書房（昭和初期世界名作翻訳全集） 2008

収録全集・アンソロジー一覧

「幻想小説神髄」 東雅夫編 筑摩書房(ちくま文庫) 2012

「幻想と怪奇―宇宙怪獣現わる」 仁賀克雄編 早川書房(ハヤカワ文庫) 2005

「幻想と怪奇―おれの夢の女」 仁賀克雄編 早川書房(ハヤカワ文庫) 2005

「幻想と怪奇―ポオ蒐集家」 仁賀克雄編 早川書房(ハヤカワ文庫) 2005

「幻想の犬たち」 ジャック・ダン, ガードナー・ドゾワ編 扶桑社(扶桑社ミステリー) 1999

「幻想の坩堝―ベルギー・フランス語幻想短編集」 岩本和子, 三田順編訳 松籟社 2016

「現代アイルランド演劇」 第5巻 新水社 2001

「現代アイルランド女性作家短編集」 風呂本武敏監訳 新水社 2016

「現代アメリカ文学叢書」 10〜11 彩流社 1998

「現代インド文学選集」 6〜7 めこん 1999〜2016

「現代ウィーン・ミステリー・シリーズ」 全9巻 水声社 2001〜2002

「現代ウクライナ短編集」 藤井悦子, オリガ・ホメンコ編訳 群像社(群像社ライブラリー) 2005

「現代韓国短篇選」 上, 下 岩波書店 2002

「現代カンボジア短編集」 岡田知子編訳 大同生命国際文化基金(アジアの現代文芸) 2001

「現代スイス短篇集」 スイス文学研究会編訳 鳥影社・ロゴス企画部 2003

「現代スペイン演劇選集」 全3巻 田尻陽一監修 カモミール社 2014〜2016

「現代タイのポストモダン短編集」 宇戸清治編訳 大同生命国際文化基金(アジアの現代文芸) 2012

「現代中国青年作家秀作選」 桑島道夫編 鼎書房 2010

「現代中国の小説」 全4巻 村松暎監修 新潮社 1997

「現代トルコ文学選」 第2巻 林佳世子, 篁日向子編 東京外国語大学外国語学部トルコ語専攻研究室(TUFS Middle Eastern studies) 2012

「現代フランス戯曲名作選」 全2巻 和田誠一訳, 花柳伊寿穂編 カモミール社 2008〜2012

「現代ミステリーの至宝」 全2巻 エド・ゴーマン編 扶桑社(扶桑社ミステリー) 1997

「恋しくて―Ten Selected Love Stories」 中央公論新社 2013

「恋しくて―Ten Selected Love Stories」 中央公論新社(中公文庫) 2016

「恋のたわむれ―ゲーム・オブ・ラヴ」 トム・ジョーンズ台本・詞, アルトゥア・シュニツラー原作, 勝田安彦訳 カモミール社(勝田安彦ドラマシアターシリーズ) 2007

「恋人たちの夏物語」 ハーレクイン(サマー・シズラー・ベリーベスト) 2010

「ここがウィネトカなら、きみはジュディ―時間SF傑作選 SFマガジン創刊50周年記念アンソロジー」 大森望編 早川書房(ハヤカワ文庫SF) 2010

「心洗われる話」 筑摩書房(ちくま文学の森) 2010

「古今英米幽霊事情」 全2巻 山内照子編 新風舎 1998〜1999

「コシ/ゴールデン・エイジ」 ルイス・ナウラ著, 佐和田敬司訳 オセアニア出版社(オーストラリア演劇叢書) 2006

「ゴシック短編小説集」 クリス・ボルディック選, 石塚則子, 大沼由布, 金谷益道, 下楠昌哉, 藤井光編訳 春風社 2012

「51番目の密室―世界短篇傑作集」 早川書房編集部編 早川書房(Hayakawa pocket mystery books) 2010

「ゴースト・ストーリー傑作選―英米女性作家8短篇」 川本静子, 佐藤宏子編訳 みすず書房 2009

「古典BL小説集」 平凡社(平凡社ライブラリー) 2015

収録全集・アンソロジー一覧

「コドモノセカイ」 岸本佐知子編訳 河出書房新社 2015

「子猫探偵ニックとノラ─The Cat Has Nine Mysterious Tales」 木村仁良編 光文社（光文社文庫） 2004

「この愛のゆくえ─ポケットアンソロジー」 岩波書店（岩波文庫別冊） 2011

「コリアン・ミステリ─韓国推理小説傑作選」 バベル・プレス 2002

「ご臨終」 モーリス・パニッチ著, 吉原豊司訳 彩流社（カナダ現代戯曲選） 2014

「これが密室だ！」 ロバート・エイディー, 森英俊編, 森英俊訳 新樹社 1997

「コレクション現代フランス語圏演劇」 全16巻 日仏演劇協会編, 東京日仏学院企画 れんが書房新社 2010〜2013

「コレクション中国同時代小説」 全10巻 勉誠出版 2012

「殺さずにはいられない」 1〜2 オットー・ペンズラー編 早川書房（ハヤカワ・ミステリ文庫） 2002

「殺しが二人を別つまで」 ハーラン・コーベン編 早川書房（ハヤカワ・ミステリ文庫） 2007

「殺しのグレイテスト・ヒッツ」 ロバート・J.ランディージ編 早川書房（ハヤカワ・ミステリ文庫） 2007

「こわい部屋」 筑摩書房（ちくま文庫） 2012

【 さ 】

「債鬼─外四篇」 ストリンドベルグ著, 森鷗外訳 ゆまに書房（昭和初期世界名作翻訳全集） 2004

「サイコ─ホラー・アンソロジー」 ロバート・ブロック編 祥伝社（祥伝社文庫） 1998

「サイレント・パートナー／フューリアス」 ダニエル・キーン, マイケル・ガウ著, 佐和田敬司訳 オセアニア出版社（オーストラリア演劇叢書） 2003

「さくらんぼ畑─四幕の喜劇」 チェーホフ著, 堀江新二, ニーナ・アナーリナ訳 群像社（ロシア名作ライブラリー） 2011

「ざくろの実─アメリカ女流作家怪奇小説選」 梅田正彦訳 鳥影社 2008

「雑話集─ロシア短編集」 「雑話集」の会編 「雑話集」の会 2005

「雑話集─ロシア短編集」 第2巻 「雑話集」の会編 「雑話集」の会 2009

「雑話集─ロシア短編集」 第3巻 ロシア文学翻訳グループクーチカ編 ロシア文学翻訳グループクーチカ 2014

「残響─英・米・アイルランド短編小説集」 小田稔訳 九州大学出版会 2011

「三国劇翻訳集」 井上泰山訳 関西大学出版部 2002

「30の神品─ショートショート傑作選」 扶桑社（扶桑社文庫） 2016

「三人姉妹／桜の園」 チエホフ著, 中村白葉訳 ゆまに書房（昭和初期世界名作翻訳全集） 2008

「三人姉妹─四幕のドラマ」 チェーホフ著, 安達紀子訳 群像社（ロシア名作ライブラリー） 2004

「栞子さんの本棚─ビブリア古書堂セレクトブック」 角川書店（角川文庫） 2013

「時間はだれも待ってくれない─21世紀東欧SF・ファンタスチカ傑作集」 高野史緒編 東京創元社 2011

「地獄─英国怪談中篇傑作集」 南條竹則編, 南條竹則, 坂本あおい訳 メディアファクトリー（幽books） 2008

「シーザーとクレオパトラ」 ショー著, 楠山正雄訳 ゆまに書房（昭和初期世界名作翻訳全集）

2004

「シーズン・フォー・ラヴァーズ―クリスマス短編集」 ハーレクイン（Mira文庫） 2005

「死せる案山子の冒険―聴取者への挑戦 2」 エラリー・クイーン著, 飯城勇三訳 論創社（論創海外ミステリ） 2009

「シックスストーリーズ―現代韓国女性作家短編」 安宇植編訳 集英社 2002

「淑やかな悪夢―英米女流怪談集」 倉阪鬼一郎, 南條竹則, 西崎憲編訳 東京創元社 2000

「死のドライブ」 ピーター・ヘイニング編, 野村芳夫訳 文藝春秋（文春文庫） 2001

「澁澤龍彦訳暗黒怪奇短篇集」 澁澤龍彦訳 河出書房新社（河出文庫） 2013

「澁澤龍彦訳幻想怪奇短篇集」 澁澤龍彦訳 河出書房新社（河出文庫） 2013

「しみじみ読むアメリカ文学―現代文学短編作品集」 平石貴樹編, 畔柳和代, 舌津智之, 橋本安央, 堀内正規, 本城誠二訳 松柏社 2007

「しみじみ読むイギリス・アイルランド文学―現代文学短編作品集」 阿部公彦編, 岩田美喜, 遠藤不比人, 片山亜紀, 田尻芳樹, 田村斉敏訳 松柏社 2007

「じゃがいも―中国現代文学短編集」 金子わこ訳 小学館スクウェア 2007

「じゃがいも―中国現代文学短編集」 金子わこ訳 鼎書房 2012

「灼熱の恋人たち―サマー・シズラー2008」 ハーレクイン 2008

「シャーロック・ホームズ アメリカの冒険」 日暮雅通訳 原書房 2012

「シャーロック・ホームズ アンダーショーの冒険」 デイヴィッド・マーカム編, 日暮雅通訳 原書房 2016

「シャーロック・ホームズ クリスマスの依頼人」 ジョン・レレンバーグ編, 日暮雅通訳 原書房 1998

「シャーロック・ホームズとヴィクトリア朝の怪人たち」 1～2 ジョージ・マン編, 尾之上浩司訳 扶桑社（扶桑社ミステリー） 2015

「シャーロック・ホームズの栄冠」 北原尚彦編訳 論創社（論創海外ミステリ） 2007

「シャーロック・ホームズのSF大冒険―短篇集」 上, 下 M.レズニック, M.H.グリーンバーグ編, 日暮雅通監訳 河出書房新社（河出文庫） 2006

「シャーロック・ホームズの大冒険」 上, 下 マイク・アシュレイ編, 日暮雅通訳 原書房 2009

「シャーロック・ホームズ ベイカー街の殺人」 日暮雅通訳 原書房 2002

「シャーロック・ホームズ 四人目の賢者―クリスマスの依頼人」 2 ジョン・L.レレンバーグ編, 日暮雅通訳 原書房 1999

「シャーロック・ホームズ ワトソンの災厄」 日暮雅通訳 原書房 2003

「ジャンナ―2幕」 アレクサンドル・ガーリン著, 堀江新二訳 群像社（群像社ライブラリー） 2006

「上海のシャーロック・ホームズ」 樽本照雄編・訳 国書刊行会（ホームズ万国博覧会） 2016

「十の罪業」 Black エド・マクベイン編, 白石朗, 田口俊樹訳 東京創元社（創元推理文庫） 2009

「十の罪業」 Red エド・マクベイン編, 木村二郎, 田口俊樹, 中川聖訳 東京創元社（創元推理文庫） 2009

「18の罪―現代ミステリ傑作選」 エド・ゴーマン, マーティン・H.グリーンバーグ編 ヴィレッジブックス（ヴィレッジブックス） 2012

「十夜」 ランダムハウス講談社編 ランダムハウス講談社 2006

「十話」 ランダムハウス講談社編 ランダムハウス講談社 2006

「シュガー＆スパイス」 ヴィレッジブックス（ヴィレッジブックス） 2007

収録全集・アンソロジー一覧

「主婦に捧げる犯罪―書下ろしミステリ傑作選」 クリスティン・マシューズ編, 田口俊樹訳 武田ランダムハウスジャパン（RHブックス＋プラス） 2012

「狩猟文学マスターピース」 みすず書房（大人の本棚） 2011

「小学校・全員参加の楽しい学級劇・学年劇脚本集」 高学年 小川信夫, 滝井純監修, 日本児童劇作の会編著 黎明書房 2007

「小説家仇甫氏の一日―ほか十三編 短編小説集」 大村益夫, 布袋敏博編 平凡社（朝鮮近代文学選集） 2006

「掌中のエスプリ―フランス文学短篇名作集」 日仏言語文化協会「エチュード月曜クラス」編訳 弘学社 2013

「少年の眼―大人になる前の物語」 川本三郎選, 日本ペンクラブ編 光文社（光文社文庫） 1997

「晶文社アフロディーテ双書」 全3巻 晶文社 2003

「諸国物語―stories from the world」 ポプラ社 2008

「書物愛」 海外篇 紀田順一郎編 晶文社 2005

「書物愛」 海外篇 紀田順一郎編 東京創元社（創元ライブラリ） 2014

「ジョン・ガブリエルと呼ばれた男」 イプセン原著, 笹部博司著 メジャーリーグ, 星雲社（発売）（笹部博司の演劇コレクション） 2008

「ジョン・ガブリエル・ボルクマン」 イプセン著, 森鷗外訳 ゆまに書房（昭和初期世界名作翻訳全集） 2004

「ジョーンズ＆シュミット ミュージカル戯曲集」 ジョーンズ台本・詞, 勝田安彦訳・訳詞 カモミール社（勝田安彦ドラマシアターシリーズ） 2007

「ジョーンズ＆シュミット ミュージカル戯曲集」 第2巻 ジョーンズ台本・詞, 勝田安彦訳・訳詞 カモミール社（勝田安彦ドラマシアターシリーズ） 2011

「白雪姫、殺したのはあなた」 エド・ゴーマン, マーティン・H.グリーンバーグ編 原書房 1999

「シリーズ・永遠のアメリカ文学」 全5巻 東京書籍 1989〜1991

「シリーズ【越境の文学／文学の越境】」 全7巻 現代企画室 1994〜1999

「シリーズ現代ドイツ文学」 全5巻 早稲田大学出版部 1991〜1993

「シリーズ百年の物語」 全6巻 トパーズプレス 1996

「死霊たちの宴」 上, 下 ジョン・スキップ, クレイグ・スペクター編, 夏来健次訳 東京創元社（創元推理文庫） 1998

「シルヴァー・スクリーム」 上, 下 デイヴィッド・J.スカウ編 東京創元社（創元推理文庫） 2013

「新ギリシア悲劇物語」 9〜20 佐藤彰編 講談社出版サービスセンター（製作） 2003〜2008

「新編 真ク・リトル・リトル神話大系」 全7巻 国書刊行会 2007〜2009

「新・幻想と怪奇」 仁賀克雄編・訳 早川書房（Hayakawa pocket mystery books） 2009

「信仰の悲劇」 ロマン・ロラン著, 新城和一訳 ゆまに書房（昭和初期世界名作翻訳全集） 2006

「シンデレラ」 竹書房（竹書房文庫） 2015

「新本格猛虎会の冒険」 東京創元社 2003

「〈新訳・世界の古典〉シリーズ―The Originals of Great Operas and Ballets」 全8巻 新書館 1997〜1999

「推理探偵小説文学館」 全2巻 勉誠社 1996

「スウィート・サマー・ラブ」 ハーパーコリンズ・ジャパン（サマーシズラーVB） 2015

「スティーヴ・フィーヴァー―ポストヒューマンSF傑作選 SFマガジン創刊50周年記念アンソロジー」 山岸真編 早川書房（ハヤカワ文庫SF） 2010

収録全集・アンソロジー一覧

「スペイン黄金世紀演劇集」 牛島信明編訳 名古屋大学出版会 2003

「成城・学校劇脚本集─成城学園初等学校劇の会150回記念」 成城学園初等学校出版部（成城学園初等学校研究双書） 2002

「青銅の騎士─小さな悲劇」 プーシキン著, 郡伸哉訳 群像社（ロシア名作ライブラリー） 2002

「生の深みを覗く─ポケットアンソロジー」 岩波書店（岩波文庫別冊） 2010

「西洋伝奇物語─ゴシック名訳集成」 東雅夫編 学習研究社（学研M文庫） 2004

「西和リブロス」 全13巻 西和書林 1984〜1993

「世界怪談名作集」 上, 下 岡本綺堂編訳 河出書房新社（河出文庫） 2002

「世界古典文学全集」 全50巻 筑摩書房 1964〜2004

「世界探偵小説全集」 全45巻 国書刊行会 1994〜2007

「世界堂書店」 文藝春秋（文春文庫） 2014

「世界100物語」 4〜8 サマセット・モーム編 河出書房新社 1997

「世界文学全集」 全30巻 池澤夏樹個人編集 河出書房新社 2007〜2011

「千の脚を持つ男─怪物ホラー傑作選」 中村融編 東京創元社（創元推理文庫） 2007

「創刊一〇〇年三田文学名作選」 三田文学会 2010

「双生児─EQMM90年代ベスト・ミステリー」 ジャネット・ハッチングズ編 扶桑社（扶桑社ミステリー） 2000

「ゾエトロープ」 Biz アドリエンヌ・ブロデュール, サマンサ・シュニー編, ウィリアム N.伊藤訳 角川書店（Bookplus） 2001

「ゾエトロープ」 Blanc アドリエンヌ・ブロデュール, サマンサ・シュニー編, 小原亜美訳 角川書店（Bookplus） 2003

「ゾエトロープ」 Noir アドリエンヌ・ブロデュール, サマンサ・シュニー編, 小原亜美訳 角川書店（Bookplus） 2003

「ゾエトロープ」 Pop アドリエンヌ・ブロデュール, サマンサ・シュニー編, ウィリアム N.伊藤訳 角川書店（Bookplus） 2001

「それでも三月は、また」 講談社 2012

【 た 】

「タイの大地の上で─現代作家・詩人選集」 吉岡みね子編訳 大同生命国際文化基金（アジアの現代文芸） 1999

「ダイヤモンド・ドッグ─《多文化を映す》現代オーストラリア短編小説集」 ケイト・ダリアン＝スミス, 有満保江編 現代企画室 2008

「太陽系無宿／お祖母ちゃんと宇宙海賊─スペース・オペラ名作選」 野田昌宏編訳 東京創元社（創元SF文庫） 2013

「台湾郷土文学選集」 全5巻 研文出版 2014

「台湾原住民文学選」 全10巻 下村作次郎ほか編 草風館 2002〜

「台湾セクシュアル・マイノリティ文学」 全4巻 黄英哲, 白水紀子, 垂水千恵編 作品社 2008〜2009

「台湾熱帯文学」 全4巻 人文書院 2010〜2011

「ダーク・ファンタジー・コレクション」 全10巻 論創社 2006〜2009

収録全集・アンソロジー一覧

「ただならぬ午睡―恋愛小説アンソロジー」 江國香織選, 日本ペンクラブ編 光文社（光文社文庫） 2004

「楽しい夜」 岸本佐知子編訳 講談社 2016

「探偵稼業はやめられない―女探偵vs.男探偵」 光文社（光文社文庫） 2003

「短篇小説日和―英国異色傑作選」 西崎憲編訳 筑摩書房（ちくま文庫） 2013

「短編 女性文学 近代 続」 渡邊澄子編 おうふう 2002

「短篇で読むシチリア」 武谷なおみ編訳 みすず書房（大人の本棚） 2011

「地球の静止する日」 南山宏, 尾之上浩司訳 角川書店（角川文庫） 2008

「地球の静止する日―SF映画原作傑作選」 中村融編 東京創元社（創元SF文庫） 2006

「ちっちゃなエイヨルフ」 イプセン原著, 笹部博司著 メジャーリーグ, 星雲社（発売）（笹部博司の演劇コレクション） 2008

「血と薔薇の誘う夜に―吸血鬼ホラー傑作選」 東雅夫編 角川書店（角川ホラー文庫） 2005

「血の報復―「在満」中国人作家短篇集」 岡田英樹訳編 ゆまに書房 2016

「中国現代戯曲集」 5～9 話劇人社中国現代戯曲集編集委員会編 晩成書房 2004～2009

「中国現代文学選集」 全6巻 東アジア文学フォーラム日本委員会編 トランスビュー 2010

「中国古典小説選」 全12巻 竹田晃, 黒田真美子編 明治書院 2005～2009

「中世英国ロマンス集」 全4巻 中世英国ロマンス研究会訳 篠崎書林 1983～2001

「超短編アンソロジー」 本間祐編 筑摩書房（ちくま文庫） 2002

「沈鐘」 ハウプトマン著, 楠山正雄訳 ゆまに書房（昭和初期世界名作翻訳全集） 2004

「憑かれた鏡―エドワード・ゴーリーが愛する12の怪談」 エドワード・ゴーリー編 河出書房新社 2006

「椿姫―デュマ・フィスより」 デュマ・フィス原作, 笹部博司著 メジャーリーグ, 星雲社（発売）（笹部博司の演劇コレクション） 2008

「翼を愛した男たち」 フレデリック・フォーサイス編 原書房 1997

「冷たい方程式」 伊藤典夫編・訳 早川書房（ハヤカワ文庫SF） 2011

「吊るされた男」 井上雅彦編 角川書店（角川ホラー文庫） 2001

「ディスコ2000」 サラ・チャンピオン編 アーティストハウス 1999

「ディスコ・ビスケッツ」 サラ・チャンピオン編 早川書房 1998

「ティータイム・ストーリーズ」 全2巻 花風社 1999

「ディナーで殺人を」 上, 下 ピーター・ヘイニング編 東京創元社（創元推理文庫） 1998

「鉄路に咲く物語―鉄道小説アンソロジー」 西村京太郎選, 日本ペンクラブ編 光文社（光文社文庫） 2005

「天外消失―世界短篇傑作集 Off the face of the earth and other stories」 早川書房編集部編 早川書房（ハヤカワ・ミステリ） 2008

「天空の家―イラン女性作家選」 藤元優子編訳 段々社（現代アジアの女性作家秀作シリーズ） 2014

「天国の風―アジア短篇ベスト・セレクション」 高樹のぶ子編 新潮社 2011

「天使が微笑んだら―クリスマス・ストーリー2008」 ハーレクイン 2008

「天使だけが聞いている12の物語」 ニック・ホーンビィ編 ソニー・マガジンズ 2001

「ファンタジイの殿堂 伝説は永遠（とわ）に」 全3巻 ロバート・シルヴァーバーグ編 早川書房（ハヤカワ文庫FT） 2000

収録全集・アンソロジー一覧

「独逸怪奇小説集成」 竹内節編, 前川道介訳 国書刊行会 2001

「ドイツ幻想小説傑作選―ロマン派の森から」 今泉文子編訳 筑摩書房（ちくま文庫） 2010

「ドイツ現代戯曲選30」 全30巻 論創社 2005〜2008

「ドイツ・ナチズム文学集成」 第1巻 柏書房 2001

「ドイツ文学セレクション」 全8巻 三修社 1996〜1997

「東欧の文学」 全34巻 恒文社 1966〜1988

「同時代の中国文学―ミステリー・イン・チャイナ」 釜屋修監修 東方書店 2006

「童貞小説集」 筑摩書房（ちくま文庫） 2007

「塔の物語」 井上雅彦編 角川書店（角川ホラー文庫） 2000

「時を生きる種族―ファンタスティック時間SF傑作選」 中村融編 東京創元社（創元SF文庫）
2013

「時の娘―ロマンティック時間SF傑作選」 中村融編 東京創元社（創元SF文庫） 2009

「どこにもない国―現代アメリカ幻想小説集」 柴田元幸編訳 松柏社 2006

「トスカ―ヴィクトリアン・サルドゥーより」 ヴィクトリアン・サルドゥー原作, 笹部博司著 メ
ジャーリーグ, 星雲社（発売）（笹部博司の演劇コレクション） 2008

「とっておきの話」 筑摩書房（ちくま文学の森） 2011

「「飛び石プロジェクト」戯曲集―血の婚礼／Stepping stones エイブルアート・オンステージ国際
交流プログラム」 「飛び石プロジェクト」戯曲集制作委員会編, 吉野さつき監修 フィルム
アート社 2010

「鳥になった男」 中村ふじゑ, 坂本志げ子訳 研文出版（研文選書） 1998

「ドリーマーズ／ノー・シュガー」 ジャック・デーヴィス著, 佐和田敬司訳 オセアニア出版社
（オーストラリア演劇叢書） 2006

「トロイア叢書」 全5巻 国文社 2001〜2011

「どん底」 ゴーリキー著, 小山内薫訳 ゆまに書房（昭和初期世界名作翻訳全集） 2004

【 な 】

「999（ナインナインナイン）―狂犬の夏」 アル・サラントニオ編 東京創元社（創元推理文庫）
2000

「999（ナインナインナイン）―聖金曜日」 アル・サラントニオ編 東京創元社（創元推理文庫）
2000

「999（ナインナインナイン）―妖女たち」 アル・サラントニオ編 東京創元社（創元推理文庫）
2000

「謎のギャラリー―愛の部屋」 北村薫編 新潮社（新潮文庫） 2002

「謎のギャラリー―こわい部屋」 北村薫編 新潮社（新潮文庫） 2002

「謎のギャラリー―謎の部屋」 北村薫編 新潮社（新潮文庫） 2002

「謎の部屋」 筑摩書房（ちくま文庫） 2012

「謎の物語」 紀田順一郎編 筑摩書房（ちくま文庫） 2012

「夏色の恋の誘惑」 ハーレクイン（サマー・シズラーVB） 2013

「夏に恋したシンデレラ」 ハーパーコリンズ・ジャパン（サマーシズラーVB） 2016

「ナポレオンの剃刀の冒険―シナリオ・コレクション」 エラリー・クイーン著, 飯城勇三訳 論創

社（論創海外ミステリ）　2008

「怠けものの話」　筑摩書房（ちくま文学の森）　2011

「南欧怪談三題」　西本晃二編訳　未來社（転換期を読む）　2011

「二時間目国語」　宝島社（宝島社文庫）　2008

「20世紀イギリス小説個性派セレクション」　全5巻　横山茂雄, 佐々木徹責任編集　新人物往来社
　2010〜2012

「20世紀英国モダニズム小説集成」　全3巻　風濤社　2014

「20世紀SF」　全6巻　中村融, 山岸真編　河出書房新社（河出文庫）　2000〜2001

「20世紀民衆の世界文学」　全9巻　三友社出版　1986〜1992

「二十一世紀ミャンマー作品集」　南田みどり編訳　大同生命国際文化基金（アジアの現代文芸）
　2015

「人魚―mermaid & merman」　皓星社（紙礫）　2016

「人形座脚本集」　人形座再発見の会編　晩成書房　2005

「猫好きに捧げるショート・ストーリーズ」　M.J.ローゼン編　国書刊行会　1997

「猫は九回生きる―とっておきの猫の話」　月村澄枝訳　心交社　1997

「狙われた女」　扶桑社（扶桑社ミステリー）　2014

「野鴨」　イプセン原著, 笹部博司著　メジャーリーグ, 星雲社（発売）（笹部博司の演劇コレクショ
　ン）　2008

「ノストラダムス秘録」　シンシア・スターノウ, マーティン・H.グリーンバーグ編　扶桑社（扶桑
　社ミステリー）　1999

「ノラ」　イプセン著, 森鷗外訳　ゆまに書房（昭和初期世界名作翻訳全集）　2004

「法月綸太郎の本格ミステリ・アンソロジー」　法月綸太郎編　角川書店（角川文庫）　2005

【 は 】

「バースデイ・ストーリーズ」　村上春樹編訳　中央公論新社　2002

「バースデー・ボックス」　金原瑞人監訳　メタローグ　2004

「ハッカー／13の事件」　ジャック・ダン, ガードナー・ドゾワ編　扶桑社（扶桑社ミステリー）　2000

「バッド・バッド・ボーイズ」　早川書房（ハヤカワ文庫）　2011

「パプア・ニューギニア小説集」　マイク・グレイカス編, 塚本晃久訳, グレイヴァ・オーラ イラス
　ト　三重大学出版会　2008

「バベルの図書館」　全30巻　ホルヘ・ルイス・ボルヘス編纂・序文　国書刊行会　1988〜1992

「新編バベルの図書館」　全6巻　ホルヘ・ルイス・ボルヘス編纂・序文　国書刊行会　2012〜2013

「SFの殿堂 遙かなる地平」　全2巻　ロバート・シルヴァーバーグ編　早川書房（ハヤカワ文庫SF）
　2000

「犯罪は詩人の楽しみ―詩人ミステリ集成」　エラリー・クイーン編, 柳瀬尚紀訳　東京創元社（創
　元推理文庫）　2012

「ハーン・ザ・ラストハンター―アメリカン・オタク小説集」　ブラッドレー・ボンド編, 本兌有,
　杉ライカ訳　筑摩書房　2016

「ヒー・イズ・レジェンド」　クリストファー・コンロン編　小学館（小学館文庫）　2010

「人恋しい雨の夜に―せつない小説アンソロジー」　浅田次郎選, 日本ペンクラブ編　光文社（光文

社文庫） 2006

「ひとにぎりの異形」 光文社（光文社文庫） 2007

「百年文庫」 全100巻 ポプラ社 2010〜2011

「氷河の滴―現代スイス女性作家作品集」 スイス文学研究会編訳 鳥影社・ロゴス企画 2007

「ヒロインの時代」 全7巻, 別巻1巻 川本静子, 北条文緒責任編集 国書刊行会 1988〜1989

「ファイン／キュート素敵かわいい作品選」 筑摩書房（ちくま文庫） 2015

「ファウスト」 第1部, 第2部 ヨハーン・ヴォルフガング・ゲーテ著, 池内紀訳 集英社（集英社文庫ヘリテージシリーズ） 2004

「フィリップ・マーロウの事件」 早川書房（ハヤカワ・ミステリ文庫） 2007

「フェイスオフ対決」 デイヴィッド・バルダッチ編, 田口俊樹訳 集英社（集英社文庫） 2015

「フェードル―ラシーヌより」 ラシーヌ原作, 笹部博司著 メジャーリーグ, 星雲社（発売）（笹部博司の演劇コレクション） 2008

「復讐の殺人」 オットー・ペンズラー編 早川書房（ハヤカワ・ミステリ文庫） 2001

「不思議な猫たち」 ジャック・ダン, ガードナー・ドゾワ編 扶桑社（扶桑社ミステリー） 1999

「不思議の扉」 時間がいっぱい 角川書店（角川文庫） 2010

「不思議の扉」 時をかける恋 角川書店（角川文庫） 2010

「不思議の扉」 ありえない恋 角川書店（角川文庫） 2011

「不思議の扉」 午後の教室 角川書店（角川文庫） 2011

「不死鳥の剣―剣と魔法の物語傑作選」 中村融編 河出書房新社（河出文庫） 2003

「ぶどう酒色の海―イタリア中短篇小説集」 吉本奈緒子, 香川真澄編訳 イタリア文藝叢書刊行委員会（イタリア文藝叢書） 2013

「フランス式クリスマス・プレゼント」 水声社 2000

「フランス十七世紀演劇集―喜劇」 鈴木康司, 伊藤洋, 冨田高嗣訳 中央大学出版部（中央大学人文科学研究所翻訳叢書） 2010

「フランス十七世紀演劇集―悲劇」 「十七世紀演劇を読む」研究チーム訳 中央大学出版部（中央大学人文科学研究所翻訳叢書） 2011

「フランダースの声―現代ベルギー小説アンソロジー」 フランダースセンター編 松籟社 2013

「ブリティッシュ＆アイリッシュ・マスターピース」 柴田元幸編訳 スイッチ・パブリッシング（SWITCH LIBRARY） 2015

「古きものたちの墓―クトゥルフ神話への招待」 扶桑社（扶桑社ミステリー） 2013

「ブルー・ボウ・シリーズ」 全10巻 青弓社 1992〜1997

「フローリアン・ガイエル」 ハウプトマン著, 大間知篤三訳 ゆまに書房（昭和初期世界名作翻訳全集） 2008

「ブロンテ姉妹エッセイ全集」 スー・ロノフ編, 中岡洋, 芦沢久江訳 彩流社 2016

「ブロンテ姉妹集」 全5巻 田中晏男訳 京都修学社 2001〜2002

「文学」 2010 講談社 2010

「文学の贈物―東中欧文学アンソロジー」 小原雅俊編 未知谷 2000

「文豪てのひら怪談」 ポプラ社（ポプラ文庫） 2009

「文士の意地―車谷長吉撰短篇小説輯」 上巻 車谷長吉編 作品社 2005

「壁画の中の顔―こわい話気味のわるい話 3」 平井呈一編 沖積舎 2012

「ベスト・アメリカン・短編ミステリ」 ジェフリー・ディーヴァー, オットー・ペンズラー編

DHC 2010

「ベスト・アメリカン・短編ミステリ」 2012 ハーラン・コーベン編, オットー・ペンズラー シリーズ・エディター DHC 2012

「ベスト・アメリカン・短編ミステリ」 2014 リザ・スコットライン編, オットー・ペンズラー シリーズ・エディター DHC 2015

「ベスト・アメリカン・ミステリ クラック・コカイン・ダイエット」 スコット・トゥロー, オットー・ペンズラー編 早川書房(ハヤカワ・ミステリ) 2007

「ベスト・アメリカン・ミステリ ジュークボックス・キング」 マイクル・コナリー, オットー・ペンズラー編 早川書房(ハヤカワ・ミステリ) 2005

「ベスト・アメリカン・ミステリ スネーク・アイズ」 ネルソン・デミル, オットー・ペンズラー編 早川書房(ハヤカワ・ミステリ) 2005

「ベスト・アメリカン・ミステリ ハーレム・ノクターン」 ジェイムズ・エルロイ, オットー・ペンズラー編 早川書房(ハヤカワ・ミステリ) 2005

「ベスト・ストーリーズ」 1～3 若島正編 早川書房 2015～2016

「ベスト・プレイズ─西洋古典戯曲12選」 日本演劇学会分科会西洋比較演劇研究会編 論創社 2011

「ベータ2のバラッド」 若島正編訳 国書刊行会(未来の文学) 2006

「ヘッダ・ガブラー」 イプセン原著, 笹部博司著 メジャーリーグ, 星雲社(発売)(笹部博司の演劇コレクション) 2008

「ベトナム現代短編集」 第2巻 加藤栄訳 大同生命国際文化基金(アジアの現代文芸) 2005

「ベルリンの東」 ハナ・モスコヴィッチ著, 吉原豊司訳 彩流社(カナダ現代戯曲選) 2015

「ベルリン・ノワール」 小津薫訳 扶桑社 2000

「変愛小説集」 岸本佐知子編訳 講談社 2008

「変愛小説集」 2 岸本佐知子編訳 講談社 2010

「変愛小説集」 岸本佐知子編訳 講談社(講談社文庫) 2014

「変身のロマン」 澁澤龍彦編 学習研究社(学研M文庫) 2003

「変身ものがたり」 筑摩書房(ちくま文学の森) 2010

「吼えろ支那」 トレチヤコフ著, 大隈俊雄訳 ゆまに書房(昭和初期世界名作翻訳全集) 2008

「ポーカーはやめられない─ポーカー・ミステリ書下ろし傑作選」 オットー・ペンズラー編 ランダムハウス講談社 2010

「僕の恋, 僕の傘」 柴田元幸編訳 角川書店 1999

「ポケットのなかの東欧文学─ルネッサンスから現代まで」 飯島周, 小原雅俊編 成文社 2006

「ポケットマスターピース」 全13巻 集英社(集英社文庫ヘリテージシリーズ) 2015～2016

「ポーに捧げる20の物語」 スチュアート・M.カミンスキー編 早川書房(Hayakawa pocket mystery books) 2009

「ボロゴーヴはミムジイ─伊藤典夫翻訳SF傑作選」 高橋良平編, 伊藤典夫訳 早川書房(ハヤカワ文庫SF) 2016

「ホロスコープは死を招く」 アン・ペリー編, 山本やよい訳 ソニー・マガジンズ(ヴィレッジブックス) 2006

「ホワイトハウスのペット探偵」 キャロル・N.ダグラス著・編, 青木多香子訳 講談社(講談社文庫) 2009

「本の殺人事件簿─ミステリ傑作20選」 1～2 シンシア・マンソン編, 曽田和子監訳 バベル・プ

収録全集・アンソロジー一覧

レス 2001

【 ま 】

「マイ・バレンタイン―愛の贈りもの」 '97 ハーレクイン, 洋販（発売） 1997
「マイ・バレンタイン―愛の贈りもの」 '98 ハーレクイン, 洋販（発売） 1998
「マイ・バレンタイン―愛の贈りもの」 '99 ハーレクイン 1999
「マイ・バレンタイン―愛の贈りもの」 2000 ハーレクイン 2000
「マイ・バレンタイン―愛の贈りもの」 2001 ハーレクイン 2001
「マイ・バレンタイン―愛の贈りもの」 2002 ハーレクイン 2002
「マイ・バレンタイン―愛の贈りもの」 2003 ハーレクイン 2003
「マイ・バレンタイン―愛の贈りもの」 2004 ハーレクイン 2004
「マイ・バレンタイン―愛の贈りもの」 2005 ハーレクイン 2005
「マイ・バレンタイン―愛の贈りもの」 2006 ハーレクイン 2006
「マイ・バレンタイン―愛の贈りもの」 2007 ハーレクイン 2007
「マイ・バレンタイン―愛の贈りもの」 2008 ハーレクイン 2008
「マイ・バレンタイン―愛の贈りもの」 2009 ハーレクイン 2009
「マイ・バレンタイン―愛の贈りもの」 2010 ハーレクイン 2010
「マイ・バレンタイン―愛の贈りもの」 2011 ハーレクイン 2011
「マイ・バレンタイン―愛の贈りもの」 2012 ハーレクイン 2012
「マイ・バレンタイン―愛の贈りもの」 2015 ハーレクイン 2015
「マイ・バレンタイン―愛の贈りもの」 2016 ハーパーコリンズ・ジャパン 2016
「マクベス」 シェークスピヤ著, 坪内逍遥訳 ゆまに書房（昭和初期世界名作翻訳全集） 2004
「魔術師」 井上雅彦編 角川書店（角川ホラー文庫） 2001
「魔女たちの饗宴―現代ロシア女性作家選」 沼野恭子訳 新潮社 1998
「マシン・オブ・デス」 ライアン・ノース, マシュー・ベナルド, デーヴィッド・マルキ！編, 旦紀子訳 アルファポリス（アルファポリス文庫） 2013
「マシン・オブ・デス―A Collection of Stories about People who Know How They Will DIE」 ライアン・ノース, マシュー・ベナルド, デーヴィッド・マルキ！編, 旦紀子訳 アルファポリス 2012
「まちがひつゞき」 シェークスピヤ著, 坪内逍遥訳 ゆまに書房（昭和初期世界名作翻訳全集） 2004
「間違ってもいい、やってみたら―想いがはじける28の物語」 サンドラ・マーツ編, 吉田利子訳 講談社 1998
「街角の書店―18の奇妙な物語」 中村融編 東京創元社（創元推理文庫） 2015
「魔地図」 井上雅彦監修 光文社（光文社文庫） 2005
「街の子―外一篇」 シユミットボン著, 森鷗外訳 ゆまに書房（昭和初期世界名作翻訳全集） 2007
「真夏の恋の物語―サマー・シズラー」 '98 上木治子, 谷垣暁美, 平江まゆみ訳 ハーレクイン, 洋販（発売） 1998
「真夏の恋の物語―サマー・シズラー」 '99 ハーレクイン 1999
「真夏の恋の物語―サマー・シズラー」 2000 ハーレクイン 2000

作品名から引ける世界文学全集案内 第III期 （**21**）

収録全集・アンソロジー一覧

「真夏の恋の物語—サマー・シズラー」 2001 ハーレクイン 2001
「真夏の恋の物語—サマー・シズラー」 2002 ハーレクイン 2002
「真夏の恋の物語—サマー・シズラー」 2003 ハーレクイン 2003
「真夏の恋の物語—サマー・シズラー」 2004 ハーレクイン 2004
「真夏の恋の物語—サマー・シズラー」 2005 ハーレクイン 2005
「真夏の恋の物語—サマー・シズラー」 2006 ハーレクイン 2006
「真夏の恋の物語—サマー・シズラー」 2007 ハーレクイン 2007
「真夏の恋の物語—サマー・シズラー」 2009 ハーレクイン 2009
「真夏の恋の物語—サマー・シズラー」 2010 ハーレクイン 2010
「真夏の恋の物語—サマー・シズラー」 2012 ハーレクイン 2012
「真夏の恋の物語—サマー・シズラー」 2013 ハーレクイン 2013
「真夏の恋の物語—サマー・シズラー」 2014 ハーレクイン 2014
「真夏のシンデレラ・ストーリー—サマー・シズラー2015」 ハーパーコリンズ・ジャパン 2015
「魔猫」 エレン・ダトロウ編 早川書房 1999
「魔法使いになる14の方法」 ピーター・ヘイニング編, 大友香奈子訳 東京創元社（創元推理文庫） 2003
「魔法の猫」 ジャック・ダン, ガードナー・ドゾワ編 扶桑社（扶桑社ミステリー） 1998
「魔法の本棚」 全6巻 国書刊行会 1996〜1999
「幻を追う男—シナリオ・コレクション」 ジョン・ディクスン・カー著, 森英俊訳 論創社（論創海外ミステリ） 2006
「マリア・マグダレーネ」 ヘッベル著, 吹田順助訳 ゆまに書房（昭和初期世界名作翻訳全集） 2007
「マルフイ公夫人」 ジョン・ウェブスター著, 萩谷健彦訳 ゆまに書房（昭和初期世界名作翻訳全集） 2006
「マンハッタン物語」 ローレンス・ブロック編, 田口俊樹, 高山真由美訳 二見書房（二見文庫） 2008
「ミステリアス・クリスマス」 パロル舎 1999
「ミステリアス・ショーケース」 早川書房編集部編 早川書房（Hayakawa pocket mystery books） 2012
「ミステリの女王の冒険—視聴者への挑戦」 エラリー・クイーン原案, 飯城勇三編 論創社（論創海外ミステリ） 2010
「ミステリーの本棚」 全6巻 国書刊行会 2000〜2001
「ミステリマガジン700—創刊700号記念アンソロジー」 海外篇 杉江松恋編 早川書房（ハヤカワ・ミステリ文庫） 2014
「ミステリ・リーグ傑作選」 上, 下 飯城勇三編 論創社（論創海外ミステリ） 2007
「ミセス・ヴィールの幽霊—こわい話気味のわるい話1」 平井呈一編 沖積舎 2011
「密室殺人傑作選」 H.S.サンテッスン編 早川書房（ハヤカワ・ミステリ文庫） 2003
「密室殺人コレクション」 二階堂黎人, 森英俊共編 原書房 2001
「密室殺人大百科」 上, 下 二階堂黎人編 原書房 2000
「ミニ・ミステリ100」 アイザック・アシモフ他編 早川書房（ハヤカワ・ミステリ文庫） 2005
「ミャンマー現代女性短編集」 南田みどり編訳 大同生命国際文化基金（アジアの現代文芸） 2001

収録全集・アンソロジー一覧

「ミャンマー現代短編集」 第2巻 南田みどり編訳 大同生命国際文化基金（アジアの現代文芸）
　1998

「民衆の敵」 イブセン原著, 笹部博司著 メジャーリーグ, 星雲社（発売）（笹部博司の演劇コレク
　ション） 2008

「明治の翻訳ミステリー——翻訳編」 1〜2 川戸道昭, 榊原貴教編 五月書房（明治文学復刻叢書）
　2001

「メグ・アウル」 パロル舎（ミステリアス・クリスマス） 2002

「めぐり逢う四季（きせつ）」 嵯峨静江訳 二見書房（二見文庫） 2009

「メディア——エウリピデスより」 エウリピデス原作, 笹部博司著 メジャーリーグ, 星雲社（発売）
　（笹部博司の演劇コレクション） 2008

「もう一度読みたい教科書の泣ける名作」 学研教育出版 2013

「もう一度読みたい教科書の泣ける名作」 再び 学研教育出版 2014

「盲目の女神——20世紀欧米戯曲拾遺」 E.トラー, G.カイザー, C.オデッツ, W.インジ, Л.アンド
　レーエフ, L.アラゴン, R.デスノス, T.ウィリアムズ著, 小笠原豊樹訳 みすず書房 2011

「燃える天使」 柴田元幸編訳 角川書店（角川文庫） 2009

「もっと厭な物語」 文藝春秋（文春文庫） 2014

「モーフィー時計の午前零時——チェス小説アンソロジー」 若島正編 国書刊行会 2009

「モロッコ幻想物語」 ポール・ボウルズ編, 越川芳明訳 岩波書店 2013

「モンゴル近現代短編小説選」 G.アヨルザナ, L.ウルズィートゥグス編, 柴内秀司訳 パブリッ
　ク・ブレイン 2013

「モンスターズ——現代アメリカ傑作短篇集」 B.J.ホラーズ編, 古屋美登里訳 白水社 2014

【 や 】

「安らかに眠りたまえ——英米文学短編集」 清水武雄監訳 海苑社 1998

「やとわれ仕事」 フランク・モハー著, 吉原豊司訳 彩流社（カナダ現代戯曲選） 2011

「病短編小説集」 石塚久郎監訳 平凡社（平凡社ライブラリー） 2016

「山口雅也の本格ミステリ・アンソロジー」 角川書店（角川文庫） 2007

「闇の展覧会」 霧 カービー・マッコーリー編 早川書房（ハヤカワ文庫） 2005

「闇の展覧会」 敵 カービー・マッコーリー編 早川書房（ハヤカワ文庫） 2005

「闇の展覧会」 罠 カービー・マッコーリー編 早川書房（ハヤカワ文庫） 2005

「幽霊」 イブセン著, 森鷗外訳 ゆまに書房（昭和初期世界名作翻訳全集） 2004

「幽霊船——今日泊亜蘭翻訳怪奇小説コレクション」 今日泊亜蘭訳, 小野純一, 善渡爾宗衛編 我刊
　我書房（盛林堂ミステリアス文庫） 2015

「ユーディット」 ヘッベル著, 吹田順助訳 ゆまに書房（昭和初期世界名作翻訳全集） 2007

「夢のかけら」 今福龍太, 沼野充義, 四方田犬彦編 岩波書店（世界文学のフロンティア） 1997

「夢の文学館」 全6巻 早川書房 1995

「夜明けのフロスト」 木村仁良編 光文社（光文社文庫） 2005

「夜汽車はバビロンへ——EQMM90年代ベスト・ミステリー」 ジャネット・ハッチングズ編 扶桑
　社（扶桑社ミステリー） 2000

「四つの愛の物語——クリスマス・ストーリー」 ’97 ハーレクイン 1997

作品名から引ける世界文学全集案内 第III期 （**23**）

収録全集・アンソロジー一覧

「四つの愛の物語─クリスマス・ストーリー」 '98 ハーレクイン 1998
「四つの愛の物語─クリスマス・ストーリー」 '99 ハーレクイン 1999
「四つの愛の物語─クリスマス・ストーリー」 2000 ハーレクイン 2000
「四つの愛の物語─クリスマス・ストーリー」 2001 ハーレクイン 2001
「四つの愛の物語─クリスマス・ストーリー」 2002 ハーレクイン 2002
「四つの愛の物語─クリスマス・ストーリー」 2003 ハーレクイン 2003
「四つの愛の物語─クリスマス・ストーリー 恋と魔法の季節」 2004 ハーレクイン 2004
「四つの愛の物語─クリスマス・ストーリー 十九世紀の聖夜」 2004 ハーレクイン 2004
「四つの愛の物語─クリスマス・ストーリー イブの星に願いを」 2005 ハーレクイン 2005
「四つの愛の物語─クリスマス・ストーリー 情熱の贈り物」 2005 ハーレクイン 2005
「四つの愛の物語─クリスマス・ストーリー」 2007 ハーレクイン 2007
「四つの愛の物語─クリスマス・ストーリー」 2009 ハーレクイン 2009
「四つの愛の物語─クリスマス・ストーリー」 2010 ハーレクイン 2010
「四つの愛の物語─クリスマス・ストーリー」 2011 ハーレクイン 2011
「四つの愛の物語─クリスマス・ストーリー」 2012 ハーレクイン 2012
「四つの愛の物語─クリスマス・ストーリー」 2013 ハーレクイン 2013
「四つの愛の物語─クリスマス・ストーリー」 2014 ハーレクイン 2014
「読まずにいられぬ名短篇」 筑摩書房（ちくま文庫）2014
「読んで演じたくなるゲキの本」 小学生版 冨川元文本文＆カバー・イラスト 幻冬舎 2006
「読んで演じたくなるゲキの本」 中学生版 冨川元文本文＆カバー・イラスト 幻冬舎 2006
「読んで演じたくなるゲキの本」 高校生版 冨川元文本文＆カバー・イラスト 幻冬舎 2006

【 ら 】

「ライターズX」 全7巻 白水社 1994〜1995
「ラオス現代文学選集」 二元裕子編訳 大同生命国際文化基金（アジアの現代文芸）2013
「楽園追放rewired─サイバーパンクSF傑作選」 早川書房（ハヤカワ文庫 JA）2014
「ラテンアメリカ五人集」 集英社（集英社文庫）2011
「ラテンアメリカ傑作短編集─中南米スペイン語圏文学史を辿る」 野々山真輝帆編 彩流社 2014
「ラテンアメリカ現代演劇集」 佐竹謙一編訳 水声社 2005
「ラテンアメリカ短編集─モデルニズモから魔術的レアリズモまで」 野々山真輝帆編 彩流社
　2001
「ラテンアメリカ文学選集」 第15巻 鼓直、木村榮一編 現代企画室 1996
「ラヴクラフトの遺産」 R.E.ワインバーグ, M.H.グリーンバーグ編 東京創元社（創元推理文庫）
　2000
「ラブ・チャイルド／アウェイ」 ジョアンナ・マレースミス, マイケル・ガウ著, 佐和田敬司訳
　オセアニア出版社（オーストラリア演劇叢書）2006
「爛酔」 ストリンドベルグ著, 舟木重信訳 ゆまに書房（昭和初期世界名作翻訳全集）2008
「ラント夫人─こわい話気味のわるい話 2」 平井呈一編 沖積舎 2012
「乱歩が選ぶ黄金時代ミステリーBEST10」 全10巻 集英社（集英社文庫）1998〜1999

収録全集・アンソロジー一覧

「乱歩の選んだベスト・ホラー」 森英俊, 野村宏平編 筑摩書房（ちくま文庫）2000

「リターン／ダーウィンへの最後のタクシー」 レグ・クリップ著, 佐和田敬司訳 オセアニア出版
社（オーストラリア演劇叢書）2007

「留学生文学賞作品集」 2006 留学生文学賞委員会 2007

「令嬢と召使」 ストリンドベリ原作, 笹部博司著 メジャーリーグ, 星雲社（発売）（笹部博司の演
劇コレクション）2008

「レズビアン短編小説集―女たちの時間」 利根川真紀編訳 平凡社（平凡社ライブラリー）2015

「恋愛三昧―外三篇」 シュニッツラー著, 森鷗外訳 ゆまに書房（昭和初期世界名作翻訳全集）
2004

「ろうそくの炎がささやく言葉」 勁草書房 2011

「朗読劇台本集」 4〜5 岡田陽編, 鈴木惇絵 玉川大学出版部 2002

「ロシアSF短編集」 西周成編訳 アルトアーツ 2016

「ロシア幻想短編集」 西周成編訳 アルトアーツ 2016

「ロシア幻想短編集」 第2巻 西周成編訳 アルトアーツ 2016

「ロシアのクリスマス物語」 田辺佐保子訳 群像社 1997

「ロスメルスホルム」 イプセン原著, 笹部博司著 メジャーリーグ, 星雲社（発売）（笹部博司の演
劇コレクション）2008

「ロボット・オペラ―An Anthology of Robot Fiction and Robot Culture」 瀬名秀明編 光文社
2004

「ローマ喜劇集」 4〜5 プラウトゥス著, 高橋宏幸ほか訳 京都大学学術出版会（西洋古典叢書）
2002

「〈ロマン・ノワール〉シリーズ」 全5巻 草思社 1995

「ロンドン・ノワール」 マキシム・ジャクボヴスキー編, 田口俊樹訳 扶桑社（扶桑社ミステリー）
2003

【 わ 】

「ワイオミング生まれの宇宙飛行士―宇宙開発SF傑作選 SFマガジン創刊50周年記念アンソロ
ジー」 中村融編 早川書房（ハヤカワ文庫 SF）2010

「ワイン通の復讐―美酒にまつわるミステリー選集」 心交社 1998

「わかれの船―Anthology」 宮本輝編 光文社 1998

「私の謎」 今福龍太, 沼野充義, 四方田犬彦編 岩波書店（世界文学のフロンティア）1997

「わたしは女の子だから」 角田光代訳 英治出版 2012

「悪いやつらの物語」 筑摩書房（ちくま文学の森）2011

「我らが祖国のために―トーマス・キニーリーの小説「プレイメイカー」に基づく」 ティンバー
レイク・ワーテンベイカー作, 勝田安彦訳 カモミール社（勝田安彦ドラマシアターシリーズ）
2006

【 ABC 】

「BIBLIO MYSTERIES」 1〜3 ディスカヴァー・トゥエンティワン 2014

収録全集・アンソロジー一覧

「GOD」 井上雅彦監修 廣済堂出版（廣済堂文庫） 1999
「KAWADE MYSTERY」 全11巻 河出書房新社 2006〜2008
「Modern & Classic」 全22巻 河出書房新社 2003〜2008
「MYSTERY & ADVENTURE」 全4巻 至誠堂 1993〜1995
「SFマガジン700─創刊700号記念アンソロジー」 海外篇 山岸真編 早川書房（ハヤカワ文庫 SF）
　2014
「STORY REMIX」 全3巻 大栄出版 1996
「THE FUTURE IS JAPANESE」 早川書房（ハヤカワSFシリーズJコレクション） 2012
「VOICES OVERSEAS」 全6巻 講談社 1995〜1997

【あ】

ああ, 大学(コリア, ジョン)
　　◇村上啓夫訳「異色作家短篇集 7」早川書房
　　　2006 p175

愛(韓龍雲)
　　◇安宇植(アンウーシク)訳「韓国文学名作選 ニ
　　　ムの沈黙」講談社 1999 p133

愛あればこそ(ケラーマン, ジョナサン)
　　◇佐藤耕士訳「愛の殺人」早川書房 1997 (ハ
　　　ヤカワ・ミステリ文庫) p213

「愛」を愛しています(韓龍雲)
　　◇安宇植(アンウーシク)訳「韓国文学名作選 ニ
　　　ムの沈黙」講談社 1999 p106

愛を思い出して(ローズ, エミリー)
　　◇後藤美香訳「愛は永遠に―ウエディング・ス
　　　トーリー 2012」ハーレクイン 2012 p217

愛を探して(金光林)
　　◇石川樹里訳「韓国現代戯曲集 1」日韓演劇交
　　　流センター 2002 p29

愛を知らない伯爵(ルーカス, ジェニー)
　　◇早川麻百合訳「真夏の恋の物語―サマー・シ
　　　ズラー 2012」ハーレクイン 2012 p5

『アイオロシコーン』 第一, 第二(アリストパ
ネース)
　　◇久保田忠利, 野津寛, 脇本由佳訳「ギリシア
　　　喜劇全集 4」岩波書店 2009 p244

アイオワ州ミルグローブの詩人たち(スラデッ
ク, ジョン)
　　◇伊藤典夫訳「奇想コレクション 蒸気駆動の
　　　少年」河出書房新社 2008 p55

愛を忘れた伯爵(ポーター, ジェイン)
　　◇藤倉詩音訳「四つの愛の物語―クリスマス・
　　　ストーリー 2011」ハーレクイン 2011
　　　p207

『哀歌』 第一番～第二番(ガルシラソ・デ・ラ・
ベーガ)
　　◇本田誠二訳「西和リブロス 13」西和書林
　　　1993 p164

愛が試されるとき(ウィンターズ, レベッカ)
　　◇井上万里訳「愛は永遠に―ウエディング・ス

トーリー '99」ハーレクイン 1999 p313

哀願する死者の眼(ペレケーノス, ジョージ・P.)
　　◇横山啓明訳「ベスト・アメリカン・ミステリ
　　　ジュークボックス・キング」早川書房
　　　2005 (ハヤカワ・ミステリ) p341

愛犬物語(サーバー, ジェイムズ)
　　◇鳴海四郎訳「異色作家短篇集 14」早川書房
　　　2006 p133

愛妻(スタイン, R.L.)
　　◇青木千鶴訳「殺しが二人を別つまで」早川書
　　　房 2007 (ハヤカワ・ミステリ文庫) p439

愛し合う二人に代わって(メロイ, マイリー)
　　◇村上春樹編訳「恋しくて―Ten Selected
　　　Love Stories」中央公論新社 2013 p5
　　◇村上春樹編訳「恋しくて―Ten Selected
　　　Love Stories」中央公論新社 2016 (中公
　　　文庫) p7

愛し合う部屋(ハートリー, L.P.)
　　◇今本渉訳「KAWADE MYSTERY ポドロ
　　　島」河出書房新社 2008 p279

アイシェとファトマ(ケマル, オルハン)
　　◇井口睦美訳「現代トルコ文学選 2」東京外国
　　　語大学外国語学部トルコ語専攻研究室
　　　2012 (TUFS Middle Eastern studies)
　　　p58

愛していると伝えたい(ハワード, リンダ)
　　◇沢田由美子訳「真夏の恋の物語―サマー・シ
　　　ズラー 2002」ハーレクイン 2002 p7
　　◇沢田由美子訳「夏に恋したシンデレラ」ハー
　　　パーコリンズ・ジャパン 2016 (サマーシ
　　　ズラーVB) p165

愛してると言えなくて(クイン, タラ・T.)
　　◇青山梢訳「マイ・バレンタイン―愛の贈りも
　　　の 2001」ハーレクイン 2001 p95

愛情(ニクソン, コーネリア)
　　◇大社淑子訳「猫好きに捧げるショート・ス
　　　トーリーズ」国書刊行会 1997 p277

愛情と共感(セルフ, ウィル)
　　◇安原和見訳「奇想コレクション 元気なぼく
　　　らの元気なおもちゃ」河出書房新社 2006
　　　p121

愛書家地獄(アスリノー, Ch.)
　　◇生田耕作訳「愛書狂」平凡社 2014 (平凡社
　　　ライブラリー) p83

あいし

愛書家煉獄（ラング, A.）
　◇生田耕作訳「愛書狂」平凡社 2014（平凡社
　　ライブラリー）p129

愛書狂（フローベール, ギュスターヴ）
　◇生田耕作訳「書物愛 海外篇」晶文社 2005
　　p11
　◇生田耕作訳「書物愛 海外篇」東京創元社
　　2014（創元ライブラリ）p7
　◇生田耕作訳「愛書狂」平凡社 2014（平凡社
　　ライブラリー）p7

愛―序章と第1章「エラ、ボストン2008年5月
　17日」（シャファク, エリフ）
　◇吉岡春菜訳「現代トルコ文学選 2」東京外国
　　語大学外国語学部トルコ語専攻研究室
　　2012（TUFS Middle Eastern studies）
　　p37

愛人と呼ばないで（アレクサンダー, キャリー）
　◇雨宮幸子訳「真夏の恋の物語―サマー・シズ
　　ラー ’99」ハーレクイン 1999 p127

愛人の秘密（ジェイムズ, ジュリア）
　◇小池桂訳「愛は永遠に―ウエディング・ス
　　トーリー 2008」ハーレクイン 2008 p5

合図（ハートリー, L.P.）
　◇今本渉訳「KAWADE MYSTERY ボドロ
　　島」河出書房新社 2008 p237

愛する夫へ（オーツ, ジョイス・キャロル）
　◇法井ひろ子訳「ベスト・アメリカン・短編ミ
　　ステリ」DHC 2010 p367

愛するとき死ぬとき―ペーテル・ゴダール映
　画 "time stands still" のモティーフからの自
　由創作（カーター, フリッツ）
　◇浅井晶子訳「ドイツ現代戯曲選30 12」論創
　　社 2006 p7

愛する理由（韓龍雲）
　◇安宇植（アンウーシク）訳「韓国文学名作選 ニ
　　ムの沈黙」講談社 1999 p82

開いた窓（サキ）
　◇中村能三訳「十夜」ランダムハウス講談社
　　2006 p221
　◇中村能三訳「30の神品―ショートショート傑
　　作選」扶桑社 2016（扶桑社文庫）p193

女（あいつ）（ヴォルマン, ウィリアム・T.）
　◇迫光訳「VOICES OVERSEAS ハッピー・
　　ガールズ, バッド・ガールズ」講談社 1996
　　p137

アイデンティティ（ブルック, ジョナサン）
　◇佐竹史子訳「ディスコ2000」アーティストハ
　　ウス 1999 p40

アイデンティティを求め、幻想を横断する―
　『荒人手記』における（同性愛欲望の）トラ
　ウマ空間とアイデンティティ・ポリティッ
　クスとの対話（廖勇超）
　◇池上貞子訳「台湾セクシュアル・マイノリ
　　ティ文学 4」作品社 2009 p113

アイデンティティと記憶―アウーの創作から
　探る原住民女性の著作（楊翠）
　◇魚住悦子訳「台湾原住民文学選 9」草風館
　　2007 p147

アイデンティティの戦闘位置―ワリス・ノカ
　ンの場合を例として（魏貽君）
　◇下村作次郎訳「台湾原住民文学選 9」草風館
　　2007 p193

愛奴（あいど）（蒲松齢）
　◇竹田晃、黒田真美子著「中国古典小説選 10
　　（清代 2）」明治書院 2009 p118

愛という名の復讐（ネーピア, スーザン）
　◇大森みち枝訳「愛は永遠に―ウエディング・
　　ストーリー 2006」ハーレクイン 2006 p5

アイとギュネシュ（アリ, ラフミ）
　◇脇西琢己訳「現代トルコ文学選 2」東京外国
　　語大学外国語学部トルコ語専攻研究室
　　2012（TUFS Middle Eastern studies）
　　p209

愛と称号（ライアンズ, メアリー）
　◇野木麻美訳「愛は永遠に―ウエディング・ス
　　トーリー 2000」ハーレクイン 2000 p5

愛と情熱の日々（モーガン, サラ）
　◇竹内喜訳「マイ・バレンタイン―愛の贈りも
　　の 2011」ハーレクイン 2011 p129

愛と夢のはざまで（リンゼイ, イヴォンヌ）
　◇皆川孝子訳「真夏の恋の物語―サマー・シズ
　　ラー 2013」ハーレクイン 2013 p261

愛と喜びの讃歌（ムーア, マーガレット）
　◇柿沼瑛子訳「四つの愛の物語 イブの星に願
　　いを―クリスマス・ストーリー 2005」
　　ハーレクイン 2005 p295

愛に愚弄は禁物（カルデロン・デ・ラ・バルカ,
　ペドロ）
　◇佐竹謙一訳「スペイン黄金世紀演劇集」名古
　　屋大学出版会 2003 p329

あいゆ

愛につぶされて（ブライアント, エドワード）
　◇田中一江訳「999（ナインナインナイン）―聖金曜日」東京創元社 2000（創元推理文庫）p279

愛に満ちた時間（ウィッグス, スーザン）
　◇津田藤子訳「真夏の恋の物語―サマー・シズラー 2007」ハーレクイン 2007 p107

アイネ・クライネ・ナハトムジーク（ブラウン, フレドリック）
　◇秋津知子訳「幻想と怪奇―おれの夢の女」早川書房 2005（ハヤカワ文庫）p9

愛の跡（マッキャン, フィリップ）
　◇柴田元幸編訳「僕の恋、僕の傘」角川書店 1999 p51
　◇柴田元幸編訳「燃える天使」角川書店 2009（角川文庫）p41

愛の歌（ヴォルケル, イジー）
　◇飯島周訳「ポケットのなかの東欧文学―ルネッサンスから現代まで」成文社 2006 p198

愛の終り（カルチフ, カメン）
　◇矢代和夫訳「東欧の文学 ノンカの愛 他」恒文社 1971 p235

愛の契約（キャンフィールド, サンドラ）
　◇秋元美由起訳「愛は永遠に―ウエディング・ストーリー '99」ハーレクイン 1999 p7

愛の語学（シェクリイ, ロバート）
　◇仁嶋いずる訳「マイ・バレンタイン―愛の贈りもの 2006」ハーレクイン 2006 p113
　◇宇野利泰訳「異色作家短篇集 9」早川書房 2006 p321

愛のシナリオ（ウインターズ, レベッカ）
　◇仁嶋いずる訳「マイ・バレンタイン―愛の贈りもの 2015」ハーレクイン 2015 p275

愛の終局（韓龍雲）
　◇安宇植（アンウーシク）訳「韓国文学名作選 ニムの沈黙」講談社 1999 p126

愛の生活（ムーア, ローリー）
　◇小梨直訳「新しいアメリカの小説 愛の生活」白水社 1991 p215

愛の測量（韓龍雲）
　◇安宇植（アンウーシク）訳「韓国文学名作選 ニムの沈黙」講談社 1999 p40

愛の存在（韓龍雲）
　◇安宇植（アンウーシク）訳「韓国文学名作選 ニムの沈黙」講談社 1999 p50

愛の手紙（フィニイ, ジャック）
　◇福島正実訳「贈る物語Wonder」光文社 2002 p35

愛の手紙―中国風殉教（アラバール, フェルナンド）
　◇田尻陽一訳「現代スペイン演劇選集 2」カモミール社 2015 p5

愛の謎が解けたら（テイラー, ジェニファー）
　◇竹原麗訳「マイ・バレンタイン―愛の贈りもの 2007」ハーレクイン 2007 p31

愛の値打ち（ガードナー, ジョン）
　◇後藤安彦訳「愛の殺人」早川書房 1997（ハヤカワ・ミステリ文庫）p155

愛の博物館（ワイナー, スティーヴ）
　◇葉月陽子訳「VOICES OVERSEAS 愛の博物館」講談社 1996 p1

愛の炎（韓龍雲）
　◇安宇植（アンウーシク）訳「韓国文学名作選 ニムの沈黙」講談社 1999 p105

愛の館の貴婦人――一九七九（カーター, アンジェラ）
　◇藤井光訳「ゴシック短編小説集」春風社 2012 p523

愛のEXIT（ラフェーヴ, ダーリーン）
　◇浅倉久志選訳「極短小説」新潮社 2004（新潮文庫）p259

愛猫家（バーガー, ノックス）
　◇佐田千織訳「魔法の猫」扶桑社 1998（扶桑社ミステリー）p235

相棒（コモルニツカ, マリア）
　◇西野常夫訳「ポケットのなかの東欧文学―ルネッサンスから現代まで」成文社 2006 p135

曖昧の七つの型（ジャクスン, シャーリイ）
　◇深町眞理子訳「異色作家短篇集 6」早川書房 2006 p187

隘勇線（ワリス・ノカン）
　◇中古苑生訳「台湾原住民文学選 3」草風館 2003 p63

愛ゆえに（ケリー, メイヴ）
　◇平敷亮子訳「現代アイルランド女性作家短編集」新水社 2016 p87

作品名から引ける世界文学全集案内 第III期 3

あいよ

愛欲、ジェンダー及びエクリチュール——邱妙津のレズビアン小説（劉亮雅）
　◇和泉司訳, 垂水千恵監修「台湾セクシュアル・マイノリティ文学 4」作品社 2009 p71

アイリッシュ・クリーク縁起（スミス, R.T.）
　◇山西美都紀訳「ベスト・アメリカン・ミステリ クラック・コカイン・ダイエット」早川書房 2007（ハヤカワ・ミステリ）p437

アイルランドにきて踊れ（ジャクスン, シャーリイ）
　◇深町眞理子訳「異色作家短篇集 6」早川書房 2006 p199

アイルランド貧民の子が両親や国の重荷となるを防ぎ、公共の益となるためのささやかな提案（スウィフト, ジョナサン）
　◇柴田元幸編訳「ブリティッシュ＆アイリッシュ・マスターピース」スイッチ・パブリッシング 2015（SWITCH LIBRARY）p7

愛は血を流して横たわる（クリスピン, エドマンド）
　◇滝口達也訳「世界探偵小説全集 5」国書刊行会 1995 p9

愛は止まらない（フォスター, ローリー）
　◇寺田ちせ訳「スウィート・サマー・ラブ」ハーパーコリンズ・ジャパン 2015（サマーシズラーVB）p5

愛はベネチアで（ゴードン, ルーシー）
　◇八坂よしみ訳「愛と狂熱のサマー・ラブ」ハーレクイン 2014（サマーシズラーVB）p119

アヴァター（ラモス＝ペレア, ロベルト）
　◇中川秀子訳「海外戯曲アンソロジー——海外現代戯曲翻訳集〈国際演劇交流セミナー記録〉2」日本演出者協会 2008 p5

アウェイ（ガウ, マイケル）
　◇佐和田敬司訳「ラブ・チャイルド／アウェイ」オセアニア出版社 2006（オーストラリア演劇叢書）p71

アヴェロワーニュの逢引——一九三一（スミス, クラーク・アシュトン）
　◇下楠昌哉訳「ゴシック短編小説集」春風社 2012 p409

アウグスト・エッシェンブルク（ミルハウザー, スティーヴン）

柴田元幸訳「新しいアメリカの小説 イン・ザ・ペニー・アーケード」白水社 1990 p11

アウター砂州に打ちあげられたもの（ミラー, P.スカイラー）
　◇中村融訳「千の脚を持つ男——怪物ホラー傑選」東京創元社 2007（創元推理文庫）p73

アウトクラテース（作者不詳）
　◇久保田忠利, 橋本隆夫, 野津寛, 安村典子, 吉武純夫, 丹下和彦訳「ギリシア喜劇全集 8」岩波書店 2011 p66

アウトサイダー（ラヴクラフト, H.P.）
　◇大瀧啓裕訳「綾辻行人と有栖川有栖のミステリ・ジョッキー 2」講談社 2009 p169

アウトラインから始めなさい（ヘミングス, カウイ・ハート）
　◇仲嶋雅子訳「アメリカ新進作家傑作選 2006」DHC 2007 p303

アウル・クリーク鉄橋での出来事（ビアス, アンブローズ）
　◇大澤栄一郎訳「吊るされた男」角川書店 2001（角川ホラー文庫）p11

アウル・クリーク橋の一事件（ビアス, アンブローズ）
　◇中村能三訳「幻想小説神髄」筑摩書房 2012（ちくま文庫）p252
　◇中西秀男訳「30の神品——ショートショート傑作選」扶桑社 2016（扶桑社文庫）p167

アヴロワーニュの逢引（スミス, クラーク・アシュトン）
　◇井澤真紀子訳「吸血鬼伝説——ドラキュラの末裔たち」原書房 1997 p191

青い男（キャザーウッド, メアリー・ハートウェル）
　◇梅田正彦訳「ざくろの実——アメリカ女流作家怪奇小説選」鳥影社 2008 p149

青い鏡（ゲイツ, デイヴィッド・エジャリー）
　◇北野寿美枝訳「ベスト・アメリカン・ミステリ ハーレム・ノクターン」早川書房 2005（ハヤカワ・ミステリ）p171

青い彼方への旅（ティーク, ルートヴィヒ）
　◇垂野創一郎訳「怪奇文学大山脈 1」東京創元社 2014 p83

青いケシ（ガーダム, ジェーン）

◇柴田元幸編訳「いずれは死ぬ身」河出書房新社 2009 p45

青い心の人（リンタイ）
　◇南田みどり編訳「二十一世紀ミャンマー作品集」大同生命国際文化基金 2015（アジアの現代文芸）p138

青い蠍（ペリー, アン）
　◇山本やよい訳「ホロスコープは死を招く」ソニー・マガジンズ 2006（ヴィレッジブックス）p579

青い山脈の西で（リー, ヨナス）
　◇中野善夫訳「魔法の本棚 漁師とドラウグ」国書刊行会 1996 p155

青いスパンコール（フリーマン, オースチン）
　◇大久保康雄訳「有栖川有栖の鉄道ミステリ・ライブラリー」角川書店 2004（角川文庫）p7

青い壺の幽霊（リー, タニス）
　◇安野玲訳「奇想コレクション 悪魔の薔薇」河出書房新社 2007 p317

青い手紙（ターヒューン, アルバート・ペイスン）
　◇各務三郎訳「教えたくなる名短篇」筑摩書房 2014（ちくま文庫）p11

青い虎（ボルヘス, ホルヘ・ルイス）
　◇鼓直訳「バベルの図書館 22」国書刊行会 1990 p39
　◇鼓直訳「新編 バベルの図書館 6」国書刊行会 2013 p607

青い花束（パス, オクタビオ）
　◇野谷文昭訳「ラテンアメリカ五人集」集英社 2011（集英社文庫）p175

青い瞳（ドーソン, ジャネット）
　◇山本やよい訳「子猫探偵ニックとノラー The Cat Has Nine Mysterious Tales」光文社 2004（光文社文庫）p93

青いホテル（クレイン, スティーヴン）
　◇藤田佳澄訳「巨匠の選択」早川書房 2001（ハヤカワ・ミステリ）p207

青い眼（アポリネール, ギョーム）
　◇日仏言語文化協会「エチュード月曜クラス」訳「掌中のエスプリ―フランス文学短篇名作集」弘学社 2013 p7

青い模様のちりれんげ（魯羊）
　◇金子わこ訳「じゃがいも―中国現代文学短編集」小学館スクウェア 2007 p99
　◇金子わこ訳「じゃがいも―中国現代文学短編集」鼎書房 2012 p99

青い夜、クローバーレイクで（アトウェル, メアリー・スチュアート）
　◇小田原智美訳「アメリカ新進作家傑作選 2004」DHC 2005 p255

青いレンズ（デュ・モーリア, ダフネ）
　◇吉田誠一訳「異色作家短篇集 10」早川書房 2006 p59

あおがい（デュ・モーリア, ダフネ）
　◇吉田誠一訳「異色作家短篇集 10」早川書房 2006 p229

青靴下のジャン＝フランソワ（ノディエ, シャルル）
　◇篠田知和基訳「百年文庫 66」ポプラ社 2011 p49

青鷺（李箕永）
　◇李春穆訳「20世紀民衆の世界文学 7」三友社出版 1990 p287

青ひげ（ブルィチョフ）
　◇吉田差和子訳「雑話集―ロシア短編集 3」ロシア文学翻訳グループクーチカ 2014 p96

青葡萄（李陸史）
　◇安宇植（アンウーシク）訳「韓国文学名作選 李陸史詩集」講談社 1999 p14

赤（マシスン, リチャード・クリスチャン）
　◇高木史緒訳「厭な物語」文藝春秋 2013（文春文庫）p173

『アカイオイ（アカイアの人々）』または『ペロポンネーシオイ（ペロポンネーソスの人々）』（メナンドロス）
　◇中務哲郎, 脇本由佳, 荒井直訳「ギリシア喜劇全集 6」岩波書店 2010 p93

赤いカーネーション（オルツィ, エムスカ）
　◇肥留川尚子訳「20世紀英国モダニズム小説集成 世を騒がす嘘つき男」風濤社 2014 p7

赤い唇のヴヴ（リカラッ・アウー）
　◇魚住悦子編訳「台湾原住民文学選 2」草風館 2003 p74

赤い靴（ブキャナン, エドナ）
　◇大槻寿美枝訳「殺さずにはいられない 1」早川書房 2002（ハヤカワ・ミステリ文庫）p37

あかい

赤い心臓と青い薔薇（クリンガーマン, ミルドレッド）
◇山田順子訳「街角の書店—18の奇妙な物語」東京創元社 2015 （創元推理文庫）p107

赤い場所に期待して（ハイセンビュッテル, ヘルムート）
◇神崎巌訳「シリーズ現代ドイツ文学 4」早稲田大学出版部 1993 p203

紅い花—イヴァン・セルゲーヴィチ・トゥルゲーネフの記念に（ガルシン, V.M.）
◇神西清訳「百年文庫 66」ポプラ社 2011 p85

赤い薔薇が咲くとき（紀大偉）
◇白水紀子訳「台湾セクシュアル・マイノリティ文学 2」作品社 2008 p187

赤い光の中で（ルヴェル, モーリス）
◇藤田真利子訳「怪奇文学大山脈 3」東京創元社 2014 p179

赤いベレー（シナン, ロヘリオ）
◇鈴木宏吉訳「ラテンアメリカ傑作短編集—中南米スペイン語圏文学史を辿る」彩流社 2014 p291

赤い右手（ロジャーズ, ジョエル・タウンズリー）
◇夏来健次訳「世界探偵小説全集 24」国書刊行会 1997 p5

赤い館（ウエイクフィールド, ハーバート・ラッセル）
◇西崎憲訳「魔法の本棚 赤い館」国書刊行会 1996 p15

赤い館の秘密（ミルン, A.A.）
◇柴田都志子訳「乱歩が選ぶ黄金時代ミステリーBEST10 8」集英社 1998 （集英社文庫）p7

赤いリボン（ソーンダーズ, ジョージ）
◇岸本佐知子編訳「楽しい夜」講談社 2016 p71

赤き唇ほほ笑んで（トゥンフニンエイン）
◇南田みどり編訳「ミャンマー現代女性短編集」大同生命国際文化基金 2001 （アジアの現代文芸）p210

赤黒い薔薇の庭（グラント, チャールズ・L.）
◇広瀬順弘訳「闇の展覧会 敵」早川書房 2005 （ハヤカワ文庫）p251

赤毛布（あかゲット）外遊記 抄（トウェイン, マーク）
◇柴田元幸訳「ポケットマスターピース 6」集英社 2016 （集英社文庫ヘリテージシリーズ）p645

赤毛の司祭—ヴィヴァルディ、最後の恋（オーウチ, ミエコ）
◇吉原豊司訳「海外戯曲アンソロジー—海外現代戯曲翻訳集〈国際演劇交流セミナー記録〉2」日本演出者協会 2008 p137

赤毛のレドメイン家（フィルポッツ, イーデン）
◇安藤由紀子訳「乱歩が選ぶ黄金時代ミステリーBEST10 1」集英社 1999 （集英社文庫）p7

赤毛連盟（ドイル, アーサー・コナン）
◇大橋洋一訳「クィア短編小説集—名づけえぬ欲望の物語」平凡社 2016 （平凡社ライブラリー）p69

アカシア種子文書の著者をめぐる考察ほか、『動物言語学会誌』からの抜粋（ル・グィン, アーシュラ・K.）
◇安野玲訳「20世紀SF 4」河出書房新社 2001 （河出文庫）p131

開かずの部屋（ラヴクラフト, H.P.／ダーレス, オーガスト）
◇波津博明訳「新編 真ク・リトル・リトル神話大系 4」国書刊行会 2008 p179

赤ちゃんがかけた魔法（フェラレーラ, マリー）
◇藤倉詩音訳「輝きのとき—ウエディング・ストーリー 2016」ハーパーコリンズ・ジャパン 2016 p141

暁の決闘（グレアム, トマス）
◇浅倉久志選訳「極短小説」新潮社 2004 （新潮文庫）p323

暁の侵略者（シェクリイ, ロバート）
◇宇野利泰訳「異色作家短篇集 9」早川書房 2006 p303

アガテーノール（作者不詳）
◇内田次信, 平田松吾, 佐野好則, 橋本隆夫訳「ギリシア喜劇全集 7」岩波書店 2010 p135

アガトクレース（作者不詳）
◇内田次信, 平田松吾, 佐野好則, 橋本隆夫訳「ギリシア喜劇全集 7」岩波書店 2010 p135

赤と黒（ワイルド, パーシヴァル）
◇巴妙子訳「ミステリーの本棚 悪党どものお楽しみ」国書刊行会 2000 p95

あくし

赤と白（レオン・ユット・モイ）
　◇「留学生文学賞作品集 2006」留学生文学賞委員会 2007 p41

アーカード屋敷の秘密（トマス, ウィル）
　◇日暮雅通訳「シャーロック・ホームズ アンダーショーの冒険」原書房 2016 p97

赤に賭けろ（アボット, ジェフ）
　◇上條ひろみ訳「ベスト・アメリカン・ミステリ スネーク・アイズ」早川書房 2005 （ハヤカワ・ミステリ）p15

アカニレの皮（ワイルド, パーシヴァル）
　◇巴妙子訳「ミステリーの本棚 悪党どものお楽しみ」国書刊行会 2000 p241

赤粘土の町（マローン, マイケル）
　◇高儀進訳「愛の殺人」早川書房 1997 （ハヤカワ・ミステリ文庫）p277
　◇高儀進訳「エドガー賞全集—1990〜2007」早川書房 2008 （ハヤカワ・ミステリ文庫）p251

赤鼻の日（ラナガン, マーゴ）
　◇佐田千織訳「奇想コレクション ブラックジュース」河出書房新社 2008 p45

アカプルコの断崖の神さま（ジョンソン, アダム）
　◇金原瑞人, 大谷真弓訳「Modern & Classic トラウマ・プレート」河出書房新社 2005 p145

明るい地のうえに黒々と（ペドレッティ, エリカ）
　◇新本史斉訳「氷河の滴—現代スイス女性作家作品集」鳥影社・ロゴス企画 2007 p49

アカルナイの人々（アリストパネース）
　◇野津寛訳「ギリシア喜劇全集 1」岩波書店 2008 p1

赤ん坊を落とす（ヘムリ, ロビン）
　◇小川高義訳「新しいアメリカの小説 食べ放題」白水社 1989 p83

空地（ウィルキンズ・フリーマン, メアリ・E.）
　◇倉阪鬼一郎訳「淑やかな悪夢—英米女流怪談集」東京創元社 2000 p15

秋の思い（白先勇）
　◇山口守訳「新しい台湾の文学 台北人」国書刊行会 2008 p169

秋の記憶（ウッド, モニカ）

◇飯干京子訳「ベスト・アメリカン・ミステリ ジュークボックス・キング」早川書房 2005 （ハヤカワ・ミステリ）p463

秋の葬送（梁暁声）
　◇渋谷誉一郎訳「現代中国の小説 秋の葬送」新潮社 1997 p15

秋のソナタ（ハトル, ロバート・F.）
　◇浅倉久志訳「極短小説」新潮社 2004 （新潮文庫）p104

秋のソナタ（バリェ＝インクラン, ラモン・デル）
　◇吉田彩子訳「西和リブロス 9」西和書林 1987 p5

空家（ブラックウッド, アルジャーノン）
　◇小山太一訳「憑かれた鏡—エドワード・ゴーリーが愛する12の怪談」河出書房新社 2006 p5
　◇小山太一訳「エドワード・ゴーリーが愛する12の怪談—憑かれた鏡」河出書房新社 2012 （河出文庫）p7

諦める好機（レンツ, ジークフリート）
　◇中野京子訳「シリーズ現代ドイツ文学 4」早稲田大学出版部 1993 p285

アクアリウム（ウルズィートゥグス, ロブサンドルジーン）
　◇柴内秀司訳「モンゴル近現代短編小説選」パブリック・ブレイン 2013 p480

悪への鉄槌、またはパスカル・ビジネススクール求職情報（スラデック, ジョン）
　◇若島正訳「奇想コレクション 蒸気駆動の少年」河出書房新社 2008 p127

悪を呼ぶ少年の冒険（クイーン, エラリー）
　◇飯田勇三訳「ナポレオンの剃刀の冒険—シナリオ・コレクション」論創社 2008 （論創海外ミステリ）p95

アクサン将軍（ヘッド, ベッシー）
　◇くぼたのぞみ訳「アフリカ文学叢書 優しさと力の物語」スリーエーネットワーク 1996 p157

アクシオニーコス（作者不詳）
　◇久保田忠利, 橋本隆夫, 野津寛, 安村典子, 吉武純夫, 丹下和彦訳「ギリシア喜劇全集 8」岩波書店 2011 p68

悪臭（マグラア, パトリック）
　◇宮脇孝雄訳「奇想コレクション 失われた探険家」河出書房新社 2007 p321

作品名から引ける世界文学全集案内 第III期　7

あくし

悪女になるためのレッスン（デントン, ジェイミー）
◇鈴木美朋訳「キス・キス・キス―チェリーな気持ちで」ヴィレッジブックス 2009（ヴィレッジブックス）p135

悪党―意味不明作用と自我の（脱）構築（ディルツ, タイラー）
◇三角和代訳「ベスト・アメリカン・ミステリ ジュークボックス・キング」早川書房 2005（ハヤカワ・ミステリ）p155

悪党どもが多すぎる（ウェストレイク, ドナルド・E.）
◇木村仁良訳「巨匠の選択」早川書房 2001（ハヤカワ・ミステリ）p95
◇木村二郎訳「エドガー賞全集―1990～2007」早川書房 2008（ハヤカワ・ミステリ文庫）p9

悪党どものお楽しみ（ワイルド, パーシヴァル）
◇巴妙子訳「ミステリーの本棚 悪党どものお楽しみ」国書刊行会 2000

アクと人類の物語（ゾズーリャ, エフィム）
◇西周成編訳「ロシアSF短編集」アルトアーツ 2016 p62

アグネス・グレイ（ブロンテ, アン）
◇田中晏男訳「ブロンテ姉妹集 1」京都修学社 2001
◇侘美真理訳「ポケットマスターピース 12」集英社 2016（集英社文庫ヘリテージシリーズ）p371

悪魔を侮るな（ウェルマン, マンリー・ウェイド）
◇仁賀克雄編訳「新・幻想と怪奇」早川書房 2009（Hayakawa pocket mystery books）p149

悪魔を見た男（ルルー, ガストン）
◇藤田真利子訳「怪奇文学大山脈 3」東京創元社 2014 p193

悪魔を呼び起こせ（スミス, デレック）
◇森英俊訳「世界探偵小説全集 25」国書刊行会 1999 p5

悪魔がオレホヴォにやってくる（ベニオフ, デイヴィッド）
◇田口俊樹訳「ミステリアス・ショーケース」早川書房 2012（Hayakawa pocket mystery books）p107

悪魔が欲しがったもの（ニューエル, ブライアン）

悪魔とダンスを（アデア, チェリー）
◇浅倉久志選訳「極短小説」新潮社 2004（新潮文庫）p144

悪魔とダンスを（アデア, チェリー）
◇美琴あまね訳「マイ・バレンタイン―愛の贈りもの 2008」ハーレクイン 2008 p5

悪魔に会った男（ルルー, ガストン）
◇真野倫平訳「グラン＝ギニョル傑作選―ベル・エポックの恐怖演劇」水声社 2010 p77

悪魔に憑かれたアンジェラ（コリア, ジョン）
◇吉田満美子訳「KAWADE MYSTERY ナツメグの味」河出書房新社 2007 p183

悪魔の遊び場（グレイディ, ジェイムズ）
◇木村二郎訳「フィリップ・マーロウの事件」早川書房 2007（ハヤカワ・ミステリ文庫）p453

悪魔の移住（イーガン, グレッグ）
◇山岸真編訳「奇想コレクション TAP」河出書房新社 2008 p93

悪魔の犬（ロクティ, ディック）
◇加賀山卓朗訳「18の罪―現代ミステリ傑作選」ヴィレッジブックス 2012（ヴィレッジブックス）p101

悪魔の陥穽（バウチャー, アントニー）
◇白須清美訳「ダーク・ファンタジー・コレクション 3」論創社 2006 p75

悪魔の恋（カゾット, ジャック）
◇渡辺一夫, 平岡昇訳「バベルの図書館 19」国書刊行会 1990 p15
◇渡辺一夫, 平岡昇訳「変身のロマン」学習研究社 2003（学研M文庫）p225
◇渡辺一夫, 平岡昇訳「新編 バベルの図書館 4」国書刊行会 2012 p401

悪魔の恋人（マッケイ, M.サージェント）
◇中原尚哉訳「幻想の犬たち」扶桑社 1999（扶桑社ミステリー）p143

悪魔の校長（クロス, ジリアン）
◇大友香奈子訳「魔法使いになる14の方法」東京創元社 2003（創元推理文庫）p55

悪魔の舌への帰還（ウィンウォード, ウォルター）
◇金井美子訳「ダーク・ファンタジー・コレクション 8」論創社 2008 p255

悪魔のディッコン（レ・ファニュ, ジョゼフ・

シェリダン)

◇南條竹則訳「怪奇文学大山脈 1」東京創元社 2014 p241

悪魔の床(ディーン, ジェラルド)

◇大関花子訳「怪樹の腕―〈ウィアード・テールズ〉戦前邦訳傑作選」東京創元社 2013 p155

悪魔の奴隷(ミラ・デ・アメスクア, アントニオ)

◇佐竹謙一訳「スペイン黄金世紀演劇集」名古屋大学出版会 2003 p203

悪魔の薔薇(リー, タニス)

◇安野玲訳「奇想コレクション 悪魔の薔薇」河出書房新社 2007 p43

悪魔のひじ(カミングス, ジョセフ)

◇森英俊訳「これが密室だ!」新樹社 1997 p173

悪魔の骨(ベリー, スティーブ/ロリンズ, ジェームズ)

◇田口俊樹訳「フェイスオフ対決」集英社 2015 (集英社文庫) p465

悪魔の娘(プライス, E.ホフマン)

◇夏来健次訳「怪奇文学大山脈 3」東京創元社 2014 p363

「悪魔の館」奇譚(マルホランド, ローザ)

◇吉村満美子訳「怪奇礼讃」東京創元社 2004 (創元推理文庫) p125

悪魔巡り(ランジュラン, ジョルジュ)

◇稲葉明雄訳「異色作家短篇集 5」早川書房 2006 p189

悪夢(スレーター, エレイン)

◇田村義進訳「ミニ・ミステリ100」早川書房 2005 (ハヤカワ・ミステリ文庫) p375

悪夢団(クーンツ, ディーン・R.)

◇中村融編訳「影が行く―ホラーSF傑作選」東京創元社 2000 (創元SF文庫) p33

悪夢の顔(スノウ, ウォルター)

◇竹本祐子訳「ブルー・ボウ・シリーズ キスの代償」青弓社 1994 p83

悪霊(ローズ, ダン)

◇岸本佐知子編訳「変愛小説集 2」講談社 2010 p254

悪霊の刊行されなかった章「チホンのもとで」(ドストエフスキー, フョードル・ミハイロヴィチ)

◇番場俊訳「ポケットマスターピース 10」集英社 2016 (集英社文庫ヘリテージシリーズ) p637

『アグロイコス(田舎者)』(メナンドロス)

◇中務哲郎, 脇本由佳, 荒井直訳「ギリシア喜劇全集 6」岩波書店 2010 p62

アクロイド殺害事件(クリスティー, アガサ)

◇雨沢泰訳「乱歩が選ぶ黄金時代ミステリーBEST10 6」集英社 1998 (集英社文庫) p7

明け方に(ルルフォ, ファン)

◇杉山晃訳「アンデスの風叢書 燃える平原」書肆風の薔薇 1990 p52

あけたままの窓(サキ)

◇中西秀男訳「バベルの図書館 2」国書刊行会 1988 p143

◇中西秀男訳「思いがけない話」筑摩書房 2010 (ちくま文学の森) p195

◇中西秀男訳「新編 バベルの図書館 2」国書刊行会 2012 p320

顎と鎖骨のあいだ(ハーン, マルギット)

◇松永美穂訳「ドイツ文学セレクション ひとりぼっちの欲望」三修社 1997 p93

あざ(カヴァン, アンナ)

◇岸本佐知子編訳「居心地の悪い部屋」角川書店 2012 p29

◇岸本佐知子編訳「居心地の悪い部屋」河出書房新社 2015 (河出文庫) p27

朝(スタフーラ, エドヴァルト)

◇長谷見一雄訳「文学の贈物―東中欧文学アンソロジー」未知谷 2000 p140

アーサー・ゴードン・ピムの冒険(ポー, エドガー・アラン)

◇巽孝之訳「ポケットマスターピース 9」集英社 2016 (集英社文庫ヘリテージシリーズ) p479

アーサー・サヴィル卿の犯罪(ワイルド, オスカー)

◇小野協一訳「新編 バベルの図書館 2」国書刊行会 2012 p129

アーサー・サヴィル卿の犯罪―義務の研究(ワイルド, オスカー)

◇小野協一訳「バベルの図書館 6」国書刊行会 1988 p15

朝の殺人(セイヤーズ, ドロシー・L.)

◇中勢津子訳「20世紀英国モダニズム小説集成
　　自分の同類を愛した男」風濤社 2014 p202
朝のバスに乗りそこねて (カルカテラ, ロレン
ゾ)
　◇田口俊樹訳「ポーカーはやめられない―ポー
　　カー・ミステリ書下ろし傑作選」ランダム
　　ハウス講談社 2010 p521
麻服の午後 (ジャクスン, シャーリイ)
　◇深町眞理子訳「異色作家短篇集 6」早川書房
　　2006 p135
アーサー・マッケン 儀式 (マッケン, アーサー)
　◇南條竹則訳「新編 バベルの図書館 全巻購読
　　者特典」国書刊行会 2013 p93
嘲笑う男 (ラッセル, レイ)
　◇永井淳訳「異色作家短篇集 16」早川書房
　　2006
嘲嗤う屍食鬼 (グール) (ブロック, ロバート)
　◇加藤幹也訳「新編 真ク・リトル・リトル神話
　　大系 2」国書刊行会 2007 p265
葦 (ゼーガース, アンナ)
　◇小林佳世子訳「シリーズ現代ドイツ文学 5」
　　早稲田大学出版部 1993 p27
跫音 (ベンスン, E.F.)
　◇中野善夫訳「怪奇礼讃」東京創元社 2004
　　(創元推理文庫) p57
足枷の花嫁 (ヴァン・ダー・ヴィア, スチュワー
ト)
　◇内海雄翻案「怪樹の腕―〈ウィアード・テー
　　ルズ〉戦前邦訳傑作選」東京創元社 2013
　　p239
足から先に (ハートリー, L.P.)
　◇今本渉訳「KAWADE MYSTERY ポドロ
　　島」河出書房新社 2008 p57
悪しき交配 (ラッセル, カレン)
　◇松田青子訳「ベスト・ストーリーズ 3」早川
　　書房 2016 p387
葦毛の馬の美女 (コリア, ジョン)
　◇吉村満美子訳「KAWADE MYSTERY ナツ
　　メグの味」河出書房新社 2007 p145
足のない男 (ワンドレイ, D.)
　◇亀井勝行訳「新編 真ク・リトル・リトル神話
　　大系 2」国書刊行会 2007 p65
足―マザーグースより (作者不詳)
　◇北原白秋訳「超短編アンソロジー」筑摩書房

　　2002 (ちくま文庫) p67
足下は泥だらけ (ブルー, アニー)
　◇上岡伸雄訳「ベスト・ストーリーズ 3」早川
　　書房 2016 p103
アシャムのド・マネリング嬢――一九三五 (メイ
ヤー, F.M.)
　◇大沼由布訳「ゴシック短編小説集」春風社
　　2012 p431
アシュトルトの樹林 (バカン, ジョン)
　◇青木悦子訳「怪奇文学大山脈 3」東京創元社
　　2014 p109
明日 (魯迅)
　◇竹内好訳「諸国物語―stories from the
　　world」ポプラ社 2008 p695
アスコット・タイ事件 (フィッシュ, ロバート・
L.)
　◇吉田誠一訳「51番目の密室―世界短篇傑作
　　集」早川書房 2010 (Hayakawa pocket
　　mystery books) p245
アスコルディーネの愛―ダウガワ河幻想 (エイ
ンフェルズ, ヤーニス)
　◇黒沢歩訳「時間はだれも待ってくれない―21
　　世紀東欧SF・ファンタスチカ傑作集」東京
　　創元社 2011 p225
あずまやの悪魔 (オリジナル版) (カー, ジョ
ン・ディクスン)
　◇森英俊訳「幻を追う男―シナリオ・コレク
　　ション」論創社 2006 (論創海外ミステ
　　リ) p105
明日も明日もその明日も (ヴォネガット, カー
ト)
　◇浅倉久志訳「きょうも上天気―SF短編傑作
　　選」角川書店 2010 (角川文庫) p245
アセルストン (作者不詳)
　◇中世英国ロマンス研究会訳「中世英国ロマン
　　ス集 1」篠崎書林 1983 p137
アーゼルとヤーディギャール (ムンガン, ムラト
ハン)
　◇筧日向子訳「現代トルコ文学選 2」東京外国
　　語大学外国語学部トルコ語専攻研究室
　　2012 (TUFS Middle Eastern studies)
　　p65
アソヌの沈黙 (ル＝グウィン, アーシュラ・K.)
　◇谷垣暁美訳「Modern & Classic なつかしく
　　謎めいて」河出書房新社 2005 p28

あそぶが勝ちよ（ラドニック, ポール）
　　◇松岡和子訳「新しいアメリカの小説　あそぶ
　　　が勝ちよ」白水社　1991　p1

あたしを信じて（グラップ, デイヴィス）
　　◇宇野輝雄訳「幻想と怪奇—ポオ蒐集家」早川
　　　書房　2005　（ハヤカワ文庫）p229

あたしたちの生涯で一番幸せな日（リボイ, ラ
　イラ）
　　◇田尻陽一訳「現代スペイン演劇選集 3」カモ
　　　ミール社　2016　p283

あたしだよ（リー, ヨナス）
　　◇中野善夫訳「魔法の本棚　漁師とドラウグ」
　　　国書刊行会　1996　p173

あたし、天国には行きたくないの（ある女流劇
　作家の裁判）（ペドレロ, パロマ）
　　◇田尻陽一訳「現代スペイン演劇選集 2」カモ
　　　ミール社　2015　p317

あたしのこと、わかってない（マイヤーズ, ア
　ネット）
　　◇漆原敦子訳「ベスト・アメリカン・ミステリ
　　　ハーレム・ノクターン」早川書房　2005
　　　（ハヤカワ・ミステリ）p439

あたしはキャンディ・ジョーンズ（インディア
　ナ, ゲイリー）
　　◇越川芳明訳「ライターズX　マリアの死」白水
　　　社　1995　p11

暖かさの約束（ブラムライン, マイケル）
　　◇山形浩生訳「ライターズX　器官切除」白水社
　　　1994　p123

アダムズ氏の邪悪な園（ライバー, フリッツ）
　　◇中村融訳「街角の書店—18の奇妙な物語」東
　　　京創元社　2015　（創元推理文庫）p305

アダムとイヴ（コッパード, A.E.）
　　◇橋本福夫訳「怪奇小説傑作集新版 3」東京創
　　　元社　2006　（創元推理文庫）p207

アダムとイヴ（ブルガーコフ, ミハイル・アファ
　ナーシエヴィチ）
　　◇石原公道訳「アダムとイヴ／至福郷」群像社
　　　2011　（群像社ライブラリー）p7

アダムによるイヴの墓碑銘（トウェイン, マー
　ク）
　　◇牛島信明訳「アンデスの風叢書　天国・地獄
　　　百科」書肆風の薔薇　1982　p31

アタヤル族（作者不詳）

◇紙村徹編訳「台湾原住民文学選 5」草風館
　2006　p371

アタヤル族、タロコ族の部族創生神話（作者不
　詳）
　　◇紙村徹編訳「台湾原住民文学選 5」草風館
　　　2006　p13

新しい夫（アディーチェ, チママンダ・ンゴズィ）
　　◇くぼたのぞみ訳「Modern & Classic アメリ
　　　カにいる、きみ」河出書房新社　2007　p143

新しい関係（パーヴ, ヴァレリー）
　　◇沢田純訳「愛は永遠に—ウエディング・ス
　　　トーリー 2000」ハーレクイン　2000　p77

新しい恋（イヴァシュキェヴィッチ, ヤロスワフ）
　　◇小原いせ子訳「文学の贈物—東中欧文学アン
　　　ソロジー」未知谷　2000　p74

新しい島々（ボンバル, マリア・ルイサ）
　　◇足立成子訳「ラテンアメリカ傑作短編集—中
　　　南米スペイン語圏文学史を辿る」彩流社
　　　2014　p243

新しいストッキング（コノネンコ, エウヘー
　ニャ）
　　◇藤井悦子, オリガ・ホメンコ訳「現代ウクラ
　　　イナ短編集」群像社　2005　（群像社ライブ
　　　ラリー）p11

新しい生活（サレミ, オーガスト）
　　◇浅倉久志選訳「極短小説」新潮社　2004　（新
　　　潮文庫）p125

新しいタイプの娘たち（マルギット, カフカ）
　　◇岩崎悦子訳「文学の贈物—東中欧文学アンソ
　　　ロジー」未知谷　2000　p348

新しい知識（ドライヴァー, マイケル）
　　◇浅倉久志選訳「極短小説」新潮社　2004　（新
　　　潮文庫）p199

新しい光（柳栄）
　　◇金炳三, 李春穆, 金潤訳「20世紀民衆の世界
　　　文学 7」三友社出版　1990　p202

新しい町（チョーズワーテッ）
　　◇南田みどり編訳「ミャンマー現代短編集 2」
　　　大同生命国際文化基金　1998　（アジアの現
　　　代文芸）p44

新しいメイド（レナード, エルモア）
　　◇高見浩訳「ベスト・アメリカン・ミステリ
　　　ジュークボックス・キング」早川書房
　　　2005　（ハヤカワ・ミステリ）p223

あたら

新しいメード（ティルトン, エミリー）
◇浅倉久志選訳「極短小説」新潮社 2004（新潮文庫）p161

当たりくじ（プロンジーニ, ビル）
◇加賀山卓朗訳「18の罪―現代ミステリ傑作選」ヴィレッジブックス 2012（ヴィレッジブックス）p441

阿枝（アチー）とその女房（鍾肇政）
◇松浦恆雄訳「新しい台湾の文学 客家の女たち」国書刊行会 2002 p207

アーチボルド―線上を歩く者（モズリイ, ウォルター）
◇白石朗, 田口俊樹訳「十の罪業 Black」東京創元社 2009（創元推理文庫）p439

厚い足の裏、薄い顔面（クラッサナイ・プローチャート）
◇吉岡みね子編訳「タイの大地の上で―現代作家・詩人選集」大同生命国際文化基金 1999（アジアの現代文芸）p29

熱い九カ月（ロンドン, ケイト）
◇井野上悦子訳「真夏の恋の物語―サマー・シズラー 2000」ハーレクイン 2000 p293

熱い週末（トンプソン, ヴィッキー・L.）
◇山田信子訳「マイ・バレンタイン―愛の贈りもの 2010」ハーレクイン 2010 p131

熱い砂の上で（フォスター, ローリー）
◇三浦万里訳「真夏の恋の物語―サマー・シズラー 2002」ハーレクイン 2002 p103

熱いふたり（クルージー, ジェニファー）
◇高田映実訳「真夏の恋の物語―サマー・シズラー ’99」ハーレクイン 1999 p7

熱い誘惑（ウィリアムズ, キャシー）
◇竹原麗訳「真夏の恋の物語―サマー・シズラー 2006」ハーレクイン 2006 p113

“熱きまなざしの歩哨”事件（ブリーン, ジョン・L.）
◇日暮雅通訳「シャーロック・ホームズ ワトソンの災厄」原書房 2003 p93

あっけない勝利（ナスバウム, アル）
◇山本俊子訳「ミニ・ミステリ100」早川書房 2005（ハヤカワ・ミステリ文庫）p56

アッシァア家の崩没（ポー, エドガー・アラン）
◇龍膽寺旻訳「怪奇小説精華」筑摩書房 2012（ちくま文庫）p241

アッシァア屋形崩るるの記（ポー, エドガー・アラン）
◇日夏耿之介訳「西洋伝奇物語―ゴシック名訳集成」学習研究社 2004（学研M文庫）p63

アッシァア屋形崩るるの記――一八三九（ポー, エドガー・アラン）
◇日夏耿之介訳「ゴシック短編小説集」春風社 2012 p553

アッシャー家の崩壊（ポー, エドガー・アラン）
◇鴻巣友季子訳「ポケットマスターピース 9」集英社 2016（集英社文庫ヘリテージシリーズ）p299

アッシャー館の崩壊（ポー, エドガー・アラン）
◇岡田柊訳「STORY REMIX ポーの黒夢城」大栄出版 1996 p19

アッティカ喜劇（作者不詳）
◇内田次信, 平田松吾, 佐野好則, 橋本隆夫訳「ギリシア喜劇全集 7」岩波書店 2010 p133

アッティカ喜劇 II（作者不詳）
◇久保田忠利, 橋本隆夫, 野津寛, 安村典子, 吉武純夫, 丹下和彦訳「ギリシア喜劇全集 8」岩波書店 2011 p1

アッティカ喜劇 III（作者不詳）
◇中務哲郎, 西村賀子, 平山晃司訳「ギリシア喜劇全集 9」岩波書店 2012 p1

アット・ザ・ホップ（カールソン, ロン）
◇柴田元幸訳「新しいアメリカの小説 世界の肌ざわり」白水社 1993 p99

アップ・ザ・ラダー（ベネット, ロジャー）
◇佐和田敬司訳「アップ・ザ・ラダー／レイディアンス」オセアニア出版社 2003（オーストラリア演劇叢書）p9

アップルビィの最初の事件（イネス, マイケル）
◇森一訳「推理探偵小説文学館 1」勉誠社 1996 p7

アッラーの御音志（黄錦樹）
◇濱田麻矢訳「台湾熱帯文学 3」人文書院 2011 p337

『アッレーポロス（聖物を運ぶ少女）』または『アウレートリス（笛吹き女）』（または『アウレートリデス（笛吹き女たち）』）（メナンドロス）
◇中務哲郎, 脇本由佳, 荒井直訳「ギリシア喜

劇全集 6」岩波書店 2010 p82

アティヴァン工場の火事（クープランド, ダグラス）
　◇村井智之訳「ディスコ2000」アーティストハウス 1999 p222

アデナウアー時代の文学（エンドレース, エリーザベト）
　◇神崎巌, 中野京子, 守山晃訳「シリーズ現代ドイツ文学 1」早稲田大学出版部 1991

アテーニオーン（作者不詳）
　◇久保田忠利, 橋本隆夫, 野津寛, 安村典子, 吉武純夫, 丹下和彦訳「ギリシア喜劇全集 8」岩波書店 2011 p63

アーデルベルトの寓話（シャミッソー, アーデルベルト・フォン）
　◇今泉文子編訳「ドイツ幻想小説傑作選―ロマン派の森から」筑摩書房 2010 （ちくま文庫）p47

『アデルポイ（兄弟）』第一（メナンドロス）
　◇中務哲郎, 脇本由佳, 荒井直訳「ギリシア喜劇全集 6」岩波書店 2010 p62

『アデルポイ（兄弟）』第二（メナンドロス）
　◇中務哲郎, 脇本由佳, 荒井直訳「ギリシア喜劇全集 6」岩波書店 2010 p64

アードウィック・グリーン（ブリンコウ, ニコラス）
　◇渡辺佐智江訳「ディスコ・ビスケッツ」早川書房 1998 p15

阿刀田高『新トロイア物語』を読む（岡三郎）
　◇「トロイア叢書 5」国文社 2011 p7

あとがき〔阿刀田高『新トロイア物語』を読む〕（岡三郎）
　◇「トロイア叢書 5」国文社 2011 p322

あとがき〔9歳の人生〕（ウィ, ギチョル）
　◇清水由希子訳「Modern & Classic 9歳の人生」河出書房新社 2004 p234

あとがき〔皇帝のために〕（李文烈）
　◇安宇植（アンウーシク）訳「韓国文学名作選 皇帝のために」講談社 1999 p441

あとがき〔蝶の夢〕（水天一色）
　◇大沢理子訳「アジア本格リーグ 4（中国）」講談社 2009 p370

あとがき〔ドン・キホーテへの招待〕（フェルナンデス, ハイメ）
　◇柴田純子訳「西和リブロス 4」西和書林

1985 p291

あとがき〔リンカーン〕（ヴィダル, ゴア）
　◇中村紘一訳「アメリカ文学ライブラリー リンカーン 下巻」本の友社 1998 p291

アトキンスン兄弟の失踪（ブラウン, エリック）
　◇日暮雅通訳「シャーロック・ホームズの大冒険 上」原書房 2009 p281

あとになって（ウォートン, イーディス）
　◇橋本福夫訳「怪奇小説傑作集新版 3」東京創元社 2006 （創元推理文庫）p95

後に残してきた少女（スパーク, ミュリエル）
　◇西崎憲編訳「短篇小説日和―英国異色傑作選」筑摩書房 2013 （ちくま文庫）p11

後のゲノヴェーヴァ（ヘッベル）
　◇吹田順助訳「ゲノヴェーヴァ」ゆまに書房 2008 （昭和初期世界名作翻訳全集）p210

アトラス（アラストゥーイー, シーヴァー）
　◇藤元優子編訳「天空の家―イラン女性作家選」段々社 2014 （現代アジアの女性作家秀作シリーズ）p197

アトランティスそのほか―詩でしみじみ（ドウティ, マーク）
　◇堀内正規訳「しみじみ読むアメリカ文学―現代文学短編作品集」松柏社 2007 p261

アトランティス物語（ノヴァーリス）
　◇高橋英夫訳「百年文庫 54」ポプラ社 2010 p5

アドルストロップ（トマス, エドワード）
　◇沢崎順之助訳「英国鉄道文学傑作選」筑摩書房 2000 （ちくま文庫）p205

アドルトンの呪い（ロバーツ, バリー）
　◇日暮雅通訳「シャーロック・ホームズの大冒険 上」原書房 2009 p387

窖（あな）（ジョーンズ, R.）
　◇黒瀬隆功訳「新編 真ク・リトル・リトル神話大系 5」国書刊行会 2008 p113

『アナギュロス』（アリストパネース）
　◇久保田忠利, 野津寛, 脇本由佳訳「ギリシア喜劇全集 4」岩波書店 2009 p255

アナクサンドリデース（作者不詳）
　◇内田次信, 平田松吾, 佐野好則, 橋本隆夫訳「ギリシア喜劇全集 7」岩波書店 2010 p340

アナクシッポス（作者不詳）

◇内田次信, 平田松吾, 佐野好則, 橋本隆夫訳
「ギリシア喜劇全集 7」岩波書店 2010
p390

アナクシラース（作者不詳）

◇内田次信, 平田松吾, 佐野好則, 橋本隆夫訳
「ギリシア喜劇全集 7」岩波書店 2010
p374

窖に潜むもの（ブロック, ロバート）

◇三宅初江訳「クトゥルー 11」青心社 1998
（暗黒神話大系シリーズ） p81

アナクレト・モローネス（ルルフォ, ファン）

◇杉山晃訳「アンデスの風叢書 燃える平原」
書肆風の薔薇 1990 p190

アナコンダ還る（キロガ, オラシオ）

◇荒沢千賀子訳「ラテンアメリカ傑作短編集—
中南米スペイン語圏文学史を辿る」彩流社
2014 p125

あなたを見ました（韓龍雲）

◇安宇植（アンウーシク）訳「韓国文学名作選 ニ
ムの沈黙」講談社 1999 p58

あなたが身罷られたとき（韓龍雲）

◇安宇植（アンウーシク）訳「韓国文学名作選 ニ
ムの沈黙」講談社 1999 p109

あなた、殺されるわよ（デミング, リチャード）

◇佐々田雅子訳「ミニ・ミステリ100」早川書
房 2005（ハヤカワ・ミステリ文庫） p662

あなたでなければ（韓龍雲）

◇安宇植（アンウーシク）訳「韓国文学名作選 ニ
ムの沈黙」講談社 1999 p36

あなたにだって…（ラッツ, ジョン）

◇佐々田雅子訳「ミニ・ミステリ100」早川書
房 2005（ハヤカワ・ミステリ文庫） p241

あなたに誘惑の罠を（チャイルド, モーリーン）

◇八坂よしみ訳「真夏の恋の物語—サマー・シ
ズラー 2013」ハーレクイン 2013 p109

あなたのお手紙（韓龍雲）

◇安宇植（アンウーシク）訳「韓国文学名作選 ニ
ムの沈黙」講談社 1999 p83

あなたの気持ち（韓龍雲）

◇安宇植（アンウーシク）訳「韓国文学名作選 ニ
ムの沈黙」講談社 1999 p111

あなたは（韓龍雲）

◇安宇植（アンウーシク）訳「韓国文学名作選 ニ
ムの沈黙」講談社 1999 p45

あなたはここにいる（ローウェンタール, マイケ
ル）

◇湯谷愛絵訳「アメリカ新進作家傑作選 2005」
DHC 2006 p267

『アナティテメネー』（メナンドロス）

◇中務哲郎, 脇本由佳, 荒井直訳「ギリシア喜
劇全集 6」岩波書店 2010 p72

穴のあいた記憶（ペロウン, B.）

◇稲井嘉正訳「謎の物語」筑摩書房 2012（ち
くま文庫） p167

穴のなかの穴（ビッスン, テリー）

◇中村融編訳「奇想コレクション ふたりジャ
ネット」河出書房新社 2004 p175

アナベル・リー（ポー, エドガー・アラン）

◇渡辺信二訳「アメリカ文学ライブラリー ア
メリカ名詩選」本の友社 1997 p130

アナベル・リイ（ポー, エドガー・アラン）

◇日夏耿之介訳「ポケットマスターピース 9」
集英社 2016（集英社文庫ヘリテージシ
リーズ） p19

兄（ムンゴシ, チャールズ）

◇平尾吉直訳「アフリカ文学叢書 乾季のおと
ずれ」スリーエーネットワーク 1995 p91

アニース（ダーネシュヴァル, スィーミーン）

◇藤元優子編訳「天空の家—イラン女性作家
選」段々社 2014（現代アジアの女性作家
秀作シリーズ） p51

アニーの夢（ダッドマン, ベントリー）

◇安岡恵子訳「アメリカミステリ傑作選 2002」
DHC 2002（アメリカ文芸「年間」傑作
選） p123

アヌービオーン（作者不詳）

◇内田次信, 平田松吾, 佐野好則, 橋本隆夫訳
「ギリシア喜劇全集 7」岩波書店 2010
p554

『アネコメノス』（?）（メナンドロス）

◇中務哲郎, 脇本由佳, 荒井直訳「ギリシア喜
劇全集 6」岩波書店 2010 p79

姉の夫（ダンカン, ロナルド）

◇山田順子訳「街角の書店—18の奇妙な物語」
東京創元社 2015（創元推理文庫） p143

『アネプシオイ（従兄弟たち）』（メナンドロス）

◇中務哲郎, 脇本由佳, 荒井直訳「ギリシア喜
劇全集 6」岩波書店 2010 p79

あの豪勢な墓を掘れ！（ブロック, ロバート）
　◇小笠原豊樹訳「異色作家短篇集 8」早川書房
　　2006 p77

あの子は誰なの？（アリン, ダグ）
　◇中井京子訳「夜明けのフロスト」光文社
　　2005（光文社文庫）p69

あの子はどこの子（劉慶邦）
　◇立松昇一訳「コレクション中国同時代小説
　　5」勉誠出版 2012 p121

あの時代（リカラッ・アウー）
　◇魚住悦子編訳「台湾原住民文学選 2」草風館
　　2003 p66

あの飛行船をつかまえろ（ライバー, フリッツ）
　◇深町眞理子訳「20世紀SF 4」河出書房新社
　　2001（河出文庫）p361

あの人を見送りつつ（韓龍雲）
　◇安宇植（アンウーシク）訳「韓国文学名作選 ニ
　　ムの沈黙」講談社 1999 p68

あの無限の風（クニリェ, リュイサ）
　◇小阪知弘訳「現代スペイン演劇選集 3」カモ
　　ミール社 2016 p127

あの夕陽（フォークナー, ウィリアム）
　◇平石貴樹編訳「アメリカ短編ベスト10」松柏
　　社 2016 p169

あの世の仲人（アミーア, アネット）
　◇浅倉久志選訳「極短小説」新潮社 2004（新
　　潮文庫）p79

アーノルド・クロンベックの話（マグラア, パト
リック）
　◇宮脇孝雄訳「奇想コレクション 失われた探
　　険家」河出書房新社 2007 p107

アバ・シドの転落（ジラーディ, ロバート）
　◇庄司弘之訳「アメリカミステリ傑作選 2002」
　　DHC 2002（アメリカ文芸「年間」傑作
　　選）p337

あばずれ（ロクティ, ディック）
　◇木村二郎訳「ベスト・アメリカン・ミステリ
　　スネーク・アイズ」早川書房 2005（ハヤ
　　カワ・ミステリ）p343

アパートの住人（デイヴィッドスン, アヴラム）
　◇中村融訳「千の脚を持つ男―怪物ホラー傑作
　　選」東京創元社 2007（創元推理文庫）
　　p189

アバネッティ一家の恐るべき事件（グリフェン,
クレア）
　◇日暮雅通訳「シャーロック・ホームズの大冒
　　険 上」原書房 2009 p83

『アピストス（疑い深い男）』（メナンドロス）
　◇中務哲郎, 脇本由佳, 荒井直訳「ギリシア喜
　　劇全集 6」岩波書店 2010 p81

アビー夫妻の苦労（フォースター, E.M.）
　◇松村達雄訳「世界100物語 5」河出書房新社
　　1997 p259

アブサンのボトルをめぐって（モロー, W.C.）
　◇市岡隆訳「ワイン通の復讐―美酒にまつわる
　　ミステリー選集」心交社 1998 p126

アブデラの馬（ルゴーネス, レオポルド）
　◇牛島信明訳「バベルの図書館 18」国書刊行
　　会 1989 p73
　◇牛島信明訳「新編 バベルの図書館 6」国書刊
　　行会 2013 p543

油あげの雨―スペイン童話（作者不詳）
　◇会田由訳「綾辻行人と有栖川有栖のミステ
　　リ・ジョッキー 2」講談社 2009 p241

アフリカ川魚の謎（ホールディング, ジェイムズ）
　◇飯城勇三編訳「エラリー・クイーンの災難」
　　論創社 2012（論創海外ミステリ）p317

アフリカでの私（ボンテンペルリ, マッシモ）
　◇柏熊達生訳「賭けと人生」筑摩書房 2011
　　（ちくま文学の森）p119

アフリカの恐怖（コリンズ, W.チズウェル）
　◇小幡昌甫翻案「怪樹の腕―〈ウィアード・
　　テールズ〉戦前邦訳傑作選」東京創元社
　　2013 p309

アフリカンズ（コーラー, シーラ）
　◇堤暁実訳「アメリカ短編小説傑作選 2001」
　　DHC 2001（アメリカ文芸「年間」傑作
　　選）p349

アプルビー氏の乱れなき世界（エリン, スタンリ
イ）
　◇田中融二訳「異色作家短篇集 11」早川書房
　　2006 p91

『アプロディーシオス』（または『アプロディー
シオン』または『アプロディーシア』）（メナ
ンドロス）
　◇中務哲郎, 脇本由佳, 荒井直訳「ギリシア喜
　　劇全集 6」岩波書店 2010 p91

鴉片（あへん）（李陸史）
　◇安宇植（アンウーシク）訳「韓国文学名作選 李

陸史詩集」講談社 1999 p36

復讐人（アベンジャー）へのインタビュー（ビッセル、トム）
　◇高みづほ訳「ベスト・アメリカン・短編ミステリ」DHC 2010 p53

阿片の扉（シュウォッブ, マルセル）
　◇多田智満子訳「海外ライブラリー 少年十字軍」王国社 1998 p91

阿煌（アーホァン）おじさん―「故郷」三（鍾理和）
　◇野間信幸訳「台湾郷土文学選集 3」研文出版 2014 p59

阿呆たれウィルソン（トウェイン, マーク）
　◇中垣恒太郎訳「ポケットマスターピース 6」集英社 2016（集英社文庫ヘリテージシリーズ）p421

アポリナーリス（作者不詳）
　◇内田次信, 平田松吾, 佐野好則, 橋本隆夫訳「ギリシア喜劇全集 7」岩波書店 2010 p554

アポロドーロス（作者不詳）
　◇久保田忠利, 橋本隆夫, 野津寛, 安村典子, 吉武純夫, 丹下和彦訳「ギリシア喜劇全集 8」岩波書店 2011 p19

アポロパネース（作者不詳）
　◇久保田忠利, 橋本隆夫, 野津寛, 安村典子, 吉武純夫, 丹下和彦訳「ギリシア喜劇全集 8」岩波書店 2011 p28

アポロンの眼（チェスタトン, G.K.）
　◇富士川義之訳「バベルの図書館 1」国書刊行会 1988 p127
　◇富士川義之訳「新編 バベルの図書館 2」国書刊行会 2012 p421

甘い言葉で誘う男―ポール・ラドニックへのインタヴュー（ラドニック, ポール）
　◇松岡和子訳「新しいアメリカの小説 あそぶが勝ちよ」白水社 1991 p260

甘い汁ございます（李根三）
　◇明眞淑, 朴泰圭, 石川樹里訳「韓国近現代戯曲選―1930–1960年代」論創社 2011 p171

甘いたぎり（ブロンジーニ, ビル）
　◇田村義進訳「ミニ・ミステリ100」早川書房 2005（ハヤカワ・ミステリ文庫）p382

甘い毒（ペニー, ルーパート）
　◇好野理恵訳「世界探偵小説全集 19」国書刊行会 1997 p7

甘い夢を（シュタム, ペーター）
　◇村上春樹編訳「恋しくて―Ten Selected Love Stories」中央公論新社 2013 p99
　◇村上春樹編訳「恋しくて―Ten Selected Love Stories」中央公論新社 2016（中公文庫）p99

甘くほろにがく（ポートリー, フラン）
　◇吉田利子訳「間違ってもいい、やってみたら―想いがはじける28の物語」講談社 1998 p214

雨染み＜サイシャット＞（イティ・タオス）
　◇松本さち子訳「台湾原住民文学選 6」草風館 2008 p378

アマダス卿（作者不詳）
　◇今井光規訳「中世英国ロマンス集 3」篠崎書林 1993 p311

アマチュアたち（バーセルミ, ドナルド）
　◇山崎勉, 田島俊雄訳「現代アメリカ文学叢書 10」彩流社 1998 p1

アマチュア物乞い団事件（ベタンコート, ジョン・グレゴリー）
　◇日暮雅通訳「シャーロック・ホームズの大冒険 上」原書房 2009 p193

あまりもの（リー, イーユン）
　◇篠森ゆりこ訳「記憶に残っていること―新潮クレスト・ブックス短篇小説ベスト・コレクション」新潮社 2008（Crest books）p105

アマールと夜の訪問者―愛の道（テノール）へのガイド（ムーア, ローリー）
　◇干刈あがた, 斎藤英治訳「新しいアメリカの小説 セルフ・ヘルプ」白水社 1989 p147

アマンダ―ある魔女の物語（モルクナー, イルムトラウト）
　◇奈倉洋子訳「シリーズ現代ドイツ文学 5」早稲田大学出版部 1993 p214

アミエルの日記（抄）（アミエル, フレデリック）
　◇「童貞小説集」筑摩書房 2007（ちくま文庫）p199

アミスとアミルーン（作者不詳）
　◇齊藤俊雄, 今井光規訳「中世英国ロマンス集 4」篠崎書林 2001 p187

アミ族（作者不詳）
　◇紙村徹編訳「台湾原住民文学選 5」草風館 2006 p376

あめり

◇紙村徹編訳「台湾原住民文学選 5」草風館
2006 p454

アミ族の創生神話 (作者不詳)
◇紙村徹編訳「台湾原住民文学選 5」草風館
2006 p46

阿弥陀6 (ヘインズワース, スティーヴン)
◇本兌有, 杉ライカ訳「ハーン・ザ・ラストハ
ンター——アメリカン・オタク小説集」筑摩
書房 2016 p119

アムステルダムの水夫 (アポリネール, ギョー
ム)
◇堀口大學訳「思いがけない話」筑摩書房
2010 (ちくま文学の森) p255

アムンゼンの天幕 (リーイ, ジョン・マーティン)
◇小尾芙佐訳「幻想と怪奇——ポォ蒐集家」早川
書房 2005 (ハヤカワ文庫) p107

雨 (ウスラル・ピエトリ, アルトゥーロ)
◇豊泉博幸訳「ラテンアメリカ傑作短編集——中
南米スペイン語圏文学史を辿る」彩流社
2014 p221

雨 (クック, トマス・H.)
◇田口俊樹, 高山真由美訳「マンハッタン物語」
二見書房 2008 (二見文庫) p117

雨 (鍾理和)
◇野間信幸訳「台湾郷土文学選集 3」研文出版
2014 p97

雨 (韓龍雲)
◇安宇植 (アンウーシク) 訳「韓国文学名作選 ニ
ムの沈黙」講談社 1999 p59

アメイニアース (作者不詳)
◇内田次信, 平田松吾, 佐野好則, 橋本隆夫訳
「ギリシア喜劇全集 7」岩波書店 2010
p314

アメイプシアース (作者不詳)
◇内田次信, 平田松吾, 佐野好則, 橋本隆夫訳
「ギリシア喜劇全集 7」岩波書店 2010
p314

天が下に (ジッリ, アルベルト)
◇斎藤博士訳「アンデスの風叢書 天国・地獄
百科」書肆風の薔薇 1982 p110

雨風 (韓龍雲)
◇安宇植 (アンウーシク) 訳「韓国文学名作選 ニ
ムの沈黙」講談社 1999 p132

雨に歩けば (ヘムリ, ロビン)

◇小川高義訳「新しいアメリカの小説 食べ放
題」白水社 1989 p185

雨に踊る人 (イスラス, アルトゥーロ)
◇今福龍太訳「私の謎」岩波書店 1997 (世界
文学のフロンティア) p31

雨に寄せて 魂に呼びかける (テイラー, エド
ワード)
◇渡辺信二訳「アメリカ文学ライブラリー ア
メリカ名詩選」本の友社 1997 p88

雨の午後の降霊術 (マクシェーン, マーク)
◇北澤和彦訳「シリーズ百年の物語 2」トパー
ズプレス 1996 p3

雨の土曜日 (コリア, ジョン)
◇村上啓夫訳「異色作家短篇集 7」早川書房
2006 p151

雨の中の紅い花 (ワリス・ノカン)
◇内山加代訳「台湾原住民文学選 3」草風館
2003 p11

雨の七日間——スペインの推理小説 (ガルシア・
パボン, フランシスコ)
◇中平紀子, 高井清仁訳「西和リブロス 2」西
和書林 1984 p3

雨の降る街 (黄錦樹)
◇羽田朝子訳「台湾熱帯文学 3」人文書院
2011 p111

雨降りしきる日 (ブラッドベリ, レイ)
◇吉田誠一訳「異色作家短篇集 15」早川書房
2006 p285

雨降りの日 (ミドルトン, リチャード)
◇南條竹則訳「魔法の本棚 幽霊船」国書刊行
会 1997 p220

雨降る日にはカリボンドンに行かねばならな
い (梁貴子)
◇藤石貴代訳「現代韓国短篇選 下」岩波書店
2002 p97

アメリカ (ツェリンノルブ)
◇桑島道夫訳「9人の隣人たちの声——中国新鋭
作家短編小説選」勉誠出版 2012 p95

アメリカからきた女 (ヘッド, ベッシー)
◇くぼたのぞみ訳「アフリカ文学叢書 優しさ
と力の物語」スリーエーネットワーク
1996 p79

アメリカ大使館 (アディーチェ, チママンダ・ン
ゴズィ)

◇くぼたのぞみ訳「Modern & Classic アメリカにいる、きみ」河出書房新社 2007 p23

アメリカにいる、きみ（アディーチェ, チママンダ・ンゴズィ）

◇くぼたのぞみ訳「Modern & Classic アメリカにいる、きみ」河出書房新社 2007 p5

アメリカにやってきたシャーロック・ホームズの生みの親（レドモンド, クリストファー）

◇日暮雅通訳「シャーロック・ホームズ アメリカの冒険」原書房 2012 p453

アメリカの救済（テイラー, エドワード）

◇渡辺信二訳「アメリカ文学ライブラリー アメリカ名詩選」本の友社 1997 p71

アメリカのロマン（ドイル, アーサー・コナン）

◇日暮雅通訳「シャーロック・ホームズ アメリカの冒険」原書房 2012 p465

アメリカン・エクスプレス（インディアナ, ゲイリー）

◇越川芳明訳「ライターズⅩ マリアの死」白水社 1995 p45

アメリカンカール（スプリンガー, ナンシー）

◇中井京子訳「子猫探偵ニックとノラ――The Cat Has Nine Mysterious Tales」光文社 2004 （光文社文庫）p199

アモンティリャードの酒樽（ポー, エドガー・アラン）

◇鴻巣友季子訳「ポケットマスターピース 9」集英社 2016 （集英社文庫ヘリテージシリーズ）p407

アモンティリャードの樽（ポー, エドガー・アラン）

◇堀たほ子訳「ワイン通の復讐――美酒にまつわるミステリー選集」心交社 1998 p31

アーモンド（シェルネガ, ジョン）

◇旦紀子訳「マシン・オブ・デス――A Collection of Stories about People who Know How They Will DIE」アルファポリス 2012 p82

怪しい使用人（ローデン, バーバラ）

◇日暮雅通訳「シャーロック・ホームズの大冒険 上」原書房 2009 p177

あやつり人形の復讐（ラストベーダー, エリック・ヴァン）

◇酒井武志訳「復讐の殺人」早川書房 2001 （ハヤカワ・ミステリ文庫）p215

アヤメ（ヘッセ, ヘルマン）

◇高橋健二訳「百年文庫 75」ポプラ社 2011 p93

洗い屋家業（パニッチ, モーリス）

◇吉原豊司訳「洗い屋稼業」彩流社 2011 （カナダ現代戯曲選）p5

荒馬に乗る（ソス, L.）

◇浅倉久志選訳「極短小説」新潮社 2004 （新潮文庫）p239

あらくれ物語（ハイトフ, ニコライ）

◇真木三三子訳「東欧の文学 あらくれ物語」恒文社 1983 p5

嵐（マライーニ, ダーチャ）

◇香川真澄訳「ぶどう酒色の海――イタリア中短編小説集」イタリア文藝叢書刊行委員会 2013 （イタリア文藝叢書）p153

アラーシー王子とフィルーズカー王女の物語（ベックフォード, ウィリアム）

◇私市保彦訳「バベルの図書館 23下」国書刊行会 1990 p9

嵐が丘（上巻）（ブロンテ, エミリー）

◇田中晏男訳「ブロンテ姉妹集 2」京都修学社 2001

嵐が丘（下巻）（ブロンテ, エミリー）

◇田中晏男訳「ブロンテ姉妹集 3」京都修学社 2002

嵐のマドリード（センデール, ラモン）

◇浜田滋郎訳「西和リブロス 1」西和書林 1984 p3

嵐の夜の奇跡（ジョージ, キャサリン）

◇瀧川紫乃訳「四つの愛の物語――クリスマス・ストーリー 2012」ハーレクイン 2012 p307

アラジンの奇跡のランプ（作者不詳）

◇井上輝夫訳「バベルの図書館 24」国書刊行会 1990 p33

◇井上輝夫訳「新編 バベルの図書館 6」国書刊行会 2013 p132

争いの果て（モンゴメリ）

◇村岡花子訳「諸国物語――stories from the world」ポプラ社 2008 p879

新たな引力（アルトシュル, アンドリュー・フォスター）

◇中尾千奈美訳「アメリカ新進作家傑作選 2006」DHC 2007 p75

新たなる春（ジョーダン, ロバート）
　◇斉藤伯好訳「ファンタジイの殿堂 伝説は永遠に
　　3」早川書房 2000 （ハヤカワ文庫FT）
　　p17

荒野（あらの）… → "こうや…"を見よ

曠野（あらの） → "こうや"を見よ

アラーの目（キップリング, ラドヤード）
　◇土岐知子訳「バベルの図書館 27」国書刊行
　　会 1991 p145
　◇土岐知子訳「新編 バベルの図書館 2」国書刊
　　行会 2012 p558

アラビー（ジョイス, ジェームズ）
　◇柴田元幸編訳「ブリティッシュ＆アイリッ
　　シュ・マスターピース」スイッチ・パブ
　　リッシング 2015 （SWITCH LIBRARY）
　　p203

アラビア人占星術師のはなし（アーヴィング, ワ
　シントン）
　◇江間章子訳「とっておきの話」筑摩書房
　　2011 （ちくま文学の森）p137

アラビアの女予言者メリュック・マリア・ブ
　ランヴィル（アルニム, アヒム・フォン）
　◇今泉文子編訳「ドイツ幻想小説傑作選―ロマ
　　ン派の森から」筑摩書房 2010 （ちくま文
　　庫）p61

アラビアの騎士の冒険（エスルマン, ローレン・
　D.）
　◇日暮雅通訳「シャーロック・ホームズ ベイ
　　カー街の殺人」原書房 2002 p305

あらゆるものにまちがったラベルのついた王
　国（ベンダー, エイミー）
　◇管啓次郎訳「ろうそくの炎がささやく言葉」
　　勁草書房 2011 p112

アララテのアブルビイ（イネス, マイクル）
　◇今本渉訳「KAWADE MYSTERY アララテ
　　のアブルビイ」河出書房新社 2006 p1

アラーロース（作者不詳）
　◇久保田忠利, 橋本隆夫, 野津寛, 安村典子, 吉
　　武純夫, 丹下和彦訳「ギリシア喜劇全集 8」
　　岩波書店 2011 p31

蟻（ムラーベト, ムハンマド）
　◇越川芳明訳「モロッコ幻想物語」岩波書店
　　2013 p131

アリオンと海豚（佐藤彰）
　◇「新ギリシア悲劇物語 第9巻・第10巻・第11

巻」講談社出版サービスセンター（製作）
2003 p69

アリガト（シアストン, トレヴァー）
　◇湊圭史訳「ダイヤモンド・ドッグー《多文化
　　を映す》現代オーストラリア短編小説集」
　　現代企画室 2008 p97

アリクについて（チャペック, カレル）
　◇伴田良輔訳「ファイン／キュート素敵かわい
　　い作品選」筑摩書房 2015 （ちくま文庫）
　　p110

アリゲーターの涙（クライダー, ビル）
　◇青木多香子訳「ホワイトハウスのペット探
　　偵」講談社 2009 （講談社文庫）p85

アリス（キャップス, タッカー）
　◇米山とも子訳「アメリカ新進作家傑作選
　　2008」DHC 2009 p19

アリストクセノス（作者不詳）
　◇橋本隆夫訳「ギリシア喜劇全集 7」岩波書店
　　2010 p7

アリストーニュモス（作者不詳）
　◇久保田忠利, 橋本隆夫, 野津寛, 安村典子, 吉
　　武純夫, 丹下和彦訳「ギリシア喜劇全集 8」
　　岩波書店 2011 p52

アリストパネース断片（アリストパネース）
　◇久保田忠利, 野津寛, 脇本由佳訳「ギリシア
　　喜劇全集 4」岩波書店 2009 p191

アリストポーン（作者不詳）
　◇久保田忠利, 橋本隆夫, 野津寛, 安村典子, 吉
　　武純夫, 丹下和彦訳「ギリシア喜劇全集 8」
　　岩波書店 2011 p53

アリストメネース（作者不詳）
　◇久保田忠利, 橋本隆夫, 野津寛, 安村典子, 吉
　　武純夫, 丹下和彦訳「ギリシア喜劇全集 8」
　　岩波書店 2011 p49

アリスの家（キーン, ジェイミー）
　◇中尾千奈美訳「アメリカ新進作家傑作選
　　2006」DHC 2007 p191

闘技場（アリーナ）（ブラウン, フレドリック）
　◇南山宏, 尾之上浩司訳「地球の静止する日」
　　角川書店 2008 （角川文庫）p299

アリの巣（ナッティング, アリッサ）
　◇岸本佐知子編訳「楽しい夜」講談社 2016
　　p95

アリーの秘密（ウインターズ, レベッカ）

ありは

◇上村悦子訳「四つの愛の物語―クリスマス・ストーリー 2012」ハーレクイン 2012 p161

アリバイ（デュ・モーリア, ダフネ）
◇吉田誠一訳「異色作家短篇集 10」早川書房 2006 p5

アリバイ・アイク（ラードナー, リング）
◇加島祥造訳「百年文庫 52」ポプラ社 2010 p69

アリバイさがし（アームストロング, シャーロット）
◇宇野輝雄訳「ミステリマガジン700―創刊700号記念アンソロジー 海外篇」早川書房 2014（ハヤカワ・ミステリ文庫）p35

アーリー・ヒューマンズ（ホールバーグ, ガース・リスク）
◇岩崎たまえ訳「アメリカ新進作家傑作選 2008」DHC 2009 p171

ありふれた災難（ラエンズ, ヤニック）
◇星埜守之訳「月光浴―ハイチ短篇集」国書刊行会 2003（Contemporary writers）p239

ありふれたヘアピン（ベントリー, E.C.）
◇好野理恵訳「ミステリーの本棚 トレント乗り出す」国書刊行会 2000 p283

アリランの世の中（作者不詳）
◇金炳三, 李春穆, 金潤訳「20世紀民衆の世界文学 7」三友社出版 1990 p210

アリントン邸の怪事件（イネス, マイクル）
◇井伊順彦訳「海外ミステリ Gem Collection 5」長崎出版 2007 p1

ある医者の物語（葉石濤）
◇中島利郎訳「台湾郷土文学選集 4」研文出版 2014 p131

ある一日（スレッサー, ヘンリー）
◇森沢くみ子訳「ダーク・ファンタジー・コレクション 6」論創社 2007 p31

ある犬の死（ナムダグ, ドンロビィン）
◇柴内秀司訳「モンゴル近現代短編小説選」パブリック・ブレイン 2013 p51

ある犬の生涯（ロッゲム, マヌエル・ヴァン）
◇種村季弘訳「怪奇・幻想・綺想文学集―種村季弘翻訳集成」国書刊行会 2012 p523

アルヴィン・メイカー（カード, オースン・スコット）
◇友枝康子訳「ファンタジイの殿堂 伝説は永遠に 1」早川書房 2000（ハヤカワ文庫FT）p263

ある映像についての調査（ゴダール, ジャン=リュック／ゴラン, ジャン=ピエール）
◇奥村昭夫訳「怒りと響き」岩波書店 1997（世界文学のフロンティア）p201

アルカイオス（作者不詳）
◇内田次信, 平田松吾, 佐野好則, 橋本隆夫訳「ギリシア喜劇全集 7」岩波書店 2010 p136

ある家族のクリスマス（ラードナー, リング）
◇田中雅徳訳「安らかに眠りたまえ―英米文学短編集」海苑社 1998 p183

ある家族の夕餉―ニッポンしみじみ（イシグロ, カズオ）
◇田尻芳樹訳「しみじみ読むイギリス・アイルランド文学―現代文学短編作品集」松柏社 2007 p75

ある学会報告（カフカ, フランツ）
◇池内紀訳「バベルの図書館 4」国書刊行会 1988 p91
◇池内紀訳「生の深みを覗く―ポケットアンソロジー」岩波書店 2010（岩波文庫別冊）p237
◇池内紀訳「新編 バベルの図書館 5」国書刊行会 2013 p60

アルカディア（ベルナルダン・ド・サン=ピエール, ジャック・アンリ）
◇山internal淳訳「啓蒙のユートピア 3」法政大学出版局 1997 p345

あるカンボジア人の歌（グオ・シャオルー）
◇角田光代訳「わたしは女の子だから」英治出版 2012 p115

アルキッポス（作者不詳）
◇久保田忠利, 橋本隆夫, 野津寛, 安村典子, 吉武純夫, 丹下和彦訳「ギリシア喜劇全集 8」岩波書店 2011 p38

アルキメネース（作者不詳）
◇内田次信, 平田松吾, 佐野好則, 橋本隆夫訳「ギリシア喜劇全集 7」岩波書店 2010 p144

歩く（ラクーザ, イルマ）
◇新本史斉訳「氷河の滴―現代スイス女性作家

あると

作品集」鳥影社・ロゴス企画 2007 p259

歩く疫病（ベンスン, E.F.）
　◇西崎憲訳「乱歩の選んだベスト・ホラー」筑摩書房 2000（ちくま文庫）p103

R君へ（趙明煕）
　◇李恢成訳「20世紀民衆の世界文学 7」三友社出版 1990 p55

ある結婚記念日（フィリップス, ジェイン・アン）
　◇篠目清美訳「新しいアメリカの小説 ファスト・レーンズ」白水社 1989 p159

アルケディコス（作者不詳）
　◇久保田忠利, 橋本隆夫, 野津寛, 安村典子, 吉武純夫, 丹下和彦訳「ギリシア喜劇全集 8」岩波書店 2011 p35

アルケーノール（作者不詳）
　◇内田次信, 平田松吾, 佐野好則, 橋本隆夫訳「ギリシア喜劇全集 7」岩波書店 2010 p143

ある恋の物語（リャブチューク, ミコラ）
　◇藤井悦子, オリガ・ホメンコ訳「現代ウクライナ短編集」群像社 2005（群像社ライブラリー）p93

或る豪邸主の死（コニントン, J.J.）
　◇田中富佐子訳「海外ミステリ Gem Collection 12」長崎出版 2008 p1

アルゴ三世の不幸（ラッセル, レイ）
　◇永井淳訳「異色作家短篇集 16」早川書房 2006 p85

ある孤独な魂──モスクワ第一盲学校の思い出（エロシェンコ, ワシーリー）
　◇高杉一郎訳「百年文庫 62」ポプラ社 2011 p52

ある古謡（スティーヴンソン, ロバート・ルイス）
　◇中和彩子訳「ポケットマスターピース 8」集英社 2016（集英社文庫ヘリテージシリーズ）p293

アルジェリア・チュニジア旅行手帳：芸術への祈り〔一八五八年六月十二日−十三日〕（フローベール, ギュスターヴ）
　◇山崎敦訳「ポケットマスターピース 7」集英社 2016（集英社文庫ヘリテージシリーズ）p751

あるジャガーの墓碑銘（ベリーズ）（ヴォルマン, ウィリアム・T.）
　◇迫光訳「VOICES OVERSEAS ハッピー・ガールズ, バッド・ガールズ」講談社 1996 p145

ある新聞読者の手紙（ヘミングウェイ, アーネスト）
　◇上田麻由子訳「病短編小説集」平凡社 2016（平凡社ライブラリー）p127

ある聖女の祈り（アッタール）
　◇牛島信明訳「アンデスの風叢書 天国・地獄百科」書肆風の薔薇 1982 p11

ある遭難者の物語（ガルシア＝マルケス, ガブリエル）
　◇堀内研二訳「アンデスの風叢書 ある遭難者の物語」書肆風の薔薇 1982 p5

アルソフォカスの書（ラヴクラフト, H.P.／ワーネス, M.S.）
　◇高橋三恵訳「新編 真ク・リトル・リトル神話大系 7」国書刊行会 2009 p85

ある父の履歴書（ライニヒ, クリスタ）
　◇入谷幸江訳「シリーズ現代ドイツ文学 5」早稲田大学出版部 1993 p86

ある中毒者のモノローグ（シャリュック, パウル）
　◇中野京子訳「シリーズ現代ドイツ文学 4」早稲田大学出版部 1993 p162

アルチュール・クラヴァン（ブルトン, アンドレ／クラヴァン, アルチュール）
　◇鈴木孝訳「黒いユーモア選集 2」河出書房新社 2007（河出文庫）p149

アルチュール・ランボー（ブルトン, アンドレ／ランボー, アルチュール）
　◇高橋彦明訳「黒いユーモア選集 1」河出書房新社 2007（河出文庫）p323

ある時計職人の記憶──ほか四篇（西渡）
　◇佐藤普美子訳「同時代の中国文学──ミステリー・イン・チャイナ」東方書店 2006 p195

アルト・ソロ（ヴォロディーヌ, アントワーヌ）
　◇塚本昌則訳「新しいフランスの小説 アルト・ソロ」白水社 1995 p1

アルトドルフ症候群（パウエル, ジェイムズ）
　◇白須清美訳「KAWADE MYSTERY 道化の町」河出書房新社 2008 p137

あるトルコの一家の物語──第5章「変化する秩序」（オルガ, イルファン）
　◇池永大駿訳「現代トルコ文学選 2」東京外国

あるね

語大学外国語学部トルコ語専攻研究室 2012 （TUFS Middle Eastern studies） p133

ある猫の肖像（コンスタンティン、ストーム）
　◇冬川亘訳「魔猫」早川書房 1999 p213

ある歯医者へのおそろしい罰（ブロワ、レオン）
　◇田辺保訳「バベルの図書館 13」国書刊行会 1989 p91
　◇田辺保訳「新編 バベルの図書館 4」国書刊行会 2012 p338

アルハザードの発狂（スミス、D.R.）
　◇大瀧啓裕訳「クトゥルー 12」青心社 2002 （暗黒神話大系シリーズ） p7

アルハザードのランプ（ラヴクラフト、H.P.／ダーレス、オーガスト）
　◇東谷真知子訳「クトゥルー 10」青心社 1997 （暗黒神話大系シリーズ） p89

アルバート伯父と「ホームズ師匠」（ウォーレス、ペネロピー）
　◇坂本希久子訳「本の殺人事件簿―ミステリ傑作20選」バベル・プレス 2001 p173

アルバート・ノッブスの人生（ムア、ジョージ）
　◇磯部哲也、山田久美子訳「クィア短編小説集―名づけえぬ欲望の物語」平凡社 2016 （平凡社ライブラリー） p229

ある母の詩（メーニェイン）
　◇南田みどり編訳「ミャンマー現代女性短編集」大同生命国際文化基金 2001 （アジアの現代文芸） p157

ある晩、鏡付きの衣裳箪笥が……（アラゴン、ルイ）
　◇小笠原豊樹訳「盲目の女神―20世紀欧米戯曲拾遺」みすず書房 2011 p391

ある「ハンセン病患者」の日記から（アップダイク、ジョン）
　◇土屋陽子訳「病短編小説集」平凡社 2016 （平凡社ライブラリー） p281

アルフォンス・アレー（ブルトン、アンドレ／アレー、アルフォンス）
　◇片山正樹訳「黒いユーモア選集 1」河出書房新社 2007 （河出文庫） p339

アルフレッド・ジャリ（ブルトン、アンドレ／ジャリ、アルフレッド）
　◇宮川明子訳「黒いユーモア選集 2」河出書房新社 2007 （河出文庫） p67

アルフレッドの方舟（ヴァンス、ジャック）
　◇中村融訳「街角の書店―18の奇妙な物語」東京創元社 2015 （創元推理文庫） p85

ある兵士いわく（リーリエンクローン、デートレフ・フォン）
　◇牛島信明訳「アンデスの風叢書 天国・地獄百科」書肆風の薔薇 1982 p13

あるべき姿（グラファム、エルシン・アン）
　◇山本俊子訳「ミニ・ミステリ100」早川書房 2005 （ハヤカワ・ミステリ文庫） p81

アルベルト・サビニオ（ブルトン、アンドレ／サビニオ、アルベルト）
　◇森乾訳「黒いユーモア選集 2」河出書房新社 2007 （河出文庫） p217

ある本の物語（ミドルトン、リチャード）
　◇南條竹則訳「魔法の本棚 幽霊船」国書刊行会 1997 p125

アルマ（ナスバウム、アル）
　◇田村義進訳「ミニ・ミステリ100」早川書房 2005 （ハヤカワ・ミステリ文庫） p475

ある街の一夜（関沫南）
　◇岡田英樹訳編「血の報復―「在満」中国人作家短篇集」ゆまに書房 2016 p267

ある湖の出来事（コリア、ジョン）
　◇村上啓夫訳「異色作家短篇集 7」早川書房 2006 p53

ある密室（カー、ジョン・ディクスン）
　◇宇野利泰訳「密室殺人傑作選」早川書房 2003 （ハヤカワ・ミステリ文庫） p15

ある無政府主義者の宗旨替え（チェスタトン、G.K.）
　◇井伊順彦訳「20世紀英国モダニズム小説集成 世を騒がす嘘つき男」風濤社 2014 p97

アルメニオスの子、エル（プラトン）
　◇内田吉彦訳「アンデスの風叢書 天国・地獄百科」書肆風の薔薇 1982 p86

ある勇者の天国（バニヤン、ジョン）
　◇牛島信明訳「アンデスの風叢書 天国・地獄百科」書肆風の薔薇 1982 p12

ある幽霊の回顧録（ストーニア、G.W.）
　◇中野善夫訳「怪奇礼讃」東京創元社 2004 （創元推理文庫） p377

アルルの女（ドーデ、アルフォンス）
　◇日仏言語文化協会「エチュード月曜クラス」

訳「掌中のエスプリ―フランス文学短篇名
作集」弘学社 2013 p93

ある鰐の手記（邱妙津）
◇垂水千恵訳「台湾セクシュアル・マイノリ
ティ文学 1」作品社 2008 p5

アレクサンドル・プーシキン（ブルガーコフ, ミ
ハイル・アファナーシエヴィチ）
◇石原公道訳「アレクサンドル・プーシキン／
バトゥーム」群像社 2009（群像社ライブ
ラリー）p7

アレクサンドロス（作者不詳）
◇内田次信, 平田松吾, 佐野好則, 橋本隆夫訳
「ギリシア喜劇全集 7」岩波書店 2010
p144

アレクサンドロス大王（カフカ, フランツ）
◇池内紀訳「超短編アンソロジー」筑摩書房
2002（ちくま文庫）p40

アレクシス（作者不詳）
◇内田次信, 平田松吾, 佐野好則, 橋本隆夫訳
「ギリシア喜劇全集 7」岩波書店 2010
p147

荒地（ウィルスン, F.ポール）
◇尾之上浩司訳「ラヴクラフトの遺産」東京創
元社 2000（創元推理文庫）p475

荒地道の事件（ヘロン, E.／ヘロン, H）
◇西崎憲訳「淑やかな悪夢―英米女流怪談集」
東京創元社 2000 p163

荒れ野（デュ・モーリア, ダフネ）
◇吉田誠一訳「異色作家短篇集 10」早川書房
2006 p207

荒れ野を越えて（プライス, スーザン）
◇夏目道子訳「メグ・アウル」パロル舎 2002
（ミステリアス・クリスマス）p143

アレフ（ボルヘス, ホルヘ・ルイス）
◇牛島信明訳「幻想小説神髄」筑摩書房 2012
（ちくま文庫）p581

あれは何だったか？（オブライエン, フィッツ＝
ジェイムズ）
◇橋本福夫訳「怪奇小説傑作集新版 3」東京創
元社 2006（創元推理文庫）p157

アローモント監獄の謎―首吊り台の人間消失
（ブロンジーニ, ビル）
◇森愼一訳「有栖川有栖の本格ミステリ・ライ
ブラリー」角川書店 2001（角川文庫）
p187

アン・アスキュー 模擬文（ブロンテ, シャー
ロット）
◇中岡洋, 芦沢久江訳「ブロンテ姉妹エッセイ
全集」彩流社 2016 p216

アン・ヴェロニカの冒険（ウェルズ, ハーバー
ト・ジョージ）
◇土屋倭子訳「ヒロインの時代 アン・ヴェロ
ニカの冒険」国書刊行会 1989 p1

アンを押してください（ビッスン, テリー）
◇中村融編訳「奇想コレクション ふたりジャ
ネット」河出書房新社 2004 p27

アンカーダイン家の信徒席（ハーヴィー, W.F.）
◇野村芳夫訳「怪奇文学大山脈 2」東京創元社
2014 p285

暗香（韓少功）
◇加藤三由紀訳「同時代の中国文学―ミステ
リー・イン・チャイナ」東方書店 2006
p215

暗黒地獄（蒲松齢）
◇中野美代子訳「バベルの図書館 10」国書刊
行会 1988 p53
◇中野美代子訳「新編 バベルの図書館 6」国書
刊行会 2013 p439

暗黒星の陥穽（キャンベル, ラムゼイ）
◇福岡洋一訳「新編 真ク・リトル・リトル神話
大系 4」国書刊行会 2008 p315

暗黒の黄金（グリーンウッド, L.B.）
◇日暮雅通訳「シャーロック・ホームズ ベイ
カー街の殺人」原書房 2002 p9

暗黒のオリバー（ホーバン, ラッセル）
◇大友香奈子訳「魔法使いになる14の方法」東
京創元社 2003（創元推理文庫）p97

暗黒の口づけ（ブロック, R.／カットナー, ヘンリ
イ）
◇三宅初江訳「クトゥルー 11」青心社 1998
（暗黒神話大系シリーズ）p45

暗黒の接吻（ブロック, ロバート／カットナー, ヘ
ンリイ）
◇真島光訳「新編 真ク・リトル・リトル神話大
系 3」国書刊行会 2008 p67

暗黒の塔（キング, スティーヴン）
◇風間賢二訳「ファンタジイの殿堂 伝説は永遠に
1」早川書房 2000（ハヤカワ文庫FT）
p19

暗黒の砦（カットナー, ヘンリイ）

あんこ

◇安野玲訳「不死鳥の剣―剣と魔法の物語傑作選」河出書房新社 2003（河出文庫）p195

暗黒の復活（ロング, F.B.）
　◇遠藤勘也訳「新編 真ク・リトル・リトル神話大系 6」国書刊行会 2009 p189

暗黒の炎（グリーンバーグ, ロランス）
　◇大瀧啓裕訳「ノストラダムス秘録」扶桑社 1999（扶桑社ミステリー）p289

暗黒の館の冒険（クイーン, エラリー）
　◇鎌田三平訳「贈る物語Mystery」光文社 2002 p17

暗黒の妖精（ムーア, C.L.）
　◇仁賀克雄訳「ダーク・ファンタジー・コレクション 9」論創社 2008 p221

暗恨（シーライト, R.F.）
　◇白糸利忠訳「新編 真ク・リトル・リトル神話大系 2」国書刊行会 2007 p177

暗殺者クラブ（ブレイク, ニコラス）
　◇深町真理子訳「ディナーで殺人を 下」東京創元社 1998（創元推理文庫）p139

アンサー・ツリー（ボイエット, スティーヴン・R.）
　◇田中一江訳「シルヴァー・スクリーン 上」東京創元社 2013（創元推理文庫）p277

アンジー（ゴーマン, エド）
　◇金子浩訳「999（ナインナインナイン）―聖金曜日」東京創元社 2000（創元推理文庫）p201

アンジーの歓び（マーゴリン, フィリップ）
　◇田口俊樹訳「復讐の殺人」早川書房 2001（ハヤカワ・ミステリ文庫）p255

暗礁の彼方に（カバー, ベイザル）
　◇大瀧啓裕訳「インスマス年代記 上」学習研究社 2001（学研M文庫）p135

安全航海（オースベル, ラモーナ）
　◇岸本佐知子編訳「楽しい夜」講談社 2016 p205

安全なリフト（ベントリー, E.C.）
　◇好野理恵訳「ミステリーの本棚 トレント乗り出す」国書刊行会 2000 p139

安息日（ソルダーノ, カルメロ）
　◇斎藤博士訳「アンデスの風叢書 天国・地獄百科」書肆風の薔薇 1982 p136

「アンタウムイ」という名の現代女性（リャオ, プイティン）
　◇角田美知代訳「海外戯曲アンソロジー―海外現代戯曲翻訳集〈国際演劇交流セミナー記録〉2」日本演出者協会 2008 p207

あんただけしかいなかった（インディアナ, ゲイリー）
　◇越川芳明訳「ライターズX マリアの死」白水社 1995 p105

あんたの欲しいことはなんでも（ブロワ, レオン）
　◇田辺保訳「バベルの図書館 13」国書刊行会 1989 p103
　◇田辺保訳「新編 バベルの図書館 4」国書刊行会 2012 p346

アンテアース（作者不詳）
　◇内田次信, 平田松吾, 佐野好則, 橋本隆夫訳「ギリシア喜劇全集 7」岩波書店 2010 p397

アンティオコス（作者不詳）
　◇内田次信, 平田松吾, 佐野好則, 橋本隆夫訳「ギリシア喜劇全集 7」岩波書店 2010 p400

アンティーク・マーケットで（ライトフット, フリーダ）
　◇沢木あさみ訳「ティータイム・ストーリーズ はるかなる丘」花風社 1999 p83

アンティドトス（作者不詳）
　◇内田次信, 平田松吾, 佐野好則, 橋本隆夫訳「ギリシア喜劇全集 7」岩波書店 2010 p398

アンティノウスの死（ラシルド）
　◇熊谷謙介訳「古典BL小説集」平凡社 2015（平凡社ライブラリー）p41

アンティパネース（作者不詳）
　◇内田次信, 平田松吾, 佐野好則, 橋本隆夫訳「ギリシア喜劇全集 7」岩波書店 2010 p400

アンティパネースⅡ（作者不詳）
　◇内田次信, 平田松吾, 佐野好則, 橋本隆夫訳「ギリシア喜劇全集 7」岩波書店 2010 p553

アンティポディス（ブルーム, リチャード）
　◇小野正和訳「イギリス・ルネサンス演劇集 1」早稲田大学出版部 2002 p1

アンティボーン（作者不詳）

◇内田次信, 平田松吾, 佐野好則, 橋本隆夫訳
「ギリシア喜劇全集 7」岩波書店 2010
p553

アンテオン遊星への道 (ソール, ジェリイ)
◇南山宏, 尾之上浩司訳「地球の静止する日」
角川書店 2008 (角川文庫) p155

アンデルセンのおとぎ話 (パレイ, マリーナ)
◇沼野恭子訳「魔女たちの饗宴―現代ロシア女
性作家選」新潮社 1998 p109

アンドヴァルの鳥 (リー, ヨナス)
◇中野善夫訳「魔法の本棚 漁師とドラウグ」
国書刊行会 1996 p87

アントゥンの指紋 (ストリブリング, T.S.)
◇倉阪鬼一郎訳「世界探偵小説全集 15」国書
刊行会 1997 p167

アントニイ・バークリー殿 (ケネディ, ミルワー
ド)
◇横山啓明訳「世界探偵小説全集 30」国書刊
行会 2000 p5

『アンドリアー (アンドロス島の女)』(メナンド
ロス)
◇中務哲郎, 脇本由佳, 荒井直訳「ギリシア喜
劇全集 6」岩波書店 2010 p73

アンドレ・ジッド (ブルトン, アンドレ／ジッド,
アンドレ)
◇宗左近訳「黒いユーモア選集 2」河出書房新
社 2007 (河出文庫) p43

『アンドロギュノス (男女)』または『クレー
ス (クレータ島の男)』(メナンドロス)
◇中務哲郎, 脇本由佳, 荒井直訳「ギリシア喜
劇全集 6」岩波書店 2010 p77

アンドログラフ (レティフ・ド・ラ・ブルトンヌ,
ニコラ・エドム)
◇植田祐次訳「啓蒙のユートピア 3」法政大学
出版局 1997 p697

アンドロス島の女 (テレンティウス)
◇木村健治訳「ローマ喜劇集 5」京都大学学術
出版会 2002 (西洋古典叢書) p3

アンドロメダ星座まで (ブリヤンテス, グレゴリ
オ・C.)
◇宮本靖介, 土井一宏訳「天国の風―アジア短
篇ベスト・セレクション」新潮社 2011
p185

アンナと海… (マルス, ケトリ)
◇元木淳子訳「月光浴―ハイチ短篇集」国書刊

行会 2003 (Contemporary writers)
p225

あんなふうに (マッカラーズ, カースン)
◇利根川真紀編訳「レズビアン短編小説集―女
たちの時間」平凡社 2015 (平凡社ライブ
ラリー) p293

『アンピアラーオス』(アリストパネース)
◇久保田忠利, 野津寛, 脇本由佳訳「ギリシア
喜劇全集 4」岩波書店 2009 p249

アンピカレース (作者不詳)
◇内田次信, 平田松吾, 佐野好則, 橋本隆夫訳
「ギリシア喜劇全集 7」岩波書店 2010
p322

アンピス (作者不詳)
◇内田次信, 平田松吾, 佐野好則, 橋本隆夫訳
「ギリシア喜劇全集 7」岩波書店 2010
p322

アン・ブラッドストリートの思い出に (ブラッ
ドストリート, アン)
◇渡辺信二訳「アメリカ文学ライブラリー ア
メリカ名詩選」本の友社 1997 p58

アンブローズ・サイム (マグラア, パトリック)
◇宮脇孝雄訳「奇想コレクション 失われた探
険家」河出書房新社 2007 p89

非人称性 (アンペルソナリテ) ルロワイエ・ド・
シャントピー嬢宛〔一八五七年三月十八日〕
(フローベール, ギュスターヴ)
◇山崎敦訳「ポケットマスターピース 7」集英
社 2016 (集英社文庫ヘリテージシリー
ズ) p744

安楽椅子探偵 (ランジュラン, ジョルジュ)
◇稲葉明雄訳「異色作家短篇集 5」早川書房
2006 p177

【い】

いい男が勝つ (ウォーターマン, フレデリック)
◇吉井知代子訳「ベスト・アメリカン・ミステ
リ スネーク・アイズ」早川書房 2005 (ハ
ヤカワ・ミステリ) p455

いいひと (セイヤー, マンディ)
◇下楠昌哉訳「ダイヤモンド・ドッグ―《多文
化を映す》現代オーストラリア短編小説

集」現代企画室 2008 p203

イヴァラ―炎の美女 (ムーア, C.L.)
　　◇仁賀克雄訳「ダーク・ファンタジー・コレクション 9」論創社 2008 p285

イヴァン・イリイチの死 (トルストイ, レフ・ニコラエヴィチ)
　　◇川端香男里訳「バベルの図書館 16」国書刊行会 1989 p137
　　◇川端香男里訳「新編 バベルの図書館 5」国書刊行会 2013 p174

イヴに天使が舞いおりて (ウインターズ, レベッカ)
　　◇大谷真理子訳「四つの愛の物語―クリスマス・ストーリー 2014」ハーレクイン 2014 p105

イヴのいないアダム (ベスター, アルフレッド)
　　◇中村融編訳「奇想コレクション 願い星、叶い星」河出書房新社 2004 p93

イヴの鐘 (ベリー, アン)
　　◇日暮雅通訳「シャーロック・ホームズ クリスマスの依頼人」原書房 1998 p215

イヴの物語 (ファーマー, ペネロピ)
　　◇金原瑞人訳「シリーズ百年の物語 1」トパーズプレス 1996 p1

イヴリャム・アリ (ハイトフ, ニコライ)
　　◇真木三三子訳「東欧の文学 あらくれ物語」恒文社 1983 p142

家 (張悦然)
　　◇杉村安幾子訳「現代中国青年作家秀作選」鼎書房 2010 p161

家へ帰る方法 (李喬)
　　◇明田川聡士訳「台湾郷土文学選集 5」研文出版 2014 p199

家からの手紙 (キンケイド, ジャメイカ)
　　◇管啓次郎訳「新しい〈世界文学〉シリーズ 川底に」平凡社 1997 p77

家路 (ジムコヴァー, ミルカ)
　　◇長與進訳「ポケットのなかの東欧文学―ルネッサンスから現代まで」成文社 2006 p386

イエ・シェン (作者不詳)
　　◇和佐田道子編訳「シンデレラ」竹書房 2015 （竹書房文庫） p77

家出 (キトゥアイ, オーガスト)

◇塚本晃久訳「パプア・ニューギニア小説集」三重大学出版会 2008 p57

言えないわけ (ブロック, ローレンス)
　　◇田口俊樹訳「復讐の殺人」早川書房 2001 （ハヤカワ・ミステリ文庫） p13
　　◇田口俊樹訳「厭な物語」文藝春秋 2013 （文春文庫） p179

家なき者―みなし児しみじみ (ヴォネガット, カート)
　　◇舌津智之訳「しみじみ読むアメリカ文学―現代文学短編作品集」松柏社 2007 p55

家にあるもの (アトゥルガン, ユスフ)
　　◇加藤江美訳「現代トルコ文学選 2」東京外国語大学外国語学部トルコ語専攻研究室 2012 （TUFS Middle Eastern studies） p239

家の上の飛行機 (ヴァルザー, マルティーン)
　　◇中野京子訳「シリーズ現代ドイツ文学 4」早稲田大学出版部 1993 p188

家の中の馬 (トゥーイ, ロバート)
　　◇山本光伸訳「KAWADE MYSTERY 物しか書けなかった物書き」河出書房新社 2007 p105

家屋敷にご用心 (アリンガム, マージェリー)
　　◇中勢津子訳「20世紀英国モダニズム小説集成 自分の同類を愛した男」風濤社 2014 p241

家は国家公園のなか (ワリス・ノカン)
　　◇中村ふじゑ, 山本芳美訳「台湾原住民文学選 3」草風館 2003 p210

異苑 (いえん) (劉敬叔)
　　◇佐野誠子著「中国古典小説選 2 (六朝 1)」明治書院 2006

異界からの栽培植物の贈与 (作者不詳)
　　◇紙村徹編訳「台湾原住民文学選 5」草風館 2006 p213

異界からの栽培植物の盗み (作者不詳)
　　◇紙村徹編訳「台湾原住民文学選 5」草風館 2006 p219

意外な犯人 (クロスランド, デイヴィッド)
　　◇浅倉久志選訳「極短小説」新潮社 2004 （新潮文庫） p294

いかさま師 (ベネ, スティーヴン・ヴィンセント)
　　◇柳瀬尚紀訳「犯罪は詩人の楽しみ―詩人ミステリ集成」東京創元社 2012 （創元推理文庫） p262

雷と薔薇（スタージョン, シオドア）
◇白石朗訳「奇想コレクション 不思議のひと触れ」河出書房新社 2003 p249
イーガーとグライム（作者不詳）
◇金山崇訳「中世英国ロマンス集 3」篠崎書林 1993 p1
行かないで（韓龍雲）
◇安宇植（アンウーシク）訳「韓国文学名作選 ニムの沈黙」講談社 1999 p17
いかにもいかめしく（オハラ, ジョン）
◇片岡義男訳「ベスト・ストーリーズ 1」早川書房 2015 p55
怒り（ローザン, S.J.）
◇田口俊樹, 高山真由美訳「マンハッタン物語」二見書房 2008（二見文庫）p277
怒りと卑屈（トパス・タナピマ）
◇下村作次郎編訳「台湾原住民文学選 1」草風館 2002 p293
怒りの帰郷（ゴーマン, エド）
◇木村二郎訳「殺しのグレイテスト・ヒッツ」早川書房 2007（ハヤカワ・ミステリ文庫）p145
怒りの惑星（ヴォルポーニ, パオロ）
◇脇功訳「イタリア叢書 4」松籟社 1985 p1
イカロス・モンゴルフィエ・ライト（ブラッドベリ, レイ）
◇吉田誠一訳「異色作家短篇集 15」早川書房 2006 p135
烏賊（いか）はおのれの墨を選ぶ（ビオイ＝カサレス, アドルフォ）
◇内田吉彦訳「バベルの図書館 20」国書刊行会 1990 p35
烏賊はおのれの墨を選ぶ（ビオイ＝カサレス, アドルフォ）
◇内田吉彦訳「新編 バベルの図書館 6」国書刊行会 2013 p33
ヰギヱの女神（ヴェヌス）（メリメ, プロスペル）
◇西本晃二編訳「南欧怪談三題」未來社 2011（転換期を読む）p73
息を切らして（スラデック, ジョン）
◇浅倉久志訳「奇想コレクション 蒸気駆動の少年」河出書房新社 2008 p217
息をするアンバー（コンドン, マシュー）
◇湊圭史訳「ダイヤモンド・ドッグ―《多文化を映す》現代オーストラリア短編小説集」現代企画室 2008 p185
生き返った男の話（インディアナ, ゲイリー）
◇越川芳明訳「ライターズX マリアの死」白水社 1995 p61
生きている家（テン, ウィリアム）
◇小尾芙佐訳「20世紀SF 1」河出書房新社 2000（河出文庫）p241
生きている李重生閣下（呉泳鎮）
◇明眞淑, 朴泰圭, 石川樹里訳「韓国近現代戯曲選―1930–1960年代」論創社 2011 p77
いきなり結婚？（モーティマー, キャロル）
◇麻生りえ訳「愛は永遠に―ウエディング・ストーリー 2001」ハーレクイン 2001 p219
生き残りの手本（マシスン, リチャード）
◇仁賀克雄訳「ダーク・ファンタジー・コレクション 2」論創社 2006 p247
異郷訪問譚（作者不詳）
◇紙村徹編訳「台湾原住民文学選 5」草風館 2006 p233
イギリス寒村の謎（ポージス, アーサー）
◇風見潤訳「山口雅也の本格ミステリ・アンソロジー」角川書店 2007（角川文庫）p139
◇飯城勇三編訳「エラリー・クイーンの災難」論創社 2012（論創海外ミステリ）p217
イギリスの旅人（ヘイウッド, トマス）
◇岡崎凉子訳「イギリス・ルネサンス演劇集 1」早稲田大学出版部 2002 p135
イグナーツ・デンナー（ホフマン, E.T.A.）
◇植田敏郎訳「怪奇小説傑作集新版 5」東京創元社 2006（創元推理文庫）p67
生ける家具（ゾズーリャ, エフィム）
◇西周成編訳「ロシア幻想短編集 2」アルトアーツ 2016 p100
生ける屍（トルストイ, レフ）
◇宮原晃一郎訳「生ける屍／闇の力」ゆまに書房 2006（昭和初期世界名作翻訳全集）p1
夷堅志（いけんし）（洪邁）
◇竹田晃, 檜垣馨二著「中国古典小説選 7（宋代）」明治書院 2007 p179
異国のボス（ヒューイット, ケイト）
◇杉本ユミ訳「真夏の恋の物語―サマー・シズラー 2012」ハーレクイン 2012 p111
異国の町にて（ヨハンゼン, ハンナ）

いさか

◇岩村行雄訳「氷河の滴―現代スイス女性作家
　作品集」鳥影社・ロゴス企画 2007 p211

いさかい（ブロドキー, ハロルド）
　◇森田義信訳「シリーズ・永遠のアメリカ文学
　　5」東京書籍 1991 p85

イサクと牧師（リー, ヨナス）
　◇中野善夫訳「魔法の本棚 漁師とドラッグ」
　　国書刊行会 1996 p97

イザベル（シップリー, ジョーゼフ・T.）
　◇山本悦子訳「ブルー・ボウ・シリーズ レイ
　　チェルの夏」青弓社 1994 p57

いさましいちびの衣装デザイナー（ロバーツ,
レス）
　◇花田知恵訳「白雪姫、殺したのはあなた」原
　　書房 1999 p177

勇み肌の男（エロ, エルネスト）
　◇澁澤龍彦訳「怪奇小説傑作集新版 4」東京創
　　元社 2006 （創元推理文庫）p329
　◇澁澤龍彦訳「澁澤龍彦訳幻想怪奇短篇集」河
　　出書房新社 2013 （河出文庫）p157

遺産（ウルフ, ヴァージニア）
　◇井伊順彦訳「20世紀英国モダニズム小説集成
　　自分の同類を愛した男」風濤社 2014 p180

遺産（ベリー, ジェディディア）
　◇黒澤桂子訳「アメリカ新進作家傑作選 2008」
　　DHC 2009 p63

イサンブラス卿（作者不詳）
　◇齊藤俊雄訳「中世英国ロマンス集 3」篠崎書
　　林 1993 p277

石工組合代表（宋影）
　◇金潤訳「20世紀民衆の世界文学 7」三友社出
　　版 1990 p101

異次元通信機（キャンベル, ラムゼイ）
　◇岩井孝訳「新編 真ク・リトル・リトル神話大
　　系 4」国書刊行会 2008 p291

イージー・ストリート（パーカー, T.ジェファー
ソン）
　◇沢万里子訳「アメリカミステリ傑作選 2003」
　　DHC 2003 （アメリカ文芸「年間」傑作
　　選）p375

医師とアヘン中毒患者（スティーヴンソン, ロ
バート・ルイス）
　◇山本俊子訳「ミニ・ミステリ100」早川書房
　　2005 （ハヤカワ・ミステリ文庫）p224

医師と弁護士とフットボールの英雄（モナハン,
ブレント）
　◇白石朗訳「サイコーホラー・アンソロジー」
　　祥伝社 1998 （祥伝社文庫）p201

石の家の悲劇（ヒーリイ, ジェレマイア）
　◇本戸淳平訳「夜汽車はバビロンへ―
　　EQMM90年代ベスト・ミステリー」扶桑
　　社 2000 （扶桑社ミステリー）p117

イジーの大あたり（エルロッド, P.N.）
　◇青木多香子訳「ホワイトハウスのペット探
　　偵」講談社 2009 （講談社文庫）p319

石の女（クッツェー, J.M.）
　◇村田靖子訳「アフリカ文学叢書 石の女」ス
　　リーエーネットワーク 1997 p1

石の客（プーシキン）
　◇郡伸哉訳「青銅の騎士―小さな悲劇」群像社
　　2002 （ロシア名作ライブラリー）p81

石の時代（メーア, マリエラ）
　◇田ノ岡弘子訳「氷河の滴―現代スイス女性作
　　家作品集」鳥影社・ロゴス企画 2007 p77

石の葬式（カルネジス, パノス）
　◇岩本正恵訳「世界堂書店」文藝春秋 2014
　　（文春文庫）p285

石の育つ場所（タトル, リサ）
　◇広瀬順弘訳「闇の展覧会 霧」早川書房 2005
　　（ハヤカワ文庫）p43

医者をもとめて（リカラッ・アウー）
　◇魚住悦子編訳「台湾原住民文学選 2」草風館
　　2003 p109

医者の指示（スーター, ジョン・F.）
　◇佐々田雅子訳「ミニ・ミステリ100」早川書
　　房 2005 （ハヤカワ・ミステリ文庫）p591

医者の見立て（ポラーチェク, カレル）
　◇元井夏彦訳「ポケットのなかの東欧文学―ル
　　ネッサンスから現代まで」成文社 2006
　　p209

医術（蒲松齢）
　◇竹田晃, 黒田真美子著「中国古典小説選 10
　　（清代 2）」明治書院 2009 p78

衣装（レンデル, ルース）
　◇小尾芙佐訳「夜汽車はバビロンへ―
　　EQMM90年代ベスト・ミステリー」扶桑
　　社 2000 （扶桑社ミステリー）p97

衣裳戸棚（マン, トーマス）

◇実吉捷郎訳「幻想小説神髄」筑摩書房 2012
（ちくま文庫）p427

衣装箱（ムラーベト, ムハンマド）
◇越川芳明訳「モロッコ幻想物語」岩波書店
2013 p137

移植手術（セインズベリー, スティーヴ）
◇浅倉久志選訳「極短小説」新潮社 2004（新
潮文庫）p317

異人・もののけ・妖怪（作者不詳）
◇紙村徹編訳「台湾原住民文学選 5」草風館
2006 p263

イースターエッグ・ハント（ロバーツ, ミシェ
ル）
◇ふなとよし子訳「バースデー・ボックス」メ
タローグ 2004 p69

イーストヴェイル・レディーズ・ポーカー・
サークル（ロビンスン, ピーター）
◇田口俊樹訳「ポーカーはやめられない―ポー
カー・ミステリ書下ろし傑作選」ランダム
ハウス講談社 2010 p389

イスマイルとトルナビト（ウルムズ）
◇住谷春也訳「文学の贈物―東中欧文学アンソ
ロジー」未知谷 2000 p344

イズラフェル（アリン, ダグ）
◇三角和代訳「ポーに捧げる20の物語」早川書
房 2009（Hayakawa pocket mystery
books）p19

イスール（ルゴーネス, レオポルド）
◇牛島信明訳「バベルの図書館 18」国書刊行
会 1989 p15
◇内田吉彦訳「新編 バベルの図書館 6」国書刊
行会 2013 p21
◇牛島信明訳「新編 バベルの図書館 6」国書刊
行会 2013 p506

イズレイル・ガウの名誉（チェスタトン, G.K.）
◇富士川義之訳「バベルの図書館 1」国書刊行
会 1988 p93
◇富士川義之訳「新編 バベルの図書館 2」国書
刊行会 2012 p399

いずれがまことか（韓龍雲）
◇安宇植（アンウーシク）訳「韓国文学名作選 ニ
ムの沈黙」講談社 1999 p62

いずれは死ぬ身（ウルフ, トバイアス）
◇柴田元幸編訳「いずれは死ぬ身」河出書房新
社 2009 p129

異星獣を追え！（シマック, クリフォード・D.）
◇南山宏, 尾之上浩司訳「地球の静止する日」
角川書店 2008（角川文庫）p181

異説アメリカの悲劇（コリア, ジョン）
◇和爾桃子訳「KAWADE MYSTERY ナツメ
グの味」河出書房新社 2007 p51

イーダ（ブーニン, イワン・アレクセーエヴィチ）
◇田辺佐保子訳「ロシアのクリスマス物語」群
像社 1997 p41

偉大な男の死（スレッサー, ヘンリー）
◇森沢くみ子訳「ダーク・ファンタジー・コレ
クション 6」論創社 2007 p89

偉大なるバーリンゲーム氏（マーヴェル, ジョ
ン）
◇白須清美訳「ミステリ・リーグ傑作選 上」
論創社 2007（論創海外ミステリ）p8

イタカ（ダーレス, オーガスト）
◇岩村光博訳「クトゥルー 12」青心社 2002
（暗黒神話大系シリーズ）p49

いたずら（チェーホフ, アントン・パーヴロヴィ
チ）
◇松下裕訳「この愛のゆくえ―ポケットアンソ
ロジー」岩波書店 2011（岩波文庫別冊）
p17

いたずらか、お菓子か（ガーナー, ジュディス）
◇山本俊子訳「ミニ・ミステリ100」早川書房
2005（ハヤカワ・ミステリ文庫）p43

いたずらか、ごちそうか（ガーナー, ジュディ
ス）
◇山本俊子訳「巨匠の選択」早川書房 2001
（ハヤカワ・ミステリ）p263

いたずらな天使（ラクレア, デイ）
◇竹内喜訳「四つの愛の物語―クリスマス・ス
トーリー 2010」ハーレクイン 2010 p67

イタリア人の話（クロウ, キャサリン）
◇青木悦子訳「怪奇文学大山脈 1」東京創元社
2014 p147

イタリアのシャーロック・ホームズ（ヒル, レ
ジナルド）
◇日暮雅通訳「シャーロック・ホームズ クリ
スマスの依頼人」原書房 1998 p395

異端者の火刑（ゼラズニイ, ロジャー）
◇野村芳夫訳「死のドライブ」文藝春秋 2001
（文春文庫）p385

いちけ

一芸の犬（ボストン、ブルース）
　　◇中村融訳「幻想の犬たち」扶桑社 1999（扶
　　　桑社ミステリー）p369
いちご色の窓（ブラッドベリ、レイ）
　　◇吉田誠一訳「異色作家短篇集 15」早川書房
　　　2006 p271
苺の季節（コールドウェル、アースキン）
　　◇「童貞小説集」筑摩書房 2007（ちくま文
　　　庫）p279
一時間の物語（ショパン、ケイト）
　　◇馬上紗矢香訳「病短編小説集」平凡社 2016
　　　（平凡社ライブラリー）p273
イチジクの木の猫（マクビー、チャールズ）
　　◇月村澄枝訳「猫は九回生きる―とっておきの
　　　猫の話」心交社 1997 p163
一族中の生存者に告ぐ（ジャレット、ローラ）
　　◇浅倉久志選訳「極短小説」新潮社 2004（新
　　　潮文庫）p333
一代記（ゴールドマン、ケン）
　　◇浅倉久志選訳「極短小説」新潮社 2004（新
　　　潮文庫）p290
一度きりの邪な衝動！（ホイットマン、ウォール
ト）
　　◇柳瀬尚紀訳「犯罪は詩人の楽しみ―詩人ミス
　　　テリ集成」東京創元社 2012（創元推理文
　　　庫）p102
一ドルのジャックポット（コナリー、マイクル）
　　◇田口俊樹訳「ポーカーはやめられない―ポー
　　　カー・ミステリ書下ろし傑作選」ランダム
　　　ハウス講談社 2010 p141
一日の創造物（バディー、マシュー）
　　◇甲斐美穂子訳「アメリカ新進作家傑作選
　　　2005」DHC 2006 p339
一年が一日に（ホートン、ハル）
　　◇白木律子訳「アメリカ新進作家傑作選 2003」
　　　DHC 2004 p121
一年後（マクラッチー、J.D.）
　　◇ジェフリー・アングルス訳「それでも三月
　　　は、また」講談社 2012 p131
一年のいのち（マシスン、リチャード・クリス
チャン）
　　◇小鷹信光訳「30の神品―ショートショート傑
　　　作選」扶桑社 2016（扶桑社文庫）p65
いちばん大切な美徳（ウィルソン、ケヴィン）

　　◇古屋美登里訳「モンスターズ―現代アメリカ
　　　傑作短篇集」白水社 2014 p93
いちばん近い学校（ヘンダースン、ゼナ）
　　◇安野玲訳「奇想コレクション ページをめく
　　　れば」河出書房新社 2006 p103
いちばん罪深い者（フィリップ、シャルル・ルイ）
　　◇山田稔訳「百年文庫 43」ポプラ社 2010 p30
いちめんの緑色（ウォーレス、デイヴィッド・
フォスター）
　　◇白石朗訳「ライターズX 奇妙な髪の少女」白
　　　水社 1994 p255
一夜明けて（シェクリイ、ロバート）
　　◇宇野利泰訳「異色作家短篇集 9」早川書房
　　　2006 p117
一夜かぎりのエンゲージ―華麗なるシチリア
（マリネッリ、キャロル）
　　◇田村たつ子訳「愛は永遠に―ウエディング・
　　　ストーリー 2014」ハーレクイン 2014
　　　p229
一角獣殺人事件（ディクスン、カーター）
　　◇田中潤司訳「世界探偵小説全集 4」国書刊行
　　　会 1995 p7
一角獣・多角獣（スタージョン、シオドア）
　　◇小笠原豊樹訳「異色作家短篇集 3」早川書房
　　　2005
一角獣の泉（スタージョン、シオドア）
　　◇小笠原豊樹訳「異色作家短篇集 3」早川書房
　　　2005 p5
一種の天才（サーバー、ジェイムズ）
　　◇鳴海四郎訳「異色作家短篇集 14」早川書房
　　　2006 p261
いっしょに生きよう（ティプトリー、ジェイムズ、
Jr.）
　　◇伊藤典夫訳「SFマガジン700―創刊700号記
　　　念アンソロジー 海外篇」早川書房 2014
　　　（ハヤカワ文庫 SF）p175
いっそのこと（韓龍雲）
　　◇安宇植（アンウーシク）訳「韓国文学名作選 ニ
　　　ムの沈黙」講談社 1999 p33
一対の手（キラ＝クーチ、アーサー）
　　◇平井呈一訳「ファイン／キュート素敵かわい
　　　い作品選」筑摩書房 2015（ちくま文庫）
　　　p202
一対の手―ある老嬢の怪談（キラ＝クーチ、アー

サー）
　◇平井呈一編「壁画の中の顔―こわい話気味の
　　わるい話 3」沖積舎 2012 p45

五つの小品―随筆（安妮宝貝）
　◇桑島道夫訳「現代中国青年作家秀作選」勉誠書
　　房 2010 p189

五つの月が昇るとき（ヴァンス，ジャック）
　◇中村融訳「影が行く―ホラーSF傑作選」東
　　京創元社 2000（創元SF文庫）p323

一滴の血（ウールリッチ，コーネル）
　◇稲葉明雄訳「51番目の密室―世界短篇傑作
　　集」早川書房 2010（Hayakawa pocket
　　mystery books）p213

いつでもどこでも，あなたと（マッケナ，シャノ
ン）
　◇早川麻百合訳「バッド・バッド・ボーイズ」
　　早川書房 2011（ハヤカワ文庫）p7

いつでもどんな時でもそばにいるよ（オーツ，
ジョイス・キャロル）
　◇日向りょう訳「ベスト・アメリカン・短編ミ
　　ステリ 2014」DHC 2015 p335

一等車の秘密（ノックス，ロナルド・A.）
　◇北原尚彦編訳「シャーロック・ホームズの栄
　　冠」論創社 2007（論創海外ミステリ）p7

一頭の馬（マウン・ティンスィン）
　◇南田みどり編訳「ミャンマー現代短編集 2」
　　大同生命国際文化基金 1998（アジアの現
　　代文芸）p15

いつになったら（ムンゴシ，チャールズ）
　◇佐藤杏子訳「アフリカ文学叢書 乾季のおと
　　ずれ」スリーエーネットワーク 1995 p15

一杯の水（マシスン，リチャード）
　◇仁賀克雄訳「ダーク・ファンタジー・コレク
　　ション 2」論創社 2006 p237

一杯のミルク（ロハス，マヌエル）
　◇比田井和子訳「ラテンアメリカ傑作短編集―
　　中南米スペイン語圏文学史を辿る」彩流社
　　2014 p155

一発の銃弾（プロヴォースト，アンネ）
　◇板屋嘉代子訳「フランダースの声―現代ベル
　　ギー小説アンソロジー」松籟社 2013 p33

いっぷう変わった人々（クルーン，レーナ）
　◇末延弘子訳「世界堂書店」文藝春秋 2014
　　（文春文庫）p189

一分間（レム，スタニスワフ）
　◇長谷見一雄訳「夢のかけら」岩波書店 1997
　　（世界文学のフロンティア）p97

一方通行（ハーン，マルギット）
　◇松永美穂訳「ドイツ文学セレクション　ひと
　　りぼっちの欲望」三修社 1997 p45

一本足で（アルプ，ハンス）
　◇種村季弘訳「怪奇・幻想・綺想文学集―種村
　　季弘翻訳集成」国書刊行会 2012 p551

いつまでも生きる少年（ポール，フレデリック）
　◇矢野徹訳「SFの殿堂 遙かなる地平 2」早川書
　　房 2000（ハヤカワ文庫SF）p127

いつまでも揺れやまぬ揺りかごから（ホイット
マン，ウォルト）
　◇渡辺信二訳「アメリカ文学ライブラリー　ア
　　メリカ名詩選」本の友社 1997 p188

いつもこわくて（ピカード，ナンシー）
　◇宇佐川晶子訳「現代ミステリーの至宝 2」扶
　　桑社 1997（扶桑社ミステリー）p367

いつものこと（ロード，ジョナサン）
　◇荒井公代訳「ブルー・ボウ・シリーズ キス
　　の代償」青弓社 1994 p103

いつもの食事―七つの断片からなる戯曲（ヴィ
ナヴェール，ミシェル）
　◇佐藤康訳「コレクション現代フランス語圏演
　　劇 2」れんが書房新社 2010 p7

射手座（ラッセル，レイ）
　◇仁賀克雄編・訳「新・幻想と怪奇」早川書房
　　2009（Hayakawa pocket mystery books）
　　p203

遺伝子戦争（マコーリイ，ポール・J.）
　◇公手成幸訳「ハッカー／13の事件」扶桑社
　　2000（扶桑社ミステリー）p357
　◇公手成幸訳「20世紀SF 6」河出書房新社
　　2001（河出文庫）p453

渭塘の奇縁（渭塘奇遇記）（瞿佑）
　◇竹田晃，小塚由博，仙石知子著「中国古典小
　　説選 8（明代）」明治書院 2008 p183

移動遊園地（ミーンズ，デイヴィッド）
　◇岩泉くみ子訳「アメリカミステリ傑作選
　　2003」DHC 2003（アメリカ文芸「年間」
　　傑作選）p305

愛しいピビット（ラナガン，マーゴ）
　◇佐田千織訳「奇想コレクション　ブラック

ジュース」河出書房新社 2008 p71

いとしの君（クレッセ, ドド）
　◇伊藤直子訳「現代ウィーン・ミステリー・シリーズ 9」水声社 2002 p83

いとしのシンディ・クロフォード（金尚憲）
　◇李良枝訳「コリアン・ミステリー―韓国推理小説傑作選」バベル・プレス 2002 p263

いとしのバレンタイン（マクブライド, ジュール）
　◇西江璃子訳「マイ・バレンタイン―愛の贈りもの 2001」ハーレクイン 2001 p203

愛しのヘレン（リイ, レスター・デル）
　◇福島正実訳「ロボット・オペラ―An Anthology of Robot Fiction and Robot Culture」光文社 2004 p85

イドメネウスの誓い（佐藤彰）
　◇「新ギリシア悲劇物語 第12巻・第13巻・第14巻」講談社出版サービスセンター（製作）2005 p7

いともありふれた殺人（ジェイムズ, P.D.）
　◇深町眞理子訳「ディナーで殺人を 上」東京創元社 1998（創元推理文庫）p231

イーナ（バニスター, マンリー）
　◇大貫昌子訳「狼女物語―美しくも妖しい短編傑作選」工作舎 2011 p5

田舎（プレヴォー, マルセル）
　◇森鷗外訳「百年文庫 6」ポプラ社 2010 p101

田舎暮らし（ダルマール, アウグスト）
　◇栗原昌子訳「ラテンアメリカ傑作短編集―中南米スペイン語圏文学史を辿る」彩流社 2014 p73

田舎っぺ（ジョルダク, ボフダン）
　◇藤井悦子, オリガ・ホメンコ訳「現代ウクライナ短編集」群像社 2005（群像社ライブラリー）p201

田舎の景観（アマゾンカ）（ナツァグドルジ, ダシドルジーン）
　◇柴内秀司訳「モンゴル近現代短編小説選」パブリック・ブレイン 2013 p29

稲妻（ストリンドベルグ）
　◇森鷗外訳「債鬼―外四篇」ゆまに書房 2004（昭和初期世界名作翻訳全集）p127

稲妻に乗れ（ラッツ, ジョン）
　◇田口俊樹訳「現代ミステリーの至宝 2」扶桑社 1997（扶桑社ミステリー）p327

いなびかり（クン・スルン）
　◇岡田知子編訳「現代カンボジア短編集」大同生命国際文化基金 2001（アジアの現代文芸）p75

犬（ムロージェク, スワヴォーミル）
　◇芝田文乃訳「北村薫のミステリー館」新潮社 2005（新潮文庫）p55

犬への追悼文（莫言）
　◇立松昇一訳「中国現代文学選集 2」トランスビュー 2010 p2

犬への不当なあつかい（莫言）
　◇立松昇一訳「中国現代文学選集 2」トランスビュー 2010 p17

犬を撃つ（ルヘイン, デニス）
　◇酒井武志訳「殺さずにはいられない 1」早川書房 2002（ハヤカワ・ミステリ文庫）p305
　◇酒井武志訳「アメリカミステリ傑作選 2002」DHC 2002（アメリカ文芸「年間」傑作選）p479

犬を連れたヴィーナス（ドルン, テア）
　◇小津薫訳「ベルリン・ノワール」扶桑社 2000 p7

犬通りの出来事（グリーン, アレクサンドル）
　◇岩本和久訳「魔法の本棚 消えた太陽」国書刊行会 1999 p17

犬についての興趣を添える話（莫言）
　◇立松昇一訳「中国現代文学選集 2」トランスビュー 2010 p25

犬のお告げ（チェスタートン, G.K.）
　◇小倉多加志訳「密室殺人傑作選」早川書房 2003（ハヤカワ・ミステリ文庫）p221

犬の嗅覚（ゾーシチェンコ）
　◇林朋子, クーチカ訳「雑話集―ロシア短編集 3」ロシア文学翻訳グループクーチカ 2014 p130

犬の毛（ボーモント, チャールズ）
　◇仁賀克雄訳「ダーク・ファンタジー・コレクション 7」論創社 2007 p353

犬のゲーム（ヒル, レジナルド）
　◇松下祥子訳「ミステリマガジン700―創刊700号記念アンソロジー 海外篇」早川書房 2014（ハヤカワ・ミステリ文庫）p411

犬の声は聞こえんか（ルルフォ, ファン）
　　◇杉山晃訳「アンデスの風叢書 燃える平原」
　　　書肆風の薔薇 1990 p159

イヌのしんぶんこうこく（ラーマン, ロリー・S.）
　　◇山口文生訳「朗読劇台本集 4」玉川大学出版
　　　部 2002 p35

犬の血を継ぐ者（ギラード, タマラ）
　　◇寺坂由美子訳「アメリカ新進作家傑作選
　　　2005」DHC 2006 p353

犬の腹話術師（ブリーン, ジョン・L.）
　　◇日暮雅通訳「シャーロック・ホームズ クリ
　　　スマスの依頼人」原書房 1998 p185

犬ほどにも命をなくして（アリン, ダグ）
　　◇田口俊樹訳「18の罪―現代ミステリ傑作選」
　　　ヴィレッジブックス 2012（ヴィレッジ
　　　ブックス）p229

犬は家ではおとなしい（ドルジゴトブ, ツェン
ディーン）
　　◇柴内秀司訳「モンゴル近現代短編小説選」パ
　　　ブリック・ブレイン 2013 p176

イノセンス―ミケランジェロ・メリージ・カラ
ヴァッジョの生と死（マクギネス, フランク）
　　◇三神弘子訳「現代アイルランド演劇 5」新水
　　　社 2001 p77

生命（いのち）… → “せいめい…”を見よ

祈り（ハント, ヴァイオレット）
　　◇川本静子訳「ゴースト・ストーリー傑作選―
　　　英米女性作家8短篇」みすず書房 2009 p91

祈りましょう（グリンリー, ソーニャ）
　　◇高頭麻子訳「新しいフランスの小説 シュザ
　　　ンヌの日々」白水社 1995 p81

祈る男との会話（カフカ, フランツ）
　　◇多和田葉子訳「ポケットマスターピース 1」
　　　集英社 2015（集英社文庫ヘリテージシ
　　　リーズ）p79

違反（ノーラン, ウィリアム・F.）
　　◇野村芳夫訳「死のドライブ」文藝春秋 2001
　　　（文春文庫）p397

息吹（チャン, テッド）
　　◇大森望訳「SFマガジン700―創刊700号記念
　　　アンソロジー 海外篇」早川書房 2014
　　　（ハヤカワ文庫 SF）p423

息吹き（マン, ハインリヒ）
　　◇片岡啓治訳「東欧の文学 息吹き」恒文社

1972 p3

異父兄弟（ギャスケル, エリザベス）
　　◇松岡光治訳「百年文庫 22」ポプラ社 2010
　　　p5

異父兄弟（ライヤーシー, ラルビー）
　　◇越川芳明訳「モロッコ幻想物語」岩波書店
　　　2013 p55

イブの口づけ（ウインターズ, レベッカ）
　　◇木内重子訳「四つの愛の物語―クリスマス・
　　　ストーリー 2007」ハーレクイン 2007
　　　p103

イブの告白（ジャレット, ミランダ）
　　◇津田藤子訳「四つの愛の物語―クリスマス・
　　　ストーリー ’98」ハーレクイン 1998 p327

異本「アメリカの悲劇」（コリア, ジョン）
　　◇中西秀男訳「悪いやつの物語」筑摩書房
　　　2011（ちくま文学の森）p155

いま（シルヴァー, レイ）
　　◇浅倉久志訳「極短小説」新潮社 2004（新
　　　潮文庫）p81

いまおまえに見える星たちは（マウン・ピエミ
ン）
　　◇南田みどり編訳「二十一世紀ミャンマー作品
　　　集」大同生命国際文化基金 2015（アジア
　　　の現代文芸）p79

今がそのとき（ハーヴェイ, ジョン）
　　◇田口俊樹訳「ロンドン・ノワール」扶桑社
　　　2003（扶桑社ミステリー）p327

いまから十分間（リッチー, ジャック）
　　◇好野理恵訳「KAWADE MYSTERY ダイア
　　　ルAを回せ」河出書房新社 2007 p55

いまひとたびの（パイパー, H.ビーム）
　　◇大森望訳「ここがウィネトカなら、きみは
　　　ジュディ―時間SF傑作選 SFマガジン創刊
　　　50周年記念アンソロジー」早川書房 2010
　　　（ハヤカワ文庫 SF）p303

忌まわしい赤ヒル事件（ラングフォード, デイ
ヴィッド）
　　◇日暮雅通訳「シャーロック・ホームズの大冒
　　　険 下」原書房 2009 p167

忌まわしきもの（ブランドナー, ゲイリイ）
　　◇夏来健二訳「ラヴクラフトの遺産」東京創元
　　　社 2000（創元推理文庫）p183

いま、私たちの隣りに誰がいるのか（申京淑）

いみて

◇安宇植編訳「いま、私たちの隣りに誰がいるのか—Korean short stories」作品社 2007 p5

イミテーション（アディーチェ，チママンダ・ンゴズィ）
　◇くぼたのぞみ訳「Modern & Classic アメリカにいる、きみ」河出書房新社 2007 p169

忌むべきものの夜（グレアム，ヘザー／ウィルソン，F.ポール）
　◇田口俊樹訳「フェイスオフ対決」集英社 2015（集英社文庫）p327

イムレイの帰還（キップリング，ラドヤード）
　◇橋本福夫訳「怪奇小説傑作集新版 3」東京創元社 2006（創元推理文庫）p183

妹（ジュライ，ミランダ）
　◇岸本佐知子編訳「変愛小説集 2」講談社 2010 p69

妹、小青を憶う（畢飛宇）
　◇金子わこ訳「じゃがいも—中国現代文学短編集」小学館スクウェア 2007 p213
　◇金子わこ訳「じゃがいも—中国現代文学短編集」鼎書房 2012 p213

イモ掘りの日々（スミス，ケン）
　◇柴田元幸訳「いずれは死ぬ身」河出書房新社 2009 p83

いも虫（ベンスン，E.F.）
　◇平井呈一訳「怪奇小説傑作集新版 1」東京創元社 2006（創元推理文庫）p289

イーモラの晩餐（ダーレス，オーガスト）
　◇田口俊樹訳「ディナーで殺人を 上」東京創元社 1998（創元推理文庫）p269

慰問カウンセラー（スミス，ジュリー）
　◇山本俊子訳「ミニ・ミステリ100」早川書房 2005（ハヤカワ・ミステリ文庫）p166

卑しい肉体（ウォー，イーヴリン）
　◇大久保譲訳「20世紀イギリス小説個性派セレクション 5」新人物往来社 2012 p3

いやしい街を…（トゥーイ，ロバート）
　◇山本光伸訳「KAWADE MYSTERY 物しか書けなかった物書き」河出書房新社 2007 p131

癒し手（ウィルドゲン，ミシェル）
　◇三好玲子訳「アメリカ新進作家傑作選 2004」DHC 2005 p131

イリーナの帽子（鉄凝）
　◇飯塚容訳「中国現代文学選集 1」トランスビュー 2010 p1

イリノイ州リモーラ（ライヒー，ケヴィン）
　◇小澤緑訳「ベスト・アメリカン・短編ミステリ 2014」DHC 2015 p235

イリワッカー（上）（ケアリー，ピーター）
　◇小川高義訳「新しいイギリスの小説 イリワッカー（上）」白水社 1995 p1

イリワッカー（下）（ケアリー，ピーター）
　◇小川高義訳「新しいイギリスの小説 イリワッカー（下）」白水社 1995 p1

異林（いりん）（陸氏）
　◇佐野誠子著「中国古典小説選 2（六朝 1）」明治書院 2006

異類婚（作者不詳）
　◇紙村徹編訳「台湾原住民文学選 5」草風館 2006 p329

イルカの流儀（ディクスン，ゴードン・R.）
　◇中村融訳「20世紀SF 3」河出書房新社 2001（河出文庫）p291

イルシュ博士の決闘（チェスタトン，G.K.）
　◇富士川義之訳「バベルの図書館 1」国書刊行会 1988 p163
　◇富士川義之訳「新編 バベルの図書館 2」国書刊行会 2012 p444

イルゼの家（ルーリー，アリスン）
　◇宮澤邦子訳「古今英米幽霊事情 1」新風舎 1998 p217

イールのヴィーナス（メリメ，プロスペル）
　◇杉捷夫訳「百年文庫 58」ポプラ社 2010 p83
　◇杉捷夫訳「怪奇小説精華」筑摩書房 2012（ちくま文庫）p121

日本野郎（イルボン）の（作者不詳）
　◇金炳三、李春穆、金潤訳「20世紀民衆の世界文学 7」三友社出版 1990 p209

入れ替わった花婿（ダイアモンド，ジャックリーン）
　◇橋由美訳「マイ・バレンタイン—愛の贈りもの 2002」ハーレクイン 2002 p171

イレギュラリティ（ジョーンズ，コートニー）
　◇栃尾有砂訳「アメリカ新進作家傑作選 2004」DHC 2005 p303

色あせた刺青（リカラッ・アウー）

◇魚住悦子編訳「台湾原住民文学選 2」草風館 2003 p40

色絵の皿(ボーエン, マージョリ)
◇平井呈一編「ラント夫人—こわい話気味のわるい話 2」沖積舎 2012 p75

色気のないお話(ハーン, マルギット)
◇松永美穂訳「ドイツ文学セレクション ひとりぼっちの欲望」三修社 1997 p58

色恋沙汰(マッキミイ, ジェイムズ)
◇田村義進訳「ミニ・ミステリ100」早川書房 2005 (ハヤカワ・ミステリ文庫) p266

イロンカのための青リンゴ(ボノマレンコ, リューボーフ)
◇藤井悦子, オリガ・ホメンコ訳「現代ウクライナ短編集」群像社 2005 (群像社ライブラリー) p77

岩のひきだし(リー, ヨナス)
◇西崎憲訳「怪奇小説日和—黄金時代傑作選」筑摩書房 2013 (ちくま文庫) p17

岩の抽斗(リー, ヨナス)
◇中野善夫訳「魔法の本棚 漁師とドラウグ」国書刊行会 1996 p71

イワン・イリイチの死(トルストイ, レフ)
◇中村白葉訳「世界100物語 4」河出書房新社 1997 p7

イワン・イリイチの死(ルィバコフ)
◇尾家順子訳「雑話集—ロシア短編集 2」「雑話集」の会 2009 p84

イワンのばか(トルストイ, レフ・ニコラエヴィチ)
◇覚張シルビア訳「ポケットマスターピース 4」集英社 2016 (集英社文庫ヘリテージシリーズ) p421

尹親方の泥人形(葛亮)
◇星児幸代訳「9人の隣人たちの声—中国新鋭作家短編小説選」勉誠出版 2012 p57

因果律(韓龍雲)
◇安宇植(アンウーシク)訳「韓国文学名作選 ニムの沈黙」講談社 1999 p87

インキーに詫びる(グリーン, R.M., Jr.)
◇中村融訳「時の娘—ロマンティック時間SF傑作選」東京創元社 2009 (創元SF文庫) p291

インクの輪(ホック, エドワード・D.)

◇飯城勇三編訳「エラリー・クイーンの災難」論創社 2012 (論創海外ミステリ) p37

イン・ザ・ペニー・アーケード(ミルハウザー, スティーヴン)
◇柴田元幸訳「新しいアメリカの小説 イン・ザ・ペニー・アーケード」白水社 1990 p209

隠者物語(バス, リック)
◇工藤惺文訳「アメリカ短編小説傑作選 2001」DHC 2001 (アメリカ文芸「年間」傑作選) p41

インスマスを覆う影(ラヴクラフト, H.P.)
◇大瀧啓裕訳「インスマス年代記 上」学習研究社 2001 (学研M文庫) p13

インスマスに帰る(スミス, ガイ・N.)
◇大瀧啓裕訳「インスマス年代記 上」学習研究社 2001 (学研M文庫) p303

インスマスの遺産(スティブルフォード, ブライアン)
◇大瀧啓裕訳「インスマス年代記 下」学習研究社 2001 (学研M文庫) p113

インスマスの黄金(サットン, デイヴィット)
◇大瀧啓裕訳「インスマス年代記 上」学習研究社 2001 (学研M文庫) p381

インズマスの影像(ラヴクラフト, H.P./ダーレス, オーガスト)
◇茅律子訳「新編 真ク・リトル・リトル神話大系 5」国書刊行会 2008 p201

隕石製造団の秘密(ハミルトン, ピーター)
◇野田昌宏編訳「太陽系無宿/お祖母ちゃんと宇宙海賊—スペース・オペラ名作選」東京創元社 2013 (創元SF文庫) p481

引退した役者の家の地下から発見された未公開回想録からの抜粋(ホッケンスミス, スティーヴ)
◇日暮雅通訳「シャーロック・ホームズ アメリカの冒険」原書房 2012 p65

インターステラ・ピッグ(スリーター, ウィリアム)
◇斎藤倫子訳「シリーズ百年の物語 4」トパーズプレス 1996 p3

インタナショナル・パブリッシャーズ版に寄せる序文〔金のないユダヤ人〕(ゴールド, マイケル)
◇坂本肇訳「20世紀民衆の世界文学 9」三友社

いんた

出版 1992 p3

インターネット上のシャーロック・ホームズ
（レドモンド, クリストファー）
◇日暮雅通訳「シャーロック・ホームズ ワト
ソンの災厄」原書房 2003 p355

インタビュー・ウィズ・ヴァンパイア—夜明
けのヴァンパイア（ライス, アン）
◇田村隆一訳「ヴァンパイア・コレクション」
角川書店 1999 （角川文庫）p377

インディアン（シルヴィス, ランドール）
◇境原塊太訳「ベスト・アメリカン・短編ミス
テリ 2014」DHC 2015 p439

インディアンの埋葬墓地（フリノー, フィリッ
プ）
◇渡辺信二訳「アメリカ文学ライブラリー ア
メリカ名詩選」本の友社 1997 p106

インディオの裁き（ハイメス・フレイレ, リカル
ド）
◇辻みさと訳「ラテンアメリカ傑作短編集—中
南米スペイン語圏文学史を辿る」彩流社
2014 p63

インディオ・ベラクーラ族の他界（作者不詳）
◇斎藤博士訳「アンデスの風叢書 天国・地獄
百科」書肆風の薔薇, 水声社 1982 p157

インド人寡婦の生け贄（ブロンテ, シャーロッ
ト）
◇中岡洋, 芦沢久江訳「ブロンテ姉妹エッセイ
全集」彩流社 2016 p122

インドダイヤの謎（ポージス, アーサー）
◇熊井ひろ美訳「密室殺人コレクション」原書
房 2001 p251

隠遁貴族（ベントリー, E.C.）
◇好野理恵訳「ミステリーの本棚 トレント乗
り出す」国書刊行会 2000 p259

『インブリオイ（インブロス島の人々）』（メナ
ンドロス）
◇中務哲郎, 脇本由佳, 荒井直訳「ギリシア喜
劇全集 6」岩波書店 2010 p171

インフルエンザ（ダイベック, スチュアート）
◇柴田元幸訳「ろうそくの炎がささやく言葉」
勁草書房 2011 p74

陰謀（ハーン, マルギット）
◇松永美穂訳「ドイツ文学セレクション ひと
りぼっちの欲望」三修社 1997 p78

陰謀者の群れ（マシスン, リチャード）
◇吉田誠一訳「異色作家短篇集 4」早川書房
2005 p163

引用断片（作者不詳）
◇中務哲郎, 西村賀子, 平山晃司訳「ギリシア
喜劇全集 9」岩波書店 2012 p465

インレイの帰還（キプリング, ラドヤード）
◇柳瀬尚紀訳「犯罪は詩人の楽しみ—詩人ミス
テリ集成」東京創元社 2012 （創元推理文
庫）p180

【 う 】

ヴァーツラフのごとく（ゲッセン, キース）
◇小金輝彦訳「アメリカ新進作家傑作選 2005」
DHC 2006 p121

ヴァテック（ベックフォード, ウィリアム）
◇私市保彦訳「バベルの図書館 23上」国書刊
行会 1990 p15
◇私市保彦訳「新編 バベルの図書館 3」国書刊
行会 2013 p499

ヴァルデマー氏の病状の真相（ポー, エドガー・
アラン）
◇平石貴樹編訳「アメリカ短編ベスト10」松柏
社 2016 p1

ヴァルドマル氏の病症の真相（ポー, エドガー・
アラン）
◇富士川義之訳「バベルの図書館 11」国書刊
行会 1989 p79
◇富士川義之訳「新編 バベルの図書館 1」国書
刊行会 2012 p161

ヴァンパイア（オーツ, ジョイス・キャロル）
◇小尾芙佐訳「殺さずにはいられない 2」早川
書房 2002 （ハヤカワ・ミステリ文庫）
p221

ヴィアレッジョ沖のかれら（トビーノ, マリオ）
◇香川真澄訳「ぶどう酒色の海—イタリア中短
編小説集」イタリア文藝叢書刊行委員会
2013 （イタリア文藝叢書）p99

ヴィイ（ゴーゴリ, ニコライ・V.）
◇小平武訳「怪奇小説精華」筑摩書房 2012
（ちくま文庫）p269

妖女（ヴィイ）（ゴーゴリ, ニコライ）
　　◇原卓也訳「怪奇小説傑作集新版 5」東京創元
　　社 2006 （創元推理文庫）p217

ウィークデイ・サーヴィス（グレアム, ベン）
　　◇渡辺健吾訳「ディスコ・ビスケッツ」早川書
　　房 1998 p189

ヴィクトリア倶楽部（施叔青）
　　◇藤井省三訳「新しい台湾の文学 ヴィクトリ
　　ア倶楽部」国書刊行会 2002 p1

ヴィクトリア修道会（ホームズ, ルパート）
　　◇田口俊樹訳「ポーカーはやめられない──ポー
　　カー・ミステリ書下ろし傑作選」ランダム
　　ハウス講談社 2010 p347

ヴィクトリア朝の寝椅子（ラスキ, マーガニー
タ）
　　◇横山茂雄訳「20世紀イギリス小説個性派セレ
　　クション 1」新人物往来社 2010 p1

［ウィジェット］と［ワジェット］とボフ（ス
タージョン, シオドア）
　　◇若島正訳「奇想コレクション ［ウィジェッ
　　ト］と［ワジェット］とボフ」河出書房新社
　　2007 p209

ウィージャ・ボード（ローズ, ダン）
　　◇岸本佐知子編訳「変愛小説集 2」講談社
　　2010 p250

ウィスキーが尽きて（シルヴァ, デイヴィッド・
B.）
　　◇近谷和美訳「アメリカミステリ傑作選 2001」
　　DHC 2001 （アメリカ文芸「年間」傑作
　　選）p503

ウィット・知恵蔵とサイエンス・華子（レッド
フォード, ジョン）
　　◇冬木ひろみ訳「イギリス・ルネサンス演劇集
　　2」早稲田大学出版部 2002 p241

有為転変の物語（マクギネス, フランク）
　　◇三神弘子訳「現代アイルランド演劇 5」新水
　　社 2001 p211

ヴィネガー（トッド, レネ・L.）
　　◇松田奈緒子訳「アメリカ新進作家傑作選
　　2004」DHC 2005 p59

ウィリアム・アラン・ウィルソン（ブリーン,
ジョン・L.）
　　◇満園真木訳「ポーに捧げる20の物語」早川書
　　房 2009 （Hayakawa pocket mystery
　　books）p65

ウィリアム・ウィルスン（ポー, エドガー・ア
ラン）
　　◇江戸川乱歩訳「百年文庫 17」ポプラ社 2010
　　p79

ウィリアム・ウィルソン（ポー, エドガー・アラ
ン）
　　◇岡田柊訳「STORY REMIX ポーの黒夢城」
　　大栄出版 1996 p103
　　◇鴻巣友季子訳「ポケットマスターピース 9」
　　集英社 2016 （集英社文庫ヘリテージシ
　　リーズ）p373

ウィリアム征服王（イネス, マイケル）
　　◇森一訳「推理探偵小説文学館 1」勉誠社
　　1996 p81

ウィリアムとメアリイ（ダール, ロアルド）
　　◇開高健訳「異色作家短篇集 1」早川書房
　　2005 p23

ウィリアムの結婚式（ジュエット, セアラ・オー
ン）
　　◇平石貴樹編訳「アメリカ短編ベスト10」松柏
　　社 2016 p89

ウィリアム・バン・ブルームの過ち（ポースト,
メルヴィル・デイヴィスン）
　　◇高橋朱実訳「海外ミステリ Gem Collection
　　13」長崎出版 2008 p103

ヴィリエ・ド・リラダン（ブルトン, アンドレ／
ヴィリエ・ド・リラダン, オーギュスト・ド）
　　◇斎藤磯雄訳「黒いユーモア選集 1」河出書房
　　新社 2007 （河出文庫）p231

ウィリー最後の旅（オルソン, ドナルド）
　　◇熊谷公妙訳「本の殺人事件簿──ミステリ傑作
　　20選 2」バベル・プレス 2001 p55

ウィリンガーの苦境（リッチー, ジャック）
　　◇藤村裕美訳「KAWADE MYSTERY 10ドル
　　だって大金だ」河出書房新社 2006 p231

ヴィール夫人の亡霊（デフォー, ダニエル）
　　◇岡本綺堂編訳「世界怪談名作集 上」河出書
　　房新社 2002 （河出文庫）p215
　　◇岡本綺堂訳「怪奇小説精華」筑摩書房 2012
　　（ちくま文庫）p56

ウイルヘルム・テル（シラー）
　　◇秦豊吉訳「ウイルヘルム・テル」ゆまに書房
　　2007 （昭和初期世界名作翻訳全集）p1

ウィルマおばさんの勘定（サーバー, ジェイム
ズ）

ういれ

◇鳴海四郎訳「異色作家短篇集 14」早川書房 2006 p235

ヴィレッジの住人（ジャクスン，シャーリイ）
　◇深町眞理子訳「異色作家短篇集 6」早川書房 2006 p73

ウィンスロップ＝スミス嬢の運命（エモン，ルイ）
　◇斉藤瑞恵訳「五つの小さな物語──フランス短篇集」彩流社 2011 p55

ヴィンターの朝（デイトン，レン）
　◇伏見威蕃訳「翼を愛した男たち」原書房 1997 p185

飢え（ボーモント，チャールズ）
　◇仁賀克雄訳「ダーク・ファンタジー・コレクション 7」論創社 2007 p261

ウェイクフィールド（ホーソーン，ナサニエル）
　◇酒本雅之訳「バベルの図書館 3」国書刊行会 1988 p15
　◇酒本雅之訳「新編 バベルの図書館 1」国書刊行会 2012 p19
　◇柴田元幸編訳「アメリカン・マスターピース 古典篇」スイッチ・パブリッシング 2013（SWITCH LIBRARY）p7

ウェイクフィールドの牧師馬を売ること（ゴールドスミス，オリヴァー）
　◇柳瀬尚紀訳「犯罪は詩人の楽しみ──詩人ミステリ集成」東京創元社 2012（創元推理文庫）p26

ウェイハイ、病院に行く（リカラッ・アウー）
　◇魚住悦子編訳「台湾原住民文学選 2」草風館 2003 p143

ヴェクシの怒り（ル＝グウィン，アーシュラ・K.）
　◇谷垣暁美訳「Modern & Classic なつかしく謎めいて」河出書房新社 2005 p54

ウェーク島へ飛ぶ夢（バラード，J.G.）
　◇熊谷千寿訳「翼を愛した男たち」原書房 1997 p207

ウエスト・エンド（ヘンドリックス，ヴィッキー）
　◇三好一美訳「復讐の殺人」早川書房 2001（ハヤカワ・ミステリ文庫）p131

ウェスト・サイド・ストーリー（ローレンツ，アーサー）
　◇勝田安彦訳「ウェスト・サイド・ストーリー──ジェローム・ロビンズの原案に基づく」カモミール社 2006（勝田安彦ドラマシア

ターシリーズ）p1

ウェットスーツ（プラムライン，マイケル）
　◇山形浩生訳「ライターズX 器官切除」白水社 1994 p143

ウェディング・アルバム（マルセク，デイヴィッド）
　◇浅倉久志訳「スティーヴ・フィーヴァー──ポストヒューマンSF傑作選 SFマガジン創刊50周年記念アンソロジー」早川書房 2010（ハヤカワ文庫 SF）p285

ウエディング・ギグ（キング，スティーヴン）
　◇山本光伸訳「巨匠の選択」早川書房 2001（ハヤカワ・ミステリ）p15

ウエディング・ナイト（バード，ヴァージニア）
　◇松本秀子訳「ブルー・ボウ・シリーズ 結婚まで」青弓社 1992 p173

ウエディングは逃避行（ジェイムズ，メリッサ）
　◇村上あずさ訳「愛は永遠に──ウエディング・ストーリー 2009」ハーレクイン 2009 p211

飢え──遠い道（ネヴェーロフ）
　◇和久利誓一訳「世界100物語 4」河出書房新社 1997 p353

ヴェニスに死す（朱天心）
　◇清水賢一郎訳「新しい台湾の文学 古都」国書刊行会 2000 p277

ヴェニスの再会（ヴォーマン，ガブリエーレ）
　◇奈倉洋子訳「シリーズ現代ドイツ文学 5」早稲田大学出版部 1993 p3

ヴェニスの商人（シェイクスピア，ウィリアム）
　◇平井正子訳「ベスト・プレイズ──西洋古典戯曲12選」論創社 2011 p83

ヴェラ（ヴィリエ・ド・リラダン，オーギュスト・ド）
　◇井上輝夫訳「バベルの図書館 29」国書刊行会 1992 p141
　◇齋藤磯雄訳「幻想小説神髄」筑摩書房 2012（ちくま文庫）p236
　◇井上輝夫訳「新編 バベルの図書館 4」国書刊行会 2012 p270
　◇日仏言語文化協会「エチュード月曜クラス」訳「掌中のエスプリ──フランス文学短篇名作集」弘学社 2013 p115

ヴェールを破るもの（キャンベル，ラムジー）
　◇尾之上浩司訳「クトゥルフ神話への招待──遊

星からの物体X」扶桑社 2012（扶桑社ミステリー）p133

ヴェルサイユ宮殿の誰も知らない舞踏室（ホルスト, スペンサー）
◇吉田利子訳「謎のギャラリー――愛の部屋」新潮社 2002（新潮文庫）p254

ウェールズの子供のクリスマス（トマス, ディラン）
◇柴田元幸編訳「ブリティッシュ＆アイリッシュ・マスターピース」スイッチ・パブリッシング 2015（SWITCH LIBRARY）p239

ヴェルナー・ホルトの冒険――ある青春の物語（ノル, ディーター）
◇保坂一夫訳「東欧の文学 ヴェルナー・ホルトの冒険」恒文社 1978 p3

ウェルボーン館の奇跡（ガストン, ダイアン）
◇さとう史緒訳「愛は永遠に――ウエディング・ストーリー 2015」ハーレクイン 2015 p59

ヴェンチュリ（マシスン, リチャード・クリスチャン）
◇風間賢二訳「ヒー・イズ・レジェンド」小学館 2010（小学館文庫）p257

ウェンディ・タドホープはいかにして命拾いをしたか（カントナー, ロブ）
◇田村義進訳「ベスト・アメリカン・ミステリ スネーク・アイズ」早川書房 2005（ハヤカワ・ミステリ）p191

ウォー・ヴェテラン（ディック, フィリップ・K.）
◇仁賀克雄訳「ダーク・ファンタジー・コレクション 10」論創社 2009 p261

ヴォクスホール通りの古家（リデル, シャーロット）
◇川本静子訳「ゴースト・ストーリー傑作選――英米女性作家8短篇」みすず書房 2009 p59

ウォーターマーク（ウェスターバーグ, メラニー）
◇福井美緒子訳「アメリカ新進作家傑作選 2006」DHC 2007 p145

ウォーバーグ・タンタヴァルの悪戯（クイン, シーバリー）
◇熊井ひろ美訳「ダーク・ファンタジー・コレクション 4」論創社 2007 p115

ウォーバートン大佐の狂気（フェイ, リンジー）
◇日暮雅通訳「シャーロック・ホームズ アメリカの冒険」原書房 2012 p7

ウォリックシャーの竜巻（マッキンタイア, F.グウィンブレイン）
◇日暮雅通訳「シャーロック・ホームズの大冒険 下」原書房 2009 p365

『ヴォルケイノ』より（ホンゴー, ギャレット）
◇管啓次郎訳「私の謎」岩波書店 1997（世界文学のフロンティア）p97

ウォール・ストリートへの警句（ポー, エドガー・アラン）
◇渡辺信二訳「アメリカ文学ライブラリー アメリカ名詩選」本の友社 1997 p140

ウォルター・ミティの秘められた生活（サーバー, ジェームズ）
◇西田実, 鳴海四郎訳「十夜」ランダムハウス講談社 2006 p147

ウォンドルズ・パーヴァの謎（ミッチェル, グラディス）
◇清野泉訳「KAWADE MYSTERY ウォンドルズ・パーヴァの謎」河出書房新社 2007 p5

浮（う）かれ女（め）盛衰記 第4部――ヴォートラン 最後の変身（バルザック, オノレ・ド）
◇田中未来訳「ポケットマスターピース 3」集英社 2015（集英社文庫ヘリテージシリーズ）p477

浮島の難破、またはバジリアード（モレリ）
◇楠島重行訳「啓蒙のユートピア 2」法政大学出版局 2008 p105

受け入れがたい犠牲（ディーヴァー, ジェフリー）
◇杉江松恋訳「BIBLIO MYSTERIES 1」ディスカヴァー・トゥエンティワン 2014 p19

受け継がれたもの（ベリー, ジェディディア）
◇古屋美登里訳「モンスターズ――現代アメリカ傑作短篇集」白水社 2014 p110

動いているハーバート（ランキン, イアン）
◇高儀進訳「双生児――EQMM90年代ベスト・ミステリー」扶桑社 2000（扶桑社ミステリー）p137

動かぬ証拠（リッチー, ジャック）
◇好野理恵訳「KAWADE MYSTERY ダイアルAを回せ」河出書房新社 2007 p81

動く棺桶（ハートリー, L.P.）
◇今本渉訳「KAWADE MYSTERY ポドロ島」河出書房新社 2008 p23

うこめ

蠢く密林（ドレイク, D.）
◇遠藤勘也訳「新編 真ク・リトル・リトル神話大系 7」国書刊行会 2009 p103

ウサギの足（パウストフスキイ）
◇山下みどり訳「雑話集―ロシア短編集」「雑話集」の会 2005 p36

氏神試験（蒲松齢）
◇中野美代子訳「バベルの図書館 10」国書刊行会 1988 p13
◇中野美代子訳「新編 バベルの図書館 6」国書刊行会 2013 p416

失うものはない（ファイフィールド, フランセス）
◇猪俣美江子訳「ウーマンズ・ケース 上」早川書房 1998 （ハヤカワ・ミステリ文庫）p199

失われし時のかたみ（ヤング, ロバート・F.）
◇深町眞理子訳「奇想コレクション たんぽぽ娘」河出書房新社 2013 p209

失われた言葉（フォールク・ジュニア, E.カール）
◇浅倉久志選訳「極短小説」新潮社 2004 （新潮文庫）p100

失われた子供たちの谷（ホジスン, ウィリアム・ホープ）
◇中野善夫訳「怪奇礼讃」東京創元社 2004 （創元推理文庫）p27

失われたスリー・クォーターズの事件（ブリーン, ジョン・L.）
◇日暮雅通訳「シャーロック・ホームズ アメリカの冒険」原書房 2012 p375

失われた第二十一章（ホダー, マーク）
◇尾之上浩司訳「シャーロック・ホームズとヴィクトリア朝の怪人たち 1」扶桑社 2015 （扶桑社ミステリー）p11

失われた探険家（マグラア, パトリック）
◇宮脇孝雄訳「奇想コレクション 失われた探険家」河出書房新社 2007 p31

失われた船（ジェイコブズ, W.W.）
◇西崎憲訳「怪奇小説日和―黄金時代傑作選」筑摩書房 2013 （ちくま文庫）p463

失われた物語たちの墓（ヴォルマン, ウィリアム・T.）
◇柴田元幸編訳「どこにもない国―現代アメリカ幻想小説集」松柏社 2006 p103

失われた夢（ローリーニ, ミリアム）

興津真理子訳「ウーマンズ・ケース 下」早川書房 1998 （ハヤカワ・ミステリ文庫）p229

失われた楽園（ムーア, C.L.）
◇仁賀克雄訳「ダーク・ファンタジー・コレクション 9」論創社 2008 p329

うしろをみるな（ブラウン, フレドリック）
◇夏来健次訳「厭な物語」文藝春秋 2013 （文春文庫）p263

後ろを見るな（ブラウン, フレドリック）
◇曽我四郎訳「天外消失―世界短篇傑作集 Off the face of the earth and other stories」早川書房 2008 （ハヤカワ・ミステリ）p103

後ろで声が（ブラウン, フレドリック）
◇中村保男訳「30の神品―ショートショート傑作選」扶桑社 2016 （扶桑社文庫）p113

渦（ギッシング, ジョージ・ロバート）
◇太田良子訳「ヒロインの時代 渦」国書刊行会 1989 p1

薄暗い運命（ペトルシェフスカヤ, リュドミラ）
◇村上春樹編訳「恋しくて―Ten Selected Love Stories」中央公論新社 2013 p181
◇村上春樹編訳「恋しくて―Ten Selected Love Stories」中央公論新社 2016 （中公文庫）p183

うすのろサイモン（コッパード, A.E.）
◇西崎憲訳「魔法の本棚 郵便局と蛇」国書刊行会 1996 p43

うすのろ―過ぎし昔のクリスマス物語（ワグネル, ニコライ・ペトローヴィチ）
◇田辺佐保子訳「ロシアのクリスマス物語」群像社 1997 p165

薄灰色に汚れた罪（マクドナルド, ジョン・D.）
◇板垣節子訳「海外ミステリ Gem Collection 3」長崎出版 2007 p1

薄闇の谷間（ミチンスキ, タデウシュ）
◇小椋彩訳「ポケットのなかの東欧文学―ルネッサンスから現代まで」成文社 2006 p142

ウズラの餌（サキ）
◇中西秀男訳「バベルの図書館 2」国書刊行会 1988 p127
◇中西秀男訳「新編 バベルの図書館 2」国書刊行会 2012 p311

40 作品名から引ける世界文学全集案内 第III期

うちゆ

嘘をつけば、死 (ノー, オニール・デ)
　◇阿部里美訳「ベスト・アメリカン・ミステリ
　　ジュークボックス・キング」早川書房
　　2005（ハヤカワ・ミステリ）p125
嘘好き、または懐疑者 (ルーキアーノス)
　◇高津春繁訳「怪奇小説精華」筑摩書房 2012
　　（ちくま文庫）p11
うそつき (アシモフ, アイザック)
　◇小尾芙佐訳「ロボット・オペラ―An
　　Anthology of Robot Fiction and Robot
　　Culture」光文社 2004 p122
嘘と秘密と再会と (ウィリアムズ, キャシー)
　◇山口絵夢訳「愛は永遠に―ウエディング・ス
　　トーリー 2013」ハーレクイン 2013 p203
嘘の顛末 (スティーヴンソン, ロバート・ルイス)
　◇大久保譲訳「ポケットマスターピース 8」集
　　英社 2016（集英社文庫ヘリテージシリー
　　ズ）p207
嘘は刻む (フェラーズ, エリザベス)
　◇川口康子訳「海外ミステリ Gem Collection
　　4」長崎出版 2007 p1
歌う悪魔 (オカンポ, シルビーナ)
　◇斎藤博士訳「アンデスの風叢書 天国・地獄
　　百科」書肆風の薔薇 1982 p135
歌う船 (マキャフリイ, アン)
　◇嶋田洋一訳「SFの殿堂 遙かなる地平 2」早川
　　書房 2000（ハヤカワ文庫SF）p307
唄え、されば救われん (キャンベル, ラムジー)
　◇夏来健次訳「死霊たちの宴 上」東京創元社
　　1998（創元推理文庫）p83
歌が好きなアミの少女 (リカラッ・アウー)
　◇魚住悦子編訳「台湾原住民文学選 2」草風館
　　2003 p10
うたがわしきは罰せず (ウルフ, トバイアス)
　◇小林久美子訳「ベスト・ストーリーズ 3」早
　　川書房 2016 p159
疑わないで (韓龍雲)
　◇安宇植(アンウーシク)訳「韓国文学名作選 ニ
　　ムの沈黙」講談社 1999 p43
疑われた花嫁 (クルーズ, ケイトリン)
　◇高橋美友紀訳「四つの愛の物語―クリスマ
　　ス・ストーリー 2013」ハーレクイン 2013
　　p153
宴の前に (モーム, サマセット)

山上龍子訳「ワイン通の復讐―美酒にまつわ
　るミステリー選集」心交社 1998 p59
歌姫カルメーラ―二幕とエピローグからなる
　内戦の哀歌 (サンチス・シニステーラ, ホセ)
　◇古屋雄一郎訳「現代スペイン演劇選集 1」カ
　　モミール社 2014 p357
歌姫ヨゼフィーネ、あるいは鼠族 (カフカ, フ
　ランツ)
　◇由比俊行訳「ポケットマスターピース 1」集
　　英社 2015（集英社文庫ヘリテージシリー
　　ズ）p277
征(ゆ)たれざる国 (ライマン, ジェフ)
　◇中村融訳「20世紀SF 5」河出書房新社 2001
　　（河出文庫）p401
うちの子は (ポムラ, ジョエル)
　◇横山義志, 石井恵訳「コレクション現代フラ
　　ンス語圏演劇 10」れんが書房新社 2011
　　p97
うちの年寄り (ブロワ, レオン)
　◇田辺保訳「バベルの図書館 13」国書刊行会
　　1989 p27
　◇田辺保訳「新編 バベルの図書館 4」国書刊行
　　会 2012 p298
宇宙怪獣現わる (ラッセル, レイ)
　◇永井淳訳「幻想と怪奇―宇宙怪獣現わる」早
　　川書房 2005（ハヤカワ文庫）p359
宇宙船上の決闘 (ハス, ヘンリー)
　◇野田昌宏編訳「太陽系無宿／お祖母ちゃんと
　　宇宙海賊―スペース・オペラ名作選」東京
　　創元社 2013（創元SF文庫）p439
宇宙の恍惚 (ラッカー, ルーディ)
　◇大森望訳「20世紀SF 5」河出書房新社 2001
　　（河出文庫）p105
宇宙の熱的死 (フォアマン, ジェームズ)
　◇旦紀子訳「マシン・オブ・デス―A
　　Collection of Stories about People who
　　Know How They Will DIE」アルファポリ
　　ス 2012 p514
宇宙のはずれ (ビッスン, テリー)
　◇中村融編訳「奇想コレクション ふたりジャ
　　ネット」河出書房新社 2004 p235
雨中の物語 (ファイク, サイト)
　◇高橋健太郎訳「現代トルコ文学選 2」東京外
　　国語大学外国語学部トルコ語専攻研究室
　　2012（TUFS Middle Eastern studies）

作品名から引ける世界文学全集案内 第III期　41

うちゆ

p253

宇宙飛行士（フレーブ, イアン・デイヴィッド）
　◇荒谷牧裕訳「アメリカ新進作家傑作選 2005」
　　DHC 2006 p387

美しい色（サンソム, ウィリアム）
　◇金井美子訳「ダーク・ファンタジー・コレク
　　ション 8」論創社 2008 p131

美しい子ども（フェルフルスト, ディミトリ）
　◇長山さき, 藤井光訳「美しい子ども」新潮社
　　2013（CREST BOOKS）p129

美しいご婦人が貴方のために踊ります（フィ
ン, パトリック・マイケル）
　◇河野純治訳「ベスト・アメリカン・ミステリ
　　スネーク・アイズ」早川書房 2005（ハヤ
　　カワ・ミステリ）p161

美しいヒターノの娘―『模範小説集』より（セ
ルバンテス・サアベドラ, ミゲル・デ）
　◇吉田彩子訳「ポケットマスターピース 13」
　　集英社 2016（集英社文庫ヘリテージシ
　　リーズ）p403

美しき風景（シャバフ, ペトル）
　◇伊藤涼子訳「ポケットのなかの東欧文学―ル
　　ネッサンスから現代まで」成文社 2006
　　p417

美しき娘（ムーア, マーガレット）
　◇石川園枝訳「マイ・バレンタイン―愛の贈り
　　もの 2009」ハーレクイン 2009 p181

鬱積（ニョウニョウティンフラ）
　◇南田みどり編訳「ミャンマー現代女性短編
　　集」大同生命国際文化基金 2001（アジア
　　の現代文芸）p8

ウッドパイルの秘密（イネス, マイケル）
　◇熊谷公妙訳「本の殺人事件簿―ミステリ傑作
　　20選 1」バベル・プレス 2001 p179

ウッドフォードの共同出資者（ポースト, メル
ヴィル・デイヴィスン）
　◇高橋朱美訳「海外ミステリ Gem Collection
　　13」長崎出版 2008 p69

移りゆく“時”（メッシーナ, マリア）
　◇香川真澄訳「ぶどう酒色の海―イタリア中短
　　編小説集」イタリア文藝叢書刊行委員会
　　2013（イタリア文藝叢書）p15

ウーデナルドの包囲（ブロンテ, エミリ・ジェー
ン）
　◇中岡洋, 芦沢久江訳「ブロンテ姉妹エッセイ

全集」彩流社 2016 p203

ウーデナルドの包囲（ブロンテ, シャーロット）
　◇中岡洋, 芦沢久江訳「ブロンテ姉妹エッセイ
　　全集」彩流社 2016 p206

ヴードゥー・ハート（スナイダー, スコット）
　◇岸本佐知子編訳「変愛小説集 2」講談社
　　2010 p131

ウトラタの水車小屋（イヴァシュキェヴィッチ,
ヤロスロ）
　◇木村彰一訳「東欧の文学 尼僧ヨアンナ 他」
　　恒文社 1967 p159

うなる鞭（マンフッド, H.A.）
　◇金井美子訳「ダーク・ファンタジー・コレク
　　ション 8」論創社 2008 p211

奪うだけ奪え（金昌述）
　◇金炳三, 李春穆, 金潤訳「20世紀民衆の世界
　　文学 7」三友社出版 1990 p189

ウバスティの子どもたち（クイン, シーバリー）
　◇熊井ひろ美訳「ダーク・ファンタジー・コレ
　　クション 4」論創社 2007 p67

奪われしもの（ムーア, ローリー）
　◇干刈あがた, 斎藤英治訳「新しいアメリカの
　　小説 セルフ・ヘルプ」白水社 1989 p41

奪われた一日（ワリス・ノカン）
　◇新井リンダかおり訳「台湾原住民文学選 3」
　　草風館 2003 p117

奪われた野にも春はくるか（李相和）
　◇金炳三, 李春穆, 金潤訳「20世紀民衆の世界
　　文学 7」三友社出版 1990 p187

うぶな心が張り裂ける（ライス, クレイグ）
　◇小笠原豊樹訳「密室殺人傑作選」早川書房
　　2003（ハヤカワ・ミステリ文庫）p173
　◇小笠原豊樹訳「51番目の密室―世界短編傑作
　　集」早川書房 2010（Hayakawa pocket
　　mystery books）p9

馬（李陸史）
　◇安宇植（アンウーシク）訳「韓国文学名作選 李
　　陸史詩集」講談社 1999 p63

うまいバナナと腐ったリンゴ（ボルト, ボブ）
　◇浅倉久志選訳「極短小説」新潮社 2004（新
　　潮文庫）p244

馬をのみこんだ男（ライス, クレイグ）
　◇吉田誠一訳「読まずにいられぬ名短篇」筑摩
　　書房 2014（ちくま文庫）p213

うまくいかない時もある（カミンスキー, スチュアート）
◇上條ひろみ訳「ベスト・アメリカン・ミステリ ハーレム・ノクターン」早川書房 2005（ハヤカワ・ミステリ）p337

馬だって歌うかもしれない（ファリス, グレゴリー）
◇倉康雄訳「アメリカミステリ傑作選 2001」DHC 2001（アメリカ文芸「年間」傑作選）p213

生まれついての悪人（ディーヴァー, ジェフリー）
◇池田真紀子訳「ベスト・アメリカン・ミステリ クラック・コカイン・ダイエット」早川書房 2007（ハヤカワ・ミステリ）p83

生まれつきの猫もいる（カー, テリー／カー, キャロル）
◇浅田久志訳「魔法の猫」扶桑社 1998（扶桑社ミステリー）p211

生まれてくるものたちへ（セローテ, モンガーン）
◇山田裕康訳「アフリカ文学叢書 生まれてくるものたちへ」スリーエーネットワーク 1998 p1

生まれてこなかったこどものキス（ソログーブ, フョードル）
◇丸尾美保訳「雑話集—ロシア短編集 2」「雑話集」の会 2009 p129

馬は神のように支配する（ヒューズ, トマス・パトリック）
◇内田吉彦訳「アンデスの風叢書 天国・地獄百科」書肆風の薔薇 1982 p65

海への贈り物（ヴァンス, ジャック）
◇浅倉久志訳「黒い破壊者—宇宙生命SF傑作選」東京創元社 2014（創元SF文庫）p239

海への悲しい道（カーシュ, ジェラルド）
◇三田村裕訳「幻想と怪奇—おれの夢の女」早川書房 2005（ハヤカワ文庫）p143

海を見る（スミス, マイケル・マーシャル）
◇大瀧啓裕訳「インスマス年代記 下」学習研究社 2001（学研M文庫）p201

海の狼（ロンドン, ジャック）
◇関弘訳「シリーズ百年の物語 3」トパーズプレス 1996 p3

海の心（李陸史）

安宇植（アンウーシク）訳「韓国文学名作選 李陸史詩集」講談社 1999 p49

海の中の小さな帆舟たち（スエイエーリン）
◇南田みどり編訳「ミャンマー現代女性短編集」大同生命国際文化基金 2001（アジアの現代文芸）p175

海辺の恐怖——一瞬の経験（ウォルポール, ヒュー）
◇西崎憲訳「怪奇文学大山脈 2」東京創元社 2014 p327

海辺の日曜日—第1章（エライ, ナズル）
◇大門志織訳「現代トルコ文学選 2」東京外国語大学外国語学部トルコ語専攻研究室 2012（TUFS Middle Eastern studies）p231

海辺の悲劇（バルザック, オノレ・ド）
◇水野亮訳「百年文庫 20」ポプラ社 2010 p109

海辺の不気味な出来事（ウォルポール, ヒュー）
◇倉阪鬼一郎訳「ミステリーの本棚 銀の仮面」国書刊行会 2001 p179

海は小魚でいっぱい（プラチェット, テリー）
◇矢口悟訳「ファンタジイの殿堂 伝説は永遠に 3」早川書房 2000（ハヤカワ文庫FT）p399

ヴャチェスラフ・オスチ中尉の墓碑銘（アフガニスタン）（ヴォルマン, ウィリアム・T.）
◇迫光訳「VOICES OVERSEAS ハッピー・ガールズ, バッド・ガールズ」講談社 1996 p156

烏来にて（ワリス・ノカン）
◇中村ふじゑ訳「台湾原住民文学選 3」草風館 2003 p35

裏返し（マルツバーグ, バリー・N.）
◇山本俊子訳「ミニ・ミステリ100」早川書房 2005（ハヤカワ・ミステリ文庫）p207

裏切り（ワグナー, カール・エドワード）
◇田中一江訳「シルヴァー・スクリーム 上」東京創元社 2013（創元推理文庫）p349

裏切りの花束（ダーシー, エマ）
◇渋沢亜裕美訳「マイ・バレンタイン—愛の贈りもの 2016」ハーパーコリンズ・ジャパン 2016 p225

ヴラド伯父さん（シンクレア, クライヴ）
◇風間賢二訳「ヴァンパイア・コレクション」角川書店 1999（角川文庫）p395

うらに

裏庭の穴（ヘムリ，ロビン）
　◇小川高義訳「新しいアメリカの小説　食べ放
　　題」白水社　1989　p113
裏庭の神様（スタージョン，シオドア）
　◇大森望訳「奇想コレクション　不思議のひと
　　触れ」河出書房新社　2003　p63
うららかな日（ラクルテル）
　◇青柳瑞穂訳「世界100物語　6」河出書房新社
　　1997　p353
うららかな昼さがりの出来事（ブロック，ロバー
ト）
　◇小笠原豊樹訳「異色作家短篇集　8」早川書房
　　2006　p185
売出中（サイラー，ジェニー）
　◇安藤由紀子訳「殺しのグレイテスト・ヒッ
　　ツ」早川書房　2007　（ハヤカワ・ミステリ
　　文庫）　p453
ウーリー婆の末日（トパス・タナピマ）
　◇下村作次郎編訳「台湾原住民文学選　1」草風
　　館　2002　p216
ウルガの恋（ワリス・ノカン）
　◇新井リンダかおり訳「台湾原住民文学選　3」
　　草風館　2003　p131
ウルグアイの世界制覇（ホワイト，E.B.）
　◇柴田元幸訳「ベスト・ストーリーズ　1」早川
　　書房　2015　p29
ヴルダラクの家族（トルストイ，A.K.）
　◇西周成編訳「ロシア幻想短編集　2」アルト
　　アーツ　2016　p5
嬉しや、救世主のおでました（河成蘭）
　◇安宇植編訳「いま、私たちの隣りに誰がいる
　　のか——Korean short stories」作品社　2007
　　p37
うろたえる女優の事件（スタシャワー，ダニエ
ル）
　◇日暮雅通訳「シャーロック・ホームズ　ワト
　　ソンの災厄」原書房　2003　p171
　◇日暮正通訳「ベスト・アメリカン・ミステリ
　　ジュークボックス・キング」早川書房
　　2005　（ハヤカワ・ミステリ）　p391
噂の傲慢社長（フィールディング，リズ）
　◇松村和紀子訳「真夏のシンデレラ・ストー
　　リー——サマー・シズラー2015」ハーパーコ
　　リンズ・ジャパン　2015　p59
上床（クラウフォード）

岡本綺堂編訳「世界怪談名作集　下」河出書
　　房新社　2002　（河出文庫）　p155
うわべではなく魂　エルネスト・フェドー宛
　〔一八五七年七月二十六日（？）〕（フローベー
　ル，ギュスターヴ）
　◇山崎敦訳「ポケットマスターピース　7」集英
　　社　2016　（集英社文庫ヘリテージシリー
　　ズ）　p749
うわみずざくらの花なしに（ロマーノフ）
　◇和久利誓一訳「世界100物語　4」河出書房新
　　社　1997　p313
うんざりのパートナー募集広告（ヤコブセン，
　シェリ）
　◇旦紀子訳「マシン・オブ・デス——A
　　Collection of Stories about People who
　　Know How They Will DIE」アルファポリ
　　ス　2012　p254
雲翠仙（うんすいせん）（蒲松齢）
　◇黒田真美子著「中国古典小説選　9（清代　1）」
　　明治書院　2009　p363
雲豹の伝人＜ルカイ＞（アオヴィニ・カドゥスガ
　ヌ）
　◇柳本通彦訳「台湾原住民文学選　4」草風館
　　2004　p104
運命（ヘルタイ）
　◇徳永康元訳「おかしい話」筑摩書房　2010
　　（ちくま文学の森）　p247
運命を紡ぐ花嫁（パーマー，ダイアナ）
　◇伊坂奈々訳「真夏の恋の物語——サマー・シズ
　　ラー　2005」ハーレクイン　2005　p7
　◇伊坂奈々訳「恋人たちの夏物語」ハーレクイ
　　ン　2010　（サマー・シズラー・ベリーベス
　　ト）　p5
運命がくれた愛（ポーター，ジェイン）
　◇木内重子訳「スウィート・サマー・ラブ」
　　ハーパーコリンズ・ジャパン　2015　（サ
　　マーシズラーVB）　p383
運命の神さまはどじなお方（カンセーラ，アル
　トゥーロ／ルサレータ，ピラール・デ）
　◇内田吉彦訳「バベルの図書館　20」国書刊行
　　会　1990　p65
　◇内田吉彦訳「新編　バベルの図書館　6」国書刊
　　行会　2013　p52
運命の招待状（ジョーダン，ペニー）
　◇寺尾なつ子訳「愛は永遠に——ウエディング・

ストーリー 2001」ハーレクイン 2001 p7

運命の杖（キャロル, ルイス）
　　◇芦田川祐子訳「ポケットマスターピース 11」
　　　集英社 2016（集英社文庫ヘリテージシ
　　　リーズ）p757

運命の手にすべてを（リップ, J.）
　　◇浅倉久志選訳「極短小説」新潮社 2004（新
　　　潮文庫）p176

運命のプロポーズ（ウェイ, マーガレット）
　　◇木内重子訳「愛は永遠に―ウエディング・ス
　　　トーリー 2010」ハーレクイン 2010 p205

運命の街（グレイディ, ジェイムズ）
　　◇富山浩昌訳「ベスト・アメリカン・短編ミス
　　　テリ 2012」DHC 2012 p245

運命の女神（サキ）
　　◇辻谷実貴子訳「20世紀英国モダニズム小説集
　　　成 世を騒がす嘘つき男」風濤社 2014 p46

運命の猟犬（サキ）
　　◇柴田元幸編訳「ブリティッシュ＆アイリッ
　　　シュ・マスターピース」スイッチ・パブ
　　　リッシング 2015（SWITCH LIBRARY）
　　　p189

運命の分かれ道（スミス, ディーン・ウェズリー）
　　◇佐藤友紀訳「シャーロック・ホームズのSF大
　　　冒険―短篇集 上」河出書房新社 2006
　　　（河出文庫）p285

【 え 】

永遠（ディーヴァー, ジェフリー）
　　◇白石朗, 田口俊樹訳「十の罪業 Black」東京
　　　創元社 2009（創元推理文庫）p9

永遠が見えなくて（ウッズ, シェリル）
　　◇松村和紀子訳「愛は永遠に―ウエディング・
　　　ストーリー 2013」ハーレクイン 2013
　　　p105

永遠なるローマ（シルヴァーバーグ, ロバート）
　　◇友枝康子訳「SFの殿堂 遙かなる地平 1」早川
　　　書房 2000（ハヤカワ文庫SF）p369

永遠に頭上に（ウォレス, デイヴィッド・フォス
ター）
　　◇村上春樹編訳「バースデイ・ストーリーズ」

中央公論新社 2002 p111

永遠に、とアヒルはいった（レセム, ジョナサ
ン）
　　◇浅倉久志訳「90年代SF傑作選 上」早川書房
　　　2002（ハヤカワ文庫）p347

永遠の尹雪艶（白先勇）
　　◇山口守訳「新しい台湾の文学 台北人」国書
　　　刊行会 2008 p5

永遠の契約（ラッセル, レイ）
　　◇永井淳訳「異色作家短篇集 16」早川書房
　　　2006 p121

永遠の恋人（リカラッ・アウー）
　　◇魚住悦子編訳「台湾原住民文学選 2」草風館
　　　2003 p100

永遠の幸福（ラッセル, バートランド）
　　◇牛島信明訳「アンデスの風叢書 天国・地獄
　　　百科」書肆風の薔薇 1982 p28

永遠の山地（ワリス・ノカン）
　　◇中古苑生ほか訳「台湾原住民文学選 3」草風
　　　館 2003 p59

永遠の生命（フォースター, E.M.）
　　◇三原芳秋訳「ゲイ短編小説集」平凡社 1999
　　　（平凡社ライブラリー）p285

永遠の浜辺（ゴトー, エドワード・E.）
　　◇浅倉久志選訳「極短小説」新潮社 2004（新
　　　潮文庫）p67

永遠の部落（ワリス・ノカン）
　　◇中古苑生ほか訳「台湾原住民文学選 3」草風
　　　館 2003 p107

永遠のルピナス―魯冰花（鍾肇政）
　　◇中島利郎訳「台湾郷土文学選集 1」研文出版
　　　2014 p7

映画（バーセルミ, ドナルド）
　　◇山崎勉訳「現代アメリカ文学叢書 11」彩流
　　　社 1998 p105

映画監督の椅子（トンプソン, トッド）
　　◇浅倉久志選訳「極短小説」新潮社 2004（新
　　　潮文庫）p352

映画に出たかった男（ジェイクス, ジョン）
　　◇三浦玲子訳「ダーク・ファンタジー・コレク
　　　ション 5」論創社 2007 p211

映画の子（ギャリス, ミック）
　　◇夏来健次訳「シルヴァー・スクリーム 下」
　　　東京創元社 2013（創元推理文庫）p149

えいこ

栄光のかなた（コッホ, T.）
　◇斎藤博士訳「アンデスの風叢書　天国・地獄
　　百科」書肆風の薔薇　1982　p159

英国航行中（ビッスン, テリー）
　◇中村融編訳「奇想コレクション　ふたりジャ
　　ネット」河出書房新社　2004　p69

英国風の殺人（ヘアー, シリル）
　◇佐藤弓生訳「世界探偵小説全集　6」国書刊行
　　会　1995　p7

エイダ（スタイン, ガートルード）
　◇利根川真紀編訳「レズビアン短編小説集―女
　　たちの時間」平凡社　2015　（平凡社ライブ
　　ラリー）　p181

エイドリアン（サキ）
　◇奈須麻里子訳「20世紀英国モダニズム小説集
　　成　自分の同類を愛した男」風濤社　2014
　　p39

嬰寧（えいねい）（蒲松齢）
　◇黒田真美子著「中国古典小説選　9（清代 1）」
　　明治書院　2009　p146

映魔の殿堂（アーノルド, マーク）
　◇夏来健次訳「シルヴァー・スクリーム　下」
　　東京創元社　2013　（創元推理文庫）　p299

英雄クラクス伝説（ヘイドゥック, ブロニスワフ）
　◇土谷直人訳「文学の贈物―東中欧文学アンソ
　　ロジー」未知谷　2000　p46

英雄たち（ペリー, アン）
　◇浅羽莢子訳「殺さずにはいられない　2」早川
　　書房　2002　（ハヤカワ・ミステリ文庫）
　　p297
　◇浅羽莢子訳「エドガー賞全集―1990～2007」
　　早川書房　2008　（ハヤカワ・ミステリ文
　　庫）　p405

英雄の像（ソティー）
　◇岡田知子編訳「現代カンボジア短編集」大同
　　生命国際文化基金　2001　（アジアの現代文
　　芸）　p211

英雄列伝（作者不詳）
　◇紙村徹編訳「台湾原住民文学選　5」草風館
　　2006　p369

栄養あふれる天国（作者不詳）
　◇斎藤博士訳「アンデスの風叢書　天国・地獄
　　百科」書肆風の薔薇, 水声社　1982　p127

エウアンゲロス（作者不詳）
　◇久保田忠利, 橋本隆夫, 野津寛, 安村典子, 吉

武純夫, 丹下和彦訳「ギリシア喜劇全集　8」
　　岩波書店　2011　p327

エウテュクレース（作者不詳）
　◇久保田忠利, 橋本隆夫, 野津寛, 安村典子, 吉
　　武純夫, 丹下和彦訳「ギリシア喜劇全集　8」
　　岩波書店　2011　p489

エウニーコス（作者不詳）
　◇久保田忠利, 橋本隆夫, 野津寛, 安村典子, 吉
　　武純夫, 丹下和彦訳「ギリシア喜劇全集　8」
　　岩波書店　2011　p394

『エウヌーコス（宦官）』（メナンドロス）
　◇中務哲郎, 脇本由佳, 荒井直訳「ギリシア喜
　　劇全集　6」岩波書店　2010　p136

エウパネース（作者不詳）
　◇久保田忠利, 橋本隆夫, 野津寛, 安村典子, 吉
　　武純夫, 丹下和彦訳「ギリシア喜劇全集　8」
　　岩波書店　2011　p395

エウブーリデース（作者不詳）
　◇久保田忠利, 橋本隆夫, 野津寛, 安村典子, 吉
　　武純夫, 丹下和彦訳「ギリシア喜劇全集　8」
　　岩波書店　2011　p329

エウブーロス（作者不詳）
　◇久保田忠利, 橋本隆夫, 野津寛, 安村典子, 吉
　　武純夫, 丹下和彦訳「ギリシア喜劇全集　8」
　　岩波書店　2011　p330

エウプローン（作者不詳）
　◇久保田忠利, 橋本隆夫, 野津寛, 安村典子, 吉
　　武純夫, 丹下和彦訳「ギリシア喜劇全集　8」
　　岩波書店　2011　p397

エウポリス（作者不詳）
　◇久保田忠利, 橋本隆夫, 野津寛, 安村典子, 吉
　　武純夫, 丹下和彦訳「ギリシア喜劇全集　8」
　　岩波書店　2011　p407

エウリディケの死（マルティンス, ユーリア）
　◇須藤直子訳「現代ウィーン・ミステリー・シ
　　リーズ　9」水声社　2002　p187

エヴリン（ジョイス, ジェームズ）
　◇柴田元幸訳「ブリティッシュ＆アイリッ
　　シュ・マスターピース」スイッチ・パブ
　　リッシング　2015　（SWITCH LIBRARY）
　　p215

エウロパのスパイ（レナルズ, アレステア）
　◇中原尚哉訳「90年代SF傑作選　上」早川書房
　　2002　（ハヤカワ文庫）　p61

エキストラ（モリスン, グラント）

えとか

◇部谷真奈美訳「ディスコ2000」アーティスト
　ハウス 1999 p28

駅長（プーシキン, アレクサンドル・セルゲーヴィ
チ）
　◇神西清訳「百年文庫 37」ポプラ社 2010
　　p109

駅長ファルメライアー（ロート, ヨーゼフ）
　◇渡辺健訳「百年文庫 37」ポプラ社 2010 p5

駅馬車（ムヒカ＝ライネス, マヌエル）
　◇内田吉彦訳「バベルの図書館 20」国書刊行
　　会 1990 p111
　◇内田吉彦訳「新編 バベルの図書館 6」国書刊
　　行会 2013 p81

実存（エクジスタンス）の主題系（ベルナベ, ジャン／
シャモワゾー, パトリック／コンフィアン, ラ
ファエル）
　◇恒川邦夫訳「新しい〈世界文学〉シリーズ ク
　　レオール礼賛」平凡社 1997 p58

〈エグゾティスム〉に関する試論〈多様なるも
の〉についての一〈美学〉（セガレン, ヴィクト
ル）
　◇木下誠訳「シリーズ【越境の文学／文学の越
　　境】〈エグゾティスム〉に関する試論覊
　　旅」現代企画室 1995 p125

エクパンティデース（作者不詳）
　◇久保田忠利, 橋本隆夫, 野津寛, 安村典子, 吉
　　武純夫, 丹下和彦訳「ギリシア喜劇全集 8」
　　岩波書店 2011 p283

エゴイストの回想（ダウスン, アーネスト）
　◇南條竹則訳「百年文庫 13」ポプラ社 2010
　　p129

餌食としての都市（ポレシュ, ルネ）
　◇新野守広訳「ドイツ現代戯曲選30 10」論創
　　社 2006 p7

エジプトの天（モレ, A.）
　◇斎藤博士訳「アンデスの風叢書 天国・地獄
　　百科」書肆風の薔薇 1982 p124

エジプトのバックアイ・ジム（キャッスル, モー
ト）
　◇山口緑訳「ノストラダムス秘録」扶桑社
　　1999 （扶桑社ミステリー）p183

エスコリアル（ゲルドロード, ミシェル・ド）
　◇小林亜美訳「幻想の坩堝—ベルギー・フラン
　　ス語幻想短編集」松籟社 2016 p129

エスコリエ夫人の異常な冒険（ルイス, P.）

◇小松清訳「思いがけない話」筑摩書房 2010
　（ちくま文学の森）p159

エスター・ウォーターズ（ムア, ジョージ）
　◇北條文緒訳「ヒロインの時代 エスター・
　　ウォーターズ」国書刊行会 1988 p3

エステルはどこ？（デイヴィッドソン, エイヴラ
ム）
　◇高梨正伸訳「幻想と怪奇—おれの夢の女」早
　　川書房 2005 （ハヤカワ文庫）p65

族群（エスニック・グループ）のエクリチュールと国
民／国家—原住民文学について（彭小妍）
　◇橋本恭子訳「台湾原住民文学選 9」草風館
　　2007 p17

エソルド座の怪人（カブレラ＝インファンテ,
G.）
　◇若島正訳「異色作家短篇集 20」早川書房
　　2007 p219

越境（コーチス, アンドレ）
　◇境原塊太訳「ベスト・アメリカン・短編ミス
　　テリ 2014」DHC 2015 p195

X線視力（バトスン, ビリー）
　◇浅倉久志選訳「極短小説」新潮社 2004 （新
　　潮文庫）p223

Xに対する逮捕状（マクドナルド, フィリップ）
　◇好野理恵訳「世界探偵小説全集 3」国書刊行
　　会 1994 p5

閲微草堂筆記（えつびそうどうひっき）（紀昀）
　◇黒田真美子, 福田素子著「中国古典小説選 11
　　（清代 3）」明治書院 2008 p1

エーデルワイス（ハッダム, ジェーン）
　◇堀川志野舞訳「ベスト・アメリカン・ミステ
　　リ クラック・コカイン・ダイエット」早川
　　書房 2007 （ハヤカワ・ミステリ）p109

エデンの園の範囲（ブロワ, レオン）
　◇内田吉彦訳「アンデスの風叢書 天国・地獄
　　百科」書肆風の薔薇 1982 p66

エデンはもはや（朱天文）
　◇池上貞子訳「新しい台湾の文学 台北ストー
　　リー」国書刊行会 1999 p171

エドガー・アラン・ポーとその身内（カーター,
アンジェラ）
　◇植松みどり訳「Modern & Classic ブラッ
　　ク・ヴィーナス」河出書房新社 2004 p71

エドガー・ポー（ブルトン, アンドレ／ポー, エド

えとの

ガー・アラン）
◇入沢康夫訳「黒いユーモア選集 1」河出書房
新社 2007（河出文庫）p171

江戸の花（スターリング, ブルース）
◇小川隆訳「SFマガジン700―創刊700号記念
アンソロジー 海外篇」早川書房 2014
（ハヤカワ文庫 SF）p129

エドマンド・オーム卿（ジェイムズ, ヘンリー）
◇平井呈一訳「怪奇小説傑作集新版 1」東京創
元社 2006（創元推理文庫）p83

エドマンドの発見（タッカー, ポール）
◇浅倉久志選訳「極短小説」新潮社 2004（新
潮文庫）p129

エドワード王と羊飼い（作者不詳）
◇水谷洋一訳「中世英国ロマンス集 3」篠崎書
林 1993 p173

エナメルのコート（ハーン, マルギット）
◇松永美穂訳「ドイツ文学セレクション ひと
りぼっちの欲望」三修社 1997 p9

絵の中の猫（モリス, ライト）
◇武藤脩二訳「猫好きに捧げるショート・ス
トーリーズ」国書刊行会 1997 p153

『エパンゲッロメノス（約束する男）』（メナンド
ロス）
◇中務哲郎, 脇本由佳, 荒井直訳「ギリシア喜
劇全集 6」岩波書店 2010 p131

エピカルモス（作者不詳）
◇橋本隆夫訳「ギリシア喜劇全集 7」岩波書店
2010 p9

エピクラテース（作者不詳）
◇久保田忠利, 橋本隆夫, 野津寛, 安村典子, 吉
武純夫, 丹下和彦訳「ギリシア喜劇全集 8」
岩波書店 2011 p303

『エピクレーロス（女相続人）』第一、第二（メ
ナンドロス）
◇中務哲郎, 脇本由佳, 荒井直訳「ギリシア喜
劇全集 6」岩波書店 2010 p133

エピゲネース（作者不詳）
◇久保田忠利, 橋本隆夫, 野津寛, 安村典子, 吉
武純夫, 丹下和彦訳「ギリシア喜劇全集 8」
岩波書店 2011 p313

エビ大王（洪元基）
◇馬政熙訳「韓国現代戯曲集 2」日韓演劇交流
センター 2005 p135

エピッポス（作者不詳）

◇久保田忠利, 橋本隆夫, 野津寛, 安村典子, 吉
武純夫, 丹下和彦訳「ギリシア喜劇全集 8」
岩波書店 2011 p286

エピニーコス（作者不詳）
◇久保田忠利, 橋本隆夫, 野津寛, 安村典子, 吉
武純夫, 丹下和彦訳「ギリシア喜劇全集 8」
岩波書店 2011 p319

エピリュコス（作者不詳）
◇久保田忠利, 橋本隆夫, 野津寛, 安村典子, 吉
武純夫, 丹下和彦訳「ギリシア喜劇全集 8」
岩波書店 2011 p317

エピローグ（ワイルド, パーシヴァル）
◇巴妙子訳「ミステリーの本棚 悪党どものお
楽しみ」国書刊行会 2000 p293

エピローグ〔くじ〕（ジャクスン, シャーリイ）
◇深町眞理子訳「異色作家短篇集 6」早川書房
2006 p315

F―へ（ポー, エドガー・アラン）
◇渡辺信二訳「アメリカ文学ライブラリー ア
メリカ名詩選」本の友社 1997 p120

『エペシオス（エペソスの男）』（メナンドロス）
◇中務哲郎, 脇本由佳, 荒井直訳「ギリシア喜
劇全集 6」岩波書店 2010 p138

エペペ（カリンティ, フェレンツ）
◇池田雅之訳「東欧の文学 エペペ」恒文社
1978 p3

絵本盗難事件（リップマン, ローラ）
◇杉江松恋訳「BIBLIO MYSTERIES 2」ディ
スカヴァー・トゥエンティワン 2014 p121

エマーソンの夜（蘇徳）
◇桑島道夫訳「中国現代文学選集 6」トランス
ビュー 2010 p1

エマヌエル・スウェデンボルグ（ボルヘス, ホル
ヘ・ルイス）
◇木村榮一訳「アンデスの風叢書 ボルヘス、
オラル」書肆風の薔薇 1987 p65

エマレ（作者不詳）
◇中世英国ロマンス研究会訳「中世英国ロマン
ス集 2」篠崎書林 1986 p151

エミリー・ウィズ・アイアンドレス―センパイ
ポカリプス・ナウ！（スミス, エミリー・R.）
◇本兌有, 杉ライカ訳「ハーン・ザ・ラストハ
ンター――アメリカン・オタク小説集」筑摩
書房 2016 p95

エミリーと不滅の詩人たち（ヤング, ロバート・

F.)
　◇山田順子訳「奇想コレクション　たんぽぽ娘」
　　河出書房新社　2013　p47

エミリーの時代（デイヴィス，ドロシー・ソール
ズベリ）
　◇茅律子訳「ポーに捧げる20の物語」早川書房
　　2009　（Hayakawa pocket mystery books）
　　p123

エミリーの薔薇（フォークナー，ウィリアム）
　◇龍口直太郎訳「美しい恋の物語」筑摩書房
　　2010　（ちくま文学の森）p187

M街七番地の出来事（スタインベック，ジョン）
　◇深町眞理子訳「街角の書店―18の奇妙な物
　　語」東京創元社　2015　（創元推理文庫）
　　p281

エメラルド色の空（アンブラー，エリック）
　◇小泉喜美子訳「天外消失―世界短篇傑作集
　　Off the face of the earth and other
　　stories」早川書房　2008　（ハヤカワ・ミス
　　テリ）p89

獲物（ネイサン，マイカ）
　◇岩田奈々訳「ベスト・アメリカン・短編ミス
　　テリ 2014」DHC　2015　p315

獲物（フレミング，ピーター）
　◇吉川昌一訳「贈る物語Terror」光文社　2002
　　p167

獲物を求めて（チェットウィンド＝ヘイズ，R.）
　◇市田泉訳「千の脚を持つ男―怪物ホラー傑作
　　選」東京創元社　2007　（創元推理文庫）
　　p251

獲物は誰だ？（ノーラン，ウィリアム・F.）
　◇佐々木雅子訳「ミニ・ミステリ100」早川書
　　房　2005　（ハヤカワ・ミステリ文庫）p718

エラとルイとのあいだのあらゆる時代の精神
における愛の対話（パニッツァ，オスカル）
　◇種村季弘訳「怪奇・幻想・綺想文学集―種村
　　季弘翻訳集成」国書刊行会　2012　p87

選ばれし人（バスケス，マリア・エステル）
　◇内田吉彦訳「バベルの図書館 20」国書刊行
　　会　1990　p153
　◇内田吉彦訳「新編 バベルの図書館 6」国書刊
　　行会　2013　p105

選ばれた者（デイヴィス，リース）
　◇工藤政司訳「51番目の密室―世界短篇傑作
　　集」早川書房　2010　（Hayakawa pocket

mystery books）p259

選り好みなし（ベスター，アルフレッド）
　◇中村融編訳「奇想コレクション　願い星、叶
　　い星」河出書房新社　2004　p117

エリザベス・ブラッドストリートの思い出に
（ブラッドストリート，アン）
　◇渡辺信二訳「アメリカ文学ライブラリー　ア
　　メリカ名詩選」本の友社　1997　p56

エリジウムの子供たち（ケシ，イムレ）
　◇桑島カタリン訳「東欧の文学 エリジウムの
　　子供たち」恒文社　1967　p23

エリーゼに会う（リー，ナム）
　◇小川高義訳「美しい子ども」新潮社　2013
　　（CREST BOOKS）p47

エリック・ホウムの死（ダーレス，オーガスト）
　◇岩村光博訳「クトゥルー 13」青心社　2005
　　（暗黒神話大系シリーズ）p31

エリナーの肖像（アラン，マージャリー）
　◇井上勇訳「謎のギャラリー―謎の部屋」新潮
　　社　2002　（新潮文庫）p331
　◇井上勇訳「謎の部屋」筑摩書房　2012　（ちく
　　ま文庫）p331

エリーの最後の一日（ホッケンスミス，スティー
ヴ）
　◇熊谷公妙訳「アメリカミステリ傑作選 2003」
　　DHC　2003　（アメリカ文芸「年間」傑作
　　選）p181

エリポス（作者不詳）
　◇久保田忠利，橋本隆夫，野津寛，安村典子，吉
　　武純夫，丹下和彦訳「ギリシア喜劇全集 8」
　　岩波書店　2011　p322

エルヴィスは生きている（バレット，リン）
　◇木村二郎訳「エドガー賞全集―1990〜2007」
　　早川書房　2008　（ハヤカワ・ミステリ文
　　庫）p35

エルクの言葉（ギルバート，エリザベス）
　◇岩本正恵訳「記憶に残っていること―新潮ク
　　レスト・ブックス短篇小説ベスト・コレク
　　ション」新潮社　2008　（Crest books）p39

エルサレムの秋（イェホシュア，アブラハム・B.）
　◇母袋夏生訳「Modern & Classic エルサレム
　　の秋」河出書房新社　2006　p69

L・デバードとアリエット–愛の物語（グロフ，
ローレン）

えるり

◇村上春樹編訳「恋しくて―Ten Selected Love Stories」中央公論新社 2013 p129

◇村上春樹編訳「恋しくて―Ten Selected Love Stories」中央公論新社 2016（中公文庫）p131

エルーリアの修道女（キング, スティーヴン）

◇風間賢二訳「ファンタジィの殿堂 伝説は永遠に 1」早川書房 2000（ハヤカワ文庫FT）p25

エル・レイ（ウォルヴン, スコット）

◇七搦理美子訳「ベスト・アメリカン・ミステリ スネーク・アイズ」早川書房 2005（ハヤカワ・ミステリ）p487

エレオノーラ（ドラフォルス, サラ）

◇にむらじゅんこ訳「フランス式クリスマス・プレゼント」水声社 2000 p191

エレクトロヴードゥー（リヴァー, マイケル）

◇渡辺佐智江訳「ディスコ・ビスケッツ」早川書房 1998 p121

エレクトロニック・シティ―おれたちの生き方（リヒター, ファルク）

◇内藤洋子訳「ドイツ現代戯曲選30 4」論創社 2006 p7

エレベーター（ミラーニ, ミレーナ）

◇香川真澄訳「ぶどう酒色の海―イタリア中短編小説集」イタリア文藝叢書刊行委員会 2013（イタリア文藝叢書）p57

エレベーターの人影（ハートリー, L.P.）

◇大井良純訳「幻想と怪奇―ボオ蒐集家」早川書房 2005（ハヤカワ文庫）p291

延々十年、故郷へ帰る道（ワリス・ノカン）

◇中村ふじゑ訳「台湾原住民文学選 3」草風館 2003 p236

沿岸―頼むから静かに死んでくれ（ムアッド, ワジディ）

◇山田ひろ美訳「コレクション現代フランス語圏演劇 13」れんが書房新社 2010 p3

燕京綺譚（マクロイ, ヘレン）

◇田中西二郎訳「51番目の密室―世界短篇傑作集」早川書房 2010（Hayakawa pocket mystery books）p41

『エンケイリディオン（短剣）』（メナンドロス）

◇中務哲郎, 脇本由佳, 荒井直訳「ギリシア喜劇全集 6」岩波書店 2010 p125

エンジェルの一日（ブラウン, モリー）

◇田口俊樹訳「ロンドン・ノワール」扶桑社 2003（扶桑社ミステリー）p305

エンジェル・フェイス（ニコルズ, ファン）

◇阿部孔子訳「ブルー・ボゥ・シリーズ エンジェル・フェイス」青弓社 1993 p3

円周率は殺しの番号（リッチー, ジャック）

◇谷崎由依訳「KAWADE MYSTERY 10ドルだって大金だ」河出書房新社 2006 p127

エンダー（カード, オースン・スコット）

◇田中一江訳「SFの殿堂 遙かなる地平 1」早川書房 2000（ハヤカワ文庫SF）p187

延滞料（セイラー, ジェニファー）

◇浅倉久志選訳「極短小説」新潮社 2004（新潮文庫）p206

塩沢地の霧（ウエイド, ヘンリー）

◇駒月雅子訳「世界探偵小説全集 37」国書刊行会 2003 p9

燕丹子（えんたんし）（作者不詳）

◇竹田晃, 梶村永, 高芝麻子, 山崎藍著「中国古典小説選 1（漢・魏）」明治書院 2007 p149

園丁（キップリング, ラドヤード）

◇土岐知子訳「バベルの図書館 27」国書刊行会 1991 p95

◇土岐知子訳「謎の物語」筑摩書房 2012（ちくま文庫）p331

◇土岐知子訳「新編 バベルの図書館 2」国書刊行会 2012 p590

炎天（ハーヴィー, W.F.）

◇平井呈一訳「怪奇小説傑作集新版 1」東京創元社 2006（創元推理文庫）p371

とどめの一劇（エンドスティック）（スカウ, デイヴィッド・J.）

◇尾之上浩司訳「シルヴァー・スクリーム 下」東京創元社 2013（創元推理文庫）p381

『エンピンプラメネー（火をつけられる女）』（メナンドロス）

◇中務哲郎, 脇本由佳, 荒井直訳「ギリシア喜劇全集 6」岩波書店 2010 p129

園遊会（マンスフィールド, キャサリン）

◇浅尾敦則訳「諸国物語―stories from the world」ポプラ社 2008 p999

遠雷（クルーガー, ウィリアム・ケント）

◇澄木柚訳「殺しが二人を別つまで」早川書房

2007（ハヤカワ・ミステリ文庫）p171

【 お 】

お遊びポーカー（レスクワ, ジョン）
　◇濱野大道訳「ポーカーはやめられない―ポーカー・ミステリ書下ろし傑作選」ランダムハウス講談社 2010 p477

おいしいところ（ダニエルズ, レス）
　◇夏来健次訳「死霊たちの宴 上」東京創元社 1998（創元推理文庫）p349

おい、しゃべらない気か！（ラニアン, デイモン）
　◇田口俊樹訳「ディナーで殺人を 上」東京創元社 1998（創元推理文庫）p179

老いた子守り女の話（ギャスケル, エリザベス）
　◇川本静子訳「ゴースト・ストーリー傑作選―英米女性作家8短篇」みすず書房 2009 p1

老いた鳥（エルデネ, センディーン）
　◇柴内秀司訳「モンゴル近現代短編小説選」パブリック・ブレイン 2013 p84

老いたるオイネウス（佐藤彰）
　◇「新ギリシア悲劇物語 第15巻・第16巻・第17巻」講談社出版サービスセンター（製作）2007 p47

追いつめられて（ディケンズ, チャールズ）
　◇小池滋訳「百年文庫 58」ポプラ社 2010 p5

追いつめられて（ボウエン, マージョリー）
　◇松村達雄訳「世界100物語 8」河出書房新社 1997 p90

オイディプス王（ソフォクレス）
　◇北野雅弘訳「ベスト・プレイズ―西洋古典戯曲12選」論創社 2011 p7

置いてきぼりにされた夜（ルルフォ, ファン）
　◇杉山晃訳「アンデスの風叢書 燃える平原」書肆風の薔薇 1990 p134

おいでなさい（韓龍雲）
　◇安宇植（アンウーシク）訳「韓国文学名作選 ニムの沈黙」講談社 1999 p120

おいで、パッツィ！（プラット, フレッチャー／キャンプ, L.スプレイグ・ディ）
　◇安野玲訳「幻想の犬たち」扶桑社 1999（扶

桑社ミステリー）p265

おいで、ベイビー（在呈／乃梦／陳永涓／田牛）
　◇中山文訳「中国現代戯曲集 第7集」晩成書房 2008 p153

おいで、ワゴン！（ヘンダーソン, ゼナ）
　◇安野玲訳「奇想コレクション ページをめくれば」河出書房新社 2006 p237

オイノネの薬草（佐藤彰）
　◇「新ギリシア悲劇物語 第15巻・第16巻・第17巻」講談社出版サービスセンター（製作）2007 p151

オイレンシュピーゲル アメリカ（ローザイ, ペーター）
　◇種村季弘訳「怪奇・幻想・綺想文学集―種村季弘翻訳集成」国書刊行会 2012 p331

王威（ランボー, アルチュール）
　◇堀口大學訳「超短編アンソロジー」筑摩書房 2002（ちくま文庫）p91

オウエン・ウィングレイヴの悲劇（ジェイムズ, ヘンリー）
　◇林節雄訳「バベルの図書館 14」国書刊行会 1989 p93
　◇林節雄訳「新編 バベルの図書館 1」国書刊行会 2012 p369

鶯鶯伝（おうおうでん）（元稹）
　◇黒田真美子著「中国古典小説選 5（唐代 2）」明治書院 2006 p284

扇窓（マルケス, レネー）
　◇佐竹謙一編訳「ラテンアメリカ現代演劇集」水声社 2005 p9

王侯の死（ライバー, フリッツ）
　◇中村融訳「奇想コレクション 跳躍者の時空」河出書房新社 2010 p249

王国の子ら（クライン, T.E.D.）
　◇広瀬順弘訳「闇の展覧会 罠」早川書房 2005（ハヤカワ文庫）p251

黄金（おうごん）… → "くがね…"または "こがね…"をも見よ

黄金仮面の王（シュウォッブ, マルセル）
　◇多田智満子訳「海外ライブラリー 少年十字軍」王国社 1998 p7

黄金時代（アヴェルチェンコ）
　◇中村栄子訳「雑話集―ロシア短編集 3」ロシア文学翻訳グループクーチカ 2014 p18

おうこ

黄金時代（王小波）
◇桜庭ゆみ子訳「コレクション中国同時代小説 2」勉誠出版 2012 p1

黄金のこま犬の冒険（スコイク, ロバート・ヴァン）
◇飯城勇三編「ミステリの女王の冒険―視聴者への挑戦」論創社 2010 （論創海外ミステリ）p69

"黄金の猿"の謎（エスルマン, ローレン・D.）
◇日暮雅通訳「シャーロック・ホームズ ワトソンの災厄」原書房 2003 p251

黄金の中庸（タルマン・デ・レオー, G.）
◇牛島信明訳「アンデスの風叢書 天国・地獄百科」書肆風の薔薇 1982 p37

黄金のプラハをお見せしましょうか？（フラバル, ボフミル）
◇橋本聡訳「ポケットのなかの東欧文学―ルネッサンスから現代まで」成文社 2006 p326

黄金変成（リー, タニス）
◇安野玲訳「奇想コレクション 悪魔の薔薇」河出書房新社 2007 p173

黄金宝壺（ホフマン, E.T.A.）
◇石川道雄訳「幻想小説神髄」筑摩書房 2012 （ちくま文庫）p98

黄金薬箋（ツェンドジャヴ, ドルゴリン）
◇柴内秀司訳「モンゴル近現代短編小説選」パブリック・ブレイン 2013 p318

王様ネズミ（ファウラー, カレン・ジョイ）
◇岸本佐知子編訳「コドモノセカイ」河出書房新社 2015 p15

王様の新しい服（アンデルセン, ハンス・クリスチャン）
◇立花万起子訳「朗読劇台本集 5」玉川大学出版部 2002 p155

王子様と聖夜を（ジョージ, キャサリン）
◇橋由美訳「四つの愛の物語―クリスマス・ストーリー 2009」ハーレクイン 2009 p111

王諸（おうしょ）（温庭筠）
◇黒田真美子著「中国古典小説選 5（唐代 2）」明治書院 2006 p389

王女様とピックル（ウィート, キャロリン）
◇青木多香子訳「ホワイトハウスのペット探偵」講談社 2009 （講談社文庫）p189

王女と太鼓（コッパード, A.E.）
◇西崎憲訳「魔法の本棚 郵便局と蛇」国書刊行会 1996 p137

往診（グラファム, エルシン・アン）
◇田村義進訳「ミニ・ミステリ100」早川書房 2005 （ハヤカワ・ミステリ文庫）p434

王成（おうせい）（蒲松齢）
◇黒田真美子著「中国古典小説選 9（清代 1）」明治書院 2009 p105

王太子通り…→"リュ・ムッシュー・ル・プランス…"を見よ

横断（コール, エイドリアン）
◇大瀧啓裕訳「インスマス年代記 上」学習研究社 2001 （学研M文庫）p315

応帝王篇第七（荘子）（荘子）
◇福永光司, 興膳宏訳「世界古典文学全集 17」筑摩書房 2004 p168

王党派（ブロワ, レオン）
◇斎藤博士訳「アンデスの風叢書 天国・地獄百科」書肆風の薔薇 1982 p155

王になろうとした男（キプリング, ラドヤード）
◇金原瑞人, 三辺律子共訳「諸国物語―stories from the world」ポプラ社 2008 p533

王の言葉（カルサダ・ペレス, マヌエル）
◇矢野明紘訳「現代スペイン演劇選集 3」カモミール社 2016 p507

王の庭園（クプリーン, アレクサンドル）
◇西周成編訳「ロシアSF短編集」アルトアーツ 2016 p53

王妃イザボー（ヴィリエ・ド・リラダン, オーギュスト・ド）
◇釜山健訳「バベルの図書館 29」国書刊行会 1992 p59
◇釜山健訳「新編 バベルの図書館 4」国書刊行会 2012 p218

王陵と駐屯軍（河瑾燦）
◇朴暻恩, 真野保久編訳「王陵と駐屯軍―朝鮮戦争と韓国の戦後派文学」凱風社 2014 p222

鴨緑江行進曲（作者不詳）
◇金炳三, 李春穆, 金潤訳「20世紀民衆の世界文学 7」三友社出版 1990 p205

覆い隠された罪（バーロウ, トム）
◇岩田奈々訳「ベスト・アメリカン・短編ミス

テリ 2014」DHC 2015 p21

大いなる遺産のゆくえ（ネルソン, ジョン）
　◇馬場彰子訳「本の殺人事件簿—ミステリ傑作
　　20選 1」バベル・プレス 2001 p149

大いなる帰還（ラムレイ, B.）
　◇片岡しのぶ訳「新編 真ク・リトル・リトル神
　　話大系 5」国書刊行会 2008 p23

大いなる"C"（ラムリイ, ブライアン）
　◇夏来健二訳「ラヴクラフトの遺産」東京創元
　　社 2000 （創元推理文庫）p137

大いなる抱擁（バーセルミ, ドナルド）
　◇山崎勉, 田島俊雄訳「現代アメリカ文学叢書
　　10」彩流社 1998 p57

大叔母さんの蠅取り紙（ジェイムズ, P.D.）
　◇真野明裕訳「山口雅也の本格ミステリ・アン
　　ソロジー」角川書店 2007 （角川文庫）
　　p99

狼女（ムーア, C.L.）
　◇仁賀克雄訳「ダーク・ファンタジー・コレク
　　ション 9」論創社 2008 p449

狼女（モーガン, バセット）
　◇森沢くみ子訳「吸血鬼伝説—ドラキュラの末
　　裔たち」原書房 1997 p105

狼女物語（クロウ, キャサリン）
　◇大貫昌子訳「狼女物語—美しくも妖しい短編
　　傑作選」工作舎 2011 p157

狼さんいま何時（張悦然）
　◇杉村安幾子訳「9人の隣人たちの声—中国新
　　鋭作家短編小説選」勉誠出版 2012 p275

狼と狐は霧のなかから（ゴーマン, エド）
　◇花田知恵訳「白雪姫、殺したのはあなた」原
　　書房 1999 p269

狼と猫（ビーソン, ジェーン）
　◇月村澄枝訳「猫は九回生きる—とっておきの
　　猫の話」心交社 1997 p225

狼の一族（ディッシュ, トーマス・M.）
　◇若島正訳「異色作家短篇集 18」早川書房
　　2007 p207

狼の巣（ガルマー, ドルジーン）
　◇柴田秀司訳「モンゴル近現代短編小説選」パ
　　ブリック・ブレイン 2013 p141

狼の場合（クライダー, ビル）
　◇門野集訳「白雪姫、殺したのはあなた」原書
　　房 1999 p51

狼娘の島（マクドナルド, ジョージ）
　◇大貫昌子訳「狼女物語—美しくも妖しい短編
　　傑作選」工作舎 2011 p147

狼は理由なく襲わない（ヘルファース, ジョン）
　◇吉岡裕一訳「赤ずきんの手には拳銃」原書房
　　1999 p167

大鳥（ポー, エドガー・アラン）
　◇渡辺信二訳「アメリカ文学ライブラリー ア
　　メリカ名詩選」本の友社 1997 p122

大鴉（ポー, エドガー・アラン）
　◇日夏耿之介訳「西洋伝奇物語—ゴシック名訳
　　集成」学習研究社 2004 （学研M文庫）
　　p53
　◇中里友香訳「ポケットマスターピース 9」集
　　英社 2016 （集英社文庫ヘリテージシリー
　　ズ）p11

大柄なブロンド美人（パーカー, ドロシー）
　◇小島信夫訳「世界100物語 7」河出書房新社
　　1997 p205

大きな悪、小さな悪（ブラックマン, デニース・
　M.）
　◇玉木亨訳「サイコーホラー・アンソロジー」
　　祥伝社 1998 （祥伝社文庫）p151

大きな靴の男たち（ジャクスン, シャーリイ）
　◇深町眞理子訳「異色作家短篇集 6」早川書房
　　2006 p249

大きなひと噛み（プロンジーニ, ビル）
　◇黒原敏之訳「アメリカミステリ傑作選 2003」
　　DHC 2003 （アメリカ文芸「年間」傑作
　　選）p417

大酒飲みのベルリン（ジョンソン, アダム）
　◇金原瑞人, 大谷真弓訳「Modern & Classic
　　トラウマ・プレート」河出書房新社 2005
　　p187

大地震の日（ルルフォ, ファン）
　◇杉山晃訳「アンデスの風叢書 燃える平原」
　　書肆風の薔薇 1990 p168

大勢の家（ラナガン, マーゴ）
　◇佐田千織訳「奇想コレクション ブラック
　　ジュース」河出書房新社 2008 p97

大空の冒険家たち（ウェルズ, H.G.）
　◇伏見威蕃訳「翼を愛した男たち」原書房
　　1997 p243

尾をつながれた王族（デイヴィッドスン, アヴラ

おおま

ム）
　　◇浅倉久志訳「奇想コレクション　どんがらが
　　　ん」河出書房新社 2005 p125
大真面目で恐るべきもの イワン・ツルゲーネ
フ宛〔一八七四年七月二十九日付〕（フロー
ベール, ギュスターヴ）
　　◇山崎敦訳「ポケットマスターピース 7」集英
　　　社 2016 （集英社文庫ヘリテージシリー
　　　ズ） p766
大物（ヨウヴィル, ジャック）
　　◇大瀧啓裕訳「インスマス年代記 上」学習研
　　　究社 2001 （学研M文庫） p241
大鷲さえも死んでゆく（作者不詳）
　　◇渡辺信二訳「アメリカ文学ライブラリー　ア
　　　メリカ名詩選」本の友社 1997 p26
大鷲の空よ大地よ──アメリカ先住民の歌（作者
不詳）
　　◇渡辺信二訳「アメリカ文学ライブラリー　ア
　　　メリカ名詩選」本の友社 1997 p5
お母さん攻略法（フレイジャー, イアン）
　　◇岸本佐知子編訳「変愛小説集」講談社 2008
　　　p113
　　◇岸本佐知子編訳「変愛小説集」講談社 2014
　　　（講談社文庫） p115
おかしな世の中（ミドルトン, トマス）
　　◇山田英教訳「イギリス・ルネサンス演劇集
　　　2」早稲田大学出版部 2002 p147
おかしな隣人（フィニイ, ジャック）
　　◇福島正実訳「異色作家短篇集 13」早川書房
　　　2006 p15
おかしの家に囚われて（エングストローム, エリ
ザベス）
　　◇戸田早紀訳「赤ずきんの手には拳銃」原書房
　　　1999 p5
オーガスト・エズボーンの結婚（グリーン, アレ
クサンドル）
　　◇岩本和久訳「魔法の本棚 消えた太陽」国書
　　　刊行会 1999 p143
お金持ちと恋するには（アーノルド, ジュディ
ス）
　　◇上木治子訳「真夏の恋の物語」ハーレクイン
　　　1998 （サマー・シズラー） p15
オガララ（バス, リック）
　　◇小原亜美訳「ゾエトロープ Blanc」角川書店
　　　2003 （Bookplus） p161

小川に星が流れる（ウル, エミン）
　　◇細谷和代訳「現代トルコ文学選 2」東京外国
　　　語大学外国語学部トルコ語専攻研究室
　　　2012 （TUFS Middle Eastern studies）
　　　p116
お気をつけて（ラサー, カティンカ）
　　◇亀井よし子訳「猫好きに捧げるショート・ス
　　　トーリーズ」国書刊行会 1997 p127
掟を乗り越えて（タ・ズイ・アィン）
　　◇加藤栄編訳「ベトナム現代短編集 2」大同生
　　　命国際文化基金 2005 （アジアの現代文
　　　芸） p227
沖の小娘（シュペルヴィエル, ジュール）
　　◇堀口大學訳「幻想小説神髄」筑摩書房 2012
　　　（ちくま文庫） p515
おきまりの捜査（トゥーイ, ロバート）
　　◇清野泉訳「KAWADE MYSTERY 物しか書
　　　けなかった物書き」河出書房新社 2007 p7
お客様はどなた？（ダーレス, オーガスト）
　　◇白須清美訳「吸血鬼伝説──ドラキュラの末裔
　　　たち」原書房 1997 p235
屋上にて（徐則臣）
　　◇和国知久訳「現代中国青年作家秀作選」鼎書
　　　房 2010 p133
オクタヴィ（ネルヴァル, ジェラール・ド）
　　◇稲生永訳「百年文庫 61」ポプラ社 2011 p51
オクタヴィアン（作者不詳）
　　◇松原良治訳「中世英国ロマンス集 3」篠崎書
　　　林 1993 p213
奥の部屋（エイクマン, ロバート）
　　◇今本渉訳「魔法の本棚 奥の部屋」国書刊行
　　　会 1997 p179
臆病（ブライシュ, アブドッサラーム）
　　◇越川芳明訳「モロッコ幻想物語」岩波書店
　　　2013 p35
臆病者の墓碑銘（USA）（ヴォルマン, ウィリア
ム・T.）
　　◇迫光訳「VOICES OVERSEAS ハッピー・
　　　ガールズ, バッド・ガールズ」講談社 1996
　　　p262
億万長者とクリスマス（ゴードン, ルーシー）
　　◇高橋美友紀訳「愛と絆の季節──クリスマス・
　　　ストーリー2008」ハーレクイン 2008 p119
億万長者の贈り物（モーティマー, キャロル）

◇古沢絵里訳「四つの愛の物語—クリスマス・ストーリー 2011」ハーレクイン 2011 p111

億万長者ラコックス（シェーアバルト, パウル）
◇前川道介訳「独逸怪奇小説集成」国書刊行会 2001 p149

オクラホマ人種暴動（プレンティス）
◇小島信夫訳「世界100物語 8」河出書房新社 1997 p373

贈りもの（ブラッドベリ, レイ）
◇吉田誠一訳「異色作家短篇集 15」早川書房 2006 p227

オー！ ゴッド（パウンド, ロッド）
◇浅倉久志選訳「極短小説」新潮社 2004（新潮文庫）p139

お先棒かつぎ（エリン, スタンリイ）
◇田中融二訳「異色作家短篇集 11」早川書房 2006 p47

幼い花嫁（マクラリー, ドロシー）
◇大島育子訳「ブルー・ボウ・シリーズ 結婚まで」青弓社 1992 p183

幼い日のドラマ（ミドルトン, リチャード）
◇南條竹則訳「魔法の本棚 幽霊船」国書刊行会 1997 p174

幼子キリストの降誕（ヘッド, ベッシー）
◇くぼたのぞみ訳「アフリカ文学叢書 優しさと力の物語」スリーエーネットワーク 1996 p207

幼子は迷いけり（コッパード, A.E.）
◇西崎憲訳「魔法の本棚 郵便局と蛇」国書刊行会 1996 p163

伯父（リベッカ, スザンヌ）
◇権藤千恵訳「アメリカ新進作家傑作選 2008」DHC 2009 p83

おじいちゃん（シュミッツ, ジェイムズ・H.）
◇中村融訳「黒い破壊者—宇宙生命SF傑作選」東京創元社 2014（創元SF文庫）p87

押し入れの魔女（チェンバリン, アン）
◇佐々田雅子訳「ミニ・ミステリ100」早川書房 2005（ハヤカワ・ミステリ文庫）p543

お仕置きはあとから（フローラ, フレッチャー）
◇立石光子訳「ブルー・ボウ・シリーズ キスの代償」青弓社 1994 p55

押し込み強盗（アンダースン, ケント）
◇菊池よしみ訳「殺さずにはいられない 1」早川書房 2002（ハヤカワ・ミステリ文庫）p13

おじさん（ンデベレ, ジャブロ・S.）
◇村田靖子訳「アフリカ文学叢書 愚者たち」スリーエーネットワーク 1995 p5

お静かに願いません、只今方向転換中！（ペレルマン, S.J.）
◇喜志哲雄訳「ベスト・ストーリーズ 2」早川書房 2016 p167

お芝居（ピィ, オリヴィエ）
◇佐伯隆幸訳「コレクション現代フランス語圏演劇 11」れんが書房新社 2010 p7

おしゃべり雀の殺人（ティーレット, ダーウィン・L.）
◇工藤政司訳「世界探偵小説全集 23」国書刊行会 1999 p7

おしゃべりな家の精（グリーン, アレクサンドル）
◇岩本和久訳「魔法の本棚 消えた太陽」国書刊行会 1999 p69

お喋り野郎（オールター, ロバート・エドモンド）
◇佐々田雅子訳「ミニ・ミステリ100」早川書房 2005（ハヤカワ・ミステリ文庫）p625

お嬢犬オフィーリア（ベルコヴィシ, コンラッド）
◇務台夏子訳「あの犬この犬そんな犬—11の物語」東京創元社 1998 p91

伯父ワーニャ（チェーホフ）
◇中村白葉訳「かもめ／伯父ワーニャ」ゆまに書房 2008（昭和初期世界名作翻訳全集）p103

オスカー・ポラック（ツディレツ近郊オーバーシュトゥデネツ城）宛て 〔プラハ、一九〇四年一月二十七日（水）〕（カフカ, フランツ）
◇川島隆訳「ポケットマスターピース 1」集英社 2015（集英社文庫ヘリテージシリーズ）p672

オスカー・ポラック（プラハ？）宛て 〔プラハ、一九〇二年八月二十四日（日）またはそれ以前〕（カフカ, フランツ）
◇川島隆訳「ポケットマスターピース 1」集英社 2015（集英社文庫ヘリテージシリーズ）p667

オステン・アード・サーガ（ウィリアムズ, タッ

おせつ

ド)

　　◇金子司訳「ファンタジイの殿堂 伝説は永遠に 3」
　　　早川書房 2000 （ハヤカワ文庫FT）p297

おせっかいやき（ディック, フィリップ・K.）

　　◇仁賀克雄訳「ダーク・ファンタジー・コレク
　　　ション 1」論創社 2006 p93

遅すぎた午後（レ・ミン・クエ）

　　◇加藤栄編訳「ベトナム現代短編集 2」大同生
　　　命国際文化基金 2005 （アジアの現代文
　　　芸）p23

遅すぎた来訪（コリア, ジョン）

　　◇吉村満美子訳「KAWADE MYSTERY ナツ
　　　メグの味」河出書房新社 2007 p137

遅番（エチスン, デニス）

　　◇真野明裕訳「闇の展覧会 霧」早川書房 2005
　　　（ハヤカワ文庫）p7

おそるべき坊や（ブラウン, フレドリック）

　　◇星新一訳「異色作家短篇集 2」早川書房
　　　2005 p37

恐ろしい男を消し去れ（ケルマン, ジュディス）

　　◇智田貴子訳「復讐の殺人」早川書房 2001
　　　（ハヤカワ・ミステリ文庫）p183

恐ろしい女（マクラム, シャーリン）

　　◇浅羽莢子訳「現代ミステリーの至宝 1」扶桑
　　　社 1997 （扶桑社ミステリー）p137

恐ろしき, 悲惨きわまる中世のロマンス（ト
ウェイン, マーク）

　　◇大久保博訳「謎の物語」筑摩書房 2012 （ち
　　　くま文庫）p9

お宝の猿（ヒル, レジナルド）

　　◇宮脇孝雄訳「夜明けのフロスト」光文社
　　　2005 （光文社文庫）p117

オーダー川のこちら側（ヘルマン, ユーディッ
ト）

　　◇松永美穂訳「Modern & Classic 夏の家、そ
　　　の後」河出書房新社 2005 p175

お尋ね者（ピッソラット, ニック）

　　◇ゴマル美保訳「ベスト・アメリカン・短編ミ
　　　ステリ」DHC 2010 p383

穏やかな一日（ブラッドベリ, レイ）

　　◇吉田誠一訳「異色作家短篇集 15」早川書房
　　　2006 p7

おだやかな団らん（コーバー, アーサー）

　　◇犬飼みずほ訳「ブルー・ボウ・シリーズ 結

婚まで」青弓社 1992 p61

堕ちた銀行家の謎（ラヴグローヴ, ジェイムズ）

　　◇尾之上浩司訳「シャーロック・ホームズと
　　　ヴィクトリア朝の怪人たち 2」扶桑社
　　　2015 （扶桑社ミステリー）p287

落ちた天使―わが姪、マリア・デ・ロス・ア
ンヘルスにささげるクリスマスのお話（ネル
ボ, アマード）

　　◇豊泉博幸訳「ラテンアメリカ短編集―モデル
　　　ニズモから魔術的レアリズモまで」彩流社
　　　2001 p43

お茶の葉（ホワイトヘッド, H.S.）

　　◇荒俣宏訳「百年文庫 50」ポプラ社 2010 p51

おつぎのこびと（スラデック, ジョン）

　　◇浅倉久志訳「奇想コレクション 蒸気駆動の
　　　少年」河出書房新社 2008 p249

お告げ（ジャクスン, シャーリイ）

　　◇深町眞理子訳「街角の書店―18の奇妙な物
　　　語」東京創元社 2015 （創元推理文庫）
　　　p53

オッディとイド（ベスター, アルフレッド）

　　◇伊藤典夫編・訳「冷たい方程式」早川書房
　　　2011 （ハヤカワ文庫 SF）p215

夫を殺してはみたけれど（ブロック, ロバート）

　　◇小沢瑞穂訳「30の神品―ショートショート傑
　　　作選」扶桑社 2016 （扶桑社文庫）p345

オットラ・カフカ（ツューラウ）宛て 〔プラ
ハ、一九一七年八月二十九日（水）〕（カフカ,
フランツ）

　　◇川島隆訳「ポケットマスターピース 1」集英
　　　社 2015 （集英社文庫ヘリテージシリー
　　　ズ）p717

オットラ・カフカ（プラハ）宛て 〔ヴェルカー
セ、一九一四年七月二十一日（火）〕（カフカ,
フランツ）

　　◇川島隆訳「ポケットマスターピース 1」集英
　　　社 2015 （集英社文庫ヘリテージシリー
　　　ズ）p713

オットラ・カフカ（プラハ）宛て［絵ハガキ］
〔ドレスデン、一九一三年三月二十五日
（火）〕（カフカ, フランツ）

　　◇川島隆訳「ポケットマスターピース 1」集英
　　　社 2015 （集英社文庫ヘリテージシリー
　　　ズ）p702

オットラ・カフカ（プラハ）宛て［絵ハガキ二

枚〕〔リーヴァ、一九一三年九月二十四日
（水）〕（カフカ, フランツ）
　　◇川島隆訳「ポケットマスターピース 1」集英
　　　社 2015 （集英社文庫ヘリテージシリー
　　　ズ）p703

オットラ・カフカ（プラハ）宛て 〔カールス
バート、一九一六年五月十三日（土）〕（カフ
カ, フランツ）
　　◇川島隆訳「ポケットマスターピース 1」集英
　　　社 2015 （集英社文庫ヘリテージシリー
　　　ズ）p714

オットラ・カフカ（プラハ）宛て 〔プラハ、一
九一六年十二月八日（金）～一九一七年四月
中旬〕（カフカ, フランツ）
　　◇川島隆訳「ポケットマスターピース 1」集英
　　　社 2015 （集英社文庫ヘリテージシリー
　　　ズ）p716

オットラ・カフカ（プラハ）宛て 〔マリーエン
バート、一九一六年五月十五日（月）〕（カフ
カ, フランツ）
　　◇川島隆訳「ポケットマスターピース 1」集英
　　　社 2015 （集英社文庫ヘリテージシリー
　　　ズ）p714

お父さん、なつかしいお父さん（ボーモント,
チャールズ）
　　◇小笠原豊樹訳「異色作家短篇集 12」早川書
　　　房 2006 p129

お父さんの消息（厳興燮）
　　◇尹正淑訳「20世紀民衆の世界文学 7」三友社
　　　出版 1990 p251

お父さんの花が散った（林海音）
　　◇杉野元子訳「現代中国の小説 城南旧事」新
　　　潮社 1997 p209

お父さんは心配なんだよ（カフカ, フランツ）
　　◇多和田葉子訳「ポケットマスターピース 1」
　　　集英社 2015 （集英社文庫ヘリテージシ
　　　リーズ）p201

お父ちゃん似（オサリバン, ブライアン）
　　◇高橋泰邦訳「謎のギャラリー――こわい部屋」
　　　新潮社 2002 （新潮文庫）p127
　　◇高橋泰邦訳「こわい部屋」筑摩書房 2012
　　　（ちくま文庫）p127

弟（レヴィーン, ステイシー）
　　◇岸本佐知子編訳「コドモノセカイ」河出書房
　　　新社 2015 p81

音をたてる歯（カミンスキー, スチュアート・M.）
　　◇三浦玲子訳「ポーに捧げる20の物語」早川書
　　　房 2009 （Hayakawa pocket mystery
　　　books）p247

おとぎの国のプリンス（ウェバー, メレディス）
　　◇堺谷ますみ訳「愛は永遠に――ウエディング・
　　　ストーリー 2011」ハーレクイン 2011
　　　p213

お得意先（ボーモント, チャールズ）
　　◇仁賀克雄訳「ダーク・ファンタジー・コレク
　　　ション 7」論創社 2007 p167

男がふたり（ムーア, ローリー）
　　◇小梨直訳「新しいアメリカの小説 愛の生活」
　　　白水社 1991 p7

男から女へ（ブラウニング, ロバート）
　　◇牛島信明訳「アンデスの風叢書 天国・地獄
　　　百科」書肆風の薔薇 1982 p30

男嫌い（クン・スルン）
　　◇岡田知子編訳「現代カンボジア短編集」大同
　　　生命国際文化基金 2001 （アジアの現代文
　　　芸）p82

男と同じ給料をもらっているからには（ナイト
リー, ロバート）
　　◇田口俊樹, 高山真由美訳「マンハッタン物語」
　　　二見書房 2008 （二見文庫）p163

男と女から生まれて（マシスン, リチャード）
　　◇仁賀克雄訳「ダーク・ファンタジー・コレク
　　　ション 2」論創社 2006 p3

男と少年（デルフォス, オリアン・ガブリエル）
　　◇吉田晶子訳「アメリカ新進作家傑選 2008」
　　　DHC 2009 p341

男の恩寵を捨てて（ブラムライン, マイケル）
　　◇山形浩生訳「ライターズX 器官切除」白水社
　　　1994 p89

男の時代（ハイトフ, ニコライ）
　　◇真木三三子訳「東欧の文学 あらくれ物語」
　　　恒文社 1983 p7

男の三つのお話（ジャンビーン・ダシドンドグ）
　　◇津田紀子訳「天国の風―アジア短篇ベスト・
　　　セレクション」新潮社 2011 p107

男ばかりの一夜（グラファム, エルシン・アン）
　　◇山本俊子訳「ミニ・ミステリ100」早川書房
　　　2005 （ハヤカワ・ミステリ文庫）p122

男は妻と二匹の犬を殺した（ダウンズ, マイケ

おとさ

ル）
　◇澄木柚訳「ベスト・アメリカン・ミステリ
　　ハーレム・ノクターン」早川書房 2005
　　（ハヤカワ・ミステリ）p121
脅されたプリンセス（クルーズ, ケイトリン）
　◇霜月桂訳「真夏の恋の物語—サマー・シズ
　　ラー 2012」ハーレクイン 2012 p217
落とし穴（張系国）
　◇三木直大訳「新しい台湾の文学 星雲組曲」
　　国書刊行会 2007 p266
落し穴と振子（ポー, エドガー・アラン）
　◇富士川義之訳「バベルの図書館 11」国書刊
　　行会 1989 p119
　◇富士川義之訳「新編 バベルの図書館 1」国書
　　刊行会 2012 p187
おとなしい凶器（ダール, ロアルド）
　◇田口俊樹訳「ディナーで殺人を 下」東京創
　　元社 1998 （創元推理文庫）p391
お隣の男の子（オリヴァー, チャド）
　◇中村融訳「街角の書店—18の奇妙な物語」東
　　京創元社 2015 （創元推理文庫）p255
オートマチックの虎（リード, キット）
　◇浅倉久志訳「ロボット・オペラ—An
　　Anthology of Robot Fiction and Robot
　　Culture」光文社 2004 p330
『オドマ］ントプトレス［ベイス（?）』（アリスト
　パネース）
　◇久保田忠利, 野津寛, 脇本由佳訳「ギリシア
　　喜劇全集 4」岩波書店 2009 p336
乙女座となったエリゴネ（佐藤彰）
　◇「新ギリシア悲劇物語 第15巻・第16巻・第
　　17巻」講談社出版サービスセンター（製
　　作）2007 p7
処女について（ボイラン, クレア）
　◇中尾幸子訳「現代アイルランド女性作家短編
　　集」新水社 2016 p182
乙女の告白（プルースト, マルセル）
　◇鈴木道彦訳「百年文庫 72」ポプラ社 2011
　　p117
乙女の秘めやかな恋（メリル, クリスティン）
　◇さとう史緒訳「愛と祝福の魔法—クリスマ
　　ス・ストーリー2016」ハーパーコリンズ・
　　ジャパン 2016 p103
音もなく降る雪, 秘密の雪（エイケン, コンラッ
　ド）

　◇野崎孝訳「世界100物語 6」河出書房新社
　　1997 p324
　◇野崎孝訳「教えたくなる名短篇」筑摩書房
　　2014 （ちくま文庫）p283
おとらんと城綺譚（ウォルポール, ホレス）
　◇平井呈一訳「西洋伝奇物語—ゴシック名訳集
　　成」学習研究社 2004 （学研M文庫）p69
オードリー・ヘプバーンの思い出に寄せて
　（シー, シュー）
　◇田口俊樹, 高山真由美訳「マンハッタン物語」
　　二見書房 2008 （二見文庫）p351
"驚くべき虫"の事件（ホイート, キャロライン）
　◇日暮雅通訳「シャーロック・ホームズ ベイ
　　カー街の殺人」原書房 2002 p231
おとんまたち全員集合！（スラデック, ジョン）
　◇浅倉久志訳「奇想コレクション 蒸気駆動の
　　少年」河出書房新社 2008 p401
同じ題で（テイラー, エドワード）
　◇渡辺信二訳「アメリカ文学ライブラリー ア
　　メリカ名詩選」本の友社 1997 p97
オナニストの手（マグラア, パトリック）
　◇宮脇孝雄訳「奇想コレクション 失われた探
　　険家」河出書房新社 2007 p211
鬼火（ブランド, エレナー・テイラー）
　◇飯泉恵美子訳「ウーマンズ・ケース 上」早
　　川書房 1998 （ハヤカワ・ミステリ文庫）
　　p149
お願い（ダール, ロアルド）
　◇大友香奈子訳「魔法使いになる14の方法」東
　　京創元社 2003 （創元推理文庫）p207
斧（ルルー, ガストン）
　◇滝一郎訳「謎のギャラリー—こわい部屋」新
　　潮社 2002 （新潮文庫）p289
　◇滝一郎訳「こわい部屋」筑摩書房 2012 （ち
　　くま文庫）p289
おのぞみの結末（ディアマン, ナディーヌ）
　◇大磯仁志訳「フランス式クリスマス・プレゼ
　　ント」水声社 2000 p165
オノレ・シュブラックの失踪（アポリネール,
　ギョーム）
　◇川口篤訳「変身のロマン」学習研究社 2003
　　（学研M文庫）p233
　◇川口篤訳「変身ものがたり」筑摩書房 2010
　　（ちくま文学の森）p23

オノレ・シュブラックの消滅 (アポリネール, ギョーム)
　　◇青柳瑞穂訳「怪奇小説傑作集新版 4」東京創元社 2006 （創元推理文庫）p423

おばあさんの死 (玄鎮健)
　　◇白川豊訳「小説家仇甫氏の一日―ほか十三編 短編小説集」平凡社 2006 （朝鮮近代文学選集）p15

お祖母ちゃんと宇宙海賊 (マッコネル, ジェイムズ)
　　◇野田昌宏編訳「太陽系無宿／お祖母ちゃんと宇宙海賊―スペース・オペラ名作選」東京創元社 2013 （創元SF文庫）p391

おばあちゃんと猫たち (ジャクソン, シャーリー)
　　◇柴田元幸訳「いまどきの老人」朝日新聞社 1998 p7

オーハイで朝食を (トゥーイ, ロバート)
　　◇谷崎由依訳「KAWADE MYSTERY 物しか書けなかった物書き」河出書房新社 2007 p301

お墓に入ったかわいそうな坊や (ブラウンベック, ゲイリー・A.)
　　◇七搦理美子訳「赤ずきんの手には拳銃」原書房 1999 p87

おばけオオカミ事件 (バウチャー, アントニー)
　　◇北原尚彦編訳「シャーロック・ホームズの栄冠」論創社 2007 （論創海外ミステリ）p39

オバケの出た夜 (サーバー, ジェイムズ)
　　◇鳴海四郎訳「異色作家短篇集 14」早川書房 2006 p205

おばさまのマクベス殺人事件 (マナーズ, マーガレット)
　　◇中田耕治訳「ブルー・ボウ・シリーズ キスの代償」青弓社 1994 p139

お話の上手な男 (サキ)
　　◇中西秀男訳「バベルの図書館 2」国書刊行会 1988 p25
　　◇中西秀男訳「新編 バベルの図書館 2」国書刊行会 2012 p252

伯母の墓碑銘 (鍾鉄民)
　　◇澤井律之訳「新しい台湾の文学 客家の女たち」国書刊行会 2002 p163

夥しい資料 エドマ・ロジェ・デ・ジュネット

宛〔一八八〇年一月二十五日〕(フローベール, ギュスターヴ)
　　◇山崎敦訳「ポケットマスターピース 7」集英社 2016 （集英社文庫ヘリテージシリーズ）p770

お人好し (ウィンダム, ジョン)
　　◇中村融, 原田孝之訳「千の脚を持つ男―怪物ホラー傑作選」東京創元社 2007 （創元推理文庫）p275

オーファント・アニー (ウィンズロー)
　　◇野崎孝訳「世界100物語 7」河出書房新社 1997 p240

オフィス・パーティ (ブラッドフォード, メアリ)
　　◇山本俊子訳「ミニ・ミステリ100」早川書房 2005 （ハヤカワ・ミステリ文庫）p131

オーフェオ卿 (作者不詳)
　　◇中世英国ロマンス研究会訳「中世英国ロマンス集 2」篠崎書林 1986 p39

おふくろの味 (ジャクスン, シャーリイ)
　　◇深町眞理子訳「異色作家短篇集 6」早川書房 2006 p45

オーペリオーン (作者不詳)
　　◇中務哲郎, 西村賀子, 平山晃司訳「ギリシア喜劇全集 9」岩波書店 2012 p57

オー・ヘンリー (ブルトン, アンドレ／オー・ヘンリー)
　　◇平野幸仁訳「黒いユーモア選集 2」河出書房新社 2007 （河出文庫）p29

おぼえていますよ、こんにちは！ (ニゾン, パウル)
　　◇田ノ岡弘子訳「現代スイス短篇集」鳥影社・ロゴス企画部 2003 p81

覚えてねえか (ルルフォ, ファン)
　　◇杉山晃訳「アンデスの風叢書 燃える平原」書肆風の薔薇 1990 p153

おぼしめしのままに (ソット・ポーリン)
　　◇岡田知子編訳「現代カンボジア短編集」大同生命国際文化基金 2001 （アジアの現代文芸）p49

溺れた婦人 (アリントン, エイドリアン)
　　◇中野善夫訳「怪奇礼讃」東京創元社 2004 （創元推理文庫）p245

溺れてしまえ (ブラムライン, マイケル)
　　◇山形浩生訳「ライターズX 器官切除」白水社 1994 p71

おまえ

「お前が犯人だ」(ポー, エドガー・アラン)
  ◇丸谷才一訳「恐ろしい話」筑摩書房 2011
  (ちくま文学の森) p103

お前が犯人だ!(You are the woman)─ある
人のエドガーへの告白(ポー, エドガー・アラ
ン)
  ◇桜庭一樹翻案「ポケットマスターピース 9」
  集英社 2016 (集英社文庫ヘリテージシ
  リーズ) p243

お祭り日和(ウォーレス, ペネロピー)
  ◇佐々田雅子訳「ミニ・ミステリ100」早川書
  房 2005 (ハヤカワ・ミステリ文庫) p607

オマハにて(ヴォルマン, ウィリアム・T.)
  ◇迫光訳「VOICES OVERSEAS ハッピー・
  ガールズ, バッド・ガールズ」講談社 1996
  p309

お守り(ヴァッサーマン, ヤーコプ)
  ◇伊藤利男訳「世界100物語 5」河出書房新社
  1997 p137
  ◇山崎恒裕訳「百年文庫 21」ポプラ社 2010
  p49

オマリーとシュウォーツ(マグラア, パトリッ
ク)
  ◇宮脇孝雄訳「奇想コレクション 失われた探
  険家」河出書房新社 2007 p361

汚名を背負って(ワリス・ノカン)
  ◇中村ふじゑ訳「台湾原住民文学選 3」草風館
  2003 p152

オメラスから歩み去る人々(ル・グイン, アー
シュラ・K.)
  ◇浅倉久志訳「きょうも上天気─SF短編傑作
  選」角川書店 2010 (角川文庫) p5

思いがけない夏(バーネット, ジル)
  ◇津田藤子訳「真夏の恋の物語─サマー・シズ
  ラー 2007」ハーレクイン 2007 p203

思い出してはならない(賀淑芳)
  ◇豊田周子訳「台湾熱帯文学 4」人文書院
  2011 p325

思いつき(ハートリー, L.P.)
  ◇今本渉訳「KAWADE MYSTERY ポドロ
  島」河出書房新社 2008 p127

思い出(ケラー, デイヴィッド・H.)
  ◇三浦玲子訳「ダーク・ファンタジー・コレク
  ション 5」論創社 2007 p223

思ひ出(マイヤーヘルステル)
  ◇木村謹治訳「思ひ出」ゆまに書房 2008 (昭
  和初期世界名作翻訳全集) p1

思い出の狼(ヘムリ, ロビン)
  ◇小川高義訳「新しいアメリカの小説 食べ放
  題」白水社 1989 p135

思い出のバレンタイン(クイン, タラ・T.)
  ◇中野恵訳「マイ・バレンタイン─愛の贈りも
  の 2012」ハーレクイン 2012 p193

思い出のメロディー(マーティン, ジョージ・R.
R.)
  ◇中村融訳「奇想コレクション 洋梨形の男」
  河出書房新社 2009 p53

思い出は甘く(ライト, ベティ・レン)
  ◇佐々田雅子訳「ミニ・ミステリ100」早川書
  房 2005 (ハヤカワ・ミステリ文庫) p574

思い出は炎のなかに(ジェラス, アデーレ)
  ◇嶋田のぞみ訳「ミステリアス・クリスマス」
  パロル舎 1999 p177

おもちゃ(ジェイコブズ, ハーヴィー)
  ◇中村融訳「街角の書店─18の奇妙な物語」東
  京創元社 2015 (創元推理文庫) p99

おもちゃの兵隊さん(アースキン, バーバラ)
  ◇沢木あさ訳「ティータイム・ストーリーズ
  微笑みを忘れずに」花風社 1999 p27

親殺したちの夜(トリアーナ, ホセ)
  ◇佐竹謙一編訳「ラテンアメリカ現代演劇集」
  水声社 2005 p53

親父と土地<ブヌン>(ネコッ・ソクルマン)
  ◇柳本通彦訳「台湾原住民文学選 6」草風館
  2008 p288

おやじの家(ラッセル, レイ)
  ◇永井淳訳「異色作家短篇集 16」早川書房
  2006 p187

おやすみ、かわいいデイジー(ウェイン, ジョ
ン)
  ◇小池滋訳「英国鉄道文学傑作選」筑摩書房
  2000 (ちくま文庫) p125

オララ─八八五(スティーヴンソン, ロバー
ト・ルイス)
  ◇金谷益道訳「ゴシック短編小説集」春風社
  2012 p227

口承(オラル)に根をおろす(ベルナベ, ジャン/
シャモワゾー, パトリック/コンフィアン, ラ
ファエル)

◇恒川邦夫訳「新しい〈世界文学〉シリーズ ク
　レオール礼賛」平凡社 1997 p51

オランウータンの王（パウエル, ジェイムズ）
　　　◇白須清美訳「KAWADE MYSTERY 道化の
　　　町」河出書房新社 2008 p55

檻（ラッセル, レイ）
　　　◇永井淳訳「異色作家短篇集 16」早川書房
　　　2006 p73

オリヴァー・カーマイクル氏（ノースコート, エ
イミアス）
　　　◇中野善夫訳「怪奇礼讃」東京創元社 2004
　　　（創元推理文庫）p319

オリエンテーション（オロズコ, ダニエル）
　　　◇岸本佐知子編訳「居心地の悪い部屋」河出書
　　　房新社 2015 （河出文庫）p69

折り紙のヘラジカ（パウエル, ジェイムズ）
　　　◇白須清美訳「KAWADE MYSTERY 道化の
　　　町」河出書房新社 2008 p229

オリーとジニー（ヘリオット, ジェームス）
　　　◇月村澄枝訳「猫は九回生きる―とっておきの
　　　猫の話」心交社 1997 p83

『オリュンティアー（オリュントスから来た
女）』（メナンドロス）
　　　◇中務哲郎, 脇本由佳, 荒井直訳「ギリシア喜
　　　劇全集 6」岩波書店 2010 p256

オルガン（格非）
　　　◇関根謙訳「現代中国の小説 時間を渡る鳥た
　　　ち」新潮社 1997 p81

オルガン弾き（マイヤーズ, マアン）
　　　◇田口俊樹, 高山真由美訳「マンハッタン物語」
　　　二見書房 2008 （二見文庫）p235

『オルゲー（怒り）』（メナンドロス）
　　　◇中務哲郎, 脇本由佳, 荒井直訳「ギリシア喜
　　　劇全集 6」岩波書店 2010 p258

オルゴールの中の街（オドエフスキー, ウラジー
ミル）
　　　◇西周成編訳「ロシア幻想短編集」アルトアー
　　　ツ 2016 p5

オルドヴァイ峡谷七景（レズニック, マイク）
　　　◇内田昌之訳「90年代SF傑作選 上」早川書房
　　　2002 （ハヤカワ文庫）p255

オルペウスの竪琴（佐藤彰）
　　　◇「新ギリシア悲劇物語 第18巻・第19巻・第
　　　20巻」講談社出版サービスセンター（製

作）2008 p7

オルメードの騎士（ベーガ, ロペ・デ）
　　　◇牛島信明訳「スペイン黄金世紀演劇集」名古
　　　屋大学出版会 2003 p71

オルヤツィ村（アンドリッチ, イヴォ）
　　　◇栗原成郎訳「東欧の文学 呪われた中庭」恒
　　　文社 1983 p295

オルラ（モーパッサン, ギ・ド）
　　　◇青柳瑞穂訳「怪奇小説精華」筑摩書房 2012
　　　（ちくま文庫）p402

俺が川に投げ込まれてから溺れるまで（エガー
ズ, デイヴ）
　　　◇土屋晃訳「天使だけが聞いている12の物語」
　　　ソニー・マガジンズ 2001 p181

『俺たちに明日はない』（ケール, ポーリーン）
　　　◇佐々木徹訳「ベスト・ストーリーズ 2」早川
　　　書房 2016 p27

おれたちの仕事とそれをやるわけ（バーセルミ,
ドナルド）
　　　◇山崎勉, 田島俊雄訳「現代アメリカ文学叢書
　　　10」彩流社 1998 p9

おれたちのもらった土地（ルルフォ, ファン）
　　　◇杉山晃訳「アンデスの風叢書 燃える平原」
　　　書肆風の薔薇 1990 p9

おれたちは貧しいんだ（ルルフォ, ファン）
　　　◇杉山晃訳「アンデスの風叢書 燃える平原」
　　　書肆風の薔薇 1990 p30

俺にはなぜ愛人がいないんだろう？（東西）
　　　◇金子わこ訳「じゃがいも―中国現代文学短編
　　　集」小学館スクウェア 2007 p235
　　　◇金子わこ訳「じゃがいも―中国現代文学短編
　　　集」鼎書房 2012 p235

おれの魂に（ランディージ, ロバート・J.）
　　　◇真崎義博訳「殺しのグレイテスト・ヒッツ」
　　　早川書房 2007 （ハヤカワ・ミステリ文
　　　庫）p245

俺の息子（マックルアー, ロバート）
　　　◇高橋健治訳「ベスト・アメリカン・短編ミス
　　　テリ」DHC 2010 p325

おれの夢の女（マシスン, リチャード）
　　　◇秋津知子訳「幻想と怪奇―おれの夢の女」早
　　　川書房 2005 （ハヤカワ文庫）p313

独り芝居 俺は担ぎ屋（劉深）
　　　◇坂手日登美訳「海外戯曲アンソロジー―海外

現代戯曲翻訳集〈国際演劇交流セミナー記録〉2」日本演出者協会 2008 p179

オレンジ（ヴェレル）
　◇佐藤芳子訳「雑話集―ロシア短編集 3」ロシア文学翻訳グループクーチカ 2014 p90

オレンジ色の煙（リトク, ラール・J.）
　◇田村義進訳「ミニ・ミステリ100」早川書房 2005 （ハヤカワ・ミステリ文庫）p276

オレンジとレモン（ヘッド, ベッシー）
　◇くぼたのぞみ訳「アフリカ文学叢書 優しさと力の物語」スリーエーネットワーク 1996 p13

オレンジ・ブランデーをつくる男たち（キローガ, オラシオ）
　◇松本健二訳「異色作家短篇集 20」早川書房 2007 p83

オレンジは苦悩、ブルーは狂気（マレル, デイヴィッド）
　◇浅倉久志訳「贈る物語Terror」光文社 2002 p58

愚か者の詩（格非）
　◇関根謙訳「現代中国の小説 時間を渡る鳥たち」新潮社 1997 p15

愚か者のバス（パウエル, ジェイムズ）
　◇白須清美訳「KAWADE MYSTERY 道化の町」河出書房新社 2008 p201

終わらない悪夢（ガリ, ロマン）
　◇金井美子訳「ダーク・ファンタジー・コレクション 8」論創社 2008 p3

終わりなき愛（コーツ, アーサー・W.）
　◇浅倉久志選訳「極短小説」新潮社 2004 （新潮文庫）p287

終りなき戦い（ホールドマン, ジョー）
　◇中原尚哉訳「SFの殿堂 遙かなる地平 1」早川書房 2000 （ハヤカワ文庫SF）p113

終わりの日（マシスン, リチャード）
　◇安野玲訳「20世紀SF 2」河出書房新社 2000 （河出文庫）p79

追われた獲物（ランズデール, ジョー・R.）
　◇風間賢二訳「ヒー・イズ・レジェンド」小学館 2010 （小学館文庫）p269

追われる男（ルルフォ, ファン）
　◇杉山晃訳「アンデスの風叢書 燃える平原」書肆風の薔薇 1990 p37

追われる女（アスキス, シンシア）
　◇西崎憲訳「淑やかな悪夢―英米女流怪談集」東京創元社 2000 p5

オンジエ通りの怪（レ・ファニュ, シェリダン）
　◇松岡光治編訳「ヴィクトリア朝幽霊物語―短篇集」アティーナ・プレス 2013 p165

温泉は飛行機で（マラー, マーシャ）
　◇本戸淳子訳「探偵稼業はやめられない―女探偵vs.男探偵」光文社 2003 （光文社文庫）p235

雄鶏（黄錦樹）
　◇濱田麻矢訳「台湾熱帯文学 3」人文書院 2011 p269

オンドリ実験（リカラッ・アウー）
　◇魚住悦子編訳「台湾原住民文学選 2」草風館 2003 p122

女（おんな）→ “あいつ”をも見よ

女（ブラッドベリ, レイ）
　◇伊藤典夫訳「幻想と怪奇―ポオ蒐集家」早川書房 2005 （ハヤカワ文庫）p55

女、女、また女（ギルフォード, C.B.）
　◇下園淳子訳「ブルー・ボウ・シリーズ 死体のささやき」青弓社 1993 p27

女か虎か（ストックトン, フランク・R.）
　◇中村能三訳「山口雅也の本格ミステリ・アンソロジー」角川書店 2007 （角川文庫）p209
　◇中村能三訳「天外消失―世界短篇傑作集 Off the face of the earth and other stories」早川書房 2008 （ハヤカワ・ミステリ）p245
　◇紀田順一郎訳「謎の物語」筑摩書房 2012 （ちくま文庫）p29
　◇紀田順一郎訳「30の神品―ショートショート傑作選」扶桑社 2016 （扶桑社文庫）p323

女主人（ダール, ロアルド）
　◇開高健訳「異色作家短篇集 1」早川書房 2005 p7

女たち（マンロー, アリス）
　◇小竹由美子訳「美しい子ども」新潮社 2013 （CREST BOOKS）p219

女たち。戦争。悦楽の劇（ブラッシュ, トーマス）
　◇四ツ谷亮子訳「ドイツ現代戯曲選30 6」論創社 2006 p7

女たちの絆（ゴッボ, ロレッタ）
◇堀内由木訳「アフリカ文学叢書 女たちの絆」スリーエーネットワーク 1998 p1

女どうしのふたり連れ（リチャードスン, ヘンリー・ヘンデル）
◇利根川真紀編訳「レズビアン短編小説集―女たちの時間」平凡社 2015 （平凡社ライブラリー）p281

女と虎と（モフィット, J.）
◇仁賀克雄訳「謎の物語」筑摩書房 2012 （ちくま文庫）p53

女と人形（ルイス, ピエール）
◇生田耕作訳「晶文社アフロディーテ双書 女と人形」晶文社 2003 p3

女の議会（アリストパネース）
◇西村賀子訳「ギリシア喜劇全集 4」岩波書店 2009 p1

女の声（ハンセン, ジョゼフ）
◇新庄裕子, 野口京子訳「本の殺人事件簿―ミステリ傑作20選 1」バベル・プレス 2001 p195

女の平和（アリストパネース）
◇戸部順一訳「ベスト・プレイズ―西洋古典戯曲12選」論創社 2011 p43

オンリー・ユー（ダレサンドロ, ジャッキー）
◇嵯峨静江訳「めぐり逢う四季（きせつ）」二見書房 2009 （二見文庫）p271

穏和な殺人者（チェスタトン, G.K.）
◇西崎憲訳「ミステリーの本棚 四人の申し分なき重罪人」国書刊行会 2001 p25

【 か 】

蚊（韓龍雲）
◇安宇植（アンウーシク）訳「韓国文学名作選 ニムの沈黙」講談社 1999 p151

母さんの杭（朴婉緒）
◇山田佳子訳「現代韓国短篇選 下」岩波書店 2002 p141

母さん…許して（シンニェインメエ）
◇南田みどり編訳「ミャンマー現代女性短編集」大同生命国際文化基金 2001 （アジアの現代文芸）p42

かあちゃんはシングルマザー（孔善玉）
◇岸井紀子訳「現代韓国短篇選 上」岩波書店 2002 p37

海外電報（ストリブリング, T.S.）
◇霜島義明訳「KAWADE MYSTERY ポジオリ教授の冒険」河出書房新社 2008 p187

開巻驚奇 龍動鬼談（ブルワー＝リットン, エドワード）
◇井上勤訳「西洋伝奇物語―ゴシック名訳集成」学習研究社 2004 （学研M文庫）p225

海眼湖の幽霊（ミチンスキ, タデウシュ）
◇小椋彩訳「ポケットのなかの東欧文学―ルネッサンスから現代まで」成文社 2006 p147

海岸のテクスト（ガルシア＝マルケス, ガブリエル）
◇旦敬介訳「夢のかけら」岩波書店 1997 （世界文学のフロンティア）p55

怪奇小説… → "ゴースト・ストーリイ…"を見よ

怪奇譚 妖蟲（ベンソン, E.F.）
◇今日泊亜蘭訳「幽霊船―今日泊亜蘭翻訳怪奇小説コレクション」我刊我書房 2015 （盛林堂ミステリアス文庫）p41

懐旧（白先勇）
◇山口守訳「新しい台湾の文学 台北人」国書刊行会 2008 p103

懐郷（ムーア, ジョージ）
◇高松雄一訳「百年文庫 55」ポプラ社 2010 p85

回教徒の天国（ギボン, エドワード）
◇斎藤博士訳「アンデスの風叢書 天国・地獄百科」書肆風の薔薇 1982 p121

海峡トンネル（バーンズ, ジュリアン）
◇中野康司訳「英国鉄道文学傑作選」筑摩書房 2000 （ちくま文庫）p151

回教の地獄（作者不詳）
◇内田吉彦訳「アンデスの風叢書 天国・地獄百科」書肆風の薔薇, 水声社 1982 p46

懐郷病のビュイック（マクドナルド, ジョン・D.）
◇井上一夫訳「天外消失―世界短篇傑作集 Off the face of the earth and other stories」早川書房 2008 （ハヤカワ・ミステリ）p175

かいこ

会合（シャンボー, スーザン・キャブレット）
　◇浅倉久志選訳「極短小説」新潮社 2004（新潮文庫）p49

邂逅 → "めぐりあい"を見よ

会合場所（ボーモント, チャールズ）
　◇仁賀克雄訳「吸血鬼伝説―ドラキュラの末裔たち」原書房 1997 p393

骸骨踊り（ゲーテ, ヨハン・ヴォルフガング）
　◇手塚富雄訳「塔の物語」角川書店 2000（角川ホラー文庫）p137

骸骨伯爵―あるいは女吸血鬼（グレイ, エリザベス）
　◇浜野アキオ訳「ヴァンパイア・コレクション」角川書店 1999（角川文庫）p17

回顧展（ウィグノール, ケヴィン）
　◇猪俣美江子訳「殺しのグレイテスト・ヒッツ」早川書房 2007（ハヤカワ・ミステリ文庫）p369

海児魂（カミングス, ジョセフ）
　◇山本俊子訳「密室殺人傑作選」早川書房 2003（ハヤカワ・ミステリ文庫）p449

怪樹の腕（マクレディ, R.G.）
　◇小幡昌甫翻案「怪樹の腕―〈ウィアード・テールズ〉戦前邦訳傑作選」東京創元社 2013 p351

外省人の父（ワリス・ノカン）
　◇中古苑生訳「台湾原住民文学選 3」草風館 2003 p108

解除反応（スタージョン, シオドア）
　◇霜島義明訳「奇想コレクション［ウィジェット］と［ワジェット］とボフ」河出書房新社 2007 p139

改心（O.ヘンリー）
　◇大津栄一郎訳「思いがけない話」筑摩書房 2010（ちくま文学の森）p11

丐仙（かいせん）（蒲松齢）
　◇竹田晃, 黒田真美子著「中国古典小説選 10（清代 2）」明治書院 2009 p336

回想（抄）（オブレテノフ, ニコラ）
　◇寺島憲治訳「文学の贈物―東中欧文学アンソロジー」未知谷 2000 p360

海草と郭公時計（ボイス, T.F.）
　◇龍口直太郎訳「おかしい話」筑摩書房 2010（ちくま文学の森）p261

海賊と間違えられたクレタ王（佐藤彰）
　◇「新ギリシア悲劇物語 第18巻・第19巻・第20巻」講談社出版サービスセンター（製作）2008 p91

海賊のキス（コーニック, ニコラ）
　◇仁木めぐみ訳「愛と絆の季節―クリスマス・ストーリー2008」ハーレクイン 2008 p287

開村伝説（作者不詳）
　◇紙村徹編編訳「台湾原住民文学選 5」草風館 2006 p207

海内十洲記（かいだいじっしゅうき）（抄）（作者不詳）
　◇竹田晃, 梶村永, 高芝麻子, 山崎藍著「中国古典小説選 1（漢・魏）」明治書院 2007 p265

階段の男（ジュライ, ミランダ）
　◇岸本佐知子訳「美しい子ども」新潮社 2013（CREST BOOKS）p111

階段はこわい（トゥーイ, ロバート）
　◇清野泉訳「KAWADE MYSTERY 物しか書けなかった物書き」河出書房新社 2007 p19

海潮の詞（ことば）（李陸史）
　◇安宇植（アンウーシク）訳「韓国文学名作選 李陸史詩集」講談社 1999 p50

改訂版に寄せて〔9歳の人生〕（ウィ, ギチョル）
　◇清水由希子訳「Modern & Classic 9歳の人生」河出書房新社 2004 p236

買い手が損をする（スミス, ケイ・ノルティ）
　◇佐々田雅子訳「ミニ・ミステリ100」早川書房 2005（ハヤカワ・ミステリ文庫）p669

買い手責任（ヘス, ジョーン）
　◇近藤麻理子訳「復讐の殺人」早川書房 2001（ハヤカワ・ミステリ文庫）p153

外套（ゴーゴリ, ニコライ・V.）
　◇平井肇訳「思いがけない話」筑摩書房 2010（ちくま文学の森）p71

怪盗ゴダールの冒険（アンダースン, フレデリック・アーヴィング）
　◇駒瀬裕子訳「ミステリーの本棚 怪盗ゴダールの冒険」国書刊行会 2001

怪盗と名探偵（抄）（カミ）
　◇吉村正一郎訳「おかしい話」筑摩書房 2010（ちくま文学の森）p207

街頭の死（モス, H.W.）

◇浅倉久志選訳「極短小説」新潮社 2004（新潮文庫）p181

海棠の花（韓龍雲）
　　◇安宇植（アンウーシク）訳「韓国文学名作選 ニムの沈黙」講談社 1999 p57

怪の物（エマニエル, ドクトル）
　　◇黒岩涙香訳「西洋伝奇物語―ゴシック名訳集成」学習研究社 2004（学研M文庫）p279

回復期（ボイル, ケイ）
　　◇橋口稔訳「世界100物語 8」河出書房新社 1997 p345

怪物（ビアス, アンブローズ）
　　◇大西尹明訳「怪奇小説傑作集新版 3」東京創元社 2006（創元推理文庫）p369

怪物を作る男（エラン, シャルル／デストク, ポル／モレー, マクス）
　　◇真野倫平訳「グラン＝ギニョル傑作選―ベル・エポックの恐怖演劇」水声社 2010 p201

怪物ドー最後の夢（リンチェン, ビャムビン）
　　◇柴内秀樹訳「モンゴル近現代短編小説選」パブリック・ブレイン 2013 p41

外物篇第二十六〔荘子〕（荘子）
　　◇福永光司, 興膳宏訳「世界古典文学全集 17」筑摩書房 2004 p414

会報（ローズ, ダン）
　　◇岸本佐知子編訳「変愛小説集 2」講談社 2010 p240

解放歌（作者不詳）
　　◇金炳三, 李春穆, 金潤訳「20世紀民衆の世界文学 7」三友社出版 1990 p204

解剖学者アンドレアス・ヴェサリウス―一八三三（ボレル, ペトリュス）
　　◇下楠昌哉, 大沼由布訳「ゴシック短編小説集」春風社 2012 p141

解剖学者ドン・ベサリウス―悖徳（はいとく）物語マドリッドの巻（ボレル, ペトリュス）
　　◇澁澤龍彦訳「怪奇小説傑作集新版 4」東京創元社 2006（創元推理文庫）p137

解剖学者ドン・ベサリウス―悖徳物語 マドリッドの巻（ボレル, ペトリュス）
　　◇澁澤龍彦訳「澁澤龍彦訳幻想怪奇短篇集」河出書房新社 2013（河出文庫）p127

怪魔の森（ロング, F.B.）

◇波津博明訳「新編 真ク・リトル・リトル神話大系 1」国書刊行会 2007 p43

回遊＜タロコ＞（アビョン）
　　◇魚住悦子訳「台湾原住民文学選 6」草風館 2008 p368

快楽（韓龍雲）
　　◇安宇植（アンウーシク）訳「韓国文学名作選 ニムの沈黙」講談社 1999 p122

海浪心語（波のことば）（シャマン・ラポガン）
　　◇魚住悦子訳「台湾原住民文学選 7」草風館 2009 p1

海狼の巣（マギー, ジェームズ）
　　◇出光宏訳「MYSTERY & ADVENTURE 海狼の巣」至誠堂 1993 p1

会話（ハーン, マルギット）
　　◇松永美穂訳「ドイツ文学セレクション ひとりぼっちの欲望」三修社 1997 p73

会話（マリエア, エドゥアルド）
　　◇鈴木宏吉訳「ラテンアメリカ傑作短編集―中南米スペイン語圏文学史を辿る」彩流社 2014 p209

カインのもっともすばらしい見つけもの（ブロワ, レオン）
　　◇田辺保訳「バベルの図書館 13」国書刊行会 1989 p163
　　◇田辺保訳「新編 バベルの図書館 4」国書刊行会 2012 p383

カウチ先生、大統領を救う フランクリン・カウチ先生とフランキーのお話（ピカード, ナンシー）
　　◇青木多香子訳「ホワイトハウスのペット探偵」講談社 2009（講談社文庫）p377

カウントダウン（フスリツァ, シチェファン）
　　◇阿部賢一訳「時間はだれも待ってくれない―21世紀東欧SF・ファンタスチカ傑作集」東京創元社 2011 p130

帰っておいでよ、サウミ（モーナノン）
　　◇下村作次郎編訳「台湾原住民文学選 1」草風館 2002 p33

帰ってきた男（ハミルトン, エドモンド）
　　◇中村融編訳「奇想コレクション フェッセンデンの宇宙」河出書房新社 2004 p111

帰ってきたソフィ・メイスン（デラフィールド, E.M.）
　　◇宇野利泰訳「怪奇小説傑作集新版 2」東京創

かえつ

元社 2006（創元推理文庫）p65

帰ってきて、ベンおじさん！（ブレナン, ジョゼフ・ペイン）
　◇三浦玲子訳「ダーク・ファンタジー・コレクション 5」論創社 2007 p37

かえで—モノローグ（イェニー, ゾエ）
　◇大串紀代子訳「氷河の滴—現代スイス女性作家作品集」鳥影社・ロゴス企画 2007 p149

帰り道（スタージョン, シオドア）
　◇若島正訳「奇想コレクション［ウィジェット］と［ワジェット］とボフ」河出書房新社 2007 p7

かえりみれば（シラス, ウィルマー・H.）
　◇中村融訳「時の娘—ロマンティック時間SF傑作選」東京創元社 2009（創元SF文庫）p99

カエル（過士行）
　◇菱沼彬晁訳「中国現代戯曲集 第6集（過士行作品集）」晩成書房 2007 p185

蛙（カットナー, ヘンリイ）
　◇岩村光博訳「クトゥルー 11」青心社 1998（暗黒神話大系シリーズ）p129

蛙（金永顕）
　◇加藤建二訳「郭公の故郷—韓国現代短編小説集」風媒社 2003 p183

蛙（黄錦樹）
　◇森美千代訳「台湾熱帯文学 3」人文書院 2011 p159

変える勿れ（サンタヤナ, ジョージ）
　◇斎藤博士訳「アンデスの風叢書 天国・地獄百科」書肆風の薔薇 1982 p157

蛙の雨（ヘーベル）
　◇木下康光訳「超短編アンソロジー」筑摩書房 2002（ちくま文庫）p54

還る船（マキャフリイ, アン）
　◇嶋田洋一訳「SFの殿堂 遙かなる地平 2」早川書房 2000（ハヤカワ文庫SF）p311

蛙婿入り（作者不詳）
　◇紙村徹編訳「台湾原住民文学選 5」草風館 2006 p342

顔（ウィルスン, F.ポール）
　◇仁科一志訳「現代ミステリーの至宝 2」扶桑社 1997（扶桑社ミステリー）p275

顔（ハートリー, L.P.）

　◇古屋美登里訳「異色作家短篇集 19」早川書房 2007 p113

顔（マシスン, リチャード）
　◇吉田誠一訳「異色作家短篇集 4」早川書房 2005 p39

カオイダンの魔法使い（メイ, シャロン）
　◇徳地玲子訳「アメリカ新進作家傑作選 2008」DHC 2009 p369

顔には花、足には刺（リー, タニス）
　◇佐田千織訳「魔猫」早川書房 1999 p349

顔のない神（ブロック, ロバート）
　◇片岡しのぶ訳「新編 真ク・リトル・リトル神話大系 2」国書刊行会 2007 p237

科学における方法の欠如／近代思想の総点検 ガートルード・テナント宛〔一八七九年十二月十六日〕（フローベール, ギュスターヴ）
　◇山崎敦訳「ポケットマスターピース 7」集英社 2016（集英社文庫ヘリテージシリーズ）p770

鏡（ブルネット, マルタ）
　◇鈴木邦夫訳「ラテンアメリカ短編集—モデルニズモから魔術的レアリズモまで」彩流社 2001 p171

鏡にて見るごとく—おぼろげに（ヘンダースン, ゼナ）
　◇山田順子訳「奇想コレクション ページをめくれば」河出書房新社 2006 p305

鏡にまつわる物語（キム・インスク）
　◇安宇植編訳「シックスストーリーズ—現代韓国女性作家短編」集英社 2002 p173

鏡の国のアリス（キャロル, ルイス）
　◇北村太郎訳「海外ライブラリー 鏡の国のアリス」王国社 1997 p1
　◇芦田川祐子訳「ポケットマスターピース 11」集英社 2016（集英社文庫ヘリテージシリーズ）p141

鏡のなかの雲雨（曹雪芹）
　◇中野美代子訳「バベルの図書館 10」国書刊行会 1988 p149
　◇中野美代子訳「新編 バベルの図書館 6」国書刊行会 2013 p493

鏡の中のブラッディ・マリー（ヴォートラン, ジャン）
　◇高野優訳「〈ロマン・ノワール〉シリーズ 鏡の中のブラッディ・マリー」草思社 1995

かくち

p3

輝く金字塔（マッケン, アーサー）
◇南條竹則訳「バベルの図書館 21」国書刊行
会 1990 p125
◇南條竹則訳「新編 バベルの図書館 3」国書刊
行会 2013 p296

輝く草地（カヴァン, アンナ）
◇西崎憲訳「英国短篇小説の愉しみ 3」筑摩書
房 1999 p7
◇西崎憲編訳「短篇小説日和—英国異色傑作
選」筑摩書房 2013（ちくま文庫）p411

輝く断片（スタージョン, シオドア）
◇伊藤典夫訳「奇想コレクション 輝く断片」
河出書房新社 2005 p319

牙関緊急〈親衛隊員の手記〉（グロホヴィヤク,
スタニスワフ）
◇川上洸訳「東欧の文学 パサジェルカ〈女船
客〉他」恒文社 1966 p163

柿（リー, イーユン）
◇田畑あや子訳「アメリカ新進作家傑作選
2007」DHC 2008 p95

柿右衛門の器（ベイカー, ニコルソン）
◇岸本佐知子編訳「変愛小説集」講談社 2008
p215
◇岸本佐知子編訳「変愛小説集」講談社 2014
（講談社文庫）p221

煙霧の彼方二 垣根に繁る朝顔の花（梁放）
◇荒井茂夫訳「台湾熱帯文学 4」人文書院
2011 p227

垣根の穴居人たち（リヒター, ステイシー）
◇小原亜美訳「ゾエトロープ Blanc」角川書店
2003（Bookplus）p219

鍵のかかった部屋（オースター, ポール）
◇柴田元幸訳「新しいアメリカの小説 鍵のか
かった部屋」白水社 1989 p3

限りなき夏（プリースト, クリストファー）
◇古沢嘉通訳「20世紀SF 4」河出書房新社
2001（河出文庫）p255
◇古沢嘉通訳「ここがウィネトカなら、きみは
ジュディ—時間SF傑作選 SFマガジン創刊
50周年記念アンソロジー」早川書房 2010
（ハヤカワ文庫 SF）p61

架空の娘（ボイラン, クレア）
◇中尾幸子訳「現代アイルランド女性作家短編
集」新水社 2016 p193

書くことの悦楽 ルイーズ・コレ宛〔一八五三
年十二月二十三日〕（フローベール, ギュス
ターヴ）
◇山崎敦訳「ポケットマスターピース 7」集英
社 2016（集英社文庫ヘリテージシリー
ズ）p743

書くことの伝記（マルナ, アフリザル）
◇四方田犬彦訳「怒りと響き」岩波書店 1997
（世界文学のフロンティア）p55

書くことの不可能性 ルイーズ・コレ宛〔一八
五三年四月十日〕（フローベール, ギュスター
ヴ）
◇山崎敦訳「ポケットマスターピース 7」集英
社 2016（集英社文庫ヘリテージシリー
ズ）p739

隠されたガン事件—上海のシャーロック・
ホームズ第四の事件（天笑）
◇樽本照雄編・訳「上海のシャーロック・ホー
ムズ」国書刊行会 2016（ホームズ万国博
覧会）p135

隠された旋律（アンダースン, フレデリック・
アーヴィング）
◇駒瀬裕子訳「ミステリーの本棚 怪盗ゴダー
ルの冒険」国書刊行会 2001 p139

隠しカメラ（李勝寧）
◇李慶姫訳「コリアン・ミステリー—韓国推理小
説傑作選」バベル・プレス 2002 p229

隠しごとはできないものだ（ドラグンスキイ）
◇須佐多恵訳「雑話集—ロシア短編集 2」「雑
話集」の会 2009 p28

隔室（アザマ, ミシェル）
◇佐藤康武訳「海外戯曲アンソロジー—海外現代
戯曲翻訳集〈国際演劇交流セミナー記録〉
3」日本演出者協会 2009 p157

郭秀才（かくしゅうさい）（蒲松齢）
◇竹田晃, 黒田真美子著「中国古典小説選 10
（清代 2）」明治書院 2009 p6

霍小玉伝（かくしょうぎょくでん）（蒋防）
◇黒田真美子著「中国古典小説選 5（唐代 2）」
明治書院 2006 p125

カクストン私設図書館（コナリー, ジョン）
◇杉江松恋訳「BIBLIO MYSTERIES 3」ディ
スカヴァー・トゥエンティワン 2014 p19

拡張解釈（フェヒナー, グスタフ・テオドル）
◇斎藤博士訳「アンデスの風叢書 天国・地獄

百科」書肆風の薔薇 1982 p118

家具のようになじんで（クリストファー, ショーン）
　　◇浅倉久志選訳「極短小説」新潮社 2004（新潮文庫）p228

革命婦人（ワイルド, オスカー）
　　◇内田魯庵訳「革命婦人」ゆまに書房 2004（昭和初期世界名作翻訳全集）p5

学友（エイクマン, ロバート）
　　◇今本渉訳「魔法の本棚 奥の部屋」国書刊行会 1997 p7

隔離の風景（ゴルトシュミット, ジョルジュ・アルチュール）
　　◇富重与志生訳「『新しいドイツの文学』シリーズ 10」同学社 1999 p5

隠れ家（ダルレ, エマニュエル）
　　◇石井恵訳「コレクション現代フランス語圏演劇 16」れんが書房新社 2012 p7

隠れた条件（ホール, ジェイムズ・W.）
　　◇延原泰平訳「殺しのグレイテスト・ヒッツ」早川書房 2007（ハヤカワ・ミステリ文庫）p61
　　◇延原泰平訳「エドガー賞全集―1990～2007」早川書房 2008（ハヤカワ・ミステリ文庫）p573

隠れ身の術（龔萬輝）
　　◇豊田周子訳「台湾熱帯文学 4」人文書院 2011 p291

かけ（チェーホフ, アントン・パーヴロヴィチ）
　　◇原卓也訳「諸国物語―stories from the world」ポプラ社 2008 p11
　　◇原卓也訳「賭けと人生」筑摩書房 2011（ちくま文学の森）p95

影―ある寓話（ポー, エドガー・アラン）
　　◇池末陽子訳「ポケットマスターピース 9」集英社 2016（集英社文庫ヘリテージシリーズ）p433

影へのキス（ブロック, ロバート）
　　◇三浦玲子訳「ダーク・ファンタジー・コレクション 5」論創社 2007 p5

駆け落ちウエディング（サンダーズ, グレンダ）
　　◇大島ともこ訳「愛は永遠に―ウエディング・ストーリー '98」ハーレクイン 1998 p97

かけがえのない贈り物（モーティマー, キャロル）
　　◇八坂よしみ訳「愛と絆の季節―クリスマス・ストーリー2008」ハーレクイン 2008 p5

影が騒ぐとき（プレブ, サンジーン）
　　◇柴内秀司訳「モンゴル近現代短編小説選」パブリック・ブレイン 2013 p181

影が行く（キャンベル・ジュニア, ジョン・W.）
　　◇中村融訳「影が行く―ホラーSF傑作選」東京創元社 2000（創元SF文庫）p137

賭金（ヴィリエ・ド・リラダン, オーギュスト・ド）
　　◇井上輝夫訳「バベルの図書館 29」国書刊行会 1992 p45
　　◇井上輝夫訳「新編 バベルの図書館 4」国書刊行会 2012 p209

影製造産業に関する報告（ケアリー, ピーター）
　　◇柴田元幸編訳「燃える天使」角川書店 2009（角川文庫）p163

影たち（ホーヴェ, チェンジェライ）
　　◇福島富士男訳「アフリカ文学叢書 影たち」スリーエーネットワーク 1994 p1

崖っぷち（クリスティー, アガサ）
　　◇中村妙子訳「厭な物語」文藝春秋 2013（文春文庫）p9

影と光（ロンドン, ジャック）
　　◇井上謙治訳「バベルの図書館 5」国書刊行会 1988 p129
　　◇井上謙治訳「新編 バベルの図書館 1」国書刊行会 2012 p288

影と闇（リゴッティ, トマス）
　　◇渡辺庸子訳「999（ナインナインナイン）―狂犬の夏」東京創元社 2000（創元推理文庫）p123

附録 崖の上の家（イネス, マイケル）
　　◇森一訳「推理探偵小説文学館 1」勉誠社 1996 p117

影のない男（クイン, シーバリー）
　　◇鈴木絵美訳「吸血鬼伝説―ドラキュラの末裔たち」原書房 1997 p155

影よ、影よ、影の国（スタージョン, シオドア）
　　◇白石朗訳「奇想コレクション 不思議のひと触れ」河出書房新社 2003 p43

影は知っている（ジョンソン, ダイアン）
　　◇斎藤英治訳「新しいアメリカの小説 影は知っている」白水社 1991 p1

囲い者マーラ（アンドリッチ, イヴォ）
◇栗原成郎訳「東欧の文学 呪われた中庭」恒文社 1983 p199

過去をなくした天使（グレアム, リン）
◇山田有里訳「四つの愛の物語―クリスマス・ストーリー 2001」ハーレクイン 2001 p5

過去のクリスマスの探偵（ポール, バーバラ）
◇日暮雅通訳「シャーロック・ホームズ クリスマスの依頼人」原書房 1998 p57

過去は過去（アッシリ・タマチョート）
◇吉岡みね子編訳「タイの大地の上で―現代作家・詩人選集」大同生命国際文化基金 1999 （アジアの現代文芸）p157

花痕＜タロコ＞（蔡金智）
◇柳本通彦訳「台湾原住民文学選 4」草風館 2004 p67

傘係（マ・チューブィン）
◇南田みどり編訳「ミャンマー現代女性短編集」大同生命国際文化基金 2001 （アジアの現代文芸）p32

傘が届く距離（ハーン, マルギット）
◇松永美穂訳「ドイツ文学セレクション ひとりぼっちの欲望」三修社 1997 p53

莽（がさつ）な張飛、大いに石榴園を閙がす（石榴園）（井上泰山）
◇井上泰山訳「三国劇翻訳集」関西大学出版部 2002 p289

飾りのないクリスマス・ツリー（ラエ, ブリジット）
◇にむらじゅんこ訳「フランス式クリスマス・プレゼント」水声社 2000 p229

カー・シー（ウェッツェル, ジョージ）
◇三浦玲子訳「ダーク・ファンタジー・コレクション 5」論創社 2007 p343

家事（ブラムライン, マイケル）
◇山形浩生訳「ライターズX 器官切除」白水社 1994 p101

火事（ベルリン, ルシア）
◇岸本佐知子編訳「楽しい夜」講談社 2016 p41

賢い王（ジブラン, カリール）
◇小森健太郎訳「謎のギャラリー―謎の部屋」新潮社 2002 （新潮文庫）p134
◇小森健太郎訳「謎の部屋」筑摩書房 2012 （ちくま文庫）p134

かしこいハンス（ブリーン, ジョン・L.）
◇門野集訳「白雪姫、殺したのはあなた」原書房 1999 p199

賢いホンザ（ヴェリフ, ヤン）
◇青木亮子訳「ポケットのなかの東欧文学―ルネッサンスから現代まで」成文社 2006 p345

賢いわたし（ペインター, パメラ）
◇岩元巌訳「猫好きに捧げるショート・ストーリーズ」国書刊行会 1997 p9

河岸の怪人（ホワイトヒル, ヘンリー・W.）
◇辺見素雄翻案「怪樹の腕―〈ウィアード・テールズ〉戦前邦訳傑作選」東京創元社 2013 p223

蚊―シベリア民話（作者不詳）
◇斎藤君子訳「超短編アンソロジー」筑摩書房 2002 （ちくま文庫）p97

貸間（ラッセル, レイ）
◇永井淳訳「異色作家短篇集 16」早川書房 2006 p163

貸家（リットン, ブルワー）
◇岡本綺堂編訳「世界怪談名作集 上」河出書房新社 2002 （河出文庫）p9

歌手（フーフ, リカルダ・オクターヴィア）
◇辻理訳「百年文庫 64」ポプラ社 2011 p81

ガーシュウィンのプレリュード第二番（バクスター）
◇田口俊樹訳「生の深みを覗く―ポケットアンソロジー」岩波書店 2010 （岩波文庫別冊）p121

華州参軍（かしゅうさんぐん）（温庭筠）
◇黒田真美子著「中国古典小説選 5（唐代 2）」明治書院 2006 p400

華人（黄錦樹）
◇「台湾熱帯文学 3」人文書院 2011 p181

数を数える癖（メルトン, フレッド）
◇阿部里美訳「ベスト・アメリカン・ミステリ ハーレム・ノクターン」早川書房 2005 （ハヤカワ・ミステリ）p415

かすかな光、わずかな記憶（ヒル, ボニー・ハーン）
◇茅律子訳「殺しが二人を別つまで」早川書房 2007 （ハヤカワ・ミステリ文庫）p115

ガス処刑記事第一信（ヒラーマン, トニイ）
　◇井上泰雄訳「巨匠の選択」早川書房 2001
　　（ハヤカワ・ミステリ）p323

カスタネット、カナリア、それと殺人（カミングス, ジョセフ）
　◇武藤崇恵訳「密室殺人コレクション」原書房
　　2001 p193

数の勝利（ルース, ゲイリー・アラン）
　◇五十嵐加奈子訳「シャーロック・ホームズの
　　SF大冒険—短篇集 下」河出書房新社
　　2006（河出文庫）p11

ガスライト（スタイン, R.L.／チャイルド, リンカーン）
　◇田口俊樹訳「フェイスオフ対決」集英社
　　2015（集英社文庫）p89

火星への片道切符（ブロック, ロバート）
　◇森茂里訳「ブルー・ボウ・シリーズ 夢魔」
　　青弓社 1993 p135

「仮声借題」から「仮身借体」へ—紀大偉の
クィアSF小説（張志維）
　◇西端彩訳「台湾セクシュアル・マイノリティ
　　文学 4」作品社 2009 p167

火星人襲来（ディック, フィリップ・K.）
　◇仁賀克雄訳「ダーク・ファンタジー・コレク
　　ション 10」論創社 2009 p63

火星人大使の悲劇（ブラウン, エリック）
　◇尾之上浩司訳「シャーロック・ホームズと
　　ヴィクトリア朝の怪人たち 2」扶桑社
　　2015（扶桑社ミステリー）p71

火星人と脳なし（スタージョン, シオドア）
　◇霜島義明訳「奇想コレクション ［ウィジェッ
　　ト］と［ワジェット］とボフ」河出書房新社
　　2007 p163

火星探査班（ディック, フィリップ・K.）
　◇仁賀克雄訳「ダーク・ファンタジー・コレク
　　ション 1」論創社 2006 p169

火星に行った男（グラアーリ＝アレリスキー）
　◇西周成編訳「ロシアSF短編集」アルトアーツ
　　2016 p84

火星のダイヤモンド（アンダースン, ポール）
　◇福島正実訳「天外消失—世界短篇傑作集 Off
　　the face of the earth and other stories」早
　　川書房 2008（ハヤカワ・ミステリ）p267

火星の予言者（バウチャー, アントニー）

白須清美訳「ダーク・ファンタジー・コレク
　　ション 3」論創社 2006 p165

火星ノンストップ（ウィリアムスン, ジャック）
　◇風見潤訳「火星ノンストップ」早川書房
　　2005（ヴィンテージSFセレクション）p9

風起こる（シェクリイ, ロバート）
　◇宇野利泰訳「異色作家短篇集 9」早川書房
　　2006 p89

枷をはめられて（クレーン, スティーヴン）
　◇青木悦子訳「怪奇文学大山脈 3」東京創元社
　　2014 p83

風——大地をめぐる、空気の運動。—「定義
集」四一一C（プラトン）
　◇北嶋美雪訳「超短編アンソロジー」筑摩書房
　　2002（ちくま文庫）p115

夏雪（かせつ）（蒲松齢）
　◇竹田晃, 黒田真美子著「中国古典小説選 10
　　（清代 2）」明治書院 2009 p87

風と虚空（ルィバコフ）
　◇尾家順子訳「雑話集—ロシア短編集」「雑話
　　集」の会 2005 p16

風によって孕む女人国（作者不詳）
　◇紙村徹編訳「台湾原住民文学選 5」草風館
　　2006 p235

風の子供（ハミルトン, エドモンド）
　◇中村融訳「奇想コレクション フェッセン
　　デンの宇宙」河出書房新社 2004 p31

風のトロル（リー, ヨナス）
　◇中野善夫訳「魔法の本棚 漁師とドラウグ」
　　国書刊行会 1996 p109

風の中の誓い（グレアム, ヘザー）
　◇瀧川紫乃訳「灼熱の恋人たち—サマー・シズ
　　ラー2008」ハーレクイン 2008 p5

風の人＜パイワン＞（サキヌ）
　◇柳本通彦訳「台湾原住民文学選 6」草風館
　　2008 p357

風の返事（バザン, ルネ）
　◇森孝子訳「五つの小さな物語—フランス短篇
　　集」彩流社 2011 p33

風—わが母にささげる（但娣）
　◇岡田英樹編「血の報復—「在満」中国人作
　　家短篇集」ゆまに書房 2016 p199

仮想空間の対決（ニマーシャイム, ジャック）
　◇安達眞弓訳「シャーロック・ホームズのSF大

冒険—短篇集 下」河出書房新社 2006
（河出文庫）p179

下層土（ベイカー, ニコルソン）
◇柴田元幸編訳「どこにもない国—現代アメリカ幻想小説集」松柏社 2006 p209

数える（ニェヴジェンダ, クシシュトフ）
◇井上暁子訳「ポケットのなかの東欧文学—ルネッサンスから現代まで」成文社 2006 p496

家族（レオーネ, ダン）
◇新熊富美子訳「アメリカミステリ傑作選 2003」DHC 2003 （アメリカ文芸「年間」傑作選）p269

家族（ロット, ブレット）
◇岸本佐知子編訳「楽しい夜」講談社 2016 p121

片意地娘（ハイゼ, パウル）
◇関泰祐訳「百年文庫 71」ポプラ社 2011 p5

課題レポートその三『レダと白鳥』（バクナー, エリック）
◇馬場敏紀訳「アメリカ新進作家傑作選 2005」DHC 2006 p73

片腕の女と踊りながら（ゴトロー, ティム）
◇ウィリアム N.伊藤訳「ゾエトロープ Biz」角川書店 2001 （Bookplus）p173

家宅侵入（ナイト, マイケル）
◇吉田薫訳「ベスト・アメリカン・ミステリ スネーク・アイズ」早川書房 2005 （ハヤカワ・ミステリ）p267

片恋（ツルゲーネフ, イワン）
◇二葉亭四迷訳「諸国物語—stories from the world」ポプラ社 2008 p1051

形よりなる世界（プロチノス）
◇斎藤博士訳「アンデスの風叢書 天国・地獄百科」書肆風の薔薇 1982 p132

かたつむり（ハイスミス, パトリシア）
◇小倉多加志訳「幻想と怪奇—宇宙怪獣現わる」早川書房 2005 （ハヤカワ文庫）p331

蝸牛（鄭泳文）
◇安宇植編訳「いま、私たちの隣りに誰がいるのか—Korean short stories」作品社 2007 p241

片手片足の無い骸骨（リッチ, H.トンプソン）
◇大関花子訳「怪樹の腕—〈ウィアード・テー

ルズ〉戦前邦訳傑作選」東京創元社 2013 p183

『カタプセウドメノス（虚偽の告発をする男）』（メナンドロス）
◇中務哲郎, 脇本由佳, 荒井直訳「ギリシア喜劇全集 6」岩波書店 2010 p182

形見（ロスマン, エレーン）
◇吉田利子訳「間違ってもいい、やってみたら—想いがはじける28の物語」講談社 1998 p93

形見と宝：ある愛の詩（ゲイマン, ニール）
◇梶元靖子訳「999（ナインナインナイン）—妖女たち」東京創元社 2000 （創元推理文庫）p235

カタローニュの夜（モーラン, ポール）
◇青柳瑞穂訳「世界100物語 6」河出書房新社 1997 p275

化男（男に化す）（蒲松齢）
◇竹田晃, 黒田真美子著「中国古典小説選 10 （清代 2）」明治書院 2009 p93

家畜の土埃（エルデネ, センディーン）
◇柴内秀司訳「モンゴル近現代短編小説選」パブリック・ブレイン 2013 p76

価値と価格（ドワンチャンパー）
◇二元裕子編訳「ラオス現代文学選集」大同生命国際文化基金 2013 （アジアの現代文芸）p43

価値の問題（スイーニイ, C.L.）
◇田中小実昌訳「こわい部屋」筑摩書房 2012 （ちくま文庫）p421

勝ち誇る愛の歌（ツルゲーネフ, イワン）
◇西周成編訳「ロシア幻想短編集」アルトアーツ 2016 p20

画期なき男（ブリーン, ジョン・L.）
◇飯城勇三編訳「エラリー・クイーンの災難」論創社 2012 （論創海外ミステリ）p247

学校（クン・スルン）
◇岡田知子編訳「現代カンボジア短編集」大同生命国際文化基金 2001 （アジアの現代文芸）p122

学校（バーセルミ, ドナルド）
◇山崎勉, 田島俊雄訳「現代アメリカ文学叢書 10」彩流社 1998 p49

学校をサボった日（郭箏）

かつこ

◇坂本志げ子訳「鳥になった男」研文出版
　1998（研文選書）p157

学校奇譚（ウェルマン, マンリー・ウェイド）
　◇大友香奈子訳「魔法使いになる14の方法」東
　　京創元社　2003（創元推理文庫）p35

郭公の故郷（柳基洙）
　◇加藤建二訳「郭公の故郷―韓国現代短編小説
　　集」風媒社　2003 p7

カッサンドラ（ラドクリフ, T.J.）
　◇旦紀子訳「マシン・オブ・デス―A
　　Collection of Stories about People who
　　Know How They Will DIE」アルファポリ
　　ス　2012 p567

カッター（ブライアント, エドワード）
　◇田中一江訳「シルヴァー・スクリーム　下」
　　東京創元社　2013（創元推理文庫）p271

がっちり食べまショー（ホッジ, ブライアン）
　◇夏来健次訳「死霊たちの宴　下」東京創元社
　　1998（創元推理文庫）p146

かつて描かれたことのない境地（残雪）
　◇近藤直子訳「夢のかけら」岩波書店　1997
　　（世界文学のフロンティア）p207

カット（ウィルソン, F.ポール）
　◇田中一江訳「シルヴァー・スクリーム　上」
　　東京創元社　2013（創元推理文庫）p67

カッパのクー――アイルランド民話（作者不詳）
　◇片山廣子訳「人魚―mermaid & merman」皓
　　星社　2016（紙礫）p144

かつら（ブラッドベリ, レイ）
　◇吉田誠一訳「異色作家短篇集 15」早川書房
　　2006 p145

カッリアース（作者不詳）
　◇久保田忠利、橋本隆夫、野津寛、安村典子、吉
　　武純夫、丹下和彦訳「ギリシア喜劇全集 8」
　　岩波書店　2011 p81

カーティアの選択（クッカルト, ユーディット）
　◇中島裕昭訳「ドイツ文学セレクション　カー
　　ティアの選択」三修社　1997 p1

華亭で出会った旧友（華亭逢故人記）（瞿佑）
　◇竹田晃、小塚由博、仙石知子著「中国古典小
　　説 8（明代）」明治書院　2008 p50

カテキスト（バーセルミ, ドナルド）
　◇山崎勉訳「現代アメリカ文学叢書 11」彩流
　　社　1998 p165

カーデュラと昨日消えた男（リッチー, ジャッ
　ク）
　◇駒月雅子訳「KAWADE MYSTERY ダイア
　　ルAを回せ」河出書房新社　2007 p183

カーデュラと盗癖者（リッチー, ジャック）
　◇駒月雅子訳「KAWADE MYSTERY ダイア
　　ルAを回せ」河出書房新社　2007 p143

カーデュラ野球場へ行く（リッチー, ジャック）
　◇駒月雅子訳「KAWADE MYSTERY ダイア
　　ルAを回せ」河出書房新社　2007 p169

ガーデンシティー（フワン, フランシス）
　◇中村祐子訳「アメリカ新進作家傑作選 2005」
　　DHC　2006 p51

カード（エーメ, マルセル）
　◇中村真一郎訳「異色作家短篇集 17」早川書
　　房　2007 p21

河東記（かとうき）（抄）（作者不詳）
　◇溝部良恵著「中国古典小説選 6（唐代 3）」明
　　治書院　2008 p206

カード占い（コリア, ジョン）
　◇村上啓夫訳「異色作家短篇集 7」早川書房
　　2006 p141

過渡期（一名夜明け）（韓雪野）
　◇劉光石訳「20世紀民衆の世界文学 7」三友社
　　出版　1990 p137

カードの出方（ワイルド, パーシヴァル）
　◇巴妙子訳「ミステリーの本棚　悪党どものお
　　楽しみ」国書刊行会　2000 p35

ガードマンと娘（ゴイケ, フランク）
　◇小津薫訳「ベルリン・ノワール」扶桑社
　　2000 p57

角店（アスキス, シンシア）
　◇平井呈一編「壁画の中の顔―こわい話気味の
　　わるい話 3」沖積舎　2012 p107

カトリックの罪（好きなくせに）（ウェルシュ,
　アーヴィン）
　◇近藤隆文訳「天使だけが聞いている12の物
　　語」ソニー・マガジンズ　2001 p269

カトリン（メヒテル, アンゲリカ）
　◇浅岡泰子訳「シリーズ現代ドイツ文学 5」早
　　稲田大学出版部　1993 p101

ガートルードの独白（ヘネピン, ポール）
　◇浅倉久志選訳「極短小説」新潮社　2004（新
　　潮文庫）p297

カードは誰から？（キャロル, マリサ）
◇麻生蓉訳「マイ・バレンタイン―愛の贈りもの '99」ハーレクイン 1991 p207

悲しいホルン吹きたち（アンダーソン, シャーウッド）
◇橋本福夫訳「百年文庫 9」ポプラ社 2010 p67

かなしき女王（マクラウド, フィオナ）
◇松村みね子訳「短編 女性文学 近代 続」おうふう 2002 p97

悲しきシンデレラ（ニールズ, ベティ）
◇柿原日出子訳「四つの愛の物語―クリスマス・ストーリー 2003」ハーレクイン 2003 p105

悲しげな眼のブロンド（ロクティ, ディック）
◇石田善彦訳「フィリップ・マーロウの事件」早川書房 2007 （ハヤカワ・ミステリ文庫） p159

哀しみ（バーセルミ, ドナルド）
◇山崎勉訳「現代アメリカ文学叢書 11」彩流社 1998 p1

悲しみ（ブラウン, レベッカ）
◇柴田元幸編訳「僕の恋、僕の傘」角川書店 1999 p25

哀しみ三昧（韓龍雲）
◇安宇植（アンウーシク）訳「韓国文学名作選 ニムの沈黙」講談社 1999 p42

悲しみの家（ヴェルフェル, フランツ）
◇吉田正己訳「世界100物語 7」河出書房新社 1997 p65

彼方からあらわれたもの（ダーレス, オーガスト）
◇岩村光博訳「クトゥルー 13」青心社 2005 （暗黒神話大系シリーズ） p7

カナダノート（ジョンソン, アダム）
◇金原瑞人, 大谷真弓訳「Modern & Classic トラウマ・プレート」河出書房新社 2005 p247

彼方（かなた）のどこにもいない女（ランジュラン, ジョルジュ）
◇稲葉明雄訳「異色作家短篇集 5」早川書房 2006 p101

彼方よりの挑戦（ムーア, C.L.／メリット, エイブラム／ラヴクラフト, H.P.／ハワード, ロバート・E.／ロング, F.B.）

◇浅間健訳「新編 真ク・リトル・リトル神話大系 2」国書刊行会 2007 p191

蟹人（プール, ロメオ）
◇大川清一郎翻案「怪樹の腕―〈ウィアード・テールズ〉戦前邦訳傑作選」東京創元社 2013 p259

カヌー（ダン, ダグラス）
◇中野康司訳「新しいイギリスの小説 ひそやかな村」白水社 1992 p54

鐘（ローマン, アイザック）
◇山本俊子訳「ミニ・ミステリ100」早川書房 2005 （ハヤカワ・ミステリ文庫） p215

鐘を打つ音が聞こえるか（マウン・ティンカイン）
◇南田みどり編訳「二十一世紀ミャンマー作品集」大同生命国際文化基金 2015 （アジアの現代文芸） p181

金をひろった男（クローニン, ジェイムズ・E.）
◇平間あや訳「ブルー・ボウ・シリーズ キスの代償」青弓社 1994 p109

鐘が鳴るとき―受難の山地の幼い妓女姉妹に（モーナノン）
◇下村作次郎編訳「台湾原住民文学選 1」草風館 2002 p10

鐘突きジューバル（オブライエン, フィッツ＝ジェイムズ）
◇南條竹則訳「怪奇文学大山脈 1」東京創元社 2014 p255

ガネットの銃（ウォルシュ, トマス）
◇水野恵訳「ミステリ・リーグ傑作選 上」論創社 2007 （論創海外ミステリ） p190

金のためなら（ベンダー, カレン・E.）
◇小原亜美訳「ゾエトロープ Noir」角川書店 2003 （Bookplus） p69

金のないユダヤ人（ゴールド, マイケル）
◇坂本肇訳「20世紀民衆の世界文学 9」三友社出版 1992 p1

『カネーポロス（聖籠を運ぶ乙女）』（メナンドロス）
◇中務哲郎, 脇本由佳, 荒井直訳「ギリシア喜劇全集 6」岩波書店 2010 p174

金持の青年（フィッツジェラルド, F.スコット）
◇野崎孝訳「世界100物語 7」河出書房新社 1997 p319

かねも

金持ちの病（セーンマニー、ブンスーン）
　◇二元裕子編訳「ラオス現代文学選集」大同生
　　命国際文化基金 2013（アジアの現代文
　　芸）p140

金は金なり（ウェストレイク、ドナルド・E.）
　◇木村二郎訳「十の罪業 Red」東京創元社
　　2009（創元推理文庫）p147

可能性の問題（リッチー、ジャック）
　◇藤村裕美訳「KAWADE MYSTERY 10 ドル
　　だって大金だ」河出書房新社 2006 p213

彼女がくれたもの（クック、トマス・H.）
　◇府川由美恵訳「ミステリアス・ショーケー
　　ス」早川書房 2012（Hayakawa pocket
　　mystery books）p165

彼女が東京を救う（ボールディ、ブライアン）
　◇古屋美登里訳「モンスターズ―現代アメリカ
　　傑作短篇集」白水社 2014 p99

彼女の新しい生活（パーキンス、エミリー）
　◇ウィリアム N.伊藤訳「ゾエトロープ Pop」
　　角川書店 2001（Bookplus）p155

彼女の犬（コムロフ、マニュエル）
　◇務台夏子訳「あの犬この犬そんな犬―11の物
　　語」東京創元社 1998 p19

彼女のお宝（バイク、スー）
　◇遠藤真弓訳「ベスト・アメリカン・ミステリ
　　クラック・コカイン・ダイエット」早川書
　　房 2007（ハヤカワ・ミステリ）p413

彼女のお出かけ（ブライアント、エドワード）
　◇大森望訳「現代ミステリーの至宝 2」扶桑社
　　1997（扶桑社ミステリー）p213

彼女の面影（クラヴァン、アンドリュー）
　◇田口俊樹訳「ロンドン・ノワール」扶桑社
　　2003（扶桑社ミステリー）p371

彼女のご主人さま（クラヴァン、アンドリュー）
　◇羽田詩津子訳「ベスト・アメリカン・ミステ
　　リ クラック・コカイン・ダイエット」早川
　　書房 2007（ハヤカワ・ミステリ）p231

彼女の残した料理本（フィンク、クリスチャン）
　◇浅倉久志選訳「極短小説」新潮社 2004（新
　　潮文庫）p213

彼女のハリウッド（ハイド、マイケル）
　◇ウイアー美由紀訳「アメリカミステリ傑作選
　　2003」DHC 2003（アメリカ文芸「年間」
　　傑作選）p251

彼女の夢（ブッチャー、ティム）
　◇角田光代訳「わたしは女の子だから」英治出
　　版 2012 p43

彼女は三（死の女神）（リー、タニス）
　◇安野玲訳「奇想コレクション 悪魔の薔薇」
　　河出書房新社 2007 p87

"彼の者現れて後去るべし"（ウエイクフィール
ド、ハーバート・ラッセル）
　◇鈴木克昌訳「魔法の本棚 赤い館」国書刊行
　　会 1996 p118

カバイシアンの長官（ストリブリング、T.S.）
　◇倉阪鬼一郎訳「世界探偵小説全集 15」国書
　　刊行会 1997 p59

カバジェーロ・チャールス（アレナル、ウンベル
ト）
　◇栗原昌子訳「ラテンアメリカ傑作短編集―中
　　南米スペイン語圏文学史を辿る」彩流社
　　2014 p323

カーバー・ハウスの怪（ジャコビ、カール）
　◇三浦玲子訳「ダーク・ファンタジー・コレク
　　ション 5」論創社 2007 p187

かばんの中身をたしかめろ（エルスン、ハル）
　◇糟谷泰子訳「ブルー・ボウ・シリーズ 死体
　　のささやき」青弓社 1993 p173

画皮（がひ）（蒲松齢）
　◇黒田真美子著「中国古典小説選 9（清代 1）」
　　明治書院 2009 p128

娥眉一雲の伯爵夫人（李陸史）
　◇安宇植（アンウーシク）訳「韓国文学名作選 李
　　陸史詩集」講談社 1999 p21

カピタン李（全光鏞）
　◇朴暎恩、真野保久編訳「王陵と駐屯軍―朝鮮
　　戦争と韓国の戦後派文学」凱風社 2014 p8

かびの花（河成蘭）
　◇山田佳子訳「現代韓国短篇選 上」岩波書店
　　2002 p71

花瓶（星竹）
　◇金子わこ訳「じゃがいも―中国現代文学短編
　　集」小学館スクウェア 2007 p149
　◇金子わこ訳「じゃがいも―中国現代文学短編
　　集」鼎書房 2012 p149

火夫（カフカ、フランツ）
　◇川島隆訳「ポケットマスターピース 1」集英
　　社 2015（集英社文庫ヘリテージシリー

ズ）p99

カフスボタンの謎（サーバー, ジェイムズ）
　◇鳴海四郎訳「異色作家短篇集 14」早川書房
　　2006 p41

カプチーノの味 The Taste of Cappuccino（喩
栄軍）
　◇中山文訳「中国現代戯曲集 第5集」晩成書房
　　2004 p145

ガブリエル・アーネスト（サキ）
　◇浅尾敦則訳「百年文庫 84」ポプラ社 2011
　　p83

カブリワラ（タゴール, ラビンドラナート）
　◇野間宏訳「百年文庫 18」ポプラ社 2010
　　p139

壁（サンソム, ウィリアム）
　◇若島正訳「異色作家短篇集 19」早川書房
　　2007 p197

壁（葉石濤）
　◇中島利郎訳「台湾郷土文学選集 4」研文出版
　　2014 p175

壁を突き抜ける頭（ヴァイラオホ, ヴォルフガン
グ）
　◇中野京子訳「シリーズ現代ドイツ文学 4」早
　　稲田大学出版部 1993 p234

壁をへだてた目撃者（エリン, スタンリイ）
　◇田中融二訳「異色作家短篇集 11」早川書房
　　2006 p175

画壁（蒲松齢）
　◇黒田真美子著「中国古典小説選 9（清代 1）」
　　明治書院 2009 p24

壁としての書物 ジョルジュ・サンド宛〔一八
七六年四月三日〕（フローベール, ギュスター
ヴ）
　◇山崎敦訳「ポケットマスターピース 7」集英
　　社 2016（集英社文庫ヘリテージシリー
　　ズ）p767

壁に映った影（ムンゴシ, チャールズ）
　◇佐藤杏子訳「アフリカ文学叢書 乾季のおと
　　ずれ」スリーエーネットワーク 1995 p5

壁にうつる影（フリーマン, メアリー・ウィルキ
ンズ）
　◇梅田正彦訳「ざくろの実—アメリカ女流作家
　　怪奇小説選」鳥影社 2008 p25

壁に書かれた目録（ピール, デヴィッド）

◇飯城勇三編訳「エラリー・クイーンの災難」
　論創社 2012（論創海外ミステリ）p255

壁抜け男（エーメ, マルセル）
　◇中村真一郎訳「異色作家短篇集 17」早川書
　　房 2007 p7
　◇中村真一郎訳「変身ものがたり」筑摩書房
　　2010（ちくま文学の森）p33

壁の上の父（魯敏）
　◇加藤三由紀訳「9人の隣人たちの声—中国新
　　鋭作家短編小説選」勉誠出版 2012 p131

壁の染み（ウルフ, ヴァージニア）
　◇西崎憲訳「百年文庫 39」ポプラ社 2010 p85

壁のなかで（テイラー, ルーシー）
　◇佐々木信雄訳「魔猫」早川書房 1999 p237

壁の割れ目（ホール, ジェイムズ・W.）
　◇延原泰子訳「殺さずにはいられない 1」早川
　　書房 2002（ハヤカワ・ミステリ文庫）
　　p285

カボチャ頭（オーツ, ジョイス・キャロル）
　◇谷崎由依訳「ベスト・ストーリーズ 3」早川
　　書房 2016 p271

窯（メトカーフ, ジョン）
　◇三浦玲子訳「ダーク・ファンタジー・コレク
　　ション 5」論創社 2007 p269

カマフォード村の哀惜（ピーターズ, エリス）
　◇土屋元子訳「海外ミステリ Gem Collection
　　16」長崎出版 2010 p3

髪（アラン, A.J.）
　◇吉村満美子訳「怪奇礼讃」東京創元社 2004
　　（創元推理文庫）p229

ガミアニ（ミュッセ, アルフレッド・ド）
　◇須賀慣訳「晶文社アフロディーテ双書 ガミ
　　アニ」晶文社 2003 p3

噛み合わない視線（ヒーリイ, ジェレマイア）
　◇中井京子訳「探偵稼業はやめられない—女探
　　偵vs.男探偵」光文社 2003（光文社文庫）
　　p127

髪を切られた女（メナンドロス）
　◇広川直幸訳「ギリシア喜劇全集 5」岩波書店
　　2009 p197

髪を束ねて（エイクマン, ロバート）
　◇今本渉訳「魔法の本棚 奥の部屋」国書刊行
　　会 1997 p55

神がかった呪文（ヴォー・ティ・ハーオ）

◇加藤栄編訳「ベトナム現代短編集 2」大同生命国際文化基金 2005（アジアの現代文芸）p111

神風（ヤング, ロバート・F.）
　◇伊藤典夫訳「奇想コレクション　たんぽぽ娘」河出書房新社 2013 p69

神々の遺灰（ムーア, C.L.）
　◇仁賀克雄訳「ダーク・ファンタジー・コレクション 9」論創社 2008 p137

神々の宇宙靴─考古学はくつがえされた（スラデック, ジョン）
　◇浅倉久志訳「奇想コレクション　蒸気駆動の少年」河出書房新社 2008 p157

神々の黄昏─ニーベルングの指環（ワーグナー, リヒャルト）
　◇高橋康也, 高橋宣也訳「〈新訳・世界の古典〉シリーズ　神々の黄昏」新書館 1998 p7

神々のビー玉（キング, エドワード・L.）
　◇浅倉久志選訳「極短小説」新潮社 2004（新潮文庫）p320

神様, お慈悲を！（リール, ヴィルヘルム・ハインリヒ）
　◇山崎恒裕訳「百年文庫 93」ポプラ社 2011 p79

神様がおれの心を愛で満たすとき（ルイス, ジム）
　◇ウィリアム N.伊藤訳「ゾエトロープ Pop」角川書店 2001（Bookplus）p265

神様の若い天使（シャマン・ラポガン）
　◇魚住悦子訳「天国の風─アジア短篇ベスト・セレクション」新潮社 2011 p85

カミシンスキイのこと（リットマン, エレン）
　◇江口和美訳「アメリカ新進作家傑作選 2007」DHC 2008 p41

雷の12番目の歌（作者不詳）
　◇渡辺信二訳「アメリカ文学ライブラリー　アメリカ名詩選」本の友社 1997 p10

髪に花を飾って（ヴォルマン, ウィリアム・T.）
　◇迫光訳「VOICES OVERSEAS ハッピー・ガールズ, バッド・ガールズ」講談社 1996 p237

神の空に燦然と輝く花（ミラー, マーティン）
　◇村井智之訳「ディスコ2000」アーティストハウス 1999 p162

神の手（クラウザー, ピーター）
　◇日暮雅通訳「シャーロック・ホームズの大冒険 下」原書房 2009 p65

神の手（ソロルサノ, カルロス）
　◇佐竹謙一訳「ラテンアメリカ現代演劇集」水声社 2005 p159

神の無限性（ブロンテ, シャーロット）
　◇中岡洋, 芦沢久江訳「ブロンテ姉妹エッセイ全集」彩流社 2016 p181

神の恵み（トリート, ローレンス／プロッツ, チャールズ・M.）
　◇山本俊子訳「ミニ・ミステリ100」早川書房 2005（ハヤカワ・ミステリ文庫）p63

神のような人（ヴォルマン, ウィリアム・T.）
　◇迫光訳「VOICES OVERSEAS ハッピー・ガールズ, バッド・ガールズ」講談社 1996 p150

紙飛行機（ミェーモンルィン）
　◇南田みどり編訳「二十一世紀ミャンマー作品集」大同生命国際文化基金 2015（アジアの現代文芸）p205

カミーユ・フラマリオンの著名なる『ある彗星の話』の驚くべき後日譚（チブルカ, アルフ・フォン）
　◇垂野創一郎訳「怪奇文学大山脈 3」東京創元社 2014 p165

カミラとキャンディの王（パウエル, ギャリー・クレイグ）
　◇神崎朗子訳「ベスト・アメリカン・短編ミステリ」DHC 2010 p413

嚙む（バウチャー, アントニー）
　◇白須清美訳「ダーク・ファンタジー・コレクション 3」論創社 2006 p9

ガムドロップ・キング（スタントン, ウィル）
　◇浅倉久志編訳「グラックの卵」国書刊行会 2006（未来の文学）p147

亀の悲しみ アキレスの回想録（フラー, ジョン）
　◇柴田元幸編訳「燃える天使」角川書店 2009（角川文庫）p171

カメラ＝オブスキュラ（ヘルマン, ユーディット）
　◇松永美穂訳「Modern & Classic 夏の家, その後」河出書房新社 2005 p165

カメリア（ライトフット, フリーダ）

◇沢木あさみ訳「ティータイム・ストーリーズ　はるかなる丘」花風社 1999 p103

ガメリン（作者不詳）
　◇中世英国ロマンス研究会訳「中世英国ロマンス集 1」篠崎書林 1983 p167

カメレオンボーイ（トレイ, パトリック・S.）
　◇浅倉久志選訳「極短小説」新潮社 2004（新潮文庫）p167

仮面（ナイト, デーモン）
　◇中村融編訳「影が行く―ホラーSF傑作選」東京創元社 2000（創元SF文庫）p263

仮面（マーシュ, リチャード）
　◇青木悦子訳「怪奇文学大山脈 1」東京創元社 2014 p265

仮面の孔（ロラン, ジャン）
　◇澁澤龍彦訳「澁澤龍彦訳暗黒怪奇短篇集」河出書房新社 2013（河出文庫）p111

仮面の孔（あな）（ロラン, ジャン）
　◇澁澤龍彦訳「怪奇小説傑作集新版 4」東京創元社 2006（創元推理文庫）p379

かもじの美術家―墓のうえの物語（レスコフ, ニコライ・セミョーノヴィチ）
　◇神西清訳「世界100物語 4」河出書房新社 1997 p90

かもめ（カバリェーロ, フェルナン）
　◇浅沼澄訳「西和リブロス 12」西和書林 1990 p5

かもめ（コヴェンチューク）
　◇片山ふえ訳「雑話集―ロシア短編集 3」ロシア文学翻訳グループクーチカ 2014 p122

かもめ（チェーホフ）
　◇堀江新二訳「かもめ―四幕の喜劇」群像社 2002（ロシア名作ライブラリー）p7
　◇中村白葉訳「かもめ／伯父ワーニャ」ゆまに書房 2008（昭和初期世界名作翻訳全集）p3

カモメ（李範宣）
　◇朴暻恩, 真野保久編訳「王陵と駐屯軍―朝鮮戦争と韓国の戦後派文学」凱風社 2014 p120

カヤはさやいだ（ゾーシチェンコ）
　◇林朋子訳「雑話集―ロシア短編集 2」「雑話集」の会 2009 p61

火曜日はスーパーへ（ダルレ, エマニュエル）

◇石井恵訳「コレクション現代フランス語圏演劇 16」れんが書房新社 2012 p91

カラオケ・ナイト（ボーブ, ダン）
　◇越前亜紀子訳「アメリカ新進作家傑作選 2007」DHC 2008 p325

から騒ぎ（シェイクスピア, ウィリアム）
　◇坪内逍遥訳「から騒ぎ」ゆまに書房 2004（昭和初期世界名作翻訳全集）p11

辛子の野原（コッパード, A.E.）
　◇西崎憲訳「魔法の本棚 郵便局と蛇」国書刊行会 1996 p81

ガラス（ローズ, ダン）
　◇岸本佐知子編訳「変愛小説集 2」講談社 2010 p244

からすと天国（カフカ, フランツ）
　◇内海吉彦訳「アンデスの風叢書 天国・地獄百科」書肆風の薔薇 1982 p42

ガラスの丘のプリンセス（ウインターズ, レベッカ）
　◇田村たつ子訳「四つの愛の物語―クリスマス・ストーリー 2013」ハーレクイン 2013 p101

硝子の檻（サージェント, パメラ）
　◇黒田直見訳「不思議な猫たち」扶桑社 1999（扶桑社ミステリー）p217

ガラスの橋（アーサー, ロバート）
　◇田中潤司訳「北村薫の本格ミステリ・ライブラリー」角川書店 2001（角川文庫）p105
　◇上野元美訳「密室殺人コレクション」原書房 2001 p223

ガラスの部屋（ウォルソン, モートン）
　◇森英俊訳「これが密室だ！」新樹社 1997 p121

ガラスの丸天井付き時計の冒険（クイーン, エラリー）
　◇井上勇訳「綾辻行人と有栖川有栖のミステリ・ジョッキー 1」講談社 2008 p291

カラマーゾフの兄弟 第2部第5編4章 反逆（ドストエフスキー, フョードル・ミハイロヴィチ）
　◇江川卓訳「ポケットマスターピース 10」集英社 2016（集英社文庫ヘリテージシリーズ）p693

がらんどうの男（バーク, トマス）
　◇佐藤弓生訳「怪奇小説日和―黄金時代傑作

選」筑摩書房 2013（ちくま文庫）p189

借り（トリート, ローレンス）
　◇神野志季三江訳「ブルー・ボウ・シリーズ
　　殺人コレクション」青弓社 1992 p27

カリオストロ（トルストイ, アレクセイ・ニコラ
エヴィチ）
　◇原卓也訳「怪奇小説傑作集新版 5」東京創元
　　社 2006（創元推理文庫）p353

狩りをするヤダヤ人（ムーア, ローリー）
　◇小梨直訳「新しいアメリカの小説 愛の生活」
　　白水社 1991 p167

カリクレイデース（作者不詳）
　◇久保田忠利, 橋本隆夫, 野津寛, 安村典子, 吉
　　武純夫, 丹下和彦訳「ギリシア喜劇全集 8」
　　岩波書店 2011 p92

ガリジェーヌ物語またはダンカンの覚書（ティ
フェーニュ・ド・ラ・ロシュ, シャルル＝フラン
ソワ）
　◇橋本克己, 野沢協訳「啓蒙のユートピア 2」
　　法政大学出版局 2008 p637

かりそめの客（チャド・オリヴァーと共作）
（ボーモント, チャールズ）
　◇小笠原豊樹訳「異色作家短篇集 12」早川書
　　房 2006 p203

狩りたてるもの（カットナー, ヘンリイ）
　◇東谷真知子訳「クトゥルー 11」青心社 1998
　　（暗黒神話大系シリーズ）p101

『カーリーネー（カーリアの泣き女）』（メナンド
ロス）
　◇中務哲郎, 脇本由佳, 荒井直訳「ギリシア喜
　　劇全集 6」岩波書店 2010 p175

仮寝の世界（ダシドーロブ, ソルモーニルシーン）
　◇柴内秀司訳「モンゴル近現代短編小説選」パ
　　ブリック・ブレイン 2013 p122

狩り場（オレシュニック, A.F.）
　◇佐々田雅子訳「ミニ・ミステリ100」早川書
　　房 2005（ハヤカワ・ミステリ文庫）p488

カリブ諸島の手がかり（ストリブリング, T.S.）
　◇倉阪鬼一郎訳「世界探偵小説全集 15」国書
　　刊行会 1997

借りもののハート（リー, ミランダ）
　◇庭植奈穂子訳「愛は永遠に—ウエディング・
　　ストーリー 2000」ハーレクイン 2000
　　p179

火龍（ブラッドベリ, レイ）
　◇吉田誠一訳「異色作家短篇集 15」早川書房
　　2006 p17

狩人の館（キルワース, ギャリー）
　◇和田禮子訳「ミステリアス・クリスマス」パ
　　ロル舎 1999 p129

狩人の夜（グラッブ, デイヴィス）
　◇宮脇裕子訳「シリーズ百年の物語 5」トパー
　　ズプレス 1996 p4

狩人よ, 故郷に帰れ（マッケナ, リチャード）
　◇中村融訳「黒い破壊者—宇宙生命SF傑作選」
　　東京創元社 2014（創元SF文庫）p9

（カリュストスの）アポロドーロス（作者不詳）
　◇久保田忠利, 橋本隆夫, 野津寛, 安村典子, 吉
　　武純夫, 丹下和彦訳「ギリシア喜劇全集 8」
　　岩波書店 2011 p3

カルヴィーノから読者へ〔パロマー〕（カル
ヴィーノ, イタロ）
　◇和田忠彦訳「イタリア叢書 6」松籟社 1988
　　p4

カルカッソーネ（ダンセイニ卿）
　◇原葵訳「バベルの図書館 26」国書刊行会
　　1991 p41
　◇原葵訳「新編 バベルの図書館 3」国書刊行会
　　2013 p142

『カルキス』（メナンドロス）
　◇中務哲郎, 脇本由佳, 荒井直訳「ギリシア喜
　　劇全集 6」岩波書店 2010 p346

『カルケイア』（メナンドロス）
　◇中務哲郎, 脇本由佳, 荒井直訳「ギリシア喜
　　劇全集 6」岩波書店 2010 p345

『カルケードニオス（カルターゴーの男）』（メ
ナンドロス）
　◇中務哲郎, 脇本由佳, 荒井直訳「ギリシア喜
　　劇全集 6」岩波書店 2010 p177

カルタ遊び（チェーホフ, アントン・パーヴロ
ヴィチ）
　◇松下裕訳「教えたくなる名短篇」筑摩書房
　　2014（ちくま文庫）p61

カルデンシュタインの吸血鬼——一九三八（カウ
ルズ, フレデリック）
　◇金谷益道訳「ゴシック短編小説集」春風社
　　2012 p465

カルトの影（ブラハルツ, クルト）

◇郷正文訳「現代ウィーン・ミステリー・シリーズ 7」水声社 2002 p5

カールの園芸と造園（ビッスン, テリー）
　◇中村融編訳「奇想コレクション 平ら山を越えて」河出書房新社 2010 p233

カール B.アンダーソンの讒言 1995–1996（ウィルソン, シントラ）
　◇ウィリアム N.伊藤訳「ゾエトロープ Biz」角川書店 2001（Bookplus）p309

カルマはドグマを撃つ（アボット, ジェフ）
　◇佐藤耕士訳「殺しのグレイテスト・ヒッツ」早川書房 2007（ハヤカワ・ミステリ文庫）p287

カルメン（メリメ, プロスペール）
　◇工藤庸子訳「〈新訳・世界の古典〉シリーズ カルメン」新書館 1997 p5

ガルモアの郡保安官（ポースト, メルヴィル・デイヴィスン）
　◇高橋朱美訳「海外ミステリ Gem Collection 13」長崎出版 2008 p147

彼（レッシング, ドリス）
　◇中村邦生訳「この愛のゆくえ―ポケットアンソロジー」岩波書店 2011（岩波文庫別冊）p371

華麗なる魅惑（ブラムライン, マイケル）
　◇山形浩生訳「ライターズX 器官切除」白水社 1994 p112

彼氏島（リクター, ステイシー）
　◇岸本佐知子編訳「変愛小説集 2」講談社 2010 p7

カレーソーセージをめぐるレーナの物語（ティム, ウーヴェ）
　◇浅井晶子訳「Modern & Classic カレーソーセージをめぐるレーナの物語」河出書房新社 2005 p1

彼と彼女の話―いくつかの行動で異なる価値観を見せる幕間の多い喜劇（ビールカロ, スヴィトラーナ）
　◇藤井悦子, オリガ・ホメンコ訳「現代ウクライナ短編集」群像社 2005（群像社ライブラリー）p225

彼の手が求めしもの（フェネリー, ベス・アン／フランクリン, トム）
　◇竹内要江訳「ベスト・アメリカン・短編ミステリ 2012」DHC 2012 p177

彼の両手がずっと待っていたもの（フランクリン, トム）
　◇伏見威蕃訳「ミステリアス・ショーケース」早川書房 2012（Hayakawa pocket mystery books）p85

枯葉（ベッケル, グスタボ・アドルフォ）
　◇高橋正武訳「百年文庫 54」ポプラ社 2010 p51

彼らが残したもの（キング, スティーヴン）
　◇白石朗, 田口俊樹訳「十の罪業 Black」東京創元社 2009（創元推理文庫）p221

彼らが私たちを捨て去るとき（スミス, パトリシア）
　◇松本三佳訳「ベスト・アメリカン・短編ミステリ 2014」DHC 2015 p503

彼らの生涯の最愛の時（ワトスン, イアン／クアリア, ロベルト）
　◇大森望訳「ここがウィネトカなら、きみはジュディ―時間SF傑作選 SFマガジン創刊50周年記念アンソロジー」早川書房 2010（ハヤカワ文庫 SF）p101

彼らは永らえず（ダール, ロアルド）
　◇伏見威蕃訳「翼を愛した男たち」原書房 1997 p121

彼はかく語りき…彼女もかく語りき（マラー, マーシャ）
　◇田口俊樹訳「主婦に捧げる犯罪―書下ろしミステリ傑作選」武田ランダムハウスジャパン 2012（RHブックス＋プラス）p343

カレンが寝た男（レナード, エルモア）
　◇高見浩訳「愛の殺人」早川書房 1997（ハヤカワ・ミステリ文庫）p241

河（バニヤン, ジョン）
　◇斎藤博士訳「アンデスの風叢書 天国・地獄百科」書肆風の薔薇 1982 p134

かわいい女（チェーホフ, アントン）
　◇小笠原豊樹訳「ただならぬ午睡―恋愛小説アンソロジー」光文社 2004（光文社文庫）p199

かわいい子猫ちゃん（アシモフ, アイザック）
　◇田中一江訳「不思議な猫たち」扶桑社 1999（扶桑社ミステリー）p101

かわいいパラサイト（コーベット, デイヴィッド）
　◇法井ひろえ訳「ベスト・アメリカン・短編ミ

ステリ」DHC 2010 p195

かわいい訪問者（ブロードリック, アネット）
　　◇佐々木真澄訳「マイ・バレンタイン―愛の贈
　　　りもの 2000」ハーレクイン 2000 p105

乾いた魔女（バイアット, A.S.）
　　◇篠田清美訳「新しいイギリスの小説 シュ
　　　ガー」白水社 1993 p111

河を下る旅（ヤング, ロバート・F.）
　　◇伊藤典夫訳「奇想コレクション たんぽぽ娘」
　　　河出書房新社 2013 p25

川を渡っていった歌（李陸史）
　　◇安宇植（アンウーシク）訳「韓国文学名作選 李
　　　陸史詩集」講談社 1999 p11

皮コレクター（ウォデル, M.S.）
　　◇金井美子訳「ダーク・ファンタジー・コレク
　　　ション 8」論創社 2008 p19

蛙（かわず）（アリストパネース）
　　◇内田次信訳「ギリシア喜劇全集 3」岩波書店
　　　2009 p199

川底に（キンケイド, ジャメイカ）
　　◇管啓次郎訳「新しい〈世界文学〉シリーズ 川
　　　底に」平凡社 1997 p125

川に浮かぶ島（ホーリー, チャド）
　　◇泉佳奈子訳「アメリカミステリ傑作選 2002」
　　　DHC 2002 （アメリカ文芸「年間」傑作
　　　選）p443

河の音（リース, ジーン）
　　◇西崎憲編訳「短篇小説日和―英国異色傑作
　　　選」筑摩書房 2013 （ちくま文庫）p399

河面の秋（田兵）
　　◇岡田英樹訳編「血の報復―「在満」中国人作
　　　家短篇集」ゆまに書房 2016 p289

変身（かわりみ）… → "へんしん…"をも見よ

変身（かわりみ）（カフカ, フランツ）
　　◇多和田葉子訳「ポケットマスターピース 1」
　　　集英社 2015 （集英社文庫ヘリテージシ
　　　リーズ）p7

変わりゆくもの（ソット・ポーリン）
　　◇岡田知子編訳「現代カンボジア短編集」大同
　　　生命国際文化基金 2001 （アジアの現代文
　　　芸）p38

癌（マルキ, デーヴィッド）
　　◇旦紀子訳「マシン・オブ・デス―A
　　　Collection of Stories about People who

Know How They Will DIE」アルファポリ
ス 2012 p266
　　◇旦紀子訳「マシン・オブ・デス」アルファポ
　　　リス 2013 （アルファポリス文庫）p195

癌（ミラー, カムロン）
　　◇旦紀子訳「マシン・オブ・デス―A
　　　Collection of Stories about People who
　　　Know How They Will DIE」アルファポリ
　　　ス 2012 p144

癌 ある内科医の日記から（ウォレン, サミュエ
ル）
　　◇石塚久郎訳「病短編小説集」平凡社 2016
　　　（平凡社ライブラリー）p263

関雲長、一刀にて四人の寇を劈る（単刀劈四
寇）（井上泰山）
　　◇井上泰山訳「三国劇翻訳集」関西大学出版部
　　　2002 p207

関雲長、大いに蚩尤（しゅう）を破る（大破蚩尤）
（井上泰山）
　　◇井上泰山訳「三国劇翻訳集」関西大学出版部
　　　2002 p789

関雲長、義勇もて金を辞（ことわ）る（義勇辞金）
（井上泰山）
　　◇井上泰山訳「三国劇翻訳集」関西大学出版部
　　　2002 p355

関雲長、千里の道を独り行く（千里独行）（井
上泰山）
　　◇井上泰山訳「三国劇翻訳集」関西大学出版部
　　　2002 p317

棺桶屋（ミドルトン, リチャード）
　　◇南條竹則訳「魔法の本棚 幽霊船」国書刊行
　　　会 1997 p43

考え方（スタージョン, シオドア）
　　◇小笠原豊樹訳「異色作家短篇集 3」早川書房
　　　2005 p253

考えるロボット（ランジュラン, ジョルジュ）
　　◇稲葉明雄訳「異色作家短篇集 5」早川書房
　　　2006 p221

カンガルー（サリス, エヴァ）
　　◇下楠昌哉訳「ダイヤモンド・ドッグ―《多文
　　　化を映す》現代オーストラリア短編小説
　　　集」現代企画室 2008 p25

宦官（テレンティウス）
　　◇谷栄一郎訳「ローマ喜劇集 5」京都大学学術
　　　出版会 2002 （西洋古典叢書）p239

乾季のおとずれ（ムンゴシ, チャールズ）
　◇溝口昭子訳「アフリカ文学叢書 乾季のおと
　　ずれ」スリーエーネットワーク 1995 p81

漢江で（韓龍雲）
　◇安宇植（アンウーシク）訳「韓国文学名作選 ニ
　　ムの沈黙」講談社 1999 p133

カンザスの夏（ドビンズ, スティーヴン）
　◇愛甲悦子訳「アメリカ短編小説傑作選 2001」
　　DHC 2001 （アメリカ文芸「年間」傑作
　　選）p109

監視（マグラア, パトリック）
　◇宮脇孝雄訳「奇想コレクション 失われた探
　　険家」河出書房新社 2007 p275

顔氏（がんし）（蒲松齢）
　◇黒田真美子著「中国古典小説選 9（清代 1）」
　　明治書院 2009 p385

『カンシオン』 第一番〜第五番（ガルシラソ・
　デ・ラ・ベーガ）
　◇本田誠二訳「西和リブロス 13」西和書林
　　1993 p47

監視鳥（シェクリイ, ロバート）
　◇宇野利泰訳「異色作家短篇集 9」早川書房
　　2006 p57

感謝祭のお客（カポーティ, トルーマン）
　◇川本三郎訳「少年の眼—大人になる前の物
　　語」光文社 1997 （光文社文庫）p341

感謝の気持ち（ハント, アンドルー・E.）
　◇浅倉久志選訳「極短小説」新潮社 2004 （新
　　潮文庫）p90

感傷と恋心のごった煮（ラタトゥイユ）グル
　ゴー＝デュガゾン宛〔一八四二年一月二十
　二日付〕（フローベール, ギュスターヴ）
　◇山崎敦訳「ポケットマスターピース 7」集英
　　社 2016 （集英社文庫ヘリテージシリー
　　ズ）p726

韓昌黎文集 第十一巻（韓愈）
　◇清水茂訳「世界古典文学全集 30 A」筑摩書
　　房 1986 p9

韓昌黎文集 第十二巻（韓愈）
　◇清水茂訳「世界古典文学全集 30 A」筑摩書
　　房 1986 p37

韓昌黎文集 第十三巻（韓愈）
　◇清水茂訳「世界古典文学全集 30 A」筑摩書
　　房 1986 p63

韓昌黎文集 第十四巻（韓愈）
　◇清水茂訳「世界古典文学全集 30 A」筑摩書
　　房 1986 p91

韓昌黎文集 第十五巻（韓愈）
　◇清水茂訳「世界古典文学全集 30 A」筑摩書
　　房 1986 p129

韓昌黎文集 第十六巻（韓愈）
　◇清水茂訳「世界古典文学全集 30 A」筑摩書
　　房 1986 p145

韓昌黎文集 第十七巻（韓愈）
　◇清水茂訳「世界古典文学全集 30 A」筑摩書
　　房 1986 p175

韓昌黎文集 第十八巻（韓愈）
　◇清水茂訳「世界古典文学全集 30 A」筑摩書
　　房 1986 p199

韓昌黎文集 第十九巻（韓愈）
　◇清水茂訳「世界古典文学全集 30 A」筑摩書
　　房 1986 p219

韓昌黎文集 第二十巻（韓愈）
　◇清水茂訳「世界古典文学全集 30 A」筑摩書
　　房 1986 p245

韓昌黎文集 第二十一巻（韓愈）
　◇清水茂訳「世界古典文学全集 30 A」筑摩書
　　房 1986 p265

韓昌黎文集 第二十二巻（韓愈）
　◇清水茂訳「世界古典文学全集 30 A」筑摩書
　　房 1986 p295

韓昌黎文集 第二十三巻（韓愈）
　◇清水茂訳「世界古典文学全集 30 A」筑摩書
　　房 1986 p319

韓昌黎文集 第二十四巻（韓愈）
　◇清水茂訳「世界古典文学全集 30 B」筑摩書
　　房 1987 p9

韓昌黎文集 第二十五巻（韓愈）
　◇清水茂訳「世界古典文学全集 30 B」筑摩書
　　房 1987 p25

韓昌黎文集 第二十六巻（韓愈）
　◇清水茂訳「世界古典文学全集 30 B」筑摩書
　　房 1987 p47

韓昌黎文集 第二十七巻（韓愈）
　◇清水茂訳「世界古典文学全集 30 B」筑摩書
　　房 1987 p65

韓昌黎文集 第二十八巻（韓愈）
　◇清水茂訳「世界古典文学全集 30 B」筑摩書

かんし

房 1987 p81

韓昌黎文集 第二十九巻（韓愈）
　◇清水茂訳「世界古典文学全集 30 B」筑摩書
　　房 1987 p95

韓昌黎文集 第三十巻（韓愈）
　◇清水茂訳「世界古典文学全集 30 B」筑摩書
　　房 1987 p109

韓昌黎文集 第三十一巻（韓愈）
　◇清水茂訳「世界古典文学全集 30 B」筑摩書
　　房 1987 p131

韓昌黎文集 第三十二巻（韓愈）
　◇清水茂訳「世界古典文学全集 30 B」筑摩書
　　房 1987 p147

韓昌黎文集 第三十三巻（韓愈）
　◇清水茂訳「世界古典文学全集 30 B」筑摩書
　　房 1987 p167

韓昌黎文集 第三十四巻（韓愈）
　◇清水茂訳「世界古典文学全集 30 B」筑摩書
　　房 1987 p181

韓昌黎文集 第三十五巻（韓愈）
　◇清水茂訳「世界古典文学全集 30 B」筑摩書
　　房 1987 p197

韓昌黎文集 第三十六巻（韓愈）
　◇清水茂訳「世界古典文学全集 30 B」筑摩書
　　房 1987 p205

韓昌黎文集 第三十七巻（韓愈）
　◇清水茂訳「世界古典文学全集 30 B」筑摩書
　　房 1987 p217

韓昌黎文集 第三十八巻（韓愈）
　◇清水茂訳「世界古典文学全集 30 B」筑摩書
　　房 1987 p241

韓昌黎文集 第三十九巻（韓愈）
　◇清水茂訳「世界古典文学全集 30 B」筑摩書
　　房 1987 p259

韓昌黎文集 第四十巻（韓愈）
　◇清水茂訳「世界古典文学全集 30 B」筑摩書
　　房 1987 p289

慣性調整装置をめぐる事件（バクスター, ス
ティーヴン）
　◇日暮雅通訳「シャーロック・ホームズの大冒
　　険 下」原書房 2009 p27

完全への道（スウェデンボルイ（偽））
　◇斎藤博士訳「アンデスの風叢書 天国・地獄
　　百科」書肆風の薔薇 1982 p159

完全殺人（スリラー）（ラノワ, トム）
　◇鈴木民子訳「フランダースの声—現代ベル
　　ギー小説アンソロジー」松籟社 2013 p57

完全消毒（コンラード, ジェルジュ）
　◇岩崎悦子訳「東欧の文学 ケース・ワーカー」
　　恒文社 1982 p98

完全なる償い（ウェイド, ヘンリー）
　◇駒月雅子訳「ミステリ・リーグ傑作選 上」
　　論創社 2007（論創海外ミステリ）p120

完全に馬鹿げた物語（パピーニ, ジョヴァンニ）
　◇河島英昭訳「バベルの図書館 30」国書刊行
　　会 1992 p33
　◇河島英昭訳「新編 バベルの図書館 5」国書刊
　　行会 2013 p333

完全犯罪（コリンズ, マックス・アラン）
　◇田口俊樹訳「フィリップ・マーロウの事件」
　　早川書房 2007（ハヤカワ・ミステリ文
　　庫）p7

肝臓色の猫はいりませんか（カーシュ, ジェラル
ド）
　◇若島正訳「ミステリマガジン700—創刊700号
　　記念アンソロジー 海外篇」早川書房 2014
　　（ハヤカワ・ミステリ文庫）p335

カンタヴィルの幽霊（ワイルド, オスカー）
　◇小野協一訳「百年文庫 84」ポプラ社 2011
　　p5
　◇小野協一訳「新編 バベルの図書館 2」国書刊
　　行会 2012 p174

カンタヴィルの幽霊—物心論的ロマンス（ワイ
ルド, オスカー）
　◇小野協一訳「バベルの図書館 6」国書刊行会
　　1988 p83

カンタロス（作者不詳）
　◇久保田忠利, 橋本隆夫, 野津寛, 安村典子, 吉
　　武純夫, 丹下和彦訳「ギリシア喜劇全集 8」
　　岩波書店 2011 p86

間諜（スターリング, ブルース）
　◇小川隆訳「楽園追放rewired—サイバーパン
　　クSF傑作選」早川書房 2014（ハヤカワ文
　　庫 JA）p49

官能の島で取引を（ノーブル, ケイト）
　◇金井真弓訳「バッド・バッド・ボーイズ」早
　　川書房 2011（ハヤカワ文庫）p345

ガンの進行過程（ジョンソン, アダム）
　◇金原瑞人, 大谷真弓訳「Modern & Classic

トラウマ・プレート」河出書房新社 2005
p229

乾杯（クプリーン, アレクサンドル）
　◇西周成編訳「ロシア幻想短編集 2」アルト
　　アーツ 2016 p94

乾杯のとき（マンナ, フラン）
　◇浅倉久志選訳「極短小説」新潮社 2004（新
　　潮文庫）p260

看板描きと水晶の魚（ボウエン, マージョリー）
　◇西崎憲編訳「短篇小説日和—英国異色傑作
　　選」筑摩書房 2013（ちくま文庫）p129

甲板の男（クロフォード, F.マリオン）
　◇圷香織訳「怪奇文学大山脈 2」東京創元社
　　2014 p63

甘美な嘘（ローレンス, キム）
　◇小長光弘美訳「マイ・バレンタイン—愛の贈
　　りもの 2006」ハーレクイン 2006 p205

漢武故事（かんぶこじ）（抄）（作者不詳）
　◇竹田晃, 梶村永, 高芝麻子, 山崎藍著「中国古
　　典小説選 1（漢・魏）」明治書院 2007
　　p341

完璧すぎるカモ（メイヤーズ, キャロル）
　◇山本俊子訳「ミニ・ミステリ100」早川書房
　　2005（ハヤカワ・ミステリ文庫）p31

願望（パーソンズ, ロス）
　◇浅倉久志選訳「極短小説」新潮社 2004（新
　　潮文庫）p84

監房ともだち（スタージョン, シオドア）
　◇小笠原豊樹訳「異色作家短篇集 3」早川書房
　　2005 p233

寒夜（李喬）
　◇岡崎郁子, 三木直大訳「新しい台湾の文学 寒
　　夜」国書刊行会 2005 p7

『寒夜』（寒夜三部曲）序文（李喬）
　◇岡崎郁子, 三木直大訳「新しい台湾の文学 寒
　　夜」国書刊行会 2005 p384

「漢」夜いまだ懼るるべからず、なんぞ炬を持
　ちて遊ばざらんや—原住民の新文化論述（廖
　咸浩）
　◇山本由紀子訳「台湾原住民文学選 9」草風館
　　2007 p261

寛容なる天国（ハイネ, ハインリヒ）
　◇斎藤博士訳「アンデスの風叢書 天国・地獄
　　百科」書肆風の薔薇 1982 p118

【き】

黄色い壁紙（ギルマン, シャーロット・パーキン
　ズ）
　◇西崎憲訳「淑やかな悪夢—英米女流怪談集」
　　東京創元社 2000 p65
　◇小山太一訳「もっと厭な物語」文藝春秋
　　2014（文春文庫）p37
　◇馬上紗矢香訳「病短編小説集」平凡社 2016
　　（平凡社ライブラリー）p133

黄色い壁紙——八九二（ギルマン, シャーロッ
　ト・パーキンズ）
　◇石塚則子訳「ゴシック短編小説集」春風社
　　2012 p331

黄色い金管楽器の調べ（ボーモント, チャール
　ズ）
　◇小笠原豊樹訳「異色作家短篇集 12」早川書
　　房 2006 p7

黄色い部屋の謎（ルルー, ガストン）
　◇長島良三訳「乱歩が選ぶ黄金時代ミステリー
　　BEST10 2」集英社 1998（集英社文庫）
　　p7

きいろとピンク（スタイグ, ウイリアム）
　◇おがわえつこ訳「北村薫のミステリー館」新
　　潮社 2005（新潮文庫）p11

黄色の壁紙（ギルマン, シャーロット・パーキン
　ズ）
　◇岡島誠一郎訳「安らかに眠りたまえ—英米文
　　学短編集」海苑社 1998 p71

消え失せた家（スコット, ウィル）
　◇森英俊訳「これが密室だ！」新樹社 1997
　　p227

消えたアメリカ人（ボーモント, チャールズ）
　◇神野志季三江訳「ブルー・ボウ・シリーズ
　　死体のささやき」青弓社 1993 p133

消えたキリスト降誕画（ウィルソン, デリク）
　◇日暮雅通訳「シャーロック・ホームズの大冒
　　険 上」原書房 2009 p19

消えた婚約者（シモンズ, ジュリアン）
　◇佐藤明子訳「推理探偵小説文学館 2」勉誠社
　　1996 p139

きえた

消えた死体（イヴァノヴィッチ, ジャネット）
◇中井京子訳「探偵稼業はやめられない―女探偵vs.男探偵」光文社 2003（光文社文庫）p385

消えた少女（マシスン, リチャード）
◇中村融編訳「影が行く―ホラーSF傑作選」東京創元社 2000（創元SF文庫）p9

消えた心臓（ベンヴェヌーティ, ユルゲン）
◇唐沢徹訳「現代ウィーン・ミステリー・シリーズ 5」水声社 2001 p3

消えた太陽（グリーン, アレクサンドル）
◇沼野充義訳「魔法の本棚 消えた太陽」国書刊行会 1999 p5

消えた美人スター――Last Star（キング, C.デイリー）
◇名和立行訳「法月綸太郎の本格ミステリ・アンソロジー」角川書店 2005（角川文庫）p66

消えた弁護士（ベントリー, E.C.）
◇好野理恵訳「ミステリーの本棚 トレント乗り出す」国書刊行会 2000 p87

消えた牧師の娘（トンプスン, ヴィクトリア）
◇日暮雅通訳「シャーロック・ホームズ アメリカの冒険」原書房 2012 p165

消えちゃった（コパード, A.E.）
◇平井呈一編「ミセス・ヴィールの幽霊―こわい話気味のわるい話 1」沖積舎 2011 p33

喜悦の影（チューチューティン）
◇南田みどり編訳「ミャンマー現代女性短編集」大同生命国際文化基金 2001（アジアの現代文芸）p120

消えない男（マイノット, スーザン）
◇森田義信訳「シリーズ・永遠のアメリカ文学 3」東京書籍 1990 p187

キエフの坊ちゃん（ダニレンコ, ヴォロディーミル）
◇藤井悦子, オリガ・ホメンコ訳「現代ウクライナ短編集」群像社 2005（群像社ライブラリー）p161

消えゆくアメリカ人（ボーモント, チャールズ）
◇仁賀克雄訳「ダーク・ファンタジー・コレクション 7」論創社 2007 p35

記憶（黄錦樹）
◇「台湾熱帯文学 3」人文書院 2011 p109

記憶に残っていること（マンロー, アリス）
◇小竹由美子訳「記憶に残っていること―新潮クレスト・ブックス短篇小説ベスト・コレクション」新潮社 2008（Crest books）p169

記憶の囚人（レヴィンスン, ロバート・S.）
◇加賀山卓朗訳「18の罪―現代ミステリ傑作選」ヴィレッジブックス 2012（ヴィレッジブックス）p139

記憶のための殺人（デナンクス, ディディエ）
◇堀茂樹訳「〈ロマン・ノワール〉シリーズ 記憶のための殺人」草思社 1995 p3

記憶のなかで（朱天心）
◇三木直大訳「新しい台湾の文学 台北ストーリー」国書刊行会 1999 p35

記憶の場所（モリスン, トニ）
◇斎藤文子訳「私の謎」岩波書店 1997（世界文学のフロンティア）p191

記憶の人, フネス（ボルヘス, ホルヘ・ルイス）
◇鼓直訳「生の深みを覗く―ポケットアンソロジー」岩波書店 2010（岩波文庫別冊）p187

キオーニデース（作者不詳）
◇久保田忠利, 橋本隆夫, 野津寛, 安村典子, 吉武純夫, 丹下和彦訳「ギリシア喜劇全集 8」岩波書店 2011 p93

飢餓（ベナルド, マシュー）
◇旦紀子訳「マシン・オブ・デス―A Collection of Stories about People who Know How They Will DIE」アルファポリス 2012 p117
◇旦紀子訳「マシン・オブ・デス」アルファポリス 2013（アルファポリス文庫）p56

機械仕掛けの神（マシスン, リチャード）
◇仁賀克雄訳「ダーク・ファンタジー・コレクション 2」論創社 2006 p95

機械時代の終わりに（バーセルミ, ドナルド）
◇山崎勉, 田島俊雄訳「現代アメリカ文学叢書 10」彩流社 1998 p223

機械に弱い男（サーバー, ジェイムズ）
◇鳴海四郎訳「異色作家短篇集 14」早川書房 2006 p157

機械破壊者―英国の機械破壊運動の時代に取材せるドラマ（トラー, エルンスト）
◇田村俊夫訳「機械破壊者」ゆまに書房 2006

（昭和初期世界名作翻訳全集）p1

帰還（張系国）
　◇山口守訳「新しい台湾の文学 星雲組曲」国書刊行会 2007 p11
　◇山口守訳「新しい台湾の文学 星雲組曲」国書刊行会 2007 p171

帰還（プラトーノフ、アンドレイ・プラトーノヴィチ）
　◇原卓也訳「百年文庫 33」ポプラ社 2010 p91
　◇原卓也訳「この愛のゆくえ―ポケットアンソロジー」岩波書店 2011 （岩波文庫別冊）p303

帰還（ラッセル、レイ）
　◇永井淳訳「異色作家短篇集 16」早川書房 2006 p169

機関車の汽笛が聞こえる（ハイトフ、ニコライ）
　◇真木三三子訳「東欧の文学 あらくれ物語」恒文社 1983 p252

器官切除（ブラムライン、マイケル）
　◇山形浩生訳「ライターズX 器官切除」白水社 1994 p1

器官切除と変異体再生―症例報告（ブラムライン、マイケル）
　◇山形浩生訳「ライターズX 器官切除」白水社 1994 p29

祈願の御堂（キップリング、ラドヤード）
　◇土岐恒二訳「バベルの図書館 27」国書刊行会 1991 p15
　◇土岐恒二訳「新編 バベルの図書館 2」国書刊行会 2012 p475

危機（ゲイル、ゾナ）
　◇藤田佳澄訳「ブルー・ボウ・シリーズ 結婚まで」青弓社 1992 p163

危機（ジャイルズ、モリー）
　◇亀井よし子訳「猫好きに捧げるショート・ストーリーズ」国書刊行会 1997 p55

聞き込み（アンデルレ、ヘルガ）
　◇須藤直子訳「現代ウィーン・ミステリー・シリーズ 9」水声社 2002 p275

帰郷（黄錦樹）
　◇「台湾熱帯文学 3」人文書院 2011 p13

帰郷（トッド、チャールズ）
　◇山本やよい訳「殺しが二人を別つまで」早川書房 2007 （ハヤカワ・ミステリ文庫）

p303

帰郷（ロイル、ニコラス）
　◇大瀧啓裕訳「インスマス年代記 下」学習研究社 2001 （学研M文庫）p149

義俠犬ダボコ（カンター、マッキンリー）
　◇務台夏子訳「あの犬この犬そんな犬―11の物語」東京創元社 1998 p57

菊の香り（ロレンス、D.H.）
　◇河野一郎訳「百年文庫 30」ポプラ社 2010 p5

菊のにおい（ロレンス、D.H.）
　◇阿部知二訳「世界100物語 6」河出書房新社 1997 p49

義兄と山歌―「故郷」四（鍾理和）
　◇野間信幸訳「台湾郷土文学選集 3」研文出版 2014 p71

危険なタリスマン（キング、C.デイリー）
　◇森英俊訳「これが密室だ！」新樹社 1997 p341

危険なチョコレート（スチュアート、アン）
　◇響遼子訳「マイ・バレンタイン―愛の贈りもの ’99」ハーレクイン 1991 p5

危険な読書の秋に（ヘルコヴィッツ、アンナ）
　◇須藤直子訳「現代ウィーン・ミステリー・シリーズ 9」水声社 2002 p13

危険な話、あるいはスプラッタ小事典（ウィンター、ダグラス・E.）
　◇夏来健次訳「シルヴァー・スクリーム 下」東京創元社 2013 （創元推理文庫）p187

危険な飛翔（林白）
　◇神谷まり子訳「コレクション中国同時代小説 10」勉誠出版 2012 p311

紀元二四四〇年（メルシエ、ルイ・セバスチャン）
　◇原宏訳「啓蒙のユートピア 3」法政大学出版局 1997 p1

危険の報酬（シェクリイ、ロバート）
　◇中村融訳「SFマガジン700―創刊700号記念アンソロジー 海外篇」早川書房 2014 （ハヤカワ文庫 SF）p21

危険！ 幼児逃亡中（コットレル、C.L.）
　◇伊藤典夫編・訳「冷たい方程式」早川書房 2011 （ハヤカワ文庫 SF）p247

稀覯本余話（デュマ、A.）
　◇生田耕作訳「愛書狂」平凡社 2014 （平凡社

きさい

ライブラリー）p35

鬼妻（きさい）（蒲松齢）
　◇竹田晃、黒田真美子著「中国古典小説選 10（清代 2）」明治書院 2009 p72

刻まれた背中（黄錦樹）
　◇濱田麻矢訳「台湾熱帯文学 3」人文書院 2011 p229

騎士（アリストパネース）
　◇平田松吾訳「ギリシア喜劇全集 1」岩波書店 2008 p105

儀式（紀大偉）
　◇白水紀子訳「台湾セクシュアル・マイノリティ文学 2」作品社 2008 p233

技師の親指（ドイル, アーサー・コナン）
　◇延原謙訳「綾辻行人と有栖川有栖のミステリ・ジョッキー 1」講談社 2008 p15

汽車ごっこ（ダイメント, クリフォード）
　◇小池滋訳「英国鉄道文学傑作選」筑摩書房 2000 （ちくま文庫）p9

汽車の旅（ヘミングウェイ, アーネスト）
　◇高見浩訳「鉄路に咲く物語―鉄道小説アンソロジー」光文社 2005 （光文社文庫）p249

汽車の窓から（スティーヴンソン, ロバート・ルイス）
　◇沢崎順之助訳「英国鉄道文学傑作選」筑摩書房 2000 （ちくま文庫）p197

奇術師（ミドルトン, リチャード）
　◇南條竹則訳「魔法の本棚 幽霊船」国書刊行会 1997 p55

技術の結晶（ウィルスン, ロバート・チャールズ）
　◇金子浩訳「スティーヴ・フィーヴァー―ポストヒューマンSF傑作選 SFマガジン創刊50周年記念アンソロジー」早川書房 2010 （ハヤカワ文庫 SF）p15

妓女愛卿の物語（愛卿伝）（瞿佑）
　◇竹田晃、小塚由博、仙石知子著「中国古典小説選 8（明代）」明治書院 2008 p249

偽証の都市、あるいは復讐の女神たちの甦り（シクスー, エレーヌ）
　◇高橋信良, 佐伯隆幸訳「コレクション現代フランス語圏演劇 3」れんが書房新社 2012 p1

議事録とヘンリー・ワトスン・フェアファクスの日記よりの抜粋（ウィリアムスン, チェッ

ト）
　◇田中一江訳「999（ナインナインナイン）一妖女たち」東京創元社 2000 （創元推理文庫）p283

鬼津（きしん）（蒲松齢）
　◇竹田晃、黒田真美子著「中国古典小説選 10（清代 2）」明治書院 2009 p59

疑心の代償（黄美英）
　◇祖田律男訳「コリアン・ミステリ―韓国推理小説傑作選」バベル・プレス 2002 p141

鬼神はおるのかおらぬのか―崔生員伝（李鈺）
　◇張喆文現代語訳、きたがわともこ訳「韓国古典文学の愉しみ 下」白水社 2010 p157

キス（カーター, アンジェラ）
　◇植松みどり訳「Modern & Classic ブラック・ヴィーナス」河出書房新社 2004 p33

キス（ローズ, ダン）
　◇岸本佐知子編訳「変愛小説集 2」講談社 2010 p247

傷（バーセルミ, ドナルド）
　◇山崎勉、田島俊雄訳「現代アメリカ文学叢書 10」彩流社 1998 p21

傷いろいろ（ムンゴシ, チャールズ）
　◇溝口昭子訳「アフリカ文学叢書 乾季のおとずれ」スリーエーネットワーク 1995 p51

キスを発明した男（ロング, ダグ）
　◇浅倉久志選訳「極短小説」新潮社 2004 （新潮文庫）p197

キス・キス（ダール, ロアルド）
　◇開高健訳「異色作家短篇集 1」早川書房 2005

キス、キス、キス（ペドレロ, パロマ）
　◇岡本淳子訳「現代スペイン演劇選集 2」カモミール社 2015 p223

傷口（リカラッ・アウー）
　◇魚住悦子編訳「台湾原住民文学選 2」草風館 2003 p46

傷ついた海鵜（オフラハティ, リーアム）
　◇小田稔訳「残響―英・米・アイルランド短編小説集」九州大学出版会 2011 p25

キスの代償（コー, ダニエル）
　◇籠味縁訳「ブルー・ボウ・シリーズ キスの代償」青弓社 1994 p7

ギスモンド城の幽霊（ノディエ, シャルル）

◇澁澤龍彦訳「怪奇小説傑作集新版 4」東京創元社 2006 （創元推理文庫）p41
◇澁澤龍彦訳「澁澤龍彦訳幻想怪奇短篇集」河出書房新社 2013 （河出文庫）p43

犠牲（スラッシャー, L.L.）
◇飯野眞由美訳「アメリカミステリ傑作選 2001」DHC 2001 （アメリカ文芸「年間」傑作選）p521

犠牲（レミゾフ, アレクセイ）
◇原卓也訳「怪奇小説傑作集新版 5」東京創元社 2006 （創元推理文庫）p185

犠牲者（ムンゴシ, チャールズ）
◇福島富士男訳「アフリカ文学叢書 乾季のおとずれ」スリーエーネットワーク 1995 p177

寄生手—バーンストラム博士の日記（アンソニー, R.）
◇栄訳「怪樹の腕—〈ウィアード・テールズ〉戦前邦訳傑作選」東京創元社 2013 p45

奇跡（ブレンナー, ハンス・ゲオルク）
◇中野京子訳「シリーズ現代ドイツ文学 4」早稲田大学出版部 1993 p78

奇跡（ランジュラン, ジョルジュ）
◇稲葉明雄訳「異色作家短篇集 5」早川書房 2006 p61

奇跡をおこせる男（ウェルズ, H.G.）
◇阿知知二訳「おかしい話」筑摩書房 2010 （ちくま文学の森）p285

奇跡に満ちた一日（モーティマー, キャロル）
◇古沢絵里訳「マイ・バレンタイン—愛の贈りもの 2006」ハーレクイン 2006 p5

奇跡の経済復興—イタリア経済第二の奇跡（トゥラーニ, ジュゼッペ）
◇間苧谷努訳「イタリア叢書 7」松籟社 1989 p1

奇跡の台湾（平路）
◇池上貞子訳「新しい台湾の文学 台北ストーリー」国書刊行会 1999 p215

奇跡のバレンタイン（スチュアート, アン）
◇愛甲玲訳「マイ・バレンタイン—愛の贈りもの 2008」ハーレクイン 2008 p105

奇跡までの五日間（マッケンナ, リンゼイ）
◇風音さやか訳「四つの愛の物語—クリスマス・ストーリー 2002」ハーレクイン 2002

p211

奇跡は起きる！（アリン, ダグ）
◇七搦理美子訳「アメリカミステリ傑作選 2002」DHC 2002 （アメリカ文芸「年間」傑作選）p19

季節の五行（李陸史）
◇安宇植（アンウーシク）訳「韓国文学名作選 李陸史詩集」講談社 1999 p132

季節の表情（李陸史）
◇安宇植（アンウーシク）訳「韓国文学名作選 李陸史詩集」講談社 1999 p92

汽船、高架橋、鉄道（ワーズワース, ウィリアム）
◇沢崎順之助訳「英国鉄道文学傑作選」筑摩書房 2000 （ちくま文庫）p190

ギター（ダニエル, ジョン・M.）
◇浅倉久志選訳「極短小説」新潮社 2004 （新潮文庫）p143

期待されるもの（サシ, ル・メートル・ド）
◇内田吉彦訳「アンデスの風叢書 天国・地獄百科」書肆風の薔薇 1982 p69

北イタリア物語（フラナガン, トマス）
◇宇野利泰訳「密室殺人傑作選」早川書房 2003 （ハヤカワ・ミステリ文庫）p487

擬態—「ミミック」原作（ウォルハイム, ドナルド・A.）
◇中村融訳「地球の静止する日—SF映画原作傑作選」東京創元社 2006 （創元SF文庫）p199

北からの流れ（リアムエーン）
◇吉岡みね子編訳「タイの大地の上で—現代作家・詩人選集」大同生命国際文化基金 1999 （アジアの現代文芸）p7

北からやってきたウルフ（ウーヤン・ユー）
◇有満保江訳「ダイヤモンド・ドッグ—《多文化を映す》現代オーストラリア短編小説集」現代企画室 2008 p83

帰宅（スミアウン）
◇南田みどり編訳「二十一世紀ミャンマー作品集」大同生命国際文化基金 2015 （アジアの現代文芸）p195

帰宅（フィリップ, シャルル・ルイ）
◇山田稔訳「百年文庫 43」ポプラ社 2010 p6

北の銅鉱（ウォルヴン, スコット）
◇七搦理美子訳「ベスト・アメリカン・ミステリ ハーレム・ノクターン」早川書房 2005

（ハヤカワ・ミステリ）p573

北の辺地（黎紫書）
　◇荒井茂夫訳「台湾熱帯文学 4」人文書院
　　2011 p59

北の渡し（ルルフォ, ファン）
　◇杉山晃訳「アンデスの風叢書 燃える平原」
　　書肆風の薔薇 1990 p141

『キタリステース（竪琴弾き）』（メナンドロス）
　◇中務哲郎, 脇本由佳, 荒井直訳「ギリシア喜
　　劇全集 6」岩波書店 2010 p184

きたれ、甘き死よ（ハース, ヴォルフ）
　◇福本義憲訳「現代ウィーン・ミステリー・シ
　　リーズ 4」水声社 2001 p5

基地（スタップリイ, リチャード）
　◇金井美子訳「ダーク・ファンタジー・コレク
　　ション 8」論創社 2008 p371

気狂いモハ、賢人モハ（ベン・ジェルーン, タ
　ハール）
　◇澤田直訳「シリーズ【越境の文学／文学の越
　　境】 気狂いモハ、賢人モハ」現代企画室
　　1996 p1

橘樹（きつじゅ）（蒲松齢）
　◇竹田晃, 黒田真美子著「中国古典小説選 10
　　（清代 2）」明治書院 2009 p14

キッチン・チャイルド（カーター, アンジェラ）
　◇植松みどり訳「Modern & Classic ブラッ
　　ク・ヴィーナス」河出書房新社 2004 p135

切ってやろうか？（ベルビン, デイヴィド）
　◇依田和子訳「ミステリアス・クリスマス」パ
　　ロル舎 1999 p35

キッド・カーデュラ（リッチー, ジャック）
　◇好野理恵訳「KAWADE MYSTERY 10ドル
　　だって大金だ」河出書房新社 2006 p155

狐狩り（尹厚明）
　◇三枝壽勝訳「現代韓国短篇選 上」岩波書店
　　2002 p215

狐になった夫人（ガーネット, デイヴィド）
　◇井上宗次訳「謎のギャラリー─愛の部屋」新
　　潮社 2002 （新潮文庫）p127

吉陵鎮（きつりょうちん）ものがたり（李永平）
　◇池上貞子, 及川茜訳「台湾熱帯文学 1」人文
　　書院 2010 p7

喜怒哀楽（金勲）
　◇時松史子訳「中国現代文学選集 4」トランス

ビュー 2010 p1

ギニア（パゾリーニ, ピエル・パオロ）
　◇四方田犬彦訳「怒りと響き」岩波書店 1997
　　（世界文学のフロンティア）p183

記念日（デイヴィッドソン, ヒラリー）
　◇加賀山卓朗訳「18の罪─現代ミステリ傑作
　　選」ヴィレッジブックス 2012 （ヴィレッ
　　ジブックス）p211

記念日の贈物（コリア, ジョン）
　◇村上啓夫訳「異色作家短篇集 7」早川書房
　　2006 p19

気の合う二人（フランゼン, ジョナサン）
　◇森慎一郎訳「ベスト・ストーリーズ 3」早川
　　書房 2016 p221

昨日、昨日はまだ…（フェルプス, アントニー）
　◇澤田直訳「月光浴─ハイチ短篇集」国書刊行
　　会 2003 （Contemporary writers）p29

昨日のヒル（李喬）
　◇三木直大訳「台湾郷土文学選集 5」研文出版
　　2014 p77

昨日は月曜日だった（スタージョン, シオドア）
　◇大森望訳「20世紀SF 1」河出書房新社 2000
　　（河出文庫）p369
　◇大森望訳「ここがウィネトカなら、きみは
　　ジュディ─時間SF傑作選 SFマガジン創刊
　　50周年記念アンソロジー」早川書房 2010
　　（ハヤカワ文庫 SF）p235

木の十字架（リヒター, ハンス・ヴェルナー）
　◇中野京子訳「シリーズ現代ドイツ文学 4」早
　　稲田大学出版部 1993 p31

きびしい試練（マグレーン, トム）
　◇浅倉久志選訳「極短小説」新潮社 2004 （新
　　潮文庫）p99

厳しい試練（パレツキー, サラ）
　◇田口俊樹訳「主婦に捧げる犯罪─書下ろしミ
　　ステリ傑作選」武田ランダムハウスジャパ
　　ン 2012 （RHブックス+プラス）p207

奇病（スレッサー, ヘンリイ）
　◇佐々木雅子訳「ミニ・ミステリ100」早川書
　　房 2005 （ハヤカワ・ミステリ文庫）p562

ギブアンドテイク（コルマン, エンゾ）
　◇北垣潔訳「コレクション現代フランス語圏演
　　劇 7」れんが書房新社 2013 p91

紀聞（きぶん）（抄）（牛粛）

◇溝部良恵著「中国古典小説選 6（唐代 3）」明治書院 2008 p32

騎兵隊物語（ホーフマンスタール, フーゴー・フォン）
◇辻理訳「世界100物語 5」河出書房新社 1997 p175

義母（テレンティウス）
◇上村健二訳「ローマ喜劇集 5」京都大学学術出版会 2002（西洋古典叢書）p477

希望（ヴィリエ・ド・リラダン, オーギュスト・ド）
◇釜山健訳「バベルの図書館 29」国書刊行会 1992 p15
◇釜山健訳「新編 バベルの図書館 4」国書刊行会 2012 p191

希望荘（シンクレア, メイ）
◇平井呈一編「ミセス・ヴィールの幽霊―こわい話気味のわるい話 1」沖積舎 2011 p63

義母の殺し方（レッドベター, スーザン）
◇田口俊樹訳「主婦に捧げる犯罪―書下ろしミステリ傑作選」武田ランダムハウスジャパン 2012（RHブックス＋プラス）p379

気前のよい賭け事師（ボードレール, シャルル）
◇内田善孝訳「百年文庫 58」ポプラ社 2010 p73

君がそこにいるように（レオポルド, トム）
◇岸本佐知子訳「新しいアメリカの小説 君がそこにいるように」白水社 1989 p1

きみ子（小泉八雲）
◇平井呈一訳「百年文庫 31」ポプラ社 2010 p67

君去りしのち（クック, ジョン・ペイトン）
◇古沢嘉通訳「ベスト・アメリカン・ミステリ ジュークボックス・キング」早川書房 2005（ハヤカワ・ミステリ）p91

きみならどうする（ストックトン, フランク・R.）
◇吉田甲子太郎訳「もう一度読みたい教科書の泣ける名作」学研教育出版 2013 p145

君にすべてを捧ぐ（ジャスティス, ジュリア）
◇伊坂奈々訳「愛は永遠に―ウエディング・ストーリー 2002」ハーレクイン 2002 p197

君にそっくり（エリン, スタンリイ）
◇田中融二訳「異色作家短篇集 11」早川書房 2006 p147

君にはほかの選択はない（劉索拉）
◇新谷雅樹訳「現代中国の小説 君にはほかの選択はない」新潮社 1997 p15

君微笑めば（スタージョン, シオドア）
◇大森望訳「奇想コレクション 輝く断片」河出書房新社 2005 p119

奇妙な足音（チェスタトン, G.K.）
◇富士川義之訳「バベルの図書館 1」国書刊行会 1988 p51
◇富士川義之訳「新編 バベルの図書館 2」国書刊行会 2012 p372

奇妙なエデン（ディック, フィリップ・K.）
◇仁賀克雄訳「ダーク・ファンタジー・コレクション 10」論創社 2009 p39

奇妙なお茶会の冒険（フィッシャー, ピーター・S.）
◇飯城勇三編訳「ミステリの女王の冒険―視聴者への挑戦」論創社 2010（論創海外ミステリ）p141

奇妙なカナリアの事件（デイ, バリー）
◇日暮雅通訳「シャーロック・ホームズ ワトソンの災厄」原書房 2003 p275

奇妙な髪の少女（ウォーレス, デイヴィッド・フォスター）
◇白石朗訳「ライターズX 奇妙な髪の少女」白水社 1994 p74

奇妙な考古学（シュクヴォレツキー, ヨゼフ）
◇石川達夫訳「異色作家短篇集 20」早川書房 2007 p23

奇妙な子供（マシスン, リチャード）
◇仁賀克雄訳「ダーク・ファンタジー・コレクション 2」論創社 2006 p207

奇妙な死（アレ, アルフォンス）
◇澁澤龍彦訳「怪奇小説傑作集新版 4」東京創元社 2006（創元推理文庫）p373
◇澁澤龍彦訳「澁澤龍彦訳幻想怪奇短篇集」河出書房新社 2013（河出文庫）p189

奇妙な召命―神のお召ししみじみ（マクローリー, モイ）
◇片山亜紀訳「しみじみ読むイギリス・アイルランド文学―現代文学短編作品集」松柏社 2007 p35

奇妙なテナント（テン, ウィリアム）
◇仁賀克雄編・訳「新・幻想と怪奇」早川書房 2009（Hayakawa pocket mystery books）p129

きみよ

奇妙な幽霊物語（ヘーベル, ヨーハン・ペーター）
◇種村季弘訳「怪奇・幻想・綺想文学集―種村季弘翻訳集成」国書刊行会 2012 p9

きみはヴィンセント・ヴァン・ゴッホのように勇敢だ（バーセルミ, ドナルド）
◇山崎勉, 田島俊雄訳「現代アメリカ文学叢書10」彩流社 1998 p215

きみは誰なのか？（パピーニ, ジョヴァンニ）
◇河島英昭訳「バベルの図書館 30」国書刊行会 1992 p107
◇河島英昭訳「新編 バベルの図書館 5」国書刊行会 2013 p377

ギャヴィン・オリアリー（コリア, ジョン）
◇村上啓夫訳「異色作家短篇集 7」早川書房 2006 p195

客（ダンセイニ卿）
◇西條八十訳「北村薫の本格ミステリ・ライブラリー」角川書店 2001（角川文庫）p264

客人（バレット, ラファエル）
◇日比野和幸訳「ラテンアメリカ短編集―モデルニズモから魔術的レアリズモまで」彩流社 2001 p105

逆風をついて（オファレル, ジョン）
◇亀井よし子訳「天使だけが聞いている12の物語」ソニー・マガジンズ 2001 p299

脚本と州博覧会（マメット, デーヴィット）
◇ウィリアム N.伊藤訳「ゾエトロープ Pop」角川書店 2001（Bookplus）p259

キャサリン・ホイール（タルシスの聖女）（マクドナルド, イアン）
◇古沢嘉通訳「スティーヴ・フィーヴァー―ポストヒューマンSF傑作選 SFマガジン創刊50周年記念アンソロジー」早川書房 2010（ハヤカワ文庫 SF）p71

逆行の夏（ヴァーリイ, ジョン）
◇大野万紀訳「20世紀SF 4」河出書房新社 2001（河出文庫）p149

キャッスル・アイランドの酒樽（デュボイズ, ブレンダン）
◇三角和代訳「ポーに捧げる20の物語」早川書房 2009（Hayakawa pocket mystery books）p139

キャッチャー・イン・ザ・ナイト（チャイルズ, モーガン）
◇浅倉久志選訳「極短小説」新潮社 2004（新

潮文庫）p230

キャット・シンデレラ（バジーレ, ジャンバティスタ）
◇和佐田道子編訳「シンデレラ」竹書房 2015（竹書房文庫）p83

キャット・ホテル（ライバー, フリッツ）
◇深町眞理子訳「奇想コレクション 跳躍者の時空」河出書房新社 2010 p85

キャデラック砂漠の奥地にて、使者たちと戯るの記（ランズデール, ジョー・R.）
◇夏来健次訳「死霊たちの宴 下」東京創元社 1998（創元推理文庫）p169

キャバレー（マスタロフ, ジョー）
◇勝田安彦訳「キャバレー―ジョン・ヴァン・ドルーテンの戯曲とクリストファー・イシャーウッドの短編集に基づく」カモミール社 2006（勝田安彦ドラマシアターシリーズ）p1

キャベツのアラカルト（アースキン, バーバラ）
◇沢木あさみ訳「ティータイム・ストーリーズ 微笑みを忘れずに」花風社 1999 p69

ギャラハー・プラス（カットナー, ヘンリイ）
◇浅倉久志編訳「グラックの卵」国書刊行会 2006（未来の文学）p29

キャロル・オニールの百番目の夢（ジョーンズ, ダイアナ・ウィン）
◇大友香奈子訳「魔法使いになる14の方法」東京創元社 2003（創元推理文庫）p265

キャンドルナイトの誘惑（ジョージ, キャサリン）
◇上村悦子訳「四つの愛の物語―クリスマス・ストーリー 2011」ハーレクイン 2011 p313

キャンドルに願いを（スチュアート, アン）
◇田中淳子訳「天使が微笑んだら―クリスマス・ストーリー2008」ハーレクイン 2008 p111

休暇（キンケイド, ジャメイカ）
◇管啓次郎訳「新しい〈世界文学〉シリーズ 川底に」平凡社 1997 p61

休暇（ブレット, リリー）
◇佐藤渉訳「ダイヤモンド・ドッグ―《多文化を映す》現代オーストラリア短編小説集」現代企画室 2008 p33

旧家の火（黄錦樹）

きゅう

◇大東和重訳「台湾熱帯文学 3」人文書院 2011 p37

究極的復帰 (ホープ, ウォレン)
　◇牛島信明訳「アンデスの風叢書 天国・地獄百科」書肆風の薔薇 1982 p38

休憩所 (ベイツ, H.E.)
　◇松村達雄訳「世界100物語 8」河出書房新社 1997 p356

球形の未来 (アイアランド, I.A.)
　◇内田吉彦訳「アンデスの風叢書 天国・地獄百科」書肆風の薔薇 1982 p53

吸血鬼 (カブアーナ, ルイージ)
　◇種村季弘訳「怪奇・幻想・綺想文学集—種村季弘翻訳集成」国書刊行会 2012 p369

吸血鬼 (シュウォッブ, マルセル)
　◇矢野目源一訳「吸血妖鬼譚—ゴシック名訳集成」学研研究社 2008 (学研M文庫) p477

吸血鬼 (ステーチキン, セルゲイ)
　◇西周成編訳「ロシア幻想短編集 2」アルトアーツ 2016 p50

吸血鬼 (ミストレル, ジャン)
　◇種村季弘訳「怪奇・幻想・綺想文学集—種村季弘翻訳集成」国書刊行会 2012 p471

吸血鬼 (ルルー, ガストン)
　◇池田眞訳「吸血妖鬼譚—ゴシック名訳集成」学習研究社 2008 (学研M文庫) p319

吸血鬼カーミラ (レ・ファニュ, ジョーゼフ・シェリダン)
　◇清水みち, 鈴木万里訳「STORY REMIX 吸血鬼カーミラ」大栄出版 1996 p1

吸血鬼狩り (クビーン, アルフレート)
　◇前川道介訳「独逸怪奇小説集成」国書刊行会 2001 p44

吸血鬼クリーヴあるいはゴシック風味の田園曲 (マグラア, パトリック)
　◇宮脇孝雄訳「奇想コレクション 失われた探険家」河出書房新社 2007 p297

吸血機伝説 (ゼラズニイ, ロジャー)
　◇中村融編訳「影が行く—ホラーSF傑作選」東京創元社 2000 (創元SF文庫) p285

吸血鬼の女 (ホフマン, E.T.A.)
　◇種村季弘訳「怪奇・幻想・綺想文学集—種村季弘翻訳集成」国書刊行会 2012 p15

吸血鬼の噛み痕事件 (クライダー, ビル)

◇日暮雅通訳「シャーロック・ホームズ ベイカー街の殺人」原書房 2002 p205

吸血鬼の村 (ハミルトン, エドモンド)
　◇江本多栄子訳「吸血鬼伝説—ドラキュラの末裔たち」原書房 1997 p63

吸血鬼の物語 (ライマー, ジェームズ・マルコム)
　◇浜野アキオ訳「ヴァンパイア・コレクション」角川書店 1999 (角川文庫) p45

吸血鳥 (シュウォッブ, マルセル)
　◇種村季弘訳「怪奇・幻想・綺想文学集—種村季弘翻訳集成」国書刊行会 2012 p453

急行列車 (スペンダー, スティーブン)
　◇安藤一郎訳「英国鉄道文学傑作選」筑摩書房 2000 (ちくま文庫) p248

救済の家 (マシューズ, クリスティーン)
　◇田口俊樹訳「主婦に捧げる犯罪—書下ろしミステリ傑作選」武田ランダムハウスジャパン 2012 (RHブックス＋プラス) p77

9歳の人生 (ウィ, ギチョル)
　◇清水由希子訳「Modern & Classic 9歳の人生」河出書房新社 2004 p5

休日の男 (マシスン, リチャード)
　◇吉田誠一訳「異色作家短篇集 4」早川書房 2005 p129

給餌の時間 (シェクリイ, ロバート)
　◇宇野利泰訳「異色作家短篇集 9」早川書房 2006 p195

救助員 (ラムジー, D.レイ)
　◇浅倉久志選訳「極短小説」新潮社 2004 (新潮文庫) p201

休職期間 (シャフ, ジェニファー)
　◇仲嶋雅子訳「アメリカ新進作家傑作選 2006」DHC 2007 p23

救世主がやってきた (トパス・タナピマ)
　◇下村作次郎編訳「台湾原住民文学選 1」草風館 2002 p278

救世主の約束 (ロモンド)
　◇内田吉彦訳「アンデスの風叢書 天国・地獄百科」書肆風の薔薇 1982 p45

旧跡—血と塩の記憶 (李鋭)
　◇関根謙訳「コレクション中国同時代小説 9」勉誠出版 2012 p1

虬髯客伝 (きゅうぜんかくでん) (杜光庭)
　◇黒田真美子著「中国古典小説選 5 (唐代 2)」

きゆう

明治書院 2006 p352

休息所（ハックスリー, オルダス）
　◇斎藤博士訳「アンデスの風叢書 天国・地獄百科」書肆風の薔薇 1982 p110

急転回（フォークナー, ウィリアム）
　◇佐伯彰一訳「世界100物語 8」河出書房新社 1997 p17

宮殿からの鳩の群れの飛翔（バーセルミ, ドナルド）
　◇山崎勉訳「現代アメリカ文学叢書 11」彩流社 1998 p179

九人の息子たち（ホーンズビー, ウェンディ）
　◇宇佐川晶子訳「エドガー賞全集―1990〜2007」早川書房 2008 （ハヤカワ・ミステリ文庫） p65

救命具（ショー, アーウィン）
　◇佐々木徹訳「ベスト・ストーリーズ 1」早川書房 2015 p265

旧友（コリア, ジョン）
　◇村上啓夫訳「異色作家短篇集 7」早川書房 2006 p63

旧友たちの墓碑銘（USA）（ヴォルマン, ウィリアム・T.）
　◇迫光訳「VOICES OVERSEAS ハッピー・ガールズ, バッド・ガールズ」講談社 1996 p293

旧友の呼び声―あるいは、一つの終着点（ウティット・ヘーマムーン）
　◇宇戸清治編「現代タイのポストモダン短編集」大同生命国際文化基金 2012 （アジアの現代文芸） p115

『キュベルネータイ（舵取り人たち）』（メナンドロス）
　◇中務哲郎, 脇本由佳, 荒井直訳「ギリシア喜劇全集 6」岩波書店 2010 p207

脅威（バーセルミ, ドナルド）
　◇柴田元幸訳「ベスト・ストーリーズ 2」早川書房 2016 p285

教育的体験（バーセルミ, ドナルド）
　◇山崎勉, 田島俊雄訳「現代アメリカ文学叢書 10」彩流社 1998 p163

教育用書籍の渡りに関する報告書（スラデック, ジョン）
　◇柳下毅一郎訳「奇想コレクション 蒸気駆動の少年」河出書房新社 2008 p389

驚異的写真術（キャロル, ルイス）
　◇芦田川祐子訳「ポケットマスターピース 11」集英社 2016 （集英社文庫ヘリテージシリーズ） p749

脅威の理論（シュトラウス, ボート）
　◇藤井啓司訳「『新しいドイツの文学』シリーズ 14」同学社 2004 p59

凶運の彗星（ハミルトン, エドモンド）
　◇中村融編訳「奇想コレクション フェッセンデンの宇宙」河出書房新社 2004 p135

凶家（李ヘジェ）
　◇木村典子訳「韓国現代戯曲集 4」日韓演劇交流センター 2009 p5

凶家（崔貞熙）
　◇山田佳子訳「小説家仇甫氏の一日―ほか十三編 短編小説集」平凡社 2006 （朝鮮近代文学選集）p325

教会教理（作者不詳）
　◇牛島信明訳「アンデスの風叢書 天国・地獄百科」書肆風の薔薇, 水声社 1982 p20

教会の町（バーセルミ, ドナルド）
　◇山崎勉訳「現代アメリカ文学叢書 11」彩流社 1998 p73

恐喝者（スレッサー, ヘンリー）
　◇森沢くみ子訳「ダーク・ファンタジー・コレクション 6」論創社 2007 p43

恐喝の倫理（キルマー, ジョイス）
　◇柳瀬尚紀訳「犯罪は詩人の楽しみ―詩人ミステリ集成」東京創元社 2012 （創元推理文庫） p207

狂気の太陽（李陸史）
　◇安宇植（アンウーシク）訳「韓国文学名作選 李陸史詩集」講談社 1999 p60

狂犬の夏（ランズデール, ジョー・R.）
　◇田中一江訳「999（ナインナインナイン）―狂犬の夏」東京創元社 2000 （創元推理文庫） p9

教授のおうち（ル・グィン, アーシュラ・K.）
　◇谷崎由依訳「ベスト・ストーリーズ 2」早川書房 2016 p313

兇人ドラキュラ（サンスター, ジミー）
　◇風間賢二訳「ヴァンパイア・コレクション」角川書店 1999 （角川文庫） p291

胸像たちの晩餐（ルルー, ガストン）

◇飯島宏訳「ディナーで殺人を　上」東京創元社　1998　（創元推理文庫）p149

嬌娜（きょうだ）（蒲松齢）
　　◇黒田真美子著「中国古典小説選 9（清代 1）」明治書院　2009　p79

兄弟（テレンティウス）
　　◇山下太郎訳「ローマ喜劇集 5」京都大学学術出版会　2002　（西洋古典叢書）p563

夾竹桃の陰に（成碩済）
　　◇安宇植訳「いま、私たちの隣りに誰がいるのか──Korean short stories」作品社　2007　p159

鏡中の美女（マクドナルド、ジョージ）
　　◇岡本綺堂編訳「世界怪談名作集　下」河出書房新社　2002　（河出文庫）p257

協定（バーセルミ、ドナルド）
　　◇山崎勉、田島俊雄訳「現代アメリカ文学叢書 10」彩流社　1998　p79

今日と明日のはざまで（バレイジ、A.M.）
　　◇中野善夫訳「怪奇礼讃」東京創元社　2004　（創元推理文庫）p205

共同墓地──ふらんす怪談（トロワイヤ、アンリ）
　　◇澁澤龍彦訳「澁澤龍彦訳幻想怪奇短篇集」河出書房新社　2013　（河出文庫）p197

器用な男（マーカム、マリオン・M.）
　　◇田村義進訳「ミニ・ミステリ100」早川書房　2005　（ハヤカワ・ミステリ文庫）p370

狂熱（ヴィレ、カール）
　　◇小津薫訳「ベルリン・ノワール」扶桑社　2000　p197

狂熱のマニラ（ハワード、クラーク）
　　◇関口康里子訳「ベスト・アメリカン・短編ミステリ」DHC　2010　p255

競売前夜（シムノン、ジョルジュ）
　　◇芦真璃子訳「ワイン通の復讐──美酒にまつわるミステリー選集」心交社　1998　p213

競売の前夜（シムノン、ジョルジュ）
　　◇越前敏弥訳「ディナーで殺人を　下」東京創元社　1998　（創元推理文庫）p261

共犯関係（バーンズ、ジュリアン）
　　◇桃尾美佳訳「ベスト・ストーリーズ 3」早川書房　2016　p299

恐怖（ハイトフ、ニコライ）
　　◇真木三三子訳「東欧の文学　あらくれ物語」恒文社　1983　p57

恐怖が追ってくる（ブロック、ロバート）
　　◇中田耕治訳「ブルー・ボウ・シリーズ　夢魔」青弓社　1993　p155

恐怖時代の公安委員（ハーディ、トマス）
　　◇小田稔訳「残響─英・米・アイルランド短編小説集」九州大学出版会　2011　p87

恐怖政治下の一挿話（バルザック、オノレ・ド）
　　◇日仏言語文化協会「エチュード月曜クラス」訳「掌中のエスプリ─フランス文学短篇名作集」弘学社　2013　p137

恐怖の解釈（ユゴー、ヴィクトル）
　　◇内田吉彦訳「アンデスの風叢書　天国・地獄百科」書肆風の薔薇　1982　p47

恐怖の鐘（カットナー、ヘンリイ）
　　◇東谷真知子訳「クトゥルー 13」青心社　2005　（暗黒神話大系シリーズ）p157

恐怖の探求（バーカー、クライヴ）
　　◇大久保寛訳「もっと厭な物語」文藝春秋　2014　（文春文庫）p151

恐怖の橋（キャンベル、ラムジー）
　　◇尾之上浩司訳「クトゥルフ神話への招待─遊星からの物体X」扶桑社　2012　（扶桑社ミステリー）p223

恐怖の山（ロング、フランク・ベルナップ）
　　◇東谷真知子訳「クトゥルー 11」青心社　1998　（暗黒神話大系シリーズ）p159

喬木（李陸史）
　　◇安宇植（アンウーシク）訳「韓国文学名作選　李陸史詩集」講談社　1999　p32

きょうも上天気（ビクスビイ、ジェローム）
　　◇浅倉久志訳「きょうも上天気─SF短編傑作選」角川書店　2010　（角川文庫）p87

恐竜狩り（ディ・キャンプ、L.スプレイグ）
　　◇中村融訳「時を生きる種族─ファンタスティック時間SF傑作選」東京創元社　2013　（創元SF文庫）p125

薑路　→ "ジンジャー・ロード" を見よ

虚影の街（ポール、フレデリック）
　　◇伊藤典夫訳「ボロゴーヴはミムジイ─伊藤典夫翻訳SF傑作選」早川書房　2016　（ハヤカワ文庫 SF）p135

肢篋篇第十〔荘子〕（荘子）
　　◇福永光司、興膳宏訳「世界古典文学全集 17」

きよく

筑摩書房 2004 p186

曲芸師（イングランダー, ネイサン）
◇青木信子訳「アメリカ短編小説傑作選 2001」DHC 2001（アメリカ文芸「年間」傑作選）p119

極限に達した喜劇（コミック）ルイーズ・コレ宛〔一八五二年五月八日〕（フローベール, ギュスターヴ）
◇山崎敦訳「ポケットマスターピース 7」集英社 2016（集英社文庫ヘリテージシリーズ）p736

清く正しい生活（グウェン, ヴィエト・タン）
◇大崎美佐子訳「アメリカ新進作家傑作選 2007」DHC 2008 p129

キョーグル線（マルーフ, デイヴィッド）
◇湊圭史訳「ダイヤモンド・ドッグ――《多文化を映す》現代オーストラリア短編小説集」現代企画室 2008 p53

虚構と真実―日本語訳短篇集序文（李喬）
◇李喬著, 三木直大訳「台湾郷土文学選集 5」研文出版 2014 p3

巨根の男のエロスと悲劇（作者不詳）
◇紙村徹編訳「台湾原住民文学選 5」草風館 2006 p265

御しがたい虎（ランジュラン, ジョルジュ）
◇稲葉明雄訳「異色作家短篇集 5」早川書房 2006 p135

馭者（ルノー, メアリー）
◇片山亜紀抄訳「古典BL小説集」平凡社 2015（平凡社ライブラリー）p149

巨人伝説（作者不詳）
◇紙村徹編訳「台湾原住民文学選 5」草風館 2006 p314

巨人と小人（作者不詳）
◇紙村徹編訳「台湾原住民文学選 5」草風館 2006 p300

去勢（ゼーリング, ハンス・ユルゲン）
◇神崎巌訳「シリーズ現代ドイツ文学 4」早稲田大学出版部 1993 p123

巨大な蜘蛛（ドストエフスキー, フョードル・ミハイロヴィチ）
◇内田吉彦訳「アンデスの風叢書 天国・地獄百科」書肆風の薔薇 1982 p71

ギョッツ（ゲーテ, ヨハン・ヴォルフガング）
◇森鷗外訳「ギョッツ」ゆまに書房 2004（昭和初期世界名作翻訳全集）p13

去年の冬、マイアミで（カプラン, ジェイムズ）
◇若島正訳「モーフィー時計の午前零時―チェス小説アンソロジー」国書刊行会 2009 p331

漁夫の誕生（シャマン・ラポガン）
◇魚住悦子訳「台湾原住民文学選 7」草風館 2009 p55

漁父篇第三十一〔荘子〕（荘子）
◇福永光司, 興膳宏訳「世界古典文学全集 17」筑摩書房 2004 p473

ギョーム・アポリネール（ブルトン, アンドレ／アポリネール, ギヨーム）
◇窪田般弥訳「黒いユーモア選集 2」河出書房新社 2007（河出文庫）p127

居留地姉妹（ハイウェイ, トムソン）
◇常田景子訳「海外戯曲アンソロジー――海外現代戯曲翻訳集〈国際演劇交流セミナー記録〉1」日本演出者協会 2007 p9

霧（キング, スティーヴン）
◇矢野浩三郎訳「闇の展覧会 霧」早川書房 2005（ハヤカワ文庫）p127

キリエ（アンダースン, ポール）
◇浅倉久志訳「黒い破壊者―宇宙生命SF傑作選」東京創元社 2014（創元SF文庫）p131

切り株に恋した男（ローン, ランディ）
◇本庄宏行訳「ベスト・アメリカン・短編ミステリ」DHC 2010 p429

切り裂きジャックはわたしの父（ファーマー, フィリップ・ホセ）
◇仁賀克雄編・訳「新・幻想と怪奇」早川書房 2009（Hayakawa pocket mystery books）p103

キリスト最後のこころみ（カザンザキス, ニコス）
◇児玉操訳「東欧の文学 キリスト最後のこころみ」恒文社 1982 p9

キリストの涙（ウィルヘルム, ケイト）
◇藤村裕美訳「夜汽車はバビロンへ――EQMM90年代ベスト・ミステリー」扶桑社 2000（扶桑社ミステリー）p239

キリストのヨールカ祭に招かれた少年（ドストエフスキイ, フョードル・ミハイロヴィチ）
◇田辺佐保子訳「ロシアのクリスマス物語」群

像社 1997 p95

霧の季節（コリア、ジョン）
　　◇村上啓夫訳「異色作家短篇集 7」早川書房
　　　2006 p211

霧の月（遅子建）
　　◇下出宣子訳「同時代の中国文学―ミステ
　　　リー・イン・チャイナ」東方書店 2006
　　　p131

霧の夜＜ブヌン＞（ネコッ・ソクルマン）
　　◇柳本通彦訳「台湾原住民文学選 4」草風館
　　　2004 p239

霧晴れ初めし朝（チョーイマン）
　　◇南田みどり編訳「二十一世紀ミャンマー作品
　　　集」大同生命国際文化基金 2015（アジア
　　　の現代文芸）p29

キリマンジャロへ（マクドナルド、イアン）
　　◇酒井昭伸訳「20世紀SF 6」河出書房新社
　　　2001（河出文庫）p385

羈旅〈現実のもの〉の国への旅（セガレン、ヴィ
クトル）
　　◇木下誠訳「シリーズ【越境の文学／文学の越
　　　境】〈エグゾティスム〉に関する試論羈
　　　旅」現代企画室 1995 p7

麒麟（ブニュエル、ルイス）
　　◇種村季弘訳「怪奇・幻想・綺想文学集―種村
　　　季弘翻訳集成」国書刊行会 2012 p505

キルデア街クラブ騒動（トレメイン、ピーター）
　　◇日暮雅通訳「シャーロック・ホームズの大冒
　　　険 上」原書房 2009 p53

キルビニン生まれ（ダン、ダグラス）
　　◇中野康司訳「新しいイギリスの小説 ひそや
　　　かな村」白水社 1992 p143

きれいなもの、美しいもの（バーンズ、エリッ
ク）
　　◇髙橋尚子訳「ベスト・アメリカン・短編ミス
　　　テリ 2012」DHC 2012 p41

木は我が帽子（ウルフ、ジーン）
　　◇金子浩訳「999（ナインナインナイン）―聖金
　　　曜日」東京創元社 2000（創元推理文庫）
　　　p231

銀色のサーカス（コッパード、A.E.）
　　◇西崎憲訳「魔法の本棚 郵便局と蛇」国書刊
　　　行会 1996 p7

銀色の虎（魯羊）

◇金子わこ訳「じゃがいも―中国現代文学短編
　集」小学館スクウェア 2007 p43
◇金子わこ訳「じゃがいも―中国現代文学短編
　集」鼎書房 2012 p43

金色のひも（テルツ、アブラム）
　　◇沼野充義訳「夢のかけら」岩波書店 1997
　　　（世界文学のフロンティア）p257

金色の目（ブラッドベリ、レイ）
　　◇吉田誠一訳「異色作家短篇集 15」早川書房
　　　2006 p159

金色の目のマルセル（フランス、アナトール）
　　◇山田佳志子訳「五つの小さな物語―フランス
　　　短篇集」彩流社 2011 p83

錦雲堂美女連環記（連環記）（井上泰山）
　　◇井上泰山訳「三国劇翻訳集」関西大学出版部
　　　2002 p161

銀炎（イーガン、グレッグ）
　　◇山岸真編訳「奇想コレクション TAP」河出
　　　書房新社 2008 p145

きんおさ虫（フランク、ブルーノ）
　　◇伊藤利男訳「世界100物語 6」河出書房新社
　　　1997 p226

金貨迅流（蒲松齢）
　　◇中野美代子訳「バベルの図書館 10」国書刊
　　　行会 1988 p65
　　◇中野美代子訳「新編 バベルの図書館 6」国書
　　　刊行会 2013 p446

謹賀石庭先生六旬（李陸史）
　　◇安宇植（アンウーシク）訳「韓国文学名作選 李
　　　陸史詩集」講談社 1999 p62

銀河の〈核〉へ（ニーヴン、ラリイ）
　　◇小隅黎訳「20世紀SF 3」河出書房新社 2001
　　　（河出文庫）p323

銀河の中心（ベンフォード、グレゴリイ）
　　◇小野田和子訳「SFの殿堂 遙かなる地平 2」早
　　　川書房 2000（ハヤカワ文庫SF）p229

緊急（ジョンソン、デニス）
　　◇柴田元幸編訳「僕の恋、僕の傘」角川書店
　　　1999 p97

キングサイズの人生（カプラン、ヘスター）
　　◇武富雅子訳「アメリカ短編小説傑作選 2001」
　　　DHC 2001（アメリカ文芸「年間」傑作
　　　選）p309

謹啓（ビッスン、テリー）

きんこ

◇中村融編訳「奇想コレクション 平ら山を越えて」河出書房新社 2010 p251

均衡（ヴァイネル, リハルト）
◇阿部賢一訳「文学の贈物―東中欧文学アンソロジー」未知谷 2000 p191

金庫破りと放火犯の話（チャペック, カレル）
◇栗栖茜訳「悪いやつの物語」筑摩書房 2011（ちくま文学の森）p69

禁じられた艦隊の最期（ホールダー, ナンシー）
◇常田景子訳「ノストラダムス秘録」扶桑社 1999（扶桑社ミステリー）p157

銀の犬（ウィルヘルム, ケイト）
◇安野玲訳「幻想の犬たち」扶桑社 1999（扶桑社ミステリー）p73

金の鍵（ヴェルガ）
◇武谷なおみ編訳「短篇で読むシチリア」みすず書房 2011（大人の本棚）p26

銀の仮面（ウォルポール, ヒュー）
◇倉阪鬼一郎訳「ミステリーの本棚 銀の仮面」国書刊行会 2001 p9

銀の弾丸（ホプキンズ, ブラッド・D.）
◇浅倉久志選訳「極短小説」新潮社 2004（新潮文庫）p304

銀の伯爵夫人（クイン, シーバリー）
◇熊井ひろ美訳「ダーク・ファンタジー・コレクション 4」論創社 2007 p337

銀のバックル事件（スミス, デニス・O.）
◇日暮雅通訳「シャーロック・ホームズの大冒険 上」原書房 2009 p223

金の星に願いを（バローグ, メアリー）
◇辻早苗訳「四つの愛の物語―クリスマス・ストーリー 十九世紀の聖夜 2004」ハーレクイン 2004 p305

金の星姫（ニェムツォヴァー, ボジェナ）
◇中村和博訳「ポケットのなかの東欧文学―ルネッサンスから現代まで」成文社 2006 p46

金歯（レイ, ジャン）
◇平岡敦訳「異色作家短篇集 20」早川書房 2007 p191

金髪のエックベルト（ティーク, ルートヴィヒ）
◇今泉文子編訳「ドイツ幻想小説傑作選―ロマン派の森から」筑摩書房 2010（ちくま文庫）p7

◇今泉文子訳「幻想小説神髄」筑摩書房 2012（ちくま文庫）p67

銀幕のスター（ロウ, ジャニス）
◇戸田早紀訳「夜汽車はバビロンへ―EQMM90年代ベスト・ミステリー」扶桑社 2000（扶桑社ミステリー）p41

【く】

グアテマラ伝説集（アストゥリアス, ミゲル・アンヘル）
◇牛島信明訳「ラテンアメリカ五人集」集英社 2011（集英社文庫）p187

クィア・ファミリー・ロマンス―『河』の欲望シーンをめぐって（張小虹）
◇三木直大訳「台湾セクシュアル・マイノリティ文学 4」作品社 2009 p37

「悔い改めよ、ハーレクイン！」とチクタクマンはいった（エリスン, ハーラン）
◇伊藤典夫訳「20世紀SF 3」河出書房新社 2001（河出文庫）p77

クイズあそび（サーバー, ジェイムズ）
◇鳴海四郎訳「異色作家短篇集 14」早川書房 2006 p117

クイニー公園（ピアスン, リドリー）
◇菊地よしみ訳「殺しが二人を別つまで」早川書房 2007（ハヤカワ・ミステリ文庫）p11

クィーン・エステル、おうちはどこさ？（ディヴィッドスン, アヴラム）
◇浅倉久志訳「奇想コレクション どんがらがん」河出書房新社 2005 p111

クイーン好み―第1回（クイーン, エラリー）
◇「ミステリ・リーグ傑作選 上」論創社 2007（論創海外ミステリ）p73

クイーン好み―第2回（クイーン, エラリー）
◇「ミステリ・リーグ傑作選 上」論創社 2007（論創海外ミステリ）p149

クイーン好み―第3回（クイーン, エラリー）
◇「ミステリ・リーグ傑作選 上」論創社 2007（論創海外ミステリ）p261
◇飯城勇三編「ミステリ・リーグ傑作選 下」論創社 2007（論創海外ミステリ）p3

くしの

クイーン好み―第4回（クイーン, エラリー）
　◇飯城勇三編「ミステリ・リーグ傑作選　下」
　　論創社 2007（論創海外ミステリ）p343

クイーンズのヴァンパイア（ゴードン, デイヴィッド）
　◇青木千鶴訳「ミステリアス・ショーケース」
　　早川書房 2012（Hayakawa pocket
　　mystery books）p31

空（くう）… → "スカイ…"または "そら…"をも見よ

寓言篇第二十七〔荘子〕（荘子）
　◇福永光司, 興膳宏訳「世界古典文学全集 17」
　　筑摩書房 2004 p425

空山―風と火のチベット（阿来）
　◇山口守訳「コレクション中国同時代小説 1」
　　勉誠出版 2012 p1

空前絶後のパーティー（スキーン, ディック）
　◇浅倉久志選訳「極短小説」新潮社 2004（新
　　潮文庫）p95

空想の決算報告（カルヴィーノ, イタロ）
　◇脇功訳「イタリア叢書 5」松籟社 1988 p169

空洞状態のままのその町（モウテッハン）
　◇南田みどり編訳「二十一世紀ミャンマー作品
　　集」大同生命国際文化基金 2015（アジア
　　の現代文芸）p167

空寞（金珖燮）
　◇金炳三, 李春穆, 金潤訳「20世紀民衆の世界
　　文学 7」三友社出版 1990 p196

空爆下のユーゴスラビアで―涙の下から問い
かける（ハントケ, ペーター）
　◇元吉瑞枝訳「『新しいドイツの文学』シリー
　　ズ 11」同学社 2001 p1

空白のページ（ディーネセン, イサク）
　◇利根川真紀編訳「レズビアン短編小説集―女
　　たちの時間」平凡社 2015（平凡社ライブ
　　ラリー）p327

『寓話集』より（クラシツキ, イグナツィ）
　◇沼野充義訳「文学の贈物―東中欧文学アンソ
　　ロジー」未知谷 2000 p171

寓話 抄（スティーヴンソン, ロバート・ルイス）
　◇大久保譲訳「ポケットマスターピース 8」集
　　英社 2016（集英社文庫ヘリテージシリー
　　ズ）p605

クォリーの運（コリンズ, マックス・アラン）

殺しのグレイテスト・ヒッツ（田口俊樹訳）
　◇田口俊樹訳「殺しのグレイテスト・ヒッツ」
　　早川書房 2007（ハヤカワ・ミステリ文
　　庫）p95

久遠の秋（ハーン, マルギット）
　◇松永美穂訳「ドイツ文学セレクション　ひと
　　りぼっちの欲望」三修社 1997 p33

黄金（くがね）… → "おうごん…"または "こが
ね…"をも見よ

黄金郷（くがねのさと）（ポー, エドガー・アラン）
　◇日夏耿之介訳「ポケットマスターピース 9」
　　集英社 2016（集英社文庫ヘリテージシ
　　リーズ）p22

臭い排気ガスのなかで（山丁）
　◇岡田英樹訳編「血の報復―「在満」中国人作
　　家短篇集」ゆまに書房 2016 p143

グザヴィエ・フォルヌレ（ブルトン, アンドレ／
フォルヌレ, グザヴィエ）
　◇弓削三男訳「黒いユーモア選集 1」河出書房
　　新社 2007（河出文庫）p181

草たち（ケッセインキン）
　◇南田みどり編訳「ミャンマー現代女性短編
　　集」大同生命国際文化基金 2001（アジア
　　の現代文芸）p192

草の色、血の色（ブランハム, R.V.）
　◇新藤純子訳「不思議な猫たち」扶桑社 1999
　　（扶桑社ミステリー）p265

草叢のダイアモンド（フォルヌレ, グザヴィエ）
　◇澁澤龍彦訳「怪奇小説傑作集新版 4」東京創
　　元社 2006（創元推理文庫）p167
　◇澁澤龍彦訳「澁澤龍彦訳暗黒怪奇短篇集」河
　　出書房新社 2013（河出文庫）p7

腐れイモ（ラッツ, ジョン）
　◇山本俊子訳「ミニ・ミステリ100」早川書房
　　2005（ハヤカワ・ミステリ文庫）p190

くじ（ジャクスン, シャーリイ）
　◇深町眞理子訳「贈る物語Terror」光文社
　　2002 p384
　◇深町眞理子訳「異色作家短篇集 6」早川書房
　　2006 p299
　◇深町眞理子訳「厭な物語」文藝春秋 2013
　　（文春文庫）p115

串の一突き（マグラア, パトリック）
　◇宮脇孝雄訳「奇想コレクション　失われた探
　　険家」河出書房新社 2007 p159

作品名から引ける世界文学全集案内　第III期　97

くしや

孔雀の羽根（ライトフット, フリーダ）
　◇沢木あさみ訳「ティータイム・ストーリーズ　はるかなる丘」花風社 1999 p59

愚者たち（ンデベレ, ジャブロ・S.）
　◇福島富士男訳「アフリカ文学叢書　愚者たち」スリーエーネットワーク 1995 p99

愚者の贈り物（ベイカー, ジェフリー・スコット）
　◇浅倉久志選訳「極短小説」新潮社 2004 （新潮文庫） p220

愚者、悪者、やさしい賢者（リー, タニス）
　◇市田泉訳「奇想コレクション　悪魔の薔薇」河出書房新社 2007 p231

クジラの肉（セディア, エカテリーナ）
　◇黒沢由美訳「THE FUTURE IS JAPANESE」早川書房 2012 （ハヤカワSFシリーズJコレクション） p215

くず鉄墓場（フェイェシ, エンドレ）
　◇羽仁協子訳「東欧の文学　ブダペストに春がきた 他」恒文社 1966 p27

薬の用法（メノ, ジョー）
　◇岸本佐知子編訳「コドモノセカイ」河出書房新社 2015 p137

くすり指（ギッシング, ジョージ）
　◇小池滋訳「百年文庫 50」ポプラ社 2010 p5

薬指の契約（ジョーダン, ペニー）
　◇佐野雅子訳「愛は永遠に―ウエディング・ストーリー 2005」ハーレクイン 2005 p5

崩れる光（ユン, プラープダー）
　◇宇戸清治編訳「現代タイのポストモダン短編集」大同生命国際文化基金 2012 （アジアの現代文芸） p147

クセナルコス（作者不詳）
　◇橋本隆夫訳「ギリシア喜劇全集 7」岩波書店 2010 p102
　◇中務哲郎, 西村賀子, 平山晃司訳「ギリシア喜劇全集 9」岩波書店 2012 p439

『クセノロゴス（傭兵を集める男）』（メナンドロス）
　◇中務哲郎, 脇本由佳, 荒井直訳「ギリシア喜劇全集 6」岩波書店 2010 p255

クセノーン（作者不詳）
　◇中務哲郎, 西村賀子, 平山晃司訳「ギリシア喜劇全集 9」岩波書店 2012 p448

具体的な天国（作者不詳）

　◇斎藤博士訳「アンデスの風叢書　天国・地獄百科」書肆風の薔薇, 水声社 1982 p122

くたびれた老人―コーネル・ウールリッチへのオマージュ（エリスン, ハーラン）
　◇渋谷正子訳「巨匠の選択」早川書房 2001 （ハヤカワ・ミステリ） p125

口を閉ざす女（ピカード, ナンシー）
　◇宇佐川晶子訳「双生児―EQMM90年代ベスト・ミステリー」扶桑社 2000 （扶桑社ミステリー） p377

口ひげを剃る男（カレール, エマニュエル）
　◇田中千春訳「Modern & Classic　口ひげを剃る男」河出書房新社 2006 p1

唇（ホワイトヘッド, H.S.）
　◇夏来健次訳「怪奇文学大山脈 3」東京創元社 2014 p345

靴（ケレット, エトガル）
　◇岸本佐知子編訳「コドモノセカイ」河出書房新社 2015 p129

グッド（ストレイド, シェリル）
　◇岩志育子訳「アメリカ新進作家傑作選 2003」DHC 2004 p21

クトゥルーの眷属（シルヴァーバーグ, ロバート）
　◇三宅初江訳「クトゥルー 10」青心社 1997 （暗黒神話大系シリーズ） p59

クトゥルフの呼び声（ラヴクラフト, H.P.）
　◇尾之上浩司訳「クトゥルフ神話への招待―遊星からの物体X」扶桑社 2012 （扶桑社ミステリー） p269

愚鈍（ブライシュ, アブドッサラーム）
　◇越川芳明訳「モロッコ幻想物語」岩波書店 2013 p37

『クニディアー（クニドスの女）』（メナンドロス）
　◇中務哲郎, 脇本由佳, 荒井直訳「ギリシア喜劇全集 6」岩波書店 2010 p194

国には外貨が必要だ（トルスターヤ, N.）
　◇松川直子訳「雑話集―ロシア短編集」「雑話集」の会 2005 p30

九人と死で十人だ（ディクスン, カーター）
　◇駒月雅子訳「世界探偵小説全集 26」国書刊行会 1999 p9

グーバーども（デイヴィッドスン, アヴラム）
　◇浅倉久志訳「奇想コレクション　どんがらが

ん」河出書房新社 2005 p173

首（シュトローブル，カール・ハンス）
◇前川道介訳「独逸怪奇小説集成」国書刊行会
2001 p386

くびかざり（モーパッサン，ギ・ド）
◇杉捷夫訳「思いがけない話」筑摩書房 2010
（ちくま文学の森）p27

軛（くびき）の下で（ヴァーゾフ，イワン）
◇松永緑彌訳「東欧の文学 軛の下で」恒文社
1973 p9

首切り入江の恐怖（ブロック，ロバート）
◇三宅初江訳「クトゥルー 12」青心社 2002
（暗黒神話大系シリーズ）p73

首だけ人間と首なし人間（作者不詳）
◇紙村徹編訳「台湾原住民文学選 5」草風館
2006 p296

首吊り島から来た客（アーヴィング，ワシント
ン）
◇田口俊樹訳「ディナーで殺人を 上」東京創
元社 1998 （創元推理文庫）p319

グーピの悲劇（ペルゴー，ルイ）
◇河盛好蔵訳「世界100物語 6」河出書房新社
1997 p7

熊が火を発見する（ビッスン，テリー）
◇中村融編訳「奇想コレクション ふたりジャ
ネット」河出書房新社 2004 p7

熊さんの迷惑（フリーズナー，エスター）
◇青木多香子訳「ホワイトハウスのペット探
偵」講談社 2009 （講談社文庫）p285

熊たちの天国（ハイネ，ハインリヒ）
◇斎藤博士訳「アンデスの風叢書 天国・地獄
百科」書肆風の薔薇 1982 p154

クマと陸地（ナンセン，フリッチョフ）
◇加納一郎訳「狩猟文学マスターピース」みす
ず書房 2011 （大人の本棚）p97

熊人形（スタージョン，シオドア）
◇小笠原豊樹訳「異色作家短篇集 3」早川書房
2005 p33

熊―未亡人の決闘（チェーホフ）
◇牧原純訳「結婚、結婚、結婚！―1幕戯曲選」
群像社 2006 （ロシア名作ライブラリー）
p7

クミアク家の流転（マルヒヴィッツァ，ハンス）
◇上野修訳「20世紀民衆の世界文学 6」三友社

出版 1990 p1

クミン村の賢人（ヒッチコック，アルフレッド）
◇各務三郎訳「30の神品―ショートショート傑
作選」扶桑社 2016 （扶桑社文庫）p9

雲（アリストパネース）
◇橋本隆夫訳「ギリシア喜劇全集 1」岩波書店
2008 p209

蜘蛛（エーヴェルス，ハンス・ハインツ）
◇植田敏郎訳「乱歩の選んだベスト・ホラー」
筑摩書房 2000 （ちくま文庫）p357
◇植田敏郎訳「吊るされた男」角川書店 2001
（角川ホラー文庫）p117
◇前川道介訳「独逸怪奇小説集成」国書刊行会
2001 p21
◇植田敏郎訳「怪奇小説傑作集新版 5」東京創
元社 2006 （創元推理文庫）p25
◇前川道介訳「怪奇小説精華」筑摩書房 2012
（ちくま文庫）p485

雲輝く黄昏（ウェー）
◇南田みどり編訳「二十一世紀ミャンマー作品
集」大同生命国際文化基金 2015 （アジア
の現代文芸）p92

『雲』第一（アリストパネース）
◇久保田忠利，野津寛，脇本由佳訳「ギリシア
喜劇全集 4」岩波書店 2009 p332

雲の上の暮らし（畢飛宇）
◇金子わこ訳「じゃがいも―中国現代文学短編
集」小学館スクウェア 2007 p119
◇金子わこ訳「じゃがいも―中国現代文学短編
集」鼎書房 2012 p119

雲のなかにいるもの（フィニイ，ジャック）
◇福島正実訳「異色作家短篇集 13」早川書房
2006 p89

雲間の薔薇（マ・ウィン）
◇南田みどり編訳「ミャンマー現代短編集 2」
大同生命国際文化基金 1998 （アジアの現
代文芸）p106

供養バラモン（ボンドパッダエ，タラションコル）
◇大西正幸訳「現代インド文学選集 7（ベンガ
リー）」めこん 2016 p95

暗い嵐の夜だった…（シュルツ，チャールズ・
M.）
◇浅倉久志選訳「極短小説」新潮社 2004 （新
潮文庫）p252

暗い岩（ナツァグドルジ，ダシドルジーン）

くらい

◇柴内秀司訳「モンゴル近現代短編小説選」パブリック・ブレイン 2013 p17

暗い雲におおわれて（スウィンデルズ, ロバート）
◇高橋朱美訳「ミステリアス・クリスマス」パロル舎 1999 p99

クライストの『ペンテジレーア』（ヴォルフ, クリスタ）
◇奈良洋子訳「シリーズ現代ドイツ文学 3」早稲田大学出版部 1991 p153

クライティ一九四一（ウェルティ, ユードラ）
◇藤井光訳「ゴシック短編小説集」春風社 2012 p489

クライトン館の秘密（ブラッドン, メアリー・エリザベス）
◇松岡光治編訳「ヴィクトリア朝幽霊物語—短篇集」アティーナ・プレス 2013 p261

暗い話、語り手はなおも暗くて（ヴィリエ・ド・リラダン, オーギュスト・ド）
◇釜山健訳「バベルの図書館 29」国書刊行会 1992 p121
◇釜山健訳「新編 バベルの図書館 4」国書刊行会 2012 p258

暗い部屋の花たち（ルィシェハ, オレフ）
◇藤井悦子, オリガ・ホメンコ訳「現代ウクライナ短編集」群像社 2005 （群像社ライブラリー） p59

暗い路地（王安憶）
◇宮入いずみ訳「コレクション中国同時代小説 6」勉誠出版 2012 p361

クラウチ・エンドの怪（キング, スティーヴン）
◇福岡洋一訳「新編 真ク・リトル・リトル神話大系 6」国書刊行会 2009 p15

グラーグのマント（ポール, フレデリック／ドクワイラー, H.／ロウンデズ, ロバート・W.）
◇岩村光博訳「クトゥルー 10」青心社 1997 （暗黒神話大系シリーズ） p79

クラック・コカイン・ダイエット（あるいは、たった一週間で体重を激減させて人生を変える方法）（リップマン, ローラ）
◇三角和代訳「ベスト・アメリカン・ミステリ クラック・コカイン・ダイエット」早川書房 2007 （ハヤカワ・ミステリ） p269

グラックの卵（ジェイコブズ, ハーヴェイ）
◇浅倉久志編訳「グラックの卵」国書刊行会

2006 （未来の文学） p283

クラッシュ（バラード, J.G.）
◇野村芳夫訳「死のドライブ」文藝春秋 2001 （文春文庫） p325

グラップルメイヤー（パウエル, シャーリー）
◇浅倉久志選訳「極短小説」新潮社 2004 （新潮文庫） p172

クラティーノス（作者不詳）
◇久保田忠利, 橋本隆夫, 野津寛, 安村典子, 吉武純夫, 丹下和彦訳「ギリシア喜劇全集 8」岩波書店 2011 p110

クラティーノス・ネオーテロス（作者不詳）
◇久保田忠利, 橋本隆夫, 野津寛, 安村典子, 吉武純夫, 丹下和彦訳「ギリシア喜劇全集 8」岩波書店 2011 p180

クラテース（作者不詳）
◇久保田忠利, 橋本隆夫, 野津寛, 安村典子, 吉武純夫, 丹下和彦訳「ギリシア喜劇全集 8」岩波書店 2011 p100

クラブ（ローズ, ダン）
◇岸本佐知子編訳「変愛小説集 2」講談社 2010 p241

クラブ・トゥエンティー・ワンからきた女（フィッツジェラルド, F.スコット）
◇萩岡史子訳「ブルー・ボウ・シリーズ 結婚まで」青弓社 1992 p7

クラブ・ハーモニカの一夜（ダン, ダグラス）
◇中野康司訳「新しいイギリスの小説 ひそやかな村」白水社 1992 p218

暗闇に続く道（ジェイムズ, アドービ）
◇金井美子訳「ダーク・ファンタジー・コレクション 8」論創社 2008 p295

暗闇にとりくむ（バカ, ジミー・サンティアゴ）
◇佐藤ひろみ, 管啓次郎訳「私の謎」岩波書店 1997 （世界文学のフロンティア） p65

暗闇のかくれんぼ（バレイジ, A.M.）
◇仁賀克雄編・訳「新・幻想と怪奇」早川書房 2009 （Hayakawa pocket mystery books） p159

暗闇の隅（ヤーコープ）
◇吉岡みね子編訳「タイの大地の上で—現代作家・詩人選集」大同生命国際文化基金 1999 （アジアの現代文芸） p185

暗闇よ去れ（趙碧岩）

◇金炳三, 李春穆, 金潤訳「20世紀民衆の世界
文学 7」三友社出版 1990 p194

クラーリッツの秘密 (カットナー, ヘンリイ)
◇東谷真知子訳「クトゥルー 10」青心社 1997
（暗黒神話大系シリーズ）p45

クラリベル (ベネット, アーノルド)
◇浦辺千鶴訳「20世紀英国モダニズム小説集成
自分の同類を愛した男」風濤社 2014 p144

クラリモンド (ゴーチエ, テオフィール)
◇岡本綺堂編訳「世界怪談名作集 上」河出書
房新社 2002 （河出文庫）p131
◇芥川龍之介訳「吸血妖鬼譚―ゴシック名訳集
成」学習研究社 2008 （学研M文庫）p267
◇芥川龍之介訳「怪奇小説精華」筑摩書房
2012 （ちくま文庫）p331

グランダー (ヘンダースン, ゼナ)
◇安野玲訳「奇想コレクション ページをめく
れば」河出書房新社 2006 p255

グランダンの怪奇事件簿 (クイン, シーバリー)
◇熊井ひろ美訳「ダーク・ファンタジー・コレ
クション 4」論創社 2007

クランチ (スティーヴンスン, ニール)
◇村井智之訳「ディスコ2000」アーティストハ
ウス 1999 p196

孤恋花 (クーリエンコー) (白先勇)
◇山口守訳「新しい台湾の文学 台北人」国書
刊行会 2008 p131

繰り返すものたち (エイレット, スティーヴ)
◇渡辺健吾訳「ディスコ・ビスケッツ」早川書
房 1998 p319

クリケット (ストリブリング, T.S.)
◇倉阪鬼一郎訳「世界探偵小説全集 15」国書
刊行会 1997 p225

クリスタベル姫 (コールリッジ)
◇大和資雄訳「吸血妖鬼譚―ゴシック名訳集
成」学習研究社 2008 （学研M文庫）p11

クリスチャン＝ディートリッヒ・グラッベ (ブ
ルトン, アンドレ／グラッベ, クリスチャン＝
ディートリッヒ)
◇水田喜一郎訳「黒いユーモア選集 1」河出書
房新社 2007 （河出文庫）p135

クリストファー・コロンブスとスペイン女王
イザベル、画竜点睛を施す (サンタ・フェ
一四九二年) (ラシュディ, サルマン)

◇寺門泰彦訳「新しい〈世界文学〉シリーズ 東
と西」平凡社 1997 p105

クリストファスン (ギッシング, ジョージ)
◇吉田甲子太郎訳「書物愛 海外篇」晶文社
2005 p143
◇吉田甲子太郎訳「書物愛 海外篇」東京創元
社 2014 （創元ライブラリ）p143

クリストフ王の悲劇 (セゼール, エメ)
◇尾崎文太, 片桐祐, 根岸徹郎訳「コレクショ
ン現代フランス語圏演劇 1」れんが書房新
社 2013 p5

クリスマス (シメリョフ, イワン・セルゲーエ
ヴィチ)
◇田辺佐保子訳「ロシアのクリスマス物語」群
像社 1997 p9

クリスマス (ナボコフ, ウラジミール)
◇田辺佐保子訳「ロシアのクリスマス物語」群
像社 1997 p67

クリスマス・イヴの凶事 (エリン, スタンリイ)
◇田中融二訳「異色作家短篇集 11」早川書房
2006 p75

クリスマス嫌いの億万長者 (モーティマー, キャ
ロル)
◇高木晶子訳「五つの愛の物語―クリスマス・
ストーリー2015」ハーパーコリンズ・ジャ
パン 2015 p5

クリスマス最大の贈り物 (エスルマン, ローレ
ン・D.)
◇日暮雅通訳「シャーロック・ホームズ 四人
目の賢者―クリスマスの依頼人 2」原書房
1999 p117

クリスマス・シーズンに (チェーホフ, アント
ン)
◇田辺佐保子訳「ロシアのクリスマス物語」群
像社 1997 p153

クリスマス・シーズンの出来事 (ステースル,
ジョン)
◇日暮雅通訳「シャーロック・ホームズ クリ
スマスの依頼人」原書房 1998 p165

クリスマスツリー殺人事件 (ホック, エドワー
ド・D.)
◇中井京子訳「夜明けのフロスト」光文社
2005 （光文社文庫）p9

クリスマス・ツリーの冒険 (デアンドリア, ウィ
リアム・L.)

くりす

◇日暮雅通訳「シャーロック・ホームズ クリスマスの依頼人」原書房 1998 p29

クリスマス・デザートは恋してる（フルーク, ジョアン）

◇上條ひろみ訳「シュガー＆スパイス」ヴィレッジブックス 2007（ヴィレッジブックス）p441

クリスマスと人形（クイーン, エラリー）

◇宇野利泰訳「密室殺人傑作選」早川書房 2003（ハヤカワ・ミステリ文庫）p53

クリスマスに帰る（コリア, ジョン）

◇村上啓夫訳「異色作家短篇集 7」早川書房 2006 p107

クリスマスに間に合えば（ケンドリック, シャロン）

◇霜月桂訳「四つの愛の物語—クリスマス・ストーリー 2011」ハーレクイン 2011 p5

クリスマスの青い鳥（ハワード, リンダ）

◇寺尾なつ子訳「四つの愛の物語—クリスマス・ストーリー 2000」ハーレクイン 2000 p5

クリスマスの依頼人（ホック, エドワード・D.）

◇日暮雅通訳「シャーロック・ホームズ クリスマスの依頼人」原書房 1998 p9

クリスマスの陰謀（ホック, エドワード・D.）

◇日暮雅通訳「シャーロック・ホームズ 四人目の賢者—クリスマスの依頼人 2」原書房 1999 p171

クリスマスの贈り物（ペリー, アン）

◇日暮雅通訳「シャーロック・ホームズ 四人目の賢者—クリスマスの依頼人 2」原書房 1999 p39

クリスマスの音楽（グリーンウッド, L.B.）

◇日暮雅通訳「シャーロック・ホームズ 四人目の賢者—クリスマスの依頼人 2」原書房 1999 p195

クリスマスの子猫（ゴーマン, エド）

◇山本光伸訳「子猫探偵ニックとノラ—The Cat Has Nine Mysterious Tales」光文社 2004（光文社文庫）p9

クリスマスの正義（バーンハート, ウィリアム）

◇宮脇孝雄訳「双生児—EQMM90年代ベスト・ミステリー」扶桑社 2000（扶桑社ミステリー）p321

クリスマスの前夜（ブロック, ロバート）

◇広瀬順弘訳「闇の展覧会 敵」早川書房 2005（ハヤカワ文庫）p19

クリスマスの訪問者（クレイリング, テッサ）

◇西村醇子訳「メグ・アウル」バロル舎 2002（ミステリアス・クリスマス）p109

クリスマスの幽霊事件（クライダー, ビル）

◇日暮雅通訳「シャーロック・ホームズ クリスマスの依頼人」原書房 1998 p137

クリスマス・プレゼント（クロス, ジリアン）

◇安藤紀子訳「メグ・アウル」バロル舎 2002（ミステリアス・クリスマス）p5

クリスマスプレゼントは私（パーマー, ダイアナ）

◇岡田久実子訳「四つの愛の物語—クリスマス・ストーリー '98」ハーレクイン 1998 p5

クリスマス・ベアの冒険（クライダー, ビル）

◇日暮雅通訳「シャーロック・ホームズ 四人目の賢者—クリスマスの依頼人 2」原書房 1999 p225

クリスマス（ベイビー・プリーズ・カム・ホーム）（ティムリン, マーク）

◇田口俊樹訳「ロンドン・ノワール」扶桑社 2003（扶桑社ミステリー）p51

クリスマス・ホテルのハドソン夫人（マグルス, ポール）

◇尾之上浩司訳「シャーロック・ホームズとヴィクトリア朝の怪人たち 1」扶桑社 2015（扶桑社ミステリー）p183

クリスマス物語（ゾシチェンコ, ミハイル・ミハイロヴィチ）

◇田辺佐保子訳「ロシアのクリスマス物語」群像社 1997 p59

クリスマス・ローズを捜して（マーシャル, ポーラ）

◇小林綾子訳「四つの愛の物語—クリスマス・ストーリー 十九世紀の聖夜 2004」ハーレクイン 2004 p5

クリスマスはあなたと（モーティマー, キャロル）

◇田村たつ子訳「四つの愛の物語—クリスマス・ストーリー 2007」ハーレクイン 2007 p5

灰色熊（グリズリー）に槍で立ち向かった男たち（ハンチントン, シドニー）

◇和田穹男訳「狩猟文学マスターピース」みすず書房 2011（大人の本棚）p155

クリーチャー・フィーチャー（マクナリー, ジョン）
◇古屋美登里訳「モンスターズ―現代アメリカ傑作短篇集」白水社 2014 p19

グリッグスビー文書（リッチー, ジャック）
◇藤村裕美訳「KAWADE MYSTERY ダイアルAを回せ」河出書房新社 2007 p269

ク・リトル・リトルの恐怖（ウォルハイム, D.A.）
◇渡村健一郎訳「新編 真ク・リトル・リトル神話大系 5」国書刊行会 2008 p49

クリトーン（作者不詳）
◇久保田忠利, 橋本隆夫, 野津寛, 安村典子, 吉武純夫, 丹下和彦訳「ギリシア喜劇全集 8」岩波書店 2011 p186

グリーブ家のバーバラ―八九一（ハーディ, トマス）
◇金谷益道訳「ゴシック短編小説集」春風社 2012 p283

『グリュケラー』（メナンドロス）
◇中務哲郎, 脇本由佳, 荒井直訳「ギリシア喜劇全集 6」岩波書店 2010 p108

クリューシッポス（作者不詳）
◇久保田忠利, 橋本隆夫, 野津寛, 安村典子, 吉武純夫, 丹下和彦訳「ギリシア喜劇全集 8」岩波書店 2011 p95

グリーンのクリーム（コーニイ, マイクル・G.）
◇山岸真訳「スティーヴ・フィーヴァー―ポストヒューマンSF傑作選 SFマガジン創刊50周年記念アンソロジー」早川書房 2010（ハヤカワ文庫 SF）p37

グリーン・ヒート（ゼーマン, アンジェラ）
◇河野純治訳「ベスト・アメリカン・ミステリ スネーク・アイズ」早川書房 2005（ハヤカワ・ミステリ）p507

グリーン・マーダー（ギースン, スーザン）
◇安藤由紀子訳「ウーマンズ・ケース 下」早川書房 1998（ハヤカワ・ミステリ文庫）p7

クルコノシェへの巡礼（マーハ, カレル＝ヒネク）
◇阿部賢一訳「ポケットのなかの東欧文学―ルネッサンスから現代まで」成文社 2006 p25

グルーチョ（グーラート, ロン）
◇浅倉久志訳「魔法の猫」扶桑社 1998（扶桑社ミステリー）p139

狂ったキッス（MAD KISS）―接触への熱望（曺広華）
◇木村典子訳「韓国現代戯曲集 1」日韓演劇交流センター 2002 p121

狂った青年とその医師（フォークト, ヴァルター）
◇小林貴美子訳「現代スイス短篇集」鳥影社・ロゴス企画部 2003 p49

グループでスキップ（ヴェルベーケ, アンネリース）
◇井内千紗訳「フランダースの声―現代ベルギー小説アンソロジー」松籟社 2013 p17

グルメ（シャープ, リチャード）
◇浅倉久志選訳「極短小説」新潮社 2004（新潮文庫）p251

クレアルコス（作者不詳）
◇久保田忠利, 橋本隆夫, 野津寛, 安村典子, 吉武純夫, 丹下和彦訳「ギリシア喜劇全集 8」岩波書店 2011 p96

クレイヴァリング教授の新発見（ハイスミス, パトリシア）
◇小倉多加志訳「北村薫のミステリー館」新潮社 2005（新潮文庫）p73

グレイト・ウェスタン鉄道の夜汽車（ハーディ, トマス）
◇沢崎順之助訳「英国鉄道文学傑作選」筑摩書房 2000（ちくま文庫）p195

グレイのフラノを身につけて（シェクリイ, ロバート）
◇宇野利泰訳「異色作家短篇集 9」早川書房 2006 p5

クレオール性（ベルナベ, ジャン／シャモワゾー, パトリック／コンフィアン, ラファエル）
◇恒川邦夫訳「新しい〈世界文学〉シリーズ クレオール礼賛」平凡社 1997 p37

クレオール性と政治（ベルナベ, ジャン／シャモワゾー, パトリック／コンフィアン, ラファエル）
◇恒川邦夫訳「新しい〈世界文学〉シリーズ クレオール礼賛」平凡社 1997 p89

クレオール礼賛（ベルナベ, ジャン／シャモワゾー, パトリック／コンフィアン, ラファエル）

くれし

◇恒川邦夫訳「新しい〈世界文学〉シリーズ ク
レオール礼賛」平凡社 1997 p9

クレジェス卿 (作者不詳)
　◇田尻雅士訳「中世英国ロマンス集 3」篠崎書
林 1993 p131

グレースを探せ (ハリントン, ジョイス)
　◇嵯峨静江訳「フィリップ・マーロウの事件」
早川書房 2007 (ハヤカワ・ミステリ文
庫) p85

『クレーステー』 (メナンドロス)
　◇中務哲郎, 脇本由佳, 荒井直訳「ギリシア喜
劇全集 6」岩波書店 2010 p348

クレスペル顧問官 (ホフマン, E.T.A.)
　◇池内紀訳「百年文庫 13」ポプラ社 2010 p69

グレーテ・ブロッホ (ウィーン) 宛て 〔プラ
ハ、一九一四年四月十四日 (火)〕 (カフカ, フ
ランツ)
　◇川島隆訳「ポケットマスターピース 1」集英
社 2015 (集英社文庫ヘリテージシリー
ズ) p703

グレーテ・ブロッホ (ウィーン) 宛て 〔プラ
ハ、一九一四年五月十六日 (土)〕 (カフカ, フ
ランツ)
　◇川島隆訳「ポケットマスターピース 1」集英
社 2015 (集英社文庫ヘリテージシリー
ズ) p706

グレーテ・ブロッホ (ウィーン) 宛て 〔プラ
ハ、一九一四年五月二十四日 (日)〕 (カフカ,
フランツ)
　◇川島隆訳「ポケットマスターピース 1」集英
社 2015 (集英社文庫ヘリテージシリー
ズ) p709

グレート・ジョイ (ル゠グウィン, アーシュラ・
K.)
　◇谷垣暁美訳「Modern & Classic なつかしく
謎めいて」河出書房新社 2005 p151

紅の起源 (ノヴァリナ, ヴァレール)
　◇ティエリ・マレ訳「コレクション現代フラン
ス語圏演劇 6」れんが書房新社 2013 p5

クレプシドラ・サナトリウム (シュルツ, ブルー
ノ)
　◇工藤幸雄訳「東欧の文学 コスモス 他」恒文
社 1967 p119
　◇工藤幸雄訳「幻想小説神髄」筑摩書房 2012
(ちくま文庫) p545

黒い海 (マウ・ソムナーン)
　◇岡田知子編訳「現代カンボジア短編集」大同
生命国際文化基金 2001 (アジアの現代文
芸) p191

黒い渇望 (ムーア, C.L.)
　◇仁賀克雄訳「ダーク・ファンタジー・コレク
ション 9」論創社 2008 p47

黒いカーテン (ミラー, C.フランクリン)
　◇妹尾アキ夫訳「怪樹の腕―〈ウィアード・
テールズ〉戦前邦訳傑作選」東京創元社
2013 p385

黒い小鳥 (ハイトフ, ニコライ)
　◇真木三三子訳「東欧の文学 あらくれ物語」
恒文社 1983 p164

黒い小屋 (コリンズ, ウィルキー)
　◇中島賢二訳「百年文庫 93」ポプラ社 2011
p5

黒い石印のはなし (マッケン, アーサー)
　◇南條竹則訳「バベルの図書館 21」国書刊行
会 1990 p17
　◇南條竹則訳「新編 バベルの図書館 3」国書刊
行会 2013 p226

黒い手の呪い (マグラア, パトリック)
　◇宮脇孝雄訳「奇想コレクション 失われた探
険家」河出書房新社 2007 p53

黒い鳥 (ムラーベト, ムハンマド)
　◇越川芳明訳「モロッコ幻想物語」岩波書店
2013 p121

黒犬 (ライヴリー, ペネロピ)
　◇鈴木和子訳「古今英米幽霊事情 2」新風舎
1999 p7

黒い破壊者 (ヴァン・ヴォークト, A.E.)
　◇中村融訳「黒い破壊者―宇宙生命SF傑作選」
東京創元社 2014 (創元SF文庫) p337

黒い花々 (ノルヴィット, ツィプリアン)
　◇久山宏一訳「ポケットのなかの東欧文学―ル
ネッサンスから現代まで」成文社 2006
p61

黒い瞳のブロンド (シュッツ, ベンジャミン・
M.)
　◇木村二郎訳「フィリップ・マーロウの事件」
早川書房 2007 (ハヤカワ・ミステリ文
庫) p57

黒い胸びれ (シャマン・ラポガン)

104　作品名から引ける世界文学全集案内　第III期

◇魚住悦子編訳「台湾原住民文学選 2」草風館 2003 p157

苦労多き楽園（ウェザーヘッド, レスリー・D.）
　　◇内田吉彦訳「アンデスの風叢書 天国・地獄百科」書肆風の薔薇 1982 p62

クロウル奥方の幽霊（レ・ファニュ, シェリダン）
　　◇平井呈一編「ミセス・ヴィールの幽霊―こわい話気味のわるい話 1」沖積舎 2011 p241

クロケット大佐のヴァイオリン（リンスコット, ギリアン）
　　◇日暮雅通訳「シャーロック・ホームズ アメリカの冒険」原書房 2012 p193

黒さ（キンケイド, ジャメイカ）
　　◇管啓次郎訳「新しい〈世界文学〉シリーズ 川底に」平凡社 1997 p93

黒・白・赤（ミュノーナ）
　　◇前川道介訳「独逸怪奇小説集成」国書刊行会 2001 p115

黒猫（ポー, エドガー・アラン）
　　◇岡田柊訳「STORY REMIX ポーの黒夢城」大栄出版 1996 p5
　　◇鴻巣友季子訳「ポケットマスターピース 9」集英社 2016（集英社文庫ヘリテージシリーズ）p331

黒の啓示（ジャコビ, カール）
　　◇仁賀克雄訳「吸血鬼伝説―ドラキュラの末裔たち」原書房 1997 p5

黒の詩人（ハワード, ロバート・E.／ダーレス, オーガスト）
　　◇佐藤嗣二訳「新編 真ク・リトル・リトル神話大系 5」国書刊行会 2008 p165

黒の上下（ニーミンニョウ）
　　◇南田みどり編訳「二十一世紀ミャンマー作品集」大同生命国際文化基金 2015（アジアの現代文芸）p216

クロービュロス（作者不詳）
　　◇久保田忠利, 橋本隆夫, 野津寛, 安村典子, 吉武純夫, 丹下和彦訳「ギリシア喜劇全集 8」岩波書店 2011 p188

黒ヒョウに乗って（マルティニ, スティーヴ／フェアスタイン, リンダ）
　　◇田口俊樹訳「フェイスオフ対決」集英社 2015（集英社文庫）p175

クローム襲撃（ギブスン, ウィリアム）
　　◇浅倉久志訳「ハッカー／13の事件」扶桑社 2000（扶桑社ミステリー）p15
　　◇浅倉久志訳「楽園追放rewired―サイバーパンクSF傑作選」早川書房 2014（ハヤカワ文庫 JA）p9

クロンク夫人始末記（ラヴゼイ, ピーター）
　　◇中村保男訳「双生児―EQMM90年代ベスト・ミステリー」扶桑社 2000（扶桑社ミステリー）p91

クローン・ハンター（クラウン, ビル）
　　◇浅倉久志選訳「極短小説」新潮社 2004（新潮文庫）p302

クワイ（蘇童）
　　◇堀内利恵訳「コレクション中国同時代小説 4」勉誠出版 2012 p1

群集の人（ポー, エドガー・アラン）
　　◇富士川義之訳「バベルの図書館 11」国書刊行会 1989 p99
　　◇富士川義之訳「新編 バベルの図書館 1」国書刊行会 2012 p174

軍人村の母（リカラッ・アウー）
　　◇魚住悦子編訳「台湾原住民文学選 2」草風館 2003 p14

軍曹（バーセルミ, ドナルド）
　　◇山崎勉, 田島俊雄訳「現代アメリカ文学叢書 10」彩流社 1998 p89

群体（トーマス, シオドア・L.）
　　◇中村融編訳「影が行く―ホラーSF傑作選」東京創元社 2000（創元SF文庫）p49

群盗（シラー）
　　◇宮下啓三訳「ベスト・プレイズ―西洋古典戯曲12選」論創社 2011 p355

クンプワーパラー国の民（マウン・トゥエーチュン）
　　◇南田みどり編訳「ミャンマー現代短編集 2」大同生命国際文化基金 1998（アジアの現代文芸）p201

軍用機（バクスター, スティーヴン）
　　◇中村融訳「20世紀SF 6」河出書房新社 2001（河出文庫）p7

【け】

恵安館（林海音）
　◇杉野元子訳「現代中国の小説 城南旧事」新潮社 1997 p21

繁観世音応験記（けいかんぜおんおうけんき）（陸杲）
　◇佐野誠子著「中国古典小説選 2（六朝 1）」明治書院 2006

警官と讃美歌（O.ヘンリー）
　◇大津栄一郎訳「怠けものの話」筑摩書房 2011 （ちくま文学の森）p9

警官の魂（ミドルトン, リチャード）
　◇南條竹則訳「魔法の本棚 幽霊船」国書刊行会 1997 p161

啓顔録（けいがんろく）（侯白）
　◇大木康著「中国古典小説選 12（歴代笑話）」明治書院 2008 p43

警句（ソロー, ヘンリー・デイヴィド）
　◇渡辺信二訳「アメリカ文学ライブラリー アメリカ名詩選」本の友社 1997 p141

刑苦としての文学 シャルル・ドスモワ宛〔一八五七年七月二十二日〕（フローベール, ギュスターヴ）
　◇山崎敦訳「ポケットマスターピース 7」集英社 2016 （集英社文庫ヘリテージシリーズ）p748

桂月香に（韓龍雲）
　◇安宇植（アンウーシク）訳「韓国文学名作選 ニムの沈黙」講談社 1999 p90

警察官よ汝を守れ（ウエイド, ヘンリー）
　◇鈴木絵美訳「世界探偵小説全集 34」国書刊行会 2001 p9

警察署よ、さようなら（キム・チョングァン）
　◇岸井紀子訳「現代韓国短篇選 上」岩波書店 2002 p143

計算書（李善熙）
　◇山田佳子訳「小説家仇甫氏の一日―ほか十三編 短編小説集」平凡社 2006 （朝鮮近代文学選集）p305

計算違い（ウェア, モニカ）
　◇浅倉久志選訳「極短小説」新潮社 2004 （新潮文庫）p153

芸術家（韓龍雲）
　◇安宇植（アンウーシク）訳「韓国文学名作選 ニムの沈黙」講談社 1999 p24

芸術作品（ブリッシュ, ジェイムズ）
　◇白石朗訳「20世紀SF 2」河出書房新社 2000 （河出文庫）p329

芸術対ビジネス（バスト, ロン）
　◇浅倉久志選訳「極短小説」新潮社 2004 （新潮文庫）p140

芸術に生きる（ムーア, ローリー）
　◇小梨直訳「新しいアメリカの小説 愛の生活」白水社 1991 p31

芸術の設営（インスタレーション）（ヘムリ, ロビン）
　◇小川高義訳「新しいアメリカの小説 食べ放題」白水社 1989 p197

〈芸術〉は芸術家になんのかかわりもない。ルイーズ・コレ宛〔一八五二年七月二十六日〕（フローベール, ギュスターヴ）
　◇山崎敦訳「ポケットマスターピース 7」集英社 2016 （集英社文庫ヘリテージシリーズ）p738

芸術は長し、されど……（インディアナ, ゲイリー）
　◇越川芳明訳「ライターズX マリアの死」白水社 1995 p159

傾城の恋（張系国）
　◇山口守訳「新しい台湾の文学 星雲組曲」国書刊行会 2007 p134

茎草（韓龍雲）
　◇安宇植（アンウーシク）訳「韓国文学名作選 ニムの沈黙」講談社 1999 p145

ケイティの話 1950年10月（ディーン, シェイマス）
　◇柴田元幸編訳「僕の恋、僕の傘」角川書店 1999 p131

ケイティの話 一九五〇年十月（ディーン, シェイマス）
　◇柴田元幸編訳「燃える天使」角川書店 2009 （角川文庫）p99

ゲイトウエイ（ポール, フレデリック）
　◇矢野徹訳「SFの殿堂 遙かなる地平 2」早川書房 2000 （ハヤカワ文庫SF）p121

系統発生（ディ・フィリポ, ポール）

けた

◇中原尚哉訳「20世紀SF 5」河出書房新社
2001（河出文庫）p227

芸の魔法（ドラグンスキイ）

◇吉川智代訳「雑話集—ロシア短編集」「雑話
集」の会 2005 p5

ゲイブリエル—アーネスト（サキ）

◇中西秀男訳「バベルの図書館 2」国書刊行会
1988 p53

◇和田唯訳「ゲイ短編小説集」平凡社 1999
（平凡社ライブラリー）p207

◇中西秀男訳「新編 バベルの図書館 2」国書刊
行会 2012 p268

警棒（ローズ，ダン）

◇岸本佐知子編訳「変愛小説集 2」講談社
2010 p256

契約完了（ギーヨ，ポール）

◇澁谷正子訳「殺しのグレイテスト・ヒッツ」
早川書房 2007（ハヤカワ・ミステリ文
庫）p489

契約成立（マーティン，ポール・レイモンド）

◇浅倉久志選訳「極短小説」新潮社 2004（新
潮文庫）p285

ゲオルク・クリストフ・リヒテンベルク（ブル
トン，アンドレ／リヒテンベルク，ゲオルク・ク
リストフ）

◇清水茂訳「黒いユーモア選集 1」河出書房新
社 2007（河出文庫）p77

『ゲオールゴイ（農夫たち）』（アリストパネー
ス）

◇久保田忠利，野津寛，脇本由佳訳「ギリシア
喜劇全集 4」岩波書店 2009 p267

『ゲオールゴス（農夫）』（メナンドロス）

◇中務哲郎，脇本由佳，荒井直訳「ギリシア喜
劇全集 6」岩波書店 2010 p95

けがれ（ラムレイ，ブライアン）

◇立花圭一訳「古きものたちの墓—クトゥルフ
神話への招待」扶桑社 2013（扶桑社ミス
テリー）p321

汚れなき花嫁（パーマー，ダイアナ）

◇真咲理央訳「愛は永遠に—ウエディング・ス
トーリー 2004」ハーレクイン 2004 p5

汚れのない高み（キャロル・ジュニア，ウィリア
ム・J.）

◇関麻衣子訳「ベスト・アメリカン・ミステリ
スネーク・アイズ」早川書房 2005（ハヤ

カワ・ミステリ）p61

ケーキ（レヴィーン，ステイシー）

◇岸本佐知子編訳「居心地の悪い部屋」角川書
店 2012 p171

◇岸本佐知子編訳「居心地の悪い部屋」河出書
房新社 2015（河出文庫）p145

劇場（リトル，ベントリー）

◇白石朗訳「999（ナインナインナイン）—妖女
たち」東京創元社 2000（創元推理文庫）
p343

激情としか言いようのない犯罪（クラーク，メ
アリ・ヒギンズ）

◇深町眞理子訳「愛の殺人」早川書房 1997
（ハヤカワ・ミステリ文庫）p63

劇中劇（ティリー，マルセル）

◇岩本和子訳「幻想の坩堝—ベルギー・フラン
ス語幻想短編集」松籟社 2016 p255

『ケクリュパロス（頭飾り）』（メナンドロス）

◇中務哲郎，脇本由佳，荒井直訳「ギリシア喜
劇全集 6」岩波書店 2010 p182

消されし時を求めて（ヴァン・ヴォート，A.E.）

◇伊藤典夫訳「20世紀SF 1」河出書房新社
2000（河出文庫）p277

景色のよいルートで（エリスン，ハーラン）

◇野村芳夫訳「死のドライブ」文藝春秋 2001
（文春文庫）p363

罌粟の香り（ボウエン，マージョリー）

◇南條竹則編訳「イギリス恐怖小説傑作選」筑
摩書房 2005（ちくま文庫）p299

夏至の魔法（ブレイク，ジェニファー）

◇江田さだえ訳「真夏の恋の物語—サマー・シ
ズラー 2004」ハーレクイン 2004 p255

下宿屋（ジョイス，ジェイムズ）

◇安藤一郎訳「百年文庫 52」ポプラ社 2010
p41

ケース・ワーカー（コンラード，ジェルジュ）

◇岩崎悦子訳「東欧の文学 ケース・ワーカー」
恒文社 1982 p3

消せない情火（イエーツ，メイシー）

◇松村和紀子訳「愛と祝福の魔法—クリスマ
ス・ストーリー2016」ハーパーコリンズ・
ジャパン 2016 p59

下駄<ツォウ>（バイツ・ムクナナ）

◇松本さち子訳「台湾原住民文学選 6」草風館

作品名から引ける世界文学全集案内 第III期 107

けたか

2008 p295

気高きシーク（ローレンス, キム）
◇小林町子訳「真夏の恋の物語―サマー・シズラー 2010」ハーレクイン 2010 p5

けちな騎士（プーシキン）
◇郡伸哉訳「青銅の騎士―小さな悲劇」群像社 2002（ロシア名作ライブラリー）p47

月光浴（ラエンズ, ヤニック）
◇星埜守之訳「月光浴―ハイチ短篇集」国書刊行会 2003（Contemporary writers）p257

結婚（ハイトフ, ニコライ）
◇真木三三子訳「東欧の文学 あらくれ物語」恒文社 1983 p209

結婚（パーカー, ドロシー）
◇船越隆之訳「ブルー・ボウ・シリーズ 結婚まで」青弓社 1992 p15

結婚改良家（ブラッドベリ, レイ）
◇吉田誠一訳「異色作家短篇集 15」早川書房 2006 p99

結婚式前の出会い（ハリントン, パトリック）
◇浅倉久志選訳「極短小説」新潮社 2004（新潮文庫）p311

結婚式はそのままに（ブロードリック, アネット）
◇江田さだえ訳「恋人たちの夏物語」ハーレクイン 2010（サマー・シズラー・ベリーベスト）p105

結婚してみたら（ドライサー, シオドア）
◇千葉卯多子訳「ブルー・ボウ・シリーズ 結婚まで」青弓社 1992 p129

結婚生活 そして子供たちの死に寄せて（テイラー, エドワード）
◇渡辺信二訳「アメリカ文学ライブラリー アメリカ名詩選」本の友社 1997 p98

結婚披露宴（チェーホフ）
◇牧原純訳「結婚、結婚、結婚！―1幕戯曲選」群像社 2006（ロシア名作ライブラリー）p95

結婚申込（チェーホフ）
◇牧原純、福田善之共訳「結婚、結婚、結婚！―1幕戯曲選」群像社 2006（ロシア名作ライブラリー）p53

結婚申込み（チェーホフ, アントン・パーヴロヴィチ）

◇米川正夫訳「おかしい話」筑摩書房 2010（ちくま文学の森）p81

結婚はナポリで（ウインターズ, レベッカ）
◇高橋美友紀訳「真夏の恋の物語―サマー・シズラー 2010」ハーレクイン 2010 p209

孽子（白先勇）
◇陳正醍訳「新しい台湾の文学 孽子」国書刊行会 2006 p7

決して（ベイツ, H.E.）
◇西崎憲編訳「短篇小説日和―英国異色傑作選」筑摩書房 2013（ちくま文庫）p79

月世界征服―「月世界征服」原作（ハインライン, ロバート・A.）
◇中村融訳「地球の静止する日―SF映画原作傑作選」東京創元社 2006（創元SF文庫）p281

決断の瞬間（ミルバーン, ティナ）
◇浅倉久志選訳「極短小説」新潮社 2004（新潮文庫）p77

決断の時（エリン, スタンリイ）
◇田中融二訳「異色作家短篇集 11」早川書房 2006 p253

決定的なひとひねり（カー, A.H.Z.）
◇小笠原豊樹訳「ミステリマガジン700―創刊700号記念アンソロジー 海外篇」早川書房 2014（ハヤカワ・ミステリ文庫）p7

決闘（サーバー, ジェイムズ）
◇鳴海四郎訳「異色作家短篇集 14」早川書房 2006 p165

決闘（マシスン, リチャード）
◇野村芳夫訳「死のドライブ」文藝春秋 2001（文春文庫）p129

血統（金容相）
◇祖父律男訳「コリアン・ミステリ―韓国推理小説傑作選」バベル・プレス 2002 p107

決闘裁判（ジャクスン, シャーリイ）
◇深町眞理子訳「異色作家短篇集 6」早川書房 2006 p61

潔白（セイフェッティン, オメル）
◇田中けやき訳「現代トルコ文学選 2」東京外国語大学外国語学部トルコ語専攻研究室 2012（TUFS Middle Eastern studies）p169

月餅（ダシニャム, ロブサンダムビィン）

108 作品名から引ける世界文学全集案内 第III期

◇柴内秀司訳「モンゴル近現代短編小説選」パブリック・ブレイン 2013 p229

訣別（サーバー, ジェイムズ）
　◇鳴海四郎訳「異色作家短篇集 14」早川書房 2006 p225

結末未定（ドライヴァー, マイケル）
　◇浅倉久志選訳「極短小説」新潮社 2004（新潮文庫）p355

血脈（ゴーマン, エド）
　◇池央耿訳「巨匠の選択」早川書房 2001（ハヤカワ・ミステリ）p197

月面植物殺人事件（ロング, フランク・ベルナップ）
　◇野田昌宏編訳「太陽系無宿／お祖母ちゃんと宇宙海賊―スペース・オペラ名作選」東京創元社 2013（創元SF文庫）p127

月曜日のカスター将軍（ビルマン, ジョン）
　◇ウィリアム N.伊藤訳「ゾエトロープ Biz」角川書店 2001（Bookplus）p137

月曜日の大椿事（ブラッドベリ, レイ）
　◇吉田誠一訳「異色作家短篇集 15」早川書房 2006 p233

欠落感―知的障害をもつ子のために（ワリス・ノカン）
　◇内山加代訳「台湾原住民文学選 3」草風館 2003 p13

結論の愚かさ ルロワイエ・ド・シャントピー嬢宛〔一八五七年五月十八日〕（フローベール, ギュスターヴ）
　◇山崎敦訳「ポケットマスターピース 7」集英社 2016（集英社文庫ヘリテージシリーズ）p764

『ケーデイアー（縁組み）』（メナンドロス）
　◇中務哲郎, 脇本由佳, 荒井直訳「ギリシア喜劇全集 6」岩波書店 2010 p184

ゲド戦記（ル・グィン, アーシュラ・K.）
　◇小尾芙佐訳「ファンタジイの殿堂 伝説は永遠に 3」早川書房 2000（ハヤカワ文庫FT）p185

ゲノヴェーヴァ（ヘッベル）
　◇吹田順助訳「ゲノヴェーヴァ」ゆまに書房 2008（昭和初期世界名作翻訳全集）p19

ケーバ（ビクセル, ペーター）
　◇寺島政子訳「現代スイス短篇集」鳥影社・ロゴス企画部 2003 p141

気配（バイアット, A.S.）
　◇池田栄一訳「新しいイギリスの小説 シュガー」白水社 1993 p209

ケーピーソドーロス（作者不詳）
　◇久保田忠利, 橋本隆夫, 野津寛, 安村典子, 吉武純夫, 丹下和彦訳「ギリシア喜劇全集 8」岩波書店 2011 p89

ケープコッドの海辺に暮らして―大いなる浜辺における1年間の生活（ベストン, ヘンリー）
　◇村上清敏訳「アメリカ文学ライブラリー ケープコッドの海辺に暮らして」本の友社 1997 p1

ケープタウンから来た男（カミンスキー, スチュアート）
　◇日暮雅通訳「シャーロック・ホームズ ベイカー街の殺人」原書房 2002 p99

『ケベードの謎』（マシューズ, ハリー）
　◇千葉文夫訳「新しいフランスの小説 シュザンヌの日々」白水社 1995 p101

ゲーム（ヤアクービー, アフマド）
　◇越川芳明訳「モロッコ幻想物語」岩波書店 2013 p11

毛虫（ブロンテ, シャーロット）
　◇中岡洋, 芦沢久江訳「ブロンテ姉妹エッセイ全集」彩流社 2016 p334

煙（ソロー, ヘンリー・デイヴィド）
　◇渡辺信二訳「アメリカ文学ライブラリー アメリカ名詩選」本の友社 1997 p143

煙をあげる脚（メトカーフ, ジョン）
　◇横山茂雄訳「異色作家短篇集 19」早川書房 2007 p61

煙の環（ライス, クレイグ）
　◇増田武訳「謎のギャラリー――こわい部屋」新潮社 2002（新潮文庫）p121
　◇増田武訳「こわい部屋」筑摩書房 2012（ちくま文庫）p121

獣（マクヒュー, モーリーン・F.）
　◇岸本佐知子編訳「変愛小説集」講談社 2008 p161
　◇岸本佐知子編訳「変愛小説集」講談社 2014（講談社文庫）p165

獣が即位した国（ソログープ, フョードル）
　◇西周成編訳「ロシア幻想短編集」アルトアーツ 2016 p73

けもの

獣の印（キプリング, ラドヤード）
　◇橋本槇矩訳「怪奇小説精華」筑摩書房 2012
　　（ちくま文庫）p464

『ケーラー（寡婦）』（メナンドロス）
　◇中務哲郎, 脇本由佳, 荒井直訳「ギリシア喜
　　劇全集 6」岩波書店 2010 p346

『ゲーラス（老い）』（アリストパネース）
　◇久保田忠利, 野津寛, 脇本由佳訳「ギリシア
　　喜劇全集 4」岩波書店 2009 p272

（ゲラーの）アポロドーロス（作者不詳）
　◇久保田忠利, 橋本隆夫, 野津寛, 安村典子, 吉
　　武純夫, 丹下和彦訳「ギリシア喜劇全集 8」
　　岩波書店 2011 p16

ケラーのカルマ（ブロック, ローレンス）
　◇田口俊樹訳「殺しのグレイテスト・ヒッツ」
　　早川書房 2007 （ハヤカワ・ミステリ文
　　庫）p11

ケラーの最後の逃げ場（ブロック, ローレンス）
　◇田口俊樹訳「アメリカミステリ傑作選 2001」
　　DHC 2001 （アメリカ文芸「年間」傑作
　　選）p23

ケラーの責任（ブロック, ローレンス）
　◇田口俊樹訳「エドガー賞全集―1990〜2007」
　　早川書房 2008 （ハヤカワ・ミステリ文
　　庫）p285

ケラーの治療法（ブロック, ローレンス）
　◇田口俊樹訳「エドガー賞全集―1990〜2007」
　　早川書房 2008 （ハヤカワ・ミステリ文
　　庫）p129

ケラーの適応能力（ブロック, ローレンス）
　◇田口俊樹訳「十の罪業 Red」東京創元社
　　2009 （創元推理文庫）p575

ケラーのホロスコープ（ブロック, ローレンス）
　◇山本やよい訳「ホロスコープは死を招く」ソ
　　ニー・マガジンズ 2006 （ヴィレッジブッ
　　クス）p367

ケリー・ダールを探して（シモンズ, ダン）
　◇嶋田洋一訳「奇想コレクション 夜更けのエ
　　ントロピー」河出書房新社 2003 p157

ケリーの指輪（マクファデン, デニス）
　◇池田範子訳「ベスト・アメリカン・短編ミス
　　テリ 2014」DHC 2015 p289

『ゲーリュタデース』（アリストパネース）
　◇久保田忠利, 野津寛, 橋本由佳訳「ギリシア
　　喜劇全集 4」岩波書店 2009 p278

ケルズの書（ヒーリイ, ジェレマイア）
　◇菊地よしみ訳「アメリカミステリ傑作選
　　2003」DHC 2003 （アメリカ文芸「年間」
　　傑作選）p151

『ケルズの書』のもとに（ヴィーニンガー, ペー
　　ター・R.）
　◇松村國隆訳「現代ウィーン・ミステリー・シ
　　リーズ 1」水声社 2002 p4

ゲルマーニア ベルリンの死（一九五七／七
　　一）（ミュラー, ハイナー）
　◇越部暹訳「シリーズ現代ドイツ文学 2」早稲
　　田大学出版部 1991 p117

ケレムとアスル―第1章「ズィヤード・ハーン
　　と司祭」（ビンヤザル, アドナン）
　◇佐々悠香訳「現代トルコ文学選 2」東京外国
　　語大学外国語学部トルコ語専攻研究室
　　2012 （TUFS Middle Eastern studies）
　　p108

ゲロンチョン（カーク, ラッセル）
　◇広瀬順弘訳「闇の展覧会 罠」早川書房 2005
　　（ハヤカワ文庫）p145

原因究明（フロローフ）
　◇尾家順子訳「雑話集―ロシア短編集 3」ロシ
　　ア文学翻訳グループクーチカ 2014 p85

幻影（クチョク, ヴォイチェフ）
　◇高橋佳代訳「ポケットのなかの東欧文学―ル
　　ネッサンスから現代まで」成文社 2006
　　p535

幻影（シムナー, ジャニ・リー）
　◇日暮雅通訳「シャーロック・ホームズのSF大
　　冒険―短篇集 下」河出書房新社 2006
　　（河出文庫）p319

幻影の炎（ボルヘス, ホルヘ・ルイス／インヘニエ
　　ロス, デリア）
　◇内田吉彦訳「アンデスの風叢書 天国・地獄
　　百科」書肆風の薔薇 1982 p68

幻影の街（ポール, フレデリック）
　◇伊藤典夫訳「20世紀SF 2」河出書房新社
　　2000 （河出文庫）p177

幻影のランタン（劉慶邦）
　◇立松昇一訳「コレクション中国同時代小説
　　5」勉誠出版 2012 p47

剣を鍛える話（魯迅）
　◇竹内好訳「幻想小説神髄」筑摩書房 2012
　　（ちくま文庫）p485

玄海灘（林和）
◇金炳三, 李春穆, 金潤訳「20世紀民衆の世界文学 7」三友社出版 1990 p191

玄怪録（げんかいろく）（抄）（牛僧孺）
◇溝部良恵著「中国古典小説選 6（唐代 3）」明治書院 2008 p181

原化記（げんかき）（抄）（皇甫氏）
◇溝部良恵著「中国古典小説選 6（唐代 3）」明治書院 2008 p239

幻覚（周嘉寧）
◇河村昌子訳「9人の隣人たちの声—中国新鋭作家短編小説選」勉誠出版 2012 p41

玄鶴琴を奏でるとき（韓龍雲）
◇安宇植（アンウーシク）訳「韓国文学名作選 ニムの沈黙」講談社 1999 p119

幻覚実験室（ロルド, アンドレ・ド）
◇藤田真利子訳「怪奇文学大山脈 3」東京創元社 2014 p239

幻覚の実験室（ボーシュ, アンリ／ロルド, アンドレ・ド）
◇真野倫平訳「グラン＝ギニョル傑作選—ベル・エポックの恐怖演劇」水声社 2010 p39

幻覚のような（グラスゴー, エレン）
◇梅田正彦訳「ざくろの実—アメリカ女流作家怪奇小説選」鳥影社 2008 p111

元気（ローズ, ダン）
◇岸本佐知子編訳「変愛小説集 2」講談社 2010 p257

元気なぼくらの元気なおもちゃ（セルフ, ウィル）
◇安原和見訳「奇想コレクション 元気なぼくらの元気なおもちゃ」河出書房新社 2006 p157

研究室はミツバチの巣箱, もしくはネグリンのコーヒー（ラモン・フェルナンデス, ホセ）
◇田尻陽一訳「現代スペイン演劇選集 3」カモミール社 2016 p5

源郷からの移動（作者不詳）
◇紙村徹編訳「台湾原住民文学選 5」草風館 2006 p198

源郷からの移動, そして開村伝説（作者不詳）
◇紙村徹編訳「台湾原住民文学選 5」草風館 2006 p198

犬権GOGO（ヴァヴラ, カート）
◇浅倉久志選訳「極短小説」新潮社 2004 （新潮文庫）p349

言語学（シャーシャ, レオナルド）
◇武谷なおみ編訳「短篇で読むシチリア」みすず書房 2011 （大人の本棚）p175

言語、生命経験、文学創作—試論・アウヴィニの『雲豹の伝人』から『野百合の歌』までの心の歴程（王應棠）
◇下村作次郎訳「台湾原住民文学選 9」草風館 2007 p292

原作者註記（一九四五年ボンピアーニ版より）〔人間と人間にあらざるものと〕（ヴィットリーニ, エリオ）
◇脇功, 武谷なおみ, 多田俊一, 和田忠彦, 伊田久美子訳「イタリア叢書 2」松籟社 1981 p303

検察官（ヴェレル）
◇宮風耕治訳「雑話集—ロシア短編集 2」「雑話集」の会 2009 p76

検察官（ゴーゴリー）
◇熊澤復六訳「検察官」ゆまに書房 2008 （昭和初期世界名作翻訳全集）p1

権子（けんし）（耿定向）
◇大木康著「中国古典小説選 12（歴代笑話）」明治書院 2008 p121

玄思小説（王蒙）
◇釜屋修訳「同時代の中国文学—ミステリー・イン・チャイナ」東方書店 2006 p239

現実創造（ハーネス, チャールズ・L.）
◇中村融訳「20世紀SF 1」河出書房新社 2000 （河出文庫）p403

現実的ユートピアからロマン主義的ユートピアへ—東ドイツの散文の展開（セッチ, リア）
◇奈倉洋子訳「シリーズ現代ドイツ文学 3」早稲田大学出版部 1991 p121

現実の境界線（スウィート, ジェフ）
◇山本俊子訳「ミニ・ミステリ100」早川書房 2005 （ハヤカワ・ミステリ文庫）p232

源氏の君の最後の恋（ユルスナール, マルグリット）
◇多田智満子訳「この愛のゆくえ—ポケットアンソロジー」岩波書店 2011 （岩波文庫別冊）p443
◇多田智満子訳「世界堂書店」文藝春秋 2014

けんし

（文春文庫）p9

賢者の贈りもの（O.ヘンリー）
　　◇大久保康雄訳「30の神品―ショートショート
　　　傑作選」扶桑社 2016（扶桑社文庫）p143

賢者の贈り物（O.ヘンリー）
　　◇柴田元幸編訳「アメリカン・マスターピース
　　　古典篇」スイッチ・パブリッシング 2013
　　　（SWITCH LIBRARY）p211

拳銃つかい（トゥーイ，ロバート）
　　◇清野泉訳「KAWADE MYSTERY 物しか書
　　　けなかった物書き」河出書房新社 2007
　　　p67

原住民に母語で詩を書かせよう―モーナノン
の詩作をめぐる随想（楊渡）
　　◇魚住悦子訳「台湾原住民文学選 9」草風館
　　　2007 p9

原住民の文化・歴史と心の世界の描写―試論
原住民文学の可能性（孫大川）
　　◇下村作次郎訳「台湾原住民文学選 8」草風館
　　　2006 p15

原住民文学創作における民族アイデンティ
ティ―わたしの文学創作の歴程（リカラッ・
アウー）
　　◇魚住悦子訳「台湾原住民文学選 8」草風館
　　　2006 p263

原住民文学の苦境―黄昏あるいは黎明（孫大
川）
　　◇下村作次郎訳「台湾原住民文学選 8」草風館
　　　2006 p56

原住民文学の発展過程におけるいくたびかの
転換―日本統治時代から現在までの観察（浦
忠成）
　　◇魚住悦子訳「台湾原住民文学選 8」草風館
　　　2006 p117

原住民は文学「創作」を必要としているか（邱
貴芬）
　　◇魚住悦子訳「台湾原住民文学選 9」草風館
　　　2007 p319

幻術道士（蒲松齢）
　　◇中野美代子訳「バベルの図書館 10」国書刊
　　　行会 1988 p41
　　◇中野美代子訳「新編 バベルの図書館 6」国書
　　　刊行会 2013 p433

玄酒・冷光―わが代用品（李陸史）
　　◇安宇植（アンウーシク）訳「韓国文学名作選 李

陸史詩集」講談社 1999 p102

献身（チョイ，エリック）
　　◇中村融訳「ワイオミング生まれの宇宙飛行士
　　　―宇宙開発SF傑作選 SFマガジン創刊50周
　　　年記念アンソロジー」早川書房 2010（ハ
　　　ヤカワ文庫 SF）p289

献身的な愛（ヘイズリット，アダム）
　　◇古屋美登里訳「記憶に残っていること―新潮
　　　クレスト・ブックス短篇小説ベスト・コレ
　　　クション」新潮社 2008（Crest books）
　　　p55

犬足老人の死（金永顕）
　　◇加藤建二訳「郭公の故郷―韓国現代短編小説
　　　集」風媒社 2003 p115

現代医学（サレミ，オーガスト）
　　◇浅倉久志選訳「極短小説」新潮社 2004（新
　　　潮文庫）p337

現代生活への嫌悪 エルネスト・フェドー宛
〔一八五九年十一月二十九日〕（フローベール，
ギュスターヴ）
　　◇山崎敦訳「ポケットマスターピース 7」集英
　　　社 2016（集英社文庫ヘリテージシリー
　　　ズ）p753

現代世界からの脱出 ルロワイエ・ド・シャン
トピー嬢宛〔一八五七年三月十八日〕（フ
ローベール，ギュスターヴ）
　　◇山崎敦訳「ポケットマスターピース 7」集英
　　　社 2016（集英社文庫ヘリテージシリー
　　　ズ）p748

現代台湾原住民族文学の新しい視野（ワリス・
ノカン）
　　◇小林岳士訳「台湾原住民文学選 8」草風館
　　　2006 p239

倦怠の地に差す影（ピール，リディア）
　　◇岩瀬徳子訳「アメリカ新進作家傑作選 2007」
　　　DHC 2008 p67

ケンタウルスの死（シモンズ，ダン）
　　◇酒井昭伸訳「20世紀SF 6」河出書房新社
　　　2001（河出文庫）p317

ケンタッキー・フライドソウルズ教会の熱い
日々、そしてダディ・ラブ師の華麗なる最
後の日曜礼拝（トゥーレ）
　　◇小原亜美訳「ゾエトロープ Noir」角川書店
　　　2003（Bookplus）p221

建築家のラヴストーリーの家（エンライト，ア

ン)

　　◇今村啓子訳「現代アイルランド女性作家短編
　　　集」新水社 2016 p253

玄中記(げんちゅうき)(郭氏)

　　◇佐野誠子著「中国古典小説選 2(六朝 1)」明
　　　治書院 2006

原著者が日本語版へ寄せた序文〔文無しラ
　リー〕(コンロイ, ジャック)

　　◇村山淳彦訳「20世紀民衆の世界文学 1」三友
　　　社出版 1986 p3

幻燈(フォード, ジョン・M.)

　　◇夏来健次訳「シルヴァー・スクリーム 上」
　　　東京創元社 2013 (創元推理文庫) p27

幻燈スライド(オブライアン, エドナ)

　　◇吉村育子訳「現代アイルランド女性作家短編
　　　集」新水社 2016 p24

剣と偶像(ダンセイニ卿)

　　◇原葵訳「バベルの図書館 26」国書刊行会
　　　1991 p27

　　◇原葵訳「新編 バベルの図書館 3」国書刊行会
　　　2013 p134

ケンドル・ウィンダミア間鉄道の計画を聞い
　て(ワーズワース, ウィリアム)

　　◇沢崎順之助訳「英国鉄道文学傑作選」筑摩書
　　　房 2000 (ちくま文庫) p191

原風景(遅子建)

　　◇土屋肇枝訳「コレクション中国同時代小説
　　　7」勉誠出版 2012 p341

見物するにはいいところ(ディーヴァー, ジェフ
　リー)

　　◇田口俊樹, 高山真由美訳「マンハッタン物語」
　　　二見書房 2008 (二見文庫) p15

研磨粒(フランクリン, トム)

　　◇絵鳩文行訳「アメリカミステリ傑作選 2002」
　　　DHC 2002 (アメリカ文芸「年間」傑作
　　　選) p275

幻滅 抄(バルザック, オノレ・ド)

　　◇野崎歓訳「ポケットマスターピース 3」集英
　　　社 2015 (集英社文庫ヘリテージシリー
　　　ズ) p411

幻滅 アルフレッド・ル・ポワトヴァン宛〔一
　八五四年四月二日付〕(フローベール, ギュス
　ターヴ)

　　◇山崎敦訳「ポケットマスターピース 7」集英
　　　社 2016 (集英社文庫ヘリテージシリー

ズ) p727

原野(曹禺)

　　◇飯塚容訳「中国現代戯曲集 第9集」晩成書房
　　　2009 p5

幻妖(ザイデル, ヴィリ)

　　◇前川道介訳「独逸怪奇小説集成」国書刊行会
　　　2001 p262

権力争い(ヘッド, ベッシー)

　　◇くぼたのぞみ訳「アフリカ文学叢書 優しさ
　　　と力の物語」スリーエーネットワーク
　　　1996 p106

【 こ 】

恋をする躰(ウィンターソン, ジャネット)

　　◇野中柊訳「VOICES OVERSEAS 恋をする
　　　躰」講談社 1997 p1

恋がたき(ヘクト, ベン)

　　◇宇野利泰訳「怪奇小説傑作集新版 2」東京創
　　　元社 2006 (創元推理文庫) p255

恋するダイアリー(ジョーダン, ペニー)

　　◇藤森玲香訳「愛は永遠に—ウエディング・ス
　　　トーリー 2004」ハーレクイン 2004 p119

恋と水素(シェパード, ジム)

　　◇村上春樹編訳「恋しくて—Ten Selected
　　　Love Stories」中央公論新社 2013 p241

　　◇村上春樹編訳「恋しくて—Ten Selected
　　　Love Stories」中央公論新社 2016 (中公
　　　文庫) p243

恋に落ちた十二月(アンダーソン, ナタリー)

　　◇山口絵夢訳「四つの愛の物語—クリスマス・
　　　ストーリー 2010」ハーレクイン 2010
　　　p269

恋に落ちた天使(ジョーダン, ペニー)

　　◇黒木三世訳「四つの愛の物語—クリスマス・
　　　ストーリー 2002」ハーレクイン 2002 p5

恋に落ちたマリア(ゴードン, ルーシー)

　　◇槇由子訳「四つの愛の物語 イブの星に願い
　　　を—クリスマス・ストーリー 2005」ハー
　　　レクイン 2005 p193

恋について(チェーホフ, アントン)

　　◇松下裕訳「謎のギャラリー——愛の部屋」新潮

こいぬ

社 2002（新潮文庫）p93

仔犬（ヤーダヴ, ラージェンドラ）
　◇髙橋明訳「天国の風―アジア短篇ベスト・セレクション」新潮社 2011 p63

小犬たち（バルガス＝リョサ, マリオ）
　◇鈴木恵子訳「ラテンアメリカ五人集」集英社 2011（集英社文庫）p63

恋のカメレオン（トロワイヤ, アンリ）
　◇澁澤龍彦訳「澁澤龍彦訳幻想怪奇短篇集」河出書房新社 2013（河出文庫）p320

恋のたわむれ―ゲーム・オブ・ラヴ（ジョーンズ, トム）
　◇勝田安彦訳「恋のたわむれ―ゲーム・オブ・ラヴ」カモミール社 2007（勝田安彦ドラマシアターシリーズ）p1

恋の花に敬礼！（パーマー, ダイアナ）
　◇小山マヤ子訳「真夏の恋の物語―サマー・シズラー 2004」ハーレクイン 2004 p7
　◇小山マヤ子訳「夏色の恋の誘惑」ハーレクイン 2013（サマー・シズラーVB）p5

恋のレッスン引き受けます（フェラレーラ, マリー）
　◇瀬野莉奈訳「マイ・バレンタイン―愛の贈りもの 2016」ハーパーコリンズ・ジャパン 2016 p43

恋人たち（ヘッド, ベッシー）
　◇くぼたのぞみ訳「アフリカ文学叢書 優しさと力の物語」スリーエーネットワーク 1996 p128

恋人たちのシエスタ（ミラー, リンダ・ラエル）
　◇内海規子訳「夏に恋したシンデレラ」ハーパーコリンズ・ジャパン 2016（サマーシズラーVB）p263

恋人と娼婦（トパス・タナピマ）
　◇下村作次郎編訳「台湾原住民文学選 1」草風館 2002 p256

恋人はツリーとともに（ハミルトン, ダイアナ）
　◇藤村華奈美訳「四つの愛の物語―クリスマス・ストーリー 2003」ハーレクイン 2003 p199

恋は竜巻のように（ベッツ, ハイディ）
　◇竹内喜訳「灼熱の恋人たち―サマー・シズラー2008」ハーレクイン 2008 p197

広異記（こういき）（抄）（戴孚）

　◇溝部良恵著「中国古典小説選 6（唐代 3）」明治書院 2008 p94

合一の至福（バートン, リチャード・フランシス）
　◇斎藤博士訳「アンデスの風叢書 天国・地獄百科」書肆風の薔薇 1982 p139

幸運な苗―日本語版序文（李喬）
　◇三木直大訳「新しい台湾の文学 寒夜」国書刊行会 2005 p1

幸運にも経理課長は心肺機能蘇生法の心得があった（ウォーレス, デイヴィッド・フォスター）
　◇白石朗訳「ライターズX 奇妙な髪の少女」白水社 1994 p64

黄英（こうえい）（蒲松齢）
　◇竹田晃, 黒田真美子著「中国古典小説選 10（清代 2）」明治書院 2009 p210

公園（シュトラウス, ボート）
　◇寺尾格訳「ドイツ現代戯曲選30 19」論創社 2006 p7

紅焔（崔曙海）
　◇劉光石訳「20世紀民衆の世界文学 7」三友社出版 1990 p81

公園での出会い（ローゼンドルファー, ヘルベルト）
　◇前川道介訳「独逸怪奇小説集成」国書刊行会 2001 p108

後悔（韓龍雲）
　◇安宇植（アンウーシク）訳「韓国文学名作選 ニムの沈黙」講談社 1999 p81

郊外に住む女 さらなる点描―母娘しみじみ（ボーランド, イーヴァン）
　◇田村斉敏訳「しみじみ読むイギリス・アイルランド文学―現代文学短編作品集」松柏社 2007 p105

郊外の妖精物語（マンスフィールド, キャサリン）
　◇西崎憲訳「淑やかな悪夢―英米女流怪談集」東京創元社 2000 p203

高額保険（スタージョン, シオドア）
　◇大森望訳「奇想コレクション 不思議のひと触れ」河出書房新社 2003 p7

高架殺人（アイリッシュ, ウィリアム）
　◇村上博基訳「有栖川有栖の鉄道ミステリ・ライブラリー」角川書店 2004（角川文庫）p95

こうそ

高貴の血脈（ミドルトン, リチャード）
　◇南條竹則訳「魔法の本棚 幽霊船」国書刊行
　　会 1997 p155

交響楽の効果 ルイーズ・コレ宛〔一八五三年
十月十二日〕（フローベール, ギュスターヴ）
　◇山崎敦訳「ポケットマスターピース 7」集英
　　社 2016 （集英社文庫ヘリテージシリー
　　ズ） p742

紅玉（こうぎょく）（蒲松齢）
　◇黒田真美子著「中国古典小説選 9（清代 1）」
　　明治書院 2009 p214

香玉（こうぎょく）（蒲松齢）
　◇竹田晃, 黒田真美子著「中国古典小説選 10
　　（清代 2）」明治書院 2009 p271

高潔な公爵の魔性（モーティマー, キャロル）
　◇上村悦子訳「真夏のシンデレラ・ストーリー
　　—サマー・シズラー2015」ハーパーコリン
　　ズ・ジャパン 2015 p285

恍惚（エイクマン, ロバート）
　◇今本渉訳「魔法の本棚 奥の部屋」国書刊行
　　会 1997 p127

庚午霧社行（ワリス・ノカン）
　◇中村ふじゑ訳「台湾原住民文学選 3」草風館
　　2003 p40

ゴウサー卿（作者不詳）
　◇中世英国ロマンス研究会訳「中世英国ロマン
　　ス集 2」篠崎書林 1986 p209

公式発表（リチャーズ, デイヴィッド）
　◇浅倉久志選訳「極短小説」新潮社 2004 （新
　　潮文庫） p134

孝子入冥（蒲松齢）
　◇中野美代子訳「バベルの図書館 10」国書刊
　　行会 1988 p25
　◇中野美代子訳「新編 バベルの図書館 6」国書
　　刊行会 2013 p423

豪州からの客（ハートリー, L.P.）
　◇小山太一訳「憑かれた鏡—エドワード・ゴー
　　リーが愛する12の怪談」河出書房新社
　　2006 p63
　◇小山太一訳「エドワード・ゴーリーが愛する
　　12の怪談—憑かれた鏡」河出書房新社
　　2012 （河出文庫） p69

皇女（デュ・モーリア, ダフネ）
　◇吉田誠一訳「異色作家短篇集 10」早川書房
　　2006 p157

口承… → "オラル…"を見よ

恒娘（こうじょう）（蒲松齢）
　◇竹田晃, 黒田真美子著「中国古典小説選 10
　　（清代 2）」明治書院 2009 p194

哄笑する食屍鬼（ブロック, ロバート）
　◇三宅初江訳「クトゥルー 13」青心社 2005
　　（暗黒神話大系シリーズ） p115

強情な娘（フィリップ, シャルル・ルイ）
　◇山田稔訳「百年文庫 43」ポプラ社 2010 p53

好色六十路の恋文（デリベス, ミゲル）
　◇喜多延鷹訳「西和リブロス 11」西和書林
　　1989 p5

高空の恐怖物体（ドイル, コナン）
　◇山田香里訳「翼を愛した男たち」原書房
　　1997 p71

強情物だよ、ビエッラの人は—イタリア民話
（作者不詳）
　◇河島英昭訳「超短編アンソロジー」筑摩書房
　　2002 （ちくま文庫） p52

孝心（ブロンテ, エミリ・ジェーン）
　◇中岡洋, 芦沢久江訳「ブロンテ姉妹エッセイ
　　全集」彩流社 2016 p307

荒人手記（朱天文）
　◇池上貞子訳「新しい台湾の文学 荒人手記」
　　国書刊行会 2006 p7

洪水前後（朴花城）
　◇山田佳子訳「小説家仇甫氏の一日—ほか十三
　　編 短編小説集」平凡社 2006 （朝鮮近代文
　　学選集） p221

航跡（ゴンザレス, ケビン・A.）
　◇大崎美佐子訳「アメリカ新進作家傑作選
　　2007」DHC 2008 p209

好戦的な天国（ボルヘス, ホルヘ・ルイス／イン
ヘニエロス, デリア）
　◇牛島信明訳「アンデスの風薫書 天国・地獄
　　百科」書肆風の薔薇 1982 p17

紅綾伝（こうせんでん）（袁郊）
　◇黒田真美子著「中国古典小説選 5（唐代 2）」
　　明治書院 2006 p416

庚桑楚篇第二十三〔荘子〕（荘子）
　◇福永光司, 興膳宏訳「世界古典文学全集 17」
　　筑摩書房 2004 p357

高速道路（スラデック, ジョン）
　◇山形浩生訳「奇想コレクション 蒸気駆動の

こうそ

少年」河出書房新社 2008 p105

高速道路で絶対に停車するな（アーチャー, ジェフリー）
◇野村芳夫訳「死のドライブ」文藝春秋 2001（文春文庫）p209

高台の家（タルボット, ヘイク）
◇森村俊訳「これが密室だ！」新樹社 1997 p61

降誕祭前夜（ロバーツ, キース）
◇板島厳一郎訳「ベータ2のバラッド」国書刊行会 2006（未来の文学）p179

降誕祭の宴（ダリオ, ルベン）
◇野替みさ子訳「ラテンアメリカ短編集―モデルニズモから魔術的レアリズモまで」彩流社 2001 p23

皇帝のために（李文烈）
◇安宇植（アンウーシク）訳「韓国文学名作選 皇帝のために」講談社 1999 p5

好敵手（エリン, スタンリイ）
◇田中融二訳「異色作家短篇集 11」早川書房 2006 p121

鋼鉄の鎖をつける音（ヤーテッパン）
◇南田みどり編訳「ミャンマー現代女性短編集」大同生命国際文化基金 2001（アジアの現代文芸）p183

鋼鉄の猫（コリア, ジョン）
◇村上啓夫訳「異色作家短篇集 7」早川書房 2006 p127

交点（カンシラ, ドミニク）
◇金子浩訳「サイコーホラー・アンソロジー」祥伝社 1998（祥伝社文庫）p187

紅点＜パイワン＞（ヴアック）
◇柳本通彦訳「台湾原住民文学選 4」草風館 2004 p230

高等教育（バスト, ロン）
◇浅倉久志選訳「極短小説」新潮社 2004（新潮文庫）p112

強盗に遭った（カリー, エレン）
◇柴田元幸編訳「いずれは死ぬ身」河出書房新社 2009 p163

江東の懐―生活の河、荒川よ（安龍湾）
◇金炳三、李春穆、金潤訳「20世紀民衆の世界文学 7」三友社出版 1990 p197

こうのとりになったカリフ（ハウフ）

高橋健二訳「変身ものがたり」筑摩書房 2010（ちくま文学の森）p131

香妃（爵青）
◇岡田英樹訳編「血の報復―「在満」中国人作家短篇集」ゆまに書房 2016 p321

幸福への意志（マン, トーマス）
◇野田倬訳「百年文庫 98」ポプラ社 2011 p5

光復軍アリラン（作者不詳）
◇金炳三、李春穆、金潤訳「20世紀民衆の世界文学 7」三友社出版 1990 p205

幸福な王子（ワイルド, オスカー）
◇大橋洋一訳「ゲイ短編小説集」平凡社 1999（平凡社ライブラリー）p93

幸福の塩化物（ビチグリッリ）
◇五十嵐仁訳「おかしい話」筑摩書房 2010（ちくま文学の森）p325

公文書選（カフカ, フランツ）
◇川島隆訳「ポケットマスターピース 1」集英社 2015（集英社文庫ヘリテージシリーズ）p609

皇民梅本一夫（李喬）
◇明田川聡士訳「台湾郷土文学選集 5」研文出版 2014 p105

紅毛氈（こうもうせん）（蒲松齢）
◇竹田晃、黒田真美子著「中国古典小説選 10（清代 2）」明治書院 2009 p147

蝙蝠（李陸史）
◇安宇植（アンウーシク）訳「韓国文学名作選 李陸史詩集」講談社 1999 p42

蝙蝠鐘楼（ダーレス, オーガスト）
◇妹尾アキ夫訳「怪樹の腕―〈ウィアード・テールズ〉戦前邦訳傑作選」東京創元社 2013 p63

蝙蝠鐘樓（ダーレス, オーガスト）
◇妹尾アキ夫訳「塔の物語」角川書店 2000（角川ホラー文庫）p191

拷問王（エリオット, スティーブ）
◇浅倉久志選訳「極短小説」新潮社 2004（新潮文庫）p313

曠野（李陸史）
◇金炳三、李春穆、金潤訳「20世紀民衆の世界文学 7」三友社出版 1990 p189
◇安宇植（アンウーシク）訳「韓国文学名作選 李陸史詩集」講談社 1999 p13

荒野を開拓した人たち（山丁）
　　◇岡田英樹訳「血の報復―「在満」中国人作
　　　家短篇集」ゆまに書房 2016 p165

荒野に祈る母（ブラッドストリート, アン）
　　◇渡辺信二訳「アメリカ文学ライブラリー　ア
　　　メリカ名詩選」本の友社 1997 p27

曠野にひとり（李喬）
　　◇明田川聡士訳「台湾郷土文学選集 5」研文出
　　　版 2014 p9

荒野の心（グリーン, アレクサンドル）
　　◇沼野充義訳「魔法の本棚　消えた太陽」国書
　　　刊行会 1999 p81

荒野の流れ（ニョウケッチョー）
　　◇南田みどり編訳「ミャンマー現代女性短編
　　　集」大同生命国際文化基金 2001 （アジア
　　　の現代文芸） p95

荒野の墓標（フィック, アルヴィン・S.）
　　◇佐々田雅子訳「ミニ・ミステリ100」早川書
　　　房 2005 （ハヤカワ・ミステリ文庫） p633

荒野の呼び声（ワリス・ノカン）
　　◇「台湾原住民文学選 3」草風館 2003 p209

公用で不在の夫へ宛てた手紙（ブラッドスト
　　リート, アン）
　　◇渡辺信二訳「アメリカ文学ライブラリー　ア
　　　メリカ名詩選」本の友社 1997 p48

強欲者たち（リューイン, マイクル・Z.）
　　◇田口俊樹訳「ロンドン・ノワール」扶桑社
　　　2003 （扶桑社ミステリー） p347

合流（コルタサル, フリオ）
　　◇木村榮一訳「アンデスの風叢書　すべての火
　　　は火」水声社 1993 p73

荒寥の地より（ヤング, ロバート・F.）
　　◇伊藤典夫訳「奇想コレクション　たんぽぽ娘」
　　　河出書房新社 2013 p111

荒涼のベンチ（ジェイムズ, ヘンリー）
　　◇大津栄一郎訳「教えたくなる名短篇」筑摩書
　　　房 2014 （ちくま文庫） p161

降霊会奇譚（フォス, リニャルト）
　　◇前川道介訳「独逸怪奇小説集成」国書刊行会
　　　2001 p242

紅楼夢（曹雪芹）
　　◇中野美代子訳「バベルの図書館 10」国書刊
　　　行会 1988
　　◇中野美代子訳「新編 バベルの図書館 6」国書

刊行会 2013

声（イエイツ, W.B.）
　　◇井村君江訳「超短編アンソロジー」筑摩書房
　　　2002 （ちくま文庫） p142

声（フェーダーマン, ラインハルト）
　　◇中野京子訳「シリーズ現代ドイツ文学 4」早
　　　稲田大学出版部 1993 p176

声（ムラベ, モハメッド）
　　◇木村恵子訳「怒りと響き」岩波書店 1997
　　　（世界文学のフロンティア） p163

声たちの島（スティーヴンスン, ロバート・ルイ
　　ス）
　　◇高松雄一, 高松禎子訳「バベルの図書館 17」
　　　国書刊行会 1989 p15
　　◇高松雄一, 高松禎子訳「新編 バベルの図書館
　　　3」国書刊行会 2013 p19

声の島（スティーヴンスン, ロバート・ルイス）
　　◇中和彩子訳「ポケットマスターピース 8」集
　　　英社 2016 （集英社文庫ヘリテージシリー
　　　ズ） p461

声はどこから（ウェルティ, ユードラ）
　　◇渡辺佐智江訳「ベスト・ストーリーズ 2」早
　　　川書房 2016 p15

氷と炎の歌（マーティン, ジョージ・R.R.）
　　◇岡部宏之訳「ファンタジイの殿堂　伝説は永遠に
　　　2」早川書房 2000 （ハヤカワ文庫FT）
　　　p151

氷のシーク（セラーズ, アレキサンドラ）
　　◇堀みゆき訳「真夏の恋の物語―サマー・シズ
　　　ラー 2003」ハーレクイン 2003 p115

こおろぎ（マシスン, リチャード）
　　◇柴崎希未子訳「幻想と怪奇―宇宙怪獣現わ
　　　る」早川書房 2005 （ハヤカワ文庫） p9
　　◇仁賀克雄訳「ダーク・ファンタジー・コレク
　　　ション 2」論創社 2006 p27

こおろぎ遊び（マイリンク, グスタフ）
　　◇種村季弘訳「怪奇・幻想・綺想文学集―種村
　　　季弘翻訳集成」国書刊行会 2012 p101

コカインと鎮痛薬（マルキ, デーヴィッド）
　　◇旦紀子訳「マシン・オブ・デス―A
　　　Collection of Stories about People who
　　　Know How They Will DIE」アルファポリ
　　　ス 2012 p389
　　◇旦紀子訳「マシン・オブ・デス」アルファポ
　　　リス 2013 （アルファポリス文庫） p310

こかし

狐嫁女（こかじょ）（蒲松齢）
　◇黒田真美子著「中国古典小説選 9（清代 1）」明治書院 2009 p67

五月（スミス, アリ）
　◇岸本佐知子編訳「変愛小説集」講談社 2008 p7
　◇岸本佐知子編訳「変愛小説集」講談社 2014（講談社文庫）p9

五月―恋情しみじみ（スミス, アリ）
　◇岩田美喜訳「しみじみ読むイギリス・アイルランド文学―現代文学短編作品集」松柏社 2007 p179

五月のセヴァストーポリ（トルストイ, レフ・ニコラエヴィチ）
　◇乗松亨平訳「ポケットマスターピース 4」集英社 2016（集英社文庫ヘリテージシリーズ）p307

五月のマメ（リッチー, ジャック）
　◇田村義進訳「ミニ・ミステリ100」早川書房 2005（ハヤカワ・ミステリ文庫）p424

黄金（こがね）…　→ "おうごん…"または "くがね…"をも見よ

黄金虫（ブラック, マイケル・A.）
　◇横山啓明訳「ポーに捧げる20の物語」早川書房 2009（Hayakawa pocket mystery books）p37

黄金虫（ポー, エドガー・アラン）
　◇丸谷才一訳「ポケットマスターピース 9」集英社 2016（集英社文庫ヘリテージシリーズ）p183

『コーカロス』（アリストパネース）
　◇久保田忠利, 野津寛, 脇本由佳訳「ギリシア喜劇全集 4」岩波書店 2009 p324

ごきげん目盛り（ベスター, アルフレッド）
　◇中村融編訳「影が行く―ホラーSF傑作選」東京創元社 2000（創元SF文庫）p351
　◇中村融編訳「奇想コレクション 願い星、叶い星」河出書房新社 2004 p7

顧客（ペスコフ）
　◇小野協一訳「世界100物語 4」河出書房新社 1997 p416

故郷（玄鎮健）
　◇梁民基訳「20世紀民衆の世界文学 7」三友社出版 1990 p73

故郷（白石）

金炳三, 李春穆, 金潤訳「20世紀民衆の世界文学 7」三友社出版 1990 p200

故郷を出た少年（リカラッ・アウー）
　◇魚住悦子編訳「台湾原住民文学選 2」草風館 2003 p59

故郷を離れて（セーンマニー, ブンスーン）
　◇二元裕子編訳「ラオス現代文学選集」大同生命国際文化基金 2013（アジアの現代文芸）p111

故郷から遠く離れすぎて（ボウルズ, ポール）
　◇越川芳明訳「怒りと響き」岩波書店 1997（世界文学のフロンティア）p267

古鏡記（こきょうき）（王度）
　◇成瀬哲生著「中国古典小説選 4（唐代 1）」明治書院 2005 p1

五行記（ごぎょうき）（蕭吉）
　◇佐野誠子著「中国古典小説選 2（六朝 1）」明治書院 2006

故郷はどこ？（ワリス・ノカン）
　◇中村ふじゑ訳「台湾原住民文学選 3」草風館 2003 p120

黒衣の女の冒険（クイーン, エラリー）
　◇飯城勇三訳「死せる案山子の冒険―聴取者への挑戦 2」論創社 2009（論創海外ミステリ）p149

黒衣の僧（チェーホフ, アントン）
　◇原卓也訳「怪奇小説傑作集新版 5」東京創元社 2006（創元推理文庫）p293

黒衣の老婦人（トロワイヤ, アンリ）
　◇澁澤龍彦訳「澁澤龍彦幻想怪奇短篇集」河出書房新社 2013（河出文庫）p275

刻意篇第十五〔荘子〕（荘子）
　◇福永光司, 興膳宏訳「世界古典文学全集 17」筑摩書房 2004 p258

国王陛下のラブレター（ゴードン, ルーシー）
　◇江美れい訳「愛は永遠に―ウエディング・ストーリー 2003」ハーレクイン 2003 p219

酷暑のバレンタイン（オーツ, ジョイス・キャロル）
　◇高山真由美訳「18の罪―現代ミステリ傑作選」ヴィレッジブックス 2012（ヴィレッジブックス）p455

国葬（白先勇）
　◇山口守訳「新しい台湾の文学 台北人」国書刊行会 2008 p245

こしつ

告知（バーカー，ニュージェント）
　◇西崎憲編訳「短篇小説日和—英国異色傑作
　　選」筑摩書房 2013（ちくま文庫）p311

獄中記（葉石濤）
　◇中島利郎訳「台湾郷土文学選集 4」研文出版
　　2014 p93

ごくつぶし（ミルボー）
　◇河盛好蔵訳「恐ろしい話」筑摩書房 2011
　　（ちくま文学の森）p429

極秘文書（クークーク，ハンス・L.）
　◇前川道介訳「独逸怪奇小説集成」国書刊行会
　　2001 p172

国賓（オコナー，フランク）
　◇阿部公彦訳「この愛のゆくえ—ポケットアン
　　ソロジー」岩波書店 2011（岩波文庫別
　　冊）p141

小熊座（スラデック，ジョン）
　◇柳下毅一郎訳「奇想コレクション 蒸気駆動
　　の少年」河出書房新社 2008 p327

国民（黄錦樹）
　◇「台湾熱帯文学 3」人文書院 2011 p277

極楽行きの装置（エルデネ，センディーン）
　◇柴内秀司訳「モンゴル近現代短編小説選」パ
　　ブリック・ブレイン 2013 p73

縠霊逃亡（作者不詳）
　◇紙村徹編訳「台湾原住民文学選 5」草風館
　　2006 p228

語源（ボスク，ファレル・デュ）
　◇斎藤博士訳「アンデスの風叢書 天国・地獄
　　百科」書肆風の薔薇 1982 p110

ここがウィネトカなら、きみはジュディ（バズ
ビイ，F.M.）
　◇室住信子訳「ここがウィネトカなら、きみは
　　ジュディ—時間SF傑作選 SFマガジン創刊
　　50周年記念アンソロジー」早川書房 2010
　　（ハヤカワ文庫 SF）p413

ここでは女の人がバスを運転する（アディー
チェ，チママンダ・ンゴズィ）
　◇くぼたのぞみ訳「Modern & Classic アメリ
　　カにいる、きみ」河出書房新社 2007 p197

こことあそこ（ウォーレス，デイヴィッド・フォ
スター）
　◇白石朗訳「ライターズX 奇妙な髪の少女」白
　　水社 1994 p162

ここにいる人間は誰も本心を言わない（マッキ
ンストレイ，ステファン）
　◇栢井亜里奈訳「アメリカ新進作家傑作選
　　2008」DHC 2009 p441

ここに題名を記入せよ（クラウン，ビル）
　◇浅倉久志選訳「極短小説」新潮社 2004（新
　　潮文庫）p360

午後の死（ミントリング，プリシア）
　◇浅倉久志選訳「極短小説」新潮社 2004（新
　　潮文庫）p26

こころ（劉恒）
　◇徳間佳信訳「同時代の中国文学—ミステ
　　リー・イン・チャイナ」東方書店 2006
　　p167

心をさがす場所（ムーア，ローリー）
　◇小梨直訳「新しいアメリカの小説 愛の生活」
　　白水社 1991 p133

心から愛するただひとりの人（リップマン，ロー
ラ）
　◇吉澤康子訳「殺しが二人を別つまで」早川書
　　房 2007（ハヤカワ・ミステリ文庫）p405

心からのプロポーズ（ジョンストン，ジョーン）
　◇山田沙羅訳「四つの愛の物語—クリスマス・
　　ストーリー ’98」ハーレクイン 1998 p203

こころ変わり（ブロック，ロバート）
　◇仁賀克雄訳「幻想と怪奇—おれの夢の女」早
　　川書房 2005（ハヤカワ文庫）p81

心の森のなかで（フェーダーシュピール，ユルク）
　◇岩村行雄訳「現代スイス短篇集」鳥影社・ロ
　　ゴス企画部 2003 p109

コサック・ダヴレート（キム，アナトーリイ）
　◇有賀祐子訳「夢のかけら」岩波書店 1997
　　（世界文学のフロンティア）p219

コシ（ナウラ，ルイス）
　◇佐和田敬司訳「コシ／ゴールデン・エイジ」
　　オセアニア出版社 2006（オーストラリア
　　演劇叢書）p5

乞食の群れ（ダンセイニ卿）
　◇原葵訳「バベルの図書館 26」国書刊行会
　　1991 p111
　◇原葵訳「新編 バベルの図書館 3」国書刊行会
　　2013 p184

後日の災い（ゲイツ，デイヴィッド・エジャリー）
　◇小澤緑訳「ベスト・アメリカン・短編ミステ

作品名から引ける世界文学全集案内 第III期　119

こして

リ 2014」DHC 2015 p109

越して来た夫婦(ボーモント, チャールズ)
◇小笠原豊樹訳「異色作家短篇集 12」早川書
房 2006 p53

五時二十五分発の電車(コーエン, マーク)
◇浅倉久志選訳「極短小説」新潮社 2004 (新
潮文庫) p89

五時二十二分(ハーラー, ジョージ)
◇高木由紀子訳「アメリカ短編小説傑作選
2001」DHC 2001 (アメリカ文芸「年間」
傑作選) p207

孤児の歌(ニャムドルジ, グルジャビン)
◇柴内秀司訳「モンゴル近現代短編小説選」パ
ブリック・ブレイン 2013 p322

51番目の密室(アーサー, ロバート)
◇宇野利泰訳「51番目の密室—世界短篇傑作
集」早川書房 2010 (Hayakawa pocket
mystery books) p165

五十一番目の密室(アーサー, ロバート)
◇宇野利泰訳「有栖川有栖の本格ミステリ・ラ
イブラリー」角川書店 2001 (角川文庫)
p123

五十年後(ドイル, アーサー・コナン)
◇延原謙訳「百年文庫 2」ポプラ社 2010 p39

五十歳になった日(キーガン, リンダ)
◇吉田利子訳「間違ってもいい、やってみたら
—想いがはじける28の物語」講談社 1998
p137

50セントの殺人(リッチー, ジャック)
◇白須清美訳「KAWADE MYSTERY 10ドル
だって大金だ」河出書房新社 2006 p73

故障(ボウエン, マージョリー)
◇倉阪鬼一郎訳「淑やかな悪夢—英米女流怪談
集」東京創元社 2000 p187

呉将軍の足の爪(朴祚烈)
◇石川樹里訳「韓国現代戯曲集 3」日韓演劇交
流センター 2007 p183

故障中(ラスジェン, カール・ヘンリイ)
◇田村義進訳「ミニ・ミステリ100」早川書房
2005 (ハヤカワ・ミステリ文庫) p363

湖上の怪物(カーティス, W.A.)
◇佐川春水訳「恐竜文学大全」河出書房新社
1998 (河出文庫) p196

呉書〔三国志 Ⅲ〕(作者不詳)

◇小南一郎訳「世界古典文学全集 24 C」筑摩
書房 1989 p7

小包—母娘しみじみ(ボーランド, イーヴァン)
◇田村斉敏訳「しみじみ読むイギリス・アイル
ランド文学—現代文学短編作品集」松柏社
2007 p102

ゴースト(アディーチェ, チママンダ・ンゴズィ)
◇くぼたのぞみ訳「Modern & Classic アメリ
カにいる、きみ」河出書房新社 2007 p119

ゴースト・ステーション(ウィート, キャロリ
ン)
◇堀内静子訳「現代ミステリーの至宝 1」扶桑
社 1997 (扶桑社ミステリー) p411

怪奇小説(ゴースト・ストーリイ)を書く理由(ウエイ
クフィールド, ハーバート・ラッセル)
◇鈴木克昌訳「魔法の本棚 赤い館」国書刊行
会 1996 p7

ゴーストダンスの歌(作者不詳)
◇渡辺信二訳「アメリカ文学ライブラリー ア
メリカ名詩選」本の友社 1997 p22

ゴースト・ハント(ウエイクフィールド, ハー
バート・ラッセル)
◇西崎憲訳「魔法の本棚 赤い館」国書刊行会
1996 p61

コストプチンの白狼(キャンベル, ギルバート)
◇大貫昌子訳「狼女物語—美しくも妖しい短編
傑作選」工作舎 2011 p103

コスモス(ゴンブロヴィッチ, ヴィトルド)
◇工藤幸雄訳「東欧の文学 コスモス 他」恒文
社 1967 p185

コスモス(韓龍雲)
◇安宇植(アンウーシク)訳「韓国文学名作選 ニ
ムの沈黙」講談社 1999 p131

ゴセッジ＝ヴァーデビディアン往復書簡(アレ
ン, ウディ)
◇伊藤典夫訳「モーフィー時計の午前零時—
チェス小説アンソロジー」国書刊行会
2009 p221

午前三時(李北鳴)
◇崔碩義訳「20世紀民衆の世界文学 7」三友社
出版 1990 p227

狐仙女房(蒲松齢)
◇中野美代子訳「バベルの図書館 10」国書刊
行会 1988 p69
◇中野美代子訳「新編 バベルの図書館 6」国書

刊行会 2013 p447

コーター (ラシュディ, サルマン)
　◇寺門泰彦訳「新しい〈世界文学〉シリーズ 東
　　と西」平凡社 1997 p171

古代人の憂鬱(メランコリー)・黒い穴 エドマ・ロ
ジェ・デ・ジュネット宛〔一八六一年
(?)〕(フローベール, ギュスターヴ)
　◇山崎敦訳「ポケットマスターピース 7」集英
　　社 2016 (集英社文庫ヘリテージシリー
　　ズ) p754

古代の遺物 (クロウリー, ジョン)
　◇柴田元幸訳「魔法の猫」扶桑社 1998 (扶桑
　　社ミステリー) p345

古代文字の秘法 (ジェイムズ, M.R.)
　◇宮本朋子訳「憑かれた鏡―エドワード・ゴー
　　リーが愛する12の怪談」河出書房新社
　　2006 p273
　◇宮本朋子訳「エドワード・ゴーリーが愛する
　　12の怪談―憑かれた鏡」河出書房新社
　　2012 (河出文庫) p307

木立の中で (オハラ, ジョン)
　◇田口俊樹訳「巨匠の選択」早川書房 2001
　　(ハヤカワ・ミステリ) p367

こだわり (マ・イ)
　◇南田みどり編訳「二十一世紀ミャンマー作品
　　集」大同生命国際文化基金 2015 (アジア
　　の現代文芸) p81

こちらから見れば白あちらから見れば黒 (カ
リャー)
　◇南田みどり編訳「ミャンマー現代女性短編
　　集」大同生命国際文化基金 2001 (アジア
　　の現代文芸) p199

国会議事堂の死体 (ハイランド, スタンリー)
　◇小林晋訳「世界探偵小説全集 35」国書刊行
　　会 2000 p9

告解室にて (エドワーズ, アメリア・B.)
　◇倉阪鬼一郎訳「淑やかな悪夢―英米女流怪談
　　集」東京創元社 2000 p39

国境地方の冒険 (モファット, グウェン)
　◇日暮雅通訳「シャーロック・ホームズ クリ
　　スマスの依頼人」原書房 1998 p321

国境の南 (タイボ, パコ・イグナシオ(2世))
　◇長野きよみ訳「フィリップ・マーロウの事
　　件」早川書房 2007 (ハヤカワ・ミステリ
　　文庫) p261

こっち向いて、ビアンカ (ブレナン, モーヴ)
　◇岸本佐和子訳「猫好きに捧げるショート・ス
　　トーリーズ」国書刊行会 1997 p391

骨壺 (ソムサイポン, ブンタノーン)
　◇二元裕子編訳「ラオス現代文学選集」大同生
　　命国際文化基金 2013 (アジアの現代文
　　芸) p100

骨董屋 抄 (ディケンズ, チャールズ)
　◇猪熊恵子訳「ポケットマスターピース 5」集
　　英社 2016 (集英社文庫ヘリテージシリー
　　ズ) p259

忽瑪河の夜 (但娣)
　◇岡田英樹訳編「血の報復―「在満」中国人作
　　家短篇集」ゆまに書房 2016 p214

湖底の恐怖 (ダーレス, オーガスト／スコラー,
M)
　◇岩村光博訳「クトゥルー 12」青心社 2002
　　(暗黒神話大系シリーズ) p139

コティヨン (ハートリー, L.P.)
　◇西崎憲訳「英国短篇小説の愉しみ 3」筑摩書
　　房 1999 p29
　◇西崎憲編訳「短篇小説日和―英国異色傑作
　　選」筑摩書房 2013 (ちくま文庫) p265

古典的な事件 (ボーモント, チャールズ)
　◇小笠原豊樹訳「異色作家短篇集 12」早川書
　　房 2006 p31

古都 (朱天心)
　◇清水賢一郎訳「新しい台湾の文学 古都」国
　　書刊行会 2000 p9

『孤灯』(寒夜三部曲) 後期 (李喬)
　◇岡崎郁子, 三木直大訳「新しい台湾の文学 寒
　　夜」国書刊行会 2005 p386

古陶器 (ラム, チャールズ)
　◇山内義雄訳「百年文庫 38」ポプラ社 2010
　　p147

五等勲爵士の怪事件 (ルボフ, リチャード・A.)
　◇関麻衣子訳「ベスト・アメリカン・ミステリ
　　スネーク・アイズ」早川書房 2005 (ハヤ
　　カワ・ミステリ) p371

孤島の伯爵 (モーリ, トリッシュ)
　◇仁嶋いずる訳「愛は永遠に―ウエディング・
　　ストーリー 2012」ハーレクイン 2012
　　p115

孤独 (ル・グィン, アーシュラ・K.)

ことく

◇小尾芙佐訳「SFマガジン700—創刊700号記念アンソロジー 海外篇」早川書房 2014（ハヤカワ文庫 SF）p301

孤独な機械（ハリス, ジョン・ベイノン）
◇金子浩訳「ロボット・オペラ—An Anthology of Robot Fiction and Robot Culture」光文社 2004 p65

孤独な若者の家（ベッソン, パトリック）
◇小林茂訳「新しいフランスの小説 孤独な若者の家」白水社 1995 p1

孤独の円盤（スタージョン, シオドア）
◇白石朗訳「奇想コレクション 不思議のひと触れ」河出書房新社 2003 p299
◇小笠原豊樹訳「異色作家短篇集 3」早川書房 2005 p65

孤独の部屋（ハミルトン, パトリック）
◇北川依子訳「20世紀イギリス小説個性派セレクション 4」新人物往来社 2011 p1

ことづけ（バルザック, オノレ・ド）
◇水野亮訳「美しい恋の物語」筑摩書房 2010（ちくま文学の森）p357

言葉（チョウ・シキン）
◇「留学生文学賞作品集 2006」留学生文学賞委員会 2007 p59

言葉の選択（ベルナベ, ジャン／シャモワゾー, パトリック／コンフィアン, ラファエル）
◇恒川邦夫訳「新しい〈世界文学〉シリーズ クレオール礼賛」平凡社 1997 p66

子供（スミス, アリ）
◇岸本佐知子編訳「コドモノセカイ」河出書房新社 2015 p29

子どもじゃあるまいし（アースキン, バーバラ）
◇沢木あさみ訳「ティータイム・ストーリーズ 微笑みを忘れずに」花風社 1999 p125

子供たち（チェーホフ, アントン）
◇池田健太郎訳「百年文庫 40」ポプラ社 2010 p49

子どもたちのこと（ブラッドストリート, アン）
◇渡辺信二訳「アメリカ文学ライブラリー アメリカ名詩選」本の友社 1997 p50

子供たちの肖像（マーティン, ジョージ・R.R.）
◇中村融編訳「奇想コレクション 洋梨形の男」河出書房新社 2009 p85

子供のエチュード（アシュケナージ, ルドヴィーク）

◇保川亜矢子訳「ポケットのなかの東欧文学—ルネッサンスから現代まで」成文社 2006 p228

子どもの将来（張系国）
◇山口守訳「新しい台湾の文学 星雲組曲」国書刊行会 2007 p33

子どもの部屋（ジョーンズ, レイモンド・F.）
◇伊藤典夫訳「ボロゴーヴはミムジイ—伊藤典夫翻訳SF傑作選」早川書房 2016（ハヤカワ文庫 SF）p75

こどもの物語（ハントケ, ペーター）
◇阿部卓也訳「『新しいドイツの文学』シリーズ 13」同学社 2004 p1

子ども部屋のアリス（キャロル, ルイス）
◇芦田川祐子訳「ポケットマスターピース 11」集英社 2016（集英社文庫ヘリテージシリーズ）p299

小鳥の歌声（マクナイト, ジョン・P.）
◇矢野徹訳「謎の部屋」筑摩書房 2012（ちくま文庫）p425

小鳥はいつ歌をうたう（メナール, ドミニク）
◇北代美和子訳「Modern & Classic 小鳥はいつ歌をうたう」河出書房新社 2006 p1

コナの保安官（ロンドン, ジャック）
◇土屋陽子訳「病短編小説集」平凡社 2016（平凡社ライブラリー）p65

粉屋の話（チョーサー, ジェフリー）
◇西脇順三郎訳「おかしい話」筑摩書房 2010（ちくま文学の森）p51

五人の国王とその領土（李浩）
◇小笠原淳訳「9人の隣人たちの声—中国新鋭作家短編小説選」勉誠出版 2012 p291

5人の使者（作者不詳）
◇内田吉彦訳「アンデスの風叢書 天国・地獄百科」書肆風の薔薇, 水声社 1982 p48

五人の積み荷（マルツバーグ, バリー・N.）
◇日暮雅通訳「シャーロック・ホームズのSF大冒険—短篇集 下」河出書房新社 2006（河出文庫）p267

五人目の男（ホック, エドワード・D.）
◇山本俊子訳「ミニ・ミステリ100」早川書房 2005（ハヤカワ・ミステリ文庫）p697

小ぬか雨やまず（小黒）

こはる

◇今泉秀人訳「台湾熱帯文学 4」人文書院 2011 p167

『コーネイアゾメナイ（毒ニンジンを飲む女たち）』（メナンドロス）
　　◇中務哲郎、脇本由佳、荒井直訳「ギリシア喜劇全集 6」岩波書店 2010 p210

子猫探偵ニックとノラ（グレーブ、ジャン）
　　◇中井京子訳「子猫探偵ニックとノラ—The Cat Has Nine Mysterious Tales」光文社 2004（光文社文庫）p247

小ねずみ夫婦（ブラッドベリ、レイ）
　　◇吉田誠一訳「異色作家短篇集 15」早川書房 2006 p245

五年後（クラブトゥリー、マリル）
　　◇吉田利子訳「間違ってもいい、やってみたら—想いがはじける28の物語」講談社 1998 p12

この海はるかに（潘雨桐）
　　◇今泉秀人訳「台湾熱帯文学 4」人文書院 2011 p247

この国の六フィート（ゴーディマー、ナディン）
　　◇中村和恵訳「ベスト・ストーリーズ 1」早川書房 2015 p241

この詩はこれにて終わる（ヘインミャッゾー）
　　◇南田みどり編訳「二十一世紀ミャンマー作品集」大同生命国際文化基金 2015（アジアの現代文芸）p120

この数年僕はずっと旅している（徐則臣）
　　◇大橋義武訳「9人の隣人たちの声—中国新鋭作家短編小説選」勉誠出版 2012 p1

この世界を逃れて（スウィフト、グレアム）
　　◇高橋和久訳「新しいイギリスの小説 この世界を逃れて」白水社 1992 p1

この葬儀取りやめ（ヒル、レジナルド）
　　◇宮脇孝雄訳「夜汽車はバビロンへ—EQMM90年代ベスト・ミステリー」扶桑社 2000（扶桑社ミステリー）p205

この地を離れどこへ行けましょうや（朴芽枝）
　　◇金炳三、李春穆、金潤訳「20世紀民衆の世界文学 7」三友社出版 1990 p190

この手で人を殺してから（ウイリアムズ、アーサー）
　　◇都筑道夫訳「天外消失—世界短篇傑作集 Off the face of the earth and other stories」早川書房 2008（ハヤカワ・ミステリ）p155

この夏、花火のように（バック、キャロル）
　　◇野原房訳「真夏の恋の物語—サマー・シズラー 2000」ハーレクイン 2000 p121

この場所と黄海のあいだ（ピッソラット、ニック）
　　◇東野さやか訳「ミステリアス・ショーケース」早川書房 2012（Hayakawa pocket mystery books）p57

この物語について〔ある遭難者の物語〕（ガルシア＝マルケス、ガブリエル）
　　◇堀内研二訳「アンデスの風叢書 ある遭難者の物語」書肆風の薔薇 1982 p127

このようななりゆきで（ムーア、ローリー）
　　◇干刈あがた、斎藤英治訳「新しいアメリカの小説 セルフ・ヘルプ」白水社 1989 p103

この世の王国（カルペンティエル、アレホ）
　　◇木村榮一、平田渡訳「アンデスの風叢書 この世の王国」水声社 1992 p5

この世の習い（マーティン、ヴァレリー）
　　◇柴田元幸編訳「僕の恋、僕の傘」角川書店 1999 p119

この世のものすべての虚しさ（ブラッドストリート、アン）
　　◇渡辺信二訳「アメリカ文学ライブラリー アメリカ名詩選」本の友社 1997 p40

この世の渡し（リュウ・ソン・ミン）
　　◇加藤栄編訳「ベトナム現代短編集 2」大同生命国際文化基金 2005（アジアの現代文芸）p93

この喜び（ムーア、ローリー）
　　◇小梨直訳「新しいアメリカの小説 愛の生活」白水社 1991 p71

琥珀（エーヴェルス、ハンス・ハインツ）
　　◇前川道介訳「独逸怪奇小説集成」国書刊行会 2001 p80

誤発弾（李範宣）
　　◇朴暎恩、真野保久編訳「王陵と駐屯軍—朝鮮戦争と韓国の戦後派文学」凱風社 2014 p56

コバルト・ブルース（ハワード、クラーク）
　　◇田口俊樹訳「ベスト・アメリカン・ミステリ ハーレム・ノクターン」早川書房 2005（ハヤカワ・ミステリ）p301

小春日和（コールドウェル、アースキン）

作品名から引ける世界文学全集案内 第III期　123

こはん

◇「童貞小説集」筑摩書房 2007（ちくま文庫）p251

湖畔（ブロック, ロバート）
　◇吉田誠一訳「現代ミステリーの至宝 1」扶桑社 1997（扶桑社ミステリー）p103

湖畔の一日（ミルハウザー, スティーヴン）
　◇柴田元幸訳「新しいアメリカの小説 イン・ザ・ペニー・アーケード」白水社 1990 p159

湖畔の住人（キャンベル, ラムジー）
　◇尾之上浩司訳「古きものたちの墓—クトゥルフ神話への招待」扶桑社 2013（扶桑社ミステリー）p35

五匹（クレッグ, ダグラス）
　◇嶋田洋一訳「魔猫」早川書房 1999 p177

小人… → "ピグミー…"をも見よ

小人族（トパス・タナピマ）
　◇下村作次郎編訳「台湾原住民文学選 1」草風館 2002 p107

小人族スグジュルの話（作者不詳）
　◇紙村徹編訳「台湾原住民文学選 5」草風館 2006 p310

こびとの呪（ホワイト, エドワード・ルーカス）
　◇中村能三訳「怪奇小説傑作集新版 2」東京創元社 2006（創元推理文庫）p401

古廟の大蛇（永州野廟記）（瞿佑）
　◇竹田晃, 小塚由博, 仙石知子著「中国古典小説選 8（明代）」明治書院 2008 p219

『コブラ』 第一番〜第八番（ガルシラソ・デ・ラ・ベーガ）
　◇本田誠二訳「西和リブロス 13」西和書林 1993 p183

コペルニクス博士（バンヴィル, ジョン）
　◇斎藤兆史訳「新しいイギリスの小説 コペルニクス博士」白水社 1992 p1

午砲（スタージョン, シオドア）
　◇小鷹信光訳「奇想コレクション ［ウィジェット］と［ワジェット］とボフ」河出書房新社 2007 p21

五本めの管（アンダースン, フレデリック・アーヴィング）
　◇駒瀬裕子訳「ミステリーの本棚 怪盗ゴダールの冒険」国書刊行会 2001 p169

こま（カフカ, フランツ）

◇竹峰義和訳「ポケットマスターピース 1」集英社 2015（集英社文庫ヘリテージシリーズ）p211

細かな赤い霧（コナリー, マイクル）
　◇日向りょう訳「ベスト・アメリカン・短編ミステリ 2014」DHC 2015 p41

こまどり（ヴィダール, ゴア）
　◇仁賀克雄編・訳「新・幻想と怪奇」早川書房 2009（Hayakawa pocket mystery books）p73

コマドレス坂（ルルフォ, ファン）
　◇杉山晃訳「アンデスの風叢書 燃える平原」書肆風の薔薇 1990 p17

五万ドル（ヘミングウェイ, アーネスト）
　◇鮎川信夫訳「賭けと人生」筑摩書房 2011（ちくま文学の森）p249

ゴミ、都市そして死（ファスビンダー, ライナー・ヴェルナー）
　◇渋谷哲也訳「ドイツ現代戯曲選30 25」論創社 2006 p7

コモド島（タマーロ, スザンナ）
　◇吉本奈緒子訳「ぶどう酒色の海—イタリア中短編小説集」イタリア文藝叢書刊行委員会 2013（イタリア文藝叢書）p179

子守り（レンデル, ルース）
　◇小尾芙佐訳「ミステリマガジン700—創刊700号記念アンソロジー 海外篇」早川書房 2014（ハヤカワ・ミステリ文庫）p247

子守唄（ボーモント, チャールズ）
　◇小倉多加志訳「幻想と怪奇—おれの夢の女」早川書房 2005（ハヤカワ文庫）p257
　◇仁賀克雄訳「ダーク・ファンタジー・コレクション 7」論創社 2007 p217

虎妖宴遊（蒲松齢）
　◇中野美代子訳「バベルの図書館 10」国書刊行会 1988 p77
　◇中野美代子訳「新編 バベルの図書館 6」国書刊行会 2013 p451

コーラ看護婦（コルタサル, フリオ）
　◇木村榮一訳「アンデスの風叢書 すべての火は火」水声社 1993 p97

『コラクス（追従者）』（メナンドロス）
　◇中務哲郎, 脇本由佳, 荒井直訳「ギリシア喜劇全集 6」岩波書店 2010 p195

コーラス・ガール（チェーホフ, アントン・パー

ヴロヴィチ）

◇米川正夫訳・編「悪いやつの物語」筑摩書房 2011（ちくま文学の森）p141

コーラルDの雲の彫刻師（バラード, J.G.）

◇浅倉久志訳「きょうも上天気―SF短編傑作選」角川書店 2010（角川文庫）p19

ゴリオ爺さん（バルザック, オノレ・ド）

◇博多かおる訳「ポケットマスターピース 3」集英社 2015（集英社文庫ヘリテージシリーズ）p7

ゴリラ・ガール（キャンベル, ボニー・ジョー）

◇古屋美登里訳「モンスターズ―現代アメリカ傑作短篇集」白水社 2014 p72

ご臨終（パニッチ, モーリス）

◇吉原豊司訳「ご臨終」彩流社 2014（カナダ現代戯曲選）p5

ゴルゴンゾーラ・シティー（ルイス, サイモン）

◇渡辺健吾訳「ディスコ・ビスケッツ」早川書房 1998 p291

ゴールデン・エイジ（ナウラ, ルイス）

◇佐和田敬司訳「コシ／ゴールデン・エイジ」オセアニア出版社 2006（オーストラリア演劇叢書）p105

ゴルトベルク変奏曲（タボーリ, ジョージ）

◇新野守広訳「ドイツ現代戯曲選30 26」論創社 2006 p7

コルドール（マッケン, ウォールター）

◇小田稔訳「残響―英・米・アイルランド短編小説集」九州大学出版会 2011 p3

ゴルフリンクの恐怖（クイン, シーバリー）

◇熊井ひろ美訳「ダーク・ファンタジー・コレクション 4」論創社 2007 p7

これいただくわ（ラドニック, ポール）

◇小川高義訳「新しいアメリカの小説 これいただくわ」白水社 1990 p1

これが人生だ（ジャクソン, シャーリー）

◇大山功訳「謎のギャラリー―愛の部屋」新潮社 2002（新潮文庫）p39

これからずっと（ハーン, キャンディス）

◇嵯峨静江訳「めぐり逢う四季（きせつ）」二見書房 2009（二見文庫）p405

コレクター（マシューズ, パトリシア・A.）

◇田村義進訳「ミニ・ミステリ100」早川書房 2005（ハヤカワ・ミステリ文庫）p429

コレット・コラージュ―コレットをめぐる二つのミュージカル（ジョーンズ, トム）

◇勝田安彦訳・訳詞「ジョーンズ＆シュミット ミュージカル戯曲集」カモミール社 2007（勝田安彦ドラマシアターシリーズ）p273

これでおあいこ（マンゾー, フレッド・W.）

◇浅倉久志選訳「極短小説」新潮社 2004（新潮文庫）p169

これまでのいきさつ（カークホフ, マイケル）

◇浅倉久志選訳「極短小説」新潮社 2004（新潮文庫）p346

ゴーレム（デイヴィッドスン, アヴラム）

◇浅倉久志訳「奇想コレクション どんがらがん」河出書房新社 2005 p13

これは皮膚ではない（ロバーツ, ネイサン）

◇平野真美訳「アメリカ新進作家傑作選 2004」DHC 2005 p225

虎牢関にて、三兄弟、呂布と戦う（三戦呂布）（井上泰山）

◇井上泰山訳「三国劇翻訳集」関西大学出版部 2002 p59

殺さねえでくれ（ルルフォ, ファン）

◇杉山晃訳「アンデスの風叢書 燃える平原」書肆風の薔薇 1990 p107

殺された蛾の冒険（クイーン, エラリー）

◇飯城勇三訳「ナポレオンの剃刀の冒険―シナリオ・コレクション」論創社 2008（論創海外ミステリ）p237

殺しをやってた（ピカード, ナンシー）

◇森嶋マリ訳「18の罪―現代ミステリ傑作選」ヴィレッジブックス 2012（ヴィレッジブックス）p385

殺しても死なない女（フィールディング, ヘレン）

◇亀井よし子訳「天使だけが聞いている12の物語」ソニー・マガジンズ 2001 p201

殺しの依頼は占星術で（エルロッド, P.N.）

◇山本やよい訳「ホロスコープは死を招く」ソニー・マガジンズ 2006（ヴィレッジブックス）p455

殺しのくちづけ（ラヴゼイ, ピーター）

◇山本やよい訳「夜明けのフロスト」光文社 2005（光文社文庫）p185

殺し屋（シムノン, ジョルジュ）

ころし

◇長島良三訳「天外消失─世界短篇傑作集 Off the face of the earth and other stories」早川書房 2008 （ハヤカワ・ミステリ） p51

殺し屋（ヘミングウェイ，アーネスト）
◇西川正身訳「世界100物語 7」河出書房新社 1997 p27
◇鮎川信夫訳「悪いやつの物語」筑摩書房 2011 （ちくま文学の森） p223

殺し屋（ホルム，クリス・F.）
◇二瓶邦夫訳「ベスト・アメリカン・短編ミステリ 2012」DHC 2012 p285

殺し屋を探せ（リッチー，ジャック）
◇藤村裕美訳「KAWADE MYSTERY ダイアルAを回せ」河出書房新社 2007 p239

殺し屋であるわが子よ（マラマッド，バーナード）
◇平石貴樹編訳「アメリカ短編ベスト10」松柏社 2016 p219

コロナ（ディレイニー，サミュエル・R.）
◇酒井昭伸訳「20世紀SF 3」河出書房新社 2001 （河出文庫） p99

コロンバ（デレッダ，グラツィア）
◇大久保昭男訳「百年文庫 77」ポプラ社 2011 p83

コロンビヤード（バクスター，スティーヴン）
◇中村融訳「90年代SF傑作選 上」早川書房 2002 （ハヤカワ文庫） p35

コロンブスの上陸（イリフ／ペトロフ）
◇林朋子訳「雑話集─ロシア短編集 3」ロシア文学翻訳グループクーチカ 2014 p5

こわい（フィニイ，ジャック）
◇福島正実訳「異色作家短篇集 13」早川書房 2006 p41

蠱惑の聖餐（マグラア，パトリック）
◇宮脇孝雄訳「奇想コレクション 失われた探険家」河出書房新社 2007 p247

こわれた夜明け（ブロック，ロバート）
◇小笠原豊樹訳「異色作家短篇集 8」早川書房 2006 p27

壊れる！（ウェルドン，フェイ）
◇中平洋二訳「古今英米幽霊事情 1」新風舎 1998 p129

孔乙己（魯迅）
◇竹内好訳「人恋しい雨の夜に─せつない小説アンソロジー」光文社 2006 （光文社文庫） p125

根気のよい蛙（ディック，フィリップ・K.）
◇仁賀克雄訳「ダーク・ファンタジー・コレクション 10」論創社 2009 p185

コンクシングルトン偽造事件（ブレンド，ギャヴィン）
◇北原尚彦編訳「シャーロック・ホームズの栄冠」論創社 2007 （論創海外ミステリ） p233

金剛山（韓龍雲）
◇安宇植（アンウーシク）訳「韓国文学名作選 ニムの沈黙」講談社 1999 p69

コンジとパッジ（作者不詳）
◇和佐田道子編訳「シンデレラ」竹書房 2015 （竹書房文庫） p46

紺青と黄金の一日（カラトケヴィチ，ヴラジミル）
◇越野剛訳「ポケットのなかの東欧文学─ルネッサンスから現代まで」成文社 2006 p293

混成賭博クラブでのめぐり会い─シャペーロン博士に（アポリネール，ギョーム）
◇窪田般弥訳「賭けと人生」筑摩書房 2011 （ちくま文学の森） p111

今度こそ結婚！（サッカー，キャシー・G.）
◇響遼子訳「愛は永遠に─ウエディング・ストーリー ’98」ハーレクイン 1998 p7

今度晴れたら（ローザン，S.J.）
◇田口俊樹訳「主婦に捧げる犯罪─書下ろしミステリ傑作選」武田ランダムハウスジャパン 2012 （RHブックス＋プラス） p331

コントラカールの廃墟（オーツ，ジョイス・キャロル）
◇渡辺庸子訳「999（ナインナインナイン）─妖女たち」東京創元社 2000 （創元推理文庫） p63

こんな歌（鄭福根）
◇石川樹里訳「韓国現代戯曲集 4」日韓演劇交流センター 2009 p85

こんなふうにあなたのパパと出会ったの（ヘイター，スパークル）
◇井上千里訳「バースデー・ボックス」メタローグ 2004 p85

コンパス・ローズ（ゲイツ，デイヴィッド・エジャリー）

◇巴妙子訳「アメリカミステリ傑作選 2002」DHC 2002（アメリカ文芸「年間」傑作選）p305

玉蜀黍の乙女（コーンメイデン）―ある愛の物語（オーツ, ジョイス・キャロル）
◇白石朗, 田口俊樹訳「十の罪業 Black」東京創元社 2009（創元推理文庫）p281

今夜の食事をお作りします（遅子建）
◇竹内良雄訳「コレクション中国同時代小説 7」勉誠出版 2012 p81

婚礼のシャツ（幽霊の花嫁）（エルベン, カレル・ヤロミール）
◇橋本聡訳「文学の贈物―東中欧文学アンソロジー」未知谷 2000 p214

崑崙奴（こんろんど）（裴鉶）
◇黒田真美子著「中国古典小説選 5（唐代 2）」明治書院 2006 p436

【 さ 】

さあ、斧を持ってきておくれ（クラーク, サイモン）
◇村山和久訳「赤ずきんの手には拳銃」原書房 1999 p51

さあ、気ちがいになりなさい（ブラウン, フレドリック）
◇星新一訳「異色作家短篇集 2」早川書房 2005 p197

さあ、すわってお聞きなさい（クズワヨ, エレン）
◇佐藤杏子訳「アフリカ文学叢書 さあ、すわってお聞きなさい」スリーエーネットワーク 1996 p1

さあ、話をはじめましょうか……（ヘッド, ベッシー）
◇くぼたのぞみ訳「アフリカ文学叢書 優しさと力の物語」スリーエーネットワーク 1996 p7

さあ、みんなで眠ろう（デイヴィッドスン, アヴラム）
◇浅倉久志訳「奇想コレクション どんがらがん」河出書房新社 2005 p47

最悪のもの（バンドヴィーユ）

◇牛島信明訳「アンデスの風叢書 天国・地獄百科」書肆風の薔薇 1982 p19

サイカチの花が咲く頃（ヴォー・ティ・スアン・ハー）
◇加藤栄編訳「ベトナム現代短編集 2」大同生命国際文化基金 2005（アジアの現代文芸）p7

債鬼（ストリンドベルグ）
◇森鷗外訳「債鬼―外四篇」ゆまに書房 2004（昭和初期世界名作翻訳全集）p3

最近のニュース（パウエル, ジェイムズ）
◇白須清美訳「KAWADE MYSTERY 道化の町」河出書房新社 2008 p7

歳月（尹興吉）
◇金炳三, 李春穆, 金潤奭訳「20世紀民衆の世界文学 7」三友社出版 1990 p195

再見・火葬場（過士行）
◇菱沼彬晁訳「中国現代戯曲集 第6集（過士行作品集）」晩成書房 2007 p105

再現捜査（コディ, リザ）
◇田口俊樹訳「ロンドン・ノワール」扶桑社 2003（扶桑社ミステリー）p103

サイコ・インタビュー（モウザーマン, ビリー・スー）
◇白石朗訳「サイコ―ホラー・アンソロジー」祥伝社 1998（祥伝社文庫）p473

最高傑作（ギャリコ, ポール）
◇田口俊樹訳「ディナーで殺人を 上」東京創元社 1998（創元推理文庫）p77

最高に秀逸な計略（チャイルド, リー）
◇小林宏明訳「殺しのグレイテスト・ヒッツ」早川書房 2007（ハヤカワ・ミステリ文庫）p321

最高のガールフレンドみたいな存在（ヒューストン, パム）
◇木村ふみえ訳「アメリカ短編小説傑作選 2001」DHC 2001（アメリカ文芸「年間」傑作選）p241

最高の場所（オレシュニック, A.F.）
◇山本俊子訳「ミニ・ミステリ100」早川書房 2005（ハヤカワ・ミステリ文庫）p173

西湖詩篇（盧文麗）
◇佐藤普美子訳「中国現代文学選集 5」トランスビュー 2010

最後で最高の密室（バー, スティーヴン）

さいこ

◇深町眞理子訳「山口雅也の本格ミステリ・アンソロジー」角川書店 2007（角川文庫）p363

◇深町眞理子訳「天外消失―世界短篇傑作集 Off the face of the earth and other stories」早川書房 2008（ハヤカワ・ミステリ）p297

最後に焼くもの（ブロワ, レオン）

◇田辺保訳「バベルの図書館 13」国書刊行会 1989 p117

◇田辺保訳「新編 バベルの図書館 4」国書刊行会 2012 p354

最後には微笑みを（ブロック, ローレンス）

◇小松佳代子訳「本の殺人事件簿―ミステリ傑作20選 2」バベル・プレス 2001 p199

最後の愛（フース, アンジェラ）

◇小田稔訳「残響―英・米・アイルランド短編小説集」九州大学出版会 2011 p159

最後の一葉（O.ヘンリー）

◇大津栄一郎訳「心洗われる話」筑摩書房 2010（ちくま文学の森）p55

◇小沼丹訳「百年文庫 21」ポプラ社 2010 p29

最後の依頼（ステッフォーラ, トム）

◇浅倉久志選訳「極短小説」新潮社 2004（新潮文庫）p319

最後のウィネベーゴ（ウィリス, コニー）

◇大森望編訳「奇想コレクション 最後のウィネベーゴ」河出書房新社 2006 p273

最後の宴の客（ヴィリエ・ド・リラダン, オーギュスト・ド）

◇井上輝夫訳「バベルの図書館 29」国書刊行会 1992 p75

◇井上輝夫訳「新編 バベルの図書館 4」国書刊行会 2012 p227

最後のエジプト人（マセ, ジェラール）

◇千葉文夫訳「新しいフランスの小説 最後のエジプト人」白水社 1995 p1

最後の演技（ブロック, ロバート）

◇小笠原豊樹訳「異色作家短篇集 8」早川書房 2006 p165

最後の買い物（リッチ, エリザヴィエッタ）

◇吉田利子訳「間違ってもいい、やってみたら―想いがはじける28の物語」講談社 1998 p145

最後の猟人（トパス・タナピマ）

◇下村作次郎編訳「台湾原住民文学選 1」草風館 2002 p78

最後の儀式（グラント, リンダ）

◇茅律子訳「現代ミステリーの至宝 1」扶桑社 1997（扶桑社ミステリー）p227

最後の記念日―二〇年しみじみ（コールドウェル, アースキン）

◇舌津智之訳「しみじみ読むアメリカ文学―現代文学短編作品集」松柏社 2007 p323

最後の決め手（ホールディング, ジェイムズ）

◇佐々田雅子訳「ミニ・ミステリ100」早川書房 2005（ハヤカワ・ミステリ文庫）p517

最後の休息地（ガルシア・マソ, D.サンティアゴ・ホセ）

◇内田吉彦訳「アンデスの風叢書 天国・地獄百科」書肆風の薔薇 1982 p41

最後のクジラバーガー（スラデック, ジョン）

◇柳下毅一郎訳「奇想コレクション 蒸気駆動の少年」河出書房新社 2008 p69

最後のクラス写真（シモンズ, ダン）

◇嶋田洋一訳「奇想コレクション 夜更けのエントロピー」河出書房新社 2003 p233

最後の拷問（ロルド, アンドレ・ド）

◇藤田真利子訳「怪奇文学大山脈 3」東京創元社 2014 p285

最後の答（エルスン, ハル）

◇田中小実昌訳「山口雅也の本格ミステリ・アンソロジー」角川書店 2007（角川文庫）p289

最後のコテージ（メークナー, クリストファー）

◇山口祐子訳「ベスト・アメリカン・短編ミステリ 2012」DHC 2012 p491

最期の言葉（スレッサー, ヘンリー）

◇森沢くみ子訳「ダーク・ファンタジー・コレクション 6」論創社 2007 p25

最後の授業（ドーデ, アルフォンス）

◇松田穣訳「二時間目国語」宝島社 2008（宝島社文庫）p91

◇日仏言語文化協会「エチュード月曜クラス」訳「掌中のエスプリ―フランス文学短篇名作集」弘学社 2013 p103

最後の瞬間（フランク, レーオンハルト）

◇吉田正己訳「世界100物語 5」河出書房新社 1997 p327

最後の黄昏のときを共に歩み終えるまで＜プユマ＞（孫大川）
　◇安場淳訳「台湾原住民文学選 6」草風館 2008 p329

最後の闘い（グリーンウッド, L.B.）
　◇日暮雅通訳「シャーロック・ホームズの大冒険 下」原書房 2009 p403

最後の地球人、愛を求めて彷徨す（ヤング, ロバート・F.）
　◇伊藤典夫訳「奇想コレクション たんぽぽ娘」河出書房新社 2013 p239

最後の涙（ベンニ, ステーファノ）
　◇和田忠彦訳「夢のかけら」岩波書店 1997（世界文学のフロンティア）p67

最後の日本軍夫（ワリス・ノカン）
　◇中村ふじゑ訳「台湾原住民文学選 3」草風館 2003 p33

最後の晩餐（ゼラズニイ, ロジャー）
　◇田口俊樹訳「ディナーで殺人を 下」東京創元社 1998（創元推理文庫）p25

最後の晩餐（ベンジャミン, キャロル・リー）
　◇田口俊樹, 高山真由美訳「マンハッタン物語」二見書房 2008（二見文庫）p101

最後の飛翔（リープマン, ウェンディ）
　◇浅倉久志選訳「極短小説」新潮社 2004（新潮文庫）p164

最後の微笑（スレッサー, ヘンリィ）
　◇山本俊子訳「ミニ・ミステリ100」早川書房 2005（ハヤカワ・ミステリ文庫）p159
　◇山本俊子訳「30の神品—ショートショート傑作選」扶桑社 2016（扶桑社文庫）p43

最後の一瓶（エリン, スタンリイ）
　◇小坂和子訳「ワイン通の復讐—美酒にまつわるミステリー選集」心交社 1998 p247

最後のフライト（デュボイス, ブレンダン）
　◇三角和代訳「殺しが二人を別つまで」早川書房 2007（ハヤカワ・ミステリ文庫）p93

最後の夜（ソルター, ジェームズ）
　◇岸本佐知子編訳「変愛小説集」講談社 2008 p91
　◇岸本佐知子編訳「変愛小説集」講談社 2014（講談社文庫）p93

最後の夜（白先勇）
　◇山口守訳「新しい台湾の文学 台北ストーリー」国書刊行会 1999 p261
　◇山口守訳「新しい台湾の文学 台北人」国書刊行会 2008 p67

最後のリクエスト（スミス, ジャイルズ）
　◇亀井よし子訳「天使だけが聞いている12の物語」ソニー・マガジンズ 2001 p45

最後のレース（フォスター, アラン・ディーン）
　◇野村芳夫訳「死のドライブ」文藝春秋 2001（文春文庫）p283

最後の笑い（ロレンス, デイヴィッド・ハーバート）
　◇中野善夫訳「英国短篇小説の愉しみ 3」筑摩書房 1999 p69

幸先良い出だし（ウォーナー, シルヴィア・タウンゼンド）
　◇桃尾美佳訳「ベスト・ストーリーズ 2」早川書房 2016 p5

財産（ヘッド, ベッシー）
　◇くぼたのぞみ訳「アフリカ文学叢書 優しさと力の物語」スリーエーネットワーク 1996 p95

財産家—フォーサイト家の物語（ゴールズワージー, ジョン）
　◇臼田昭訳「ヒロインの時代 財産家」国書刊行会 1988 p1

最終果実（ヴクサヴィッチ, レイ）
　◇岸本佐知子編訳「コドモノセカイ」河出書房新社 2015 p85

最終証人（マッチラー, キャンディス・C.）
　◇浅倉久志選訳「極短小説」新潮社 2004（新潮文庫）p35

最終飛行（ランジュラン, ジョルジュ）
　◇稲葉明雄訳「異色作家短篇集 5」早川書房 2006 p207

最終ラウンド（サリヴァン, C.J.）
　◇田口俊樹, 高山真由美訳「マンハッタン物語」二見書房 2008（二見文庫）p331

最初で最後のお客さま（マイケルズ, ケイシー）
　◇響遼子訳「マイ・バレンタイン—愛の贈りもの '98」ハーレクイン 1998 p5

最初に申し込んでくれた人と結婚しなさい—シャイディガー、クルプニク両家の結婚式アルバムに載らなかった写真（ジュラヴィッツ, ハイディ）

さいし

◇今井直子訳「アメリカ短編小説傑作選 2001」DHC 2001 （アメリカ文芸「年間」傑作選）p285

最初の衣装（レーマン, ルート）
　◇中野京子訳「シリーズ現代ドイツ文学 4」早稲田大学出版部 1993 p206

最初の恋、最後の恋（ライトフット, フリーダ）
　◇沢木あさみ訳「ティータイム・ストーリーズ はるかなる丘」花風社 1999 p125

最初の公務（張系国）
　◇三木直大訳「新しい台湾の文学 星雲組曲」国書刊行会 2007 p247

最初の悩み（カフカ, フランツ）
　◇池内紀訳「バベルの図書館 4」国書刊行会 1988 p41
　◇池内紀訳「新編 バベルの図書館 5」国書刊行会 2013 p34

最初のニム（韓龍雲）
　◇安宇植（アンウーシク）訳「韓国文学名作選 ニムの沈黙」講談社 1999 p98

最初の一束（ウエイクフィールド, ハーバート・ラッセル）
　◇西崎憲訳「魔法の本棚 赤い館」国書刊行会 1996 p73

最初の舞踏会（カリントン, レオノラ）
　◇澁澤龍彦訳「怪奇小説傑作集新版 4」東京創元社 2006 （創元推理文庫）p461
　◇澁澤龍彦訳「澁澤龍彦訳暗黒怪奇短篇集」河出書房新社 2013 （河出文庫）p355

ザイスの学徒（ノヴァーリス）
　◇山室静訳「幻想小説神髄」筑摩書房 2012 （ちくま文庫）p21

罪体（ポースト, メルヴィル・デイヴィスン）
　◇高橋朱美訳「海外ミステリ Gem Collection 13」長崎出版 2008 p9

崔貞熙女史へのはがき（李陸史）
　◇安宇植（アンウーシク）訳「韓国文学名作選 李陸史詩集」講談社 1999 p131

災難（李陸史）
　◇安宇植（アンウーシク）訳「韓国文学名作選 李陸史詩集」講談社 1999 p75

栽培植物の起源（作者不詳）
　◇紙村徹編訳「台湾原住民文学選 5」草風館 2006 p213

栽培植物の呪的創造（作者不詳）
　◇紙村徹編「台湾原住民文学選 5」草風館 2006 p230

サイバーデート（サヴェージ, トム）
　◇奥村章子訳「殺しが二人を別つまで」早川書房 2007 （ハヤカワ・ミステリ文庫）p273

采薇翁（さいびおう）（蒲松齢）
　◇竹田晃, 黒田真美子著「中国古典小説選 10 （清代 2）」明治書院 2009 p110

サイモン・ブラッドストリートへ（ブラッドストリート, アン）
　◇渡辺信二訳「アメリカ文学ライブラリー アメリカ名詩選」本の友社 1997 p60

災厄を運ぶ男（カダレ, イスマイル）
　◇平岡敦訳「夢のかけら」岩波書店 1997 （世界文学のフロンティア）p125

在宥篇第十一〔荘子〕（荘子）
　◇福永光司, 興膳宏訳「世界古典文学全集 17」筑摩書房 2004 p193

最良の友（キャロル, ジョナサン）
　◇佐藤高子訳「幻想の犬たち」扶桑社 1999 （扶桑社ミステリー）p377

サイレン（マシスン, リチャード・クリスチャン）
　◇田中一江訳「シルヴァー・スクリーム 下」東京創元社 2013 （創元推理文庫）p135

サイレント・パートナー（キーン, ダニエル）
　◇佐和田敬司訳「サイレント・パートナー／フューリアス」オセアニア出版社 2003 （オーストラリア演劇叢書）p7

サイレント・ハント（レスクワ, ジョン）
　◇田口俊樹訳「フェイスオフ対決」集英社 2015 （集英社文庫）p425

サイロの死体（ノックス, ロナルド・A.）
　◇澄木柚訳「世界探偵小説全集 27」国書刊行会 2000 p13

サーヴィス訪問（ディック, フィリップ・K.）
　◇仁賀克雄訳「ダーク・ファンタジー・コレクション 1」論創社 2006 p191

ザ・エンターテインメント（キャンベル, ラムジー）
　◇渡辺庸子訳「999（ナインナインナイン）―聖金曜日」東京創元社 2000 （創元推理文庫）p81

さかしま（ブロワ, レオン）

◇斎藤博士訳「アンデスの風叢書 天国・地獄百科」書肆風の薔薇 1982 p156

さがしものの神様（エイキン, ジョーン）
　　◇大友香奈子訳「魔法使いになる14の方法」東京創元社 2003 （創元推理文庫）p115

サーカス（デーリ, ティボル）
　　◇徳永康元訳「東欧の文学 ニキ〈ある犬の物語〉」恒文社 1969 p205

捜す（サキ）
　　◇辻谷実貴子訳「20世紀英国モダニズム小説集成 自分の同類を愛した男」風濤社 2014 p46

さかずき（アンドリッチ, イヴォ）
　　◇栗原成郎訳「東欧の文学 呪われた中庭」恒文社 1983 p175

サーカス美女ヴィットーリアの事件（ホック, エドワード・D.）
　　◇日暮雅通訳「シャーロック・ホームズの大冒険 上」原書房 2009 p125

酒樽―アルフォンス・タベルニエに（モーパッサン, ギ・ド）
　　◇杉捷夫訳「悪いやつの物語」筑摩書房 2011 （ちくま文学の森）p209

魚をとるには（タリー, マーシャ）
　　◇山本やよい訳「ホロスコープは死を招く」ソニー・マガジンズ 2006 （ヴィレッジブックス）p13

魚が魚を食べる夢を見た男（ヤアクービー, アフマド）
　　◇越川芳明訳「モロッコ幻想物語」岩波書店 2013 p1

魚の悲しみ（エロシェンコ, ワシーリー）
　　◇高杉一郎訳「百年文庫 62」ポプラ社 2011 p135

魚の骨（黄錦樹）
　　◇羽田朝子訳「台湾熱帯文学 3」人文書院 2011 p183

逆火（ディートリック, ミシェル・レガラード）
　　◇和田美樹訳「アメリカ新進作家傑作選 2006」DHC 2007 p267

逆らえなかった大尉（ベントリー, E.C.）
　　◇好野理恵訳「ミステリーの本棚 トレント乗り出す」国書刊行会 2000 p109

防人（ウエイクフィールド, H.R.）

◇平井呈一編「ミセス・ヴィールの幽霊―こわい話気味のわるい話 1」沖積舎 2011 p97

錯誤（黄錦樹）
　　◇大東和重訳「台湾熱帯文学 3」人文書院 2011 p147

錯誤配置（藍霄）
　　◇玉田誠訳「アジア本格リーグ 1（台湾）」講談社 2009 p3

昨日は誕生日（ポクロフスキイ）
　　◇宮風耕治訳「雑話集―ロシア短編集 3」ロシア文学翻訳グループクーチカ 2014 p48

作者あとがき〔イヴの物語〕（ファーマー, ベネロピ）
　　◇金原瑞人訳「シリーズ百年の物語 1」トパーズプレス 1996 p269

作者あとがき〔汝、気にすることなかれ〕（イェリネク, エルフリーデ）
　　◇谷川道子訳「ドイツ現代戯曲選30 9」論創社 2006 p123

作者から〔死者に投げられたパン〕（ヴォイドフスキ, ボグダン）
　　◇小原雅俊訳「東欧の文学 死者に投げられたパン」恒文社 1976 p3

作者のあとがき〔カルトの影〕（ブラハルツ, クルト）
　　◇郷正文訳「現代ウィーン・ミステリー・シリーズ 7」水声社 2002 p145

作者不詳断片（作者不詳）
　　◇マルティン・チエシュコ訳「ギリシア喜劇全集 9」岩波書店 2012 p461

作者不詳ドーリス喜劇断片（作者不詳）
　　◇橋本隆夫訳「ギリシア喜劇全集 7」岩波書店 2010 p129

サクセス（エイミス, マーティン）
　　◇大熊栄訳「新しいイギリスの小説 サクセス」白水社 1993 p1

サクソフォン（ロイル, ニコラス）
　　◇夏来健次訳「死霊たちの宴 下」東京創元社 1998 （創元推理文庫）p247

錯認（韓龍雲）
　　◇安宇植（アンウーシク）訳「韓国文学名作選 ニムの沈黙」講談社 1999 p47

サクノスを除いては破るあたわざる堅砦（ダンセイニ卿）
　　◇中村融訳「不死鳥の剣―剣と魔法の物語傑作

さくひ

選」河出書房新社 2003（河出文庫）p7

作品名不詳断片（アリストパネース）
　　◇久保田忠利、野津寛、脇本由佳訳「ギリシア
　　　喜劇全集 4」岩波書店 2009 p374

作品名不詳断片（メナンドロス）
　　◇中務哲郎、脇本由佳、荒井直訳「ギリシア喜
　　　劇全集 6」岩波書店 2010 p353

昨夜思いついたこと（ヤアクービー、アフマド）
　　◇越川芳明訳「モロッコ幻想物語」岩波書店
　　　2013 p15

昨夜は雨（ボーモント、チャールズ）
　　◇仁賀克雄訳「ダーク・ファンタジー・コレク
　　　ション 7」論創社 2007 p185

桜の樹の下で（モスカレーツィイ、コスチャン
　　ティン）
　　◇藤井悦子、オリガ・ホメンコ訳「現代ウクラ
　　　イナ短編集」群像社 2005（群像社ライブ
　　　ラリー）p191

桜の園（チェーホフ）
　　◇中村白葉訳「三人姉妹／桜の園」ゆまに書房
　　　2008（昭和初期世界名作翻訳全集）p121
　　◇中本信幸訳「ベスト・プレイズ―西洋古典戯
　　　曲12選」論創社 2011 p665

さくらんぼのお酒（クサンスリス、ヤニス）
　　◇福田千津子訳「VOICES OVERSEAS さく
　　　らんぼのお酒」講談社 1997 p3

さくらんぼの性は（ウィンターソン、ジャネット）
　　◇岸本佐知子訳「新しいイギリスの小説 さく
　　　らんぼの性は」白水社 1991 p1

さくらんぼ畑（チェーホフ）
　　◇堀江新二、ニーナ・アナーリナ訳「さくらん
　　　ぼ畑―四幕の喜劇」群像社 2011（ロシア
　　　名作ライブラリー）p7

さくらんぼ祭（グレーザー）
　　◇中田美ззз訳「世界100物語 8」河出書房新社
　　　1997 p141

柘榴（ジブラン、カリール）
　　◇小森健太郎訳「謎のギャラリー―謎の部屋」
　　　新潮社 2002（新潮文庫）p136
　　◇小森健太郎訳「謎の部屋」筑摩書房 2012
　　　（ちくま文庫）p136

ざくろの実（ウォートン、イーディス）
　　◇梅田正彦訳「ざくろの実―アメリカ女流作家
　　　怪奇小説選」鳥影社 2008 p167

酒と人々（デーンビライ、フンアルン）
　　◇二元裕子編訳「ラオス現代文学選集」大同生
　　　命国際文化基金 2013（アジアの現代文
　　　芸）p160

叫ぶ男（ボーモント、チャールズ）
　　◇小笠原豊樹訳「異色作家短篇集 12」早川書
　　　房 2006 p279

ザ・サウスポー（ヴィオースト、ジュディス）
　　◇金原瑞人訳「バースデー・ボックス」メタ
　　　ローグ 2004 p5

ささやかな愛（マンスフィールド、キャサリン）
　　◇中村邦生訳「この愛のゆくえ―ポケットアン
　　　ソロジー」岩波書店 2011（岩波文庫別
　　　冊）p71

ささやかな記念品（コリア、ジョン）
　　◇村上啓夫訳「異色作家短篇集 7」早川書房
　　　2006 p43

ささやかな知恵（シルヴァーバーグ、ロバート／
　　ギャレット、ランドル）
　　◇中村融訳「魔法の猫」扶桑社 1998（扶桑社
　　　ミステリー）p361

ささやかな掘り出し物（ウォーナー、アラン）
　　◇渡辺佐智江訳「ディスコ・ビスケッツ」早川
　　　書房 1998 p305

ささやき（ヴクサヴィッチ、レイ）
　　◇岸本佐知子編訳「居心地の悪い部屋」角川書
　　　店 2012 p149
　　◇岸本佐知子編訳「居心地の悪い部屋」河出書
　　　房新社 2015（河出文庫）p125

ささやく影（カー、ジョン・ディクスン）
　　◇森英俊訳「これが密室だ！」新樹社 1997
　　　p373

囁く者（ブラックウッド、アルジャーノン）
　　◇中野善夫訳「怪奇礼讃」東京創元社 2004
　　　（創元推理文庫）p159

サシェヴラル（デイヴィッドスン、アヴラム）
　　◇若島正訳「奇想コレクション どんがらがん」
　　　河出書房新社 2005 p141

挿絵つきテキストの105年間（グリーナウェイ、
　　ピーター）
　　◇小原亜美訳「ゾエトロープ Blanc」角川書店
　　　2003（Bookplus）p251

挿絵の拒否 エルネスト・デュプラン宛〔一八
　　六二年六月十二日〕（フローベール、ギュス

ターヴ）

　　◇山崎敦訳「ポケットマスターピース 7」集英
　　　社 2016（集英社文庫ヘリテージシリー
　　　ズ）p755

ザ・ジョー・ショウ（ビッスン, テリー）

　　◇中村融編訳「奇想コレクション 平ら山を越
　　　えて」河出書房新社 2010 p119

サーストンさん、ありがとう（デュモント, エ
ド）

　　◇山本俊子訳「ミニ・ミステリ100」早川書房
　　　2005（ハヤカワ・ミステリ文庫）p88

さすらい人（イェリネク, エルフリーデ）

　　◇谷川道子訳「ドイツ現代戯曲選30 9」論創社
　　　2006 p62

サセックスの研究（ゼルデス, リーア・A.）

　　◇堤朝子訳「シャーロック・ホームズのSF大冒
　　　険—短篇集 上」河出書房新社 2006（河
　　　出文庫）p358

サセックスの白日夢（ラスボーン, ベイジル）

　　◇北原尚彦編訳「シャーロック・ホームズの栄
　　　冠」論創社 2007（論創海外ミステリ）
　　　p305

サダジット・レイ（ルシュディ, サルマン）

　　◇四方田犬彦訳「怒りと響き」岩波書店 1997
　　　（世界文学のフロンティア）p43

サタデー・ナイト・フィーバー（アンデルレ, ヘ
ルガ）

　　◇菅沼裕乃訳「ウーマンズ・ケース 下」早川書
　　　房 1998（ハヤカワ・ミステリ文庫）p135

サタデーナイト・ブルース（ブローディ, キャス
リン）

　　◇丘えりか訳「ブルー・ボウ・シリーズ 結婚
　　　まで」青弓社 1992 p115

サタムプラ・ゼイロスの物語（スミス, クラー
ク・アシュトン）

　　◇大瀧啓裕訳「クトゥルー 12」青心社 2002
　　　（暗黒神話大系シリーズ）p15

魔王（サタン）… → “マオウ…”をも見よ

サターン時代（バートン, ウィリアム）

　　◇中村融訳「ワイオミング生まれの宇宙飛行士
　　　—宇宙開発SF傑作選 SFマガジン創刊50周
　　　年記念アンソロジー」早川書房 2010（ハ
　　　ヤカワ文庫 SF）p109

魔王（サタン）の告白（ミルトン, ジョン）

　　◇牛島信明訳「アンデスの風叢書 天国・地獄

百科」書肆風の薔薇 1982 p32

座長ブルスコン（ベルンハルト, トーマス）

　　◇池田信雄訳「ドイツ現代戯曲選30 29」論創
　　　社 2008 p7

サーチンのヤギの角＜プユマ＞（バタイ）

　　◇松本さち子訳「台湾原住民文学選 6」草風館
　　　2008 p55

殺意の架け橋（S.マラ・Gd）

　　◇柏村彰夫訳「アジア本格リーグ 5（インドネ
　　　シア）」講談社 2010 p3

作家とは…（セネデッラ, ロバート）

　　◇木村美絵訳「本の殺人事件簿—ミステリ傑作
　　　20選 1」バベル・プレス 2001 p27

作家になる方法（ムーア, ローリー）

　　◇干刈あがた, 斎藤英治訳「新しいアメリカの
　　　小説 セルフ・ヘルプ」白水社 1989 p177

雑鬼神志怪（ざっきしんかい）（作者不詳）

　　◇佐野誠示著「中国古典小説選 2（六朝 1）」明
　　　治書院 2006

サックスとかけがえのない猫（ダグラス, キャロ
ル・ネルソン）

　　◇青木多香子訳「ホワイトハウスのペット探
　　　偵」講談社 2009（講談社文庫）p411

さっさとおやすみ（ゾーシチェンコ）

　　◇山下みどり訳「雑話集—ロシア短編集 2」
　　　「雑話集」の会 2009 p54

雑種（カフカ, フランツ）

　　◇池内紀訳「バベルの図書館 4」国書刊行会
　　　1988 p49

　　◇池内紀訳「新編 バベルの図書館 5」国書刊行
　　　会 2013 p38

　　◇池内紀訳「ファイン／キュート素敵かわいい
　　　作品選」筑摩書房 2015（ちくま文庫）
　　　p196

　　◇竹峰義和訳「ポケットマスターピース 1」集
　　　英社 2015（集英社文庫ヘリテージシリー
　　　ズ）p205

殺人への扉（デイリー, エリザベス）

　　◇葉戸ひろみ訳「海外ミステリ Gem
　　　Collection 15」長崎出版 2008 p2

殺人狂躁曲（ブランチ, パミラ）

　　◇小林晋訳「ヴィンテージ・ミステリ 2」ハッ
　　　ピー・フュー・プレス 1993 p3

殺人裁判（ディケンズ, チャールズ）

◇松岡光治編訳「ヴィクトリア朝幽霊物語—短篇集」アティーナ・プレス 2013 p21

殺人大将（ディケンズ, チャールズ）
◇西崎憲訳「英国短篇小説の愉しみ 3」筑摩書房 1999 p21
◇西崎憲編訳「短篇小説日和—英国異色傑作選」筑摩書房 2013（ちくま文庫）p335

殺人同盟—三幕推理喜劇（トマ, ロベール）
◇和田誠一訳「現代フランス戯曲名作選 1」カモミール社 2008 p97

殺人と自殺、それぞれ（ノース, ライアン）
◇旦紀子訳「マシン・オブ・デス—A Collection of Stories about People who Know How They Will DIE」アルファポリス 2012 p257

殺人の教え（スミス, アンドレア）
◇飯泉恵美子訳「ウーマンズ・ケース 上」早川書房 1998（ハヤカワ・ミステリ文庫）p311

殺人の環（リッチー, ジャック）
◇藤村裕美訳「KAWADE MYSTERY 10 ドルだって大金だ」河出書房新社 2006 p249

殺人ブルドーザー—「殺人ブルドーザー」原作（スタージョン, シオドア）
◇市田泉訳「地球の静止する日—SF映画原作傑作選」東京創元社 2006（創元SF文庫）p81

殺人妄想（トロワイヤ, アンリ）
◇澁澤龍彦訳「澁澤龍彦訳幻想怪奇短篇集」河出書房新社 2013（河出文庫）p198

殺人はあばかれる（ウェレン, エドワード）
◇山本俊二訳「ミニ・ミステリ100」早川書房 2005（ハヤカワ・ミステリ文庫）p107

殺人はいかが？（リッチー, ジャック）
◇武藤崇恵訳「KAWADE MYSTERY ダイアルAを回せ」河出書房新社 2007 p103

殺人は広告する（バーネット, L.J.）
◇浅倉久志選訳「極短小説」新潮社 2004（新潮文庫）p20

雑草（マッカーシー, メアリー）
◇谷崎由依訳「ベスト・ストーリーズ 1」早川書房 2015 p67

ザット・オールド・ブラック・マジック（クワユレ, コフィ）

◇八木雅子訳「コレクション現代フランス語圏演劇 9」れんが書房新社 2012 p7

さて、アーサー・コナン・ドイルから一語（レンバーグ, ジョン・L.）
◇日暮雅通訳「シャーロック・ホームズ ベイカー街の殺人」原書房 2002 p379

サーティーン（ホック, エドワード・D.）
◇佐々木雅子訳「ミニ・ミステリ100」早川書房 2005（ハヤカワ・ミステリ文庫）p646

サナトリウム（モーム, W.サマセット）
◇石塚久郎訳「病短編小説集」平凡社 2016（平凡社ライブラリー）p25

サニーのブルース（ボールドウィン, ジェイムズ）
◇平石貴樹編訳「アメリカ短編ベスト10」松柏社 2016 p233

サニーのブルース—兄弟しみじみ（ボールドウィン, ジェイムズ）
◇堀内正規訳「しみじみ読むアメリカ文学—現代文学短編作品集」松柏社 2007 p177

ザ・ノンス・プライズ（セルフ, ウィル）
◇安原和見訳「奇想コレクション 元気なぼくらの元気なおもちゃ」河出書房新社 2006 p245

サバイバル（ハンセン, ジョゼフ）
◇山田千津子訳「アメリカミステリ傑作選 2001」DHC 2001（アメリカ文芸「年間」傑作選）p303

裁きの庭（イーリイ, デイヴィッド）
◇高見浩訳「幻想と怪奇—宇宙怪獣現わる」早川書房 2005（ハヤカワ文庫）p273

砂漠（チャン, ブー）
◇高みづほ訳「ベスト・アメリカン・短編ミステリ」DHC 2010 p521

砂漠に咲いた愛（ウェバー, メレディス）
◇原淳子訳「真夏の恋の物語—サマー・シズラー 2009」ハーレクイン 2009 p117

砂漠の一夜の代償（イエーツ, メイシー）
◇高木晶子訳「あの夏の恋のきらめき—サマー・シズラー2016」ハーパーコリンズ・ジャパン 2016 p53

砂漠の聖アントニウス—愛人しみじみ（コルウィン, ローリー）
◇畔柳和代訳「しみじみ読むアメリカ文学—現代文学短編作品集」松柏社 2007 p299

砂漠の戦い（パチェーコ, ホセ・エミリオ）
　　◇安藤哲行訳「ラテンアメリカ五人集」集英社
　　　2011　（集英社文庫）p5
サー・バートランド─断片──一七七三（エイキ
　　ン, アンナ・レイティティア）
　　◇下楠昌哉訳「ゴシック短編小説集」春風社
　　　2012 p35
淋しい場所（ダーレス, オーガスト）
　　◇永井淳訳「贈る物語Terror」光文社 2002
　　　p254
　　◇永井淳訳「幻想と怪奇─ポオ蒐集家」早川書
　　　房 2005　（ハヤカワ文庫）p9
ザ・ヒット（リューイン, マイクル・Z.）
　　◇中村安子訳「本の殺人事件簿─ミステリ傑作
　　　20選 1」バベル・プレス 2001 p163
さび止め（アンソニー, ジェシカ）
　　◇小脇奈賀子訳「アメリカ新進作家傑作選
　　　2006」DHC 2007 p105
サビーヌ（ヴィダル, ジル）
　　◇大磯仁志訳「フランス式クリスマス・プレゼ
　　　ント」水声社 2000 p135
サビーヌたち（エーメ, マルセル）
　　◇中村真一郎訳「異色作家短篇集 17」早川書
　　　房 2007 p171
錆の痕跡（エアーズ, N.J.）
　　◇関口麻里子訳「ベスト・アメリカン・短編ミ
　　　ステリ」DHC 2010 p25
サーヒブの戦争（キップリング, ラドヤード）
　　◇土岐恒二訳「バベルの図書館 27」国書刊行
　　　会 1991 p59
　　◇土岐恒二訳「新編 バベルの図書館 2」国書刊
　　　行会 2012 p504
サファイアの誓い（ゴールドリック, エマ）
　　◇杉本ユミ訳「愛は永遠に─ウエディング・ス
　　　トーリー 2000」ハーレクイン 2000 p281
サファイアの女神（ダイアリス, ニッツィン）
　　◇安野玲訳「不死鳥の剣─剣と魔法の物語傑作
　　　選」河出書房新社 2003　（河出文庫）p79
サファリ殺人事件（ハクスリー, エルスペス）
　　◇小笠原はるの訳「海外ミステリ Gem
　　　Collection 10」長崎出版 2007 p1
サプライズパーティの夜に（マッケナ, シャノ
　　ン）
　　◇鈴木美朋訳「キス・キス・キス─サプライズ

　　　パーティの夜に」ヴィレッジブックス
　　　2008　（ヴィレッジブックス）p219
ザ・ボックス（ホール, チャーリー）
　　◇渡辺健吾訳「ディスコ・ビスケッツ」早川書
　　　房 1998 p175
ザ・ホルトラク（リンク, ケリー）
　　◇柴田元幸編訳「どこにもない国─現代アメリ
　　　カ幻想小説集」松柏社 2006 p239
さまざまな例／戯れながら（ブルカルト, エーリ
　　カ）
　　◇若林恵訳「現代スイス短篇集」鳥影社・ロゴ
　　　ス企画部 2003 p22
サマードレスの女たち（ショー, アーウィン）
　　◇中田耕治訳「ブルー・ボウ・シリーズ 結婚
　　　まで」青弓社 1992 p199
さまよえるオランダ人（ブルガーコフ）
　　◇中村栄子訳「雑話集─ロシア短編集 2」「雑
　　　話集」の会 2009 p48
『ザミ 私の名の新しい綴り』より（ロード, オー
　　ドリー）
　　◇有満麻美子訳「私の謎」岩波書店 1997（世
　　　界文学のフロンティア）p163
サムサラの旅籠屋の茶番劇（アンドリッチ, イ
　　ヴォ）
　　◇栗原成郎訳「東欧の文学 呪われた中庭」恒
　　　文社 1983 p145
サム・ホール（アンダースン, ポール）
　　◇広田耕三訳「20世紀SF 2」河出書房新社
　　　2000　（河出文庫）p423
サムライ・キングダム（モウゾー）
　　◇南田みどり編訳「二十一世紀ミャンマー作品
　　　集」大同生命国際文化基金 2015（アジア
　　　の現代文芸）p18
鮫（ハーン, マルギット）
　　◇松永美穂訳「ドイツ文学セレクション ひと
　　　りぼっちの欲望」三修社 1997 p41
サモスの女（メナンドロス）
　　◇平山晃司訳「ギリシア喜劇全集 5」岩波書店
　　　2009 p241
さもなくば海は牡蠣でいっぱいに（デイヴィッ
　　ドソン, アヴラム）
　　◇若島正訳「奇想コレクション どんがらがん」
　　　河出書房新社 2005 p71
サモリオンとジェリービーンズ（スティーヴン

さやか

スン, ニール)
　◇日暮雅通訳「90年代SF傑作選 上」早川書房
　　2002 (ハヤカワ文庫) p7
さやからとび出た五つのエンドウ豆(アンデル
セン, ハンス・クリスチャン)
　◇大畑末吉訳「朗読劇台本集 4」玉川大学出版
　　部 2002 p107
さようなら, 僕の愛しいひと(イーガン, ジェニ
ファー)
　◇小原亜美訳「ゾエトローブ Blanc」角川書店
　　2003 (Bookplus) p75
小夜曲(李陸史)
　◇安宇植(アンウーシク)訳「韓国文学名作選 李
　　陸史詩集」講談社 1999 p31
さよなら, ノーマ・ジーン(ネクロ, クラウディ
ア)
　◇田邊玲子訳「ドイツ文学セレクション さよ
　　なら, ノーマ・ジーン」三修社 1997 p1
さよなら, 巫婆(リカラッ・アウー)
　◇魚住悦子編訳「台湾原住民文学選 2」草風館
　　2003 p148
サラエボの女(アンドリッチ, イヴォ)
　◇田中一生訳「東欧の文学 サラエボの女」恒
　　文社 1982 p3
ザラ王女(グミリョーフ, ニコライ)
　◇西周成編訳「ロシア幻想短編集 2」アルト
　　アーツ 2016 p86
さらば, 貴婦人よ!(タブカシュヴィリ, ラシャ)
　◇児島康宏訳「ポケットのなかの東欧文学―ル
　　ネッサンスから現代まで」成文社 2006
　　p334
さらば故郷(ゴアズ, ジョー)
　◇大井良純訳「巨匠の選択」早川書房 2001
　　(ハヤカワ・ミステリ) p337
さらば怪奇小説(ゴースト・ストーリイ)!(ウエイク
フィールド, ハーバート・ラッセル)
　◇鈴木克昌訳「魔法の本棚 赤い館」国書刊行
　　会 1996 p244
サラム(シリン・ネエザマフィ)
　◇「留学生文学賞作品集 2006」留学生文学賞
　　委員会 2007 p5
サランボー 抄(フローベール, ギュスターヴ)
　◇笠間直穂子訳「ポケットマスターピース 7」
　　集英社 2016 (集英社文庫ヘリテージシ
　　リーズ) p373

ザリガニの鳴いたときに―クリスマスの怪談
(テフィ)
　◇田辺佐保子訳「ロシアのクリスマス物語」群
　　像社 1997 p29
サリトンの娘(トパス・タナピマ)
　◇下村作次郎編訳「台湾原住民文学選 1」草風
　　館 2002 p192
去りにし日々の光(ショウ, ボブ)
　◇浅倉久志訳「ここがウィネトカなら, きみは
　　ジュディ―時間SF傑作選 SFマガジン創刊
　　50周年記念アンソロジー」早川書房 2010
　　(ハヤカワ文庫 SF) p145
サルヴァドール・ダリ(ブルトン, アンドレ／ダ
リ, サルヴァドール)
　◇塩瀬宏訳「黒いユーモア選集 2」河出書房新
　　社 2007 (河出文庫) p281
サルガッソー小惑星(カムマー, フレデリック・
A., Jr.)
　◇野田昌宏編訳「太陽系無宿／お祖母ちゃんと
　　宇宙海賊―スペース・オペラ名作選」東京
　　創元社 2013 (創元SF文庫) p337
サルサのにおい(ブラッドベリ, レイ)
　◇吉田誠一訳「異色作家短篇集 15」早川書房
　　2006 p123
サルドニクス(ラッセル, レイ)
　◇永井淳訳「異色作家短篇集 16」早川書房
　　2006 p5
猿の肖像(フリーマン, R.オースティン)
　◇青山万里子訳「海外ミステリ Gem
　　Collection 11」長崎出版 2008 p1
猿の尻, 火, そして危険物(黄錦樹)
　◇濱田麻矢訳「台湾熱帯文学 3」人文書院
　　2011 p313
猿の手(ジェイコブズ, W.W.)
　◇倉阪鬼一郎訳「乱歩の選んだベスト・ホ
　　ラー」筑摩書房 2000 (ちくま文庫) p63
　◇平井呈一訳「贈る物語Terror」光文社 2002
　　p21
　◇平井呈一訳「怪奇小説傑作集新版 1」東京創
　　元社 2006 (創元推理文庫) p165
　◇柴田元幸訳「憑かれた鏡―エドワード・ゴー
　　リーが愛する12の怪談」河出書房新社
　　2006 p217
　◇柴田元幸訳「エドワード・ゴーリーが愛する
　　12の怪談―憑かれた鏡」河出書房新社

2012（河出文庫）p245

◇倉阪鬼一郎訳「怪奇小説精華」筑摩書房 2012（ちくま文庫）p446

◇柴田元幸編訳「ブリティッシュ＆アイリッシュ・マスターピース」スイッチ・パブリッシング 2015（SWITCH LIBRARY）p87

◇平井呈一訳「30の神品—ショートショート傑作選」扶桑社 2016（扶桑社文庫）p289

猿は猿（バヤルサイハン, プレブジャビン）

◇柴内秀司訳「モンゴル近現代短編小説選」パブリック・ブレイン 2013 p395

纂異記（さんいき）（抄）（李玫）

◇溝部良恵著「中国古典小説選 6（唐代 3）」明治書院 2008 p270

山海世界（孫大川）

◇下村作次郎訳「台湾原住民文学選 8」草風館 2006 p51

三階のクローゼット（リッチー, ジャック）

◇好野理恵訳「KAWADE MYSTERY ダイアルAを回せ」河出書房新社 2007 p125

山海の世界—台湾原住民文学について（杜国清）

◇下村作次郎訳「台湾原住民文学選 9」草風館 2007 p118

三角形（クレイジャズ, エレン）

◇岸本佐知子編訳「楽しい夜」講談社 2016 p181

三月の雨（シェルブルク＝ザレンビーナ, エヴァ）

◇田村和子訳「文学の贈物—東中欧文学アンソロジー」未知谷 2000 p115

山間のせせらぎ（韓龍雲）

◇安宇植（アンウーシク）訳「韓国文学名作選 ニムの沈黙」講談社 1999 p141

サンギート（バックハウス, ビーラ）

◇木村幸子訳「アメリカ新進作家傑作選 2005」DHC 2006 p307

山居（韓龍雲）

◇安宇植（アンウーシク）訳「韓国文学名作選 ニムの沈黙」講談社 1999 p134

残響（ゲッデズ, シンディ）

◇浜野アキオ訳「サイコ—ホラー・アンソロジー」祥伝社 1998（祥伝社文庫）p303

サン・クエンティンでキック（ゴアズ, ジョー）

◇沢川進訳「現代ミステリーの至宝 2」扶桑社 1997（扶桑社ミステリー）p193

サンクチュアリ（フォークナー, ウィリアム）

◇加島祥造訳「栞子さんの本棚—ビブリア古書堂セレクトブック」角川書店 2013（角川文庫）p57

サングラスをかけたムササビ（ワリス・ノカン）

◇中古苑生訳「台湾原住民文学選 3」草風館 2003 p93

サングリア（ブルック, ジョナサン）

◇渡辺健吾訳「ディスコ・ビスケッツ」早川書房 1998 p145

懺悔（ハンセン, ジョゼフ）

◇宮脇孝雄訳「探偵稼業はやめられない—女探偵vs.男探偵」光文社 2003（光文社文庫）p253

懺悔（マッキー, ロバート）

◇古沢嘉通訳「ベスト・アメリカン・ミステリ ジュークボックス・キング」早川書房 2005（ハヤカワ・ミステリ）p245

懺悔の死（トパス・タナピマ）

◇下村作次郎編訳「台湾原住民文学選 1」草風館 2002 p160

塹壕のマドンナ（キップリング, ラドヤード）

◇土岐恒二訳「バベルの図書館 27」国書刊行会 1991 p105

◇土岐恒二訳「新編 バベルの図書館 2」国書刊行会 2012 p533

三国志 III（作者不詳）

◇小南一郎訳「世界古典文学全集 24 C」筑摩書房 1989 p5

残酷なスポーツ（リンチ, トマス）

◇枝松大介訳「アメリカミステリ傑作選 2003」DHC 2003（アメリカ文芸「年間」傑作選）p289

残酷な童話（ボーモント, チャールズ）

◇仁賀克雄訳「ダーク・ファンタジー・コレクション 7」論創社 2007 p3

散骨（イーガン, グレッグ）

◇山岸真編訳「奇想コレクション TAP」河出書房新社 2008 p123

三山の仙界（三山福地志）（瞿佑）

◇竹田晃, 小塚由博, 仙石知子著「中国古典小説選 8（明代）」明治書院 2008 p30

さんし

三時十五分前（ニューマン, キム）
◇大瀧啓裕訳「インスマス年代記 下」学習研
究社 2001 （学研M文庫）p45

惨事のあと、惨事のまえ（ピース, デイヴィッ
ド）
◇山辺弦訳「それでも三月は、また」講談社
2012 p261

サンシャイン・スター・トラヴェラーは如何
に彼女を失ったか（ミラー, マーティン）
◇渡辺健吾訳「ディスコ・ビスケッツ」早川書
房 1998 p101

三十而立（王小波）
◇桜庭ゆみ子訳「コレクション中国同時代小説
2」勉誠出版 2012 p91

38世紀から来た兵士（エリスン, ハーラン）
◇南山宏, 尾之上浩司訳「地球の静止する日」
角川書店 2008 （角川文庫）p261

三六年の最高水位点（グラップ, デイヴィス）
◇真野明裕訳「闇の展覧会 霧」早川書房 2005
（ハヤカワ文庫）p101

讃頌（韓龍雲）
◇安宇植（アンウーシク）訳「韓国文学名作選 ニ
ムの沈黙」講談社 1999 p76

三水小牘（さんすいしょうとく）（抄）（皇甫枚）
◇溝部良恵著「中国古典小説選 6（唐代 3）」明
治書院 2008 p410

歴史感覚（サンス・イストリック）ルロワイエ・ド・
シャントピー嬢宛〔一八五九年二月十八日
付〕（フローベール, ギュスターヴ）
◇山崎敦訳「ポケットマスターピース 7」集英
社 2016 （集英社文庫ヘリテージシリー
ズ）p752

三代（ワリス・ノカン）
◇中村ふじゑ訳「台湾原住民文学選 3」草風館
2003 p32

三台万用正宗・笑譫門（さんだいばんようせいそうしょ
うぎゃくもん）（余象斗）
◇大木康著「中国古典小説選 12（歴代笑話）」
明治書院 2008 p195

サンタクロース殺人犯（ホルスト, スペンサー）
◇柴田元幸編訳「燃える天使」角川書店 2009
（角川文庫）p191

サンタクロースと四人の娘たち（ピエール,
ジョゼ）
◇大磯仁志訳「フランス式クリスマス・プレゼ

ント」水声社 2000 p255

サンタクロースの贈り物（マートン, サンドラ）
◇星真由美訳「四つの愛の物語—クリスマス・
ストーリー 2000」ハーレクイン 2000
p231

サンタクロースの墓（L.マリ）
◇にむらじゅんこ訳「フランス式クリスマス・
プレゼント」水声社 2000 p19

三譚印月（サンタンインユエ）（盧文麗）
◇佐藤普美子訳「中国現代文学選集 5」トラン
スビュー 2010 p2

山地眷村＜プユマ＞（バタイ）
◇松本さち子訳「台湾原住民文学選 6」草風館
2008 p130

山地人（モーナノン）
◇下村作次郎編訳「台湾原住民文学選 1」草風
館 2002 p31

山中日記（崔曼莉）
◇河村昌子訳「現代中国青年作家秀作選」鼎書
房 2010 p117

サント＝ブーヴに反駁する サント＝ブーヴ宛
〔一八六二年十二月二十三日—二十四日〕（フ
ローベール, ギュスターヴ）
◇山崎敦訳「ポケットマスターピース 7」集英
社 2016 （集英社文庫ヘリテージシリー
ズ）p756

ザント夫人と幽霊（コリンズ, ウィルキー）
◇村上和久訳「乱歩の選んだベスト・ホラー」
筑摩書房 2000 （ちくま文庫）p233

三度目の求婚（ジャスティス, ジュリア）
◇大谷真理子訳「マイ・バレンタイン—愛の贈
りもの 2010」ハーレクイン 2010 p237

サンニュリオーン（作者不詳）
◇中務哲郎, 西村賀子, 平山晃司訳「ギリシア
喜劇全集 9」岩波書店 2012 p320

三人姉妹（チェーホフ）
◇安達紀子訳「三人姉妹—四幕のドラマ」群像
社 2004 （ロシア名作ライブラリー）p7
◇中村白葉訳「三人姉妹／桜の園」ゆまに書房
2008 （昭和初期世界名作翻訳全集）p1

三人のガリデブの冒険（ドイル, アーサー・コナ
ン）
◇大橋洋一訳「クィア短編小説集—名づけえぬ
欲望の物語」平凡社 2016 （平凡社ライブ
ラリー）p111

三人の子供たち（リャォ, プイティン）
　◇はたやまくにお訳「海外戯曲アンソロジー——海外現代戯曲翻訳集〈国際演劇交流セミナー記録〉2」日本演出者協会 2008 p231

三人の亭主（ニーヴァイ, ルチア）
　◇ウィリアム N.伊藤訳「ゾエトロープ Pop」角川書店 2001（Bookplus）p207

三人の見知らぬ客（ハーディ, トマス）
　◇井出弘之訳「百年文庫 88」ポプラ社 2011 p111

三人の黙示録の騎士（チェスタトン, G.K.）
　◇富士川義之訳「バベルの図書館 1」国書刊行会 1988 p15
　◇富士川義之訳「新編 バベルの図書館 2」国書刊行会 2012 p349

三人の幽霊（エスルマン, ローレン・D.）
　◇日暮雅通訳「シャーロック・ホームズ クリスマスの依頼人」原書房 1998 p265

三人のよそ者（ハーディ, トマス）
　◇柳瀬尚紀訳「犯罪は詩人の楽しみ—詩人ミステリ集成」東京創元社 2012（創元推理文庫）p134

三人マクリンの事件（クイーン, エラリー）
　◇飯城勇三訳「ナポレオンの剃刀の冒険—シナリオ・コレクション」論創社 2008（論創海外ミステリ）p335

残念です（ムロジェック, スワヴォミル）
　◇種村季弘訳「怪奇・幻想・綺想文学集—種村季弘翻訳集成」国書刊行会 2012 p547

三倍ぶち猫（ライバー, フリッツ）
　◇深町眞理子訳「奇想コレクション 跳躍者の時空」河出書房新社 2010 p117

散髪（ラードナー, リング）
　◇大竹勝訳「世界100物語 6」河出書房新社 1997 p126

讃美歌百番（オールディス, ブライアン・W.）
　◇浅倉久志訳「20世紀SF 3」河出書房新社 2001（河出文庫）p397

汕尾の子どもの下校（ワリス・ノカン）
　◇内山加代訳「台湾原住民文学選 3」草風館 2003 p15

散文としての小説 ルイーズ・コレ宛〔一八五二年七月二十二日〕（フローベール, ギュスターヴ）

◇山崎敦訳「ポケットマスターピース 7」集英社 2016（集英社文庫ヘリテージシリーズ）p737

散文の理想 ルイーズ・コレ宛〔一八五二年六月十三日〕（フローベール, ギュスターヴ）
　◇山崎敦訳「ポケットマスターピース 7」集英社 2016（集英社文庫ヘリテージシリーズ）p737

散文は昨日生まれた。ルイーズ・コレ宛〔一八五二年四月二十四日〕（フローベール, ギュスターヴ）
　◇山崎敦訳「ポケットマスターピース 7」集英社 2016（集英社文庫ヘリテージシリーズ）p734

山木篇第二十〔荘子〕（荘子）
　◇福永光司, 興膳宏訳「世界古典文学全集 17」筑摩書房 2004 p307

サン・ボノの狼（クイン, シーバリー）
　◇熊井ひろ美訳「ダーク・ファンタジー・コレクション 4」論創社 2007 p233

三夢記（さんむき）（白行簡）
　◇黒田真美子著「中国古典小説選 5（唐代 2）」明治書院 2006 p252

三無クラブ（ナッシュ, オグデン）
　◇柳瀬尚紀訳「犯罪は詩人の楽しみ—詩人ミステリ集成」東京創元社 2012（創元推理文庫）p286

三文銭（プラウトゥス）
　◇上村健二訳「ローマ喜劇集 4」京都大学学術出版会 2002（西洋古典叢書）p391

山野の笛の音＜タイヤル＞（リムイ・アキ）
　◇松本さち子訳「台湾原住民文学選 6」草風館 2008 p171

【し】

死（アルツィバーシェフ, ミハイル）
　◇森鷗外訳「百年文庫 56」ポプラ社 2010 p99

詩（ディキンソン, エミリー）
　◇柴田元幸編訳「アメリカン・マスターピース 古典篇」スイッチ・パブリッシング 2013（SWITCH LIBRARY）p141

詩（マウン・ピーラー）

しあわ

◇南田みどり編訳「二十一世紀ミャンマー作品集」大同生命国際文化基金 2015（アジアの現代文芸）p122

幸せ（エライ, ナズル）
◇榎本有紗訳「現代トルコ文学選 2」東京外国語大学外国語学部トルコ語専攻研究室 2012（TUFS Middle Eastern studies）p223

幸せ（韓龍雲）
◇安宇植（アンウーシク）訳「韓国文学名作選 ニムの沈黙」講談社 1999 p46

しあわせ王国記（ラッセ）
◇野沢協訳「啓蒙のユートピア 2」法政大学出版局 2008 p39

幸せを呼ぶ王子（ウインターズ, レベッカ）
◇藤村華奈美訳「四つの愛の物語—クリスマス・ストーリー 恋と魔法の季節 2004」ハーレクイン 2004 p313

幸せではないが、もういい（ハントケ, ペーター）
◇元吉瑞枝訳「『新しいドイツの文学』シリーズ 12」同学社 2002 p5

幸せな家（ブランカーティ）
◇武谷なおみ編訳「短篇で読むシチリア」みすず書房 2011（大人の本棚）p89

しあわせな王子（ワイルド, オスカー）
◇柴田元幸編訳「ブリティッシュ＆アイリッシュ・マスターピース」スイッチ・パブリッシング 2015（SWITCH LIBRARY）p69

仕合せな男（モーム, サマセット）
◇平戸喜文訳「イギリス名作短編集」近代文芸社 2003 p89

幸せな真空状態について（ドビンズ, スティーヴン）
◇井上千里訳「バースデー・ボックス」メタローグ 2004 p147

幸せの王子（ワイルド, オスカー）
◇矢川澄子訳「バベルの図書館 6」国書刊行会 1988 p139
◇矢川澄子訳「新編 バベルの図書館 2」国書刊行会 2012 p211

幸せの約束（シモンズ, デボラ）
◇古川倫子訳「四つの愛の物語—クリスマス・ストーリー 2000」ハーレクイン 2000 p355

幸せの予感（アースキン, バーバラ）
◇沢木あさみ訳「ティータイム・ストーリーズ 微笑みを忘れずに」花風社 1999 p143

しあわせの理由（イーガン, グレッグ）
◇山岸真訳「20世紀SF 6」河出書房新社 2001（河出文庫）p177

幸せまでのカウントダウン（ローレンス, アンドレア）
◇高橋美友紀訳「愛は永遠に—ウエディング・ストーリー 2014」ハーレクイン 2014 p297

詩歌によって救われたアテネ（ブロンテ, シャーロット）
◇中岡洋, 芦沢久江訳「ブロンテ姉妹エッセイ全集」彩流社 2016 p523

祖父さんの家で（トマス, ディラン）
◇中野善夫訳「怪奇礼讃」東京創元社 2004（創元推理文庫）p95

屍衣の花嫁（ワンドレイ, D.）
◇佐藤嗣二訳「新編 真ク・リトル・リトル神話大系 2」国書刊行会 2007 p165

屍衣の流行（アリンガム, マージェリー）
◇小林晋訳「世界探偵小説全集 40」国書刊行会 2006 p7

シェイクスピア奇譚（マスタートン, グレアム）
◇夏来健二訳「ラヴクラフトの遺産」東京創元社 2000（創元推理文庫）p103

シェイディ・ヒルのこそこそ泥棒（チーヴァー, ジョン）
◇森慎一郎訳「ベスト・ストーリーズ 1」早川書房 2015 p285

ジェイド・ブルー（ブライアント, エドワード）
◇大森望訳「魔法の猫」扶桑社 1998（扶桑社ミステリー）p253

ジェイルハウス・ローヤー（マーゴリン, フィリップ）
◇加賀山卓朗訳「アメリカミステリ傑作選 2001」DHC 2001（アメリカ文芸「年間」傑作選）p423

ジェイン・エア 抄（ブロンテ, シャーロット）
◇侘美真理訳「ポケットマスターピース 12」集英社 2016（集英社文庫ヘリテージシリーズ）p43

謝秋娘よ、いつまでも（パンシアンリー）

しおと

◇桑島道夫訳「天国の風―アジア短篇ベスト・セレクション」新潮社 2011 p153

ジェットコースター（ベスター, アルフレッド）
　◇中村融編訳「奇想コレクション 願い星、叶い星」河出書房新社 2004 p43

ジェドウィックもう大丈夫だ（ポール, ルイス）
　◇小野寺健訳「世界100物語 8」河出書房新社 1997 p158

死への瞑想（ブライアント, ウィリアム・カレン）
　◇渡辺信二訳「アメリカ文学ライブラリー アメリカ名詩選」本の友社 1997 p110

シェフィールドの銀行家（ホウィティカー, アーサー）
　◇佐藤明子訳「推理探偵小説文学館 2」勉誠社 1996 p13

ジェフを探して（ライバー, フリッツ）
　◇深町眞理子訳「異色作家短篇集 18」早川書房 2007 p5

ジェフ・クーンズ（ゲッツ, ライナルト）
　◇初見基訳「ドイツ現代戯曲選30 23」論創社 2006 p7

シェフの家（カーヴァー, レイモンド）
　◇平石貴樹編訳「アメリカ短編ベスト10」松柏社 2016 p299

ジェミニイ・クリケット事件（ブランド, クリスチアナ）
　◇深町眞理子訳「51番目の密室―世界短篇傑作集」早川書房 2010 （Hayakawa pocket mystery books） p321

ジェミニー・クリケット事件（ブランド, クリスチアナ）
　◇深町眞理子訳「北村薫の本格ミステリ・ライブラリー」角川書店 2001 （角川文庫） p331

ジェリー・マロイの供述（バウチャー, アントニー）
　◇仁賀克雄編・訳「新・幻想と怪奇」早川書房 2009 （Hayakawa pocket mystery books） p81

ジェルマン・ヌーヴォー（ブルトン, アンドレ／ヌーヴォー, ジェルマン）
　◇嶋岡晨訳「黒いユーモア選集 1」河出書房新社 2007 （河出文庫） p315

ジェーン・エア（上巻）（ブロンテ, シャーロット）

◇田中晏男訳「ブロンテ姉妹集 4」京都修学社 2002

ジェーン・エア（下巻）（ブロンテ, シャーロット）
　◇田中晏男訳「ブロンテ姉妹集 5」京都修学社 2002

ジェーン・オースティン殺人事件（ノールデン, ミシェル）
　◇北田絵里子訳「本の殺人事件簿―ミステリ傑作20選 1」バベル・プレス 2001 p69

ジ・エンド（ウェスト, チャールズ）
　◇浅倉久志選訳「極短小説」新潮社 2004 （新潮文庫） p146

ジ・エンド・オブ・ザ・ストリング（マッキャリー, チャールズ）
　◇中勢津子訳「ベスト・アメリカン・短編ミステリ 2012」DHC 2012 p411

ジェーンの使命（ウォートン, イーディス）
　◇大久保庸子訳「ブルー・ボウ・シリーズ 結婚まで」青弓社 1992 p83

盛雲（シェンユン）、庭園に隠れる者（ダルヴァシ, ラースロー）
　◇鵜戸聡訳「時間はだれも待ってくれない―21世紀東欧SF・ファンタスチカ傑作集」東京創元社 2011 p211

潮（ネルスン, ケント）
　◇小佐田愛子訳「アメリカミステリ傑作選 2003」DHC 2003 （アメリカ文芸「年間」傑作選） p319

死を売る男（ベレム, ロバート・レスリー）
　◇夏来健次訳「怪奇文学大山脈 3」東京創元社 2014 p411

潮が満ち引きする場所で（ダンセイニ卿）
　◇原葵訳「バベルの図書館 26」国書刊行会 1991 p15
　◇原葵訳「新編 バベルの図書館 3」国書刊行会 2013 p127

ヂオゲネスの誘惑（シュミットボン）
　◇森鷗外訳「街の子―外一篇」ゆまに書房 2007 （昭和初期世界名作翻訳全集） p3

死を捜す犬（クォーターマス, ブライアン）
　◇濱野大道訳「18の罪―現代ミステリ傑作選」ヴィレッジブックス 2012 （ヴィレッジブックス） p195

潮時（フィニイ, ジャック）

作品名から引ける世界文学全集案内 第III期　141

しおの

◇福島正実訳「異色作家短篇集 13」早川書房
2006 p109

塩の像 (ルゴーネス, レオポルド)
◇牛島信明訳「バベルの図書館 18」国書刊行
会 1989 p59
◇牛島信明訳「新編 バベルの図書館 6」国書刊
行会 2013 p534

塩の柱 (ジャクスン, シャーリイ)
◇深町眞理子訳「異色作家短篇集 6」早川書房
2006 p223

潮の満ち引き (テイラー, エドワード)
◇渡辺信二訳「アメリカ文学ライブラリー アメ
リカ名詩選」本の友社 1997 p101

死を招く詩 (ブース, マシュー)
◇日暮雅通訳「シャーロック・ホームズ アン
ダーショーの冒険」原書房 2016 p129

死を招くマーチの冒険 (クイーン, エラリー)
◇飯城勇三訳「死せる案山子の冒険——聴取者へ
の挑戦 2」論創社 2009 (論創海外ミステ
リ) p59

シオンへの行進 (コッパード, A.E.)
◇西崎憲訳「魔法の本棚 郵便局と蛇」国書刊
行会 1996 p181

鹿一ある舞台女優の告白 (サボー, マグダ)
◇桑島カタリン訳「東欧の文学 鹿」恒文社
1976 p3

志怪 (孔氏)
◇佐野誠子著「中国古典小説選 2(六朝 1)」明
治書院 2006

志怪 (しかい) (曹毘)
◇佐野誠子著「中国古典小説選 2(六朝 1)」明
治書院 2006

屍灰に帰したナッシュヴィル (ヘンペル, エイ
ミー)
◇岩元巌訳「猫好きに捧げるショート・ストー
リーズ」国書刊行会 1997 p193

歯科医のステージ (ブランツ, マーク)
◇浅倉久志選訳「極短小説」新潮社 2004 (新
潮文庫) p170

鹿狩り (ボーモント, チャールズ)
◇小笠原豊樹訳「異色作家短篇集 12」早川書
房 2006 p85

視覚 (イーガン, グレッグ)
◇山岸真編訳「奇想コレクション TAP」河出

書房新社 2008 p35

シカゴとフィガロ (シェイファー, スーザン・フ
ロムバーグ)
◇大社淑子訳「猫好きに捧げるショート・ス
トーリーズ」国書刊行会 1997 p105

四月 (ノエル, キャサリン)
◇井ヶ田憲子訳「アメリカ新進作家傑作選
2003」DHC 2004 p77

鹿の贈りもの (ネルソン, リチャード)
◇星川淳訳「狩猟文学マスターピース」みすず
書房 2011 (大人の本棚) p7

死がふたりをわかつまで (ランディス, ジェフ
リー・A.)
◇山岸真訳「スティーヴ・フィーヴァー——ポス
トヒューマンSF傑作選 SFマガジン創刊50
周年記念アンソロジー」早川書房 2010
(ハヤカワ文庫 SF) p7

死が二人をわかつまで (カー, ジョン・ディクス
ン)
◇仁賀克雄訳「世界探偵小説全集 11」国書刊
行会 1996 p5

死が二人を別つまで (マリーニー, ティム)
◇木村二郎訳「殺しが二人を別つまで」早川書
房 2007 (ハヤカワ・ミステリ文庫) p189

死が我らを分かつまで (ピクシリリー, トム)
◇濱野大道訳「18の罪——現代ミステリ傑作選」
ヴィレッジブックス 2012 (ヴィレッジ
ブックス) p369

時間 (ボルヘス, ホルヘ・ルイス)
◇木村榮一訳「アンデスの風叢書 ボルヘス、
オラル」書肆風の薔薇 1987 p121

時間をさかのぼって (ベイカー, ジェフ／ボグ
ナー, ジョン)
◇浅倉久志選訳「極短小説」新潮社 2004 (新
潮文庫) p357

時間を渡る鳥たち (格非)
◇関根謙訳「現代中国の小説 時間を渡る鳥た
ち」新潮社 1997 p159

時間どおりに教会へ (ビッスン, テリー)
◇中村融編訳「奇想コレクション ふたりジャ
ネット」河出書房新社 2004 p289

時間と分 (ベドナール, アルフォンス)
◇栗栖継訳「東欧の文学 時間と分」恒文社
1967 p93

しこう

時間の鍵穴（パウエル, ジェイムズ）
　◇白須清美訳「KAWADE MYSTERY 道化の
　　町」河出書房新社 2008 p117

時間の涙（チャム・フォン）
　◇加藤栄編訳「ベトナム現代短編集 2」大同生
　　命国際文化基金 2005 （アジアの現代文
　　芸）p129

時間の縫い目（ウインダム, ジョン）
　◇浅倉久志訳「異色作家短篇集 19」早川書房
　　2007 p5

時間飛行士へのささやかな贈物（ディック,
　フィリップ・K.）
　◇浅倉久志訳「きょうも上天気—SF短編傑作
　　選」角川書店 2010 （角川文庫）p273

時間はだれも待ってくれない（ストゥドニャレ
　ク, ミハウ）
　◇小椋彩訳「時間はだれも待ってくれない—21
　　世紀東欧SF・ファンタスチカ傑作集」東京
　　創元社 2011 p145

敷物（ベルコム, エド・ヴァン）
　◇田中一江訳「サイコーホラー・アンソロ
　　ジー」祥伝社 1998 （祥伝社文庫）p449

敷物—母親の苦労しみじみ（オブライアン, エド
　ナ）
　◇遠藤不比人訳「しみじみ読むイギリス・アイ
　　ルランド文学—現代文学短編作品集」松柏
　　社 2007 p19

自虐者（テレンティウス）
　◇城江良和訳「ローマ喜劇集 5」京都大学学術
　　出版会 2002 （西洋古典叢書）p117

『シキュオーニオイ（シキュオーンの人々）』
　（または『シキュオーニオス（シキュオーン
　の男）』）（メナンドロス）
　◇中務哲郎, 脇本由佳, 荒井直訳「ギリシア喜
　　劇全集 6」岩波書店 2010 p286

ジーキル博士とハイド氏（スティーヴンソン, ロ
　バート・ルイス）
　◇大久保譲訳「ポケットマスターピース 8」集
　　英社 2016 （集英社文庫ヘリテージシリー
　　ズ）p9

試金石（カー, テリー）
　◇中村融訳「街角の書店—18の奇妙な物語」東
　　京創元社 2015 （創元推理文庫）p229

シークと乙女（ローレンス, キム）
　◇高木晶子訳「真夏の恋の物語—サマー・シズ

ラー 2009」ハーレクイン 2009 p5

シークに買われた花嫁（マレリー, スーザン）
　◇平江まゆみ訳「愛が燃える砂漠—サマー・シ
　　ズラー2011」ハーレクイン 2011 p5

シークの愛の奴隷（ケイ, マーガレット）
　◇泉智子訳「愛は永遠に—ウエディング・ス
　　トーリー 2015」ハーレクイン 2015 p175

シークの秘策（モンロー, ルーシー）
　◇竹内喜訳「夏色の恋の誘惑」ハーレクイン
　　2013 （サマー・シズラーVB）p111

ジークフリート—ニーベルングの指環（ワーグ
　ナー, リヒャルト）
　◇高橋康也, 高橋宣也訳「〈新訳・世界の古典〉
　　シリーズ ジークフリート」新書館 1998
　　p7

私刑宣告（ナイト, デーモン）
　◇中村融訳「幻想の犬たち」扶桑社 1999 （扶
　　桑社ミステリー）p9

死刑前夜（ハリデイ, ブレット）
　◇都筑道夫訳「天外消失—世界短篇傑作集 Off
　　the face of the earth and other stories」早
　　川書房 2008 （ハヤカワ・ミステリ）p31

自警団（イーガン, グレッグ）
　◇山岸真編訳「奇想コレクション TAP」河出
　　書房新社 2008 p203

茂みの中の家（クラウス, ヒューホ）
　◇三田順訳「フランダースの声—現代ベルギー
　　小説アンソロジー」松籟社 2013 p45

次元断層（マシスン, リチャード）
　◇吉田誠一訳「異色作家短篇集 4」早川書房
　　2005 p179

事件の急転（ブランデル, ウィリアム・E.）
　◇浅倉久志選訳「極短小説」新潮社 2004 （新
　　潮文庫）p41

死後（デュ・リエル）
　◇内田吉彦訳「アンデスの風叢書 天国・地獄
　　百科」書肆風の薔薇 1982 p65

事故（デュレンマット, フリートリヒ）
　◇種村季弘訳「怪奇・幻想・綺想文学集—種村
　　季弘翻訳集成」国書刊行会 2012 p267

思考機械ホームズ（キャスパー, スーザン）
　◇篠原良子訳「シャーロック・ホームズのSF大
　　冒険—短篇集 下」河出書房新社 2006
　　（河出文庫）p91

しこう

思考の淵 (ブラナー, ジョン)
　◇伊藤典夫訳「ボロゴーヴはミムジイ―伊藤典
　　夫翻訳SF傑作選」早川書房 2016 （ハヤカ
　　ワ文庫 SF） p283
思考の匂い (シェクリイ, ロバート)
　◇仁賀克雄編・訳「新・幻想と怪奇」早川書房
　　2009 （Hayakawa pocket mystery books）
　　p35
事故を報告します (フォード, トム)
　◇浅倉久志選訳「極短小説」新潮社 2004 （新
　　潮文庫） p36
地獄 (ヴォルテール)
　◇斎藤博士訳「アンデスの風叢書 天国・地獄
　　百科」書肆風の薔薇 1982 p140
地獄 (ゴメス・デ・ラ・セルナ, ラモン)
　◇内田吉彦訳「アンデスの風叢書 天国・地獄
　　百科」書肆風の薔薇 1982 p43
地獄 (ピニェラ, ビルヒリオ)
　◇内田吉彦訳「アンデスの風叢書 天国・地獄
　　百科」書肆風の薔薇 1982 p58
地獄 (ブラックウッド, アルジャノン)
　◇南條竹則, 坂本あおい訳「地獄―英国怪談中
　　篇傑作集」メディアファクトリー 2008
　　（幽books） p175
地獄 (マシスン, リチャード・クリスチャン)
　◇田中一江訳「シルヴァー・スクリーム 下」
　　東京創元社 2013 （創元推理文庫） p140
地獄行き途中下車 (コリア, ジョン)
　◇小池滋訳「KAWADE MYSTERY ナツメグ
　　の味」河出書房新社 2007 p193
地獄への旅 (ホッグ, ジェイムズ)
　◇中野善夫訳「怪奇礼讃」東京創元社 2004
　　（創元推理文庫） p171
地獄への道行き (李祥雨)
　◇李清一訳「コリアン・ミステリ―韓国推理小
　　説傑作選」バベル・プレス 2002 p207
地獄堕ちの朝 (ライバー, フリッツ)
　◇中村融訳「時を生きる種族―ファンタス
　　ティック時間SF傑作選」東京創元社 2013
　　（創元SF文庫） p213
地獄／天国 (ラヒリ, ジュンパ)
　◇小川高義訳「美しい子ども」新潮社 2013
　　（CREST BOOKS） p17
地獄・天国そして現世 (ショー, バーナード)

地獄と永遠の罰の性質について (アウグスティ
ヌス)
　◇斎藤博士訳「アンデスの風叢書 天国・地獄
　　百科」書肆風の薔薇 1982 p151
地獄と天国と (ボルヘス, ホルヘ・ルイス)
　◇斎藤博士訳「アンデスの風叢書 天国・地獄
　　百科」書肆風の薔薇 1982 p115
地獄の鏡 (ジュアンドー, マルセル)
　◇内田吉彦訳「アンデスの風叢書 天国・地獄
　　百科」書肆風の薔薇 1982 p60
地獄のカタログ (カントゥ, チェーザレ)
　◇内田吉彦訳「アンデスの風叢書 天国・地獄
　　百科」書肆風の薔薇 1982 p72
地獄の姿 (スウェデンボルイ, エマヌエル)
　◇内田吉彦訳「アンデスの風叢書 天国・地獄
　　百科」書肆風の薔薇 1982 p49
地獄の中心 (ムレーナ, エクトル・アルベルト)
　◇内田吉彦訳「アンデスの風叢書 天国・地獄
　　百科」書肆風の薔薇 1982 p53
地獄のブイヤベース (ボーモント, チャールズ)
　◇仁賀克雄訳「ダーク・ファンタジー・コレク
　　ション 7」論創社 2007 p303
地獄の船 (作者不詳)
　◇牛島信明訳「アンデスの風叢書 天国・地獄
　　百科」書肆風の薔薇, 水声社 1982 p32
地獄のような後悔 (ケベード, フランシスコ・ゴ
メス・デ)
　◇牛島信明訳「アンデスの風叢書 天国・地獄
　　百科」書肆風の薔薇 1982 p32
地獄のレストランにて, 悲しき最後の逢瀬 (ブ
ライアント, エドワード)
　◇夏来健次訳「死霊たちの宴 上」東京創元社
　　1998 （創元推理文庫） p165
ジゴク・プリフェクチュア (ウォレス, ブルー
ス・J.)
　◇本兌有, 杉ライカ訳「ハーン・ザ・ラストハ
　　ンター――アメリカン・オタク小説集」筑摩
　　書房 2016 p185
地獄は永遠に (ベスター, アルフレッド)
　◇中村融編訳「奇想コレクション 願い星、叶
　　い星」河出書房新社 2004 p225
事故多発区間 (キャンベル, ラムジー)

◇野村芳夫訳「死のドライブ」文藝春秋 2001（文春文庫）p265

事故つづき（コーエン、マーク）
◇浅倉久志選訳「極短小説」新潮社 2004（新潮文庫）p19

仕事に適った道具（ペレグリマス、マーカス）
◇藤田佳澄訳「殺しのグレイテスト・ヒッツ」早川書房 2007（ハヤカワ・ミステリ文庫）p401

死後の婚約者（アポリネール、ギョーム）
◇日仏言語文化協会「エチュード月曜クラス」訳「掌中のエスプリ—フランス文学短篇名作集」弘学社 2013 p15

死後の証言（ヴァン・ドーレン、マーク）
◇柳瀬尚紀訳「犯罪は詩人の楽しみ—詩人ミステリ集成」東京創元社 2012（創元推理文庫）p239

自殺（ウォートン、デーヴィッド・マイケル）
◇旦紀子訳「マシン・オブ・デス—A Collection of Stories about People who Know How They Will DIE」アルファポリス 2012 p73
◇旦紀子訳「マシン・オブ・デス」アルファポリス 2013（アルファポリス文庫）p99

自殺願望の弁護士（エドワーズ、マーティン）
◇日暮雅通訳「シャーロック・ホームズの大冒険 下」原書房 2009 p241

自殺クラブ（スティーヴンソン、ロバート・ルイス）
◇大久保譲訳「ポケットマスターピース 8」集英社 2016（集英社文庫ヘリテージシリーズ）p105

自殺者（コンラード、ジェルジュ）
◇岩崎悦子訳「東欧の文学 ケース・ワーカー」恒文社 1982 p25

自殺じゃない！（ヘアー、シリル）
◇富塚由美訳「世界探偵小説全集 32」国書刊行会 2000 p9

自殺者の遺書（サンドバーグ、エリック）
◇浅倉久志選訳「極短小説」新潮社 2004（新潮文庫）p282

シーザーとクレオパトラ（ショー）
◇楠山正雄訳「シーザーとクレオパトラ」ゆまに書房 2004（昭和初期世界名作翻訳全集）p1

「死産児」と私（李喬）
◇三木直大訳「台湾郷土文学選集 5」研文出版 2014 p175

獅子座の女（クライダー、ビル）
◇山本やよい訳「ホロスコープは死を招く」ソニー・マガジンズ 2006（ヴィレッジブックス）p197

シジスモンの遺産（ユザンヌ、オクターヴ）
◇生田耕作訳「書物愛 海外篇」晶文社 2005 p115
◇生田耕作訳「百年文庫 14」ポプラ社 2010 p47
◇生田耕作訳「書物愛 海外篇」東京創元社 2014（創元ライブラリ）p115

獅子と一角獣（イネス、マイケル）
◇森一訳「推理探偵小説文学館 1」勉誠社 1996 p95

獅子の皮（モーム、W.サマセット）
◇田中西二郎訳「心洗われる話」筑摩書房 2010（ちくま文学の森）p193

獅子の爪（コッペ、フランソワ）
◇内藤濯訳「謎のギャラリー—愛の部屋」新潮社 2002（新潮文庫）p111

使者（チェンバース、ロバート・W.）
◇夏来健次訳「怪奇文学大山脈 1」東京創元社 2014 p317

死者を待つ（ナムダグ、ドンロビィン）
◇柴内秀司訳「モンゴル近現代短編小説選」パブリック・ブレイン 2013 p42

子爵が見つけた壁の花（バロウズ、アニー）
◇瀬野莉菜訳「真夏のシンデレラ・ストーリー—サマー・シズラー2015」ハーパーコリンズ・ジャパン 2015 p5

子爵の贈り物（バロウズ、アニー）
◇富永佐知子訳「四つの愛の物語—クリスマス・ストーリー 2013」ハーレクイン 2013 p205

死者と機転（マクロイ、ヘレン）
◇田村義進訳「ミニ・ミステリ100」早川書房 2005（ハヤカワ・ミステリ文庫）p298

死者とともに（トレヴァー、ウィリアム）
◇中野恵津子訳「記憶に残っていること—新潮クレスト・ブックス短篇小説ベスト・コレクション」新潮社 2008（Crest books）

ししや

p227

死者に投げられたパン (ヴォイドフスキ, ボグダン)
◇小原雅俊訳「東欧の文学 死者に投げられたパン」恒文社 1976 p7

死者のダンス (マシスン, リチャード)
◇吉田誠一訳「異色作家短篇集 4」早川書房 2005 p139

死者の永いソナタ (テイラー, アンドリュー)
◇杉江松恋訳「BIBLIO MYSTERIES 1」ディスカヴァー・トゥエンティワン 2014 p173

死者の百科事典—生涯のすべて (キシュ, ダニロ)
◇山崎佳代子訳「夢のかけら」岩波書店 1997 (世界文学のフロンティア) p25

死者のポケットの中には (フィニイ, ジャック)
◇福島正実訳「謎のギャラリー—こわい部屋」新潮社 2002 (新潮文庫) p179
◇福島正実訳「こわい部屋」筑摩書房 2012 (ちくま文庫) p179

死者の悪口を言うな (コリア, ジョン)
◇村上啓夫訳「異色作家短篇集 7」早川書房 2006 p225

四十 (しじゅう) … → "よんじゅう…"を見よ
詩集 (ワリス・ノカン)
◇内山加代訳「台湾原住民文学選 3」草風館 2003 p25

四旬節の最初の夜 (ブラッドベリ, レイ)
◇吉田誠一訳「異色作家短篇集 15」早川書房 2006 p193

辞書 (カルサダ・ペレス, マヌエル)
◇田尻陽一訳「現代スペイン演劇選集 3」カモミール社 2016 p429

自縄自縛 (リッチー, ジャック)
◇佐々田雅子訳「ミニ・ミステリ100」早川書房 2005 (ハヤカワ・ミステリ文庫) p554

至上の愛 (ガッチョーネ, アンジェロ)
◇香川真澄訳「ぶどう酒色の海—イタリア中短編小説集」イタリア文藝叢書刊行委員会 2013 (イタリア文藝叢書) p87

自助努力 (ハーン, マルギット)
◇松永美穂訳「ドイツ文学セレクション ひとりぼっちの欲望」三修社 1997 p123

死女の恋 (ゴーティエ, テオフィル)

◇青柳瑞穂訳「怪奇小説傑作集新版 4」東京創元社 2006 (創元推理文庫) p179

シシリーのロバート (作者不詳)
◇吉岡治郎訳「中世英国ロマンス集 3」篠崎書林 1993 p155

詩神 (バージェス, アントニー)
◇佐々木徹, 廣田篤彦訳「異色作家短篇集 19」早川書房 2007 p237

詩人とロバ (パウエル, ジェイムズ)
◇白須清美訳「KAWADE MYSTERY 道化の町」河出書房新社 2008 p75

詩人の寓話 (ミドルトン, リチャード)
◇南條竹則訳「魔法の本棚 幽霊船」国書刊行会 1997 p114

詩人の世界、詩の時間 (ディキンソン, エミリー)
◇渡辺信二訳「アメリカ文学ライブラリー アメリカ名詩選」本の友社 1997 p203

詩人の、絶え間なき沈黙 (イェホシュア, アブラハム・B.)
◇母袋夏生訳「Modern & Classic エルサレムの秋」河出書房新社 2006 p5

詩人のナプキン (アポリネール, ギョーム)
◇堀口大學訳「恐ろしい話」筑摩書房 2011 (ちくま文学の森) p11

死すべき不死の者 (シェリー, メアリ)
◇柴田元幸編訳「ブリティッシュ&アイリッシュ・マスターピース」スイッチ・パブリッシング 2015 (SWITCH LIBRARY) p21

沈んでいく姉さんを送る歌 (ラナガン, マーゴ)
◇佐田千織訳「奇想コレクション ブラックジュース」河出書房新社 2008 p7

沈んでいく陽 (韓龍雲)
◇安宇植 (アンウーシク) 訳「韓国文学名作選 ニムの沈黙」講談社 1999 p138

シーズンの始まり (ソローキン, ウラジーミル)
◇亀山郁夫訳「厭な物語」文藝春秋 2013 (文春文庫) p135

刺青時代 (蘇童)
◇竹内良雄訳「コレクション中国同時代小説 4」勉誠出版 2012 p61

死せる案山子の冒険 (クイーン, エラリー)
◇飯城勇三訳「死せる案山子の冒険—聴取者への挑戦 2」論創社 2009 (論創海外ミステ

リ）p241

ジゼルと粋な子供たち（カンボ, フランソワ）
　◇和田誠一訳「現代フランス戯曲名作選 2」カ
　　モミール社 2012 p181

死せる人々（ジョイス, ジェームズ）
　◇安藤一郎訳「諸国物語―stories from the
　　world」ポプラ社 2008 p905

ジゼール・プラシノス（ブルトン, アンドレ／プ
ラシノス, ジゼール）
　◇阿部弘一訳「黒いユーモア選集 2」河出書房
　　新社 2007（河出文庫）p317

自然を逸する者たち（ラシルド）
　◇熊谷謙介抄訳「古典BL小説集」平凡社 2015
　　（平凡社ライブラリー）p9

自然現象（ウリツカヤ, リュドミラ）
　◇沼野恭子訳「美しい子ども」新潮社 2013
　　（CREST BOOKS）p83

詩選集（ブロンテ, エミリ・ジェーン）
　◇田代尚路訳「ポケットマスターピース 12」
　　集英社 2016（集英社文庫ヘリテージシ
　　リーズ）p9

詩選集（ポー, エドガー・アラン）
　◇「ポケットマスターピース 9」集英社 2016
　　（集英社文庫ヘリテージシリーズ）p9

慈善的なことだよ, ワトソン君（ポール, バーバ
ラ）
　◇日暮雅通訳「シャーロック・ホームズ 四人
　　目の賢者―クリスマスの依頼人 2」原書房
　　1999 p77

自然と社会の印象（シュレイハル, ヨゼフ・カレ
ル）
　◇平野清美訳「ポケットのなかの東欧文学―ル
　　ネッサンスから現代まで」成文社 2006
　　p83

次善の策（フジッリ, ジム）
　◇田口俊樹, 高山真由美訳「マンハッタン物語」
　　二見書房 2008（二見文庫）p137

視線の範囲（カルヴィーノ, イタロ）
　◇脇功訳「イタリア叢書 5」松籟社 1988 p117

自然の法典（モレリ）
　◇楠島重行訳「啓蒙のユートピア 2」法政大学
　　出版局 2008 p391

自然のように人に夢見させる芸術 ルイーズ・
コレ宛〔一八五三年八月二十六日〕（フロー

ベール, ギュスターヴ）
　◇山崎敦訳「ポケットマスターピース 7」集英
　　社 2016（集英社文庫ヘリテージシリー
　　ズ）p741

慈善訪問（ウェルティ, ユードラ）
　◇中村邦生訳「生の深みを覗く―ポケットアン
　　ソロジー」岩波書店 2010（岩波文庫別
　　冊）p57

思想の喜劇（コミック）エドマ・ロジェ・デ・
ジュネット宛〔一八七七年四月二日〕（フ
ローベール, ギュスターヴ）
　◇山崎敦訳「ポケットマスターピース 7」集英
　　社 2016（集英社文庫ヘリテージシリー
　　ズ）p768

羊歯（ハーヴィー, W.F.）
　◇西崎憲編訳「短篇小説日和―英国異色傑作
　　選」筑摩書房 2013（ちくま文庫）p51

時代（ティッサーニー）
　◇南田みどり編訳「二十一世紀ミャンマー作品
　　集」大同生命国際文化基金 2015（アジア
　　の現代文芸）p84

死体を操る者（クイン, シーバリー）
　◇熊井ひろ美訳「ダーク・ファンタジー・コレ
　　クション 4」論創社 2007 p163

時代遅れの悪党（ベントリー, E.C.）
　◇好野理恵訳「ミステリーの本棚 トレント乗
　　り出す」国書刊行会 2000 p163

死体から栽培植物が化生（作者不詳）
　◇紙村徹編訳「台湾原住民文学選 5」草風館
　　2006 p228

死体泥棒（スティーヴンソン, ロバート・ルイス）
　◇柴田元幸訳「憑かれた鏡―エドワード・ゴー
　　リーが愛する12の怪談」河出書房新社
　　2006 p117
　◇柴田元幸訳「エドワード・ゴーリーが愛する
　　12の怪談―憑かれた鏡」河出書房新社
　　2012（河出文庫）p129
　◇吉田由起訳「ポケットマスターピース 8」集
　　英社 2016（集英社文庫ヘリテージシリー
　　ズ）p351

死体に火をつけて（ジュニア, デル・ストーン）
　◇田中一江訳「サイコーホラー・アンソロ
　　ジー」祥伝社 1998（祥伝社文庫）p281

死体のお出迎え（ヘス, ジョーン）
　◇吉浦澄子訳「現代ミステリーの至宝 2」扶桑

したい

社 1997（扶桑社ミステリー）p53

死体のない事件（ブルース, レオ）
◇小林晋訳「ヴィンテージ・ミステリ 1」ハッピー・フュー・プレス 1992 p3

死体病棟（オー・ウダーコーン）
◇吉岡みね子編訳「タイの大地の上で―現代作家・詩人選集」大同生命国際文化基金 1999（アジアの現代文芸）p105

死体屋（パークス, リチャード）
◇金子浩訳「サイコーホラー・アンソロジー」祥伝社 1998（祥伝社文庫）p407

自宅参観日（ボーモント, チャールズ）
◇仁賀克雄訳「ダーク・ファンタジー・コレクション 7」論創社 2007 p105

シータ・ドゥリーブ式次元間移動法（ル＝グウィン, アーシュラ・K.）
◇谷垣暁美訳「Modern & Classic なつかしく謎めいて」河出書房新社 2005 p7

シーダとクジーバ（シンガー, アイザック・バシェヴィス）
◇西成彦訳「文学の贈物―東中欧文学アンソロジー」未知谷 2000 p149

七月のビーチハウス（バーフォード, パメラ）
◇山口西夏訳「真夏の恋の物語―サマー・シズラー 2001」ハーレクイン 2001 p115

七月のミモザ（フェルバー, クリスティアン）
◇神崎巌訳「シリーズ現代ドイツ文学 4」早稲田大学出版部 1993 p269

七月の幽霊（バイアット, A.S.）
◇篠田清美訳「新しいイギリスの小説 シュガー」白水社 1993 p55

七人の…？（ヘス, ジョーン）
◇白須清美訳「白雪姫、殺したのはあなた」原書房 1999 p83

質屋の娘の冒険（マーカム, デイヴィッド）
◇日暮雅通訳「シャーロック・ホームズ アンダーショーの冒険」原書房 2016 p23

シチリア式結婚（リード, ミシェル）
◇柿沼瑛子訳「四つの愛の物語―クリスマス・ストーリー 情熱の贈り物 2005」ハーレクイン 2005 p5

七里の靴（エーメ, マルセル）
◇中村真一郎訳「異色作家短篇集 17」早川書房 2007 p225

しーッ！（ヘンダースン, ゼナ）
◇安野玲訳「奇想コレクション ページをめくれば」河出書房新社 2006 p127

失血（スタウツ, ジェフ）
◇旦紀子訳「マシン・オブ・デス―A Collection of Stories about People who Know How They Will DIE」アルファポリス 2012 p430
◇旦紀子訳「マシン・オブ・デス」アルファポリス 2013（アルファポリス文庫）p358

しつけのいい犬（ケラーマン, フェイ）
◇高橋恭美子訳「現代ミステリーの至宝 2」扶桑社 1997（扶桑社ミステリー）p75

執行猶予（ブロックマン, ローレンス・G.）
◇山本俊子訳「密室殺人傑作選」早川書房 2003（ハヤカワ・ミステリ文庫）p373

桎梏の下で（ヴァーゾフ, イワン）
◇松永緑弥訳「東欧の文学 桎梏の下で」恒文社 1972 p9

漆黒の霊魂（作者不詳）
◇三浦玲子訳「ダーク・ファンタジー・コレクション 5」論創社 2007

執事によれば（マリアス, ハヴィエル）
◇ウィリアム N.伊藤訳「ゾエトロープ Pop」角川書店 2001（Bookplus）p239

失踪（金聖鐘）
◇祖田律男訳「コリアン・ミステリー―韓国推理小説傑作選」バベル・プレス 2002 p159

失踪（デ・ラ・メア, ウォルター）
◇平井呈一編「ラント夫人―こわい話気味のわるい話 2」沖積舎 2012 p109

失踪（ベントリー, E.C.）
◇古久保美恵子訳「ワイン通の復讐―美酒にまつわるミステリー選集」心交社 1998 p172

失踪人名簿（フィニイ, ジャック）
◇福島正実訳「異色作家短篇集 13」早川書房 2006 p65

実存…　→　"エクジスタンス…"を見よ

失題（李陸史）
◇安宇植（アンウーシク）訳「韓国文学名作選 李陸史詩集」講談社 1999 p58

しっちゃかめっちゃか（ル＝グウィン, アーシュラ・K.）
◇谷垣暁美訳「Modern & Classic なつかしく

謎めいて」河出書房新社 2005 p257

嫉妬（ブウテ, F.）
　◇堀口大學訳「思いがけない話」筑摩書房
　　2010 （ちくま文学の森）p47

嫉妬の叛軍城（李陸史）
　◇安宇植（アンウーシク）訳「韓国文学名作選 李
　　陸史詩集」講談社 1999 p127

嫉妬深いエストレマドゥーラ男―『模範小説
集』より（セルバンテス・サアベドラ, ミゲル・
デ）
　◇吉田彩子訳「ポケットマスターピース 13」
　　集英社 2016 （集英社文庫ヘリテージシ
　　リーズ）p567

室内楽のための三つのテキスト（フリッシュ
ムート, バーバラ）
　◇入谷幸江訳「シリーズ現代ドイツ文学 5」早
　　稲田大学出版部 1993 p179

室内ゲーム（シャーシャ, レオナルド）
　◇武谷なおみ編訳「短篇で読むシチリア」みす
　　ず書房 2011 （大人の本棚）p187

シッピスのありがたい死者たち（ロイテンエッ
ガー, ゲルトルート）
　◇田村久男訳「氷河の滴―現代スイス女性作家
　　作品集」鳥影社・ロゴス企画 2007 p67

しっぺがえし（ハイスミス, パトリシア）
　◇深町眞理子訳「ディナーで殺人を 上」東京
　　創元社 1998 （創元推理文庫）p203

質問（カークランド, ラリッサ）
　◇浅倉久志選訳「極短小説」新潮社 2004 （新
　　潮文庫）p202

シティ・ナイト（マイノット, スーザン）
　◇森田義信訳「シリーズ・永遠のアメリカ文学
　　3」東京書籍 1990 p71

私的生活（ジェイムズ, ヘンリー）
　◇大津栄一郎訳「バベルの図書館 14」国書刊
　　行会 1989 p15
　◇大津栄一郎訳「新編 バベルの図書館 1」国書
　　刊行会 2012 p317

自転車（呉泰錫）
　◇木村典子訳「韓国現代戯曲集 2」日韓演劇交
　　流センター 2005 p5

自転車スワッピング（マクロフラン, アルフ）
　◇柴田元幸編訳「いずれは死ぬ身」河出書房新
　　社 2009 p241

自転車に乗ったピエロ（ネズヴァル, ヴィーチェ
スラフ）
　◇村田真一訳「ポケットのなかの東欧文学―ル
　　ネッサンスから現代まで」成文社 2006
　　p196

自転車の怪（トロワイヤ, アンリ）
　◇澁澤龍彦訳「怪奇小説傑作集新版 4」東京創
　　元社 2006 （創元推理文庫）p445
　◇澁澤龍彦訳「澁澤龍彦訳幻想怪奇短篇集」河
　　出書房新社 2013 （河出文庫）p217

自転車は夏のために（フェルナン・ゴメス, フェ
ルナンド）
　◇田尻陽一, 古屋雄一郎訳「現代スペイン演劇
　　選集 1」カモミール社 2014 p13

自伝と虚構 ルイーズ・コレ宛〔一八四六年八
月十五日〕（フローベール, ギュスターヴ）
　◇山崎敦訳「ポケットマスターピース 7」集英
　　社 2016 （集英社文庫ヘリテージシリー
　　ズ）p728

自伝の小説（李昂）
　◇藤井省三編訳「新しい台湾の文学 自伝の小
　　説」国書刊行会 2004 p9

自動チェス人形（ビアス, アンブローズ）
　◇奥田俊介訳「ロボット・オペラ―An
　　Anthology of Robot Fiction and Robot
　　Culture」光文社 2004 p44

死と乙女（イェリネク, エルフリーデ）
　◇谷川道子訳「ドイツ現代戯曲選30 9」論創社
　　2006 p43

死とコンパス―Peath And The Compass（ボ
ルヘス, ホルヘ・ルイス）
　◇牛島信明訳「法月綸太郎の本格ミステリ・ア
　　ンソロジー」角川書店 2005 （角川文庫）
　　p347

シートンのおばさん（デ・ラ・メア, ウォルター）
　◇大西尹明訳「怪奇小説傑作集新版 3」東京創
　　元社 2006 （創元推理文庫）p389
　◇南條竹則, 坂本あおい訳「地獄―英国怪談中
　　篇傑作集」メディアファクトリー 2008
　　（幽books）p5

シナモン色の肌の女（ストラウド, ベン）
　◇松本美佳訳「ベスト・アメリカン・短編ミス
　　テリ 2014」DHC 2015 p525

しなやかな愛（マンスフィールド, キャサリン）
　◇利根川真紀編訳「レズビアン短編小説集―女

しにい

たちの時間」平凡社 2015（平凡社ライブ
ラリー）p113

死にいたる時間（コーニッツ, ウィリアム・J.）
◇黒原敏行訳「愛の殺人」早川書房 1997（ハ
ヤカワ・ミステリ文庫）p13

死神氏に会う（ハーシュマン, モリス）
◇田村義進訳「ミニ・ミステリ100」早川書房
2005（ハヤカワ・ミステリ文庫）p461

死神の宮殿（ブロンテ, エミリ・ジェーン）
◇中岡洋, 芦沢久江訳「ブロンテ姉妹エッセイ
全集」彩流社 2016 p389

死神の宮殿（ブロンテ, シャーロット）
◇中岡洋, 芦沢久江訳「ブロンテ姉妹エッセイ
全集」彩流社 2016 p378

死神の友達─幻想物語（アラルコン, ペドロ・ア
ントニオ・デ）
◇桑名一博訳「バベルの図書館 28」国書刊行
会 1991 p15
◇桑名一博訳「新編 バベルの図書館 5」国書刊
行会 2013 p435

死にたい（ノーラン, ウィリアム・F.）
◇風間賢二訳「ヴァンパイア・コレクション」
角川書店 1999（角川文庫）p523

死人使い（ブラッドベリ, レイ）
◇遠川宇訳「幻想と怪奇─おれの夢の女」早川
書房 2005（ハヤカワ文庫）p195

死人に口なし（シュニッツラー）
◇岩淵達治訳「賭けと人生」筑摩書房 2011
（ちくま文学の森）p397

死人の唇（スタンバー, W.J.）
◇「怪樹の腕─〈ウィアード・テールズ〉戦前
邦訳傑選」東京創元社 2013 p277

死人の手（クイン, シーバリー）
◇熊井ひろ美訳「ダーク・ファンタジー・コレ
クション 4」論創社 2007 p45

死人のポケットの中には（フィニイ, ジャック）
◇福島正実訳「異色作家短篇集 13」早川書房
2006 p231

死ぬ権利（ジャブロコフ, アレクサンダー）
◇中村融訳「ハッカー／13の事件」扶桑社
2000（扶桑社ミステリー）p189

死ね, 名演奏家, 死ね（スタージョン, シオドア）
◇小笠原豊樹訳「異色作家短篇集 3」早川書房
2005 p183

死の宇宙船（マシスン, リチャード）
◇吉田誠一訳「異色作家短篇集 4」早川書房
2005 p213

死の衛星カッシーニ（ジョンソン, アダム）
◇金原瑞人, 大谷真弓訳「Modern & Classic
トラウマ・プレート」河出書房新社 2005
p89

死の機械の針によるHIV感染（クインラン, ブラ
イアン）
◇旦紀子訳「マシン・オブ・デス─A
Collection of Stories about People who
Know How They Will DIE」アルファポリ
ス 2012 p192
◇旦紀子訳「マシン・オブ・デス」アルファポ
リス 2013（アルファポリス文庫）p170

死の恐怖（ウォルポール, ヒュー）
◇倉阪鬼一郎訳「ミステリーの本棚 銀の仮面」
国書刊行会 2001 p55

死の車（ヘイニング, ピーター）
◇野村芳夫訳「死のドライブ」文藝春秋 2001
（文春文庫）p227

死の劇場（マンディアルグ, アンドレ・ピエール）
◇澁澤龍彦訳「澁澤龍彦訳暗黒怪奇短篇集」河
出書房新社 2013（河出文庫）p303

死の幻覚（ソームズ, E.）
◇牛島信明訳「アンデスの風叢書 天国・地獄
百科」書肆風の薔薇 1982 p38

死の勝利（ウエイクフィールド, ハーバート・ラッ
セル）
◇倉阪鬼一郎訳「魔法の本棚 赤い館」国書刊
行会 1996 p90

死のチェックメイト（ロラック, E.C.R.）
◇中島なすか訳「海外ミステリ Gem
Collection 2」長崎出版 2007 p1

死の天使（コリア, ジョン）
◇村上啓夫訳「異色作家短篇集 7」早川書房
2006 p183

死の同心円（ロンドン, ジャック）
◇井上謙治訳「バベルの図書館 5」国書刊行会
1988 p101
◇井上謙治訳「新編 バベルの図書館 1」国書刊
行会 2012 p270

死の人形（メイク, ヴィヴィアン）
◇金井美子訳「ダーク・ファンタジー・コレク
ション 8」論創社 2008 p321

死の飛行（マクベイン, エド）
　◇朝倉隆男訳「現代ミステリーの至宝 2」扶桑
　　社 1997（扶桑社ミステリー）p111

忍びよる恐怖（マシスン, リチャード）
　◇吉田誠一訳「異色作家短篇集 4」早川書房
　　2005 p193

死の不寝番（パウエル, ジェイムズ）
　◇白須清美訳「KAWADE MYSTERY 道化の
　　町」河出書房新社 2008 p169

死の"プッシュ"（ウォルパウ, ネイサン）
　◇市川美佐子訳「アメリカミステリ傑作選
　　2003」DHC 2003（アメリカ文芸「年間」
　　傑作選）p497

東洋趣味（マクロイ, ヘレン）
　◇今本渉訳「世界堂書店」文藝春秋 2014（文
　　春文庫）p67

芝居をつづけろ（ブロック, ロバート）
　◇小笠原豊樹訳「異色作家短篇集 8」早川書房
　　2006 p7

柴を刈る女―愛する楚珊にささげる（但娣）
　◇岡村英樹訳編「血の報復―「在満」中国人作
　　家短篇集」ゆまに書房 2016 p205

しばし天の祝福より遠ざかり…（スチャリトク
ル, ソムトウ）
　◇伊藤典夫訳「ここがウィネトカなら、きみは
　　ジュディ―時間SF傑作選 SFマガジン創刊
　　50周年記念アンソロジー」早川書房 2010
　　（ハヤカワ文庫 SF）p367

死場所（ノロブ, ダルハーギーン）
　◇柴内秀司訳「モンゴル近現代短編小説選」パ
　　ブリック・ブレイン 2013 p303

始発バス（アッシリ・タマチョート）
　◇吉岡みね子編訳「タイの大地の上で―現代作
　　家・詩人選集」大同生命国際文化基金
　　1999（アジアの現代文芸）p173

芝生と秩序―ローン＆オーダー（ダグラス,
キャロル・ネルソン）
　◇田口俊樹訳「主婦に捧げる犯罪―書下ろしミ
　　ステリ傑作選」武田ランダムハウスジャパ
　　ン 2012（RHブックス＋プラス）p111

支払い期日が過ぎて（トゥーイ, ロバート）
　◇山本光伸訳「KAWADE MYSTERY 物しか
　　書けなかった物書き」河出書房新社 2007
　　p85

慈悲観音（スターリング, ブルース）

小川隆訳「THE FUTURE IS JAPANESE」
早川書房 2012（ハヤカワSFシリーズJコ
レクション）p251

慈悲の剣―李白を化度（けど）す（李喬）
　◇三木直大訳「台湾郷土文学選集 5」研文出版
　　2014 p151

慈悲の天使, 怒りの天使（ケイニン, イーサン）
　◇村上春樹編訳「バースデイ・ストーリーズ」
　　中央公論新社 2002 p135

至福（マンスフィールド, キャサリン）
　◇利根川真紀編訳「レズビアン短編小説集―女
　　たちの時間」平凡社 2015（平凡社ライブ
　　ラリー）p151

至福郷（ブルガーコフ, ミハイル・アファナーシエ
ヴィチ）
　◇石原公道訳「アダムとイヴ／至福郷」群像社
　　2011（群像社ライブラリー）p119

子不語（しふご）（袁枚）
　◇黒田真美子, 福田素子著「中国古典小説選 11
　　（清代 3）」明治書院 2008 p179

しぶとい相手（リッチー, ジャック）
　◇田村義進訳「ミニ・ミステリ100」早川書房
　　2005（ハヤカワ・ミステリ文庫）p355

シープメドウ・ストーリー（ケッチャム, ジャッ
ク）
　◇金子浩訳「狙われた女」扶桑社 2014（扶桑
　　社ミステリー）p7

自分への嘘（コナー, ジョーン）
　◇吉田利子訳「間違ってもいい、やってみたら
　　―想いがはじける28の物語」講談社 1998
　　p51

自分を造った男（ジェロルド, デイヴィッド）
　◇細谷葵訳「シャーロック・ホームズのSF大冒
　　険―短篇集 下」河出書房新社 2006（河
　　出文庫）p124

じぶん自身を わたしはうたう（ホイットマン,
ウォルト）
　◇渡辺信二訳「アメリカ文学ライブラリー ア
　　メリカ名詩選」本の友社 1997 p149

自分のことは一番最後（ジェイコブス, ルース・
ハリエット）
　◇吉田利子訳「間違ってもいい、やってみたら
　　―想いがはじける28の物語」講談社 1998
　　p103

自分の殺害を予言した占星術師―修道女フィ

しふん

デルマのミステリー（トレメイン, ピーター）
　◇山本やよい訳「ホロスコープは死を招く」ソ
　　ニー・マガジンズ 2006（ヴィレッジブッ
　　クス）p115

自分の同類を愛した男（ウルフ, ヴァージニア）
　◇井伊順彦訳「20世紀英国モダニズム小説集成
　　自分の同類を愛した男」風濤社 2014 p170

自分みがき（レスコ, ダヴィッド）
　◇佐藤康訳「コレクション現代フランス語圏演
　　劇 14」れんが書房新社 2010 p87

紙片（マッケン, アーサー）
　◇南條竹則訳「怪奇文学大山脈 2」東京創元社
　　2014 p231

死亡統計学者（トロワイヤ, アンリ）
　◇澁澤龍彦訳「澁澤龍彦訳幻想怪奇短篇集」河
　　出書房新社 2013（河出文庫）p304

しぼりたての牛乳（マステロワー, ワレンティー
ナ）
　◇藤井悦子, オリガ・ホメンコ訳「現代ウクラ
　　イナ短編集」群像社 2005（群像社ライブ
　　ラリー）p67

資本主義の興隆（バーセルミ, ドナルド）
　◇山崎勉訳「現代アメリカ文学叢書 11」彩流
　　社 1998 p193

島（ハートリー, L.P.）
　◇今本渉訳「KAWADE MYSTERY ポドロ
　　島」河出書房新社 2008 p145
　◇西崎憲訳「怪奇文学大山脈 2」東京創元社
　　2014 p207

島（マクラウド, アリステア）
　◇中野恵津子訳「記憶に残っていること―新潮
　　クレスト・ブックス短篇小説ベスト・コレ
　　クション」新潮社 2008（Crest books）
　　p127

姉妹（シュニーダー, クリスティン・T.）
　◇松鵜功記訳「氷河の滴―現代スイス女性作家
　　作品集」鳥影社・ロゴス企画 2007 p157

姉妹行（王安憶）
　◇宮入いずみ訳「コレクション中国同時代小説
　　6」勉誠出版 2012 p315

姉妹たち（ベア, グレッグ）
　◇山岸真訳「20世紀SF 5」河出書房新社 2001
　　（河出文庫）p151

島々（ヘモン, A.）

正来紀子訳「アメリカ短編小説傑作選 2001」
　　DHC 2001（アメリカ文芸「年間」傑作
　　選）p221

始末屋（ナットマン, フィリップ）
　◇夏来健次訳「死霊たちの宴 上」東京創元社
　　1998（創元推理文庫）p149

島の狂人の言（トルイヨ, リオネル）
　◇立花英裕訳「月光浴―ハイチ短編集」国書刊
　　行会 2003（Contemporary writers）
　　p129

島の花嫁（バイロン卿）
　◇玉木亨訳「ヴァンパイア・コレクション」角
　　川書店 1999（角川文庫）p219

染み（ピールザード, ゾヤ）
　◇藤元優子編訳「天空の家―イラン女性作家
　　選」段々社 2014（現代アジアの女性作家
　　秀作シリーズ）p133

ジミーからの手紙（ジャクスン, シャーリイ）
　◇深町眞理子訳「異色作家短篇集 6」早川書房
　　2006 p293

シーミュロス（作者不詳）
　　中務哲郎, 西村賀子, 平山晃司訳「ギリシア
　　喜劇全集 9」岩波書店 2012 p323

ジム・スマイリーと彼の跳び蛙（トウェイン,
マーク）
　　柴田元幸編訳「アメリカン・マスターピース
　　古典篇」スイッチ・パブリッシング 2013
　　（SWITCH LIBRARY）p151

沈生（シムセン）の恋―沈生伝（李鈺）
　◇張喆文現代語訳, 梁玉順訳「韓国古典文学の
　　愉しみ 下」白水社 2010 p181

沈清（シムチョン）伝（作者不詳）
　◇張喆文現代語訳, 仲村修訳「韓国古典文学の
　　愉しみ 上」白水社 2010 p101

ジムと飛び降りる（ダニヒー, ギアリー）
　◇横尾佐知訳「アメリカミステリ傑作選 2002」
　　DHC 2002（アメリカ文芸「年間」傑作
　　選）p203

Gメン（ラッシュ, クリスティン・キャスリン）
　◇スコジ泉訳「ベスト・アメリカン・短編ミス
　　テリ」DHC 2010 p445

じゃあ, きみは殺し屋になりたいんだね（ジョ
ウナス, ゲイリー）
　◇玉木亨訳「サイコ―ホラー・アンソロジー」
　　祥伝社 1998（祥伝社文庫）p427

邪悪なB.B.チャウ（アーモンド, スティーヴ）
　◇小原亜美訳「ゾエトロープ Blanc」角川書店
　　2003（Bookplus）p41
ジャイガンティック（エイレット, スティーヴ）
　◇部谷真奈美訳「ディスコ2000」アーティスト
　　ハウス 1999 p136
シャイニー・カー・イン・ザ・ナイト（ママタ
　ス, ニック）
　◇田島栄作訳「ベスト・アメリカン・短編ミス
　　テリ 2014」DHC 2015 p255
小陶（シャオタオ）一家の農村生活（韓東）
　◇飯塚容訳「コレクション中国同時代小説 3」
　　勉誠出版 2012 p1
蛇踊り（フォード, コーリー）
　◇竹内俊夫訳「教えたくなる名短篇」筑摩書房
　　2014（ちくま文庫）p263
シャオナの秘密（ジン, ハ）
　◇高木由紀子訳「アメリカ短編小説傑作選
　　2001」DHC 2001（アメリカ文芸「年間」
　　傑作選）p271
じゃがいも（遅子建）
　◇金子わこ訳「じゃがいも―中国現代文学短編
　　集」小学館スクウェア 2007 p5
　◇金子わこ訳「じゃがいも―中国現代文学短編
　　集」鼎書房 2012 p5
ジャガーの微笑―ニカラグアの旅（ラシュディ,
　サルマン）
　◇飯島みどり訳「シリーズ【越境の文学／文学
　　の越境】 ジャガーの微笑」現代企画室
　　1995 p9
ジャガー・ハンター（シェパード, ルーシャス）
　◇小川隆訳「不思議な猫たち」扶桑社 1999
　　（扶桑社ミステリー）p157
シャガールの村に降る雪（朴相禹）
　◇水野健訳「現代韓国短篇選 下」岩波書店
　　2002 p67
邪教の魔力（ゴーマン, エド）
　◇夏来健二訳「ラヴクラフトの遺産」東京創元
　　社 2000（創元推理文庫）p443
灼熱の天使（アル・ヤマニ, タウス）
　◇内田吉彦訳「アンデスの風叢書 天国・地獄
　　百科」書肆風の薔薇 1982 p67
射月神話（作者不詳）
　◇紙村徹編訳「台湾原住民文学選 5」草風館

2006 p187
ジャコブ・ヴァン・ホッディス（ブルトン, アン
　ドレ／ホッディス, ジャコブ・ヴァン）
　◇桜木泰行訳「黒いユーモア選集 2」河出書房
　　新社 2007（河出文庫）p185
斜視（モリッシー, メアリー）
　◇穴吹章子訳「現代アイルランド女性作家短編
　　集」新水社 2016 p216
邪視（作者不詳）
　◇紙村徹編訳「台湾原住民文学選 5」草風館
　　2006 p321
射日神話―始原に一つだけの巨大過ぎる太陽
　（作者不詳）
　◇紙村徹編訳「台湾原住民文学選 5」草風館
　　2006 p165
射日神話―始原に二つの太陽（作者不詳）
　◇紙村徹編訳「台湾原住民文学選 5」草風館
　　2006 p171
射日と射月の神話―始原に二つの太陽と二つ
　の月（作者不詳）
　◇紙村徹編訳「台湾原住民文学選 5」草風館
　　2006 p185
謝辞〔ニグロフォビア〕（ジェームズ, ダリウス）
　◇山形浩生訳「ライターズX ニグロフォビア」
　　白水社 1995 p251
射手（全光鏞）
　◇朴暻恩, 真野保久編訳「王陵と駐屯軍―朝鮮
　　戦争と韓国の戦後派文学」凱風社 2014
　　p43
謝小娥伝（しゃしょうがでん）（李公佐）
　◇黒田真美子著「中国古典小説選 5（唐代 2）」
　　明治書院 2006 p195
写真（ニール, ナイジェル）
　◇西崎憲訳「英国短編小説の愉しみ 3」筑摩書
　　房 1999 p111
　◇西崎憲編訳「短篇小説日和―英国異色傑作
　　選」筑摩書房 2013（ちくま文庫）p319
蛇人（じゃじん）（蒲松齢）
　◇黒田真美子著「中国古典小説選 9（清代 1）」
　　明治書院 2009 p56
写真に抗して（コドレスク, アンドレイ）
　◇管啓次郎訳「私の謎」岩波書店 1997（世界
　　文学のフロンティア）p239
写真のなかの女（ランド, トリシア）

◇吉田利子訳「間違ってもいい、やってみたら
　—想いがはじける28の物語」講談社 1998
　p197

写真の中の水兵（ドライヤー、アイリーン）
◇鈴木喜美代訳「ベスト・アメリカン・短編ミス
　テリ 2014」DHC 2015 p87

写真の中の人（リー、テンポ）
◇舛谷鋭訳「天国の風—アジア短篇ベスト・セ
　レクション」新潮社 2011 p241

ジャスミンはいかが（ミャタンティン）
◇南田みどり編訳「ミャンマー現代短編集 2」
　大同生命国際文化基金 1998（アジアの現
　代文芸）p119

シャッガイ（カーター、リン）
◇佐藤嗣二訳「新編 真ク・リトル・リトル神話
　大系 5」国書刊行会 2008 p155

ジャッカルとアラビア人（カフカ、フランツ）
◇池内紀訳「バベルの図書館 4」国書刊行会
　1988 p67
◇池内紀訳「新編 バベルの図書館 5」国書刊行
　会 2013 p47

ジャッカルとアラブ人（カフカ、フランツ）
◇川島隆訳「ポケットマスターピース 1」集英
　社 2015（集英社文庫ヘリテージシリー
　ズ）p191

ジャック・ヴァシェ（ブルトン、アンドレ／ヴァ
シェ、ジャック）
◇波木居純一訳「黒いユーモア選集 2」河出書
　房新社 2007（河出文庫）p231

ジャックの娘（カドハタ、シンシア）
◇山内照子訳「古今英米幽霊事情 2」新風舎
　1999 p251

ジャック・プレヴェール（ブルトン、アンドレ／
プレヴェール、ジャック）
◇大岡信訳「黒いユーモア選集 2」河出書房新
　社 2007（河出文庫）p271

ジャック・ホー（李喬）
◇明田川聡士訳「台湾郷土文学選集 5」研文出
　版 2014 p59

ジャック・ランダ・ホテル（マンロー、アリス）
◇村上春樹編訳「恋しくて—Ten Selected
　Love Stories」中央公論新社 2013 p189
◇村上春樹編訳「恋しくて—Ten Selected
　Love Stories」中央公論新社 2016（中公
　文庫）p191

ジャック・リゴー（ブルトン、アンドレ／リゴー、
ジャック）
◇滝田文彦訳「黒いユーモア選集 2」河出書房
　新社 2007（河出文庫）p259

車内（グエーズィンヨーウー）
◇南田みどり編訳「二十一世紀ミャンマー作品
　集」大同生命国際文化基金 2015（アジア
　の現代文芸）p156

シャフト・ナンバー247（コパー、ベイジル）
◇永井広克訳「新編 真ク・リトル・リトル神話
　大系 6」国書刊行会 2009 p213

蛇母神（ブロック、ロバート）
◇金子絵美訳「ブルー・ボウ・シリーズ 夢魔」
　青弓社 1993 p119

シャボン玉の世界で（ラスヴィッツ、クルト）
◇前川道介訳「独逸怪奇小説集成」国書刊行会
　2001 p139

ジャマイカまでとまらない（バヒェーア、イング
リット）
◇中野京子訳「シリーズ現代ドイツ文学 4」早
　稲田大学出版部 1993 p220

邪魔立てするもの（サキ）
◇中西秀男訳「バベルの図書館 2」国書刊行会
　1988 p165
◇中西秀男訳「新編 バベルの図書館 2」国書刊
　行会 2012 p332

ジャーミン街奇譚（アラン、A.J.）
◇平井呈一編「壁画の中の顔—こわい話気味の
　わるい話 3」沖積舎 2012 p261

ジャム（ローズ、ダン）
◇岸本佐知子編訳「変愛小説集 2」講談社
　2010 p247

シャム双生児と黄色人種 メタファーの不条理
性を通して語る文化的専有とステレオタイ
プの脱構築（ヤマシタ、カレン・テイ）
◇風間賢二訳「私の謎」岩波書店 1997（世界
　文学のフロンティア）p143

シャム猫（ブラウン、フレドリック）
◇谷崎由依訳「モーフィー時計の午前零時—
　チェス小説アンソロジー」国書刊行会
　2009 p83

車両長—これぞまことのクリスマス物語（クプ
リーン、アレクサンドル・イワーノヴィチ）
◇田辺佐保子訳「ロシアのクリスマス物語」群
　像社 1997 p141

しやん

車輪はまわる（スピード, ジェーン）
　　◇田村義進訳「ミニ・ミステリ100」早川書房
　　　2005（ハヤカワ・ミステリ文庫）p327
ジャルガルマー（エンフボルド, ドルジゾブディン）
　　◇柴内秀司訳「モンゴル近現代短編小説選」パブリック・ブレイン 2013 p428
シャルル・クロス（ブルトン, アンドレ／クロス, シャルル）
　　◇渋沢孝輔訳「黒いユーモア選集 1」河出書房新社 2007（河出文庫）p241
シャルル十一世の幻覚（メリメ, プロスペル）
　　◇青柳瑞穂訳「怪奇小説傑作集新版 4」東京創元社 2006（創元推理文庫）p111
シャルル・フーリエ（ブルトン, アンドレ／フーリエ, シャルル）
　　◇山田直訳「黒いユーモア選集 1」河出書房新社 2007（河出文庫）p93
シャルル・ボードレール（ブルトン, アンドレ／ボードレール, シャルル）
　　◇村上菊一郎訳「黒いユーモア選集 1」河出書房新社 2007（河出文庫）p199
シャーロッキアン・ライブラリ（スタシャワー, ダニエル／レレンバーグ, ジョン・L.）
　　◇日暮雅通訳「シャーロック・ホームズ ワトソンの災厄」原書房 2003 p377
シャーロック式解決法（ガードナー, クレイグ・ショー）
　　◇五十嵐加奈子訳「シャーロック・ホームズのSF大冒険―短篇集 下」河出書房新社 2006（河出文庫）p105
シャーロックの強奪（ミルン, A.A.）
　　◇北原尚彦編訳「シャーロック・ホームズの栄冠」論創社 2007（論創海外ミステリ）p61
シャーロック・ホームズをめぐる思い出（ドイル, コナン）
　　◇日暮雅通訳「シャーロック・ホームズ ベイカー街の殺人」原書房 2002 p331
シャーロック・ホームズ対007（スタンリー, ドナルド）
　　◇北原尚彦編訳「シャーロック・ホームズの栄冠」論創社 2007（論創海外ミステリ）p269
シャーロック・ホームズ対デュパン（チャップマン, アーサー）
　　◇北原尚彦編訳「シャーロック・ホームズの栄冠」論創社 2007（論創海外ミステリ）p253
シャーロック・ホームズ対フランケンシュタインの怪物（カイム, ニック）
　　◇尾之上浩司訳「シャーロック・ホームズとヴィクトリア朝の怪人たち 1」扶桑社 2015（扶桑社ミステリー）p131
シャーロック・ホームズ対勇将ジェラール（作者不詳）
　　◇北原尚彦編訳「シャーロック・ホームズの栄冠」論創社 2007（論創海外ミステリ）p261
シャーロック・ホームズと品の悪い未亡人（ハリデイ, マグス・L.）
　　◇尾之上浩司訳「シャーロック・ホームズとヴィクトリア朝の怪人たち 1」扶桑社 2015（扶桑社ミステリー）p63
シャーロック・ホームズなんか恐くない（ブロンジーニ, ビル）
　　◇北原尚彦編訳「シャーロック・ホームズの栄冠」論創社 2007（論創海外ミステリ）p315
シャーロック・ホームズの百年（ローズ, ロイド）
　　◇日暮雅通訳「シャーロック・ホームズ ベイカー街の殺人」原書房 2002 p353
シャーロットの鏡（ベンソン, R.ヒュー）
　　◇平井呈一編「壁画の中の顔―こわい話気味のわるい話 3」沖積舎 2012 p193
ジャンキーのクリスマス（バロウズ, ウィリアム）
　　◇柴田元幸編訳「いずれは死ぬ身」河出書房新社 2009 p31
シャングリラ（王禎和）
　　◇池上貞子訳「新しい台湾の文学 鹿港からきた男」国書刊行会 2001 p267
シャングリラ（張系国）
　　◇三木直大訳「新しい台湾の文学 星雲組曲」国書刊行会 2007 p204
ジャングル探偵ターザン（バロウズ, エドガー・ライス）
　　◇斉藤伯好訳「天外消失―世界短篇傑作集 Off the face of the earth and other stories」

しやん

早川書房 2008 （ハヤカワ・ミステリ） p9

ジャンナ（ガーリン, アレクサンドル）
　◇堀江新二訳「ジャンナ―2幕」群像社 2006
　　（群像社ライブラリー） p7

ジャンヌの弓（ヤング, ロバート・F.）
　◇山田順子訳「奇想コレクション たんぽぽ娘」
　　河出書房新社 2013 p309

上海（インディアナ, ゲイリー）
　◇越川芳明訳「ライターズX マリアの死」白水
　　社 1995 p29

上海のシャーロック・ホームズ最初の事件（冷
血）
　◇樽本照雄編・訳「上海のシャーロック・ホー
　　ムズ」国書刊行会 2016 （ホームズ万国博
　　覧会） p7

上海のシャーロック・ホームズ第二の事件（天
笑）
　◇樽本照雄編・訳「上海のシャーロック・ホー
　　ムズ」国書刊行会 2016 （ホームズ万国博
　　覧会） p15

ジャン＝ピエール・デュプレー（ブルトン, アン
ドレ／デュプレー, ジャン＝ピエール）
　◇稲田三吉訳「黒いユーモア選集 2」河出書房
　　新社 2007 （河出文庫） p327

ジャン＝ピエール・ブリッセ（ブルトン, アンド
レ／ブリッセ, ジャン＝ピエール）
　◇高橋彦明訳「黒いユーモア選集 2」河出書房
　　新社 2007 （河出文庫） p9

ジャンピング・ジェニイ（バークリー, アントニ
イ）
　◇狩野一郎訳「世界探偵小説全集 31」国書刊
　　行会 2001 p15

ジャン・フェリイ（ブルトン, アンドレ／フェリ
イ, ジャン）
　◇宮川明子訳「黒いユーモア選集 2」河出書房
　　新社 2007 （河出文庫） p297

シャンブロウ（ムーア, C.L.）
　◇野田昌宏訳「火星ノンストップ」早川書房
　　2005 （ヴィンテージSFセレクション）
　　p159
　◇仁賀克雄訳「ダーク・ファンタジー・コレク
　　ション 9」論創社 2008 p3

拾遺記（しゅういき）（王嘉）
　◇佐野誠子著「中国古典小説選 2（六朝 1）」明
　　治書院 2006

集異記（しゅういき）（郭季産）
　◇佐野誠子著「中国古典小説選 2（六朝 1）」明
　　治書院 2006

集異記（しゅういき）（抄）（薛用弱）
　◇溝部良恵訳「中国古典小説選 6（唐代 3）」明
　　治書院 2008 p165

十一月（フローベール, ギュスターヴ）
　◇笠間直穂子訳「ポケットマスターピース 7」
　　集英社 2016 （集英社文庫ヘリテージシ
　　リーズ） p7

十一時のフィルム（ローザン, S.J.）
　◇宇佐川晶子訳「探偵稼業はやめられない―女
　　探偵vs.男探偵」光文社 2003 （光文社文
　　庫） p303

十一人の息子（カフカ, フランツ）
　◇池内紀訳「バベルの図書館 4」国書刊行会
　　1988 p79
　◇池内紀訳「新編 バベルの図書館 5」国書刊行
　　会 2013 p54

11世紀エネルギー補給ステーションのロマン
ス（ヤング, ロバート・F.）
　◇伊藤典夫訳「奇想コレクション たんぽぽ娘」
　　河出書房新社 2013 p261

自由への一撃（ブロック, ローレンス）
　◇佐藤耕士訳「現代ミステリーの至宝 1」扶桑
　　社 1997 （扶桑社ミステリー） p265

終合唱（シュトラウス, ボート）
　◇初見基訳「ドイツ現代戯曲選30 27」論創社
　　2007 p7

十月の西（ブラッドベリ, レイ）
　◇伊藤典夫訳「ヴァンパイア・コレクション」
　　角川書店 1999 （角川文庫） p429

習慣への回帰（コージャ, キャシー／マルツバー
グ, バリー・N.）
　◇嶋田洋一訳「魔猫」早川書房 1999 p165

十九号室へ（レッシング, ドリス）
　◇石塚久郎訳「病短編小説集」平凡社 2016
　　（平凡社ライブラリー） p205

終業時間（マーティン, ジョージ・R.R.）
　◇中村融編訳「奇想コレクション 洋梨形の男」
　　河出書房新社 2009 p155

州境のタンポポ事件（エンゲル, ハワード）
　◇日暮雅通訳「シャーロック・ホームズ ベイ
　　カー街の殺人」原書房 2002 p167

聚景園の美女（滕穆酔遊聚景園記）（瞿佑）
　　◇竹田晃、小塚由博、仙石知子著「中国古典小
　　　説選 8（明代）」明治書院 2008 p138

周公瑾、志を得て小喬を娶る（娶小喬）（井上泰
山）
　　◇井上泰山訳「三国劇翻訳集」関西大学出版部
　　　2002 p589

十号船室の問題（ラヴゼイ、ピーター）
　　◇日暮雅通訳「ミステリマガジン700―創刊700
　　　号記念アンソロジー 海外篇」早川書房
　　　2014（ハヤカワ・ミステリ文庫）p345

周克昌（しゅうこくしょう）（蒲松齢）
　　◇竹田晃、黒田真美子著「中国古典小説選 10
　　　（清代 2）」明治書院 2009 p95

十五人の殺人者たち（ヘクト、ベン）
　　◇橋本福夫訳「世界堂書店」文藝春秋 2014
　　　（文春文庫）p249

銃後の守り（アルダイ、チャールズ）
　　◇羽地和世訳「殺しが二人を別つまで」早川書
　　　房 2007（ハヤカワ・ミステリ文庫）p51
　　◇羽地和世訳「エドガー賞全集―1990～2007」
　　　早川書房 2008（ハヤカワ・ミステリ文
　　　庫）p605

十五分間の憩いのとき（ヤンチューク、ヴォロ
ディーミル）
　　◇藤井悦子、オリガ・ホメンコ訳「現代ウクラ
　　　イナ短編集」群像社 2005（群像社ライブ
　　　ラリー）p219

重罪隠匿（ヌー、オニール・ドゥ）
　　◇ベルチ加代子訳「ベスト・アメリカン・短編
　　　ミステリ 2014」DHC 2015 p63

銃殺隊（アンロー、ジャック）
　　◇旦紀子訳「マシン・オブ・デス―A
　　　Collection of Stories about People who
　　　Know How They Will DIE」アルファポリ
　　　ス 2012 p151
　　◇旦紀子訳「マシン・オブ・デス」アルファポ
　　　リス 2013（アルファポリス文庫）p131

13号独房の問題（フットレル、ジャック）
　　◇押川曠訳「巨匠の選択」早川書房 2001（ハ
　　　ヤカワ・ミステリ）p143

13のショック（マシスン、リチャード）
　　◇吉田誠一訳「異色作家短篇集 4」早川書房
　　　2005

13番目の黒い馬（スカーツェル、ヤン）

◇保川亜矢子訳「文学の贈物―東中欧文学アン
　ソロジー」未知谷 2000 p235

十三本目の木（モールデン、R.H.）
　　◇宮本朋子訳「憑かれた鏡―エドワード・ゴー
　　　リーが愛する12の怪談」河出書房新社
　　　2006 p95
　　◇柴田元幸訳「エドワード・ゴーリーが愛する
　　　12の怪談―憑かれた鏡」河出書房新社
　　　2012（河出文庫）p105

十字架を下ろす（ヤシチク、タデウシ）
　　◇小原雅俊訳「ポケットのなかの東欧文学―ル
　　　ネッサンスから現代まで」成文社 2006
　　　p309

十字軍（アザマ、ミシェル）
　　◇佐藤康訳「コレクション現代フランス語圏演
　　　劇 5」れんが書房新社 2010 p7

十字軍によるエルサレム奪還（ハーロウ、ジョセ
フ＝フランソワ／ブロンテ、シャーロット）
　　◇中岡洋、芦沢久江訳「ブロンテ姉妹エッセイ
　　　全集」彩流社 2016 p281

自由鍾（李海朝）
　　◇任展慧訳「20世紀民衆の世界文学 7」三友社
　　　出版 1990 p21

重心（トーカレワ、ヴィクトリヤ）
　　◇沼野恭子訳「魔女たちの饗宴―現代ロシア女
　　　性作家選」新潮社 1998 p7

囚人が友を求めるとき（ハーシュマン、モリス）
　　◇山本俊子訳「密室殺人傑作選」早川書房
　　　2003（ハヤカワ・ミステリ文庫）p265

囚人（断章）（ブロンテ、エミリ・ジェーン）
　　◇田代尚路訳「ポケットマスターピース 12」
　　　集英社 2016（集英社文庫ヘリテージシ
　　　リーズ）p23

秋水篇第十七〔荘子〕（荘子）
　　◇福永光司、興膳宏訳「世界古典文学全集 17」
　　　筑摩書房 2004 p266

銃声（パリッシュ、P.J.）
　　◇鳥見真生訳「殺しが二人を別つまで」早川書
　　　房 2007（ハヤカワ・ミステリ文庫）p237

終戦（ワリス・ノカン）
　　◇中村ふじゑ訳「台湾原住民文学選 3」草風館
　　　2003 p34

住宅問題（カットナー、ヘンリイ）
　　◇飛田妙子訳「ブルー・ボウ・シリーズ 死体
　　　のささやき」青弓社 1993 p53

しゅう

◇宇野利泰訳「怪奇小説傑作集新版2」東京創
元社 2006（創元推理文庫）p277

銃弾（ストリブリング, T.S.）
◇霜島義明訳「KAWADE MYSTERY ポジオ
リ教授の冒険」河出書房新社 2008 p163

修道院の晩餐（ブロック, ロバート）
◇田口俊樹訳「ディナーで殺人を 上」東京創
元社 1998（創元推理文庫）p279

修道士による物語――一七九二（作者不詳）
◇藤井光訳「ゴシック短編小説集」春風社
2012 p49

姑と野菜畑（リカラッ・アウー）
◇魚住悦子編訳「台湾原住民文学選2」草風館
2003 p54

10ドルだって大金だ（リッチー, ジャック）
◇谷崎由依訳「KAWADE MYSTERY 10ドル
だって大金だ」河出書房新社 2006 p57

自由な貞操（韓龍雲）
◇安宇植（アンウーシク）訳「韓国文学名作選 ニ
ムの沈黙」講談社 1999 p30

十七歳だった頃（ラグワ, ジャグダリン）
◇柴内秀司訳「モンゴル近現代短編小説選」パ
ブリック・ブレイン 2013 p213

十二階特急の冒険（バルカン, デヴィッド・H.／
フォルサム, アラン）
◇飯城勇三編「ミステリの女王の冒険―視聴者
への挑戦」論創社 2010（論創海外ミステ
リ）p5

十二月三十日、日曜日―『コロンブス航海誌』
より（ラス・カサス神父）
◇林屋栄吉訳「超短編アンソロジー」筑摩書房
2002（ちくま文庫）p113

十二月の物語（クリスチャンスン, ディーン）
◇浅倉久志選訳「極短小説」新潮社 2004（新
潮文庫）p116

12：01PM（ルボフ, リチャード・A.）
◇大森望訳「ここがウィネトカなら、きみは
ジュディ―時間SF傑作選 SFマガジン創刊
50周年記念アンソロジー」早川書房 2010
（ハヤカワ文庫SF）p337

「十二人の踊るお姫さま」ふたたび（ウィンゲイ
ト, アン）
◇樋口真理訳「赤ずきんの手には拳銃」原書房
1999 p193

十二の月たち―あるスラヴの伝説（コズコ, ア
レクサンダー）
◇和佐田道子編訳「シンデレラ」竹書房 2015
（竹書房文庫）p106

十二番ゲート（リリョ, バルドメロ）
◇早川明子訳「ラテンアメリカ傑作短編集―中
南米スペイン語圏文学史を辿る」彩流社
2014 p53

十二夜の盗難（ダグラス, キャロル・ネルソン）
◇日暮雅道訳「シャーロック・ホームズ クリ
スマスの依頼人」原書房 1998 p293

執念（リッチ, H.トンプソン）
◇妹尾アキ夫訳「怪樹の腕―〈ウィアード・
テールズ〉戦前邦訳傑作選」東京創元社
2013 p367

自由の国のイフィゲーニエ（ブラウン, フォル
カー）
◇中島裕昭訳「ドイツ現代戯曲選30 15」論創
社 2006 p7

繍の秘密（韓龍雲）
◇安宇植（アンウーシク）訳「韓国文学名作選 ニ
ムの沈黙」講談社 1999 p103

自由の女神（フリードソン, マット）
◇土持貴栄訳「アメリカ新進作家傑作選 2006」
DHC 2007 p213

週末の客（ハートリー, L.P.）
◇田中문雄訳「幻想と怪奇―おれの夢の女」早
川書房 2005（ハヤカワ文庫）p117

週末は終わらない（フィリップス, カーリー）
◇小泉まや訳「真夏の恋の物語―サマー・シズ
ラー 2005」ハーレクイン 2005 p231

週末は予約済み（ゲティング, ローラ）
◇浅倉久志選訳「極短小説」新潮社 2004（新
潮文庫）p257

十様の錦にて、諸葛、功を論ずる（諸葛論功）
（井上泰山）
◇井上泰山訳「三国劇翻訳集」関西大学出版部
2002 p815

十四フィート（グリーン, アレクサンドル）
◇沼野充義訳「魔法の本棚 消えた太陽」国書
刊行会 1999 p115

重力が嫌いな人（ちょっとした冗談）―『地球
と宇宙の夢想』より（ツィオルコフスキー, コ
ンスタンチン・エドアルドヴィチ）

◇大野典宏訳「怪奇文学大山脈 1」東京創元社 2014 p381

終列車（ブラウン, フレドリック）
　　◇稲葉明雄訳「ミステリマガジン700—創刊700号記念アンソロジー 海外篇」早川書房 2014（ハヤカワ・ミステリ文庫）p67

一六号独房の問題（ホック, エドワード・D.）
　　◇森英俊訳「これが密室だ！」新樹社 1997 p11

シュガー（バイアット, A.S.）
　　◇篠田清美訳「新しいイギリスの小説 シュガー」白水社 1993 p272

樹海（スワースキー, レイチェル）
　　◇柿沼瑛子訳「THE FUTURE IS JAPANESE」早川書房 2012（ハヤカワSFシリーズJコレクション）p97

十ケ月間の不首尾（ウィリアムスン, J.N.）
　　◇飯城勇三編訳「エラリー・クイーンの災難」論創社 2012（論創海外ミステリ）p207

淑女の世界（マルギット, カフカ）
　　◇岩崎悦子訳「ポケットのなかの東欧文学—ルネッサンスから現代まで」成文社 2006 p179

淑女のための唄（ボーモント, チャールズ）
　　◇小笠原豊樹訳「異色作家短篇集 12」早川書房 2006 p155

宿題（ストロング）
　　◇小野寺健訳「世界100物語 8」河出書房新社 1997 p7

ジュークボックス・キング（アリン, ダグ）
　　◇古沢嘉通訳「ベスト・アメリカン・ミステリ ジュークボックス・キング」早川書房 2005（ハヤカワ・ミステリ）p19

守護犬（マーフィー, パット）
　　◇北原唯訳「幻想の犬たち」扶桑社 1999（扶桑社ミステリー）p413

種子（しゅし）… → “たね…”をも見よ

種子（アンダソン, シャーウッド）
　　◇小島信夫訳「世界100物語 5」河出書房新社 1997 p188

主従問題（ヤング, ロバート・F.）
　　◇伊藤典夫訳「奇想コレクション たんぽぽ娘」河出書房新社 2013 p147

呪術師… → “パパロイ…”を見よ

首相による、ある個人的な出来事に関する弁明（ハリス, ロバート）
　　◇土屋晃訳「天使だけが聞いている12の物語」ソニー・マガジンズ 2001 p5

主人への告別—「地球の静止する日」原作（ベイツ, ハリイ）
　　◇中野善夫訳「地球の静止する日—SF映画原作傑作選」東京創元社 2006（創元SF文庫）p213

主題の通俗性 ルイーズ・コレ宛〔一八五三年七月十二日〕（フローベール, ギュスターヴ）
　　◇山崎敦訳「ポケットマスターピース 7」集英社 2016（集英社文庫ヘリテージシリーズ）p740

シュタインピルツ方式（グレイヴス, ロバート）
　　◇柳瀬尚紀訳「犯罪は詩人の楽しみ—詩人ミステリ集成」東京創元社 2012（創元推理文庫）p254

酒暖興余（李陸史）
　　◇安宇植（アンウーシク）訳「韓国文学名作選 李陸史詩集」講談社 1999 p60

酒虫（しゅちゅう）（蒲松齢）
　　◇黒田真美子著「中国古典小説選 9（清代 1）」明治書院 2009 p349

述異記（任昉）
　　◇佐野誠身著「中国古典小説選 2（六朝 1）」明治書院 2006

述異記（じゅうき）（祖沖之）
　　◇佐野誠身著「中国古典小説選 2（六朝 1）」明治書院 2006

出血者（レイモン, リチャード）
　　◇風間賢二訳「ヴァンパイア・コレクション」角川書店 1999（角川文庫）p551

出産の前に（ブラッドストリート, アン）
　　◇渡辺信二訳「アメリカ文学ライブラリー アメリカ名詩選」本の友社 1997 p46

出産バガヂ（朴婉緒）
　　◇朴杓禮訳「韓国女性作家短編選」穂高書店 2004（アジア文化叢書）p3

出草（しゅっそう）＜タイヤル＞（ユパス・ナウキヒ）
　　◇松本さち子訳「台湾原住民文学選 4」草風館 2004 p41

出版される台湾原住民—台湾原住民図書発展歴程の初歩的な検討（一九四五年–二〇〇四年）（陳雨嵐）

しゅて

◇石丸雅邦訳「台湾原住民文学選 9」草風館 2007 p333

壽亭侯、怒って関平を斬らんとす(怒斬関平)(井上泰山)
　◇井上泰山訳「三国劇翻訳集」関西大学出版部 2002 p757

主としての店主について(チェスタトン, G.K.)
　◇藤沢透訳「20世紀英国モダニズム小説集成 自分の同類を愛した男」風濤社 2014 p135

『シュナーリストーサイ(食事を共にする女たち)』(メナンドロス)
　◇中務哲郎, 脇本由佳, 荒井直訳「ギリシア喜劇全集 6」岩波書店 2010 p312

受難(洪凌)
　◇櫻庭ゆみ子訳「台湾セクシュアル・マイノリティ文学 3」作品社 2009 p213

受難二代(河瑾燦)
　◇朴暻恩, 真野保久編訳「王陵と駐屯軍—朝鮮戦争と韓国の戦後派文学」凱風社 2014 p250

受難の娘たち(オフェイロン, ジュリア)
　◇団野恵美子訳「現代アイルランド女性作家短編集」新水社 2016 p116

受難の歴史(ワリス・ノカン)
　◇「台湾原住民文学選 3」草風館 2003 p151

主任設計者(ダンカン, アンディ)
　◇中村融訳「ワイオミング生まれの宇宙飛行士—宇宙開発SF傑作選 SFマガジン創刊50周年記念アンソロジー」早川書房 2010 (ハヤカワ文庫SF) p7

『シュネペーボイ(エペーボスの仲間たち)』(メナンドロス)
　◇中務哲郎, 脇本由佳, 荒井直訳「ギリシア喜劇全集 6」岩波書店 2010 p316

『シュネーロサ(恋の手助けをする女)』(メナンドロス)
　◇中務哲郎, 脇本由佳, 荒井直訳「ギリシア喜劇全集 6」岩波書店 2010 p316

主の恩寵(ラーピン, ローシェル)
　◇浅倉久志選訳「極短小説」新潮社 2004 (新潮文庫) p325

シュノーケリング(ベイカー, ニコルソン)
　◇岸本佐知子訳「ベスト・ストーリーズ 2」早川書房 2016 p293

呪縛の塔(サド, マルキ・ド)

◇澁澤龍彦訳「澁澤龍彦訳幻想怪奇短篇集」河出書房新社 2013 (河出文庫) p9

シュパンナー教授(ナウコフスカ, ゾフィア)
　◇小原雅俊訳「文学の贈物—東中欧文学アンソロジー」未知谷 2000 p83

ジュピターズイン(ブラックマン, サラ)
　◇福井美緒子訳「アメリカ新進作家傑作選」DHC 2007 p173

主婦殺害事件(ワトスン)
　◇樽本照雄編・訳「上海のシャーロック・ホームズ」国書刊行会 2016 (ホームズ万国博覧会) p235

主婦仕事(テイラー, エドワード)
　◇渡辺信二訳「アメリカ文学ライブラリー アメリカ名詩選」本の友社 1997 p95

主婦の鑑(ディーハン, リチャード)
　◇田口俊樹訳「ディナーで殺人を 上」東京創元社 1998 (創元推理文庫) p339

趣味(ローズ, ダン)
　◇岸本佐知子編訳「変愛小説集 2」講談社 2010 p245

趣味の問題—「イット・ケイム・フロム・アウタースペース」原作(ブラッドベリ, レイ)
　◇中村融訳「地球の静止する日—SF映画原作傑作選」東京創元社 2006 (創元SF文庫) p13

呪文による救済(リバルダ, ホアン・マルティネス・デ)
　◇斎藤博士訳「アンデスの風叢書 天国・地獄百科」書肆風の薔薇 1982 p158

シュラフツの昼さがり(ドゾワ, ガードナー／ダン, ジャック／スワンウィック, マイクル)
　◇中村融訳「魔法の猫」扶桑社 1998 (扶桑社ミステリー) p415

ジュリアとバズーカ(カヴァン, アンナ)
　◇千葉薫訳「栞子さんの本棚—ビブリア古書堂セレクトブック」角川書店 2013 (角川文庫) p23

ジュリー異次元の女王(ムーア, C.L.)
　◇仁賀克雄訳「ダーク・ファンタジー・コレクション 9」論創社 2008 p175

ジュリエット祖母さん(ルゴーネス, レオポルド)
　◇牛島信明訳「バベルの図書館 18」国書刊行会 1989 p129

しよう

◇牛島信明訳「諸国物語—stories from the world」ポプラ社 2008 p607
◇牛島信明訳「新編 バベルの図書館 6」国書刊行会 2013 p578

狩猟家サイヤード（ムラーベト, ムハンマド）
◇越川芳明訳「モロッコ幻想物語」岩波書店 2003 p103

狩猟の終わりの日（ヘンダースン, ディオン）
◇田村義進訳「ミニ・ミステリ100」早川書房 2005 （ハヤカワ・ミステリ文庫）p416

ジュール叔父（モーパッサン, ギ・ド）
◇青柳瑞穂訳「怠けものの話」筑摩書房 2011 （ちくま文学の森）p75

シュルロック族の遺物（シャーマン, ジョジーファ）
◇日暮雅通訳「シャーロック・ホームズのSF大冒険—短篇集 下」河出書房新社 2006 （河出文庫）p236

シュレディンガーの猫（ル・グィン, アーシュラ・K.）
◇越智道雄訳「魔法の猫」扶桑社 1998 （扶桑社ミステリー）p123

シュロイダーシュピッツェ（ヘルプリン, マーク）
◇斎藤英治訳「新しいアメリカの小説 世界の肌ざわり」白水社 1993 p119

シュワルツさんのために（ソーンダーズ, ジョージ）
◇岸本佐知子編訳「変愛小説集 2」講談社 2010 p283

春怨—我が師に 付録二（葉石濤）
◇中島利郎訳「台湾郷土文学選集 4」研文出版 2014 p215

殉教者の女（ブロワ, レオン）
◇田辺保訳「バベルの図書館 13」国書刊行会 1989 p129
◇田辺保訳「新編 バベルの図書館 4」国書刊行会 2012 p362

春宵（朴花城）
◇劉光石訳「20世紀民衆の世界文学 7」三友社出版 1990 p237

純情なシンデレラ（ロールズ, エリザベス）
◇霜月桂訳「四つの愛の物語—クリスマス・ストーリー 2014」ハーレクイン 2014 p309

純粋芸術 ルロワイエ・ド・シャントピー嬢宛

〔一八五八年一月二十三日付〕（フローベール, ギュスターヴ）
◇山崎敦訳「ポケットマスターピース 7」集英社 2016 （集英社文庫ヘリテージシリーズ）p750

純な心（フローベール, ギュスターヴ）
◇太田浩一訳「諸国物語—stories from the world」ポプラ社 2008 p625

純白の美少女（ブロック, ローレンス）
◇田口俊樹訳「18の罪—現代ミステリ傑作選」ヴィレッジブックス 2012 （ヴィレッジブックス）p7

準備、ほぼ完了（バス, リック）
◇柴田元幸編訳「いずれは死ぬ身」河出書房新社 2009 p257

序（キャンベル, ラムゼイ）
◇福岡洋一訳「新編 真ク・リトル・リトル神話大系 6」国書刊行会 2009 p9

序（孫大川）
◇下村作次郎訳「台湾原住民文学選 9」草風館 2007 p1

序（テイラー, エドワード）
◇渡辺信二訳「アメリカ文学ライブラリー アメリカ名詩選」本の友社 1997 p80

ジョヴァンニとその妻（ランドルフィ, トンマーゾ）
◇橋本勝雄訳「異色作家短篇集 20」早川書房 2007 p161

小委員会（ヘンダースン, ゼナ）
◇安野玲訳「奇想コレクション ページをめくれば」河出書房新社 2006 p165

聶隠娘（じょういんじょう）（裴鉶）
◇黒田真美子著「中国古典小説選 5（唐代 2）」明治書院 2006 p452

譲王篇第二十八〔荘子〕（荘子）
◇福永光司, 興膳宏訳「世界古典文学全集 17」筑摩書房 2004 p432

照会（バーセルミ, ドナルド）
◇山崎勉, 田島俊雄訳「現代アメリカ文学叢書 10」彩流社 1998 p191

生涯最大の驚き（ジョージ, エリザベス）
◇茅律子訳「ウーマンズ・ケース 上」早川書房 1998 （ハヤカワ・ミステリ文庫）p219

生涯で一度のチャンス（フォックス, スーザン）

しよう

◇高木晶子訳「愛は永遠に―ウエディング・ストーリー 2013」ハーレクイン 2013 p257

消化的なことさ、ワトスン君 (シメル, ローレンス)
◇日暮雅通訳「シャーロック・ホームズのSF大冒険―短篇集 下」河出書房新社 2006 (河出文庫) p42

召喚令状 (バーセルミ, ドナルド)
◇山崎勉訳「現代アメリカ文学叢書 11」彩流社 1998 p157

蒸気駆動の少年 (スラデック, ジョン)
◇柳下毅一郎訳「奇想コレクション 蒸気駆動の少年」河出書房新社 2008 p373

将軍の記念碑 (張大春)
◇三木直大訳「新しい台湾の文学 台北ストーリー」国書刊行会 1999 p75

笑劇… → "ファルス…"を見よ

証言 (アリストパネース)
◇久保田忠利, 野津寛, 脇本由佳訳「ギリシア喜劇全集 4」岩波書店 2009 p195

証言 (メナンドロス)
◇中務哲郎, 脇本由佳, 荒井直訳「ギリシア喜劇全集 6」岩波書店 2010 p3

証言 (ラッセル, エリック・フランク)
◇酒井昭伸訳「20世紀SF 2」河出書房新社 2000 (河出文庫) p247

証拠 (コールリッジ, サミュエル・テイラー)
◇牛島信明訳「アンデスの風叢書 天国・地獄百科」書肆風の薔薇 1982 p36

正午の島 (コルタサル, フリオ)
◇木村榮一訳「アンデスの風叢書 すべての火は火」水声社 1993 p133

証拠の性質 (シンクレア, メイ)
◇南條竹則訳「淑やかな悪夢―英米女流怪談集」東京創元社 2000 p111

証拠は語る (イネス, マイクル)
◇今井直子訳「海外ミステリ Gem Collection 1」長崎出版 2006 p1

少佐とコオロギ (ワグネル)
◇片山ふえ訳「雑話集―ロシア短編集」「雑話集」の会 2005 p64

少佐の花嫁 (ラブレース, マリーン)
◇真咲理央訳「愛は永遠に―ウエディング・ストーリー 2002」ハーレクイン 2002 p113

笑賛 (しょうさん) (趙南星)
◇大木康著「中国古典小説選 12 (歴代笑話)」明治書院 2008 p170

焼紙 (李滄東)
◇筒井真樹子訳「現代韓国短篇選 下」岩波書店 2002 p31

正直な泥棒 (ドストエフスキー, フョードル・ミハイロヴィチ)
◇小沼文彦訳「百年文庫 6」ポプラ社 2010 p5
◇小沼文彦訳「怠けものの話」筑摩書房 2011 (ちくま文学の森) p23

消失トリック (ベスター, アルフレッド)
◇伊藤典夫訳「20世紀SF 2」河出書房新社 2000 (河出文庫) p295

消失の密室 (アフォード, マックス)
◇横山啓明訳「密室殺人コレクション」原書房 2001 p155

小謝 (しょうしゃ) (蒲松齢)
◇黒田真美子著「中国古典小説選 9 (清代 1)」明治書院 2009 p399

乗車券を拝見 (ロレンス, D.H.)
◇上田和夫訳「英国鉄道文学傑作選」筑摩書房 2000 (ちくま文庫) p95

少女 (ウンセット, S.)
◇尾崎義訳「百年文庫 77」ポプラ社 2011 p53

少女 (キンケイド, ジャメイカ)
◇管啓次郎訳「新しい〈世界文学〉シリーズ 川底に」平凡社 1997 p9

少女 (コリア, ジョン)
◇村上啓夫訳「異色作家短篇集 7」早川書房 2006 p267

聶小倩 (じょうしょうせん) (蒲松齢)
◇黒田真美子著「中国古典小説選 9 (清代 1)」明治書院 2009 p185

少女カテジナのための祈り (ルスティク, アルノシト)
◇栗栖継訳「東欧の文学 星のある生活 他」恒文社 1967 p245

正真正銘の男 (ヴェーケマン, クリストフ)
◇鈴木義孝訳「フランダースの声―現代ベルギー小説アンソロジー」松籟社 2013 p87

傷心の家 (パレツキー, サラ)
◇山本やよい訳「愛の殺人」早川書房 1997 (ハヤカワ・ミステリ文庫) p423

小説（殷芸）
　◇佐野誠子著「中国古典小説選 2（六朝 1）」明治書院 2006

小説（ビアス、アンブローズ）
　◇猪狩博訳「超短編アンソロジー」筑摩書房 2002（ちくま文庫）p41

小説家仇甫氏の一日（朴泰遠）
　◇山田佳子訳「小説家仇甫氏の一日―ほか十三編 短編小説集」平凡社 2006（朝鮮近代文学選集）p153

小説にあらず（ケッマー）
　◇南田みどり編訳「ミャンマー現代女性短編集」大同生命国際文化基金 2001（アジアの現代文芸）p239

乗船拒否（シェクリイ、ロバート）
　◇宇野利泰訳「異色作家短篇集 9」早川書房 2006 p281

肖像画（ハックスリー、A.）
　◇太田稔訳「美しい恋の物語」筑摩書房 2010（ちくま文学の森）p267

肖像の一生（ローデンバック、ジョルジュ）
　◇高橋洋一訳「百年文庫 98」ポプラ社 2011 p51

招待（コンラード、ジェルジュ）
　◇岩崎悦子訳「東欧の文学 ケース・ワーカー」恒文社 1982 p212

正体不明の二人への手紙（パス、オクタビオ）
　◇野谷文昭訳「ラテンアメリカ五人集」集英社 2011（集英社文庫）p181

象徴としての地獄（デイヴィッド＝ニール、アレクサンドラ）
　◇内田吉彦訳「アンデスの風叢書 天国・地獄百科」書肆風の薔薇 1982 p60

情天恨海（韓龍雲）
　◇安字植（アンウーシク）訳「韓国文学名作選 ニムの沈黙」講談社 1999 p63

衝動―三幕の民衆劇（クレッツ、フランツ・クサーファー）
　◇三輪玲子訳「ドイツ現代戯曲選30 14」論創社 2006 p7

章と節（ディーヴァ、ジェフリー）
　◇池田真紀子訳「殺しのグレイテスト・ヒッツ」早川書房 2007（ハヤカワ・ミステリ文庫）p541

衝突＜ブヌン＞（ネコッ・ソクルマン）
　◇柳本通彦訳「台湾原住民文学選 6」草風館 2008 p256

城南旧事（林海音）
　◇杉野元子訳「現代中国の小説 城南旧事」新潮社 1997

証人（マンデヴィル、ジョン）
　◇内田吉彦訳「アンデスの風叢書 天国・地獄百科」書肆風の薔薇 1982 p54

上人様の涙（ナツァグドルジ、ダシドルジーン）
　◇柴内秀司訳「モンゴル近現代短編小説選」パブリック・ブレイン 2013 p24

商人と錬金術師の門（チャン、テッド）
　◇大森望訳「ここがウィネトカなら、きみはジュディ―時間SF傑作選 SFマガジン創刊50周年記念アンソロジー」早川書房 2010（ハヤカワ文庫 SF）p7

情熱の落としもの（ウェバー、メレディス）
　◇高木晶子訳「真夏の恋の物語―サマー・シズラー 2014」ハーレクイン 2014 p61

情熱の対象（ハーン、マルギット）
　◇松永美穂訳「ドイツ文学セレクション ひとりぼっちの欲望」三修社 1997 p144

焦熱面横断（ナース、アラン・E.）
　◇伊藤典夫訳「火星ノンストップ」早川書房 2005（ヴィンテージSFセレクション）p307

少年（ホーンズビー、ウェンディ）
　◇宇佐川晶子訳「現代ミステリーの至宝 1」扶桑社 1997（扶桑社ミステリー）p289

少年期（ブロドキー、ハロルド）
　◇森田義信訳「シリーズ・永遠のアメリカ文学 5」東京書籍 1991 p7

少年ギュスターヴと愚言（ベティーズ）エルネスト・シュヴァリエ宛〔一八三一年一月一日以前〕（フローベール、ギュスターヴ）
　◇山崎敦訳「ポケットマスターピース 7」集英社 2016（集英社文庫ヘリテージシリーズ）p759

少年十字軍（シュウォッブ、マルセル）
　◇多田智満子訳「海外ライブラリー 少年十字軍」王国社 1998 p119

少年僧の夢（セーンマニー、ブンスーン）
　◇二元裕子編訳「ラオス現代文学選集」大同生

しよう

侖国際文化基金 2013（アジアの現代文
芸）p131

少年たちを探して（ブレンチリー, チャズ）
◇田口俊樹訳「ロンドン・ノワール」扶桑社
2003（扶桑社ミステリー）p159

少年と犬（エリスン, ハーラン）
◇伊藤典夫訳「幻想の犬たち」扶桑社 1999
（扶桑社ミステリー）p324
◇伊藤典夫訳「感じて。息づかいを。―恋愛小
説アンソロジー」光文社 2005（光文社文
庫）p143

少年に（李陸史）
◇安宇植（アンウーシク）訳「韓国文学名作選 李
陸史詩集」講談社 1999 p26

少年の意志（パトリック, Q.）
◇北村太郎訳「51番目の密室―世界短篇傑作
集」早川書房 2010（Hayakawa pocket
mystery books）p141

少年の日の思い出（ヘッセ, ヘルマン）
◇高橋健二訳「もう一度読みたい教科書の泣け
る名作 再び」学研教育出版 2014 p117
◇高橋健一訳「教科書名短篇 少年時代」中央
公論新社 2016（中公文庫）p9

ショウ・ビジネス（ブロック, ロバート）
◇小笠原豊樹訳「異色作家短篇集 8」早川書房
2006 p41

小ピレーモーン（作者不詳）
◇中務哲郎, 西村賀子, 平山晃司訳「ギリシア
喜劇全集 9」岩波書店 2012 p215

笑府（しょうふ）（馮夢龍）
◇大木康著「中国古典小説選 12（歴代笑話）」
明治書院 2008 p207

城壁の反対側（ギボン, エドワード）
◇内田吉彦訳「アンデスの風叢書 天国・地獄
百科」書肆風の薔薇 1982 p59

少妾（蔡萬植）
◇劉光石訳「20世紀民衆の世界文学 7」三友社
出版 1990 p271

消耗品（ディック, フィリップ・K.）
◇仁賀克雄訳「ダーク・ファンタジー・コレク
ション 10」論創社 2009 p81

逍遙遊篇第一〔荘子〕（荘子）
◇福永光司, 興膳宏訳「世界古典文学全集 17」
筑摩書房 2004 p93

勝利（バーク, アラフェア）
◇本庄宏行訳「ベスト・アメリカン・短編ミス
テリ」DHC 2010 p73

勝利者（オルスン, ドロシー・G.）
◇浅倉久志選訳「極短小説」新潮社 2004（新
潮文庫）p209

小猟犬（蒲松齢）
◇柴田天馬訳「怪奇小説精華」筑摩書房 2012
（ちくま文庫）p52

笑林（しょうりん）（邯鄲淳）
◇大木康著「中国古典小説選 12（歴代笑話）」
明治書院 2008 p1

鐘楼の悪魔（ポー, エドガー・アラン）
◇池末陽子訳「ポケットマスターピース 9」集
英社 2016（集英社文庫ヘリテージシリー
ズ）p439

小惑星の力学（ブロック, ロバート）
◇北原尚彦編訳「シャーロック・ホームズの栄
冠」論創社 2007（論創海外ミステリ）
p291

女王が愛した海賊（ラブレース, マリーン）
◇有沢瞳子訳「四つの愛の物語―クリスマス・
ストーリー 情熱の贈り物 2005」ハーレク
イン 2005 p339

女王様でも（ウィリス, コニー）
◇大森望編訳「奇想コレクション 最後のウィ
ネベーゴ」河出書房新社 2006 p7

諸王朝（ジブラン, カリール）
◇小森健太郎訳「謎のギャラリー―謎の部屋」
新潮社 2002（新潮文庫）p137
◇小森健太郎訳「謎の部屋」筑摩書房 2012
（ちくま文庫）p138

女王ディナラの物語（作者不詳）
◇木村恭子訳「雑話集―ロシア短編集」「雑話
集」の会 2005 p93

女王蜂のライバル事件（ウィート, キャロリン）
◇日暮雅通訳「シャーロック・ホームズ アメ
リカの冒険」原書房 2012 p347

諸葛亮, 博望にて屯（とりで）を焼く（博望焼屯）
（井上泰山）
◇井上泰山訳「三国劇翻訳集」関西大学出版部
2002 p421

書簡でたどるドストエフスキーの生活（ドスト
エフスキー, フョードル・ミハイロヴィチ）

◇高橋知之編訳「ポケットマスターピース 10」集英社 2016（集英社文庫ヘリテージシリーズ）p719

序〔キリスト最後のこころみ〕（カザンザキス, ニコス）
　　◇児玉操訳「東欧の文学 キリスト最後のこころみ」恒文社 1982 p1

蜀王本紀（しょくおうほんぎ）（作者不詳）
　　◇竹田晃, 梶村永, 高芝麻子, 山崎藍著「中国古典小説選 1（漢・魏）」明治書院 2007 p13

職業婦人（韓龍雲）
　　◇安宇植（アンウーシク）訳「韓国文学名作選 ニムの沈黙」講談社 1999 p138

職業倫理（ヘリントン, パトリック）
　　◇浅倉久志選訳「極短小説」新潮社 2004（新潮文庫）p240

食屍姫メリフィリア（マクノートン, ブライアン）
　　◇夏来健二訳「ラヴクラフトの遺産」東京創元社 2000（創元推理文庫）p311

触手（カットナー, ヘンリイ）
　　◇小林勇次訳「新編 真ク・リトル・リトル神話大系 3」国書刊行会 2008 p197

織女の頼み事（鑑湖夜泛記）（瞿佑）
　　◇竹田晃, 小塚由博, 仙石知子著「中国古典小説選 8（明代）」明治書院 2008 p367

植物学者の手袋（ラヴグローヴ, ジェイムズ）
　　◇日暮雅通訳「シャーロック・ホームズ アンダーショーの冒険」原書房 2016 p301

植民地（ディック, フィリップ・K.）
　　◇仁賀克雄訳「幻想と怪奇―ポオ蒐集家」早川書房 2005（ハヤカワ文庫）p251
　　◇仁賀克雄訳「ダーク・ファンタジー・コレクション 10」論創社 2009 p205

職務遂行中に（ヒーリイ, ジェレマイア）
　　◇菊地よしみ訳「フィリップ・マーロウの事件」早川書房 2007（ハヤカワ・ミステリ文庫）p413

処刑の日（スレッサー, ヘンリィ）
　　◇高橋泰邦訳「読まずにいられぬ名短篇」筑摩書房 2014（ちくま文庫）p237

序言… → "プロローグ…"をも見よ

緒言〔泥の子供たち〕（パス, オクタビオ）
　　◇竹村文彦訳「アンデスの風叢書 泥の子供た

ち」水声社 1994 p7

序言〔ボルヘス, オラル〕（ボルヘス, ホルヘ・ルイス）
　　◇木村榮一訳「アンデスの風叢書 ボルヘス, オラル」書肆風の薔薇 1987 p11

ジョコンダの微笑（ハックスリー, A.）
　　◇太田稔訳「謎の物語」筑摩書房 2012（ちくま文庫）p247

ジョージ（ビッスン, テリー）
　　◇中村融編訳「奇想コレクション 平ら山を越えて」河出書房新社 2010 p33

序詩（ブラッドストリート, アン）
　　◇渡辺信二訳「アメリカ文学ライブラリー アメリカ名詩選」本の友社 1997 p30

序詩（尹東柱）
　　◇金炳三, 李春穆, 金潤浩訳「20世紀民衆の世界文学 7」三友社出版 1990 p201

ジョージイ・ポーギイ（ダール, ロアルド）
　　◇開高健訳「異色作家短篇集 1」早川書房 2005 p177

ジョージとマーサ（スミス, スタンフォード）
　　◇浅倉久志選訳「極短小説」新潮社 2004（新潮文庫）p233

書写人バートルビー―ウォール街の物語（メルヴィル, ハーマン）
　　◇柴田元幸編訳「アメリカン・マスターピース 古典篇」スイッチ・パブリッシング 2013（SWITCH LIBRARY）p77

叙情詩における詩的主体と女性のものの見方―東ドイツの女性詩人たち（ホイケンカンプ, ウルズラ）
　　◇浅岡泰子訳「シリーズ現代ドイツ文学 3」早稲田大学出版部 1991 p93

処女地（ダンヌンツィオ, ガブリエーレ）
　　◇香川真澄訳「ぶどう酒色の海―イタリア中短編小説集」イタリア文藝叢書刊行委員会 2013（イタリア文藝叢書）p25

女性（ウルズィートゥグス, ロブサンドルジーン）
　　◇柴内秀司訳「モンゴル近現代短編小説選」パブリック・ブレイン 2013 p464

女性運動（トルスターヤ, N.）
　　◇吉田差和子訳「雑話集―ロシア短編集 3」ロシア文学翻訳グループクーチカ 2014 p38

序―贅言〔ニムの沈黙〕（韓龍雲）

作品名から引ける世界文学全集案内 第III期　165

しよせ

◇安宇植(アンウーシク)訳「韓国文学名作選 ニムの沈黙」講談社 1999 p11

女性成功者(ブルンチェアヌ, ロクサーナ)
　◇住谷春也訳「時間はだれも待ってくれない──21世紀東欧SF・ファンタスチカ傑作集」東京創元社 2011 p58

女性たちは新しい活動の場所として映画界を獲得する(メーアマン, レナーテ)
　◇西谷頼子訳「シリーズ現代ドイツ文学 3」早稲田大学出版部 1991 p63

序(一九七八年版)〔フォーチュン氏の楽園〕(ウォーナー, シルヴィア・タウンゼンド)
　◇中和彩子訳「20世紀イギリス小説個性派セレクション 2」新人物往来社 2010 p225

ジョーダンズ・エンド──一九二三(グラスゴー, エレン)
　◇石塚則子訳「ゴシック短編小説集」春風社 2012 p387

書痴(しょち)(蒲松齢)
　◇竹田晃, 黒田真美子著「中国古典小説選 10(清代 2)」明治書院 2009 p236

書痴メンデル(ツヴァイク, シュテファン)
　◇関楠生訳「書物愛 海外篇」晶文社 2005 p281
　◇関楠生訳「書物愛 海外篇」東京創元社 2014(創元ライブラリ) p289

書店(ハクスリー, オルダス)
　◇井伊順彦訳「20世紀英国モダニズム小説集成 世を騒がす嘘つき男」風濤社 2014 p138

所得税の謎(ギルバート, マイケル)
　◇江川仲子訳「ワイン通の復讐──美酒にまつわるミステリー選集」心交社 1998 p106

ショート氏とロング氏の冒険(クイーン, エラリー)
　◇飯城勇三訳「ナポレオンの剃刀の冒険──シナリオ・コレクション」論創社 2008(論創海外ミステリ) p151

ショトル・ボップ(スタージョン, シオドア)
　◇籠味縁訳「ブルー・ボウ・シリーズ 死体のささやき」青弓社 1993 p81

ジョナサン・スウィフト(ブルトン, アンドレ／スウィフト, ジョナサン)
　◇平井照敏訳「黒いユーモア選集 1」河出書房新社 2007(河出文庫) p25

ジョニキンとキツネのしっぽ(バウァ, ロウダ)

◇よつだゆきえ訳「朗読劇台本集 5」玉川大学出版部 2002 p93

初版への序〔日陰者ジュード〕(ハーディ, トマス)
　◇川本静子訳「ヒロインの時代 日陰者ジュード」国書刊行会 1988 p429

書評家を殺せ(バウチャー, アントニー)
　◇白須清美訳「ダーク・ファンタジー・コレクション 3」論創社 2006 p189

序文〔アーサー・マッケン〕(ボルヘス, ホルヘ・ルイス)
　◇南條竹則訳「新編 バベルの図書館 3」国書刊行会 2013 p221

序文〔アルゼンチン短篇集〕(ボルヘス, ホルヘ・ルイス)
　◇内田吉彦訳「新編 バベルの図書館 6」国書刊行会 2013 p17

序文〔ウィリアム・ベックフォード〕(ボルヘス, ホルヘ・ルイス)
　◇私市保彦訳「新編 バベルの図書館 3」国書刊行会 2013 p495

序文〔ヴィリエ・ド・リラダン〕(ボルヘス, ホルヘ・ルイス)
　◇釜山健, 井上輝夫訳「新編 バベルの図書館 4」国書刊行会 2012 p187

序文〔ヴォルテール〕(ボルヘス, ホルヘ・ルイス)
　◇川口顕弘訳「新編 バベルの図書館 4」国書刊行会 2012 p15

序文〔エドガー・アラン・ポー〕(ボルヘス, ホルヘ・ルイス)
　◇富士川義之訳「新編 バベルの図書館 1」国書刊行会 2012 p117

序文〔オスカー・ワイルド〕(ボルヘス, ホルヘ・ルイス)
　◇矢川澄子, 小野協一訳「新編 バベルの図書館 2」国書刊行会 2012 p125

序文〔グスタフ・マイリンク〕(ボルヘス, ホルヘ・ルイス)
　◇種村季弘訳「新編 バベルの図書館 5」国書刊行会 2013 p259

序文〔グランダンの怪奇事件簿〕(クイン, シーバリー)
　◇熊井ひろ美訳「ダーク・ファンタジー・コレクション 4」論創社 2007 p5

しよふ

序文〔サキ〕(ボルヘス, ホルヘ・ルイス)
　◇中西秀男訳「新編 バベルの図書館 2」国書刊
　　行会 2012 p243

序文―ジェイムズ・サーバーと五十年を共に
　して(サーバー, ジェイムズ)
　◇鳴海四郎訳「異色作家短篇集 14」早川書房
　　2006 p3

序文〔漆黒の霊魂〕(ダーレス, オーガスト)
　◇三浦玲子訳「ダーク・ファンタジー・コレク
　　ション 5」論創社 2007 p3

序文〔ジャック・カゾット〕(ボルヘス, ホルヘ・
　ルイス)
　◇渡辺一夫, 平岡昇訳「新編 バベルの図書館 4」
　　国書刊行会 2012 p397

序文〔ジャック・ロンドン〕(ボルヘス, ホルヘ・
　ルイス)
　◇井上謙治訳「新編 バベルの図書館 1」国書刊
　　行会 2012 p213

序文〔ジョヴァンニ・パピーニ〕(ボルヘス, ホ
　ルヘ・ルイス)
　◇河島英昭訳「新編 バベルの図書館 5」国書刊
　　行会 2013 p319

序文〔千夜一夜物語 ガラン版〕(ボルヘス, ホル
　ヘ・ルイス)
　◇井上輝夫訳「新編 バベルの図書館 6」国書刊
　　行会 2013 p117

序文〔千夜一夜物語 バートン版〕(ボルヘス, ホ
　ルヘ・ルイス)
　◇由良君美訳「新編 バベルの図書館 6」国書刊
　　行会 2013 p271

序文〔ダンセイニ卿〕(ボルヘス, ホルヘ・ルイ
　ス)
　◇原葵訳「新編 バベルの図書館 3」国書刊行会
　　2013 p123

序文〔チャールズ・ハワード・ヒントン〕(ボ
　ルヘス, ホルヘ・ルイス)
　◇宮川雅訳「新編 バベルの図書館 3」国書刊行
　　会 2013 p331

序文〔ナサニエル・ホーソーン〕(ボルヘス, ホ
　ルヘ・ルイス)
　◇酒本雅之, 竹村和子訳「新編 バベルの図書館
　　1」国書刊行会 2012 p15

序文〔ハーマン・メルヴィル〕(ボルヘス, ホル
　ヘ・ルイス)
　◇酒本雅之訳「新編 バベルの図書館 1」国書刊

　　行会 2012 p495

序文〔フランツ・カフカ〕(ボルヘス, ホルヘ・
　ルイス)
　◇池内紀訳「新編 バベルの図書館 5」国書刊行
　　会 2013 p15

序文〔ペドロ・アントニオ・デ・アラルコン〕
　(ボルヘス, ホルヘ・ルイス)
　◇桑名一博, 菅愛子訳「新編 バベルの図書館 5」
　　国書刊行会 2013 p431

序文〔ヘンリー・ジェイムズ〕(ボルヘス, ホル
　ヘ・ルイス)
　◇大津栄一郎, 林節雄訳「新編 バベルの図書館
　　1」国書刊行会 2012 p313

序文〔蒲松齢〕(ボルヘス, ホルヘ・ルイス)
　◇中野美代子訳「新編 バベルの図書館 6」国書
　　刊行会 2013 p413

序文〔ホルヘ・ルイス・ボルヘス〕(ボルヘス,
　ホルヘ・ルイス)
　◇鼓直訳「新編 バベルの図書館 6」国書刊行会
　　2013 p591

序文〔ラドヤード・キプリング〕(ボルヘス, ホ
　ルヘ・ルイス)
　◇土岐恒二, 土岐知子訳「新編 バベルの図書館
　　2」国書刊行会 2012 p471

序文〔レオポルド・ルゴーネス〕(ボルヘス, ホ
　ルヘ・ルイス)
　◇牛島信明訳「新編 バベルの図書館 6」国書刊
　　行会 2013 p501

序文〔レオン・ブロワ〕(ボルヘス, ホルヘ・ルイ
　ス)
　◇田辺保訳「新編 バベルの図書館 4」国書刊行
　　会 2012 p287

序文〔ロシア短篇集〕(ボルヘス, ホルヘ・ルイ
　ス)
　◇川端香男里, 望月哲男, 金沢美知子訳「新編 バ
　　ベルの図書館 5」国書刊行会 2013 p91

序文〔ロバート・ルイス・スティーヴンソン〕
　(ボルヘス, ホルヘ・ルイス)
　◇高松雄一, 高松禎子訳「新編 バベルの図書館
　　3」国書刊行会 2013 p15

序文〔G.K.チェスタトン〕(ボルヘス, ホルヘ・
　ルイス)
　◇富士川義之訳「新編 バベルの図書館 2」国書
　　刊行会 2012 p345

序文〔H.G.ウェルズ〕(ボルヘス, ホルヘ・ルイ

作品名から引ける世界文学全集案内 第III期　167

しよむ

ス)

　　◇小野寺健訳「新編 バベルの図書館 2」国書刊
　　　行会 2012 p15

徐無鬼篇第二十四〔荘子〕(荘子)

　　◇福永光司, 興膳宏訳「世界古典文学全集 17」
　　　筑摩書房 2004 p373

書物 (ボルヘス, ホルヘ・ルイス)

　　◇木村榮一訳「アンデスの風叢書 ボルヘス、
　　　オラル」書肆風の薔薇 1987 p13

除夜 (白先勇)

　　◇山口守訳「新しい台湾の文学 台北人」国書
　　　刊行会 2008 p49

女優魂 (ブロック, ロバート)

　　◇夏来健次訳「シルヴァー・スクリーム 上」
　　　東京創元社 2013 (創元推理文庫) p105

ジョリス＝カルル・ユイスマンス (ブルトン,
　アンドレ／ユイスマンス, ジョリス＝カルル)

　　◇小島俊明訳「黒いユーモア選集 1」河出書房
　　　新社 2007 (河出文庫) p287

死よりも意外な出来事 (リンド, エルビラ)

　　◇吉川恵美子訳「現代スペイン演劇選集 2」カ
　　　モミール社 2015 p125

女流詩人の為に夫が必要です――二幕の喜劇 (ポ
　ポワ, エレーナ)

　　◇古沢晃訳「海外戯曲アンソロジー――海外現代
　　　戯曲翻訳集〈国際演劇交流セミナー記録〉
　　　1」日本演出者協会 2007 p99

ショルシュについての真実 (ケーニヒスドルフ,
　ヘルガ)

　　◇浅岡泰子訳「シリーズ現代ドイツ文学 5」早
　　　稲田大学出版部 1993 p127

ジョン・F.ケネディ大統領の墓碑銘 (USA)
　(ヴォルマン, ウィリアム・T.)

　　◇迫光訳「VOICES OVERSEAS ハッピー・
　　　ガールズ, バッド・ガールズ」講談社 1996
　　　p320

ジョン・オヴィントンの帰還 (ブランド, マック
　ス)

　　◇夏来健次訳「怪奇文学大山脈 3」東京創元社
　　　2014 p323

ジョン・ガブリエルと呼ばれた男 (イプセン,
　ヘンリック原著／笹部博司)

　　◇「ジョン・ガブリエルと呼ばれた男」メ
　　　ジャーリーグ 2008 (笹部博司の演劇コレ
　　　クション) p9

ジョン・ガブリエル・ボルクマン (イプセン, ヘ
　ンリック)

　　◇森鷗外訳「ジョン・ガブリエル・ボルクマ
　　　ン」ゆまに書房 2004 (昭和初期世界名作
　　　翻訳全集) p1

「ジョン・グラドウィンが言うには」(オニオン
　ズ, オリヴァー)

　　◇中野善夫訳「怪奇礼讃」東京創元社 2004
　　　(創元推理文庫) p255

ジョン・ディクスン・カーを読んだ男 (ブルテ
　ン, ウィリアム)

　　◇伊東守男訳「密室殺人傑作選」早川書房
　　　2003 (ハヤカワ・ミステリ文庫) p307

ジョン・ハウエルへの指示 (コルタサル, フリ
　オ)

　　◇木村榮一訳「アンデスの風叢書 すべての火
　　　は火」水声社 1993 p147

ジョン・ブラウンの死体 (ロラック, E.C.R.)

　　◇桐藤ゆき子訳「世界探偵小説全集 18」国書
　　　刊行会 1997 p7

ジョン＝ミリントン・シング (ブルトン, アンド
　レ／シング, ジョン＝ミリントン)

　　◇小浜俊郎訳「黒いユーモア選集 2」河出書房
　　　新社 2007 (河出文庫) p55

シーラ (ラシード, ファーティマ)

　　◇大下英津子訳「アメリカ新進作家傑作選
　　　2007」DHC 2008 p183

白樺 (ワグネル)

　　◇吉田差和子訳「雑話集――ロシア短編集」「雑
　　　話集」の会 2005 p54

白壁の緑の扉 (ウェルズ, H.G.)

　　◇小野寺健訳「バベルの図書館 8」国書刊行会
　　　1988 p13

　　◇小野寺健訳「新編 バベルの図書館 2」国書刊
　　　行会 2012 p18

刺絡 (シュトローブル, カール・ハンス)

　　◇前川道介訳「独逸怪奇小説集成」国書刊行会
　　　2001 p5

至楽篇第十八〔荘子〕(荘子)

　　◇福永光司, 興膳宏訳「世界古典文学全集 17」
　　　筑摩書房 2004 p282

シラサギ (ジュエット, セアラ・オーン)

　　◇利根川真紀編訳「レズビアン短編小説集――女
　　　たちの時間」平凡社 2015 (平凡社ライブ
　　　ラリー) p91

168　作品名から引ける世界文学全集案内 第III期

しろい

白じらとした夜明け時の歌（作者不詳）
　◇渡辺信二訳「アメリカ文学ライブラリー　アメリカ名詩選」本の友社 1997 p12

不知火（アタナジオ, A.A.）
　◇堀内静子訳「新編 真ク・リトル・リトル神話大系 6」国書刊行会 2009 p69

シラヤ族の末裔（葉石濤）
　◇中島利郎訳「台湾郷土文学選集 4」研文出版 2014 p7

白雪姫と11人のこびとたち（ホック, エドワード・D.）
　◇加賀山卓朗訳「白雪姫、殺したのはあなた」原書房 1999 p5

シリウス・ゼロ（ブラウン, フレドリック）
　◇星新一訳「異色作家短篇集 2」早川書房 2005 p125

死霊（ルノアール, ラウル）
　◇安田専一訳「怪樹の腕―〈ウィアード・テールズ〉戦前邦訳傑選」東京創元社 2013 p203

死霊の恋（ゴーチエ, テオフィール）
　◇田辺貞之助訳「変身ものがたり」筑摩書房 2010 （ちくま文学の森） p273

シルヴァ・サアカス（コッパード, A.E.）
　◇平井呈一訳「怪奇文学大山脈 2」東京創元社 2014 p191

シルヴィ（ネルヴァル, ジェラール・ド）
　◇入沢康夫訳「諸国物語―stories from the world」ポプラ社 2008 p223

シルヴィーとブルーノ 完結篇 抄（キャロル, ルイス）
　◇芦田川祐子訳「ポケットマスターピース 11」集英社 2016 （集英社文庫ヘリテージシリーズ） p541

シルヴィーとブルーノ 抄（キャロル, ルイス）
　◇芦田川祐子訳「ポケットマスターピース 11」集英社 2016 （集英社文庫ヘリテージシリーズ） p331

ジルコフスキの定理（ヤグネマ, カール）
　◇小原亜美訳「ゾエトロープ Noir」角川書店 2003 （Bookplus） p123

標なき心の湖（ハーディ, メリッサ）
　◇瀬尾なおみ訳「アメリカ短編小説傑作選 2001」DHC 2001 （アメリカ文芸「年間」傑作選） p177

磁霊（ヴォルマン, ウィリアム・T.）
　◇迫光訳「VOICES OVERSEAS ハッピー・ガールズ, バッド・ガールズ」講談社 1996 p9

指令―ある革命への追憶（ミュラー, ハイナー）
　◇谷川道子訳「ドイツ現代戯曲選30 17」論創社 2006 p7

詩連（ブロンテ, エミリ・ジェーン）
　◇田代尚路訳「ポケットマスターピース 12」集英社 2016 （集英社文庫ヘリテージシリーズ） p36

試練（ハイトフ, ニコライ）
　◇真木三三子訳「東欧の文学 あらくれ物語」恒文社 1983 p223

白（パス, オクタビオ）
　◇鼓直訳「ラテンアメリカ五人集」集英社 2011 （集英社文庫） p149

白蟻の夢魔（むま）（黎紫書）
　◇荒井茂夫訳「台湾熱帯文学 4」人文書院 2011 p15

白い悪魔（ウェブスター, ジョン）
　◇川﨑淳之助訳「エリザベス朝悲劇・四拍子による新訳三編―タムバレイン大王、マクベス、白い悪魔」英光社 2010 p131

白いアンブレラ―アジア系しみじみ（ジェン, ギッシュ）
　◇平石貴樹訳「しみじみ読むアメリカ文学―現代文学短編作品集」松柏社 2007 p241

白い岩と赤い大地（ムンゴシ, チャールズ）
　◇平尾吉直訳「アフリカ文学叢書 乾季のおとずれ」スリーエーネットワーク 1995 p163

白いウズラ（スタインベック, ジョン）
　◇伊藤義生訳「百年文庫 15」ポプラ社 2010 p25

白い馬の谷（マクラム, シャーリン）
　◇日暮雅通訳「シャーロック・ホームズ ワトソンの災厄」原書房 2003 p65

白い肩の女（ホーソーン, ジュリアン）
　◇風間賢二訳「ヴァンパイア・コレクション」角川書店 1999 （角川文庫） p135

白いカーペットの上のごほうび（ジェイムズ, アル）
　◇小鷹信光訳「天外消失―世界短篇傑作集 Off

作品名から引ける世界文学全集案内 第III期　169

the face of the earth and other stories」早
川書房 2008（ハヤカワ・ミステリ）p255

白い紙（ネザマフィ、シリン）
　◇「文学 2010」講談社 2010 p175

白い粉薬のはなし（マッケン、アーサー）
　◇南條竹則訳「バベルの図書館 21」国書刊行
　　会 1990 p89
　◇南條竹則訳「新編 バベルの図書館 3」国書刊
　　行会 2013 p273

白い鹿（シュルバーグ、バッド）
　◇小田稔訳「残響―英・米・アイルランド短編
　　小説集」九州大学出版会 2011 p121

白い天国（作者不詳）
　◇斎藤博士訳「アンデスの風叢書 天国・地獄
　　百科」書肆風の薔薇、水声社 1982 p126

白いドレスの願い（ウッズ、シェリル）
　◇大森みち花訳「マイ・バレンタイン―愛の贈
　　りもの 2007」ハーレクイン 2007 p5

白い微笑（リカラッ・アウー）
　◇魚住悦子編訳「台湾原住民文学選 2」草風館
　　2003 p20

白い服の婦人（フランス、アナトール）
　◇日仏言語文化協会「エチュード月曜クラス」
　　訳「掌中のエスプリ―フランス文学短篇名
　　作集」弘学社 2013 p41

白い盲人杖の歌（モーナノン）
　◇下村作次郎編訳「台湾原住民文学選 1」草風
　　館 2002 p42

白手の黒奴（コルター、エリ）
　◇「怪樹の腕―〈ウィアード・テールズ〉戦前
　　邦訳傑作選」東京創元社 2013 p97

白と黒（ヴォルテール）
　◇川口顕弘訳「バベルの図書館 7」国書刊行会
　　1988 p99
　◇川口顕弘訳「新編 バベルの図書館 4」国書刊
　　行会 2012 p71

しろねこ（マッケンジー、エリザベス）
　◇管啓次郎訳「ろうそくの炎がささやく言葉」
　　勁草書房 2011 p138

白猫（ウォルポール、ヒュー）
　◇佐々木徹訳「異色作家短篇集 19」早川書房
　　2007 p93

白の乙女（エーヴェルス、ハンス・ハインツ）
　◇垂野創一郎訳「怪奇文学大山脈 2」東京創元

社 2014 p163

白の追憶（ワリス・ノカン）
　◇中村ふじゑ訳「台湾原住民文学選 3」草風館
　　2003 p159

城の人々（チャペック、カレル）
　◇石川達夫訳「百年文庫 56」ポプラ社 2010
　　p43

白のルークと黒のポーン（ウェイド、スーザン）
　◇佐々木信雄訳「魔猫」早川書房 1999 p67

白マントの女（ハウスマン、クレメンス）
　◇大貫昌子訳「狼女物語―美しくも妖しい短編
　　傑作選」工作舎 2011 p27

白目になって（ブロワ、レオン）
　◇田辺保訳「バベルの図書館 13」国書刊行会
　　1989 p143
　◇田辺保訳「新編 バベルの図書館 4」国書刊行
　　会 2012 p371

死は素敵な別れ（ベアリング＝グールド、S.）
　◇吉村満美子訳「怪奇礼讃」東京創元社 2004
　　（創元推理文庫）p275

死は誰も忘れない（デナンクス、ディディエ）
　◇高橋啓訳「〈ロマン・ノワール〉シリーズ 死
　　は誰も忘れない」草思社 1995 p3

死は共に在り（コルモンダリー、メアリ）
　◇吉村満美子訳「怪奇礼讃」東京創元社 2004
　　（創元推理文庫）p347

死は八時半に訪れる（スプリッグ、クリスト
　ファー・セント・ジョン）
　◇森英俊訳「これが密室だ！」新樹社 1997
　　p295

死はふたりにお似合い（サフー、ミノティ）
　◇浅倉久志選訳「極短小説」新潮社 2004（新
　　潮文庫）p269

親愛なるアキイ、どうか怒らないでください
　＜ツオウ＞（バイツ・ムクナナ）
　◇松本さち子訳「台湾原住民文学選 4」草風館
　　2004 p304

親愛なるジーヤ（チョビッチ、ブランコ）
　◇清水美穂、田中一生訳「ポケットのなかの東
　　欧文学―ルネッサンスから現代まで」成文
　　社 2006 p358

親愛なる読者の皆さんへ〔不思議なミッ
　キー・フィン〕（ポール、エリオット）
　◇今本渉訳「KAWADE MYSTERY 不思議な

ミッキー・フィン」河出書房新社 2008 p1

親愛なる日本の読者の友へ（アオヴィニ・カ
ドゥスガヌ）
　◇下村作次郎訳「台湾原住民文学選 7」草風館
　　2009 p4

新委員（バーセルミ, ドナルド）
　◇山崎勉, 田島俊雄訳「現代アメリカ文学叢書
　　10」彩流社 1998 p203

神異記（しんいき）（王浮）
　◇佐野誠子著「中国古典小説選 2（六朝 1）」明
　　治書院 2006

神異経（しんいきょう）（抄）（作者不詳）
　◇竹田晃, 梶村永, 高芝麻子, 山崎藍著「中国古
　　典小説選 1（漢・魏）」明治書院 2007
　　p215

甄異伝（しんいでん）（戴祚）
　◇佐野誠子著「中国古典小説選 2（六朝 1）」明
　　治書院 2006

深淵の王者（トンプソン, C.H.）
　◇高木国寿訳「新編 真ク・リトル・リトル神話
　　大系 4」国書刊行会 2008 p63

深淵の恐怖（ロウンデズ, ロバート・W.）
　◇岩村光博訳「クトゥルー 11」青心社 1998
　　（暗黒神話大系シリーズ）p7

進化（キャヴェル, ベンジャミン）
　◇青木千鶴訳「ベスト・アメリカン・ミステリ
　　スネーク・アイズ」早川書房 2005 （ハヤ
　　カワ・ミステリ）p107

進化（クレス, ナンシー）
　◇佐田千織訳「20世紀SF 6」河出書房新社
　　2001 （河出文庫）p99

深海の罠（ラムレイ, B.）
　◇山本明訳「新編 真ク・リトル・リトル神話大
　　系 5」国書刊行会 2008 p7

新旧旧新（マ・ティーダー）
　◇南田みどり編訳「ミャンマー現代女性短編
　　集」大同生命国際文化基金 2001 （アジア
　　の現代文芸）p20

蜃気楼と女呪者（マジア）（リー, タニス）
　◇市川泉訳「奇想コレクション 悪魔の薔薇」
　　河出書房新社 2007 p289

新・口笛テスト（イーガン, グレッグ）
　◇山岸真編訳「奇想コレクション TAP」河出
　　書房新社 2008 p7

シングル・マザー（ブラウン, ステファニー）
　◇吉田利子訳「間違ってもいい、やってみたら
　　—想いがはじける28の物語」講談社 1998
　　p106

信号手（ディケンズ, チャールズ）
　◇小池滋訳「英国鉄道文学傑作選」筑摩書房
　　2000 （ちくま文庫）p67
　◇岡本綺堂編訳「世界怪談名作集 上」河出書
　　房新社 2002 （河出文庫）p187
　◇橋本福夫訳「怪奇小説傑作集新版 3」東京創
　　元社 2006 （創元推理文庫）p67
　◇柴田元幸訳「憑かれた鏡—エドワード・ゴー
　　リーが愛する12の怪談」河出書房新社
　　2006 p41
　◇小池滋訳「恐ろしい話」筑摩書房 2011 （ち
　　くま文学の森）p77
　◇柴田元幸訳「エドワード・ゴーリーが愛する
　　12の怪談—憑かれた鏡」河出書房新社
　　2012 （河出文庫）p45
　◇柴田元幸編訳「ブリティッシュ＆アイリッ
　　シュ・マスターピース」スイッチ・パブ
　　リッシング 2015 （SWITCH LIBRARY）
　　p45

人工スキー場（コンラード, ジェルジュ）
　◇岩崎悦子訳「東欧の文学 ケース・ワーカー」
　　恒文社 1982 p127

信仰の悲劇（ロラン, ロマン）
　◇新城和一訳「信仰の悲劇」ゆまに書房 2006
　　（昭和初期世界名作翻訳全集）p3

深呼吸（ラッセル, レイ）
　◇永井淳訳「異色作家短篇集 16」早川書房
　　2006 p139

人虎報仇（蒲松齢）
　◇中野美代子訳「バベルの図書館 10」国書刊
　　行会 1988 p103
　◇中野美代子訳「新編 バベルの図書館 6」国書
　　刊行会 2013 p465

新婚の池（ゲイル, ゾナ）
　◇梅田正彦訳「ざくろの実—アメリカ女流作家
　　怪奇小説選」鳥影社 2008 p55

新婚夫婦（ティルマン, クリスティー）
　◇浅倉久志選訳「極短小説」新潮社 2004 （新
　　潮文庫）p123

申子（しん）（蒲松齢）
　◇竹田晃, 黒田真美子著「中国古典小説選 10

しんし

（清代 2）」明治書院 2009 p180

シンシア（ライナー, ウルリケ）
◇伊藤直子訳「現代ウィーン・ミステリー・シリーズ 9」水声社 2002 p135

新時刻表（レッタウ, ラインハルト）
◇前川道介訳「独逸怪奇小説集成」国書刊行会 2001 p185

真実（ピランデッロ, ルイジ）
◇武谷なおみ編訳「短篇で読むシチリア」みすず書房 2011 （大人の本棚） p42

真実の剣（グッドカインド, テリー）
◇佐田千織訳「ファンタジイの殿堂 伝説は永遠に 2」早川書房 2000 （ハヤカワ文庫FT） p9

真実の発見（テイラー, マイケル・W.）
◇浅倉久志選訳「極短小説」新潮社 2004 （新潮文庫） p106

真実の犯罪（タート, ドナ）
◇吉浦澄子訳「愛の殺人」早川書房 1997 （ハヤカワ・ミステリ文庫） p483

真実の眼鏡（ブロック, ロバート）
◇堀田碧訳「ブルー・ボウ・シリーズ 夢魔」青弓社 1993 p67

真実の問題（グラフトン, C.W.）
◇高田朔訳「世界探偵小説全集 33」国書刊行会 2001 p9

任氏伝（じんしでん）（沈既済）
◇黒田真美子著「中国古典小説選 5（唐代 2）」明治書院 2006 p26

紳士のC（バウエル, パジェット）
◇畔柳和代訳「いまどきの老人」朝日新聞社 1998 p95

薑路（ジンジャー・ロード）＜プユマ＞（バタイ）
◇松本さち子訳「台湾原住民文学選 4」草風館 2004 p176

真珠（韓龍雲）
◇安宇植（アンウーシク）訳「韓国文学名作選 ニムの沈黙」講談社 1999 p41

真珠のネックレス（レスコフ, ニコライ・セミョーノヴィチ）
◇田辺佐保子訳「ロシアのクリスマス物語」群像社 1997 p195

新・死霊伝説―〈ジェルサレムズ・ロット〉の怪（キング, スティーヴン）
◇高畠文夫訳「ヴァンパイア・コレクション」

角川書店 1999 （角川文庫） p343

信じる子（ヘンダースン, ゼナ）
◇安野玲訳「奇想コレクション ページをめくれば」河出書房新社 2006 p207

信じる理由（カワード, マット）
◇山本やよい訳「ホロスコープは死を招く」ソニー・マガジンズ 2006 （ヴィレッジブックス） p271

人生を変えた五十五語（ワイルド, キャサリン）
◇浅倉久志選訳「極短小説」新潮社 2004 （新潮文庫） p350

人生でいちばんの一瞬（シュウォルバーグ, キャロル）
◇吉田利子訳「間違ってもいい、やってみたら―想いがはじける28の物語」講談社 1998 p30

「人生」という名の家（サヴィニオ, アルベルト）
◇竹山博英訳「百年文庫 76」ポプラ社 2011 p101

神聖なるナルシソ（フアナ・イネス・デ・ラ・クルス, ソル）
◇中井博康訳「スペイン黄金世紀演劇集」名古屋大学出版会 2003 p447

人生の門出（サコー, ルース）
◇野崎孝訳「世界100物語 7」河出書房新社 1997 p149

人生の完全な予感 マクシム・デュ・カン宛〔一八四六年四月七日〕（フローベール, ギュスターヴ）
◇山崎敦訳「ポケットマスターピース 7」集英社 2016 （集英社文庫ヘリテージシリーズ） p728

人生の逆転（シュタイナー, ルドルフ）
◇内田吉彦訳「アンデスの風叢書 天国・地獄百科」書肆風の薔薇 1982 p51

人生の教訓（オクジャワ）
◇瀬野晴子訳「雑話集―ロシア短編集 2」「雑話集」の会 2009 p40

人生の教訓（フィニー, アーネスト・J.）
◇曽根寛樹訳「ベスト・アメリカン・短編ミステリ 2012」DHC 2012 p195

人生の五分間（オーティス, メアリー）
◇西川久美子訳「アメリカ新進作家傑作選 2004」DHC 2005 p153

172　作品名から引ける世界文学全集案内　第III期

しんち

人生の奴隷（ドイル, ロディ）
　◇松本剛史訳「天使だけが聞いている12の物語」ソニー・マガジンズ 2001 p223

人生の秘密（コウヴィル, ブルース）
　◇井上千里訳「バースデー・ボックス」メタローグ 2004 p15

人生の本質（レオ, エニッド, デ）
　◇渡邉大太訳「ダイヤモンド・ドッグ―《多文化を映す》現代オーストラリア短編小説集」現代企画室 2008 p67

人生の目的（ブロンテ, シャーロット）
　◇中岡洋, 芦沢久江訳「ブロンテ姉妹エッセイ全集」彩流社 2016 p352

人生モンタージュ（マシスン, リチャード）
　◇吉田誠一訳「異色作家短篇集 4」早川書房 2005 p69

人生は彼女のもの（ケリー, メイヴ）
　◇平敷亮子訳「現代アイルランド女性作家短編集」新水社 2016 p68

人生は夢（カルデロン・デ・ラ・バルカ, ペドロ）
　◇田尻陽一訳「ベスト・プレイズ―西洋古典戯曲12選」論創社 2011 p219

親切（ヴォルマン, ウィリアム・T.）
　◇迫光訳「VOICES OVERSEAS ハッピー・ガールズ, バッド・ガールズ」講談社 1996 p268

真説シャーロック・ホームズの生還（ロード・ワトスン）
　◇北原尚彦編訳「シャーロック・ホームズの栄冠」論創社 2007 （論創海外ミステリ） p67

真説聖ジュネ（ロトルー, ジャン）
　◇橋本能, 浅谷眞弓訳「フランス十七世紀演劇集―悲劇」中央大学出版部 2011 （中央大学人文科学研究所翻訳叢書） p312

親切な恋人（アレ, アルフォンス）
　◇山田稔訳「思いがけない話」筑摩書房 2010 （ちくま文学の森） p283

親切な福姫さん（パクワンソ）
　◇渡辺直紀訳「天国の風―アジア短篇ベスト・セレクション」新潮社 2011 p211

神仙伝（しんせんでん）（葛洪）
　◇佐野誠子著「中国古典小説選 2（六朝 1）」明治書院 2006

心臓移植（ホームズ, ロン）
　◇金井美子訳「ダーク・ファンタジー・コレクション 8」論創社 2008 p123

心臓の夢（ラグワ, ジャグダリン）
　◇柴内秀司訳「モンゴル近現代短編小説選」パブリック・ブレイン 2013 p221

新造物者（シェリー, メアリ）
　◇瓠廼舎主人訳「吸血妖鬼譚―ゴシック名訳集成」学習研究社 2008 （学研M文庫） p59

寝台さわぎ（サーバー, ジェイムズ）
　◇鳴海四郎訳「異色作家短篇集 14」早川書房 2006 p187

死んだバイオリン弾き（シンガー, アイザック・バシェヴィス）
　◇大崎ふみ子訳「異色作家短篇集 20」早川書房 2007 p119

死んだはずの男（スピレイン, ミッキー／コリンズ, マックス・アラン）
　◇森本信子訳「ベスト・アメリカン・短編ミステリ 2012」DHC 2012 p555

死んだロック・シンガー（モフェット, マーサ）
　◇小竹由加里訳「アメリカミステリ傑作選 2002」DHC 2002 （アメリカ文芸「年間」傑作選） p553

診断（スレッサー, ヘンリー）
　◇森沢くみ子訳「ダーク・ファンタジー・コレクション 6」論創社 2007 p83

真鍮色の密室（アシモフ, アイザック）
　◇島田三蔵訳「山口雅也の本格ミステリ・アンソロジー」角川書店 2007 （角川文庫） p415

真鍮の都（ヤング, ロバート・F.）
　◇山田順子訳「時を生きる種族―ファンタスティック時間SF傑作選」東京創元社 2013 （創元SF文庫） p9

心中の虫（コーンブルース, シリル・M.）
　◇武藤崇恵訳「吸血鬼伝説―ドラキュラの末裔たち」原書房 1997 p83

慎重な証人の冒険（フィッシャー, ピーター・S.）
　◇飯城勇三編「ミステリの女王の冒険―視聴者への挑戦」論創社 2010 （論創海外ミステリ） p211

慎重な夫婦（マックラスキー, ソープ）
　◇平井呈一編「ラント夫人―こわい話気味のわ

るい話 2」沖積舎 2012 p45

死んでいった者の罪状（チーゾーエー）
　◇南田みどり編訳「二十一世紀ミャンマー作品
　　集」大同生命国際文化基金 2015（アジア
　　の現代文芸）p187

死んでいる時間（エーメ）
　◇江口清訳「おかしい話」筑摩書房 2010（ち
　　くま文学の森）p23

シンデレラ（ペロー, シャルル）
　◇和佐田道子編訳「シンデレラ」竹書房 2015
　　（竹書房文庫）p4

シンデレラを狙うのはだあれ？（ピーターソン,
オードリー）
　◇興津礼訳「赤ずきんの手には拳銃」原書房
　　1999 p109

シンデレラ殺し（ラッシュ, クリスティン・キャ
スリン）
　◇樋口真理訳「白雪姫、殺したのはあなた」原
　　書房 1999 p219

シンデレラの願い（フィールディング, リズ）
　◇川井蒼子訳「マイ・バレンタイン──愛の贈り
　　もの 2009」ハーレクイン 2009 p227

シンデレラは涙をふいて（マッコーマー, デ
ビー）
　◇大谷真理子訳「真夏のシンデレラ・ストー
　　リー──サマー・シズラー2015」ハーパーコ
　　リンズ・ジャパン 2015 p171

新透明人間（カー, ディクスン）
　◇宇野利泰訳「綾辻行人と有栖川有栖のミステ
　　リ・ジョッキー 1」講談社 2008 p135

侵入者たち（ウォルフ, エゴン）
　◇佐竹謙一編訳「ラテンアメリカ現代演劇集」
　　水声社 2005 p211

新入生（ミドルトン, リチャード）
　◇南條竹則訳「魔法の本棚 幽霊船」国書刊行
　　会 1997 p191

尋牛荘（韓龍雲）
　◇安宇植（アンウーシク）訳「韓国文学名作選 ニ
　　ムの沈黙」講談社 1999 p130

『真如極楽──こころとかたち』（李康白）
　◇津川泉訳「韓国現代戯曲集 2」日韓演劇交流
　　センター 2005 p185

信念（アシモフ, アイザック）
　◇伊藤典夫編・訳「冷たい方程式」早川書房

2011（ハヤカワ文庫 SF）p85

信念と失意（ブロンテ, エミリ・ジェーン）
　◇田代尚路訳「ポケットマスターピース 12」
　　集英社 2016（集英社文庫ヘリテージシ
　　リーズ）p11

真の記憶の現在化（ベルナベ, ジャン／シャモワ
ゾー, パトリック／コンフィアン, ラファエル）
　◇恒川邦夫訳「新しい〈世界文学〉シリーズ ク
　　レオール礼賛」平凡社 1997 p56

真犯人（シルヴァスタイン, シェル）
　◇大谷豪見訳「殺さずにはいられない 2」早川
　　書房 2002（ハヤカワ・ミステリ文庫）
　　p325
　◇大野万紀訳「アメリカミステリ傑作選 2002」
　　DHC 2002（アメリカ文芸「年間」傑作
　　選）p633

審判のあと（作者不詳）
　◇内田吉彦訳「アンデスの風叢書 天国・地獄
　　百科」書肆風の薔薇, 水声社 1982 p98

人皮女装（蒲松齢）
　◇中野美代子訳「バベルの図書館 10」国書刊
　　行会 1988 p109
　◇中野美代子訳「新編 バベルの図書館 6」国書
　　刊行会 2013 p469

神秘なる対応（スウェデンボルイ, エマヌエル）
　◇牛島信明訳「アンデスの風叢書 天国・地獄
　　百科」書肆風の薔薇 1982 p28

神秘の犬（バーンフォード, シーラ）
　◇務台夏子訳「あの犬この犬そんな犬──11の物
　　語」東京創元社 1998 p81

神父セルギイ（トルストイ, レフ・ニコラエヴィ
チ）
　◇工藤精一郎訳「百年文庫 8」ポプラ社 2010
　　p25

新聞（ストリブリング, T.S.）
　◇霜島義明訳「KAWADE MYSTERY ポジオ
　　ラ教授の冒険」河出書房新社 2008 p309

新聞記者のエピローグ（チェスタトン, G.K.）
　◇西崎憲訳「ミステリーの本棚 四人の申し分
　　なき重罪人」国書刊行会 2001 p301

新聞記者のプロローグ（チェスタトン, G.K.）
　◇西崎憲訳「ミステリーの本棚 四人の申し分
　　なき重罪人」国書刊行会 2001 p7

新編酔翁談録・嘲戯綺語（しんぺんすいおうだんろく

ちょうぎきご（羅燁）
　◇大木康著「中国古典小説選 12（歴代笑話）」
　　明治書院 2008 p108

神木―ある炭鉱のできごと（劉慶邦）
　◇渡辺新一訳「コレクション中国同時代小説
　　5」勉誠出版 2012 p267

進歩の前哨基地（コンラッド, ジョゼフ）
　◇田中昌太郎訳「百年文庫 7」ポプラ社 2010
　　p5

シンボル（ワイルド, パーシヴァル）
　◇巴妙子訳「ミステリーの本棚 悪党どものお
　　楽しみ」国書刊行会 2000 p7

対称（シンメトリー）（イーガン, グレッグ）
　◇山岸真訳「SFマガジン700―創刊700号記念
　　アンソロジー 海外篇」早川書房 2014
　　（ハヤカワ文庫 SF）p267

新メルジーネ（ゲーテ, ヨハン・ヴォルフガング）
　◇垂野創一郎訳「怪奇文学大山脈 1」東京創元
　　社 2014 p57

人面の大岩（ホーソーン, ナサニエル）
　◇竹本和子訳「バベルの図書館 3」国書刊行会
　　1988 p35
　◇竹本和子訳「新編 バベルの図書館 1」国書刊
　　行会 2012 p31

深夜急行（ノイズ, アルフレッド）
　◇古屋美登里訳「もっと厭な物語」文藝春秋
　　2014 （文春文庫）p71

深夜考（パーカー, ドロシー）
　◇岸本佐知子訳「ベスト・ストーリーズ 1」早
　　川書房 2015 p17

深夜城の庭師（アルプ, ハンス／ウイドロブロ, ビ
　　センテ）
　◇種村季弘訳「怪奇・幻想・綺想文学集―種村
　　季弘翻訳集成」国書刊行会 2012 p461

深夜の幻影（アルツィバーシェフ, ミハイル）
　◇原卓也訳「怪奇小説傑作集新版 5」東京創元
　　社 2006 （創元推理文庫）p163

深夜の自動車（ビンズ, アーチー）
　◇妹尾韶夫訳「怪樹の腕―〈ウィアード・テー
　　ルズ〉戦前邦訳傑作選」東京創元社 2013
　　p9

親友（ウィルスン, ゲイアン）
　◇佐々木信雄訳「魔猫」早川書房 1999 p123

申陽洞の大猿（申陽洞記）（瞿佑）

竹田晃, 小塚由博, 仙石知子著「中国古典小
　説選 8（明代）」明治書院 2008 p232

人類学（ローズ, ダン）
　◇岸本佐知子編訳「変愛小説集 2」講談社
　　2010 p239

人類学講座（フリーマン, R.オースティン）
　◇藤沢透訳「20世紀英国モダニズム小説集成
　　自分の同類を愛した男」風濤社 2014 p72

人類最初のキス（高蓮玉）
　◇山野内扶訳「韓国現代戯曲集 3」日韓演劇交
　　流センター 2007 p419

人類詩学（ポリゾッティ, マーク）
　◇高頭麻子訳「新しいフランスの小説 シュザ
　　ンヌの日々」白水社 1995 p125

人類の背教の結果（テイラー, エドワード）
　◇渡辺信二訳「アメリカ文学ライブラリー ア
　　メリカ名詩選」本の友社 1997 p83

人狼（ハウスマン, クレメンス）
　◇野村芳夫訳「怪奇文学大山脈 1」東京創元社
　　2014 p171

人狼（マリヤット, フレデリック）
　◇宇野利泰訳「贈る物語Terror」光文社 2002
　　p131
　◇宇野利泰訳「怪奇小説傑作集新版 2」東京創
　　元社 2006 （創元推理文庫）p205

新郎新 “夫”（許佑生）
　◇池上貞子訳「台湾セクシュアル・マイノリ
　　ティ文学 3」作品社 2009 p7

神話の断崖（韓末淑）
　◇朴暎恩, 真野保久編訳「王陵と駐屯軍―朝鮮
　　戦争と韓国の戦後派文学」凱風社 2014
　　p286

神話の殿堂（ワリス・ノカン）
　◇山本芳美訳「台湾原住民文学選 3」草風館
　　2003 p225

親和力 第二部（ゲーテ, ヨハン・ヴォルフガング）
　◇松井尚興訳「ポケットマスターピース 2」集
　　英社 2015 （集英社文庫ヘリテージシリー
　　ズ）p201

【 す 】

巣（ブロンテ, シャーロット）
◇中岡洋, 芦沢久江訳「ブロンテ姉妹エッセイ
全集」彩流社 2016 p168

巣穴（カフカ, フランツ）
◇由比俊行訳「ポケットマスターピース 1」集
英社 2015 （集英社文庫ヘリテージシリー
ズ）p215

瑞雲（ずいうん）（蒲松齢）
◇竹田晃, 黒田真美子著「中国古典小説選 10
（清代 2）」明治書院 2009 p167

水泳チーム（ジュライ, ミランダ）
◇岸本佐知子訳「美しい子ども」新潮社 2013
（CREST BOOKS）p103
◇岸本佐知子訳「ファイン／キュート素敵かわ
いい作品選」筑摩書房 2015 （ちくま文
庫）p304

酔客（王安憶）
◇宮い いずみ訳「コレクション中国同時代小説
6」勉誠出版 2012 p279

水彩画（グリーン, アレクサンドル）
◇岩本和久訳「魔法の本棚 消えた太陽」国書
刊行会 1999 p169

水車小屋のなか（アンドリッチ, イヴォ）
◇栗原成郎訳「東欧の文学 呪われた中庭」恒
文社 1983 p189

水晶（シュティフター）
◇手塚富雄訳「諸国物語—stories from the
world」ポプラ社 2008 p333

水晶玉（テル, ジョナサン）
◇ゴマ美保訳「ベスト・アメリカン・短編ミ
ステリ」DHC 2010 p497

水晶の瑕（シンクレア, メイ）
◇南條竹則, 坂本あおい訳「地獄—英国怪談中
篇傑作集」メディアファクトリー 2008
（幽books）p61

水晶のきらめき（シェイン, ジャネット）
◇片山亜紀抄訳「古典BL小説集」平凡社 2015
（平凡社ライブラリー）p99

水晶の卵（ウェルズ, H.G.）

◇小野寺健訳「バベルの図書館 8」国書刊行会
1988 p119
◇小野寺健訳「新編バベルの図書館 2」国書刊
行会 2012 p86

翠翠の物語（翠翠伝）（瞿佑）
◇竹田晃, 小塚由博, 仙石知子訳「中国古典小
説選 8（明代）」明治書院 2008 p274

＜彗星座＞復活（ウィリアムスン, チェット）
◇夏来健次訳「シルヴァー・スクリーム 上」
東京創元社 2013 （創元推理文庫）p375

水槽（ジャコビ, カール）
◇中村能三訳「幻想と怪奇—ポオ蒐集家」早川
書房 2005 （ハヤカワ文庫）p329

随想—雪舞い（ホーソーン, ナサニエル）
◇湯澤博訳「安らかに眠りたまえ—英米文学短
編集」海苑社 1998 p43

水族館（ニコライ, アルド／ソニエ, ジョルジュ）
◇和田誠一訳「現代フランス戯曲名作選 2」カ
モミール社 2012 p79

推定相続人（ウエイド, ヘンリー）
◇岡照雄訳「世界探偵小説全集 13」国書刊行
会 1999 p9

スーイー・ピル（スレーター, エレイン）
◇佐々田雅子訳「ミニ・ミステリ100」早川書
房 2005 （ハヤカワ・ミステリ文庫）p733

睡魔（バーセルミ, ドナルド）
◇山崎勉訳「現代アメリカ文学叢書 11」彩流
社 1998 p121

スイミー（レオニ, レオ）
◇谷川俊太郎訳「二時間目国語」宝島社 2008
（宝島社文庫）p32

推理小説作法の二十則（ヴァン・ダイン）
◇井上勇訳「綾辻行人と有栖川有栖のミステ
リ・ジョッキー 3」講談社 2012 p231

推理は二人で（ブリーン, ジョン・L.）
◇山本やよい訳「ホロスコープは死を招く」ソ
ニー・マガジンズ 2006 （ヴィレッジブッ
クス）p317

スウォヴァツキ選（スウォヴァツキ, ユリウシュ）
◇土谷直人訳「ポケットのなかの東欧文学—ル
ネッサンスから現代まで」成文社 2006
p36

数学者の災難（ドリトル, ショーン）
◇和爾桃子訳「ベスト・アメリカン・ミステリ

ハーレム・ノクターン」早川書房 2005
（ハヤカワ・ミステリ）p93

空（スカイ）（ラファティ, R.A.）
◇大野万紀訳「20世紀SF 4」河出書房新社
2001（河出文庫）p337

スカイ・オブ・ブルー シー・オブ・グリーン
（劉索拉）
◇新谷雅樹訳「現代中国の小説 君にはほかの
選択はない」新潮社 1997 p133

頭蓋骨（オーツ, ジョイス・キャロル）
◇井伊順彦訳「ベスト・アメリカン・ミステリ
ジュークボックス・キング」早川書房
2005（ハヤカワ・ミステリ）p319

頭蓋骨に描かれた絵（ボンテンペルリ, マッシ
モ）
◇下位英一訳「思いがけない話」筑摩書房
2010（ちくま文学の森）p289

スカウトの名誉（ビッスン, テリー）
◇中村融編訳「奇想コレクション 平ら山を越
えて」河出書房新社 2010 p159

素顔のバレンタイン（トンプソン, ヴィッキー・
L.）
◇片山真紀訳「マイ・バレンタイン—愛の贈り
もの 2004」ハーレクイン 2004 p5

素顔のユリーマ（ラファティ, R.A.）
◇伊藤典夫訳「ロボット・オペラ—An
Anthology of Robot Fiction and Robot
Culture」光文社 2004 p450

姿を消した少女の冒険（クイーン, エラリー）
◇飯城勇三訳「死せる案山子の冒険—聴取者へ
の挑戦 2」論創社 2009（論創海外ミステ
リ）p301

姿なき帰宅（エンライト, チャールズ）
◇浅倉久志選訳「極短小説」新潮社 2004（新
潮文庫）p335

姿見を通して—第1回（クイーン, エラリー）
◇「ミステリ・リーグ傑作選 上」論創社 2007
（論創海外ミステリ）p2

姿見を通して—第2回（クイーン, エラリー）
◇「ミステリ・リーグ傑作選 上」論創社 2007
（論創海外ミステリ）p114

姿見を通して—第3回（クイーン, エラリー）
◇「ミステリ・リーグ傑作選 上」論創社 2007
（論創海外ミステリ）p186

姿見を通して—第4回（クイーン, エラリー）
◇「ミステリ・リーグ傑作選 下」論創社 2007
（論創海外ミステリ）p308

スカット・ファーカスと魔性のマライア（シェ
パード, ジーン）
◇浅倉久志訳「異色作家短篇集 18」早川書房
2007 p143

スカー・ティッシュー（さまざまなゲームよ
り）（インディアナ, ゲイリー）
◇越川芳明訳「ライターズX マリアの死」白水
社 1995 p129

スカーフ—ひそかな経験（アディーチェ, チママ
ンダ・ンゴズィ）
◇くぼたのぞみ訳「Modern & Classic アメリ
カにいる、きみ」河出書房新社 2007 p69

スカリシェフの教会（イヴァシュキェヴィッチ,
ヤロスロ）
◇木村彰一, 吉上昭三訳「東欧の文学 尼僧ヨア
ンナ 他」恒文社 1967 p345

スカルマンタドの旅行譚—本人直筆の手記
（ヴォルテール）
◇川口顕弘訳「バベルの図書館 7」国書刊行会
1988 p37
◇川口顕弘訳「新編 バベルの図書館 4」国書刊
行会 2012 p32

スカーレット・フィーバー（グレープ, ジャン）
◇矢口誠訳「探偵稼業はやめられない—女探偵
vs.男探偵」光文社 2003（光文社文庫）
p75

スカーレット・レイディ（ロバーツ, キース）
◇中村融訳「千の脚を持つ男—怪物ホラー傑作
選」東京創元社 2007（創元推理文庫）
p297

……好きじゃないもの（ドラグンスキイ）
◇須佐多恵訳「雑話集—ロシア短編集 2」「雑
話集」の会 2009 p26

スキゾフレニア（フィニョレ, ジャン＝クロード）
◇星埜守之訳「月光浴—ハイチ短篇集」国書刊
行会 2003（Contemporary writers）
p171

スキラース（作者不詳）
◇橋本隆夫訳「ギリシア喜劇全集 7」岩波書店
2010 p112

スキン・ディープ（パレツキー, サラ）
◇山本やよい訳「現代ミステリーの至宝 2」扶

すきん

桑社 1997（扶桑社ミステリー）p27
スキン・ディープ（ロイル、ニコラス）
　　◇佐々木信雄訳「魔猫」早川書房 1999 p139
救い（アボット、パトリシア）
　　◇濱野大道訳「18の罪—現代ミステリ傑作選」
　　　ヴィレッジブックス 2012（ヴィレッジ
　　　ブックス）p171
救いの死（ケネディ、ミルワード）
　　◇横山啓明訳「世界探偵小説全集 30」国書刊
　　　行会 2000 p11
すぐり（ジュワフスキ、ミロスワフ）
　　◇高橋佳代訳「文学の贈物—東中欧文学アンソ
　　　ロジー」未知谷 2000 p127
スクリーンの陰に（ブロック、ロバート）
　　◇仁賀克雄編・訳「新・幻想と怪奇」早川書房
　　　2009（Hayakawa pocket mystery books）
　　　p187
『スケーナース・カタランバヌーサイ（テント
　　を占拠する女たち）』（アリストパネース）
　　◇久保田忠利、野津寛、脇本由佳訳「ギリシア
　　　喜劇全集 4」岩波書店 2009 p351
スコルタの太陽（ゴデ、ロラン）
　　◇新島進訳「Modern & Classic スコルタの太
　　　陽」河出書房新社 2008 p3
すごろく将棋の勝負（メリメ、プロスペル）
　　◇杉捷夫訳「教えたくなる名短篇」筑摩書房
　　　2014（ちくま文庫）p71
凄まじい力に追われて（ブランドン、ジェイ）
　　◇漆原敦子訳「殺しが二人を別つまで」早川書
　　　房 2007（ハヤカワ・ミステリ文庫）p473
スーサリオーン（作者不詳）
　　◇中務哲郎、西村賀子、平山晃司訳「ギリシア
　　　喜劇全集 9」岩波書店 2012 p365
スシ（ナッムー）
　　◇南田みどり編訳「二十一世紀ミャンマー作品
　　　集」大同生命国際文化基金 2015（アジア
　　　の現代文芸）p227
スズカケノキの悲しみ（アリ、ラフミ）
　　◇脇西塚己訳「現代トルコ文学選 2」東京外国
　　　語大学外国語学部トルコ語専攻研究室
　　　2012（TUFS Middle Eastern studies）
　　　p213
スター・ウォーズ勃発前夜（張系国）
　　◇三木直大訳「新しい台湾の文学 星雲組曲」

国書刊行会 2007 p216
スターストーンの探索（ムーア、C.L.）
　　◇仁賀克雄訳「ダーク・ファンタジー・コレク
　　　ション 9」論創社 2008 p403
スター総出演（アンダースン、フレデリック・
　　アーヴィング）
　　◇駒瀬裕子訳「ミステリーの本棚 怪盗ゴダー
　　　ルの冒険」国書刊行会 2001 p201
スター誕生（スキップ、ジョン）
　　◇夏来健次訳「シルヴァー・スクリーム 下」
　　　東京創元社 2013（創元推理文庫）p209
スターファインダー（ヤング、ロバート・F.）
　　◇伊藤典夫訳「奇想コレクション たんぽぽ娘」
　　　河出書房新社 2013 p277
スター・ブライト（ラッツ、ジョン）
　　◇大井良純訳「フィリップ・マーロウの事件」
　　　早川書房 2007（ハヤカワ・ミステリ文
　　　庫）p299
スターリン（セカラン、シャンティ）
　　◇渡部裕一訳「アメリカ新進作家傑作選 2004」
　　　DHC 2005 p41
スターリンへの愛の手紙（マヨルガ、フアン）
　　◇田尻陽一訳「現代スペイン演劇選集 2」カモ
　　　ミール社 2015 p47
スタンリーの祖父の写真（ダン、ダグラス）
　　◇中野康司訳「新しいイギリスの小説 ひそや
　　　かな村」白水社 1992 p133
スタンリー・ブルックの遺志（キャンベル、ラム
　　ジー）
　　◇尾之上浩司訳「クトゥルフ神話への招待—遊
　　　星からの物体X」扶桑社 2012（扶桑社ミ
　　　ステリー）p207
すっぽん（ハイスミス、パトリシア）
　　◇吉田誠一訳「幻想と怪奇—ポオ蒐集家」早川
　　　書房 2005（ハヤカワ文庫）p77
　　◇小倉多加志訳「厭な物語」文藝春秋 2013
　　　（文春文庫）p45
スティーヴ・フィーヴァー（イーガン、グレッ
　　グ）
　　◇山岸真訳「スティーヴ・フィーヴァー—ポス
　　　トヒューマンSF傑作選 SFマガジン創刊50
　　　周年記念アンソロジー」早川書房 2010
　　　（ハヤカワ文庫 SF）p249
スティクス（プラウトゥス）
　　◇小林標訳「ローマ喜劇集 4」京都大学学術出

版会 2002（西洋古典叢書）p303

ステイトリー・ホームズと金属箱事件（ポージス，アーサー）
　　◇北原尚彦編訳「シャーロック・ホームズの栄冠」論創社 2007（論創海外ミステリ）p141

ステイトリー・ホームズの新冒険（ポージス，アーサー）
　　◇北原尚彦編訳「シャーロック・ホームズの栄冠」論創社 2007（論創海外ミステリ）p125

ステイトリー・ホームズの冒険（ポージス，アーサー）
　　◇北原尚彦編訳「シャーロック・ホームズの栄冠」論創社 2007（論創海外ミステリ）p113

捨て難きもの―太平車（タイピンチョー）（劉慶邦）
　　◇立松昇一訳「コレクション中国同時代小説 5」勉誠出版 2012 p25

すてきなプロポーズ（ニールズ，ベティ）
　　◇秋庭葉瑠訳「四つの愛の物語―クリスマス・ストーリー 2007」ハーレクイン 2007 p217

棄ててきた女（スパーク，ミュリエル）
　　◇若島正訳「異色作家短篇集 19」早川書房 2007 p205

ステパノス（作者不詳）
　　◇中務哲郎，西村賀子，平山晃司訳「ギリシア喜劇全集 9」岩波書店 2012 p338

ステパンチコヴォ村とその住民たち 抄（ドストエフスキー，フョードル・ミハイロヴィチ）
　　◇高橋知之訳「ポケットマスターピース 10」集英社 2016（集英社文庫ヘリテージシリーズ）p359

ストア・コップ（レイシー，エド）
　　◇松野玲子訳「ブルー・ボウ・シリーズ 殺人コレクション」青弓社 1992 p51

ストーカー（ケラーマン，フェイ）
　　◇高橋恭美子訳「愛の殺人」早川書房 1997（ハヤカワ・ミステリ文庫）p187

ストップ・プレス（イネス，マイクル）
　　◇富塚由美訳「世界探偵小説全集 38」国書刊行会 2005 p7

ストラッティス（作者不詳）
　　◇中務哲郎，西村賀子，平山晃司訳「ギリシア

喜劇全集 9」岩波書店 2012 p344

ストラディヴァリウスのヴァイオリン（グミリョーフ，ニコライ）
　　◇西周成編訳「ロシア幻想短編集」アルトアーツ 2016 p91

『ストラティオオタイ（兵士たち）』（メナンドロス）
　　◇中務哲郎，脇本由佳，荒井直訳「ギリシア喜劇全集 6」岩波書店 2010 p311

ストラトーン（作者不詳）
　　◇中務哲郎，西村賀子，平山晃訳「ギリシア喜劇全集 9」岩波書店 2012 p340

ストリックランドの息子の生涯（ベリズフォード，J.D.）
　　◇西崎憲訳「怪奇文学大山脈 2」東京創元社 2014 p183

ストリップ・ポーカー（オーツ，ジョイス・キャロル）
　　◇田口俊樹訳「ポーカーはやめられない―ポーカー・ミステリ書下ろし傑作選」ランダムハウス講談社 2010 p209

ストリボールの森（ブルリッチ＝マジュラニッチ，イヴァーナ）
　　◇栗原成郎訳「文学の贈物―東中欧文学アンソロジー」未知谷 2000 p396

砂嵐の追跡（ホーンズビー，ウェンディ）
　　◇玉木雄策訳「ベスト・アメリカン・ミステリ クラック・コカイン・ダイエット」早川書房 2007（ハヤカワ・ミステリ）p209

砂男（ホフマン，E.T.A.）
　　◇種村季弘訳「諸国物語―stories from the world」ポプラ社 2008 p139
　　◇種村季弘訳「思いがけない話」筑摩書房 2010（ちくま文学の森）p389

素直になれなくて（フォスター，ローリー）
　　◇石原未奈子訳「キス・キス・キス―素直になれなくて」ヴィレッジブックス 2008（ヴィレッジブックス）p201

スナップドラゴン（クロス，ジリアン）
　　◇安藤紀子訳「ミステリアス・クリスマス」パロル舎 1999 p7

砂の檻（バラード，J.G.）
　　◇中村融訳「20世紀SF 3」河出書房新社 2001（河出文庫）p169

砂のコレクション（カルヴィーノ，イタロ）

すなる

◇脇功訳「イタリア叢書 5」松籟社 1988

スナルバグ（バウチャー，アントニー）
　　◇白須清美訳「ダーク・ファンタジー・コレクション 3」論創社 2006 p237

スネーク・アイズ（キング，ジョナソン）
　　◇青木千鶴訳「ベスト・アメリカン・ミステリ　スネーク・アイズ」早川書房 2005（ハヤカワ・ミステリ）p223

スノウ、スノウ、スノウ（ハーヴェイ，ジョン）
　　◇駒月雅子訳「殺しのグレイテスト・ヒッツ」早川書房 2007（ハヤカワ・ミステリ文庫）p203

スノウ・フィーバー（バリー，レベッカ）
　　◇中村祐子訳「アメリカ新進作家傑作選 2005」DHC 2006 p423

スノーボール（ヘッド，ベッシー）
　　◇くぼたのぞみ訳「アフリカ文学叢書 優しさと力の物語」スリーエーネットワーク 1996 p29

スパイス・ポグロム（ウィリス，コニー）
　　◇大森望編訳「奇想コレクション 最後のウィネベーゴ」河出書房新社 2006 p129

スパイスはひかえめに（ラクレア，デイ）
　　◇高田映実訳「四つの愛の物語—クリスマス・ストーリー '99」ハーレクイン 1999 p95

スーパーゴートマン（レセム，ジョナサン）
　　◇渡辺佐智江訳「ベスト・ストーリーズ 3」早川書房 2016 p189

スパッドとシュパンダウ（ジョンズ，W.E.）
　　◇熊谷千寿訳「翼を愛した男たち」原書房 1997 p93

スーパーマンはつらい（コグスウェル，シオドア）
　　◇浅倉久志編訳「グラックの卵」国書刊行会 2006（未来の文学）p101

すばらしき白服（ブラッドベリ，レイ）
　　◇吉田誠一訳「異色作家短篇集 15」早川書房 2006 p51

素晴らしき真鍮自動チェス機械（ウルフ，ジーン）
　　◇柳下毅一郎訳「モーフィー時計の午前零時—チェス小説アンソロジー」国書刊行会 2009 p137

すばらしき誘拐（ボアロー／ナルスジャック）

◇日影丈吉訳「ミステリマガジン700—創刊700号記念アンソロジー 海外篇」早川書房 2014（ハヤカワ・ミステリ文庫）p193

スピュー（スティーヴンスン，ニール）
　　◇柴田元幸訳「ハッカー／13の事件」扶桑社 2000（扶桑社ミステリー）p373

スフィンクスの館（ダンセイニ卿）
　　◇高山直之訳「英国短篇小説の愉しみ 3」筑摩書房 1999 p103

スプリング熱（コリア，ジョン）
　　◇村上啓夫訳「異色作家短篇集 7」早川書房 2006 p93

スペイン宮廷恋愛詩集（ガルシラソ・デ・ラ・ベーガ）
　　◇本田誠二訳「西和リブロス 13」西和書林 1993 p5

スペイン日記（コリツォーフ，ミハイル・エフィーモヴィッチ）
　　◇小野理子訳「20世紀民衆の世界文学 4」三友社出版 1987 p1

スペインのある農夫へのレクイエム（センデール，ラモン）
　　◇浜田滋郎訳「西和リブロス 3」西和書林 1985 p7

スペシャリスト（スミス，アリソン）
　　◇岸本佐知子編訳「変愛小説集 2」講談社 2010 p33

すべて（アノーダル，サンジャースレンギーン）
　　◇柴内秀司訳「モンゴル近現代短編小説選」パブリック・ブレイン 2013 p494

すべてが頼りげなく見える偽の天国（チュン，チュー・チャン）
　　◇斎藤博士訳「アンデスの風叢書 天国・地獄百科」書肆風の薔薇 1982 p125

すべて処分すべし（マシューズ，バリー）
　　◇田中敦子訳「アメリカ新進作家傑作選 2003」DHC 2004 p321

すべての小さきもののために（ハミルトン，ウォーカー）
　　◇北代美和訳「Modern & Classic すべての小さきもののために」河出書房新社 2004 p3

すべての夏をこの一日に（ブラッドベリ，レイ）
　　◇吉田誠一訳「異色作家短篇集 15」早川書房 2006 p217

すべての根っこに宿る力（デイヴィッドスン, ア
ヴラム）
　◇深町眞理子訳「奇想コレクション　どんがら
　　がん」河出書房新社 2005 p237
すべての火は火（コルタサル, フリオ）
　◇木村榮一訳「アンデスの風叢書　すべての火
　　は火」水声社 1993 p191
全ては実に単純だ（コンラード, ジェルジュ）
　◇岩崎悦子訳「東欧の文学　ケース・ワーカー」
　　恒文社 1982 p181
すべては予見されていた（ヒューズ, トマス・パ
トリック）
　◇内田吉彦訳「アンデスの風叢書　天国・地獄
　　百科」書肆風の薔薇 1982 p64
スペードの女王（プーシキン, アレクサンドル）
　◇岡本綺堂編訳「世界怪談名作集　上」河出書
　　房新社 2002 （河出文庫）p57
　◇神西清訳「賭けと人生」筑摩書房 2011 （ち
　　くま文学の森）p167
　◇神西清訳「怪奇小説精華」筑摩書房 2012
　　（ちくま文庫）p77
スポーツ好きの郷士の事件（スミス, ガイ・N.）
　◇日暮雅通訳「シャーロック・ホームズの大冒
　　険　上」原書房 2009 p257
スマイル（ラボトー, エミリー）
　◇堀川志野舞訳「ベスト・アメリカン・ミステ
　　リ クラック・コカイン・ダイエット」早川
　　書房 2007 （ハヤカワ・ミステリ）p431
スミスとジョーンズ（エイケン, コンラッド）
　◇柳瀬尚紀訳「犯罪は詩人の楽しみ―詩人ミス
　　テリ集成」東京創元社 2012 （創元推理文
　　庫）p220
隅田川オレンジライト（グリーン, デイヴィッ
ド）
　◇本兌有, 杉ライカ訳「ハーン・ザ・ラストハ
　　ンター――アメリカン・オタク小説集」筑摩
　　書房 2016 p235
隅田川ゲイシャナイト（グリーン, デイヴィッ
ド）
　◇本兌有, 杉ライカ訳「ハーン・ザ・ラストハ
　　ンター――アメリカン・オタク小説集」筑摩
　　書房 2016 p249
すみれの君（ポルガー, アルフレート）
　◇池内紀訳「百年文庫 42」ポプラ社 2010 p5
住むところはいいところ（ブロック, ローレン
ス）
　◇田口俊樹, 高山真由美訳「マンハッタン物語」
　　二見書房 2008 （二見文庫）p377
スヨーホルメンのヨー（リー, ヨナス）
　◇中野善夫訳「魔法の本棚　漁師とドラウグ」
　　国書刊行会 1996 p25
スラムの猫（シートン, アーネスト・トンプソン）
　◇月村澄枝訳「猫は九回生きる―とっておきの
　　猫の話」心交社 1997 p139
スリ（ジョーンズ, トム）
　◇柴田元幸編訳「いずれは死ぬ身」河出書房新
　　社 2009 p71
ズリイカ・ドブソン（ビアボーム, マックス）
　◇佐々木徹訳「20世紀イギリス小説個性派セレ
　　クション 3」新人物往来社 2010 p3
掏摸日記（クック, クリストファー）
　◇三角和代訳「ベスト・アメリカン・ミステリ
　　ジュークボックス・キング」早川書房
　　2005 （ハヤカワ・ミステリ）p73
ズルタンじいさん（カワード, マット）
　◇村上和久訳「赤ずきんの手には拳銃」原書房
　　1999 p275
ずる休み（ワリス・ノカン）
　◇内山加代訳「台湾原住民文学選 3」草風館
　　2003 p9
スレドニ・ヴァシュター（サキ）
　◇中西秀男訳「バベルの図書館 2」国書刊行会
　　1988 p153
　◇中西秀男訳「新編 バベルの図書館 2」国書刊
　　行会 2012 p325
スレドニ・ヴァシュタール（サキ）
　◇宇野利泰訳「怪奇小説傑作集新版 2」東京創
　　元社 2006 （創元推理文庫）p195
スロットル（ヒル, ジョー／キング, スティーヴ
ン）
　◇白石朗訳「ヒー・イズ・レジェンド」小学館
　　2010 （小学館文庫）p17
スロー・バーン（ラストベーダー, エリック・
ヴァン）
　◇七搦理美子訳「殺さずにはいられない 2」早
　　川書房 2002 （ハヤカワ・ミステリ文庫）
　　p37
すんでのところで（ランキン, イアン／ジェイム
ズ, ピーター）
　◇田口俊樹訳「フェイスオフ対決」集英社

せい

2015（集英社文庫）p59

【せ】

精（マクラウド, フィオナ）
　◇松村みね子訳「幻想小説神髄」筑摩書房
　　2012（ちくま文庫）p267

性愛教授（ボーモント, チャールズ）
　◇小笠原豊樹訳「異色作家短篇集 12」早川書
　　房 2006 p229

聖アントニウスの誘惑（バーセルミ, ドナルド）
　◇山崎勉訳「現代アメリカ文学叢書 11」彩流
　　社 1998 p205

聖域（ヴァン・ヴォクト, A.E.）
　◇大木達哉訳「吸血鬼伝説─ドラキュラの末裔
　　たち」原書房 1997 p287

旌異記（せいいき）（侯白）
　◇佐野誠子著「中国古典小説選 2（六朝 1）」明
　　治書院 2006

セイヴ・ザ・リーパー（マンロー, アリス）
　◇近藤三峰訳「アメリカ短編小説傑作選 2001」
　　DHC 2001（アメリカ文芸「年間」傑作
　　選）p431

星雲組曲（張系国）
　◇山口守訳「新しい台湾の文学 星雲組曲」国
　　書刊行会 2007 p9

聖エウダイモンとオレンジの樹（リー, ヴァー
　ノン）
　◇西崎憲編訳「短篇小説日和─英国異色傑作
　　選」筑摩書房 2013（ちくま文庫）p209

生への疑問（ヴィットリーニ）
　◇武谷なおみ編訳「短篇で読むシチリア」みす
　　ず書房 2011（大人の本棚）p106

青娥（せいが）（蒲松齢）
　◇竹田晃, 黒田真美子著「中国古典小説選 10
　　（清代 2）」明治書院 2009 p20

斉諧記（せいかいき）（東陽無疑）
　◇佐野誠子著「中国古典小説選 2（六朝 1）」明
　　治書院 2006

正確なる位置（アウグスティヌス）
　◇斎藤博士訳「アンデスの風叢書 天国・地獄
　　百科」書肆風の薔薇 1982 p109

生活必需品（ディック, フィリップ・K.）
　◇仁賀克雄訳「ダーク・ファンタジー・コレク
　　ション 10」論創社 2009 p241

税関というものは（マクドナルド, ラック）
　◇浅倉久志選訳「極短小説」新潮社 2004（新
　　潮文庫）p111

世紀のファーストキス（ゼイン, キャロリン）
　◇槙由子訳「マイ・バレンタイン─愛の贈りも
　　の 2005」ハーレクイン 2005 p199

正義の味方（リッチー, ジャック）
　◇武藤崇恵訳「KAWADE MYSTERY ダイア
　　ルAを回せ」河出書房新社 2007 p7

正義の四人／ロンドン大包囲網（ウォーレス,
　エドガー）
　◇宮崎ひとみ訳「海外ミステリ Gem
　　Collection 7」長崎出版 2007 p1

世紀末大騒動（キャディガン, パット）
　◇小川隆訳「ディスコ2000」アーティストハウ
　　ス 1999 p13

清教徒（温祥英）
　◇今泉秀人訳「台湾熱帯文学 4」人文書院
　　2011 p81

聖金曜日（ウィルスン, F.ポール）
　◇白石朗訳「999（ナインナインナイン）─聖金
　　曜日」東京創元社 2000（創元推理文庫）
　　p9

西京雑記（せいけいざっき）（抄）（作者不詳）
　◇竹田晃, 梶村永, 高芝麻子, 山崎藍訳「中国古
　　典小説選 1（漢・魏）」明治書院 2007
　　p181

清潔な, 明かりのちょうどいい場所（ヘミング
　ウェイ, アーネスト）
　◇上田麻由子訳「病短編小説集」平凡社 2016
　　（平凡社ライブラリー）p185

性交が二人の人間関係に及ぼす影響に対する
　文学的考察のうちの事例研究部分引用（ソン
　グ・キョングア）
　◇安宇植編訳「シックスストーリーズ─現代韓
　　国女性作家短編」集英社 2002 p87

星座スカーフ（レンデル, ルース）
　◇小尾芙佐訳「ウーマンズ・ケース 上」早川書
　　房 1998（ハヤカワ・ミステリ文庫）p113

清算（ブロック, ローレンス）
　◇二瓶邦夫訳「ベスト・アメリカン・短編ミス

テリ 2012」DHC 2012 p71

精算（デーリ, ティボル）
　　◇片岡啓治訳「東欧の文学 ニキ〈ある犬の物語〉」恒文社 1969 p165

清算—母と息子しみじみ（ヒーニー, シェイマス）
　　◇岩田美喜訳「しみじみ読むイギリス・アイルランド文学—現代文学短編作品集」松柏社 2007 p61

聖餐祭（フランス, アナトール）
　　◇岡本綺堂編訳「世界怪談名作集 下」河出書房新社 2002 （河出文庫）p93

聖ジェリー教団vsウォームボーイ（ショウ, デイヴィッド・J.）
　　◇夏来健次訳「死霊たちの宴 下」東京創元社 1998 （創元推理文庫）p279

生死線上（余心樂）
　　◇松田京子訳「有栖川有栖の本格ミステリ・ライブラリー」角川書店 2001 （角川文庫）p225

生死の場—蕭紅の同名小説に拠る（田沁鑫）
　　◇飯塚容訳「中国現代戯曲集 第5集」晩成書房 2004 p71

政治の道は殺人へ（リッチー, ジャック）
　　◇武藤崇恵訳「KAWADE MYSTERY ダイアルAを回せ」河出書房新社 2007 p33

静寂の空（スミス, ラクラン）
　　◇寺坂由美子訳「アメリカ新進作家傑作選 2005」DHC 2006 p211

聖週間（アンジェイェフスキ, イェージイ）
　　◇吉上昭三訳「東欧の文学 パサジェルカ〈女船客〉他」恒文社 1966 p27

成熟こそがすべて（マッカーシー, ジョアン）
　　◇吉田利子訳「間違ってもいい、やってみたら—想いがはじける28の物語」講談社 1998 p28

聖ジュリアン伝（フローベール, ギュスターヴ）
　　◇太田浩一訳「百年文庫 7」ポプラ社 2010 p105

青春を締めくくる小説 ルイーズ・コレ宛〔一八四六年十二月二日〕（フローベール, ギュスターヴ）
　　◇山崎敦訳「ポケットマスターピース 7」集英社 2016 （集英社文庫ヘリテージシリーズ）p730

青春を少々（フィニイ, ジャック）
　　◇福島正実訳「異色作家短篇集 13」早川書房 2006 p185

青春の泉（張系国）
　　◇山口守訳「新しい台湾の文学 星雲組曲」国書刊行会 2007 p105

聖職者は敬きべきもの（作者不詳）
　　◇牛島信明訳「アンデスの風叢書 天国・地獄百科」書肆風の薔薇, 水声社 1982 p34

聖女ペルペトウア（リポイ, ライラ）
　　◇岡本淳子訳「現代スペイン演劇選集 3」カモミール社 2016 p195

精神一到…（マシスン, リチャード／マシスン, リチャード・クリスチャン）
　　◇広瀬順弘訳「闇の展覧会 罠」早川書房 2005 （ハヤカワ文庫）p65

星塵組曲（張系国）
　　◇三木直大訳「新しい台湾の文学 星雲組曲」国書刊行会 2007 p183

精神の死（パピーニ, ジョヴァンニ）
　　◇河島英昭訳「バベルの図書館 30」国書刊行会 1992 p49
　　◇河島英昭訳「新編 バベルの図書館 5」国書刊行会 2013 p342

星辰は魂である（プリンチャード, I.C.）
　　◇斎藤博士訳「アンデスの風叢書 天国・地獄百科」書肆風の薔薇 1982 p158

聖水授与者（モーパッサン, ギ・ド）
　　◇河盛好蔵訳「心洗われる話」筑摩書房 2010 （ちくま文学の森）p119

生成流転（タンミンアウン）
　　◇南田みどり編訳「ミャンマー現代短編集 2」大同生命国際文化基金 1998 （アジアの現代文芸）p167

成層圏の秘密（ファーリー, ラルフ・ミルン）
　　◇妹尾アキ夫訳「怪樹の腕—〈ウィアード・テールズ〉戦前邦訳傑作選」東京創元社 2013 p403

生存確認（グレヴィッチ, フィリップ）
　　◇ウィリアム N.伊藤訳「ゾエトロープ Pop」角川書店 2001 （Bookplus）p221

生存者（ブラウンベック, ゲイリー・A.）
　　◇田中一江訳「サイコ—ホラー・アンソロジー」祥伝社 1998 （祥伝社文庫）p545

作品名から引ける世界文学全集案内 第III期　183

せいそ

◇田中一江訳「アメリカミステリ傑作選 2001」
DHC 2001（アメリカ文芸「年間」傑作
選）p61

生存者への公開状（ネヴィンズ, F.M., Jr.）
◇飯城勇三編訳「エラリー・クイーンの災難」
論創社 2012（論創海外ミステリ）p11

生存テスト（マシスン, リチャード）
◇仁賀克雄訳「ダーク・ファンタジー・コレク
ション 2」論創社 2006 p157

聖誕（韓龍雲）
◇安宇植（アンウーシク）訳「韓国文学名作選 ニ
ムの沈黙」講談社 1999 p152

聖地へ＜サイシャット＞（イティ・タオス）
◇松本さち子訳「台湾原住民文学選 4」草風館
2004 p273

聖地にて靴と靴下の着用を厳禁する（ルーサ
ン）
◇南田みどり編訳「二十一世紀ミャンマー作品
集」大同生命国際文化基金 2015（アジア
の現代文芸）p124

晴天の霹靂（キルシュ, ザーラ）
◇松永知子訳「シリーズ現代ドイツ文学 5」早
稲田大学出版部 1993 p47

青銅の騎士―ペテルブルグの物語（プーシキン）
◇郡伸哉訳「青銅の騎士―小さな悲劇」群像社
2002（ロシア名作ライブラリー）p135

青銅の心臓（バトホヤグ, プレブフーギーン）
◇柴内秀司訳「モンゴル近現代短編小説選」パ
ブリック・ブレイン 2013 p526

生と死（セーンマニー, ブンスーン）
◇二元裕子編訳「ラオス現代文学選集」大同生
命国際文化基金 2013（アジアの現代文
芸）p121

生と死の問題（プロンジーニ, ビル／マルツバー
グ, バリー・N.）
◇山本俊子訳「ミニ・ミステリ100」早川書房
2005（ハヤカワ・ミステリ文庫）p24

聖なる贈り物（ストーン, リン）
◇美琴あまね訳「四つの愛の物語―クリスマ
ス・ストーリー 2007」ハーレクイン 2007
p321

セイ・ネバー（ウォーレス, デイヴィッド・フォ
スター）
◇白石朗訳「ライターズX 奇妙な髪の少女」白
水社 1994 p227

生の祭＜ブヌン＞（ホスルマン・ヴァヴァ）
◇松本さち子訳「台湾原住民文学選 4」草風館
2004 p115

聖杯をめぐる冒険（ジョンソン, ロジャー）
◇日暮雅通訳「シャーロック・ホームズの大冒
険 下」原書房 2009 p191

精薄児から学ぼう（コンラード, ジェルジュ）
◇岩崎悦子訳「東欧の文学 ケース・ワーカー」
恒文社 1982 p82

斉物論篇第二〔荘子〕（荘子）
◇福永光司, 興膳宏訳「世界古典文学全集 17」
筑摩書房 2004 p102

西部道中七難八苦 抄（トウェイン, マーク）
◇柴田元幸訳「ポケットマスターピース 6」集
英社 2016（集英社文庫ヘリテージシリー
ズ）p665

聖母の軽業師（フランス, アナトール）
◇日仏言語文化協会「エチュード月曜クラス」
訳「掌中のエスプリーフランス文学短篇名
作集」弘学社 2013 p67

聖母の曲芸師（フランス, アナトール）
◇堀口大学訳「心洗われる話」筑摩書房 2010
（ちくま文学の森）p129

精米所の敷居＜プユマ＞（孫大川）
◇安場淳訳「台湾原住民文学選 6」草風館
2008 p350

生命（韓龍雲）
◇安宇植（アンウーシク）訳「韓国文学名作選 ニ
ムの沈黙」講談社 1999 p38

生命維持装置（ブルックス, ドロシー・ハウ）
◇吉田利子訳「間違ってもいい、やってみたら
―想いがはじける28の物語」講談社 1998
p130

生命線（ナヴァロ, イヴォンヌ）
◇田中一江訳「サイコーホラー・アンソロ
ジー」祥伝社 1998（祥伝社文庫）p329

生命体（マシスン, リチャード）
◇仁賀克雄訳「ダーク・ファンタジー・コレク
ション 2」論創社 2006 p41

生命の掟（ロンドン, ジャック）
◇井上謙治訳「バベルの図書館 5」国書刊行会
1988 p59
◇井上謙治訳「新編 バベルの図書館 1」国書刊
行会 2012 p245

せかい

生命の樹 (ムーア, C.L.)
　◇仁賀克雄訳「ダーク・ファンタジー・コレク
　　ション 9」論創社 2008 p363

生命の樹―あるカリブの家系の物語 (コンデ,
マリーズ)
　◇管啓次郎訳「新しい〈世界文学〉シリーズ 生
　　命の樹」平凡社 1998 p1

生命の芸術 (韓龍雲)
　◇安宇植 (アンウーシク) 訳「韓国文学名作選 ニ
　　ムの沈黙」講談社 1999 p117

聖夜に、あと一度だけ (マッケナ, シャノン)
　◇鈴木美朋訳「キス・キス・キス―聖夜に、あ
　　と一度だけ」ヴィレッジブックス 2007
　　（ヴィレッジブックス）p259

聖夜のウェディング・ベル (グレアム, ヘザー)
　◇矢吹由梨子訳「シーズン・フォー・ラヴァー
　　ズ―クリスマス短編集」ハーレクイン
　　2005 （Mira文庫）p157

聖夜の再会 (マッコーマー, デビー)
　◇島野めぐみ訳「天使が微笑んだら―クリスマ
　　ス・ストーリー2008」ハーレクイン 2008
　　p5

聖夜の贖罪 (バロウズ, アニー)
　◇高橋美友紀訳「五つの愛の物語―クリスマ
　　ス・ストーリー2015」ハーパーコリンズ・
　　ジャパン 2015 p251

聖夜の誓い (ムーア, マーガレット)
　◇麻生ミキ訳「四つの愛の物語―クリスマス・
　　ストーリー 2001」ハーレクイン 2001
　　p395

聖夜のできごと (ダリオ, ルベン)
　◇平井恒子訳「ラテンアメリカ短編集―モデル
　　ニズモから魔術的レアリズモまで」彩流社
　　2001 p35

聖夜の晩餐 (アームストロング, リンゼイ)
　◇千秋葉子訳「四つの愛の物語―クリスマス・
　　ストーリー '99」ハーレクイン 1999 p227

聖夜の訪問者 (ニールズ, ベティ)
　◇栗原百代訳「四つの愛の物語―クリスマス・
　　ストーリー イブの星に願いを 2005」ハー
　　レクイン 2005 p5

聖夜の誘惑 (ネイヴィン, ジャクリーン)
　◇遠藤和美訳「四つの愛の物語―クリスマス・
　　ストーリー 2002」ハーレクイン 2002
　　p327

聖夜は億万長者と (モーティマー, キャロル)
　◇高木晶子訳「四つの愛の物語―クリスマス・
　　ストーリー 2010」ハーレクイン 2010
　　p167

西洋怪談／黒猫 (ポー, エドガー・アラン)
　◇饗庭篁村訳「明治の翻訳ミステリー―翻訳編
　　第1巻」五月書房 2001 （明治文学復刻叢
　　書）p83

青蘭夢 (李陸史)
　◇安宇植 (アンウーシク) 訳「韓国文学名作選 李
　　陸史詩集」講談社 1999 p80

成立しないヴァリエーション (マーティン,
ジョージ・R.R.)
　◇中村融編訳「奇想コレクション 洋梨形の男」
　　河出書房新社 2009 p227

凄涼の岸 (ライバー, フリッツ)
　◇浅倉久志訳「不死鳥の剣―剣と魔法の物語傑
　　作選」河出書房新社 2003 （河出文庫）
　　p243

聖霊降臨日の結婚式 (ラーキン, フィリップ)
　◇沢崎順之助訳「英国鉄道文学傑作選」筑摩書
　　房 2000 （ちくま文庫）p251

聖霊の神殿 (オコナー, フラナリー)
　◇大久保庸子訳「ブルー・ボウ・シリーズ レ
　　イチェルの夏」青弓社 1994 p105

セイレムの怪異 (カットナー, ヘンリイ)
　◇高木国寿訳「新編 真ク・リトル・リトル神話
　　大系 3」国書刊行会 2008 p7

鮫女 (セイレン) (トマージ・ディ・ランペドゥーザ,
ジュゼッペ)
　◇西本晃二編訳「南欧怪談三題」未来社 2011
　　（転換期を読む）p5

セヴン・シスターズの切り裂き魔 (スコット,
カヴァン)
　◇尾之上浩司訳「シャーロック・ホームズと
　　ヴィクトリア朝の怪人たち 1」扶桑社
　　2015 （扶桑社ミステリー）p91

世界一周 (グリーン, アレクサンドル)
　◇沼野充義訳「魔法の本棚 消えた太陽」国書
　　刊行会 1999 p45

世界をあざけり笑う エルネスト・シュヴァリ
エ宛〔一八三八年九月十三日付〕(フローベー
ル, ギュスターヴ)
　◇山崎敦訳「ポケットマスターピース 7」集英
　　社 2016 （集英社文庫ヘリテージシリー

作品名から引ける世界文学全集案内 第III期　185

ズ) p724

世界を讃える、自己を讃える (ホイットマン, ウォルト)
◇渡辺信二訳「アメリカ文学ライブラリー アメリカ名詩選」本の友社 1997 p147

世界がきれいになったわけ (河野宗一郎／ローベル, アーノルド)
◇河野宗一郎脚色「成城・学校劇脚本集―成城学園初等学校劇の会150回記念」成城学園初等学校出版部 2002 (成城学園初等学校研究双書) p22

世界革命におけるわが家の役割 (インディアナ, ゲイリー)
◇越川芳明訳「ライターズX マリアの死」白水社 1995 p117

世界が闇に包まれたとき (ジャクスン, シャーリイ)
◇谷崎由依訳「ベスト・ストーリーズ 1」早川書房 2015 p105

世界河 (キラー・クーチ, アーサー)
◇西崎憲訳「英国短篇小説の愉しみ 3」筑摩書房 1999 p173

世界最初のパイロット (フィニイ, ジャック)
◇福島正実訳「異色作家短篇集 13」早川書房 2006 p159

世界最大の英雄 (サーバー, ジェイムズ)
◇鳴海四郎訳「異色作家短篇集 14」早川書房 2006 p21

世界でいちばんすばらしい人々 (ベイツ, H.E.)
◇林雅代訳「翼を愛した男たち」原書房 1997 p107

世界の終わり (ゲイマン, ニール)
◇大瀧啓裕訳「インスマス年代記 下」学習研究社 2001 (学研M文庫) p331

世界の終わりを見にいったとき (シルヴァーバーグ, ロバート)
◇大森望訳「ここがウィネトカなら、きみはジュディ―時間SF傑作選 SFマガジン創刊50周年記念アンソロジー」早川書房 2010 (ハヤカワ文庫 SF) p215

世界の片隅で (リッチー, ジャック)
◇好野理恵訳「KAWADE MYSTERY 10ドルだって大金だ」河出書房新社 2006 p109

世界の肌ざわり (ボーシュ, リチャード)
◇斎藤英治訳「新しいアメリカの小説 世界の肌ざわり」白水社 1993 p24

世界の果てにはバンチグラスが生えている (プルー, アニー)
◇竹internal仁子訳「アメリカ短編小説傑作選 2001」DHC 2001 (アメリカ文芸「年間」傑作選) p459

世界の広さ (ワトスン, イアン)
◇小野田和子訳「20世紀SF 5」河出書房新社 2001 (河出文庫) p375

世界も涙 (オールディス, ブライアン・W.)
◇小尾芙佐訳「ロボット・オペラ―An Anthology of Robot Fiction and Robot Culture」光文社 2004 p265

咳こむ歯医者の事件 (エスルマン, ローレン・D.)
◇日暮雅通訳「シャーロック・ホームズ アメリカの冒険」原書房 2012 p135

石清虚 (蒲松齢)
◇柴田天馬訳「怪奇小説精華」筑摩書房 2012 (ちくま文庫) p46

石碑に涙無し (ワリス・ノカン)
◇新井リンダかおり訳「台湾原住民文学選 3」草風館 2003 p129

赤貧 (白信愛)
◇朴海錫, 李恢成訳「20世紀民衆の世界文学 7」三友社出版 1990 p213

セクシードール (李昂)
◇藤井省三訳「異色作家短篇集 20」早川書房 2007 p169

セクシーな秘密 (ケリー, レスリー)
◇藤森玲香訳「マイ・バレンタイン―愛の贈りもの 2004」ハーレクイン 2004 p257

セクシーな隣人 (フォスター, ローリー)
◇平江まゆみ訳「真夏の恋の物語―サマー・シズラー 2013」ハーレクイン 2013 p5

世間うらはら譚 (ハイトフ, ニコライ)
◇真木三三子訳「東欧の文学 あらくれ物語」恒文社 1983 p105

セコト首長が法廷を開く (ヘッド, ベッシー)
◇くぼたのぞみ訳「アフリカ文学叢書 優しさと力の物語」スリーエーネットワーク 1996 p88

セジムア平原の戦い (イヴァシュキェヴィチ, ヤロスロ)
◇阪東宏訳「東欧の文学 尼僧ヨアンナ 他」恒

文社 1967 p319

セシュ島にて（マイノット, スーザン）
◇森田義信訳「シリーズ・永遠のアメリカ文学 3」東京書籍 1990 p169

世説新語（せせつしんご）（選釈）（劉義慶）
◇竹田晃著「中国古典小説選 3（六朝 2）」明治書院 2006 p1

セーター（ヴクサヴィッチ, レイ）
◇岸本佐知子編訳「変愛小説集」講談社 2008 p57
◇岸本佐知子編訳「変愛小説集」講談社 2014 （講談社文庫） p59

世代の出会い（ゾンバルト, ニコラウス）
◇中野京子訳「シリーズ現代ドイツ文学 4」早稲田大学出版部 1993 p14

セダーズ、または汚された歓待（アルディ, アレクサンドル）
◇伊藤洋, 友谷知己訳「フランス十七世紀演劇集—悲劇」中央大学出版部 2011 （中央大学人文科学研究所翻訳叢書） p73

セックスとプードルとダイヤモンド（ウォレン, ナンシー）
◇松井里弥訳「キス・キス・キス—聖夜に、あと一度だけ」ヴィレッジブックス 2007 （ヴィレッジブックス） p125

セックスについての考え（ハーン, マルギット）
◇松永美穂訳「ドイツ文学セレクション ひとりぼっちの欲望」三修社 1997 p138

セックスは心の病いにして時間とエネルギーの無駄（メルキオ, ファブリス）
◇友谷知己訳「コレクション現代フランス語圏演劇 15」れんが書房新社 2012 p61

説剣篇第三十〔荘子〕（荘子）
◇福永光司, 興膳宏訳「世界古典文学全集 17」筑摩書房 2004 p467

雪山の民＜タイヤル＞（李永松）
◇山本由紀子訳「台湾原住民文学選 6」草風館 2008 p201

摂氏零度（キンパンフニン）
◇南田みどり編訳「ミャンマー現代短編集 2」大同生命国際文化基金 1998 （アジアの現代文芸） p23

接続された女（ティプトリー, ジェイムズ（ジュニア））
◇浅倉久志訳「20世紀SF 4」河出書房新社

2001 （河出文庫） p7

絶体絶命（アンドルーズ, ダン）
◇浅倉久志選訳「極短小説」新潮社 2004 （新潮文庫） p93

ぜったいほんとなんだから（オーツ, ジョイス・キャロル）
◇井伊順彦訳「ベスト・アメリカン・ミステリ クラック・コカイン・ダイエット」早川書房 2007 （ハヤカワ・ミステリ） p375

絶頂（李陸史）
◇安宇植（アンウーシク）訳「韓国文学名作選 李陸史詩集」講談社 1999 p35

拙著に（ブラッドストリート, アン）
◇渡辺信二訳「アメリカ文学ライブラリー アメリカ名詩選」本の友社 1997 p38

節度ある家族（ギャレット, ケイミーン）
◇有枝春訳「アメリカ新進作家傑作選 2007」DHC 2008 p151

雪濤諧史（せっとうかいし）（江盈科）
◇大木康著「中国古典小説選 12（歴代笑話）」明治書院 2008 p139

窃盗の意図をもって（ブラックウッド, アルジャーノン）
◇南條竹則編訳「イギリス恐怖小説傑作選」筑摩書房 2005 （ちくま文庫） p251

せつない時代だぜ（マルツバーグ, バリー・N.）
◇佐々田雅子訳「ミニ・ミステリ100」早川書房 2005 （ハヤカワ・ミステリ文庫） p740

せつないバレンタイン（ブルックス, ヘレン）
◇南和子訳「マイ・バレンタイン—愛の贈りもの 2003」ハーレクイン 2003 p5

絶望（ローレンス, K.M.）
◇旦紀子訳「マシン・オブ・デス—A Collection of Stories about People who Know How They Will DIE」アルファポリス 2012 p58

絶妙のショット（ベントリー, E.C.）
◇好野理恵訳「ミステリーの本棚 トレント乗り出す」国書刊行会 2000 p33

説明し難い現象（ルゴーネス, レオポルド）
◇牛島信明訳「バベルの図書館 18」国書刊行会 1989 p89
◇牛島信明訳「新編 バベルの図書館 6」国書刊行会 2013 p553

せねん

セネン・コウブのセイレーン（トレメイン, ピーター）
　◇日暮雅通訳「シャーロック・ホームズ ベイカー街の殺人」原書房 2002 p39

背の高い女（アラルコン, ペドロ・アントニオ・デ）
　◇堀内研二訳「怪奇小説精華」筑摩書房 2012（ちくま文庫）p376

背の高い女―怪談（アラルコン, ペドロ・アントニオ・デ）
　◇桑名一博, 菅愛子訳「バベルの図書館 28」国書刊行会 1991 p149
　◇桑名一博, 菅愛子訳「新編 バベルの図書館 5」国書刊行会 2013 p527

セバスチャン・グロージャンに何が起こったか（リデル, ロバート）
　◇森澤美抄子訳「アメリカ新進作家傑作選 2007」DHC 2008 p261

セベックの秘密（ブロック, ロバート）
　◇木花開耶訳「新編 真ク・リトル・リトル神話大系 3」国書刊行会 2008 p99

せまい檻（エロシェンコ, ワシーリー）
　◇高杉一郎訳「百年文庫 62」ポプラ社 2011 p84

責苦の園（シェーヌ, ピエール）
　◇真野倫平訳「グラン＝ギニョル傑作選―ベル・エポックの恐怖演劇」水声社 2010 p155

責め苦の申し子（ブラッシンゲーム, ワイアット）
　◇夏来健次訳「怪奇文学大山脈 3」東京創元社 2014 p389

セーラ（レイン, ジョエル）
　◇嶋田洋一訳「魔猫」早川書房 1999 p299

競り落とされた想い人（ウインターズ, レベッカ）
　◇松村和紀子訳「マイ・バレンタイン―愛の贈りもの 2016」ハーパーコリンズ・ジャパン 2016 p5

セリーナ・セディリア―一八六五（ハート, ブレット）
　◇下楠昌哉訳「ゴシック短編小説集」春風社 2012 p217

台詞指導（フィニイ, ジャック）
　◇中村融訳「時の娘―ロマンティック時間SF傑作選」東京創元社 2009 （創元SF文庫）p67

ゼリューシャ（シール, M.P.）
　◇三浦玲子訳「ダーク・ファンタジー・コレクション 5」論創社 2007 p301

セリョージャの自転車がほうきになったわけ（ギバルギーゾフ）
　◇武明弘子訳「雑話集―ロシア短編集 2」「雑話集」の会 2009 p34

セリーロにて（オースティン, スーザン）
　◇清水真一訳「アメリカ新進作家傑作選 2003」DHC 2004 p61

セルギー神父（トルストイ, レフ・ニコラエヴィチ）
　◇覚張シルビア訳「ポケットマスターピース 4」集英社 2016 （集英社文庫ヘリテージシリーズ）p469

セルバンテスまたは読みの批判（フエンテス, カルロス）
　◇牛島信明訳「アンデスの風叢書 セルバンテスまたは読みの批判」書肆風の薔薇 1982 p1

セルフ・ヘルプ（ムーア, ローリー）
　◇干刈あがた, 斎藤英治訳「新しいアメリカの小説 セルフ・ヘルプ」白水社 1989 p1

セルロイドの息子（バーカー, クライヴ）
　◇夏来健次訳「シルヴァー・スクリーム 上」東京創元社 2013 （創元推理文庫）p207

セレブレーション〜儀式的ミュージカル（ジョーンズ, トム）
　◇勝田安彦訳・訳詞「ジョーンズ＆シュミット ミュージカル戯曲集 2」カモミール社 2011 （勝田安彦ドラマシアターシリーズ）p3

○八一号列車（シュウォッブ, マルセル）
　◇多田智満子訳「海外ライブラリー 少年十字軍」王国社 1998 p67

世話物（作者不詳）
　◇紙村徹編訳「台湾原住民文学選 5」草風館 2006 p428

山海経（せんがいきょう）（抄）（作者不詳）
　◇竹田晃, 梶村永, 高芝麻子, 山崎藍著「中国古典小説選 1（漢・魏）」明治書院 2007 p51

山海外経（古丁）
　◇岡田英樹訳「血の報復―「在満」中国人作家短篇集」ゆまに書房 2016 p109

一九九九年五月七日人生のカーブ＜ブヌン＞
（ネコッ・ソクルマン）
　◇柳本通彦訳「台湾原住民文学選 6」草風館
　　2008 p275

一九九六年一月一日の命名（ワリス・ノカン）
　◇新井リンダかおり訳「台湾原住民文学選 3」
　　草風館 2003 p115

［一九〇九年次報告書より］木材加工機械の事
故防止策（カフカ, フランツ）
　◇川島隆訳「ポケットマスターピース 1」集英
　　社 2015（集英社文庫ヘリテージシリー
　　ズ）p611

一九五七年の独立（ムルデカ）（張錦忠）
　◇今泉秀人訳「台湾熱帯文学 4」人文書院
　　2011 p335

［一九一四年次報告書より］採石業における事
故防止（カフカ, フランツ）
　◇川島隆訳「ポケットマスターピース 1」集英
　　社 2015（集英社文庫ヘリテージシリー
　　ズ）p623

一九八三年八月二十五日（ボルヘス, ホルヘ・ル
イス）
　◇鼓直訳「バベルの図書館 22」国書刊行会
　　1990 p13
　◇鼓直訳「新編 バベルの図書館 6」国書刊行会
　　2013 p593

1978年のピーター・シェリー（マーバー, パト
リック）
　◇近藤隆文訳「天使だけが聞いている12の物
　　語」ソニー・マガジンズ 2001 p67

一九四五年以後の西ドイツ、オーストリア、ス
イスにおける文学の概観（トゥナー, エリカ）
　◇浅岡泰子訳「シリーズ現代ドイツ文学 3」早
　　稲田大学出版部 1991 p1

占拠された家（コルタサル, フリオ）
　◇内田吉彦訳「バベルの図書館 20」国書刊行
　　会 1990 p97
　◇内田吉彦訳「新編 バベルの図書館 6」国書刊
　　行会 2013 p73

占拠された屋敷（コルタサル, フリオ）
　◇木村榮一訳「怪奇小説精華」筑摩書房 2012
　　（ちくま文庫）p595

先駆者（バウチャー, アントニー）
　◇白須清美訳「ダーク・ファンタジー・コレク
　　ション 3」論創社 2006 p3

宣験記（せんけんき）（劉義慶）
　◇佐野誠司著「中国古典小説選 2（六朝 1）」明
　　治書院 2006

善行（マクダーミド, ヴァル）
　◇森沢麻里訳「双生児―EQMM90年代ベスト・
　　ミステリー」扶桑社 2000（扶桑社ミステ
　　リー）p221

閃光 そして闇（ロラン, オリヴィエ）
　◇高頭麻子訳「新しいフランスの小説 シュザ
　　ンヌの日々」白水社 1995 p145

煎じ薬（ブロワ, レオン）
　◇田辺保訳「バベルの図書館 13」国書刊行会
　　1989 p15
　◇田辺保訳「新編 バベルの図書館 4」国書刊行
　　会 2012 p291

宣室志（せんしつし）（抄）（張読）
　◇溝部良恵著「中国古典小説選 6（唐代 3）」明
　　治書院 2008 p354

禅師の説法（韓龍雲）
　◇安宇植（アンウーシク）訳「韓国文学名作選 ニ
　　ムの沈黙」講談社 1999 p67

先住民問題（シェクリイ, ロバート）
　◇宇野利泰訳「異色作家短篇集 9」早川書房
　　2006 p155

全生涯（リンゲルナッツ）
　◇板倉鞆音訳「賭けと人生」筑摩書房 2011
　　（ちくま文学の森）p8

船上の晩禱（ブロンテ, シャーロット）
　◇中岡洋, 芦沢久江訳「ブロンテ姉妹エッセイ
　　全集」彩流社 2016 p157

戦場の呼び声（バスト, ロン）
　◇浅倉久志選訳「極短小説」新潮社 2004（新
　　潮文庫）p158

泉水のなかの二つの顔（パピーニ, ジョヴァン
ニ）
　◇河島英昭訳「バベルの図書館 30」国書刊行
　　会 1992 p15
　◇河島英昭訳「新編 バベルの図書館 5」国書刊
　　行会 2013 p323

先制攻撃（ピカード, ナンシー）
　◇宇佐川晶子訳「ウーマンズ・ケース 上」早
　　川書房 1998（ハヤカワ・ミステリ文庫）
　　p61

先生、知ってる？（ヘンダースン, ゼナ）

せんせ

◇山田順子訳「奇想コレクション ページをめくれば」河出書房新社 2006 p145

占星術師の予言あるいは狂人の運命——一八二六（作者不詳）
　◇大沼由布訳「ゴシック短編小説集」春風社 2012 p129

先生のお気に入り（サーバー, ジェイムズ）
　◇柴田元幸訳「ベスト・ストーリーズ 1」早川書房 2015 p147

繕性篇第十六〔荘子〕（荘子）
　◇福永光司, 興膳宏訳「世界古典文学全集 17」筑摩書房 2004 p262

戦争と平和——ダイジェストと抄訳（トルストイ, レフ・ニコラエヴィチ）
　◇加賀乙彦ダイジェスト「ポケットマスターピース 4」集英社 2016（集英社文庫ヘリテージシリーズ）p9

戦争の祈り（トウェイン, マーク）
　◇柴田元幸訳「ポケットマスターピース 6」集英社 2016（集英社文庫ヘリテージシリーズ）p681

戦争は死と背中合わせ（ドゥーガン, マイク）
　◇木村二郎訳「ベスト・アメリカン・ミステリ ジュークボックス・キング」早川書房 2005（ハヤカワ・ミステリ）p167

全体像（キャンベル, コリン）
　◇浅倉久志選訳「極短小説」新潮社 2004（新潮文庫）p130

選択（ヴェイジー, グレン）
　◇夏来健次訳「死霊たちの宴 上」東京創元社 1998（創元推理文庫）p251

洗濯屋の娘（ケマル, オルハン）
　◇井口睦美訳「現代トルコ文学選 2」東京外国語大学外国語学部トルコ語専攻研究室 2012（TUFS Middle Eastern studies）p51

センチメンタル・エデュケイション（ブロドキー, ハロルド）
　◇森田義信訳「シリーズ・永遠のアメリカ文学 5」東京書籍 1991 p119

剪灯新話（せんとうしんわ）（瞿佑）
　◇竹田晃, 小塚由博, 仙石知子訳「中国古典小説 8（明代）」明治書院 2008 p1

船頭タリニ（ボンドパッダエ, タラションコル）
　◇大西正幸訳「現代インド文学選集 7（ベンガ

リー）」めこん 2016 p5

千人の盗賊の夜（アンダースン, フレデリック・アーヴィング）
　◇駒瀬裕子訳「ミステリーの本棚 怪盗ゴダールの冒険」国書刊行会 2001 p101

善人はそういない（オコナー, フラナリー）
　◇佐々田雅子訳「厭な物語」文藝春秋 2013（文春文庫）p225

千年の恋（ブランド, フィオナ）
　◇高山真由美訳「真夏の恋の物語——サマー・シズラー 2003」ハーレクイン 2003 p247

千の脚を持つ男（ロング, フランク・ベルナップ）
　◇中村融訳「千の脚を持つ男——怪物ホラー傑作選」東京創元社 2007（創元推理文庫）p143

千の夜をあなたと（ハリス, リン・レイ）
　◇秋庭葉瑠訳「愛が燃える砂漠——サマー・シズラー2011」ハーレクイン 2011 p267

専売特許大統領（アルデン, W.L.）
　◇横溝正史訳「乱歩の選んだベスト・ホラー」筑摩書房 2000（ちくま文庫）p335

一八二七年の詩論（ミツキェーヴィチ, アダム）
　◇久山宏一訳「文学の贈物——東中欧文学アンソロジー」未知谷 2000 p157

千匹皮をフェイクで（アリン, ダグ）
　◇市川亜里恵訳「白雪姫、殺したのはあなた」原書房 1999 p99

旋風酋長＜パイワン＞（陳英雄）
　◇中村平訳「台湾原住民文学選 6」草風館 2008 p44

千夜一夜物語 ガラン版（作者不詳）
　◇井上輝夫訳「バベルの図書館 24」国書刊行会 1990
　◇ガラン編, 井上輝夫訳「新編 バベルの図書館 6」国書刊行会 2013 p113

千夜一夜物語 バートン版（作者不詳）
　◇由良君美訳「バベルの図書館 15」国書刊行会 1989
　◇バートン編, 由良君美訳「新編 バベルの図書館 6」国書刊行会 2013 p267

専用列車（エリン, スタンリイ）
　◇田中融二訳「異色作家短篇集 11」早川書房 2006 p233

千里眼（レフラー, シェリル・L.）

そうし

◇浅倉久志選訳「極短小説」新潮社 2004（新潮文庫）p270

占領（コンラード、ジェルジュ）
　◇岩崎悦子訳「東欧の文学 ケース・ワーカー」恒文社 1982 p69

善良な殺人者（ライ・ヴァン・ロン）
　◇加藤栄編訳「ベトナム現代短編集 2」大同生命国際文化基金 2005（アジアの現代文芸）p171

線路（ワリス・ノカン）
　◇内山加代訳「台湾原住民文学選 3」草風館 2003 p26

【 そ 】

ゾイドたちの愛（スラデック、ジョン）
　◇柳下毅一郎訳「奇想コレクション 蒸気駆動の少年」河出書房新社 2008 p227

創案者（ミル、ジョン・スチュアート）
　◇斎藤博士訳「アンデスの風叢書 天国・地獄百科」書肆風の薔薇 1982 p156

憎悪（マクベイン、エド）
　◇木村二郎訳「十の罪業 Red」東京創元社 2009（創元推理文庫）p13

象を撃つ（オーウェル、ジョージ）
　◇柴田元幸編訳「ブリティッシュ＆アイリッシュ・マスターピース」スイッチ・パブリッシング 2015（SWITCH LIBRARY）p225

象を射つ（オーウェル、ジョージ）
　◇高畠文夫訳「百年文庫 47」ポプラ社 2010 p5

憎悪の殺人（ハイスミス、パトリシア）
　◇深町眞理子訳「ミステリマガジン700―創刊700号記念アンソロジー 海外篇」早川書房 2014（ハヤカワ・ミステリ文庫）p79

草家（李陸史）
　◇安宇植（アンウーシク）訳「韓国文学名作選 李陸史詩集」講談社 1999 p56

象が列車に体当たり（コツウィンクル、ウィリアム）
　◇若島正訳「異色作家短篇集 18」早川書房

2007 p135

葬儀屋（プーシキン、アレクサンドル）
　◇田口俊樹訳「ディナーで殺人を 上」東京創元社 1998（創元推理文庫）p307

送金（ウェルシュ、アーヴィン）
　◇角田光代訳「わたしは女の子だから」英治出版 2012 p193

遭遇（ウィルヘルム、ケイト）
　◇山田順子訳「街角の書店―18の奇妙な物語」東京創元社 2015（創元推理文庫）p169

遭遇（モーナノン）
　◇下村作次郎編訳「台湾原住民文学選 1」草風館 2002 p38

象牙の骨牌（バレイジ、A.M.）
　◇平井呈一編「ミセス・ヴィールの幽霊―こわい話気味のわるい話 1」沖積舎 2011 p211

捜索（トンプキンズ、ロバート）
　◇浅倉久志選訳「極短小説」新潮社 2004（新潮文庫）p345

相似（ジョイス、ジェイムズ）
　◇安藤一郎訳「世界100物語 5」河出書房新社 1997 p375

荘子（荘子）
　◇福永光司、興膳宏訳「世界古典文学全集 17」筑摩書房 2004 p91

僧子虎鶏虫のゲーム（ウィン・リョウワーリン）
　◇宇戸清治編訳「現代タイのポストモダン短編集」大同生命国際文化基金 2012（アジアの現代文芸）p9

僧術（そうじゅつ）（蒲松齢）
　◇竹田晃、黒田真美子著「中国古典小説選 10（清代 2）」明治書院 2009 p62

僧正殺人事件（ヴァン・ダイン、S.S.）
　◇日暮雅通訳「乱歩が選ぶ黄金時代ミステリーBEST10 3」集英社 1999（集英社文庫）p7

増殖（クライン、T.E.D.）
　◇夏来健次訳「999（ナインナインナイン）―妖女たち」東京創元社 2000（創元推理文庫）p271

捜神記（そうじんき）（干宝）
　◇佐野誠司著「中国古典小説選 2（六朝 1）」明治書院 2006

捜神後記（そうじんこうき）（陶潜）

作品名から引ける世界文学全集案内 第III期　191

そうせ

◇佐野誠子著「中国古典小説選 2（六朝 1）」明治書院 2006

創世記外伝（作者不詳）
　◇紙村徹編訳「台湾原住民文学選 5」草風館 2006 p129

創世記—人類・部族そして部落の始まり（作者不詳）
　◇紙村徹編訳「台湾原住民文学選 5」草風館 2006 p11

双生児（オーツ, ジョイス・キャロル）
　◇小尾芙佐訳「双生児—EQMM90年代ベスト・ミステリー」扶桑社 2000 （扶桑社ミステリー）p41

造船所のイソップ（イソップ）
　◇中務哲郎訳「超短編アンソロジー」筑摩書房 2002 （ちくま文庫）p137

創造（作者不詳）
　◇渡辺信二訳「アメリカ文学ライブラリー アメリカ名詩選」本の友社 1997 p6

葬送歌手（ダンティカ, エドウィージ）
　◇星埜守之訳「月光浴—ハイチ短篇集」国書刊行会 2003 （Contemporary writers）p79

葬送行進曲（ネヴィンズ, フランシス・M., Jr.）
　◇山本俊子訳「ミニ・ミステリ100」早川書房 2005 （ハヤカワ・ミステリ文庫）p96

想像上の絆（マイケル, ボニー）
　◇吉田利子訳「間違ってもいい、やってみたら—想いがはじける28の物語」講談社 1998 p155

葬送のメロディー（劉慶邦）
　◇渡辺新一訳「コレクション中国同時代小説 5」勉誠出版 2012 p93

曹操、夜、陳倉路に走れる（陳倉路）（井上泰山）
　◇井上泰山訳「三国劇翻訳集」関西大学出版部 2002 p619

総統の自動販売機（黄凡）
　◇渡辺浩平訳「新しい台湾の文学 台北ストーリー」国書刊行会 1999 p115

遭難（ブリッジ, アン）
　◇高山直之, 西崎憲訳「怪奇小説日和—黄金時代傑作選」筑摩書房 2013 （ちくま文庫）p239

遭難者（クラーク, アーサー・C.）

◇小隅黎訳「SFマガジン700—創刊700号記念アンソロジー 海外篇」早川書房 2014 （ハヤカワ文庫 SF）p7

象の群れ（張貴興）
　◇松浦恒雄訳「台湾熱帯文学 2」人文書院 2010 p7

蒼白の貴婦人（デュマ, アレクサンドル／ボカージ, ポール）
　◇浜野アキオ訳「ヴァンパイア・コレクション」角川書店 1999 （角川文庫）p73

造物主（ディック, フィリップ・K.）
　◇仁賀克雄訳「ダーク・ファンタジー・コレクション 10」論創社 2009 p149

ソウル（李陸史）
　◇安宇植（アンウーシク）訳「韓国文学名作選 李陸史詩集」講談社 1999 p45

ソウル、ミレニアムバグ（車賢淑）
　◇朴ういう禮訳「韓国女性作家短編選」穂高書店 2004 （アジア文化叢書）p73

続異記（ぞくいき）（作者不詳）
　◇佐野誠子著「中国古典小説選 2（六朝 1）」明治書院 2006

続観世音応験記（ぞくかんぜおんおうけんき）（張演）
　◇佐野誠子著「中国古典小説選 2（六朝 1）」明治書院 2006

族群… → "エスニック・グループ…" を見よ

続玄怪録（ぞくげんかいろく）（抄）（李復言）
　◇溝部良恵著「中国古典小説選 6（唐代 3）」明治書院 2008 p287

続子不語（ぞくしふご）（袁枚）
　◇黒田真美子, 福田素子著「中国古典小説選 11（清代 3）」明治書院 2008 p357

ゾグ19（ベネディクト, ピンクニー）
　◇ウィリアム N.伊藤訳「ゾエトロープ Pop」角川書店 2001 （Bookplus）p313

続・深海の罠（ラムレイ, B.）
　◇那智史郎訳「新編 真ク・リトル・リトル神話大系 5」国書刊行会 2008 p271

続斉諧記（ぞくせいかいき）（呉均）
　◇佐野誠子著「中国古典小説選 2（六朝 1）」明治書院 2006

俗世の働き手（ラナガン, マーゴ）
　◇佐田千織訳「奇想コレクション ブラックジュース」河出書房新社 2008 p161

192　作品名から引ける世界文学全集案内 第III期

束縛（ワトキンス，モーリーン・ダラス）
　◇池田範子訳「ベスト・アメリカン・短編ミステリ 2014」DHC 2015 p563

続編の時間（グッド，アプトン・O.）
　◇浅倉久志選訳「極短小説」新潮社 2004（新潮文庫）p179

則陽篇第二十五〔荘子〕（荘子）
　◇福永光司，興膳宏訳「世界古典文学全集 17」筑摩書房 2004 p396

狙撃兵による射殺（クリック，バーソロミュー）
　◇旦紀子訳「マシン・オブ・デス―A Collection of Stories about People who Know How They Will DIE」アルファポリス 2012 p504
　◇旦紀子訳「マシン・オブ・デス」アルファポリス 2013（アルファポリス文庫）p88

そこから先へは行けない（ペンフォールド，ニタ）
　◇吉田利子訳「間違ってもいい，やってみたら―想いがはじける28の物語」講談社 1998 p195

そこは空気も澄んで（トゥーイ，ロバート）
　◇清野泉訳「KAWADE MYSTERY 物しか書けなかった物書き」河出書房新社 2007 p35

ソーシクラテース（作者不詳）
　◇中務哲郎，西村賀子，平山晃司訳「ギリシア喜劇全集 9」岩波書店 2012 p328

そして赤い薔薇一輪を忘れずに（デイヴィッドスン，アヴラム）
　◇伊藤典夫訳「奇想コレクション どんがらがん」河出書房新社 2005 p213

そして、今（スレーター，エレイン）
　◇田村義進訳「ミニ・ミステリ100」早川書房 2005（ハヤカワ・ミステリ文庫）p260

そしてまた飢える（ムーア，ローリー）
　◇小梨直訳「新しいアメリカの小説 愛の生活」白水社 1991 p203

ソーシパトロス（作者不詳）
　◇中務哲郎，西村賀子，平山晃司訳「ギリシア喜劇全集 9」岩波書店 2012 p330

訴訟（カフカ，フランツ）
　◇川島隆訳「ポケットマスターピース 1」集英社 2015（集英社文庫ヘリテージシリーズ）p311

ソーセージ売り殺し（アベル，ベンジャミン）
　◇渋谷正子訳「巨匠の選択」早川書房 2001（ハヤカワ・ミステリ）p311

祖先達（ステーチキン，セルゲイ）
　◇西周成編訳「ロシアSF短編集」アルトアーツ 2016 p32

塑像（リージ，ニコラ）
　◇香川真澄訳「ぶどう酒色の海―イタリア中短編小説集」イタリア文藝叢書刊行委員会 2013（イタリア文藝叢書）p79

そぞろ歩き（マラパルテ，クルツィオ）
　◇和田忠彦訳「怒りと響き」岩波書店 1997（世界文学のフロンティア）p119

粗朶（そだ）（ハイトフ，ニコライ）
　◇真木三三子訳「東欧の文学 あらくれ物語」恒文社 1983 p267

ソータデース（作者不詳）
　◇中務哲郎，西村賀子，平山晃司訳「ギリシア喜劇全集 9」岩波書店 2012 p334

即興（マクベイン，エド）
　◇羽地和世訳「ベスト・アメリカン・ミステリ クラック・コカイン・ダイエット」早川書房 2007（ハヤカワ・ミステリ）p287

卒業証書（ナバートニコワ，タチヤーナ）
　◇沼野恭子訳「魔女たちの饗宴―現代ロシア女性作家選」新潮社 1998 p45

ソックの家（クン・スルン）
　◇岡田知子編訳「現代カンボジア短編集」大同生命国際文化基金 2001（アジアの現代文芸）p93

率直に見れば（キャディガン，パット）
　◇幹遙子訳「THE FUTURE IS JAPANESE」早川書房 2012（ハヤカワSFシリーズJコレクション）p131

ゾッとしたくて旅に出た若者の話（グリム）
　◇池内紀訳「おかしい話」筑摩書房 2010（ちくま文学の森）p223

外から見た女子学寮（ウルフ，ヴァージニア）
　◇利根川真紀編訳「レズビアン短編小説集―女たちの時間」平凡社 2015（平凡社ライブラリー）p271

ソドミー（インディアナ，ゲイリー）
　◇越川芳明訳「ライターズX マリアの死」白水社 1995 p89

そにや

ソニヤ（ヘルマン, ユーディット）
◇松永美穂訳「Modern & Classic 夏の家、その後」河出書房新社 2005 p55

ソーニャとクレーン・ヴェッスルマンとキティー（ウルフ, ジーン）
◇柳下毅一郎訳「魔法の猫」扶桑社 1998 （扶桑社ミステリー）p305

ソネット（作者不詳）
◇牛島信明訳「アンデスの風叢書 天国・地獄百科」書肆風の薔薇, 水声社 1982 p10

『ソネット』 第一番～第四〇番（ガルシラソ・デ・ラ・ベーガ）
◇本田誠二訳「西和リブロス 13」西和書林 1993 p7

ソネットの女（ブロドキー, ハロルド）
◇森田義信訳「シリーズ・永遠のアメリカ文学 5」東京書籍 1991 p225

園生（そのう）の鳥（ミドルトン, リチャード）
◇南條竹則訳「魔法の本棚 幽霊船」国書刊行会 1997 p80

その男ゾルバ（カザンザキス, ニコス）
◇秋山健訳「東欧の文学 その男ゾルバ」恒文社 1967 p27

その女（ボッシュ, フアン）
◇野替みさ子訳「ラテンアメリカ傑作短編集—中南米スペイン語圏文学史を辿る」彩流社 2014 p167

その他の異類婚（作者不詳）
◇紙村徹編訳「台湾原住民文学選 5」草風館 2006 p349

そのために女は殺される（シルヴァスタイン, シェル）
◇倉橋由美子訳「愛の殺人」早川書房 1997 （ハヤカワ・ミステリ文庫）p475

その名も高きキャラヴェラス郡の跳び蛙（トウェイン, マーク）
◇野崎孝訳「賭けと人生」筑摩書房 2011 （ちくま文学の森）p39

その名は悪魔（カットナー, ヘンリイ）
◇伊藤哲訳「幻想と怪奇—宇宙怪獣現わる」早川書房 2005 （ハヤカワ文庫）p125

その日が来たら（沈熏）
◇金炳三, 李春穆, 金潤訳「20世紀民衆の世界文学 7」三友社出版 1990 p199

その一言が……（ドワンチャンバー）
◇二元裕子編訳「ラオス現代文学選集」大同生命国際文化基金 2013 （アジアの現代文芸）p9

その人たちもここにいる（ル＝グウィン, アーシュラ・K.）
◇谷垣暁美訳「Modern & Classic なつかしく謎めいて」河出書房新社 2005 p40

その他の詩人たち（作者不詳）
◇中務哲郎, 西村賀子, 平山晃司訳「ギリシア喜劇全集 9」岩波書店 2012 p450

そのまばたきが命取り（ガーランド, アレックス）
◇渡辺佐智江訳「ディスコ・ビスケッツ」早川書房 1998 p263

そのもの（ブラムライン, マイケル）
◇山形浩生訳「ライターズX 器官切除」白水社 1994 p165

ソーパトロス（作者不詳）
◇橋本隆夫訳「ギリシア喜劇全集 7」岩波書店 2010 p114

そばの花咲く頃（李孝石）
◇長璋吉訳「百年文庫 100」ポプラ社 2011 p39

ソーピロス（作者不詳）
◇中務哲郎, 西村賀子, 平山晃司訳「ギリシア喜劇全集 9」岩波書店 2012 p324

ソフィアの信条（リップマン, ローラ）
◇井本由美子訳「ポーカーはやめられない—ポーカー・ミステリ書下ろし傑作選」ランダムハウス講談社 2010 p447

ソフィーとルイス（パワーズ, サラ）
◇ウィリアム N.伊藤訳「ゾエトロープ Biz」角川書店 2001 （Bookplus）p13

ソフト・スポット（ランキン, イアン）
◇延原泰子訳「ミステリマガジン700—創刊700号記念アンソロジー 海外篇」早川書房 2014 （ハヤカワ・ミステリ文庫）p371

祖父の記念品（ワット＝エヴァンズ, ローレンス）
◇白石朗訳「サイコ—ホラー・アンソロジー」祥伝社 1998 （祥伝社文庫）p235

ソープローン（作者不詳）
◇橋本隆夫訳「ギリシア喜劇全集 7」岩波書店 2010 p83

祖母の想い出（鍾理和）
　◇澤井律之訳「新しい台湾の文学 客家の女た
　　ち」国書刊行会 2002 p29

ソーホールの土地のグレッティル（ノリス, フ
ランク）
　◇玉木亨訳「ヴァンパイア・コレクション」角
　　川書店 1999（角川文庫）p171

空（そら）…→"くう…"または"スカイ…"を
も見よ

空から降る奇跡（ウッズ, シェリル）
　◇青海まこ訳「四つの愛の物語―クリスマス・
　　ストーリー 恋と魔法の季節 2004」ハーレ
　　クイン 2004 p103

空飛ぶヴォルプラ（グイン, ワイマン）
　◇浅倉久志訳「きょうも上天気―SF短編傑作
　　選」角川書店 2010（角川文庫）p201

空に浮かぶ騎士（ビアス, アンブローズ）
　◇吉田甲子太郎訳「もう一度読みたい教科書の
　　泣ける名作」学研教育出版 2013 p171

空の青（コナリー, マイクル）
　◇宮脇孝雄訳「探偵稼業はやめられない―女探
　　偵vs.男探偵」光文社 2003（光文社文庫）
　　p47

空のオベリスト（キング, C.デイリー）
　◇富塚由美訳「世界探偵小説全集 21」国書刊
　　行会 1997 p7

空の精（グリーン, アレクサンドル）
　◇沼野充義訳「魔法の本棚 消えた太陽」国書
　　刊行会 1999 p101

空の歩道（サーバー, ジェイムズ）
　◇鳴海四郎訳「異色作家短篇集 14」早川書房
　　2006 p33

そり返った断崖（バイアット, A.S.）
　◇池田栄一訳「新しいイギリスの小説 シュ
　　ガー」白水社 1993 p235

橇滑りパーティー（ミルハウザー, スティーヴン）
　◇柴田元幸訳「新しいアメリカの小説 イン・
　　ザ・ペニー・アーケード」白水社 1990
　　p131

ソルトマーシュの殺人（ミッチェル, グラディ
ス）
　◇宮脇孝雄訳「世界探偵小説全集 28」国書刊
　　行会 2002 p7

それ（スタージョン, シオドア）

丸本聰明訳「幻想と怪奇―宇宙怪獣現わる」
早川書房 2005（ハヤカワ文庫）p57
　◇中村融訳「千の脚を持つ男―怪物ホラー傑作
　　選」東京創元社 2007（創元推理文庫）
　　p97

祖霊に忘れられた子ども（リカラッ・アウー）
　◇魚住悦子編訳「台湾原住民文学選 2」草風館
　　2003 p27

それから（バーセルミ, ドナルド）
　◇山崎勉, 田島俊雄訳「現代アメリカ文学叢書
　　10」彩流社 1998 p139

それぞれの神（イッサラー・アマンタクン）
　◇吉岡みね子編訳「タイの大地の上で―現代作
　　家・詩人選集」大同生命国際文化基金
　　1999（アジアの現代文芸）p85

それぞれの獣の営み（ベニオフ, デイヴィッド）
　◇小原亜美訳「ゾエトローブ Noir」角川書店
　　2003（Bookplus）p159

それぞれの秘密（マクマーン, バーバラ）
　◇八坂よしみ訳「愛と狂熱のサマー・ラブ」
　　ハーレクイン 2014（サマーシズラーVB）
　　p195

それだけで充分（ダイゴン, ルース）
　◇吉田利子訳「間違ってもいい、やってみたら
　　―想いがはじける28の物語」講談社 1998
　　p68

それでも映画はやめられない（ニコルズ, ジョ
ン）
　◇ウィリアム N.伊藤訳「ゾエトローブ Pop」
　　角川書店 2001（Bookplus）p137

それまでクェンティン・グリーは（ヘイズ, M.
M.M.）
　◇高橋健治訳「ベスト・アメリカン・短編ミス
　　テリ」DHC 2010 p227

それはおれだけさ（スミス, ゼイディー）
　◇亀井よし子訳「天使だけが聞いている12の物
　　語」ソニー・マガジンズ 2001 p127

それはぼくの夢ではない（ソロー, ヘンリー・デ
イヴィッド）
　◇渡辺信二訳「アメリカ文学ライブラリー ア
　　メリカ名詩選」本の友社 1997 p142

それは豊かだった（シュテファン, ヴェレーナ）
　◇小島康男訳「氷河の滴―現代スイス女性作家
　　作品集」鳥影社・ロゴス企画 2007 p27

存疑断片（アリストパネース）

そんさ

◇久保田忠利, 野津寛, 脇本由佳訳「ギリシア
喜劇全集 4」岩波書店 2009 p418

存在したくないわけ (モウウェー)
◇南田みどり編訳「二十一世紀ミャンマー作品
集」大同生命国際文化基金 2015 (アジア
の現代文芸) p189

存在の系譜 (ブリン, デイヴィッド)
◇酒井昭伸訳「90年代SF傑作選 上」早川書房
2002 (ハヤカワ文庫) p399

存在の瞬間 (ウルフ, ヴァージニア)
◇利根川真紀編訳「レズビアン短編小説集―女
たちの時間」平凡社 2015 (平凡社ライブ
ラリー) p225

そんなようなこと (ローズ, ダン)
◇岸本佐知子編訳「変愛小説集 2」講談社
2010 p255

ゾンビ日記 (スウェアリンジェン, ジェイク)
◇古屋美登里訳「モンスターズ―現代アメリカ
傑作短篇集」白水社 2014 p219

ソンムに向かって行進するアルスターの息子
たちに照覧あれ (マクギネス, フランク)
◇清水重夫訳「現代アイルランド演劇 5」新水
社 2001 p3

【 た 】

ダイアルAを回せ (リッチー, ジャック)
◇藤村裕美訳「KAWADE MYSTERY ダイア
ルAを回せ」河出書房新社 2007 p259

大安渓岸の夜 (リカラッ・アウー)
◇魚住悦子編訳「台湾原住民文学選 2」草風館
2003 p140

大安渓 (ルリン・ベイノー)―原住民が通る祖
先の道は、蕃刀でも断ち切れない (ワリス・
ノカン)
◇中古苑生訳「台湾原住民文学選 3」草風館
2003 p60

第一次火星ミッション (ヤング, ロバート・F.)
◇伊藤典夫訳「奇想コレクション たんぽぽ娘」
河出書房新社 2013 p191

第一の妻 (フニンウェーニェイン)
◇南田みどり編訳「ミャンマー現代女性短編

集」大同生命国際文化基金 2001 (アジア
の現代文芸) p68

第一歩 (スコット, ティム)
◇浅倉久志選訳「極短小説」新潮社 2004 (新
潮文庫) p132

大尉の御曹司 (テイラー, ピーター)
◇若島正訳「ベスト・ストーリーズ 2」早川書
房 2016 p201

ダイイング・メッセージ (ラクューエ, リーイン)
◇飯城勇三編訳「エラリー・クイーンの災難」
論創社 2012 (論創海外ミステリ) p231

大エルティシ川 (邱華棟)
◇金子わこ訳「じゃがいも―中国現代文学短編
集」小学館スクウェア 2007 p79
◇金子わこ訳「じゃがいも―中国現代文学短編
集」鼎書房 2012 p79

対価 (ドノヒュー, エマ)
◇桑山孝子訳「現代アイルランド女性作家短編
集」新水社 2016 p266

大学にやってきたヤマアラシ (バーセルミ, ドナ
ルド)
◇山崎勉、田島俊雄訳「現代アメリカ文学叢書
10」彩流社 1998 p151

戴冠式記念ビール秘史 (スウィフト, グレアム)
◇山内照子訳「古今英米幽霊事情 1」新風舎
1998 p251

退屈な日曜日 (ソティー)
◇岡田知子編訳「現代カンボジア短編集」大同
生命国際文化基金 2001 (アジアの現代文
芸) p215

大芸術家 (ミドルトン, リチャード)
◇南條竹則訳「魔法の本棚 幽霊船」国書刊行
会 1997 p213

大洪水とその後 (作者不詳)
◇紙村徹編訳「台湾原住民文学選 5」草風館
2006 p131

第五の墓 (リッチー, ジャック)
◇藤村裕美訳「KAWADE MYSTERY 10ドル
だって大金だ」河出書房新社 2006 p267

大根女房 (鍾鉄民)
◇澤井律之訳「新しい台湾の文学 客家の女た
ち」国書刊行会 2002 p185

大作<破滅の惑星>撮影始末記 (カットナー, ヘ
ンリー)

◇野田昌宏編訳「太陽系無宿／お祖母ちゃんと宇宙海賊—スペース・オペラ名作選」東京創元社 2013 （創元SF文庫） p67

大佐の家 (スレッサー, ヘンリー)
◇森沢くみ子訳「ダーク・ファンタジー・コレクション 6」論創社 2007 p15

第三世代 (ドイル, アーサー・コナン)
◇大久保譲訳「病短編小説集」平凡社 2016 （平凡社ライブラリー） p111

第三の鳩の物語 (ツヴァイク, シュテファン)
◇西義之訳「百年文庫 8」ポプラ社 2010 p5

第三の拇指紋 (リヴィタン, モーティマー)
◇延原謙訳「怪樹の腕—〈ウィアード・テールズ〉戦前邦訳傑作選」東京創元社 2013 p25

第三面の殺人 (カルパナ・スワミナタン)
◇波多野健訳「アジア本格リーグ 6（インド）」講談社 2010 p5

第十七夜 (アンデルセン)
◇大畑末吉訳「超短編アンソロジー」筑摩書房 2002 （ちくま文庫） p105

大修道院の宴 (ブロック, ロバート)
◇山本悦子訳「ブルー・ボウ・シリーズ 夢魔」青弓社 1993 p107

大衝突 (サーバー, ジェイムズ)
◇鳴海四郎訳「異色作家短篇集 14」早川書房 2006 p69

代書人バートルビー (メルヴィル, ハーマン)
◇酒本雅之訳「新編 バベルの図書館 1」国書刊行会 2012 p499

代書人バートルビー—壁の街の物語 (ウォール・ストリート) (メルヴィル, ハーマン)
◇酒本雅之訳「バベルの図書館 9」国書刊行会 1988 p15

『ターイス』(メナンドロス)
◇中務哲郎, 脇本由佳, 荒井直訳「ギリシア喜劇全集 6」岩波書店 2010 p155

ダイス・ゲーム (セロー, ポール)
◇村上春樹編訳「バースデイ・ストーリーズ」中央公論新社 2002 p99

大聖堂の殺人 (ギルバート, マイケル)
◇今井直子訳「海外ミステリ Gem Collection 9」長崎出版 2007 p1

大聖堂は大騒ぎ (クリスピン, エドマンド)
◇滝口達也訳「世界探偵小説全集 39」国書刊行会 2004 p9

大西洋の海草のように (ディオム, ファトゥ)
◇飛幡祐規訳「Modern & Classic 大西洋の海草のように」河出書房新社 2005 p1

大切であるとされている人たちの不適切な行為 (エフゲン, ライアン)
◇高田綾子訳「アメリカ新進作家傑作選 2007」DHC 2008 p285

大切にする—パーティしみじみ (ビーティ, アン)
◇橋本安央訳「しみじみ読むアメリカ文学—現代文学短編作品集」松柏社 2007 p77

『大説・南』より (金芝河)
◇安宇植訳「怒りと響き」岩波書店 1997 （世界文学のフロンティア） p77

大宗師篇第六〔荘子〕(荘子)
◇福永光司, 興膳宏訳「世界古典文学全集 17」筑摩書房 2004 p150

代代孫孫 (朴根亨)
◇熊谷対世志訳「韓国現代戯曲集 1」日韓演劇交流センター 2002 p77

『ダイタレース (宴の人々)』(アリストパネース)
◇久保田忠利, 野津寛, 脇本由佳訳「ギリシア喜劇全集 4」岩波書店 2009 p289

『ダイダロス』(アリストパネース)
◇久保田忠利, 野津寛, 脇本由佳訳「ギリシア喜劇全集 4」岩波書店 2009 p286

大胆不敵 (アダムス, ブロック)
◇竹内要江訳「ベスト・アメリカン・短編ミステリ 2012」DHC 2012 p17

大地への祈り (レブリャーヌ, リビウ)
◇住谷春也訳「東欧の文学 大地への祈り」恒文社 1985 p3

大地炎上 (シュウォッブ, マルセル)
◇多田智満子訳「海外ライブラリー 少年十字軍」王国社 1998 p33
◇多田智満子訳「幻想小説神髄」筑摩書房 2012 （ちくま文庫） p412

大地の歌<ブヌン> (ブクン・イシマハサン・イシリトアン)
◇野島本泰訳「台湾原住民文学選 4」草風館 2004 p152

大帝国の大いなる地図 (マーナ, ダーヴィデ)

たいと

◇マッシモ・スマレ訳「魔地図」光文社 2005
（光文社文庫）p315

胎動（フーバー, ミシェル）
◇丹生谷健二郎訳「アメリカ新進作家傑作選
2004」DHC 2005 p319

大同にて（ワリス・ノカン）
◇中村ふじゑ訳「台湾原住民文学選 3」草風館
2003 p37

台所の太陽（イヴァシュキェヴィッチ, ヤロスロ）
◇吉上昭三訳「東欧の文学 尼僧ヨアンナ 他」
恒文社 1967 p237

第七の呪文（ブレナン, ジョゼフ・ペイン）
◇小林勇次訳「新編 真ク・リトル・リトル神話
大系 4」国書刊行会 2008 p239

第七の神殿（シルヴァーバーグ, ロバート）
◇森下弓子訳「ファンタジイの殿堂 伝説は永遠に
1」早川書房 2000 （ハヤカワ文庫FT）
p143

第二巻の構想 エドマ・ロジェ・デ・ジュネッ
ト宛〔一八七九年四月七日〕（フローベール,
ギュスターヴ）
◇山崎敦訳「ポケットマスターピース 7」集英
社 2016 （集英社文庫ヘリテージシリー
ズ）p769

第二級殺人（オーツ, ジョイス・キャロル）
◇小尾美佐訳「復讐の殺人」早川書房 2001
（ハヤカワ・ミステリ文庫）p331
◇小尾美佐訳「巨匠の選択」早川書房 2001
（ハヤカワ・ミステリ）p33

第二のヴァイオレット（スタシャワー, ダニエ
ル）
◇日暮雅通訳「シャーロック・ホームズ 四人
目の賢者—クリスマスの依頼人 2」原書房
1999 p269

第二の収穫（バー, ロバート）
◇北原尚彦編訳「シャーロック・ホームズの栄
冠」論創社 2007 （論創海外ミステリ）
p83

第二の銃声（トマ, ロベール）
◇和田誠一訳「現代フランス戯曲名作選 2」カ
モミール社 2012 p5

第二の銃声（バークリー, アントニイ）
◇西崎憲訳「世界探偵小説全集 2」国書刊行会
1994 p11

第二のスカーフ（アーロンスン, マーク）

◇堤朝子訳「シャーロック・ホームズのSF大冒
険—短篇集 上」河出書房新社 2006 （河
出文庫）p162

第二のチャンス（フィニイ, ジャック）
◇福島正実訳「異色作家短篇集 13」早川書房
2006 p203

第二のチャンス（ボーンステル, ジェイ）
◇浅倉久志選訳「極短小説」新潮社 2004 （新
潮文庫）p60

タイの大地の上で（オー・ウダーコーン）
◇吉岡みね子編訳「タイの大地の上で—現代作
家・詩人選集」大同生命国際文化基金
1999 （アジアの現代文芸）p127

潜水夫（ダイバー）（ロビンソン, ルイス）
◇岸本佐知子編訳「居心地の悪い部屋」角川書
店 2012 p103
◇岸本佐知子編訳「居心地の悪い部屋」河出書
房新社 2015 （河出文庫）p83

太白山記（抄）（賈平凹）
◇塩旗伸一郎訳「同時代の中国文学—ミステ
リー・イン・チャイナ」東方書店 2006
p91

大瀑布（ハリスン, ハリー）
◇浅倉久志訳「街角の書店—18の奇妙な物語」
東京創元社 2015 （創元推理文庫）p341

大壜（リッチー, ジャック）
◇田村義進訳「ミニ・ミステリ100」早川書房
2005 （ハヤカワ・ミステリ文庫）p390

大富豪の逃げた花嫁（リマー, クリスティン）
◇高木晶子訳「輝きのとき—ウエディング・ス
トーリー 2016」ハーパーコリンズ・ジャ
パン 2016 p95

タイブレーク（ビッカム, ジャック・M.）
◇泉湧訳「MYSTERY & ADVENTURE タイ
ブレーク」至誠堂 1995 p1

太平洋の岸辺で（ヘルプリン, マーク）
◇柴田元幸編訳「燃える天使」角川書店 2009
（角川文庫）p121

大牧場（ソルター, ジョン）
◇沖本昌郎訳「アメリカミステリ傑作選 2003」
DHC 2003 （アメリカ文芸「年間」傑作
選）p481

タイムアウト（ウィリス, コニー）
◇大森望編訳「奇想コレクション 最後のウィ

ネベーゴ」河出書房新社 2006 p43

タイムアップ（アナダナ, エンリケ・S.）
　　◇浅倉久志選訳「極短小説」新潮社 2004（新
　　潮文庫）p340

タイムの砂浜（イネス, マイケル）
　　◇森一訳「推理探偵小説文学館 1」勉誠社
　　1996 p57

タイムマシンの殺人（バウチャー, アントニー）
　　◇白須清美訳「ダーク・ファンタジー・コレク
　　ション 3」論創社 2006 p29

代名詞の迷宮（キャロル, ルイス）
　　◇高橋康也訳「超短編アンソロジー」筑摩書房
　　2002（ちくま文庫）p69

ダイヤを二倍にする男の冒険（クイーン, エラ
リー）
　　◇飯城勇三訳「死せる案山子の冒険—聴取者へ
　　の挑戦 2」論創社 2009（論創海外ミステ
　　リ）p119

代役（ペレミアー, シェリー）
　　◇浅倉久志選訳「極短小説」新潮社 2004（新
　　潮文庫）p24

ダイヤモンド小路（マクファデン, デニス）
　　◇藤澤透訳「ベスト・アメリカン・短編ミステ
　　リ 2012」DHC 2012 p467

ダイヤモンドで一儲け（ホック, エドワード・
D.）
　　◇田村義進訳「ミニ・ミステリ100」早川書房
　　2005（ハヤカワ・ミステリ文庫）p408

ダイヤモンド・ドッグ（ジョーズ, ニコラス）
　　◇佐藤渉訳「ダイヤモンド・ドッグ—《多文化
　　を映す》現代オーストラリア短編小説集」
　　現代企画室 2008 p5

ダイヤモンドの罠（ボンド, ステファニー）
　　◇井上きこ訳「マイ・バレンタイン—愛の贈り
　　もの 2004」ハーレクイン 2004 p139

タイヤル人の七家湾渓（チージャーワンシー）＜タイ
ヤル＞（マサオ・アキ）
　　◇松本さち子訳「台湾原住民文学選 4」草風館
　　2004 p96

太陽イナの故郷をめぐって（ワリス・ノカン）
　　◇山本芳美訳「台湾原住民文学選 3」草風館
　　2003 p264

太陽を伐つ、月を伐つ（作者不詳）
　　◇紙村徹編訳「台湾原住民文学選 5」草風館

2006 p165

太陽踊り（シルヴァーバーグ, ロバート）
　　◇浅倉久志訳「20世紀SF 3」河出書房新社
　　2001（河出文庫）p361

太陽をみつめて（バーンズ, ジュリアン）
　　◇加藤光也訳「新しいイギリスの小説 太陽を
　　みつめて」白水社 1992 p1

太陽系最後の日（クラーク, アーサー・C.）
　　◇宇野利泰訳「贈る物語Wonder」光文社 2002
　　p355

太陽系無宿（ギルモア, アンソニイ）
　　◇野田昌宏編訳「太陽系無宿／お祖母ちゃんと
　　宇宙海賊—スペース・オペラ名作選」東京
　　創元社 2013（創元SF文庫）p169

太陽と月と星と（ディアズ, ジュノ）
　　◇加藤俶子訳「アメリカ短編小説傑作選 2001」
　　DHC 2001（アメリカ文芸「年間」傑作
　　選）p59

太陽に抗議する（ミルハウザー, スティーヴン）
　　◇柴田元幸訳「新しいアメリカの小説 イン・
　　ザ・ペニー・アーケード」白水社 1990
　　p109

太陽の鶴（エルデネ, センディーン）
　　◇柴内秀司訳「モンゴル近現代短編小説選」パ
　　ブリック・ブレイン 2013 p92

太陽の中の女（ボンテンペルリ, マッシモ）
　　◇岩崎純孝訳「おかしい話」筑摩書房 2010
　　（ちくま文学の森）p11

大陽のにきび（コディ, リザ）
　　◇堀内静子訳「ウーマンズ・ケース 上」早川書
　　房 1998（ハヤカワ・ミステリ文庫）p95

太陽の炎（ハミルトン, エドモンド）
　　◇中村融編訳「奇想コレクション フェッセン
　　デンの宇宙」河出書房新社 2004 p249

第四人称（黄錦樹）
　　◇羽田朝子訳「台湾熱帯文学 3」人文書院
　　2011 p81

第四解剖室（キング, スティーヴン）
　　◇白石朗訳「サイコーホラー・アンソロジー」
　　祥伝社 1998（祥伝社文庫）p11

第四の次元とは何か（ヒントン, C.H.）
　　◇宮川雅訳「バベルの図書館 25」国書刊行会
　　1990 p15
　　◇宮川雅訳「新編 バベルの図書館 3」国書刊行

たいよ

会 2013 p335

第四の天国（ウルビウス, ウルスーラ）
　◇牛島信明訳「アンデスの風叢書 天国・地獄
　　百科」書肆風の薔薇 1982 p37

平ら山を越えて（ビッスン, テリー）
　◇中村融訳「20世紀SF 6」河出書房新社 2001
　　（河出文庫）p291
　◇中村融編訳「奇想コレクション 平ら山を越
　　えて」河出書房新社 2010 p7

大理石像（アイヒェンドルフ, ヨーゼフ・フォン）
　◇今泉文子編訳「ドイツ幻想小説傑作選—ロマ
　　ン派の森から」筑摩書房 2010（ちくま文
　　庫）p121

大理石の軀（ネズビット, イーディス）
　◇宮本朋子訳「エドワード・ゴーリーが愛する
　　12の怪談—憑かれた鏡」河出書房新社
　　2012（河出文庫）p163
　◇宮本朋子訳「憑かれた鏡—エドワード・ゴー
　　リーが愛する12の怪談」河出書房新社
　　2006 p147

代理人（ラッシュ, クリスティン・キャスリン）
　◇森嶋マリ訳「18の罪—現代ミステリ傑作選」
　　ヴィレッジブックス 2012（ヴィレッジ
　　ブックス）p403

第六七二夜の物語（ホーフマンスタール, フー
　ゴー・フォン）
　◇富士川英郎訳「百年文庫 23」ポプラ社 2010
　　p113

対話（ジャクスン, シャーリイ）
　◇深町眞理子訳「異色作家短篇集 6」早川書房
　　2006 p159

台湾オーストロネシア諸語の分布と民族移動
　（李壬癸）
　◇多田恵訳「台湾原住民文学選 9」草風館
　　2007 p367

「台湾郷土文学選集」序（鍾肇政）
　◇中島利郎訳「台湾郷土文学選集 1」研文出版
　　2014 p3

「台湾郷土文学選集・怒濤」序（鍾肇政）
　◇澤井律之訳「台湾郷土文学選集 2」研文出版
　　2014 p3

台湾原住民文学から生態文化を再考する（ワリ
　ス・ノカン）
　◇山本由紀子訳「台湾原住民文学選 8」草風館
　　2006 p217

台湾原住民文学の脱植民—台湾原住民文学お
　よび社会の初歩的観察（ワリス・ノカン）
　◇山本由紀子訳「台湾原住民文学選 8」草風館
　　2006 p189

台湾小説中の男性同性愛の性と放逐（紀大偉）
　◇久下景子訳「台湾セクシュアル・マイノリ
　　ティ文学 4」作品社 2009 p209

ダヴィデを探して（ブロック, ローレンス）
　◇田口俊樹訳「双生児—EQMM90年代ベスト・
　　ミステリー」扶桑社 2000（扶桑社ミステ
　　リー）p11

ダーウィンへの最後のタクシー（クリップ, レ
　グ）
　◇佐和田敬司訳「リターン／ダーウィンへの最
　　後のタクシー」オセアニア出版社 2007
　　（オーストラリア演劇叢書）p55

ダーヴェル（バイロン, ジョージ・ゴードン）
　◇柳瀬尚紀訳「犯罪は詩人の楽しみ—詩人ミス
　　テリ集成」東京創元社 2012（創元推理文
　　庫）p81

ダウンタウンのヘンゼルとグレーテル（ドーソ
　ン, ジャネット）
　◇興津礼訳「白雪姫、殺したのはあなた」原書
　　房 1999 p25

堪えて下さい（韓龍雲）
　◇安宇植（アンウーシク）訳「韓国文学名作選 ニ
　　ムの沈黙」講談社 1999 p61

楕円形の肖像画（ポー, エドガー・アラン）
　◇岡田柊訳「STORY REMIX ポーの黒夢城」
　　大栄出版 1996 p67

タオ（ヘッド, ベッシー）
　◇くぼたのぞみ訳「アフリカ文学叢書 優しさ
　　と力の物語」スリーエーネットワーク
　　1996 p65

ダオイネ・ドムハイン（トレメイン, ピーター）
　◇大滝啓裕訳「インスマス年代記 下」学習研
　　究社 2001（学研M文庫）p5

タオ（ヤミ）族の創生神話（作者不詳）
　◇紙村徹編訳「台湾原住民文学選 5」草風館
　　2006 p125

高砂義勇隊だった私の叔父たち＜プユマ＞（孫
　大川）
　◇安場淳訳「台湾原住民文学選 6」草風館
　　2008 p345

誰がために発信音は鳴る（クラーク, キャロル・

ヒギンズ）
　◇岡田葉子訳「愛の殺人」早川書房 1997（ハ
　　ヤカワ・ミステリ文庫）p39

だから、ビールジーなんていないんだ（コリア，
ジョン）
　◇和爾桃子訳「KAWADE MYSTERY ナツメ
　　グの味」河出書房新社 2007 p97

宝ほり（ポー，エドガー・アラン）
　◇山県五十雄訳「明治の翻訳ミステリー――翻訳
　　編 第2巻」五月書房 2001（明治文学復刻
　　叢書）p209

蛇岩（ダガン）（ディルク夫人）
　◇西崎憲訳「淑やかな悪夢――英米女流怪談集」
　　東京創元社 2000 p131

滝（カノックポン・ソンソムパン）
　◇宇戸清治編訳「現代タイのポストモダン短編
　　集」大同生命国際文化基金 2012（アジア
　　の現代文芸）p51

抱きしめるほどせつなくて（フォスター，ロー
リー）
　◇石原未奈子訳「キス・キス・キス――抱きしめ
　　るほどせつなくて」ヴィレッジブックス
　　2009（ヴィレッジブックス）p243

焚き火（ロンドン，ジャック）
　◇辻井栄滋訳「読まずにいられぬ名短篇」筑摩
　　書房 2014（ちくま文庫）p157

焚火（ロンドン，ジャック）
　◇瀧川元男訳「百年文庫 20」ポプラ社 2010
　　p67

たぐいなき人狼（バウチャー，アントニー）
　◇白須清美訳「ダーク・ファンタジー・コレク
　　ション 3」論創社 2006 p269

〈暗雲（ダーク・クラウド）〉号の冒険（クイーン，エ
ラリー）
　◇飯城勇三訳「ナポレオンの剃刀の冒険――シナ
　　リオ・コレクション」論創社 2008（論創
　　海外ミステリ）p63

ダーク・シャドウズ（ロス，マリリン）
　◇風間賢二訳「ヴァンパイア・コレクション」
　　角川書店 1999（角川文庫）p321

『ダクテュリオス（指輪）』（メナンドロス）
　◇中務哲郎，脇本由佳，荒井直訳「ギリシア喜
　　劇全集 6」岩波書店 2010 p109

ダーク・ミュージック（ボーモント，チャールズ）
　◇仁賀克雄訳「ダーク・ファンタジー・コレク

ション 7」論創社 2007 p143

濁流（蔡萬植）
　◇三枝壽勝訳「韓国文学名作選 濁流」講談社
　　1999 p11

『濁流』後の桂鳳――私を見て老けたとケチ（蔡
萬植）
　◇三枝壽勝訳「韓国文学名作選 濁流」講談社
　　1999 p471

竹筒飯と地方記者（ワリス・ノカン）
　◇新井リンダかおり訳「台湾原住民文学選 3」
　　草風館 2003 p126

『タゲーニスタイ』（アリストパネース）
　◇久保田忠利，野津寛，脇本由佳訳「ギリシア
　　喜劇全集 4」岩波書店 2009 p354

ダコイット（スペンサー，ジェームズ）
　◇飯野真由美訳「アメリカ短編小説傑作選
　　2001」DHC 2001（アメリカ文芸「年間」
　　傑作選）p491

田子方篇第二十一〔荘子〕（荘子）
　◇福永光司，興膳宏訳「世界古典文学全集 17」
　　筑摩書房 2004 p322

タゴールの詩「GARDENISTO」を読んで（韓
龍雲）
　◇安宇植（アンウーシク）訳「韓国文学名作選 ニ
　　ムの沈黙」講談社 1999 p102

ダゴンの鐘（ラムリイ，ブライアン）
　◇大瀧啓裕訳「インスマス年代記 下」学習研
　　究社 2001（学研M文庫）p255

多言無用（コリア，ジョン）
　◇伊藤典夫訳「不思議な猫たち」扶桑社 1999
　　（扶桑社ミステリー）p281

確かな春（金南一）
　◇加藤建二訳「郭公の故郷――韓国現代短編小説
　　集」風媒社 2003 p149

堕地獄者のメッセージ（スウェデンボルイ，エマ
ヌエル）
　◇牛島信明訳「アンデスの風叢書 天国・地獄
　　百科」書肆風の薔薇 1982 p33

ダシール・ハメットを捜せ（プリテン，ウィリア
ム）
　◇近藤るみ子訳「本の殺人事件簿――ミステリ傑
　　作20選 2」バベル・プレス 2001 p101

ダスクランド（クッツェー，J.M.）
　◇赤岩隆訳「アフリカ文学叢書 ダスクランド」
　　スリーエーネットワーク 1994 p1

たすけ

助けてくれ（マシスン, リチャード・クリスチャ
ン）
　　◇金子浩訳「サイコ―ホラー・アンソロジー」
　　　祥伝社 1998 （祥伝社文庫） p143

ターズの王（作者不詳）
　　◇水谷洋一, 金山崇訳「中世英国ロマンス集 4」
　　　篠崎書林 2001 p145

黄昏（李陸史）
　　◇安宇植（アンウーシク）訳「韓国文学名作選 李
　　　陸史詩集」講談社 1999 p23

たそがれの歌（ブラナック, マイケル）
　　◇日暮雅通訳「シャーロック・ホームズ アメ
　　　リカの冒険」原書房 2012 p403

黄昏の感覚 エルネスト・シュヴァリエ宛〔一
八四一年九月二十一日〕（フローベール, ギュ
スターヴ）
　　◇山崎敦訳「ポケットマスターピース 7」集英
　　　社 2016 （集英社文庫ヘリテージシリー
　　　ズ） p725

たそがれの浜辺（ブラッドベリ, レイ）
　　◇吉田誠一訳「異色作家短篇集 15」早川書房
　　　2006 p255

黄昏の阪神タイガース（ホック, エドワード・
D.）
　　◇木村二郎訳「新本格猛虎会の冒険」東京創元
　　　社 2003 p67

ただいま追跡中（グーラート, ロン）
　　◇浅倉久志訳「グラックの卵」国書刊行会
　　　2006 （未来の文学） p159

戦い―ドイツの光景（一九五一／七四）（ミュ
ラー, ハイナー）
　　◇市川明訳「シリーズ現代ドイツ文学 2」早稲
　　　田大学出版部 1991 p1

ただの女に（ベナボウラ, アメル）
　　◇興津真理子訳「ウーマンズ・ケース 上」早
　　　川書房 1998 （ハヤカワ・ミステリ文庫）
　　　p265

ただの土（ボーモント, チャールズ）
　　◇仁賀克雄訳「ダーク・ファンタジー・コレク
　　　ション 7」論創社 2007 p87

ただひとりの住人（デ・C., L.）
　　◇斎藤博士訳「アンデスの風叢書 天国・地獄
　　　百科」書肆風の薔薇 1982 p159

タタール人の砂漠（ブッツァーティ, ディーノ）

　　◇脇功訳「イタリア叢書 9」松籟社 1992 p1

建ちかけの家（ベドナール, アルフォンス）
　　◇栗栖継訳「東欧の文学 時間と分」恒文社
　　　1967 p181

立場を守る―中絶しみじみ（ル＝グウィン, アー
シュラ・K.）
　　◇畔柳和代訳「しみじみ読むアメリカ文学―現
　　　代文学短編作品集」松柏社 2007 p31

達生篇第十九〔荘子〕（荘子）
　　◇福永光司, 興膳宏訳「世界古典文学全集 17」
　　　筑摩書房 2004 p291

奪回（ホーラー, フランツ）
　　◇岩村行雄訳「現代スイス短篇集」鳥影社・ロ
　　　ゴス企画部 2003 p181

脱郷（李浩哲）
　　◇朴瞱恩, 真野保久編訳「王陵と駐屯軍―朝鮮
　　　戦争と韓国の戦後派文学」凱風社 2014
　　　p137

脱出（ポルチャク, ワシーリ）
　　◇藤井悦子, オリガ・ホメンコ訳「現代ウクラ
　　　イナ短編集」群像社 2005 （群像社ライブ
　　　ラリー） p181

脱出（メーセイ, ミクローシュ）
　　◇羽仁協子訳「東欧の文学 ブダペストに春が
　　　きた 他」恒文社 1966 p385

脱出経路―Exit Line（ヒル, レジナルド）
　　◇秋津知子訳「法月綸太郎の本格ミステリ・ア
　　　ンソロジー」角川書店 2005 （角川文庫）
　　　p290

たったひとりの戦争（林白）
　　◇池上貞子訳「コレクション中国同時代小説
　　　10」勉誠出版 2012 p1

たったひとりの目撃者（アーサー, ロバート）
　　◇林充美訳「ブルー・ボウ・シリーズ 殺人コ
　　　レクション」青弓社 1992 p65

脱皮型死の起原神話およびその類話（作者不
詳）
　　◇紙村徹編訳「台湾原住民文学選 5」草風館
　　　2006 p190

楯（メナンドロス）
　　◇川上稔訳「ギリシア喜劇全集 5」岩波書店
　　　2009 p83

たてごと（ケルナー, テオドール）
　　◇植田敏郎訳「怪奇小説傑作集新版 5」東京創

元社 2006（創元推理文庫）p17

竪琴（ムラーベト, ムハンマド）
　　◇越川芳明訳「モロッコ幻想物語」岩波書店
　　　2013 p87

堕天使の誘惑（スチュアート, アン）
　　◇茅野久枝訳「マイ・バレンタイン─愛の贈り
　　　もの 2005」ハーレクイン 2005 p109

タトゥー（ローアー, デーア）
　　◇三輪玲子訳「ドイツ現代戯曲選30 21」論創
　　　社 2006 p7

たとえ世界を失っても（スタージョン, シオド
　　ア）
　　◇大森望訳「20世紀SF 2」河出書房新社 2000
　　　（河出文庫）p385

たどりついた愛（ウェイ, マーガレット）
　　◇藤倉詩音訳「真夏の恋の物語─サマー・シズ
　　　ラー 2006」ハーレクイン 2006 p215

『ダナイデス（ダナオスの娘たち）』（アリストパ
　　ネース）
　　◇久保田忠利, 野津寛, 脇本由佳訳「ギリシア
　　　喜劇全集 4」岩波書店 2009 p301

七夕（韓龍雲）
　　◇安宇植（アンウーシク）訳「韓国文学名作選 ニ
　　　ムの沈黙」講談社 1999 p114

ダニエル（ナッティング, アリッサ）
　　◇古屋美登里訳「モンスターズ─現代アメリカ
　　　傑作短篇集」白水社 2014 p196

ダニエルによる殺害（ウェインライト, ジュリ
　　ア）
　　◇旦紀子訳「マシン・オブ・デス─A
　　　Collection of Stories about People who
　　　Know How They Will DIE」アルファポリ
　　　ス 2012 p340
　　◇旦紀子訳「マシン・オブ・デス」アルファポ
　　　リス 2013（アルファポリス文庫）p265

谷に響くキャロル（ムーア, マーガレット）
　　◇田中淑子訳「四つの愛の物語─クリスマス・
　　　ストーリー 十九世紀の聖夜 2004」ハーレ
　　　クイン 2004 p117

谷の向こうの家（ミラー, マーガレット）
　　◇稲葉迪子訳「現代ミステリーの至宝 1」扶桑
　　　社 1997（扶桑社ミステリー）p7

谷間の幽霊（ダンセイニ卿）
　　◇吉村満美子訳「怪奇礼讃」東京創元社 2004
　　　（創元推理文庫）p151

ターニャ（ナールビコワ, ワレーリヤ）
　　◇沼野恭子訳「魔女たちの饗宴─現代ロシア女
　　　性作家選」新潮社 1998 p197

他人の手（ランジュラン, ジョルジュ）
　　◇稲葉明雄訳「異色作家短篇集 5」早川書房
　　　2006 p151

種子（たね）… → "しゅし…"をも見よ

種子（たね）まく男（マシスン, リチャード）
　　◇吉田誠一訳「異色作家短篇集 4」早川書房
　　　2005 p245

楽しい映画作り（グエン・ゴック・トゥ）
　　◇加藤栄編訳「ベトナム現代短編集 2」大同生
　　　命国際文化基金 2005（アジアの現代文
　　　芸）p153

愉しいドライヴ（ピカード, ナンシー）
　　◇田口俊樹訳「主婦に捧げる犯罪─書下ろしミ
　　　ステリ傑作選」武田ランダムハウスジャパ
　　　ン 2012（RHブックス＋プラス）p151

楽しい夜（ソルター, ジェームズ）
　　◇岸本佐知子編訳「楽しい夜」講談社 2016
　　　p143

愉しみの館（ラッセル, レイ）
　　◇永井淳訳「異色作家短篇集 16」早川書房
　　　2006 p151

頼みの綱（コリア, ジョン）
　　◇垂野創一郎訳「KAWADE MYSTERY ナツ
　　　メグの味」河出書房新社 2007 p173

頼もしい藪医者（チェスタトン, G.K.）
　　◇西崎憲訳「ミステリーの本棚 四人の申し分
　　　なき重罪人」国書刊行会 2001 p91

たばこ小屋（鍾理和）
　　◇野間信幸訳「台湾郷土文学選集 3」研文出版
　　　2014 p85

タバコ（第一部）（ディーモフ, ディミートル）
　　◇松永緑彌訳「東欧の文学 タバコ（第一部）」
　　　恒文社 1976 p3

タバコ（第二部）（ディーモフ, ディミートル）
　　◇松永緑彌訳「東欧の文学 タバコ（第二部）」
　　　恒文社 1977 p3

煙草の害について（チェーホフ, アントン・パー
　　ヴロヴィチ）
　　◇米川正夫訳「思いがけない話」筑摩書房
　　　2010（ちくま文学の森）p131

たばこの煙の充満する部屋（パウチャー, アンソ

たひえ

ニイ）
◇山本俊子訳「密室殺人傑作選」早川書房 2003（ハヤカワ・ミステリ文庫）p411

旅へ（ワリス・ノカン）
◇内山加代訳「台湾原住民文学選 3」草風館 2003 p12

旅路にて（魏微）
◇神谷まり子訳「現代中国青年作家秀作選」鼎書房 2010 p61

旅する巌（スタージョン, シオドア）
◇大森望訳「奇想コレクション 輝く断片」河出書房新社 2005 p61

旅立つ家族（金義卿）
◇李惠貞訳「韓国現代戯曲集 4」日韓演劇交流センター 2009 p173

旅立つ時（ブラッドベリ, レイ）
◇吉田誠一訳「異色作家短篇集 15」早川書房 2006 p205

旅の子ども（トビー, フレッド・S.）
◇佐々田雅子訳「ミニ・ミステリ100」早川書房 2005（ハヤカワ・ミステリ文庫）p535

旅の途中で（シュヴァイツァー, ブリット）
◇中村融訳「街角の書店—18の奇妙な物語」東京創元社 2015（創元推理文庫）p357

旅の途中で（デイヴィス, ドロシイ・ソールズベリ）
◇茅律子訳「ウーマンズ・ケース 上」早川書房 1998（ハヤカワ・ミステリ文庫）p279

旅人の憩い（マッスン, デイヴィッド・I.）
◇伊藤典夫訳「ここがウィネトカなら、きみはジュディ—時間SF傑作選 SFマガジン創刊50周年記念アンソロジー」早川書房 2010（ハヤカワ文庫 SF）p271
◇伊藤典夫訳「ボロゴーヴはミムジイ—伊藤典夫翻訳SF傑作選」早川書房 2016（ハヤカワ文庫 SF）p251

タビーは言わない（グレープ, ジャン）
◇青木多香子訳「ホワイトハウスのペット探偵」講談社 2009（講談社文庫）p143

旅は道づれ（リッチー, ジャック）
◇谷崎由依訳「30の神品—ショートショート傑作選」扶桑社 2016（扶桑社文庫）p251

タブー（ボヘンスキ, ヤツェック）
◇米川和夫訳「東欧の文学 天国の門」恒文社 1985 p137

ダブラーズ（ハーヴィー, W.F.）
◇大友香奈子訳「魔法使いになる14の方法」東京創元社 2003（創元推理文庫）p141

食べ放題（ヘムリ, ロビン）
◇小川高義訳「新しいアメリカの小説 食べ放題」白水社 1989 p7

玉を懐いて（ネルボ, アマード）
◇日比野和幸訳「ラテンアメリカ短編集—モデルニズモから魔術的レアリズモまで」彩流社 2001 p53

卵形の水晶球（ウェルズ, H.G.）
◇宇野利泰訳「怪奇小説傑作集新版 2」東京創元社 2006（創元推理文庫）p315

卵物語（シュウォッブ, マルセル）
◇多田智満子訳「海外ライブラリー 少年十字軍」王国社 1998 p103

魂を落とした男（ヴー・バーオ）
◇加藤栄編訳「ベトナム現代短編集 2」大同生命国際文化基金 2005（アジアの現代文芸）p49

魂を乞う者（パピーニ, ジョヴァンニ）
◇河島英昭訳「バベルの図書館 30」国書刊行会 1992 p129
◇河島英昭訳「新編 バベルの図書館 5」国書刊行会 2013 p390

魂が燃えている（プロンジーニ, ビル）
◇黒原敏行訳「巨匠の選択」早川書房 2001（ハヤカワ・ミステリ）p301

魂はみずからの社会を選ぶ—侵略と撃退：エミリー・ディキンスンの詩二篇の執筆年代再考：ウェルズ的視点（ウィリス, コニー）
◇大森望訳「90年代SF傑作選 上」早川書房 2002（ハヤカワ文庫 SF）p187

玉葱（シンボルスカ, ヴィスワヴァ）
◇つかだみちこ訳「文学の贈物—東中欧文学アンソロジー」未知谷 2000 p39

ダム決壊の日（サーバー, ジェイムズ）
◇鳴海四郎訳「異色作家短篇集 14」早川書房 2006 p195

ダム通りの家（スレッサー, ヘンリー）
◇森沢くみ子訳「ダーク・ファンタジー・コレクション 6」論創社 2007 p247

タムとカムの物語（作者不詳）
◇和佐田道子編訳「シンデレラ」竹書房 2015

たれの

（竹書房文庫）p55

タムバレイン大王（マーロウ, クリストファ）
　◇川﨑淳之助訳「エリザベス朝悲劇・四拍子による新訳三編—タムバレイン大王、マクベス、白い悪魔」英光社 2010 p1

ダーモクセノス（作者不詳）
　◇久保田忠利, 橋本隆夫, 野津寛, 安村典子, 吉武純夫, 丹下和彦訳「ギリシア喜劇全集 8」岩波書店 2011 p192

タリ（バイタル, ジム）
　◇塚本晃久訳「パプア・ニューギニア小説集」三重大学出版会 2008 p137

ダリの時計（ウィルソン, ロバート・アントン）
　◇小川隆訳「ディスコ2000」アーティストハウス 1999 p203

ダーリントンの替え玉事件（デイヴィーズ, デイヴィッド・スチュアート）
　◇日暮雅通訳「シャーロック・ホームズの大冒険 上」原書房 2009 p147

樽（クロフツ, フリーマン・ウィルス）
　◇二宮磬訳「乱歩が選ぶ黄金時代ミステリーBEST10 9」集英社 1999（集英社文庫）p9

樽工場の怪（ドイル, コナン）
　◇白須清美訳「乱歩の選んだベスト・ホラー」筑摩書房 2000（ちくま文庫）p129

『ダルダノス』（メナンドロス）
　◇中務哲郎, 脇本由佳, 荒井直訳「ギリシア喜劇全集 6」岩波書店 2010 p110

タルパ（ルルフォ, ファン）
　◇杉山晃訳「アンデスの風叢書 燃える平原」書肆風の薔薇 1990 p61

誰か言ふべき（ミドルトン, リチャード）
　◇南條竹則訳「魔法の本棚 幽霊船」国書刊行会 1997 p87

誰がお金は神様だと言ったのか？（ドワンチャンパー）
　◇二元裕子編訳「ラオス現代文学選集」大同生命国際文化基金 2013（アジアの現代文芸）p29

だれかを救おうとしているあいだに死ぬ（チャボンダ, ダリーゾ）
　◇旦紀子訳「マシン・オブ・デス—A Collection of Stories about People who Know How They Will DIE」アルファポリ

ス 2012 p458
　◇旦紀子訳「マシン・オブ・デス」アルファポリス 2013（アルファポリス文庫）p390

誰が俺のモンキーを盗ったのか？（コーベット, デイヴィッド／ウレア, ルイス・アルベルト）
　◇山口祐子訳「ベスト・アメリカン・短編ミステリ 2012」DHC 2012 p103

誰かが歌っている（レオポルド, トム）
　◇岸本佐知子訳「新しいアメリカの小説 誰かが歌っている」白水社 1992 p1

誰かが私を見つめてる（ウェルドン, フェイ）
　◇中平洋子訳「古今英米幽霊事情 2」新風舎 1999 p69

誰が貴婦人を手に入れたか（リッチー, ジャック）
　◇白須清美訳「KAWADE MYSTERY 10ドルだって大金だ」河出書房新社 2006 p135

誰がこの衣装を着るのだろうか（リカラッ・アウー）
　◇魚住悦子編訳「台湾原住民文学選 2」草風館 2003 p7

誰かに話した方がいい—思春期しみじみ（ベインブリッジ, ベリル）
　◇阿部公彦訳「しみじみ読むイギリス・アイルランド文学—現代文学短編作品集」松柏社 2007 p1

誰がベイカーを殺したか？—Who killed Baker？（クリスピン, エドマンド／ブッシュ, ジェフリー）
　◇望月和彦訳「法月綸太郎の本格ミステリ・アンソロジー」角川書店 2005（角川文庫）p209

だれがマシュー・コービンを殺したか？（カー, ジョン・ディクスン）
　◇森英俊訳「幻を追う男—シナリオ・コレクション」論創社 2006（論創海外ミステリ）p1

誰が呼んだ？（レイヴァー, ジェイムズ）
　◇平井呈一編「壁画の中の顔—こわい話気味のわるい話 3」沖積舎 2012 p149

だれでもない人々（ペソア, フェルナンド）
　◇菅啓次郎選訳「私の謎」岩波書店 1997（世界文学のフロンティア）p17

誰のものになるのか（ドゥレー, フロランス）
　◇千葉文夫訳「新しいフランスの小説 シュザ

作品名から引ける世界文学全集案内 第III期　205

ンヌの日々」白水社 1995 p7

誰も教えてくれない（リッチー、ジャック）
　◇藤村裕美訳「KAWADE MYSTERY 10ドル
　　だって大金だ」河出書房新社 2006 p177

誰も降りなかった町（ブラッドベリ、レイ）
　◇吉田誠一訳「異色作家短篇集 15」早川書房
　　2006 p109

誰もおれの名前を知らない（オーツ、ジョイス・
キャロル）
　◇嶋田洋一訳「魔猫」早川書房 1999 p319

だれもかれもうんざりさせる男色家にして食
人種 エルネスト・フェドー宛〔一八六一年
八月十七日〕（フローベール、ギュスターヴ）
　◇山崎敦訳「ポケットマスターピース 7」集英
　　社 2016（集英社文庫ヘリテージシリー
　　ズ）p753

だれも完全ではない（ブロワ、レオン）
　◇田辺保訳「バベルの図書館 13」国書刊行会
　　1989 p153
　◇田辺保訳「新編 バベルの図書館 4」国書刊行
　　会 2012 p377

誰も知らない夜（シャルヴィス、ジル）
　◇みすみあき訳「キス・キス・キス―素直にな
　　れなくて」ヴィレッジブックス 2008
　　（ヴィレッジブックス）p125

誰も信じてくれない（ノーラン、ウィリアム・F.）
　◇佐々田雅子訳「ミニ・ミステリ100」早川書
　　房 2005（ハヤカワ・ミステリ文庫）p709

ダンウィッチの怪（ラヴクラフト、H.P.）
　◇大西尹明訳「怪奇小説傑作集新版 3」東京創
　　元社 2006（創元推理文庫）p275

探綺書房（ハッセ、H.）
　◇渡辺健一郎訳「新編 真ク・リトル・リトル神
　　話大系 2」国書刊行会 2007 p287

探求を始めた時（ホイットマン、ウォルト）
　◇渡辺信二訳「アメリカ文学ライブラリー ア
　　メリカ名詩選」本の友社 1997 p150

短剣を持ちたる女（シュニッツラー）
　◇森鷗外訳「恋愛三昧―外三篇」ゆまに書房
　　2004（昭和初期世界名作翻訳全集）p31

探検隊帰る（ディック、フィリップ・K.）
　◇中村融編訳「影が行く―ホラーSF傑作選」東
　　京創元社 2000（創元SF文庫）p241

「短剣」の三つの試訳（レールモントフ）

◇木村恭子訳「雑話集―ロシア短編集 2」「雑
　話集」の会 2009 p106

短詩（ミトロヴィチ、スルバ）
　◇田中一生訳「文学の贈物―東中欧文学アンソ
　　ロジー」未知谷 2000 p384

男児（韓龍雲）
　◇安宇植（アンウーシク）訳「韓国文学名作選 ニ
　　ムの沈黙」講談社 1999 p130

タンジェント（ベア、グレッグ）
　◇酒井昭伸訳「ハッカー／13の事件」扶桑社
　　2000（扶桑社ミステリー）p403

断食芸人（カフカ、フランツ）
　◇池内紀訳「バベルの図書館 4」国書刊行会
　　1988 p21
　◇山下肇訳「変身のロマン」学習研究社 2003
　　（学研M文庫）p281
　◇山下肇、山下万里訳「百年文庫 11」ポプラ社
　　2010 p5
　◇池内紀訳「新編 バベルの図書館 5」国書刊行
　　会 2013 p22

男子衝動（曹廣華）
　◇木村典子訳「海外戯曲アンソロジー―海外現
　　代戯曲翻訳集〈国際演劇交流セミナー記
　　録〉3」日本演出者協会 2009 p57

男爵婦人（クロス、アマンダ）
　◇宇佐川晶子訳「ウーマンズ・ケース 下」早
　　川書房 1998（ハヤカワ・ミステリ文庫）
　　p39

誕生（リカラッ・アウー）
　◇魚住悦子編訳「台湾原住民文学選 2」草風館
　　2003 p130

断章（バイロン、ジョージ・ゴードン）
　◇南條竹則編訳「イギリス恐怖小説傑作選」筑
　　摩書房 2005（ちくま文庫）p175

誕生祝い（マコーマック、エリック）
　◇若島正訳「異色作家短篇集 20」早川書房
　　2007 p211

誕生と破局―真実の物語（ダール、ロアルド）
　◇開高健訳「異色作家短篇集 1」早川書房
　　2005 p211

壇上のミラボー（ユーゴー、ヴィクトル／ブロン
テ、シャーロット）
　◇中岡洋、芦沢久江訳「ブロンテ姉妹エッセイ
　　全集」彩流社 2016 p248

誕生パーティー（バーク，ジョン）
◇金井美子訳「ダーク・ファンタジー・コレクション 8」論創社 2008 p69

誕生日（フリーズナー，エスター・M.）
◇幹遙子訳「90年代SF傑作選 下」早川書房 2002（ハヤカワ文庫）p129

誕生日（ロセッティ，クリスティナ）
◇羽矢謙一訳「ファイン／キュート素敵かわいい作品選」筑摩書房 2015（ちくま文庫）p42

ダンシング・オン・エア（クレス，ナンシー）
◇田中一江訳「90年代SF傑作選 下」早川書房 2002（ハヤカワ文庫）p375

ダンシング・ベア（アリン，ダグ）
◇田口俊樹訳「エドガー賞全集―1990～2007」早川書房 2008（ハヤカワ・ミステリ文庫）p183

ダンス（ジョリッセント，ジョイ）
◇浅倉久志選訳「極短小説」新潮社 2004（新潮文庫）p71

ダンス・レッスン（ウォード，ライザ）
◇平野眞美訳「アメリカ新進作家傑作選 2004」DHC 2005 p347

タンタロス（フブダ，アブ・トゥドバ・イムラヒム・b.）
◇内田吉彦訳「アンデスの風叢書 天国・地獄百科」書肆風の薔薇 1982 p67

ダンダン（ジョンソン，デニス）
◇村上春樹編訳「バースデイ・ストーリーズ」中央公論新社 2002 p29

短調の歌（ムーア，C.L.）
◇仁賀克雄訳「ダーク・ファンタジー・コレクション 9」論創社 2008 p485

探偵作家は天国へ行ける（ギルフォード，C.B.）
◇宇野利泰訳「天外消失―世界短篇傑作集 Off the face of the earth and other stories」早川書房 2008（ハヤカワ・ミステリ）p209

探偵三七五号（ブランドナー，ゲイリイ）
◇佐々木雅子訳「ミニ・ミステリ100」早川書房 2005（ハヤカワ・ミステリ文庫）p654

探偵小説（ボルヘス，ホルヘ・ルイス）
◇木村榮一訳「アンデスの風叢書 ボルヘス，オラル」書肆風の薔薇 1987 p93

探偵小説作法二十則（ヴァン・ダイン，S.S.）
◇前田絢一訳「硝子の家」光文社 1997（光文社文庫）p395

探偵小説十戒（ノックス，ロナルド・A.）
◇前田絢一訳「硝子の家」光文社 1997（光文社文庫）p403
◇宮脇孝雄，宮脇裕子訳「綾辻行人と有栖川有栖のミステリ・ジョッキー 3」講談社 2012 p230

探偵人生（モズリイ，ウォルター）
◇坂本憲一訳「ベスト・アメリカン・ミステリ クラック・コカイン・ダイエット」早川書房 2007（ハヤカワ・ミステリ）p325

探偵の微笑み事件（ボーン，マーク）
◇堤朝子訳「シャーロック・ホームズのSF大冒険―短篇集 上」河出書房新社 2006（河出文庫）p40

タンディの物語（スタージョン，シオドア）
◇大森望訳「奇想コレクション 不思議のひと触れ」河出書房新社 2003 p151

探偵、夢を解く（ウルフ，ジーン）
◇真野明裕訳「闇の展covery会 敵」早川書房 2005（ハヤカワ文庫）p63

単刀会（単刀会）（井上泰山）
◇井上泰山訳「三国劇翻訳集」関西大学出版部 2002 p729

断頭台の秘密（ヴィリエ・ド・リラダン，オーギュスト・ド）
◇渡辺一夫訳「恐ろしい話」筑摩書房 2011（ちくま文学の森）p215
◇渡辺一夫訳「百年文庫 64」ポプラ社 2011 p49

単独飛行（ゴーマン，エド）
◇曽根寛樹訳「ベスト・アメリカン・短編ミステリ 2012」DHC 2012 p219

単独飛行（マラー，マーシャ）
◇小梨直訳「双生児―EQMM90年代ベスト・ミステリー」扶桑社 2000（扶桑社ミステリー）p111

ダントンの死（ビューヒナー）
◇山下純照訳「ベスト・プレイズ―西洋古典戯曲12選」論創社 2011 p549

舌（タン）の寓話（ボビス，マーリンダ）
◇有満保江訳「ダイヤモンド・ドッグ―《多文化を映す》現代オーストラリア短編小説集」現代企画室 2008 p153

たんへ

ターンヘルム（ウォルポール, ヒュー）
　◇西崎憲、柴﨑みな子訳「怪奇小説日和―黄金
　　時代傑作選」筑摩書房 2013（ちくま文
　　庫）p431
たんぽぽ娘（ヤング, ロバート・F.)
　◇伊藤典夫訳「奇想コレクション たんぽぽ娘」
　　河出書房新社 2013 p87
　◇井上一夫訳「栞子さんの本棚―ビブリア古書
　　堂セレクトブック」角川書店 2013（角川
　　文庫）p217
弾薬通り（ブロンジーニ, ビル）
　◇吉田結訳「ベスト・アメリカン・短編ミステ
　　リ 2014」DHC 2015 p409
暖炉の精（グレンジャー, アン）
　◇月村澄枝訳「猫は九回生きる―とっておきの
　　猫の話」心交社 1997 p23

【 ち 】

チア・リーダー（マコークル, ジル）
　◇相原真理子訳「新しいアメリカの小説 チア・
　　リーダー」白水社 1990 p1
地域学（コンラード, ジェルジュ）
　◇岩崎悦子訳「東欧の文学 ケース・ワーカー」
　　恒文社 1982 p56
小さいお城―民話と民謡のモチーフによる作
　品（マルシャーク, サムイル）
　◇大井数雄訳「人形座脚本集」晩成書房 2005
　　p69
小さき供物（バチガルピ, パオロ）
　◇中原尚哉訳「SFマガジン700―創刊700号記
　　念アンソロジー 海外篇」早川書房 2014
　　（ハヤカワ文庫 SF）p405
小さなエーチャンの告白（キンスエーウー）
　◇南田みどり訳「ミャンマー現代短編集 2」
　　大同生命国際文化基金 1998（アジアの現
　　代文芸）p59
小さな黄金の星（作者不詳）
　◇和佐田道子編訳「シンデレラ」竹書房 2015
　　（竹書房文庫）p68
小さな弟（フィリップ, シャルル・ルイ）
　◇山田稔訳「百年文庫 43」ポプラ社 2010 p20

小さな家庭教師（マンスフィールド, キャサリン）
　◇立石光子訳「ブルー・ボウ・シリーズ レイ
　　チェルの夏」青弓社 1994 p67
小さな奇跡が起こる場所（バンク, メリッサ）
　◇土屋晃訳「天使だけが聞いている12の物語」
　　ソニー・マガジンズ 2001 p29
小さな寓話（カフカ, フランツ）
　◇池内紀訳「超短編アンソロジー」筑摩書房
　　2002（ちくま文庫）p139
小さな公園（李陸史）
　◇安宇植（アンウーシク）訳「韓国文学名作選 李
　　陸史詩集」講談社 1999 p54
小さな少年のおぼえがき（ペマン, ホセ・マリー
　ヤ）
　◇会田由訳「謎のギャラリー―愛の部屋」新潮
　　社 2002（新潮文庫）p29
小さな出来事（魯迅）
　◇竹内好訳「百年文庫 8」ポプラ社 2010 p17
小さな天使のために（ハート, ジェシカ）
　◇松村和紀子訳「愛は永遠に―ウエディング・
　　ストーリー 2014」ハーレクイン 2014
　　p115
小さな場所（キンケイド, ジャメイカ）
　◇旦敬介訳「新しい〈世界文学〉シリーズ 小さ
　　な場所」平凡社 1997 p3
小さな花（ヒンターベルガー, エルンスト）
　◇鈴木隆雄訳「現代ウィーン・ミステリー・シ
　　リーズ 6」水声社 2001 p3
小さな悲劇（ミドルトン, リチャード）
　◇南條竹則訳「魔法の本棚 幽霊船」国書刊行
　　会 1997 p101
小さな秘密（アーガーイー, ファルホンデ）
　◇藤元優子編訳「天空の家―イラン女性作家
　　選」段々社 2014（現代アジアの女性作家
　　秀作シリーズ）p91
小さな吹雪の国の冒険（アンスティー, F.)
　◇西崎憲編訳「短篇小説日和―英国異色傑作
　　選」筑摩書房 2013（ちくま文庫）p231
小さな密輸商人―ドイツ占領時のユダヤ人を
　歌ったポーランド詩選（作者不詳）
　◇西成彦訳「ポケットのなかの東欧文学―ル
　　ネッサンスから現代まで」成文社 2006
　　p215
小さな約束（サラ, シャロン）

◇平江まゆみ訳「愛は永遠に──ウエディング・ストーリー 2010」ハーレクイン 2010 p5

ちいさな幽霊（ウォルポール, ヒュー）
◇倉阪鬼一郎訳「ミステリーの本棚 銀の仮面」国書刊行会 2001 p235

小さな幽霊（ウォルポール, ヒュー）
◇南條竹則編訳「イギリス恐怖小説傑作選」筑摩書房 2005（ちくま文庫）p33

小さな四つ角（モウティッウェー）
◇南田みどり編訳「二十一世紀ミャンマー作品集」大同生命国際文化基金 2015（アジアの現代文芸）p130

チェコ社会の生活から（シュクヴォレツキー, ヨゼフ）
◇村上健太訳「ポケットのなかの東欧文学──ルネッサンスから現代まで」成文社 2006 p439

"チェシャーチーズ"亭事件（ブリーン, ジョン・L.）
◇日暮雅通訳「シャーロック・ホームズ ベイカー街の殺人」原書房 2002 p287

チェスの師匠（ペルツァー, フェデリコ）
◇内田吉彦訳「バベルの図書館 20」国書刊行会 1990 p131
◇内田吉彦訳「新編バベルの図書館 6」国書刊行会 2013 p92

チェッリーニの解決策（フジッリ, ジム）
◇公手成幸訳「殺しが二人を別つまで」早川書房 2007（ハヤカワ・ミステリ文庫）p377

チェーホフとズールー（ラシュディ, サルマン）
◇寺門泰彦訳「新しい〈世界文学〉シリーズ 東と西」平凡社 1997 p145

チェリアピン（ローマー, サックス）
◇中村能三訳「怪奇小説傑作集新版 2」東京創元社 2006（創元推理文庫）p367

チェリーな気持ちで（フォスター, ローリー）
◇石原未奈子訳「キス・キス・キス──チェリーな気持ちで」ヴィレッジブックス 2009（ヴィレッジブックス）p253

チェロキー（エシュノーズ, ジャン）
◇谷昌親訳「新しいフランスの小説 チェロキー」白水社 1994 p1

チェロとケチャップ（金明和）
◇木村典子訳「海外戯曲アンソロジー──海外現代戯曲翻訳集〈国際演劇交流セミナー記録〉1」日本演出者協会 2007 p63

チェンジ（スレッサー, ヘンリー）
◇森沢くみ子訳「ダーク・ファンタジー・コレクション 6」論創社 2007 p119

チェンジ（フィリップス, マリー）
◇角田光代訳「わたしは女の子だから」英治出版 2012 p139

血を吸う怪（ヘロン, E.／ヘロン, H.）
◇松居松葉訳「血と薔薇の誘う夜に──吸血鬼ホラー傑作選」角川書店 2005（角川ホラー文庫）p305

地を這う巨大生物事件（マン, ジョージ）
◇尾之上浩司訳「シャーロック・ホームズとヴィクトリア朝の怪人たち 1」扶桑社 2015（扶桑社ミステリー）p239

血をわけた姉妹（イーガン, グレッグ）
◇山岸真訳「ハッカー／13の事件」扶桑社 2000（扶桑社ミステリー）p91

誓いのキスを奪われて（マートン, サンドラ）
◇桂真樹訳「マイ・バレンタイン──愛の贈りもの 2009」ハーレクイン 2009 p5

近くの酒場での事件（プロンジーニ, ビル）
◇田口俊樹訳「現代ミステリーの至宝 1」扶桑社 1997（扶桑社ミステリー）p311

近頃蒐（あつ）めたゴースト・ストーリー（サーフ, ベネット）
◇西崎憲訳「怪奇文学大山脈 2」東京創元社 2014 p361

地下室の殺人（バークリー, アントニイ）
◇佐藤弓生訳「世界探偵小説全集 12」国書刊行会 1998 p7

地下室のシンデレラ（マカリスター, ヘザー）
◇遠坂恵子訳「マイ・バレンタイン──愛の贈りもの 2002」ハーレクイン 2002 p79

地下室の隅（ギルバート, マイケル）
◇佐々田雅子訳「ミニ・ミステリ100」早川書房 2005（ハヤカワ・ミステリ文庫）p689

違った生き方（セルツァー, ジョーン）
◇吉田利子訳「間違ってもいい、やってみたら──想いがはじける28の物語」講談社 1998 p49

地下鉄で（オールディントン, リチャード）
◇沢崎順之助訳「英国鉄道文学傑作選」筑摩書房 2000（ちくま文庫）p202

ちかて

地下鉄の乗客 (ギルバート, ポール)
　◇日暮雅通訳「シャーロック・ホームズ アン
　　ダーショーの冒険」原書房 2016 p265
地下鉄のミイラ男 (ディニック, リチャード)
　◇尾之上浩司訳「シャーロック・ホームズと
　　ヴィクトリア朝の怪人たち 2」扶桑社
　　2015 (扶桑社ミステリー) p105
地下堂の査察 (マコーマック, エリック)
　◇柴田元幸編訳「どこにもない国―現代アメリ
　　カ幻想小説集」松柏社 2006 p1
知己に謝し, 書を後人に送る―『大地の母』
序文 (李喬)
　◇岡崎郁子, 三木直大訳「新しい台湾の文学 寒
　　夜」国書刊行会 2005 p381
地球の住人たち (ギャリ)
　◇須藤哲生訳「この愛のゆくえ―ポケットアン
　　ソロジー」岩波書店 2011 (岩波文庫別
　　冊) p403
地球の生涯の二日 (オドエフスキー, ウラジーミ
ル)
　◇西周成編訳「ロシアSF短編集」アルトアーツ
　　2016 p5
地球の静止する日 (ベイツ, ハリー)
　◇南山宏, 尾之上浩司訳「地球の静止する日」
　　角川書店 2008 (角川文庫) p7
地球の大饗祭 (ホーソーン, ナサニエル)
　◇竹村和子訳「バベルの図書館 3」国書刊行会
　　1988 p73
　◇竹村和子訳「新編 バベルの図書館 1」国書刊
　　行会 2012 p55
チキンスネーク (ヴァイス, ブラッド)
　◇内田薫訳「アメリカ新進作家傑作選 2003」
　　DHC 2004 p103
チキン・プレイヤー (ヘンズリー, ジョー・L.)
　◇山本俊子訳「ミニ・ミステリ100」早川書房
　　2005 (ハヤカワ・ミステリ文庫) p284
蓄音機回しの物語 (ニーブレー)
　◇南田みどり編訳「ミャンマー現代短編集 2」
　　大同生命国際文化基金 1998 (アジアの現
　　代文芸) p181
竹青 (ちくせい) (蒲松齢)
　◇竹田晃, 黒田真美子著「中国古典小説選 10
　　(清代 2)」明治書院 2009 p254
乳首のイエス様 (ホーンビィ, ニック)

　◇土屋晃訳「天使だけが聞いている12の物語」
　　ソニー・マガジンズ 2001 p147
遅参の客 (デ・ラ・メア, ウォルター)
　◇坪香織訳「怪奇文学大山脈 2」東京創元社
　　2014 p237
知識を守るもの (シーライト, リチャード・F.)
　◇東谷真知子訳「クトゥルー 11」青心社 1998
　　(暗黒神話大系シリーズ) p23
地上に降りた天使 (モーティマー, キャロル)
　◇森山りつ子訳「四つの愛の物語―クリスマ
　　ス・ストーリー ’98」ハーレクイン 1998
　　p115
地図にない町 (ディック, フィリップ・K.)
　◇仁賀克雄訳「有栖川有栖の鉄道ミステリ・ラ
　　イブラリー」角川書店 2004 (角川文庫)
　　p37
チーズの中のねずみ (バッサーニ, ジョルジョ)
　◇香川真澄訳「ぶどう酒色の海―イタリア中短
　　編小説集」イタリア文藝叢書刊行委員会
　　2013 (イタリア文藝叢書) p69
チズルリグ卿の遺産 (バー, ロバート)
　◇落合佳子訳「本の殺人事件簿―ミステリ傑作
　　20選 2」バベル・プレス 2001 p119
知性化宇宙 (ブリン, デイヴィッド)
　◇酒井昭伸訳「SFの殿堂 遙かなる地平 1」早川
　　書房 2000 (ハヤカワ文庫SF) p247
地帯兵器コロンビーン (モールズ, デイヴィッ
ド)
　◇金子浩訳「THE FUTURE IS JAPANESE」
　　早川書房 2012 (ハヤカワSFシリーズJコ
　　レクション) p57
父へ詩を捧げる (ブラッドストリート, アン)
　◇渡辺信二訳「アメリカ文学ライブラリー ア
　　メリカ名詩選」本の友社 1997 p44
父親 (ビョルンソン, ビョルンスチェルネ)
　◇山室静訳「百年文庫 51」ポプラ社 2010 p43
父親の居場所 (作者不詳)
　◇牛島信明訳「アンデスの風叢書 天国・地獄
　　百科」書肆風の薔薇, 水声社 1982 p31
父親の重荷 (クック, トマス・H.)
　◇鴻巣友季子訳「復讐の殺人」早川書房 2001
　　(ハヤカワ・ミステリ文庫) p109
　◇鴻巣友季子訳「アメリカミステリ傑作選
　　2001」DHC 2001 (アメリカ文芸「年間」

傑作選）p113

父と七夕（リカラッ・アウー）
　◇魚住悦子編訳「台湾原住民文学選 2」草風館
　　2003 p63

父と娘の新年の祝日（グリーン，アレクサンド
　ル・ステパーノヴィチ）
　◇田辺佐保子訳「ロシアのクリスマス物語」群
　　像社 1997 p129

父なる中国、母（クィア）なる台湾？―同志白
　先勇のファミリー・ロマンスと国家想像（朱
　偉誠）
　◇山口守訳「台湾セクシュアル・マイノリティ
　　文学 4」作品社 2009 p7

父の木（李浩）
　◇小笠原淳訳「現代中国青年作家秀作選」鼎書
　　房 2010 p95

父の気がかり（カフカ，フランツ）
　◇池内紀訳「幻想小説神髄」筑摩書房 2012
　　（ちくま文庫）p512

乳のごとききみの血潮（ワトスン，イアン）
　◇野村芳夫訳「死のドライブ」文藝春秋 2001
　　（文春文庫）p409

父の地（林哲佑）
　◇筒井真樹子訳「現代韓国短篇選 下」岩波書
　　店 2002 p1

父のなかの祖父（方方）
　◇渡辺新一訳「コレクション中国同時代小説
　　8」勉誠出版 2012 p77

父の日（コナリー，マイクル）
　◇山下麻貴訳「ベスト・アメリカン・短編ミス
　　テリ」DHC 2010 p173

父、まばたきもせず（エヴンソン，ブライアン）
　◇岸本佐知子編訳「居心地の悪い部屋」角川書
　　店 2012 p85
　◇岸本佐知子編訳「居心地の悪い部屋」河出書
　　房新社 2015（河出文庫）p53

ちっちゃなエイヨルフ（イプセン，ヘンリック原
　著／笹部博司）
　◇「ちっちゃなエイヨルフ」メジャーリーグ
　　2008（笹部博司の演劇コレクション）p5

ちっぽけな犯罪（オキャラハン，マクシン）
　◇山本俊子訳「ミニ・ミステリ100」早川書房
　　2005（ハヤカワ・ミステリ文庫）p109

地底の国訪問（作者不詳）

◇紙村徹編訳「台湾原住民文学選 5」草風館
　2006 p255

血とショウガパン（スラデック，ジョン）
　◇柳下毅一郎訳「奇想コレクション 蒸気駆動
　　の少年」河出書房新社 2008 p277

血と水（マグラア，パトリック）
　◇宮脇孝雄訳「奇想コレクション 失われた探
　　険家」河出書房新社 2007 p257

血の婚礼（シーレイ，ジェニー）
　◇「「飛び石プロジェクト」戯曲集―血の婚礼
　　／Stepping stones エイブルアート・オン
　　ステージ国際交流プログラム」フィルム
　　アート社 2010 p5

血の島（ケイヴ，ヒュー・B.）
　◇夏来健二訳「ラヴクラフトの遺産」東京創元
　　社 2000（創元推理文庫）p203

チーの呪術師（ヒラーマン，トニイ）
　◇大庭忠男訳「現代ミステリーの至宝 1」扶桑
　　社 1997（扶桑社ミステリー）p85

血の呪物（ロバーツ，モーリー）
　◇玉木亨訳「ヴァンパイア・コレクション」角
　　川書店 1999（角川文庫）p193

地の底（ベリー，クラーク）
　◇金子浩訳「サイコ―ホラー・アンソロジー」
　　祥伝社 1998（祥伝社文庫）p365

血の報復（王秋蛍）
　◇岡田英樹訳「血の報復―「在満」中国人作家
　　短篇集」ゆまに書房 2016 p13

血の末裔（マシスン，リチャード）
　◇仁賀克雄訳「吸血鬼伝説―ドラキュラの末裔
　　たち」原書房 1997 p35
　◇仁賀克雄訳「ダーク・ファンタジー・コレク
　　ション 2」論創社 2006 p11

乳のみ児（イワーノフ）
　◇和久利誓一訳「世界100物語 4」河出書房新
　　社 1997 p396

血の病（マグラア，パトリック）
　◇宮脇孝雄訳「奇想コレクション 失われた探
　　険家」河出書房新社 2007 p129

血のように赤いつつじの花（白先勇）
　◇山口守訳「新しい台湾の文学 台北人」国書
　　刊行会 2008 p87

チブクビールと独立（ヘッド，ベッシー）
　◇くぼたのぞみ訳「アフリカ文学叢書 優しさ

と力の物語」スリーエーネットワーク
1996 p46

チベットから来た男（クレイスン，クライド・B.）
　◇門倉洸太郎訳「世界探偵小説全集 22」国書
　　刊行会 1997 p15

知北遊篇第二十二〔荘子〕（荘子）
　◇福永光司，興膳宏訳「世界古典文学全集 17」
　　筑摩書房 2004 p337

血まみれの伯爵夫人――一九六八（ビサルニク，
アレハンドラ）
　◇藤井光訳「ゴシック短編小説集」春風社
　　2012 p505

血まみれブランシュ――八九二（シュウォッブ，
マルセル）
　◇大沼由布訳「ゴシック短編小説集」春風社
　　2012 p325

茶色い手（ドイル，アーサー・コナン）
　◇西崎憲「怪奇小説日和――黄金時代傑作選」
　　筑摩書房 2013 （ちくま文庫）p111

チャクルの物語（エドギュ，フェリト）
　◇南澤沙織訳「現代トルコ文学選 2」東京外国
　　語大学外国語学部トルコ語専攻研究室
　　2012 （TUFS Middle Eastern studies）p9

自鳴鼓（チャミョンゴ）（柳致眞）
　◇山野内扶訳「韓国現代戯曲集 4」日韓演劇交
　　流センター 2009 p215

チャムプーン（テープ・マハーパオラヤ）
　◇吉岡みね子編訳「タイの大地の上で――現代作
　　家・詩人選集」大同生命国際文化基金
　　1999 （アジアの現代文芸）p49

チャメトラ（ウレア，ルイス・アルベルト）
　◇岸本佐知子編訳「居心地の悪い部屋」角川書
　　店 2012 p19
　◇岸本佐知子編訳「居心地の悪い部屋」河出書
　　房新社 2015 （河出文庫）p19

チャリティのことづて（リー，ウィリアム・M.）
　◇安野玲訳「時の娘――ロマンティック時間SF傑
　　作選」東京創元社 2009 （創元SF文庫）p9

チャリング・クロス街71-73（ジャクボヴス
キー，マキシム）
　◇田口俊樹訳「ロンドン・ノワール」扶桑社
　　2003 （扶桑社ミステリー）p221

チャールズ（ジャクスン，シャーリイ）
　◇深町眞理子訳「異色作家短篇集 6」早川書房
　　2006 p125

チャールズ・デクスター・ウォード事件（ラヴ
クラフト，H.P.）
　◇大瀧啓裕訳「クトゥルー 10」青心社 1997
　　（暗黒神話大系シリーズ）p107

チャールズ・リンクワースの懺悔（ベンソン，
E.F.）
　◇平井呈一編「ミセス・ヴィールの幽霊――こわ
　　い話気味のわるい話 1」沖積舎 2011 p115

チャレンジャー（スタシャワー，ダニエル）
　◇日暮雅通訳「ポーに捧げる20の物語」早川書
　　房 2009 （Hayakawa pocket mystery
　　books）p353

ちゃんころ（アルヌー，アレクサンドル）
　◇河盛好蔵訳「世界100物語 6」河出書房新社
　　1997 p80

チャンピオン（ラードナー，リング）
　◇大竹勝訳「世界100物語 6」河出書房新社
　　1997 p144

垂楊柳（チュイヤンリュウ）にて（蘇童）
　◇堀内利恵訳「コレクション中国同時代小説
　　4」勉誠出版 2012 p35

中央委員会殺人事件（バスケス・モンタルバン，
マヌエル）
　◇柴田純子訳「西和リブロス 6」西和書林
　　1985 p9

中間地帯（アベイトゥア，マシュー・デ）
　◇渡辺佐智江訳「ディスコ・ビスケッツ」早川
　　書房 1998 p273

忠義な反逆者（チェスタトン，G.K.）
　◇西崎憲訳「ミステリーの本棚 四人の申し分
　　なき重罪人」国書刊行会 2001 p233

中空――父親しみじみ（コンロイ，フランク）
　◇橋本安央訳「しみじみ読むアメリカ文学――現
　　代文学短編作品集」松柏社 2007 p137

忠犬ウルフ（ターヒューン，アルバート・ペイソ
ン）
　◇務台夏子訳「あの犬この犬そんな犬――11の物
　　語」東京創元社 1998 p123

中国行きのスローボート（黄錦樹）
　◇森美千代訳「台湾熱帯文学 3」人文書院
　　2011 p205

中国からきた卵（ウィンダム，ジョン）
　◇大友香奈子訳「魔法使いになる14の方法」東
　　京創元社 2003 （創元推理文庫）p171

ちょう

中国人による天部の四神（ワーナー, F.T.C.）
　◇斎藤博士訳「アンデスの風叢書 天国・地獄百科」書肆風の薔薇 1982 p160

中国の馬（ウォルポール, ヒュー）
　◇倉阪鬼一郎訳「ミステリーの本棚 銀の仮面」国書刊行会 2001 p85

中古車（ウェイクフィールド, H.R.）
　◇野村芳夫訳「死のドライブ」文藝春秋 2001（文春文庫）p103

仲裁犬マック（ジュニア, ジョン・ヘルド）
　◇務台夏子訳「あの犬この犬そんな犬—11の物語」東京創元社 1998 p5

昼食と尼僧の話（ハックスレー, オールダス）
　◇土井治訳「世界100物語 7」河出書房新社 1997 p296

忠臣への手紙（マイヤーズ, エイミー）
　◇日暮雅通訳「シャーロック・ホームズの大冒険 下」原書房 2009 p203

中心人物（ウエイクフィールド, ハーバート・ラッセル）
　◇倉阪鬼一郎訳「魔法の本棚 赤い館」国書刊行会 1996 p185

偸桃（桃を偸む）（蒲松齢）
　◇黒田真美子著「中国古典小説選 9（清代 1）」明治書院 2009 p34

中途半端だらけでも（マンリー, ドリス・ヴァンダーリップ）
　◇吉田利子訳「間違ってもいい、やってみたら—想いがはじける28の物語」講談社 1998 p90

注文…恋しがらないで（メーマウン）
　◇南田みどり編訳「ミャンマー現代短編集 2」大同生命国際文化基金 1998（アジアの現代文芸）p82

竹頭庄（チュートウチョン）—「故郷」—（鍾理和）
　◇野間信幸訳「台湾郷土文学選集 3」研文出版 2014 p29

春香（チュニャン）伝（作者不詳）
　◇鄭智我現代語訳, 萩森勝訳「韓国古典文学の愉しみ 上」白水社 2010 p7

蝶（ブロンテ, エミリ・ジェーン）
　◇中岡洋, 芦沢久江訳「ブロンテ姉妹エッセイ全集」彩流社 2016 p330

蝶（ルナール）

◇岸田国士訳「超短編アンソロジー」筑摩書房 2002（ちくま文庫）p88

超越のサンドイッチ（スラデック, ジョン）
　◇柳下毅一郎訳「奇想コレクション 蒸気駆動の少年」河出書房新社 2008 p19

蝶を殺した男（ウォーターマン, ダニエル）
　◇白須清美訳「ベスト・アメリカン・ミステリ ハーレム・ノクターン」早川書房 2005（ハヤカワ・ミステリ）p549

聴鏡（ちょうきょう）（蒲松齢）
　◇竹田晃, 黒田真美子著「中国古典小説選 10（清代 2）」明治書院 2009 p54

調教された鵜の事件（ダーレス, オーガスト）
　◇北原尚彦編訳「シャーロック・ホームズの栄冠」論創社 2007（論創海外ミステリ）p205

長距離電話（マシスン, リチャード）
　◇吉田誠一訳「異色作家短篇集 4」早川書房 2005 p49

調弦（ビューモン）
　◇南田みどり編訳「二十一世紀ミャンマー作品集」大同生命国際文化基金 2015（アジアの現代文芸）p13

長江・病院行進曲（沈虹光）
　◇菱沼彬晃訳「中国現代戯曲集 第5集」晩成書房 2004 p189

彫刻家の葬式（キャザー, ウィラ）
　◇利根川真紀訳「クィア短編小説集—名づけえぬ欲望の物語」平凡社 2016（平凡社ライブラリー）p203

チョウザメ狩（梁暁声）
　◇渋谷誉一郎訳「現代中国の小説 秋の葬送」新潮社 1997 p171

鳥獣から教えられた栽培植物（作者不詳）
　◇紙村徹編訳「台湾原住民文学選 5」草風館 2006 p226

張巡の妾（王士禎）
　◇岡本綺堂訳「文豪てのひら怪談」ポプラ社 2009（ポプラ文庫）p72

朝食（紀大偉）
　◇白水紀子訳「台湾セクシュアル・マイノリティ文学 2」作品社 2008 p275

超人の伝記（ミドルトン, リチャード）
　◇南條竹則訳「魔法の本棚 幽霊船」国書刊行

ちよう

会 1997 p147

徴税所（ジェイコブズ, W.W.）
　◇平井呈一編「壁画の中の顔―こわい話気味の
　　わるい話 3」沖積舎 2012 p79

調停者（ドゾワ, ガードナー）
　◇内田昌之訳「20世紀SF 5」河出書房新社
　　2001（河出文庫）p345

蝶に吠える（マクベイン, エド）
　◇嵯峨静江訳「殺さずにはいられない 2」早川
　　書房 2002（ハヤカワ・ミステリ文庫）
　　p205

蝶の夢―乱神館記（水天一色）
　◇大沢理子訳「アジア本格リーグ 4（中国）」
　　講談社 2009 p3

趙飛燕外伝（ちょうひえんがいでん）（作者不詳）
　◇竹田晃, 梶村永, 高芝麻子, 山﨑藍著「中国古
　　典小説選 1（漢・魏）」明治書院 2007
　　p313

長方形の部屋（ホック, エドワード・D.）
　◇木村二郎訳「贈る物語Mystery」光文社
　　2002 p183
　◇山本俊子訳「51番目の密室―世界短篇傑作
　　集」早川書房 2010（Hayakawa pocket
　　mystery books）p305

眺望絶佳（ベレマイヤー, シェリー）
　◇浅倉久志選訳「極短小説」新潮社 2004（新
　　潮文庫）p299

跳躍者の時空（ライバー, フリッツ）
　◇深町眞理子訳「魔法の猫」扶桑社 1998（扶
　　桑社ミステリー）p15
　◇深町眞理子訳「奇想コレクション 跳躍者の
　　時空」河出書房新社 2010 p7

張翼德、大いに杏林荘を破る（杏林荘）（井上泰
山）
　◇井上泰山訳「三国劇翻訳集」関西大学出版部
　　2002 p33

張翼德、単（ひと）り呂布と戦う（単戦呂布）（井
上泰山）
　◇井上泰山訳「三国劇翻訳集」関西大学出版部
　　2002 p115

［張翼德、三たび小沛を出る］（三出小沛）（井
上泰山）
　◇井上泰山訳「三国劇翻訳集」関西大学出版部
　　2002 p261

チョーカイさん（モルナール）

　◇徳永康元訳「怠けものの話」筑摩書房 2011
　　（ちくま文学の森）p93

貯金箱の殺人（リッチー, ジャック）
　◇田村義進訳「異色作家短篇集 18」早川書房
　　2007 p31

チョークの粉（ウィリアムズ, テネシー）
　◇小笠原豊樹訳「盲目の女神―20世紀欧米戯曲
　　拾遺」みすず書房 2011 p459

チョコレート・ファンタジー（ソーヤー, メリ
ル）
　◇麻生りえ訳「マイ・バレンタイン―愛の贈り
　　もの '97」ハーレクイン 1997 p5

著者あとがき〔さくらんぼのお酒〕（クサンスリ
ス, ヤニス）
　◇福田千津子訳「VOICES OVERSEAS さく
　　らんぼのお酒」講談社 1997 p220

著者覚書〔熱帯雨林の彼方へ〕（ヤマシタ, カレ
ン・テイ）
　◇風間賢二訳「ライターズX 熱帯雨林の彼方
　　へ」白水社 1994 p4

著者覚書〔ハッピー・ガールズ, バッド・ガー
ルズ〕（ヴォルマン, ウィリアム・T.）
　◇迫光訳「VOICES OVERSEAS ハッピー・
　　ガールズ, バッド・ガールズ」講談社 1996
　　p8

著者まえがき〔別れの時〕（ドンチェフ, アント
ン）
　◇松永緑彌訳「東欧の文学 別れの時」恒文社
　　1988 p1

褚遂良（ちょすいりょう）（蒲松齢）
　◇竹田晃, 黒田真美子著「中国古典小説選 10
　　（清代 2）」明治書院 2009 p308

ちょっとしたこと（アシモフ, アイザック）
　◇山本俊子訳「ミニ・ミステリ100」早川書房
　　2005（ハヤカワ・ミステリ文庫）p17

ちょっとした修理（アボット, ジェフ）
　◇佐藤耕士訳「殺しが二人を別つまで」早川書
　　房 2007（ハヤカワ・ミステリ文庫）p345

ちょっとした日々の記録（チョウ・キョンラン）
　◇安宇植編訳「シックスストーリーズ―現代韓
　　国女性作家短編」集英社 2002 p41

ちょっとしたミステリー（ベントリー, E.C.）
　◇好野理恵訳「ミステリーの本棚 トレント乗
　　り出す」国書刊行会 2000 p235

ちょっとだけちがう故郷（ビッスン, テリー）
◇中村融編訳「奇想コレクション 平ら山を越えて」河出書房新社 2010 p47

地より出でたる（マッケン, アーサー）
◇南條竹則編訳「イギリス恐怖小説傑作選」筑摩書房 2005（ちくま文庫）p155

治療（ブロック, ロバート）
◇小笠原豊樹訳「異色作家短篇集 8」早川書房 2006 p15

血は冷たく流れる（ブロック, ロバート）
◇小笠原豊樹訳「異色作家短篇集 8」早川書房 2006

陳義郎（ちんぎろう）（温庭筠）
◇黒田真美子著「中国古典小説選 5（唐代 2）」明治書院 2006 p378

賃金を抑える者（一九五六）（ミュラー, ハイナー／ミュラー, インゲ）
◇越部遷訳「シリーズ現代ドイツ文学 2」早稲田大学出版部 1991 p59

鎮魂歌（ハインライン, ロバート・A.）
◇白石朗訳「20世紀SF 1」河出書房新社 2000（河出文庫）p119

金水嬸（チンシュイシェン）（王拓）
◇三木直大訳「新しい台湾の文学 鹿港からきた男」国書刊行会 2001 p129

沈鐘（ハウプトマン）
◇楠山正雄訳「沈鐘」ゆまに書房 2004（昭和初期世界名作翻訳全集）p1

枕中記（ちんちゅうき）（沈既済）
◇黒田真美子著「中国古典小説選 5（唐代 2）」明治書院 2006 p10

チンデレッラ博士の植物（マイリンク, グスタフ）
◇種村季弘訳「怪奇・幻想・綺想文学集—種村季弘翻訳集成」国書刊行会 2012 p129

闖入者（ニューマン）
◇内田吉彦訳「アンデスの風叢書 天国・地獄百科」書肆風の薔薇 1982 p61

陳腐な思いつき（ブロワ, レオン）
◇田辺保訳「バベルの図書館 13」国書刊行会 1989 p75
◇田辺保訳「新編 バベルの図書館 4」国書刊行会 2012 p328

沈没（ローズ, ダン）

岸本佐知子編訳「変愛小説集 2」講談社 2010 p253

沈黙と叫び（ブラウン, フレドリック）
◇星新一訳「異色作家短篇集 2」早川書房 2005 p187

沈黙夫婦（バダミ, スニル）
◇有満保江訳「ダイヤモンド・ドッグ—《多文化を映す》現代オーストラリア短編小説集」現代企画室 2008 p173

チン・ヨンユン、事件を捜査す（ローザン, S.J.）
◇彦田理夫子訳「ベスト・アメリカン・短編ミステリ 2012」DHC 2012 p535

チン・リーの復活（ストリブリング, T.S.）
◇霜島義明訳「KAWADE MYSTERY ポジオリ教授の冒険」河出書房新社 2008 p133

【つ】

追憶（ハート, キャロリン・G.）
◇中井京子訳「夜汽車はバビロンへ—EQMM90年代ベスト・ミステリー」扶桑社 2000（扶桑社ミステリー）p167

追憶（ブロンテ, エミリ・ジェーン）
◇田代尚路訳「ポケットマスターピース 12」集英社 2016（集英社文庫ヘリテージシリーズ）p20

追記〔日陰者ジュード〕（ハーディ, トマス）
◇川本静子訳「ヒロインの時代 日陰者ジュード」国書刊行会 1988 p431

追跡（オーツ, ジョイス・キャロル）
◇岸本佐知子編訳「コドモノセカイ」河出書房新社 2015 p113

追跡（カルペンティエル, アレホ）
◇杉浦勉訳「アンデスの風叢書 追跡」水声社 1993 p5

追悼の歌（作者不詳）
◇渡辺信二訳「アメリカ文学ライブラリー アメリカ名詩選」本の友社 1997 p20

ついに（キンケイド, ジャメイカ）
◇管啓次郎訳「新しい〈世界文学〉シリーズ 川底に」平凡社 1997 p31

ついに真実が（ローラー, パトリック）

ついほ

◇浅倉久志選訳「極短小説」新潮社 2004（新潮文庫）p281

追放者（ハミルトン, エドモンド）
　◇中村融編訳「奇想コレクション フェッセンデンの宇宙」河出書房新社 2004 p197

通過儀礼（ターナー, マーク）
　◇浅倉久志選訳「極短小説」新潮社 2004（新潮文庫）p63

通幽記（つうゆうき）（抄）（陳劭）
　◇溝部良恵者「中国古典小説選 6（唐代 3）」明治書院 2008 p143

ツェ・イ・ラの冒険（ヴィリエ・ド・リラダン, オーギュスト・ド）
　◇井上輝夫訳「バベルの図書館 29」国書刊行会 1992 p29
　◇井上輝夫訳「新編 バベルの図書館 4」国書刊行会 2012 p199

ツォウ族（作者不詳）
　◇紙村徹編訳「台湾原住民文学選 5」草風館 2006 p391

ツォウ族の部族創生神話（作者不詳）
　◇紙村徹編訳「台湾原住民文学選 5」草風館 2006 p80

つかの間の夢が見たい（キンフニンウー）
　◇南田みどり編訳「ミャンマー現代女性短編集」大同生命国際文化基金 2001（アジアの現代文芸）p255

つかまえてきた女（バーセルミ, ドナルド）
　◇山崎勉, 田島俊雄訳「現代アメリカ文学叢書 10」彩流社 1998 p117

捕まっていない狂人（マローン, マイケル）
　◇高儀進訳「ベスト・アメリカン・ミステリ ハーレム・ノクターン」早川書房 2005（ハヤカワ・ミステリ）p389

疲れた男のユートピア（ボルヘス, ホルヘ・ルイス）
　◇鼓直訳「バベルの図書館 22」国書刊行会 1990 p63
　◇鼓直訳「新編 バベルの図書館 6」国書刊行会 2013 p620

憑かれた女たち（ティルマン, リン）
　◇杉浦悦子訳「ライターズX 憑かれた女たち」白水社 1994 p1

疲れた巡礼が（ブラッドストリート, アン）
　◇渡辺信二訳「アメリカ文学ライブラリー ア

メリカ名詩選」本の友社 1997 p67

月を眺めつ（韓龍雲）
　◇安宇植（アンウーシク）訳「韓国文学名作選 ニムの沈黙」講談社 1999 p86

月をぼくのポケットに（ラヴグローヴ, ジェイムズ）
　◇中村融訳「ワイオミング生まれの宇宙飛行士―宇宙開発SF傑作選 SFマガジン創刊50周年記念アンソロジー」早川書房 2010（ハヤカワ文庫 SF）p185

月その六（バクスター, スティーヴン）
　◇中村融訳「ワイオミング生まれの宇宙飛行士―宇宙開発SF傑作選 SFマガジン創刊50周年記念アンソロジー」早川書房 2010（ハヤカワ文庫 SF）p217

月に跳ぶ人（ローンズ, R.A.W.）
　◇福岡洋一訳「新編 真ク・トゥルー・リトル神話大系 4」国書刊行会 2008 p7

月ノ石（ランドルフィ, トンマーゾ）
　◇中山エツコ訳「Modern & Classic 月ノ石」河出書房新社 2004 p3

月の王（アポリネール, ギヨーム）
　◇窪田般彌訳「幻想小説神髄」筑摩書房 2012（ちくま文庫）p459

月の蛾（ヴァンス, ジャック）
　◇浅倉久志訳「20世紀SF 3」河出書房新社 2001（河出文庫）p421

月の距離（カルヴィーノ, イタロ）
　◇米川良夫訳「とっておきの話」筑摩書房 2011（ちくま文学の森）p93

月の子たち（ミドルトン, リチャード）
　◇南條竹則訳「魔法の本棚 幽霊船」国書刊行会 1997 p69

月の消失に関する説明（スラデック, ジョン）
　◇柳下毅一郎訳「奇想コレクション 蒸気駆動の少年」河出書房新社 2008 p145

月の世界で（サンソル, アルフレド）
　◇田尻陽一訳「現代スペイン演劇選集 3」カモミール社 2016 p305

次の世界のためのもうひとつの創世歌（コウ・ニェイン）
　◇南田みどり編訳「二十一世紀ミャンマー作品集」大同生命国際文化基金 2015（アジアの現代文芸）p192

月の四兄弟（マイリンク, グスタフ）
　◇種村季弘訳「新編 バベルの図書館 5」国書刊
　　行会 2013 p292
月の四兄弟—ある文書（マイリンク, グスタフ）
　◇種村季弘訳「バベルの図書館 12」国書刊行
　　会 1989 p63
つきまとう影（ストリブリング, T.S.）
　◇霜島義明訳「KAWADE MYSTERY ポジオ
　　リ教授の冒険」河出書房新社 2008 p31
月夜の物語（李秀光）
　◇李良文訳「コリアン・ミステリー韓国推理小
　　説傑作選」バベル・プレス 2002 p297
つぎはお前だ（ゴーマン, エド）
　◇木戸淳子訳「双生児—EQMM90年代ベスト・
　　ミステリー」扶桑社 2000 （扶桑社ミステ
　　リー）p257
次は何をなすべきか（バーセルミ, ドナルド）
　◇山崎勉, 田島俊雄訳「現代アメリカ文学叢書
　　10」彩流社 1998 p105
月は笑う（ペルッツ, レーオ）
　◇前川道介訳「独逸怪奇小説集成」国書刊行会
　　2001 p163
机の中のラブレター（フィニイ, ジャック）
　◇大森望訳「不思議の扉 時をかける恋」角川
　　書店 2010 （角川文庫）p249
机は机（ビクセル, ペーター）
　◇寺島政子訳「現代スイス短篇集」鳥影社・ロ
　　ゴス企画部 2003 p145
つぐない（ディーヴァー, ジェフリー）
　◇土屋晃訳「18の罪—現代ミステリ傑作選」
　　ヴィレッジブックス 2012 （ヴィレッジ
　　ブックス）p23
ツグミの巣ごもり（サーバー, ジェイムズ）
　◇鳴海四郎訳「異色作家短篇集 14」早川書房
　　2006 p93
告げ口ごろごろ（クラーク, メアリ・ヒギンズ）
　◇宇佐川晶子訳「ポーに捧げる20の物語」早川
　　書房 2009 （Hayakawa pocket mystery
　　books）p87
告げ口心臓（ポー, エドガー・アラン）
　◇中里友香訳「ポケットマスターピース 9」集
　　英社 2016 （集英社文庫ヘリテージシリー
　　ズ）p421
告げ口ペースメーカー（パリッシュ, P.J.）

◇三浦玲子訳「ポーに捧げる20の物語」早川書
　房 2009 （Hayakawa pocket mystery
　books）p313
告げ口—「メルトン先生の犯罪学演習」より
　（セシル, ヘンリ）
　◇大西尹明訳「北村薫のミステリー館」新潮社
　　2005 （新潮文庫）p113
黄楊の香り（コッペ, フランソワ）
　◇日仏言語文化協会「エチュード月曜クラス」
　　訳「掌中のエスプリ—フランス文学短篇名
　　作集」弘学社 2013 p79
辻裁判（メナンドロス）
　◇吉武純夫訳「ギリシア喜劇全集 5」岩波書店
　　2009 p129
つちけむり（ベンスン, E.F.）
　◇野村芳夫訳「死のドライブ」文藝春秋 2001
　　（文春文庫）p51
土の息子（ヘッド, ベッシー）
　◇くぼたのぞみ訳「アフリカ文学叢書 優しさ
　　と力の物語」スリーエーネットワーク
　　1996 p180
綱引き（プラウトゥス）
　◇小林標訳「ローマ喜劇集 4」京都大学学術出
　　版会 2002 （西洋古典叢書）p141
綱引き（リー, ヨナス）
　◇中野善夫訳「魔法の本棚 漁師とドラウグ」
　　国書刊行会 1996 p65
つなわたりの密室（ロジャース, ジョエル・タウ
　ンズリー）
　◇夏来健次訳「密室殺人コレクション」原書房
　　2001 p9
角のあるライオン（フリン, ブライアン）
　◇飯城勇三編「ミステリ・リーグ傑作選 下」
　　論創社 2007 （論創海外ミステリ）p6
角笛をもつ影（クライン, T.E.D.）
　◇福岡洋一訳「新編 真ク・リトル・リトル神話
　　大系 7」国書刊行会 2009 p7
椿姫（デュマ, アレクサンドル（フィス））
　◇朝比奈弘治訳「〈新訳・世界の古典〉シリー
　　ズ 椿姫」新書館 1998 p5
椿姫（デュマ・フィス原作／笹部博司）
　◇「椿姫—デュマ・フィスより」メジャーリー
　　グ 2008 （笹部博司の演劇コレクション）
　　p9

つはさ

翼をもがれた女（ハスラー，エヴェリーン）
　◇小林貴美子訳「氷河の滴―現代スイス女性作
　　家作品集」鳥影社・ロゴス企画 2007 p7
翼を持つ男（ハミルトン，エドモンド）
　◇中村融編訳「奇想コレクション フェッセン
　　デンの宇宙」河出書房新社 2004 p207
翼なく（キンケイド，ジャメイカ）
　◇管啓次郎訳「新しい〈世界文学〉シリーズ 川
　　底に」平凡社 1997 p45
翼人間の選択（ル＝グウィン，アーシュラ・K.）
　◇谷垣暁美訳「Modern & Classic なつかしく
　　謎めいて」河出書房新社 2005 p218
唾の樹（オールディス，ブライアン・W.）
　◇中村融編訳「影が行く―ホラーSF傑作選」東
　　京創元社 2000 （創元SF文庫）p389
壺のアリョーシャ（トルストイ，レフ・ニコラエ
　ヴィチ）
　◇覚張シルビア訳「ポケットマスターピース
　　4」集英社 2016 （集英社文庫ヘリテージ
　　シリーズ）p763
妻を殺さば（リッチー，ジャック）
　◇白須清美訳「KAWADE MYSTERY 10 ドル
　　だって大金だ」河出書房新社 2006 p7
妻を処分する男（サーバー，ジェイムズ）
　◇鳴海四郎訳「異色作家短篇集 14」早川書房
　　2006 p109
妻の箱（殷熙耕）
　◇水野健訳「現代韓国短篇選 上」岩波書店
　　2002 p99
妻ゆえに（ハーディ，トマス）
　◇平戸喜文訳「イギリス名作短編集」近代文芸
　　社 2003 p5
妻はローズオイルの味をのこして（エドゥジア
　ン，エシ）
　◇斎藤裕子訳「アメリカ新進作家傑作選 2003」
　　DHC 2004 p41
罪への道（ユゴー，ヴィクトル）
　◇牛島信明訳「アンデスの風叢書 天国・地獄
　　百科」書肆風の薔薇 1982 p29
罪と罰 第4部第4章（ドストエフスキー，フョード
　ル・ミハイロヴィチ）
　◇小泉猛訳「ポケットマスターピース 10」集
　　英社 2016 （集英社文庫ヘリテージシリー
　　ズ）p575

罪なこと（レディング，サンドラ）
　◇吉田利子訳「間違ってもいい、やってみたら
　　―想いがはじける28の物語」講談社 1998
　　p157
罪のあがない（サキ）
　◇中西秀男訳「恐ろしい話」筑摩書房 2011
　　（ちくま文学の森）p353
罪のなかの幸福（バルベエ・ドルヴィリ，J.）
　◇澁澤龍彦訳「怪奇小説傑作集新版 4」東京創
　　元社 2006 （創元推理文庫）p233
　◇澁澤龍彦訳「澁澤龍彦訳暗黒怪奇短篇集」河
　　出書房新社 2013 （河出文庫）p19
罪深き賭け（モーティマー，キャロル）
　◇すなみ翔訳「愛は永遠に―ウエディング・ス
　　トーリー 2012」ハーレクイン 2012 p5
罪深きは映画（ガートン，レイ）
　◇田中一江訳「シルヴァー・スクリーム 上」
　　東京創元社 2013 （創元推理文庫）p129
爪（アイリッシュ）
　◇阿部主計訳「恐ろしい話」筑摩書房 2011
　　（ちくま文学の森）p59
爪を剪（き）るの記（李陸史）
　◇安宇植（アンウーシク）訳「韓国文学名作選 李
　　陸史詩集」講談社 1999 p105
冷たい手を重ねて（キーフォーバー，ジョン・D.）
　◇金井美子訳「ダーク・ファンタジー・コレク
　　ション 8」論創社 2008 p167
冷たい灰色の神（ムーア，C.L.）
　◇仁賀克雄訳「ダーク・ファンタジー・コレク
　　ション 9」論創社 2008 p245
冷たい方程式（ゴドウィン，トム）
　◇伊藤典夫編・訳「冷たい方程式」早川書房
　　2011 （ハヤカワ文庫 SF）p151
冷たい抱擁（ブラッドン，メアリー・エリザベス）
　◇倉阪鬼一郎訳「淑やかな悪夢―英米女流怪談
　　集」東京創元社 2000 p147
　◇川本静子訳「ゴースト・ストーリー傑作選―
　　英米女性作家8短篇」みすず書房 2009 p41
冷たいボス（ダーシー，エマ）
　◇苅谷京子訳「マイ・バレンタイン―愛の贈り
　　もの 2008」ハーレクイン 2008 p345
つややかな猫たちのジグソー・パズルに見立
　てた人生（ビショップ，マイクル）
　◇浅倉久志訳「不思議な猫たち」扶桑社 1999

（扶桑社ミステリー）p29

梅雨―涸れてゆく故郷へ（チョウ・シキン）
　◇「留学生文学賞作品集 2006」留学生文学賞委員会 2007 p58

強い刺激（ブロック, ロバート）
　◇小笠原豊樹訳「異色作家短篇集 8」早川書房 2006 p279

ツリーがくれた贈り物（マイケルズ, ファーン）
　◇島村浩子訳「シュガー＆スパイス」ヴィレッジブックス 2007（ヴィレッジブックス）p145

釣り銭稼業（サマーズ, ジェフ）
　◇操上恭子訳「ベスト・アメリカン・ミステリ クラック・コカイン・ダイエット」早川書房 2007（ハヤカワ・ミステリ）p479

釣り天狗たち（ダン, ダグラス）
　◇中野康司訳「新しいイギリスの小説 ひそやかな村」白水社 1992 p205

釣りの話（ウェイクフィールド, ハーバート・ラッセル）
　◇西崎憲訳「怪奇文学大山脈 2」東京創元社 2014 p337

蔓草の家――一九〇五（ビアス, アンブローズ）
　◇藤井光訳「ゴシック短編小説集」春風社 2012 p381

鶴村の人々（李範宣）
　◇朴璱恩, 真野保久編訳「王陵と駐屯軍―朝鮮戦争と韓国の戦後派文学」凱風社 2014 p95

つれあい（ヴィヴァーンテ, アーテューロ）
　◇亀井よし子訳「猫好きに捧げるショート・ストーリーズ」国書刊行会 1997 p167

【 て 】

手（アンダソン, シャーウッド）
　◇坂本美枝訳「ゲイ短編小説集」平凡社 1999（平凡社ライブラリー）p271

手（モーパッサン, ギー・ド）
　◇青柳瑞穂訳「怪奇小説傑作集新版 4」東京創元社 2006（創元推理文庫）p359

出会い系サイト（フロイド, リンダ・ケネディ）

　◇浅倉久志選訳「極短小説」新潮社 2004（新潮文庫）p211

出会いのとき巡りきて（ムーア, C.L.）
　◇安野玲訳「時の娘―ロマンティック時間SF傑作選」東京創元社 2009（創元SF文庫）p247

デイヴィッド・コッパフィールド 抄（ディケンズ, チャールズ）
　◇猪熊恵子訳「ポケットマスターピース 5」集英社 2016（集英社文庫ヘリテージシリーズ）p7

庭園（メヘラ, デビカ）
　◇佐藤正子訳「アメリカ新進作家傑作選 2004」DHC 2005 p273

庭園の白鳥（マイノット, スーザン）
　◇森田義信訳「シリーズ・永遠のアメリカ文学 3」東京書籍 1990 p117

ディオークシッポス（作者不詳）
　◇久保田忠利, 橋本隆夫, 野津寛, 安村典子, 吉武純夫, 丹下和彦訳「ギリシア喜劇全集 8」岩波書店 2011 p224

ディオクレース（作者不詳）
　◇久保田忠利, 橋本隆夫, 野津寛, 安村典子, 吉武純夫, 丹下和彦訳「ギリシア喜劇全集 8」岩波書店 2011 p207

ディオドーロス（作者不詳）
　◇久保田忠利, 橋本隆夫, 野津寛, 安村典子, 吉武純夫, 丹下和彦訳「ギリシア喜劇全集 8」岩波書店 2011 p211

ディオニューシオス（作者不詳）
　◇久保田忠利, 橋本隆夫, 野津寛, 安村典子, 吉武純夫, 丹下和彦訳「ギリシア喜劇全集 8」岩波書店 2011 p216

『ディオニューソス・ナウアーゴス（難破したディオニューソス）』（アリストパネース）
　◇久保田忠利, 野津寛, 脇本由佳訳「ギリシア喜劇全集 4」岩波書店 2009 p305

低気圧（趙明熙）
　◇布袋敏博訳「小説家仇甫氏の一日―ほか十三編 短編小説集」平凡社 2006（朝鮮近代文学選集）p101

定期巡視（ヘンドリクス, ジェイムズ・B.）
　◇桂英二訳「謎のギャラリー――謎の部屋」新潮社 2002（新潮文庫）p175
　◇桂英二訳「謎の部屋」筑摩書房 2012（ちく

ていけ

ま文庫）p175

ディケンズを愛した男（ウォー，イーヴリン）
◇中村融訳「街角の書店―18の奇妙な物語」東
京創元社 2015（創元推理文庫）p27

帝国は西に進路をとる（ウォーレス，デイヴィッ
ド・フォスター）
◇白石朗訳「ライターズX 奇妙な髪の少女」白
水社 1994 p258

偵察飛行士（オースティン，F.ブリトン）
◇白幡憲之訳「翼を愛した男たち」原書房
1997 p317

鄭さんの女（魏微）
◇上原かおり訳「同時代の中国文学―ミステ
リー・イン・チャイナ」東方書店 2006
p53

『デイシダイモーン（迷信家）』（メナンドロス）
◇中務哲郎，脇本由佳，荒井直訳「ギリシア喜
劇全集 6」岩波書店 2010 p111

デイジー・ベル（ミッチェル，グラディス）
◇渡辺育子訳「20世紀英国モダニズム小説集成
世を騒がす嘘つき男」風濤社 2014 p246

『ディス・エクサパトーン（二度の騙し）』（メ
ナンドロス）
◇中務哲郎，脇本由佳，荒井直訳「ギリシア喜
劇全集 6」岩波書店 2010 p115

ディスクワールド（プラチェット，テリー）
◇矢口悟訳「ファンタジイの殿堂 伝説は永遠に 3」
早川書房 2000（ハヤカワ文庫FT）p393

『ティッテー（乳母）』（メナンドロス）
◇中務哲郎，脇本由佳，荒井直訳「ギリシア喜
劇全集 6」岩波書店 2010 p316

『ディデュマイ（ふたごの姉妹）』（メナンドロ
ス）
◇中務哲郎，脇本由佳，荒井直訳「ギリシア喜
劇全集 6」岩波書店 2010 p114

ディドロ、ダンテを批判する（ディドロ，ドニ）
◇内田吉彦訳「アンデスの風叢書 天国・地獄
百科」書肆風の薔薇 1982 p72

ディナーにラム酒を（ブロックマン，ローレン
ス・G.）
◇田口俊樹訳「ディナーで殺人を 下」東京創
元社 1998（創元推理文庫）p227

ディナーは三人、それとも四人で（ハートリー，
L.P.）

◇田口俊樹訳「ディナーで殺人を 上」東京創
元社 1998（創元推理文庫）p115

デイノロコス（作者不詳）
◇橋本隆夫訳「ギリシア喜劇全集 7」岩波書店
2010 p79

ディーピロス（作者不詳）
◇久保田忠利，橋本隆夫，野津寛，安村典子，吉
武純夫，丹下和彦訳「ギリシア喜劇全集 8」
岩波書店 2011 p227

ティファニーで朝食を（朱天心）
◇清水賢一郎訳「新しい台湾の文学 古都」国
書刊行会 2000 p215

ディープネット（ラングフォード，デイヴィッド）
◇大瀧啓裕訳「インスマス年代記 下」学習研
究社 2001（学研M文庫）p187

デイ・ブラッド（ゼラズニイ，ロジャー）
◇浜野アキオ訳「ヴァンパイア・コレクショ
ン」角川書店 1999（角川文庫）p511

ティモクラート（コルネイユ，トマ）
◇皆吉郷平，千川哲生訳「フランス十七世紀演
劇集―悲劇」中央大学出版部 2011（中央
大学人文科学研究所翻訳叢書）p451

ティーモクレース（作者不詳）
◇中務哲郎，西村賀子，平山晃司訳「ギリシア
喜劇全集 9」岩波書店 2012 p411

ティモシーの誕生日（トレヴァー，ウィリアム）
◇村上春樹編訳「バースデイ・ストーリーズ」
中央公論新社 2002 p41

ティーモストラトス（作者不詳）
◇中務哲郎，西村賀子，平山晃司訳「ギリシア
喜劇全集 9」岩波書店 2012 p436

ティーモテオス（作者不詳）
◇中務哲郎，西村賀子，平山晃司訳「ギリシア
喜劇全集 9」岩波書店 2012 p437

ディーラーの選択（パレツキー，サラ）
◇山本やよい訳「フィリップ・マーロウの事
件」早川書房 2007（ハヤカワ・ミステリ
文庫）p199

ティルニー（ワイルド，オスカー）
◇大橋洋一訳「クィア短編小説集―名づけえぬ
欲望の物語」平凡社 2016（平凡社ライブ
ラリー）p141

ティローンのある一族の歴史の一章――一八三
九（レ・ファニュ，シェリダン）

◇下楠昌哉訳「ゴシック短編小説集」春風社 2012 p165

ティンカーベルの告白（グレアム, リン）
　◇漆原麗訳「マイ・バレンタイン─愛の贈りもの 2005」ハーレクイン 2005 p5

ティーン・スナイパー（ジョンソン, アダム）
　◇金原瑞人, 大谷真弓訳「Modern & Classic トラウマ・プレート」河出書房新社 2005 p5

デヴィルフィッシュの罠（カー, ジョン・ディクスン）
　◇白須清美訳「密室殺人大百科 上」原書房 2000 p508

手植えの枝垂れ柳（韓龍雲）
　◇安宇植（アンウーシク）訳「韓国文学名作選 ニムの沈黙」講談社 1999 p72

テオ（エガーズ, デイヴ）
　◇岸本佐知子編訳「楽しい夜」講談社 2016 p165

テオグネートス（作者不詳）
　◇中務哲郎, 西村賀子, 平山晃司訳「ギリシア喜劇全集 9」岩波書店 2012 p376

テオピロス（作者不詳）
　◇中務哲郎, 西村賀子, 平山晃司訳「ギリシア喜劇全集 9」岩波書店 2012 p378

手を振っているのではない。溺れているんだ（マッキーン, エリン）
　◇旦紀子訳「マシン・オブ・デス─A Collection of Stories about People who Know How They Will DIE」アルファポリス 2012 p221

『テオポルーメネー（神憑りの女）』（メナンドロス）
　◇中務哲郎, 脇本由佳, 荒井直訳「ギリシア喜劇全集 6」岩波書店 2010 p157

テオポンポス（作者不詳）
　◇中務哲郎, 西村賀子, 平山晃司訳「ギリシア喜劇全集 9」岩波書店 2012 p386

手がかり（ヘムリ, ロビン）
　◇小川高義訳「新しいアメリカの小説 食べ放題」白水社 1989 p41

手紙（ショパン, ケイト）
　◇佐藤宏子訳「ゴースト・ストーリー傑作選─英米女性作家8短篇」みすず書房 2009 p157

手紙（シール, ジャン・エブトン）

◇吉田利子訳「間違ってもいい、やってみたら─想いがはじける28の物語」講談社 1998 p15

手紙（バーベリ）
　◇小野協一訳「世界100物語 4」河出書房新社 1997 p390

手紙（モーガン, サリー）
　◇渡邉大太訳「ダイヤモンド・ドッグ─《多文化を映す》現代オーストラリア短編小説集」現代企画室 2008 p117

手紙（モーム, W.サマセット）
　◇田中西二郎訳「悪いやつの物語」筑摩書房 2011 （ちくま文学の森）p389

手紙を書く人（シンガー, アイザック・バシェヴィス）
　◇木原善彦訳「ベスト・ストーリーズ 2」早川書房 2016 p65

手紙 弟から兄へ（ブロンテ, エミリ・ジェーン）
　◇中岡洋, 芦沢久江訳「ブロンテ姉妹エッセイ全集」彩流社 2016 p316

手紙 聖職者への招待状（ブロンテ, シャーロット）
　◇中岡洋, 芦沢久江訳「ブロンテ姉妹エッセイ全集」彩流社 2016 p294

『手紙』 第一番〜第三番（ガルシラソ・デ・ラ・ベーガ）
　◇本田誠二訳「西和リブロス 13」西和書林 1993 p199

手紙（マダム）（ブロンテ, エミリ・ジェーン）
　◇中岡洋, 芦沢久江訳「ブロンテ姉妹エッセイ全集」彩流社 2016 p291

手紙（わたしの親愛なジェイン）（ブロンテ, シャーロット）
　◇中岡洋, 芦沢久江訳「ブロンテ姉妹エッセイ全集」彩流社 2016 p432

手紙（わたしの親愛なるママ）（ブロンテ, エミリ・ジェーン）
　◇中岡洋, 芦沢久江訳「ブロンテ姉妹エッセイ全集」彩流社 2016 p300

デガレ卿（作者不詳）
　◇中世英国ロマンス研究会訳「中世英国ロマンス集 2」篠崎書林 1986 p1

敵（ウォルポール, ヒュー）
　◇倉阪鬼一郎訳「ミステリーの本棚 銀の仮面」国書刊行会 2001 p35

てき

敵（シルヴァスタイン，シェル）
　◇大谷豪見訳「復讐の殺人」早川書房 2001
　　（ハヤカワ・ミステリ文庫）p375

敵（シンガー，アイザック・バシェヴィス）
　◇真野明裕訳「闇の展覧会 敵」早川書房 2005
　　（ハヤカワ文庫）p175

敵あるいはフォー（クッツェー，J.M.）
　◇本橋哲也訳「新しいイギリスの小説 敵ある
　　いはフォー」白水社 1992 p1

適応（フロスト，ジョージ・ローリング）
　◇斎藤博士訳「アンデスの風叢書 天国・地獄
　　百科」書肆風の薔薇 1982 p128

テキサコ（上）（シャモワゾー，パトリック）
　◇星埜守之訳「新しい〈世界文学〉シリーズ テ
　　キサコ（上）」平凡社 1997 p7

テキサコ（下）（シャモワゾー，パトリック）
　◇星埜守之訳「新しい〈世界文学〉シリーズ テ
　　キサコ（下）」平凡社 1997 p5

テキサス・ヒート（ハリスン，ウイリアム）
　◇花田美也子訳「ベスト・アメリカン・ミステ
　　リ クラック・コカイン・ダイエット」早川
　　書房 2007（ハヤカワ・ミステリ）p135

溺死（ギモント，C.E.）
　◇旦紀子訳「マシン・オブ・デス—A
　　Collection of Stories about People who
　　Know How They Will DIE」アルファポリ
　　ス 2012 p544

敵と同志（柳禹提）
　◇祖田律男訳「コリアン・ミステリ—韓国推理
　　小説傑作選」バベル・プレス 2002 p197

デクシクラテース（作者不詳）
　◇久保田忠利，橋本隆夫，野津寛，安村典子，吉
　　武純夫，丹下和彦訳「ギリシア喜劇全集 8」
　　岩波書店 2011 p206

出口のない美術館（キエスーラ，ファブリツィオ）
　◇香川真澄訳「ぶどう酒色の海—イタリア中短
　　編小説集」イタリア文藝叢書刊行委員会
　　2013（イタリア文藝叢書）p109

『テーサウロス（宝蔵）』（メナンドロス）
　◇中務哲郎，脇本由佳，荒井直訳「ギリシア喜
　　劇全集 6」岩波書店 2010 p164

デザートだけ（コナー，レベッカ・L.）
　◇浅倉久志選訳「極短小説」新潮社 2004（新
　　潮文庫）p72

弟子（ワイルド，オスカー）
　◇西村孝次訳「超短編アンソロジー」筑摩書房
　　2002（ちくま文庫）p89

手品（ドゥヴィル，パトリック）
　◇谷昌親訳「新しいフランスの小説 シュザン
　　ヌの日々」白水社 1995 p33

手錠のマニュアル（ヴォルマン，ウィリアム・T.）
　◇迫光訳「VOICES OVERSEAS ハッピー・
　　ガールズ，バッド・ガールズ」講談社 1996
　　p158

デスティニー（アースキン，バーバラ）
　◇沢木あさみ訳「ティータイム・ストーリーズ
　　微笑みを忘れずに」花風社 1999 p55

デス博士の島その他の物語（ウルフ，ジーン）
　◇伊藤典夫訳「20世紀SF 4」河出書房新社
　　2001（河出文庫）p81

テスモポリア祭を営む女たち（アリストパネー
　ス）
　◇荒井直訳「ギリシア喜劇全集 3」岩波書店
　　2009 p103

『テスモポリア祭を営む女たち』第二（アリス
　トパネース）
　◇久保田忠利，野津寛，脇本由佳訳「ギリシア
　　喜劇全集 4」岩波書店 2009 p317

デス・レース（メルキオー，イブ）
　◇南山宏，尾之上浩司訳「地球の静止する日」
　　角川書店 2008（角川文庫）p81

デス・レース二〇〇〇年（メルキオー，イブ）
　◇野村芳夫訳「死のドライブ」文藝春秋 2001
　　（文春文庫）p341

哲学者たち（ハミルトン，エドモンド）
　◇北原唯訳「ノストラダムス秘録」扶桑社
　　1999（扶桑社ミステリー）p45

撤去（シャーシャ，レオナルド）
　◇武谷なおみ編訳「短篇で読むシチリア」みす
　　ず書房 2011（大人の本棚）p159

『テッサレー（テッサリアの女）』（メナンドロ
　ス）
　◇中務哲郎，脇本由佳，荒井直訳「ギリシア喜
　　劇全集 6」岩波書店 2010 p163

哲人パーカー・アダスン（ビアス，アンブロー
　ズ）
　◇西川正身訳「賭けと人生」筑摩書房 2011
　　（ちくま文学の森）p449

鉄道員の復讐（エドワーズ, アミーリア）
◇松岡光治編訳「ヴィクトリア朝幽霊物語―短篇集」アティーナ・プレス 2013 p77

鉄道とは何か（ソロー, ヘンリー・デイヴィド）
◇渡辺信二訳「アメリカ文学ライブラリー アメリカ名詩選」本の友社 1997 p146

鉄道猫スキンブルシャンクス（エリオット, T. S.）
◇池田雅之訳「英国鉄道文学傑作選」筑摩書房 2000 （ちくま文庫）p236

鉄と火から（スマレ, マッシモ）
◇「ひとにぎりの異形」光文社 2007 （光文社文庫）p511

テッド・ローパーを骨抜きにする（ライヴリー, ペネロピ）
◇鈴木和子訳「猫好きに捧げるショート・ストーリーズ」国書刊行会 1997 p261

鉄の神経お許しを（ハミルトン, エドモンド）
◇野田昌宏編訳「太陽系無宿／お祖母ちゃんと宇宙海賊―スペース・オペラ名作選」東京創元社 2013 （創元SF文庫）p11

鉄の心臓（ボウマン, ジェフリー・ロバート）
◇吉田薫訳「ベスト・アメリカン・ミステリ スネーク・アイズ」早川書房 2005 （ハヤカワ・ミステリ）p45

鉄の燈台（ターレフ, ディミートル）
◇松永緑彌訳「東欧の文学 鉄の燈台」恒文社 1981 p3

テディのこと（ウィリアムズ, ティモシー）
◇吉田薫訳「ベスト・アメリカン・ミステリ スネーク・アイズ」早川書房 2005 （ハヤカワ・ミステリ）p471

デトロイトから来た殺し屋（ゴアズ, ジョー）
◇木村二郎訳「ベスト・アメリカン・ミステリ ハーレム・ノクターン」早川書房 2005 （ハヤカワ・ミステリ）p223

デトロイトにゆかりのない車（ランズデール, ジョー・R.）
◇野村芳夫訳「死のドライブ」文藝春秋 2001 （文春文庫）p187
◇野村芳夫訳「贈る物語Terror」光文社 2002 p219

テニスコート（ダン, ダグラス）
◇中野康司訳「新しいイギリスの小説 ひそやかな村」白水社 1992 p154

手についた土（ピリニャーク）
◇和久利誓一訳「世界100物語 4」河出書房新社 1997 p382

デニー・ブラウン（十五歳）の知らなかったこと（ギルバート, エリザベス）
◇岩本正恵訳「十話」ランダムハウス講談社 2006 p13

手荷物（ドノヒュー, エマ）
◇桑山孝子訳「現代アイルランド女性作家短編集」新水社 2016 p282

テープ起こし（オーリン, アリックス）
◇中村佐千江訳「アメリカ新進作家傑作選2004」DHC 2005 p191

テーブル（トレヴァー, ウィリアム）
◇若島正訳「異色作家短篇集 19」早川書房 2007 p213

テーブルを前にした死骸（アダムズ, S.H.）
◇宇野利泰訳「怪奇小説傑作集新版 2」東京創元社 2006 （創元推理文庫）p243

テーブルの下の足たち（ミャッ）
◇南田みどり編訳「ミャンマー現代女性短編集」大同生命国際文化基金 2001 （アジアの現代文芸）p166

手招く美女（オニオンズ, オリヴァー）
◇平井呈一編「ラント夫人―こわい話気味のわるい話 2」沖積舎 2012 p193

『デーミウールゴス（花嫁に付き添う女）』（メナンドロス）
◇中務哲郎, 脇本由佳, 荒井直訳「ギリシア喜劇全集 6」岩波書店 2010 p113

デーメートリオス（作者不詳）
◇久保田忠利, 橋本隆夫, 野津寛, 安村典子, 吉武純夫, 丹下和彦訳「ギリシア喜劇全集 8」岩波書店 2011 p200

デーメートリオス II（作者不詳）
◇久保田忠利, 橋本隆夫, 野津寛, 安村典子, 吉武純夫, 丹下和彦訳「ギリシア喜劇全集 8」岩波書店 2011 p202

デーモニーコス（作者不詳）
◇久保田忠利, 橋本隆夫, 野津寛, 安村典子, 吉武純夫, 丹下和彦訳「ギリシア喜劇全集 8」岩波書店 2011 p205

デュクロ風特別料理（ラ・ファージ, オリヴァー）
◇田口俊樹訳「ディナーで殺人を 上」東京創元社 1998 （創元推理文庫）p99

作品名から引ける世界文学全集案内 第III期　223

てゆろ

『テュローロス（門番）』（メナンドロス）
　◇中務哲郎, 脇本由佳, 荒井直訳「ギリシア喜
　　劇全集 6」岩波書店 2010 p168

デラウェイの窓（朴晟源）
　◇安宇植編訳「いま、私たちの隣りに誰がいる
　　のか―Korean short stories」作品社 2007
　　p187

テラス（ヴィース, ロール）
　◇五十嵐豊訳「氷河の滴―現代スイス女性作家
　　作品集」鳥影社・ロゴス企画 2007 p129

テラスからの眺め（マーマー, マイク）
　◇森茂里訳「ブルー・ボウ・シリーズ 死体の
　　ささやき」青弓社 1993 p7

テラスのパロマー氏（カルヴィーノ, イタロ）
　◇和田忠彦訳「イタリア叢書 6」松籟社 1988
　　p69

デリーの詩人（デサイ, アニター）
　◇高橋明訳「現代インド文学選集 6（英語）」
　　めこん 1999 p3

デルヴィショフの胤（たね）（ハイトフ, ニコライ）
　◇真木三子訳「東欧の文学 あらくれ物語」
　　恒文社 1983 p287

デルスー運命の射撃（アルセーニエフ, ウラジ
ミール）
　◇長谷川四郎訳「狩猟文学マスターピース」み
　　すず書房 2011 （大人の本棚） p177

テレクラ（葛亮）
　◇後藤典子訳「現代中国青年作家秀作選」鼎書
　　房 2010 p17

テーレクレイデース（作者不詳）
　◇中務哲郎, 西村賀子, 平山晃司訳「ギリシア
　　喜劇全集 9」岩波書店 2012 p368

テレサ（ウォルフォース, ティム）
　◇大野尚江訳「殺しが二人を別つまで」早川書
　　房 2007 （ハヤカワ・ミステリ文庫） p323

テレサ（クレーンズ, デヴィッド）
　◇村上春樹編訳「恋しくて―Ten Selected
　　Love Stories」中央公論新社 2013 p47
　◇村上春樹編訳「恋しくて―Ten Selected
　　Love Stories」中央公論新社 2016 （中公
　　文庫） p49

テレビより愛をこめて（インディアナ, ゲイ
リー）
　◇越川芳明訳「ライターズX マリアの死」白水

社 1995 p77

『テレメーッセス（テレメーッソス人たち）』
（アリストパネース）
　◇久保田忠利, 野津寛, 脇本由佳訳「ギリシア
　　喜劇全集 4」岩波書店 2009 p362

天衣無縫（マシスン, リチャード）
　◇吉田誠一訳「異色作家短篇集 4」早川書房
　　2005 p101

天運篇第十四〔荘子〕（荘子）
　◇福永光司, 興膳宏訳「世界古典文学全集 17」
　　筑摩書房 2004 p242

天外消失（ロースン, クレイトン）
　◇阿部主計訳「天外消失―世界短篇傑作集 Off
　　the face of the earth and other stories」早
　　川書房 2008 （ハヤカワ・ミステリ） p123

天界の眼（ヴァンス, ジャック）
　◇中村融訳「不死鳥の剣―剣と魔法の物語傑作
　　選」河出書房新社 2003 （河出文庫） p263

天下の詐欺師―李泓伝（李鈺）
　◇張喆文現代語訳, 金敬子訳「韓国古典文学の
　　愉しみ 下」白水社 2010 p168

天下篇第三十三〔荘子〕（荘子）
　◇福永光司, 興膳宏訳「世界古典文学全集 17」
　　筑摩書房 2004 p494

天河撩乱―薔薇は復活の過去形（呉継文）
　◇佐藤普美子訳「台湾セクシュアル・マイノリ
　　ティ文学 3」作品社 2009 p123

伝奇（でんき）（抄）（裴鉶）
　◇溝部良恵著「中国古典小説選 6（唐代 3）」明
　　治書院 2008 p389

電気処刑器（デ・カストロ, A.）
　◇高木国寿訳「新編 真ク・リトル・リトル神話
　　大系 1」国書刊行会 2007 p165

天宮（てんきゅう）（蒲松齢）
　◇竹田晃, 黒田真美子著「中国古典小説選 10
　　（清代 2）」明治書院 2009 p149

電球（ピカード, ナンシー）
　◇鈴木喜美訳「ベスト・アメリカン・短編ミス
　　テリ 2014」DHC 2015 p389

天球の調和（ラシュディ, サルマン）
　◇寺門泰彦訳「新しい〈世界文学〉シリーズ 東
　　と西」平凡社 1997 p121

天空の家（タラッキー, ゴリー）
　◇藤元優子編訳「天空の家―イラン女性作家

選」段々社 2014（現代アジアの女性作家
秀作シリーズ）p5

天空の神秘の彼方に（モートリチ, カテリーナ）
　◇藤井悦子, オリガ・ホメンコ訳「現代ウクラ
　　イナ短編集」群像社 2005（群像社ライブ
　　ラリー）p101

天国（ヴォルテール）
　◇斎藤博士訳「アンデスの風叢書 天国・地獄
　　百科」書肆風の薔薇 1982 p112

天国への入場券（ジムコヴァー, ミルカ）
　◇長與進訳「ポケットのなかの東欧文学―ル
　　ネッサンスから現代まで」成文社 2006
　　p375

天国への登り道（ダール, ロアルド）
　◇開高健訳「異色作家短篇集 1」早川書房
　　2005 p61

天国からの帰還（バッチ, ハワード・ロリン）
　◇斎藤博士訳「アンデスの風叢書 天国・地獄
　　百科」書肆風の薔薇 1982 p156

天国での邂逅（トウェイン, マーク）
　◇斎藤博士訳「アンデスの風叢書 天国・地獄
　　百科」書肆風の薔薇 1982 p130

天国と地獄と世界について（バトラー, サミュエ
ル）
　◇内田吉彦訳「アンデスの風叢書 天国・地獄
　　百科」書肆風の薔薇 1982 p70

天国と地獄に関する報告（オカンポ, シルビー
ナ）
　◇内田吉彦訳「アンデスの風叢書 天国・地獄
　　百科」書肆風の薔薇 1982 p84

天国と地獄の位置（ウェザーヘッド, レスリー・
D.）
　◇内田吉彦訳「アンデスの風叢書 天国・地獄
　　百科」書肆風の薔薇 1982 p52

天国における富者（スウェデンボルイ, エマヌエ
ル）
　◇斎藤博士訳「アンデスの風叢書 天国・地獄
　　百科」書肆風の薔薇 1982 p127

天国に抗して（スティーヴンソン, ロバート・ル
イス）
　◇内田吉彦訳「アンデスの風叢書 天国・地獄
　　百科」書肆風の薔薇 1982 p63

天国に入る勇士（作者不詳）
　◇牛島信明訳「アンデスの風叢書 天国・地獄
　　百科」書肆風の薔薇, 水声社 1982 p16

天国に優るもの（ラム, チャールズ）
　◇牛島信明訳「アンデスの風叢書 天国・地獄
　　百科」書肆風の薔薇 1982 p13

天国の裏門（黄錦樹）
　◇森美千代訳「台湾熱帯文学 3」人文書院
　　2011 p279

天国の風（チャン, トゥイ・マイ）
　◇加藤栄訳「天国の風―アジア短篇ベスト・セ
　　レクション」新潮社 2011 p11

天国のカタログ（カントゥ, チェーザレ）
　◇斎藤博士訳「アンデスの風叢書 天国・地獄
　　百科」書肆風の薔薇 1982 p99

天国の時間と地上の時間とは関連性を持たず
（作者不詳）
　◇斎藤博士訳「アンデスの風叢書 天国・地獄
　　百科」書肆風の薔薇, 水声社 1982 p137

天国の条件（モーラン, A.R.）
　◇佐々木信雄訳「魔猫」早川書房 1999 p15

天国の二態様（ハックスリー, オルダス）
　◇斎藤博士訳「アンデスの風叢書 天国・地獄
　　百科」書肆風の薔薇 1982 p109

天国の物質（デュボスク, ジュール）
　◇斎藤博士訳「アンデスの風叢書 天国・地獄
　　百科」書肆風の薔薇 1982 p126

天国の門（アンジェイェフスキ, イェージイ）
　◇米川和夫訳「東欧の文学 天国の門」恒文社
　　1985 p5

天国の門の冒険（レズニック, マイク）
　◇日暮雅通訳「シャーロック・ホームズのSF大
　　冒険―短篇集 下」河出書房新社 2006
　　（河出文庫）p328

天国の誘惑（ショー, バーナード）
　◇牛島信明訳「アンデスの風叢書 天国・地獄
　　百科」書肆風の薔薇 1982 p11

天国の若さと老化（シャトーブリアン, F.）
　◇牛島信明訳「アンデスの風叢書 天国・地獄
　　百科」書肆風の薔薇 1982 p39

天国または地獄の選択（モリス, ウィリアム）
　◇内田吉彦訳「アンデスの風叢書 天国・地獄
　　百科」書肆風の薔薇 1982 p70

天才（バーセルミ, ドナルド）
　◇山崎勉訳「現代アメリカ文学叢書 11」彩流
　　社 1998 p37

天使（マグラア, パトリック）

てんし

◇宮脇孝雄訳「奇想コレクション 失われた探険家」河出書房新社 2007 p7

天使がいっぱい（ベンソン, マイク）
　◇渡辺佐智江訳「ディスコ・ビスケッツ」早川書房 1998 p35

天使がくれたクリスマス（モーティマー, キャロル）
　◇青海まこ訳「四つの愛の物語―クリスマス・ストーリー 2003」ハーレクイン 2003 p5

天使が失くした翼をさがして（陳雪）
　◇白水紀子訳「台湾セクシュアル・マイノリティ文学 3」作品社 2009 p243

天使達の叛逆（コルマン, エンゾ）
　◇北垣潔訳「コレクション現代フランス語圏演劇 7」れんが書房新社 2013 p7

田七郎（でんしちろう）（蒲松齢）
　◇黒田真美子著「中国古典小説選 9（清代 1）」明治書院 2009 p317

天使に魅せられて（ウインターズ, レベッカ）
　◇木咲リン訳「愛は永遠に―ウエディング・ストーリー 2009」ハーレクイン 2009 p103

天使の声を聞かせて（ウェイ, マーガレット）
　◇茅野久枝訳「四つの愛の物語―クリスマス・ストーリー イブの星に願いを 2005」ハーレクイン 2005 p87

天使の父親（シャマン・ラポガン）
　◇魚住悦子訳「天国の風―アジア短篇ベスト・セレクション」新潮社 2011 p92

天使のトランペット（ホイート, キャロライン）
　◇日暮雅通訳「シャーロック・ホームズ クリスマスの依頼人」原書房 1998 p363

天使のようなさすらい人（ジレージウス, アンゲルス）
　◇斎藤博士訳「アンデスの風叢書 天国・地獄百科」書肆風の薔薇 1982 p163

展示品（ディック, フィリップ・K.）
　◇仁賀克雄訳「ダーク・ファンタジー・コレクション 1」論創社 2006 p223

電獣ヴァヴェリ（ブラウン, フレドリック）
　◇星新一訳「異色作家短篇集 2」早川書房 2005 p51

天井の足跡（ローソン, クレイトン）
　◇北見尚平訳「世界探偵小説全集 9」国書刊行会 1995 p9

天上の時間と地上の時間とは関連性を持たず（セール）
　◇斎藤博士訳「アンデスの風叢書 天国・地獄百科」書肆風の薔薇 1982 p137

天使はいつもおせっかい（マッコーマー, デビー）
　◇木内重子訳「四つの愛の物語―クリスマス・ストーリー '97」ハーレクイン 1997 p213

天使はポケットに何も持っていない（ファンテ, ダン）
　◇中川五郎訳「Modern & Classic 天使はポケットに何も持っていない」河出書房新社 2004 p1

伝説と現実（テッフィ）
　◇吉田差和子訳「雑話集―ロシア短編集 2」「雑話集」の会 2009 p5

伝説の誕生（ギャリス, ミック）
　◇田中一江訳「ヒー・イズ・レジェンド」小学館 2010 （小学館文庫）p147

伝説の崩壊（ハント, アンドルー・E.）
　◇浅倉久志選訳「極短小説」新潮社 2004 （新潮文庫）p154

天台山の別天地（天台訪隠録）（瞿佑）
　◇竹田晃, 小塚由博, 仙石知子著「中国古典小説選 8（明代）」明治書院 2008 p116

天体望遠鏡（ハートウィグ, ティム）
　◇浅倉久志選訳「極短小説」新潮社 2004 （新潮文庫）p75

歯好症（デンタフィリア）（スラヴィン, ジュリア）
　◇岸本佐知子編訳「変愛小説集 2」講談社 2010 p259

天地篇第十二〔荘子〕（荘子）
　◇福永光司, 興膳宏訳「世界古典文学全集 17」筑摩書房 2004 p207

伝統あるりっぱな会社（ジャクスン, シャーリイ）
　◇深町眞理子訳「異色作家短篇集 6」早川書房 2006 p165

天道篇第十三〔荘子〕（荘子）
　◇福永光司, 興膳宏訳「世界古典文学全集 17」筑摩書房 2004 p228

天堂より神の不在を告げる死せるキリストの言葉（パウル, ジャン）
　◇池田信雄訳「幻想小説神髄」筑摩書房 2012 （ちくま文庫）p11

とうさ

天のたくらみ（スュレナ, エルシー）
　◇菅啓次郎訳「月光浴—ハイチ短篇集」国書刊
　　行会 2003（Contemporary writers）
　　p115

天の娘（ガルサン, チナギーン）
　◇柴内秀司訳「モンゴル近現代短編小説選」パ
　　ブリック・ブレイン 2013 p262

テンプラー家の惨劇（ヘクスト, ハリントン）
　◇高田朔訳「世界探偵小説全集 42」国書刊行
　　会 2003 p7

電報語（フロローフ）
　◇尾家順子訳「雑話集—ロシア短篇集 3」ロシ
　　ア文学翻訳グループクーチカ 2014 p80

デンマーク人ハヴロック（作者不詳）
　◇中世英国ロマンス研究会訳「中世英国ロマン
　　ス集 1」篠崎書林 1983 p51

展覧・探検（カルヴィーノ, イタロ）
　◇脇功訳「イタリア叢書 5」松籟社 1988 p41

天は蓋 土は中（ジョーゾー）
　◇南田みどり編訳「二十一世紀ミャンマー作品
　　集」大同生命国際文化基金 2015（アジア
　　の現代文芸）p147

【 と 】

ドアの向こうの清掃員（遅子建）
　◇土屋肇枝訳「コレクション中国同時代小説
　　7」勉誠出版 2012 p289

ドイツから来た子—転校生しみじみ（バトリン,
ロン）
　◇遠藤不比人訳「しみじみ読むイギリス・アイ
　　ルランド文学—現代文学短編作品集」松柏
　　社 2007 p113

塔（ラスキ, マーガニタ）
　◇大村三根子訳「塔の物語」角川書店 2000
　　（角川ホラー文庫）p11
　◇吉村満美子訳「怪奇礼讃」東京創元社 2004
　　（創元推理文庫）p13

どういう奴なんだ、おまえは（ブロンジーニ, ビ
ル／マルツバーグ, バリー・N.）
　◇田村義進訳「ミニ・ミステリ100」早川書房
　　2005（ハヤカワ・ミステリ文庫）p350

統一エクスプレス（呉泰栄）
　◇津川泉訳「韓国現代戯曲集 4」日韓演劇交流
　　センター 2009 p119

唐辛子の味がわからなかった男（スターン, G.
B.）
　◇田口俊樹訳「ディナーで殺人を 下」東京創
　　元社 1998（創元推理文庫）p11

陶器でこしらえた女（ドーデラー, ハイミート・
フォン）
　◇種村季弘訳「怪奇・幻想・綺想文学集—種村
　　季弘翻訳集成」国書刊行会 2012 p209

同郷人会（ビュキート, メルヴィン・ジュールズ）
　◇柴田元幸編訳「いずれは死ぬ身」河出書房新
　　社 2009 p209

動機—The Motive（ノックス, ロナルド・A.）
　◇深町真理子訳「法月綸太郎の本格ミステリ・
　　アンソロジー」角川書店 2005（角川文
　　庫）p34

洞窟（ザミャーチン, エヴゲーニー）
　◇川端香男里訳「幻想小説神髄」筑摩書房
　　2012（ちくま文庫）p527

洞窟の妖魔（パワーズ, ポール・S.）
　◇小幡昌甫翻案「怪樹の腕—〈ウィアード・
　　テールズ〉戦前邦訳傑作選」東京創元社
　　2013 p335

道化師のブルース（マラー, マーシャ）
　◇竹本祐子訳「現代ミステリーの至宝 1」扶桑
　　社 1997（扶桑社ミステリー）p329

トゥーゲニデース（作者不詳）
　◇中務哲郎, 西村賀子, 平山晃司訳「ギリシア
　　喜劇全集 9」岩波書店 2012 p410

道化の死（マーシュ, ナイオ）
　◇清野泉訳「世界探偵小説全集 41」国書刊行
　　会 2007 p11

道化の町（パウエル, ジェイムズ）
　◇宮脇孝雄訳「山口雅也の本格ミステリ・アン
　　ソロジー」角川書店 2007（角川文庫）
　　p17
　◇宮脇孝雄訳「KAWADE MYSTERY 道化の
　　町」河出書房新社 2008 p261

洞察鏡奇譚（ベイリー, バリントン・J.）
　◇浅倉久志訳「20世紀SF 4」河出書房新社
　　2001（河出文庫）p293

父さんの新しい布団（李喬）

とうさ

◇三木直大訳「台湾郷土文学選集 5」研文出版 2014 p125

父さんもどき（ディック, フィリップ・K.）
◇大森望訳「20世紀SF 2」河出書房新社 2000（河出文庫）p53

投資顧問（カード, オースン・スコット）
◇田中一江訳「SFの殿堂 遙かなる地平 1」早川書房 2000（ハヤカワ文庫SF）p193

どうしてケタガランなのか？＜平埔族・シラヤ＞（楊南郡）
◇柳本通彦訳「台湾原住民文学選 4」草風館 2004 p87

どうして叩かずにいられないの？（マイヤーズ, マーティン）
◇田口俊樹, 高山真由美訳「マンハッタン物語」二見書房 2008（二見文庫）p263

同時に（趙京蘭）
◇安宇植編訳「いま、私たちの隣りに誰がいるのか—Korean short stories」作品社 2007 p69

登場人物、およびその性格と衣裳（ボーマルシェ, ピエール＝オギュスタン・カロン・ド）
◇石井宏訳「〈新訳・世界の古典〉シリーズ フィガロの結婚」新書館 1998 p7

東城老父伝（とうじょうろうふでん）（陳鴻祖）
◇黒田真美子著「中国古典小説選 5（唐代 2）」明治書院 2006 p263

童女の舞（曹麗娟）
◇赤松美和子訳「台湾セクシュアル・マイノリティ文学 3」作品社 2009 p177

瞳人語（瞳人語らふ）（蒲松齢）
◇黒田真美子著「中国古典小説選 9（清代 1）」明治書院 2009 p14

等身大のボルヘス（ボルヘス, ホルヘ・ルイス）
◇マリア・エステル・バスケスインタヴュアー「新編 バベルの図書館 6」国書刊行会 2013 p629

同姓結婚（鍾理和）
◇野間信幸訳「台湾郷土文学選集 3」研文出版 2014 p5

当世風の結婚（マンスフィールド, キャサリン）
◇立石光子訳「ブルー・ボウ・シリーズ 結婚まで」青弓社 1992 p31

盗跖篇第二十九〔荘子〕（荘子）

◇福永光司, 興膳宏訳「世界古典文学全集 17」筑摩書房 2004 p450

当然の気持（インジ, ウィリアム）
◇小笠原豊樹訳「盲目の女神—20世紀欧米戯曲拾遺」みすず書房 2011 p291

同窓会（バークマン, チャールズ）
◇田村義進訳「ミニ・ミステリ100」早川書房 2005（ハヤカワ・ミステリ文庫）p251

同窓会（ヒューズ, ドロシー・B.）
◇荒井公代訳「ブルー・ボウ・シリーズ 殺人コレクション」青弓社 1992 p7

銅像都市（張系国）
◇山口守訳「新しい台湾の文学 星雲組曲」国書刊行会 2007 p95

どうぞお先に、アルフォンズ殿（ジャクスン, シャーリイ）
◇深町眞理子訳「異色作家短篇集 6」早川書房 2006 p117

盗賊の花むこ（グリム）
◇池内紀訳「恐ろしい話」筑摩書房 2011（ちくま文学の森）p129

燈台（ブロック, ロバート／ポー, エドガー・アラン）
◇吉田誠一訳「51番目の密室—世界短篇傑作集」早川書房 2010（Hayakawa pocket mystery books）p193

燈台（ポー, エドガー・アラン）
◇鴻巣友季子訳「ポケットマスターピース 9」集英社 2016（集英社文庫ヘリテージシリーズ）p473

胴体（アンドリッチ, イヴォ）
◇栗原成郎訳「東欧の文学 呪われた中庭」恒文社 1983 p125

胴体と頭（テム, スティーヴ・ラスニック）
◇夏来健次訳「死霊たちの宴 上」東京創元社 1998（創元推理文庫）p219

燈台守（シェンキェヴィチ, ヘンリク）
◇吉上昭三訳「百年文庫 48」ポプラ社 2010 p113

道徳考（デシャン, ドン）
◇野沢協訳「啓蒙のユートピア 3」法政大学出版局 1997 p275

どう眠った？（グレノン, ポール）
◇岸本佐知子編訳「居心地の悪い部屋」角川書

とうよ

店 2012 p67

◇岸本佐知子編訳「居心地の悪い部屋」河出書房新社 2015（河出文庫）p37

銅の孔雀（レンデル, ルース）

◇角恭代訳「本の殺人事件簿―ミステリ傑作20選 2」バベル・プレス 2001 p151

銅の鋺（エリオット, ジョージ・フィールディング）

◇仁賀克雄編・訳「新・幻想と怪奇」早川書房 2009（Hayakawa pocket mystery books）p57

東坡居士艾子雑説（とうばこじがいしざっせつ）（蘇軾）

◇大木康著「中国古典小説選 12（歴代笑話）」明治書院 2008 p75

逃避行は地中海で（ハリス, リン・レイ）

◇松村和紀子訳「あの夏の恋のきらめき―サマー・シズラー2016」ハーパーコリンズ・ジャパン 2016 p5

投票日（スライマン, フジル）

◇小飯塚真知子訳「海外戯曲アンソロジー―海外現代戯曲翻訳集〈国際演劇交流セミナー記録〉1」日本演出者協会 2007 p189

動物愛護について（スプルーイル, スティーブン）

◇佐々木信雄訳「魔猫」早川書房 1999 p281

動物たち（ウェイクフィールド, ハーバート・ラッセル）

◇三浦玲子訳「ダーク・ファンタジー・コレクション 5」論創社 2007 p319

動物のいない国（アリ, ラフミ）

◇脇西琢己訳「現代トルコ文学選 2」東京外国語大学外国語学部トルコ語専攻研究室 2012（TUFS Middle Eastern studies）p214

動物病院の怪事件（ホック, エドワード・D.）

◇中井京子訳「探偵稼業はやめられない―女探偵vs.男探偵」光文社 2003（光文社文庫）p203

逃亡者（シマック, クリフォード・D.）

◇福島正実訳「幻想の犬たち」扶桑社 1999（扶桑社ミステリー）p279

逃亡者（マイノット, スーザン）

◇森田義信訳「シリーズ・永遠のアメリカ文学 3」東京書籍 1990 p61

東方の国（ミルハウザー, スティーヴン）

◇柴田元幸訳「新しいアメリカの小説 イン・ザ・ペニー・アーケード」白水社 1990 p225

豆満江（トウマンコウ）おまえわれらが江（かわ）よ（李庸岳）

◇金炳三, 李春穆, 金潤訳「20世紀民衆の世界文学 7」三友社出版 1990 p201

動脈瘤（ダナー, アレクサンダー）

◇旦紀子訳「マシン・オブ・デス―A Collection of Stories about People who Know How They Will DIE」アルファポリス 2012 p292

◇旦紀子訳「マシン・オブ・デス」アルファポリス 2013（アルファポリス文庫）p226

ドゥームズデイ・ブック（ウィリス, コニー）

◇大森望訳「夢の文学館 4」早川書房 1995 p1

ドゥームドーフの謎（ポースト, メルヴィル・デヴィッスン）

◇吉田誠一訳「密室殺人傑作選」早川書房 2003（ハヤカワ・ミステリ文庫）p283

透明（ホワン, フランシス）

◇福間恵訳「アメリカ新進作家傑作選 2003」DHC 2004 p219

洞冥記（どうめいき）（抄）（作者不詳）

◇竹田晃, 梶村永, 高芝麻子, 山崎藍著「中国古典小説選 1（漢・魏）」明治書院 2007 p289

頭目家列伝（作者不詳）

◇紙村徹編訳「台湾原住民文学選 5」草風館 2006 p395

堂守（ゾーシチェンコ）

◇林朋子訳「雑話集―ロシア短編集」「雑話集」の会 2005 p48

トウモロコシが育つ（作者不詳）

◇渡辺信二訳「アメリカ文学ライブラリー　アメリカ名詩選」本の友社 1997 p9

玉蜀黍（とうもろこし）の髪の女（ひと）（ル＝グウィン, アーシュラ・K.）

◇谷垣暁美訳「Modern & Classic　なつかしく謎めいて」河出書房新社 2005 p14

とうもろこしの種まき（アンダーソン, シャーウッド）

◇中村邦生訳「この愛のゆくえ―ポケットアンソロジー」岩波書店 2011（岩波文庫別冊）p393

東洋の精（ホック, エドワード・D.）

とうら

◇木村二郎訳「フィリップ・マーロウの事件」
早川書房 2007（ハヤカワ・ミステリ文
庫）p385

ドゥ・ララ教授と二ペンスの魔法（ネズビット，
イーディス）
◇大友香奈子訳「魔法使いになる14の方法」東
京創元社 2003（創元推理文庫）p21

同類探し（ヘムリ，ロビン）
◇小川高義訳「新しいアメリカの小説 食べ放
題」白水社 1989 p63

同類たち（クリストファー，ジョン）
◇中原尚哉訳「幻想の犬たち」扶桑社 1999
（扶桑社ミステリー）p207

トゥールーズ伯爵（作者不詳）
◇中世英国ロマンス研究会訳「中世英国ロマン
ス集 2」篠崎書林 1986 p107

トゥルーデおばさん―グリム童話（作者不詳）
◇池内紀訳「超短編アンソロジー」筑摩書房
2002（ちくま文庫）p200

道路ウイルスは北にむかう（キング，スティーヴ
ン）
◇白石朗訳「999（ナインナインナイン）―妖女
たち」東京創元社 2000（創元推理文庫）
p187

燈籠花 → "ハイビスカス"を見よ

遠いあなた（徐永恩）
◇朴灼禮訳「韓国女性作家短編選」穂高書店
2004（アジア文化叢書）p39

遠い過去（トレヴァー，ウィリアム）
◇柴田元幸編訳「いずれは死ぬ身」河出書房新
社 2009 p147

十日間（袁犀）
◇岡田英樹訳「血の報復―「在満」中国人作家
短篇集」ゆまに書房 2016 p241

十日の菊（ダウスン，アーネスト・クリスト
ファー）
◇南條竹則訳「この愛のゆくえ―ポケットアン
ソロジー」岩波書店 2011（岩波文庫別
冊）p287

遠き日の出来事（ゴールズワージー，ジョン）
◇今村楯夫訳「20世紀英国モダニズム小説集成
自分の同類を愛した男」風濤社 2014 p63

遠ざかる家―建築投機（カルヴィーノ，イタロ）
◇和田忠彦訳「イタリア叢書 3」松籟社 1985
p1

遠まわりの恋人たち（ウインターズ，レベッカ）
◇松村和紀子訳「愛は永遠に―ウエディング・
ストーリー 2011」ハーレクイン 2011 p5

遠回りのメリー・クリスマス（エバンズ，パトリ
シア・G.）
◇西江璃子訳「四つの愛の物語―クリスマス・
ストーリー '97」ハーレクイン 1997 p299

通りで子どもが遊ぶとき（スミス，ディーン・
ウェズリー）
◇山口緑訳「ノストラダムス秘録」扶桑社
1999（扶桑社ミステリー）p339

時を生きる種族（ムアコック，マイケル）
◇中村融訳「時を生きる種族―ファンタス
ティック時間SF傑作選」東京創元社 2013
（創元SF文庫）p93

時を超えた名探偵（ロバーツ，ラルフ）
◇五十嵐加奈子訳「シャーロック・ホームズの
SF大冒険―短篇集 下」河出書房新社
2006（河出文庫）p207

時を彫る男（オカ・ルスミニ）
◇森山幹弘訳「天国の風―アジア短篇ベスト・
セレクション」新潮社 2011 p131

時が新しかったころ（ヤング，ロバート・F.）
◇市田泉訳「時の娘―ロマンティック時間SF
傑作選」東京創元社 2009（創元SF文庫）
p149

時と金（ロング，ダグ）
◇浅倉久志選訳「極短小説」新潮社 2004（新
潮文庫）p227

時と三番街と（ベスター，アルフレッド）
◇中村融編訳「奇想コレクション 願い星、叶
い星」河出書房新社 2004 p209

時の網（ディフォード，ミリアム・アレン）
◇堀田和男訳「密室殺人傑作選」早川書房
2003（ハヤカワ・ミステリ文庫）p359

時のいたみ（ファイラー，バート・K.）
◇中村融訳「時の娘―ロマンティック時間SF
傑作選」東京創元社 2009（創元SF文庫）
p135

時の形―日本（カルヴィーノ，イタロ）
◇脇功訳「イタリア叢書 5」松籟社 1988 p5

時の形容詞（アヨルザナ，グンアージャビン）
◇柴内秀司訳「モンゴル近現代短編小説選」パ
ブリック・ブレイン 2013 p451

とくた

時の車輪（ジョーダン, ロバート）
　◇斉藤伯好訳「ファンタジイの殿堂 伝説は永遠に
　　3」早川書房 2000（ハヤカワ文庫FT）p9

時の商人（ポムラ, ジョエル）
　◇横山義志, 石井恵訳「コレクション現代フラ
　　ンス語圏演劇 10」れんが書房新社 2011
　　p7

時の過ぎゆくままに（ヴァヴラ, カート）
　◇浅倉久志選訳「極短小説」新潮社 2004（新
　　潮文庫）p359

時の探検家たち（ウェルズ, H.G.）
　◇浅倉久志訳「ベータ2のバラッド」国書刊行
　　会 2006（未来の文学）p319

時の鳥（エフィンジャー, ジョージ・アレック）
　◇浅倉久志訳「ここがウィネトカなら、きみは
　　ジュディ―時間SF傑作選 SFマガジン創刊
　　50周年記念アンソロジー」早川書房 2010
　　（ハヤカワ文庫 SF）p165

時のない館（アースキン, バーバラ）
　◇沢木あさみ訳「ティータイム・ストーリーズ
　　微笑みを忘れずに」花風社 1999 p87

時の日溜まり（ルーカス, バーバラ）
　◇吉田利子訳「間違ってもいい、やってみたら
　　―想いがはじける28の物語」講談社 1998
　　p143

時の娘（ハーネス, チャールズ・L.）
　◇浅倉久志訳「時の娘―ロマンティック時間
　　SF傑作選」東京創元社 2009（創元SF文
　　庫）p215

時の矢（クラーク, アーサー・C.）
　◇酒井昭伸訳「20世紀SF 1」河出書房新社
　　2000（河出文庫）p47

時の脇道（ラインスター, マレイ）
　◇冬川亘訳「火星ノンストップ」早川書房 2005
　　（ヴィンテージSFセレクション）p65

ときめきの人生（マイノット, スーザン）
　◇森田義信訳「シリーズ・永遠のアメリカ文学
　　3」東京書籍 1990 p151

時は金（レナルズ, マック）
　◇浅倉久志訳「きょうも上天気―SF短編傑作
　　選」角川書店 2010（角川文庫）p175

独（ジン・リーファン）
　◇「留学生文学賞作品集 2006」留学生文学賞
　　委員会 2007 p53

独異志（どくいし）（抄）（李元）
　◇溝部良恵著「中国古典小説選 6（唐代 3）」明
　　治書院 2008 p348

毒を盛られたポーン（スレッサー, ヘンリィ）
　◇秋津知子訳「モーフィー時計の午前零時―
　　チェス小説アンソロジー」国書刊行会
　　2009 p65

読者への再公開状〔Yの悲劇〕（クイーン, エラ
リー）
　◇鎌田三平訳「乱歩が選ぶ黄金時代ミステリー
　　BEST10 4」集英社 1998（集英社文庫）
　　p9

読者に〔ニムの沈黙〕（韓龍雲）
　◇安宇植（アンウーシク）訳「韓国文学名作選 ニ
　　ムの沈黙」講談社 1999 p127

読者よ、わたしは彼を埋めた！（コッパー, ベイ
ジル）
　◇玉木亨訳「ヴァンパイア・コレクション」角
　　川書店 1999（角川文庫）p533

徳充符篇第五〔荘子〕（荘子）
　◇福永光司, 興膳宏訳「世界古典文学全集 17」
　　筑摩書房 2004 p139

特殊才能（フレムリン, シリア）
　◇秋津知子訳「幻想と怪奇―おれの夢の女」早
　　川書房 2005（ハヤカワ文庫）p291

特殊メイク（スペクター, クレイグ）
　◇夏来健次訳「シルヴァー・スクリーム 下」
　　東京創元社 2013（創元推理文庫）p105

ドクター・カウチ、猫を救う（ピカード, ナン
シー）
　◇宇佐川晶子訳「子猫探偵ニックとノラ―The
　　Cat Has Nine Mysterious Tales」光文社
　　2004（光文社文庫）p279

ドクター・サリヴァンの図書室（マシューズ, ク
リスティーン）
　◇古賀弥生訳「殺しのグレイテスト・ヒッツ」
　　早川書房 2007（ハヤカワ・ミステリ文
　　庫）p337

ドクターにキスを（ニールズ, ベティ）
　◇浜口祐実訳「愛は永遠に―ウエディング・ス
　　トーリー 2005」ハーレクイン 2005 p121

ドクターの意外な贈り物（マリネッリ, キャロ
ル）
　◇高木晶子訳「五つの愛の物語―クリスマス・
　　ストーリー2015」ハーパーコリンズ・ジャ

作品名から引ける世界文学全集案内 第III期　**231**

とくた

パン 2015 p107

ドクターの花嫁（ニールズ、ベティ）
　◇竹原麗子訳「愛は永遠に―ウエディング・ストーリー 2006」ハーレクイン 2006 p101

ドクター・ペッパーが好きなのか？（ブライト、ポピー・Z.）
　◇佐竹史子訳「ディスコ2000」アーティストハウス 1999 p59

毒都（ビアード、スティーヴ）
　◇小川隆訳「ディスコ2000」アーティストハウス 1999 p183

徳の罪（ナムスライ、ダムバダルジャーギーン）
　◇柴内秀司訳「モンゴル近現代短編小説選」パブリック・ブレイン 2013 p289

独白（李陸史）
　◇安宇植（アンウーシク）訳「韓国文学名作選 李陸史詩集」講談社 1999 p28

毒壜（ハートリー、L.P.）
　◇今本渉訳「KAWADE MYSTERY ポドロ島」河出書房新社 2008 p179

特別急行がおくれた日（ヤング、ロバート・F.）
　◇伊藤典夫訳「奇想コレクション たんぽぽ娘」河出書房新社 2013 p7

特別な火（フェリクス、ミヌシオ）
　◇内田吉彦訳「アンデスの風叢書 天国・地獄百科」書肆風の薔薇 1982 p69

特別配達（コリア、ジョン）
　◇村上啓夫訳「幻想と怪奇―おれの夢の女」早川書房 2005（ハヤカワ文庫）p217
　◇和爾桃子訳「KAWADE MYSTERY ナツメの味」河出書房新社 2007 p23

特別料理（エリン、スタンリイ）
　◇田口俊樹訳「ディナーで殺人を 上」東京創元社 1998（創元推理文庫）p17
　◇田中融二訳「異色作家短篇集 11」早川書房 2006 p15

毒蛇（デーンアラン・セーントーン）
　◇宇戸清治編訳「現代タイのポストモダン短編集」大同生命国際文化基金 2012（アジアの現代文芸）p213

ドク・ホーソーンの家から盗む（オコネル、ジャック）
　◇松下祥子訳「ベスト・アメリカン・ミステリ スネーク・アイズ」早川書房 2005（ハヤ

カワ・ミステリ）p425

匿名作家の事件（ホック、エドワード・D.）
　◇日暮雅通訳「シャーロック・ホームズ ベイカー街の殺人」原書房 2002 p271

匿名者の集まり（コンラード、ジェルジュ）
　◇岩崎悦子訳「東欧の文学 ケース・ワーカー」恒文社 1982 p195

毒薬であそぼう（リッチー、ジャック）
　◇谷崎由依訳「KAWADE MYSTERY 10ドルだって大金だ」河出書房新社 2006 p39

髑髏（ディック、フィリップ・K.）
　◇仁賀克雄訳「ダーク・ファンタジー・コレクション 10」論創社 2009 p3

時計（ローデンバック、ジョルジュ）
　◇村松定史訳「幻想の坩堝―ベルギー・フランス語幻想短編集」松籟社 2016 p29

時計の奇跡（クリストファー、ショーン）
　◇浅倉久志選訳「極短小説」新潮社 2004（新潮文庫）p329

どこへでも 此世の外へ（ボードレール、シャルル）
　◇三好達治訳「超短編アンソロジー」筑摩書房 2002（ちくま文庫）p134

どこへ行くの、どこ行ってたの？（オーツ、ジョイス・キャロル）
　◇柴田元幸編「どこにもない国―現代アメリカ幻想小説集」松柏社 2006 p61

どこにいるのだ、ウラルメ、どこだ（サストレ、アルフォンソ）
　◇矢野明紘訳「現代スペイン演劇選集 1」カモミール社 2014 p277

どこにでも（韓龍雲）
　◇安宇植（アンウーシク）訳「韓国文学名作選 ニムの沈黙」講談社 1999 p96

どこまで行くか（ブロック、ローレンス）
　◇宮脇孝雄訳「巨匠の選択」早川書房 2001（ハヤカワ・ミステリ）p351

床屋の話（プリチェット、V.S.）
　◇柴田元幸編訳「僕の恋、僕の傘」角川書店 1999 p36
　◇柴田元幸編訳「燃える天使」角川書店 2009（角川文庫）p27

ド・サヴェルヌ夫人（アルニム、アヒム・フォン）
　◇種村季弘訳「怪奇・幻想・綺想文学集―種村

季弘翻訳集成」国書刊行会 2012 p73

閉ざされた客室（ダグラス, スチュアート）
　◇尾之上浩司訳「シャーロック・ホームズと
　　ヴィクトリア朝の怪人たち 2」扶桑社
　　2015（扶桑社ミステリー）p7

年老いた子どもの話（エルペンベック, ジェ
ニー）
　◇松永美穂訳「Modern & Classic 年老いた子
　　どもの話」河出書房新社 2004 p3

年をとりたくなかった男（イェンス, ヴァル
ター）
　◇中野京子訳「シリーズ現代ドイツ文学 4」早
　　稲田大学出版部 1993 p151

年下の男を愛して（フリーマン, アリス）
　◇吉田利子訳「間違ってもいい、やってみたら
　　―想いがはじける28の物語」講談社 1998
　　p182

都市と柱（ヴィダル, ゴア）
　◇本合陽訳「アメリカ文学ライブラリー 都市
　　と柱」本の友社 1998 p1

都市と幽霊（李孝石）
　◇波田野節子訳「小説家仇甫氏の一日―ほか十
　　三編 短編小説集」平凡社 2006（朝鮮近代
　　文学選集）p113

屠場（エチェベリーア, エステバン）
　◇相良勝訳「ラテンアメリカ傑作短編集―中南
　　米スペイン語圏文学史を辿る」彩流社
　　2014 p5

年寄りはしぶとい（スレッサー, ヘンリー）
　◇森沢くみ子訳「ダーク・ファンタジー・コレ
　　クション 6」論創社 2007 p175

トスカ（サルドゥ, ヴィクトリアン原作／笹部博
司）
　◇「トスカ―ヴィクトリアン・サルドゥーよ
　　り」メジャーリーグ 2008（笹部博司の演
　　劇コレクション）p5

トスカ枢機卿事件（ロバーツ, S.C.）
　◇北原尚彦編訳「シャーロック・ホームズの栄
　　冠」論創社 2007（論創海外ミステリ）
　　p239

ドーセット街の下宿人（ムアコック, マイケル）
　◇日暮雅通訳「シャーロック・ホームズの大冒
　　険 上」原書房 2009 p341

土壇場（ムラヴョーワ, イリーナ）
　◇菅沼裕乃訳「ウーマンズ・ケース 上」早川書

房 1998（ハヤカワ・ミステリ文庫）p131

煙霧の彼方―トタン屋根の上の月（梁放）
　◇荒井茂夫訳「台湾熱帯文学 4」人文書院
　　2011 p217

土地っ子と流れ者（メイソン, ボビー・アン）
　◇亀井よし子訳「猫好きに捧げるショート・ス
　　トーリーズ」国書刊行会 1997 p85

ドッグ・デイズ（フリードマン, フィリップ）
　◇延原泰子訳「殺さずにはいられない 1」早川
　　書房 2002（ハヤカワ・ミステリ文庫）
　　p111

ドッグファイト（ギブスン, ウィリアム／スワン
ウィック, マイクル）
　◇酒井昭伸訳「ハッカー／13の事件」扶桑社
　　2000（扶桑社ミステリー）p227

特権を持つ者（作者不詳）
　◇牛島信明訳「アンデスの風薫書 天国・地獄
　　百科」書肆風の薔薇, 水声社 1982 p27

とっておきの場所（リッチー, ジャック）
　◇好野理恵訳「KAWADE MYSTERY 10ドル
　　だって大金だ」河出書房新社 2006 p93

突風（ディーヴァー, ジェフリー）
　◇田口俊樹訳「ポーカーはやめられない―ポー
　　カー・ミステリ書下ろし傑作選」ランダム
　　ハウス講談社 2010 p63

怒濤（鍾理政）
　◇澤井律之訳「台湾郷土文学選集 2」研文出版
　　2014 p7

届かなかったプロポーズ（グレアム, リン）
　◇井野上悦子訳「四つの愛の物語―クリスマ
　　ス・ストーリー 2002」ハーレクイン 2002
　　p99

とどめの一撃（フィリップス, スコット）
　◇細美遥子訳「ベスト・アメリカン・ミステリ
　　ジュークボックス・キング」早川書房
　　2005（ハヤカワ・ミステリ）p363

ドードーは死んだ（デクスター, コリン）
　◇大庭忠男訳「双生児―EQMM90年代ベスト・
　　ミステリー」扶桑社 2000（扶桑社ミステ
　　リー）p239

どなた？（クーゼンベルク, クルト）
　◇竹内節訳「謎のギャラリー―謎の部屋」新潮
　　社 2002（新潮文庫）p165
　◇竹内節訳「謎の部屋」筑摩書房 2012（ちく
　　ま文庫）p165

となた

どなたをお望み？（スレッサー, ヘンリイ）
　◇野村光由訳「謎のギャラリー──こわい部屋」
　　新潮社 2002（新潮文庫）p141
　◇野村光由訳「こわい部屋」筑摩書房 2012
　　（ちくま文庫）p141

トーナメント（ギャレット, ケイミーン）
　◇伊藤さよ子訳「アメリカ新進作家傑作選
　　2003」DHC 2004 p235

隣の家の女（ハ・ソンラン）
　◇安宇植編訳「シックスストーリーズ──現代韓
　　国女性作家短編」集英社 2002 p5

隣りのコレクター（マッシー, エリザベス）
　◇田口俊樹訳「主婦に捧げる犯罪──書下ろしミ
　　ステリ傑作選」武田ランダムハウスジャパ
　　ン 2012（RHブックス＋プラス）p173

隣りの庭（ドノソ, ホセ）
　◇野谷文昭, 野谷良子訳「ラテンアメリカ文学
　　選集 15」現代企画室 1996 p1

隣の部屋（バイアット, A.S.）
　◇篠田清美訳「新しいイギリスの小説 シュ
　　ガー」白水社 1993 p78
　◇山内照子訳「古今英米幽霊事情 2」新風舎
　　1999 p139

ドニイズ（ラディゲ, レーモン）
　◇堀口大學訳「百年文庫 1」ポプラ社 2010
　　p85

トニーとかぶと虫（ディック, フィリップ・K.）
　◇仁賀克雄訳「ダーク・ファンタジー・コレク
　　ション 10」論創社 2009 p93

殿方よ、愛がないならお捨てになって（ミン
　ウェーヒン）
　◇南田みどり編訳「二十一世紀ミャンマー作品
　　集」大同生命国際文化基金 2015（アジア
　　の現代文芸）p62

どのように私はドイツ語と英語を学んだか
　（シュクヴォレツキー, ヨゼフ）
　◇石川達夫訳「文学の贈物─東中欧文学アンソ
　　ロジー」未知谷 2000 p296

賭博者（モルナール）
　◇徳永康元訳「賭けと人生」筑摩書房 2011
　　（ちくま文学の森）p11

トパス・タナピマ（トパス・タナピマ）
　◇下村作次郎編訳「台湾原住民文学選 1」草風
　　館 2002 p49

トーバモリー（サキ）
　◇中西秀男訳「バベルの図書館 2」国書刊行会
　　1988 p69
　◇中西秀男訳「新編 バベルの図書館 2」国書刊
　　行会 2012 p277

とびこみ（トルストイ）
　◇宮川やすえ訳「もう一度読みたい教科書の泣
　　ける名作」学研教育出版 2013 p163

扉（サンチス・シニステーラ, ホセ）
　◇田尻陽一訳「現代スペイン演劇選集 1」カモ
　　ミール社 2014 p455

扉をたたくジェームス・ボンド（ルィトヘウ）
　◇吉川智代訳「雑話集─ロシア短編集 2」「雑
　　話集」の会 2009 p198

途方に暮れる？（ワリス・ノカン）
　◇中古先生訳「台湾原住民文学選 3」草風館
　　2003 p285

土幕（どまく）（柳致眞）
　◇明眞淑, 朴泰圭, 石川眞里訳「韓国近現代戯
　　曲集─1930–1960年代」論創社 2011 p9

土幕─全二場（柳致眞）
　◇梁民基訳「20世紀民衆の世界文学 7」三友社
　　出版 1990 p155

トマス・ド・クインシー（ブルトン, アンドレ／
　ド・クインシー, トマス）
　◇稲田三吉訳「黒いユーモア選集 1」河出書房
　　新社 2007（河出文庫）p117

泊まり客（ホーソーン, ナサニエル）
　◇小塚正樹訳「安らかに眠りたまえ─英米文学
　　短編集」海苑社 1998 p53

ドーミエ（バーセルミ, ドナルド）
　◇山崎勉訳「現代アメリカ文学叢書 11」彩流
　　社 1998 p221

トミーに感傷は似合わない（キャザー, ウィラ）
　◇利根川真紀編訳「レズビアン短編小説集─女
　　たちの時間」平凡社 2015（平凡社ライブ
　　ラリー）p71

ドミノ・マスター（ブラムライン, マイケル）
　◇山形浩生訳「ライターズX 器官切除」白水社
　　1994 p46

トム・ウォーカー──テキサスの恋（パーマー,
　ダイアナ）
　◇松村和紀子訳「愛は永遠に─ウエディング・
　　ストーリー 2007」ハーレクイン 2007
　　p317

トム・キャット（ジェニングス, ゲリー）
　◇新藤純子訳「魔法の猫」扶桑社 1998（扶桑社ミステリー）p279

トムキンソンの鳥の話（ノックス, E.V.）
　◇森英俊訳「これが密室だ！」新樹社 1997 p135

トム・ソーヤーの冒険（トウェイン, マーク）
　◇柴田元幸訳「ポケットマスターピース 6」集英社 2016（集英社文庫ヘリテージシリーズ）p9

トムの濡れる靴（ヴェルガン, ポール）
　◇にむらじゅんこ訳「フランス式クリスマス・プレゼント」水声社 2000 p31

ともしび（ラーゲルレーヴ, セルマ）
　◇イシガオサム訳「百年文庫 51」ポプラ社 2010 p53

ともしびをかかげて（グレアム, ヘザー）
　◇井上碧訳「四つの愛の物語—クリスマス・ストーリー 十九世紀の聖夜 2004」ハーレクイン 2004 p201

ともしびは永遠に（アーノルド, ジュディス）
　◇光崎杏library訳「天使が微笑んだら—クリスマス・ストーリー2008」ハーレクイン 2008 p305

ともだち（ブルンク, ジークリト）
　◇浅岡泰子訳「シリーズ現代ドイツ文学 5」早稲田大学出版部 1993 p71

友だちの友だち（ジェイムズ, ヘンリー）
　◇林節雄訳「バベルの図書館 14」国書刊行会 1989 p175
　◇林節雄訳「新編 バベルの図書館 1」国書刊行会 2012 p422

ともにいて、遠く離れて（ウルフ, ヴァージニア）
　◇井伊順彦訳「20世紀英国モダニズム小説集成 世を騒がす嘘つき男」風濤社 2014 p148

友の葬送（ツィペルデューク, イワン）
　◇藤井悦子, オリガ・ホメンコ訳「現代ウクライナ短編集」群像社 2005（群像社ライブラリー）p199

どもりの六分儀の事件（ケンドリック, ベイナード／ロースン, クレイトン）
　◇飯城勇三編訳「エラリー・クイーンの災難」論創社 2012（論創海外ミステリ）p303

土曜日はタキシードに恋して（マッカーシー, エリン）
　◇鈴木美朋訳「キス・キス・キス—土曜日はタキシードに恋して」ヴィレッジブックス 2008（ヴィレッジブックス）p273

虎（ウォルポール, ヒュー）
　◇倉阪鬼一郎訳「ミステリーの本棚 銀の仮面」国書刊行会 2001 p189

虎（コッパード, A.E.）
　◇吉田美恵子訳「異色作家短篇集 19」早川書房 2007 p179

銅鑼（黄春明）
　◇垂水千恵訳「新しい台湾の文学 鹿港からきた男」国書刊行会 2001 p5

トライアムア卿（作者不詳）
　◇吉岡治郎, 西村秀夫訳「中世英国ロマンス集 4」篠崎書林 2001 p83

トライアングル（ディーヴァー, ジェフリー）
　◇中井京子訳「アメリカミステリ傑作選 2002」DHC 2002（アメリカ文芸「年間」傑作選）p225

トラウマ・プレート（ジョンソン, アダム）
　◇金原瑞人, 大谷真弓訳「Modern & Classic トラウマ・プレート」河出書房新社 2005 p119

ドラキュラ—真実の物語（シャーキー, ジャック）
　◇風間賢二訳「ヴァンパイア・コレクション」角川書店 1999（角川文庫）p577

ドラキュラ・ドラキュラ（アルトマン, H.C.）
　◇種村季弘訳「怪奇・幻想・綺想文学集—種村季弘翻訳集成」国書刊行会 2012 p313

ドラキュラの子供たち（シモンズ, ダン）
　◇嶋田洋一訳「奇想コレクション 夜更けのエントロピー」河出書房新社 2003 p63

ドラキュラ伯爵（アレン, ウディ）
　◇浅倉久志訳「ヴァンパイア・コレクション」角川書店 1999（角川文庫）p419

トラクター（一九五五／六一／七四）（ミュラー, ハイナー）
　◇市川明訳「シリーズ現代ドイツ文学 2」早稲田大学出版部 1991 p25

ドラゴンフライ（ル・グィン, アーシュラ・K.）
　◇小尾芙佐訳「ファンタジイの殿堂 伝説は永遠に 3」早川書房 2000（ハヤカワ文庫FT）p193

とらし

トラジ―桔梗謡（金仁順）
　◇水野衛子訳「9人の隣人たちの声―中国新鋭
　　作家短編小説選」勉誠出版 2012 p207

『トラシュレオーン』（メナンドロス）
　◇中務哲郎, 脇本由佳, 荒井直訳「ギリシア喜
　　劇全集 6」岩波書店 2010 p166

虎紳士（フェリー, ジャン）
　◇生田耕作訳「北村薫のミステリー館」新潮社
　　2005（新潮文庫）p65

『トラソーニデス』（メナンドロス）
　◇中務哲郎, 脇本由佳, 荒井直訳「ギリシア喜
　　劇全集 6」岩波書店 2010 p168

トラック（キング, スティーヴン）
　◇野村芳夫訳「死のドライブ」文藝春秋 2001
　　（文春文庫）p19

トラック運転手ウマル（ブライシュ, アブドゥッ
サラーム）
　◇越川芳明訳「モロッコ幻想物語」岩波書店
　　2013 p43

虎の尾（ナース, アラン）
　◇仁賀克雄編・訳「新・幻想と怪奇」早川書房
　　2009（Hayakawa pocket mystery books）
　　p91

虎、北郭（ブッカク）先生を叱る―虎叱（朴趾源）
　◇張喆文現代語訳, 木下豊二郎訳「韓国古典文
　　学の愉しみ 下」白水社 2010 p146

『ドラーマタ（劇作品）』（アリストパネース）
　◇久保田忠利, 野津寛, 脇本由佳訳「ギリシア
　　喜劇全集 4」岩波書店 2009 p310

『ドラーマタ（劇作品）』第一、第二（アリスト
パネース）
　◇久保田忠利, 野津寛, 脇本由佳訳「ギリシア
　　喜劇全集 4」岩波書店 2009 p306

『ドラーマタ（劇作品）』第一または『ケンタ
ウルス』（アリストパネース）
　◇久保田忠利, 野津寛, 脇本由佳訳「ギリシア
　　喜劇全集 4」岩波書店 2009 p306

『ドラーマタ（劇作品）』第二または『（羊毛を
運ぶ）ニオボス』（アリストパネース）
　◇久保田忠利, 野津寛, 脇本由佳訳「ギリシア
　　喜劇全集 4」岩波書店 2009 p308

とらわれびと（ウェレン, エドワード）
　◇佐々田雅子訳「ミニ・ミステリ100」早川書
　　房 2005（ハヤカワ・ミステリ文庫）p726

トランク詰めの女（ブラッドベリ, レイ）
　◇中上守訳「幻想と怪奇―宇宙怪獣現わる」早
　　川書房 2005（ハヤカワ文庫）p227

トーランド家の長老（ウォルポール, ヒュー）
　◇倉阪鬼一郎訳「ミステリーの本棚 銀の仮面」
　　国書刊行会 2001 p131
　◇倉阪鬼一郎訳「世界堂書店」文藝春秋 2014
　　（文春文庫）p227

トランペットを吹く男、その妻（ヘムリ, ロビ
ン）
　◇小川高義訳「新しいアメリカの小説 食べ放
　　題」白水社 1989 p159

トランポリン（レイノヴァ, ヴァニャ）
　◇山田友子訳「アメリカ新進作家傑作選 2006」
　　DHC 2007 p125

鳥（アリストパネース）
　◇久保田忠利訳「ギリシア喜劇全集 2」岩波書
　　店 2008 p205

ドリーア城の伝説（デレッダ, グラツィア）
　◇香川真澄訳「ぶどう酒色の海―イタリア中短
　　編小説集」イタリア文藝叢書刊行委員会
　　2013（イタリア文藝叢書）p41

鶏占い師（ウィルフォード, チャールズ）
　◇若島正訳「異色作家短篇集 18」早川書房
　　2007 p55

トリオ（ジョンストン, ジェニファー）
　◇風呂本武敏訳「現代アイルランド女性作家短
　　編集」新水社 2016 p104

取り替え子（スタージョン, シオドア）
　◇大森望訳「奇想コレクション 輝く断片」河
　　出書房新社 2005 p7

取替え子（バイアット, A.S.）
　◇篠田清美訳「新しいイギリスの小説 シュ
　　ガー」白水社 1993 p186

ドーリス喜劇（作者不詳）
　◇橋本隆夫訳「ギリシア喜劇全集 7」岩波書店
　　2010 p1

トリスタン・コルビエール（ブルトン, アンドレ
／コルビエール, トリスタン）
　◇平田文也訳「黒いユーモア選集 1」河出書房
　　新社 2007（河出文庫）p305

鳥たちは横断歩道を渡らない（金明和）
　◇石川樹里訳「韓国現代戯曲集 2」日韓演劇交
　　流センター 2005 p33

とろい

とり憑かれて（グラント、チャールズ・L.）
　◇玉木亨訳「サイコ―ホラー・アンソロジー」
　祥伝社 1998 （祥伝社文庫）p57

ドリナの橋（アンドリッチ、イヴォ）
　◇松谷健二訳「東欧の文学 ドリナの橋」恒文
　社 1966 p27

トリニティ・カレッジに逃げた猫（デイヴィス、
ロバートソン）
　◇今本渉訳「異色作家短篇集 20」早川書房
　2007 p67

鳥になった男（呉錦発）
　◇中村ふじゑ訳「鳥になった男」研文出版
　1998 （研文選書）p1

鳥の時間（マルキエル、マリア・ローサ・リダ・
デ）
　◇斎藤博士訳「アンデスの風叢書 天国・地獄
　百科」書肆風の薔薇 1982 p136

『トリパレース』（アリストパネース）
　◇久保田忠利、野津寛、脇本由佳訳「ギリシア
　喜劇全集 4」岩波書店 2009 p365

取り引き（マイケルズ、レナード）
　◇城福真紀訳「ブルー・ボウ・シリーズ レイ
　チェルの夏」青弓社 1994 p89

ドリーマーズ（デーヴィス、ジャック）
　◇佐和田敬司訳「ドリーマーズ／ノー・シュ
　ガー」オセアニア出版社 2006 （オースト
　ラリア演劇叢書）p5

取り戻した手（ソン・ギス）
　◇津川泉訳「読んで演じたくなるゲキの本 高
　校生版」幻冬舎 2006 p241

努力（シャーレッド、T.L.）
　◇中村融訳「時を生きる種族―ファンタス
　ティック時間SF傑作選」東京創元社 2013
　（創元SF文庫）p259

トルクレントゥス（プラウトゥス）
　◇宮城徳也訳「ローマ喜劇集 4」京都大学学術
　出版会 2002 （西洋古典叢書）p495

トルトゥーガ（アナーヤ、ルドルフォ）
　◇管啓次郎訳「新しい〈世界文学〉シリーズ ト
　ルトゥーガ」平凡社 1997 p1

ドール―ミシシッピ川の情事（オーツ、ジョイ
ス・キャロル）
　◇井伊順彦訳「ベスト・アメリカン・ミステリ
　スネーク・アイズ」早川書房 2005 （ハヤ
　カワ・ミステリ）p397

トルメントの宝石（プッソン、パウル）
　◇前川道介訳「独逸怪奇小説集成」国書刊行会
　2001 p47

ドルリー（クイーン、スティーヴン）
　◇飯城勇三編訳「エラリー・クイーンの災難」
　論創社 2012 （論創海外ミステリ）p371

奴隷島（マリヴォー、ピエール・カルル・ド・シャ
ンブレン・ド）
　◇木下健一訳「啓蒙のユートピア 2」法政大学
　出版局 2008 p1

奴隷の歌（ウェルマン、マンリー・ウェイド）
　◇中嶋剛訳「安らかに眠りたまえ―英米文学短
　編集」海苑社 1998 p127

奴隷のような人間（ヴィットリーニ）
　◇武谷なおみ編訳「短篇で読むシチリア」みす
　ず書房 2011 （大人の本棚）p110

奴隷貿易（ムンゴシ、チャールズ）
　◇溝口昭子訳「アフリカ文学叢書 乾季のおと
　ずれ」スリーエーネットワーク 1995 p243

ドレスを着るローリー（ブロドキー、ハロルド）
　◇森田義信訳「シリーズ・永遠のアメリカ文学
　5」東京書籍 1991 p167

トレーラー・ビフォー＆アフター（コリンズ、
バーバラ）
　◇田口俊樹訳「主婦に捧げる犯罪―書下ろしミ
　ステリ傑作選」武田ランダムハウスジャパ
　ン 2012 （RHブックス＋プラス）p259

トレント最後の事件（ベントリー、E.C.）
　◇大西央士訳「乱歩が選ぶ黄金時代ミステリー
　BEST10 5」集英社 1999 （集英社文庫）
　p9

トレントと行儀の悪い犬（ベントリー、E.C.）
　◇好野理恵訳「ミステリーの本棚 トレント乗
　り出す」国書刊行会 2000 p189

トレント乗り出す（ベントリー、E.C.）
　◇好野理恵訳「ミステリーの本棚 トレント乗
　り出す」国書刊行会 2000

トロイア戦争日誌（ディクテュス（クレタの））
　◇岡三郎訳「トロイア叢書 1」国文社 2001 p7

トロイア滅亡史（コロンネ、グイド・デッレ）
　◇岡三郎訳「トロイア叢書 2」国文社 2003 p7

トロイア滅亡の歴史物語（ヒストリア）（ダーレス
（フリュギア人））
　◇岡三郎訳「トロイア叢書 1」国文社 2001

作品名から引ける世界文学全集案内 第III期　237

とろい

p149

トロイの馬 (クノー, レーモン)
◇塩塚秀一郎訳「異色作家短篇集 20」早川書房 2007 p105

トロイメライ (バーセルミ, ドナルド)
◇山崎勉訳「現代アメリカ文学叢書 11」彩流社 1998 p25

トロイルス (チョーサー, ジェフリー)
◇岡三郎訳「トロイア叢書 4」国文社 2005 p5

ドロシーと祖母と水兵たち (ジャクスン, シャーリイ)
◇深町眞理子訳「異色作家短篇集 6」早川書房 2006 p145

泥の子供たち (パス, オクタビオ)
◇竹村文彦訳「アンデスの風叢書 泥の子供たち」水声社 1994 p5

トロピカーナ (ヴォルマン, ウィリアム・T.)
◇迫光訳「VOICES OVERSEAS ハッピー・ガールズ, バッド・ガールズ」講談社 1996 p321

泥棒の息子 (ロハス, マヌエル)
◇今井洋子訳「20世紀民衆の世界文学 5」三友社出版 1989 p1

泥棒のもの (ライト, マーク)
◇尾之上浩司訳「シャーロック・ホームズとヴィクトリア朝の怪人たち 2」扶桑社 2015 (扶桑社ミステリー) p197

『トロポーニオス』(メナンドロス)
◇中務哲郎, 脇本由佳, 荒井直訳「ギリシア喜劇全集 6」岩波書店 2010 p318

ドロモーン (作者不詳)
◇久保田忠和, 橋本隆夫, 野津寛, 安村典子, 吉武純夫, 丹下和彦訳「ギリシア喜劇全集 8」岩波書店 2011 p282

どんがらがん (デイヴィッドスン, アヴラム)
◇深町眞理子訳「奇想コレクション どんがらがん」河出書房新社 2005 p335

ドン・キホーテへの招待――夢, 挫折そして微笑 (ほほえみ) (フェルナンデス, ハイメ)
◇柴田純司訳「西和リブロス 4」西和書林 1985 p41

ドン・キホーテ 抄 (セルバンテス・サアベドラ, ミゲル・デ)
◇野谷文昭訳「ポケットマスターピース 13」

集英社 2016 (集英社文庫ヘリテージシリーズ) p9

ドン・キホーテ――それは夢だった (アッカー, キャシー)
◇渡辺佐智江訳「ライターズX ドン・キホーテ」白水社 1994 p1

ドン・キホーテと風車 (アンダースン, ポール)
◇金子浩訳「ロボット・オペラ――An Anthology of Robot Fiction and Robot Culture」光文社 2004 p216

ドン・ジャフェ・ダルメニー (スカロン, ポール)
◇冨田高嗣訳「フランス十七世紀演劇集――喜劇」中央大学出版部 2010 (中央大学人文科学研究所翻訳叢書) p359

ドン・ジュアン――または石像の宴 (モリエール)
◇一之瀬正興訳「ベスト・プレイズ――西洋古典戯曲12選」論創社 2011 p267

どん底 (ゴーリキー)
◇小山内薫訳「どん底」ゆまに書房 2004 (昭和初期世界名作翻訳全集) p1

どんぞこ列車 (エリスン, ハーラン)
◇若島正訳「異色作家短篇集 18」早川書房 2007 p79

飛んできた死――三つの文書と一本の電報による物語 (アダムズ, S.H.)
◇白須清美訳「密室殺人コレクション」原書房 2001 p267

トンネル (デュレンマット, フリートリヒ)
◇種村季弘訳「怪奇・幻想・綺想文学集――種村季弘翻訳集成」国書刊行会 2012 p255

トンネル (ルーリー, ベン)
◇岸本佐知子編訳「コドモノセカイ」河出書房新社 2015 p105

トンネル――駆け落ちしみじみ (スウィフト, グレアム)
◇片山亜紀訳「しみじみ読むイギリス・アイルランド文学――現代文学短編作品集」松柏社 2007 p127

ドン・ファンの生涯における一挿話 (プリチェット, V.S.)
◇中野善夫訳「英国短篇小説の愉しみ 3」筑摩書房 1999 p125

トンボ (ジョウナ, オレクサンドル)
◇藤井悦子, オリガ・ホメンコ訳「現代ウクラ

イナ短編集」群像社 2005（群像社ライブ
ラリー）p27
貪欲（ブライシュ, アブドゥッサラーム）
◇越川芳明訳「モロッコ幻想物語」岩波書店
2013 p39

【 な 】

内観と自己容認へ向けて（ベルナベ, ジャン／
シャモワゾー, パトリック／コンフィアン, ラ
ファエル）
◇恒川邦夫訳「新しい〈世界文学〉シリーズ ク
レオール礼賛」平凡社 1997 p17
内装職人（ゲイ, ウイリアム）
◇神崎康子訳「アメリカミステリ傑作選 2003」
DHC 2003（アメリカ文芸「年間」傑作
選）p129
ナイチンゲールとばら（ワイルド, オスカー）
◇守屋陽一訳「悪いやつの物語」筑摩書房
2011（ちくま文学の森）p341
ナイチンゲールと薔薇（ワイルド, オスカー）
◇矢川澄子訳「バベルの図書館 6」国書刊行会
1988 p159
◇矢川澄子訳「新編 バベルの図書館 2」国書刊
行会 2012 p224
ナイト・オブ・ザ・ホラー・ショウ（ランズ
デール, ジョー・R.）
◇高山真由美訳「厭な物語」文藝春秋 2013
（文春文庫）p83
ナイトランド―〈冠毛〉の神話（ベア, グレッグ）
◇酒井昭伸訳「SFの殿堂 遙かなる地平 2」早川
書房 2000（ハヤカワ文庫SF）p383
ナイフ（カターエフ）
◇小野協一訳「世界100物語 4」河出書房新社
1997 p433
◇小野協一訳「賭けと人生」筑摩書房 2011
（ちくま文学の森）p19
ナイフを探せ！（劉慶邦）
◇立松昇一訳「コレクション中国同時代小説
5」勉誠出版 2012 p1
内部情報（バーカー, ニコラ）
◇ウィリアム N.伊藤訳「ゾエトロープ Pop」
角川書店 2001（Bookplus）p99

ナイルの水源（デイヴィッドスン, アヴラム）
◇浅倉久志訳「奇想コレクション どんがらが
ん」河出書房新社 2005 p279
ナイン・テイラーズ（セイヤーズ, ドロシー・L.）
◇門野集訳「乱歩が選ぶ黄金時代ミステリー
BEST10 10」集英社 1999（集英社文庫）
p7
『ナウクレーロス（船主）』（メナンドロス）
◇中務哲郎, 脇本由佳, 荒井直訳「ギリシア喜
劇全集 6」岩波書店 2010 p252
ナウシクラテース（作者不詳）
◇中務哲郎, 西村賀子, 平山晃司訳「ギリシア
喜劇全集 9」岩波書店 2012 p21
なおさら結構だ（アングリスト, ミーシャ）
◇竹中晃実訳「アメリカ新進作家傑作選 2004」
DHC 2005 p17
長い小説の短いダイジェスト（シュールバーグ,
バッド）
◇中田耕治訳「ブルー・ボウ・シリーズ レイ
チェルの夏」青弓社 1994 p177
長い墜落（ホック, エドワード・D.）
◇山本俊子訳「密室殺人傑作選」早川書房
2003（ハヤカワ・ミステリ文庫）p321
長い年月ののち安らかな寝顔を浮かべたまま、
呼吸停止する（グラーロ, ウィリアム）
◇旦紀子訳「マシン・オブ・デス―A
Collection of Stories about People who
Know How They Will DIE」アルファポリ
ス 2012 p326
◇旦紀子訳「マシン・オブ・デス」アルファポ
リス 2013（アルファポリス文庫）p248
長いメニュー（ベイリー, H.C.）
◇永井淳訳「ディナーで殺人を 下」東京創元
社 1998（創元推理文庫）p79
長い休み時間に（ヘンゼル, ゲオルク）
◇中野京子訳「シリーズ現代ドイツ文学 4」早
稲田大学出版部 1993 p67
長い夜（ラヴァーニープール, モニールー）
◇藤元優子編訳「天空の家―イラン女性作家
選」段々社 2014（現代アジアの女性作家
秀作シリーズ）p33
長靴（ルーイス, D.F.）
◇大瀧啓裕訳「インスマス年代記 上」学習研
究社 2001（学研M文庫）p347

なかく

長靴をはいた猫（ペロー, シャルル）
　◇月村澄枝訳「猫は九回生きる―とっておきの猫の話」心交社 1997 p189

長靴と靴下（アハターンブッシュ, ヘルベルト）
　◇高橋文子訳「ドイツ現代戯曲選30 20」論創社 2006 p7

長靴の物語（マグラア, パトリック）
　◇宮脇孝雄訳「奇想コレクション　失われた探険家」河出書房新社 2007 p229

流された村（嚴興燮）
　◇熊木勉訳「小説家仇甫氏の一日―ほか十三編　短編小説集」平凡社 2006（朝鮮近代文学選集）p135

流されて（キロガ, オラシオ）
　◇田中志保子訳「ラテンアメリカ短編集―モデルニズモから魔術的レアリズモまで」彩流社 2001 p143
　◇田中志保子訳「百年文庫 45」ポプラ社 2010 p89

流されて（マンロー, アリス）
　◇若島正訳「ベスト・ストーリーズ 3」早川書房 2016 p31

なかった家（ビーティー, イーリア・ウィルキンソン）
　◇梅田正彦訳「ざくろの実―アメリカ女流作家怪奇小説選」鳥影社 2008 p103

仲間（スーカイサー, ミリュエル）
　◇柳瀬尚紀訳「犯罪は詩人の楽しみ―詩人ミステリ集成」東京創元社 2012（創元推理文庫）p293

眺めのいい静かな部屋（デイヴィッドスン, アヴラム）
　◇若島正訳「奇想コレクション　どんがらがん」河出書房新社 2005 p151

流れ弾（ブランドナー, ゲイリイ）
　◇山本俊子訳「ミニ・ミステリ100」早川書房 2005（ハヤカワ・ミステリ文庫）p114

流れ星事件（クラーク, サイモン）
　◇日暮雅通訳「シャーロック・ホームズの大冒険 上」原書房 2009 p307

流れ星の光（チェウ・フアン）
　◇加藤栄訳「この愛のゆくえ―ポケットアンソロジー」岩波書店 2011（岩波文庫別冊）p97

流れゆく時の中で（王小波）
　◇桜庭ゆみ子訳「コレクション中国同時代小説 2」勉誠出版 2012 p191

亡きエルヴシャム氏の物語（ウェルズ, H.G.）
　◇小野寺健訳「バベルの図書館 8」国書刊行会 1988 p85
　◇小野寺健訳「新編 バベルの図書館 2」国書刊行会 2012 p64

泣き方講座（ラードヴィッチ, ドゥシャン）
　◇中島由美訳「文学の贈物―東中欧文学アンソロジー」未知谷 2000 p375

亡骸スモーカー（ナッティング, アリッサ）
　◇岸本佐知子編訳「楽しい夜」講談社 2016 p111

泣き叫ぶ塔（ライバー, フリッツ）
　◇浅倉久志訳「幻想の犬たち」扶桑社 1999（扶桑社ミステリー）p117

泣きさけぶどくろ（クロフォード, F.マリオン）
　◇宇野利泰訳「怪奇小説傑作集新版 2」東京創元社 2006（創元推理文庫）p139

渚の熱い罠（ボンド, ステファニー）
　◇竹内喜訳「灼熱の恋人たち―サマー・シズラー2008」ハーレクイン 2008 p121

亡き妻フィービー（ドライサー, シオドア）
　◇河野一郎訳「百年文庫 66」ポプラ社 2011 p5

亡き物語の墓（ヴォルマン, ウィリアム・T.）
　◇迫光訳「VOICES OVERSEAS ハッピー・ガールズ, バッド・ガールズ」講談社 1996 p352

慰められた二人（ヴォルテール）
　◇川口顕弘訳「バベルの図書館 7」国書刊行会 1988 p31
　◇川口顕弘訳「新編 バベルの図書館 4」国書刊行会 2012 p28

泣くとき（韓龍雲）
　◇安宇植（アンウーシク）訳「韓国文学名作選　ニムの沈黙」講談社 1999 p101

情けを分かつ者たちの館（ビショップ, マイケル）
　◇山岸真訳「20世紀SF 4」河出書房新社 2001（河出文庫）p187

情深い注釈者（ヒューズ, トマス・パトリック）
　◇内田吉彦訳「アンデスの風叢書 天国・地獄

百科」書肆風の薔薇 1982 p64

情深く義に厚い、あるパイワン姉妹（リカ
ラッ・アウー）
◇魚住悦子編訳「台湾原住民文学選 2」草風館
2003 p34

なぜ（マイ・ソン・ソティアリー）
◇岡田知子編訳「現代カンボジア短編集」大同
生命国際文化基金 2001 （アジアの現代文
芸）p169

なぞ（デ・ラ・メア，ウォルター）
◇紀田順一郎訳「贈る物語Terror」光文社
2002 p269
◇紀田順一郎訳「幻想小説神髄」筑摩書房
2012 （ちくま文庫）p418

謎（デ・ラ・メア，ウォルター）
◇柴田元幸編訳「ブリティッシュ＆アイリッ
シュ・マスターピース」スイッチ・パブ
リッシング 2015 （SWITCH LIBRARY）
p109

謎のカード（モフェット，クリーヴランド）
◇深町眞理子訳「山口雅也の本格ミステリ・ア
ンソロジー」角川書店 2007 （角川文庫）
p235
◇深町眞理子訳「謎の物語」筑摩書房 2012
（ちくま文庫）p109

謎のカード―続（モフェット，クリーヴランド）
◇深町眞理子訳「謎の物語」筑摩書房 2012
（ちくま文庫）p129

謎のカード事件（ホック，エドワード・D.）
◇村田伸訳「山口雅也の本格ミステリ・アンソ
ロジー」角川書店 2007 （角川文庫）p255

謎の建築物（ル＝グウィン，アーシュラ・K.）
◇谷垣暁美訳「Modern & Classic なつかしく
謎めいて」河出書房新社 2005 p203

謎の恋人（ラクレア，デイ）
◇渡辺千穂子訳「マイ・バレンタイン―愛の贈
りもの 2012」ハーレクイン 2012 p5

謎の毒殺（アフォード，マックス）
◇森英俊訳「これが密室だ！」新樹社 1997
p319

謎の訪問者（フリーマン，R.オースティン）
◇井伊順彦訳「20世紀英国モダニズム小説集成
自分の同類を愛した男」風濤社 2014 p103

謎めいた花婿（タイトル，エリーズ）

◇山本瑠美子訳「愛は永遠に―ウエディング・
ストーリー ’99」ハーレクイン 1999 p211

ナチス・ドイツと書斎の秘密（ボックス，C.J.）
◇杉江松恋訳「BIBLIO MYSTERIES 1」ディ
スカヴァー・トゥエンティワン 2014 p131

なついた羚羊（かましし）（ビム，バーバラ）
◇井伊順彦訳「20世紀英国モダニズム小説集成
なついた羚羊（かましし）」風濤社 2014
p5

夏色のトレイシー（フェラレーラ，マリー）
◇山田沙羅訳「真夏の恋の物語―サマー・シズ
ラー ’99」ハーレクイン 1999 p245

懐かしき青き山なみ（カントナー，ロブ）
◇渡辺育子訳「ベスト・アメリカン・短編ミス
テリ」DHC 2010 p291

懐かしき我が家（リース，ジーン）
◇森田義信訳「謎のギャラリー―こわい部屋」
新潮社 2002 （新潮文庫）p131
◇森田義信訳「こわい部屋」筑摩書房 2012
（ちくま文庫）p131

なつかしく謎めいて（ル＝グウィン，アーシュ
ラ・K.）
◇谷垣暁美訳「Modern & Classic なつかしく
謎めいて」河出書房新社 2005 p3

ナックルズ（クラーク，カート）
◇中村融訳「街角の書店―18の奇妙な物語」東
京創元社 2015 （創元推理文庫）p213

夏の家、その後（ヘルマン，ユーディット）
◇松永美穂訳「Modern & Classic 夏の家、そ
の後」河出書房新社 2005 p143

夏の終わるところ（ワグナー，カール・エドワー
ド）
◇真野明裕訳「闇の展覧会 敵」早川書房 2005
（ハヤカワ文庫）p299

夏のソナタ（バリェ＝インクラン，ラモン・デル）
◇吉田彩子訳「西和リブロス 8」西和書林
1986 p5

夏の太陽（ヘッド，ベッシー）
◇くぼたのぞみ訳「アフリカ文学叢書 優しさ
と力の物語」スリーエーネットワーク
1996 p58

夏の愉しみ（アレ，アルフォンス）
◇山田稔訳「悪いやつの物語」筑摩書房 2011
（ちくま文学の森）p131

なつの

夏の読書―図書館しみじみ（マラマッド, バーナード）
◇本城誠二訳「しみじみ読むアメリカ文学―現代文学短編作品集」松柏社 2007 p283

夏のふれあい（ロバーツ, ノーラ）
◇菊池陽子訳「夏に恋したシンデレラ」ハーパーコリンズ・ジャパン 2016（サマーシズラーVB）p5

ナツメグの味（コリア, ジョン）
◇矢野浩三郎訳「謎のギャラリー―こわい部屋」新潮社 2002（新潮文庫）p225
◇吉村満美子訳「KAWADE MYSTERY ナツメグの味」河出書房新社 2007 p7
◇矢野浩三郎訳「こわい部屋」筑摩書房 2012（ちくま文庫）p225
◇矢野浩三郎訳「30の神品―ショートショート傑作選」扶桑社 2016（扶桑社文庫）p371

七色花水（商晩筠）
◇西村正男訳「台湾熱帯文学 4」人文書院 2011 p153

七階（ブッツァーティ, ディーノ）
◇脇功訳「謎のギャラリー―こわい部屋」新潮社 2002（新潮文庫）p32
◇脇功訳「謎の物語」筑摩書房 2012（ちくま文庫）p355
◇脇功訳「こわい部屋」筑摩書房 2012（ちくま文庫）p32

七子（カウンセルマン, メアリ・エリザベス）
◇野村芳夫訳「怪奇文学大山脈 3」東京創元社 2014 p451

七十年代の春夏秋冬（遅子建）
◇土屋肇枝訳「コレクション中国同時代小説 7」勉誠出版 2012 p37

七将の子供たち（佐藤彰）
◇「新ギリシア悲劇物語 第12巻・第13巻・第14巻」講談社出版サービスセンター（製作）2005 p109

七たび戒めん、人を殺（あや）めるなかれと（マーティン, ジョージ・R.R.）
◇酒井昭伸訳「20世紀SF 4」河出書房新社 2001（河出文庫）p403

七短剣の聖女（リー, ヴァーノン）
◇西崎憲訳「怪奇小説日和―黄金時代傑作選」筑摩書房 2013（ちくま文庫）p141

七つのクルミ（スタシャワー, ダニエル）
◇日暮雅通訳「シャーロック・ホームズ アメリカの冒険」原書房 2012 p281

七つの人形の恋物語（ギャリコ, ポール）
◇矢川澄子訳「海外ライブラリー 七つの人形の恋物語」王国社 1997 p9

七二一／XY二五八（スティーヴンソン, ロバート・ルイス）
◇佐々田雅子訳「ミニ・ミステリ100」早川書房 2005（ハヤカワ・ミステリ文庫）p637

七人の司書の館（クレイジャズ, エレン）
◇岸本佐知子編訳「コドモノセカイ」河出書房新社 2015 p147

七年遅れの死（スレッサー, ヘンリー）
◇森沢くみ子訳「ダーク・ファンタジー・コレクション 6」論創社 2007 p71

七番目の男（ニールセン, ヘレン）
◇早川麻百合訳「ブルー・ボウ・シリーズ 殺人コレクション」青弓社 1992 p127

ナニー（ディック, フィリップ・K.）
◇仁賀克雄訳「ダーク・ファンタジー・コレクション 1」論創社 2006 p113

なにかが起こった（ブッツァーティ, ディーノ）
◇脇功訳「綾辻行人と有栖川有栖のミステリ・ジョッキー 2」講談社 2009 p146

なにが原住民族文学か（浦忠成）
◇魚住悦子訳「台湾原住民文学選 8」草風館 2006 p149

何かの終わり（ヘミングウェイ, アーネスト）
◇平石貴樹編訳「アメリカ短編ベスト10」松柏社 2016 p209

何かの終わり（ヘルマン, ユーディット）
◇松永美穂訳「Modern & Classic 夏の家、その後」河出書房新社 2005 p87

何か読むものを（プルマン, フィリップ）
◇大友香奈子訳「魔法使いになる14の方法」東京創元社 2003（創元推理文庫）p243

何についてでもない書物…→ "リーヴル・シュール・リアント…"を見よ

なにもかも素敵（ボウルズ, ジェイン）
◇利根川真紀編訳「レズビアン短編小説集―女たちの時間」平凡社 2015（平凡社ライブラリー）p313

名のある篤志家（ベントリー, E.C.）
◇好野理恵訳「ミステリーの本棚 トレント乗

り出す」国書刊行会 2000 p211

ナペルス枢機卿（マイリンク, グスタフ）
　◇種村季弘訳「バベルの図書館 12」国書刊行
　　会 1989 p37
　◇種村季弘訳「新編 バベルの図書館 5」国書刊
　　行会 2013 p276

ナポリ（デイヴィッドスン, アヴラム）
　◇浅倉久志訳「奇想コレクション どんがらが
　　ん」河出書房新社 2005 p223

ナポレオンの剃刀の冒険（クイーン, エラリー）
　◇飯城勇三訳「ナポレオンの剃刀の冒険―シナ
　　リオ・コレクション」論創社 2008（論創
　　海外ミステリ）p9

ナポレオンの死（ブロンテ, シャーロット）
　◇中岡洋, 芦沢久江訳「ブロンテ姉妹エッセイ
　　全集」彩流社 2016 p446

ナポレオンの死について〔エジェのヴァー
　ジョン〕（ブロンテ, シャーロット）
　◇中岡洋, 芦沢久江訳「ブロンテ姉妹エッセイ
　　全集」彩流社 2016 p475

名前をさがす（トパス・タナピマ）
　◇下村作次郎編訳「台湾原住民文学選 1」草風
　　館 2002 p243

名前のない街（オドエフスキー, ウラジーミル）
　◇西周成編訳「ロシア幻想短編集 2」アルト
　　アーツ 2016 p62

生首交換（蒲松齢）
　◇中野美代子訳「バベルの図書館 10」国書刊
　　行会 1988 p121
　◇中野美代子訳「新編 バベルの図書館 6」国書
　　刊行会 2013 p477

ナマズ娘のブルース（コリンズ, ナンシー・A.）
　◇田中一江訳「999（ナインナインナイン）―聖
　　金曜日」東京創元社 2000（創元推理文
　　庫）p59

波打ち際のロマンス（バンクス, リアン）
　◇松村和紀子訳「真夏の恋の物語―サマー・シ
　　ズラー 2014」ハーレクイン 2014 p163

涙（韓龍雲）
　◇安宇植（アンウーシク）訳「韓国文学名作選 ニ
　　ムの沈黙」講談社 1999 p94

波との生活（パス, オクタビオ）
　◇野谷文昭訳「生の深みを覗く―ポケットアン
　　ソロジー」岩波書店 2010（岩波文庫別

冊）p255

波の数だけ愛して（クレンツ, ジェイン・アン）
　◇仁嶋いずる訳「スウィート・サマー・ラブ」
　　ハーパーコリンズ・ジャパン 2015（サ
　　マーシズラーVB）p195

南漢山城（李陸史）
　◇安宇植（アンウーシク）訳「韓国文学名作選 李
　　陸史詩集」講談社 1999 p53

名もなき西の地で（ハンシッカー, ハリー）
　◇髙橋尚子訳「ベスト・アメリカン・短編ミス
　　テリ 2012」DHC 2012 p323

名もなき墓（チェスブロ, ジョージ・C.）
　◇雨沢泰訳「夜汽車はバビロンへ―EQMM90
　　年代ベスト・ミステリー」扶桑社 2000
　　（扶桑社ミステリー）p61

悩める画家の事件（コッパー, ベイジル）
　◇日暮雅通訳「シャーロック・ホームズの大冒
　　険 下」原書房 2009 p101

悩める公爵（ロールズ, エリザベス）
　◇高木晶子訳「愛は永遠に―ウエディング・ス
　　トーリー 2015」ハーレクイン 2015 p237

奈落の底（ルバイン, ポール）
　◇服部理佳訳「ポーに捧げる20の物語」早川書
　　房 2009（Hayakawa pocket mystery
　　books）p265

奈落より吹く風（ダーレス, オーガスト）
　◇黒瀬隆功訳「新編 真ク・リトル・リトル神話
　　大系 2」国書刊行会 2007 p141

楢の木と斧（ハードウィック, エリザベス）
　◇古屋美登里訳「ベスト・ストーリーズ 1」早
　　川書房 2015 p321

鳴り響く名前（ワシレンコ, スヴェトラーナ）
　◇沼野恭子訳「魔女たちの饗宴―現代ロシア女
　　性作家選」新潮社 1998 p131

成り行き（キャザー, ウィラ）
　◇梅田正彦訳「ざくろの実―アメリカ女流作家
　　怪奇小説選」鳥影社 2008 p67

慣れっこ（ダン, ダグラス）
　◇中野康司訳「新しいイギリスの小説 ひそや
　　かな村」白水社 1992 p72

縄（ワリス・ノカン）
　◇内山加代訳「台湾原住民文学選 3」草風館
　　2003 p24

南柯太守伝（なんかたいしゅでん）（李公佐）

なんし

◇黒田真美子著「中国古典小説選 5（唐代 2）」明治書院 2006 p159

何時からおいでで（プラクタ, ダニー）

◇中村融訳「20世紀SF 3」河出書房新社 2001（河出文庫）p391

汝、気にすることなかれ──シューベルトの歌曲にちなむ死の小三部作（イェリネク, エルフリーデ）

◇谷川道子訳「ドイツ現代戯曲選30 9」論創社 2006 p7

ナンシー・ドルーの回想（メイソン, ボビー・アン）

◇亀井よし子訳「愛の殺人」早川書房 1997（ハヤカワ・ミステリ文庫）p311

南西の部屋（フリーマン, メアリー・ウィルキンズ）

◇平井呈一編「壁画の中の顔──こわい話気味のわるい話 3」沖積舎 2012 p321

何だい、そんなの、耳につけて（ヘムリ, ロビン）

◇小川高義訳「新しいアメリカの小説 食べ放題」白水社 1989 p161

なんでもあるけどなんにもない世界（ファース, コリン）

◇近藤隆文訳「天使だけが聞いている12の物語」ソニー・マガジンズ 2001 p85

なんでも箱（ヘンダースン, ゼナ）

◇深町眞理子訳「20世紀SF 2」河出書房新社 2000（河出文庫）p109

◇深町眞理子訳「幻想と怪奇──宇宙怪獣現わる」早川書房 2005（ハヤカワ文庫）p25

何と冷たい小さな君の手よ（エイクマン, ロバート）

◇今本渉訳「異色作家短篇集 19」早川書房 2007 p147

納戸部屋（サキ）

◇中西秀男訳「バベルの図書館 2」国書刊行会 1988 p39

◇中西秀男訳「新編 バベルの図書館 2」国書刊行会 2012 p260

南部高速道路（コルタサル, フリオ）

◇木村榮一訳「アンデスの風叢書 すべての火は火」水声社 1993 p7

南仏ラロックの旅人（アルテンベルク, マティアス）

◇飯吉光夫訳「VOICES OVERSEAS 南仏ラロックの旅人」講談社 1995 p1

南部の夜（ヨーレン, ジェイン）

◇浜野アキオ訳「サイコ──ホラー・アンソロジー」祥伝社 1998（祥伝社文庫）p525

南部の労働者（エスルマン, ローレン・D.）

◇池央耿訳「探偵稼業はやめられない──女探偵vs.男探偵」光文社 2003（光文社文庫）p361

南米（ダン, ダグラス）

◇中野康司訳「新しいイギリスの小説 ひそやかな村」白水社 1992 p7

南方に死す（黄錦樹）

◇大東和重訳「台湾熱帯文学 3」人文書院 2011 p161

南北戦争の遺産（ウォレン, ロバート・ペン）

◇田中啓史, 堀真理子訳「アメリカ文学ライブラリー 南北戦争の遺産」本の友社 1997 p1

南洋スープ会社事件（マクドナルド, ロス）

◇北原尚彦編訳「シャーロック・ホームズの栄冠」論創社 2007（論創海外ミステリ）p105

【 に 】

新妻（キャラハン, モーリー）

◇森茂里訳「ブルー・ボウ・シリーズ 結婚まで」青弓社 1992 p51

ニイハオ・トイレ（過士行）

◇菱沼彬晁訳「中国現代戯曲集 第6集（過士行作品集）」晩成書房 2007 p5

苦いレモン（カミンスキー, スチュアート・M.）

◇木村二郎訳「フィリップ・マーロウの事件」早川書房 2007（ハヤカワ・ミステリ文庫）p351

二月十四日のジンクス（ウィズダム, リンダ・R.）

◇麻生りえ訳「マイ・バレンタイン──愛の贈りもの 2003」ハーレクイン 2003 p143

2月14日の約束（ポーター, ジェイン）

◇上村悦子訳「マイ・バレンタイン──愛の贈り

もの 2015」ハーレクイン 2015 p177

ニキ〈ある犬の物語〉(デーリ, ティボル)
◇板倉勝正訳「東欧の文学 ニキ〈ある犬の物語〉」恒文社 1969 p27

賑やかな葬儀 (マシスン, リチャード)
◇仁賀克雄訳「ダーク・ファンタジー・コレクション 2」論創社 2006 p223

にぎやかな街角 (ジェイムズ, ヘンリー)
◇大津栄一郎訳「百年文庫 80」ポプラ社 2011 p41

憎いあいつ (クレイン, テレサ)
◇月村澄枝訳「猫は九回生きる─とっておきの猫の話」心交社 1997 p173

肉の復活 (トマス・アクィナス)
◇斎藤博士訳「アンデスの風叢書 天国・地獄百科」書肆風の薔薇 1982 p129

憎まれっ子、ロマンスにはばかる (デヴィッドスン, メアリジャニス)
◇松井里弥訳「キス・キス・キス─抱きしめるほどせつなくて」ヴィレッジブックス 2009 (ヴィレッジブックス) p7

ニグロフォビア─都会的寓話 (ジェームズ, ダリウス)
◇山形浩生訳「ライターズX ニグロフォビア」白水社 1995 p1

逃げてゆく鏡 (パピーニ, ジョヴァンニ)
◇河島英昭訳「バベルの図書館 30」国書刊行会 1992 p157
◇河島英昭訳「新編 バベルの図書館 5」国書刊行会 2013 p407

逃げ場が必要 (ムンゴシ, チャールズ)
◇福島富士男訳「アフリカ文学叢書 乾季のおとずれ」スリーエーネットワーク 1995 p229

ニーコカレース (作者不詳)
◇中務哲郎, 西村賀子, 平山晃司訳「ギリシア喜劇全集 9」岩波書店 2012 p25

ニーコストラトス (作者不詳)
◇中務哲郎, 西村賀子, 平山晃司訳「ギリシア喜劇全集 9」岩波書店 2012 p41

ニーコポーン (作者不詳)
◇中務哲郎, 西村賀子, 平山晃司訳「ギリシア喜劇全集 9」岩波書店 2012 p37

ニーコマコス (作者不詳)
◇中務哲郎, 西村賀子, 平山晃司訳「ギリシア喜劇全集 9」岩波書店 2012 p33

ニーコーラーオス (作者不詳)
◇中務哲郎, 西村賀子, 平山晃司訳「ギリシア喜劇全集 9」岩波書店 2012 p29

ニーコーン (作者不詳)
◇中務哲郎, 西村賀子, 平山晃司訳「ギリシア喜劇全集 9」岩波書店 2012 p24

二、三の話 (ヨハンゼン, ハンナ)
◇松永知子訳「シリーズ現代ドイツ文学 5」早稲田大学出版部 1993 p109

虹色の妹 (張系国)
◇三木直大訳「新しい台湾の文学 星雲組曲」国書刊行会 2007 p236

虹をつかむ男 (サーバー, ジェイムズ)
◇鳴海四郎訳「異色作家短篇集 14」早川書房 2006 p9

西風 (李陸史)
◇安宇植 (アンウーシク) 訳「韓国文学名作選 李陸史詩集」講談社 1999 p48

西ドイツ、オーストリア、スイスにおける文学の新しい傾向 (ヴィガースハウス, レナーテ)
◇西谷頼子訳「シリーズ現代ドイツ文学 3」早稲田大学出版部 1991 p35

虹の橋 (ワリス・ノカン)
◇中村ふじゑ訳「台湾原住民文学選 3」草風館 2003 p137

虹の八番目の色 (ビンラー・サンカーラーキーリー)
◇宇戸清治編訳「現代タイのポストモダン短編集」大同生命国際文化基金 2012 (アジアの現代文芸) p187

二時半ちょうどに (ボウエン, マージョリー)
◇吉村満美子訳「怪奇礼讃」東京創元社 2004 (創元推理文庫) p189

25階からの同乗者 (カウフマン, ドナ)
◇松井里弥訳「キス・キス・キス─土曜日はタキシードに恋して」ヴィレッジブックス 2008 (ヴィレッジブックス) p7

二十五年目のクラス会 (ホック, エドワード・D.)
◇田口俊樹訳「ミステリマガジン700─創刊700号記念アンソロジー 海外篇」早川書房 2014 (ハヤカワ・ミステリ文庫) p127

二十三号室の謎 (ペントコースト, ヒュー)

にしゆ

◇田中潤司訳「北村薫のミステリー館」新潮社 2005（新潮文庫）p177

二十三個の茶色の紙袋（リッチー, ジャック）
◇藤村裕美訳「KAWADE MYSTERY ダイアルAを回せ」河出書房新社 2007 p217

二十時間（シャーンタ, フェレンツ）
◇羽仁協子訳「東欧の文学 ニキ〈ある犬の物語〉」恒文社 1969 p227

二重人格（ターナー, マーク）
◇浅倉久志選訳「極短小説」新潮社 2004（新潮文庫）p38

二銃身の銃（クロス, アマンダ）
◇神納照子訳「殺さずにはいられない 1」早川書房 2002（ハヤカワ・ミステリ文庫）p71

二十年後、セパレーション・ピークで（ラッシュ, クリスティン・キャスリン）
◇北原唯訳「ノストラダムス秘録」扶桑社 1999（扶桑社ミステリー）p233

二十四羽の黒ツグミ（クリスティ, アガサ）
◇宇野利泰訳「ディナーで殺人を 下」東京創元社 1998（創元推理文庫）p49

二十六人とひとり（ゴーリキイ, マクシム）
◇木村彰一訳「百年文庫 11」ポプラ社 2010 p101

二十六人の男と一人の娘（ゴーリキイ）
◇和久利誓一訳「世界100物語 4」河出書房新社 1997 p178

二十六階の恐怖（ホーニグ, ドナルド）
◇稲葉迪夫訳「謎のギャラリー——こわい部屋」新潮社 2002（新潮文庫）p211
◇稲葉迪夫訳「こわい部屋」筑摩書房 2012（ちくま文庫）p211

ニシンのジャム事件（ギルバート, マイケル）
◇田口俊樹訳「ディナーで殺人を 下」東京創元社 1998（創元推理文庫）p197

二世の契り（スレッサー, ヘンリイ）
◇高橋泰邦訳「北村薫のミステリー館」新潮社 2005（新潮文庫）p129

贋貨つかひ（グリーン, A.K.）
◇坪内逍遙訳「明治の翻訳ミステリー——翻訳編 第1巻」五月書房 2001（明治文学復刻叢書）p110

にせもの（ディック, フィリップ・K.）

◇大森望訳「ロボット・オペラ——An Anthology of Robot Fiction and Robot Culture」光文社 2004 p227

偽者（ディック, フィリップ・K.）
◇仁賀克雄訳「ダーク・ファンタジー・コレクション 1」論創社 2006 p143

2001年9月11日（ヴィナヴェール, ミシェル）
◇高橋勇夫, 根岸徹郎訳「コレクション現代フランス語圏演劇 2」れんが書房新社 2010 p149

二千ボルト（ホーガン, チャック）
◇スコジ泉訳「ベスト・アメリカン・短編ミステリ」DHC 2010 p239

尼僧ヨアンナ（イヴァシュキェヴィッチ, ヤロスロ）
◇福岡星児訳「東欧の文学 尼僧ヨアンナ 他」恒文社 1967 p27

ニーチェ 三部作（シュレーフ, アイナー）
◇平田栄一朗訳「ドイツ現代戯曲選30 11」論創社 2006 p7

日常生活批判（バーセルミ, ドナルド）
◇山崎勉訳「現代アメリカ文学叢書 11」彩流社 1998 p9

日曜日の授業（テリェス, フェルナンド）
◇相良勝訳「ラテンアメリカ短編集——モデルニズモから魔術的レアリズモまで」彩流社 2001 p161

ニック・ザ・ナイフ——THE ADVENTURE of the "Nick the knife"（クイーン, エラリー）
◇黒田昌一訳「法月綸太郎の本格ミステリ・アンソロジー」角川書店 2005（角川文庫）p176

肉桂色の店（シュルツ, ブルーノ）
◇工藤幸雄訳「東欧の文学 コスモス 他」恒文社 1967 p27

日射病（キロガ, オラシオ）
◇田中志保子訳「ラテンアメリカ短編集——モデルニズモから魔術的レアリズモまで」彩流社 2001 p149

日射病（ブーニン, イワン・アレクセーエヴィチ）
◇和久利誓一訳「世界100物語 4」河出書房新社 1997 p201

日蝕（李陸史）
◇安字植（アンウーシク）訳「韓国文学名作選 李陸史詩集」講談社 1999 p19

日本（にっぽん）… → "にほん…"を見よ

二度帰った道（トリート, ローレンス）
　◇山本俊子訳「ミニ・ミステリ100」早川書房
　　2005 （ハヤカワ・ミステリ文庫）p49

二度と無に帰することのない国語＜プユマ＞
（孫大川）
　◇安場淳訳「台湾原住民文学選 6」草風館
　　2008 p353

二度とも笑わなかった男の話（ブランカーティ）
　◇武谷なおみ編訳「短篇で読むシチリア」みす
　　ず書房 2011 （大人の本棚）p84

二度の訪問（エセンダル, メムドゥフ・シェヴ
ケット）
　◇倉田杏実訳「現代トルコ文学選 2」東京外国
　　語大学外国語学部トルコ語専攻研究室
　　2012 （TUFS Middle Eastern studies）
　　p142

二度目のチャンス（フィニイ, ジャック）
　◇野村芳夫訳「死のドライブ」文藝春秋 2001
　　（文春文庫）p75

二度目のチャンス（ホック, エドワード・D.）
　◇喜多元子訳「現代ミステリーの至宝 1」扶桑
　　社 1997 （扶桑社ミステリー）p195

二年目の蜜月（マシスン, リチャード）
　◇小鷹信光訳「幻想と怪奇―ポオ蒐集家」早川
　　書房 2005 （ハヤカワ文庫）p191

二班（にはん）（蒲松齢）
　◇竹田晃, 黒田真美子著「中国古典小説選 10
　　（清代 2）」明治書院 2009 p299

二匹の犬（ブロンテ, シャーロット）
　◇中岡洋, 芦沢久江訳「ブロンテ姉妹エッセイ
　　全集」彩流社 2016 p194

二匹の猫と（ウイルソン・ジュニア, ロブリー）
　◇鈴木和子訳「猫好きに捧げるショート・ス
　　トーリーズ」国書刊行会 1997 p37

二百四十二（バヤルサイハン, プレブジャビン）
　◇柴内秀司訳「モンゴル近現代短編小説選」パ
　　ブリック・ブレイン 2013 p347

213号住宅（金光植）
　◇朴暻恩, 真野保久編訳「王陵と駐屯軍―朝鮮
　　戦争と韓国の戦後派文学」凱風社 2014
　　p264

日本への旅（ボルガル, ボヤン）
　◇佐藤純一訳「ポケットのなかの東欧文学―ル
　　ネッサンスから現代まで」成文社 2006
　　p263

日本語版への序〔荒人手記〕（朱天文）
　◇池上貞子訳「新しい台湾の文学 荒人手記」
　　国書刊行会 2006 p1

日本語版に寄せて〔孽子〕（白先勇）
　◇陳正醍訳「新しい台湾の文学 孽子」国書刊
　　行会 2006 p1

日本の恋（デジェー, モノスローイ）
　◇橋本ダナ訳「ポケットのなかの東欧文学―ル
　　ネッサンスから現代まで」成文社 2006
　　p401

日本の四季（トゥーサン, ジャン＝フィリップ）
　◇野崎歓訳「ろうそくの炎がささやく言葉」勁
　　草書房 2011 p176

二万フィートの悪夢（マシスン, リチャード）
　◇仁賀克雄訳「ダーク・ファンタジー・コレク
　　ション 2」論創社 2006 p121

ニムのお顔（韓龍雲）
　◇安宇植（アンウーシク）訳「韓国文学名作選 ニ
　　ムの沈黙」講談社 1999 p70

ニムの沈黙（韓龍雲）
　◇金炳三, 李春穆, 金潤煥「20世紀民衆の世界
　　文学 7」三友社出版 1990 p186
　◇安宇植（アンウーシク）訳「韓国文学名作選 ニ
　　ムの沈黙」講談社 1999 p9
　◇安宇植（アンウーシク）訳「韓国文学名作選 ニ
　　ムの沈黙」講談社 1999 p13

ニムの手（韓龍雲）
　◇安宇植（アンウーシク）訳「韓国文学名作選 ニ
　　ムの沈黙」講談社 1999 p55

入院患者（デイヴィス, リチャード）
　◇金井美子訳「ダーク・ファンタジー・コレク
　　ション 8」論創社 2008 p233

ニュースの陰に（フィニイ, ジャック）
　◇福島正実訳「異色作家短篇集 13」早川書房
　　2006 p137

ニュースの時間です（スタージョン, シオドア）
　◇大森望訳「奇想コレクション 輝く断片」河
　　出書房新社 2005 p171

ニューヨーク、犬残酷物語（マンディス, ジェロ
ルド・J.）
　◇新藤純子訳「幻想の犬たち」扶桑社 1999
　　（扶桑社ミステリー）p35

ニューヨークで一番美しいアパートメント（スコット, ジャスティン）
◇田口俊樹, 高山真由美訳「マンハッタン物語」二見書房 2008（二見文庫）p305
女人行路（蘇童）
◇堀内利恵訳「コレクション中国同時代小説 4」勉誠出版 2012 p123
女人島からの生還（作者不詳）
◇紙村徹編訳「台湾原住民文学選 5」草風館 2006 p242
二塁打（コナリー, マイクル）
◇古沢嘉通訳「ベスト・アメリカン・ミステリ ハーレム・ノクターン」早川書房 2005（ハヤカワ・ミステリ）p49
庭を持たない女たち（ダン, ダグラス）
◇中野康司訳「新しいイギリスの小説 ひそやかな村」白水社 1992 p168
鶏の値段（マ・サンダー）
◇南田みどり編訳「ミャンマー現代短編集 2」大同生命国際文化基金 1998（アジアの現代文芸）p149
庭にいる妻たち（ダン, ダグラス）
◇中野康司訳「新しいイギリスの小説 ひそやかな村」白水社 1992 p37
庭の中で（トーレス, ホープ・A.）
◇浅倉久志選訳「極短小説」新潮社 2004（新潮文庫）p50
人形（ケッセル）
◇田辺貞之助訳「世界100物語 8」河出書房新社 1997 p59
人形を憎んだ子（ビューヒナー, バルバラ）
◇伊藤直子訳「現代ウィーン・ミステリー・シリーズ 9」水声社 2002 p179
人形使い（ジェイムズ, アドービ）
◇金井美子訳「ダーク・ファンタジー・コレクション 8」論創社 2008 p101
人形と腹話術師（ジャクスン, シャーリイ）
◇深町眞理子訳「異色作家短篇集 6」早川書房 2006 p173
人形の家（イプセン, ヘンリック）
◇毛利三弥訳「ベスト・プレイズ—西洋古典戯曲12選」論創社 2011 p605
人形の家（張系国）
◇山口守訳「新しい台湾の文学 星雲組曲」国書刊行会 2007 p155
人魚物語（アンデルセン, ハンス・クリスチャン）
◇高須梅渓意訳「人魚—mermaid & merman」皓星社 2016（紙礫）p72
人間狩り（ディック, フィリップ・K.）
◇仁賀克雄訳「ダーク・ファンタジー・コレクション 1」論創社 2006 p249
人間嫌い（ベリズフォード, J.D.）
◇中村能三訳「怪奇小説傑作集新版 2」東京創元社 2006（創元推理文庫）p347
人間嫌い（メナンドロス）
◇西村太良訳「ギリシア喜劇全集 5」岩波書店 2009 p1
人間消失（バウチャー, アントニー）
◇白須清美訳「ダーク・ファンタジー・コレクション 3」論創社 2006 p207
人間世篇第四〔荘子〕（荘子）
◇福永光司, 興膳宏訳「世界古典文学全集 17」筑摩書房 2004 p123
人間動物園（サキ）
◇辻谷実貴子訳「20世紀英国モダニズム小説集成 世を騒がす嘘つき男」風濤社 2014 p38
人間と人間にあらざるものと（ヴィットリーニ, エリオ）
◇脇功, 武谷なおみ, 多田俊一, 和田忠彦, 伊田久美子訳「イタリア叢書 2」松籟社 1981 p1
人間と蛇（ビアス, アンブローズ）
◇西川正身訳「百年文庫 17」ポプラ社 2010 p57
◇西川正身訳「思いがけない話」筑摩書房 2010（ちくま文学の森）p267
人間に対する礼儀（コン・ジヨング）
◇安宇植編訳「シックスストーリーズ—現代韓国女性作家短編」集英社 2002 p117
人間の血液に蠢く蛇—その実在に関する三つの聴聞会（ガードナー, ジェイムズ・アラン）
◇佐田千織訳「90年代SF傑作選 下」早川書房 2002（ハヤカワ文庫）p245
人間の正義（ブロンテ, シャーロット）
◇中岡洋, 芦沢久江訳「ブロンテ姉妹エッセイ全集」彩流社 2016 p362
人間のなせる業（わざ）（ジュアンドー, マルセル）
◇内田吉彦訳「アンデスの風叢書 天国・地獄

百科」書肆風の薔薇 1982 p63

人間のはいる箱（サーバー, ジェイムズ）

　◇鳴海四郎訳「異色作家短篇集 14」早川書房 2006 p181

人間の〈愚かさ（ベティーズ）〉の百科事典 ラウル＝デュヴァル宛〔一八七九年二月十三日〕（フローベール, ギュスターヴ）

　◇山崎敦訳「ポケットマスターピース 7」集英社 2016（集英社文庫ヘリテージシリーズ）p768

人間のボール（李喬）

　◇三木直大訳「台湾郷土文学選集 5」研文出版 2014 p37

人間＝ペン ルイーズ・コレ宛〔一八五二年一月三十一日〕（フローベール, ギュスターヴ）

　◇山崎敦訳「ポケットマスターピース 7」集英社 2016（集英社文庫ヘリテージシリーズ）p733

人間はみずからの永遠を選びとる（スウェデンボルイ, エマヌエル）

　◇牛島信明訳「アンデスの風叢書 天国・地獄百科」書肆風の薔薇 1982 p36

人間は野獣よりもっと悪い（スウェーデンボルグ）

　◇高橋和夫訳「超短編アンソロジー」筑摩書房 2002（ちくま文庫）p192

【 ぬ 】

脱ぎ捨てられた男（ソウヤー, ロバート・J.）

　◇内田昌之訳「スティーヴ・フィーヴァー──ポストヒューマンSF傑作選 SFマガジン創刊50周年記念アンソロジー」早川書房 2010（ハヤカワ文庫SF）p167

ぬぐいされない記憶（トパス・タナピマ）

　◇下村作次郎編訳「台湾原住民文学選 1」草風館 2002 p231

盗っ人たちの策略（レトワール, クロード・ド）

　◇鈴木康司訳「フランス十七世紀演劇集─喜劇」中央大学出版部 2010（中央大学人文科学研究所翻訳叢書）p224

盗まれた白象（トウェイン, マーク）

　◇龍口直太郎訳「悪いやつの物語」筑摩書房

2011（ちくま文学の森）p85

盗まれた手紙（ポー, エドガー・アラン）

　◇富士川義之訳「バベルの図書館 11」国書刊行会 1989 p15

　◇富士川義之訳「新編 バベルの図書館 1」国書刊行会 2012 p121

　◇丸谷才一訳「ポケットマスターピース 9」集英社 2016（集英社文庫ヘリテージシリーズ）p151

盗まれた眼（ラムレイ, B.）

　◇那智史郎訳「新編 真ク・リトル・リトル神話大系 5」国書刊行会 2008 p223

盗んだ子供（ボイラン, クレア）

　◇柴田元幸編訳「いずれは死ぬ身」河出書房新社 2009 p105

沼（梁貴子）

　◇朴　禮訳「韓国女性作家短編選」穂高書店 2004（アジア文化叢書）p183

沼地の宿屋の冒険（スミス, デニス・O.）

　◇日暮雅通訳「シャーロック・ホームズ アンダーショーの冒険」原書房 2016 p67

沼の怪（ブレナン, ジョゼフ・ペイン）

　◇市田泉訳「千の脚を持つ男─怪物ホラー傑作選」東京創元社 2007（創元推理文庫）p9

沼のほとり（エロシェンコ, ワシーリー）

　◇高杉一郎訳「百年文庫 62」ポプラ社 2011 p122

ヌマンシアの包囲（セルバンテス, ミゲル・デ）

　◇牛島信明訳「スペイン黄金世紀演劇集」名古屋大学出版会 2003 p19

濡れた藁（マシスン, リチャード）

　◇仁賀克雄訳「ダーク・ファンタジー・コレクション 2」論創社 2006 p109

【 ね 】

ネヴァーモア（クック, トマス・H.）

　◇高山真由美訳「ポーに捧げる20の物語」早川書房 2009（Hayakawa pocket mystery books）p99

姉さん（マイ・ソン・ソティアリー）

　◇岡田知子編訳「現代カンボジア短編集」大同

ねえさ

生命国際文化基金 2001 （アジアの現代文芸） p153

姉さんは空 （ティンティンウー）
◇南田みどり編訳「ミャンマー現代女性短編集」大同生命国際文化基金 2001 （アジアの現代文芸） p228

ねえ、雪見に来ない （遅子建）
◇竹内良雄訳「コレクション中国同時代小説 7」勉誠出版 2012 p321

ネオン砂漠 （ステューマカー、アダム）
◇小木曽圭子訳「アメリカ新進作家傑作選 2008」DHC 2009 p413

願い （ハイトフ、ニコライ）
◇真木三三子訳「東欧の文学 あらくれ物語」恒文社 1983 p23

願い星、叶い星 （ベスター、アルフレッド）
◇中村融編訳「奇想コレクション 願い星、叶い星」河出書房新社 2004 p59

願わくばわれらの鋤を入れる土地あらば （金素月）
◇金炳三、李春穆、金潤訳「20世紀民衆の世界文学 7」三友社出版 1990 p186

猫 （バック、リチャード）
◇伏見威蕃訳「翼を愛した男たち」原書房 1997 p225

猫 （ブロンテ、エミリ・ジェーン）
◇中岡洋、芦沢久江訳「ブロンテ姉妹エッセイ全集」彩流社 2016 p191

猫を飼う （ロペイト、フィリップ）
◇岩元巌訳「猫好きに捧げるショート・ストーリーズ」国書刊行会 1997 p15

猫女 （ダイベック、スチュアート）
◇柴田元幸編訳「燃える天使」角川書店 2009 （角川文庫） p147

猫が消えた （アダムズ、アリス）
◇岸本佐和子訳「猫好きに捧げるショート・ストーリーズ」国書刊行会 1997 p73

猫からの贈り物 （ジェイコブズ、ハーヴェイ）
◇佐田千織訳「魔猫」早川書房 1999 p339

猫嫌い （ハバード、L.ロン）
◇野村芳夫訳「怪奇文学大山脈 3」東京創元社 2014 p429

猫人種の影 （アヨルザナ、グンアージャビン）
◇柴内秀司訳「モンゴル近現代短編小説選」バ

ブリック・ブレイン 2013 p456

猫たちの揺りかご （ライバー、フリッツ）
◇深町眞理子訳「奇想コレクション 跳躍者の時空」河出書房新社 2010 p51

猫的重罪 （リトク、ラール・J.）
◇田村義進訳「ミニ・ミステリ100」早川書房 2005 （ハヤカワ・ミステリ文庫） p448

寝言 （韓龍雲）
◇安宇植 （アンウーシク） 訳「韓国文学名作選 ニムの沈黙」講談社 1999 p88

猫と殺し屋 （キング、スティーヴン）
◇冬川亘訳「魔猫」早川書房 1999 p257

猫と話した少年 （ムーア、ウォード）
◇山口緑訳「不思議な猫たち」扶桑社 1999 （扶桑社ミステリー） p129

猫に憑かれた男 （リゲット、バイロン）
◇中村融訳「魔法の猫」扶桑社 1998 （扶桑社ミステリー） p185

猫の言い訳 （ブロンテ、シャーロット）
◇中岡洋、芦沢久江訳「ブロンテ姉妹エッセイ全集」彩流社 2016 p194

猫の子 （スレッサー、ヘンリイ）
◇野村光由訳「魔法の猫」扶桑社 1998 （扶桑社ミステリー） p169

猫の創造性 （ライバー、フリッツ）
◇深町眞理子訳「不思議な猫たち」扶桑社 1999 （扶桑社ミステリー） p9
◇深町眞理子訳「奇想コレクション 跳躍者の時空」河出書房新社 2010 p31

猫の話 （ブライアン、リン）
♪月村澄枝訳「猫は九回生きる―とっておきの猫の話」心交社 1997 p47

猫の復讐 （ストーカー、ブラム）
◇仁賀克雄訳「乱歩の選んだベスト・ホラー」筑摩書房 2000 （ちくま文庫） p83

猫ミステリー、犬ミステリー （ブリーン、ジョン・L.）
◇中井京子訳「子猫探偵ニックとノラ―The Cat Has Nine Mysterious Tales」光文社 2004 （光文社文庫） p223

猫は九回生きる （ベリスフォード、エリザベス）
♪月村澄枝訳「猫は九回生きる―とっておきの猫の話」心交社 1997 p91

猫は知っている （サージェント、パメラ）

◇阿尾正子訳「魔法の猫」扶桑社 1998（扶桑社ミステリー）p97

ネジュマ（ヤシーヌ, カテブ）
◇島田尚一訳「シリーズ【越境の文学／文学の越境】 ネジュマ」現代企画室 1994 p5

ねじれ首のジャネット（スティーヴンソン, ロバート・ルイス）
◇高松雄一, 高松禎子訳「バベルの図書館 17」国書刊行会 1989 p149
◇高松雄一, 高松禎子訳「新編 バベルの図書館 3」国書刊行会 2013 p104

ねじれた経路（セラーズ, コニー）
◇森茂里訳「ブルー・ボゥ・シリーズ キスの代償」青弓社 1994 p125

ねずみ（マクマリン, ジョーダン）
◇甲田裕子訳「アメリカ新進作家傑作選 2008」DHC 2009 p281

鼠（韓龍雲）
◇安宇植（アンウーシク）訳「韓国文学名作選 ニムの沈黙」講談社 1999 p149

ねずみ狩り（カットナー, ヘンリー）
◇高梨正伸訳「謎のギャラリー――こわい部屋」新潮社 2002（新潮文庫）p167
◇高梨正伸訳「こわい部屋」筑摩書房 2012（ちくま文庫）p167

ねずみ狩り（トゥリーニ, ペーター）
◇寺尾格訳「ドイツ現代戯曲選30 3」論創社 2005 p7

ネズミと名探偵（トムセン, ブライアン・M.）
◇府川由美恵訳「シャーロック・ホームズのSF大冒険―短篇集 上」河出書房新社 2006（河出文庫）p262

鼠と竜のゲーム（スミス, コードウェイナー）
◇伊藤典夫訳「魔法の猫」扶桑社 1998（扶桑社ミステリー）p39

ネズミの町（ヘムリ, ロビン）
◇小川高義訳「新しいアメリカの小説 食べ放題」白水社 1989 p23

『ネーソイ（島々）』（アリストパネース）
◇久保田忠利, 野津寛, 脇本由佳訳「ギリシア喜劇全集 4」岩波書店 2009 p333

熱帯雨林の彼方へ（ヤマシタ, カレン・テイ）
◇風間賢二訳「ライターズX 熱帯雨林の彼方へ」白水社 1994 p1

熱帯の蝶（マレー, ジョン）
◇三上真奈美訳「アメリカ新進作家傑作選 2003」DHC 2004 p273

ネットメール（デュボイズ, ブレンダン）
◇富永和子訳「アメリカミステリ傑作選 2001」DHC 2001（アメリカ文芸「年間」傑作選）p169

熱にうかされて（ブラッドベリ, レイ）
◇吉田誠一訳「異色作家短篇集 15」早川書房 2006 p87

根なし草（ハイトフ, ニコライ）
◇真木三三子訳「東欧の文学 あらくれ物語」恒文社 1983 p72

ネボジーゼクの思い出（アルベス, ヤクプ）
◇大井美和訳「ポケットのなかの東欧文学――ルネッサンスから現代まで」成文社 2006 p99

眠っている大女（ラインヒ, クリスタ）
◇入谷幸江訳「シリーズ現代ドイツ文学 5」早稲田大学出版部 1993 p94

眠っては覚め（フィッツジェラルド, F.スコット）
◇上田麻由子訳「病短編小説集」平凡社 2016（平凡社ライブラリー）p193

眠らない島（ル＝グウィン, アーシュラ・K.）
◇谷垣暁美訳「Modern & Classic なつかしく謎めいて」河出書房新社 2005 p171

眠りをむさぼりすぎた男（ライス, クレイグ）
◇森英俊訳「世界探偵小説全集 10」国書刊行会 1995 p5

眠りなき夢（韓龍雲）
◇安宇植（アンウーシク）訳「韓国文学名作選 ニムの沈黙」講談社 1999 p37

眠る（ローズ, ダン）
◇岸本佐知子編訳「変愛小説集 2」講談社 2010 p254

眠る犬（クレス, ナンシー）
◇山岸真訳「SFの殿堂 遙かなる地平 1」早川書房 2000（ハヤカワ文庫SF）p435

眠れぬ魂（クイン, シーバリー）
◇熊井ひろ美訳「ダーク・ファンタジー・コレクション 4」論創社 2007 p283

眠れる美女（バックハウス, ヘルムート・M.）
◇前川道介訳「独逸怪奇小説集成」国書刊行会 2001 p69

ねむれ

眠れる美女ポリー・チャームズ（デイヴィッドスン, アヴラム）
　◇古屋美登里訳「異色作家短篇集 18」早川書房 2007 p223

眠れる都市（まち）（シュウォッブ, マルセル）
　◇多田智満子訳「海外ライブラリー 少年十字軍」王国社 1998 p55

『ネメシス（神罰）』（メナンドロス）
　◇中務哲郎, 脇本由佳, 荒井直訳「ギリシア喜劇全集 6」岩波書店 2010 p254

寝物語（ウィットモア, ジェフリー）
　◇浅倉久志選訳「極短小説」新潮社 2004 （新潮文庫）p17

狙われた獲物（マシスン, リチャード）
　◇仁賀克雄訳「ダーク・ファンタジー・コレクション 2」論創社 2006 p187

狙われた男（パーマー, ステュアート）
　◇佐藤明子訳「推理探偵小説文学館 2」勉誠社 1996 p85

狙われた女（レイモン, リチャード）
　◇尾之上浩司訳「狙われた女」扶桑社 2014 （扶桑社ミステリー）p75

狙われたキツネ（ミュラー, ヘルタ）
　◇山本浩司訳「ドイツ文学セレクション 狙われたキツネ」三修社 1997 p1

ネリー・ディーンの歓び（キャザー, ウィラ）
　◇利根川真紀編訳「レズビアン短編小説集―女たちの時間」平凡社 2015 （平凡社ライブラリー）p117

年金生活者（ラム, チャールズ）
　◇山内義雄訳「百年文庫 38」ポプラ社 2010 p126

年譜（李陸史）
　◇安宇植（アンウーシク）訳「韓国文学名作選 李陸史詩集」講談社 1999 p65

年輪（李陸史）
　◇安宇植（アンウーシク）訳「韓国文学名作選 李陸史詩集」講談社 1999 p110

【 の 】

ノアの子孫（マシスン, リチャード）

　◇吉田誠一訳「異色作家短篇集 4」早川書房 2005 p7

ノヴァック家の人々（イシャウッド, C.）
　◇中野好夫訳「世界100物語 8」河出書房新社 1997 p287

ノヴェレ（ゲーテ, ヨハン・ヴォルフガング）
　◇小牧健夫訳「百年文庫 57」ポプラ社 2010 p99

脳を喰う怪物（ロング, F.B.）
　◇渡辺健一郎訳「新編 真ク・リトル・リトル神話大系 2」国書刊行会 2007 p87

濃厚かつ迅速 エルネスト・フェドー宛〔一八五七年十一月二十四日（？）〕（フローベール, ギュスターヴ）
　◇山崎敦訳「ポケットマスターピース 7」集英社 2016 （集英社文庫ヘリテージシリーズ）p750

納骨堂綺談（ダーレス, オーガスト／スコラー, M.）
　◇渋谷比佐子訳「新編 真ク・リトル・リトル神話大系 2」国書刊行会 2007 p7

納骨堂に（ローワン, ヴィクター）
　◇大関花子訳「怪樹の腕―〈ウィアード・テールズ〉戦前邦訳傑作選」東京創元社 2013 p137

農場の出来事（ブルンク）
　◇手塚富雄訳「世界100物語 7」河出書房新社 1997 p7

農場の番犬（ベーガ, ロペ・デ）
　◇稲本健二訳「スペイン黄金世紀演劇集」名古屋大学出版会 2003 p133

ノエルの降誕祭（コステル, セルジュ）
　◇大磯仁志訳「フランス式クリスマス・プレゼント」水声社 2000 p103

逃した大魚（スミス, ジュリー）
　◇田口俊樹訳「主婦に捧げる犯罪―書下ろしミステリ傑作選」武田ランダムハウスジャパン 2012 （RHブックス＋プラス）p15

野鴨（イプセン, ヘンリック原著／笹部博司）
　◇「野鴨」メジャーリーグ 2008 （笹部博司の演劇コレクション）p5

野菊の花（葉石濤）
　◇中島利郎訳「台湾郷土文学選集 4」研文出版 2014 p31

ノクターン（張系国）
◇山口守訳「新しい台湾の文学 台北ストーリー」国書刊行会 1999 p7

鋸（レシミャン, ボレスワフ）
◇長谷見一雄訳「ポケットのなかの東欧文学―ルネッサンスから現代まで」成文社 2006 p193

鋸山奇譚（のこぎりやまきたん）（ポー, エドガー・アラン）
◇池末陽子訳「ポケットマスターピース 9」集英社 2016 （集英社文庫ヘリテージシリーズ） p455

ノー・シュガー（デーヴィス, ジャック）
◇佐和田敬司訳「ドリーマーズ／ノー・シュガー」オセアニア出版社 2006 （オーストラリア演劇叢書）p77

ノースウッド（グリナー, ポール）
◇ウィリアム N.伊藤訳「ゾエトロープ Biz」角川書店 2001 （Bookplus）p255

ノース・オブ（ベルティーノ, マリー＝ヘレン）
◇岸本佐知子編訳「楽しい夜」講談社 2016 p7

ノースモア卿夫妻の転落（ジェイムズ, ヘンリー）
◇大津栄一郎訳「バベルの図書館 14」国書刊行会 1989 p239
◇大津栄一郎訳「新編 バベルの図書館 1」国書刊行会 2012 p464

ノック（ブラウン, フレドリック）
◇星新一訳「異色作家短篇集 2」早川書房 2005 p87

ノック人とツルの森（ブラウンズ, アクセル）
◇浅井晶子訳「Modern & Classic ノック人とツルの森」河出書房新社 2008 p3

ノックの音（ホータラ, リック）
◇金子浩訳「999（ナインナインナイン）―聖金曜日」東京創元社 2000 （創元推理文庫）p173

のっぽのオメル（ファイク, サイト）
◇菱山湧人訳「現代トルコ文学選 2」東京外国語大学外国語学部トルコ語専攻研究室 2012 （TUFS Middle Eastern studies）p205

のど斬り農場（ベリスフォード, J.D.）
◇平井呈一訳「贈る物語Terror」光文社 2002 p206

◇吉村満美子訳「怪奇礼讃」東京創元社 2004 （創元推理文庫）p387

喉切り農場（ベリスフォード, J.D.）
◇西﨑憲訳「怪奇小説日和―黄金時代傑作選」筑摩書房 2013 （ちくま文庫）p309

…の鳴き声、…の泣き声（クアク・コフィ・バリリ）
◇「留学生文学賞作品集 2006」留学生文学賞委員会 2007 p31

野の白鳥（アンデルセン）
◇大畑末吉訳「変身のロマン」学習研究社 2003 （学研M文庫）p299

野のユリの歌（アオヴィニ・カドゥスガヌ）
◇下村作次郎訳「台湾原住民文学選 7」草風館 2009 p105

野原（ダンセイニ卿）
◇原葵訳「バベルの図書館 26」国書刊行会 1991 p101
◇原葵訳「謎の物語」筑摩書房 2012 （ちくま文庫）p313
◇原葵訳「新編 バベルの図書館 3」国書刊行会 2013 p179

野原にて（イ・ガンベク）
◇津川泉訳「読んで演じたくなるゲキの本 中学生版」幻冬舎 2006 p231

ノビ大尉の運命（ドゥアンサワン, チャンティー）
◇二元裕子編訳「ラオス現代文学選集」大同生命国際文化基金 2013 （アジアの現代文芸）p64

野茫茫―立民の墓前で（鍾理和）
◇野間信幸訳「台湾郷土文学選集 3」研文出版 2014 p19

登る（リア, ノーマン／リア, ベン）
◇浅倉久志選訳「極短小説」新潮社 2004 （新潮文庫）p301

昇る朝日にひざまずけ（コールドウェル）
◇守屋陽一訳「世界100物語 8」河出書房新社 1997 p249

『ノモテテース（立法家）』（メナンドロス）
◇中務哲郎, 脇本由佳, 荒井直訳「ギリシア喜劇全集 6」岩波書店 2010 p255

野焼き（ウォルヴン, スコット）
◇七搦理美子訳「ベスト・アメリカン・ミステリ ジュークボックス・キング」早川書房 2005 （ハヤカワ・ミステリ）p447

のら

ノラ（イプセン，ヘンリック）
　◇森鷗外訳「ノラ」ゆまに書房 2004（昭和初
　　期世界名作翻訳全集）p1
ノラムティン・ウヴルにて（ロブサンツェレン，
ペレンレイン）
　◇柴内秀司訳「モンゴル近現代短編小説選」パ
　　ブリック・ブレイン 2013 p114
ノルウェイ.トゥデイ（バウアージーマ，イーゴ
ル）
　◇萩原健訳「ドイツ現代戯曲選30 7」論創社
　　2006 p7
呪われた石碑（キャンベル，ラムジー）
　◇尾之上浩司訳「クトゥルフ神話への招待—遊
　　星からの物体X」扶桑社 2012（扶桑社ミ
　　ステリー）p181
呪われた洞窟の冒険（クイーン，エラリー）
　◇飯城勇三訳「ナポレオンの剃刀の冒険—シナ
　　リオ・コレクション」論創社 2008（論創
　　海外ミステリ）p181
呪われた中庭（アンドリッチ，イヴォ）
　◇栗原成郎訳「東欧の文学 呪われた中庭」恒
　　文社 1983 p5
呪われた者の思いあがり（ジュアンドー，マルセ
ル）
　◇内田吉彦訳「アンデスの風叢書 天国・地獄
　　百科」書肆風の薔薇 1982 p61
ノンカの愛（ペトロフ，イヴァイロ）
　◇松永緑弥訳「東欧の文学 ノンカの愛 他」恒
　　文社 1971 p23
飲んだくれ（オコナー，フランク）
　◇桃尾美佳訳「ベスト・ストーリーズ 1」早川
　　書房 2015 p129

【 は 】

歯（ジャクスン，シャーリイ）
　◇深町眞理子訳「異色作家短篇集 6」早川書房
　　2006 p265
ばあやの話（ウェイクフィールド，H.R.）
　◇吉村満美子訳「怪奇礼讃」東京創元社 2004
　　（創元推理文庫）p79
灰（デ・マーケン，アン）

　◇田畑あや子訳「アメリカ新進作家傑作選
　　2007」DHC 2008 p239
灰色のアウラ（ブルカルト，エーリカ）
　◇若林恵訳「現代スイス短篇集」鳥影社・ロゴ
　　ス企画部 2003 p7
灰色の神が通る（ハワード，ロバート・E.）
　◇三浦玲子訳「ダーク・ファンタジー・コレク
　　ション 5」論創社 2007 p137
『売淫』より（ギヨタ，ピエール）
　◇鈴村和成，四方田犬彦訳「怒りと響き」岩波書
　　店 1997（世界文学のフロンティア）p147
ハイエナのこともある（エスルマン，ローレン・
D.）
　◇森本信子訳「ベスト・アメリカン・短編ミス
　　テリ 2012」DHC 2012 p159
廃屋の霊魂（オリファント，マーガレット）
　◇羽田詩津子訳「乱歩の選んだベスト・ホ
　　ラー」筑摩書房 2000（ちくま文庫）p161
バイオリンの声の少女（シュペルヴィエル，
ジュール）
　◇永田千奈訳「世界堂書店」文藝春秋 2014
　　（文春文庫）p157
バイオリン弾き（メルヴィル，ハーマン）
　◇杉浦銀策訳「百年文庫 80」ポプラ社 2011
　　p5
徘徊許可証（シェクリイ，ロバート）
　◇伊藤典夫編・訳「冷たい方程式」早川書房
　　2011（ハヤカワ文庫 SF）p7
倍額保険（シェクリイ，ロバート）
　◇宇野利泰訳「異色作家短篇集 9」早川書房
　　2006 p227
廃墟（ヴェナブル，リン・A.）
　◇南山宏，尾之上浩司訳「地球の静止する日」
　　角川書店 2008（角川文庫）p103
背教者（ジャクスン，シャーリイ）
　◇深町眞理子訳「異色作家短篇集 6」早川書房
　　2006 p95
廃虚のヘレン（ラウ，ハイナー）
　◇小津薫訳「ベルリン・ノワール」扶桑社
　　2000 p111
拝啓、クイーン編集長さま（ジャクスン，マー
ジ）
　◇飯城勇三編訳「エラリー・クイーンの災難」
　　論創社 2012（論創海外ミステリ）p337

はいれ

拝啓、編集長様（ブランド, クリスチアナ）
　◇山本俊子訳「ミステリマガジン700─創刊700号記念アンソロジー　海外篇」早川書房 2014 （ハヤカワ・ミステリ文庫） p175

拝啓、ミセス・フェンウィック（スレッサー, ヘンリー）
　◇森沢くみ子訳「ダーク・ファンタジー・コレクション 6」論創社 2007 p99

廃劇場の怪（キャンベル, ラムジー）
　◇夏来健次訳「シルヴァー・スクリーム　下」東京創元社 2013 （創元推理文庫） p245

陪審員（ピカール, エドモン）
　◇松下和美訳「幻想の柑桔─ベルギー・フランス語幻想短編集」松籟社 2016 p47

陪審の知らない犯人（カールスン, P.M.）
　◇山本やよい訳「ウーマンズ・ケース　上」早川書房 1998 （ハヤカワ・ミステリ文庫） p19

ハイスクール・スウィートハート（オーツ, ジョイス・キャロル）
　◇井伊順彦訳「ベスト・アメリカン・ミステリ　ハーレム・ノクターン」早川書房 2005 （ハヤカワ・ミステリ） p463

ハイ・ストリートの教会（キャンベル, ラムジー）
　◇大瀧啓裕訳「インスマス年代記　上」学習研究社 2001 （学研M文庫） p355

ハイストリートの教会（キャンベル, ラムゼイ）
　◇三浦玲子訳「ダーク・ファンタジー・コレクション 5」論創社 2007 p51

廃宅（ホフマン, E.T.A.）
　◇岡本綺堂編訳「世界怪談名作集　下」河出書房新社 2002 （河出文庫） p53

『パイディオン（子供）』（メナンドロス）
　◇中務哲郎, 脇本由佳, 荒井直訳「ギリシア喜劇全集 6」岩波書店 2010 p261

廃都（ラヴクラフト, H.P.）
　◇波津博明訳「新編 真ク・リトル・リトル神話大系 1」国書刊行会 2007 p7

ハイドラ（カットナー, ヘンリイ）
　◇加藤遍里訳「新編 真ク・リトル・リトル神話大系 3」国書刊行会 2008 p229

ハイニッシュ・ユニヴァース（ル・グィン, アーシュラ・K.）
　◇小尾芙佐訳「SFの殿堂 遙かなる地平 1」早川書房 2000 （ハヤカワ文庫SF） p15

燈籠花（ハイビスカス）（呉錦発）
　◇渡辺浩平訳「新しい台湾の文学 客家の女たち」国書刊行会 2002 p135

『俳文』抜粋（デヴィデ, ヴラディミール）
　◇本藤恭代, 田中一生訳「ポケットのなかの東欧文学─ルネッサンスから現代まで」成文社 2006 p367

ハイペリオン（シモンズ, ダン）
　◇酒井昭伸訳「SFの殿堂 遙かなる地平 2」早川書房 2000 （ハヤカワ文庫SF） p7

ハイボールの罠（ライス, クレイグ）
　◇竹澤千恵子訳「ワイン通の復讐─美酒にまつわるミステリー選集」心交社 1998 p193

灰まみれの少女 アッシェンプッテル（グリム）
　◇和佐田道子編訳「シンデレラ」竹書房 2015 （竹書房文庫） p20

売名作戦（パレツキー, サラ）
　◇山本やよい訳「ウーマンズ・ケース　下」早川書房 1998 （ハヤカワ・ミステリ文庫） p296

俳優稼業（デミング, リチャード）
　◇山本俊子訳「ミニ・ミステリ100」早川書房 2005 （ハヤカワ・ミステリ文庫） p148

ハイランドの虚報事件（ペリー, アン／サクソン, マラカイ）
　◇日暮雅通訳「シャーロック・ホームズ ワトソンの災厄」原書房 2003 p207

ハイランドの聖夜（ケイ, マーガリート）
　◇高木晶子訳「愛と祝福の魔法─クリスマス・ストーリー2016」ハーパーコリンズ・ジャパン 2016 p5

ハイランドの勇者（ランガン, ルース）
　◇有沢瞳子訳「四つの愛の物語─クリスマス・ストーリー 2003」ハーレクイン 2003 p293

パイランの森に住む文字の猟人─台湾原住民の漢文による記述の試読（博大為）
　◇松尾直太訳「台湾原住民文学選 9」草風館 2007 p77

パイレーツ・オブ・イエローストーン（ボックス, C.J.）
　◇高山真由美訳「ベスト・アメリカン・ミステリ クラック・コカイン・ダイエット」早川書房 2007 （ハヤカワ・ミステリ） p47

はいれ

海人 (ハイレン) (シャマン・ラポガン)
　◇魚住悦子訳「台湾原住民文学選 7」草風館
　　2009 p15
パイロット (ジョーンズ, サイアン・M.)
　◇腰塚ゆう子訳「アメリカ新進作家傑作選
　　2006」DHC 2007 p345
パイロット (ローズ, ダン)
　◇岸本佐知子編訳「変愛小説集 2」講談社
　　2010 p251
バイロンの吸血鬼 (ポリドリ)
　◇佐藤春夫訳「吸血妖鬼譚―ゴシック名訳集
　　成」学習研究社 2008 (学研M文庫) p123
パイワン族 (作者不詳)
　◇紙村徹編訳「台湾原住民文学選 5」草風館
　　2006 p393
　◇紙村徹編訳「台湾原住民文学選 5」草風館
　　2006 p397
　◇紙村徹編訳「台湾原住民文学選 5」草風館
　　2006 p431
パイワン族の創生神話 (作者不詳)
　◇紙村徹編訳「台湾原住民文学選 5」草風館
　　2006 p109
パイン・デューンズの顔 (キャンベル, ラムゼ
　イ)
　◇高橋三恵訳「新編 真ク・リトル・リトル神話
　　大系 7」国書刊行会 2009 p147
ハーヴィーの夢 (キング, スティーヴン)
　◇深町眞理子訳「ベスト・アメリカン・ミステ
　　リ スネーク・アイズ」早川書房 2005 (ハ
　　ヤカワ・ミステリ) p249
『ハウトン・ティーモールーメノス (自虐者)』
　(メナンドロス)
　◇中務哲郎, 脇本由佳, 荒井直訳「ギリシア喜
　　劇全集 6」岩波書店 2010 p87
『ハウトン・ペントーン (わが身を悼む男)』
　(メナンドロス)
　◇中務哲郎, 脇本由佳, 荒井直訳「ギリシア喜
　　劇全集 6」岩波書店 2010 p87
パウラ・モーダーゾーン＝ベッカーに関する
　最終楽章 (ヴィルカー, ゲルトルート)
　◇山下剛訳「氷河の滴―現代スイス女性作家作
　　品集」鳥影社・ロゴス企画 2007 p229
パウル・キッシュ (プラハ) 宛て [絵ハガキ]
　〔ドレスデン近郊, 一九〇三年八月二十三日
　　(日)〕(カフカ, フランツ)

　◇川島隆訳「ポケットマスターピース 1」集英
　　社 2015 (集英社文庫ヘリテージシリー
　　ズ) p672
パウル・キッシュ (ミュンヘン) 宛て [絵ハガ
　キ] 〔プラハ, 一九〇二年十一月五日
　　(水)〕(カフカ, フランツ)
　◇川島隆訳「ポケットマスターピース 1」集英
　　社 2015 (集英社文庫ヘリテージシリー
　　ズ) p671
パウル・クレー工兵、一九一六年三月、ミル
　ベルツホーフェン、カンブレ間で航空機を
　一機紛失す (バーセルミ, ドナルド)
　◇山崎勉訳「現代アメリカ文学叢書 11」彩流
　　社 1998 p95
パヴロフの犬のように (ボイエット, スティーヴ
　ン・R.)
　◇夏来健次訳「死霊たちの宴 下」東京創元社
　　1998 (創元推理文庫) p33
ハウ＝2 (シマック, クリフォード・D.)
　◇伊藤典夫編・訳「冷たい方程式」早川書房
　　2011 (ハヤカワ文庫 SF) p317
ハエ (河成蘭)
　◇朴931禮訳「韓国女性作家短編選」穂高書店
　　2004 (アジア文化叢書) p149
蝿 (アズウェル, ジェラルド)
　◇白須清美訳「ミステリ・リーグ傑作選 上」
　　論創社 2007 (論創海外ミステリ) p254
蝿 (韓龍雲)
　◇安宇植 (アンウーシク) 訳「韓国文学名作選 ニ
　　ムの沈黙」講談社 1999 p147
蝿 (ピランデッロ, ルイジ)
　◇山口清訳「恐ろしい話」筑摩書房 2011 (ち
　　くま文学の森) p41
蝿 (ランジュラン, ジョルジュ)
　◇稲葉明雄訳「異色作家短篇集 5」早川書房
　　2006 p7
蝿を捕まえる蜘蛛について (テイラー, エドワー
　ド)
　◇渡辺信二訳「アメリカ文学ライブラリー ア
　　メリカ名詩選」本の友社 1997 p91
蝿取紙 (テイラー, エリザベス)
　◇小野寺健訳「読まずにいられぬ名短篇」筑摩
　　書房 2014 (ちくま文庫) p221
蝿のいない日 (レノン, ジョン)
　◇金井美子訳「ダーク・ファンタジー・コレク

ション 8」論創社 2008 p117

墓 (カセック, P.D.)
　◇田中一江訳「999(ナインナインナイン)―聖金曜日」東京創元社 2000 (創元推理文庫) p148

墓を愛した少年 (オブライエン, フィッツ＝ジェイムズ)
　◇西崎憲訳「怪奇小説日和―黄金時代傑作選」筑摩書房 2013 (ちくま文庫) p7
　◇西崎憲訳「世界堂書店」文藝春秋 2014 (文春文庫) p355

墓からの悪魔 (ハワード, ロバート・E.)
　◇三浦玲子訳「吸血鬼伝説―ドラキュラの末裔たち」原書房 1997 p211

莫迦げた思いつき (ゴーリー, エドワード)
　◇広瀬順弘訳「闇の展覧会 罠」早川書房 2005 (ハヤカワ文庫) p127

パーカー先生 (コルウィン, ローリー)
　◇松野玲子訳「ブルー・ボウ・シリーズ レイチェルの夏」青弓社 1994 p127

墓場から出て (トゥーイ, ロバート)
　◇谷崎由依訳「KAWADE MYSTERY 物しか書けなかった物書き」河出書房新社 2007 p191

破局 (デュ・モーリア, ダフネ)
　◇吉田誠一訳「異色作家短篇集 10」早川書房 2006

破局 (マイノット, スーザン)
　◇森山義信訳「シリーズ・永遠のアメリカ文学 3」東京書籍 1990 p103

博異志 (はくいし) (抄) (鄭還古)
　◇溝部良恵著「中国古典小説選 6(唐代 3)」明治書院 2008 p246

補江総 白猿伝 (はくえんでん) (作者不詳)
　◇成瀬哲生著「中国古典小説選 4(唐代 1)」明治書院 2005 p55

白銀時代 (王小波)
　◇桜庭ゆみ子訳「コレクション中国同時代小説 2」勉誠出版 2012 p313

白紙 (ベロタード)
　◇旦紀子訳「マシン・オブ・デス―A Collection of Stories about People who Know How They Will DIE」アルファポリス 2012 p379

博士を拾ふ (ライト, シーウェル・ピースリー)

大川清一郎翻案「怪樹の腕―〈ウィアード・テールズ〉戦前邦訳傑作選」東京創元社 2013 p291

バグジー・シーゲルがぼくの友だちになったわけ (バーク, ジェイムズ・リー)
　◇加賀山卓朗訳「ベスト・アメリカン・ミステリ クラック・コカイン・ダイエット」早川書房 2007 (ハヤカワ・ミステリ) p65

伯爵との消えない初恋 (モーティマー, キャロル)
　◇堺谷ますみ訳「真夏の恋の物語―サマー・シズラー 2014」ハーレクイン 2014 p5

伯爵の求愛 (モーティマー, キャロル)
　◇青山有未訳「マイ・バレンタイン―愛の贈りもの 2011」ハーレクイン 2011 p83

伯爵の憂鬱 (シモンズ, デボラ)
　◇高田恵子訳「愛は永遠に―ウエディング・ストーリー 2002」ハーレクイン 2002 p7

「白色」追憶録 (ワリス・ノカン)
　◇中村ふじゑ訳「台湾原住民文学選 3」草風館 2003 p166

白人とインディアン (ペチシュカ, エドゥアルド)
　◇村上健太訳「文学の贈物―東中欧文学アンソロジー」未知谷 2000 p245

剥製 (ローズ, ダン)
　◇岸本佐知子編訳「変愛小説集 2」講談社 2010 p255

白痴 第4編第11章 (ドストエフスキー, フョードル・ミハイロヴィチ)
　◇高橋知之訳「ポケットマスターピース 10」集英社 2016 (集英社文庫ヘリテージシリーズ) p610

白昼夢 (ブロンテ, エミリ・ジェーン)
　◇田代尚path訳「ポケットマスターピース 12」集英社 2016 (集英社文庫ヘリテージシリーズ) p28

白鳥 (マラルメ)
　◇上田敏訳「創刊一〇〇年三田文学名作選」三田文学会 2010 p572

白鳥の歌 (クリスピン, エドマンド)
　◇滝口達也訳「世界探偵小説全集 29」国書刊行会 2000 p7

白鳥の歌 (ラッツ, ジョン)
　◇吉岡裕一訳「白雪姫、殺したのはあなた」原

作品名から引ける世界文学全集案内 第III期　257

はくは

書房 1999 p119

バグパイプ吹き（ダン, ダグラス）
　◇中野康司訳「新しいイギリスの小説 ひそや
　　かな村」白水社 1992 p117

爆発（フランシス, トム）
　◇旦紀子訳「マシン・オブ・デス─A
　　Collection of Stories about People who
　　Know How They Will DIE」アルファポリ
　　ス 2012 p194

白馬の王子（デアンドリア, ウィリアム・L.）
　◇戸田早紀訳「赤ずきんの手には拳銃」原書房
　　1999 p243

博物学者のピン（ブリーン, ジョン・L.）
　◇日暮雅通訳「シャーロック・ホームズ 四人
　　目の賢者─クリスマスの依頼人 2」原書房
　　1999 p247

博物志（はくぶつし）（張華）
　◇佐野誠子著「中国古典小説選 2（六朝 1）」明
　　治書院 2006

ハーグレイヴの前小口（カウンセルマン, メア
リ・エリザベス）
　◇三浦玲子訳「ダーク・ファンタジー・コレク
　　ション 5」論創社 2007 p71

禿鷹（カフカ, フランツ）
　◇池内紀訳「バベルの図書館 4」国書刊行会
　　1988 p15
　◇池内紀訳「新編 バベルの図書館 5」国書刊行
　　会 2013 p20

バケツと綱（ボイス, T.F.）
　◇龍口直太郎訳「思いがけない話」筑摩書房
　　2010 （ちくま文学の森）p143

化け物（カテルリ, ニーナ）
　◇沼野恭子訳「魔女たちの饗宴─現代ロシア女
　　性作家選」新潮社 1998 p57

化け物にされてからあの世で冤罪を晴らした
男（太虚司法伝）（瞿佑）
　◇竹田晃, 小塚由博, 仙石知子著「中国古典小
　　説選 8（明代）」明治書院 2008 p337

バーゲン・シネマ（シェクリー, ジェイ）
　◇田中一江訳「シルヴァー・スクリーム 下」
　　東京創元社 2013 （創元推理文庫）p91

箱（ローマン, アイザック）
　◇山本俊子訳「ミニ・ミステリ100」早川書房
　　2005 （ハヤカワ・ミステリ文庫）p221

箱入り娘（ブラッグ, マーゴ）
　◇浅倉久志選訳「極短小説」新潮社 2004 （新
　　潮文庫）p255

爬行動物（ディック, フィリップ・K.）
　◇仁賀克雄訳「ダーク・ファンタジー・コレク
　　ション 1」論創社 2006 p51

箱ちがい（スティーヴンソン, ロバート・ルイス／
オズボーン, ロイド）
　◇千葉康樹訳「ミステリーの本棚 箱ちがい」
　　国書刊行会 2000 p5

パサジェルカ〈女船客〉（ポスムイシ, ゾフィア）
　◇佐藤清郎訳「東欧の文学 パサジェルカ〈女船
　　客〉他」恒文社 1966 p279

ハサミ、紙、石（じゃんけんぽん）（キーン, ダ
ニエル）
　◇佐和田敬司訳「海外戯曲アンソロジー──海外
　　現代戯曲翻訳集〈国際演劇交流セミナー記
　　録〉1」日本演出者協会 2007 p143

破産した男（レスコ, ダヴィッド）
　◇奥平敦子訳「コレクション現代フランス語圏
　　演劇 14」れんが書房新社 2010 p7

賀家堡（ハージアーバオ）（石舒清）
　◇水野衛子訳「中国現代文学選集 3」トランス
　　ビュー 2010 p1

はしがき〔セルバンテスまたは読みの批判〕
（フエンテス, カルロス）
　◇牛島信明訳「アンデスの風叢書 セルバンテ
　　スまたは読みの批判」書肆風の薔薇 1982
　　p7

梯子（プリチェット, V.S.）
　◇桃尾美佳訳「ベスト・ストーリーズ 1」早川
　　書房 2015 p163

恥っかき（ロンドン, ジャック）
　◇井上謙治訳「バベルの図書館 5」国書刊行会
　　1988 p75
　◇井上謙治訳「新編 バベルの図書館 1」国書刊
　　行会 2012 p254

バージー、ベイビー（ヘンドリックス, ヴィッ
キー）
　◇田口俊樹訳「主婦に捧げる犯罪─書下ろしミ
　　ステリ傑作選」武田ランダムハウスジャパ
　　ン 2012 （RHブックス＋プラス）p297

はじまり（カヴァリット, エンリケ）
　◇浅倉久志選訳「極短小説」新潮社 2004 （新
　　潮文庫）p217

はじまり（ディヴォス, デイヴィッド）
◇浅倉久志選訳「極短小説」新潮社 2004（新潮文庫）p55

始まりはラストダンス（ケンドリック, シャロン）
◇竹生淑子訳「四つの愛の物語—クリスマス・ストーリー 恋と魔法の季節 2004」ハーレクイン 2004 p225

ハジ・ムラート（トルストイ, レフ・ニコラエヴィチ）
◇中村唯史訳「ポケットマスターピース 4」集英社 2016（集英社文庫ヘリテージシリーズ）p545

初めての口づけ（韓龍雲）
◇安宇植（アンウーシク）訳「韓国文学名作選 ニムの沈黙」講談社 1999 p66

初めての里帰り（トゥーザースエー）
◇南田みどり編訳「ミャンマー現代女性短編集」大同生命国際文化基金 2001（アジアの現代文芸）p80

はじめての懺悔—告白しみじみ（オコナー, フランク）
◇阿部公彦訳「しみじみ読むイギリス・アイルランド文学—現代文学短編作品集」松柏社 2007 p203

はじめてのときめき（スュレナ, エルシー）
◇管啓次郎訳「月光浴—ハイチ短篇集」国書刊行会 2003（Contemporary writers）p123

はじめに〔ランドルフ・メイスンと7つの罪〕（ポースト, メルヴィル・デイヴィスン）
◇高橋朱美訳「海外ミステリ Gem Collection 13」長崎出版 2008 p1

初めの終わり（ブラッドベリ, レイ）
◇中村融訳「20世紀SF 2」河出書房新社 2000（河出文庫）p7
◇吉田誠一訳「異色作家短篇集 15」早川書房 2006 p41

パシャルーニー大尉（デイヴィッドスン, アヴラム）
◇中村融訳「奇想コレクション どんがらがん」河出書房新社 2005 p191

場所（スタシュク, アンジェイ）
◇加藤有子訳「ポケットのなかの東欧文学—ルネッサンスから現代まで」成文社 2006

p460

芭蕉（李陸史）
◇安宇植（アンウーシク）訳「韓国文学名作選 李陸史詩集」講談社 1999 p16

走るが勝ち（ネスィン, アズィズ）
◇清川智美訳「現代トルコ文学選 2」東京外国語大学外国語学部トルコ語専攻研究室 2012（TUFS Middle Eastern studies）p178

橋は別にして（フィッシュ, ロバート・L.）
◇伊藤典夫訳「贈る物語Terror」光文社 2002 p239

パスクァレ公の指環（デイヴィッドスン, エイヴラム）
◇浅羽莢子訳「不思議な猫たち」扶桑社 1999（扶桑社ミステリー）p289

パスタアイ祭の始まり（作者不詳）
◇紙村徹編訳「台湾原住民文学選 5」草風館 2006 p302

バースデイ・ケーキ（ライオンズ, ダニエル）
◇村上春樹編訳「バースデイ・ストーリーズ」中央公論新社 2002 p75

バースデイ・プレゼント（リー, アンドレア）
◇村上春樹編訳「バースデイ・ストーリーズ」中央公論新社 2002 p155

バス停留所（ハント, アンドルー・E.）
◇浅倉久志選訳「極短小説」新潮社 2004（新潮文庫）p137

バースデー・ボックス（ヨーレン, ジェイン）
◇西田登訳「バースデー・ボックス」メタローグ 2004 p173

ハーストコート城のハースト（ネズビット, イーディス）
◇南田幸子訳「安らかに眠りたまえ—英米文学短編集」海苑社 1998 p103

ハーストコート屋敷のハースト——八九三（ネズビット, イーディス）
◇石塚則子訳「ゴシック短編小説集」春風社 2012 p355

『パスマ（幽霊）』（メナンドロス）
◇中務哲郎, 脇本由佳, 荒井直訳「ギリシア喜劇全集 6」岩波書店 2010 p332

バーゼルの鐘（アラゴン, ルイ）
◇稲田三吉訳「20世紀民衆の世界文学 3」三友

はたお

社出版 1987 p1

機織り女の嘆き（作者不詳）
　◇渡辺信二訳「アメリカ文学ライブラリー　ア
　　メリカ名詩選」本の友社 1997 p18

裸（ローズ, ダン）
　◇岸本佐知子編訳「変愛小説集 2」講談社
　　2010 p250

裸の壁（マーテル, フランシス）
　◇森英俊訳「これが密室だ！」新樹社 1997
　　p83

はだかの "皇帝"（ブレット, サイモン）
　◇米山裕紀訳「赤ずきんの手には拳銃」原書房
　　1999 p33

裸のナチ女子同盟（サンソル, アルフレド）
　◇田尻陽一訳「現代スペイン演劇選集 3」カモ
　　ミール社 2016 p417

裸の良心（ハイトフ, ニコライ）
　◇真木三三子訳「東欧の文学　あらくれ物語」
　　恒文社 1983 p177

畑のステンシル模様事件（マッキンタイア, ヴォ
ンダ・N.）
　◇日暮雅通訳「シャーロック・ホームズのSF大
　　冒険—短篇集　上」河出書房新社 2006
　　（河出文庫）p75

旅籠の一夜（ダンセイニ卿）
　◇原葵訳「バベルの図書館 26」国書刊行会
　　1991 p131
　◇原葵訳「新編 バベルの図書館 3」国書刊行会
　　2013 p194

果たされた約束（プライス, スーザン）
　◇西村醇子訳「ミステリアス・クリスマス」パ
　　ロル舎 1999 p69

裸足（クレーベルク, ミヒャエル）
　◇越智和弘訳「ドイツ文学セレクション 裸足」
　　三修社 1997 p1

はだしのダリエ（スタンク, ザハリア）
　◇直野敦訳「東欧の文学 はだしのダリエ」恒
　　文社 1967 p27

裸のパン（ショクリー, ムハンマド）
　◇奴田原睦明訳「私の謎」岩波書店 1997（世
　　界文学のフロンティア）p215

裸足のヒッチハイカー（クリスト, ゲイリー）
　◇豊田成子訳「アメリカミステリ傑作選 2001」
　　DHC 2001（アメリカ文芸「年間」傑

選）p397

パタシュ（ドレーム, トリスタン）
　◇森田英子訳「五つの小さな物語—フランス短
　　篇集」彩流社 2011 p105

蜂（アリストパネース）
　◇中務哲郎訳「ギリシア喜劇全集 2」岩波書店
　　2008 p1

八雅鞍部を行く（ワリス・ノカン）
　◇中村ふじゑ訳「台湾原住民文学選 3」草風館
　　2003 p44

八月のエイプリル・フール（マーティン, カー
ル）
　◇伊藤美樹訳「本の殺人事件簿—ミステリ傑作
　　20選 2」バベル・プレス 2001 p7

八月の炎暑（ハーヴィー, W.F.）
　◇宮本朋子訳「憑かれた鏡—エドワード・ゴー
　　リーが愛する12の怪談」河出書房新社
　　2006 p29
　◇宮本朋子訳「エドワード・ゴーリーが愛する
　　12の怪談—憑かれた鏡」河出書房新社
　　2012（河出文庫）p33

八月の思い出（イヴァシュキェヴィッチ, ヤロス
ワフ）
　◇石井哲士朗訳「ポケットのなかの東欧文学—
　　ルネッサンスから現代まで」成文社 2006
　　p253

八月の熱波（ハーヴィー, W.F.）
　◇田口俊樹訳「巨匠の選択」早川書房 2001
　　（ハヤカワ・ミステリ）p289

八十年から九十年にかけての雑談集（クニリェ,
リュイサ）
　◇小阪知弘訳「現代スペイン演劇選集 3」カモ
　　ミール社 2016 p187

80年代サイバーパンク終結宣言（スターリング,
ブルース）
　◇金子浩訳「90年代SF傑作選 上」早川書房
　　2002（ハヤカワ文庫）p477

八〇ヤード独走—アメフトしみじみ（ショー,
アーウィン）
　◇平石貴樹訳「しみじみ読むアメリカ文学—現
　　代文学短編作品集」松柏社 2007 p1

八人の男が添い寝＜タイヤル＞（リムイ・アキ）
　◇松本さち子訳「台湾原住民文学選 6」草風館
　　2008 p177

八人の女—三幕推理喜劇（トマ, ロベール）

◇和田誠一訳「現代フランス戯曲名作選 1」カ
モミール社 2008 p5

八人の見えない日本人（グリーン, グレアム）
◇西崎憲編訳「短篇小説日和―英国異色傑作
選」筑摩書房 2013（ちくま文庫）p89

蜂の巣箱（キラ＝クーチ, アーサー）
◇南條竹則編訳「イギリス恐怖小説傑作集」筑
摩書房 2005（ちくま文庫）p67

八番目の海（ジョンソン, アダム）
◇金原瑞人, 大谷真弓訳「Modern & Classic
トラウマ・プレート」河出書房新社 2005
p301

爬虫類館の相続人（ラヴクラフト, H.P.／ダーレ
ス, オーガスト）
◇那智史郎訳「新編 真ク・リトル・リトル神話
大系 4」国書刊行会 2008 p145

爬虫類のごとく…（ソウヤー, ロバート・J.）
◇内田昌之訳「20世紀SF 6」河出書房新社
2001（河出文庫）p47

バッカスの巫女たち（コルタサル, フリオ）
◇木村榮一訳「生の深みを覗く―ポケットアン
ソロジー」岩波書店 2010（岩波文庫別
冊）p215

客家（ハッカ）村から来た花嫁（彭小妍）
◇安部悟訳「新しい台湾の文学 客家の女たち」
国書刊行会 2002 p113

二十日鼠と男とふたりの女（ラズボーン, ジュリ
アン）
◇田口俊樹訳「ロンドン・ノワール」扶桑社
2003（扶桑社ミステリー）p273

バック―氷のメルヒェン（ブルガー, ヘルマン）
◇新本史斉訳「現代スイス短篇集」鳥影社・ロ
ゴス企画部 2003 p157

ハックルベリー・フィンの冒険 抄（トウェイ
ン, マーク）
◇柴田元幸訳「ポケットマスターピース 6」集
英社 2016（集英社文庫ヘリテージシリー
ズ）p319

バッゲ男爵（レルネット＝ホレーニア, アレクサ
ンダー）
◇前川道介訳「独逸怪奇小説集成」国書刊行会
2001 p195

発見（バーセルミ, ドナルド）
◇山崎勉, 田інка俊雄訳「現代アメリカ文学叢書
10」彩流社 1998 p171

白犬伝（スロボダ, ルドルフ）
◇長與進訳「文学の贈物―東中欧文学アンソロ
ジー」未知谷 2000 p328

初恋を取り戻して（サラ, シャロン）
◇仁嶋いずる訳「愛は永遠に―ウエディング・
ストーリー 2014」ハーレクイン 2014 p5

初恋、その他の悲しみ（ブロドキー, ハロルド）
◇森田義信訳「シリーズ・永遠のアメリカ文学
5」東京書籍 1991 p29

初恋にさよなら（パーマー, ダイアナ）
◇寺尾なつ子訳「真夏の恋の物語―サマー・シ
ズラー 2001」ハーレクイン 2001 p7
◇寺尾なつ子訳「真夏の恋の物語―サマー・シ
ズラー 2007」ハーレクイン 2007 p337

初恋のシーク（ケンドリック, シャロン）
◇千草ひとみ訳「愛は永遠に―ウエディング・
ストーリー 2003」ハーレクイン 2003
p111

罰せられた親殺し――七九九（作者不詳）
◇大沼由布訳「ゴシック短編小説集」春風社
2012 p73

バッソンピエール元帥の回想記から（ホフマン
スタール）
◇大山定一訳「恐ろしい話」筑摩書房 2011
（ちくま文学の森）p21

バッソンピエール元帥の体験（ホーフマンス
タール, フーゴー・フォン）
◇前川道介訳「独逸怪奇小説集成」国書刊行会
2001 p60

バッツの死（デール, セプチマス）
◇金井美子訳「ダーク・ファンタジー・コレク
ション 8」論創社 2008 p279

バッド・ガール（ヴォルマン, ウィリアム・T.）
◇迫光訳「VOICES OVERSEAS ハッピー・
ガールズ, バッド・ガールズ」講談社 1996
p88

ハッピー・エンド（カットナー, ヘンリー）
◇伊藤典夫訳「ボロゴーヴはミムジイ―伊藤典
夫翻訳SF傑作選」早川書房 2016（ハヤカ
ワ文庫 SF）p197

ハッピーエンドをもう一度（フィールディング,
リズ）
◇小池桂訳「愛は永遠に―ウエディング・ス
トーリー 2011」ハーレクイン 2011 p109

はつひ

ハッピー・ガールズ（ヴォルマン, ウィリアム・T.）
◇迫光訳「VOICES OVERSEAS ハッピー・ガールズ, バッド・ガールズ」講談社 1996 p119

『パッラケー（妾）』（メナンドロス）
◇中務哲郎, 脇本由佳, 荒井直訳「ギリシア喜劇全集 6」岩波書店 2010 p263

パーティー（バーセルミ, ドナルド）
◇山崎勉訳「現代アメリカ文学叢書 11」彩流社 1998 p85

パーティー狂騒曲（ウェルシュ, アーヴィン）
◇渡辺健吾訳「ディスコ・ビスケッツ」早川書房 1998 p43

パーティーのはじまり（ヤンガー, デーモン）
◇浅倉久志訳「極短小説」新潮社 2004 （新潮文庫）p64

パーティーの夜（エリン, スタンリイ）
◇田中融二訳「異色作家短篇集 11」早川書房 2006 p203

パーティ！ パーティ!!パーティ!!!（フィリポ, ポール・ディ）
◇佐竹史子訳「ディスコ2000」アーティストハウス 1999 p102

馬蹄篇第九〔荘子〕（荘子）
◇福永光司, 興膳宏訳「世界古典文学全集 17」筑摩書房 2004 p182

果てしなき探索（ウィーバー, トマシーナ）
◇佐々田雅子訳「ミニ・ミステリ100」早川書房 2005 （ハヤカワ・ミステリ文庫）p510

果ての国（列子）
◇小林勝人訳「超短編アンソロジー」筑摩書房 2002 （ちくま文庫）p111

ハート（スイック, マルリー）
◇ふなとよし子訳「バースデー・ボックス」メタローグ 2004 p109

バトゥーム（ブルガーコフ, ミハイル・アファナーシエヴィチ）
◇石原公道訳「アレクサンドル・プーシキン／バトゥーム」群像社 2009 （群像社ライブラリー）p105

ハートをください（ウィルキンズ, ジーナ）
◇香月銀歩訳「マイ・バレンタイン—愛の贈りもの '97」ハーレクイン 1997 p235

ハドソン夫人は大忙し（バーネット, デイヴィッド）
◇尾之上浩司訳「シャーロック・ホームズとヴィクトリア朝の怪人たち 2」扶桑社 2015 （扶桑社ミステリー）p253

ハートの風船（リコンダ, アンドリュー）
◇彦田理矢子訳「ベスト・アメリカン・短編ミステリ 2012」DHC 2012 p509

ハートの誘惑（ロズノー, ウェンディ）
◇藤倉詩音訳「マイ・バレンタイン—愛の贈りもの 2007」ハーレクイン 2007 p121

歯と歯の痛みが何か分からない男（ファイク, サイト）
◇菱山湧人訳「現代トルコ文学選 2」東京外国語大学外国語学部トルコ語専攻研究室 2012 （TUFS Middle Eastern studies）p202

ハートフォード手稿（カウパー, リチャード）
◇若島正訳「ベータ2のバラッド」国書刊行会 2006 （未来の文学）p271

バートルビー（メルヴィル, ハーマン）
◇杉浦銀策訳「諸国物語—stories from the world」ポプラ社 2008 p711
◇平石貴樹編訳「アメリカ短編ベスト10」松柏社 2016 p19

パトロール同乗（デュボイズ, ブレンダン）
◇中勢津子訳「ベスト・アメリカン・短編ミステリ 2012」DHC 2012 p137

バトーン（作者不詳）
◇久保田忠利, 橋本隆夫, 野津寛, 安村典子, 吉武純夫, 丹下和彦訳「ギリシア喜劇全集 8」岩波書店 2011 p75

バトン・トゥワラー（マーティン, ジェーン）
◇村上春樹訳「北村薫のミステリー館」新潮社 2005 （新潮文庫）p474

花（李陸史）
◇安宇植（アンウーシク）訳「韓国文学名作選 李陸史詩集」講談社 1999 p8

花（ローズ, ダン）
◇岸本佐知子編訳「変愛小説集 2」講談社 2010 p244

鼻（ゴーゴリ, ニコライ・V.）
◇平井肇訳「変身ものがたり」筑摩書房 2010 （ちくま文学の森）p51

鼻（ペトルシェフスカヤ, リュドミラ）
◇佐藤芳子訳「雑話集―ロシア短編集 2」「雑話集」の会 2009 p13

花を売る娘（ランコウ, パヴォル）
◇木村英明訳「ポケットのなかの東欧文学―ルネッサンスから現代まで」成文社 2006 p520

花を愛でる警官（スレッサー, ヘンリイ）
◇山本俊子訳「ミニ・ミステリ100」早川書房 2005（ハヤカワ・ミステリ文庫）p35

花が先に知り（韓龍雲）
◇安宇植（アンウーシク）訳「韓国文学名作選 ニムの沈黙」講談社 1999 p76

花形犬スポット（マーキス, ドン）
◇務台夏子訳「あの犬この犬そんな犬―11の物語」東京創元社 1998 p143

花かんむりをかぶった人（ソログープ, フョードル）
◇丸尾美保訳「雑話集―ロシア短編集」「雑話集」の会 2005 p83

花盛り（マコンネル, チャン）
◇夏来健次訳「死霊たちの宴 上」東京創元社 1998（創元推理文庫）p31

花ざかりの森（黄錦樹）
◇森美千代訳「台湾熱帯文学 3」人文書院 2011 p127

話し相手 → "コンパニオン"を見よ

バーナス鉱山全景図（ウィリアムズ, ショーン）
◇嶋田洋一訳「90年代SF傑作選 上」早川書房 2002（ハヤカワ文庫）p211

鼻面（ホワイト, エドワード・ルーカス）
◇西崎憲訳「怪奇文学大山脈 2」東京創元社 2014 p109

花戦争（韓龍雲）
◇安宇植（アンウーシク）訳「韓国文学名作選 ニムの沈黙」講談社 1999 p118

花のささやき（サンド, ジョルジュ）
◇小椋順子訳「百年文庫 18」ポプラ社 2010 p115

花の萎れる夏（ダシゼベグ, ジャンチブドルジー）
◇柴内秀司訳「モンゴル近現代短編小説選」パブリック・ブレイン 2013 p267

花火（ドゥヴィル, パトリック）
◇野崎歓訳「新しいフランスの小説 花火」白水社 1994 p1

花びらの晩ごはん（遅子建）
◇金子わこ訳「じゃがいも―中国現代文学短編集」小学館スクウェア 2007 p171
◇金子わこ訳「じゃがいも―中国現代文学短編集」鼎書房 2012 p171

花婿に恋したら（ニールズ, ベティ）
◇バベーラ・アキコ訳「四つの愛の物語―クリスマス・ストーリー 2001」ハーレクイン 2001 p173

花嫁（シール, M.P.）
◇西崎憲訳「怪奇小説日和―黄金時代傑作選」筑摩書房 2013（ちくま文庫）p281

花嫁（ブルンナー, クリスティーナ）
◇大串紀代子訳「氷河の滴―現代スイス女性作家作品集」鳥影社・ロゴス企画 2007 p191

花嫁たち（カイル, エリン）
◇小金輝彦訳「アメリカ新進作家傑作選 2005」DHC 2006 p243

花嫁にメリー・クリスマス（レノックス, マリオン）
◇上村悦子訳「四つの愛の物語―クリスマス・ストーリー 2014」ハーレクイン 2014 p187

花嫁の姉（マレリー, スーザン）
◇西江璃子訳「愛は永遠に―ウエディング・ストーリー 2013」ハーレクイン 2013 p5

花嫁の帰る場所（ウィッグス, スーザン）
◇皆川孝子訳「愛は永遠に―ウエディング・ストーリー 2010」ハーレクイン 2010 p107

花嫁の決心（トンプソン, ヴィッキー・L.）
◇小池桂江訳「愛は永遠に―ウエディング・ストーリー 2008」ハーレクイン 2008 p107

花嫁は家政婦（リマー, クリスティン）
◇平江まゆみ訳「マイ・バレンタイン―愛の贈りもの 2015」ハーレクイン 2015 p5

花よりもはかなく（エイクマン, ロバート）
◇西崎憲編訳「短篇小説日和―英国異色傑作選」筑摩書房 2013（ちくま文庫）p367

花環と白檀（ボンドパッダエ, タラションコル）
◇大西正幸訳「現代インド文学選集 7（ベンガリー）」めこん 2016 p195

『パーニオン』（メナンドロス）

はにむ

◇中務哲郎, 脇本由佳, 荒井直訳「ギリシア喜劇全集 6」岩波書店 2010 p329

バニームーン (マーシャル, ペイトン)
◇平野真美訳「アメリカ新進作家傑作選 2004」DHC 2005 p99

羽飾りのある帽子 (マイノット, スーザン)
◇森田義信訳「シリーズ・永遠のアメリカ文学 3」東京書籍 1990 p131

羽根布団 (ソログープ, フョードル)
◇丸尾美保訳「雑話集―ロシア短編集 3」ロシア文学翻訳グループクーチカ 2014 p28

羽根まくら (キロガ, オラシオ)
◇甕由己夫訳「怪奇小説精華」筑摩書房 2012 （ちくま文庫） p523

ハノイのハンサムボーイ (阮慶岳)
◇三木直大訳「台湾セクシュアル・マイノリティ文学 3」作品社 2009 p153

母 (ヴィーヒェルト, エルンスト)
◇鈴木仁子訳「百年文庫 86」ポプラ社 2011 p5

母 (キンケイド, ジャメイカ)
◇管啓次郎訳「新しい〈世界文学〉シリーズ 川底に」平凡社 1997 p107

母 (ワリス・ノカン)
◇内山加代訳「台湾原住民文学選 3」草風館 2003 p22

母へ (ポー, エドガー・アラン)
◇渡辺信二訳「アメリカ文学ライブラリー アメリカ名詩選」本の友社 1997 p138

母親 (ズヴェーヴォ, イタロ)
◇吉本奈緒子訳「ぶどう酒色の海―イタリア中短篇小説集」イタリア文藝叢書刊行委員会 2013 （イタリア文藝叢書） p49

母親 (李喬)
◇三木直大訳「新しい台湾の文学 客家の女たち」国書刊行会 2002 p51

母親と対話する方法 (覚え書き) (ムーア, ローリー)
◇干刈あがた, 斎藤英治訳「新しいアメリカの小説 セルフ・ヘルプ」白水社 1989 p129

母が遺したもの (スュレナ, エルシー)
◇管啓次郎訳「月光浴―ハイチ短篇集」国書刊行会 2003 （Contemporary writers） p103

母たちの島 (バドニッツ, ジュディ)
◇岸本佐知子編訳「変愛小説集」講談社 2008 p231
◇岸本佐知子編訳「変愛小説集」講談社 2014 （講談社文庫） p235

ハーバード大学殺人事件 (フラー, ティモシー)
◇高橋淑子訳「ブルー・ボゥ・シリーズ ハーバード大学殺人事件」青弓社 1993 p3

母なるドナウ (クナイフル, エーディト)
◇伊藤直子訳「現代ウィーン・ミステリー・シリーズ 9」水声社 2002 p65

母の粟畑＜プユマ＞ (バタイ)
◇松本さち子訳「台湾原住民文学選 6」草風館 2008 p120

パパの帰宅 (トーバー, レイフェル)
◇浅倉久志選訳「極短小説」新潮社 2004 （新潮文庫） p119

母の制裁 (ドライヤー, アイリーン)
◇田口俊樹訳「主婦に捧げる犯罪―書下ろしミステリ傑作選」武田ランダムハウスジャパン 2012 （RHブックス＋プラス） p423

母の話 (エイジー, ジェイムズ)
◇斎藤英治訳「新しいアメリカの小説 世界の肌ざわり」白水社 1993 p175

母の歴史, 歴史の母＜プユマ＞ (孫大川)
◇柳本通彦訳「台湾原住民文学選 4」草風館 2004 p5

パパふたり (ディック, フィリップ・K.)
◇仁賀克雄訳「ダーク・ファンタジー・コレクション 1」論創社 2006 p3

パパも食べなきゃ (ンディアイ, マリー)
◇根岸徹郎訳「コレクション現代フランス語圏演劇 12」れんが書房新社 2013 p5

バーバ・ヤガー (ロールストン, W.R.S.)
◇和佐田道子編訳「シンデレラ」竹書房 2015 （竹書房文庫） p38

婆やの話 (ギャスケル, エリザベス)
◇松岡光治編訳「ヴィクトリア朝幽霊物語―短篇集」アティーナ・プレス 2013 p213

バーバリー・コーストの幽霊 (ロビンスン, フランク・M.)
◇佐藤友紀訳「シャーロック・ホームズのSF大冒険―短篇集 上」河出書房新社 2006 （河出文庫） p198

はめつ

呪術師 (ババロイ) の指環 (ウォルシュ, D.J.)
　◇渡辺健一郎訳「新編 真ク・リトル・リトル神話大系 5」国書刊行会 2008 p285

パパはビリー・ズ・キックを捕まえられない (ヴォートラン, ジャン)
　◇高野優訳「〈ロマン・ノワール〉シリーズ パパはビリー・ズ・キックを捕まえられない」草思社 1995 p3

『バビュローニオイ (バビュローニア人)』(アリストパネース)
　◇久保田忠利, 野津寛, 脇本由佳訳「ギリシア喜劇全集 4」岩波書店 2009 p260

パピルス断片 (喜劇の梗概) (作者不詳)
　◇中務哲郎, 西村賀子, 平山晃司訳「ギリシア喜劇全集 9」岩波書店 2012 p463

パピルス・陶片断片 (作者不詳)
　◇中務哲郎, 西村賀子, 平山晃司訳「ギリシア喜劇全集 9」岩波書店 2012 p535

バビロンの王女 (ヴォルテール)
　◇川口顕弘訳「バベルの図書館 7」国書刊行会 1988 p131
　◇川口顕弘訳「新編 バベルの図書館 4」国書刊行会 2012 p91

パフォーマンス・クライム (マテラ, ライア)
　◇堀内静子訳「ウーマンズ・ケース 下」早川書房 1998 (ハヤカワ・ミステリ文庫) p363

破風荘の怪事件 (コリア, ジョン)
　◇若島正訳「ベスト・ストーリーズ 1」早川書房 2015 p37

ハーフ・ホワイト (スティーヴンソン, ファニー・ヴァン・デ・グリフト)
　◇大久保譲訳「病短編小説集」平凡社 2016 (平凡社ライブラリー) p87

バブルクンドの崩壊 (ダンセイニ卿)
　◇佐藤正明訳「幻想小説神髄」筑摩書房 2012 (ちくま文庫) p441

パブロ・ピカソ (ブルトン, アンドレ／ピカソ, パブロ)
　◇曽根元吉訳「黒いユーモア選集 2」河出書房新社 2007 (河出文庫) p143

パペチュア (バーセルミ, ドナルド)
　◇山崎勉訳「現代アメリカ文学叢書 11」彩流社 1998 p55

ハーベムス・パーパム―新教皇万歳 (モンマース, ヘルムート・W.)

識名章喜訳「時間はだれも待ってくれない―21世紀東欧SF・ファンタスチカ傑作集」東京創元社 2011 p17

バベル (ラッセル, レイ)
　◇永井淳訳「異色作家短篇集 16」早川書房 2006 p179

パポカクシ―愛の儀式 (李潤沢)
　◇金成輝訳「韓国現代戯曲集 1」日韓演劇交流センター 2002 p5

バーボン湖 (ノヴォトニイ, ジョン)
　◇浅倉久志編訳「グラックの卵」国書刊行会 2006 (未来の文学) p261

葉巻とダイヤモンド (ジャンセン, ミュリエル)
　◇谷垣暁美訳「真夏の恋の物語」ハーレクイン 1998 (サマー・シズラー) p119

浜辺で会ったひと (ライトフット, フリーダ)
　◇沢木あさみ訳「ティータイム・ストーリーズ はるかなる丘」花風社 1999 p35

浜辺にて (ラファティ, R.A.)
　◇浅倉久志訳「異色作家短篇集 18」早川書房 2007 p171

はまり役 (ファウラー, クリストファー)
　◇田口俊樹訳「ロンドン・ノワール」扶桑社 2003 (扶桑社ミステリー) p11

ハムナイフであんたたちのお父さんを刺したのは私じゃありませんよ (カリー, エレン)
　◇畔柳和代訳「いまどきの老人」朝日新聞社 1998 p137

ハムレット (シェイクスピア, ウィリアム)
　◇小菅隼人訳「ベスト・プレイズ―西洋古典戯曲12選」論創社 2011 p137

ハムレットのジレンマ (グラント, リンダ)
　◇茅律子訳「ウーマンズ・ケース 下」早川書房 1998 (ハヤカワ・ミステリ文庫) p203

『ハムレット』の四人の亡霊 (ライバー, フリッツ)
　◇中村融訳「奇想コレクション 跳躍者の時空」河出書房新社 2010 p129

ハムレット復讐せよ (イネス, マイクル)
　◇滝口達也訳「世界探偵小説全集 16」国書刊行会 1997 p7

破滅的な地獄 (スウェデンボルイ, エマヌエル)
　◇内田吉彦訳「アンデスの風叢書 天国・地獄百科」書肆風の薔薇 1982 p50

作品名から引ける世界文学全集案内 第III期 265

はめつ

破滅の種子（カーシュ, ジェラルド）
　　◇西崎憲訳「世界堂書店」文藝春秋 2014（文春文庫）p25

はやぶさの孤島（クリストファー, ジョン）
　　◇村社伸訳「幻想と怪奇―ポオ蒐集家」早川書房 2005（ハヤカワ文庫）p303

早まった埋葬（ポー, エドガー・アラン）
　　◇鴻巣友季子訳「ポケットマスターピース 9」集英社 2016（集英社文庫ヘリテージシリーズ）p349

薔薇色の靴の乙女（イソップ）
　　◇和佐田道子編訳「シンデレラ」竹書房 2015（竹書房文庫）p99

バラ色のティーカップ（バイアット, A.S.）
　　◇池田栄一訳「新しいイギリスの小説 シュガー」白水社 1993 p47

『ハラエイス（ハライの人々）』（メナンドロス）
　　◇中務哲郎, 脇本由佳, 荒井直訳「ギリシア喜劇全集 6」岩波書店 2010 p68

『パラカタテーケー（預託金）』（メナンドロス）
　　◇中務哲郎, 脇本由佳, 荒井直訳「ギリシア喜劇全集 6」岩波書店 2010 p264

パラケルススの薔薇（ボルヘス, ホルヘ・ルイス）
　　◇鼓直訳「バベルの図書館 22」国書刊行会 1990 p27
　　◇鼓直訳「新編 バベルの図書館 6」国書刊行会 2013 p601

薔薇荘にて（メイスン, A.E.W.）
　　◇富塚由美訳「世界探偵小説全集 1」国書刊行会 1995 p7

パラダイス第2（シェクリイ, ロバート）
　　◇宇野利泰訳「異色作家短篇集 9」早川書房 2006 p203

パラダイスの一夜（グレアム, ヘザー）
　　◇辻早苗訳「真夏の恋の物語―サマー・シズラー 2004」ハーレクイン 2004 p109
　　◇辻早苗訳「恋人たちの夏物語」ハーレクイン 2010（サマー・シズラー・ベリーベスト）p201

パラダイス・ビーチ（カウパー, リチャード）
　　◇若島正訳「異色作家短篇集 19」早川書房 2007 p265

パラダイス・モーテルにて（オーツ, ジョイス・キャロル）

　　◇小尾芙佐訳「愛の殺人」早川書房 1997（ハヤカワ・ミステリ文庫）p399
　　◇小尾芙佐訳「贈る物語Terror」光文社 2002 p402

ハラド四世の治世に（ミルハウザー, スティーヴン）
　　◇柴田元幸訳「ベスト・ストーリーズ 3」早川書房 2016 p235

バラの解釈（カルパリィード, エミリオ）
　　◇佐竹謙一編訳「ラテンアメリカ現代演劇集」水声社 2005 p111

薔薇の香る庭（マーシャル, アリス・J.）
　　◇森澤美抄子訳「アメリカ新進作家傑作選 2007」DHC 2008 p19

バラの尋常ならざる夢（チューニッ）
　　◇南田みどり編訳「二十一世紀ミャンマー作品集」大同生命国際文化基金 2015（アジアの現代文芸）p105

バラのつぼみ（ラッセル, レイ）
　　◇永井淳訳「異色作家短篇集 16」早川書房 2006 p213

バラの花の精（アンデルセン, ハンス・クリスチャン）
　　◇大畑末吉訳「この愛のゆくえ―ポケットアンソロジー」岩波書店 2011（岩波文庫別冊）p169

ハラルド警部補と『宝島』の宝（マロン, マーガレット）
　　◇小島世津子訳「本の殺人事件簿―ミステリ傑作20選 1」バベル・プレス 2001 p127

腹は主張する（イエーシャン）
　　◇南田みどり編訳「ミャンマー現代短編集 2」大同生命国際文化基金 1998（アジアの現代文芸）p135

ハリー（ティンバリー, ローズマリー）
　　◇小菅正夫訳「幻想と怪奇―宇宙怪獣現わる」早川書房 2005（ハヤカワ文庫）p301

針（ブロック, ロバート）
　　◇小笠原豊樹訳「異色作家短篇集 8」早川書房 2006 p241

バリアス（ストリンドベルグ）
　　◇森鴎外訳「債鬼―外四篇」ゆまに書房 2004（昭和初期世界名作翻訳全集）p85

ハリウッド万蔵（トゥーイ, ロバート）
　　◇山本光伸訳「KAWADE MYSTERY 物しか

書けなかった物書き」河出書房新社 2007
p159

『ハリエウス（漁師）』（または『ハリエイス（漁
師たち）』）（メナンドロス）
　　◇中務哲郎, 脇本由佳, 荒井直訳「ギリシア喜
　　　劇全集 6」岩波書店 2010 p68

パリ横断（エーメ, マルセル）
　　◇中村真一郎訳「異色作家短篇集 17」早川書
　　　房 2007 p115

ハリケーン（サヨナラのかたち）（ヘルマン,
ユーディット）
　　◇松永美穂訳「Modern & Classic 夏の家、そ
　　　の後」河出書房新社 2005 p27

パリでの出来事（フェラレーラ, マリー）
　　◇小池桂訳「愛は永遠に—ウエディング・ス
　　　トーリー 2008」ハーレクイン 2008 p165

ハリーとの昼食（マイノット, スーザン）
　　◇森田義信訳「シリーズ・永遠のアメリカ文学
　　　3」東京書籍 1990 p89

ハリーの愛（ホートン, ビル）
　　◇浅倉久志選訳「極短小説」新潮社 2004 （新
　　　潮文庫） p109

パリのジェントルマン（グレッシュ, ロイス・H.
／ワインバーグ, ロバート）
　　◇日暮雅通訳「シャーロック・ホームズの大冒
　　　険 下」原書房 2009 p7

パリの審判（メリック, レナード）
　　◇井伊順彦訳「20世紀英国モダニズム小説集成
　　　世を騒がす嘘つき男」風濤社 2014 p81

パリの女（ひと）（ヘルマン, ユーディット）
　　◇松永美穂訳「Modern & Classic 夏の家、そ
　　　の後」河出書房新社 2005 p99

パリのぶどう酒（エーメ, マルセル）
　　◇中村真一郎訳「異色作家短篇集 17」早川書
　　　房 2007 p209

バールを持った男たち（ポースト, メルヴィル・
デイヴィスン）
　　◇高橋朱美訳「海外ミステリ Gem Collection
　　　13」長崎出版 2008 p123

遙かな地底で（ジョンスン, ロバート・バーバー）
　　◇大瀧啓裕訳「クトゥルー 13」青心社 2005
　　　（暗黒神話大系シリーズ） p43

はるかなる丘（ライトフット, フリーダ）
　　◇沢木あさみ訳「ティータイム・ストーリーズ

はるかなる丘」花風社 1999 p7

バルキアローフ王子の物語（ベックフォード,
ウィリアム）
　　◇私市保彦訳「バベルの図書館 23下」国書刊
　　　行会 1990 p93

バルコニーの情景（デュッフェル, ジョン・フォ
ン）
　　◇平田栄一朗訳「ドイツ現代戯曲選30 22」論
　　　創社 2006 p7

バルザックの死 ルイ・ブイエ宛〔一八五〇年
十一月十四日〕（フローベール, ギュスターヴ）
　　◇山崎敦訳「ポケットマスターピース 7」集英
　　　社 2016 （集英社文庫ヘリテージシリー
　　　ズ） p731

パルテノペ（ウェスト, レベッカ）
　　◇藤井光訳「ベスト・ストーリーズ 1」早川書
　　　房 2015 p355

ハルトヴィック詩選（ハルトヴィック, ユリア）
　　◇土谷直人訳「ポケットのなかの東欧文学—ル
　　　ネッサンスから現代まで」成文社 2006
　　　p515

春の愁い三題（李陸史）
　　◇安宇植（アンウーシク）訳「韓国文学名作選 李
　　　陸史詩集」講談社 1999 p46

春の儀式（バーディン, トム）
　　◇富永和子訳「アメリカミステリ傑作選 2002」
　　　DHC 2002 （アメリカ文芸「年間」傑作
　　　選） p91

春の儀式（ラナガン, マーゴ）
　　◇佐田千織訳「奇想コレクション ブラック
　　　ジュース」河出書房新社 2008 p237

春の祝祭（ライバー, フリッツ）
　　◇深町眞理子訳「奇想コレクション 跳躍者の
　　　時空」河出書房新社 2010 p279

春のソナタ（バリェ＝インクラン, ラモン・デル）
　　◇吉田彩子訳「西和リブロス 7」西和書林
　　　1986 p5

春の月見（ローザン, S.J.）
　　◇直良和美訳「ポーに捧げる20の物語」早川書
　　　房 2009 （Hayakawa pocket mystery
　　　books） p327

バルバラへ（クアク・コフィ・バリリ）
　　◇　「留学生文学賞作品集 2006」留学生文学賞
　　　委員会 2007 p33

はるふ

パルプマガジン・コレクター（ブロンジーニ, ビル）
　◇拝師照代訳「本の殺人事件簿―ミステリ傑作
　　20選 1」バベル・プレス 2001 p45

ハルヘ（カー, フィリス・アン）
　◇佐々田雅子訳「ミニ・ミステリ100」早川書
　　房 2005（ハヤカワ・ミステリ文庫）p523

パール・ボタンはどんなふうにさらわれたか
（マンスフィールド, キャサリン）
　◇西崎憲編訳「短篇小説日和―英国異色傑作
　　選」筑摩書房 2013（ちくま文庫）p67

晴乞い祭り＜ブヌン＞（ホスルマン・ヴァヴァ）
　◇松本さち子訳「台湾原住民文学選 6」草風館
　　2008 p5

ハーレム・ノクターン（パーカー, ロバート・B.）
　◇菊池光訳「ベスト・アメリカン・ミステリ
　　ハーレム・ノクターン」早川書房 2005
　　（ハヤカワ・ミステリ）p489

バレンタイン・ダンス（ヨーク, レベッカ）
　◇藤峰みちか訳「マイ・バレンタイン―愛の贈
　　りもの ’98」ハーレクイン 1998 p217

「ハロー、タクシー！」（パヴェル, オタ）
　◇伊藤涼子訳「文学の贈物―東中欧文学アンソ
　　ロジー」未知谷 2000 p265

パロマー（カルヴィーノ, イタロ）
　◇和田忠彦訳「イタリア叢書 6」松籟社 1988

パロマー氏の休暇（カルヴィーノ, イタロ）
　◇和田忠彦訳「イタリア叢書 6」松籟社 1988
　　p5

パロマー氏の沈黙（カルヴィーノ, イタロ）
　◇和田忠彦訳「イタリア叢書 6」松籟社 1988
　　p121

パワープレイ（クラーク, メアリ・ヒギンズ）
　◇宇佐川晶子訳「復讐の殺人」早川書房 2001
　　（ハヤカワ・ミステリ文庫）p59

バワン・プティとバワン・メラ（作者不詳）
　◇和佐田道子編訳「シンデレラ」竹書房 2015
　　（竹書房文庫）p51

犯意（ポースト, メルヴィル・デイヴィスン）
　◇高橋朱美訳「海外ミステリ Gem Collection
　　13」長崎出版 2008 p181

潘銀花（パンインホア）と義姉妹たち（葉石濤）
　◇中島利郎訳「台湾郷土文学選集 4」研文出版
　　2014 p77

潘銀花（パンインホア）の五番目の男（葉石濤）
　◇中島利郎訳「台湾郷土文学選集 4」研文出版
　　2014 p61

版画（ウォルポール, ヒュー）
　◇平戸喜文訳「イギリス名作短編集」近代文芸
　　社 2003 p99

挽歌（コハノフスキ, ヤン）
　◇関口時正訳「文学の贈物―東中欧文学アンソ
　　ロジー」未知谷 2000 p30
　◇関口時正訳「ポケットのなかの東欧文学―ル
　　ネッサンスから現代まで」成文社 2006 p7

挽歌＜アミ＞（林俊明）
　◇中古苑生訳「台湾原住民文学選 6」草風館
　　2008 p181

ハンガリー水（朱天心）
　◇清水賢一郎訳「新しい台湾の文学 古都」国
　　書刊行会 2000 p147

ハンギング・ストレンジャー（ディック, フィ
　リップ・K.）
　◇仁賀克雄訳「ダーク・ファンタジー・コレク
　　ション 1」論創社 2006 p25

バンクォーの血（マライーニ, ダーチャ）
　◇香川真澄訳「ぶどう酒色の海―イタリア中短
　　編小説集」イタリア文藝叢書刊行委員会
　　2013（イタリア文藝叢書）p165

バンク・オブ・アメリカ（ラング, リチャード）
　◇吉井知代子訳「ベスト・アメリカン・ミステ
　　リ スネーク・アイズ」早川書房 2005（ハ
　　ヤカワ・ミステリ）p283

判決―ある物語（カフカ, フランツ）
　◇酒寄進一訳「厭な物語」文藝春秋 2013（文
　　春文庫）p155

番号（トカルチュク, オルガ）
　◇つかだみちこ訳「ポケットのなかの東欧文学
　　―ルネッサンスから現代まで」成文社
　　2006 p469

バンコクに死す（シモンズ, ダン）
　◇嶋田洋一訳「奇想コレクション 夜更けのエ
　　ントロピー」河出書房新社 2003 p271

犯罪作家とスパイ（ホック, エドワード・D.）
　◇柏倉美穂訳「本の殺人事件簿―ミステリ傑作
　　20選 1」バベル・プレス 2001 p97

犯罪者たちのストライキ（ハシェク, ヤロスラ
　フ）

◇飯島周訳「文学の贈物—東中欧文学アンソロジー」未知谷 2000 p181

犯罪者捕獲法奇譚（ウェルズ, キャロリン）

◇北原尚彦編訳「シャーロック・ホームズの栄冠」論創社 2007（論創海外ミステリ）p281

犯罪の傑作（トゥーイ, ロバート）

◇山本光伸訳「KAWADE MYSTERY 物しか書けなかった物書き」河出書房新社 2007 p251

ハーン：ザ・デストロイヤー（マイルズ, トレヴォー・S.）

◇本兌有, 杉ライカ訳「ハーン・ザ・ラストハンター——アメリカン・オタク小説集」筑摩書房 2016 p43

ハーン：ザ・ラストハンター（マイルズ, トレヴォー・S.）

◇本兌有, 杉ライカ訳「ハーン・ザ・ラストハンター——アメリカン・オタク小説集」筑摩書房 2016 p9

反 - 散文、反 - 理性、反 - 真理 エルネスト・シュヴァリエ宛〔一八三七年六月二十四日〕（フローベール, ギュスターヴ）

◇山崎敦訳「ポケットマスターピース 7」集英社 2016（集英社文庫ヘリテージシリーズ）p723

判事の家（ストーカー, ブラム）

◇小山太一訳「憑かれた鏡—エドワード・ゴーリーが愛する12の怪談」河出書房新社 2006 p169

◇小山太一訳「エドワード・ゴーリーが愛する12の怪談—憑かれた鏡」河出書房新社 2012（河出文庫）p183

判事の相続人（クーパー, ジーン・B.）

◇羽田詩津子訳「エドガー賞全集—1990〜2007」早川書房 2008（ハヤカワ・ミステリ文庫）p221

バンジャマン・ペレ（ブルトン, アンドレ／ペレ, バンジャマン）

◇飯島耕一訳「黒いユーモア選集 2」河出書房新社 2007（河出文庫）p245

ハンス・アルプ（ブルトン, アンドレ／アルプ, ハンス）

◇小海永二訳「黒いユーモア選集 2」河出書房新社 2007（河出文庫）p207

ハンス・プファールという人物の無類の冒険（ポー, エドガー・アラン）

◇鈴木恵訳「翼を愛した男たち」原書房 1997 p19

反対側のセックス（スタージョン, シオドア）

◇小笠原豊樹訳「異色作家短篇集 3」早川書房 2005 p143

ハンター・ジョンソンの音楽（ヘルマン, ユーディット）

◇松永美穂訳「Modern & Classic 夏の家、その後」河出書房新社 2005 p117

パンツァーボーイ（ウィリアムズ, ウォルター・ジョン）

◇酒井昭伸訳「楽園追放rewired—サイバーパンクSF傑作選」早川書房 2014（ハヤカワ文庫 JA）p167

晩登東山（李陸史）

◇安宇植（アンウーシク）訳「韓国文学名作選 李陸史詩集」講談社 1999 p64

万能人形（マシスン, リチャード・クリスチャン）

◇仁賀克雄編・訳「新・幻想と怪奇」早川書房 2009（Hayakawa pocket mystery books）p175

パンノキ＜アミ＞（アタウ・バラフ）

◇柳本通彦訳「台湾原住民文学選 4」草風館 2004 p20

パンの大神（マッケン, アーサー）

◇平井呈一訳「怪奇小説傑作集新版 1」東京創元社 2006（創元推理文庫）p191

パーンの走り屋（マキャフリイ, アン）

◇幹遥子訳「ファンタジイの殿堂 伝説は永遠に 2」早川書房 2000（ハヤカワ文庫FT）p301

パーンの竜騎士（マキャフリイ, アン）

◇幹遥子訳「ファンタジイの殿堂 伝説は永遠に 2」早川書房 2000（ハヤカワ文庫FT）p295

パンパス草の茂み（ハートリー, L.P.）

◇今本渉訳「KAWADE MYSTERY ポドロ島」河出書房新社 2008 p261

パンパタールの真珠（ストリブリング, T.S.）

◇霜島義明訳「KAWADE MYSTERY ポジオリ教授の冒険」河出書房新社 2008 p7

ハーン＝ハーン伯爵夫人のまなざし（ペーテル, エステルハージ）

◇早稲田みか訳「夢のかけら」岩波書店 1997（世界文学のフロンティア）p231

はんひ

反比例（韓龍雲）
　◇安宇植（アンウーシク）訳「韓国文学名作選 ニ
　　ムの沈黙」講談社 1999 p93
万物創造—マヤの神話（作者不詳）
　◇松村武雄訳「超短編アンソロジー」筑摩書房
　　2002 （ちくま文庫）p108
半分のぼった黄色い太陽（アディーチェ, チママ
　ンダ・ンゴズィ）
　◇くぼたのぞみ訳「Modern & Classic アメリ
　　カにいる、きみ」河出書房新社 2007 p89
パン屋のヴァンが来なかった日（ムンゴシ,
　チャールズ）
　◇福島富士男訳「アフリカ文学叢書 乾季のお
　　とずれ」スリーエーネットワーク 1995
　　p141
万里の長城（カフカ, フランツ）
　◇池内紀訳「バベルの図書館 4」国書刊行会
　　1988 p111
　◇池内紀訳「新編 バベルの図書館 5」国書刊行
　　会 2013 p73
万霊節（ウォートン, イーディス）
　◇山内照子訳「古今英米幽霊事情 2」新風舎
　　1999 p23

【 ひ 】

悲哀の湖（うみ）（ウエイクフィールド, ハーバー
　ト・ラッセル）
　◇西崎憲訳「魔法の本棚 赤い館」国書刊行会
　　1996 p166
ビアトリスは何者？（ボッグス, ベル）
　◇島津千恵子訳「アメリカ新進作家傑作選
　　2003」DHC 2004 p251
ピアノ（フランコ, ラファ）
　◇旦紀子訳「マシン・オブ・デス—A
　　Collection of Stories about People who
　　Know How They Will DIE」アルファポリ
　　ス 2012 p184
　◇旦紀子訳「マシン・オブ・デス」アルファポ
　　リス 2013 （アルファポリス文庫）p10
ピアノ調律師（ガトロー, ティム）
　◇山田千津子訳「アメリカ短編小説傑作選
　　2001」DHC 2001 （アメリカ文芸「年間」

傑作選）p151
ビアンカの手（スタージョン, シオドア）
　◇小笠原豊樹訳「異色作家短篇集 3」早川書房
　　2005 p51
非安静療法（サキ）
　◇中西秀男訳「バベルの図書館 2」国書刊行会
　　1988 p95
　◇中西秀男訳「新編 バベルの図書館 2」国書刊
　　行会 2012 p292
肥育園（カード, オースン・スコット）
　◇大森望訳「20世紀SF 5」河出書房新社 2001
　　（河出文庫）p127
日出る処に致す書—日本語版刊行によせて（朱
　天心）
　◇清水賢一郎訳「新しい台湾の文学 古都」国
　　書刊行会 2000 p1
緋色の夢（ムーア, C.L.）
　◇仁賀克雄訳「ダーク・ファンタジー・コレク
　　ション 9」論創社 2008 p101
冷えた足の患者（レーラー, クラウス）
　◇中野京子訳「シリーズ現代ドイツ文学 4」早
　　稲田大学出版部 1993 p245
ピエール＝フランソワ・ラスネール（ブルトン,
　アンドレ／ラスネール, ピエール＝フランソワ）
　◇小浜俊郎訳「黒いユーモア選集 1」河出書房
　　新社 2007 （河出文庫）p129
『ヒエレイア（女祭司）』（メナンドロス）
　◇中務哲郎, 脇本由佳, 荒井直訳「ギリシア喜
　　劇全集 6」岩波書店 2010 p170
火をおこす（ロンドン, ジャック）
　◇平石貴樹編訳「アメリカ短編ベスト10」松柏
　　社 2016 p141
火を熾す（ロンドン, ジャック）
　◇柴田元幸編訳「アメリカン・マスターピース
　　古典篇」スイッチ・パブリッシング 2013
　　（SWITCH LIBRARY）p223
火をつけるヤギ（ワリス・ノカン）
　◇中古苑生訳「台湾原住民文学選 3」草風館
　　2003 p98
被害者は誰だ（スレッサー, ヘンリー）
　◇森沢くみ子訳「ダーク・ファンタジー・コレ
　　クション 6」論創社 2007 p3
日陰者ジュード（ハーディ, トマス）
　◇川本静子訳「ヒロインの時代 日陰者ジュー

ド」国書刊行会 1988 p1

東オレゴンの郵便局（ブローティガン, リチャード）
　◇平石貴樹編訳「アメリカ短編ベスト10」松柏社 2016 p311

東と西（アクーニン）
　◇木村恭子訳「雑話集―ロシア短編集 3」ロシア文学翻訳グループクーチカ 2014 p70

東と西（ラシュディ, サルマン）
　◇寺門泰彦訳「新しい〈世界文学〉シリーズ 東と西」平凡社 1997

光を取り戻すとき（シェイン, マギー）
　◇戸森蓉子訳「天使が微笑んだら―クリスマス・ストーリー2008」ハーレクイン 2008 p207

光を見た（ビッスン, テリー）
　◇中村融編訳「奇想コレクション 平ら山を越えて」河出書房新社 2010 p185

光と影（ソログープ, フョードル）
　◇中山省三郎訳「謎のギャラリー――こわい部屋」新潮社 2002（新潮文庫）p243
　◇中山省三郎訳「こわい部屋」筑摩書房 2012（ちくま文庫）p243
　◇中山省三郎訳「幻想小説神髄」筑摩書房 2012（ちくま文庫）p371

光の世紀（カルペンティエル, アレホ）
　◇杉浦勉訳「アンデスの風叢書 光の世紀」書肆風の薔薇 1990 p3

光るもの（ヘンダースン, ゼナ）
　◇山田順子訳「奇想コレクション ページをめくれば」河出書房新社 2006 p71

引き金（ボーモント, チャールズ）
　◇小笠原豊樹訳「異色作家短篇集 12」早川書房 2006 p181

引き潮（リー, メアリ・スーン）
　◇佐田千織訳「スティーヴ・フィーヴァー――ポストヒューマンSF傑作選 SFマガジン創刊50周年記念アンソロジー」早川書房 2010（ハヤカワ文庫 SF）p147

〈引立て倶楽部〉の不快な事件（ハイデンフェルト, W.）
　◇高見浩訳「有栖川有栖の本格ミステリ・ライブラリー」角川書店 2001（角川文庫）p163

引き立て役（ゾラ, エミール）

◇宮下志朗訳「百年文庫 63」ポプラ社 2011 p5

ビギナーズ・ラック（ワイルド, パーシヴァル）
　◇巴妙子訳「ミステリーの本棚 悪党どものお楽しみ」国書刊行会 2000 p159

引き船道（ムンカダ, ジェズス）
　◇田澤佳子, 田澤耕訳「シリーズ【越境の文学／文学の越境】 引き船道」現代企画室 1999 p7

引きまわし（ヴァクス, アンドリュー）
　◇佐々田雅子訳「夜汽車はバビロンへ―EQMM90年代ベスト・ミステリー」扶桑社 2000（扶桑社ミステリー）p33

ヒギンボタム氏の災難（ホーソーン, ナサニエル）
　◇竹村和子訳「バベルの図書館 3」国書刊行会 1988 p111
　◇竹村和子訳「謎の物語」筑摩書房 2012（ちくま文庫）p193
　◇竹村和子訳「新編 バベルの図書館 1」国書刊行会 2012 p79

低くたれこめる雲（ソロー, ヘンリー・デイヴィド）
　◇渡辺信二訳「アメリカ文学ライブラリー アメリカ名詩選」本の友社 1997 p145

ビクスビイ夫人と大佐のコート（ダール, ロアルド）
　◇開高健訳「異色作家短篇集 1」早川書房 2005 p115

ビクトル・ユーグの歴史的真実について（カルペンティエル, アレホ）
　◇杉浦勉訳「アンデスの風叢書 光の世紀」書肆風の薔薇 1990 p338

小人（ピグミー）… → "こびと…"をも見よ

小人（ピグミー）伝説（作者不詳）
　◇紙村徹編訳「台湾原住民文学選 5」草風館 2006 p300

ひぐらし（トパス・タナピマ）
　◇下村作次郎編訳「台湾原住民文学選 1」草風館 2002 p139

日暮れから夜明けまで（ハーマー, ブルース）
　◇浅倉久志選訳「極短小説」新潮社 2004（新潮文庫）p23

尾行（ストリブリング, T.S.）
　◇霜島義明訳「KAWADE MYSTERY ポジオ

ひこう

リ教授の冒険」河出書房新社 2008 p281

飛行術入門（ウィルソン, ジャクリーン）
- ◇大友香奈子訳「魔法使いになる14の方法」東京創元社 2003（創元推理文庫）p157

美術館の鼠（李垠）
- ◇きむふな訳「アジア本格リーグ 3（韓国）」講談社 2009 p5

美女（ローズ, ダン）
- ◇岸本佐知子編訳「変愛小説集 2」講談社 2010 p239

美女ありき（ムーア, C.L.）
- ◇小尾芙佐訳「20世紀SF 1」河出書房新社 2000（河出文庫）p161
- ◇小尾芙佐訳「ロボット・オペラ―An Anthology of Robot Fiction and Robot Culture」光文社 2004 p143

微笑（鄭泳文）
- ◇安宇植編訳「いま、私たちの隣りに誰がいるのか―Korean short stories」作品社 2007 p223

非常口（金英夏）
- ◇三枝壽勝訳「現代韓国短篇選 上」岩波書店 2002 p171

美少年（デュ・モーリア, ダフネ）
- ◇吉田誠一訳「異色作家短篇集 10」早川書房 2006 p107

美少年ナルキッススとエコ―転身物語より（オウィディウス）
- ◇田中秀央, 前田敬作訳「変身のロマン」学習研究社 2003（学研M文庫）p213

秘書奇譚（ブラックウッド, アルジャーノン）
- ◇平井呈一訳「怪奇小説傑作集新版 1」東京創元社 2006（創元推理文庫）p307

避暑地の出来事（ウォルシュ, アン）
- ◇多賀谷弘孝訳「安らかに眠りたまえ―英米文学短編集」海苑社 1998 p173
- ◇多賀谷弘孝訳「謎のギャラリー―こわい部屋」新潮社 2002（新潮文庫）p157
- ◇多賀谷弘孝訳「こわい部屋」筑摩書房 2012（ちくま文庫）p157

秘書に魅せられて（ローレンス, キム）
- ◇大森みち花訳「真夏の恋の物語―サマー・シズラー 2006」ハーレクイン 2006 p5

美女は野獣（リー, タニス）

市田泉訳「奇想コレクション 悪魔の薔薇」河出書房新社 2007 p125

翡翠男の眼（ムアコック, マイクル）
- ◇中村融訳「不死鳥の剣―剣と魔法の物語傑作選」河出書房新社 2003（河出文庫）p315

ピストン式（スラデック, ジョン）
- ◇大森望訳「奇想コレクション 蒸気駆動の少年」河出書房新社 2008 p85

ひづめの下に（マークス, ジェフリー）
- ◇青木多香子訳「ホワイトハウスのペット探偵」講談社 2009（講談社文庫）p167

ひそやかな暮らし（カーペンター, リザベス）
- ◇吉田利子訳「間違ってもいい、やってみたら―思いがはじける28の物語」講談社 1998 p25

ひそやかな村（ダン, ダグラス）
- ◇中野康司訳「新しいイギリスの小説 ひそやかな村」白水社 1992 p1

ビターアーモンド―モンタギュー・エッグの物語（セイヤーズ, ドロシー・L.）
- ◇中勢津子訳「20世紀英国モダニズム小説集成 世を騒がす嘘つき男」風濤社 2014 p223

ピーターと狼（カーター, アンジェラ）
- ◇植松みどり訳「Modern & Classic ブラック・ヴィーナス」河出書房新社 2004 p117

引っ掻かれたベートーヴェン（ロート＝アヴィレス, ネーナ）
- ◇伊井直子訳「現代ウィーン・ミステリー・シリーズ 9」水声社 2002 p147

棺（リード, ロバート）
- ◇中原尚哉訳「90年代SF傑作選 下」早川書房 2002（ハヤカワ文庫）p351

ビッグ・トリップ（グラファム, エルシン・アン）
- ◇佐々田雅子訳「ミニ・ミステリ100」早川書房 2005（ハヤカワ・ミステリ文庫）p497

ビッグ・ミッドナイト・スペシャル（バーク, ジェイムズ・リー）
- ◇山下麻貴訳「ベスト・アメリカン・短編ミステリ」DHC 2010 p87

ピッコロ・マック（ランビット, ダイナ）
- ◇月村澄枝訳「猫は九回生きる―とっておきの猫の話」心交社 1997 p115

必殺の新戦法（コントスキー, ヴィクター）
- ◇若島正訳「モーフィー時計の午前零時―チェ

ひとさ

ス小説アンソロジー」国書刊行会 2009
p211

羊（マクニーリー，トーマス・H.）
　◇海野めぐみ訳「アメリカミステリ傑作選
　　2002」DHC 2002（アメリカ文芸「年間」
　　傑作選）p521

羊を飼う娘（劉慶邦）
　◇渡辺新一訳「コレクション中国同時代小説
　　5」勉誠出版 2012 p69

羊飼い（フォーサイス，フレデリック）
　◇伏見威蕃訳「翼を愛した男たち」原書房
　　1997 p145

羊飼イエーリ（ヴェルガ，ジョヴァンニ）
　◇河島英昭訳「百年文庫 45」ポプラ社 2010
　　p5

羊飼い衛星（スティール，アレン）
　◇中原尚哉訳「90年代SF傑作選 上」早川書房
　　2002（ハヤカワ文庫）p463

羊飼いとその恋人（グージ，エリザベス）
　◇西崎憲編訳「短篇小説日和―英国異色傑作
　　選」筑摩書房 2013（ちくま文庫）p181

羊飼いの息子（ミドルトン，リチャード）
　◇南條竹則訳「魔法の本棚 幽霊船」国書刊行
　　会 1997 p39
　◇南條竹則訳「贈る物語Terror」光文社 2002
　　p202

ひっそかに、ひっそりと（オーツ，ジョイス・
キャロル）
　◇近谷和美訳「アメリカミステリ傑作選 2001」
　　DHC 2001（アメリカ文芸「年間」傑作
　　選）p437

ヒッチハイカー（ダール，ロアルド）
　◇野村芳夫訳「死のドライブ」文藝春秋 2001
　　（文春文庫）p303

逼迫（玄相允）
　◇布袋敏博訳「小説家仇甫氏の一日―ほか十三
　　編 短編小説集」平凡社 2006（朝鮮近代文
　　学選集）p5

ヒッパルコス（作者不詳）
　◇久保田忠利，橋本隆夫，野津寛，安村典子，吉
　　武純夫，丹下和彦訳「ギリシア喜劇全集 8」
　　岩波書店 2011 p525

ヒップスター（ケラー，テッド）
　◇吉田千鶴子訳「ブルー・ボウ・シリーズ キ
　　スの代償」青弓社 1994 p35

『ヒッポコモス（馬丁）』（メナンドロス）
　◇中務哲郎，脇本由佳，荒井直訳「ギリシア喜
　　劇全集 6」岩波書店 2010 p173

ピッポ・スパーノ（マン，ハインリヒ）
　◇吉田正己訳「世界100物語 5」河出書房新社
　　1997 p7

必要（スタージョン，シオドア）
　◇宮脇孝雄訳「奇想コレクション ［ウィジェッ
　　ト］と［ワジェット］とボフ」河出書房新社
　　2007 p47

ビデオ（ローズ，ダン）
　◇岸本佐知子編訳「変愛小説集 2」講談社
　　2010 p257

ひどい顔（ムーア，ローリー）
　◇小梨直訳「新しいアメリカの小説 愛の生活」
　　白水社 1991 p97

ビドウェル氏の私生活（サーバー，ジェイムズ）
　◇鳴海四郎訳「異色作家短篇集 14」早川書房
　　2006 p125
　◇鳴海四郎訳「怠けものの話」筑摩書房 2011
　　（ちくま文学の森）p107

人を殺そうとする者は（ボーモント，チャール
ズ）
　◇仁賀克雄訳「ダーク・ファンタジー・コレク
　　ション 7」論創社 2007 p233

人喰い鬼のお愉しみ（ペナック，ダニエル）
　◇中条省平訳「新しいフランスの小説 人喰い
　　鬼のお愉しみ」白水社 1995 p1

一口の食べ物（ルスティク，アルノシト）
　◇栗栖継訳「東欧の文学 星のある生活 他」恒
　　文社 1967 p429

美徳の書（ブルーエン）
　◇杉江松恋訳「BIBLIO MYSTERIES 1」ディ
　　スカヴァー・トゥエンティワン 2014 p91

ひとけのない道路（ウィルスン，リチャード）
　◇仁賀克雄編・訳「新・幻想と怪奇」早川書房
　　2009（Hayakawa pocket mystery books）
　　p113

人殺しのヴァイオリン（エルクマン＝シャトリ
アン）
　◇南條竹則編訳「イギリス恐怖小説傑作選」筑
　　摩書房 2005（ちくま文庫）p137

人里離れた死（ボーモント，チャールズ）
　◇小笠原豊樹訳「異色作家短篇集 12」早川書

作品名から引ける世界文学全集案内 第III期　273

ひとさ

房 2006 p245

ひとさらい（シュペルヴィエル, ジュール）
 ◇澁澤龍彦訳「澁澤龍彦訳暗黒怪奇短篇集」河出書房新社 2013（河出文庫）p125

人質（クラムリー, ジェイムズ）
 ◇松下祥子訳「ベスト・アメリカン・ミステリ ジュークボックス・キング」早川書房 2005（ハヤカワ・ミステリ）p115

人質（ペリー, アン）
 ◇白石朗, 田口俊樹訳「十の罪業 Black」東京創元社 2009（創元推理文庫）p589

美と崇高（スターリング, ブルース）
 ◇小川隆訳「20世紀SF 5」河出書房新社 2001（河出文庫）p49

ひとづきあい（ソット・ボーリン）
 ◇岡田知子編訳「現代カンボジア短編集」大同生命国際文化基金 2001（アジアの現代文芸）p9

一束の緑（白先勇）
 ◇山口守訳「新しい台湾の文学 台北人」国書刊行会 2008 p25

一つ編んで、二つ編んで…（ウィーバー, トマシーナ）
 ◇田村義進訳「ミニ・ミステリ100」早川書房 2005（ハヤカワ・ミステリ文庫）p335

ひとつ息をして、ひと筆書く（ヴァレンテ, キャサリン・M.）
 ◇田辺千幸訳「THE FUTURE IS JAPANESE」早川書房 2012（ハヤカワSFシリーズJコレクション）p201

ひとつかみの土くれを握り（金昭葉）
 ◇金炳三, 李春穆, 金潤訳「20世紀民衆の世界文学 7」三友社出版 1990 p203

火と土（黄錦樹）
 ◇大東和重訳「台湾熱帯文学 3」人文書院 2011 p15

一つになって下さい（韓龍雲）
 ◇安宇植（アンウーシク）訳「韓国文学名作選 ニムの沈黙」講談社 1999 p31

ひとつの嘘（ハネイ, バーバラ）
 ◇長田乃莉子訳「夏色の恋の誘惑」ハーレクイン 2013（サマー・シズラーVB）p241

（ひとつの心が…）（ディキンソン, エミリー）
 ◇柴田元幸訳「ろうそくの炎がささやく言葉」

勁草書房 2011 p73

一つの星をうたおう（李陸史）
 ◇安宇植（アンウーシク）訳「韓国文学名作選 李陸史詩集」講談社 1999 p40

「海星（ひとで）」（デスノス, ロベール）
 ◇小笠原豊樹訳「盲目の女神―20世紀欧米戯曲拾遺」みすず書房 2011 p453

海星（ひとで）のような言語（ル＝グウィン, アーシュラ・K.）
 ◇谷垣暁美訳「Modern & Classic なつかしく謎めいて」河出書房新社 2005 p186

海星（ひとで）広場（デスノス, ロベール）
 ◇小笠原豊樹訳「盲目の女神―20世紀欧米戯曲拾遺」みすず書房 2011 p415

一晩の出会い（アロンソ・デ・サントス, ホセ・ルイス）
 ◇田尻陽一訳「現代スペイン演劇選集 1」カモミール社 2014 p265

人々が半ズボンを脱ぐ時（ハイトフ, ニコライ）
 ◇真木三三子訳「東欧の文学 あらくれ物語」恒文社 1983 p39

火と水（グリーン, アレクサンドル）
 ◇岩本和久訳「魔法の本棚 消えた太陽」国書刊行会 1999 p29

ひとり遊び（スワーゼク, マリリー）
 ◇浅倉久志選訳「極短小説」新潮社 2004（新潮文庫）p182

ひとりきり（ローズ, ダン）
 ◇岸本佐知子編訳「変愛小説集 2」講談社 2010 p245

ひとり過ごす夜（グラファム, エルシン・アン）
 ◇佐々田雅子訳「ミニ・ミステリ100」早川書房 2005（ハヤカワ・ミステリ文庫）p747

一人だけ多すぎる（セイヤーズ, ドロシー・L.）
 ◇中務津子訳「20世紀英国モダニズム小説集成 自分の同類を愛した男」風濤社 2014 p221

ひとりでも生きていける（ブッチャー, グレイス）
 ◇吉田利子訳「間違ってもいい、やってみたら―想いがはじける28の物語」講談社 1998 p23

ひとりの女がおれを待っている（ホイットマン, ウォルト）
 ◇渡辺信二訳「アメリカ文学ライブラリー ア

メリカ名詩選」本の友社 1997 p184

一人舞台（ストリンドベルヒ）
　◇森鷗外訳「諸国物語―stories from the world」ポプラ社 2008 p431

一人舞臺（ストリンドベルグ）
　◇森鷗外訳「債鬼―外四篇」ゆまに書房 2004（昭和初期世界名作翻訳全集）p115

ひとりぼっちの欲望（ハーン, マルギット）
　◇松永美穂訳「ドイツ文学セレクション ひとりぼっちの欲望」三修社 1997 p7

ひとり者のナイトキャップ（アンデルセン, ハンス・クリスチャン）
　◇高橋健二訳「百年文庫 51」ポプラ社 2010 p5

ビードロ学士―『模範小説集』より（セルバンテス・サアベドラ, ミゲル・デ）
　◇吉田彩子訳「ポケットマスターピース 13」集英社 2016（集英社文庫ヘリテージシリーズ）p521

人は 言う（ソロー, ヘンリー・デイヴィド）
　◇渡辺信二訳「アメリカ文学ライブラリー アメリカ名詩選」本の友社 1997 p144

人はなぜ笑うのか―そもそもほんとに笑うのか？（ベンチリー, ロバート）
　◇柴田元幸訳「ベスト・ストーリーズ 1」早川書房 2015 p47

人は見かけ（ロウグレン, カーン）
　◇浅倉久志選訳「極短小説」新潮社 2004（新潮文庫）p114

非難の余地なし（ウィルソン, デイヴィッド・ニール）
　◇浜野アキオ訳「サイコ―ホラー・アンソロジー」祥伝社 1998（祥伝社文庫）p345

火の雨（ルゴーネス, レオポルド）
　◇牛島信明訳「バベルの図書館 18」国書刊行会 1989 p35
　◇牛島信明訳「百年文庫 95」ポプラ社 2011 p31
　◇牛島信明訳「新編 バベルの図書館 6」国書刊行会 2013 p519

火の顔（マイエンブルク, マリウス・フォン）
　◇新野守広訳「ドイツ現代戯曲選30 1」論創社 2005 p7

陽の沈む街へ（ガードナー, レナード）

◇安岡真訳「シリーズ・永遠のアメリカ文学 4」東京書籍 1991 p1

日の下を歩いて（ランディス, ジェフリー・A.）
　◇公手成幸訳「20世紀SF 6」河出書房新社 2001（河出文庫）p145

日の出（曹禺）
　◇中山文訳「中国現代戯曲集 第8集」晩成書房 2009 p195

日の出（韓龍雲）
　◇安宇植（アンウーシク）訳「韓国文学名作選 ニムの沈黙」講談社 1999 p136

火の柱（ワイルド, パーシヴァル）
　◇巴妙子訳「ミステリーの本棚 悪党どものお楽しみ」国書刊行会 2000 p207

火花（マイノット, スーザン）
　◇森田義信訳「シリーズ・永遠のアメリカ文学 3」東京書籍 1990 p33

火花（レナード, エルモア）
　◇高見浩訳「殺さずにはいられない 2」早川書房 2002（ハヤカワ・ミステリ文庫）p7

日々是好日（ブルク, パウル・H.）
　◇前川道介訳「独逸怪奇小説集成」国書刊行会 2001 p174

ひび割れた舗道（ミュラー, マーシャ）
　◇高野裕美子訳「ウーマンズ・ケース 下」早川書房 1998（ハヤカワ・ミステリ文庫）p337

非武装地帯（ドーア, アンソニー）
　◇岩本正恵訳「美しい子ども」新潮社 2013（CREST BOOKS）p5

皮膚のない皇帝（セクソン, リンダ）
　◇村上春樹編訳「バースデイ・ストーリーズ」中央公論新社 2002 p87

ビブリオマニア（ノディエ, Ch.）
　◇生田耕作訳「愛書狂」平凡社 2014（平凡社ライブラリー）p55

誹謗（韓龍雲）
　◇安宇植（アンウーシク）訳「韓国文学名作選 ニムの沈黙」講談社 1999 p53

B・ホラー（メイヨー, ウェンデル）
　◇古屋美登里訳「モンスターズ―現代アメリカ傑作短篇集」白水社 2014 p49

ヒマラヤスギの野人（アリン, ダグ）
　◇田口俊樹訳「双生児―EQMM90年代ベスト・

ひまわり

ミステリー」扶桑社 2000（扶桑社ミステ
リー）p169

ひまわり（グーナン, キャスリン・アン）
◇小野田和子訳「スティーヴ・フィーヴァー——
ポストヒューマンSF傑作選 SFマガジン創
刊50周年記念アンソロジー」早川書房
2010（ハヤカワ文庫 SF）p205

ひまわり（ハーン, ラフカディオ）
◇平川祐弘訳「魔術師」角川書店 2001（角川
ホラー文庫）p393

肥満翼賛クラブ（ウェスト, ジョン・アンソニー）
◇宮脇孝雄訳「街角の書店——18の奇妙な物語」
東京創元社 2015（創元推理文庫）p9

秘密（ガーヴェイ, エイミー）
◇石原未奈子訳「キス・キス・キス——サプライ
ズパーティの夜に」ヴィレッジブックス
2008（ヴィレッジブックス）p7

秘密（韓龍雲）
◇安宇植（アンウーシク）訳「韓国文学名作選 ニ
ムの沈黙」講談社 1999 p49

秘密職員（パック, ジャネット）
◇青木多香子訳「ホワイトハウスのペット探
偵」講談社 2009（講談社文庫）p251

秘密書類（ポー, エドガー・アラン）
◇森田思軒訳「明治の翻訳ミステリー——翻訳編
第2巻」五月書房 2001（明治文学復刻叢
書）p183

秘密の儀式（デネービ, マルコ）
◇江上淳訳「西和リブロス 5」西和書林 1985
p3

秘密の共有者（コンラッド, ジョゼフ）
◇宇田川優子訳「諸国物語——stories from the
world」ポプラ社 2008 p799

秘密の共有者——沿岸の一エピソード（コンラッ
ド, ジョゼフ）
◇柴田元幸編訳「ブリティッシュ＆アイリッ
シュ・マスターピース」スイッチ・パブ
リッシング 2015（SWITCH LIBRARY）
p119

秘密のサンタ（ジャンプ, シャーリー）
◇島村浩子訳「シュガー＆スパイス」ヴィレッ
ジブックス 2007（ヴィレッジブックス）
p301

秘密のないスフィンクス（ワイルド, オスカー）
◇平井程一訳「諸国物語——stories from the

world」ポプラ社 2008 p29

秘密の庭（チェスタトン, G.K.）
◇中村保男訳「綾辻行人と有栖川有栖のミステ
リ・ジョッキー 3」講談社 2012 p89

秘密のバレンタイン（ホフマン, ケイト）
◇高田恵子訳「マイ・バレンタイン——愛の贈り
もの '97」ハーレクイン 1997 p121

秘密のベッドルーム（トンプソン, ヴィッキー・
L.）
◇斉藤薫訳「マイ・バレンタイン——愛の贈りも
の '99」ハーレクイン 1991 p95

ピム氏と聖なるパン（ポウイス, T.F.）
◇西崎憲編訳「短篇小説日和——英国異色傑作
選」筑摩書房 2013（ちくま文庫）p167

秘めやかな時間（トンプソン, ヴィッキー・L.）
◇南和子訳「真夏の恋の物語——サマー・シズ
ラー 2005」ハーレクイン 2005 p107

ひめやかに甲虫は歩む（コリア, ジョン）
◇垂野創一郎訳「KAWADE MYSTERY ナツ
メグの味」河出書房新社 2007 p233

ひも（モーパッサン, ギ・ド）
◇杉捷夫訳「恐ろしい話」筑摩書房 2011（ち
くま文学の森）p365

百十一年後の運転手（スパーク, ミュリエル）
◇桃尾美佳訳「ベスト・ストーリーズ 3」早川
書房 2016 p147

百姓（チェーホフ, アントン）
◇中村白葉訳「世界100物語 4」河出書房新社
1997 p130

百姓マレイ（ドストエフスキー, フョードル・ミ
ハイロヴィチ）
◇米川正夫訳「生の深みを覗く——ポケットアン
ソロジー」岩波書店 2010（岩波文庫別
冊）p421

百年（バヤルサイハン, プレブジャビン）
◇柴内秀司訳「モンゴル近現代短編小説選」パ
ブリック・ブレイン 2013 p360

秘薬の罠（バークレー, スザーン）
◇山田沙羅訳「四つの愛の物語——クリスマス・
ストーリー '99」ハーレクイン 1999 p345

白魔（マッケン, アーサー）
◇南條竹則訳「幻想小説神髄」筑摩書房 2012
（ちくま文庫）p311

百万ドルの動機（ハリディ, ブレット）

◇阿部孔子訳「ブルー・ボウ・シリーズ 殺人コレクション」青弓社 1992 p187

百万に一つの偶然（ヴィカーズ, ロイ）
◇宇野利泰訳「51番目の密室―世界短篇傑作集」早川書房 2010（Hayakawa pocket mystery books）p109

一〇〇万年宇宙の旅（クリスチャンスン, ディーン）
◇浅倉久志選訳「極短小説」新潮社 2004（新潮文庫）p126

百万ポンド紙幣（トウェイン, マーク）
◇三浦朱門訳「百年文庫 36」ポプラ社 2010 p91

白夜（ドストエフスキー, フョードル・ミハイロヴィチ）
◇奈倉有里訳「ポケットマスターピース 10」集英社 2016（集英社文庫ヘリテージシリーズ）p9

142列車の女（サーバー, ジェイムズ）
◇鳴海四郎訳「異色作家短篇集 14」早川書房 2006 p81

百科事典（チャンバース, クリストファー）
◇北野寿美枝訳「ベスト・アメリカン・ミステリ ジュークボックス・キング」早川書房 2005（ハヤカワ・ミステリ）p53

百発百中のゴダール（アンダースン, フレデリック・アーヴィング）
◇駒瀬裕子訳「ミステリーの本棚 怪盗ゴダールの冒険」国書刊行会 2001 p9

百歩蛇は死んだ（モーナノン）
◇下村作次郎編訳「台湾原住民文学選 1」草風館 2002 p44

冷や飯ぐい（ヘッド, ベッシー）
◇くぼたのぞみ訳「アフリカ文学叢書 優しさと力の物語」スリーエーネットワーク 1996 p36

ピュタゴラス―ギリシア哲学者列伝（ラエルティオス, ディオゲネス）
◇日下部吉信編・訳「超短編アンソロジー」筑摩書房 2002（ちくま文庫）p166

『ヒュドリアー（水甕）』（メナンドロス）
◇中務哲郎, 脇本由佳, 荒井直訳「ギリシア喜劇全集 6」岩波書店 2010 p320

ヒュプノス（ラヴクラフト, H.P.）
◇大瀧啓裕訳「クトゥルー 12」青心社 2002

（暗黒神話大系シリーズ）p35

『ヒュポボリマイオス（取り替えっ子）』または『アグロイコス（田舎者）』（メナンドロス）
◇中務哲郎, 脇本由佳, 荒井直訳「ギリシア喜劇全集 6」岩波書店 2010 p324

ヒューマン・ミステリー（リー, タニス）
◇日暮雅通訳「シャーロック・ホームズ 四人目の賢者―クリスマスの依頼人 2」原書房 1999 p291

『ヒュムニス』（メナンドロス）
◇中務哲郎, 脇本由佳, 荒井直訳「ギリシア喜劇全集 6」岩波書店 2010 p322

ヒョウ（タワー, ウェルズ）
◇藤井光訳「美しい子ども」新潮社 2013（CREST BOOKS）p151

美容院にて（ユーラ, エリザベス）
◇浅倉久志選訳「極短小説」新潮社 2004（新潮文庫）p56

病院にて（コンラッド, バーナビー）
◇浅倉久志選訳「極短小説」新潮社 2004（新潮文庫）p246

病気の通訳（ラヒリ, ジュンパ）
◇浦谷計子訳「アメリカ短編小説傑作選 2001」DHC 2001（アメリカ文芸「年間」傑作選）p361

病気の発作の際に（ブラッドストリート, アン）
◇渡辺信二訳「アメリカ文学ライブラリー アメリカ名詩選」本の友社 1997 p35

病気の若い娘（ブロンテ, シャーロット）
◇中岡洋, 芦沢久江訳「ブロンテ姉妹エッセイ全集」彩流社 2016 p136

標準ローソク（マクデヴィット, ジャック）
◇浅倉久志訳「90年代SF傑作選 下」早川書房 2002（ハヤカワ文庫）p211

標的（林紗絽）
◇李慶姫訳「コリアン・ミステリー―韓国推理小説傑作選」バベル・プレス 2002 p241

病人たちの健康（コルタサル, フリオ）
◇木村榮一訳「アンデスの風叢書 すべての火は火」水声社 1993 p45

漂泊者（マンデル, エミリー・セイント・ジョン）
◇ペルチ加代子訳「ベスト・アメリカン・短編ミステリ 2014」DHC 2015 p269

氷壁（ギャグリアーニ, ウィリアム・D.）

作品名から引ける世界文学全集案内 第III期　277

ひょう

◇玉木亨訳「サイコーホラー・アンソロジー」祥伝社 1998（祥伝社文庫）p497

漂流者の手記（ロング，フランク・ベルナップ）
　◇「怪樹の腕―〈ウィアード・テールズ〉戦前邦訳傑作選」東京創元社 2013 p79

ぴょんぴょんウサギ球（ラードナー，リング）
　◇森慎一郎訳「ベスト・ストーリーズ 1」早川書房 2015 p7

避雷針（ブルトン，アンドレ）
　◇小海永二訳「黒いユーモア選集 1」河出書房新社 2007（河出文庫）p9

平倉洞の殺人陰謀（崔鐘澈）
　◇祖田律男訳「コリアン・ミステリ―韓国推理小説傑作選」バベル・プレス 2002 p57

ひらけ、ゴマ！（フィニー，ベティー）
　◇浅倉久志選訳「極短小説」新潮社 2004（新潮文庫）p277

『ピラデルポイ（恋する兄弟）』（メナンドロス）
　◇中務哲郎，脇本由佳，荒井直訳「ギリシア喜劇全集 6」岩波書店 2010 p343

ピラト（デュレンマット，フリードリヒ）
　◇前川道介訳「独逸怪奇小説集成」国書刊行会 2001 p85

ピリスコス（作者不詳）
　◇中務哲郎，西村賀子，平山晃司訳「ギリシア喜劇全集 9」岩波書店 2012 p236

ピリッピデース（作者不詳）
　◇中務哲郎，西村賀子，平山晃司訳「ギリシア喜劇全集 9」岩波書店 2012 p225

ピリッポス（作者不詳）
　◇中務哲郎，西村賀子，平山晃司訳「ギリシア喜劇全集 9」岩波書店 2012 p234

ピリュッリオス（作者不詳）
　◇中務哲郎，西村賀子，平山晃司訳「ギリシア喜劇全集 9」岩波書店 2012 p241

ビリンのキマメ畑＜プユマ＞（バタイ）
　◇松本さち子訳「台湾原住民文学選 6」草風館 2008 p106

ひる（シェクリイ，ロバート）
　◇浅倉久志訳「20世紀SF 2」河出書房新社 2000（河出文庫）p19
　◇宇野利泰訳「異色作家短篇集 9」早川書房 2006 p27
　◇浅倉久志訳「きょうも上天気―SF短編傑作

選」角川書店 2010（角川文庫）p53

比類なき花（インインヌ）
　◇南田みどり編訳「ミャンマー現代女性短編集」大同生命国際文化基金 2001（アジアの現代文芸）p142

ピルザダさんが食事に来たころ（ラヒリ，ジュンパ）
　◇小川高義訳「記憶に残っていること―新潮クレスト・ブックス短篇小説ベスト・コレクション」新潮社 2008（Crest books）p81

ヒルダ・レスウェイズの青春（ベネット，アーノルド）
　◇小野寺健訳「ヒロインの時代 ヒルダ・レスウェイズの青春」国書刊行会 1989 p1

昼、梟の鳴くところ（ウェルマン，マンリー・ウェイド）
　◇広瀬順弘訳「闇の展覧会 霧」早川書房 2005（ハヤカワ文庫）p71

ビレアリアスの洞窟（イネス，マイケル）
　◇森一訳「推理探偵小説文学館 1」勉誠社 1996 p41

ピレタイロス（作者不詳）
　◇中務哲郎，西村賀子，平山晃司訳「ギリシア喜劇全集 9」岩波書店 2012 p217

ピレーモーン（作者不詳）
　◇中務哲郎，西村賀子，平山晃司訳「ギリシア喜劇全集 9」岩波書店 2012 p128

悲恋（モーパッサン，ギー・ド）
　◇青柳瑞穂訳「百年文庫 40」ポプラ社 2010 p67

拾い子（クライスト，ハインリヒ・フォン）
　◇中田美喜訳「百年文庫 64」ポプラ社 2011 p5

疲労した船長の事件（ウィルスン，アラン）
　◇北原尚彦編訳「シャーロック・ホームズの栄冠」論創社 2007（論創海外ミステリ）p175

ピロステパノス（作者不詳）
　◇中務哲郎，西村賀子，平山晃司訳「ギリシア喜劇全集 9」岩波書店 2012 p240

ピローニデース（作者不詳）
　◇中務哲郎，西村賀子，平山晃司訳「ギリシア喜劇全集 9」岩波書店 2012 p237

ピローニデースⅡ（作者不詳）
　◇中務哲郎，西村賀子，平山晃司訳「ギリシア

喜劇全集 9」岩波書店 2012 p239

美は見る者の目に…(カール, リリアン・スチュアート)
　◇山本やよい訳「ホロスコープは死を招く」ソニー・マガジンズ 2006 (ヴィレッジブックス) p155

貧家の子女がその両親並びに祖国にとっての重荷となることを防止し、かつ社会に対して有用ならしめんとする方法についての私案(スウィフト, ジョナサン)
　◇深町弘三訳「恐ろしい話」筑摩書房 2011 (ちくま文学の森) p439

ピンク色の質問(バイエ=チャールトン, ファビエンヌ)
　◇佐藤渉訳「ダイヤモンド・ドッグ―《多文化を映す》現代オーストラリア短編小説集」現代企画室 2008 p125

ピンク色の夜(葉弥)
　◇金子わこ訳「じゃがいも―中国現代文学短編集」小学館スクウェア 2007 p291
　◇金子わこ訳「じゃがいも―中国現代文学短編集」鼎書房 2012 p291

ピンクの柱廊(ストリブリング, T.S.)
　◇霜島義明訳「KAWADE MYSTERY ポジオリ教授の冒険」河出書房新社 2008 p215

ヒンケマン(トラー, エルンスト)
　◇田村俊夫訳「機械破壊者」ゆまに書房 2006 (昭和初期世界名作翻訳全集) p117

ビンゴ・マスター(オーツ, ジョイス・キャロル)
　◇真野明裕訳「闇の展覧会 罠」早川書房 2005 (ハヤカワ文庫) p81

瀕死のドクター(ブルース, コリン)
　◇日暮雅通訳「シャーロック・ホームズ ワトソンの災厄」原書房 2003 p9

瓶詰め仔猫(バン, オースティン)
　◇古屋美登里訳「モンスターズ―現代アメリカ傑作短篇集」白水社 2014 p129

壜詰めパーティ(コリア, ジョン)
　◇和爾桃子訳「KAWADE MYSTERY ナツメグの味」河出書房新社 2007 p159

壜の小鬼(スティーヴンソン, ロバート・ルイス)
　◇高松雄一, 高松禎子訳「バベルの図書館 17」国書刊行会 1989 p55
　◇高松雄一, 高松禎子訳「新編 バベルの図書館 3」国書刊行会 2013 p44

壜のなかの手記(ポー, エドガー・アラン)
　◇富士川義之訳「バベルの図書館 11」国書刊行会 1989 p55
　◇富士川義之訳「新編 バベルの図書館 1」国書刊行会 2012 p147

貧乏絵描きから大領主への手紙(ブロンテ, シャーロット)
　◇中岡洋, 芦沢久江訳「ブロンテ姉妹エッセイ全集」彩流社 2016 p565

閔甫の生活表(李北鳴)
　◇熊木勉訳「小説家仇甫氏の一日―ほか十三編 短編小説集」平凡社 2006 (朝鮮近代文学選集) p273

ビーンボール(カールソン, ロン)
　◇渡辺育子訳「ベスト・アメリカン・短編ミステリ」DHC 2010 p113

【 ふ 】

無愛想な隣人(ナスバウム, アル)
　◇田村義進訳「ミニ・ミステリ100」早川書房 2005 (ハヤカワ・ミステリ文庫) p444

ファウスタの象(ヴォルフスキント, ペーター・ダニエル)
　◇前川道介訳「独逸怪奇小説集成」国書刊行会 2001 p96

ファウスト 第一部(ゲーテ, ヨハン・ヴォルフガング)
　◇池内紀訳「ファウスト 第1部」集英社 2004 (集英社文庫ヘリテージシリーズ) p7

ファウスト 第二部(ゲーテ, ヨハン・ヴォルフガング)
　◇池内紀訳「ファウスト 第2部」集英社 2004 (集英社文庫ヘリテージシリーズ)

ファウスト 第二部 抄(ゲーテ, ヨハン・ヴォルフガング)
　◇粂川麻里生訳「ポケットマスターピース 2」集英社 2015 (集英社文庫ヘリテージシリーズ) p423

ファクシミリ(ザレスキー, P.)
　◇斎藤博士訳「アンデスの風叢書 天国・地獄百科」書肆風の薔薇 1982 p161

ファクスランジュ(サド, D.A.F.)

ふあさ

◇澁澤龍彦訳「百年文庫 32」ポプラ社 2010
p89

ファーザーラント（クラハト, クリスティアン）
◇越智和弘訳「ドイツ文学セレクション
ファーザーラント」三修社 1996 p1

ファスト・レーンズ（フィリップス, ジェイン・
アン）
◇篠目清美訳「新しいアメリカの小説 ファス
ト・レーンズ」白水社 1989 p87

ファッジ（ヨナ, キット）
◇旦紀子訳「マシン・オブ・デス─A
Collection of Stories about People who
Know How They Will DIE」アルファポリ
ス 2012 p29

ファーブルとデュルイ（ルグロ）
◇平野威馬雄訳「心洗われる話」筑摩書房
2010 （ちくま文学の森）p35

ファミリー・ゲーム（デュボイス, ブレンダン）
◇木村二郎訳「ベスト・アメリカン・ミステリ
ハーレム・ノクターン」早川書房 2005
（ハヤカワ・ミステリ）p141

ファラゴ（アベリ, ヤン）
◇大浦康介訳「Modern & Classic ファラゴ」
河出書房新社 2008 p1

ファラとビュローズ・ミンデの幽霊（グライ
リー, ケイト）
◇青木多香子訳「ホワイトハウスのペット探
偵」講談社 2009 （講談社文庫）p365

ファラベウフ（エリソンド, サルバドール）
◇田澤耕訳「アンデスの風叢書 ファラベウフ」
水声社 1991 p5

ファラン（ラブチャルンサプ, ラタウット）
◇馬場敏紀訳「アメリカ新進作家傑作選 2005」
DHC 2006 p153

ファルコン岬の漁師（ラヴクラフト, H.P.／ダー
レス, オーガスト）
◇大瀧啓裕訳「クトゥルー 10」青心社 1997
（暗黒神話大系シリーズ）p7

笑劇（ファルス）風の批評的百科事典 エドマ・ロ
ジェ・デ・ジュネット宛〔一八七二年八月
十九日〕（フローベール, ギュスターヴ）
◇山崎敦訳「ポケットマスターピース 7」集英
社 2016 （集英社文庫ヘリテージシリー
ズ）p765

ファールンの鉱山（ホフマン, E.T.A.）

◇今泉文子編訳「ドイツ幻想小説傑作選─ロマ
ン派の森から」筑摩書房 2010 （ちくま文
庫）p213

ファルンの鉱山（ホフマン, E.T.A.）
◇種村季弘訳「怪奇・幻想・綺想文学集─種村
季弘翻訳集成」国書刊行会 2012 p31

ファレサーの浜（スティーヴンソン, ロバート・
ルイス）
◇中和彩子訳「ポケットマスターピース 8」集
英社 2016 （集英社文庫ヘリテージシリー
ズ）p493

不安検出書（B式）（スラデック, ジョン）
◇野口幸夫訳「奇想コレクション 蒸気駆動の
少年」河出書房新社 2008 p421

ファンタジーは真夜中に（デニソン, ジャネー
ル）
◇みすみあき訳「キス・キス・キス─土曜日は
タキシードに恋して」ヴィレッジブックス
2008 （ヴィレッジブックス）p147

不案内な幽霊（ウェルズ, H.G.）
◇南條竹則編訳「イギリス恐怖小説傑作選」筑
摩書房 2005 （ちくま文庫）p105

蕃仔林（ファンネーリム）の物語（李喬）
◇明田川聡士訳「台湾郷土文学選集 5」研文出
版 2014 p19

フィアルタ（リー, レベッカ）
◇小原亜美訳「ゾエトロープ Blanc」角川書店
2003 （Bookplus）p117

フィアンセを演じて（ケンドリック, シャロン）
◇小池桂訳「愛は永遠に─ウエディング・ス
トーリー 2008」ハーレクイン 2008 p55

フィガロの結婚（ボーマルシェ, ピエール＝オ
ギュスタン・カロン・ド）
◇石井宏訳「〈新訳・世界の古典〉シリーズ
フィガロの結婚」新書館 1998 p5
◇佐藤実枝訳「ベスト・プレイズ─西洋古典戯
曲12選」論創社 2011 p455

フィッツジェラルド夫人の髪（ドゥリアン, ヴォ
ルフ）
◇前川道介訳「独逸怪奇小説集成」国書刊行会
2001 p351

フィッツ＝マーティン大修道院の廃墟──一八
〇一（作者不詳）
◇大沼由布訳「ゴシック短編小説集」春風社
2012 p79

フィップス家の悲運（クイン, シーバリー）
　◇熊井ひろ美訳「ダーク・ファンタジー・コレクション 4」論創社 2007 p381

フィフティーン（クリアリー, ビヴァリー）
　◇堀内貴和訳「シリーズ・永遠のアメリカ文学 2」東京書籍 1990 p1

フィリップ一家の家風（ルナアル, ジュール）
　◇岸田国士訳「百年文庫 33」ポプラ社 2010 p5

フィルボイド・スタッジ―ネズミの恩返しのお話（サキ）
　◇奈須麻里子訳「20世紀英国モダニズム小説集成 自分の同類を愛した男」風濤社 2014 p56

フィレモン（ジョーンズ, トム）
　◇勝田安彦訳・訳詞「ジョーンズ＆シュミット ミュージカル戯曲集」カモミール社 2007（勝田安彦ドラマシアターシリーズ）p135

フィローストラト（ボッカッチョ, ジョヴァンニ）
　◇岡三郎訳「トロイア叢書 3」国文社 2004 p5

ブヴァールとペキュシェ 抄（フローベール, ギュスターヴ）
　◇菅谷憲興訳「ポケットマスターピース 7」集英社 2016（集英社文庫ヘリテージシリーズ）p547

福爾摩斯（フウアルモス）最後の事件（作者不詳）
　◇桐上白侶鴻訳「上海のシャーロック・ホームズ」国書刊行会 2016（ホームズ万国博覧会）p141

富貴出世の神（富貴発跡司志）（瞿佑）
　◇竹田晃, 小塚由博, 仙石知子著「中国古典小説選 8（明代）」明治書院 2008 p204

フェアとブラウン、そしてトレンブリング（カーティン, ジェレマイア）
　◇和佐田道子編訳「シンデレラ」竹書房 2015（竹書房文庫）p121

フェアプレイ（リッチー, ジャック）
　◇好野理恵訳「KAWADE MYSTERY ダイアルAを回せ」河出書房新社 2007 p91

フェア・レディ（ボーモント, チャールズ）
　◇仁賀克雄訳「ダーク・ファンタジー・コレクション 7」論創社 2007 p77

フェイス・リフト（ロビンスン, ロクサーナ）
　◇野間彩子訳「アメリカミステリ傑作選 2003」DHC 2003（アメリカ文芸「年間」傑作選）p463

非常麻将（フェイチャン マージャン）（李六乙）
　◇菊池領子, 飯塚容訳「中国現代戯曲集 第5集」晩成書房 2004 p5

フェッセンデンの宇宙（ハミルトン, エドモンド）
　◇中村融編訳「奇想コレクション フェッセンデンの宇宙」河出書房新社 2004 p7

フェードル（ラシーヌ, ジャン）
　◇伊藤洋訳「ベスト・プレイズ―西洋古典戯曲12選」論創社 2011 p315

フェードル（ラシーヌ, ジャン原作／笹部博司）
　◇「フェードル―ラシーヌより」メジャーリーグ 2008（笹部博司の演劇コレクション）p9

不死鳥（フェニックス）… → "ふしちょう…"をも見よ

不死鳥（フェニックス）（ウォーナー, シルヴィア・タウンゼンド）
　◇青木悦子訳「怪奇文学大山脈 2」東京創元社 2014 p353

笛吹く古井戸（シマック, クリフォード・D.）
　◇広瀬順弘訳「闇の展覧会 敵」早川書房 2005（ハヤカワ文庫）p195

増えゆく群れ（宋東兩）
　◇布袋敏博訳「小説家仇甫氏の一日―ほか十三編 短編小説集」平凡社 2006（朝鮮近代文学選集）p61

フェリシテ（ルヴェル, モーリス）
　◇田中早苗訳「厭な物語」文藝春秋 2013（文春文庫）p71

フェリス・カトゥス（ベリオールト, ジーナ）
　◇岩元巌訳「猫好きに捧げるショート・ストーリーズ」国書刊行会 1997 p303

フェリーツェ・バウアー（ベルリン）宛て［電報］〔プラハ, 一九一二年十一月十八日（月）〕（カフカ, フランツ）
　◇川島隆訳「ポケットマスターピース 1」集英社 2015（集英社文庫ヘリテージシリーズ）p696

フェリーツェ・バウアー（ベルリン）宛て〔プラハ, 一九一二年十一月一日（金）〕（カフカ, フランツ）
　◇川島隆訳「ポケットマスターピース 1」集英

ふえり

社 2015（集英社文庫ヘリテージシリー
ズ）p681

フェリーツェ・バウアー（ベルリン）宛て〔プ
ラハ、一九一二年十一月十一日（月）〕（カフ
カ, フランツ）
　　◇川島隆訳「ポケットマスターピース 1」集英
　　社 2015（集英社文庫ヘリテージシリー
　　ズ）p686

フェリーツェ・バウアー（ベルリン）宛て〔プ
ラハ、一九一二年十一月十六日（土）〕（カフ
カ, フランツ）
　　◇川島隆訳「ポケットマスターピース 1」集英
　　社 2015（集英社文庫ヘリテージシリー
　　ズ）p688

フェリーツェ・バウアー（ベルリン）宛て〔プ
ラハ、一九一二年十一月十七日（日）〕（カフ
カ, フランツ）
　　◇川島隆訳「ポケットマスターピース 1」集英
　　社 2015（集英社文庫ヘリテージシリー
　　ズ）p691

フェリーツェ・バウアー（ベルリン）宛て〔プ
ラハ、一九一二年十一月十七／十八日（日
／月）〕（カフカ, フランツ）
　　◇川島隆訳「ポケットマスターピース 1」集英
　　社 2015（集英社文庫ヘリテージシリー
　　ズ）p694

フェリーツェ・バウアー（ベルリン）宛て〔プ
ラハ、一九一二年十一月十九日（火）〕（カフ
カ, フランツ）
　　◇川島隆訳「ポケットマスターピース 1」集英
　　社 2015（集英社文庫ヘリテージシリー
　　ズ）p696

フェリーツェ・バウアー（ベルリン）宛て〔労
災保険局用箋〕〔プラハ、一九一二年九月
二十日（金）〕（カフカ, フランツ）
　　◇川島隆訳「ポケットマスターピース 1」集英
　　社 2015（集英社文庫ヘリテージシリー
　　ズ）p678

フェリーツェ・バウアー（ベルリン）宛て〔労
災保険局用箋〕〔プラハ、一九一二年十一
月二十日（木）〕（カフカ, フランツ）
　　◇川島隆訳「ポケットマスターピース 1」集英
　　社 2015（集英社文庫ヘリテージシリー
　　ズ）p698

フェル先生、あなたは嫌いです（ブロック, ロ
バート）

　　◇小笠原豊樹訳「異色作家短篇集 8」早川書房
　　2006 p263

フェーンス夫人（ヤコブセン, J.P.）
　　◇山室静訳「百年文庫 98」ポプラ社 2011 p93

フォーサイト家の宝（ゴールズワージー, ジョ
ン）
　　◇平戸喜文訳「イギリス名作短編集」近代文芸
　　社 2003 p67

フォシオン対談（マブリ, ガブリエル・ボノ・ド）
　　◇貴田晃, 野沢協訳「啓蒙のユートピア 2」法
　　政大学出版局 2008 p513

フォーチュン氏の楽園（ウォーナー, シルヴィ
ア・タウンゼンド）
　　◇中和彩子訳「20世紀イギリス小説個性派セレ
　　クション 2」新人物往来社 2010 p5

フォードの墓碑銘（グァテマラ）（ヴォルマン,
ウィリアム・T.）
　　◇迫光訳「VOICES OVERSEAS ハッピー・
　　ガールズ, バッド・ガールズ」講談社 1996
　　p345

フォト・フィニッシュ（パレツキー, サラ）
　　◇山本やよい訳「探偵稼業はやめられない──女
　　探偵vs.男探偵」光文社 2003（光文社文
　　庫）p9

フォール・リヴァー手斧殺人（カーター, アン
ジェラ）
　　◇植松みどり訳「Modern & Classic ブラッ
　　ク・ヴィーナス」河出書房新社 2004 p155

フォントフレード館の秘密（レニエ, アンリ・
ド）
　　◇青柳瑞穂訳「怪奇小説傑作集新版 4」東京創
　　元社 2006（創元推理文庫）p393

深い森の中の一夜（ドゥアンサワン, チャン
ティー）
　　◇二元裕子編訳「ラオス現代文学選集」大同生
　　命国際文化基金 2013（アジアの現代文
　　芸）p51

深きものども（ウェイド, ジェイムズ）
　　◇東谷真知子訳「クトゥルー 13」青心社 2005
　　（暗黒神話大系シリーズ）p261

深く青い夜（崔仁浩）
　　◇水野俊訳「現代韓国短篇選 下」岩波書店
　　2002 p213

深く浅い事件（ワトスン）
　　◇鴛水不因人訳「上海のシャーロック・ホーム

ズ」国書刊行会 2016（ホームズ万国博覧
会）p23

富嶽十二景（ヴィルカー，ゲルトルート）
　◇山下剛訳「氷河の滴―現代スイス女性作家作
　　品集」鳥影社・ロゴス企画 2007 p236

不可能な銃撃（マロン，マーガレット）
　◇垣内雪江訳「現代ミステリーの至宝 2」扶桑
　　社 1997（扶桑社ミステリー）p93

フーガの練習＜アミ＞（甘昭文）
　◇中古苑生訳「台湾原住民文学選 6」草風館
　　2008 p195

深まる孤独（フェリス，ジョシュア）
　◇荒谷牧裕訳「アメリカ新進作家傑作選 2005」
　　DHC 2006 p175

ぷかり（フィンガーズ，トゥー）
　◇渡辺佐智江訳「ディスコ・ビスケッツ」早川
　　書房 1998 p249

武技（ぶぎ）（蒲松齢）
　◇黒田真美子著「中国古典小説選 9（清代 1）」
　　明治書院 2009 p341

不機嫌な公爵（ウォーカー，ケイト）
　◇秋元美由起訳「マイ・バレンタイン―愛の贈
　　りもの 2003」ハーレクイン 2003 p225

不起訴（オーウェン，トーマス）
　◇岡本夢子訳「幻想の坩堝―ベルギー・フラン
　　ス語幻想短編集」松籟社 2016 p183

無気味なもの（ブロート，マックス）
　◇種村季弘訳「怪奇・幻想・綺想文学集―種村
　　季弘翻訳集成」国書刊行会 2012 p185

複素系少女（フェノラバート，フレデリカ）
　◇大磯仁志訳「フランス式クリスマス・プレゼ
　　ント」水声社 2000 p87

複雑な機構（メカニック）ルイーズ・コレ宛〔一
八五二年四月十五日〕（フローベール，ギュス
ターヴ）
　◇山崎敦訳「ポケットマスターピース 7」集英
　　社 2016（集英社文庫ヘリテージシリー
　　ズ）p734

福者たちと親子関係（ボズウェル，ジェームズ）
　◇斎藤博士訳「アンデスの風叢書 天国・地獄
　　百科」書肆風の薔薇 1982 p138

福者の著しき誤解（クーンミュンク）
　◇斎藤博士訳「アンデスの風叢書 天国・地獄
　　百科」書肆風の薔薇 1982 p138

復讐（プレブスレン，プレブジャビン）
　◇柴内秀司訳「モンゴル近現代短編小説選」パ
　　ブリック・ブレイン 2013 p154

服従（韓龍雲）
　◇安宇植（アンウーシク）訳「韓国文学名作選 ニ
　　ムの沈黙」講談社 1999 p60

復讐するは…（スタージョン，シオドア）
　◇広瀬順弘訳「闇の展覧会 罠」早川書房 2005
　　（ハヤカワ文庫）p7

復讐譚―樽詰めのアモンティリャード（ポー，
エドガー・アラン）
　◇清水武雄訳「安らかに眠りたまえ―英米文学
　　短編集」海苑社 1998 p5

復讐の僧あるいは運命の指輪――八〇二（ク
ルッケンデン，アイザック）
　◇下楠昌哉訳「ゴシック短編小説集」春風社
　　2012 p107

復讐の女神（ゼラズニイ，ロジャー）
　◇浅倉久志訳「20世紀SF 3」河出書房新社
　　2001（河出文庫）p7

復讐の女神島（イネス，マイケル）
　◇森一訳「推理探偵小説文学館 1」勉誠社
　　1996 p21

復讐の楽園（ポーター，ジェイン）
　◇藤村華奈美訳「四つの愛の物語―クリスマ
　　ス・ストーリー 情熱の贈り物 2005」ハー
　　レクイン 2005 p117

復讐のレシピ（スピード，ジェーン）
　◇田村義進訳「ミニ・ミステリ100」早川書房
　　2005（ハヤカワ・ミステリ文庫）p380

複製の店（プロンジーニ，ビル／ウォールマン，
ジェフリイ）
　◇佐々田雅子訳「ミニ・ミステリ100」早川書
　　房 2005（ハヤカワ・ミステリ文庫）p681

不屈の敵（モロー，W.C.）
　◇青木悦子訳「怪奇文学大山脈 3」東京創元社
　　2014 p309

福の神―断章（一九五八）（ミュラー，ハイナー）
　◇越部選訳「シリーズ現代ドイツ文学 2」早稲
　　田大学出版部 1991 p207

覆面の恋泥棒（アレン，ルイーズ）
　◇古沢絵里訳「真夏の恋の物語―サマー・シズ
　　ラー 2010」ハーレクイン 2010 p331

福祐宮焼香記（葉石濤）

◇中島利郎訳「台湾郷土文学選集 4」研文出版 2014 p185

フクロウ女の3つの歌 (作者不詳)
　　◇渡辺信二訳「アメリカ文学ライブラリー アメリカ名詩選」本の友社 1997 p16

フクロウと子猫ちゃん (ディッシュ, トーマス・M.)
　　◇田中一江訳「999 (ナインナインナイン) ―妖女たち」東京創元社 2000 (創元推理文庫) p159

ふくろうの耳 (エルクマン＝シャトリアン)
　　◇藤田真利子訳「怪奇文学大山脈 1」東京創元社 2014 p367

袋小路の怪 (ウェレン, エドワード)
　　◇田村義進訳「ミニ・ミステリ100」早川書房 2005 (ハヤカワ・ミステリ文庫) p440

服は人を作る (マシスン, リチャード)
　　◇仁賀克雄訳「ダーク・ファンタジー・コレクション 2」論創社 2006 p149

不幸 (チェーホフ, アントン)
　　◇松下裕訳「わかれの船―Anthology」光文社 1998 p286

不幸交換商会 (ダンセイニ卿)
　　◇原葵訳「バベルの図書館 26」国書刊行会 1991 p121
　　◇原葵訳「新編 バベルの図書館 3」国書刊行会 2013 p189

富豪と守護神談合す (ベーミン)
　　◇南田みどり編訳「ミャンマー現代短編集 2」大同生命国際文化基金 1998 (アジアの現代文芸) p161

富豪のプロポーズ (モーティマー, キャロル)
　　◇竹内栞訳「愛は永遠に―ウエディング・ストーリー 2009」ハーレクイン 2009 p5

不在の騎士 (カルヴィーノ, イタロ)
　　◇脇功訳「イタリア叢書 8」松籟社 1989 p1

不在の友に (スラデック, ジョン)
　　◇柳下毅一郎訳「奇想コレクション 蒸気駆動の少年」河出書房新社 2008 p311

ふさがれた窓 (ビアス, アンブローズ)
　　◇村上和久訳「乱歩の選んだベスト・ホラー」筑摩書房 2000 (ちくま文庫) p151

不思議な宝石箱 (フリーマン, R.オースティン)
　　◇西川直子訳「20世紀英国モダニズム小説集成

世を騒がす嘘つき男」風濤社 2014 p160

不思議なミッキー・フィン (ポール, エリオット)
　　◇今本渉訳「KAWADE MYSTERY 不思議なミッキー・フィン」河出書房新社 2008 p9

ふしぎの国のアリス (キャロル, ルイス)
　　◇北村太郎訳「海外ライブラリー ふしぎの国のアリス」王国社 1996 p3

不思議の国のアリス (キャロル, ルイス)
　　◇うえさきひろこ訳「STORY REMIX 不思議の国のアリス」大栄出版 1996 p1
　　◇芦田川祐子訳「ポケットマスターピース 11」集英社 2016 (集英社文庫ヘリテージシリーズ) p9

不思議のひと触れ (スタージョン, シオドア)
　　◇大森望訳「奇想コレクション 不思議のひと触れ」河出書房新社 2003 p101
　　◇大森望訳「不思議の扉 ありえない恋」角川書店 2011 (角川文庫) p81

不思議の森のアリス (マシスン, リチャード)
　　◇仁賀克雄訳「ダーク・ファンタジー・コレクション 2」論創社 2006 p255

不死性 (ボルヘス, ホルヘ・ルイス)
　　◇木村榮一訳「アンデスの風叢書 ボルヘス、オラル」書肆風の薔薇 1987 p37

不死鳥… → "フェニックス…" をも見よ

不死鳥 (ウエイクフィールド, ハーバート・ラッセル)
　　◇倉阪鬼一郎訳「魔法の本棚 赤い館」国書刊行会 1996 p202

不死鳥への手紙 (ブラウン, フレドリック)
　　◇星新一訳「異色作家短篇集 2」早川書房 2005 p171

不死鳥の剣 (ハワード, ロバート・E.)
　　◇中村融訳「不死鳥の剣―剣と魔法の物語傑作選」河出書房新社 2003 (河出文庫) p35

不死の祭日 (ボグダーノフ, アレクサンドル)
　　◇西周成編訳「ロシアSF短編集」アルトアーツ 2016 p13

藤の大樹 (ギルマン, シャーロット・パーキンズ)
　　◇佐藤宏子訳「ゴースト・ストーリー傑作選―英米女性作家8短篇」みすず書房 2009 p141

不死の人の島 (ル＝グウィン, アーシュラ・K.)

ふたに

◇谷垣暁美訳「Modern & Classic なつかしく謎めいて」河出書房新社 2005 p239

フジヤマ（ジャリ, アルフレッド）
◇伊藤守男訳「超短編アンソロジー」筑摩書房 2002（ちくま文庫）p126

俘囚の塚（ビショップ, Z.）
◇渡辺健一郎訳「新編 真ク・リトル・リトル神話大系 1」国書刊行会 2007 p99

浮上（グロフ, ローレン）
◇織田祐規子訳「アメリカ新進作家傑作選 2008」DHC 2009 p223

婦人科医の胸（ハーン, マルギット）
◇松永美穂訳「ドイツ文学セレクション ひとりぼっちの欲望」三修社 1997 p164

不信者（バイロン, ジョージ・ゴードン）
◇小日向定次郎訳「吸血鬼妖鬼譚―ゴシック名訳集成」学習研究社 2008（学研M文庫）p177

不信心ゆえ地獄堕ち（モリーナ, ティルソ・デ）
◇中井博康訳「スペイン黄金世紀演劇集」名古屋大学出版会 2003 p273

父性本能（ナスバウム, アル）
◇田村義進訳「ミニ・ミステリ100」早川書房 2005（ハヤカワ・ミステリ文庫）p344

プセウデピカルメイア（エピカルモス偽作集）（作者不詳）
◇橋本隆夫訳「ギリシア喜劇全集 7」岩波書店 2010 p59

『プセウデーラークレース（偽ヘーラクレース）』（メナンドロス）
◇中務哲郎, 脇本由佳, 荒井直訳「ギリシア喜劇全集 6」岩波書店 2010 p348

プセウドルス（プラウトゥス）
◇高橋宏幸訳「ローマ喜劇集 4」京都大学学術出版会 2002（西洋古典叢書）p3

父祖の肖像（ヒーリイ, ジェレマイア）
◇菊地よしみ訳「ポーに捧げる20の物語」早川書房 2009（Hayakawa pocket mystery books）p183

『プソポドエース（臆病者）』（メナンドロス）
◇中務哲郎, 脇本由佳, 荒井直訳「ギリシア喜劇全集 6」岩波書店 2010 p352

豚（ダール, ロアルド）
◇開高健訳「異色作家短篇集 1」早川書房

2005 p251

ブタを割る（ケレット, エトガル）
◇岸本佐知子編訳「コドモノセカイ」河出書房新社 2015 p49

双子未満（ブレモンズ, グレゴリー）
◇土持貴栄訳「アメリカ新進作家傑作選 2006」DHC 2007 p249

ふたたびのカリブ海（ジェイムズ, ジュリア）
◇橋由美訳「マイ・バレンタイン―愛の贈りもの 2010」ハーレクイン 2010 p5

ふたつの後奏曲（ローマン, アイザック）
◇田村義進訳「ミニ・ミステリ100」早川書房 2005（ハヤカワ・ミステリ文庫）p401

二つの小壜（グラファム, エルシン・アン）
◇佐々田雅子訳「ミニ・ミステリ100」早川書房 2005（ハヤカワ・ミステリ文庫）p567

ふたつの自我 ルイーズ・コレ宛〔一八四六年八月三十一日〕（フローベール, ギュスターヴ）
◇山崎敦訳「ポケットマスターピース 7」集英社 2016（集英社文庫ヘリテージシリーズ）p729

ふたつのたあいない話（オニオンズ, オリヴァー）
◇西崎憲訳「怪奇文学大山脈 2」東京創元社 2014 p269

二つの時計の謎（チャッタワーラック）
◇宇戸清治訳「アジア本格リーグ 2（タイ）」講談社 2009 p3

二つの来世の失敗（バトラー, サミュエル）
◇内田吉彦訳「アンデスの風叢書 天国・地獄百科」書肆風の薔薇 1982 p54

ふたつめの贈り物（ジョージ, キャサリン）
◇星野舞訳「四つの愛の物語―クリスマス・ストーリー 2001」ハーレクイン 2001 p289

二つ目の弾丸（ティンティ, ハンナ）
◇吉田結訳「ベスト・アメリカン・短編ミステリ 2014」DHC 2015 p547

豚伝奇（曾翎龍）
◇豊田周子訳「台湾熱帯文学 4」人文書院 2011 p307

豚とオートバイ（李万喜）
◇熊谷対世志訳「韓国現代戯曲集 2」日韓演劇交流センター 2005 p87

フーダニット（サタイヤ, J.P.）

作品名から引ける世界文学全集案内 第III期　285

ふたの

◇飯城勇三編訳「エラリー・クイーンの災難」
論創社 2012（論創海外ミステリ）p267

豚の島の女王（カーシュ、ジェラルド）
◇西崎憲訳「謎のギャラリー―謎の部屋」新潮
社 2002（新潮文庫）p141
◇西崎憲訳「謎の部屋」筑摩書房 2012（ちく
ま文庫）p141
◇西崎憲編訳「短篇小説日和―英国異色傑作
選」筑摩書房 2013（ちくま文庫）p101

二壜のソース（ダンセイニ卿）
◇宇野利泰訳「悪いやつの物語」筑摩書房
2011（ちくま文学の森）p171

ブダペストに春がきた（カリンティ、フェレン
ツ）
◇上村ユキ子訳「東欧の文学 ブダペストに春
がきた 他」恒文社 1966 p169

ふたりジャネット（ビッスン、テリー）
◇中村融編訳「奇想コレクション ふたりジャ
ネット」河出書房新社 2004 p109

二人だけの楽園（マッコーマー、デビー）
◇仁木めぐみ訳「真夏の恋の物語―サマー・シ
ズラー 2007」ハーレクイン 2007 p5

二人提督（メトカーフ、ジョン）
◇平井呈一編「壁画の中の顔―こわい話気味の
わるい話 3」沖積舎 2012 p163

ふたりで夕食を（ヴィカーズ、ロイ）
◇田口俊樹訳「ディナーで殺人を 下」東京創
元社 1998（創元推理文庫）p159

ふたりの牛追い（スコット、ウォルター）
◇柳瀬尚紀訳「犯罪は詩人の楽しみ―詩人ミス
テリ集成」東京創元社 2012（創元推理文
庫）p41

二人のエレーナ（フエンテス、カルロス）
◇安藤哲行訳「ラテンアメリカ五人集」集英社
2011（集英社文庫）p129

二人の女の恋の歌（李天葆）
◇豊田周子訳「台湾熱帯文学 4」人文書院
2011 p277

二人の貴公子（フレッチャー、ジョン／シェイク
スピア、ウィリアム）
◇大井邦雄訳「イギリス・ルネサンス演劇集
2」早稲田大学出版部 2002 p1

ふたりの乞食（フィリップ、シャルル・ルイ）
◇山田稔訳「百年文庫 43」ポプラ社 2010 p44

二人の少年と、一人の少女（ウルフ、トバイア
ス）
◇村上春樹編訳「恋しくて―Ten Selected
Love Stories」中央公論新社 2013 p65
◇村上春樹編訳「恋しくて―Ten Selected
Love Stories」中央公論新社 2016（中公
文庫）p67

二人の聖職者―老いしみじみ（ボーシュ、リ
チャード）
◇本城誠二訳「しみじみ読むアメリカ文学―現
代文学短編作品集」松柏社 2007 p111

ふたりの六週間（マッコーマー、デビー）
◇風音さやか訳「愛は永遠に―ウエディング・
ストーリー 2005」ハーレクイン 2005
p231

ふたりぼっち（サッコウ、ルース）
◇金子絵美訳「ブルー・ボウ・シリーズ 結婚
まで」青弓社 1992 p67

ふたり物語（ル・グィン、アーシュラ・K.）
◇杉崎和子訳「栞子さんの本棚―ビブリア古書
堂セレクトブック」角川書店 2013（角川
文庫）p199

不断のダイナミスム（ベルナベ、ジャン／シャモ
ワゾー、パトリック／コンフィアン、ラファエ
ル）
◇恒川邦夫訳「新しい〈世界文学〉シリーズ ク
レオール礼賛」平凡社 1997 p79

縁の水滴（サウンウィンラッ）
◇南田みどり編訳「ミャンマー現代短編集 2」
大同生命国際文化基金 1998（アジアの現
代文芸）p191

不注意な泥棒（チェスタトン、G.K.）
◇西崎憲訳「ミステリーの本棚 四人の申し分
なき重罪人」国書刊行会 2001 p161

プーチラン停車場の十二月八日（遅子建）
◇土屋肇枝訳「コレクション中国同時代小説
7」勉誠出版 2012 p203

ふつうでないこと（アシュウィン、ケリー）
◇加賀山卓朗訳「18の罪―現代ミステリ傑作
選」ヴィレッジブックス 2012（ヴィレッ
ジブックス）p221

復活（マクラム、シャーリン）
◇中川聖訳「十の罪業 Red」東京創元社 2009
（創元推理文庫）p469

復活祭（プトゥラーメント、イェジー）

◇内田莉莎子訳「文学の贈物─東中欧文学アンソロジー」未知谷 2000 p13

ブック・クラブ殺人事件（エスルマン、ローレン・D.）
◇杉江松恋訳「BIBLIO MYSTERIES 2」ディスカヴァー・トゥエンティワン 2014 p167

ぶっそうなやつら（ブラウン、フレドリック）
◇星新一訳「異色作家短篇集 2」早川書房 2005 p21

ぶっつけ本番（クリスチャンスン、ディーン）
◇浅倉久志選訳「極短小説」新潮社 2004（新潮文庫）p97

フーディーニ（ハストヴェット、シリ）
◇斎藤英治訳「新しいアメリカの小説 世界の肌ざわり」白水社 1993 p206

フーディーニの秘密（キャネル、J.C.）
◇白須清美訳「ミステリ・リーグ傑作選 上」論創社 2007（論創海外ミステリ）p48

プディングの中は…（ジョーダン、ペニー）
◇緒川さら訳「四つの愛の物語─クリスマス・ストーリー '99」ハーレクイン 1999 p5
◇緒川さら訳「シーズン・フォー・ラヴァーズ─クリスマス短編集」ハーレクイン 2005（Mira文庫）p289

不適切に調理されたフグ（セラー、ゴード）
◇旦紀子訳「マシン・オブ・デス─A Collection of Stories about People who Know How They Will DIE」アルファポリス 2012 p235
◇旦紀子訳「マシン・オブ・デス」アルファポリス 2013（アルファポリス文庫）p172

舞踏会（ネミロフスキイ）
◇辻邦生訳「世界100物語 8」河出書房新社 1997 p192

舞踏会への招待（マローン、マイケル）
◇高儀進訳「殺さずにはいられない 2」早川書房 2002（ハヤカワ・ミステリ文庫）p133

舞踏会の後で─物語（トルストイ、レフ・ニコラエヴィチ）
◇中村唯史訳「ポケットマスターピース 4」集英社 2016（集英社文庫ヘリテージシリーズ）p743

舞踏会の夜（シュトローブル、カール・ハンス）
◇垂野創一郎訳「怪奇文学大山脈 3」東京創元社 2014 p153

不動産（ムーア、ローリー）
◇濱田陽子訳「アメリカ短編小説傑作選 2001」DHC 2001（アメリカ文芸「年間」傑作選）p389

葡萄酒（韓龍雲）
◇安宇植（アンウーシク）訳「韓国文学名作選 ニムの沈黙」講談社 1999 p52

ぶどう酒色の海（シャーシャ、レオナルド）
◇香川真澄訳「ぶどう酒色の海─イタリア中短編小説集」イタリア文藝叢書刊行委員会 2013（イタリア文藝叢書）p113

ブードゥー人形（スレッサー、ヘンリー）
◇萩岡史子訳「ブルー・ボウ・シリーズ 殺人コレクション」青弓社 1992 p93

プードルの暗号（パウエル、ジェイムズ）
◇白須清美訳「KAWADE MYSTERY 道化の町」河出書房新社 2008 p39

船旅（ベンダー、カレン・E.）
◇遠藤真弓訳「ベスト・アメリカン・ミステリ クラック・コカイン・ダイエット」早川書房 2007（ハヤカワ・ミステリ）p21

橅の頭（ハイトフ、ニコライ）
◇真木三三子訳「東欧の文学 あらくれ物語」恒文社 1983 p121

ブヌン族の小人の話（作者不詳）
◇紙村徹編訳「台湾原住民文学選 5」草風館 2006 p307

ブヌン族の部族創生神話（作者不詳）
◇紙村徹編訳「台湾原住民文学選 5」草風館 2006 p86

船を見ぬ島（スミス、L.E.）
◇宇野利泰訳「怪奇小説傑作集新版 2」東京創元社 2006（創元推理文庫）p91

船から落ちた男（コリア、ジョン）
◇中村融、井上知訳「千の脚を持つ男─怪物ホラー傑作選」東京創元社 2007（創元推理文庫）p205
◇垂野創一郎訳「KAWADE MYSTERY ナツメグの味」河出書房新社 2007 p251

船の旅（マンスフィールド、キャサリン）
◇平戸喜文訳「イギリス名作短編集」近代文芸社 2003 p133

ブバスティスの子ら（ブロック、ロバート）
◇三宅初江訳「クトゥルー 13」青心社 2005

ふひん

（暗黒神話大系シリーズ）p133

富萍（フーピン）―上海に生きる（王安憶）
　◇飯塚容訳「コレクション中国同時代小説 6」勉誠出版 2012 p1

吹雪（トルストイ, レフ・ニコラエヴィチ）
　◇乗松亨平訳「ポケットマスターピース 4」集英社 2016（集英社文庫ヘリテージシリーズ）p373

フ、ブヌン＜ブヌン＞（ホスルマン・ヴァヴァ）
　◇松本さち子訳「台湾原住民文学選 6」草風館 2008 p33

部分（ローズ, ダン）
　◇岸本佐知子編訳「変愛小説集 2」講談社 2010 p251

不法侵入（マシスン, リチャード）
　◇仁賀克雄訳「ダーク・ファンタジー・コレクション 2」論創社 2006 p273

不法滞在エイリアン事件（ルイス, アンソニー・R.）
　◇日暮雅通訳「シャーロック・ホームズのSF大冒険―短篇集 下」河出書房新社 2006（河出文庫）p255

踏みはずし（リオ, ミシェル）
　◇堀江敏幸訳「新しいフランスの小説 踏みはずし」白水社 1994 p1

不眠の一夜（ボーモント, チャールズ）
　◇仁賀克雄編・訳「新・幻想と怪奇」早川書房 2009（Hayakawa pocket mystery books）p51

不滅の愛（ヘイズ, ダニエル）
　◇浅倉久志選訳「極短小説」新潮社 2004（新潮文庫）p264

不滅の詩人（アシモフ, アイザック）
　◇伊藤典夫訳「30の神品―ショートショート傑作選」扶桑社 2016（扶桑社文庫）p273

ブーメラン（マスア, ハロルド・Q.）
　◇山本俊子訳「ミニ・ミステリ100」早川書房 2005（ハヤカワ・ミステリ文庫）p72

不毛の地（車凡錫）
　◇明眞淑, 朴泰圭, 石川樹里訳「韓国近現代戯曲選―1930-1960年代」論創社 2011 p131

冬の王（ラント）
　◇森鷗外訳「文士の意地―車谷長吉撰短篇小説輯 上巻」作品社 2005 p15

冬の醜聞（リンスコット, ギリアン）
　◇日暮雅通訳「シャーロック・ホームズ クリスマスの依頼人」原書房 1998 p101

冬のショパン（ダイベック, スチュアート）
　◇柴田元幸訳「いまどきの老人」朝日新聞社 1998 p157

冬のソナタ（バリェ＝インクラン, ラモン・デル）
　◇吉田彩子訳「西和リブロス 10」西和書林 1988 p5

冬の太陽・幼年時代・駱駝隊（林海音）
　◇杉野元子訳「現代中国の小説 城南旧事」新潮社 1997 p17

冬の蠅（ライバー, フリッツ）
　◇浅倉久志訳「奇想コレクション 跳躍者の時空」河出書房新社 2010 p225

冬のはじまる日（パンケーク, ブリース・D'J.）
　◇柴田元幸編訳「いずれは死ぬ身」河出書房新社 2009 p59

冬のマーケット（ギブスン, ウィリアム）
　◇浅倉久志訳「20世紀SF 5」河出書房新社 2001（河出文庫）p7

冬の夢（フィッツジェラルド, F.スコット）
　◇佐伯泰樹訳「百年文庫 29」ポプラ社 2010 p5

冬の夜（白先勇）
　◇山口守訳「新しい台湾の文学 台北人」国書刊行会 2008 p223

冬の夜ひとりの旅人が（カルヴィーノ, イタロ）
　◇脇功訳「イタリア叢書 1」松籟社 1981

プユマ族（作者不詳）
　◇紙村徹編訳「台湾原住民文学選 5」草風館 2006 p446

プユマ族の創生神話（作者不詳）
　◇紙村徹編訳「台湾原住民文学選 5」草風館 2006 p71

フューリアス（ガウ, マイケル）
　◇佐和田敬司訳「サイレント・パートナー／フューリアス」オセアニア出版社 2003（オーストラリア演劇叢書）p157

冬は去らず（ジョンソン, T.ジェロニモ）
　◇高田綾子訳「アメリカ新進作家傑作選 2007」DHC 2008 p345

プライソス（作者不詳）
　◇橋本隆夫訳「ギリシア喜劇全集 7」岩波書店

ふらん

2010 p113

ブライトン街道で（ミドルトン, リチャード）
◇南條竹則訳「魔法の本棚 幽霊船」国書刊行会 1997 p32
◇平井呈一編「ミセス・ヴィールの幽霊―こわい話気味のわるい話 1」沖積舎 2011 p155

プライベート・ジャングル（ストリブリング, T. S.）
◇霜島義明訳「KAWADE MYSTERY ポジオリ教授の冒険」河出書房新社 2008 p249

ブラスバンドの謎（パルマー, スチュアート）
◇森英俊訳「これが密室だ！」新樹社 1997 p195

ブラックアウツ（オースター, ポール）
◇柴田元幸編訳「いずれは死ぬ身」河出書房新社 2009 p175

ブラック・ヴィーナス（カーター, アンジェラ）
◇植松みどり訳「Modern & Classic ブラック・ヴィーナス」河出書房新社 2004 p5

ブラック・カントリー（ボーモント, チャールズ）
◇仁賀克雄訳「ダーク・ファンタジー・コレクション 7」論創社 2007 p315

ブラック・シークレットの冒険（クイーン, エラリー）
◇飯島勇三訳「ナポレオンの剃刀の冒険―シナリオ・コレクション」論創社 2008 （論創海外ミステリ）p271

ブラックジュース（ラナガン, マーゴ）
◇佐田千織訳「奇想コレクション ブラックジュース」河出書房新社 2008

ブラック・メディア（イノック, ウェズリー）
◇佐和田敬司訳「海外戯曲アンソロジー―海外現代戯曲翻訳集〈国際演劇交流セミナー記録〉3」日本演出者協会 2009 p133

ブラック・レディ（魯元）
◇李良文訳「コリアン・ミステリー―韓国推理小説傑作選」バベル・プレス 2002 p283

フラッシュバック（シモンズ, ダン）
◇嶋田洋一訳「90年代SF傑作選 上」早川書房 2002 （ハヤカワ文庫）p103

プラットナー先生綺譚（ウェルズ, H.G.）
◇小野寺健訳「バベルの図書館 8」国書刊行会 1988 p49
◇小野寺健訳「新編 バベルの図書館 2」国書刊行会 2012 p41

プラットフォーム（シボナ, サルヴァトーレ）
◇青木徹夫訳「アメリカ新進作家傑作選 2004」DHC 2005 p207

プラテーロ（ヒメーネス, フワン・ラモン）
◇長南実訳「ファイン／キュート素敵かわいい作品選」筑摩書房 2015 （ちくま文庫）p14

プラトーン（作者不詳）
◇中務哲郎, 西村賀子, 平山晃司訳「ギリシア喜劇全集 9」岩波書店 2012 p264

腐乱（宋沢莱）
◇三木直大訳「新しい台湾の文学 鹿港からきた男」国書刊行会 2001 p201

「ブランカ農園」―ドニャ・エミリア・パルド・バサンに（パルマ, クレメンテ）
◇柴田純子訳「ラテンアメリカ短編集―モデルニズモから魔術的レアリズモまで」彩流社 2001 p109

フランケン・キャット（アリン, ダグ）
◇山本光伸訳「子猫探偵ニックとノラ―The Cat Has Nine Mysterious Tales」光文社 2004 （光文社文庫）p123

フランケンシュタインの古塔（作者不詳）
◇南條竹則訳「怪奇文学大山脈 1」東京創元社 2014 p141

フランケンシュタイン、ミイラに会う（シズニージュウスキー, マイク）
◇古屋美登里訳「モンスターズ―現代アメリカ傑作短篇集」白水社 2014 p227

ブランコ（バルケ, ベアベル）
◇小津薫訳「ベルリン・ノワール」扶桑社 2000 p153

フランシス・ピカビア（ブルトン, アンドレ／ピカビア, フランシス）
◇宮川淳訳「黒いユーモア選集 2」河出書房新社 2007 （河出文庫）p119

フランシス・マカンバーの短い幸福な生涯（ヘミングウェイ, アーネスト）
◇高見浩訳「百年文庫 42」ポプラ社 2010 p45

フランチェスカ（ルゴーネス, レオポルド）
◇牛島信明訳「バベルの図書館 18」国書刊行会 1989 p109
◇牛島信明訳「新編 バベルの図書館 6」国書刊行会 2013 p565

ふらん

フランツ・カフカ（ブルトン，アンドレ／カフカ，
フランツ）
　◇神品友子訳「黒いユーモア選集 2」河出書房
　　新社 2007（河出文庫）p163

フランツと血（ハーン，マルギット）
　◇松永美穂訳「ドイツ文学セレクション ひと
　　りぼっちの欲望」三修社 1997 p176

プランB（バークランド，ドリス）
　◇浅倉久志訳「極短小説」新潮社 2004（新
　　潮文庫）p248

ブリキの鷺鳥の問題（ホック，エドワード・D.）
　◇村上和久訳「密室殺人大百科 下」原書房
　　2000 p509

ブリケット窪地（ノースコート，エイミアス）
　◇南條竹則編訳「イギリス恐怖小説傑作選」筑
　　摩書房 2005（ちくま文庫）p79

プリスクスの墓（ムーニィ，ブライアン）
　◇大瀧啓裕訳「インスマス年代記 下」学習研
　　究社 2001（学研M文庫）p55

プリズン・ナイフ・ファイト（ギャリティ，
シェーノン・K.）
　◇旦紀子訳「マシン・オブ・デス—A
　　Collection of Stories about People who
　　Know How They Will DIE」アルファポリ
　　ス 2012 p443
　◇旦紀子訳「マシン・オブ・デス」アルファポ
　　リス 2013（アルファポリス文庫）p373

プリズン・フード（ダウンズ，マイケル）
　◇近藤桂子訳「アメリカミステリ傑作選 2003」
　　DHC 2003（アメリカ文芸「年間」傑作
　　選）p81

プリティー・マギー・マネーアイズ（エリスン，
ハーラン）
　◇伊藤典夫訳「ベータ2のバラッド」国書刊行
　　会 2006（未来の文学）p237

ブリーディングハート（梁放）
　◇荒井茂夫訳「台湾熱帯文学 4」人文書院
　　2011 p191

フリードリッヒ・ニーチェ（ブルトン，アンドレ
／ニーチェ，フリードリヒ）
　◇高橋允昭訳「黒いユーモア選集 1」河出書房
　　新社 2007（河出文庫）p259

ブリ・ミロ（メルキオ，ファブリス）
　◇友谷知己訳「コレクション現代フランス語圏
　　演劇 15」れんが書房新社 2012 p7

ブリヤハ（フェダレンカ，アンドレイ）
　◇越野剛訳「時間はだれも待ってくれない—21
　　世紀東欧SF・ファンタスチカ傑作集」東京
　　創元社 2011 p76

ブリュアーケス劇（作者不詳）
　◇橋本隆夫訳「ギリシア喜劇全集 7」岩波書店
　　2010 p105

ブリューニコス（作者不詳）
　◇中務哲郎，西村賀子，平山晃司訳「ギリシア
　　喜劇全集 9」岩波書店 2012 p251

不良公爵の賭（シモンズ，デボラ）
　◇江田さだえ訳「愛は永遠に—ウエディング・
　　ストーリー 2003」ハーレクイン 2003 p7

フリーラジカル（マンロー，アリス）
　◇神崎朗子訳「ベスト・アメリカン・短編ミス
　　テリ」DHC 2010 p341

フリン家の未来（グリア，アンドルー・ショーン）
　◇柴田元幸編訳「いずれは死ぬ身」河出書房新
　　社 2009 p271

プリンスの告白（マートン，サンドラ）
　◇小池桂訳「愛が燃える砂漠—サマー・シズ
　　ラー2011」ハーレクイン 2011 p225

プリンスの選択（ウィンターズ，レベッカ）
　◇鷹田えりか訳「愛は永遠に—ウエディング・
　　ストーリー 2004」ハーレクイン 2004
　　p241

プリンセス＜タイヤル＞（リムイ・アキ）
　◇松本さち子訳「台湾原住民文学選 4」草風館
　　2004 p204

プリンセスに選ばれて（フィールディング，リ
ズ）
　◇矢部真理訳「真夏の恋の物語—サマー・シズ
　　ラー 2009」ハーレクイン 2009 p249

古い音楽と女奴隷たち（ル・グィン，アーシュ
ラ・K.）
　◇小尾芙佐訳「SFの殿堂 遙かなる地平 1」早川
　　書房 2000（ハヤカワ文庫SF）p21

古い絹のシン（デーンビライ，フンアルン）
　◇二元裕子編訳「ラオス現代文学選」大同生
　　命国際文化基金 2013（アジアの現代文
　　芸）p155

古カスタードの秘密（スラデック，ジョン）
　◇柳下毅一郎訳「奇想コレクション 蒸気駆動
　　の少年」河出書房新社 2008 p7

ブルガリア外交官の事件（エルジンチリオール，ザカリア）
　◇日暮雅通訳「シャーロック・ホームズの大冒険　下」原書房　2009　p319

ブルガリア民話選（シルレシチョヴァ，パラシケヴァ・K.）
　◇寺島憲治訳「ポケットのなかの東欧文学――ルネッサンスから現代まで」成文社　2006　p115

古きものたちの墓（ウィルスン，コリン）
　◇増田まもる訳「古きものたちの墓――クトゥルフ神話への招待」扶桑社　2013（扶桑社ミステリー）p97

ブルキヤの冒険（作者不詳）
　◇由良君美訳「バベルの図書館　15」国書刊行会　1989　p55

ブルーギル（フィリップス，ジェイン・アン）
　◇篠目清美訳「新しいアメリカの小説　ファスト・レーンズ」白水社　1989　p71

フルサークル（バカン，ジョン）
　◇渡辺育子訳「20世紀英国モダニズム小説集成　世を騒がす嘘つき男」風濤社　2014　p111

ふるさと遠く（テヴィス，ウォルター・S.）
　◇伊藤典夫編・訳「冷たい方程式」早川書房　2011（ハヤカワ文庫 SF）p77

葫蘆巷（フルシィァン）の春夢（葉石濤）
　◇中島利郎訳「台湾郷土文学選集　4」研文出版　2014　p155

ブルジョワ世界の終わりに（ゴーディマ，ナディン）
　◇福島富士男訳「アフリカ文学叢書　ブルジョワ世界の終わりに」スリーエーネットワーク　1994　p1

ブルース・イン・ザ・カブール・ナイト（ハワード，クラーク）
　◇加賀山卓朗訳「18の罪――現代ミステリ傑作選」ヴィレッジブックス　2012（ヴィレッジブックス）p285

ブルー・ス・キャット（クワユレ，コフィ）
　◇八木雅子訳「コレクション現代フランス語圏演劇　9」れんが書房新社　2012　p127

プルースト（ローズ，ダン）
　◇岸本佐知子編「変愛小説集　2」講談社　2010　p252

フルスピードで追いかけて（ラブレース，マリー

ン）
　◇麻生ミキ訳「真夏の恋の物語――サマー・シズラー 2000」ハーレクイン　2000　p7

フルーツセラー（オーツ，ジョイス・キャロル）
　◇高山真由美訳「ミステリマガジン700――創刊700号記念アンソロジー　海外篇」早川書房　2014（ハヤカワ・ミステリ文庫）p441

プルートス（アリストパネース）
　◇安村典子訳「ギリシア喜劇全集　4」岩波書店　2009　p91

『プルートス』第一（アリストパネース）
　◇久保田忠利，野津寛，脇本由佳訳「ギリシア喜劇全集　4」岩波書店　2009　p345

フルートとハープ（カル，アルフォンス）
　◇青柳瑞穂訳「怪奇小説傑作集新版　4」東京創元社　2006（創元推理文庫）p321

プール・ピープル（ルーリー，アリソン）
　◇畔柳和代訳「いまどきの老人」朝日新聞社　1998　p19

ブルーベルの森で（シモンズ，ジュリアン）
　◇三村明子訳「本の殺人事件簿――ミステリ傑作20選　2」バベル・プレス　2001　p29

ブルー・ムーン（フィリップス，ジェイン・アン）
　◇篠目清美訳「新しいアメリカの小説　ファスト・レーンズ」白水社　1989　p7

古屋敷（ブラウン，フレドリック）
　◇中村融訳「街角の書店――18の奇妙な物語」東京創元社　2015（創元推理文庫）p273

ブルー・ヨーデル（スナイダー，スコット）
　◇岸本佐知子編訳「変愛小説集」講談社　2008　p171
　◇岸本佐知子編訳「変愛小説集」講談社　2014（講談社文庫）p175

プルール氏異聞（サーバー，ジェイムズ）
　◇鳴海四郎訳「異色作家短篇集　14」早川書房　2006　p47

プルール氏の信仰（ブロワ，レオン）
　◇田辺保訳「バベルの図書館　13」国書刊行会　1989　p41
　◇田辺保訳「新編 バベルの図書館　4」国書刊行会　2012　p307

ふれあいは生き物の健康にいい（ガーバー，メリル・ジョーン）
　◇斎藤栄治訳「猫好きに捧げるショート・ス

ふれい

トーリーズ」国書刊行会 1997 p371

フレイザー夫人の消失（トムスン, ベイジル）
　◇田中潤司訳「北村薫のミステリー館」新潮社
　　2005（新潮文庫）p147

プレイボーイにご用心（モーティマー, キャロ
ル）
　◇霜月桂訳「四つの愛の物語―クリスマス・ス
　　トーリー 2012」ハーレクイン 2012 p213

ブレーキ（マンツォーニ, カルロ）
　◇種村季弘訳「怪奇・幻想・綺想文学集―種村
　　季弘翻訳集成」国書刊行会 2012 p513

プレゼントは愛（フォスター, ローリー）
　◇川井蒼右訳「マイ・バレンタイン―愛の贈り
　　もの 2009」ハーレクイン 2009 p117

プレゼントは鍵（ジャンセン, ミュリエル）
　◇大島幸子訳「マイ・バレンタイン―愛の贈り
　　もの ’98」ハーレクイン 1998 p109

フレッド叔父（ウッドハウス）
　◇大久保康雄訳「世界100物語 5」河出書房新
　　社 1997 p295

フレディたち（ウォルシュ, M.O.）
　◇江口和美訳「アメリカ新進作家傑作選 2007」
　　DHC 2008 p109

フレディ・プリンスはあたしの守護天使（マル
ティネス, リズ）
　◇田口俊樹, 高山真由美訳「マンハッタン物語」
　　二見書房 2008（二見文庫）p209

ブレナー提督の息子（メトカーフ, ジョン）
　◇西崎憲訳「怪奇文学大山脈 2」東京創元社
　　2014 p301

フレーヌの詩（マリー・ド・フランス）
　◇中世英国ロマンス研究会訳「中世英国ロマン
　　ス集 2」篠崎書林 1986 p189

プレミアム・ハーモニー（キング, スティーヴ
ン）
　◇藤井光訳「ベスト・ストーリーズ 3」早川書
　　房 2016 p321

ブレーメン市の参事会員（ウィンゲルン＝シュ
テルンベルク, アレクサンダー・フォン）
　◇前川道介訳「独逸怪奇小説集成」国書刊行会
　　2001 p319

ブレーメンのジャズカルテット（クラウザー,
ピーター）
　◇米山裕紀訳「白雪姫、殺したのはあなた」原

書房 1999 p239

ブレーメンの自由―ゲーシェ・ゴットフリー
ト夫人 ある市民悲劇（ファスビンダー, ライ
ナー・ヴェルナー）
　◇渋谷哲也訳「ドイツ現代戯曲選30 2」論創社
　　2005 p7

フレンチプードル（ルイス, パーシー・ウィンダ
ム）
　◇今村楯夫訳「20世紀英国モダニズム小説集成
　　世を騒がす嘘つき男」風濤社 2014 p68

プロ（カーティス, ロバート・H.）
　◇佐々田雅子訳「ミニ・ミステリー100」早川書
　　房 2005（ハヤカワ・ミステリ文庫）p703

風呂（カーヴァー, レイモンド）
　◇村上春樹編訳「バースデイ・ストーリーズ」
　　中央公論新社 2002 p195

『プロアゴーン（前披露）』（アリストパネース）
　◇久保田忠利, 野津寛, 脇本由佳訳「ギリシア
　　喜劇全集 4」岩波書店 2009 p348

プロ・アルテ（シーガー, アラン）
　◇丘えりか訳「ブルー・ボゥ・シリーズ レイ
　　チェルの夏」青弓社 1994 p155

『プロエンカローン（先んじて告発する者）』
（メナンドロス）
　◇中務哲郎, 脇本由佳, 荒井直訳「ギリシア喜
　　劇全集 6」岩波書店 2010 p280

『プロガモーン（婚前に交わる者）』（メナンドロ
ス）
　◇中務哲郎, 脇本由佳, 荒井直訳「ギリシア喜
　　劇全集 6」岩波書店 2010 p280

『プロキオン（首飾り）』（メナンドロス）
　◇中務哲郎, 脇本由佳, 荒井直訳「ギリシア喜
　　劇全集 6」岩波書店 2010 p273

プロシア士官（ロレンス, D.H.）
　◇森岡実穂訳「ゲイ短編小説集」平凡社 1999
　　（平凡社ライブラリー）p223

ふろしき（ファイク, サイト）
　◇菱山湧人訳「現代トルコ文学選 2」東京外国
　　語大学外国語学部トルコ語専攻研究室
　　2012（TUFS Middle Eastern studies）
　　p199

ブローシャーの庭でアーモンドがみのる（シュ
ナイダー, フランツ・ヨーゼフ）
　◇神崎巌訳「シリーズ現代ドイツ文学 4」早稲
　　田大学出版部 1993 p112

ふんき

フロストとベータ（ゼラズニイ, ロジャー）
　◇浅倉久志訳「ロボット・オペラ―An Anthology of Robot Fiction and Robot Culture」光文社 2004 p346

フロッシー（スウィンバーン, A.C.）
　◇江藤潔訳「晶文社アフロディーテ双書 フロッシー」晶文社 2003 p7

フローティンフ・ドッグズ（マクドナルド, イアン）
　◇古沢嘉通訳「90年代SF傑作選 下」早川書房 2002（ハヤカワ文庫）p163

フローテ公園の殺人（クロフツ, F.W.）
　◇橋本福夫訳「栞子さんの本棚―ビブリア古書堂セレクトブック」角川書店 2013（角川文庫）p245

ブロードウェイの天使（ラニアン, デイモン）
　◇加島祥造訳「百年文庫 40」ポプラ社 2010 p5

ブロードムアの少年時代（マグラア, パトリック）
　◇柴田元幸編訳「僕の恋、僕の傘」角川書店 1999 p85
　◇柴田元幸編訳「燃える天使」角川書店 2009（角川文庫）p75

プロブレム（ダンセイニ卿）
　◇「モーフィー時計の午前零時―チェス小説アンソロジー」国書刊行会 2009 p371

プロポーズは慎重に（ニールズ, ベティ）
　◇伊坂奈々訳「愛は永遠に―ウエディング・ストーリー 2001」ハーレクイン 2001 p101

プロムナード（ルノード, ノエル）
　◇佐藤康訳「コレクション現代フランス語圏演劇 4」れんが書房新社 2011 p115

プロメテウス（カフカ, フランツ）
　◇池内紀訳「バベルの図書館 4」国書刊行会 1988 p59
　◇池内紀訳「新編 バベルの図書館 5」国書刊行会 2013 p43

フローリアン・ガイエル―農民戦争の悲劇（ハウプトマン）
　◇大間知篤三訳「フローリアン・ガイエル」ゆまに書房 2008（昭和初期世界名作翻訳全集）p1

フローリスとブランチフルール（作者不詳）
　◇西村秀夫訳「中世英国ロマンス集 3」篠崎書林 1993 p93

フローレンス・フラナリー（ボウエン, マージョリー）
　◇佐藤弓生訳「怪奇小説日和―黄金時代傑作選」筑摩書房 2013（ちくま文庫）p35

プロローグ〔アメリカの救済〕（テイラー, エドワード）
　◇渡辺信二訳「アメリカ文学ライブラリー アメリカ名詩選」本の友社 1997 p72

序言(プロローグ)〔クレオール礼賛〕（ベルナベ, ジャン／シャモワゾー, パトリック／コンフィアン, ラファエル）
　◇恒川邦夫訳「新しい〈世界文学〉シリーズ クレオール礼賛」平凡社 1997 p11

プロローグ〔天国・地獄百科〕（ボルヘス, ホルヘ・ルイス／ビオイ＝カサーレス, アドルフォ）
　◇牛島信明訳「アンデスの風叢書 天国・地獄百科」書肆風の薔薇 1982 p5

フロントマン（マレル, デイヴィッド）
　◇山本光伸訳「復讐の殺人」早川書房 2001（ハヤカワ・ミステリ文庫）p273

ふわふわちゃん（スタージョン, シオドア）
　◇小笠原豊樹訳「異色作家短篇集 3」早川書房 2005 p129

ぶわん・ばっ！（スタージョン, シオドア）
　◇大森望訳「奇想コレクション 不思議のひと触れ」河出書房新社 2003 p125

文学史（ノイマン, ローベルト）
　◇種村季弘訳「怪奇・幻想・綺想文学集―種村季弘翻訳集成」国書刊行会 2012 p217

文学創造と心理 ルイーズ・コレ宛〔一八五三年八月十四日〕（フローベール, ギュスターヴ）
　◇山崎敦訳「ポケットマスターピース 7」集英社 2016（集英社文庫ヘリテージシリーズ）p740

文学の原住民と原住民の文学―「他者」から「主体」へ（陳昭瑛）
　◇松本さち子訳「台湾原住民文学選 9」草風館 2007 p43

文学盲者たち（チョッケ, マティアス）
　◇高橋文子訳「ドイツ現代戯曲選30 16」論創社 2006 p7

墳丘の怪（ビショップ, ゼリア）
　◇東谷真知子訳「クトゥルー 12」青心社 2002（暗黒神話大系シリーズ）p211

作品名から引ける世界文学全集案内 第III期　293

ふんし

分身（エレンス，フランス）
　◇三田順訳「幻想の坩堝—ベルギー・フランス
　　語幻想短編集」松籟社 2016 p117
分身（デュコーネイ，リッキー）
　◇岸本佐知子編訳「居心地の悪い部屋」角川書
　　店 2012 p97
　◇岸本佐知子編訳「居心地の悪い部屋」河出書
　　房新社 2015（河出文庫）p65
文体組織 ルイーズ・コレ宛〔一八五三年十月
二十八日〕（フローベール，ギュスターヴ）
　◇山崎敦訳「ポケットマスターピース 7」集英
　　社 2016（集英社文庫ヘリテージシリー
　　ズ）p730
粉蝶（ふんちょう）（蒲松齢）
　◇竹田晃，黒田真美子著「中国古典小説選 10
　　（清代 2）」明治書院 2009 p317
分配は平等に（デモス，ジョイス）
　◇浅倉久志訳「極短小説」新潮社 2004（新
　　潮文庫）p330
分別第一？（ボーク，ゲイリー）
　◇浅倉久志訳「極短小説」新潮社 2004（新
　　潮文庫）p243
墳墓の主（カーター，リン）
　◇佐藤嗣二訳「新編 真ク・リトル・リトル神話
　　大系 5」国書刊行会 2008 p135

【 へ 】

塀を作る（石舒清）
　◇水野衛子訳「中国現代文学選集 3」トランス
　　ビュー 2010 p12
米機敗走—辻小説 付録三（葉石濤）
　◇中島利郎訳「台湾郷土文学選集 4」研文出版
　　2014 p225
閉所愛好症（スタージョン，シオドア）
　◇大森望訳「奇想コレクション 不思議のひと
　　触れ」河出書房新社 2003 p191
塀についたドア（ウェルズ，H.G.）
　◇阿部知二訳「百年文庫 23」ポプラ社 2010
　　p5
平面世界（ヒントン，チャールズ・ハワード）
　◇宮川雅訳「バベルの図書館 25」国書刊行会

1990 p59
　◇宮川雅訳「新編 バベルの図書館 3」国書刊行
　　会 2013 p364
平和（アリストパネース）
　◇佐野好則訳「ギリシア喜劇全集 2」岩波書店
　　2008 p107
平和（グエン・ディラン・タイ）
　◇宇田川信生訳「アメリカ新進作家傑作選
　　2003」DHC 2004 p171
平和を守る（ヒースコック，アラン）
　◇操上恭子訳「ベスト・アメリカン・ミステリ
　　クラック・コカイン・ダイエット」早川書
　　房 2007（ハヤカワ・ミステリ）p153
平和行動（ホフマン，ニーナ・キリキ）
　◇佐野千織訳「ノストラダムス秘録」扶桑社
　　1999（扶桑社ミステリー）p273
『平和』第二（アリストパネース）
　◇久保田忠利，野津寛，脇本由佳訳「ギリシア
　　喜劇全集 4」岩波書店 2009 p311
平和の道具（ファルコ，エドワード）
　◇熊谷小百合訳「アメリカミステリ傑作選
　　2002」DHC 2002（アメリカ文芸「年間」
　　傑作選）p249
壁画の中の顔（スミス，アーノルド）
　◇平井呈一編「壁画の中の顔—こわい話気味の
　　わるい話 3」沖積舎 2012 p7
僻地歌（キンミャズィン）
　◇南田みどり編訳「ミャンマー現代短編集 2」
　　大同生命国際文化基金 1998（アジアの現
　　代文芸）p70
ペギーのヒモの墓碑銘（USA）（ヴォルマン，
ウィリアム・T.）
　◇迫同小訳「VOICES OVERSEAS ハッピー・
　　ガールズ，バッド・ガールズ」講談社 1996
　　p279
ペギーの墓碑銘（USA）（ヴォルマン，ウィリア
ム・T.）
　◇迫同小訳「VOICES OVERSEAS ハッピー・
　　ガールズ，バッド・ガールズ」講談社 1996
　　p116
北京人（曹禺）
　◇内山鶉訳「中国現代戯曲集 第9集」晩成書房
　　2009 p183
ヘーゲーシッポス（作者不詳）
　◇久保田忠利，橋本隆夫，野津寛，安村典子，吉

武純夫, 丹下和彦訳「ギリシア喜劇全集 8」
岩波書店 2011 p491

ヘーゲーモーン（作者不詳）
◇久保田忠利, 橋本隆夫, 野津寛, 安村典子, 吉
武純夫, 丹下和彦訳「ギリシア喜劇全集 8」
岩波書店 2011 p490

ペーコス川西岸の無法地帯（グレーブ, ジャン）
◇山本やよい訳「子猫探偵ニックとノラ―The
Cat Has Nine Mysterious Tales」光文社
2004（光文社文庫）p59

ページをめくれば（ヘンダースン, ゼナ）
◇山田順子訳「奇想コレクション ページをめ
くれば」河出書房新社 2006 p291

ベージンの野（ツルゲーネフ, イワン・セルゲー
ヴィチ）
◇佐々木彰訳「百年文庫 70」ポプラ社 2011
p5

ベス（フィリップス, ジェイン・アン）
◇篠目清美訳「新しいアメリカの小説 ファス
ト・レーンズ」白水社 1989 p173

ペスト（シュウォッブ, マルセル）
◇多田智満子訳「海外ライブラリー 少年十字
軍」王国社 1998 p43

ペスト記念柱（イングリッシュ, ロッテ）
◇城田千鶴子訳「現代ウィーン・ミステリー・
シリーズ 2」水声社 2001 p5

ベストセラー（スラデック, ジョン）
◇山形浩生訳「奇想コレクション 蒸気駆動の
少年」河出書房新社 2008 p31

ベストセラー（ブラムライン, マイケル）
◇山形浩生訳「ライターズX 器官切除」白水社
1994 p186

ペスト蔓延下の宴（プーシキン）
◇郡伸哉訳「青銅の騎士―小さな悲劇」群像社
2002（ロシア名作ライブラリー）p27

ベースの心臓（ウィリアムソン, ケヴィン）
◇渡辺佐智江訳「ディスコ・ビスケッツ」早川
書房 1998 p133

ベータ2のバラッド（ディレイニー, サミュエル・
R.）
◇小野田和子訳「ベータ2のバラッド」国書刊
行会 2006（未来の文学）p5

ぺちゃんこの動物相（ヨーレン, ジェイン）
◇佐田千織訳「魔猫」早川書房 1999 p207

ベッキーの人形（エイキン, ジョーン）
◇夏目道子訳「ミステリアス・クリスマス」パ
ロル舎 1999 p149

ベック・ノワール（アップダイク, ジョン）
◇井伊順彦訳「アメリカミステリ傑作選 2001」
DHC 2001（アメリカ文芸「年間」傑作
選）p543

ヘッダ・ガブラー（イプセン, ヘンリック原著／
笹部博司）
◇「ヘッダ・ガブラー」メジャーリーグ 2008
（笹部博司の演劇コレクション）p9

ベッツィおばさんの洋だんす（ルーリー, アリス
ン）
◇山内照子訳「古今英米幽霊事情 2」新風舎
1999 p105

ベッツィーは生きている（ブロック, ロバート）
◇小笠原豊樹訳「異色作家短篇集 8」早川書房
2006 p123

別天地館（ブラッティ, ウィリアム・ピーター）
◇夏来健次訳「999（ナインナインナイン）―狂
犬の夏」東京創元社 2000（創元推理文
庫）p269

ベッドの上での会話（インディアナ, ゲイリー）
◇越川芳明訳「ライターズX マリアの死」白水
社 1995 p139

ベッドの上の死体（パーク, リチャード）
◇大島育子訳「ブルー・ボウ・シリーズ 殺人
コレクション」青弓社 1992 p161

ヘッドロック（ピンカートン, ダン）
◇東梅亜希子訳「アメリカ新進作家傑作選
2008」DHC 2009 p253

別の女（アンダスン, シャーウッド）
◇小島信夫訳「世界100物語 5」河出書房新社
1997 p199

別の女になる方法（ムーア, ローリー）
◇干刈あがた, 斎藤英治訳「新しいアメリカの
小説 セルフ・ヘルプ」白水社 1989 p9

別の世界に（エジャートン, レスリー）
◇石田浩子訳「アメリカミステリ傑作選 2003」
DHC 2003（アメリカ文芸「年間」傑作
選）p109

別名モーゼ・ロッカフェラ（ホルムズ, エモリー
（2世））
◇玉木雄策訳「ベスト・アメリカン・ミステリ

へつり

クラック・コカイン・ダイエット」早川書
房 2007 （ハヤカワ・ミステリ） p181

別離（韓龍雲）
◇安宇植（アンウーシク）訳「韓国文学名作選 ニ
ムの沈黙」講談社 1999 p25

別離（リー, タニス）
◇市田泉訳「奇想コレクション 悪魔の薔薇」
河出書房新社 2007 p7

別離八景（バーセルミ, ドナルド）
◇山崎勉訳「現代アメリカ文学叢書 11」彩流
社 1998 p139

別離は美の創造（韓龍雲）
◇安宇植（アンウーシク）訳「韓国文学名作選 ニ
ムの沈黙」講談社 1999 p14

ペテルブルグの文豪（マスター）（クッツェー, J.
M.）
◇本橋たまき訳「新しい〈世界文学〉シリーズ
ペテルブルグの文豪」平凡社 1997 p5

ぺてん（ローズ, ダン）
◇岸本佐知子編訳「変愛小説集 2」講談社
2010 p256

ペテン師ディランシー（ローザン, S.J.）
◇直良和訳「エドガー賞全集―1990〜2007」早
川書房 2008 （ハヤカワ・ミステリ文庫）
p469

ベートーヴェンまいり（ヴァーグナー, ヴィルヘ
ルム・リヒャルト）
◇高木卓訳「百年文庫 13」ポプラ社 2010 p5

ベトナムランド優待券（シモンズ, ダン）
◇嶋田洋一訳「奇想コレクション 夜更けのエ
ントロピー」河出書房新社 2003 p29

ペトリュス・ボレル（ブルトン, アンドレ／ボレ
ル, ペトリュス）
◇天沢退二郎訳「黒いユーモア選集 1」河出書
房新社 2007 （河出文庫） p155

ペトロネラ・パン―幻想物語（クロス, ジョン・
キア）
◇吉野美恵子訳「異色作家短篇集 19」早川書
房 2007 p79

ベナレスへの道（ストリブリング, T.S.）
◇倉阪鬼一郎訳「世界探偵小説全集 15」国書
刊行会 1997 p303

ヘーニオコス（作者不詳）
◇久保田忠利, 橋本隆夫, 野津寛, 安村典子, 吉

武純夫, 丹下和彦訳「ギリシア喜劇全集 8」
岩波書店 2011 p494

『ヘーニオコス（御者）』（メナンドロス）
◇中務哲郎, 脇本由佳, 荒井直訳「ギリシア喜
劇全集 6」岩波書店 2010 p140

紅おしろい（蘇童）
◇竹内良雄訳「コレクション中国同時代小説
4」勉誠出版 2012 p283

紅珊瑚（ヘルマン, ユーディット）
◇松永美穂訳「Modern & Classic 夏の家、そ
の後」河出書房新社 2005 p7

ヘーニャの王族たち（ル＝グウィン, アーシュ
ラ・K.）
◇谷垣暁美訳「Modern & Classic なつかしく
謎めいて」河出書房新社 2005 p106

ペニーロイヤルミント協会（ヘイル, ケリー）
◇尾之上浩司訳「シャーロック・ホームズと
ヴィクトリア朝の怪人たち 2」扶桑社
2015 （扶桑社ミステリー） p135

ペーパー・ランタン（ダイベック, スチュアート）
◇柴田元幸編訳「いずれは死ぬ身」河出書房新
社 2009 p7

蛇（グリーン, アレクサンドル）
◇沼野充義訳「魔法の本棚 消えた太陽」国書
刊行会 1999 p157

蛇（ルナール）
◇岸田国士訳「超短編アンソロジー」筑摩書房
2002 （ちくま文庫） p179

ベビーシッター（クーヴァー, ロバート）
◇柳下毅一郎訳「異色作家短篇集 18」早川書
房 2007 p93

蛇退治（リンズコールド, ジェイン）
◇山本やよい訳「ホロスコープは死を招く」ソ
ニー・マガジンズ 2006 （ヴィレッジブッ
クス） p35

蛇の靴（ビーティ, アン）
◇宮脇孝雄訳「ベスト・ストーリーズ 2」早川
書房 2016 p181

蛇の女王（作者不詳）
◇由良君美訳「バベルの図書館 15」国書刊行
会 1989 p43
◇由良君美訳「新編 バベルの図書館 6」国書刊
行会 2013 p293

蛇のせいだ（作者不詳）

へるし

◇渡辺信二訳「アメリカ文学ライブラリー ア
メリカ名詩選」本の友社 1997 p14

蛇婿入り（作者不詳）
◇紙村徹編訳「台湾原住民文学選 5」草風館
2006 p329

蛇は嘖う（ギルラス, スーザン）
◇文月なな訳「海外ミステリ Gem Collection
6」長崎出版 2007 p1

ベフカルに雨は降りつづける（ビゲネット, ジョ
ン）
◇藤田佳澄訳「ベスト・アメリカン・ミステリ
ハーレム・ノクターン」早川書房 2005
（ハヤカワ・ミステリ）p19

ヘベはジャリを殺す（エヴンソン, ブライアン）
◇岸本佐知子編訳「居心地の悪い部屋」角川書
店 2012 p5
◇岸本佐知子編訳「居心地の悪い部屋」河出書
房新社 2015（河出文庫）p7

**ヘミングウェイの横顔―「さあ, 皆さんのご
意見はいかがですか？」**（ロス, リリアン）
◇木原善彦訳「ベスト・ストーリーズ 1」早川
書房 2015 p191

ベムがいっぱい（ハミルトン, エドモンド）
◇南山宏訳「20世紀SF 1」河出書房新社 2000
（河出文庫）p331

ヘモファージ（スプライル, スティーヴン）
◇金子浩訳「999（ナインナインナイン）―狂犬
の夏」東京創元社 2000（創元推理文庫）
p177

部屋と風景（韓東）
◇石井恵美子訳「同時代の中国文学―ミステ
リー・イン・チャイナ」東方書店 2006 p7

ヘーラクレイデース（作者不詳）
◇橋本隆夫訳「ギリシア喜劇全集 7」岩波書店
2010 p127
◇久保田忠利, 橋本隆夫, 野津寛, 安村典子, 吉
武純夫, 丹下和彦訳「ギリシア喜劇全集 8」
岩波書店 2011 p500

ヘラクレスとイオレ（佐藤彰）
◇「新ギリシア悲劇物語 第12巻・第13巻・第
14巻」講談社出版サービスセンター（製
作）2005 p53

ヘラクレスの母（佐藤彰）
◇「新ギリシア悲劇物語 第9巻・第10巻・第11
巻」講談社出版サービスセンター（製作）

2003 p7

ベラドンナ（ウィルスン, バーバラ）
◇猪俣美江子訳「ウーマンズ・ケース 下」早
川書房 1998（ハヤカワ・ミステリ文庫）
p271

『ペラルゴイ（シュバシコウ）』（アリストパネー
ス）
◇久保田忠利, 野津寛, 脇本由佳訳「ギリシア
喜劇全集 4」岩波書店 2009 p341

ペリカン（ストリンドベルグ）
◇森鷗外訳「債鬼―外四篇」ゆまに書房 2004
（昭和初期世界名作翻訳全集）p201

ペリゴーの公証人（ロングフェロー, ヘンリー・
ワズワース）
◇柳瀬尚紀訳「犯罪は詩人の楽しみ―詩人ミス
テリ集成」東京創元社 2012（創元推理文
庫）p92

ヘリックスの孤児（シモンズ, ダン）
◇酒井昭伸訳「SFの殿堂 遙かなる地平 2」早川
書房 2000（ハヤカワ文庫SF）p17

水ぎょうざ（ペリメン）（ルキーン, L.／ルキーン,
E.）
◇前田恵訳「雑話集―ロシア短編集 2」「雑話
集」の会 2009 p67

『ペリンティアー（ペリントスの女）』（メナンド
ロス）
◇中務哲郎, 脇本由佳, 荒井直訳「ギリシア喜
劇全集 6」岩波書店 2010 p266

ベル（ホール, ジェイムズ・W.）
◇延原泰子訳「ポーに捧げる20の物語」早川書
房 2009（Hayakawa pocket mystery
books）p161

ペルシアの王（ヒントン, チャールズ・ハワード）
◇宮川雅訳「バベルの図書館 25」国書刊行会
1990 p103
◇宮川雅訳「新編 バベルの図書館 3」国書刊行
会 2013 p395

ベルヂーチェフの町にて（グロッスマン）
◇小野協一訳「世界100物語 4」河出書房新社
1997 p331

ベル・ジャー（プラス, シルヴィア）
◇青柳祐美子訳「Modern & Classic ベル・
ジャー」河出書房新社 2004 p1

ペルシャのスリッパー（ロックリー, スティー
ヴ）

へるす

◇尾之上浩司訳「シャーロック・ホームズとヴィクトリア朝の怪人たち 2」扶桑社 2015（扶桑社ミステリー）p173

ヘルズガルド城（ムーア, C.L.）
◇安野玲訳「不死鳥の剣―剣と魔法の物語傑作選」河出書房新社 2003（河出文庫）p135

ヘルデンプラッツ（ベルンハルト, トーマス）
◇池田信雄訳「ドイツ現代戯曲選30 30」論創社 2008 p7

地獄の家（ヘルハウス）**にもう一度**（コリンズ, ナンシー・A.）
◇幹遥子訳「ヒー・イズ・レジェンド」小学館 2010（小学館文庫）p305

ヘルミッポス（作者不詳）
◇久保田忠利, 橋本隆夫, 野津寛, 安村典子, 吉武純夫, 丹下和彦訳「ギリシア喜劇全集 8」岩波書店 2011 p501

ヘルムート・ヘッケルの日記と書簡（ウィリアムスン, チェット）
◇夏来健二訳「ラヴクラフトの遺産」東京創元社 2000（創元推理文庫）p283

ベル・モラル―自然進化史（マクドナルド, アン＝マリー）
◇佐藤アヤ子, 小泉摩耶訳「海外戯曲アンソロジー――海外現代戯曲翻訳集〈国際演劇交流セミナー記録〉3」日本演出者協会 2009 p181

ペール・ラシェーズの墓地（シュトローブル, カール・ハンス）
◇前川道介訳「独逸怪奇小説集成」国書刊行会 2001 p326

ベルリンの東（モスコヴィッチ, ハナ）
◇吉原豊司訳「ベルリンの東」彩流社 2015（カナダ現代戯曲選）p5

ベルンハルトをめぐる友人たち（シュヴァルツェンバッハ, アンネマリー）
◇小松原由理抄訳「古典BL小説集」平凡社 2015（平凡社ライブラリー）p55

ペレクラテース（作者不詳）
◇中務哲郎, 西村賀子, 平山晃司訳「ギリシア喜劇全集 9」岩波書店 2012 p59

ベレニス（ポー, エドガー・アラン）
◇岡田柊訳「STORY REMIX ポーの黒夢城」大栄出版 1996 p79

ヘレンへ（ポー, エドガー・アラン）

◇渡辺信二訳「アメリカ文学ライブラリー アメリカ名詩選」本の友社 1997 p118
◇渡辺信二訳「アメリカ文学ライブラリー アメリカ名詩選」本の友社 1997 p133

『ヘーローエス（英雄たち）』（アリストパネース）
◇久保田忠利, 野津寛, 脇本由佳訳「ギリシア喜劇全集 4」岩波書店 2009 p313

『ヘーロース（守護霊）』（メナンドロス）
◇中務哲郎, 脇本由佳, 荒井直訳「ギリシア喜劇全集 6」岩波書店 2010 p142

変革のとき（ラス, ジョアンナ）
◇小尾美佐訳「20世紀SF 4」河出書房新社 2001（河出文庫）p113

便宜的結婚（モリッシー, メアリー）
◇穴吹章子訳「現代アイルランド女性作家短編集」新水社 2016 p230

偏見（グンテプスーレン・オユンビレグ）
◇「留学生文学賞作品集 2006」留学生文学賞委員会 2007 p35

弁護士初舞台（ギルバート, W.S.）
◇柳瀬尚紀訳「犯罪は詩人の楽しみ―詩人ミステリ集成」東京創元社 2012（創元推理文庫）p117

返済されなかった一日（パピーニ, ジョヴァンニ）
◇河島英昭訳「バベルの図書館 30」国書刊行会 1992 p171
◇河島英昭訳「謎のギャラリー――謎の部屋」新潮社 2002（新潮文庫）p383
◇河島英昭訳「謎の部屋」筑摩書房 2012（ちくま文庫）p383
◇河島英昭訳「新編 バベルの図書館 5」国書刊行会 2013 p415

ベンジャミン・バトン（フィッツジェラルド, F.スコット）
◇永山篤一訳「不思議の扉 時間がいっぱい」角川書店 2010（角川文庫）p221

編集室の床に落ちた顔（マケイブ, キャメロン）
◇熊井ひろ美訳「世界探偵小説全集 14」国書刊行会 1999 p9

変種第二号（ディック, フィリップ・K.）
◇友枝康子訳「贈る物語Terror」光文社 2002 p295

弁証法（ヴォルマン, ウィリアム・T.）

ほうあ

◇迫光訳「VOICES OVERSEAS ハッピー・ガールズ, バッド・ガールズ」講談社 1996 p296

変身… → "かわりみ…"をも見よ

変身（コンラード, ジェルジュ）
　◇岩崎悦子訳「東欧の文学 ケース・ワーカー」恒文社 1982 p144

ベン図（ポイサント, デイヴィッド・ジェームズ）
　◇小木曽圭子訳「アメリカ新進作家傑作選 2008」DHC 2009 p393

変態者（ボーモント, チャールズ）
　◇仁賀克雄訳「ダーク・ファンタジー・コレクション 7」論創社 2007 p201

ベンチ（リヒター）
　◇上田真而子訳「教科書に載った小説」ポプラ社 2008 p161
　◇上田真而子訳「教科書に載った小説」ポプラ社 2012（ポプラ文庫）p145

ペンでうたう─台湾原住民文学誕生の背景と現況, そして展望（孫大川）
　◇下村作次郎訳「台湾原住民文学選 8」草風館 2006 p80

返答（ベルベース, サブハドラ）
　◇角田光代訳「わたしは女の子だから」英治出版 2012 p178

駢拇篇第八〔荘子〕（荘子）
　◇福永光司, 興膳宏訳「世界古典文学全集 17」筑摩書房 2004 p176

ヘンリとロウィーナの物語（シール, M.P.）
　◇南條竹則編訳「イギリス恐怖小説傑作選」筑摩書房 2005（ちくま文庫）p189

便利な治療（ボンテンペルリ, マッシモ）
　◇岩崎純孝訳「30の神品─ショートショート傑作選」扶桑社 2016（扶桑社文庫）p229

遍歴（パワーズ, ティム）
　◇梶山靖子訳「999（ナインナインナイン）─妖女たち」東京創元社 2000（創元推理文庫）p325

ペンローズ失踪事件（フリーマン, R.オースティン）
　◇美藤健哉訳「海外ミステリ Gem Collection 8」長崎出版 2007 p1

【ほ】

懐湘（ホアイシアン）＜タイヤル＞（リムイ・アキ）
　◇松本さち子訳「台湾原住民文学選 6」草風館 2008 p153

『ポイエーシス（詩作）』（アリストパネース）
　◇久保田忠利, 野津寛, 脇本由佳訳「ギリシア喜劇全集 4」岩波書店 2009 p346

『ボイオーティアー（ボイオーティアの女）』（メナンドロス）
　◇中務哲郎, 脇本由佳, 荒井直訳「ギリシア喜劇全集 6」岩波書店 2010 p93

ポイズン・ア・ラ・カルト（スタウト, レックス）
　◇小尾芙佐訳「ディナーで殺人を 下」東京創元社 1998（創元推理文庫）p287

ホイップに乗る（ヘムリ, ロビン）
　◇小川高義訳「新しいアメリカの小説 食べ放題」白水社 1989 p57

ポイニキデース（作者不詳）
　◇中務哲郎, 西村賀子, 平山晃司訳「ギリシア喜劇全集 9」岩波書店 2012 p247

『ポイニッサイ（フェニキアの女たち）』（アリストパネース）
　◇久保田忠利, 野津寛, 脇本由佳訳「ギリシア喜劇全集 4」岩波書店 2009 p368

ポインター氏の日録（ジェイムズ, M.R.）
　◇平井呈一訳「怪奇小説傑作集新版 1」東京創元社 2006（創元推理文庫）p143

ポインター氏の日記帳（ジェイムズ, M.R.）
　◇紀田順一郎訳「書物愛 海外篇」晶文社 2005 p173
　◇紀田順一郎訳「書物愛 海外篇」東京創元社 2014（創元ライブラリ）p173

ポイント操作係（アレオラ, ファン・ホセ）
　◇柳川美智子訳「ラテンアメリカ短編集─モデルニズモから魔術的レアリズモまで」彩流社 2001 p203

ボヴァリー夫人 抄（フローベール, ギュスターヴ）
　◇菅野昭正訳「ポケットマスターピース 7」集英社 2016（集英社文庫ヘリテージシリー

作品名から引ける世界文学全集案内 第III期　299

ほうえ

ズ）p127

防衛活動（ラッセル，レイ）
　◇永井淳訳「異色作家短篇集 16」早川書房
　　2006 p229

鳳凰の金かんざしの縁（金鳳釵記）（瞿佑）
　◇竹田晃，小塚由博，仙石知子著「中国古典小
　　説選 8（明代）」明治書院 2008 p62

法外な賭け（ラッツ，ジョン）
　◇藤田佳澄訳「巨匠の選択」早川書房 2001
　　（ハヤカワ・ミステリ）p273

包括受遺者（ルニャール，ジャン＝フランソワ）
　◇鈴木康司訳「フランス十七世紀演劇集—喜
　　劇」中央大学出版部 2010（中央大学人文
　　科学研究所翻訳叢書）p498

忘却への墜落（ランジュラン，ジョルジュ）
　◇稲葉明雄訳「異色作家短篇集 5」早川書房
　　2006 p83

忘却の方法（スミス，ピーター・ムーア）
　◇加藤恵子訳「アメリカミステリ傑作選 2002」
　　DHC 2002（アメリカ文芸「年間」傑作
　　選）p647

忘却の前の最後の後悔（ラガルス，ジャン＝
リュック）
　◇八木雅子訳「コレクション現代フランス語圏
　　演劇 8」れんが書房新社 2012 p127

望郷の犬ニック（フォード，コーリー）
　◇務台夏子訳「あの犬この犬そんな犬—11の物
　　語」東京創元社 1998 p163

暴君エドワード（ダール，ロアルド）
　◇岩元巖訳「猫好きに捧げるショート・ストー
　　リーズ」国書刊行会 1997 p209
　◇開高健訳「異色作家短篇集 1」早川書房
　　2005 p223

冒険家（グリーン，アレクサンドル）
　◇岩本和久訳「魔法の本棚 消えた太陽」国書
　　刊行会 1999 p207

冒険グルメ（ラウブ，ドロレス）
　◇浅倉久志選訳「極短小説」新潮社 2004（新
　　潮文庫）p32

“冒険”の始まる前（キャロル，レノーア）
　◇日暮雅通訳「シャーロック・ホームズ ワト
　　ソンの災厄」原書房 2003 p311

帽子収集狂事件（カー，ディクスン）
　◇森英俊訳「乱歩が選ぶ黄金時代ミステリー

BEST10 7」集英社 1999（集英社文庫）
p7

帽子の手品（ブラウン，フレドリック）
　◇星新一訳「異色作家短篇集 2」早川書房
　　2005 p159

放生（黄春明）
　◇中村ふじゑ訳「鳥になった男」研文出版
　　1998（研文選書）p41

鳳雛を走らがし、龐統、四郡を掠め取る（龐掠四
郡）（井上泰山）
　◇井上泰山訳「三国劇翻訳集」関西大学出版部
　　2002 p693

法制化（コンラード，ジェルジュ）
　◇岩崎悦子訳「東欧の文学 ケース・ワーカー」
　　恒文社 1982 p5

宝石（モーパッサン，ギ・ド）
　◇日仏言語文化協会「エチュード月曜クラス」
　　訳「掌中のエスプリ—フランス文学短篇名
　　作集」弘学社 2013 p25

宝石商（デクスター，ピート）
　◇真野明裕訳「ベスト・アメリカン・ミステリ
　　ジュークボックス・キング」早川書房
　　2005（ハヤカワ・ミステリ）p143

放送された肉体（ロビンズ，グレンヴィル）
　◇森英俊訳「これが密室だ！」新樹社 1997
　　p101

放鳥（ソムサイポン，ブンタノーン）
　◇二元裕子編訳「ラオス現代文学選集」大同生
　　命国際文化基金 2013（アジアの現代文
　　芸）p79

法庭の美人（コンウェイ，H.）
　◇黒岩涙香訳「明治の翻訳ミステリー—翻訳編
　　第2巻」五月書房 2001（明治文学復刻叢
　　書）p7

放蕩者に対する懲らしめ（セルウス，マルヴィー
ナ）
　◇牛島信明訳「アンデスの風叢書 天国・地獄
　　百科」書肆風の薔薇 1982 p35

放蕩伯爵と白い真珠（モーティマー，キャロル）
　◇清水由貴子訳「愛は永遠に—ウエディング・
　　ストーリー 2015」ハーレクイン 2015 p5

放蕩息子の帰宅（ジッド，アンドレ）
　◇若林真訳「百年文庫 78」ポプラ社 2011
　　p111

放蕩領主と美しき乙女（モーティマー, キャロル）
　◇古沢絵里訳「四つの愛の物語―クリスマス・ストーリー 2014」ハーレクイン 2014 p5
冒瀆の天使（エスルマン, ローレン・D.）
　◇森嶋マリ訳「18の罪―現代ミステリ傑作選」ヴィレッジブックス 2012（ヴィレッジブックス）p335
ホウボウ（きむずかしや）式泳法（ヴォーマン, ガブリエーレ）
　◇奈倉洋子訳「シリーズ現代ドイツ文学 5」早稲田大学出版部 1993 p15
放牧地にて（磊磊生）
　◇岡田英樹訳「血の報復―「在満」中国人作家短篇集」ゆまに書房 2016 p223
亡命者たち（ストリブリング, T.S.）
　◇倉阪鬼一郎訳「世界探偵小説全集 15」国書刊行会 1997 p9
訪問（ピランデッロ, ルイージ）
　◇内山寛訳「百年文庫 26」ポプラ社 2010 p72
訪問者（金楠）
　◇祖田律男訳「コリアン・ミステリ―韓国推理小説傑作選」バベル・プレス 2002 p33
坊やの人形（黄春明）
　◇山口守訳「新しい台湾の文学 鹿港からきた男」国書刊行会 2001 p97
亡霊たちの書（コールマン, リード・ファレル）
　◇杉江松恋訳「BIBLIO MYSTERIES 3」ディスカヴァー・トゥエンティワン 2014 p111
亡霊の影（フッド, T.）
　◇小山太一訳「憑かれた鏡―エドワード・ゴーリーが愛する12の怪談」河出書房新社 2006 p193
　◇小山太一訳「エドワード・ゴーリーが愛する12の怪談―憑かれた鏡」河出書房新社 2012（河出文庫）p219
ほうれん草の最期（ドライヤー, スタン）
　◇山岸真訳「20世紀SF 5」河出書房新社 2001（河出文庫）p215
放浪の騎士―七つの王国の物語（マーティン, ジョージ・R.R.）
　◇岡部宏之訳「ファンタジイの殿堂 伝説は永遠に 2」早川書房 2000（ハヤカワ文庫FT）p157
吼えろ支那（トレチヤコフ）

大隈俊雄訳「吼えろ支那」ゆまに書房 2008（昭和初期世界名作翻訳全集）p3
ポオ蒐集家（ブロック, ロバート）
　◇仁賀克雄訳「幻想と怪奇―ポオ蒐集家」早川書房 2005（ハヤカワ文庫）p27
捕獲（スコット, キム）
　◇下楠昌哉訳「ダイヤモンド・ドッグ―《多文化を映す》現代オーストラリア短編小説集」現代企画室 2008 p135
ポーカー・ドッグ（ワイルド, パーシヴァル）
　◇巴妙子訳「ミステリーの本棚 悪党どものお楽しみ」国書刊行会 2000 p67
他の惑星にも死は存在するのか？（スラデック, ジョン）
　◇柳下毅一郎訳「異色作家短篇集 18」早川書房 2007 p191
ポーカーはやめられない（ホール, パーネル）
　◇喜須海理子訳「ポーカーはやめられない―ポーカー・ミステリ書下ろし傑作選」ランダムハウス講談社 2010 p291
補給係（ハッシュマイヤー, オーティス）
　◇大間知知子訳「アメリカ新進作家傑作選 2003」DHC 2004 p195
ぼくがしようとしてきたこと（ゴードン, デイヴィッド）
　◇青木千鶴訳「ミステリアス・ショーケース」早川書房 2012（Hayakawa pocket mystery books）p9
僕が戦場で死んだら（オブライエン, ティム）
　◇中野圭二訳「新しいアメリカの小説 僕が戦場で死んだら」白水社 1990 p1
牧師の汚名（カズンズ, ジェイムズ・グールド）
　◇中村保男訳「書物愛 海外篇」晶文社 2005 p335
　◇中村保男訳「書物愛 海外篇」東京創元社 2014（創元ライブラリ）p345
牧師の黒いベール（ホーソーン, ナサニエル）
　◇酒本雅之訳「新編 バベルの図書館 1」国書刊行会 2012 p95
牧師の黒いベール―一つの寓話（ホーソーン, ナサニエル）
　◇酒本雅之訳「バベルの図書館 3」国書刊行会 1988 p137
牧師の黒のベール（ホーソーン, ナサニエル）

ほくし

◇坂下昇訳「百年文庫 32」ポプラ社 2010 p5

牧師の告白（コリンズ, ウィルキー）
◇松岡光治編訳「ヴィクトリア朝幽霊物語─短篇集」アティーナ・プレス 2013 p117

牧師のたのしみ（ダール, ロアルド）
◇開高健訳「異色作家短篇集 1」早川書房 2005 p81

牧神の午後（ブーフ, ハンス・クリストファー）
◇前川道介訳「独逸怪奇小説集成」国書刊行会 2001 p177

ほくそ笑む場所（ブロック, ロバート）
◇小笠原豊樹訳「異色作家短篇集 8」早川書房 2006 p225

穆天子伝（ぼくてんしでん）（作者不詳）
◇竹田晃, 梶村永, 高芝麻子, 山崎藍著「中国古典小説選 1（漢・魏）」明治書院 2007 p69

ぼくと犬の物語（ビショップ, マイクル）
◇岩本巖訳「幻想の犬たち」扶桑社 1999（扶桑社ミステリー）p227

僕と三人の父（エスパルベック）
◇にむらじゅんこ訳「フランス式クリスマス・プレゼント」水声社 2000 p151

ぼくと妻（カム・パカー）
◇宇戸清治訳「天国の風─アジア短篇ベスト・セレクション」新潮社 2011 p41

僕に命令しておくれ（ソット・ポーリン）
◇岡田知子編訳「現代カンボジア短編集」大同生命国際文化基金 2001（アジアの現代文芸）p25

ぼくにはアメリカのうた声が聞こえる（ホイットマン, ウォルト）
◇渡辺信二訳「アメリカ文学ライブラリー アメリカ名詩選」本の友社 1997 p151

僕の恋、僕の傘（マクガハン, ジョン）
◇柴田元幸編訳「僕の恋、僕の傘」角川書店 1999 p5
◇柴田元幸編訳「燃える天使」角川書店 2009（角川文庫）p7

ボクの好きなもの（ドラグンスキイ）
◇須佐多恵訳「雑話集─ロシア短編集 2」「雑話集」の会 2009 p23

僕の旅（ナドルニー, シュテン）
◇明星聖子訳「『新しいドイツの文学』シリーズ 9」同学社 1998 p7

ぼくの娘ナターシャ（ロンム）
◇前田恵訳「雑話集─ロシア短編集 3」ロシア文学翻訳グループクーチカ 2014 p104

僕らが天王星に着くころ（ヴクサヴィッチ, レイ）
◇岸本佐知子編訳「変愛小説集」講談社 2008 p31
◇岸本佐知子編訳「変愛小説集」講談社 2014（講談社文庫）p33

ぼくら、君ら、彼らのこと（ウー・スエー）
◇南田みどり編訳「二十一世紀ミャンマー作品集」大同生命国際文化基金 2015（アジアの現代文芸）p48

僕らの名前を返せ（モーナノン）
◇下村作次郎編訳「台湾原住民文学選 1」草風館 2002 p7

保険のかけ過ぎ（コリア, ジョン）
◇村上啓夫訳「異色作家短篇集 7」早川書房 2006 p165

保険の練習（ホールディング, ジェイムズ）
◇田村義進訳「ミニ・ミステリ100」早川書房 2005（ハヤカワ・ミステリ文庫）p309

ほこり（ローズ, ダン）
◇岸本佐知子編訳「変愛小説集 2」講談社 2010 p242

誇りを汚された犯罪者（シラー, フリードリヒ）
◇浜田正秀訳「百年文庫 70」ポプラ社 2011 p79

誇り高き結婚（チャイルド, モーリーン）
◇山田沙羅訳「愛は永遠に─ウエディング・ストーリー 2007」ハーレクイン 2007 p177

埃だらけの抽斗（ミューヘイム, ハリイ）
◇森郁夫訳「謎のギャラリー─謎の部屋」新潮社 2002（新潮文庫）p203
◇森郁夫訳「謎の部屋」筑摩書房 2012（ちくま文庫）p203

埃まみれのゼブラ（シマック, クリフォード・D.）
◇小尾芙佐訳「幻想と怪奇─宇宙怪獣現わる」早川書房 2005（ハヤカワ文庫）p179

ポー・コレクター（ホック, エドワード・D.）
◇嵯峨静江訳「ポーに捧げる20の物語」早川書房 2009（Hayakawa pocket mystery books）p203

星（ドーデー, アルフォンス）

ほたん

◇桜田佐訳「百年文庫 70」ポプラ社 2011 p65

星（ブロンテ, エミリ・ジェーン）
◇田代尚路訳「ポケットマスターピース 12」集英社 2016（集英社文庫ヘリテージシリーズ）p16

星—プロヴァンスのある羊飼いの物語（ドーデ, アルフォンス）
◇桜田佐訳「この愛のゆくえ—ポケットアンソロジー」岩波書店 2011（岩波文庫別冊）p45

ポジオリ教授の冒険（ストリブリング, T.S.）
◇霜島義明訳「KAWADE MYSTERY ポジオリ教授の冒険」河出書房新社 2008

星が落ちてゆく（ランズデール, ジョー・R.）
◇富山浩昌訳「ベスト・アメリカン・短編ミステリ 2012」DHC 2012 p 375.

星がひとつところに流れる（尹大寧）
◇安宇植編訳「いま、私たちの隣りに誰がいるのか—Korean short stories」作品社 2007 p117

星に魅せられて（ラヴゼイ, ピーター）
◇山本やよい訳「ホロスコープは死を招く」ソニー・マガジンズ 2006（ヴィレッジブックス）p433

星ねずみ（ブラウン, フレドリック）
◇安野玲訳「20世紀SF 1」河出書房新社 2000（河出文庫）p7

星のある生活（ヴァイル, イージー）
◇栗栖継訳「東欧の文学 星のある生活 他」恒文社 1967 p27

星のせいではない（デイン, キャサリン）
◇山本やよい訳「ホロスコープは死を招く」ソニー・マガジンズ 2006（ヴィレッジブックス）p341

星の花嫁（バウチャー, アントニー）
◇白須清美訳「ダーク・ファンタジー・コレクション 3」論創社 2006 p263

ポシフィヤトフスカ詩選（ポシフィヤトフスカ, ハリナ）
◇津田晃岐訳「ポケットのなかの東欧文学—ルネッサンスから現代まで」成文社 2006 p240

ほしぶどう作戦（ダール, ロアルド）
◇開高健訳「異色作家短篇集 1」早川書房 2005 p281

『ボスカンへへの書簡』（ガルシラソ・デ・ラ・ベーガ）
◇本田誠二訳「西和リブロス 13」西和書林 1993 p180

ボスと秘書だけの聖夜（イエーツ, メイシー）
◇秋庭葉瑠訳「五つの愛の物語—クリスマス・ストーリー2015」ハーパーコリンズ・ジャパン 2015 p153

ボストンのドローミオ（パール, マシュー）
◇日暮雅通訳「シャーロック・ホームズ アメリカの冒険」原書房 2012 p317

ボスニア物語（アンドリッチ, イヴォ）
◇岡崎慶興訳「東欧の文学 ボスニア物語」恒文社 1972 p3

ボスに恋した秘書（モーティマー, キャロル）
◇上村悦子訳「四つの愛の物語—クリスマス・ストーリー 2013」ハーレクイン 2013 p5

ボスは放蕩社長（マレリー, スーザン）
◇西江璃子訳「あの夏の恋のきらめき—サマー・シズラー2016」ハーパーコリンズ・ジャパン 2016 p117

ポセイディッポス（作者不詳）
◇中務哲郎, 西村賀子, 平山晃司訳「ギリシア喜劇全集 9」岩波書店 2012 p307

許生（ホセン）、学問を捨てて、立つ—許生伝（朴趾源）
◇張喆文現代語訳, 吉仲貴美子訳「韓国古典文学の愉しみ 下」白水社 2010 p126

ボーダー（テイラー, サム・S.）
◇中田耕治訳「ブルー・ボウ・シリーズ 死体のささやき」青弓社 1993 p187

ポータブル・ヴァージン（エンライト, アン）
◇今村啓子訳「現代アイルランド女性作家短編集」新水社 2016 p244

ポータルズ・ノンストップ（ウィリス, コニー）
◇大森望訳「SFマガジン700—創刊700号記念アンソロジー 海外篇」早川書房 2014（ハヤカワ文庫 SF）p359

蛍の歌（作者不詳）
◇渡辺信二訳「アメリカ文学ライブラリー アメリカ名詩選」本の友社 1997 p11

牡丹燈記（瞿宗吉）
◇岡本綺堂編訳「世界怪談名作集 下」河出書房新社 2002（河出文庫）p321

作品名から引ける世界文学全集案内 第III期　303

ほたん

牡丹灯籠（牡丹灯記）（瞿佑）
◇竹田晃, 小塚由博, 仙石知子著「中国古典小説選 8（明代）」明治書院 2008 p161

牡丹と耐冬（蒲松齢）
◇増田渉訳「変身のロマン」学習研究社 2003（学研M文庫）p195

牡丹の花咲くまでは（金永郎）
◇金炳三, 李春穆, 金潤訳「20世紀民衆の世界文学 7」三友社出版 1990 p196

墓地に潜む恐怖（ヒールド, H.）
◇渡辺健一郎訳「新編 真ク・リトル・リトル神話大系 3」国書刊行会 2008 p43

墓地の隣の飲み屋（ソムサイポン, ブンタノーン）
◇二元裕子編訳「ラオス現代文学選集」大同生命国際文化基金 2013（アジアの現代文芸）p89

ホーチミン・ルート事件（ハーフォード, デイヴィッド・K.）
◇豊田成子訳「アメリカミステリ傑作選 2001」DHC 2001（アメリカ文芸「年間」傑作選）p339

『牧歌』 第一番〜第三番（ガルシラソ・デ・ラ・ベーガ）
◇本田誠二訳「西和リブロス 13」西和書林 1993 p66

北極星号の船長―医学生ジョン・マリスターレーの奇異なる日記よりの抜萃（ドイル, コナン）
◇岡本綺堂編訳「世界怪談名作集 下」河出書房新社 2002（河出文庫）p7

北極星と牝虎（ヤーン, ハンス・ヘニー）
◇種村季弘訳「怪奇・幻想・綺想文学集―種村季弘翻訳集成」国書刊行会 2012 p199

掘立小屋のインド人（商晩筠）
◇西村正男訳「台湾熱帯文学 4」人文書院 2011 p117

ホット・ショット（ロス, ジョアン）
◇伊坂奈々訳「真夏の恋の物語―サマー・シズラー 2001」ハーレクイン 2001 p231

ホット・スプリングズ（クラムリー, ジェイムズ）
◇田口俊樹訳「愛の殺人」早川書房 1997（ハヤカワ・ミステリ文庫）p121

ポップ・アート（ヒル, ジョー）
◇大森望訳「不思議の扉 午後の教室」角川書店 2011（角川文庫）p187

ホップ・ステップ・ジャンプくん（マリーク, ヤン）
◇加藤暁子訳「人形座脚本集」晩成書房 2005 p145

ボディガードという仕事（エスルマン, ローレン・D.）
◇玉木亨訳「現代ミステリーの至宝 1」扶桑社 1997（扶桑社ミステリー）p41

ボディ・ランゲージ（ジェイムズ, ビル）
◇中村安子訳「本の殺人事件簿―ミステリ傑作20選 1」バベル・プレス 2001 p9

ホテルで誰かが死んだので…（ピランデッロ, ルイジ）
◇武谷なおみ編訳「短篇で読むシチリア」みすず書房 2011（大人の本棚）p56

ホテルで早わざ（ブロンジーニ, ビル）
◇佐々田雅子訳「ミニ・ミステリ100」早川書房 2005（ハヤカワ・ミステリ文庫）p585

ホテル・メトロポール午前二時（サーバー, ジェイムズ）
◇鳴海四郎訳「異色作家短篇集 14」早川書房 2006 p249

施し（カーン, ラジアー・サルタナ）
◇新谷進訳「アメリカ新進作家傑作選 2008」DHC 2009 p301

ポーとジョーとぼく（ウィンズロウ, ドン）
◇東江一紀訳「ポーに捧げる20の物語」早川書房 2009（Hayakawa pocket mystery books）p367

不如帰（韓龍雲）
◇安宇植（アンウーシク）訳「韓国文学名作選 ニムの沈黙」講談社 1999 p99

ポートレート 隠修士ピエール（ブロンテ, シャーロット）
◇中岡洋, 芦沢久江訳「ブロンテ姉妹エッセイ全集」彩流社 2016 p262

ポートレート、ヘイスティングズ戦闘前夜のハロルド王（ブロンテ, エミリ・ジェーン）
◇中岡洋, 芦沢久江訳「ブロンテ姉妹エッセイ全集」彩流社 2016 p235
◇中岡洋, 芦沢久江訳「ブロンテ姉妹エッセイ全集」彩流社 2016 p239
◇中岡洋, 芦沢久江訳「ブロンテ姉妹エッセイ全集」彩流社 2016 p246

ポドロ島（ハートリー, L.P.）

◇宇野利泰訳「怪奇小説傑作集新版 2」東京創元社 2006（創元推理文庫）p9

◇今本渉訳「KAWADE MYSTERY ポドロ島」河出書房新社 2008 p7

ボナペティ（ポールマン, キャサリン）

　◇浅倉久志選訳「極短小説」新潮社 2004（新潮文庫）p274

ポーナル博士の見損じ（ウエイクフィールド, ハーバート・ラッセル）

　◇倉阪鬼一郎訳「魔法の本棚 赤い館」国書刊行会 1996 p38

ポニーガール（リップマン, ローラ）

　◇吉澤康子訳「18の罪―現代ミステリ傑作選」ヴィレッジブックス 2012（ヴィレッジブックス）p85

骨のダイスを転がそう（ライバー, フリッツ）

　◇中村融訳「奇想コレクション 跳躍者の時空」河出書房新社 2010 p187

骨の負債（グッドカインド, テリー）

　◇佐田千織訳「ファンタジイの殿堂 伝説は永遠に 2」早川書房 2000（ハヤカワ文庫FT）p17

炎の十字架（リー, レスター・デル）

　◇駒瀬裕子訳「吸血鬼伝説―ドラキュラの末裔たち」原書房 1997 p49

焔の虎（リー, タニス）

　◇酒井昭伸訳「不思議な猫たち」扶桑社 1999（扶桑社ミステリー）p65

炎のなかの絵（コリア, ジョン）

　◇村上啓夫訳「異色作家短篇集 7」早川書房 2006 p239

炎の中の顔＜ツォウ＞（パイツ・ムクナナ）

　◇松本さち子訳「台湾原住民文学選 6」草風館 2008 p304

ポーの黒夢城（ポー, エドガー・アラン）

　◇岡田柊訳「STORY REMIX ポーの黒夢城」大栄出版 1996 p1

ポノたち（マインキー, ピーター）

　◇岸本佐知子編訳「コドモノセカイ」河出書房新社 2015 p57

ポーの末裔（ラヴクラフト, H.P.／ダーレス, オーガスト）

　◇福岡洋一訳「新編 真ク・リトル・リトル神話大系 4」国書刊行会 2008 p341

歩飛烟（ほひえん）（皇甫枚）

　◇黒田真美子著「中国古典小説選 5（唐代 2）」明治書院 2006 p470

ポピーの幸せ（パーマー, ダイアナ）

　◇高円寺みなみ訳「マイ・バレンタイン―愛の贈りもの 2000」ハーレクイン 2000 p5

　◇高円寺みなみ訳「マイ・バレンタイン―愛の贈りもの 2007」ハーレクイン 2007 p251

ボビーの部屋（ダン, ダグラス）

　◇中野康司訳「新しいイギリスの小説 ひそやかな村」白水社 1992 p92

ボー・ピープのヒツジ失踪事件（バークリー, アントニー）

　◇北原尚彦編訳「シャーロック・ホームズの栄冠」論創社 2007（論創海外ミステリ）p53

墓碑銘（ストリックランド, ブラッドリイ）

　◇千野宣夫訳「幻想と怪奇―おれの夢の女」早川書房 2005（ハヤカワ文庫）p93

ホフステッドとジーニーおよび、他者たち（ブロドキー, ハロルド）

　◇小林久美子訳「ベスト・ストーリーズ 2」早川書房 2016 p119

ボヘミアの岸辺（スターリング, ブルース）

　◇嶋田洋一訳「ロボット・オペラ―An Anthology of Robot Fiction and Robot Culture」光文社 2004 p620

ほほえみ（ブラッドベリ, レイ）

　◇吉田誠一訳「異色作家短篇集 15」早川書房 2006 p183

微笑みを忘れずに（アースキン, バーバラ）

　◇沢木あさみ訳「ティータイム・ストーリーズ 微笑みを忘れずに」花風社 1999 p7

ほぼ完璧な殺人（ハート, キャロリン・G.）

　◇山本やよい訳「探偵稼業はやめられない―女探偵vs.男探偵」光文社 2003（光文社文庫）p161

ポー、ポー、ポー（ラッツ, ジョン）

　◇延原泰子訳「ポーに捧げる20の物語」早川書房 2009（Hayakawa pocket mystery books）p295

ポーマノックから旅だって わたしは 鳥のように飛ぶ（ホイットマン, ウォルト）

　◇渡辺信二訳「アメリカ文学ライブラリー アメリカ名詩選」本の友社 1997 p201

ほむし

ホームシック産業—アイルランドしみじみ（ハ
ミルトン, ヒューゴー）
　　◇田尻芳樹訳「しみじみ読むイギリス・アイル
　　　ランド文学—現代文学短編作品集」松柏社
　　　2007 p225
ホーム・スイート・ホーム（ティンティ, ハンナ）
　　◇飯干京子訳「ベスト・アメリカン・ミステリ
　　　ジュークボックス・キング」早川書房
　　　2005（ハヤカワ・ミステリ）p419
ホームズを乗せた辻馬車（リンスコット, ギリア
ン）
　　◇日暮雅通訳「シャーロック・ホームズ ベイ
　　　カー街の殺人」原書房 2002 p71
ホームズ、最後の事件ふたたび（ソウヤー, ロ
バート・J.）
　　◇内田昌之訳「90年代SF傑作選 下」早川書房
　　　2002（ハヤカワ文庫）p25
ホームズさん、あれは巨大な犬の足跡でし
た！（ウィルソン, エドマンド）
　　◇佐々木徹訳「ベスト・ストーリーズ 1」早川
　　　書房 2015 p117
ホームズとワトスン—頭脳と心（シュレフラー,
フィリップ・A.）
　　◇日暮雅通訳「シャーロック・ホームズ ワト
　　　ソンの災厄」原書房 2003 p341
ホーム・デリヴァリー（キング, スティーヴン）
　　◇夏来健次訳「死霊たちの宴 上」東京創元社
　　　1998（創元推理文庫）p101
『ホモパトリオイ（腹違いの兄弟）』（メナンドロ
ス）
　　◇中務哲郎, 脇本由佳, 荒井直訳「ギリシア喜
　　　劇全集 6」岩波書店 2010 p257
ボヤジュキョイで愛の流血殺人事件（ムンガン,
ムラトハン）
　　◇篁日向子訳「現代トルコ文学選 2」東京外国
　　　語大学外国語学部トルコ語専攻研究室
　　　2012（TUFS Middle Eastern studies）p3
『ホーライ（四季）』（アリストパネース）
　　◇久保田忠利, 野津寛, 脇本由佳訳「ギリシア
　　　喜劇全集 4」岩波書店 2009 p371
ホライズン（マウントフォード, ピーター）
　　◇木下朋子訳「アメリカ新進作家傑作選 2008」
　　　DHC 2009 p205
ホラティ人（一九六八）（ミュラー, ハイナー）
　　◇吉岡茂光訳「シリーズ現代ドイツ文学 2」早

稲田大学出版部 1991 p235
ほら吹きシマウマ（ホルスト, スペンサー）
　　◇吉田利子訳「謎のギャラリー—愛の部屋」新
　　　潮社 2002（新潮文庫）p247
ほら、ライオンを見てごらん（オリヴィエ, エ
ミール）
　　◇星埜守之訳「月光浴—ハイチ短篇集」国書刊
　　　行会 2003（Contemporary writers）p5
ホランとツァムバ（エルデネ, センディーン）
　　◇柴内秀司訳「モンゴル近現代短編小説選」パ
　　　ブリック・ブレイン 2013 p67
ポーランド袋（ヘムリ, ロビン）
　　◇小川高義訳「新しいアメリカの小説 食べ放
　　　題」白水社 1989 p91
ホランとわたし（エルデネ, センディーン）
　　◇柴内秀司訳「モンゴル近現代短編小説選」パ
　　　ブリック・ブレイン 2013 p57
ポリオコス（作者不詳）
　　◇中務哲郎, 西村賀子, 平山晃司訳「ギリシア
　　　喜劇全集 9」岩波書店 2012 p302
ポリー・モーガン（コッパード, A.E.）
　　◇西崎憲訳「魔法の本棚 郵便局と蛇」国書刊
　　　行会 1996 p103
『ポリュイードス』（アリストパネース）
　　◇久保田忠利, 野津寛, 脇本由佳訳「ギリシア
　　　喜劇全集 4」岩波書店 2009 p347
ポリュゼーロス（作者不詳）
　　◇中務哲郎, 西村賀子, 平山晃司訳「ギリシア
　　　喜劇全集 9」岩波書店 2012 p304
捕虜（ロア・バストス, アウグスト）
　　◇水町尚子訳「ラテンアメリカ傑作短編集—中
　　　南米スペイン語圏文学史を辿る」彩流社
　　　2014 p279
ホール・イン・ツー（マキナニー, ラルフ）
　　◇阿部里美訳「夜汽車はバビロンへ—
　　　EQMM90年代ベスト・ミステリー」扶桑
　　　社 2000（扶桑社ミステリー）p7
『ホルカデス（商船たち）』（アリストパネース）
　　◇久保田忠利, 野津寛, 脇本由佳訳「ギリシア
　　　喜劇全集 4」岩波書店 2009 p337
ボルジアの手（ゼラズニイ, ロジャー）
　　◇中村融訳「街角の書店—18の奇妙な物語」東
　　　京創元社 2015（創元推理文庫）p297
ホルスト・ヴェッセル—あるドイツ的運命

（エーヴェルス, ハンス・ハインツ）

◇池田浩士訳「ドイツ・ナチズム文学集成 1」柏書房 2001 p173

ポルターガイスト（クイン, シーバリー）

◇熊井ひろ美訳「ダーク・ファンタジー・コレクション 4」論創社 2007 p197

ポルターガイスト（パウエル, タルマッジ）

◇飛田妙子訳「ブルー・ボウ・シリーズ 殺人コレクション」青弓社 1992 p107

ボールターのカナリア（ロバーツ, キース）

◇中村融編訳「影が行く―ホラーSF傑作選」東京創元社 2000（創元SF文庫）p99

ポルトガルの女（ムシル, ローベルト）

◇川村二郎訳「百年文庫 57」ポプラ社 2010 p5

ポルトガル文（リルケ）

◇水野忠敏訳「美しい恋の物語」筑摩書房 2010（ちくま文学の森）p213

ボルドー行の乗合馬車（ハリファックス卿）

◇倉阪鬼一郎訳「怪奇小説日和―黄金時代傑作選」筑摩書房 2013（ちくま文庫）p231

ポールの場合―気質の研究（キャザー, ウィラ）

◇利根川真紀訳「クィア短編小説集―名づけえぬ欲望の物語」平凡社 2016（平凡社ライブラリー）p171

ボルヘス、オラル（ボルヘス, ホルヘ・ルイス）

◇木村榮一訳「アンデスの風叢書 ボルヘス、オラル」書肆風の薔薇 1987 p5

ボルボ七六〇ターボの設計上の欠陥について（セルフ, ウィル）

◇安原和見訳「奇想コレクション 元気なぼくらの元気なおもちゃ」河出書房新社 2006 p217

ホール・マン（ニーヴン, ラリイ）

◇小隅黎訳「SFマガジン700―創刊700号記念アンソロジー 海外篇」早川書房 2014（ハヤカワ文庫 SF）p101

ポルミオ（テレンティウス）

◇高橋宏幸訳「ローマ喜劇集 5」京都大学学術出版会 2002（西洋古典叢書）p355

『ポールーメノイ（売られる男たち）』（メナンドロス）

◇中務哲郎、脇本由佳、荒井直訳「ギリシア喜劇全集 6」岩波書店 2010 p281

ポルモスまたはポルミス（作者不詳）

◇橋本隆夫訳「ギリシア喜劇全集 7」岩波書店 2010 p78

ほれぐすり（スタンダール）

◇桑原武夫訳「美しい恋の物語」筑摩書房 2010（ちくま文学の森）p325

◇桑原武夫訳「百年文庫 71」ポプラ社 2011 p101

ホレマレ＜タイヤル＞（ワリス・ノカン）

◇柳本通彦訳「台湾原住民文学選 4」草風館 2004 p14

ボロゴーヴはミムジイ（パジェット, ルイス）

◇伊藤典夫訳「ボロゴーヴはミムジイ―伊藤典夫翻訳SF傑作選」早川書房 2016（ハヤカワ文庫 SF）p7

ホロスコープ・マン（ラッシュ, クリスティン・キャスリン）

◇山本やよい訳「ホロスコープは死を招く」ソニー・マガジンズ 2006（ヴィレッジブックス）p527

幌馬車（ゴーゴリ, ニコライ）

◇横田瑞穂訳「百年文庫 88」ポプラ社 2011 p69

ホワイト・シティの冒険（クライダー, ビル）

◇日暮雅通訳「シャーロック・ホームズ アメリカの冒険」原書房 2012 p225

ホワイトナイトにキスをして（バートン, ビヴァリー）

◇島村浩子訳「シュガー＆スパイス」ヴィレッジブックス 2007（ヴィレッジブックス）p7

ホワイト・バーガーのダニー（ヒルズ, ギャヴィン）

◇渡辺健吾訳「ディスコ・ビスケッツ」早川書房 1998 p83

ホワイトハット（スラデック, ジョン）

◇酒井昭伸訳「奇想コレクション 蒸気駆動の少年」河出書房新社 2008 p353

花橋栄記（ホワチアオロンチー）（白先勇）

◇山口守訳「新しい台湾の文学 台北人」国書刊行会 2008 p149

ホーン王（作者不詳）

◇中世英国ロマンス研究会訳「中世英国ロマンス集 1」篠崎書林 1983 p1

本を守護する者（ハーセ, ヘンリイ）

ほんき

◇東谷真知子訳「クトゥルー 13」青心社 2005
（暗黒神話大系シリーズ）p67

洪吉童（ホンギルドン）伝（作者不詳）
◇鄭鐘牧現代語訳, 奥田邦治訳「韓国古典文学
の愉しみ 下」白水社 2010 p7

ポンコツ（フィック, アルヴィン・S.）
◇田村義進訳「ミニ・ミステリ100」早川書房
2005（ハヤカワ・ミステリ文庫）p314

附録 本作品に対するジャコモ・レオパルディ
氏の評価から（ランドルフィ, トンマーゾ）
◇中山エツコ訳「Modern & Classic 月ノ石」
河出書房新社 2004 p178

本棚殺人事件（デミル, ネルソン）
◇杉江松恋訳「BIBLIO MYSTERIES 2」ディ
スカヴァー・トゥエンティワン 2014 p19

本当に正しいこと（ジェイムズ, ヘンリー）
◇鈴木和子訳「古今英米幽霊事情 2」新風舎
1999 p193

本当の贈り物（レヴィ＝クワンツ, ステファン）
◇にむらじゅんこ訳「フランス式クリスマス・
プレゼント」水声社 2000 p67

本当の話（抄）（ルキアノス）
◇呉茂一訳「おかしい話」筑摩書房 2010（ち
くま文学の森）p459

本当の復讐（黄世鳶）
◇祖田律男訳「コリアン・ミステリー韓国推理
小説傑作選」バベル・プレス 2002 p9

ほんとうの間違い（テトゥ, ランディーン）
◇吉田利子訳「間違ってもいい、やってみたら
―想いがはじける28の物語」講談社 1998
p184

本音（ブロック, ロバート）
◇小笠原豊樹訳「異色作家短篇集 8」早川書房
2006 p131

本の事件（アンドリュース, デイル・C.／セルク,
カート）
◇飯城勇三訳「エラリー・クイーンの災難」
論創社 2012（論創海外ミステリ）p143

本のはなし（舒柯）
◇岡田英樹編「血の報復―「在満」中国人作
家短篇集」ゆまに書房 2016 p51

本箱の上の女性（サーバー, ジェイムズ）
◇鳴海四郎訳「異色作家短篇集 14」早川書房
2006 p283

ボンバの哀れなキリスト（ベティ, モンゴ）
◇砂野幸稔訳「シリーズ【越境の文学／文学の
越境】 ボンバの哀れなキリスト」現代企
画室 1995 p5

ポンペイ再び（ミトラ, ケヤ）
◇大下英津子訳「アメリカ新進作家傑作選
2007」DHC 2008 p303

ポンペイ夜話（ゴーティエ, テオフィル）
◇田辺貞之助訳「百年文庫 54」ポプラ社 2010
p65

奔放な公爵の改心（モーティマー, キャロル）
◇高橋美友紀訳「輝きのとき―ウエディング・
ストーリー 2016」ハーパーコリンズ・
ジャパン 2016 p5

ホーン・マン（ハワード, クラーク）
◇山本光伸訳「現代ミステリーの至宝 2」扶桑
社 1997（扶桑社ミステリー）p249

ほんもの（ジェイムズ, ヘンリー）
◇行方昭夫訳「教えたくなる名短篇」筑摩書房
2014（ちくま文庫）p107

本物（ジェームズ, ヘンリー）
◇柴田元幸編訳「アメリカン・マスターピース
古典篇」スイッチ・パブリッシング 2013
（SWITCH LIBRARY）p163

ほんもののタバード（ベントリー, E.C.）
◇好野理恵訳「ミステリーの本棚 トレント乗
り出す」国書刊行会 2000 p7

翻訳の傑作（張系国）
◇山口守訳「新しい台湾の文学 星雲組曲」国
書刊行会 2007 p116

【 ま 】

真新しい死（レイモンド, デレク）
◇田口俊樹訳「ロンドン・ノワール」扶桑社
2003（扶桑社ミステリー）p143

マイクおやじの私生活（ミンヌエーソウ）
◇南田みどり編訳「ミャンマー現代短編集 2」
大同生命国際文化基金 1998（アジアの現
代文芸）p142

マイクルとの対話（マーカス, ダニエル）
◇内田昌之訳「ハッカー／13の事件」扶桑社

2000（扶桑社ミステリー）p329

マイケル・ロックフェラーを喰った男（ストークス, クリストファー）
　◇柏井優基斗訳「アメリカ新進作家傑作選2008」DHC 2009 p107

マイ・サンズ・ストーリー（ゴーディマ, ナディン）
　◇赤岩隆訳「アフリカ文学叢書 マイ・サンズ・ストーリー」スリーエーネットワーク1997 p1

埋葬（シュヌレ, ヴォルフディートリヒ）
　◇神崎巌訳「シリーズ現代ドイツ文学 4」早稲田大学出版部 1993 p1

マイナス1（バラード, J.G.）
　◇伊藤哲訳「山口雅也の本格ミステリ・アンソロジー」角川書店 2007（角川文庫）p429

舞姫朴外仙の春を訪ねて（李陸史）
　◇安宇植（アンウーシク）訳「韓国文学名作選 李陸史詩集」講談社 1999 p116

毎夜、ボドゥルム─第1章（イレリ, セリム）
　◇丸山礼訳「現代トルコ文学選 2」東京外国語大学外国語学部トルコ語専攻研究室 2012（TUFS Middle Eastern studies）p243

マイル・ハイ・メルトダウン（キャバナー, ディーン）
　◇渡辺健吾訳「ディスコ・ビスケッツ」早川書房 1998 p239

マイル標識を立てて（ティンティンター）
　◇南田みどり編訳「ミャンマー現代女性短編集」大同生命国際文化基金 2001（アジアの現代文芸）p133

マウントドレイゴ卿の死（モーム, W.サマセット）
　◇田中西二郎訳「恐ろしい話」筑摩書房 2011（ちくま文学の森）p381

まえがき〔城南旧事〕（林海音）
　◇杉野元子訳「現代中国の小説 城南旧事」新潮社 1997 p5

まえがき〔ナイン・テイラーズ〕（セイヤーズ, ドロシー・L.）
　◇門野集訳「乱歩が選ぶ黄金時代ミステリーBEST10 10」集英社 1999（集英社文庫）p11

マエストロを殺せ（スタージョン, シオドア）
　◇柳下毅一郎訳「奇想コレクション 輝く断片」

河出書房新社 2005 p207

前と後（シンメルプフェニヒ, ローラント）
　◇大塚直訳「ドイツ現代戯曲選30 18」論創社2006 p7

魔王… → "サタン…"をも見よ

魔王（イェリネク, エルフリーデ）
　◇谷川道子訳「ドイツ現代戯曲選30 9」論創社2006 p8

魔王とジョージとロージー（コリア, ジョン）
　◇垂野創一郎訳「KAWADE MYSTERY ナツメグの味」河出書房新社 2007 p205

魔王の足跡（ベロウ, ノーマン）
　◇武藤崇恵訳「世界探偵小説全集 43」国書刊行会 2006 p7

間男（ガートン, レイ）
　◇尾之上浩司訳「ラヴクラフトの遺産」東京創元社 2000（創元推理文庫）p19

魔界へのかけ橋（ラヴクラフト, H.P.／ダーレス, オーガスト）
　◇片岡しのぶ訳「新編 真ク・リトル・リトル神話大系 4」国書刊行会 2008 p389

マーカイム（スティーヴンソン, ロバート・ルイス）
　◇高松雄一, 高松禎子訳「バベルの図書館 17」国書刊行会 1989 p113
　◇高松雄一, 高松禎子訳「新編 バベルの図書館3」国書刊行会 2013 p82

マカラン<タオ>（シナン・シユムクン）
　◇柳本通彦訳「台湾原住民文学選 4」草風館2004 p319

マカリオ（ルルフォ, ファン）
　◇杉山晃訳「アンデスの風叢書 燃える平原」書肆風の薔薇 1990 p76

マカロニ金融─信用の哲学的考察 喜劇四幕（ユッソン, アルベール）
　◇和田誠一訳「現代フランス戯曲名作選 1」カモミール社 2008 p201

薪（フランス, アナトール）
　◇伊吹武彦訳「書物愛 海外篇」晶文社 2005p35
　◇伊吹武彦訳「書物愛 海外篇」東京創元社2014（創元ライブラリ）p31

薪小屋の秘密（ギルバート, アントニイ）
　◇高田朔訳「世界探偵小説全集 20」国書刊行

まきは

会 1997 p5

薪運びの少年—リフトウォー小話（フィースト、レイモンド・E.）
◇岩原明子訳「ファンタジイの殿堂 伝説は永遠に 1」早川書房 2000（ハヤカワ文庫FT）p337

巻物（ペリー、アン）
◇杉江松恋訳「BIBLIO MYSTERIES 3」ディスカヴァー・トゥエンティワン 2014 p161

膜（紀大偉）
◇白水紀子訳「台湾セクシュアル・マイノリティ文学 2」作品社 2008 p9

マーク・インゲストリー—客の物語（エイクマン、ロバート）
◇真野明裕訳「闇の展覧会 敵」早川書房 2005（ハヤカワ文庫）p101

マグダレーンカとヴァヴリネツじいさん（フロンスキー、ヨゼフ・ツィーゲル）
◇木村英明訳「文学の贈物—東中欧文学アンソロジー」未知谷 2000 p313

マグニチュード（ドゥギー、ミシェル）
◇西山雄二訳「ろうそくの炎がささやく言葉」勁草書房 2011 p70

マグネース（作者不詳）
◇久保田忠利、橋本隆夫、野津寛、安村典子、吉武純夫、丹下和彦訳「ギリシア喜劇全集 8」岩波書店 2011 p540

マークハイム（スティーヴンソン、ロバート・ルイス）
◇池央耿訳「百年文庫 36」ポプラ社 2010 p5

マクベス（シェイクスピア、ウィリアム）
◇坪内逍遥訳「マクベス」ゆまに書房 2004（昭和初期世界名作翻訳全集）p13
◇川﨑淳之助訳「エリザベス朝悲劇・四拍子による新訳三編—タムバレイン大王、マクベス、白い悪魔」英光社 2010 p63

マクベス殺人事件（サーバー、ジェイムズ）
◇鳴海四郎訳「異色作家短篇集 14」早川書房 2006 p59

マクベスの謎（サーバー、ジェームズ）
◇馬場彰訳「本の殺人事件簿—ミステリ傑作20選 1」バベル・プレス 2001 p89

マクヘンリーの贈り物（マクリーン、マイク）
◇木村二郎訳「ベスト・アメリカン・ミステリ クラック・コカイン・ダイエット」早川書

房 2007（ハヤカワ・ミステリ）p311

マクラ（ケルテース、アーコシュ）
◇宮坂いち子訳「東欧の文学 マクラ」恒文社 1988 p3

マグワンプ4（シルヴァーバーグ、ロバート）
◇浅倉久志訳「時を生きる種族—ファンタスティック時間SF傑作選」東京創元社 2013（創元SF文庫）p177

マーケットの愛（ハウバイン、ロロ）
◇湊圭史訳「ダイヤモンド・ドッグ—《多文化を映す》現代オーストラリア短編小説集」現代企画室 2008 p159

マケドニアの三つの情景（コネスキ、ブラジェ）
◇中島由美訳「ポケットのなかの東欧文学—ルネッサンスから現代まで」成文社 2006 p392

紛う方なき愚行（シュナイダー、ピーター）
◇金子浩訳「999（ナインナインナイン）—聖金曜日」東京創元社 2000（創元推理文庫）p193

まことでしょうか（韓龍雲）
◇安宇植（アンウーシク）訳「韓国文学名作選 ニムの沈黙」講談社 1999 p74

真の、ゆえに詩的な東方（オリエンテ）ルイーズ・コレ宛〔一八五三年三月二十七日〕（フローベール、ギュスターヴ）
◇山崎敦訳「ポケットマスターピース 7」集英社 2016（集英社文庫ヘリテージシリーズ）p745

マコーン（作者不詳）
◇久保田忠利、橋本隆夫、野津寛、安村典子、吉武純夫、丹下和彦訳「ギリシア喜劇全集 8」岩波書店 2011 p537

まさかの時の友（モーム、サマセット）
◇和田唯訳「ゲイ短編小説集」平凡社 1999（平凡社ライブラリー）p343

まさぐる（ローズ、ダン）
◇岸本佐知子編訳「変愛小説集 2」講談社 2010 p242

まさに世界の終わり（ラガルス、ジャン＝リュック）
◇斎藤公一訳「コレクション現代フランス語圏演劇 8」れんが書房新社 2012 p7

マーサの愛しい女主人（ジュエット、セアラ・オーン）

ましん

◇利根川真紀編訳「レズビアン短編小説集―女たちの時間」平凡社 2015（平凡社ライブラリー）p9

マーサのオウム（ホック, エドワード・D.）
　◇青木多香子訳「ホワイトハウスのペット探偵」講談社 2009（講談社文庫）p11

マーサの夕食（ティンバリー, ローズマリー）
　◇仁賀克雄編・訳「新・幻想と怪奇」早川書房 2009（Hayakawa pocket mystery books）p9

マジでむかつく最低最悪耳くそ野郎（バー, ネヴァダ）
　◇田口俊樹訳「主婦に捧げる犯罪―書下ろしミステリ傑作選」武田ランダムハウスジャパン 2012（RHブックス＋プラス）p61

まじない（デュコーネイ, リッキー）
　◇岸本佐知子編訳「コドモノセカイ」河出書房新社 2015 p7

マジプール（シルヴァーバーグ, ロバート）
　◇森下弓子訳「ファンタジイの殿堂 伝説は永遠に 1」早川書房 2000（ハヤカワ文庫FT）p135

魔術（ゲルドロード, ミシェル・ド）
　◇小林亜美訳「幻想の坩堝―ベルギー・フランス語幻想短編集」松籟社 2016 p153

魔術街道（蒲松齢）
　◇中野美代子訳「バベルの図書館 10」国書刊行会 1988 p47
　◇中野美代子訳「新編 バベルの図書館 6」国書刊行会 2013 p436
　◇加藤栄編訳「ベトナム現代短編集 2」大同生命国際文化基金 2005（アジアの現代文芸）p195

魔術師（ボーモント, チャールズ）
　◇小笠原豊樹訳「魔術師」角川書店 2001（角川ホラー文庫）p225
　◇小笠原豊樹訳「異色作家短篇集 12」早川書房 2006 p101

魔女（ジャクスン, シャーリイ）
　◇深町眞理子訳「異色作家短篇集 6」早川書房 2006 p87

魔女―あるチェーホフの物語にちなんで（プローズ, フランシーヌ）
　◇小原亜美訳「ゾエトロープ Noir」角川書店 2003（Bookplus）p243

魔性の恋人（ジャクスン, シャーリイ）
　◇深町眞理子訳「異色作家短篇集 6」早川書房 2006 p19

魔性の猫（キング, スティーヴン）
　◇白石朗訳「魔法の猫」扶桑社 1998（扶桑社ミステリー）p67

魔女と猫（ウェルマン, マンリー・ウェイド）
　◇嶋田洋一訳「魔法の猫」扶桑社 1998（扶桑社ミステリー）p315

魔女と猫（フレイザー, アントニア）
　◇猪俣美江子訳「ウーマンズ・ケース 下」早川書房 1998（ハヤカワ・ミステリ文庫）p249

魔女の金（コリア, ジョン）
　◇垂野創一郎訳「KAWADE MYSTERY ナツメグの味」河出書房新社 2007 p63

魔女の帰還（キャンベル, ラムジー）
　◇尾之上浩司訳「クトゥルフ神話への招待―遊星からの物体X」扶桑社 2012（扶桑社ミステリー）p157

魔女の谷（ラヴクラフト, H.P.／ダーレス, オーガスト）
　◇三浦玲子訳「ダーク・ファンタジー・コレクション 5」論創社 2007 p231

魔女の涙（サドゥール, ニーナ）
　◇沼野恭子訳「魔女たちの饗宴―現代ロシア女性作家選」新潮社 1998 p33

魔女のふたりの恋人（リー, タニス）
　◇市田泉訳「奇想コレクション 悪魔の薔薇」河出書房新社 2007 p147

魔女の館（アームストロング, シャーロット）
　◇近藤麻里子訳「シリーズ百年の物語 6」トパーズプレス 1996 p3

魔女の予言（マーストン, エドワード）
　◇山本やよい訳「ホロスコープは死を招く」ソニー・マガジンズ 2006（ヴィレッジブックス）p75

魔女のルール（ロス, ジョアン）
　◇鈴木美朋訳「キス・キス・キス―抱きしめるほどせつなくて」ヴィレッジブックス 2009（ヴィレッジブックス）p103

マシン・セックス 序論（ドーシイ, キャンダス・ジェイン）
　◇細美遙子訳「ハッカー／13の事件」扶桑社

ましん

2000（扶桑社ミステリー）p289

マジンラ世紀末最終大決戦（スティール, アレン）
　◇山岸真訳「20世紀SF 6」河出書房新社 2001
　　（河出文庫）p71

まずいときにまずい場所に（ディーヴァー, ジェフリー）
　◇大倉貴子訳「アメリカミステリ傑作選 2001」
　　DHC 2001（アメリカ文芸「年間」傑作
　　選）p129

麻酔薬（ミチャンウェー）
　◇南田みどり編訳「ミャンマー現代女性短編
　　集」大同生命国際文化基金 2001（アジア
　　の現代文芸）p56

マスカラ（ネイ, ジャネット）
　◇新井雅代訳「ブルー・ボウ・シリーズ レイ
　　チェルの夏」青弓社 1994 p139

マスグレーヴの手記（エフィンジャー, ジョージ・アレック）
　◇吉嶺英美訳「シャーロック・ホームズのSF大
　　冒険―短篇集 上」河出書房新社 2006
　　（河出文庫）p19

貧しい夫婦（鍾理和）
　◇澤井律之訳「新しい台湾の文学 客家の女た
　　ち」国書刊行会 2002 p7

貧しい娘（ブロンテ, シャーロット）
　◇中岡洋, 芦沢久江訳「ブロンテ姉妹エッセイ
　　全集」彩流社 2016 p140

マスタースンと社員たち（スラデック, ジョン）
　◇浅倉久志編訳「グラックの卵」国書刊行会
　　2006（未来の文学）p177

マスター・ヤコブソン（クラッベ, ティム）
　◇原啓介訳「モーフィー時計の午前零時―チェ
　　ス小説アンソロジー」国書刊行会 2009
　　p278

また会う日まで（ホフマン, デイヴィッド）
　◇浅倉久志選訳「極短小説」新潮社 2004（新
　　潮文庫）p151

また会おう（ベネット, ジル）
　◇嶋田のぞみ訳「メグ・アウル」パロル舎
　　2002（ミステリアス・クリスマス）p73

またご連絡します（ダンラップ, スーザン）
　◇山本やよい訳「ウーマンズ・ケース 下」早
　　川書房 1998（ハヤカワ・ミステリ文庫）
　　p97

また人を殺してしまった（麦家）
　◇道上知弘訳「現代中国青年作家秀作選」鼎書
　　房 2010 p5

マダム・フロイの罪（ブラウン, リリアン・ジャクソン）
　◇羽田詩津子訳「不思議な猫たち」扶桑社
　　1999（扶桑社ミステリー）p199

斑猫（まだらねこ）（李陸史）
　◇安宇植（アンウーシク）訳「韓国文学名作選 李
　　陸史詩集」講談社 1999 p34

まだらの手（トッド, ピーター）
　◇北原尚彦編訳「シャーロック・ホームズの栄
　　冠」論創社 2007（論創海外ミステリ）
　　p149

待合室（エイクマン, ロバート）
　◇今本渉訳「魔法の本棚 奥の部屋」国書刊行
　　会 1997 p105

待ち合わせ（オステール, クリスチャン）
　◇宮林寛訳「Modern & Classic 待ち合わせ」
　　河出書房新社 2005 p1

街へ出る（劉慶邦）
　◇渡辺新一訳「コレクション中国同時代小説
　　5」勉誠出版 2012 p143

町を求む（ブラウン, フレドリック）
　◇星新一訳「異色作家短篇集 2」早川書房
　　2005 p151

間違つづき（シェイクスピア, ウィリアム）
　◇坪内逍遥訳「まちがひつづき」ゆまに書房
　　2004（昭和初期世界名作翻訳全集）p11

間違い電話（プライアー, ジョシュ）
　◇浅尾貴子訳「アメリカミステリ傑作選 2002」
　　DHC 2002（アメリカ文芸「年間」傑作
　　選）p605

町かどの穴（ラファティ, R.A.）
　◇浅倉久志訳「20世紀SF 3」河出書房新社
　　2001（河出文庫）p237

街角の書店（ボンド, ネルスン）
　◇中村融訳「街角の書店―18の奇妙な物語」東
　　京創元社 2015（創元推理文庫）p367

待ち焦がれる（韓龍雲）
　◇安宇植（アンウーシク）訳「韓国文学名作選 ニ
　　ムの沈黙」講談社 1999 p124

町でいちばんの美女（ブコウスキー, C.）
　◇青野聰訳「甘やかな祝祭―恋愛小説アンソロ

ジー」光文社 2004（光文社文庫）p195

街で最も高い建物（陳政欣）
　　◇西村正男訳「台湾熱帯文学 4」人文書院
　　　2011 p101

マチネー（ウィスマン，ルース）
　　◇佐々田雅子訳「ミニ・ミステリ100」早川書
　　　房 2005（ハヤカワ・ミステリ文庫）p613

街の子（シユミットボン）
　　◇森鷗外訳「街の子―外一篇」ゆまに書房
　　　2007（昭和初期世界名作翻訳全集）p33

町の紋章（カフカ，フランツ）
　　◇池内紀訳「バベルの図書館 4」国書刊行会
　　　1988 p55
　　◇池内紀訳「新編 バベルの図書館 5」国書刊行
　　　会 2013 p41

待ち伏せ（方方）
　　◇渡辺新一訳「コレクション中国同時代小説
　　　8」勉誠出版 2012 p1

街はジャングル（サイモン，ロジャー・L.）
　　◇木村二郎訳「フィリップ・マーロウの事件」
　　　早川書房 2007（ハヤカワ・ミステリ文
　　　庫）p281

待ちわびた誓い（ウェイ，マーガレット）
　　◇藤倉詩音訳「愛は永遠に―ウエディング・ス
　　　トーリー 2006」ハーレクイン 2006 p203

マッキントッシュ（モーム，ウィリアム・サマ
　　セット）
　　◇河野一郎訳「百年文庫 47」ポプラ社 2010
　　　p79

マックス・ブロート（プラハ）宛て〔プラハ、
　　一九〇四年八月二十八日（日）〕（カフカ，フラ
　　ンツ）
　　◇川島隆訳「ポケットマスターピース 1」集英
　　　社 2015（集英社文庫ヘリテージシリー
　　　ズ）p675

マックス・ブロート（プラハ）宛て〔プラハ、
　　一九一二年八月十四日（水）〕（カフカ，フラン
　　ツ）
　　◇川島隆訳「ポケットマスターピース 1」集英
　　　社 2015（集英社文庫ヘリテージシリー
　　　ズ）p677

マックたち（ビッスン，テリー）
　　◇中村融訳「90年代SF傑作選 下」早川書房
　　　2002（ハヤカワ文庫）p7
　　◇中村融編訳「奇想コレクション 平ら山を越

えて」河出書房新社 2010 p215

マッケンジーの娘（ハワード，リンダ）
　　◇扇田モナ訳「四つの愛の物語―クリスマス・
　　　ストーリー '97」ハーレクイン 1997 p95
　　◇扇田モナ訳「シーズン・フォー・ラヴァーズ
　　　―クリスマス短編集」ハーレクイン 2005
　　　（Mira文庫）p7

マッサージ療法士ロマン・バーマン（ベズモー
　　ズギス，デイヴィッド）
　　◇小竹由美子訳「記憶に残っていること―新潮
　　　クレスト・ブックス短篇小説ベスト・コレ
　　　クション」新潮社 2008（Crest books）
　　　p5

真っ白な靴下（ペリー，アン）
　　◇日暮雅通訳「シャーロック・ホームズ ベイ
　　　カー街の殺人」原書房 2002 p133

まったき（ゾルバヤル，バースティン）
　　◇柴内秀行訳「モンゴル近現代短編小説選」パ
　　　ブリック・ブレイン 2013 p531

待っていたのは（ブッツァーティ，ディーノ）
　　◇脇功訳「謎のギャラリー―こわい部屋」新潮
　　　社 2002（新潮文庫）p58
　　◇脇功訳「こわい部屋」筑摩書房 2012（ちく
　　　ま文庫）p58

マッド・マルガ（オフェイロン，ジュリア）
　　◇団野恵美子訳「現代アイルランド女性作家短
　　　編集」新水社 2016 p154

泥人間（マッドマン）（パーシー，ベンジャミン）
　　◇古屋美登里訳「モンスターズ―現代アメリカ
　　　傑作短篇集」白水社 2014 p184

待つ人（ユング，カール・グスタフ）
　　◇内田吉彦訳「アンデスの風叢書 天国・地獄
　　　百科」書肆風の薔薇 1982 p49

マティルデ・アルカンヘルの息子（ルルフォ，
　　ファン）
　　◇杉山晃訳「アンデスの風叢書 燃える平原」
　　　書肆風の薔薇 1990 p179

マーティンのように（マクラウド，シャーロッ
　　ト）
　　◇高田恵子訳「現代ミステリーの至宝 2」扶桑
　　　社 1997（扶桑社ミステリー）p7

魔笛泥棒（ミレット，ラリー）
　　◇日暮雅通訳「シャーロック・ホームズ アン
　　　ダーショーの冒険」原書房 2016 p335

まとう

魔道師の挽歌 (スミス, クラーク・アシュトン)
　◇小林勇次訳「新編 真ク・リトル・リトル神話
　　大系 2」国書刊行会 2007 p35
窓をたたく音 (マロック, ダイナ)
　◇松岡光治編訳「ヴィクトリア朝幽霊物語—短
　　篇集」アティーナ・プレス 2013 p47
窓の前の原始時代 (ロッゲム, マヌエル・ヴァン)
　◇種村季弘訳「怪奇・幻想・綺想文学集—種村
　　季弘翻訳集成」国書刊行会 2012 p517
窓の前の雪 (ハーン, マルギット)
　◇松永美穂訳「ドイツ文学セレクション ひと
　　りぼっちの欲望」三修社 1997 p66
まとめてみれば (ウルフ, ヴァージニア)
　◇井伊順彦訳「20世紀英国モダニズム小説集成
　　自分の同類を愛した男」風濤社 2014 p194
マドモアゼル・キキ (コリア, ジョン)
　◇村上啓夫訳「異色作家短篇集 7」早川書房
　　2006 p77
マドンナの涙 (ボーモント, チャールズ)
　◇仁賀克雄訳「ダーク・ファンタジー・コレク
　　ション 7」論創社 2007 p285
真夏のサンタクロース (ビアンチン, ヘレン)
　◇柿原日出子訳「四つの愛の物語—クリスマ
　　ス・ストーリー 恋と魔法の季節 2004」
　　ハーレクイン 2004 p5
真夏の夜の長いこと (韓龍雲)
　◇安宇植 (アンウーシク) 訳「韓国文学名作選 ニ
　　ムの沈黙」講談社 1999 p112
『真夏の夜の夢』序曲と付随音楽 (カーター, ア
ンジェラ)
　◇植松みどり訳「Modern & Classic ブラッ
　　ク・ヴィーナス」河出書房新社 2004 p93
マナン、わかったよ (トパス・タナピマ)
　◇下村作次郎編訳「台湾原住民文学選 1」草風
　　館 2002 p124
マニュエルはスノーで逝った (ラシュコフ, ダグ
ラス)
　◇渡辺健吾訳「ディスコ・ビスケッツ」早川書
　　房 1998 p221
マニング氏の金のなる木 (アーサー, ロバート)
　◇秋津知子訳「ミステリマガジン700—創刊700
　　号記念アンソロジー 海外篇」早川書房
　　2014 (ハヤカワ・ミステリ文庫) p109
マネキン (グレノン, ポール)

　◇岸本佐知子編訳「変愛小説集 2」講談社
　　2010 p221
マネシツグミの模倣 (カール, リリアン・スチュ
ワート)
　◇青木多香子訳「ホワイトハウスのペット探
　　偵」講談社 2009 (講談社文庫) p39
魔の森の家 (ディクスン, カーター)
　◇江戸川乱歩訳「51番目の密室—世界短篇傑作
　　集」早川書房 2010 (Hayakawa pocket
　　mystery books) p77
マノン (プレヴォー, アベ)
　◇石井洋二郎, 石井啓子訳「〈新訳・世界の古
　　典〉シリーズ マノン」新書館 1998 p5
マハラジャ宮殿の墓碑銘 (インド) (ヴォルマ
ン, ウィリアム・T.)
　◇迫光訳「VOICES OVERSEAS ハッピー・
　　ガールズ, バッド・ガールズ」講談社 1996
　　p235
間引き (レフコート, ピーター)
　◇ウィリアム N.伊藤訳「ゾエトロープ Biz」
　　角川書店 2001 (Bookplus) p53
マブヒの家 (ロンドン, ジャック)
　◇井上謙治訳「バベルの図書館 5」国書刊行会
　　1988 p15
　◇井上謙治訳「新編 バベルの図書館 1」国書刊
　　行会 2012 p217
魔法 (韓龍雲)
　◇安宇植 (アンウーシク) 訳「韓国文学名作選 ニ
　　ムの沈黙」講談社 1999 p110
魔法 (ブラウン, レベッカ)
　◇柴田元幸編訳「どこにもない国—現代アメリ
　　カ幻想小説集」松柏社 2006 p159
魔法 (プリースト, クリストファー)
　◇古沢嘉通訳「夢の文学館 5」早川書房 1995
　　p1
魔法人形 (アフォード, マックス)
　◇霜島義明訳「世界探偵小説全集 45」国書刊
　　行会 2003 p9
魔法のお面—僕はつまらない (任徳耀)
　◇菱沼彬晁訳「中国現代戯曲集 第7集」晩成書
　　房 2008 p75
魔法の鏡 (マクドナルド, ジョージ)
　◇白須清美訳「乱歩の選んだベスト・ホラー」
　　筑摩書房 2000 (ちくま文庫) p293

魔法の国の盗人（パウエル, ジェイムズ）
　◇白須清美訳「KAWADE MYSTERY 道化の町」河出書房新社 2008 p97

魔法の砂（サーリング, ロッド）
　◇矢野浩三郎, 村松潔訳「吊るされた男」角川書店 2001（角川ホラー文庫）p339

魔法の庭（カルヴィーノ, イタロ）
　◇和田忠彦訳「この愛のゆくえ―ポケットアンソロジー」岩波書店 2011（岩波文庫別冊）p9

魔法の不名誉（グリーン, アレクサンドル）
　◇西周成編訳「ロシア幻想短編集」アルトアーツ 2016 p102

魔法のフルート（フラバル, ボフミル）
　◇赤塚若樹訳「夢のかけら」岩波書店 1997（世界文学のフロンティア）p189

魔法屋（ウェルズ, H.G.）
　◇小野寺健訳「バベルの図書館 8」国書刊行会 1988 p151
　◇小野寺健訳「新編 バベルの図書館 2」国書刊行会 2012 p106

幻を追う男（カー, ジョン・ディクスン）
　◇森英俊訳「幻を追う男―シナリオ・コレクション」論創社 2006（論創海外ミステリ）p161

幻の砂丘（サーリング, ロッド）
　◇南山宏, 尾之上浩司訳「地球の静止する日」角川書店 2008（角川文庫）p115

幻の人力車（キップリング, ラドヤード）
　◇岡本綺堂編訳「世界怪談名作集 下」河出書房新社 2002（河出文庫）p105

幻のチャンピオン（グレイディ, ジェイムズ）
　◇澁谷正子訳「ベスト・アメリカン・ミステリ ハーレム・ノクターン」早川書房 2005（ハヤカワ・ミステリ）p243

幻の花嫁（チッテンデン, マーガレット）
　◇泉由梨子訳「愛は永遠に―ウエディング・ストーリー '98」ハーレクイン 1998 p193

ママ、あたしのこと好き？（ラヴァリー, バーバラ）
　◇玉川みなみ訳「朗読劇台本集 5」玉川大学出版部 2002 p23

ママが救けに（ウィルスン, アンガス）
　◇高山直之訳「英国短篇小説の愉しみ 3」筑摩書房 1999 p137

マーマレードの酒（エイケン, ジョーン）
　◇西崎憲訳「怪奇小説日和―黄金時代傑作選」筑摩書房 2013（ちくま文庫）p95

マーマレードワイン（エイキン, ジョーン）
　◇磯部和子訳「ワイン通の復讐―美酒にまつわるミステリー選集」心交社 1998 p44

ママ・ンクウの神さま（アディーチェ, チママンダ・ンゴズィ）
　◇くぼたのぞみ訳「Modern & Classic アメリカにいる、きみ」河出書房新社 2007 p211

マーミリオン（マグラア, パトリック）
　◇宮脇孝雄訳「奇想コレクション 失われた探険家」河出書房新社 2007 p183

繭（グッドウィン, ジョン・B.L.）
　◇矢野浩三郎訳「幻想と怪奇―ポオ蒐集家」早川書房 2005（ハヤカワ文庫）p161

迷い犬カシタンカ（チェーホフ, アントン）
　◇務台夏子訳「あの犬この犬そんな犬―11の物語」東京創元社 1998 p179

迷いの園（李昂）
　◇櫻庭ゆみ子訳「新しい台湾の文学 迷いの園」国書刊行会 1999 p3

「迷いの園」序（李昂）
　◇櫻庭ゆみ子訳「新しい台湾の文学 迷いの園」国書刊行会 1999 p1

真夜中をダウンロード（スペンサー, ウィリアム・ブラウニング）
　◇内田昌之訳「20世紀SF 6」河出書房新社 2001（河出文庫）p241

真夜中の奇跡（スチュアート, アン）
　◇松村和紀子訳「五つの愛の物語―クリスマス・ストーリー2015」ハーパーコリンズ・ジャパン 2015 p299

『真夜中の子どもたち』：失われた映画の物語（ルシュディ, サルマン）
　◇ウィリアム N.伊藤訳「ゾエトロープ Biz」角川書店 2001（Bookplus）p73

真夜中の祭壇（コーンブルース, C.M.）
　◇白石朗訳「20世紀SF 2」河出書房新社 2000（河出文庫）p231

真夜中の情熱（デパロー, アンナ）
　◇大森みち花訳「愛と絆の季節―クリスマス・ストーリー2008」ハーレクイン 2008 p247

まよな

真夜中の訪問者（オブライエン, フィッツ・ジェイムズ）
　◇大橋知枝訳「ブルー・ボウ・シリーズ　死体のささやき」青弓社 1993 p151

マラアタ（梁放）
　◇荒井茂夫訳「台湾熱帯文学 4」人文書院 2011 p201

マラリア（カセレス・ララ, ビクトル）
　◇田中志保子訳「ラテンアメリカ傑作短編集―中南米スペイン語圏文学史を辿る」彩流社 2014 p271

馬蘭花（マーランホァ）（任徳耀）
　◇菱沼彬晁訳「中国現代戯曲集　第7集」晩成書房 2008 p5

マリア教会の時計（フェニコフスキ, フランチシェク）
　◇前田理絵訳「ポケットのなかの東欧文学―ルネッサンスから現代まで」成文社 2006 p277

マリア・コンセプシオン（ポーター, キャサリン・アン）
　◇野崎孝訳「世界100物語 8」河出書房新社 1997 p111

マリアの死（インディアナ, ゲイリー）
　◇越川芳明訳「ライターズX　マリアの死」白水社 1995 p189

マリア・マグダレーネ（ヘッベル）
　◇吹田順助訳「マリア・マグダレーネ」ゆまに書房 2007 （昭和初期世界名作翻訳全集） p9

マリーゴールド・アウトレット（クレス, ナンシー）
　◇嶋田洋一訳「魔猫」早川書房 1999 p37

マリー＝ノエル（サックス, フィリップ・ド）
　◇大磯仁志訳「フランス式クリスマス・プレゼント」水声社 2000 p211

マリブのタッグ・チーム（ヴェイリン, ジョナサン）
　◇真崎義博訳「フィリップ・マーロウの事件」早川書房 2007 （ハヤカワ・ミステリ文庫） p131

マリヤンヌ（レルミット, トリスタン）
　◇橋本能訳「フランス十七世紀演劇集―悲劇」中央大学出版部 2011 （中央大学人文科学研究所翻訳叢書） p178

マリー・ロジェの謎―『モルグ街の殺人』の続編（ポー, エドガー・アラン）
　◇丸谷才一訳「ポケットマスターピース 9」集英社 2016 （集英社文庫ヘリテージシリーズ） p77

マルセイユのまぼろし（コクトー）
　◇清水徹訳「変身ものがたり」筑摩書房 2010 （ちくま文学の森） p329

マルセル・デュシャン（ブルトン, アンドレ／デュシャン, マルセル）
　◇粟津則雄訳「黒いユーモア選集 2」河出書房新社 2007 （河出文庫） p193

マルテと時計（シュトルム, テーオドール）
　◇立原道造訳「この愛のゆくえ―ポケットアンソロジー」岩波書店 2011 （岩波文庫別冊） p201

マル・ヌエバ（ヘルプリン, マーク）
　◇藤井光訳「ベスト・ストーリーズ 2」早川書房 2016 p329

まる呑み（スラヴィン, ジュリア）
　◇岸本佐知子編訳「変愛小説集」講談社 2008 p67
　◇岸本佐知子編訳「変愛小説集」講談社 2014 （講談社文庫） p69

マルフィ公夫人（ウェブスター, ジョン）
　◇萩谷健彦訳「マルフイ公夫人」ゆまに書房 2006 （昭和初期世界名作翻訳全集） p33

マルホランド・ダイブ（コナリー, マイクル）
　◇古沢嘉通訳「18の罪―現代ミステリ傑作選」ヴィレッジブックス 2012 （ヴィレッジブックス） p57

マルレーネの姉（シュトラウス, ボート）
　◇藤井啓司訳「『新しいドイツの文学』シリーズ 14」同学社 2004 p5

マレナード物語（テージャスウィ, K.P.プールナ・チャンドラ）
　◇井上恭司訳「現代インド文学選集 4（カンナダ）」めこん 1994 p3

マーロウ最後の事件（チャンドラー, レイモンド）
　◇稲葉明雄訳「フィリップ・マーロウの事件」早川書房 2007 （ハヤカワ・ミステリ文庫） p495

満一か月のお祝い（スレート, E.V.）
　◇甲斐美穂子訳「アメリカ新進作家傑作選

みえな

2005」DHC 2006 p105

漫画組曲（チャスト, ロズ画）
　◇亀井よし子訳「猫好きに捧げるショート・ストーリーズ」国書刊行会 1997 p181

万華鏡（ブラッドベリ, レイ）
　◇安野玲訳「20世紀SF 1」河出書房新社 2000（河出文庫）p101

満月が昇るとき（パーマー, ジェシカ）
　◇田口俊樹訳「ロンドン・ノワール」扶桑社 2003（扶桑社ミステリー）p249

マンゴー女（マウン・ニョウピャー）
　◇南田みどり編訳「ミャンマー現代短編集 2」大同生命国際文化基金 1998（アジアの現代文芸）p97

マン嬢は死にました。彼女からよろしくとのこと（ツェンカー, ヘルムート）
　◇上松美和子訳「現代ウィーン・ミステリー・シリーズ 3」水声社 2002 p15

満足（韓龍雲）
　◇安字植（アンウーシク）訳「韓国文学名作選 ニムの沈黙」講談社 1999 p92

満天に輝く星（白先勇）
　◇山口守訳「新しい台湾の文学 台北人」国書刊行会 2008 p179

マント（ブロック, ロバート）
　◇仁賀克雄訳「吸血鬼伝説―ドラキュラの末裔たち」原書房 1997 p369

真ん中のひきだし（ウェイクフィールド, H.R.）
　◇西崎憲訳「怪奇小説日和―黄金時代傑作選」筑摩書房 2013（ちくま文庫）p319

満杯（アップダイク, ジョン）
　◇森慎一郎訳「ベスト・ストーリーズ 3」早川書房 2016 p247

マンハッタンの投機家（ポースト, メルヴィル・デイヴィスン）
　◇高橋朱美訳「海外ミステリ Gem Collection 13」長崎出版 2008 p51

まん丸顔（ロンドン, ジャック）
　◇辻井栄滋訳「読まずにいられぬ名短篇」筑摩書房 2014（ちくま文庫）p143

【 み 】

実いまだ熟れず（ツヴァイク, アルノルト）
　◇中田美喜訳「世界100物語 6」河出書房新社 1997 p177

木乃伊（ミイラ）**の手**（ラムレイ, B.）
　◇長部奈美訳「新編 真ク・リトル・リトル神話大系 6」国書刊行会 2009 p139

ミイラの花嫁（エーヴェルス, ハンス・ハインツ）
　◇前川道介訳「独逸怪奇小説集成」国書刊行会 2001 p358

魅入られて（ウォートン, イーディス）
　◇薗田美和子訳「古今英米幽霊事情 1」新風舎 1998 p85

身内（ペトルシェフスカヤ, リュドミラ）
　◇沼野恭子訳「魔女たちの饗宴―現代ロシア女性作家選」新潮社 1998 p209

見えざる敵（ソール, ジェリイ）
　◇南山宏, 尾之上浩司訳「地球の静止する日」角川書店 2008（角川文庫）p215

見えざる手によって（スラデック, ジョン）
　◇風見潤訳「有栖川有栖の本格ミステリ・ライブラリー」角川書店 2001（角川文庫）p423
　◇風見潤訳「奇想コレクション 蒸気駆動の少年」河出書房新社 2008 p167

見えざる棘（ブラッドベリ, レイ）
　◇広瀬順弘訳「闇の展覧会 罠」早川書房 2005（ハヤカワ文庫）p209

見えないアクロバットの謎（ホック, エドワード・D.）
　◇森英俊訳「これが密室だ!」新樹社 1997 p37

見えない凶器（オールド, ニコラス）
　◇森英俊訳「これが密室だ!」新樹社 1997 p257

見えない凶器（ロード, ジョン）
　◇駒月雅子訳「世界探偵小説全集 7」国書刊行会 1996 p7

見えない少年（ブラッドベリ, レイ）
　◇大友香奈子訳「魔法使いになる14の方法」東

作品名から引ける世界文学全集案内　第III期　**317**

みえな

京創元社 2003（創元推理文庫）p215

見えないショッピング・モール（カルファス, ケン）
　◇柴田元幸訳「どこにもない国—現代アメリカ幻想小説集」松柏社 2006 p145

見えないマイナス記号（ミーナ, デニーズ）
　◇田口俊樹訳「主婦に捧げる犯罪—書下ろしミステリ傑作選」武田ランダムハウスジャパン 2012（RHブックス＋プラス）p281

見えない眼（エルクマン‐シャトリアン）
　◇平井呈一編「ミセス・ヴィールの幽霊—こわい話気味のわるい話 1」沖積舎 2011 p167

みえるのは貧しき者ばかり（プルアン・ワンナシー）
　◇吉岡みね子編訳「タイの大地の上で—現代作家・詩人選集」大同生命国際文化基金 1999（アジアの現代文芸）p243

ミエンの墓碑銘（ヴェトナム）（ヴォルマン, ウィリアム・T.）
　◇迫光訳「VOICES OVERSEAS ハッピー・ガールズ, バッド・ガールズ」講談社 1996 p134

見覚えありませんか？（スレッサー, ヘンリイ）
　◇田村義進訳「ミニ・ミステリ100」早川書房 2005（ハヤカワ・ミステリ文庫）p457

みかげ石（シュティフター, アーダルベルト）
　◇藤村宏訳「百年文庫 43」ポプラ社 2010 p115

三日月刀の促進士（ストックトン, フランク・R.）
　◇中村能三訳「山口雅也の本格ミステリ・アンソロジー」角川書店 2007（角川文庫）p222

三日月刀の督励官（ストックトン, フランク・R.）
　◇紀田順一郎訳「謎の物語」筑摩書房 2012（ちくま文庫）p41

味方による誤爆（レーン, ダグラス・J.）
　◇旦紀子訳「マシン・オブ・デス—A Collection of Stories about People who Know How They Will DIE」アルファポリス 2012 p357
　◇旦紀子訳「マシン・オブ・デス」アルファポリス 2013（アルファポリス文庫）p284

身代わり（スレッサー, ヘンリー）
　◇森沢くみ子訳「ダーク・ファンタジー・コレクション 6」論創社 2007 p163

身代わりの自殺（パピーニ, ジョヴァンニ）
　◇河島英昭訳「バベルの図書館 30」国書刊行会 1992 p141
　◇河島英昭訳「新編 バベルの図書館 5」国書刊行会 2013 p398

未完の巨人人形（デナンクス, ディディエ）
　◇神山朋子訳「〈ロマン・ノワール〉シリーズ 未完の巨人人形」草思社 1995 p3

右腕（ダンクス, デニス）
　◇田口俊樹訳「ロンドン・ノワール」扶桑社 2003（扶桑社ミステリー）p207

ミクロメガス—哲学的物語（ヴォルテール）
　◇川口顕弘訳「バベルの図書館 7」国書刊行会 1988 p55
　◇川口顕弘訳「新編 バベルの図書館 4」国書刊行会 2012 p43

未決陪審（リッチー, ジャック）
　◇藤訓裕美訳「KAWADE MYSTERY ダイアルAを回せ」河出書房新社 2007 p197

操（ローズ, ダン）
　◇岸本佐知子編訳「変愛小説集 2」講談社 2010 p243

見ざる聞かざる（オースティン, ロブ）
　◇浅倉久志選訳「極短小説」新潮社 2004（新潮文庫）p343

『ミーサントローポス（人間嫌い）』（メナンドロス）
　◇中務哲郎, 脇本由佳, 荒井直訳「ギリシア喜劇全集 6」岩波書店 2010 p222

短い休憩（クーリー, レイモンド／バークレイ, リンウッド）
　◇田口俊樹訳「フェイスオフ対決」集英社 2015（集英社文庫）p375

短い人生の長い一日（マルツ, アルバート）
　◇永原誠訳「20世紀民衆の世界文学 8」三友社出版 1991 p1

ミシガン人、1979年（ジョンソン, ブレイディ）
　◇春日和代訳「アメリカ新進作家傑作選 2004」DHC 2005 p327

ミシコとユルコ（ヴィンニチューク, ユーリイ）
　◇藤井悦子, オリガ・ホメンコ訳「現代ウクライナ短編集」群像社 2005（群像社ライブラリー）p141

ミシシッピ川の暮らし 抄（トウェイン, マーク）

◇柴田元幸訳「ポケットマスターピース 6」集
英社 2016（集英社文庫ヘリテージシリー
ズ）p673

ミシシッピの黄金軍団（ヘンリー，チャーリー）
　　◇寺坂由美子訳「アメリカ新進作家傑作選
2005」DHC 2006 p19

見知らぬ恋人（ウォレン，ナンシー）
　　◇松井里弥訳「キス・キス・キス—サプライズ
パーティの夜に」ヴィレッジブックス
2008（ヴィレッジブックス）p107

見知らぬ人（マンスフィールド，キャサリン）
　　◇土井治訳「世界100物語 7」河出書房新社
1997 p44
　　◇浅尾敦則訳「百年文庫 75」ポプラ社 2011
p5

見知らぬ人の深い悲しみ（アディーチェ，チママ
ンダ・ンゴズィ）
　　◇くぼたのぞみ訳「Modern & Classic アメリ
カにいる、きみ」河出書房新社 2007 p41

ミス・ウィンチェルシーの心（ウェルズ，H.G.）
　　◇堀祐子訳「20世紀英国モダニズム小説集成
自分の同類を愛した男」風濤社 2014 p7

みずうみ（ウォルポール，ヒュー）
　　◇倉阪鬼一郎訳「ミステリーの本棚 銀の仮面」
国書刊行会 2001 p155

みずうみ（ブラッドベリ，レイ）
　　◇伊藤典夫訳「30の神品—ショートショート傑
作選」扶桑社 2016（扶桑社文庫）p89

湖（李陸史）
　　◇安宇植（アンウーシク）訳「韓国文学名作選 李
陸史詩集」講談社 1999 p30

湖の伝説（カミングス，ジョセフ）
　　◇森英俊訳「これが密室だ！」新樹社 1997
p157

ミス・エスパーソン（グレンドン，スティーヴン）
　　◇三浦玲子訳「ダーク・ファンタジー・コレク
ション 5」論創社 2007 p97

ミス・オイスター・ブラウンの犯罪（ラヴゼイ，
ピーター）
　　◇中村保男訳「巨匠の選択」早川書房 2001
（ハヤカワ・ミステリ）p73

ミス・オグルヴィの目覚め（ホール，ラドクリ
フ）
　　◇利根川真紀編訳「レズビアン短編小説集—女
たちの時間」平凡社 2015（平凡社ライブ

ラリー）p187

水瓶座のミッション（デュボイズ，ブレンダン）
　　◇山本やよい訳「ホロスコープは死を招く」ソ
ニー・マガジンズ 2006（ヴィレッジブック
ス）p227

ミス・ギブソン（バーンズ，リンダ）
　　◇羽田詩津子訳「ウーマンズ・ケース 上」早
川書房 1998（ハヤカワ・ミステリ文庫）
p351

ミスタア虜（ユウ）（モーラン，ポール）
　　◇青柳瑞穂訳「怪奇小説傑作集新版 4」東京創
元社 2006（創元推理文庫）p433

ミスター・イヴニング（パーディ，ジェームズ）
　　◇柴田元幸訳「いまどきの老人」朝日新聞社
1998 p99

ミスター・オディ（ウォルポール，ヒュー）
　　◇奈須麻里子訳「20世紀英国モダニズム小説集
成 世を騒がす嘘つき男」風濤社 2014
p195

ミスター・クラップ＆ミスター・カフ（ストラ
ウブ，ピーター）
　　◇飯田冊子訳「復讐の殺人」早川書房 2001
（ハヤカワ・ミステリ文庫）p389

ミスター・シンデレラ（ウィッグス，スーザン）
　　◇杉山志保訳「四つの愛の物語—クリスマス・
ストーリー '97」ハーレクイン 1997 p5

ミスター・スクラッチの指輪（ジャクイン，
リー）
　　◇下園淳子訳「ブルー・ボウ・シリーズ キス
の代償」青弓社 1994 p19

ミスター・スタンドファストは召される（バカ
ン，ジョン）
　　◇熊谷千寿訳「翼を愛した男たち」原書房
1997 p339

ミスター・ニュージェントへの遺産（パウエル，
ジェイムズ）
　　◇白須清美訳「KAWADE MYSTERY 道化の
町」河出書房新社 2008 p19

ミスター・ビッグ—Mr.Big（アレン，ウディ）
　　◇伊藤典夫訳「法月綸太郎の本格ミステリ・ア
ンソロジー」角川書店 2005（角川文庫）
p12

ミスター・ミドルマン（モズリイ，ウォルター）
　　◇田口俊樹訳「ポーカーはやめられない—ポー
カー・ミステリ書下ろし傑作選」ランダム

ハウス講談社 2010 p21

ミスディレクション（セラネラ, バーバラ）
　◇高山真由美訳「殺しのグレイテスト・ヒッツ」早川書房 2007 （ハヤカワ・ミステリ文庫）p165

見棄てなければ（韓龍雲）
　◇安宇植（アンウーシク）訳「韓国文学名作選 ニムの沈黙」講談社 1999 p108

見捨てられた人々が天国に行くと（スウェデンボルイ, エマヌエル）
　◇斎藤博訳「アンデスの風叢書 天国・地獄百科」書肆風の薔薇 1982 p140

ミステリの女王の冒険（フィッシャー, ピーター・S.）
　◇飯城勇三編訳「ミステリの女王の冒険―視聴者への挑戦」論創社 2010 （論創海外ミステリ）p277

ミステリー・ラバー（トンプソン, ヴィッキー・L.）
　◇秋元美由起訳「真夏の恋の物語―サマー・シズラー 2002」ハーレクイン 2002 p215

水の記憶（ラモン・フェルナンデス, ホセ）
　◇田尻陽一訳「現代スペイン演劇選集 3」カモミール社 2016 p119

水のような空色（ロブサンツェレン, ベレンレイン）
　◇柴内秀司訳「モンゴル近現代短編小説選」パブリック・ブレイン 2013 p99

ミス・ファーとミス・スキーン（スタイン, ガートルード）
　◇利根川真紀編訳「レズビアン短編小説集―女たちの時間」平凡社 2015 （平凡社ライブラリー）p241

水辺で／森の中で（メカス, ジョナス）
　◇飯村昭子, 吉増剛造訳「怒りと響き」岩波書店 1997 （世界文学のフロンティア）p65

『ミースーメノス（憎まれ者）』（メナンドロス）
　◇中務哲郎, 脇本由佳, 荒井直訳「ギリシア喜劇全集 6」岩波書店 2010 p226

水よりも濃し（カーシュ, ジェラルド）
　◇吉野美恵子訳「異色作家短篇集 19」早川書房 2007 p27

ミス・レディ（ホルスト, スペンサー）
　◇吉田利子訳「謎のギャラリー―愛の部屋」新潮社 2002 （新潮文庫）p250

未成年 縮約版（ドストエフスキー, フョードル・ミハイロヴィチ）
　◇奈倉有里訳「ポケットマスターピース 10」集英社 2016 （集英社文庫ヘリテージシリーズ）p95

未成年者とのセックスによる疲労（クロショー, ベン・"ヤーツィー"）
　◇旦紀子訳「マシン・オブ・デス―A Collection of Stories about People who Know How They Will DIE」アルファポリス 2012 p310
　◇旦紀子訳「マシン・オブ・デス」アルファポリス 2013 （アルファポリス文庫）p20

店を運ぶ女（モガー, デボラ）
　◇角田光代訳「わたしは女の子だから」英治出版 2012 p67

見せ掛けの筋立て（アクション）エドマ・ロジェ・デ・ジュネット宛〔一八七五年四月十五日（？）〕（フローベール, ギュスターヴ）
　◇山崎敦訳「ポケットマスターピース 7」集英社 2016 （集英社文庫ヘリテージシリーズ）p766

見せかけの生命（オールディス, ブライアン・W.）
　◇浅倉久志訳「スティーヴ・フィーヴァー―ポストヒューマンSF傑作選 SFマガジン創刊50周年記念アンソロジー」早川書房 2010 （ハヤカワ文庫 SF）p449

ミセス・ヴィールの幽霊（デフォー, ダニエル）
　◇平井呈一編「ミセス・ヴィールの幽霊―こわい話気味のわるい話 1」沖積舎 2011 p11

ミセス・ヴォードレーの旅行（アームストロング, マーティン）
　◇西崎憲編訳「短篇小説日和―英国異色傑作選」筑摩書房 2013 （ちくま文庫）p23

ミセス・ヴォーン（マグラア, パトリック）
　◇宮脇孝雄訳「奇想コレクション 失われた探険家」河出書房新社 2007 p369

ミセス・ダッタは手紙を書く（ディヴァカルニー, チットラ）
　◇渡辺順子訳「アメリカ短編小説傑作選 2001」DHC 2001 （アメリカ文芸「年間」傑作選）p81

ミセズ・トゥイラーのお買い物（リトク, ラール・J.）

◇佐々田雅子訳「ミニ・ミステリ100」早川書房 2005 （ハヤカワ・ミステリ文庫）p596

魅せられて（バログ, メアリ）
◇嵯峨静江訳「めぐり逢う四季（きせつ）」二見書房 2009 （二見文庫）p143

『ミーソギュネース（女嫌い）』（メナンドロス）
◇中務哲郎, 脇本由佳, 荒井直訳「ギリシア喜劇全集 6」岩波書店 2010 p223

見た男（エクス, エクス＝プライヴェート）
◇南條竹則編訳「イギリス恐怖小説傑作選」筑摩書房 2005 （ちくま文庫）p215

満たされぬ道（上）（オクリ, ベン）
◇金原瑞人訳「新しい〈世界文学〉シリーズ 満たされぬ道（上）」平凡社 1997 p1

満たされぬ道（下）（オクリ, ベン）
◇金原瑞人訳「新しい〈世界文学〉シリーズ 満たされぬ道（下）」平凡社 1997 p1

満たすこと（ムーア, ローリー）
◇千刈あがた, 斎藤英治訳「新しいアメリカの小説 セルフ・ヘルプ」白水社 1989 p191

道（ハイトフ, ニコライ）
◇真木三三子訳「東欧の文学 あらくれ物語」恒文社 1983 p237

道（ベア, グレッグ）
◇酒井昭伸訳「SFの殿堂 遙かなる地平 2」早川書房 2000 （ハヤカワ文庫SF）p379

道がふさがれ（韓龍雲）
◇安宇植（アンウーシク）訳「韓国文学名作選 ニムの沈黙」講談社 1999 p28

道しるべ（ローズ, ダン）
◇岸本佐知子編訳「変愛小説集 2」講談社 2010 p249

道にて（ディクソン, スティーヴン）
◇岸本佐知子編訳「変愛小説集 2」講談社 2010 p119

道の歌（ハリス, ジョアン）
◇角田光代訳「わたしは女の子だから」英治出版 2012 p27

道の下で（宋基淑）
◇加藤建二訳「郭公の故郷—韓国現代短編小説集」風媒社 2003 p223

道は墓場でおしまい（ハワード, クラーク）
◇田島栄作訳「ベスト・アメリカン・短編ミステリ 2014」DHC 2015 p149

ミッキーの処世術（フィリップス, ジェイン・アン）
◇篠目清美訳「新しいアメリカの小説 ファスト・レーンズ」白水社 1989 p133

〈ミッキー・マウス・クラブ〉万歳（インディアナ, ゲイリー）
◇越川芳明訳「ライターズX マリアの死」白水社 1995 p165

みーつけた（プロンジーニ, ビル）
◇松本明良訳「安らかに眠りたまえ—英米文学短編集」海苑社 1998 p151

密告者（ウォルヴン, スコット）
◇七搦理美子訳「ベスト・アメリカン・ミステリ クラック・コカイン・ダイエット」早川書房 2007 （ハヤカワ・ミステリ）p497

密室（スラデック, ジョン）
◇大和田始訳「奇想コレクション 蒸気駆動の少年」河出書房新社 2008 p205

密室の行者（ノックス, ロナルド・A.）
◇中村能三訳「贈る物語Mystery」光文社 2002 p109

密室ミステリ概論（エイディー, ロバート）
◇森英俊訳「密室殺人大百科 上」原書房 2000 p414

密室もうひとつのフェントン・ワース・ミステリー—The Locked Room（スラデック, ジョン）
◇越智道雄訳「法月綸太郎の本格ミステリ・アンソロジー」角川書店 2005 （角川文庫）p92

ミッシング・イン・アクション（ロビンスン, ピーター）
◇巴妙子訳「アメリカミステリ傑作選 2003」DHC 2003 （アメリカ文芸「年間」傑作選）p437
◇巴妙子訳「エドガー賞全集—1990〜2007」早川書房 2008 （ハヤカワ・ミステリ文庫）p431

ミッシング・リンク（ビンガム, テイラー）
◇浅倉久志選訳「極短小説」新潮社 2004 （新潮文庫）p234

三つの色（フスリツァ, シチェファン）
◇木村英明訳「時間はだれも待ってくれない—21世紀東欧SF・ファンタスチカ傑作集」東京創元社 2011 p115

みつつ

三つの死（トルストイ）
　　◇中村白葉訳「諸国物語──stories from the
　　　world」ポプラ社 2008 p105

3つの忠告（セイフェッティン, オメル）
　　◇田中けやき訳「現代トルコ文学選 2」東京外
　　　国語大学外国語学部トルコ語専攻研究室
　　　2012（TUFS Middle Eastern studies）
　　　p161

三つの天（作者不詳）
　　◇斎藤博士訳「アンデスの風叢書 天国・地獄
　　　百科」書肆風の薔薇, 水声社 1982 p124

三つの読唱ミサ（ドーデ, アルフォンス）
　　◇田口俊樹訳「ディナーで殺人を 上」東京創
　　　元社 1998（創元推理文庫）p293

三つの優しい声のトリオ（ブロドキー, ハロル
ド）
　　◇森田義信訳「シリーズ・永遠のアメリカ文学
　　　5」東京書籍 1991 p191

ミッドナイト・ホラー・ショウ（ランズデール,
ジョー・R.）
　　◇田中一江訳「シルヴァー・スクリーム 上」
　　　東京創元社 2013（創元推理文庫）p317

蜜蜂（イレーツキイ）
　　◇米川正夫訳「世界100物語 4」河出書房新社
　　　1997 p264

密猟者たち（フランクリン, トム）
　　◇伏見威蕃訳「エドガー賞全集──1990〜2007」
　　　早川書房 2008（ハヤカワ・ミステリ文
　　　庫）p327

密林の野獣（ジェイムズ, ヘンリー）
　　◇北原妙子訳「ゲイ短編小説集」平凡社 1999
　　　（平凡社ライブラリー）p113

緑色の怪物（ネルヴァル, ジェラール・ド）
　　◇澁澤龍彦訳「怪奇小説傑作集新版 4」東京創
　　　元社 2006（創元推理文庫）p125
　　◇澁澤龍彦訳「澁澤龍彦訳幻想怪奇短篇集」河
　　　出書房新社 2013（河出文庫）p115

ミドリザルとの情事（スタージョン, シオドア）
　　◇大森望訳「奇想コレクション 輝く断片」河
　　　出書房新社 2005 p39

みどりの想い（コリア, ジョン）
　　◇宇野利泰訳「変身のロマン」学習研究社
　　　2003（学研M文庫）p243
　　◇宇野利泰訳「怪奇小説傑作集新版 2」東京創
　　　元社 2006（創元推理文庫）p31

緑の想い（コリア, ジョン）
　　◇金井美子訳「ダーク・ファンタジー・コレク
　　　ション 8」論創社 2008 p141

緑の花瓶（ロイド, デニス）
　　◇三浦玲子訳「ダーク・ファンタジー・コレク
　　　ション 5」論創社 2007 p285

緑の木（ヘッド, ベッシー）
　　◇くぼたのぞみ訳「アフリカ文学叢書 優しさ
　　　と力の物語」スリーエーネットワーク
　　　1996 p61

緑の木の記憶（キム・ヒョンギョング）
　　◇安宇植編訳「シックスストーリーズ──現代韓
　　　国女性作家短編」集英社 2002 p221

緑の深淵の落とし子（トムスン, C.ホール）
　　◇大瀧啓裕訳「クトゥルー 13」青心社 2005
　　　（暗黒神話大系シリーズ）p183

緑の谷を笛ふいて（ブロドキー, ハロルド）
　　◇森田義信訳「シリーズ・永遠のアメリカ文学
　　　5」東京書籍 1991 p207

緑の猫（張系国）
　　◇「新しい台湾の文学 星雲組曲」国書刊行会
　　　2007 p272

みどりの葉っぱは木の耳（ワリス・ノカン）
　　◇内山加代訳「台湾原住民文学選 3」草風館
　　　2003 p8

緑のベルベットの外套を買った日（クリンガー
マン, ミルドレッド）
　　◇中村融訳「時を生きる種族──ファンタス
　　　ティック時間SF傑作選」東京創元社 2013
　　　（創元SF文庫）p237

みどりの星へ（ブラウン, フレドリック）
　　◇星新一訳「異色作家短篇集 2」早川書房
　　　2005 p5

緑の物怪（ネルヴァル, ジェラール・ド）
　　◇渡辺一夫訳「恐ろしい話」筑摩書房 2011
　　　（ちくま文学の森）p147

緑のランプ（グリーン, アレクサンドル）
　　◇岩本和久訳「魔法の本棚 消えた太陽」国書
　　　刊行会 1999 p195

ミドル小島に棲むものは（ホジスン, ウィリア
ム・ホープ）
　　◇三浦玲子訳「ダーク・ファンタジー・コレク
　　　ション 5」論創社 2007 p117

水底のこども時代（チョピッチ, ブランコ）

◇清水美穂, 田中一生訳「ポケットのなかの東欧文学—ルネッサンスから現代まで」成文社 2006 p362

南から来た人々（李浩哲）
◇朴暎恩, 真野保久編訳「王陵と駐屯軍—朝鮮戦争と韓国の戦後派文学」凱風社 2014 p159

皆々さまへ（キーン, ダニエル）
◇佐和田敬司訳「海外戯曲アンソロジー 1」日本演出者協会 2007 p175

南半球の発見（レティフ・ド・ラ・ブルトンヌ, ニコラ・エドム）
◇植田祐次訳「啓蒙のユートピア 3」法政大学出版局 1997 p429

見習い猟犬ディーコン（バブコック, ハヴィラー）
◇務台夏子訳「あの犬この犬そんな犬—11の物語」東京創元社 1998 p105

みにくい妹（ストラザー, ジャン）
◇伊藤典夫編・訳「冷たい方程式」早川書房 2011 （ハヤカワ文庫 SF）p199

ミニック老人（ファーバー, エドナ）
◇中田耕治訳「世界100物語 6」河出書房新社 1997 p193

見張り（バス, リック）
◇柴田元幸訳「新しいアメリカの小説 世界の肌ざわり」白水社 1993 p47

ミヒャエル—日記が語るあるドイツ的運命（ゲッベルス, ヨーゼフ）
◇池田浩士編訳「ドイツ・ナチズム文学集成 1」柏書房 2001 p9

身分の低い楯持ち（作者不詳）
◇三浦常司訳「中世英国ロマンス集 3」篠崎書林 1993 p51

未亡人（アブリク, レオン／エロ, ウジェーヌ）
◇真野倫平訳「グラン＝ギニョル傑作選—ベル・エポックの恐怖演劇」水声社 2010 p109

未亡人（ハーボル, ワシーリ）
◇藤井悦子, オリガ・ホメンコ訳「現代ウクライナ短編集」群像社 2005 （群像社ライブラリー）p85

未亡人（モーパッサン, ギ・ド）
◇青柳瑞穂訳「美しい恋の物語」筑摩書房 2010 （ちくま文学の森）p175

未亡人と物乞い（ヒチェンズ, ロバート）
◇夏来健次訳「怪奇文学大山脈 2」東京創元社 2014 p37

未亡人に乾杯（ブランド, クリスチアナ）
◇本田紀久子訳「ワイン通の復讐—美酒にまつわるミステリー選集」心交社 1998 p141

耳を澄まして（マクドナルド, イアン）
◇古沢嘉通訳「SFマガジン700—創刊700号記念アンソロジー 海外篇」早川書房 2014 （ハヤカワ文庫 SF）p231

蚯蚓婿入り（作者不詳）
◇紙村徹編訳「台湾原住民文学選 5」草風館 2006 p345

ミミ・パンソン（ミュッセ, アルフレッド・ド）
◇佐藤実枝訳「百年文庫 63」ポプラ社 2011 p67

身も心も（モーティマー, キャロル）
◇細郷妙子訳「マイ・バレンタイン—愛の贈りもの 2012」ハーレクイン 2012 p113

ミーモス劇（作者不詳）
◇橋本隆夫訳「ギリシア喜劇全集 7」岩波書店 2010 p81

脈を拝見（O.ヘンリー）
◇土屋陽子訳「病短編小説集」平凡社 2016 （平凡社ライブラリー）p163

ミュラー一家の死（シャーンタ, フェレンツ）
◇羽仁協子訳「東欧の文学 ニキ〈ある犬の物語〉」恒文社 1969 p347

ミュルティロス（作者不詳）
◇中務哲郎, 西村賀子, 平山晃司訳「ギリシア喜劇全集 9」岩波書店 2012 p20

見よ、かの巨鳥を！（ボンド, ネルスン）
◇浅倉久志編訳「グラックの卵」国書刊行会 2006 （未来の文学）p5

未来からきたふたり組（ビッスン, テリー）
◇中村融編訳「奇想コレクション ふたりジャネット」河出書房新社 2004 p45

未来からの考察—ホームズ最後の事件（ソウヤー, ロバート・J.）
◇安達真弓訳「シャーロック・ホームズのSF大冒険—短篇集 下」河出書房新社 2006 （河出文庫）p285

未来の計算機（テトリック, バイロン）
◇藤原隆雄訳「シャーロック・ホームズのSF大

みらい

冒険—短篇集 下」河出書房新社 2006
（河出文庫）p50
未来の誘惑（ハーン, マルギット）
　◇松永美穂訳「ドイツ文学セレクション ひと
　　りぼっちの欲望」三修社 1997 p106
ミラボー橋（アポリネール, ギョーム）
　◇堀口大學訳「とっておきの話」筑摩書房
　　2011（ちくま文学の森）p8
ミリアーヌ姫（リシュタンベルジェ, アンドレ）
　◇堀内知子訳「五つの小さな物語—フランス短
　　篇集」彩流社 2011 p5
ミリアム（カポーティ, トルーマン）
　◇川本三郎訳「人恋しい雨の夜に—せつない小
　　説アンソロジー」光文社 2006（光文社文
　　庫）p9
ミリアム（クリーマ, イヴァン）
　◇坂倉千鶴訳「文学の贈物—東中欧文学アンソ
　　ロジー」未知谷 2000 p279
ミルクマーケットの出会い（ウィッカム, ジョ
ン）
　◇小田稔訳「残響—英・米・アイルランド短編
　　小説集」九州大学出版会 2011 p145
ミルドレッド（ジステル, エラ）
　◇月村澄枝訳「猫は九回生きる—とっておきの
　　猫の話」心交社 1997 p197
ミルドレッド（マイケルズ, レナード）
　◇岸本佐知子編訳「変愛小説集 2」講談社
　　2010 p205
ミレット（ジョーンズ, トム）
　◇勝田安彦訳・訳詞「ジョーンズ＆シュミット
　　ミュージカル戯曲集 2」カモミール社
　　2011（勝田安彦ドラマシアターシリーズ）
　　p147
ミレナ・ポラック（ウィーン）宛て〔プラハ,
一九二〇年九月十八／十九／二十日（土／
日／月）〕（カフカ, フランツ）
　◇川島隆訳「ポケットマスターピース 1」集
　　英社 2015（集英社文庫ヘリテージシリー
　　ズ）p724
ミレナ・ポラック（ウィーン）宛て〔プラハ,
一九二二年三月末〕（カフカ, フランツ）
　◇川島隆訳「ポケットマスターピース 1」集英
　　社 2015（集英社文庫ヘリテージシリー
　　ズ）p727
ミレナ・ポラック（ウィーン）宛て〔メラー

ノ＝ウンターマイス、ペンション・オット
ブルク, 一九二〇年四月末頃〕（カフカ, フラ
ンツ）
　◇川島隆訳「ポケットマスターピース 1」集英
　　社 2015（集英社文庫ヘリテージシリー
　　ズ）p720
ミレナ・ポラック（ウィーン）宛て〔メラー
ノ, 一九二〇年六月十二日（土）〕（カフカ, フ
ランツ）
　◇川島隆訳「ポケットマスターピース 1」集英
　　社 2015（集英社文庫ヘリテージシリー
　　ズ）p721
ミレニアム・ループ（ホール, チャーリー）
　◇村井智之訳「ディスコ2000」アーティストハ
　　ウス 1999 p69
魅惑的なアルトゥール・シュニッツラー氏の
劇作による魅惑的な輪舞（シュヴァーブ, ヴェ
ルナー）
　◇寺尾格訳「ドイツ現代戯曲選30 24」論創社
　　2006 p7
魅惑のドクター（ニールズ, ベティ）
　◇庭植奈穂子訳「四つの愛の物語—クリスマ
　　ス・ストーリー 2012」ハーレクイン 2012
　　p5
魅惑の花嫁（マレリー, スーザン）
　◇山田沙羅訳「愛は永遠に—ウエディング・ス
　　トーリー 2007」ハーレクイン 2007 p5
魅惑の舞踏会（アレン, ルイーズ）
　◇苅谷京子訳「四つの愛の物語—クリスマス・
　　ストーリー 2009」ハーレクイン 2009
　　p237
見渡す限り（ヴァフィー, ファリーバー）
　◇藤元優子編訳「天空の家—イラン女性作家
　　選」段々社 2014（現代アジアの女性作家
　　秀作シリーズ）p167
民衆の敵（イブセン, ヘンリック原著／笹部博司）
　◇「民衆の敵」メジャーリーグ 2008（笹部博
　　司の演劇コレクション）p5
みんなここにいるかい？（ラシュコフ, ダグラ
ス）
　◇村井智之訳「ディスコ2000」アーティストハ
　　ウス 1999 p176
みんな全部うまくいくさ（ヴォスコボイニコフ）
　◇武明弘子訳「雑話集—ロシア短編集 3」ロシ
　　ア文学翻訳グループクーチカ 2014 p58

むしな

みんなで海を見に行こう（林海音）
◇杉野元子訳「現代中国の小説 城南旧事」新
潮社 1997 p109

みんなで抗議を！（リッチー、ジャック）
◇谷崎由依訳「モーフィー時計の午前零時―
チェス小説アンソロジー」国書刊行会
2009 p45

みんなの裏庭（ジョンソン、アダム）
◇金原瑞人、大谷真弓訳「Modern & Classic
トラウマ・プレート」河出書房新社 2005
p51

みんなの友だちグレーゴル・ブラウン（シコー
リャック）
◇柴田元幸訳「いずれは死ぬ身」河出書房新
社 2009 p125

【 む 】

ムーア人（バンクス、ラッセル）
◇村上春樹編訳「バースデイ・ストーリーズ」
中央公論新社 2002 p9

無化（バーンズ、デューナ）
◇利根川真紀編訳「レズビアン短編小説集―女
たちの時間」平凡社 2015 （平凡社ライブ
ラリー）p253

むかしをいまに（ナイト、デーモン）
◇浅倉久志訳「時の娘―ロマンティック時間
SF傑作選」東京創元社 2009 （創元SF文
庫）p49

昔を今になすよしもがな（ベスター、アルフレッ
ド）
◇中村融編訳「奇想コレクション 願い星、叶
い星」河出書房新社 2004 p145

昔馴染みの島（ブラッドン、メアリ・エリザベス）
◇中野善夫訳「怪奇礼讃」東京創元社 2004
（創元推理文庫）p297

昔の借りを返す話（ツヴァイク、シュテファン）
◇長坂聡訳「世界堂書店」文藝春秋 2014 （文
春文庫）p113

昔の恋人（トレヴァー、ウィリアム）
◇宮脇孝雄訳「ベスト・ストーリーズ 3」早川
書房 2016 p5

無関心（ローズ、ダン）
◇岸本佐知子編訳「変愛小説集 2」講談社
2010 p246

無窮の光（ラナガン、マーゴ）
◇佐田千織訳「奇想コレクション ブラック
ジュース」河出書房新社 2008 p185

無口になったアン夫人（サキ）
◇中西秀男訳「バベルの図書館 2」国書刊行会
1988 p15
◇中西秀男訳「新編 バベルの図書館 2」国書刊
行会 2012 p247

無垢なキューピッド（アンドルーズ、エイミー）
◇琴葉かいら訳「真夏の恋の物語―サマー・シ
ズラー 2014」ハーレクイン 2014 p227

無限への渇望（ベンフォード、グレゴリイ）
◇小野田和子訳「SFの殿堂 遙かなる地平 2」早
川書房 2000 （ハヤカワ文庫SF）p237

無限がいっぱい（シェクリイ、ロバート）
◇宇野利泰訳「異色作家短篇集 9」早川書房
2006

無限としてのブルジョワ アルフレッド・ル・
ポワトヴァン宛〔一八四五年九月十六日〕
（フローベール、ギュスターヴ）
◇山崎敦訳「ポケットマスターピース 7」集英
社 2016 （集英社文庫ヘリテージシリー
ズ）p759

向こう岸（グロホラ、カタジナ）
◇田村和子訳「ポケットのなかの東欧文学―ル
ネッサンスから現代まで」成文社 2006
p504

向こう岸の青い花―ブルターニュ伝説（ステン
ボック、エリック）
◇大貫昌子訳「狼女物語―美しくも妖しい短編
傑作選」工作舎 2011 p85

向こうはどんなところだい？（ハミルトン、エド
モンド）
◇中村融編訳「奇想コレクション フェッセン
デンの宇宙」河出書房新社 2004 p67

無罪の少年（クアク・コフィ・バリリ）
◇「留学生文学賞作品集 2006」留学生文学賞
委員会 2007 p30

ムササビ大学＜パイワン＞（サキヌ）
◇柳本通彦訳「台湾原住民文学選 4」草風館
2004 p159

むじな（トロワイヤ、アンリ）

むしの

◇澁澤龍彦訳「澁澤龍彦訳幻想怪奇短篇集」河
出書房新社 2013 (河出文庫) p249

虫のしらせ (サーバー, ジェイムズ)

◇鳴海四郎訳「異色作家短篇集 14」早川書房
2006 p215

虫の園 (セルフ, ウィル)

◇安原和見訳「奇想コレクション 元気なぼく
らの元気なおもちゃ」河出書房新社 2006
p37

霧社 (一八九二～一九三一) (ワリス・ノカン)

◇中村ふじゑ訳「台湾原住民文学選 3」草風館
2003 p50

無宿鳥 (ハーヴェイ, ジョン)

◇夏来健次訳「夜汽車はバビロンへ──
EQMM90年代ベスト・ミステリー」扶桑
社 2000 (扶桑社ミステリー) p361

矛盾 (韓龍雲)

◇安宇植 (アンウーシク) 訳「韓国文学名作選 ニ
ムの沈黙」講談社 1999 p146

無償の愛を求めて (テイラー, ジェレミー)

◇牛島信明訳「アンデスの風叢書 天国・地獄
百科」書肆風の薔薇 1982 p9

無人島に生きる (ベンソン, ステラ)

◇松村達雄訳「世界100物語 7」河出書房新社
1997 p175

息子 (キロガ, オラシオ)

◇野替みさ子訳「ラテンアメリカ短編集──モデ
ルニズモから魔術的レアリズモまで」彩流
社 2001 p135

◇野替みさ子訳「北村薫のミステリー館」新潮
社 2005 (新潮文庫) p101

息子 (シュリンク, ベルンハルト)

◇松永美穂訳「記憶に残っていること──新潮ク
レスト・ブックス短篇小説ベスト・コレク
ション」新潮社 2008 (Crest books)
p201

息子の居場所 (テニスン, アルフレッド)

◇牛島信明訳「アンデスの風叢書 天国・地獄
百科」書肆風の薔薇 1982 p31

むすびづき (マイノット, スーザン)

◇森田義信訳「シリーズ・永遠のアメリカ文学
3」東京書籍 1990 p141

娘を買ったマルクマイオン (佐藤彰)

◇「新ギリシア悲劇物語 第9巻・第10巻・第11
巻」講談社出版サービスセンター (製作)

2003 p115

娘たちのための狩りと釣りの手引き (バンク,
メリッサ)

◇ウィリアム N.伊藤訳「ゾエトロープ Pop」
角川書店 2001 (Bookplus) p33

娘と小羊 (ラ・フォンテーヌ)

◇市原豊太訳「超短編アンソロジー」筑摩書房
2002 (ちくま文庫) p163

無政府主義者のトリック (レーン, アンド
リュー)

◇日暮雅通訳「シャーロック・ホームズ アン
ダーショーの冒険」原書房 2016 p225

無政府主義者の爆弾 (クライダー, ビル)

◇日暮雅通訳「シャーロック・ホームズ アン
ダーショーの冒険」原書房 2016 p161

無双伝 (むそうでん) (薛調)

◇黒田真美子著「中国古典小説選 5(唐代 2)」
明治書院 2006 p325

無題 (韓龍雲)

◇安宇植 (アンウーシク) 訳「韓国文学名作選 ニ
ムの沈黙」講談社 1999 p154

無駄骨 (張鎮)

◇青木謙介訳「韓国現代戯曲集 1」日韓演劇交
流センター 2002 p171

慕才亭 (ムーツァイティン) (盧文麗)

◇佐藤普美子訳「中国現代文学選集 5」トラン
スビュー 2010 p6

六つの言葉 (ギリス, リュー)

◇山本俊介訳「ミニ・ミステリ100」早川書房
2005 (ハヤカワ・ミステリ文庫) p13

無敵の男たち (カデツキー, エリザベス)

◇藤島みさ子訳「アメリカ新進作家傑作選
2008」DHC 2009 p317

ムネーシマコス (作者不詳)

◇中務哲郎, 西村賀子, 平山晃司訳「ギリシア
喜劇全集 9」岩波書店 2012 p10

胸の鼓動を速めるもの (アンダースン, ジェニ
ファー)

◇佐藤絵里訳「アメリカミステリ傑作選 2003」
DHC 2003 (アメリカ文芸「年間」傑作
選) p19

胸の中の短絡 (シーブライト, イドリス)

◇安野玲訳「ロボット・オペラ──An
Anthology of Robot Fiction and Robot
Culture」光文社 2004 p245

胸の蛇（ホーソーン, ナサニエル）
◇多賀谷弘孝訳「安らかに眠りたまえ―英米文学短編集」海苑社 1998 p19

無表情な小動物たち（ウォーレス, デイヴィッド・フォスター）
◇白石朗訳「ライターズX 奇妙な髪の少女」白水社 1994 p7

夢魔（ブロック, ロバート）
◇佐藤知津子訳「ブルー・ボウ・シリーズ 夢魔」青弓社 1993 p47

無眠人（クレス, ナンシー）
◇山岸真訳「SFの殿堂 遙かなる地平 1」早川書房 2000 （ハヤカワ文庫SF）p429

夢遊病者（ギブラン, カーリル）
◇西條八十訳「北村薫の本格ミステリ・ライブラリー」角川書店 2001 （角川文庫）p268

無用の飼育者（ヤーン, ハンス・ヘニー）
◇種村季弘訳「怪奇・幻想・綺想文学集―種村季弘翻訳集成」国書刊行会 2012 p195

紫色の死（マイリンク, グスタフ）
◇垂野創一郎訳「怪奇文学大山脈 2」東京創元社 2014 p153

紫水晶の猫（シャープ, マージェリー）
◇月村澄枝訳「猫は九回生きる―とっておきの猫の話」心交社 1997 p61

ムラドハンとセルヴィハン もしくは水晶の館の一物語（ムンガン, ムラトハン）
◇篁日向子訳「現代トルコ文学選 2」東京外国語大学外国語学部トルコ語専攻研究室 2012 （TUFS Middle Eastern studies）p90

村の人びと（ヘッド, ベッシー）
◇くぼたのぞみ訳「アフリカ文学叢書 優しさと力の物語」スリーエーネットワーク 1996 p52

村の誇り（アーヴィング, ワシントン）
◇馬上紗矢香訳「病短編小説集」平凡社 2016 （平凡社ライブラリー）p11

村娘ティー（イ・バン）
◇加藤栄編訳「ベトナム現代短編集 2」大同生命国際文化基金 2005 （アジアの現代文芸）p65

無理数の話（スミス, マイケル・マーシャル）
◇梶元靖子訳「999（ナインナインナイン）―聖金曜日」東京創元社 2000 （創元推理文庫）p313

ムリダン（リカラッ・アウー）
◇魚住悦子編訳「台湾原住民文学選 2」草風館 2003 p97

無料の土（ボーモント, チャールズ）
◇曽根忠穂訳「幻想と怪奇―ポオ蒐集家」早川書房 2005 （ハヤカワ文庫）p209

無料のラジオ（ラシュディ, サルマン）
◇寺門泰彦訳「新しい〈世界文学〉シリーズ 東と西」平凡社 1997 p23

ムーン・レンズ（キャンベル, ラムジー）
◇尾之上浩司訳「古きものたちの墓―クトゥルフ神話への招待」扶桑社 2013 （扶桑社ミステリー）p7

【 め 】

メアリー・アンセル（アームストロング, マーティン）
◇吉村満美子訳「怪奇礼讃」東京創元社 2004 （創元推理文庫）p107

メアリ・スチュークリ（エインズワース, ウィリアム・ハリソン）
◇佐藤良明訳「百年文庫 36」ポプラ社 2010 p53

メアリ・ポストゲイト（キップリング, ラドヤード）
◇橋本槙矩訳「百年文庫 86」ポプラ社 2011 p47

メアリー、メアリー、ドアを閉めて（シュッツ, ベンジャミン・M.）
◇対馬妙訳「エドガー賞全集―1990〜2007」早川書房 2008 （ハヤカワ・ミステリ文庫）p87

名画（ブロック, ロバート）
◇小笠原豊樹訳「異色作家短篇集 8」早川書房 2006 p51

冥界飛行士（ビッスン, テリー）
◇中村融編訳「奇想コレクション ふたりジャネット」河出書房新社 2004 p125

名画の額ぶち（サキ）
◇中西秀男訳「バベルの図書館 2」国書刊行会

1988 p87

◇中西秀男訳「新編 バベルの図書館 2」国書刊
行会 2012 p288

名作妖異譚 蠟いろの顔 (コリンズ, ウィルキー
／ディケンズ, チャールズ)

◇今日泊亜蘭訳「幽霊船―今日泊亜蘭翻訳怪奇
小説コレクション」我刊我書房 2015 (盛
林堂ミステリアス文庫) p69

冥祥記 (めいしょうき) (王琰)

◇佐野誠子著「中国古典小説選 2 (六朝 1)」明
治書院 2006

瞑想 (韓龍雲)

◇安宇植 (アンウーシク) 訳「韓国文学名作選 ニ
ムの沈黙」講談社 1999 p113

瞑想する夜 (バックストローム, カーステン)

◇吉田利子訳「間違ってもいい、やってみたら
―想いがはじける28の物語」講談社 1998
p216

瞑想1 (テイラー, エドワード)

◇渡辺信二訳「アメリカ文学ライブラリー ア
メリカ名詩選」本の友社 1997 p75

瞑想8 (テイラー, エドワード)

◇渡辺信二訳「アメリカ文学ライブラリー ア
メリカ名詩選」本の友社 1997 p77

名探偵ガリレオ (マシスン, シオドア)

◇山本俊子訳「ミステリマガジン700―創刊700
号記念アンソロジー 海外篇」早川書房
2014 (ハヤカワ・ミステリ文庫) p211

名探偵と謎 (フォード, トム)

◇浅倉久志選訳「極短小説」新潮社 2004 (新
潮文庫) p28

メイドたち (ヘイデン, G.ミキ)

◇東野さやか訳「エドガー賞全集―1990～
2007」早川書房 2008 (ハヤカワ・ミステ
リ文庫) p545

冥土の重職を得た男 (修文舎人伝) (瞿佑)

◇竹田晃, 小塚由博, 仙石知子著「中国古典小
説 8 (明代)」明治書院 2008 p353

メイのクーガー (ル・グィン, アーシュラ・K.)

◇小尾芙佐訳「不思議な猫たち」扶桑社 1999
(扶桑社ミステリー) p249

冥報記 (めいほうき) (抄) (唐臨)

◇溝部良恵著「中国古典小説選 6 (唐代 3)」明
治書院 2008 p2

メイマ＝ブハ (フェインライト, ルース)

◇小田稔訳「残響―英・米・アイルランド短編
小説集」九州大学出版会 2011 p77

迷霧を払って祖先の魂を取り戻せ―台湾原住
民文学問題初探 (彭瑞金)

◇井手勇訳「台湾原住民文学選 9」草風館
2007 p242

迷妄の連鎖 (ブーサン, L.ド・ラ・ヴァレ)

◇内田吉彦訳「アンデスの風叢書 天国・地獄
百科」書肆風の薔薇 1982 p47

名誉の医師 (カルデロン・デ・ラ・バルカ, ペド
ロ)

◇古屋雄一郎訳「スペイン黄金世紀演劇集」名
古屋大学出版会 2003 p389

名誉の問題 (ボーモント, チャールズ)

◇仁賀克雄訳「ダーク・ファンタジー・コレク
ション 7」論創社 2007 p53

名誉の幽霊 (ジョンソン, パメラ・ハンスフォー
ド)

◇南條竹則訳「淑やかな悪夢―英米女流怪談
集」東京創元社 2000 p97

メイルシュトレームⅡ (クラーク, アーサー・
C.)

◇酒井昭伸訳「20世紀SF 3」河出書房新社
2001 (河出文庫) p141

迷惑な遺言 (チマーマン, ブルース)

◇山本光伸訳「MYSTERY & ADVENTURE
迷惑な遺言」至誠堂 1993 p1

メイン号を覚えてる？ (ダムス, ジーン・M.)

◇青木多香子訳「ホワイトハウスのペット探
偵」講談社 2009 (講談社文庫) p229

メエルシュトレエムに呑まれて (ポー, エド
ガー・アラン)

◇小川和夫訳「十話」ランダムハウス講談社
2006 p149

目を貸してあげたパタシュ (ドレーメ, トリスタ
ン)

◇森田英子訳「五つの小さな物語―フランス短
篇集」彩流社 2011 p110

目を覚まして眠っていた百姓のこと (ヴィクラ
ム, イェルク)

◇名古屋初期新高ドイツ語研究会訳「超短編ア
ンソロジー」筑摩書房 2002 (ちくま文
庫) p58

目隠し遊び (アンダースン, フレデリック・アー
ヴィング)

◇駒瀬裕子訳「ミステリーの本棚 怪盗ゴダールの冒険」国書刊行会 2001 p69

目隠し遊び（ウェイクフィールド, H.R.）
　◇南條竹則編訳「イギリス恐怖小説傑作選」筑摩書房 2005 （ちくま文庫）p19

妾の蘭さん（林海音）
　◇杉野元子訳「現代中国の小説 城南旧事」新潮社 1997 p149

眼鏡をかけた囚人（ヘッド, ベッシー）
　◇くぼたのぞみ訳「アフリカ文学叢書 優しさと力の物語」スリーエーネットワーク 1996 p196

眼鏡―ユダヤ笑話（作者不詳）
　◇三浦靭郎訳「超短編アンソロジー」筑摩書房 2002 （ちくま文庫）p56

女神（カム・パカー）
　◇宇戸清治訳「天国の風―アジア短篇ベスト・セレクション」新潮社 2011 p50

女神におまかせ！（スチュアート, アン）
　◇長田乃莉子訳「マイ・バレンタイン―愛の贈りもの 2001」ハーレクイン 2001 p5

メキシカン・ギャツビー（ステイバー, レイモンド）
　◇東野さやか訳「エドガー賞全集―1990～2007」早川書房 2008 （ハヤカワ・ミステリ文庫）p515

メキシコの牝ブタと山賊（クラムリー, ジェイムズ）
　◇小鷹信光訳「殺さずにはいられない 1」早川書房 2002 （ハヤカワ・ミステリ文庫）p227

メグ・アウル（キルワース, ギャリー）
　◇高橋朱美訳「メグ・アウル」バロル舎 2002 （ミステリアス・クリスマス）p39

めくらといざりの問答（作者不詳）
　◇李春穆訳「20世紀民衆の世界文学 7」三友社出版 1990 p7

めぐりあい（ギッシング, ジョージ）
　◇平戸喜文訳「イギリス名作短編集」近代文芸社 2003 p41

めぐりあい（スタージョン, シオドア）
　◇小笠原豊樹訳「異色作家短篇集 3」早川書房 2005 p87

邂逅（めぐりあい）（李陸史）

◇安宇植（アンウーシク）訳「韓国文学名作選 李陸史詩集」講談社 1999 p9

めぐりあわせ（ホック, エドワード・D.）
　◇田村義進訳「ミニ・ミステリ100」早川書房 2005 （ハヤカワ・ミステリ文庫）p466

目覚めへの路（ワリス・ノカン）
　◇中村ふじゑ訳「台湾原住民文学選 3」草風館 2003 p252

牝猫ミナ（ヨネ, ジャック）
　◇長島良三訳「幻想と怪奇―おれの夢の女」早川書房 2005 （ハヤカワ文庫）p277

メタゲネース（作者不詳）
　◇中務哲郎, 西村賀子, 平山晃司訳「ギリシア喜劇全集 9」岩波書店 2012 p4

メッキの百合（コーニア, ヴィンセント）
　◇森英俊訳「これが密室だ！」新樹社 1997 p271

『メッセーニアー（メッセーニアの女）』（メナンドロス）
　◇中務哲郎, 脇本由佳, 荒井直訳「ギリシア喜劇全集 6」岩波書店 2010 p220

滅頂（梁暁声）
　◇渋谷誉一郎訳「現代中国の小説 秋の葬送」新潮社 1997 p77

メディア（エウリピデス原作／笹部博司）
　◇「メディア―エウリピデスより」メジャーリーグ 2008 （笹部博司の演劇コレクション）p5

めでたしめでたしの後で（ロバーツ, ギリアン）
　◇白須清美訳「赤ずきんの手には拳銃」原書房 1999 p295

『メテー（酩酊）』（メナンドロス）
　◇中務哲郎, 脇本由佳, 荒井直訳「ギリシア喜劇全集 6」岩波書店 2010 p217

メデューサの呪い（ビショップ, Z.）
　◇那智史郎訳「新編 真ク・リトル・リトル神話大系 3」国書刊行会 2008 p133

『メーナギュルテース（托鉢僧）』（メナンドロス）
　◇中務哲郎, 脇本由佳, 荒井直訳「ギリシア喜劇全集 6」岩波書店 2010 p222

メナンドロス断片（メナンドロス）
　◇中務哲郎, 脇本由佳, 荒井直訳「ギリシア喜劇全集 6」岩波書店 2010 p1

めにあ

目にあざのある少女（オーツ, ジョイス・キャロル）
　◇水谷由美訳「アメリカミステリ傑作選 2003」DHC 2003（アメリカ文芸「年間」傑作選）p357

目に見えないコレクション（ツヴァイク, シュテファン）
　◇辻瑆訳「世界100物語 5」河出書房新社 1997 p273
　◇辻瑆訳「書物愛 海外篇」晶文社 2005 p253
　◇辻瑆訳「諸国物語—stories from the world」ポプラ社 2008 p297

目に見えないコレクション—ドイツ、インフレーション時代のエピソード（ツヴァイク, シュテファン）
　◇辻瑆訳「書物愛 海外篇」東京創元社 2014（創元ライブラリ）p259

目に見えるもの（エルキンズ, キンバリー）
　◇田中美佳子訳「アメリカ新進作家傑作選 2004」DHC 2005 p79

メヌエット—ポール・ブールジェに捧ぐ（モーパッサン, ギ・ド）
　◇高山鉄男訳「生の深みを覗く—ポケットアンソロジー」岩波書店 2010（岩波文庫別冊）p111

メネクラテース（作者不詳）
　◇中務哲郎, 西村賀子, 平山晃司訳「ギリシア喜劇全集 9」岩波書店 2012 p3

メビウスという名の地下鉄（ドイッチュ, A.J.）
　◇三浦朱門訳「有栖川有栖の鉄道ミステリ・ライブラリー」角川書店 2004（角川文庫）p61

メムノン—または人間の知恵（ヴォルテール）
　◇川口顕弘訳「新編 バベルの図書館 4」国書刊行会 2012 p19

メムノン—または人間の智恵（ヴォルテール）
　◇川口顕弘訳「バベルの図書館 7」国書刊行会 1988 p15

メランコリイの妙薬（ブラッドベリ, レイ）
　◇吉田誠一訳「異色作家短篇集 15」早川書房 2006 p25

『メーリアー（メーロス島の女）』（メナンドロス）
　◇中務哲郎, 脇本由佳, 荒井直訳「ギリシア喜劇全集 6」岩波書店 2010 p222

メリークリスマス（ブルジャッド, ピエール）
　◇にむらじゅんこ訳「フランス式クリスマス・プレゼント」水声社 2000 p5

メリーゴーラウンド（プラスキー, ジャック）
　◇柴田元幸編訳「燃える天使」角川書店 2009（角川文庫）p153

メリーゴーラウンド・サーカスの女（全鏡隣）
　◇朴琇禮訳「韓国女性作家短編選」穂高書店 2004（アジア文化叢書）p113

メリー・メン（スティーヴンソン, ロバート・ルイス）
　◇中和彩子訳「ポケットマスターピース 8」集英社 2016（集英社文庫ヘリテージシリーズ）p385

メルツェルさんのチェス人形—エドガーによる"物理的からくり（モーダスオペランディ）"の考察（ポー, エドガー・アラン）
　◇桜庭一樹翻案「ポケットマスターピース 9」集英社 2016（集英社文庫ヘリテージシリーズ）p271

免許証（ピランデッロ, ルイジ）
　◇武谷なおみ編訳「短篇で読むシチリア」みすず書房 2011（大人の本棚）p69

地潜蛙（メンコンイ）打令（作者不詳）
　◇金炳三, 李春穆, 金潤訳「20世紀民衆の世界文学 7」三友社出版 1990 p206

免罪師の物語（シルヴァーバーグ, ロバート）
　◇佐脇洋平訳「ハッカー／13の事件」扶桑社 2000（扶桑社ミステリー）p145

免罪符売りの話（チョーサー, ジェフリー）
　◇柳瀬尚紀訳「犯罪は詩人の楽しみ—詩人ミステリ集成」東京創元社 2012（創元推理文庫）p16

面目丸つぶれ（バイアット, A.S.）
　◇池田栄一訳「新しいイギリスの小説 シュガー」白水社 1993 p143

【 も 】

もう安全（チャイルド, リー）
　◇小林宏明訳「殺しが二人を別つまで」早川書房 2007（ハヤカワ・ミステリ文庫）p27

もう一度（ゴールズワージー）
　◇増谷外世嗣訳「賭けと人生」筑摩書房 2011
　　（ちくま文学の森）p433
もう一度だけ（ラッセル, ロリ）
　◇吉田利子訳「間違ってもいい、やってみたら
　　―想いがはじける28の物語」講談社 1998
　　p71
猛禽（コリア, ジョン）
　◇吉村満美子訳「KAWADE MYSTERY ナツ
　　メグの味」河出書房新社 2007 p83
猛犬の支配者（バドリス, アルジス）
　◇中村融訳「幻想の犬たち」扶桑社 1999 （扶
　　桑社ミステリー）p321
猛虎贖罪（蒲松齢）
　◇中野美代子訳「バベルの図書館 10」国書刊
　　行会 1988 p87
　◇中野美代子訳「新編 バベルの図書館 6」国書
　　刊行会 2013 p456
亡者の家―プロローグとエピローグのある俳
　優と人形のための六楽章に分かれた戯曲（ミ
　ンヤナ, フィリップ）
　◇斎藤公一訳「コレクション現代フランス語圏
　　演劇 4」れんが書房新社 2011 p7
亡霊（モウジャ）のお彌撒（ミサ）（フランス, アナ
　トール）
　◇西本晃二編訳「南欧怪談三題」未來社 2011
　　（転換期を読む）p59
猛獣の夜（スペイン, クリス）
　◇ウィリアム N.伊藤訳「ゾエトロープ Biz」
　　角川書店 2001 （Bookplus）p117
盲人ババ・アブダラの物語（作者不詳）
　◇井上輝夫訳「バベルの図書館 24」国書刊行
　　会 1990 p13
　◇井上輝夫訳「新編 バベルの図書館 6」国書刊
　　行会 2013 p120
妄想に囚われた人々（デマレ・ド・サン＝ソルラ
　ン, ジャン）
　◇伊藤洋訳「フランス十七世紀演劇集―喜劇」
　　中央大学出版部 2010 （中央大学人文科学
　　研究所翻訳叢書）p67
盲導犬バディ（ハートウェル, ディクスン）
　◇務台夏子訳「あの犬この犬そんな犬―11の物
　　語」東京創元社 1998 p41
もうひとつのイヴ物語（ブラッドリー, マリオ
　ン・ジマー／ウェルズ, ジョン・ジェイ）

　◇利根川真紀訳「古典BL小説集」平凡社 2015
　　（平凡社ライブラリー）p269
もうひとつの就任式（バウチャー, アントニー）
　◇白須清美訳「ダーク・ファンタジー・コレク
　　ション 3」論創社 2006 p141
もう一つの空（コルタサル, フリオ）
　◇木村榮一訳「アンデスの風叢書 すべての火
　　は火」水声社 1993 p191
もうひとつの戦い（ホールドマン, ジョー）
　◇中原尚哉訳「SFの殿堂 遙かなる地平 1」早川
　　書房 2000 （ハヤカワ文庫SF）p119
もう一つの女人行路（蘇童）
　◇堀内利恵訳「コレクション中国同時代小説
　　4」勉誠出版 2012 p207
もうひとつの部屋（ヘス, ジョーン）
　◇藤田佳澄訳「巨匠の選択」早川書房 2001
　　（ハヤカワ・ミステリ）p253
もうひとつの街（アイヴァス, ミハル）
　◇阿部賢一訳「時間はだれも待ってくれない―
　　21世紀東欧SF・ファンタスチカ傑作集」
　　東京創元社 2011 p97
もう一人の子供（ダーレス, オーガスト）
　◇秋津知子訳「幻想と怪奇―おれの夢の女」早
　　川書房 2005 （ハヤカワ文庫）p47
もうひとりのシーリア（スタージョン, シオド
　ア）
　◇大森望訳「奇想コレクション 不思議のひと
　　触れ」河出書房新社 2003 p13
もう一人の精神科医（マグラア, パトリック）
　◇宮脇孝雄訳「奇想コレクション 失われた探
　　険家」河出書房新社 2007 p331
もうひとりの戦没者（ロビンスン, ピーター）
　◇愛甲悦子訳「アメリカミステリ傑作選 2001」
　　DHC 2001 （アメリカ文芸「年間」傑作
　　選）p467
もう一人のモナリザ（デ・フィレンツェ, リーナ）
　◇千種堅訳「ブルー・ボウ・シリーズ もう一
　　人のモナリザ」青弓社 1997 p7
毛布（崔曙海）
　◇熊木勉訳「小説家仇甫氏の一日―ほか十三編
　　短編小説集」平凡社 2006 （朝鮮近代文学
　　選集）p91
盲目のジェロニモとその兄（シュニッツラー）
　◇山本有三訳「諸国物語―stories from the

作品名から引ける世界文学全集案内 第III期　331

もうも

world」ポプラ社 2008 p47

◇山本有三訳「心洗われる話」筑摩書房 2010（ちくま文学の森）p141

盲目の女神（トラー、エルンスト）

◇小笠原豊樹訳「盲目の女神―20世紀欧米戯曲拾遺」みすず書房 2011 p1

燃えた巣（スーフゲッ）

◇南田みどり編訳「ミャンマー現代短編集 2」大同生命国際文化基金 1998（アジアの現代文芸）p37

燃える天使 謎めいた目（スクリアル、モアシル）

◇柴田元幸編訳「燃える天使」角川書店 2009（角川文庫）p181

燃える脳（スミス、コードウェイナー）

◇浅倉久志訳「20世紀SF 2」河出書房新社 2000（河出文庫）p365

燃える平原（ルルフォ、ファン）

◇杉山晃訳「アンデスの風叢書 燃える平原」書肆風の薔薇 1990 p84

燃えるマシュマロ（アレクサ、カミール）

◇旦紀子訳「マシン・オブ・デス―A Collection of Stories about People who Know How They Will DIE」アルファポリス 2012 p14

◇旦紀子訳「マシン・オブ・デス」アルファポリス 2013（アルファポリス文庫）p39

模擬文 ポートレート 隠修士ピエール（ブロンテ、シャーロット）

◇中岡洋、芦沢久江訳「ブロンテ姉妹エッセイ全集」彩流社 2016 p274

目撃者の選択（スレッサー、ヘンリー）

◇森沢くみ子訳「ダーク・ファンタジー・コレクション 6」論創社 2007 p209

黙思録（ワリス・ノカン）

◇内山加代訳「台湾原住民文学選 3」草風館 2003 p28

黙示録の四行詩（ワインバーグ、ロバート）

◇佐脇洋平訳「ノストラダムス秘録」扶桑社 1999（扶桑社ミステリー）p379

木馬を駆る少年（ロレンス、D.H.）

◇矢野浩三郎訳「賭けと人生」筑摩書房 2011（ちくま文学の森）p217

木曜ごとに（アウンチェイン）

◇南田みどり編訳「二十一世紀ミャンマー作品集」大同生命国際文化基金 2015（アジアの現代文芸）p117

猛者（シュニッツラー）

◇森鷗外訳「恋愛三昧―外三篇」ゆまに書房 2004（昭和初期世界名作翻訳全集）p3

もしもあなたが山地人なら（モーナノン）

◇下村作次郎編訳「台湾原住民文学選 1」草風館 2002 p12

モスキオーン（作者不詳）

◇中務哲郎、西村賀子、平山晃司訳「ギリシア喜劇全集 9」岩波書店 2012 p20

モスクワのモルグにおける死せるアメリカ人（ニューマン、キム）

◇梶元靖子訳「999（ナインナインナイン）―妖女たち」東京創元社 2000（創元推理文庫）p23

モスケンの大渦巻き（ダーレス、オーガスト／スコラー、M）

◇岩村光博訳「クトゥルー 12」青心社 2002（暗黒神話大系シリーズ）p183

モスマン（ティンダー、ジェレミー）

◇古屋美登里訳「モンスターズ―現代アメリカ傑作短篇集」白水社 2014 p290

モーセの死（ブロンテ、シャーロット）

◇中岡洋、芦沢久江訳「ブロンテ姉妹エッセイ全集」彩流社 2016 p495

〔モーセの死についてのノート〕（ブロンテ、シャーロット）

◇中岡洋、芦沢久江訳「ブロンテ姉妹エッセイ全集」彩流社 2016 p511

モーゼル（一九七〇）（ミュラー、ハイナー）

◇吉岡茂光訳「シリーズ現代ドイツ文学 2」早稲田大学出版部 1991 p255

モダン吸血鬼（アルデン、W.L.）

◇横溝正史訳「吸血妖鬼譚―ゴシック名訳集成」学習研究社 2008（学研M文庫）p487

持ち主の交代（ハートリー、L.P.）

◇今本渉訳「KAWADE MYSTERY ポドロ島」河出書房新社 2008 p107

持ち主のない時計（ロペス・ポルティーリョ・イ・ロハス、ホセ）

◇有helmut恵子訳「ラテンアメリカ傑作短編集―中南米スペイン語圏文学史を辿る」彩流社 2014 p89

もはや

もちろん（ジャクスン, シャーリイ）
◇深町眞紀子訳「異色作家短篇集 6」早川書房 2006 p213

モーツァルトとサリエーリ（プーシキン）
◇郡伸哉訳「青銅の騎士―小さな悲劇」群像社 2002 （ロシア名作ライブラリー）p7

モッキングバード（ビアス, アンブローズ）
◇利根川真紀訳「クィア短編小説集―名づけえぬ欲望の物語」平凡社 2016 （平凡社ライブラリー）p59

もっとほんとうのこと（タゴール）
◇内山眞理子訳「諸国物語―stories from the world」ポプラ社 2008 p1037

最も偉大な犠牲的行為（デュボイズ, ブレンダン）
◇青木多香子訳「ホワイトハウスのペット探偵」講談社 2009 （講談社文庫）p117

もっともな罰（ビオイ＝カサレス, アドルフォ）
◇牛島信明訳「アンデスの風叢書 天国・地獄百科」書肆風の薔薇 1982 p19

持つべきは友（エシュノーズ, ジャン）
◇高頭麻子訳「新しいフランスの小説 シュザンヌの日々」白水社 1995 p57

もつれた糸（ドーア, アンソニー）
◇岩本正恵訳「記憶に残っていること―新潮クレスト・ブックス短篇小説ベスト・コレクション」新潮社 2008 （Crest books）p25

モーテル66（ダマート, バーバラ）
◇平井由起子訳「アメリカミステリ傑作選 2002」DHC 2002 （アメリカ文芸「年間」傑作選）p183

モデルニテへの突入（ベルナベ, ジャン／シャモワゾー, パトリック／コンフィアン, ラファエル）
◇恒川邦夫訳「新しい〈世界文学〉シリーズ クレオール礼賛」平凡社 1997 p64

モート（ウェイン, ジョン）
◇小田稔訳「残響―英・米・アイルランド短編小説集」九州大学出版会 2011 p33

元手（ヒル, サム）
◇黒木章人訳「ポーカーはやめられない―ポーカー・ミステリ書下ろし傑作選」ランダムハウス講談社 2010 p257

モナ・リザとお釈迦さまが会いました（ホルスト, スペンサー）

◇吉田利子訳「謎のギャラリー―愛の部屋」新潮社 2002 （新潮文庫）p249

モーニエル・マサウェイの発見（テン, ウィリアム）
◇浅倉久志編訳「グラックの卵」国書刊行会 2006 （未来の文学）p121

物（オカンポ, シルビーナ）
◇内田吉彦訳「バベルの図書館 20」国書刊行会 1990 p123
◇内田吉彦訳「新編 バベルの図書館 6」国書刊行会 2013 p88

物言わぬ男たち（ジャミソン, レスリー）
◇大河原圭子訳「アメリカ新進作家傑作選 2008」DHC 2009 p131

物語の終り（アレーナス, レイナルド）
◇杉浦勉訳「私の謎」岩波書店 1997 （世界文学のフロンティア）p265

物語の綴り方（ラブ, マーゴ）
◇小原亜美訳「ゾエトロープ Blanc」角川書店 2003 （Bookplus）p9

ものぐさ病（モーラン, P.）
◇堀口大學訳「怠けものの話」筑摩書房 2011 （ちくま文学の森）p199

物しか書けなかった物書き（トゥーイ, ロバート）
◇小鷹信光訳「KAWADE MYSTERY 物しか書けなかった物書き」河出書房新社 2007 p49

モノスとダイモノス（ブルワー＝リットン, エドワード）
◇南條竹則訳「怪奇文学大山脈 1」東京創元社 2014 p229

もののあはれ（リュウ, ケン）
◇古沢嘉通訳「THE FUTURE IS JAPANESE」早川書房 2012 （ハヤカワSFシリーズJコレクション）p11

物は証言できない（デイヴィッドスン, アヴラム）
◇浅倉久志訳「奇想コレクション どんがらがん」河出書房新社 2005 p27

もはやいまのままのわたしではいたくない（パピーニ, ジョヴァンニ）
◇河島英昭訳「バベルの図書館 30」国書刊行会 1992 p95
◇河島英昭訳「新編 バベルの図書館 5」国書刊行会 2013 p371

作品名から引ける世界文学全集案内 第III期　333

もひる

モビール（イエルシルド, P.C.）
　◇種村季弘訳「怪奇・幻想・綺想文学集―種村
　　季弘翻訳集成」国書刊行会 2012 p531

モーフィー時計の午前零時（ライバー, フリッ
ツ）
　◇若島正訳「モーフィー時計の午前零時―チェ
　　ス小説アンソロジー」国書刊行会 2009
　　p15

樅の木（シリセナ, ハサンシカ）
　◇木村幸子訳「アメリカ新進作家傑作選 2005」
　　DHC 2006 p223

桃泥棒（スターネフ, エミリヤン）
　◇松永緑弥訳「東欧の文学 ノンカの愛 他」恒
　　文社 1971 p429

燃やせ（モーナノン）
　◇下村作次郎編訳「台湾原住民文学選 1」草風
　　館 2002 p14

モリアーティ、モランほか―正典における反
アイルランド的心情（ウォルシュ, マイケル）
　◇日暮雅通訳「シャーロック・ホームズ アメ
　　リカの冒険」原書房 2012 p437

森の奥（イーガン, グレッグ）
　◇山岸真編訳「奇想コレクション TAP」河出
　　書房新社 2008 p259

森の精（ハイトフ, ニコライ）
　◇真木三三子訳「東欧の文学 あらくれ物語」
　　恒文社 1983 p90

森の泥棒（グリーン, アレクサンドル）
　◇岩本和久訳「魔法の本棚 消えた太陽」国書
　　刊行会 1999 p181

森の中の女の子たち（バーンハイマー, ケイト）
　◇古屋美登里訳「モンスターズ―現代アメリカ
　　傑作短篇集」白水社 2014 p245

森の中の散歩（ダイズ, ウェイン）
　◇浅倉久志選訳「極短小説」新潮社 2004（新
　　潮文庫）p306

森のなかの夜（ロートマン, ラルフ）
　◇宮田眞治訳「ドイツ文学セレクション 森の
　　なかの夜」三修社 1997 p1

森の魔力（ドークケート）
　◇二元裕子編訳「ラオス現代文学選集」大同生
　　命国際文化基金 2013（アジアの現代文
　　芸）p171

森のレストラン（レイモン, リチャード）

◇夏来健次訳「死霊たちの宴 上」東京創元社
　1998（創元推理文庫）p43

モルグ街の殺人（ポー, エドガー・アラン）
　◇柴田元幸編訳「アメリカン・マスターピース
　　古典篇」スイッチ・パブリッシング 2013
　　（SWITCH LIBRARY）p25
　◇丸谷才一訳「ポケットマスターピース 9」集
　　英社 2016（集英社文庫ヘリテージシリー
　　ズ）p25

モルグ街のノワール（ゼーマン, アンジェラ）
　◇高山真由美訳「ポーに捧げる20の物語」早川
　　書房 2009（Hayakawa pocket mystery
　　books）p377

モルヒネ事件―上海のシャーロック・ホーム
ズ第三の事件（冷血）
　◇樽本照雄編・訳「上海のシャーロック・ホー
　　ムズ」国書刊行会 2016（ホームズ万国博
　　覧会）p127

モレーラ（ポー, エドガー・アラン）
　◇岡田柊訳「STORY REMIX ポーの黒夢城」
　　大栄出版 1996 p57

モレルの発明（ビオイ＝カサレス, アドルフォ）
　◇清水徹, 牛島信明訳「アンデスの風叢書 モ
　　レルの発明」書肆風の薔薇 1990 p15

モロッコの甘く危険な香り（アロンソ・デ・サ
ントス, ホセ・ルイス）
　◇古屋雄一郎訳「現代スペイン演劇選集 1」カ
　　モミール社 2014 p177

門が閉まる（ブルーム, エイミー）
　◇ウィリアム N.伊藤訳「ゾエトロープ Pop」
　　角川書店 2001（Bookplus）p5

紋切型辞典 I ルイ・ブイエ宛〔一八五〇年九
月四日付〕（フローベール, ギュスターヴ）
　◇山崎敦訳「ポケットマスターピース 7」集英
　　社 2016（集英社文庫ヘリテージシリー
　　ズ）p760

紋切型辞典 II ルイーズ・コレ宛〔一八五二年
十二月十六日〕（フローベール, ギュスターヴ）
　◇山崎敦訳「ポケットマスターピース 7」集英
　　社 2016（集英社文庫ヘリテージシリー
　　ズ）p761

モンキー療法（マーティン, ジョージ・R.R.）
　◇中村融編訳「奇想コレクション 洋梨形の男」
　　河出書房新社 2009 p7

モンスター（リンク, ケリー）

◇古屋美登里訳「モンスターズ—現代アメリカ
傑作短篇集」白水社 2014 p157

問題児(ニマーシャイム, ジャック／ロバーツ, ラ
ルフ)
◇常田景子訳「ノストラダムス秘録」扶桑社
1999 (扶桑社ミステリー) p67

モンタージュ(ラッセル, レイ)
◇永井淳訳「異色作家短篇集 16」早川書房
2006 p105

モントリオールの恋人(フォード, リチャード)
◇村上春樹編訳「恋しくて—Ten Selected
Love Stories」中央公論新社 2013 p273
◇村上春樹編訳「恋しくて—Ten Selected
Love Stories」中央公論新社 2016 (中公
文庫) p275

モントレモスの毒殺者——一七九一(カンバーラ
ンド, リチャード)
◇藤井光訳「ゴシック短編小説集」春風社
2012 p41

文無しラリー(コンロイ, ジャック)
◇村山淳彦訳「20世紀民衆の世界文学 1」三友
社出版 1986 p1

【 や 】

やあ! やってるかい!(オーツ, ジョイス・
キャロル)
◇岸本佐知子編訳「居心地の悪い部屋」角川書
店 2012 p137
◇岸本佐知子編訳「居心地の悪い部屋」河出書
房新社 2015 (河出文庫) p115

野営の晩禱(ブロンテ, シャーロット)
◇中岡洋, 芦沢久江訳「ブロンテ姉妹エッセイ
全集」彩流社 2016 p151

八百長(トゥーイ, ロバート)
◇小梨直訳「KAWADE MYSTERY 物しか書
けなかった物書き」河出書房新社 2007
p279

八百長試合(クック, トマス・H.)
◇鴻巣友季子訳「ベスト・アメリカン・ミステ
リ ハーレム・ノクターン」早川書房 2005
(ハヤカワ・ミステリ) p73

夜間法廷(カウンセルマン, メアリー・エリザベ

ス)
◇野村芳夫訳「死のドライブ」文藝春秋 2001
(文春文庫) p235

ヤギ少女(オーツ, ジョイス・キャロル)
◇牧野佳子訳「安らかに眠りたまえ—英米文学
短編集」海苑社 1998 p163

ヤギ少女観察記録——一九八八(オーツ, ジョイ
ス・キャロル)
◇藤井光訳「ゴシック短編小説集」春風社
2012 p547

焼肉屋合唱曲(チョウ・シキン)
◇「留学生文学賞作品集 2006」留学生文学賞
委員会 2007 p60

野球の織り糸(エンジェル, ロジャー)
◇森慎一郎訳「ベスト・ストーリーズ 2」早川
書房 2016 p249

野牛のさすらう国にて(ブロック, ロバート)
◇小笠原豊樹訳「異色作家短篇集 8」早川書房
2006 p99

夜曲(張系国)
◇三木直大訳「新しい台湾の文学 星雲組曲」
国書刊行会 2007 p185

夜勤(ラヴ, マシュー)
◇真田由美子訳「アメリカ新進作家傑作選
2004」DHC 2005 p173

役者(ラッセル, レイ)
◇永井淳訳「異色作家短篇集 16」早川書房
2006 p67

役者の花道(エリス, リオ・R.)
◇田村義進訳「ミニ・ミステリ100」早川書房
2005 (ハヤカワ・ミステリ文庫) p483

薬僧(やくそう)(蒲松齢)
◇竹田晃, 黒田真美子著「中国古典小説選 10
(清代 2)」明治書院 2009 p143

約束(アダムズ, キャロル)
◇浅倉久志選訳「極短小説」新潮社 2004 (新
潮文庫) p273

約束(ヴォーマン, ガブリエーレ)
◇中野京子訳「シリーズ現代ドイツ文学 4」早
稲田大学出版部 1993 p279

約束(作者不詳)
◇斎藤博士訳「アンデスの風叢書 天国・地獄
百科」書肆風の薔薇, 水声社 1982 p123

約束を守った花婿(ネズビット, イーディス)

やくに

◇松岡光治編訳「ヴィクトリア朝幽霊物語―短篇集」アティーナ・プレス 2013 p1

役に立たない飾り，あるいはエスクワイア誌の「三十歳を過ぎた男の禁止事項」から（マルティネス，アルバート・E.）

◇小脇奈賀子訳「アメリカ新進作家傑作選 2006」DHC 2007 p157

役割（ガルサン，チナギーン）

◇柴内秀司訳「モンゴル近現代短編小説選」パブリック・ブレイン 2013 p241

夜警（抄）（ボナヴェントゥラ）

◇種村季弘訳「怪奇・幻想・綺想文学集―種村季弘翻訳集成」国書刊行会 2012 p63

灼けゆく男（ウィリアムズ，タッド）

◇金子司訳「ファンタジイの殿堂 伝説は永遠に 3」早川書房 2000 （ハヤカワ文庫FT）p303

夜行郵便列車―ロンドン郵便本局制作の映画につけたナレーション（オーデン，W.H.）

◇沢崎順之助訳「英国鉄道文学傑作選」筑摩書房 2000 （ちくま文庫）p242

野菜（コックス，クリス）

◇旦紀子訳「マシン・オブ・デス―A Collection of Stories about People who Know How They Will DIE」アルファポリス 2012 p172

◇旦紀子訳「マシン・オブ・デス」アルファポリス 2013 （アルファポリス文庫）p156

野菜の真実（ユーアート，トム）

◇浅倉久志選訳「極短小説」新潮社 2004 （新潮文庫）p205

やさしき誘惑（スティーグラー，マーク）

◇中村融訳「20世紀SF 5」河出書房新社 2001 （河出文庫）p253

優しさと力の物語（ヘッド，ベッシー）

◇くぼたのぞみ訳「アフリカ文学叢書 優しさと力の物語」スリーエーネットワーク 1996 p1

優しさに包まれるとき（サラ，シャロン）

◇青山梢訳「マイ・バレンタイン―愛の贈りもの 2011」ハーレクイン 2011 p5

野獣の地下室（ヴァン・ヴォクト，A.E.）

◇小笠原豊樹訳「火星ノンストップ」早川書房 2005 （ヴィンテージSFセレクション）p265

安宿の一夜（メレ，シャルル）

◇真野倫平訳「グラン＝ギニョル傑作選―ベル・エポックの恐怖演劇」水声社 2010 p135

やすらぎの里モーズル・バートン（サキ）

◇中西秀男訳「バベルの図書館 2」国書刊行会 1988 p111

◇中西秀男訳「新編 バベルの図書館 2」国書刊行会 2012 p302

野生のスイカズラ（フリノー，フィリップ）

◇渡辺信二訳「アメリカ文学ライブラリー アメリカ名詩選」本の友社 1997 p104

耶蘇降誕祭の買入（シュニッツラー）

◇森鷗外訳「恋愛三昧―外三篇」ゆまに書房 2004 （昭和初期世界名作翻訳全集）p62

やっぱりきみは最高だ（ウィルヘルム，ケイト）

◇安野玲訳「20世紀SF 3」河出書房新社 2001 （河出文庫）p209

やっぱりデイヴ（セルフ，ウィル）

◇安原和見訳「奇想コレクション 元気なぼくらの元気なおもちゃ」河出書房新社 2006 p99

雇い人の子（羅稲香）

◇羅稲香訳「小説家仇甫氏の一日―ほか十三編 短編小説集」平凡社 2006 （朝鮮近代文学選集）p33

宿無しサンディ（リデル夫人）

◇倉阪鬼一郎訳「淑やかな悪夢―英米女流怪談集」東京創元社 2000 p211

宿無しの礫刑（イエーツ，ウィリアム・バトラー）

◇柳瀬尚紀訳「犯罪は詩人の楽しみ―詩人ミステリ集成」東京創元社 2012 （創元推理文庫）p168

やとわれ仕事（モハー，フランク）

◇吉原豊司訳「やとわれ仕事」彩流社 2011 （カナダ現代戯曲選）p5

柳細工のかご（フェイ，リンジー）

◇日暮雅通訳「シャーロック・ホームズ アンダーショーの冒険」原書房 2016 p189

柳の木の下で（アンデルセン，ハンス・クリスチャン）

◇大畑末吉訳「美しい恋の物語」筑摩書房 2010 （ちくま文学の森）p41

屋根裏部屋で―母親しみじみ（モーション，アンドリュー）

◇田村斉敏訳「しみじみ読むイギリス・アイルランド文学─現代文学短編作品集」松柏社 2007 p171

屋根裏部屋の猫（マーティン, ヴァレリー）
　◇斎藤栄治訳「猫好きに捧げるショート・ストーリーズ」国書刊行会 1997 p243

屋根の上の魚（ミドルトン, リチャード）
　◇南條竹則訳「魔法の本棚 幽霊船」国書刊行会 1997 p94

屋根の上の天使（ベリドール, ジョルジュ）
　◇大磯仁志訳「フランス式クリスマス・プレゼント」水声社 2000 p241

流鏑馬な！ 海原ダンク！（ディヴィス, アジッコ）
　◇本兌有, 杉ライカ訳「ハーン・ザ・ラストハンター──アメリカン・オタク小説集」筑摩書房 2016 p145

やぶにらみ（ボンドパッダエ, タラションコル）
　◇大西正幸訳「現代インド文学選集 7（ベンガリー）」めこん 2016 p65

やぶへび（ブロックマン, ローレンス・G.）
　◇志摩隆訳「北村薫の本格ミステリ・ライブラリー」角川書店 2001（角川文庫）p137

山への招待（ワリス・ノカン）
　◇中古苑生訳「台湾原住民文学選 3」草風館 2003 p69

山火事─「故郷」二（鍾理和）
　◇野間信幸訳「台湾郷土文学選集 3」研文出版 2014 p45

山霧（ワリス・ノカン）
　◇中村ふじゑ訳「台湾原住民文学選 3」草風館 2003 p47

山小屋─シチリア小景（ピランデッロ, ルイジ）
　◇香川真澄訳「ぶどう酒色の海─イタリア中短編小説集」イタリア文藝叢書刊行委員会 2013（イタリア文藝叢書）p33

山里（金裕貞）
　◇白川春子訳「小説家仇甫氏の一日─ほか十三編 短編小説集」平凡社 2006（朝鮮近代文学選集）p251

山里の夏の夕べ（韓龍雲）
　◇安宇植（アンウーシク）訳「韓国文学名作選 ニムの沈黙」講談社 1999 p140

山寺の記（李陸史）

◇安宇植（アンウーシク）訳「韓国文学名作選 李陸史詩集」講談社 1999 p68

山の女（李喬）
　◇三木直大訳「新しい台湾の文学 客家の女たち」国書刊行会 2002 p85

山の子と魚（リカラッ・アウー）
　◇魚住悦子編訳「台湾原住民文学選 2」草風館 2003 p117

山の洗礼（ワリス・ノカン）
　◇中村ふじゑ訳「台湾原住民文学選 3」草風館 2003 p78

山の端に沈む太陽（ドワンチャンバー）
　◇二元裕子編訳「ラオス現代文学選集」大同生命国際文化基金 2013（アジアの現代文芸）p18

山の厄神（黎紫書）
　◇荒井茂夫訳「台湾熱帯文学 4」人文書院 2011 p37

山火（車凡錫）
　◇木村典子訳「韓国現代戯曲集 3」日韓演劇交流センター 2007 p5

山彦（トウェイン, マーク）
　◇龍口直太郎訳「とっておきの話」筑摩書房 2011（ちくま文学の森）p121

山よ、なんじらには誇りがあった…（ワーズワース, ウィリアム）
　◇沢崎順之助訳「英国鉄道文学傑作選」筑摩書房 2000（ちくま文庫）p192

山は学校─原住民の子どもたちへ（ワリス・ノカン）
　◇内山加代訳「台湾原住民文学選 3」草風館 2003 p17

闇（マッカーナン, デニス・L.）
　◇梶元靖子訳「999（ナインナインナイン）─狂犬の夏」東京創元社 2000（創元推理文庫）p245

闇が遊びにやってきた（ヘンダースン, ゼナ）
　◇仁賀克雄編・訳「新・幻想と怪奇」早川書房 2009（Hayakawa pocket mystery books）p21

ヤミーとケンの墓碑銘（タイ）（ヴォルマン, ウィリアム・T.）
　◇迫光訳「VOICES OVERSEAS ハッピー・ガールズ, バッド・ガールズ」講談社 1996 p86

やみに

闇に影はない（ルスティク, アルノシト）
　◇栗栖継訳「東欧の文学 星のある生活 他」恒
　　文社 1967 p365

闇に潜む顎（あぎと）（ハワード, ロバート・E.）
　◇山本明訳「新編 真ク・リトル・リトル神話大
　　系 5」国書刊行会 2008 p79

闇に潜む狂気（ゴーマン, エド）
　◇浜野アキオ訳「サイコーホラー・アンソロ
　　ジー」祥伝社 1998（祥伝社文庫）p77
　◇浜野アキオ訳「アメリカミステリ傑作選
　　2001」DHC 2001（アメリカ文芸「年間」
　　傑作選）p255

闇の桂冠（トムスン, フランシス）
　◇南條竹則編訳「イギリス恐怖小説傑作選」筑
　　摩書房 2005（ちくま文庫）p323

闇の声（ホジスン, ウィリアム・ホープ）
　◇大門一男訳「怪獣文学大全」河出書房新社
　　1998（河出文庫）p108

闇の時代（ヘッド, ベッシー）
　◇くぼたのぞみ訳「アフリカ文学叢書 優しさ
　　と力の物語」スリーエーネットワーク
　　1996 p117

闇の力（ネズビット, イーディス）
　◇圷香織訳「怪奇文学大山脈 3」東京創元社
　　2014 p89

闇の天使（ブライアント, エドワード）
　◇真野明裕訳「闇の展覧会 罠」早川書房 2005
　　（ハヤカワ文庫）p27

闇の中の接吻（ルヴェル, モーリス）
　◇真野倫平訳「グラン＝ギニョル傑作選—ベ
　　ル・エポックの恐怖演劇」水声社 2010
　　p11

闇の孕子（キャンベル, ラムジー）
　◇広瀬順弘訳「闇の展覧会 敵」早川書房 2005
　　（ハヤカワ文庫）p145

闇の間近で（スタージョン, シオドア）
　◇樋口真理訳「ヴァンパイア・コレクション」
　　角川書店 1999（角川文庫）p455

闇の路地（レイ, ジャン）
　◇森茂太郎訳「怪奇小説精華」筑摩書房 2012
　　（ちくま文庫）p529

〈病める紳士〉の最後の訪問（パピーニ, ジョ
ヴァンニ）
　◇河島英昭訳「バベルの図書館 30」国書刊行
　　会 1992 p81
　◇河島英昭訳「新編 バベルの図書館 5」国書刊
　　行会 2013 p362

病める統治者の事件（キーティング, H.R.F.）
　◇日暮雅通訳「シャーロック・ホームズの大冒
　　険 下」原書房 2009 p141

やもめたち（ライニヒ, クリスタ）
　◇入谷幸江訳「シリーズ現代ドイツ文学 5」早
　　稲田大学出版部 1993 p79

やり直しの人生（ハーン, マルギット）
　◇松永美穂訳「ドイツ文学セレクション ひと
　　りぼっちの欲望」三修社 1997 p130

ヤリまくろうぜ—その後のKLF（ドラモンド,
ビル）
　◇市川京子訳「ディスコ2000」アーティストハ
　　ウス 1999 p149

やるんなら用心しろ（ビーチクロフト）
　◇小野寺健訳「世界100物語 8」河出書房新社
　　1997 p175

夜郎にて（格非）
　◇関根謙訳「現代中国の小説 時間を渡る鳥た
　　ち」新潮社 1997 p119

ヤワル・フィエスタ（血の祭り）（アルゲダス,
ホセ・マリア）
　◇杉山晃訳「シリーズ【越境の文学／文学の越
　　境】 ヤワル・フィエスタ（血の祭り）」現
　　代企画室 1998 p5

ヤン川の舟唄（ダンセイニ卿）
　◇原葵訳「バベルの図書館 26」国書刊行会
　　1991 p67
　◇原葵訳「新編 バベルの図書館 3」国書刊行会
　　2013 p158

ヤング・アダム（トロッキ, アレグザンダー）
　◇浜野アキオ訳「Modern & Classic ヤング・
　　アダム」河出書房新社 2005 p1

ヤン様（イラーセク, アロイス）
　◇種村季弘訳「怪奇・幻想・綺想文学集—種村
　　季弘翻訳集成」国書刊行会 2012 p387

ヤンシャーの物語（作者不詳）
　◇由良君美訳「バベルの図書館 15」国書刊行
　　会 1989 p99

病んだハイエナの胃のなかで（アマンスハウ
ザー, マルティン）
　◇須藤正美訳「現代ウィーン・ミステリー・シ
　　リーズ 8」水声社 2002 p9

両班(ヤンバン)とは盗人のことか—両班伝(朴趾源)
　◇張喆文現代語訳, 原田芽里訳「韓国古典文学の愉しみ 下」白水社 2010 p117

【 ゆ 】

唯一の方法(スレッサー, ヘンリー)
　◇森沢くみ子訳「ダーク・ファンタジー・コレクション 6」論創社 2007 p61

遺言(オースティン, ロブ)
　◇浅倉久志選訳「極短小説」新潮社 2004 (新潮文庫) p267

遺言(過士行)
　◇菱沼彬晁訳「中国現代戯曲集 第6集(過士行作品集)」晩成書房 2007 p247

遺言(ラッセル, レイ)
　◇永井淳訳「異色作家短篇集 16」早川書房 2006 p207

『遺言書』および『公正証書』(ガルシラソ・デ・ラ・ベーガ)
　◇本田誠二訳「西和リブロス 13」西和書林 1993 p206

有意水準の石(ブリン, デイヴィッド)
　◇中原尚哉訳「スティーヴ・フィーヴァー—ポストヒューマンSF傑作選 SFマガジン創刊50周年記念アンソロジー」早川書房 2010 (ハヤカワ文庫 SF) p395

憂鬱な人(作者不詳)
　◇内田吉彦訳「アンデスの風叢書 天国・地獄百科」書肆風の薔薇, 水声社 1982 p66

憂鬱なフィアンセ(モンロー, ルーシー)
　◇松本トモミ訳「愛と狂熱のサマー・ラブ」ハーレクイン 2014 (サマーシズラーVB) p5

幽遠の彼方に(ダーレス, オーガスト)
　◇渋谷比佐子訳「新編 真ク・リトル・リトル神話大系 3」国書刊行会 2008 p257

誘拐(イーガン, グレッグ)
　◇山岸真訳「ロボット・オペラ—An Anthology of Robot Fiction and Robot Culture」光文社 2004 p658

誘拐犯(モリス, デイヴィッド)
　◇浅倉久志選訳「極短小説」新潮社 2004 (新潮文庫) p279

誘拐犯との待ち合わせ(ベントリーⅢ, チャールズ・E.)
　◇浅倉久志選訳「極短小説」新潮社 2004 (新潮文庫) p314

夕方、はやく(ワトスン, イアン)
　◇大森望訳「ここがウィネトカなら、きみはジュディ—一時間SF傑作選 SFマガジン創刊50周年記念アンソロジー」早川書房 2010 (ハヤカワ文庫 SF) p395

勇敢な漁師と9人の盗賊(アリ, ラフミ)
　◇脇西塚己訳「現代トルコ文学選 2」東京外国語大学外国語学部トルコ語専攻研究室 2012 (TUFS Middle Eastern studies) p217

幽鬼(ドグミド, バルジリン)
　◇柴内秀司訳「モンゴル近現代短編小説選」パブリック・ブレイン 2013 p272

夕暮れの歌(ギボン, ルイス・グラシック)
　◇久津木俊樹訳「20世紀民衆の世界文学 2」三友社出版 1986 p1

有効にして有益な約因(チャイルド, リー／ジョゼフ・フィンダー)
　◇田口俊樹訳「フェイスオフ対決」集英社 2015 (集英社文庫) p503

勇者かく瞑れり(ベイツ, H.E.)
　◇阿尾正子訳「翼を愛した男たち」原書房 1997 p261

融通のきかない花嫁(ラナガン, マーゴ)
　◇佐田千織訳「奇想コレクション ブラックジュース」河出書房新社 2008 p141

遊星からの物体X(キャンベル, J.W., Jr.)
　◇増田まもる訳「クトゥルフ神話への招待—遊星からの物体X」扶桑社 2012 (扶桑社ミステリー) p7

遊仙窟(ゆうせんくつ)(張文成)
　◇成瀬哲生著「中国古典小説選 4(唐代 1)」明治書院 2005 p81

郵便局と蛇(コッパード, A.E.)
　◇西崎憲訳「魔法の本棚 郵便局と蛇」国書刊行会 1996 p33

郵便配達夫(ボンドパッダエ, タラションコル)

ゆうひ

◇大西正幸訳「現代インド文学選集 7（ベンガリー）」めこん 2016 p33

郵便屋シュヴァルの大いなる夢（ヴァイス，ペーター・ウルリッヒ）

◇種村季弘訳「怪奇・幻想・綺想文学集—種村季弘翻訳集成」国書刊行会 2012 p241

幽明録（ゆうめいろく）（劉義慶）

◇佐野誠子著「中国古典小説選 2（六朝 1）」明治書院 2006

酉陽雑俎（ゆうようざっそ）（抄）（段成式）

◇溝部良恵著「中国古典小説選 6（唐代 3）」明治書院 2008 p340

有料（ローズ，ダン）

◇岸本佐知子編訳「変愛小説集 2」講談社 2010 p241

幽霊（ビーティ，デイヴィッド）

◇高橋道子訳「アメリカミステリ傑作選 2002」DHC 2002（アメリカ文芸「年間」傑作選）p63

幽霊（モーパッサン，ギ・ド）

◇岡本綺堂編訳「世界怪談名作集 下」河出書房新社 2002（河出文庫）p241

◇岡本綺堂訳「黒髪に恨みは深く—髪の毛ホラー傑作選」角川書店 2006（角川ホラー文庫）p133

幽霊（イプセン，ヘンリック）

◇森鷗外訳「幽霊」ゆまに書房 2004（昭和初期世界名作翻訳全集）p1

幽霊駅馬車（エドワーズ，アメリア・B.）

◇平井呈一編「壁画の中の顔—こわい話気味のわるい話 3」沖積舎 2012 p285

幽霊船（ファレール，クロード）

◇青柳瑞穂訳「怪奇小説傑作集新版 4」東京創元社 2006（創元推理文庫）p411

幽霊船（ミドルトン，リチャード）

◇南條竹則訳「魔法の本棚 幽霊船」国書刊行会 1997 p15

幽霊船（ミルトン，リチャード）

◇今日泊亜蘭訳「幽霊船—今日泊亜蘭翻訳怪奇小説コレクション」我刊我書房 2015（盛林堂ミステリアス文庫）p7

幽霊と機械（ローズ，ロイド）

◇日暮雅通訳「シャーロック・ホームズ アメリカの冒険」原書房 2012 p35

幽霊の移転（ストックトン）

◇岡本綺堂編訳「世界怪談名作集 下」河出書房新社 2002（河出文庫）p295

幽霊の死（トロワイヤ，アンリ）

◇澁澤龍彥訳「澁澤龍彥幻想怪奇短篇集」河出書房新社 2013（河出文庫）p232

幽霊の家賃（ジェイムズ，ヘンリー）

◇鈴木和子訳「古今英米幽霊事情 1」新風舎 1998 p159

幽霊花婿（アーヴィング，ワシントン）

◇吉田甲子太郎訳「百年文庫 71」ポプラ社 2011 p61

幽霊ハント（ウェイクフィールド，H.R.）

◇吉川昌一訳「贈る物語Terror」光文社 2002 p44

幽霊屋敷（ブルワー＝リットン，エドワード）

◇平井呈一訳「怪奇小説傑作集新版 1」東京創元社 2006（創元推理文庫）p9

◇平井呈一訳「怪奇小説精華」筑摩書房 2012（ちくま文庫）p174

誘惑（フリーズナー，エスター・M.）

◇金子浩訳「サイコーホラー・アンソロジー」祥伝社 1998（祥伝社文庫）p253

誘惑（ブリン，デイヴィッド）

◇酒井昭伸訳「SFの殿堂 遙かなる地平 1」早川書房 2000（ハヤカワ文庫SF）p253

誘惑には向かない職業（ウォレン，ナンシー）

◇松井里弥訳「キス・キス・キス—チェリーな気持ちで」ヴィレッジブックス 2009（ヴィレッジブックス）p7

誘惑のイスタンブール（スティーヴンス，スーザン）

◇藤村奈美訳「四つの愛の物語—クリスマス・ストーリー 情熱の贈り物 2005」ハーレクイン 2005 p235

誘惑の季節（ビアンチン，ヘレン）

◇伊坂奈々訳「四つの愛の物語—クリスマス・ストーリー 2000」ハーレクイン 2000 p119

誘惑の仕方教えます（スモール，ラス）

◇清水ひろこ訳「マイ・バレンタイン—愛の贈りもの 2000」ハーレクイン 2000 p203

ゆがんだ花びら（ケニー，スザン）

◇中村ふじみ訳「MYSTERY &

ADVENTURE ゆがんだ花びら」至誠堂
1995 p1

雪（ウォルポール，ヒュー）
　　◇倉阪鬼一郎訳「ミステリーの本棚 銀の仮面」
　　　国書刊行会 2001 p217

雪（グールモン）
　　◇堀口大學訳「創刊一〇〇年三田文学名作選」
　　　三田文学会 2010 p571

雪（パウストフスキイ）
　　◇片山ふえ訳「雑話集―ロシア短編集 2」「雑
　　　話集」の会 2009 p112

行きどまり（フィック，アルヴィン・S.）
　　◇山本俊子訳「ミニ・ミステリ100」早川書房
　　　2005（ハヤカワ・ミステリ文庫）p181

雪に恋した男の話（メルシエ，マリオ）
　　◇にむらじゅんこ訳「フランス式クリスマス・
　　　プレゼント」水声社 2000 p181

雪人間（ミルハウザー，スティーヴン）
　　◇柴田元幸訳「新しいアメリカの小説 イン・
　　　ザ・ペニー・アーケード」白水社 1990
　　　p195
　　◇柴田元幸編訳「どこにもない国―現代アメリ
　　　カ幻想小説集」松柏社 2006 p191

「雪の女王」を探して（マクラム，シャーリン）
　　◇市川恵里訳「赤ずきんの手には拳銃」原書房
　　　1999 p141

雪の夜の告白（ウォード，J.R.）
　　◇琴葉かいら訳「愛と祝福の魔法―クリスマ
　　　ス・ストーリー2016」ハーパーコリンズ・
　　　ジャパン 2016 p175

雪娘（ソログープ，フョードル）
　　◇田辺佐保子訳「ロシアのクリスマス物語」群
　　　像社 1997 p107

行く（バダムサムボー，ゲンデンジャムツィン）
　　◇柴内秀司訳「モンゴル近現代短編小説選」パ
　　　ブリック・ブレイン 2013 p434

行方不明の棺（レズニック，ローラ）
　　◇野下祥子訳「シャーロック・ホームズのSF大
　　　冒険―短篇集 上」河出書房新社 2006
　　　（河出文庫）p138

ユグナンの妻（シール，M.P.）
　　◇西崎憲訳「英国短篇小説の愉しみ 3」筑摩書
　　　房 1999 p151
　　◇西崎憲編訳「短篇小説日和―英国異色傑作

選」筑摩書房 2013（ちくま文庫）p343

湯気吸いの女人国（作者不詳）
　　◇紙村徹編訳「台湾原住民文学選 5」草風館
　　　2006 p248

逝（ゆ）けるエドワード（ミドルトン，リチャード）
　　◇南條竹則訳「魔法の本棚 幽霊船」国書刊行
　　　会 1997 p62

逝ける書物の墓碑銘（様々な土地）（ヴォルマ
　　ン，ウィリアム・T.）
　　◇迫光訳「VOICES OVERSEAS ハッピー・
　　　ガールズ，バッド・ガールズ」講談社 1996
　　　p376

ユージーン（イーガン，グレッグ）
　　◇山岸真編訳「奇想コレクション TAP」河出
　　　書房新社 2008 p65

ユーストン駅で（タイナン，キャサリン）
　　◇沢崎順之助訳「英国鉄道文学傑作選」筑摩書
　　　房 2000（ちくま文庫）p233

ユスラウメの花（疑遅）
　　◇岡田英樹訳編「血の報復―「在満」中国人作
　　　家短篇集」ゆまに書房 2016 p75

ゆすり屋（ペリー，アン）
　　◇吉沢康子訳「愛の殺人」早川書房 1997（ハ
　　　ヤカワ・ミステリ文庫）p451

ユダによれば（パナス，ヘンリック）
　　◇小原雅俊訳「東欧の文学 ユダによれば〈外
　　　典〉」恒文社 1978 p3

ユタの花（ポール，ロバート）
　　◇日暮雅通訳「シャーロック・ホームズ アメ
　　　リカの冒険」原書房 2012 p107

ユダヤ人の医者の物語（作者不詳）
　　◇由良君美訳「バベルの図書館 15」国書刊行
　　　会 1989 p21
　　◇由良君美訳「新編 バベルの図書館 6」国書刊
　　　行会 2013 p279

ユダヤ人の天国（作者不詳）
　　◇斎藤博士訳「アンデスの風叢書 天国・地獄
　　　百科」書肆風の薔薇，水声社 1982 p128

ユダヤの太守（フランス，アナトール）
　　◇内藤濯訳「百年文庫 57」ポプラ社 2010 p63

ユーディット（ヘッベル）
　　◇吹田順助訳「ユーディット」ゆまに書房
　　　2007（昭和初期世界名作翻訳全集）p5

ユーディット―『母』より（シュトルック，カー

ゆてい

リン)
　　◇関根協子訳「シリーズ現代ドイツ文学 5」早
　　　稲田大学出版部 1993 p140

ユーディの原理 (ブラウン, フレドリック)
　　◇星新一訳「異色作家短篇集 2」早川書房
　　　2005 p105

ユートピア／奇跡の市 (シンボルスカ, ヴィスワ
ヴァ)
　　◇沼野充義訳「夢のかけら」岩波書店 1997
　　　(世界文学のフロンティア) p167

ユードリュス (シャトーブリアン, フランソワ＝
ルネ・ド／ブロンテ, シャーロット)
　　◇中岡洋, 芦沢久江訳「ブロンテ姉妹エッセイ
　　　全集」彩流社 2016 p224

ユニコーン・ヴァリエーション (ゼラズニイ, ロ
ジャー)
　　◇若島正訳「モーフィー時計の午前零時—チェ
　　　ス小説アンソロジー」国書刊行会 2009
　　　p167

指貫きゲーム (O.ヘンリー)
　　◇紀田順一郎訳「謎の物語」筑摩書房 2012
　　　(ちくま文庫) p223

指輪はイブの日に (パーマー, ダイアナ)
　　◇高橋美友紀訳「四つの愛の物語—クリスマ
　　　ス・ストーリー 2009」ハーレクイン 2009
　　　p5

ユマニテ (フランス, アナトール)
　　◇日仏言語文化協会「エチュード月曜クラス」
　　　訳「掌中のエスプリ—フランス文学短篇名
　　　作集」弘学社 2013 p53

弓張り月と少女 (韓龍雲)
　　◇安宇植 (アンウーシク) 訳「韓国文学名作選 ニ
　　　ムの沈黙」講談社 1999 p143

夢 (ヴェルガ, ジョヴァンニ)
　　◇吉本奈緒子訳「ぶどう酒色の海—イタリア中
　　　短編小説集」イタリア文藝叢書刊行委員会
　　　2013 (イタリア文藝叢書) p5

夢 (クプリーン, アレクサンドル)
　　◇西周成編訳「ロシア幻想短編集」アルトアー
　　　ツ 2016 p66

夢 (ベレメイヤー, シェリー)
　　◇浅倉久志選訳「極短小説」新潮社 2004 (新
　　　潮文庫) p53

夢売ります (シェクリイ, ロバート)
　　◇仁賀克雄訳「幻想と怪奇—ポオ蒐集家」早川

書房 2005 (ハヤカワ文庫) p145

夢を語って歩く人 (ヘッド, ベッシー)
　　◇くぼたのぞみ訳「アフリカ文学叢書 優しさ
　　　と力の物語」スリーエーネットワーク
　　　1996 p224

夢がかなう (オネッティ, ファン・カルロス)
　　◇水町尚子訳「ラテンアメリカ短編集—モデル
　　　ニズモから魔術的レアリズモまで」彩流社
　　　2001 p181

夢さめて (韓龍雲)
　　◇安宇植 (アンウーシク) 訳「韓国文学名作選 ニ
　　　ムの沈黙」講談社 1999 p23

夢と愁い (韓龍雲)
　　◇安宇植 (アンウーシク) 訳「韓国文学名作選 ニ
　　　ムの沈黙」講談社 1999 p51

夢と偶然と (ボーモント, チャールズ)
　　◇小笠原豊樹訳「異色作家短篇集 12」早川書
　　　房 2006 p139

夢と豚と黎明 (黄錦樹)
　　◇大東和重訳「台湾熱帯文学 3」人文書院
　　　2011 p63

夢ならば (韓龍雲)
　　◇安宇植 (アンウーシク) 訳「韓国文学名作選 ニ
　　　ムの沈黙」講談社 1999 p85

夢に見たキス (ハート, ジェシカ)
　　◇松村和紀子訳「マイ・バレンタイン—愛の贈
　　　りもの 2012」ハーレクイン 2012 p157

夢の終わりに… (ライマン, ジェフ)
　　◇古沢嘉通訳「夢の文学館 3」早川書房 1995
　　　p1

夢の女 (コリンズ, ウィルキー)
　　◇柴田元幸訳「憑かれた鏡—エドワード・ゴー
　　　リーが愛する12の怪談」河出書房新社
　　　2006 p237
　　◇柴田元幸訳「エドワード・ゴーリーが愛する
　　　12の怪談—憑かれた鏡」河出書房新社
　　　2012 (河出文庫) p267

夢の顔 (ワリス・ノカン)
　　◇新井リンダかおり訳「台湾原住民文学選 3」
　　　草風館 2003 p133

夢の国 (トラークル, ゲオルク)
　　◇中村朝子訳「百年文庫 80」ポプラ社 2011
　　　p29

夢の研究 (マーテルランク, モーリス)

◇岩本和子訳「幻想の坩堝—ベルギー・フランス語幻想短編集」松籟社 2016 p3

夢の切断者(張系国)
　◇山口守訳「新しい台湾の文学 星雲組曲」国書刊行会 2007 p72

夢のなかの女(コリンズ, ウィルキー)
　◇橋本福夫訳「怪奇小説傑作集新版 3」東京創元社 2006 (創元推理文庫) p231

夢の中の地獄めぐり(令狐生冥夢録)(瞿佑)
　◇竹田晃, 小塚由博, 仙石知子著「中国古典小説選 8(明代)」明治書院 2008 p100

夢のなかのドッペルゲンゲル(曹雪芹)
　◇中野美代子訳「バベルの図書館 10」国書刊行会 1988 p141
　◇中野美代子訳「新編 バベルの図書館 6」国書刊行会 2013 p489

夢の門—『オデュッセイア』より(ホメロス)
　◇北嶋美雪訳「超短編アンソロジー」筑摩書房 2002 (ちくま文庫) p18

夢のわが家(ジャクスン, ダイシー・スクロギンズ)
　◇安藤由紀子訳「ウーマンズ・ケース 下」早川書房 1998 (ハヤカワ・ミステリ文庫) p153

夢判断(コリア, ジョン)
　◇村上啓夫訳「異色作家短篇集 7」早川書房 2006 p7

夢見るゴキブリ(モンテローソ, アウグスト)
　◇安藤哲行訳「超短編アンソロジー」筑摩書房 2002 (ちくま文庫) p14

夢見るバレンタイン(マッケンジー, マーナ)
　◇中野恵訳「マイ・バレンタイン—愛の贈りもの 2011」ハーレクイン 2011 p175

夢見る者の世界(ハミルトン, エドモンド)
　◇中村融編訳「奇想コレクション フェッセンデンの宇宙」河出書房新社 2004 p277

夢列車(ボーモント, チャールズ)
　◇仁賀克雄訳「ダーク・ファンタジー・コレクション 7」論創社 2007 p127

揺り椅子(ギルマン, シャーロット・パーキンズ)
　◇梅田正彦訳「ざくろの実—アメリカ女流作家怪奇小説選」鳥影社 2008 p3

ゆるぎない土地(ヒルビッヒ, ヴォルフガング)
　◇園田みどり訳「夢のかけら」岩波書店 1997

(世界文学のフロンティア) p175

揺るぎなき愚の遺跡(モニュメント) 叔父バラン宛〔一八五〇年十月六日付〕(フローベール, ギュスターヴ)
　◇山崎敦訳「ポケットマスターピース 7」集英社 2016 (集英社文庫ヘリテージシリーズ) p760

許されざる者(デール, セプチマス)
　◇金井美子訳「ダーク・ファンタジー・コレクション 8」論創社 2008 p89

許されし者(レイニー, スティーヴン・M.)
　◇金子浩訳「サイコ—ホラー・アンソロジー」祥伝社 1998 (祥伝社文庫) p529

尹崑崗の詩集『氷華』その他(李陸史)
　◇安宇植(アンウーシク)訳「韓国文学名作選 李陸史詩集」講談社 1999 p153

【よ】

夜明け(クーランド, マイクル)
　◇山本俊子訳「ミニ・ミステリ100」早川書房 2005 (ハヤカワ・ミステリ文庫) p140

夜明けとともに霧は沈み(マーティン, ジョージ・R.R.)
　◇酒井昭伸訳「SFマガジン700—創刊700号記念アンソロジー 海外篇」早川書房 2014 (ハヤカワ文庫 SF) p59

夜明けのフロスト(ウィングフィールド, R.D.)
　◇芹澤恵訳「夜明けのフロスト」光文社 2005 (光文社文庫) p205

夜明けの炎(ウンバ, ベンジャミン)
　◇塚本晃久訳「パプア・ニューギニア小説集」三重大学出版会 2008 p1

よい絵(エーメ, マルセル)
　◇中村真一郎訳「異色作家短篇集 17」早川書房 2007 p43

よいカモ(ディック, フィリップ・K.)
　◇仁賀克雄訳「ダーク・ファンタジー・コレクション 1」論創社 2006 p67

酔いしれて(マッキー, ジェン)
　◇前田裕子訳「アメリカ新進作家傑作選 2003」DHC 2004 p143

酔い痴れて（ジャクスン, シャーリイ）
　◇深町眞理子訳「異色作家短篇集 6」早川書房
　　2006 p9

よい忠告は宝石よりも稀（ラシュディ, サルマン）
　◇寺門泰彦訳「新しい〈世界文学〉シリーズ 東
　　と西」平凡社 1997 p9

酔いどれの夢（マグラア, パトリック）
　◇宮脇孝雄訳「奇想コレクション 失われた探
　　険家」河出書房新社 2007 p69

酔いどれ弁護士（トンプスン, レナード）
　◇田中潤司訳「北村薫の本格ミステリ・ライブ
　　ラリー」角川書店 2001（角川文庫）p9

宵待草（コリア, ジョン）
　◇垂野創一郎訳「KAWADE MYSTERY ナツ
　　メグの味」河出書房新社 2007 p107

宵やみ（サキ）
　◇中西秀男訳「謎の物語」筑摩書房 2012（ち
　　くま文庫）p321

姚安（ようあん）（蒲松齢）
　◇竹田晃, 黒田真美子著「中国古典小説選 10
　　（清代 2）」明治書院 2009 p103

ヨーク・ヴォムビスの地下墓地（スミス, クラー
ク・アシュトン）
　◇中村融編訳「影が行く—ホラーSF傑作選」東
　　京創元社 2000（創元SF文庫）p295

容疑者（ハワード, クラーク）
　◇芹澤恵訳「アメリカミステリ傑作選 2003」
　　DHC 2003（アメリカ文芸「年間」傑作
　　選）p213

容疑者不明（マフフーズ, ナギーブ）
　◇今本渉訳「異色作家短篇集 20」早川書房
　　2007 p5

陽気な埋葬（デーリ, ティボル）
　◇工藤幸雄訳「東欧の文学 ニキ〈ある犬の物
　　語〉」恒文社 1969 p115

陽気なる魂（ボウエン, エリザベス）
　◇西崎憲訳「怪奇小説日和—黄金時代傑作選」
　　筑摩書房 2013（ちくま文庫）p71

妖魚（リー, ヨナス）
　◇中野善夫訳「魔法の本棚 漁師とドラウグ」
　　国書刊行会 1996 p123

ようこそ、ウィルヘルム！（スヴェンソン, マイ
ケル）

本兌有, 杉ライカ訳「ハーン・ザ・ラストハ
ンター——アメリカン・オタク小説集」筑摩
書房 2016 p259

要塞（イーガン, グレッグ）
　◇山岸真編訳「奇想コレクション TAP」河出
　　書房新社 2008 p235

幼児殺害犯（ラング, リチャード）
　◇藤澤透訳「ベスト・アメリカン・短編ミステ
　　リ 2012」DHC 2012 p347

妖術師の宝石（ブロック, ロバート）
　◇岩村光博訳「クトゥルー 10」青心社 1997
　　（暗黒神話大系シリーズ）p15

妖蛆（ようしゅ）の秘密（ブロック, ロバート）
　◇松村三生訳「新編 真ク・リトル・リトル神話
　　大系 2」国書刊行会 2007 p219

妖蛆（ようしゅ）の館（マイヤーズ, G.）
　◇小林勇次訳「新編 真ク・リトル・リトル神話
　　大系 5」国書刊行会 2008 p63

養生主篇第三〔荘子〕（荘子）
　◇福永光司, 興膳宏訳「世界古典文学全集 17」
　　筑摩書房 2004 p119

洋上にて（マンチェスター, ローズマリー）
　◇浅倉久志選訳「極短小説」新潮社 2004（新
　　潮文庫）p163

妖女たち（ラストベーダー, エリック・ヴァン）
　◇金子浩訳「999（ナインナインナイン）—妖女
　　たち」東京創元社 2000（創元推理文庫）
　　p369

用水路の開通（デーンビライ, フンアルン）
　◇二元裕子編訳「ラオス現代文学選集」大同生
　　命国際文化基金 2013（アジアの現代文
　　芸）p165

妖精族のむすめ（ダンセイニ卿）
　◇荒俣宏訳「変身ものがたり」筑摩書房 2010
　　（ちくま文学の森）p151

妖精にさらわれた子供（レ・ファニュ, ジョゼ
フ・シェリダン）
　◇佐藤弓生訳「怪奇小説日和—黄金時代傑作
　　選」筑摩書房 2013（ちくま文庫）p213

妖精の子ども（ラヴォー, サミュエル）
　◇水谷まさる訳「超短編アンソロジー」筑摩書
　　房 2002（ちくま文庫）p84

妖精の棲む樹（ヤング, ロバート・F.）
　◇深町眞理子訳「黒い破壊者—宇宙生命SF傑

作選」東京創元社 2014（創元SF文庫）
p155

陽羨書生（張系国）
　◇三木直大訳「新しい台湾の文学 星雲組曲」
　国書刊行会 2007 p220

楊太真外伝（ようたいしんがいでん）（楽史）
　◇竹田晃, 檜垣馨二著「中国古典小説選 7（宋
　代）」明治書院 2007 p39

妖虫（キャンベル, ラムゼイ）
　◇山中清子訳「新編 真ク・リトル・リトル神話
　大系 4」国書刊行会 2008 p251

妖虫（ケラー, デイヴィッド・H.）
　◇中村融訳「千の脚を持つ男―怪物ホラー傑作
　選」東京創元社 2007（創元推理文庫）
　p49

洋梨形の男（マーティン, ジョージ・R.R.）
　◇中村融編訳「奇想コレクション 洋梨形の男」
　河出書房新社 2009 p175

幼年期の構図（ヴォルフ, クリスタ）
　◇保坂一夫訳「東欧の文学 幼年期の構図」恒
　文社 1981 p7

幼年時代の場所（トマージ・ディ・ランペドゥー
ザ, ジュゼッペ）
　◇武谷なおみ編訳「短篇で読むシチリア」みす
　ず書房 2011（大人の本棚）p136

羊皮紙の穴（ベイリー, H.C.）
　◇永井淳訳「書物愛 海外篇」晶文社 2005
　p191
　◇永井淳訳「書物愛 海外篇」東京創元社 2014
　（創元ライブラリ）p193

妖物（ビアス, アンブローズ）
　◇岡本綺堂編訳「世界怪談名作集 上」河出書
　房新社 2002（河出文庫）p111

陽平関にて、五馬、曹操を破る（五馬破曹）
（井上泰山）
　◇井上泰山訳「三国劇翻訳集」関西大学出版部
　2002 p653

妖魔の爪（グリーン, S.）
　◇那智史郎訳「新編 真ク・リトル・リトル神話
　大系 1」国書刊行会 2007 p31

妖魔の森の家（カー, ジョン・ディクスン）
　◇宇野利泰訳「贈る物語Mystery」光文社
　2002 p131

遊園驚夢（ヨウユアンチンモン）（白先勇）

◇山口守訳「新しい台湾の文学 台北人」国書
刊行会 2008 p189

揺籃（ベドナール, アルフォンス）
　◇栗栖継訳「東欧の文学 時間と分」恒文社
　1967 p25

ヨウリンイン（ラナガン, マーゴ）
　◇佐田千織訳「奇想コレクション ブラック
　ジュース」河出書房新社 2008 p211

世を騒がす嘘つき男―ある戦時下の物語
（フォード, フォード・マドックス）
　◇肥留川尚子訳「20世紀英国モダニズム小説集
　成 世を騒がす嘘つき男」風濤社 2014 p56

善きサマリヤ人（アルダイ, チャールズ）
　◇田口俊樹, 高山真由美訳「マンハッタン物語」
　二見書房 2008（二見文庫）p73

夜汽車行（ブルック, ルーパート）
　◇沢崎順之助訳「英国鉄道文学傑作選」筑摩書
　房 2000（ちくま文庫）p199

夜汽車はバビロンへ（ブラッドベリ, レイ）
　◇深町眞理子訳「夜汽車はバビロンへ―
　EQMM90年代ベスト・ミステリー」扶桑
　社 2000（扶桑社ミステリー）p341

良き店主（ウパディアイ, サムラット）
　◇堤暁実訳「アメリカ短編小説傑作選 2001」
　DHC 2001（アメリカ文芸「年間」傑作
　選）p517

よき夕べ（ボーラン, ジャン）
　◇笠間直穂子訳「ろうそくの炎がささやく言
　葉」勁草書房 2011 p55

善き隣人（マヨルガ, フアン）
　◇田尻陽一訳「現代スペイン演劇選集 2」カモ
　ミール社 2015 p115

よくある混乱（カフカ, フランツ）
　◇池内紀訳「バベルの図書館 4」国書刊行会
　1988 p63
　◇池内紀訳「新編 バベルの図書館 5」国書刊行
　会 2013 p45

欲望（マイノット, スーザン）
　◇森田義信訳「シリーズ・永遠のアメリカ文学
　3」東京書籍 1990 p9

欲望のちいさな罠（ハーン, マルギット）
　◇松永美穂訳「ドイツ文学セレクション ひと
　りぼっちの欲望」三修社 1997 p91

欲望の夜が明けても（シーディ, E.C.）

作品名から引ける世界文学全集案内 第III期　345

よけい

◇高樹薫訳「バッド・バッド・ボーイズ」早川
書房 2011（ハヤカワ文庫）p211

よけいものの歌（劉索拉）
◇新谷雅樹訳「現代中国の小説 君にはほかの
選択はない」新潮社 1997 p207

予言者カサンドラ（佐藤彰）
◇「新ギリシア悲劇物語 第18巻・第19巻・第
20巻」講談社出版サービスセンター（製
作）2008 p41

預言者の髪の毛（ラシュディ, サルマン）
◇寺門泰彦訳「新しい〈世界文学〉シリーズ 東
と西」平凡社 1997 p39

夜ごとの衝突（オデッツ, クリフォード）
◇小笠原豊樹訳「盲目の女神─20世紀欧米戯曲
拾遺」みすず書房 2011 p173

4時15分発急行列車（エドワーズ, アメリア・B.）
◇泉川紘雄訳「有栖川有栖の鉄道ミステリ・ラ
イブラリー」角川書店 2004（角川文庫）
p125

よその家のあかり（ピランデッロ, ルイージ）
◇内山寛訳「百年文庫 26」ポプラ社 2010 p44

よそ者（マクダーミッド, ヒュー）
◇吉村満美子訳「怪奇礼讃」東京創元社 2004
（創元推理文庫）p47

よた話（ホッケンスミス, スティーヴ）
◇日暮雅通訳「殺しが二人を別つまで」早川書
房 2007（ハヤカワ・ミステリ文庫）p137

予兆（トゥッカメイライン）
◇南田みどり編訳「二十一世紀ミャンマー作品
集」大同生命国際文化基金 2015（アジア
の現代文芸）p16

四日間の恋人（デニソン, ジャネール）
◇小原柊子訳「キス・キス・キス─素直になれ
なくて」ヴィレッジブックス 2008（ヴィ
レッジブックス）p7

四つの黄金律（カー, ディクスン）
◇宇野利泰, 永井淳訳「綾辻行人と有栖川有栖
のミステリ・ジョッキー 3」講談社 2012
p247

四つの悲惨な物語（ル＝グウィン, アーシュラ・
K.）
◇谷垣暁美訳「Modern & Classic なつかしく
謎めいて」河出書房新社 2005 p123

酔って故郷を思い、王粲、楼 (たかどの) に登る

（王粲登楼）（井上泰山）
◇井上泰山訳「三国劇翻訳集」関西大学出版部
2002 p465

酔っ払いが飲み屋の鏡を壊した（ネスィン, ア
ズィズ）
◇清川智美訳「現代トルコ文学選 2」東京外国
語大学外国語学部トルコ語専攻研究室
2012（TUFS Middle Eastern studies）
p172

酔っ払いと素面の悪魔との会話（チェーホフ,
アントン・パーヴロヴィチ）
◇西周成編訳「ロシア幻想短編集」アルトアー
ツ 2016 p61

酔っぱらった男との会話（カフカ, フランツ）
◇多和田葉子訳「ポケットマスターピース 1」
集英社 2015（集英社文庫ヘリテージシ
リーズ）p91

予定変更（トゥーイ, ロバート）
◇山本光伸訳「KAWADE MYSTERY 物しか
書けなかった物書き」河出書房新社 2007
p223

ヨナ（カミュ, アルベール）
◇大久保敏彦訳「百年文庫 76」ポプラ社 2011
p5

夜中の銃声（李修文）
◇多田麻美訳「9人の隣人たちの声─中国新鋭
作家短編小説選」勉誠出版 2012 p233

ヨーナス・バルクとの冒険（シュトローブル,
カール・ハンス）
◇前川道介訳「独逸怪奇小説集成」国書刊行会
2001 p301

世に不可能事なし（ロースン, クレイトン）
◇森郁夫訳「密室殺人傑作選」早川書房 2003
（ハヤカワ・ミステリ文庫）p119

世にも恐ろしい物語（ラヴゼイ, ピーター）
◇山本やよい訳「ポーに捧げる20の物語」早川
書房 2009（Hayakawa pocket mystery
books）p277

世にも稀なる鳥の冒険（ウィート, キャロリン）
◇日暮雅通訳「シャーロック・ホームズ ワト
ソンの災厄」原書房 2003 p123

四人の申し分なき重罪人（チェスタトン, G.K.）
◇西崎憲訳「ミステリーの本棚 四人の申し分
なき重罪人」国書刊行会 2001

四人目の空席（ハミルトン, スティーヴ）

◇越前敏弥訳「ミステリアス・ショーケース」早川書房 2012（Hayakawa pocket mystery books）p147

四人目の賢者（ラヴゼイ, ピーター）
　◇日暮雅通訳「シャーロック・ホームズ 四人目の賢者―クリスマスの依頼人 2」原書房 1999 p7

世の習い（マーティン, ヴァレリー）
　◇柴田元幸編訳「燃える天使」角川書店 2009（角川文庫）p87

余波（クロスランド, デイヴィッド）
　◇浅倉久志選訳「極短小説」新潮社 2004（新潮文庫）p219

呼ばれて―母娘しみじみ（ボーランド, イーヴァン）
　◇田村斉敏訳「しみじみ読むイギリス・アイルランド文学―現代文学短編作品集」松柏社 2007 p99

呼び鈴（ウォートン, イーディス）
　◇佐藤宏子訳「ゴースト・ストーリー傑作選―英米女性作家8短篇」みすず書房 2009 p193

夜更けのエントロピー（シモンズ, ダン）
　◇嶋田洋一訳「奇想コレクション 夜更けのエントロピー」河出書房新社 2003 p103

ヨブ・パウペルスム博士はいかにしてその娘に赤い薔薇をもたらしたか（マイリンク, グスタフ）
　◇種村季弘訳「怪奇・幻想・綺想文学集―種村季弘翻訳集成」国書刊行会 2012 p117

甦った男（コーエン, ポーラ）
　◇日暮雅通訳「シャーロック・ホームズ アメリカの冒険」原書房 2012 p251

黄泉の川が逆流する（シモンズ, ダン）
　◇嶋田洋一訳「奇想コレクション 夜更けのエントロピー」河出書房新社 2003 p7

黄泉の妖神（ウルフ, ジーン）
　◇夏来健二訳「ラヴクラフトの遺産」東京創元社 2000（創元推理文庫）p343

よりそう灯り（申京淑）
　◇岸井紀子訳「現代韓国短篇選 上」岩波書店 2002 p1

より高く（ウッチェーニー）
　◇吉岡みね子編訳「タイの大地の上で―現代作家・詩人選集」大同生命国際文化基金 1999（アジアの現代文芸）p247

ヨリック（ラシュディ, サルマン）
　◇寺門泰彦訳「新しい〈世界文学〉シリーズ 東と西」平凡社 1997 p65

夜（トルスタヤ, タチヤーナ）
　◇沼野恭子訳「魔女たちの饗宴―現代ロシア女性作家選」新潮社 1998 p93

夜歩く石像（ロング, F.B.）
　◇根本政信訳「新編 真ク・リトル・リトル神話大系 1」国書刊行会 2007 p199

夜を通る道（ル＝グウィン, アーシュラ・K.）
　◇谷垣暁美訳「Modern & Classic なつかしく謎めいて」河出書房新社 2005 p92

ヨールカ祭の森の精（チョールヌイ, サーシャ）
　◇田辺佐保子訳「ロシアのクリスマス物語」群像社 1997 p81

夜だけの恋人（テン, ウィリアム）
　◇鈴木絵美訳「吸血鬼伝説―ドラキュラの末裔たち」原書房 1997 p143

夜だ！ 青春だ！ パリだ！ 見ろ、月も出てる！（コリア, ジョン）
　◇和爾桃子訳「KAWADE MYSTERY ナツメグの味」河出書房新社 2007 p127

夜に甦る声（バイアー, マルセル）
　◇長澤崇雄訳「ドイツ文学セレクション 夜に甦る声」三修社 1997 p1

夜の悪魔（トリメイン, ピーター）
　◇玉木亨訳「ヴァンパイア・コレクション」角川書店 1999（角川文庫）p257

夜の息抜き（トゥール, F.X.）
　◇東理夫訳「ベスト・アメリカン・ミステリ ハーレム・ノクターン」早川書房 2005（ハヤカワ・ミステリ）p501

夜の驚き（クレイ, ヒラリー）
　◇浅倉久志選訳「極短小説」新潮社 2004（新潮文庫）p175

夜の怪（ハートリー, L.P.）
　◇今本渉訳「KAWADE MYSTERY ポドロ島」河出書房新社 2008 p169

夜の樹（カポーティ, トルーマン）
　◇浅尾敦則訳「百年文庫 9」ポプラ社 2010 p5

夜のスピリット（マドックス, トム）
　◇小川隆訳「ハッカー／13の事件」扶桑社 2000（扶桑社ミステリー）p55

よるの

夜の旅（ボーモント，チャールズ）
　◇小笠原豊樹訳「異色作家短篇集 12」早川書房 2006 p305

夜の動物園（アザマ，ミシェル）
　◇佐藤康彦訳「コレクション現代フランス語圏演劇 5」れんが書房新社 2010 p113

夜の中を（キンケイド，ジャメイカ）
　◇管啓次郎訳「新しい〈世界文学〉シリーズ 川底に」平凡社 1997 p17

夜の主（レー，ジャン）
　◇三田順訳「幻想の坩堝—ベルギー・フランス語幻想短編集」松籟社 2016 p197

夜の放浪者（ホームズ，ルパート）
　◇仁木めぐみ訳「ポーに捧げる20の物語」早川書房 2009 （Hayakawa pocket mystery books） p221

夜はグリーン・ファルコンを呼ぶ（マキャモン，ロバート・R.）
　◇田中一江訳「シルヴァー・スクリーム 下」東京創元社 2013 （創元推理文庫） p9

夜は静まり（韓龍雲）
　◇安宇植（アンウーシク）訳「韓国文学名作選 ニムの沈黙」講談社 1999 p48

夜は千の眼を持つ（ド・クーシー，ジョン）
　◇野田昌宏訳「太陽系無宿／お祖母ちゃんと宇宙海賊—スペース・オペラ名作選」東京創元社 2013 （創元SF文庫） p289

夜は更けゆく（スキーン，ディック）
　◇浅倉久志選訳「極短小説」新潮社 2004 （新潮文庫） p31

喜びだ 乗組員よ 喜びだ！（ホイットマン，ウォルト）
　◇渡辺信二訳「アメリカ文学ライブラリー アメリカ名詩選」本の友社 1997 p202

喜びと哀愁の野球トリビア・クイズ（カルファス，ケン）
　◇岸本佐知子編訳「居心地の悪い部屋」角川書店 2012 p183
　◇岸本佐知子編訳「居心地の悪い部屋」河出書房新社 2015 （河出文庫） p157

『悦びなき社会』より（ジーバーベルク，ハンス＝ユルゲン）
　◇細見和之訳「怒りと響き」岩波書店 1997 （世界文学のフロンティア） p245

悦びの季節（シリング，アストリッド）
　◇大磯仁志訳「フランス式クリスマス・プレゼント」水声社 2000 p121

ヨーロッパ人とデュモカラ王国人の対談（スタニスワフ・レシチンスキ）
　◇菅谷暁訳「啓蒙のユートピア 2」法政大学出版局 2008 p75

ヨーロッパに捧げる物語（セルフ，ウィル）
　◇安原和見訳「奇想コレクション 元気なぼくらの元気なおもちゃ」河出書房新社 2006 p63

四行詩第一番・サラの書（ヘイバー，カレン）
　◇佐田千織訳「ノストラダムス秘録」扶桑社 1999 （扶桑社ミステリー） p9

楊牙兒奇獄（ヨンゲルキゴク）（クリストマイエル）
　◇神田孝平訳「明治の翻訳ミステリー—翻訳編 第1巻」五月書房 2001 （明治文学復刻叢書） p77

楊牙兒ノ奇獄（ヨンゲルノキゴク）（クリストマイエル）
　◇神田孝平訳「明治の翻訳ミステリー—翻訳編 第1巻」五月書房 2001 （明治文学復刻叢書） p7

四十四のサイン（トッド，ピーター）
　◇北原尚彦編訳「シャーロック・ホームズの栄冠」論創社 2007 （論創海外ミステリ） p161

四色問題（ベイリー，バリントン・J.）
　◇小野田和子訳「ベータ2のバラッド」国書刊行会 2006 （未来の文学） p125

【ら】

雷雨（曹禺）
　◇飯塚容訳「中国現代戯曲集 第8集」晩成書房 2009 p5

ライオンに嚙み裂かれてむさぼり食われる（ウェルズ，ジェフリー）
　◇旦紀子訳「マシン・オブ・デス—A Collection of Stories about People who Know How They Will DIE」アルファポリス 2012 p40
　◇旦紀子訳「マシン・オブ・デス」アルファポ

リス 2013（アルファポリス文庫）p110

頼索氏の困惑（黄凡）
 ◇中村ふじゑ訳「鳥になった男」研文出版
 1998（研文選書）p105

雷曹（らいそう）（蒲松齢）
 ◇黒田真美子著「中国古典小説選 9（清代 1）」
 明治書院 2009 p264

ライツヴィルのカーニバル（ホック、エドワー
 ド・D.）
 ◇飯城勇三編訳「エラリー・クイーンの災難」
 論創社 2012（論創海外ミステリ）p79

ライネの家（バランスカヤ、ナターリヤ）
 ◇沼野恭子訳「魔女たちの饗宴―現代ロシア女
 性作家選」新潮社 1998 p71

ライブラリアン（ブレット、サイモン）
 ◇山本やよい訳「ホロスコープは死を招く」ソ
 ニー・マガジンズ 2006（ヴィレッジブッ
 クス）p495

来訪者（バドニッツ、ジュディ）
 ◇岸本佐知子編訳「居心地の悪い部屋」角川書
 店 2012 p41

ライラック木の下に（バー、ネヴァダ）
 ◇安藤由紀子訳「ウーマンズ・ケース 上」早
 川書房 1998（ハヤカワ・ミステリ文庫）
 p171

ライラックの香り（アリン、ダグ）
 ◇富永和子訳「ミステリアス・ショーケース」
 早川書房 2012（Hayakawa pocket
 mystery books）p187

ライラックの花（ショパン、ケイト）
 ◇利根川真紀編訳「レズビアン短編小説集―女
 たちの時間」平凡社 2015（平凡社ライブ
 ラリー）p45

ライン入りストッキング（ハーン、マルギット）
 ◇松永美穂訳「ドイツ文学セレクション ひと
 りぼっちの欲望」三修社 1997 p27

ラインの黄金―ニーベルングの指環（ワーグ
 ナー、リヒャルト）
 ◇高橋康也, 高橋宣也訳「〈新訳・世界の古典〉
 シリーズ ラインの黄金」新書館 1999 p1

ラヴクラフト邸探訪記（ウィルスン、ゲイアン）
 ◇夏来健二訳「ラヴクラフトの遺産」東京創元
 社 2000（創元推理文庫）p379

ラヴデイ氏の短い休暇（ウォー、イーヴリン）

◇永井淳訳「天外消失―世界短篇傑作集 Off
 the face of the earth and other stories」早
 川書房 2008（ハヤカワ・ミステリ）p195

ラエ家（ボンドパッダエ, タラションコル）
 ◇大西正幸訳「現代インド文学選集 7（ベンガ
 リー）」めこん 2016 p159

ラオーン（作者不詳）
 ◇久保田忠利, 橋本隆夫, 野津寛, 安村典子, 吉
 武純夫, 丹下和彦訳「ギリシア喜劇全集 8」
 岩波書店 2011 p528

ラカル・バルジェ（ボンドパッダエ, タラショ
 ンコル）
 ◇大西正幸訳「現代インド文学選集 7（ベンガ
 リー）」めこん 2016 p125

楽園喪失（作者不詳）
 ◇紙村徹編訳「台湾原住民文学選 5」草風館
 2006 p195

楽園で焦がされて（カウフマン、ドナ）
 ◇石原未奈子訳「キス・キス・キス―聖夜に、
 あと一度だけ」ヴィレッジブックス 2007
 （ヴィレッジブックス）p7

楽園の花嫁（マレリー、スーザン）
 ◇高木明日香訳「真夏の恋の物語―サマー・シ
 ズラー 2003」ハーレクイン 2003 p7

楽園は野いばらの藪から（韓龍雲）
 ◇安宇植（アンウーシク）訳「韓国文学名作選 ニ
 ムの沈黙」講談社 1999 p73

落札します（バトラー、ロバート・オレン）
 ◇ウィリアム N.伊藤訳「ゾエトロープ Biz」
 角川書店 2001（Bookplus）p209

落日―とかく家族は（方方）
 ◇渡辺新一訳「コレクション中国同時代小説
 8」勉誠出版 2012 p141

ラグトンばあやのカーテン（ウルフ、ヴァージニ
 ア）
 ◇中村邦生訳「生の深みを覗く―ポケットアン
 ソロジー」岩波書店 2010（岩波文庫別
 冊）p9

文体についてのエッセイ 落葉（ブロンテ、シャーロッ
 ト）
 ◇中岡洋, 芦沢久江訳「ブロンテ姉妹エッセイ
 全集」彩流社 2016 p406

落葉（ミルヴォワ／ブロンテ、シャーロット）
 ◇中岡洋, 芦沢久江訳「ブロンテ姉妹エッセイ
 全集」彩流社 2016 p418

らくん

ラグーンから忍び寄る怪物 (ムーディ, リック)
　　◇小原亜美訳「ゾエトロープ Noir」角川書店
　　　2003 （Bookplus） p203

羅睺星魔洞 (ダーレス, オーガスト／スコラー,
M.)
　　◇江口之隆訳「新編 真ク・リトル・リトル神話
　　　大系 2」国書刊行会 2007 p109

ラザルス (アンドレーフ)
　　◇岡本綺堂編訳「世界怪談名作集 下」河出書
　　　房新社 2002 （河出文庫） p201

ラザール・マルキン、天国へ行く (スターン, ス
ティーヴ)
　　◇柴田元幸訳「新しいアメリカの小説 世界の
　　　肌ざわり」白水社 1993 p7

ラザロ (アンドレーエフ, レオニード)
　　◇金澤美知子訳「バベルの図書館 16」国書刊
　　　行会 1989 p97
　　◇金沢美知子訳「新編 バベルの図書館 5」国書
　　　刊行会 2013 p148

ラシーヌとテーブルクロス (バイアット, A.S.)
　　◇池田栄一訳「新しいイギリスの小説 シュ
　　　ガー」白水社 1993 p7

ラージャのエメラルド (ホイート, キャロライ
ン)
　　◇日暮雅通訳「シャーロック・ホームズ 四人
　　　目の賢者―クリスマスの依頼人 2」原書房
　　　1999 p139

〈生き残り (ラストマン) クラブ〉の冒険 (クイーン,
エラリー)
　　◇飯城勇三訳「死せる案山子の冒険―聴取者へ
　　　の挑戦 2」論創社 2009 （論創海外ミステ
　　　リ） p1

羅利海市 (羅利の海市) (蒲松齢)
　　◇黒田真美子著「中国古典小説選 9（清代 1）」
　　　明治書院 2009 p280

螺旋 (ホワイト, エドマンド)
　　◇浅羽莢子訳「夢の文学館 2」早川書房 1995
　　　p1

落花 (韓龍雲)
　　◇安宇植 (アンウーシク) 訳「韓国文学名作選 ニ
　　　ムの沈黙」講談社 1999 p144

落花生 (シュヴァイケルト, ルート)
　　◇若林恵訳「氷河の滴―現代スイス女性作家作
　　　品集」鳥影社・ロゴス企画 2007 p173

ラッキーキャット (ウォレス, シャーロット)
　　◇月村澄枝訳「猫は九回生きる―とっておきの
　　　猫の話」心交社 1997 p5

ラッキー・ペニー (バーンズ, リンダ)
　　◇田邊亜木訳「現代ミステリーの至宝 1」扶桑
　　　社 1997 （扶桑社ミステリー） p157

ラットの脳 (ブラムライン, マイケル)
　　◇山形浩生訳「ライターズX 器官切除」白水社
　　　1994 p7

ラップ人の血 (リー, ヨナス)
　　◇中野善夫訳「魔法の本棚 漁師とドラウグ」
　　　国書刊行会 1996 p133

ラテン語学校生 (ヘッセ, ヘルマン)
　　◇高橋健二訳「美しい恋の物語」筑摩書房
　　　2010 （ちくま文学の森） p73

『ラテン頌詩』 第一番～第三番 (ガルシラソ・
デ・ラ・ベーガ)
　　◇本田誠二訳「西和リブロス 13」西和書林
　　　1993 p191

ラトゥ―あるグロテスク (オイレンブルク,
カール・ツー)
　　◇垂野創一郎訳「怪奇文学大山脈 3」東京創元
　　　社 2014 p173

ラードの壺 (遅子建)
　　◇土屋肇枝訳「コレクション中国同時代小説
　　　7」勉誠出版 2012 p1

ラパチーニの娘 (ホーソーン, ナサニエル)
　　◇岡本綺堂編訳「世界怪談名作集 上」河出書
　　　房新社 2002 （河出文庫） p239
　　◇橋本福夫訳「怪奇小説傑作集新版 3」東京創
　　　元社 2006 （創元推理文庫） p9

ラバ泥棒 (ランズデール, ジョー・R.)
　　◇七搦理美子訳「ベスト・アメリカン・ミステ
　　　リ ハーレム・ノクターン」早川書房 2005
　　　（ハヤカワ・ミステリ） p361

『ラピゾメネー (打たれる女)』(メナンドロス)
　　◇中務哲郎、脇本由佳、荒井直訳「ギリシア喜
　　　劇全集 6」岩波書店 2010 p283

ラブ・チャイルド (マレースミス, ジョアンナ)
　　◇佐和田敬司訳「ラブ・チャイルド／アウェ
　　　イ」オセアニア出版社 2006 （オーストラ
　　　リア演劇叢書） p9

ラブハント講座 (フォースター, スザンヌ)
　　◇平江まゆみ訳「真夏の恋の物語」ハーレクイ
　　　ン 1998 （サマー・シズラー） p237

らんほ

ラブリーを追って（エニス、ショーン）
　　◇山田友子訳「アメリカ新進作家傑作選 2006」
　　　DHC 2007 p325

ラブレター（マクマーン、バーバラ）
　　◇堺谷ますみ訳「愛は永遠に──ウエディング・
　　　ストーリー 2011」ハーレクイン 2011
　　　p153

ラブレター（ラグワ、ジャグダリン）
　　◇柴内秀司訳「モンゴル近現代短編小説選」パ
　　　ブリック・ブレイン 2013 p218

ラプンツェルの檻（ハッダム、ジェイン）
　　◇加賀山卓朗訳「白雪姫、殺したのはあなた」
　　　原書房 1999 p141

ラプンツェルの復讐（デュボイズ、ブレンダン）
　　◇七搦理美子訳「赤ずきんの手には拳銃」原書
　　　房 1999 p209

ラベンダー（モズリイ、ウォルター）
　　◇坂本憲一訳「ベスト・アメリカン・ミステリ
　　　ジュークボックス・キング」早川書房
　　　2005（ハヤカワ・ミステリ）p275

ラホール駐屯地での出来事（デイヴィッドスン、
アヴラム）
　　◇若島正訳「奇想コレクション　どんがらがん」
　　　河出書房新社 2005 p89

ラ・マンチャの騎士（朱天心）
　　◇清水賢一郎訳「新しい台湾の文学 古都」国
　　　書刊行会 2000 p257

ラムダ・1（キャップ、コリン）
　　◇浅倉久志訳「火星ノンストップ」早川書房
　　　2005（ヴィンテージSFセレクション）
　　　p343

ラモン・イェンディアの夜（ノバス・カルボ、リ
ノ）
　　◇相良勝訳「ラテンアメリカ傑作短編集──中南
　　　米スペイン語圏文学史を辿る」彩流社
　　　2014 p173

ラルフ（レッサー、ウェンディ）
　　◇斎藤栄治訳「猫好きに捧げるショート・ス
　　　トーリーズ」国書刊行会 1997 p361

ランサムの女たち（ファリス、ジョン）
　　◇中川聖訳「十の罪業 Red」東京創元社 2009
　　　（創元推理文庫）p255

爛酔（ストリンドベルグ）
　　◇舟木重信訳「爛酔」ゆまに書房 2008（昭和

初期世界名作翻訳全集）p1

卵巣ルーレット（レット、キャシー）
　　◇角田光代訳「わたしは女の子だから」英治出
　　　版 2012 p93

懶惰の賦（ケッセル）
　　◇堀口大學訳「怠けものの話」筑摩書房 2011
　　　（ちくま文学の森）p169

ランデブー（ウェドル、ニコール）
　　◇浅倉久志選訳「極短小説」新潮社 2004（新
　　　潮文庫）p69

ランデブー（クリストファー、ジョン）
　　◇伊藤典夫編・訳「冷たい方程式」早川書房
　　　2011（ハヤカワ文庫 SF）p59

ラント夫人（ウォルポール、ヒュー）
　　◇平井呈一訳「百年文庫 84」ポプラ社 2011
　　　p103
　　◇平井呈一編「ラント夫人──こわい話気味のわ
　　　るい話 2」沖積舎 2012 p7

ランドリールーム（ラッツ、ジョン）
　　◇田口俊樹、高山真由美訳「マンハッタン物語」
　　　二見書房 2008（二見文庫）p187

ランドルフ・メイスンと7つの罪（ポースト、メ
ルヴィル・デイヴィスン）
　　◇高橋朱美訳「海外ミステリ Gem Collection
　　　13」長崎出版 2008

蘭の女（ブース、チャールズ・G.）
　　◇飯城勇三編「ミステリ・リーグ傑作選 下」
　　　論創社 2007（論創海外ミステリ）p310

ランプリイ家の殺人（マーシュ、ナイオ）
　　◇浅羽莢子訳「世界探偵小説全集 17」国書刊
　　　行会 1996 p11

ランポールと跡継ぎたち（モーティマー、ジョ
ン）
　　◇千葉康樹訳「KAWADE MYSTERY ラン
　　　ポール弁護に立つ」河出書房新社 2008 p5

ランポールと下院議員（モーティマー、ジョン）
　　◇千葉康樹訳「KAWADE MYSTERY ラン
　　　ポール弁護に立つ」河出書房新社 2008
　　　p123

ランポールと学識深き同僚たち（モーティマー、
ジョン）
　　◇千葉康樹訳「KAWADE MYSTERY ラン
　　　ポール弁護に立つ」河出書房新社 2008
　　　p219

作品名から引ける世界文学全集案内 第III期　351

らんほ

ランポールと子守たち（モーティマー, ジョン）
　　◇宮脇孝雄訳「双生児—EQMM90年代ベスト・ミステリー」扶桑社 2000（扶桑社ミステリー）p363

ランポールとヒッピーたち（モーティマー, ジョン）
　　◇千葉康樹訳「KAWADE MYSTERY ランポール弁護に立つ」河出書房新社 2008 p71

ランポールと人妻（モーティマー, ジョン）
　　◇千葉康樹訳「KAWADE MYSTERY ランポール弁護に立つ」河出書房新社 2008 p169

ランポールと闇の紳士たち（モーティマー, ジョン）
　　◇千葉康樹訳「KAWADE MYSTERY ランポール弁護に立つ」河出書房新社 2008 p283

ランポール弁護に立つ（モーティマー, ジョン）
　　◇千葉康樹訳「KAWADE MYSTERY ランポール弁護に立つ」河出書房新社 2008

【 り 】

李娃伝（りあでん）（白行簡）
　　◇黒田真美子著「中国古典小説選 5（唐代 2）」明治書院 2006 p212

リアリティ・チェック（ライマン, ジェフ）
　　◇古沢嘉通訳「夢の文学館 3」早川書房 1995 p423

リアリティNo.2—僕が一番恐れている場所（ホーズ, ダグ）
　　◇市川京子訳「ディスコ2000」アーティストハウス 1999 p89

リアルト・ホテルで（ウィリス, コニー）
　　◇安野玲訳「20世紀SF 5」河出書房新社 2001（河出文庫）p297

リアル・ドール（ホームズ, A.M.）
　　◇岸本佐知子編訳「変愛小説集」講談社 2008 p121
　　◇岸本佐知子編訳「変愛小説集」講談社 2014（講談社文庫）p123

柳浪聞鶯（リィウランウェンイン）（盧文麗）

　　◇佐藤普美子訳「中国現代文学選集 5」トランスビュー 2010 p10

リヴァプール・ストリート駅（デイヴィッドソン, ジョン）
　　◇沢崎順之助訳「英国鉄道文学傑作選」筑摩書房 2000（ちくま文庫）p208

リヴォクの日記＜アミ＞（ロゲ・リボク）
　　◇柳本通彦訳「台湾原住民文学選 4」草風館 2004 p37

何についてでもない書物（リーヴル・シュール・リアン）／事物の絶対的な見方としての文体 ルイーズ・コレ宛〔一八五二年一月十六日〕（フローベール, ギュスターヴ）
　　◇山崎敦訳「ポケットマスターピース 7」集英社 2016（集英社文庫ヘリテージシリーズ）p732

リオ・グランデ・ゴシック（マレル, デイヴィッド）
　　◇渡辺庸子訳「999（ナインナインナイン）—聖金曜日」東京創元社 2000（創元推理文庫）p339

理解（チャン, テッド）
　　◇公手成幸訳「90年代SF傑作選 下」早川書房 2002（ハヤカワ文庫）p57

りこうな鸚鵡（ベントリー, E.C.）
　　◇好野理恵訳「ミステリーの本棚 トレント乗り出す」国書刊行会 2000 p55

リコール（ウィルソン, F.ポール）
　　◇風間賢二訳「ヒー・イズ・レジェンド」小学館 2010（小学館文庫）p97

離婚家庭の子供のためのガイド（ムーア, ローリー）
　　◇干刈あがた, 斎藤英治訳「新しいアメリカの小説 セルフ・ヘルプ」白水社 1989 p75

離魂記（りこんき）（陳玄祐）
　　◇黒田真美子著「中国古典小説選 5（唐代 2）」明治書院 2006 p2

離婚したい耳（リカラッ・アウー）
　　◇魚住悦子訳「台湾原住民文学選 2」草風館 2003 p23

離婚指南（蘇童）
　　◇竹内良雄訳「コレクション中国同時代小説 4」勉誠出版 2012 p375

離魂術（パワーズ, ポール・S.）
　　◇甲賀三郎翻案「怪樹の腕—〈ウィアード・

テールズ〉戦前邦訳傑作選」東京創元社 2013 p119

離婚の条件（伊大星）
　◇津川泉訳「韓国現代戯曲集 3」日韓演劇交流センター 2007 p143

リサ姐御はライザへ行ったことがあるか（ゼーヤーリン）
　◇南田みどり編訳「二十一世紀ミャンマー作品集」大同生命国際文化基金 2015（アジアの現代文芸）p23

李師師外伝（りししがいでん）（作者不詳）
　◇竹田晃，檜垣馨二著「中国古典小説選 7（宋代）」明治書院 2007 p141

李章武伝（りしょうぶでん）（李景亮）
　◇黒田真美子著「中国古典小説選 5（唐代 2）」明治書院 2006 p103

リスの檻（ディッシュ，トーマス・M.）
　◇伊藤典夫訳「20世紀SF 3」河出書房新社 2001（河出文庫）p263

理想の恋かなえます（ラクレア，デイ）
　◇森香夏子訳「愛は永遠に―ウエディング・ストーリー 2012」ハーレクイン 2012 p57

理想の生活（ホーリー，ローラ）
　◇宮島奈々訳「アメリカ新進作家傑作選 2003」DHC 2004 p341

理想のタイプ（メイス，フランク）
　◇三浦玲子訳「ダーク・ファンタジー・コレクション 5」論創社 2007 p255

リターン（クリブ，レグ）
　◇佐和田敬司訳「リターン／ダーウィンへの最後のタクシー」オセアニア出版社 2007（オーストラリア演劇叢書）p5

リチャードの末裔（デュボイズ，ブレンダン）
　◇三角和代訳「ベスト・アメリカン・ミステリ ジュークボックス・キング」早川書房 2005（ハヤカワ・ミステリ）p193

リチャードの遺言（ジョージ，エリザベス）
　◇天野淑子訳「殺さずにはいられない 1」早川書房 2002（ハヤカワ・ミステリ文庫）p157

リッチモンドの謎（デチャンシー，ジョン）
　◇五十嵐加奈子訳「シャーロック・ホームズのSF大冒険―短篇集 上」河出書房新社 2006（河出文庫）p318

リッツ・ホテルよりでっかいクラック（セルフ，ウィル）
　◇安原和見訳「奇想コレクション 元気なぼくらの元気なおもちゃ」河出書房新社 2006 p7

リップ・ヴァン・ウィンクル（アーヴィング，ワシントン）
　◇斎藤光訳「怠けものの話」筑摩書房 2011（ちくま文学の森）p117

リデンプション〜つぐない（マレースミス，ジョアンナ）
　◇家田淳訳「海外戯曲アンソロジー 3」日本演出者協会 2009 p5

リノで途中下車（フィニイ，ジャック）
　◇浅倉久志訳「ミステリマガジン700―創刊700号記念アンソロジー 海外篇」早川書房 2014（ハヤカワ・ミステリ文庫）p289

リバイバル（バーンズ，ジュリアン）
　◇柴田元幸訳「いまどきの老人」朝日新聞社 1998 p45

リバウンド（ヘネシー，メアリー・ベス）
　◇浅倉久志選訳「極短小説」新潮社 2004（新潮文庫）p46

リハーサル（モンテルオーニ，トマス・F.）
　◇白石朗訳「999（ナインナインナイン）―狂犬の夏」東京創元社 2000（創元推理文庫）p193

リハーサル（ローズ，ダン）
　◇岸本佐知子編訳「変愛小説集 2」講談社 2010 p252

リバー・スートラ（メータ，ギータ）
　◇亀井よし子訳「VOICES OVERSEAS リバー・スートラ」講談社 1995 p5

理不尽な話（張系国）
　◇山口守訳「新しい台湾の文学 星雲組曲」国書刊行会 2007 p56

リフトウォー・サーガ（フィースト，レイモンド・E.）
　◇岩原明子訳「ファンタジイの殿堂 伝説は永遠に 1」早川書房 2000（ハヤカワ文庫FT）p329

竜王堂の賓客（竜堂霊会録）（瞿佑）
　◇竹田晃，小塚由博，仙石知子著「中国古典小説選 8（明代）」明治書院 2008 p306

柳毅伝（りゅうきでん）（李朝威）

りゅう

◇黒田真美子著「中国古典小説選 5（唐代 2）」
明治書院 2006 p59

竜宮に招かれた男（水宮慶会録）（瞿佑）

◇竹田晃, 小塚由博, 仙石知子著「中国古典小
説選 8（明代）」明治書院 2008 p8

劉玄徳、独（ひと）り襄陽会に赴く（襄陽会）（井
上泰山）

◇井上泰山訳「三国劇翻訳集」関西大学出版部
2002 p385

劉玄徳、酔って黄鶴楼から走れる（黄鶴楼）
（井上泰山）

◇井上泰山訳「三国劇翻訳集」関西大学出版部
2002 p505

流産（サター、ジェームズ・L.）

◇旦紀子訳「マシン・オブ・デス—A
Collection of Stories about People who
Know How They Will DIE」アルファポリ
ス 2012 p492

竜帝の姿がわかってきて（シルヴァーバーグ, ロ
バート）

◇友枝康子訳「SFの殿堂 遙かなる地平 1」早川
書房 2000 （ハヤカワ文庫SF）p375

龍と龍の大激戦（申采浩）

◇李春穆訳「20世紀民衆の世界文学 7」三友社
出版 1990 p119

竜の頭の謎をめぐる知的冒険（セイヤーズ, ドロ
シー・L.）

◇西沢有里訳「本の殺人事件簿—ミステリ傑作
20選 2」バベル・プレス 2001 p69

劉備・関羽・張飛、桃園にて義を結ぶ（桃園三
結義）（井上泰山）

◇井上泰山訳「三国劇翻訳集」関西大学出版部
2002 p1

リューゲン島のヨハン・セバスティアン・
バッハ（シュリンク, ベルンハルト）

◇松永美穂訳「美しい子ども」新潮社 2013
（CREST BOOKS）p193

リューシストラテー（アリストパネース）

◇丹下和彦訳「ギリシア喜劇全集 3」岩波書店
2009 p1

リューシッポス（作者不詳）

◇久保田忠利, 橋本隆夫, 野津寛, 安村典子, 吉
武純夫, 丹下和彦訳「ギリシア喜劇全集 8」
岩波書店 2011 p534

王太子通り（リュ・ムッシュー・ル・プランス）二五二

番地（クラム, ラルフ・アダムス）

◇青木悦子訳「怪奇文学大山脈 1」東京創元社
2014 p297

リュンケウス（作者不詳）

◇久保田忠利, 橋本隆夫, 野津寛, 安村典子, 吉
武純夫, 丹下和彦訳「ギリシア喜劇全集 8」
岩波書店 2011 p531

菱角（りょうかく）（蒲松齢）

◇黒田真美子著「中国古典小説選 9（清代 1）」
明治書院 2009 p429

両軍師、江（かわ）を隔てて智を闘わす（隔江闘
智）（井上泰山）

◇井上泰山訳「三国劇翻訳集」関西大学出版部
2002 p543

猟犬の神様（ワトソン, ブラッド）

◇花輪照子訳「アメリカミステリ傑作選 2002」
DHC 2002 （アメリカ文芸「年間」傑作
選）p673

聊斎志異（蒲松齢）

◇中野美代子訳「バベルの図書館 10」国書刊
行会 1988

◇中野美代子訳「新編 バベルの図書館 6」国書
刊行会 2013

聊斎志異（1）（蒲松齢）

◇黒田真美子著「中国古典小説選 9（清代 1）」
明治書院 2009

聊斎志異（2）（蒲松齢）

◇竹田晃, 黒田真美子著「中国古典小説選 10
（清代 2）」明治書院 2009

聊斎自誌（りょうさいじし）（蒲松齢）

◇黒田真美子著「中国古典小説選 9（清代 1）」
明治書院 2009 p6

漁師（クルイロフ）

◇内海周平訳「超短編アンソロジー」筑摩書房
2002 （ちくま文庫）p180

漁師とかれの魂（ワイルド, オスカー）

◇長井那智子訳「人魚—mermaid & merman」
皓星社 2016 （紙礫）p18

漁師と金の魚（蔡文源）

◇瀬戸宏訳「読んで演じたくなるゲキの本 小
学生版」幻冬舎 2006 p279

漁師とドラウグ（リー, ヨナス）

◇中野善夫訳「魔法の本棚 漁師とドラウグ」
国書刊行会 1996 p7

漁師の小舟で見た夢（ユアグロー, バリー）

354　作品名から引ける世界文学全集案内 第III期

◇柴田元幸訳「それでも三月は、また」講談社 2012 p201

漁師パルンコとその妻（ブルリッチ＝マジュラニッチ, イヴァーナ）
◇栗原成郎訳「ポケットのなかの東欧文学——ルネッサンスから現代まで」成文社 2006 p157

猟人（ワリス・ノカン）
◇三宅清子訳「台湾原住民文学選 3」草風館 2003 p83

良心の問題（ワイルド, パーシヴァル）
◇巴妙子訳「ミステリーの本棚 悪党どものお楽しみ」国書刊行会 2000 p125

両性具有者（プシビィシェフスキ, スタニスワフ）
◇西野常夫訳「文学の贈物—東中欧文学アンソロジー」未知谷 2000 p60

良俗の紊乱者 エルネスト・シュヴァリエ宛〔一八三九年二月二十四日付〕（フローベール, ギュスターヴ）
◇山崎敦訳「ポケットマスターピース 7」集英社 2016 （集英社文庫ヘリテージシリーズ） p725

竜肉（蒲松齢）
◇柴田天馬訳「怪奇小説精華」筑摩書房 2012 （ちくま文庫） p52

猟の前夜（リゴーニ・ステルン, マーリオ）
◇志村啓子訳「狩猟文学マスターピース」みすず書房 2011 （大人の本棚） p1

梁父山の歌（白先勇）
◇山口守訳「新しい台湾の文学 台北人」国書刊行会 2008 p115

緑衣女（緑衣の女）（蒲松齢）
◇黒田真美子著「中国古典小説選 9（清代 1）」明治書院 2009 p354

緑衣の佳人（緑衣人伝）（瞿佑）
◇竹田晃, 小塚由博, 仙石知子著「中国古典小説選 8（明代）」明治書院 2008 p386

緑珠伝（りょくしゅでん）（楽史）
◇竹田晃, 檜垣馨二著「中国古典小説選 7（宋代）」明治書院 2007 p9

緑茶（レ・ファニュ, ジョゼフ・シェリダン）
◇平井呈一訳「怪奇小説傑作集新版 1」東京創元社 2006 （創元推理文庫） p383

旅行かばん（プラウトゥス）

◇藤谷道夫訳「ローマ喜劇集 4」京都大学学術出版会 2002 （西洋古典叢書） p573

旅行時計（ハーヴィー, W.F.）
◇西崎憲訳「怪奇小説日和—黄金時代傑作選」筑摩書房 2013 （ちくま文庫） p419

旅行プラン（マイアー, ヘレン）
◇寺島政子訳「氷河の滴—現代スイス女性作家作品集」鳥影社・ロゴス企画 2007 p115

リリス（シュウォッブ, マルセル）
◇多田智満子訳「海外ライブラリー 少年十字軍」王国社 1998 p79

林からの手紙 付録一（葉石濤）
◇中島利郎訳「台湾郷土文学選集 4」研文出版 2014 p205

リンカーン 第一部（一〜二十）（ヴィダル, ゴア）
◇中村紘一訳「アメリカ文学ライブラリー リンカーン 上巻」本の友社 1998 p5

リンカーン 第二部（一〜十二）（ヴィダル, ゴア）
◇中村紘一訳「アメリカ文学ライブラリー リンカーン 中巻」本の友社 1998 p5

リンカーン 第三部（一〜十二）（ヴィダル, ゴア）
◇中村紘一訳「アメリカ文学ライブラリー リンカーン 下巻」本の友社 1998 p5

リンカーン・ライムと獲物（ディーヴァー, ジェフリー／サンドフォード, ジョン）
◇田口俊樹訳「フェイスオフ対決」集英社 2015 （集英社文庫） p225

林檎の木（デュ・モーリア, ダフネ）
◇鈴木和子訳「古今英米幽霊事情 1」新風舎 1998 p7

林檎の木（ボウエン, エリザベス）
◇中平洋子訳「古今英米幽霊事情 2」新風舎 1999 p223

林檎の谷（ロセッティ, ダンテ・ゲイブリエル）
◇南條竹則編訳「イギリス恐怖小説傑作選」筑摩書房 2005 （ちくま文庫） p7

臨終のメッセージ（フレニケン, トルーディー）
◇浅倉久志選訳「極短小説」新潮社 2004 （新潮文庫） p309

隣人（シマック, クリフォード・D.）
◇小尾美佐訳「20世紀SF 2」河出書房新社

りんし

2000（河出文庫）p139

隣人（ラーセン, トム）
　◇坂本あおい訳「ベスト・アメリカン・ミステリ スネーク・アイズ」早川書房 2005（ハヤカワ・ミステリ）p313

隣人たち（ウィントン, ティム）
　◇下楠昌哉訳「ダイヤモンド・ドッグ―《多文化を映す》現代オーストラリア短編小説集」現代企画室 2008 p75

隣人たち（ボーモント, チャールズ）
　◇小笠原豊樹訳「異色作家短篇集 12」早川書房 2006 p265

隣人の死（ヤング, メアリー）
　◇浅倉久志選訳「極短小説」新潮社 2004（新潮文庫）p156

リンゼイと赤い都のブルース（ホールドマン, ジョー）
　◇広瀬順弘訳「闇の展覧会 敵」早川書房 2005（ハヤカワ文庫）p359

リントーン（作者不詳）
　◇橋本隆夫訳「ギリシア喜劇全集 7」岩波書店 2010 p107

リンドン（ウォーレス, デイヴィッド・フォスター）
　◇白石朗訳「ライターズX 奇妙な髪の少女」白水社 1994 p100

リンドン（ダーモント, アンバー）
　◇和田美樹訳「アメリカ新進作家傑作選 2006」DHC 2007 p51

輪廻転生 ジョルジュ・サンド宛〔一八六六年九月二十九日〕（フローベール, ギュスターヴ）
　◇山崎敦訳「ポケットマスターピース 7」集英社 2016（集英社文庫ヘリテージシリーズ）p758

【 る 】

ルイーズ（モーム, サマセット）
　◇和田唯訳「ゲイ短編小説集」平凡社 1999（平凡社ライブラリー）p327

ルイス・キャロル（ブルトン, アンドレ／キャロル, ルイス）

◇村上光彦訳「黒いユーモア選集 1」河出書房新社 2007（河出文庫）p209

ルイーズ・ケアリーの日記（モンテルオーニ, トマス・F.）
　◇風間賢二訳「ヒー・イズ・レジェンド」小学館 2010（小学館文庫）p223

ルイブニコフ二等大尉（クプリーン, アレクサンドル・イワーノヴィチ）
　◇和久利誓一訳「世界100物語 4」河出書房新社 1997 p211

ルウェリンの犯罪（スタージョン, シオドア）
　◇柳下毅一郎訳「奇想コレクション 輝く断片」河出書房新社 2005 p267

ルエラ・ミラー（フリーマン, メアリー・ウィルキンズ）
　◇佐藤宏子訳「ゴースト・ストーリー傑作選―英米女性作家8短篇」みすず書房 2009 p171

ルカイ族（作者不詳）
　◇紙村徹編訳「台湾原住民文学選 5」草風館 2006 p426
　◇紙村徹編訳「台湾原住民文学選 5」草風館 2006 p448

ルカイ族の創生神話（作者不詳）
　◇紙村徹編訳「台湾原住民文学選 5」草風館 2006 p96

鹿港（ルーカン）からきた男（王禎和）
　◇池上貞子訳「新しい台湾の文学 鹿港からきた男」国書刊行会 2001 p309

ルーグ（ディック, フィリップ・K.）
　◇大森望訳「幻想の犬たち」扶桑社 1999（扶桑社ミステリー）p23

ルークラフト氏の事件（ベサント, ウォルター／ライス, ジェイムズ）
　◇高田恵子訳「ディナーで殺人を 上」東京創元社 1998（創元推理文庫）p377

流刑地（パヴェーゼ, チェーザレ）
　◇河島英昭訳「百年文庫 22」ポプラ社 2010 p45

流刑地にて（カフカ, フランツ）
　◇竹980義和訳「ポケットマスターピース 1」集英社 2015（集英社文庫ヘリテージシリーズ）p145

ルーシーがいるから（ブロック, ロバート）
　◇各務三郎訳「幻想と怪奇―宇宙怪獣現わる」

早川書房 2005（ハヤカワ文庫）p109
ルーシーの初恋（クェンティン, パトリック）
◇中田耕治訳「ブルー・ボウ・シリーズ 殺人コレクション」青弓社 1992 p217
ルースの悩み（スレッサー, ヘンリー）
◇森沢くみ子訳「ダーク・ファンタジー・コレクション 6」論創社 2007 p225
ルーパ（ヴェルガ）
◇武谷なおみ編訳「短篇で読むシチリア」みすず書房 2011（大人の本棚）p34
ルビー（ダリオ, ルベン）
◇平井恒子訳「ラテンアメリカ傑作短編集―中南米スペイン語圏文学史を辿る」彩流社 2014 p41
ルビイ・マーチンスンと大いなる棺桶犯罪計画（スレッサー, ヘンリー）
◇森沢くみ子訳「ダーク・ファンタジー・コレクション 6」論創社 2007 p267
ルビイ・マーチンスンの大いなる毛皮泥棒（スレッサー, ヘンリー）
◇森沢くみ子訳「ダーク・ファンタジー・コレクション 6」論創社 2007 p313
ルビイ・マーチンスンの変装（スレッサー, ヘンリー）
◇森沢くみ子訳「ダーク・ファンタジー・コレクション 6」論創社 2007 p291
ルビイ・マーチンスン、ノミ屋になる（スレッサー, ヘンリー）
◇森沢くみ子訳「ダーク・ファンタジー・コレクション 6」論創社 2007 p337
ルビー色のグラス（ウォルポール, ヒュー）
◇倉阪鬼一郎訳「ミステリーの本棚 銀の仮面」国書刊行会 2001 p113
ルビーナ（ルルフォ, ファン）
◇杉山晃訳「アンデスの風叢書 燃える平原」書肆風の薔薇 1990 p119
ルビーのスリッパの競売にて（ラシュディ, サルマン）
◇寺門泰彦訳「新しい〈世界文学〉シリーズ 東と西」平凡社 1997 p87
ルビーの線（アシン・パラシオス, M.）
◇内田吉彦訳「アンデスの風叢書 天国・地獄百科」書肆風の薔薇 1982 p52
ルーファスを撃て（ギシュラー, ヴィクター）
◇加藤俶子訳「アメリカミステリ傑作選 2001」DHC 2001（アメリカ文芸「年間」傑作選）p239
ル・フェッラーフ（ムラーベト, ムハンマド）
◇越川芳明訳「モロッコ幻想物語」岩波書店 2013 p97
ルミナス（イーガン, グレッグ）
◇山岸真訳「90年代SF傑作選 下」早川書房 2002（ハヤカワ文庫）p287
ルミナリアでクリスマスを（ラピエール, ジャネット）
◇小梨直訳「夜汽車はバビロンへ―EQMM90年代ベスト・ミステリー」扶桑社 2000（扶桑社ミステリー）p399
ルーモルグの人殺し（ポー, エドガー・アラン）
◇饗庭篁村訳「明治の翻訳ミステリー―翻訳編 第1巻」五月書房 2001（明治文学復刻叢書）p92
ルーリーとプリティ・ボーイ（レナード, エルモア）
◇上條ひろみ訳「ベスト・アメリカン・ミステリ クラック・コカイン・ダイエット」早川書房 2007（ハヤカワ・ミステリ）p247

【れ】

レアーティーズの剣（ラッセル, レイ）
◇永井淳訳「異色作家短篇集 16」早川書房 2006 p93
霊怪集（れいかいしゅう）（抄）（張薦）
◇溝部良恵著「中国古典小説選 6（唐代 3）」明治書院 2008 p82
霊鬼志（れいきし）（荀氏）
◇佐野誠子著「中国古典小説選 2（六朝 1）」明治書院 2006
冷酷な真実（マクマハン, リック）
◇林香織訳「殺しが二人を別つまで」早川書房 2007（ハヤカワ・ミステリ文庫）p207
霊魂と形式（金南一）
◇加藤建二訳「郭公の故郷―韓国現代短編小説集」風媒社 2003 p81
霊魂の番人（シトロ, ジョゼフ・A.）
◇夏来健二訳「ラヴクラフトの遺産」東京創元

れいし

社 2000（創元推理文庫）p257

令嬢と召使（ストリンドベリ，ヨーハン・アウグスト原著／笹部博司）
　◇「令嬢と召使」メジャーリーグ 2008（笹部博司の演劇コレクション）p11

レイチェルとサイモン（ティンバリー，ローズマリー）
　◇仁賀克雄編・訳「新・幻想と怪奇」早川書房 2009（Hayakawa pocket mystery books）p249

レイチェルの夏（ジャクソン，チャールズ）
　◇佐々木志緒訳「ブルー・ボウ・シリーズ レイチェルの夏」青弓社 1994 p7

レイチェル・ハウエルズの遺産（ドイル，マイケル）
　◇日暮雅通訳「シャーロック・ホームズの大冒険 下」原書房 2009 p273

レイディアンス（ナウラ，ルイス）
　◇佐和田敬司訳「アップ・ザ・ラダー／レイディアンス」オセアニア出版社 2003（オーストラリア演劇叢書）p63

霊と人（アンデルシュ，アルフレート）
　◇中野京子訳「シリーズ現代ドイツ文学 4」早稲田大学出版部 1993 p49

レイトン・コートの謎（バークリー，アントニイ）
　◇巴妙子訳「世界探偵小説全集 36」国書刊行会 2002 p9

レイプ犯の日記（コネル，エヴァン・S.（ジュニア））
　◇田栗美奈子訳「ブルー・ボウ・シリーズ レイプ犯の日記」青弓社 1994 p3

レイミー（フィリップス，ジェイン・アン）
　◇篠目清美訳「新しいアメリカの小説 ファスト・レーンズ」白水社 1989 p53

黎明の別れ（葉石濤）
　◇中島利郎訳「台湾郷土文学選集 4」研文出版 2014 p47

レイモンド−断片――一七九九（若者）
　◇大沼由布訳「ゴシック短編小説集」春風社 2012 p65

レイモン・ルーセル（ブルトン，アンドレ／ルーセル，レイモン）
　◇嶋岡晨訳「黒いユーモア選集 2」河出書房新社 2007（河出文庫）p97

レインズ法（メイスフィールド，ジョン）
　◇柳瀬尚紀訳「犯罪は詩人の楽しみ―詩人ミステリ集成」東京創元社 2012（創元推理文庫）p200

『レウカディアー（レウカス島の女）』（メナンドロス）
　◇中務哲郎，脇本由佳，荒井直訳「ギリシア喜劇全集 6」岩波書店 2010 p211

レウコーン（作者不詳）
　◇久保田忠利，橋本隆夫，野津寛，安村典子，吉武純夫，丹下和彦訳「ギリシア喜劇全集 8」岩波書店 2011 p529

レオノーラ・カリントン（ブルトン，アンドレ／カリントン，レオノーラ）
　◇有田忠郎訳「黒いユーモア選集 2」河出書房新社 2007（河出文庫）p307

レオンハルト師（マイリンク，グスタフ）
　◇種村季弘訳「怪奇・幻想・綺想文学集―種村季弘翻訳集成」国書刊行会 2012 p143

歴史を生きる―原住民の過去・現在そして未来＜プユマ＞（孫大川）
　◇安場淳訳「台湾原住民文学選 6」草風館 2008 p312

歴史感覚… → **"サンス・イストリック…"を見よ**

歴戦の勇士（ライバー，フリッツ）
　◇中村融編訳「影が行く―ホラーSF傑作選」東京創元社 2000（創元SF文庫）p69

レクイエム（アンドレーエフ，レオニード）
　◇小笠原豊樹訳「盲目の女神―20世紀欧米戯曲拾遺」みすず書房 2011 p367

レクイエム（マティーセン，ヴィルヘルム）
　◇前川道介訳「独逸怪奇小説集成」国書刊行会 2001 p190

レス・ザン・ゾンビ（ウィンター，ダグラス・E.）
　◇夏来健次訳「死霊たちの宴 下」東京創元社 1998（創元推理文庫）p9

レストハウス、あるいは女はみんなこうしたもの―喜劇（イェリネク，エルフリーデ）
　◇谷川道子訳「ドイツ現代戯曲選30 28」論創社 2007 p7

蕾絲（レス）**と鞭子**（ビアン）**の交歓―現代台湾小説から読み解くレズビアンの欲望**（洪凌）
　◇須藤瑞代訳「台湾セクシュアル・マイノリティ文学 4」作品社 2009 p249

レースの後で（グティエレス・ナヘラ, マヌエル）
　◇川村菜生訳「ラテンアメリカ傑作短編集—中
　　南米スペイン語圏文学史を辿る」彩流社
　　2014 p33

レズビアン（ローズ, ダン）
　◇岸本佐知子編訳「変愛小説集 2」講談社
　　2010 p248

列異伝（れついでん）（曹丕）
　◇佐野誠子著「中国古典小説選 2（六朝 1）」明
　　治書院 2006

列禦寇篇第三十二〔荘子〕（荘子）
　◇福永光司, 興膳宏訳「世界古典文学全集 17」
　　筑摩書房 2004 p482

レッグズから逃れて（マクベイン, エド）
　◇井上一夫訳「愛の殺人」早川書房 1997（ハ
　　ヤカワ・ミステリ文庫）p353

列車（エイクマン, ロバート）
　◇今本渉訳「怪奇小説日和—黄金時代傑作選」
　　筑摩書房 2013（ちくま文庫）p347

列車（ジヴコヴィチ, ゾラン）
　◇山崎信一訳「時間はだれも待ってくれない—
　　21世紀東欧SF・ファンタスチカ傑作集」
　　東京創元社 2011 p267

列車〇八一（シュオッブ, マルセル）
　◇青柳瑞穂訳「怪奇小説傑作集新版 4」東京創
　　元社 2006（創元推理文庫）p401

列車に乗って（ウルフ, ジーン）
　◇若島正訳「ベスト・ストーリーズ 2」早川書
　　房 2016 p325

列仙伝（れっせんでん）（抄）（作者不詳）
　◇竹田晃, 梶村永, 高芝麻子, 山崎藍著「中国古
　　典小説選 1（漢・魏）」明治書院 2007 p35

レッツ・ゲット・ロスト（ブロック, ローレンス）
　◇田口俊樹訳「探偵稼業はやめられない—女探
　　偵vs.男探偵」光文社 2003（光文社文庫）
　　p431

レッド・アイ（コナリー, マイクル／レヘイン, デ
ニス）
　◇田口俊樹訳「フェイスオフ対決」集英社
　　2015（集英社文庫）p15

レッドネック（エスルマン, ローレン・D.）
　◇中谷友紀子訳「アメリカミステリ傑作選
　　2001」DHC 2001（アメリカ文芸「年間」
　　傑作選）p193

レッド・ロック（スミス, ジュリー）
　◇長野きよみ訳「フィリップ・マーロウの事
　　件」早川書房 2007（ハヤカワ・ミステリ
　　文庫）p233

レディー・エルトリンガムあるいはラトクリ
フ・クロス城——一八三六（ワダム, J.）
　◇金谷益道訳「ゴシック短編小説集」春風社
　　2012 p159

レディ・ゴディヴァ、独身者宅にて大胯びら
き（クザン, フィリップ）
　◇にむらじゅんこ訳「フランス式クリスマス・
　　プレゼント」水声社 2000 p45

レディ・ラブレスを探して（コーニック, ニコ
ラ）
　◇古沢絵里訳「四つの愛の物語—クリスマス・
　　ストーリー 2010」ハーレクイン 2010 p5

レナ・ヴィース（シュトルム, テーオドール）
　◇関泰祐訳「百年文庫 21」ポプラ社 2010 p5

レニー♡ユーニス（シュタインガート, ゲイリー）
　◇吉田恭子訳「ベスト・ストーリーズ 3」早川
　　書房 2016 p341

レノーレ（ビュルガー, ゴットフリート・アウグス
ト）
　◇南條竹則訳「怪奇文学大山脈 1」東京創元社
　　2014 p47

レパード団（クラーク, ジョージ・マカナ）
　◇ウィリアム N.伊藤訳「ゾエトロープ Pop」
　　角川書店 2001（Bookplus）p109

レベッカ（バーセルミ, ドナルド）
　◇山崎勉, 田島俊雄訳「現代アメリカ文学叢書
　　10」彩流社 1998 p181

レベル3（フィニイ, ジャック）
　◇福島正実訳「異色作家短篇集 13」早川書房
　　2006 p5

レミング（マシスン, リチャード）
　◇吉田誠一訳「異色作家短篇集 4」早川書房
　　2005 p33

『レームニアイ（レームノス島の女たち）』（ア
リストパネース）
　◇久保田忠利, 野津寛, 脇本由佳訳「ギリシア
　　喜劇全集 4」岩波書店 2009 p327

戀愛三昧（シュニッツラー）
　◇森鷗外訳「恋愛三昧—外三篇」ゆまに書房
　　2004（昭和初期世界名作翻訳全集）p82

れんあ

恋愛の科学（クロス, シャルル）
◇澁澤龍彥訳「怪奇小説傑作集新版 4」東京創
元社 2006（創元推理文庫）p347
◇澁澤龍彥訳「澁澤龍彥訳幻想怪奇短篇集」河
出書房新社 2013（河出文庫）p177

恋印記（李陸史）
◇安宇植（アンウーシク）訳「韓国文学名作選 李
陸史詩集」講談社 1999 p84

連瑣（れんさ）（蒲松齢）
◇黒田真美子著「中国古典小説選 9（清代 1）」
明治書院 2009 p239

レンズの中の迷宮（コパー, ベイジル）
◇金井美子訳「ダーク・ファンタジー・コレク
ション 8」論創社 2008 p35

聯芳楼の恋歌（聯芳楼記）（瞿佑）
◇竹田晃, 小塚由博, 仙石知子著「中国古典小
説選 8（明代）」明治書院 2008 p81

【 ろ 】

ロイ・スパイヴィ（ジュライ, ミランダ）
◇岸本佐知子編訳「楽しい夜」講談社 2016
p53

ロイド老嬢（モンゴメリー, L.M.）
◇掛川恭子訳「百年文庫 18」ポプラ社 2010
p6

老狩人が死んで（ワリス・ノカン）
◇新井リンダかおり訳「台湾原住民文学選 3」
草風館 2003 p91

老克己主義者（ブロンテ, エミリ・ジェーン）
◇田代尚路訳「ポケットマスターピース 12」
集英社 2016（集英社文庫ヘリテージシ
リーズ）p34

狼虎夢占（蒲松齢）
◇中野美代子訳「バベルの図書館 10」国書刊
行会 1988 p93
◇中野美代子訳「新編 バベルの図書館 6」国書
刊行会 2013 p459

労災保険局オイゲン・プフォール（プラハ）宛
て［名刺］〔プラハ、一九一二年九月二十三
日（月）〕（カフカ, フランツ）
◇川島隆訳「ポケットマスターピース 1」集英

社 2015（集英社文庫ヘリテージシリー
ズ）p680

労山道士（労山の道士）（蒲松齢）
◇黒田真美子著「中国古典小説選 9（清代 1）」
明治書院 2009 p44

老子（老子）
◇福永光司訳「世界古典文学全集 17」筑摩書
房 2004 p3

老女（ヘッド, ベッシー）
◇くぼたのぞみ訳「アフリカ文学叢書 優しさ
と力の物語」スリーエーネットワーク
1996 p55

老女と猫（レッシング, ドリス）
◇大社淑子訳「猫好きに捧げるショート・ス
トーリーズ」国書刊行会 1997 p335

老人（リルケ, ライナー・マリア）
◇森鷗外訳「百年文庫 33」ポプラ社 2010 p83

老人が動物たちを葬る（マイヤー, クレメンス）
◇杵渕博樹訳「美しい子ども」新潮社 2013
（CREST BOOKS）p117

老人の死（フィリップ）
◇淀野隆三訳「生の深みを覗く―ポケットアン
ソロジー」岩波書店 2010（岩波文庫別
冊）p313
◇山田稔訳「百年文庫 43」ポプラ社 2010 p64

老僧再生（蒲松齢）
◇中野美代子訳「バベルの図書館 10」国書刊
行会 1988 p19
◇中野美代子訳「新編 バベルの図書館 6」国書
刊行会 2013 p420

労働者階級の手にあるインターネット（シュタ
インミュラー, アンゲラ／シュタインミュラー,
カールハインツ）
◇西塔玲司訳「時間はだれも待ってくれない―
21世紀東欧SF・ファンタスチカ傑作集」
東京創元社 2011 p179

蠟人形館（ブロック, ロバート）
◇小牧園子訳「ブルー・ボウ・シリーズ 夢魔」
青弓社 1993 p7

蠟人形小屋（マイリンク, グスタフ）
◇垂野創一郎訳「怪奇文学大山脈 3」東京創元
社 2014 p139

ロカルノの女乞食（クライスト, ハインリヒ・
フォン）
◇植田敏郎訳「怪奇小説傑作集新版 5」東京創

元社 2006 （創元推理文庫） p11
◇種村季弘訳「恐ろしい話」筑摩書房 2011
（ちくま文学の森） p139
◇種村季弘訳「怪奇小説精華」筑摩書房 2012
（ちくま文庫） p73

録異伝（ろくいでん）（作者不詳）
◇佐野誠子著「中国古典小説選 2（六朝 1）」明
治書院 2006

録音メッセージ（フォード, トム）
◇浅倉久志選訳「極短小説」新潮社 2004 （新
潮文庫） p103

ローグ・ジェラードの陥落（ローレンス, ステ
ファニー）
◇嵯峨静江訳「めぐり逢う四季（きせつ）」二
見書房 2009 （二見文庫） p7

六一丁目西一一〇番地（バーセルミ, ドナルド）
◇山崎勉, 田島俊雄訳「現代アメリカ文学叢書
10」彩流社 1998 p29

六十のための墓碑銘（USA）（ヴォルマン, ウィ
リアム・T.）
◇迫光訳「VOICES OVERSEAS ハッピー・
ガールズ, バッド・ガールズ」講談社 1996
p305

禄数（ろくすう）（蒲松齢）
◇竹田晃, 黒田真美子著「中国古典小説選 10
（清代 2）」明治書院 2009 p69

ローグ・ファーム（ストロス, チャールズ）
◇金子浩訳「スティーヴ・フィーヴァー——ポス
トヒューマンSF傑作選 SFマガジン創刊50
周年記念アンソロジー」早川書房 2010
（ハヤカワ文庫 SF） p115

六本のマッチ（グリーン, アレクサンドル）
◇岩本和久訳「魔法の本棚 消えた太陽」国書
刊行会 1999 p127

『ロクロイ（ロクリスの人々）』（メナンドロス）
◇中務哲郎, 脇本由佳, 荒井直訳「ギリシア喜
劇全集 6」岩波書店 2010 p217

ロゴーム老人とその娘テレサ（ドライサー, セオ
ドア）
◇野崎孝訳「世界100物語 5」河出書房新社
1997 p75

ロザムンデ・フローリス（カイザー, ゲオルク）
◇小笠原豊樹訳「盲目の女神——20世紀欧米戯曲
拾遺」みすず書房 2011 p85

ロザリオ（デ・ロベルト）

◇武谷なおみ編訳「短篇で読むシチリア」みす
ず書房 2011 （大人の本棚） p5

ロサリオの鋏（フランコ, ホルヘ）
◇田村さと子訳「Modern & Classic ロサリオ
の鋏」河出書房新社 2003 p1

ロージー（ナラヤナン, ヴィヴェック）
◇湯谷愛絵訳「アメリカ新進作家傑作選 2005」
DHC 2006 p197

ロシアの墓標（バートン, ウィリアム／カポビア
ンコ, マイケル）
◇太田久美子訳「シャーロック・ホームズのSF
大冒険——短篇集 上」河出書房新社 2006
（河出文庫） p56

ロジャー・シェリンガムについて（バークリー,
アントニイ）
◇狩野一郎訳「世界探偵小説全集 31」国書刊
行会 2001 p7

路上の偽騎士——イギリス物語歌（作者不詳）
◇樺田ジェーン訳「超短編アンソロジー」筑摩
書房 2002 （ちくま文庫） p72

ロシン・ワタン（ワリス・ノカン）
◇中村ふじゑ訳「台湾原住民文学選 3」草風館
2003 p179

ローズイーの食堂（シオミ, リック）
◇吉原豊司訳「海外戯曲アンソロジー 2」日本
演出者協会 2008 p81

露助（バロウズ, ウィリアム・S.）
◇冬川亘訳「魔猫」早川書房 1999 p201

ロスコンケーキに隠された幸運の小さな人形
（リンド, エルビラ）
◇矢野明紘訳「現代スペイン演劇選集 2」カモ
ミール社 2015 p209

ロスメルスホルム（イプセン, ヘンリック原著／
笹部博司）
◇「ロスメルスホルム」メジャーリーグ 2008
（笹部博司の演劇コレクション） p5

ロータス（リース）
◇中村邦生訳「生の深みを覗く——ポケットアン
ソロジー」岩波書店 2010 （岩波文庫別
冊） p339

ロッカー246（ランディージ, ロバート・J.）
◇菊地よしみ訳「フィリップ・マーロウの事
件」早川書房 2007 （ハヤカワ・ミステリ
文庫） p329

ろつく

ロック・オン（キャディガン, パット）
◇小川隆, 内田昌之訳「ハッカー／13の事件」扶桑社 2000（扶桑社ミステリー）p127

路程の記（李陸史）
◇安宇植（アンウーシク）訳「韓国文学名作選 李陸史詩集」講談社 1999 p25

ロデリック（抄）（スラデック, ジョン）
◇柳下毅一郎訳「ロボット・オペラ―An Anthology of Robot Fiction and Robot Culture」光文社 2004 p526

ロト（ムーア, ウォード）
◇浅倉久志訳「きょうも上天気―SF短編傑作選」角川書店 2010（角川文庫）p125

ロト―「性本能と原爆戦」原作（ムーア, ウォード）
◇浅倉久志訳「地球の静止する日―SF映画原作傑作選」東京創元社 2006（創元SF文庫）p33

ロドーラ（エマソン, ラルフ・ウォルドー）
◇渡辺信二訳「アメリカ文学ライブラリー アメリカ名詩選」本の友社 1997 p116

ロドリゴあるいは呪縛の塔（サド, D.A.F.）
◇澁澤龍彦訳「怪奇小説傑作集新版 4」東京創元社 2006（創元推理文庫）p9

ロートレアモン伯爵／イジドール・デュカス（ブルトン, アンドレ／ロートレアモン）
◇栗田勇訳「黒いユーモア選集 1」河出書房新社 2007（河出文庫）p267

ロバート（エリン, スタンリイ）
◇永井淳訳「もっと厭な物語」文藝春秋 2014（文春文庫）p83

ロバート君への贈り物（ダン, ダグラス）
◇中野康司訳「新しいイギリスの小説 ひそやかな村」白水社 1992 p187

驢馬との旅（スティーヴンソン, ロバート・ルイス）
◇中和彩子訳「ポケットマスターピース 8」集英社 2016（集英社文庫ヘリテージシリーズ）p619

ろばに乗った英雄（ブラトーヴィッチ, ミオドラグ）
◇大久保和郎訳「東欧の文学 ろばに乗った英雄」恒文社 1966 p23

ロバのころげ回り（林海音）
◇杉野元子訳「現代中国の小説 城南旧事」新

潮社 1997 p183

ロブスター（ストロス, チャールズ）
◇酒井昭伸訳「楽園追放rewired―サイバーパンクSF傑作選」早川書房 2014（ハヤカワ文庫 JA）p217

ロブスター・ナイト（バンクス, ラッセル）
◇沖本昌郎訳「アメリカミステリ傑作選 2003」DHC 2003（アメリカ文芸「年間」傑作選）p53

ロープとリングの事件（ブルース, レオ）
◇小林晋訳「世界探偵小説全集 8」国書刊行会 1995 p5

ロープ・モンスター（サラントニオ, アル）
◇金子浩訳「999（ナインナインナイン）―妖女たち」東京創元社 2000（創元推理文庫）p311

ローマ熱（ウォートン, イーディス）
◇大津栄一郎訳「百年文庫 50」ポプラ社 2010 p95
◇平石貴樹編訳「アメリカ短編ベスト10」松柏社 2016 p111

ローマの善女フロレンス（作者不詳）
◇三浦常司, 田尻雅士訳「中世英国ロマンス集 4」篠崎書林 2001 p1

ローマ鳩（マルス, ケトリ）
◇元木淳子訳「月光浴―ハイチ短篇集」国書刊行会 2003（Contemporary writers）p209

ロマンス（インベル）
◇小野協一訳「世界100物語 4」河出書房新社 1997 p372

ロマンスの贈り物（ロロフソン, クリスティン）
◇黒瀬みな訳「マイ・バレンタイン―愛の贈りもの 2002」ハーレクイン 2002 p5

ロマンスはすたれない（コリア, ジョン）
◇村上啓夫訳「異色作家短篇集 7」早川書房 2006 p119

ロマンチックな帰郷人―シャマン・ラポガン（董恕明）
◇魚住悦子訳「台湾原住民文学選 8」草風館 2006 p286

ローヤルゼリー（ダール, ロアルド）
◇開高健訳「異色作家短篇集 1」早川書房 2005 p139

わいん

ローラ（ブロドキー, ハロルド）
　◇森田義信訳「シリーズ・永遠のアメリカ文学
　　5」東京書籍 1991 p179
論介の愛人となってその墓に（韓龍雲）
　◇安宇植（アンウーシク）訳「韓国文学名作選 ニ
　　ムの沈黙」講談社 1999 p77
ロンジュモーの囚人たち（ブロワ, レオン）
　◇田辺保訳「バベルの図書館 13」国書刊行会
　　1989 p61
　◇田辺保訳「新編 バベルの図書館 4」国書刊行
　　会 2012 p320
　◇田辺保訳「世界堂書店」文藝春秋 2014（文
　　春文庫）p39
龍井問茶（ロンジンウェンチャー）（盧文麗）
　◇佐藤普美子訳「中国現代文学選集 5」トラン
　　スビュー 2010 p14
ロンドン氏の報告（ラッセル, レイ）
　◇永井淳訳「異色作家短篇集 16」早川書房
　　2006 p219
倫敦の話（ダンセイニ卿）
　◇西條八十訳「北村薫の本格ミステリ・ライブ
　　ラリー」角川書店 2001（角川文庫）p257
ロンドンの二人の女——ミズ・ジキルとミセ
　ス・ハイドの不思議な事件（テナント, エマ）
　◇相原真理子訳「新しいイギリスの小説 ロン
　　ドンの二人の女」白水社 1992 p1
ロンドンの夢（ライトフット, フリーダ）
　◇沢木あさみ訳「ティータイム・ストーリーズ
　　はるかなる丘」花風社 1999 p147
ロンバード卿の蔵書（イネス, マイケル）
　◇大久保康雄訳「書物愛 海外篇」晶文社 2005
　　p325
　◇大久保康雄訳「書物愛 海外篇」東京創元社
　　2014（創元ライブラリ）p335
ローンファル卿（チェスター, トマス）
　◇中世英国ロマンス研究会訳「中世英国ロマン
　　ス集 2」篠崎書林 1986 p65
論より証拠（ティルトン, テリー・L.）
　◇浅倉久志選訳「極短小説」新潮社 2004（新
　　潮文庫）p43
論より証拠（ハント, L.G.）
　◇浅倉久志選訳「極短小説」新潮社 2004（新
　　潮文庫）p225

【 わ 】

電送（ワイア）連続体（クラーク, アーサー・C.／バ
　クスター, スティーヴン）
　◇中村融訳「ワイオミング生まれの宇宙飛行士
　　——宇宙開発SF傑作選 SFマガジン創刊50周
　　年記念アンソロジー」早川書房 2010（ハ
　　ヤカワ文庫 SF）p143
ワイオミング生まれの宇宙飛行士（カストロ,
　アダム＝トロイ）
　◇浅倉久志訳「ワイオミング生まれの宇宙飛行
　　士——宇宙開発SF傑作選 SFマガジン創刊50
　　周年記念アンソロジー」早川書房 2010
　　（ハヤカワ文庫 SF）p343
矮人の王（ディック, フィリップ・K.）
　◇仁賀克雄訳「ダーク・ファンタジー・コレク
　　ション 10」論創社 2009 p115
ワイズ・チルドレン（カーター, アンジェラ）
　◇太田良子訳「夢の文学館 1」早川書房 1995
　　p1
猥褻動物収容所（グリーナウェイ, ピーター）
　◇柴田元幸訳「怒りと響き」岩波書店 1997
　　（世界文学のフロンティア）p25
Yの悲劇（クイーン, エラリー）
　◇鎌田三平訳「乱歩が選ぶ黄金時代ミステリー
　　BEST10 4」集英社 1998（集英社文庫）
　　p11
賄賂（ウィート, キャロリン）
　◇山本やよい訳「子猫探偵ニックとノラ——The
　　Cat Has Nine Mysterious Tales」光文社
　　2004（光文社文庫）p175
賄賂と堕落（レンデル, ルース）
　◇深町眞理子訳「ディナーで殺人を 上」東京
　　創元社 1998（創元推理文庫）p53
ワイン探偵ベリング（ブロックマン, ローレン
　ス・G.）
　◇西井敏世訳「ワイン通の復讐——美酒にまつわ
　　るミステリー選集」心交社 1998 p239
ワイン通の復讐（ダール, ロアルド）
　◇渡辺眞理訳「ワイン通の復讐——美酒にまつわ
　　るミステリー選集」心交社 1998 p4

わかい

和解（シェロシェフスキ, ヴァツワフ）
  ◇土谷直人訳「ポケットのなかの東欧文学―ルネッサンスから現代まで」成文社 2006 p149

若い寡婦たちには果物をただで（イングランダー, ネイサン）
  ◇小竹由美子訳「美しい子ども」新潮社 2013（CREST BOOKS）p169

若い恋人たち（メイヤーズ, デイヴィッド・W.）
  ◇浅倉久志選訳「極短小説」新潮社 2004（新潮文庫）p58

我が愛しの狂人たち―序章と「偉大なるテロリスト」（ネスィン, アズィズ）
  ◇吉澤旅人訳「現代トルコ文学選 2」東京外国語大学外国語学部トルコ語専攻研究室 2012（TUFS Middle Eastern studies）p185

和解の供物（サキ）
  ◇渡辺育子訳「20世紀英国モダニズム小説集成 世を騒がす嘘つき男」風濤社 2014 p29

若い娘の告白（プルースト）
  ◇岩崎力訳「生の深みを覗く―ポケットアンソロジー」岩波書店 2010（岩波文庫別冊）p71

若きヴェルターの悩み（ゲーテ, ヨハン・ヴォルフガング）
  ◇大宮勘一郎訳「ポケットマスターピース 2」集英社 2015（集英社文庫ヘリテージシリーズ）p7

『若き英国兵士』の冒険（クライダー, ビル）
  ◇日暮雅通訳「シャーロック・ホームズ ワトソンの災厄」原書房 2003 p39

若き俳優たちへの書翰―《発語＝行為》がその力をとり戻さんがために（ピィ, オリヴィエ）
  ◇斎藤公一, 根岸徹郎訳「コレクション現代フランス語圏演劇 11」れんが書房新社 2010 p73

若き日の悲しみ（マン, トーマス）
  ◇伊藤利男訳「世界100物語 5」河出書房新社 1997 p210

若く美しい柳（コッパード, A.E.）
  ◇西崎憲訳「魔法の本棚 郵便局と蛇」国書刊行会 1996 p63

若くならない男（ライバー, フリッツ）
  ◇伊藤典夫訳「ボロゴーヴはミムジイ―伊藤典夫翻訳SF傑作選」早川書房 2016（ハヤカワ文庫 SF）p235

わが殺戮の聖女（カーター, アンジェラ）
  ◇植松みどり訳「Modern & Classic ブラック・ヴィーナス」河出書房新社 2004 p41

わが出演（ウォーレス, デイヴィッド・フォスター）
  ◇白石朗訳「ライターズX 奇妙な髪の少女」白水社 1994 p190

我が肖像、我が愛、我が妻（ヴォルマン, ウィリアム・T.）
  ◇迫光訳「VOICES OVERSEAS ハッピー・ガールズ, バッド・ガールズ」講談社 1996 p280

吾が心臓の秘密（キャッスル, モート）
  ◇夏来健二訳「ラヴクラフトの遺産」東京創元社 2000（創元推理文庫）p51

わが生命を育んで休みない日々よ（李陸史）
  ◇安宇植（アンウーシク）訳「韓国文学名作選 李陸史詩集」講談社 1999 p7

わが旦那様（ラナガン, マーゴ）
  ◇佐田千織訳「奇想コレクション ブラックジュース」河出書房新社 2008 p27

わかちあう季節（マラー, マーシャ／ブロンジーニ, ビル）
  ◇宇佐川晶子訳「夜明けのフロスト」光文社 2005（光文社文庫）p157

わが伝記作家へのメモ（ハスレット, アダム）
  ◇ウィリアム N.伊藤訳「ゾエトロープ Biz」角川書店 2001（Bookplus）p89

わが天国（ウナムーノ, ミゲル・デ）
  ◇牛島信明訳「アンデスの風叢書 天国・地獄百科」書肆風の薔薇 1982 p14

わが友ダッチ（ノーラン, ウィリアム・F.）
  ◇佐々田雅子訳「ミニ・ミステリ100」早川書房 2005（ハヤカワ・ミステリ文庫）p500

わが名はジョー（アンダースン, ポール）
  ◇浅倉久志訳「火星ノンストップ」早川書房 2005（ヴィンテージSFセレクション）p203

わがままな大男（ワイルド, オスカー）
  ◇矢川澄子訳「バベルの図書館 6」国書刊行会 1988 p173
  ◇矢川澄子訳「新編 バベルの図書館 2」国書刊

わすれ

行会 2012 p233

わが道（韓龍雲）
　◇安宇植（アンウーシク）訳「韓国文学名作選 ニ
　　ムの沈黙」講談社 1999 p21

わが身にほんとうに起こったこと（ペイロウ，
マヌエル）
　◇内田吉彦訳「バベルの図書館 20」国書刊行
　　会 1990 p137
　◇内田吉彦訳「北村薫の本格ミステリ・ライブ
　　ラリー」角川書店 2001（角川文庫）p311
　◇内田吉彦訳「新編 バベルの図書館 6」国書刊
　　行会 2013 p95

わがミューズ（李陸史）
　◇安宇植（アンウーシク）訳「韓国文学名作選 李
　　陸史詩集」講談社 1999 p17

わが家の火事の後（ブラッドストリート，アン）
　◇渡辺信二訳「アメリカ文学ライブラリー ア
　　メリカ名詩選」本の友社 1997 p63

わが家のサッカーボール（マクラウド，イアン・
R.）
　◇宮内もと子訳「90年代SF傑作選 上」早川書
　　房 2002（ハヤカワ文庫）p371

わが家の秘密（バウチャー，アントニー）
　◇白須清美訳「ダーク・ファンタジー・コレク
　　ション 3」論創社 2006 p129

わが夢（韓龍雲）
　◇安宇植（アンウーシク）訳「韓国文学名作選 ニ
　　ムの沈黙」講談社 1999 p100

わかりかねます（韓龍雲）
　◇安宇植（アンウーシク）訳「韓国文学名作選 ニ
　　ムの沈黙」講談社 1999 p15

わかれ（シュニッツラー，アルトゥーア）
　◇山本有三訳「百年文庫 23」ポプラ社 2010
　　p63

別れても好きな人（ゼンダー，メアリー）
　◇浅倉久志選訳「極短小説」新潮社 2004（新
　　潮文庫）p83

別れのお芝居（韓龍雲）
　◇安宇植（アンウーシク）訳「韓国文学名作選 ニ
　　ムの沈黙」講談社 1999 p84

別れの音（サヴェージ，フェリシティ）
　◇鈴木潤訳「THE FUTURE IS JAPANESE」
　　早川書房 2012（ハヤカワSFシリーズJコ
　　レクション）p35

別れの時（ドンチェフ，アントン）
　◇松永緑彌訳「東欧の文学 別れの時」恒文社
　　1988 p7

別れの日（オルグレン，ネルソン・T.）
　◇吉田千鶴子訳「ブルー・ボウ・シリーズ レ
　　イチェルの夏」青弓社 1994 p33

別れるときのニムのお顔（韓龍雲）
　◇安宇植（アンウーシク）訳「韓国文学名作選 ニ
　　ムの沈黙」講談社 1999 p97

別れる理由（ホールディング，ジェイムズ）
　◇山本俊子訳「ミニ・ミステリ100」早川書房
　　2005（ハヤカワ・ミステリ文庫）p198

ワギナに歯の生えた女とその類話（作者不詳）
　◇紙村徹編訳「台湾原住民文学選 5」草風館
　　2006 p276

ワギナに歯の生えた美女（作者不詳）
　◇紙村徹編訳「台湾原住民文学選 5」草風館
　　2006 p276

ワギナのない美女の話その他（作者不詳）
　◇紙村徹編訳「台湾原住民文学選 5」草風館
　　2006 p288

脇役（ラッシュ，クリスティン・キャスリン）
　◇五十嵐加奈子訳「シャーロック・ホームズの
　　SF大冒険―短篇集 下」河出書房新社
　　2006（河出文庫）p146

災いを交換する店（ダンセイニ卿）
　◇吉田誠一訳「乱歩の選んだベスト・ホラー」
　　筑摩書房 2000（ちくま文庫）p325

わしとわが煙突（メルヴィル，ハーマン）
　◇利根川真紀訳「クィア短編小説集―名づけえ
　　ぬ欲望の物語」平凡社 2016（平凡社ライ
　　ブラリー）p9

ワシントン広場で微笑んで（フェダマン，レイモ
ンド）
　◇今村楯夫訳「アメリカ文学ライブラリー ワ
　　シントン広場で微笑んで」本の友社 1997
　　p5

忘れえぬクリスマス（マッコーマー，デビー）
　◇島野めぐみ訳「四つの愛の物語―クリスマ
　　ス・ストーリー 2009」ハーレクイン 2009
　　p365

忘れられた怒り（リカラッ・アウー）
　◇魚住悦子編訳「台湾原住民文学選 2」草風館
　　2003 p135

作品名から引ける世界文学全集案内 第III期　365

わすれ

忘れられた男たちの冒険（クイーン, エラリー）
　◇飯城勇三訳「死せる案山子の冒険―聴取者へ
　　の挑戦 2」論創社 2009（論創海外ミステ
　　リ）p207
忘れられないこと（ヘンダースン, ゼナ）
　◇山田順子訳「奇想コレクション ページをめ
　　くれば」河出書房新社 2006 p7
私（わたくし）… → "わたし…"を見よ
私を愛して（ウォデル, M.S.）
　◇金井美子訳「ダーク・ファンタジー・コレク
　　ション 8」論創社 2008 p355
私を産んだ私（フランケチエンヌ）
　◇塚本昌則訳「月光浴―ハイチ短篇集」国書刊
　　行会 2003（Contemporary writers）
　　p267
私を食べて（マキャモン, ロバート・R.）
　◇夏来健次訳「死霊たちの宴 下」東京創元社
　　1998（創元推理文庫）p321
わたしを見て、きれいなんだから！（ライス,
　ベン）
　◇井上千里訳「バースデー・ボックス」メタ
　　ローグ 2004 p49
私を見守ってくれる人（マクギネス, フランク）
　◇的場淳子訳「現代アイルランド演劇 5」新水
　　社 2001 p141
わたしが愛した列車（エリス, C.ハミルトン）
　◇小池滋訳「英国鉄道文学傑作選」筑摩書房
　　2000（ちくま文庫）p35
私が西部にやって来て、そこの住人になった
　わけ（ベイカー, アリソン）
　◇岸本佐知子編訳「変愛小説集 2」講談社
　　2010 p91
私が斃した男（ガイザー, ゲルト）
　◇種村季弘訳「怪奇・幻想・綺想文学集―種村
　　季弘翻訳集成」国書刊行会 2012 p229
私が驢馬と連れ立つて天国へ行く為の祈り
　（ジャム）
　◇堀口大學訳「創刊一〇〇年三田文学名作選」
　　三田文学会 2010 p573
わたし自身のうた1（ホイットマン, ウォルト）
　◇渡辺信二訳「アメリカ文学ライブラリー ア
　　メリカ名詩選」本の友社 1997 p152
わたし自身のうた2（ホイットマン, ウォルト）
　◇渡辺信二訳「アメリカ文学ライブラリー ア

メリカ名詩選」本の友社 1997 p154
わたし自身のうた6（ホイットマン, ウォルト）
　◇渡辺信二訳「アメリカ文学ライブラリー ア
　　メリカ名詩選」本の友社 1997 p156
わたし自身のうた9（ホイットマン, ウォルト）
　◇渡辺信二訳「アメリカ文学ライブラリー ア
　　メリカ名詩選」本の友社 1997 p160
わたし自身のうた11（ホイットマン, ウォルト）
　◇渡辺信二訳「アメリカ文学ライブラリー ア
　　メリカ名詩選」本の友社 1997 p161
わたし自身のうた21（ホイットマン, ウォルト）
　◇渡辺信二訳「アメリカ文学ライブラリー ア
　　メリカ名詩選」本の友社 1997 p163
わたし自身のうた24（ホイットマン, ウォルト）
　◇渡辺信二訳「アメリカ文学ライブラリー ア
　　メリカ名詩選」本の友社 1997 p166
わたし自身のうた25（ホイットマン, ウォルト）
　◇渡辺信二訳「アメリカ文学ライブラリー ア
　　メリカ名詩選」本の友社 1997 p171
わたし自身のうた28（ホイットマン, ウォルト）
　◇渡辺信二訳「アメリカ文学ライブラリー ア
　　メリカ名詩選」本の友社 1997 p173
わたし自身のうた29（ホイットマン, ウォルト）
　◇渡辺信二訳「アメリカ文学ライブラリー ア
　　メリカ名詩選」本の友社 1997 p175
わたし自身のうた44（ホイットマン, ウォルト）
　◇渡辺信二訳「アメリカ文学ライブラリー ア
　　メリカ名詩選」本の友社 1997 p176
わたし自身のうた51（ホイットマン, ウォルト）
　◇渡辺信二訳「アメリカ文学ライブラリー ア
　　メリカ名詩選」本の友社 1997 p180
わたし自身のうた52（ホイットマン, ウォルト）
　◇渡辺信二訳「アメリカ文学ライブラリー ア
　　メリカ名詩選」本の友社 1997 p182
わたしたちがいるべき場所（ヴァンデンバーグ,
　ローラ）
　◇古屋美登里訳「モンスターズ―現代アメリカ
　　傑作短篇集」白水社 2014 p251
私たちがたがいをなにも知らなかった時（ハン
　トケ, ペーター）
　◇鈴木仁子訳「ドイツ現代戯曲選30 13」論創
　　社 2006 p7
わたしたちのなかに（ベンダー, エイミー）
　◇古屋美登里訳「モンスターズ―現代アメリカ

わたし

傑作短篇集」白水社 2014 p102
私たちは眠らない（レグラ, カトリン）
　　◇植松なつみ訳「ドイツ現代戯曲選30 8」論創
　　　社 2006 p7
私とあなたの宝物（ジャンセン, ミュリエル）
　　◇翔野祐梨訳「愛は永遠に―ウエディング・ス
　　　トーリー ’99」ハーレクイン 1999 p117
私と犬（フランツ, オナ）
　　◇住谷春也訳「時間はだれも待ってくれない―
　　　21世紀東欧SF・ファンタスチカ傑作集」
　　　東京創元社 2011 p41
私についてのお伽噺（チャペック, ヨゼフ）
　　◇千野榮一訳「文学の贈物―東中欧文学アンソ
　　　ロジー」未知谷 2000 p205
わたしの歌（韓龍雲）
　　◇安宇植（アンウーシク）訳「韓国文学名作選 ニ
　　　ムの沈黙」講談社 1999 p34
私の解放された日々（エルデーシュ, ラース
　　ロー）
　　◇羽仁協子訳「東欧の文学 ブダペストに春が
　　　きた 他」恒文社 1966 p363
わたしの車に誰が坐ってたの？（フレイザー,
　　アントニア）
　　◇野村芳夫訳「死のドライブ」文藝春秋 2001
　　　（文春文庫）p167
わたしの好みはブロンド（ブロック, ロバート）
　　◇小笠原豊樹訳「異色作家短篇集 8」早川書房
　　　2006 p59
私の仕事の邪魔をする隣人たちに関する報告
　　書（ケアリー, エドワード）
　　◇古屋美登里訳「もっと厭な物語」文藝春秋
　　　2014 （文春文庫）p15
私のシーシュポス（ヴォスコヴェツ, イジー）
　　◇青木亮子訳「ポケットのなかの東欧文学―ル
　　　ネッサンスから現代まで」成文社 2006
　　　p353
私の祖国朝鮮（作者不詳）
　　◇金炳三, 李春穆, 金潤訳「20世紀民衆の世界
　　　文学 7」三友社出版 1990 p209
わたしの大切な愛する夫へ（ブラッドストリー
　　ト, アン）
　　◇渡辺信二訳「アメリカ文学ライブラリー ア
　　　メリカ名詩選」本の友社 1997 p28
わたしの大切な子どもたちへ（ブラッドスト

リート, アン）
　　◇渡辺信二訳「アメリカ文学ライブラリー ア
　　　メリカ名詩選」本の友社 1997 p62
私の魂にキスを（アラル, インジ）
　　◇内山直子訳「現代トルコ文学選 2」東京外国
　　　語大学外国語学部トルコ語専攻研究室
　　　2012 （TUFS Middle Eastern studies）
　　　p26
私の小さなぼうや（リドリー, エイブラハム）
　　◇金井美子訳「ダーク・ファンタジー・コレク
　　　ション 8」論創社 2008 p197
『私の父はトルテカ族』より（カスティーリョ,
　　アナ）
　　◇今福龍太選訳「私の謎」岩波書店 1997 （世
　　　界文学のフロンティア）p209
私の忠実な言葉よ（ミウォシュ, チェスワフ）
　　◇鳥居晃子訳「ポケットのなかの東欧文学―ル
　　　ネッサンスから現代まで」成文社 2006
　　　p342
私の天職（アセベド・デ・サルドゥンビデ, リタ）
　　◇斎藤博士訳「アンデスの風叢書 天国・地獄
　　　百科」書肆風の薔薇 1982 p161
私のノアの箱舟（ゴフスタイン, M.B.）
　　◇落合恵子訳「謎のギャラリー―謎の部屋」新
　　　潮社 2002 （新潮文庫）p399
　　◇落合恵子訳「謎の部屋」筑摩書房 2012 （ち
　　　くま文庫）p399
わたしの初めての飛行機（ウェルズ, H.G.）
　　◇赤井康行訳「翼を愛した男たち」原書房
　　　1997 p1
私のバッグの中に一本のナイフがある（ニョウ
　　ピャーワイン）
　　◇南田みどり編訳「二十一世紀ミャンマー作品
　　　集」大同生命国際文化基金 2015 （アジア
　　　の現代文芸）p184
私の秘密（スレッサー, ヘンリー）
　　◇森沢くみ子訳「ダーク・ファンタジー・コレ
　　　クション 6」論創社 2007 p139
私の民事死について（ボンテンペリリ, マッシ
　　モ）
　　◇マッシモ・スマレ訳「怪奇文学大山脈 2」東
　　　京創元社 2014 p173
私、フォイアーバッハ（ドルスト, タンクレート）
　　◇高橋文子訳「ドイツ現代戯曲選30 5」論創社
　　　2006 p7

作品名から引ける世界文学全集案内 第III期　367

わたし

渡し舟と旅人（韓龍雲）
　◇安宇植（アンウーシク）訳「韓国文学名作選　ニムの沈黙」講談社 1999 p32

わたしは愛するものをスペースシャトル・コロンビアに奪われた（プロデリック，ダミアン）
　◇佐田千織訳「幻想の犬たち」扶桑社 1999（扶桑社ミステリー）p305

わたしは明日…（コズマ，リン）
　◇吉田利子訳「間違ってもいい，やってみたら—想いがはじける28の物語」講談社 1998 p128

私はあなたと暮らしているけれど，あなたはそれを知らない（エムシュウィラー，キャロル）
　◇畔柳和代訳「世界堂書店」文藝春秋 2014（文春文庫）p165

わたしは，吸血鬼（カットナー，ヘンリイ）
　◇冨田ひろみ訳「吸血鬼伝説—ドラキュラの末裔たち」原書房 1997 p253

わたしは告発…されている（ロルド，アンドレ・ド）
　◇藤田真利子訳「怪奇文学大山脈 3」東京創元社 2014 p231

私はこの国の民の子孫です（梁柱東）
　◇金炳三，李春穆，金潤訳「20世紀民衆の世界文学 7」三友社出版 1990 p197

わたしは最近どうしているか（キンケイド，ジャメイカ）
　◇管啓次郎訳「新しい〈世界文学〉シリーズ 川底に」平凡社 1997 p83

わたしはドリー（ノーラン，ウィリアム・F.）
　◇大友香奈子訳「魔法使いになる14の方法」東京創元社 2003（創元推理文庫）p235

わたしはなにを探しているんだ？（ドルジゴトブ，ツェンディーン）
　◇柴内秀司訳「モンゴル近現代短編小説選」パブリック・ブレイン 2013 p173

わたしは一つの小さな都市を買った（バーセルミ，ドナルド）
　◇山崎勉，田島俊雄訳「現代アメリカ文学叢書 10」彩流社 1998 p65

わたしは忘れたい（韓龍雲）
　◇安宇植（アンウーシク）訳「韓国文学名作選　ニムの沈黙」講談社 1999 p16

渡りをする人々（ル＝グウィン，アーシュラ・K.）

谷垣暁美訳「Modern & Classic なつかしく謎めいて」河出書房新社 2005 p66

ワトスンの選択（ミッチェル，グラディス）
　◇佐久間野百合訳「海外ミステリ Gem Collection 14」長崎出版 2008 p1

ワトスン博士の友人（ベントリー，E.C.）
　◇北原尚彦訳「シャーロック・ホームズの栄冠」論創社 2007（論創海外ミステリ）p29

わな（ホワイトヘッド，H.S.）
　◇荒俣宏訳「魔術師」角川書店 2001（角川ホラー文庫）p51

罠（ウィルスン，ゲイアン）
　◇広瀬順弘訳「闇の展覧会 罠」早川書房 2005（ハヤカワ文庫）p235

罠（テイラー，サミュエル・W.）
　◇森英俊訳「これが密室だ！」新樹社 1997 p141

罠に落ちて（コーベン，ハーラン）
　◇山本やよい訳「殺しが二人を別つまで」早川書房 2007（ハヤカワ・ミステリ文庫）p511

鰐（ドストエフスキー，フョードル・ミハイロヴィチ）
　◇米川正夫訳「諸国物語—stories from the world」ポプラ社 2008 p449

鰐—ある異常な出来事，或いはアーケード街の椿事（ドストエフスキー，フョードル・ミハイロヴィチ）
　◇望月哲男訳「新編 バベルの図書館 5」国書刊行会 2013 p95

鰐—ある異常な出来事，或いはアーケード街（パッサージュ）の椿事（パッサージュ）（ドストエフスキー，フョードル・ミハイロヴィチ）
　◇望月哲男訳「バベルの図書館 16」国書刊行会 1989 p15

わびしい夜（韓龍雲）
　◇安宇植（アンウーシク）訳「韓国文学名作選　ニムの沈黙」講談社 1999 p20

輪まわし（ソログープ，フョードル）
　◇丸尾美保訳「雑話集—ロシア短編集」「雑話集」の会 2005 p74

輪回し（フィツォフスキ，イェジー）
　◇吉上昭三訳「文学の贈物—東中欧文学アンソロジー」未知谷 2000 p6

わら椅子直しの女（モーパッサン, ギ・ド）
　◇杉捷夫訳「とっておきの話」筑摩書房 2011
　　（ちくま文学の森）p309

笑い虫のサム（サローヤン, ウィリアム）
　◇吉田ルイ子訳「少年の眼―大人になる前の物
　　語」光文社 1997（光文社文庫）p389

笑い屋（ベル）
　◇青木順三訳「生の深みを覗く―ポケットアン
　　ソロジー」岩波書店 2010（岩波文庫別
　　冊）p321

笑わない男の事件（ワトソン, ジョン・H.）
　◇日暮雅通訳「シャーロック・ホームズ クリ
　　スマスの依頼人」原書房 1998 p239

笑う（ローズ, ダン）
　◇岸本佐知子編訳「変愛小説集 2」講談社
　　2010 p248

笑う男（カード, オースン・スコット）
　◇友枝康子訳「ファンタジイの殿堂 伝説は永遠に
　　1」早川書房 2000（ハヤカワ文庫FT）
　　p269

笑うブッダ（ガードナー, リサ／ローズ, M.J.）
　◇田口俊樹訳「フェイスオフ対決」集英社
　　2015（集英社文庫）p123

童僧（わらべそう）（咸世徳）
　◇明眞淑, 朴泰圭, 石川樹里訳「韓国近現代戯
　　曲選―1930–1960年代」論創社 2011 p45

割符帳（アラルコン, ペドロ・アントニオ・デ）
　◇会田由訳「百年文庫 93」ポプラ社 2011 p57

悪い美しい世界（アイゼンライヒ, ヘルベルト）
　◇中野京子訳「シリーズ現代ドイツ文学 4」早
　　稲田大学出版部 1993 p128

悪いニュースばっかり（スレッサー, ヘンリイ）
　◇田村義進訳「ミニ・ミステリ100」早川書房
　　2005（ハヤカワ・ミステリ文庫）p293

ワルキューレ―ニーベルングの指環（ワーグ
　ナー, リヒャルト）
　◇高橋康也, 高橋迪訳「〈新訳・世界の古典〉シ
　　リーズ ワルキューレ」新書館 1997 p7

ワルシャワ巡礼記（ドンブロフスカ, マリア）
　◇佐藤昭裕訳「文学の贈物―東中欧文学アンソ
　　ロジー」未知谷 2000 p95

ワルプルギスの夜（カーペンター, ハンフリー）
　◇大友香奈子訳「魔法使いになる14の方法」東
　　京創元社 2003（創元推理文庫）p65

割れたひづめ（マクロイ, ヘレン）
　◇好野理恵訳「世界探偵小説全集 44」国書刊
　　行会 2002 p7

我と我が身に似せて（クセノファネス・デ・コロ
　フォン）
　◇内田吉彦訳「アンデスの風叢書 天国・地獄
　　百科」書肆風の薔薇 1982 p51

我ひとり永遠（とわ）に行進す（クラムリー, ジェ
　イムズ）
　◇植草郷士訳「シリーズ・永遠のアメリカ文学
　　1」東京書籍 1989 p7

我らがアブドラ（黄錦樹）
　◇森美千代訳「台湾熱帯文学 3」人文書院
　　2011 p297

われらが神の年2202年（リー, エドワード）
　◇尾之上浩司訳「狙われた女」扶桑社 2014
　　（扶桑社ミステリー）p191

我らが共通の友 抄（ディケンズ, チャールズ）
　◇猪熊恵子訳「ポケットマスターピース 5」集
　　英社 2016（集英社文庫ヘリテージシリー
　　ズ）p475

われらが神経チェルノブイリ（スターリング, ブ
　ルース）
　◇小川隆訳「ハッカー／13の事件」扶桑社
　　2000（扶桑社ミステリー）p273

我らが祖国のために（ワーテンベイカー, ティン
　バーレイク）
　◇勝田安彦訳「我らが祖国のために―トーマ
　　ス・キニーリーの小説「プレイメイカー」
　　に基づく」カモミール社 2006（勝田安彦
　　ドラマシアターシリーズ）p1

われわれのうち何人かはわれらが友コルビー
　を脅かしてきた（バーセルミ, ドナルド）
　◇山崎勉, 田島俊雄訳「現代アメリカ文学叢書
　　10」彩流社 1998 p39

【 ABC 】

A.D.ピーターズにて（バークリー, アントニイ）
　◇西崎憲訳「世界探偵小説全集 2」国書刊行会
　　1994 p7

AL76号失踪す（アシモフ, アイザック）
　◇小尾芙佐訳「20世紀SF 1」河出書房新社

2000（河出文庫）p75

AN UGLY BABY DUCK—みにくいアヒル
の子（アンデルセン作／橋本喜代次脚色）
◇黒江千尋英訳「小学校・全員参加の楽しい学
級劇・学年劇脚本集 高学年」黎明書房
2007 p225

A.V.レイダー（ビアボーム，マックス）
◇中田耕治訳「世界100物語 5」河出書房新社
1997 p107

Cheap Novelties（カッチャー，ベン）
◇柴田元幸編訳「いずれは死ぬ身」河出書房新
社 2009 p237

CWとのインタビュー（プラムライン，マイケル）
◇山形浩生訳「ライターズX 器官切除」白水社
1994 p82

D＝A＝F・ド・サド（ブルトン，アンドレ／サド，
D.A.F.）
◇窪田般弥訳「黒いユーモア選集 1」河出書房
新社 2007（河出文庫）p55

Day And Night Do Not Love Each Other—
太陽の昼、月の夜（エモンド，マーティン）
◇佐藤咲子訳「GOD」廣済堂出版 1999（廣済
堂文庫）p479

DJNA（ヌーン，ジェフ）
◇渡辺健吾訳「ディスコ・ビスケッツ」早川書
房 1998 p201

"Do you love me？"（ケアリー，ピーター）
◇柴田元幸編訳「どこにもない国—現代アメリ
カ幻想小説集」松柏社 2006 p35

Dr.カウチ、大統領を救う（ピカード，ナンシー）
◇宇佐川晶子訳「夜明けのフロスト」光文社
2005（光文社文庫）p39

E.M.フォースターが死んだ日（バイアット，A.
S.）
◇池田栄一訳「新しいイギリスの小説 シュ
ガー」白水社 1993 p164

E・Q・グリフェン第二の事件（パークター，
ジョシュ）
◇飯城勇三編訳「エラリー・クイーンの災難」
論創社 2012（論創海外ミステリ）p345

HOW（ムーア，ローリー）
◇干刈あがた，斎藤英治訳「新しいアメリカの
小説 セルフ・ヘルプ」白水社 1989 p85

ICU（リー，エドワード）

◇夏来健次訳「999（ナインナインナイン）一聖
金曜日」東京創元社 2000（創元推理文
庫）p123
◇夏来健次訳「アメリカミステリ傑作選 2002」
DHC 2002（アメリカ文芸「年間」傑作
選）p459

I do！ I do！—結婚についてのミュージカル
（ジョーンズ，トム）
◇勝田安彦訳・訳詞「ジョーンズ＆シュミット
ミュージカル戯曲集」カモミール社 2007
（勝田安彦ドラマシアターシリーズ）p3

J.H.オーベライト、時間—蛭を訪ねる（マイリ
ンク，グスタフ）
◇種村季弘訳「バベルの図書館 12」国書刊行
会 1989 p15
◇種村季弘訳「新編 バベルの図書館 5」国書刊
行会 2013 p263

OK牧場の真実（シャーリー，ジョン）
◇田中一江訳「ヒー・イズ・レジェンド」小学
館 2010（小学館文庫）p171

Stepping Stones（ジョン・パルマー＋カンパ
ニー）
◇「「飛び石プロジェクト」戯曲集—血の婚礼
／Stepping stones エイブルアート・オン
ステージ国際交流プログラム」フィルム
アート社 2010 p83

STOP–NOS（ジェンズ，ティナ・L.）
◇佐脇洋平訳「ノストラダムス秘録」扶桑社
1999（扶桑社ミステリー）p93

TAP（イーガン，グレッグ）
◇山岸真編訳「奇想コレクション TAP」河出
書房新社 2008 p283

TDFチェス世界チャンピオン戦（バーンズ，
ジュリアン）
◇渡辺佐智江訳「モーフィー時計の午前零時—
チェス小説アンソロジー」国書刊行会
2009 p233

T.S.エリオット不朽の名作をめぐる知られざ
る真実（完全版書誌に向けてのノート）（オ
ジック，シンシア）
◇柴田元幸訳「新しいアメリカの小説 世界の
肌ざわり」白水社 1993 p159

W・H氏の肖像（ワイルド，オスカー）
◇清水晶子訳「ゲイ短編小説集」平凡社 1999
（平凡社ライブラリー）p9

W・S（ハートリー，L.P.）
　◇今本渉訳「KAWADE MYSTERY ポドロ
　　島」河出書房新社 2008 p243
You（エリアン，アリシア）
　◇小原亜美訳「ゾエトロープ Noir」角川書店
　　2003（Bookplus）p13
You Must Relax！（スコット，ジョアンナ）
　◇畔柳和代訳「いまどきの老人」朝日新聞社
　　1998 p67

【 記号類 】

0.917（李鉉和）
　◇鄭大成訳「韓国現代戯曲集 3」日韓演劇交流
　　センター 2007 p111
7.62（ビーアマン，ピーケ）
　◇菅沼裕乃訳「ウーマンズ・ケース 下」早川書
　　房 1998（ハヤカワ・ミステリ文庫）p71
49〔詩人の世界、詩の時間〕（ディキンソン，エミ
　リー）
　◇渡辺信二訳「アメリカ文学ライブラリー ア
　　メリカ名詩選」本の友社 1997 p204
67〔詩人の世界、詩の時間〕（ディキンソン，エミ
　リー）
　◇渡辺信二訳「アメリカ文学ライブラリー ア
　　メリカ名詩選」本の友社 1997 p205
76〔詩人の世界、詩の時間〕（ディキンソン，エミ
　リー）
　◇渡辺信二訳「アメリカ文学ライブラリー ア
　　メリカ名詩選」本の友社 1997 p206
77〔詩人の世界、詩の時間〕（ディキンソン，エミ
　リー）
　◇渡辺信二訳「アメリカ文学ライブラリー ア
　　メリカ名詩選」本の友社 1997 p207
98〔詩人の世界、詩の時間〕（ディキンソン，エミ
　リー）
　◇渡辺信二訳「アメリカ文学ライブラリー ア
　　メリカ名詩選」本の友社 1997 p208
105〔詩人の世界、詩の時間〕（ディキンソン，エ
　ミリー）
　◇渡辺信二訳「アメリカ文学ライブラリー ア
　　メリカ名詩選」本の友社 1997 p210
125〔詩人の世界、詩の時間〕（ディキンソン，エ

ミリー）
　◇渡辺信二訳「アメリカ文学ライブラリー ア
　　メリカ名詩選」本の友社 1997 p211
126〔詩人の世界、詩の時間〕（ディキンソン，エ
　ミリー）
　◇渡辺信二訳「アメリカ文学ライブラリー ア
　　メリカ名詩選」本の友社 1997 p212
128〔詩人の世界、詩の時間〕（ディキンソン，エ
　ミリー）
　◇渡辺信二訳「アメリカ文学ライブラリー ア
　　メリカ名詩選」本の友社 1997 p213
130〔詩人の世界、詩の時間〕（ディキンソン，エ
　ミリー）
　◇渡辺信二訳「アメリカ文学ライブラリー ア
　　メリカ名詩選」本の友社 1997 p215
131〔詩人の世界、詩の時間〕（ディキンソン，エ
　ミリー）
　◇渡辺信二訳「アメリカ文学ライブラリー ア
　　メリカ名詩選」本の友社 1997 p217
165〔詩人の世界、詩の時間〕（ディキンソン，エ
　ミリー）
　◇渡辺信二訳「アメリカ文学ライブラリー ア
　　メリカ名詩選」本の友社 1997 p219
170〔詩人の世界、詩の時間〕（ディキンソン，エ
　ミリー）
　◇渡辺信二訳「アメリカ文学ライブラリー ア
　　メリカ名詩選」本の友社 1997 p220
182〔詩人の世界、詩の時間〕（ディキンソン，エ
　ミリー）
　◇渡辺信二訳「アメリカ文学ライブラリー ア
　　メリカ名詩選」本の友社 1997 p221
190〔詩人の世界、詩の時間〕（ディキンソン，エ
　ミリー）
　◇渡辺信二訳「アメリカ文学ライブラリー ア
　　メリカ名詩選」本の友社 1997 p222
193〔詩人の世界、詩の時間〕（ディキンソン，エ
　ミリー）
　◇渡辺信二訳「アメリカ文学ライブラリー ア
　　メリカ名詩選」本の友社 1997 p223
213〔詩人の世界、詩の時間〕（ディキンソン，エ
　ミリー）
　◇渡辺信二訳「アメリカ文学ライブラリー ア
　　メリカ名詩選」本の友社 1997 p224
214〔詩人の世界、詩の時間〕（ディキンソン，エ
　ミリー）

◇渡辺信二訳「アメリカ文学ライブラリー　アメリカ名詩選」本の友社 1997 p225

219〔詩人の世界、詩の時間〕(ディキンソン, エミリー)
　　◇渡辺信二訳「アメリカ文学ライブラリー　アメリカ名詩選」本の友社 1997 p227

228〔詩人の世界、詩の時間〕(ディキンソン, エミリー)
　　◇渡辺信二訳「アメリカ文学ライブラリー　アメリカ名詩選」本の友社 1997 p228

241〔詩人の世界、詩の時間〕(ディキンソン, エミリー)
　　◇渡辺信二訳「アメリカ文学ライブラリー　アメリカ名詩選」本の友社 1997 p229

249〔詩人の世界、詩の時間〕(ディキンソン, エミリー)
　　◇渡辺信二訳「アメリカ文学ライブラリー　アメリカ名詩選」本の友社 1997 p230

254〔詩人の世界、詩の時間〕(ディキンソン, エミリー)
　　◇渡辺信二訳「アメリカ文学ライブラリー　アメリカ名詩選」本の友社 1997 p231

258〔詩人の世界、詩の時間〕(ディキンソン, エミリー)
　　◇渡辺信二訳「アメリカ文学ライブラリー　アメリカ名詩選」本の友社 1997 p232

276〔詩人の世界、詩の時間〕(ディキンソン, エミリー)
　　◇渡辺信二訳「アメリカ文学ライブラリー　アメリカ名詩選」本の友社 1997 p234

280〔詩人の世界、詩の時間〕(ディキンソン, エミリー)
　　◇渡辺信二訳「アメリカ文学ライブラリー　アメリカ名詩選」本の友社 1997 p236

285〔詩人の世界、詩の時間〕(ディキンソン, エミリー)
　　◇渡辺信二訳「アメリカ文学ライブラリー　アメリカ名詩選」本の友社 1997 p238

290〔詩人の世界、詩の時間〕(ディキンソン, エミリー)
　　◇渡辺信二訳「アメリカ文学ライブラリー　アメリカ名詩選」本の友社 1997 p240

293〔詩人の世界、詩の時間〕(ディキンソン, エミリー)
　　◇渡辺信二訳「アメリカ文学ライブラリー　ア

メリカ名詩選」本の友社 1997 p242

301〔詩人の世界、詩の時間〕(ディキンソン, エミリー)
　　◇渡辺信二訳「アメリカ文学ライブラリー　アメリカ名詩選」本の友社 1997 p244

303〔詩人の世界、詩の時間〕(ディキンソン, エミリー)
　　◇渡辺信二訳「アメリカ文学ライブラリー　アメリカ名詩選」本の友社 1997 p245

306〔詩人の世界、詩の時間〕(ディキンソン, エミリー)
　　◇渡辺信二訳「アメリカ文学ライブラリー　アメリカ名詩選」本の友社 1997 p246

315〔詩人の世界、詩の時間〕(ディキンソン, エミリー)
　　◇渡辺信二訳「アメリカ文学ライブラリー　アメリカ名詩選」本の友社 1997 p248

319〔詩人の世界、詩の時間〕(ディキンソン, エミリー)
　　◇渡辺信二訳「アメリカ文学ライブラリー　アメリカ名詩選」本の友社 1997 p249

322〔詩人の世界、詩の時間〕(ディキンソン, エミリー)
　　◇渡辺信二訳「アメリカ文学ライブラリー　アメリカ名詩選」本の友社 1997 p250

328〔詩人の世界、詩の時間〕(ディキンソン, エミリー)
　　◇渡辺信二訳「アメリカ文学ライブラリー　アメリカ名詩選」本の友社 1997 p252

341〔詩人の世界、詩の時間〕(ディキンソン, エミリー)
　　◇渡辺信二訳「アメリカ文学ライブラリー　アメリカ名詩選」本の友社 1997 p254

362〔詩人の世界、詩の時間〕(ディキンソン, エミリー)
　　◇渡辺信二訳「アメリカ文学ライブラリー　アメリカ名詩選」本の友社 1997 p255

374〔詩人の世界、詩の時間〕(ディキンソン, エミリー)
　　◇渡辺信二訳「アメリカ文学ライブラリー　アメリカ名詩選」本の友社 1997 p256

389〔詩人の世界、詩の時間〕(ディキンソン, エミリー)
　　◇渡辺信二訳「アメリカ文学ライブラリー　アメリカ名詩選」本の友社 1997 p258

420〔詩人の世界、詩の時間〕(ディキンソン, エ
ミリー)
　　◇渡辺信二訳「アメリカ文学ライブラリー　ア
　　メリカ名詩選」本の友社 1997 p260

449〔詩人の世界、詩の時間〕(ディキンソン, エ
ミリー)
　　◇渡辺信二訳「アメリカ文学ライブラリー　ア
　　メリカ名詩選」本の友社 1997 p262

461〔詩人の世界、詩の時間〕(ディキンソン, エ
ミリー)
　　◇渡辺信二訳「アメリカ文学ライブラリー　ア
　　メリカ名詩選」本の友社 1997 p263

465〔詩人の世界、詩の時間〕(ディキンソン, エ
ミリー)
　　◇渡辺信二訳「アメリカ文学ライブラリー　ア
　　メリカ名詩選」本の友社 1997 p264

494〔詩人の世界、詩の時間〕(ディキンソン, エ
ミリー)
　　◇渡辺信二訳「アメリカ文学ライブラリー　ア
　　メリカ名詩選」本の友社 1997 p266

501〔詩人の世界、詩の時間〕(ディキンソン, エ
ミリー)
　　◇渡辺信二訳「アメリカ文学ライブラリー　ア
　　メリカ名詩選」本の友社 1997 p268

511〔詩人の世界、詩の時間〕(ディキンソン, エ
ミリー)
　　◇渡辺信二訳「アメリカ文学ライブラリー　ア
　　メリカ名詩選」本の友社 1997 p270

512〔詩人の世界、詩の時間〕(ディキンソン, エ
ミリー)
　　◇渡辺信二訳「アメリカ文学ライブラリー　ア
　　メリカ名詩選」本の友社 1997 p272

520〔詩人の世界、詩の時間〕(ディキンソン, エ
ミリー)
　　◇渡辺信二訳「アメリカ文学ライブラリー　ア
　　メリカ名詩選」本の友社 1997 p274

585〔詩人の世界、詩の時間〕(ディキンソン, エ
ミリー)
　　◇渡辺信二訳「アメリカ文学ライブラリー　ア
　　メリカ名詩選」本の友社 1997 p276

591〔詩人の世界、詩の時間〕(ディキンソン, エ
ミリー)
　　◇渡辺信二訳「アメリカ文学ライブラリー　ア
　　メリカ名詩選」本の友社 1997 p278

613〔詩人の世界、詩の時間〕(ディキンソン, エ
ミリー)
　　◇渡辺信二訳「アメリカ文学ライブラリー　ア
　　メリカ名詩選」本の友社 1997 p280

636〔詩人の世界、詩の時間〕(ディキンソン, エ
ミリー)
　　◇渡辺信二訳「アメリカ文学ライブラリー　ア
　　メリカ名詩選」本の友社 1997 p281

640〔詩人の世界、詩の時間〕(ディキンソン, エ
ミリー)
　　◇渡辺信二訳「アメリカ文学ライブラリー　ア
　　メリカ名詩選」本の友社 1997 p283

644〔詩人の世界、詩の時間〕(ディキンソン, エ
ミリー)
　　◇渡辺信二訳「アメリカ文学ライブラリー　ア
　　メリカ名詩選」本の友社 1997 p287

650〔詩人の世界、詩の時間〕(ディキンソン, エ
ミリー)
　　◇渡辺信二訳「アメリカ文学ライブラリー　ア
　　メリカ名詩選」本の友社 1997 p288

664〔詩人の世界、詩の時間〕(ディキンソン, エ
ミリー)
　　◇渡辺信二訳「アメリカ文学ライブラリー　ア
　　メリカ名詩選」本の友社 1997 p289

712〔詩人の世界、詩の時間〕(ディキンソン, エ
ミリー)
　　◇渡辺信二訳「アメリカ文学ライブラリー　ア
　　メリカ名詩選」本の友社 1997 p290

754〔詩人の世界、詩の時間〕(ディキンソン, エ
ミリー)
　　◇渡辺信二訳「アメリカ文学ライブラリー　ア
　　メリカ名詩選」本の友社 1997 p292

824〔詩人の世界、詩の時間〕(ディキンソン, エ
ミリー)
　　◇渡辺信二訳「アメリカ文学ライブラリー　ア
　　メリカ名詩選」本の友社 1997 p294

925〔詩人の世界、詩の時間〕(ディキンソン, エ
ミリー)
　　◇渡辺信二訳「アメリカ文学ライブラリー　ア
　　メリカ名詩選」本の友社 1997 p296

974〔詩人の世界、詩の時間〕(ディキンソン, エ
ミリー)
　　◇渡辺信二訳「アメリカ文学ライブラリー　ア
　　メリカ名詩選」本の友社 1997 p298

1128〔詩人の世界、詩の時間〕(ディキンソン, エ
ミリー)

作品名から引ける世界文学全集案内 第III期　**373**

◇渡辺信二訳「アメリカ文学ライブラリー　ア
　メリカ名詩選」本の友社　1997　p299

1129〔詩人の世界、詩の時間〕(ディキンソン, エ
　ミリー)
　◇渡辺信二訳「アメリカ文学ライブラリー　ア
　　メリカ名詩選」本の友社　1997　p300

1150〔詩人の世界、詩の時間〕(ディキンソン, エ
　ミリー)
　◇渡辺信二訳「アメリカ文学ライブラリー　ア
　　メリカ名詩選」本の友社　1997　p301

1172〔詩人の世界、詩の時間〕(ディキンソン, エ
　ミリー)
　◇渡辺信二訳「アメリカ文学ライブラリー　ア
　　メリカ名詩選」本の友社　1997　p302

1173〔詩人の世界、詩の時間〕(ディキンソン, エ
　ミリー)
　◇渡辺信二訳「アメリカ文学ライブラリー　ア
　　メリカ名詩選」本の友社　1997　p303

1233〔詩人の世界、詩の時間〕(ディキンソン, エ
　ミリー)
　◇渡辺信二訳「アメリカ文学ライブラリー　ア
　　メリカ名詩選」本の友社　1997　p304

1247〔詩人の世界、詩の時間〕(ディキンソン, エ
　ミリー)
　◇渡辺信二訳「アメリカ文学ライブラリー　ア
　　メリカ名詩選」本の友社　1997　p305

1581〔詩人の世界、詩の時間〕(ディキンソン, エ
　ミリー)
　◇渡辺信二訳「アメリカ文学ライブラリー　ア
　　メリカ名詩選」本の友社　1997　p306

1649〔詩人の世界、詩の時間〕(ディキンソン, エ
　ミリー)
　◇渡辺信二訳「アメリカ文学ライブラリー　ア
　　メリカ名詩選」本の友社　1997　p308

1670〔詩人の世界、詩の時間〕(ディキンソン, エ
　ミリー)
　◇渡辺信二訳「アメリカ文学ライブラリー　ア
　　メリカ名詩選」本の友社　1997　p309

1732〔詩人の世界、詩の時間〕(ディキンソン, エ
　ミリー)
　◇渡辺信二訳「アメリカ文学ライブラリー　ア
　　メリカ名詩選」本の友社　1997　p312

’Ο Λογος—筆者は死亡したものと推定される
(ホルト, T.E.)
　◇小原亜美訳「ゾエトロープ Blanc」角川書店

2003（Bookplus）p261

？(マンロー, ランダル)
　◇旦紀子訳「マシン・オブ・デス—A
　　Collection of Stories about People who
　　Know How They Will DIE」アルファポリ
　　ス　2012　p560

〈？〉(韓龍雲)
　◇安宇植(アンウーシク)訳「韓国文学名作選　ニ
　　ムの沈黙」講談社　1999　p54

作品名から引ける

世界文学全集案内 第Ⅲ期

2018 年 8 月 25 日　第 1 刷発行

発　行　者／大高利夫
編集・発行／日外アソシエーツ株式会社
　　　　　　〒140-0013 東京都品川区南大井6-16-16 鈴中ビル大森アネックス
　　　　　　電話 (03)3763-5241（代表）FAX(03)3764-0845
　　　　　　URL　http://www.nichigai.co.jp/
発　売　元／株式会社紀伊國屋書店
　　　　　　〒163-8636 東京都新宿区新宿 3-17-7
　　　　　　電話 (03)3354-0131（代表）
　　　　　　ホールセール部（営業）電話 (03)6910-0519

　　　　　　電算漢字処理／日外アソシエーツ株式会社
　　　　　　印刷・製本／光写真印刷株式会社

　　　　　　不許複製・禁無断転載　　《中性紙Ｈ-三菱書籍用紙イエロー使用》
　　　　　　<落丁・乱丁本はお取り替えいたします>
　　　　　　ISBN978-4-8169-2735-5　　**Printed in Japan, 2018**

本書はディジタルデータでご利用いただくことが
できます。詳細はお問い合わせください。

原題邦題事典シリーズ

日本国内で翻訳出版された図書の原題とその邦題を対照できる事典シリーズ。原著者ごとに原題、邦題、翻訳者、出版社、刊行年を一覧でき、同一書籍について時代による出版状況や邦題の変遷もわかる。

翻訳書原題邦題事典

B5・1,850頁　定価（本体18,000円＋税）　2014.12刊

小説を除く古今の名著から最近の書籍まで、原題12万件とその邦題を一覧できる。

英米小説原題邦題事典 追補版2003-2013

A5・700頁　定価（本体12,000円＋税）　2015.4刊

英語圏の文芸作品14,500点について、原題と邦題を一覧できる。

英米小説原題邦題事典 新訂増補版

A5・1,050頁　定価（本体5,700円＋税）　2003.8刊

英語圏の文芸作品26,600点について、原題と邦題を一覧できる。

海外小説（非英語圏）原題邦題事典

A5・710頁　定価（本体13,800円＋税）　2015.7刊

フランス・ドイツ・イタリア・ロシア・スペイン・ポルトガル・中国・朝鮮・アジアなどの文芸作品18,400点について、原題と邦題を一覧できる。

海外文学 新進作家事典

A5・600頁　定価（本体13,880円＋税）　2016.6刊

最近10年間に日本で翻訳・紹介された海外の作家1,500人のプロフィールと作品を紹介した人名事典。既存の文学事典類では探せない最新の人物を中心に、欧米からアジア、第三世界の作家についても一望できる。2006～2016年の翻訳書3,700点の情報を併載。

データベースカンパニー
日外アソシエーツ　〒140-0013　東京都品川区南大井 6-16-16
TEL.(03)3763-5241　FAX.(03)3764-0845　http://www.nichigai.co.jp/